I0733684

THE COLLECTED WORKS OF DULU WANG

王度廬選集

Author of Crouching Tiger, Hidden Dragon

《卧虎藏龙》作者

Wuxia Novels Volume One

武侠小说集　卷一

纖纖劍

舞劍飛花錄

風塵四傑

香山俠女

DULU WANG

王度廬

Edited and Modified by Hong Wang

校訂者：王宏

JIANGHU PUBLISHING　　江湖出版社

Copyright©2020 by Hong Wang
THE COLLECTED WUXIA WORKS OF DULU WANG
VOLUME ONE
王度廬武俠小說選集　卷一

ISBN: 978-1-990113-37-6 (Paperback)
ISBN: 978-1-990113-41-3 (eBook-epub)
ISBN: 978-1-990113-40-6 (eBook-Kindle)

汇 湖 出 版 社
JIANGHU PUBLISHING

Jianghu Publishing
PO Box 35075 Fleetwood Postal Outlet
Surrey, BC Canada V4N 9E9
www.jianghubooks.com

出版說明（PREFACE）

Dulu Wang (1909-1977), was a famous Chinese Wu Xia (which literally means "heroes with martial art skills") writer in the 1930s and 1940s who wrote many novels including Crouching Tiger, Hidden Dragon (臥虎藏龍) Pentalogy which was adapted into a film under the title "Crouching Tiger, Hidden Dragon" by Ang Lee and his colleagues in 2000. Its spectacular action, rhapsodic landscapes and tragic romance have touched audiences in Asia, North America and around the world and won over 40 awards and was nominated for 10 Academy Awards, including Best Picture, and won Best Foreign Language Film, Best Art Direction, Best Original Score and Best Cinematography. In 2019, the film was ranked the 51st in 100 best films of the 21st century list by Guardian.

Wang was less interested in writing about ruthless killings; instead he focused on his characters' development, their emotions, friendship, and passions. Wang had great sympathy for women who suffered cruel oppression by the society, and his novels featured many strong female characters, warriors, and heroines. Most of his stories featured tragic endings. His perfect combination of wuxia, romance and tragedy in his novels have thrilled many critics and readers and this style has influenced many authors.

During 1925-1949 Wang published more than 90 novels and thousands of articles and poems. The Collected Works of Dulu Wang has many Wuxia novels including Crouching Tiger, Hidden Dragon Pentalogy. This Volume One includes 《纖纖劍》 A Dart Heroine; 《舞劍飛花錄》 Dancing Sword, Flying Petals; 《風塵四傑》 Four Good Little Men; and 《香山俠女》 The Heroine of Xiangshan.

The novel of "A Dart Heroine" was published in 1942. The story was about a girl, who was strong in fighting especially with the use of darts, had to fight against gangsters to save her Master, meanwhile, she had to choose between two men: one was handsome and rich but light-hearted and another had the virtues of courage and sacrifice, but less good-looking.

The synopsis of "Dancing Sword, Flying Petals" is: A female knight was chasing her father's murderer for revenge and looking for her lover who suddenly denied his love for her and ran away. Before his death he told her that he was the person who killed her father accidently. During the whole story, a knight fell in love with her, but didn't want to take any advantage of her because he was married. He helped her to fight many enemies and helped her family a lot. In the end, he went home and lived in seclusion.

"Four Good Little Men" was published in 1948. This story occurred in the early years of the Republic that four little men, who were very poor and lived in the bottom of the society, along with a poor and sick educated person to bravely fight against local thugs and save a girl from abuse.

"The Heroine of Xiangshan" was published in 1949. This story was a continuation of the story occurred in "Four Good Little Men" that the local thug was even more evil because he was hired by the government and was protected by an officer in the army. When he continued to abuse women, the heroine had no choice but to kill him.

Jianghu Publishing 江湖出版社
www.jianghubooks.com

出版說明（PREFACE）

　　王度廬是中國著名的武俠言情小說作家，在上個世紀三四十年代曾發表过大量小說、雜文、詩詞等作品。《鶴驚昆侖》、《寶劍金釵》、《劍氣珠光》、《臥虎藏龍》、《鐵騎銀瓶》是王度廬創作的武俠悲情小說，通常被合稱為"鶴‐鐵五部"。2000年李安導演根據該系列改編的電影《臥虎藏龍》，曾獲得40多個國際電影獎，並榮獲了第73屆奧斯卡最佳外語片等四項大獎。

　　《王度廬選集》，收入了王度廬先生的包括"鶴‐鐵五部"在內的不同時期的作品，王宏並對其做了一些必要整理和訂正。本书为《王度廬武俠小說》第一卷，包括四部作品《纖纖劍》A Dart Heroine；《舞劍飛花錄》Dancing Sword, Flying Petals；《風塵四傑》Four Good Little Men；和《香山俠女》The Heroine of Xiangshan。

　　《纖纖劍》發表於1942年，小說描述了善用飛鏢的年輕女俠徐雪卿離家出走，去搭救師父的故事。一路上，她不但要同敵人殊死搏鬥，還要解決同兩個俠義英雄的感情糾葛，並選擇自己的終身伴侶。

　　《舞劍飛花錄》发表於1943-1944年，1949年由上海勵力出版社印行單行本，改題《洛陽豪客》。小說的內容是，李劍豪為民除害，殺死大俠。其父為防仇人追殺，令其男扮女裝，帶他到好友蘇黑虎家躲避。蘇女兒小琴與李劍豪成為朋友，發現他是男人後與其相愛。蘇外出回家後認為李父子欺騙他的女兒會危及他全家性命及女兒的名聲，欲殺李，卻被李誤傷致死。蘇死前為遮"家醜"，謊稱殺害他的是匪人之女雪媚兒。李父自覺對不起蘇，便逼迫李答應與小琴斷絕關係，離開蘇家，並在李答應後自殺。雪亦愛李，與其結伴逃亡，並逐漸改邪歸正。小琴不相信李與她絕情，為尋找李和追殺雪而離家，歷經艱難，鍥而不捨。俠客、有婦之夫楚江涯原為蘇家仇人之友，後暗戀小琴但並無非分之想。楚屢屢幫助蘇、蘇家和小琴，吃盡苦頭。最後李在打殺中受傷，死前告訴小琴真相：是他殺死了她的父親。小琴遂帶雪回家，與其成為好友，共同撫養李、雪之子。楚亦回家，告別江湖。

　　《風塵四傑》發表於1948年，本書描寫了民國初期北平天橋四位有俠義精神的，生活在最底層的小人物以及一個病弱窮困的知識分子（主人公），扶弱抗強、甚至不惜捨生取義，挽救一個將被豪強凌辱的年輕婦女的故事。

　　《香山俠女》發表於1949年，內容接着小说《風塵四傑》，描寫了北平天橋生活在最底層的另外一个女侠奋不顾身，铲除豪强的故事。

Jianghu Publishing 江湖出版社

www.jianghubooks.com

序 (Foreword)

徐斯年

　　王度廬是位曾被遺忘的作家。許多人重新想起他或剛知道他的名字，都可歸因於影片《臥虎藏龍》榮獲奧斯卡獎。但是，觀賞影片替代不了閱讀原著，不讀小說《臥虎藏龍》（而且必須先看《寶劍金釵》），你就不會知道王度廬與李安的差別。而你若想了解王度廬的"全人"，那又必須盡可能多地閱讀他的其他著作。這部選集收錄了他的一些代表作，這篇序文裏還會提及他的另一些作品，都有助於讀者認知全人。

　　王度廬，原名葆祥，字霄羽，1909年生於北京一個下層旗人家庭。幼年喪父，舊制高小畢業即步入社會，一邊謀生、一邊自學。十六歲開始，先後在《平報》和《小小日報》發表雜文和連載小說（包括武俠、偵探、社會言情等類別），並曾在《小小日報》開闢個人雜文專欄"談天"，就任該報編輯。1933年往西安，與李丹荃結婚，曾任陝西省教育廳編審室辦事員和西安《民意報》編輯。1936年返回北平，繼續賣稿為生。次年赴青島，淪陷後始用筆名"度廬"，在《青島新民報》及南京《京報》發表武俠言情小說，同時發表的社會小說則署名"霄羽"。1949年赴大連，任大連師範專科學校教員。1953年調瀋陽，任東北實驗學校（即遼寧省實驗中學）語文教員。文革後期以退休人員身份隨夫人下放昌圖縣農村。1977年卒於鐵嶺。

　　早在青年時代，王度廬就接受並闡釋過"平民文學"的主張。他的文學思想雖與周作人不盡相同，但在"為人生"這一要點上，他們的觀念是基本一致的。

　　從撰寫《紅綾枕》（1926年）開始，王度廬的社會小說就把筆力集中於揭示社會的不公，人生的慘淡，以及受侮辱、受損害者命運的悲苦。

　　戀愛和婚姻是五四新文學的一大主題。那時新小說裏追求婚戀自由的男女主人公，面對的阻力主要來自封建家庭和封建禮教，作品多反映"父與子"的衝突——包括對男權的反抗，所以，易卜生筆下的娜拉尤被覺醒的女青年們視為楷模。到了王度廬的筆下，上述衝突轉化成了"金錢與愛情"的矛盾。

　　正如魯迅所說：娜拉衝出家庭之後，倘若不能自立，擺在面前的出路只有兩條——或者墮落，或者"回家"。王度廬則在《虞美人》中寫道："人生"、"青春"和"金錢"，"三者之間是相互聯係着的"，而在當時的中國社會裏，金錢又對一切起着主導性的作用。他所撰寫的社會言情小說，深刻淋漓地描繪了"金錢"如何成為社會流行的最高價值觀念和唯一價值標準，如何與傳統的父權、男權結合而使它們更加無恥，如何導致社會的險惡和人性的異化。

　　王度廬特別關注女性的命運。他筆下的女主人公多曾追求自立，但是這條道路充滿兇險。范菊英（《落絮飄香》）和田二玉（《晚香玉》）付出了生命的代價；

虞婉蘭（《虞美人》）終於發瘋，生不如死。惟有白月梅（《古城新月》）初步實現了自立，但她的前途仍難預料；至於最具"娜拉性格"，而且也更加具備自立條件的祁麗雪，最終選擇的出路卻是"回家"。

這些故事，可用王度廬自己的兩句話加以概括："財色相欺，優柔自誤"（《〈寶劍金釵〉序》）。金錢腐蝕、摧毀愛情，也使人性發生扭曲。人是"社會關係的總和"，他的社會小說正是通過寫人，而使社會的弊端暴露無遺。

在社會小說裏，王度廬經常寫及具有俠義精神的人物，他們扶弱抗強，甚至不惜捨生以取義。這些人物有的寫得很好，如《風塵四傑》裏的天橋四傑和《粉墨嬋娟》裏的方夢漁；有些粗豪角色則寫得並不成功，流於概念化，如《紅綾枕》裏的熊屠戶和《虞美人》裏的禿頭小三。

上述俠義角色與愛情故事裏的男女主人公一樣，也是現代社會中的弱者。作者不止一次地提示讀者：這些俠義人物"應該"生活於古代。這種提示背後隱含着一個問題：現代愛情悲劇裏的那些曠男怨女，如果變成身負絕頂武功的俠士和俠女，生活在快意恩仇的古代江湖，他們的故事和命運將會怎樣？這個問題化為創作動機，便催生出了王度廬的俠情小說，這裏也昭示着它們與作者所撰社會小說的內在聯係。

《寶劍金釵》標誌着王度廬開始<u>自覺地</u>把撰寫社會言情小說的經驗融入俠情小說的寫作之中，也標誌着他自覺創造"現代武俠悲情小說"這一全新樣式的開端。此書屬於厚積薄發的精品，所以一鳴驚人，奠定了作者成為中國現代武俠悲情小說開山宗師的地位。繼而推出的《劍氣珠光》《鶴驚昆侖》《臥虎藏龍》《鐵騎銀瓶》[1]（與《寶劍金釵》合稱"鶴—鐵五部"）以及《風雨雙龍劍》《彩鳳銀蛇傳》《洛陽豪客》《燕市俠伶》等，都可視為王氏現代武俠悲情小說的代表作或佳作。

作為這些愛情故事主人公的俠士、俠女，他們雖然武藝超群，卻都是"人"而不是"超人"。作者沒有賦予他們保國救民那樣的大任，只讓他們為捍衛"愛的權利"而戰；但是，"愛的責任"又令他們惶恐、糾結。他們馳騁江湖，所向無敵，必要時也敢以武犯禁，但是面對"廟堂"法制，他們又不得不有所顧忌；他們最終發現，最難戰勝的"敵人"竟是"自己"。如果說王度廬的社會小說屬於弱者的社會悲劇，那麼他的武俠悲情小說則是強者的心靈悲劇。

王度廬是位悲劇意識極為強烈的作家。他說："美與缺陷原是一個東西。""向來'大團圓'的玩藝兒總沒有'缺陷美'令人留戀，而且人生本來是一杯苦酒，哪裏來的那麼些'完美'的事情？"（《關於魯海娥之死》）《鶴驚昆侖》和《彩鳳銀蛇傳》裏的"缺陷"是女主人公的死亡和男主人公的悲涼；《寶劍金釵》《臥虎藏龍》《鐵騎銀瓶》裏的"缺陷"都不是男女主角的死亡，而是他們內心深處永難平復的創傷；《風雨雙龍劍》和《洛陽豪客》則用一抹喜劇性的亮色，來反襯這種悲愴。

王度廬把俠情小說提升到心理悲劇的境界，為中國武俠小說史作出了一大貢獻。正如佛洛伊德所說："這裏，造成痛苦的鬥爭是在主角的心靈中進行着，這是一個不同

1　這裏敘述的是發表次序。按故事時序，則《鶴驚昆侖》為第一部，以下依次為《寶劍金釵》《劍氣珠光》《臥虎藏龍》《鐵騎銀瓶》。

衝動之間的鬥爭，這個鬥爭的結束決不是主角的消逝，而是他的一個衝動的消逝”[2]。這個“衝動”雖因主角的“自我克制”而“消逝”了，但他（她）內心深處的波濤卻在繼續湧動，以至遺恨終身。

李慕白，是王度廬寫得最為成功的一個男人。

有人說，李慕白是位集儒、釋、道三家人格於一身的大俠；這是該評論者觀賞電影《臥虎藏龍》的個人感受。至於小說《寶劍金釵》裏的李慕白，他的頭上決無如此“高大上”的絢麗光環。古龍說得好：王度廬筆下的李慕白，無非是個“失意的男人”。

在《寶劍金釵》裏，李慕白始終糾結於“情”和“義”的矛盾衝突，他最終選擇了捨情取義，但所選的“義”中卻又滲透着難以言說的“情”。手刃巨奸如囊中取物，李慕白做得非常輕易；但是他又投案伏法，付出的代價極其沉重。他做這些都是自願的，又都是並不自願的。出發除奸之前，作者讓他在安定門城牆下的草地上作了一番內心自剖，這段自剖深刻地展示着他的“失意”，這種心態可以概括為三個字——“不甘心”。

早期王度廬曾以“柳今”為筆名發表雜文《憔悴》，其中寫及自己當時的心態，與上述李慕白的自剖如出一轍。而在《紅綾枕》中，男主角戚雪橋為愛人營墓、祭掃時的一段內心獨白，其心態又與柳今極其相似。於是，我們看到了王度廬、柳今、戚雪橋（還有一些其他作品裏的男性角色）與李慕白之間的聯係——李慕白的故事，是戚雪橋們的白日夢；戚雪橋、李慕白們的故事，則是柳今、王度廬的白日夢。

不把李慕白這個大俠寫成一位“高大上”的“完人”，而把他寫成一個“失意的男人”，這是王度廬顛覆傳統“俠義敘事”，在中國武俠小說史上作出的一大貢獻。

玉嬌龍，是王度廬寫得最為成功的一個女人。

玉嬌龍的性格與《古城新月》裏的祁麗雪有相似之處，但是她的叛逆精神更加決絕、更加徹底。為了自由的愛情，她捨棄了骨肉的親情；同時，她也捨棄了貴冑生活，選擇了荊棘江湖，捨棄了“城市文明”，選擇了草莽蠻荒。

對玉嬌龍來說，最難割捨的是親情；最難獲得的，是理想的婚姻。她發現自己選擇羅小虎未免有點莽撞，所以又離開了他。她獲得了自由的愛情，卻在事實上拒絕了自由的婚姻。這與其說反映着“禮教觀念殘餘”、“貴族階級局限”，不如說是對文化差異的正視。儘管如此，這位“古代娜拉”並未“回家”，而是毅然決然地踏上一條不歸路。這條路是悲涼的，同時又是壯美的。

2　佛洛伊德：《戲劇中的精神變態人物》（張喚民譯），《二十世紀西方美學名著選》（上），第 410 頁，復旦大學出版社，1987，上海。

　　玉嬌龍和李慕白都是"跨卷人物"。《劍氣珠光》裏的李慕白寫得不好，因為背離了《寶劍金釵》中業已形成的性格邏輯。《鐵騎銀瓶》裏的玉嬌龍則寫得很好，她青年時代的浪漫愛情，此時已經昇華為偉大的、無私的母愛。她青年時代的夢想，終於在愛子和養女的身上得以成真，但是他們攜手歸隱時的心態，也與母親一樣充滿遺憾。

　　王度廬的上述成就，都是對於傳統武俠敘事的揚棄，這使他的武俠悲情小說擁有了現代精神。

　　王度廬又是一位京旗作家。

　　清朝定都北京之後，即將內城所居漢人一律遷出，由八旗分駐內城八區。王度廬家住地安門內的"後門裏"，其父是內務府上駟院的一個小職員。王氏一族當屬擁有滿洲旗份的"漢姓人"，雖無滿族血統，卻浸潤着滿族文化。

　　滿人崛起於白山黑水之間，民族性格剛毅尚武，自立自強，粗獷豪放。入關定鼎之後，宴安日久，八旗制度的內在弊端開始呈現，"八旗生計"問題日益突出，以至最終導致嚴重的存亡危機。王度廬出生時，恰逢取消"鐵杆莊稼"（即旗人原本享受的"俸祿"），父親又早逝，全家陷於接近赤貧的境地。他的早期雜文經常寫到"經濟的壓迫"，"身世的飄泊，學業的荒蕪"，疾病的"纏身"，始終無法擺脫"整天奔窩頭"的境況。他的許多社會小說及其主人公的經歷、心境，也都寄託着同樣的身世之感和頹喪情緒。這種刻骨銘心的痛楚，蘊含着當時旗人不可避免的噩運，漢族讀者是難以體會這種特殊苦痛的。

　　同時，王度廬又十分景仰滿族優秀的民族精神。他的作品，明確書寫旗人生活的有十多部；他所塑造的許多旗籍人物身上，都寄託着對民族精神的追憶和期許。

　　從這個角度考察玉嬌龍，首先令人想到滿族的"尊女"傳統。這一傳統的形成至少出於四點原因：一、對母系氏族社會的清晰記憶；二、以採集、漁獵為主的傳統經濟，決定了男女社會分工趨於平等；三、入關之前未經歷很多封建過程；四、旗族少女在理論上都有"選秀入宮"機會，所以家族內部皆以"小姑為大"。[3]玉嬌龍那昂揚的生命力，正是滿族少女普遍性格的文學昇華。《寶刀飛》可能是第一部把入宮前的慈禧，作為一位純真、浪漫而又不無"野心"的旗族姑娘加以描繪的小說。作者以"正筆"書寫入宮前的她，用"側筆"續寫成為"西宮娘娘"之後的她，沉重的歷史感裏蘊涵幾分惋惜，情感上極具"旗族特色"。

　　在《寶劍金釵》和《臥虎藏龍》裏，德嘯峰雖非主人公，卻可視為旗籍"貴胄之俠"的典型。他沉穩、老練，善於謀劃，善於掌控全域，比李慕白更加"拿得起、放得下"。他的身上比較完整地體現着金啟孮所說京城旗人遊俠的三個特徵：一、淩強而不欺下，一般人對他們沒有什麼惡感。二、多在八旗人居住的內城活動，沒什麼民族矛盾的辮子可抓。三、偶或觸犯權勢，但不具備"大逆不道"的證據，故多默默無聞。[4]鐵貝勒、邱廣超和《彩鳳銀蛇傳》裏的謝慰臣都屬此類人物。

———————————————————

3　參閱關紀新《多元背景下的一種閱讀——滿族文學與文化論稿》，第219頁，遼寧民族出版社，2013，瀋陽。

4　參閱關紀新《老舍與滿族文化》第80頁所引，遼寧民族出版社，2008，瀋陽。

　　進入民國之後，由於政治、經濟原因，京中旗人的精神狀態呈現更趨萎靡甚至墮落之勢（《晚香玉》裏的田迁子即為典型），但是王度廬從閭巷之中找到了民族精神的正面傳承。《風塵四傑》實際寫了五個"閭巷之俠"——那位"有學有品而窮光蛋"[5]的"我"，也算一個"不武之俠"。作者清楚地認識到：雖然如今早非"俠的時代"，但是天橋"四傑"[6]身上那種捍衛正義，向善疾惡，剛健、豁達、堅韌、仗義、樂觀的民族精神，卻是值得弘揚光大的。這已不僅僅是對旗族的期許，更是對重振中華民族傳統美德的期許。

　　凡是旗人，都無法回避對於清王朝的評價。王度廬在雜文裏認為，"大清國歇業，溥掌櫃回老家"[7]乃是歷史的必然，人民期盼的是真正實現"五族共和"。他更在兩部算不上傑作的小說中，以傳奇筆法描繪了兩位清朝"盛世聖君"的形象。《雍正與年羹堯》裏的胤禛既胸懷雄才大略，又善施陰謀詭計。他利用"江南八俠"的"復明"活動實現自己奪嫡、登基的計劃，又在目的達到之後斷然剪除"八俠"勢力。但是，他對漢族的"復明"意志及其能量，卻日夜心懷惕懼，以至"留下密旨，勸他的兒子登基以後，要相機行事，而使全國恢復漢家的衣冠"。書中還有一位不起眼的小角色——跟着胤禛闖蕩江湖的"小常隨"，他與八俠相交甚密，又很忠於胤禛。"兩邊都要報恩"的尖銳矛盾，導致他最終撞牆而殉。作者展示的絕不限於"義氣"，這裏更加突出表現的是對漢族的負疚感和對民族殺伐史的深沉痛楚。王度廬對歷史的反思已經出離於本民族的"興亡得失"，上升為一種"超民族"的普世人文關懷。《金剛玉寶劍》中的乾隆，則被寫成一個孤獨落寞的衰朽老人，這一形象同樣透露着作者的上述歷史觀。

　　滿族入關後吸收漢族文化，"尚武"精神轉向"重文"。有清一代，湧現出了納蘭性德、曹雪芹、文康等傑出滿族作家，其中對王度廬影響最大的是納蘭性德。"搖落後，清吹那堪聽。淅瀝暗飄金井葉，乍聞風定又鐘聲。"[8]納蘭詞的淒美色調，融入北京城的撲面柳絮和戈壁灘的漫天風沙，形成了王度廬小說特有的悲愴風格。

　　旗人的生活文化是"雅""俗"相融的，王度廬繼承着旗族的兩大愛好：鼓詞（又稱"子弟書"、"落子"）和京劇。他十七歲時寫的小說《紅綾枕》，敘述的就是鼓姬命運，其中還插有自創的幾首淒美鼓詞。至於京劇，據不完全統計，僅在《落絮飄香》《古城新月》《晚香玉》《虞美人》《粉墨嬋娟》《風塵四傑》《寒梅曲》

5　見王度廬早期雜文《中等人》，原載於北平《小小日報》1930年4月5日"談天"欄，署名"柳今"

6　民國初年，"天壇附近的天橋大多數的女藝人、說書人、算命打卦者都是滿人。"轉引自關紀新《老舍與滿族文化》第122頁。

7　見王度廬早期雜文《小算盤》，原載於《小小日報》1930年5月20日"談天"欄，署名"柳今"

8　納蘭性德詞：《憶江南》——當年王度廬與李丹荃相愛，曾贈以《納蘭詞》一冊，李丹荃女士七十餘歲時猶能背誦這首詞。

七部小說中，寫及的劇目已達 96 折[9]之多！作為小說敘事的有機內涵，王度廬寫及昆曲、秦腔、梆子與京劇的關係，"京朝派"（即京派）與"外江派"（即海派）的異同，"京、海之爭"和"京、海互補"，票社活動及其排場，非科班出身的伶人、票友如何學戲，戲班師傅和劇評家如何為新演員策劃"打炮戲"，各色人等觀劇時的移情心理和審美思維……。他筆下的伶人、票友對京劇的熱愛是超功利的，而她（他）們的社會角色和物質生活則是極功利的——唯美的精神追求與慘淡的現實生活構成鮮明反差，映射着人性的本真、複雜和異化。他又善於利用劇情渲染故事情節和人物情感，例如《粉墨嬋娟》中，憑藉《薛禮歎月》和《太真外傳》兩段唱詞，抒發女主人公不同情境下的不同心緒，展示着戲如人生、人生如戲的微妙契合，極大地增強了小說的詩意。

入關以後，旗人皆認"京師"為故鄉，京旗文學自以"京味兒"為特色。王度廬的小說描繪北京地理風貌極其準確，所述地名——包括城門、街衢、胡同、集市、苑囿、交通路線等等，幾乎均可在相應時期的地圖上得到應證。《寶劍金釵》《臥虎藏龍》主人公的活動空間廣闊，書中展示清代中期北京的地理風貌相當宏觀，又非常精細。玉嬌龍之父為九門提督，府邸位置有據可查，作者由此設計出鐵貝勒、德嘯峰、邱廣超府第位置，決定了以內城正黃旗、鑲黃旗（兼及正紅旗、正白旗）駐區為"貴胄之俠"的主要活動區域。李慕白等為江湖人，則決定了以"外城"即南城為其主要活動區域。兩類俠者的行動則把上述區域連接起來，並且擴及全城和郊縣。《落絮飄香》《古城新月》《晚香玉》《虞美人》等社會小說中，主人公的活動空間相對狹小，所以每部作品側重展示的是民國時期北平城的某一局部區域：或以海淀——東單——宣內為主，或以西城豐盛地區——東單王府井地區為主，等等。拼合起來，也是一幅接近完整的"北平地圖"。上述小說之間所寫地域又常出現重合，而以鼓樓大街、地安門一帶的重合率為最高。作者故居所在地"後門裏"恰在這一區域，在不同的作品裏，它被分別設置為丐頭、暗娼等的住地。這反映着作者內心深處存在一個"後門裏情結"，他把此地寫成天子腳下、富貴鄉邊的一個小小"貧困點"，既體現着平民主義的觀念，又是一種帶有幽默意味的自嘲。

王度廬小說裏的"北京文化地圖"，是"地景"與"時景"的融合，所以是立體的、動態的。這裏的"時景"，指一定地域中人們的生活形態，包括節俗、風習。無論是妙峰山的香市、白雲觀的廟會、旗族的婚禮儀仗、富貴人家的大出喪、"殘燈末廟"時的祭祖和年夜飯、北海中元節的"燒法船"，以至京旗人家的衣食住行，王度廬都描寫得有聲有色，細緻生動。這些"時景"與故事情節融為一體，成為展示人物性格、心理的重要手段；它們同時也頗具獨立的民俗學價值。王度廬在小說裏常將富貴繁華區的燈紅酒綠與平民集市裏的雜亂喧鬧加以對比，他對後者的描繪和評論尤具特色。例如，《風塵四傑》裏是這樣介紹天橋的："天橋，的確景物很多，讓你百看不厭。人亂而事雜，技藝叢集，藏龍臥虎，新舊並列。是時代

9　由於現存《虞美人》和《寒梅曲》文本均不完整，所以這一數字是不完整的。而未列入統計的《寶劍金釵》《燕市俠伶》等作品中，也常含有京劇演出、觀賞等情節，涉及劇目亦復不少。

的渣滓與生計的艱辛交織成了這個地方，在無情的大風裏，穢土的彌漫中，令你啼笑皆非。"他筆下的天橋圖景，噴發着故都世俗社會沸沸揚揚的活力和生機，嘈雜喧囂而又暗藏同一的內在律動；它與內城裏的"皇氣"、"官氣"保持着疏離，卻又沾染着前者的幾分閒散和慵懶。這又是一種十分濃厚，相當典型的"京味兒"！

　　"京味兒"當然離不開"京腔"。王度廬的語言大致是由兩部分組成的：敘事以及文化程度較高角色的口語，用的是"標準變體"，即經過"標準化處理"的北京話，近似如今的"普通話"；底層人物的語言，則多用地道的北京土語，詞彙、語法都有濃厚的地域特色，比一般的"京片兒"還要"土"。故在"拙""樸"方面，他比另一些京派作家顯得更加突出。

　　筆者認為，1949 年前促使王度廬奮力寫作的動力當有三種：一曰"舒憤懣"；二曰"為人生"；三曰"奔窩頭"。三者結合得好，或前二者起主要作用時，寫出來的作品品質都高或較高；而當"第三動力"起主要作用時，寫出來的作品往往難免粗糙、隨意。當然，寫熟悉的題材時，品質一般也高或較高，否則，雖欲"舒憤懣"、"為人生"，也難以得到理想的效果。是否如此，還請讀者評判、指正。

　　　　　　　　　　斯年於姑蘇香濱水岸，2020 年 6 月 [10]。

10　本文原係作者為北嶽文藝出版社《王度廬作品大係》所撰總序，移入本選集時作了一些刪改。

目录

《纖纖劍》

《舞劍飛花錄》

《風塵四傑》

目录

《纖纖劍》

DULU WANG（王度廬）
Edited and Modified by Hong Wang
修訂者：王宏

江 湖 出 版 社
JIANGHU PUBLISHING

Jianghu Publishing
PO Box 35075 Fleetwood Postal Outlet
Surrey, BC Canada V4N 9E9
www.jianghubooks.com

THE COLLECTED WORKS OF DULU WANG

王 度 廬 選 集

Author of Crouching Tiger, Hidden Dragon

《 卧 虎 藏 龙 》 作 者

Wuxia Novels Volume One

武 侠 小 说 集　卷 一

纖纖劍

DULU WANG

王 度 廬

Edited and Modified by Hong Wang

校 訂 者 ： 王 宏

JIANGHU PUBLISHING　　江 湖 出 版 社

第一回　走江湖群驚蝴蝶鏢　窺閨閣初逢梅花劍

　　河北省邢臺縣是一個很大地方，在前清時代是順德府的首縣，那裏商賈雲集，買賣繁盛。而往西過太行山，往北出紫荊關五回嶺，往南到中州平原，又都是些豪俠叢起，盜賊出沒的地方。所以販貨的人，只要有大宗的貨物，或重資的貨款，若不請上幾個保鏢的老師隨行保護，便往往要出舛錯。因此邢臺縣由南門到北門的一條大街上，只鏢店一項就有十一家，也可見彼時順德府商業繁盛，而那時的運貨不便與行旅之艱難了。

　　順德府十一家鏢店，每家都有一位名聲顯赫的掌櫃的，必須在江湖上交遊廣闊，無論水旱路，同行的或是吃黑飯的，都得曉得此人的名頭；一看見鏢車上插的旗子，就得拱手讓路，或是急忙退避三舍，這才行，才夠做掌櫃子的資格。當然武藝是不能弱了的，長拳短打，刀槍棍棒，說來就來，說幹就得幹才行；而膽氣更須充實，交友更須敦厚。每家鏢店至少要有十多名鏢頭，並且非得是師徒、師兄弟，或是生死兄弟，才靠得住，生意才能夠發達。否則要是掌櫃的與鏢頭不睦，鏢頭生了異心，在路上勾結了強盜，趁着大風雨，黑夜或是僻路，把鏢車打劫了，鏢店不但要賠出錢來，還得從此字號壞了，主事的人一輩子也休想再吃這碗飯。所以那時候有名的大鏢店，就如同是後來的專保水火險的公司，信用要靠得住，經理人都要具有幹才，而資本還得雄厚，這才能立得住。否則一兩個略會武藝的人就也出旗保鏢，鏢車出了事他們一逃了事，那只能在小村鎮裏去開，不會有好買賣去找他們。順德府這十一家鏢店沒有像那樣的，這裏個個是頭等的名鏢師開的大鏢店。

　　十一家鏢店的歷史，在此要先說明白，應當列一個表格，大家才會看得清楚。但我們先就大略地說一說吧，因為其中有幾家不很要緊。就是為了營業上的競爭，名頭上的奪取、排擠，強者存，弱者死，順德府的鏢行經過了幾番仇殺，紛爭，實際上也只有三家最出名。哪三家呢？第一當然要數“福德泰鏢店”，東家是本地著名的大財主韓萬頃，所用的掌櫃的名叫黑袍狼秦成。這個人是從別處來的，他的來歷沒人知曉，只知他早先是在韓家護院，後來韓家的兩位少爺拜他為師，買了城中的一所大房，開了這座大鏢店。

　　那時城中就已有七八家了，他全不聯絡，並且尋釁挑釁，無理搶奪人家的買賣。那幾家鏢店當然都不答應他，他就設了場子比武。他手使一根狼牙棒，這傢伙是個長長的杆兒，頂尖的一個鐵棒，上面露出無數的鐵針，如狼牙一般。那幾家鏢店的掌櫃雖也武藝高強，然而一看見他這件兵刃便都有些膽寒，多半甘願忍氣吞聲，不敢同他較量。只有老鏢師高祿，年輕的鄧如牛，慣會飛鏢的崇元保，這三位掌櫃子大不服氣，同他來較量，但都被他一一打傷，一一打敗，從此就無人再敢惹他了。後來又開了幾家，如太平鏢店的堰月刀胡龍，三友鏢店的雙鉤陳遠，冷家鏢店的丈八矛冷大山，雖然全都想以兵刃比上他，鎮住他，但實在是不敢正面較量，只能處處躲讓，而且還都極力向他巴結討好。"福德泰"裏不願做的買賣才能輪到他們做，他們實際上不過是黑袍狼秦成的部下、羽翼。

只有一個小鏢店卻例外，這家鏢店規模雖小，鏢頭雖少，掌櫃的雖是本地人，但是向來無甚名頭，可是他的買賣卻極佳，有時"福德泰"不敢保的鏢，他全都敢保；而更有時黑袍狼已經講好了的生意，他竟敢奪了去，這實在是一件怪事。

這家鏢店在本城中獨無字號，只以掌櫃的徐三爺之名，而稱為"徐三爺鏢店"或"徐家鏢店"。徐三爺是順德府中生人，早先家裏開繡花作。徐三爺那時不過叫"徐小三"，念過兩年蒙墊，便在家中學繡活。繡活本來是個女人的事，徐小三一個八九歲的渾拙莽怔，活潑潑，又不愛乾淨的孩子，當然受不了，就時常受他爸爸和他後娘的打罵。不知哪一天，他就跑了，他父母也沒工夫找他，從此城中就缺少了一個討厭的孩子。這些話都是本地七十歲以上的老人們說的。

三十年後，中州出了一位大俠"赤須龍"。這位俠客的行為真是激昂慷慨，動地驚天，而且神出鬼沒，從無人知曉他的准住處，真來歷，及確實的學名。他的行蹤忽兒在河南一帶，忽兒又出現于江北，在江湖約二十年，威名無人不知，所做的事無人不敬。後來，忽然有人傳說赤須龍俠客往北來了，因為他在大名府救了一個難婦，殺了一個惡紳，可是後來就又聽不見此人的下落。

不過順德府中卻來了個五十來歲的半老頭，帶個老婆兒和十六七歲的一個女兒，進了城就來找開繡花作的七十歲的于老頭兒，開口就叫于大哥。于老頭兒老眼昏花，本來都已不認識他了，經他細細說明，于老頭兒才驀然想起來，原來對面的這個身材不甚高，瘦瘦的臉兒上滿生皺紋，胡鬚不太長，還有些發紅、發白，衣服雖整齊，可是也並不闊綽的人，就是五十年前逃走的那個徐小三。于老頭兒本是當年徐家繡花作的一個夥計，徐老夫婦死後無人經營，這舖子就由他接辦了。他已有了兩個兒子、兩房兒媳，三個孫子、兩房孫媳，孫女都已出了閣有了娃子了。如今忽然舊時的少掌櫃子歸來，他當然是歡喜不止。

說起來這個繡花作舖底本是徐家的，連房屋都是徐小三的舊產。如今他回來了，應當完全由他接收，可是他一見了于老頭兒就把話全都言明瞭，他來此是借住：買賣，照舊由于家開；房子，這十幾年來由于家修蓋了已不知多少次，他絕不再以房主自居；並且，爽快地說道，這一切的東西他全已正式讓給于家了。他說他這幾十年漂泊在外，學會了幾手兒武藝，保了半輩子的鏢，稍微積蓄了一些錢，娶了個妻子，生了個女兒，如今因為年歲老了，未免懷戀故鄉，所以才回來。

他在繡花作的後院住了一個多月，就在大街上買了一所房屋。這所房早先是一家小客店，裏面的院子還寬廣，並有馬棚。他買了，略加修飾，就攜帶妻女搬了過去，掛上了鏢旗，當中寫一個"徐"字；買了兩匹馬，雇了三個鏢頭，一個叫魯七，一個叫侯二，一個叫高文豹。

他這座鏢店一開張，就先搶了福德泰鏢店的一家買賣。因為有了一家棉花商要請福德泰護送出娘子關，往太原府去，福德泰索銀二百兩，允派四個人跟去，棉花商嫌太多了。徐三聞知，便親去接洽，說是只要棉花商拿出六十兩銀子來，他就肯保。棉花商本來不大信任他，可是又知鏢店的房子是他自己的，想他的買賣也不至於太靠不住；而且因怵福德泰扛價錢不肯保，別家也都不敢應，只好叫他做了。

徐三並不親自隨鏢，只派了夥計高文豹一人前往。臨行時，徐三姑娘親自用紅綢在鏢旗上系了個蝴蝶結子，就說：「走吧！這蝴蝶結子不准在路上解，你放心吧！一路絕無舛錯！」高文豹半信半疑的隨鏢前往。由邢臺縣往山西去，要穿過險惡的娘子關，這一條路在那時又頗為不靖，須經過幾座上有著名盜匪的山嶺。然而，因為旗子上有這麼一個蝴蝶結子，沿途竟安然無事。

直到鏢車平安地卸回來，姑娘就親自由旗子上解下了扣兒，收起了綢子。高文豹發着怔，弄了個莫名奇妙。魯七、侯二等人，就向他悄悄詢問沿途情形。高文豹說：「並不是沒遇見強人，走在對牛嶺，就有十幾個強盜由山上沖下來，可是他們一瞧見旗子上的蝴蝶扣兒，就一齊驚得變色，抹頭就跑。鏢車經過一個村子的時候，還有個老婆婆沖着這蝴蝶扣兒跪下叩頭。」魯七、侯二都說：「怪啊！」

同時，本城的魔君黑袍狼秦成聞說徐三爺搶了他的買賣，他立時就叫兩個人扛着他的狼牙棒，氣勢洶洶地找來了，進了門來就發威。可是那瘦弱的徐三叼着個沒有煙嘴的煙袋，慢慢地由屋中走出。黑袍狼一看，就嚇丟了他的狼膽，趕緊惟慌惟恐地打躬，說：「不知三爺在此！」徐三沒理他，他趕緊跑回來了，回到家中就好像得了一場大病，兩三天沒出門。

過後，見徐三並不找尋他，他又放了一點心，背地裏又不得不向人圓圓場，吹一吹，他撇着嘴：「徐三！我是不理他就是啦！因為我看在他女兒的面子上，將來我還要娶他的女兒作小老婆呢！」但是說出了這話之後，卻又變了色，請別人莫把這話傳到徐三的耳朵裏，他說：「那可糟啦！顯得我貪花好色，不是英雄！」

但是他是不是英雄，他敢不敢娶，或者說他配娶人家的姑娘不配，大家誰不明白？從此黑袍狼秦成的名頭就一落千丈，大家都知道惟有徐三才是真正的英雄，頭等的鏢師，所有一切的買賣全都爭着送到徐三爺的門上。但徐三爺他也絕不獨佔，他櫃上的鏢頭只有三個，絕不多添；每月只應上四五號買賣，便關上帳本了，其餘的買賣便全都分配給別家。他每天只是抽旱煙，玩八哥，老夫妻帶着個女兒備享天倫之樂。

徐三爺鏢店裏最得力的鏢頭就是那高文豹，此人外號「飛錘太保」。他是順德府本地人，他爹爹就是當年與黑袍狼秦成比武，因而受傷慘死的老鏢師高祿，所以他對於黑袍狼銜着深仇。他家開了三代的利興鏢店，也讓別人開了。他家有老母，但未娶妻，在徐三爺的手下保了兩三年的鏢從未出過一點舛錯，也可以說沒費了他一點事。這樣的鏢，只要有那個蝴蝶結子，就是瞎子、跛子也可以保得。事情雖然安心，徐三爺也待他非常之好，而且妻女不避，如同一家人一般。

可是他通身武藝，兩臂力氣，卻無處去使，未免使他悵悵。同時，他原是想求徐三爺幫助他剷除那黑袍狼，為他父親報仇，誰想到徐三爺來到順德府之後，黑袍狼的行為頗為謹慎，竟有許多人都說他改過向善了。而徐三爺也涵養最深，從不顯露武技，更沒與人紅過一次臉，且常向夥計們說：「你們雖是因為會武藝，才作鏢頭，但務要安分，不可在外招惹是非，應當做個平平常常的買賣人。而且對人接物，比別的人更要和氣才是，受了大氣可以請人秉公處理；吃了小虧，就應當閉閉眼，低低頭。」因為徐三爺常說這話，高文豹胸中堆積着的許多仇恨和怨氣，也就不敢說出。

　　而且他總時時納悶，不知徐三爺過去到底是個幹什麼的；尤其是對於徐姑娘結的那個蝴蝶扣，每次出鏢時都得由徐姑娘親手結系，而且她結得非常快，非常巧妙，真真像只蝴蝶兒，別人誰也不能結，而且怕結得不好，落一個冒充的嫌疑，走到外邊不但無用，還許惹出禍來。這個蝴蝶扣兒是他們鏢車的招牌，魯七、侯二都自誇為"蝴蝶鏢"。有時他們根本不保着鏢，找個地方一玩，叫鏢車自己走，因為他們信賴那蝴蝶扣，認為那是個神秘的東西，是飯碗，是財神爺，有了那東西他們全可以不管，但高文豹他總是生疑。

　　高文豹認為鏢旗上的蝴蝶扣，絕不是個平凡的東西。三年來他曾留心去打聽，但無人能夠說得出緣故。他想只有各路的盜賊才能知道，但他又不認識一個盜賊，而且各路的盜賊一見此扣，就早已躲藏逃遁了，哪裏還能抓住他們，問他們為什麼躲呢？高文豹認為這蝴蝶扣大概與徐三爺並無關係，多半是在姑娘的身上。所有他就對姑娘留上了心，只要見了姑娘，他就用眼直直地盯。魯七、侯二雖也覺出高文豹看上了姑娘，可是高文豹已有三十歲了，生得雖然雄偉，但那張又黑又紫的大長臉，實在難看。憑他怎樣跟姑娘獻殷勤，姑娘這輩子也不會看上他，所以魯七侯二兩人常在背地裏笑。

　　這一天，高文豹由西路繳解了鏢車回來。他騎着黑馬，腰掛着寶劍，手中拿着自車上摘下帶回來的五隻鏢旗，都是白緞子地兒，紅綢邊，其中有一杆系着個很大的紅綢蝴蝶扣。高文豹把那四根旗子全都扔在櫃房裏，只拿着這根有蝴蝶扣的鏢旗往裏走，因為這是他們的鏢車的靈魂，每次回來必須親繳到徐三爺跟姑娘之手才行，恐怕落到別人的手中滋事，而壞了名聲。

　　當下高文豹拿着鏢旗至裏院，在北屋門前站住，向屋裏叫道："三叔！"叫了一聲，屋中就有人輕聲兒答應，卻是姑娘的聲音，高文豹立時覺得精神興奮了一點，挺直了腰軀站立。就見屋門一開，露出了姑娘的倩影。姑娘是像才梳妝完畢，所以那頰間染的胭脂是特別的嫣紅，大辮子上着油是又黑又亮；穿的是青綢子肥腿的夾褲，上身的小夾襖罩着毛藍布褂。她帶着笑說："哎！高大哥回來啦？請屋裏坐吧？"高文豹卻不由得就現出拘窘的神態，話也不知怎樣說才好，先說了兩聲："不！不！"然後才又問道："三叔在屋裏了嗎？"

　　姑娘搖頭說："沒有，他上茶館去還沒有回來，聽說是給誰說合一件事情，大概也快回來啦。高大哥，這次往西路上去，沿途沒遇見什麼事兒嗎？"

　　高文豹雙手捧着那面蝴蝶鏢旗，隔着門檻交到姑娘的纖纖的手裏，同時笑着說："咱們有這個鐵招牌，哪裏會能出一點事？就是別人在前邊有事，咱們的鏢從後邊來，也不會出事。所以這幾次我出去走鏢，都有別家車在咱們的屁股後頭跟着。全都是同行，提起三爺來他們都稱呼為老前輩，我也不好意思不叫他們跟着。"

　　姑娘又笑了笑，一手拿着蝴蝶鏢旗，一手扶着門，就見她的細長柔潤的手指上，戴着兩個鑲寶石的金戒指，可是指甲剪得很短，這是在家操作一切雜事的證明。她閉着嘴兒想了一想，又一笑，說："其實都是同行的朋友，借着咱們的旗子走路，也沒有什麼的，不過要是成群結隊的都跟着咱們，那可就不好了。因為各山上的綠林人，躲避咱們的鏢旗，也不一定全是怕咱們，還是因為面子的緣故；要是咱們不但保咱們自己的鏢，還替別人保鏢，那他們一點買賣也不能做了，可就要急啦。到時他們要是一翻臉，咱們究竟要費些麻煩！"

　　高文豹一聽不由得發了一會呆，點點頭就說：“那一定，以後我再遇見別家的鏢車跟着咱們，我一定得跟他們說說。這樣長了，也確實不像話，以後不會武藝的人也可以開鏢局店了，只要跟着咱們屁股後頭就行，那人家商人何必還專請咱們來保？並且……”說到這裏，他抬眼望着姑娘的臉色，就說：“有幾句話我還想問問三叔，因為無論是主顧、客人及各地的朋友，都向我打聽，咱們鏢旗上系着的這個蝴蝶，到底是怎麼回事？我雖保了三年鏢，可是我說不出來。人家都笑話我，說我不過是車後的草料口袋，這樣的鐵招牌的鏢，有我沒我，是一點也不要緊！”

　　聽了這話，姑娘立時把一雙俊目睜大了一些，爽利而又帶點嚴肅地問說：“這是誰說的？”

　　高文豹嚅嚅然的，不能即時答覆，待了會才笑着說：“說這樣話的人可多啦！從前兩年就常有人問我。本來麼，咱們的鏢車掛着個鐵招牌，有人跟着，沒人跟着一點也不要緊，人家說：這種鏢誰也能保，不必要我這麼個大個子。”

　　姑娘說：“這可也是實情。依着我，這蝴蝶扣早就不必拿出去啦！這都是我爸爸的主意。其實這樣倒是不至於出事，可是人家跟車的鏢頭一定不願意。把人家的能耐、名聲、武藝都壓住，一點也顯不出來了。高大哥，以後您再出鏢，不用再拿這杆旗子啦。您正年輕，正是在江湖自創自立的時候。這樣長了，也太不對了！”說着，就把那紅綢子系成的蝴蝶翅子一揪，立時又變成了一塊手絹。

　　高文豹一看，自己把話說錯了，姑娘把意思也誤會了，就有點着急，臉也發紫，連說：“其實這倒不要緊，誰不曉得我是徐三爺提拔起來的？只是，您把這蝴蝶扣的來歷，為什麼江湖上都曉得，告訴我就是啦。以後要有人再問我，我也好有話可答。不然，我成了個傻子啦！”

　　姑娘又笑了笑，說：“高大哥別把這件事放在心上啦！外面的人問，您就隨他們問，不必理他們。高大哥，您跑了這幾年西路，朋友也認識不少了吧？”高文豹說：“沿路倒都是熟人了，在太原府，許多買賣家都跟我成了一家人了。”姑娘又笑着說：“太原府的姑娘長得比別的地方都好，聽說還都有本事，都會持家過日子。高大哥怎麼不在那兒說一房嫂子呀？”說時，更笑着，一點也沒有羞澀之態。

　　高文豹的大長臉卻不由得越發變得紫紅，連連不好意思地笑着說：“沒有！沒有！我只掙這麼一點錢，將將夠我跟我老娘吃飯的，哪裏還養活得起家小呀？”姑娘抿着嘴笑了半天，忽然又放下臉兒來，點點頭說：“高大哥請歇着去吧！回見！”隨手就把門關上了。隔着一道屋門，高文豹還有點神馳。

　　他轉過身來，慢慢回到櫃房中，臉上還覺得有點發熱。侯二、魯七，還有個新請來的管賬的楊先生，都正在喝酒聊天。高文豹從桌上拿起酒杯來喝了半口，侯二卻拍着他的肩膀，笑着說：“老高你何必還喝酒呢？你的臉還不夠紅的嗎？”魯七也說：“我會相面，我看你不出一個月，必有大喜之事！”他們這樣一說，高文豹更覺得難為情了，就做出煩惱的樣子，說：“你們別開玩笑！”

　　魯七、侯二連那楊先生全都一笑，倒是不再打趣他了，依然接着他們剛才說的那話去說。他們說的正是黑袍狼秦成的事：黑袍狼近來辦了個小老婆，才十來歲。他們知道得很詳細，言下還有羨慕之意。高文豹卻又喝了一盅酒，腦子裏還浮現着剛才的事，還不禁有些發呆。

　　這櫃房的窗戶外就是後院，窗戶上鑲着一小塊玻璃，擦得很亮，那院中的一切情景，在這裏全都能看得很真切。高文豹的眼睛就直直地盯着這塊玻璃。就見北房的門又開了，姑娘姍姍地走出來，往西屋廚房裏去了。姑娘的背影更是曼美，高文豹越發出神。

站了一會，他又在屋中轉了兩轉，遂就走出櫃房，出了鏢店，打算回家裏去。他一邊去走，一邊還在想，旁邊有人招呼他，他全不覺得。他的心裏，對姑娘的容貌，對她剛才說的那些話是有情還是無意，那倒不大關心，只是奇怪那蝴蝶扣，真奇怪！為什麼她不肯說？

他信步走着，越想越納悶，越心急，不想對面就來了一個人，他也沒看見，竟走過去了。可是這人在背後叫他，說是："文豹！文豹！你才回來嗎？"高文豹腦中的思緒這才被打斷了，他回頭一看，原來是徐三爺。

徐三爺一手托着他的八哥籠子，一手提着旱煙袋和煙袋荷包，一副很悠閒自在的樣子。高文豹是只要一見了徐三爺，就不由得自心中生出一種恭敬。他就轉過身來，走向前兩步，陳述了這次外出保鏢繳鏢的經過，並說："剛才我回去，您老人家沒在家，我就把鏢旗交給姑娘了。"徐三爺點了點頭，和藹的說："好！好！你回家去歇息吧，待會上櫃上拿二兩銀子，你拿它喝酒好了。"高文豹答應着，並且道謝，然後就恭恭敬敬地站着，看徐三爺轉身走去，他這才走。

高文豹回到家裏，拜見了他的老娘。高老婆婆的年紀也有六十多了，自從丈夫被黑袍狼打死，她終日悲哀，身體日漸衰弱，可是家中的事還須她自己操作，因為家道既貧寒，兒子的相貌又醜，總沒說成媳婦。如今高文豹一回來，她才可以稍得休息。高文豹就去提水、燒火、做飯他樣樣都做得來。在江湖上他是保着蝴蝶鏢的鏢頭，是頗有名聲的"飛錘太保"，但在家裏，他卻像個粗笨的媳婦，什麼事都做。不過今天他卻腦子很亂，眼前總現着徐姑娘的笑容，耳旁總留着剛才姑娘所說的那幾句近於開玩笑的話，心裏卻忘不了蝴蝶扣那個大疑團，所以他有點心不在焉，一慌張，吧喳一聲，摔了個大粗碗。飯好了，他服侍老娘先吃，然後他自己盛了滿滿的一大碗面，坐在個破凳兒上，大口地吞着，然而卻吃不出一點滋味。

正在這時，就聽窗外有人叫道："高大哥在屋裏嗎？"這聲音很嬌細。高文豹不由吃了一驚，趕緊把面碗放下，出了屋一看，見原來是徐姑娘，他立時感覺很拘窘。徐姑娘手裏拿着一錠銀子，就笑着放在他的手裏，說："這是我爸爸給大哥的酒錢，本想叫大哥到櫃上去拿，可又怕別人知道了眼紅，就……"她嫣然一笑，又說："叫我給你送來啦！"

高文豹連忙說謝謝三叔的美意，因為屋裏太亂，太破舊，他也不敢往屋裏讓姑娘。但徐姑娘還是故意往屋裏看了看，見床前就是水桶，水桶旁就是灶台，灶上又亂扔着碗筷跟鐵勺、木瓢，四壁都叫煙熏得很黑，炕上扔着破舊的被褥，頭髮都已斑白的老婆婆就坐在被褥上，手裏還托着飯碗呢。姑娘向高老婆婆問了聲好，高老婆婆就說："姑娘可別笑話我們！家裏沒人照管，文豹才回來，就得幫我提水做飯，沒工夫收拾屋子。咳！我們也不敢讓姑娘進來，沒地方坐！"說着，她就要下炕來。姑娘卻說："老大媽別客氣，我也要走啦！我也得回去做飯去！"說着轉身就跑。她的青綢褲腿隨着風飄起，大辮子在身後亂擺着，她就跑出門去了。

高文豹在院中呆呆地站了一會，顛了顛手中的銀子，約有五兩重，心中非常感激徐三爺待遇之厚。但是想到自己徒自寄人籬下，卻不能替父報仇，也不能使家道稍裕，使母親享受幾日晚年之福，卻又不由得慚愧。

當日他在家裏歇了半天，晚間又出來，想到櫃上看看有什麼事。才一走到大街上，卻正遇見黑袍狼秦成，穿着一身青緞子的發着亮光的衣服，同着的幾個人也全都衣履闊綽，其中有韓家的兩位少爺，還有府衙中的文案先生。

高文豹一看他們，便不由得怒火勃發。他止住了步，瞪眼看着秦成。只見秦成隨着那幾個人，高視闊步地走進了酒樓。那酒樓上燈光閃爍，外邊也已黃昏了，高文豹壓下了胸中的怒氣，拖着沉重的腳步去走。經過福德泰門首時，看見大門不斷有人出入，裏邊各屋中都有明亮的燈，迎門的刀槍架子也借着燈光閃閃發亮。高文豹心中更為忿恨，真有挾錘持刀闖進門去，等待秦成回來時將他殺死，以報父仇之心。然而，卻又感歎自己是孤掌難鳴。

他抑鬱地走到徐三爺的鏢店中，卻見侯二、魯七、楊司帳，和另外的一個人，又在談天。但他們這回談天，眼前卻沒有酒，而且談話時的聲音全很低，臉上都布着一層驚慌憂慮之色。一見高文豹進來，他們就把話全止住了，外來的這人就向高文豹拱手，說：“大哥，你是今天才回來的嗎？這趟往太原府去，玩得不錯吧？”

高文豹也笑着拱手。他認得這是太平鏢店的小夥計耗子吳四，早先是他父親高祿手下的。高祿死後，他就投到雙鉤陳遠那裏，很不得志。這傢伙不常到這兒來，如今前來，必定有事。高文豹剛要打聽，侯二就說：“喂！老高，你來的時候沒從福德泰門口兒過嗎？沒瞧見裏邊有什麼動靜兒嗎？”

高文豹聽了這話，不由得發怔，就說：“我遇見秦成了，同着許多人，有韓家的，還有衙門裏的……”侯二跟魯七聽了這話，卻不由得神色一變，越發顯出驚懼的樣子。魯七就悄聲說：“吳老四他偷偷來到我們這兒，就為是告訴我們這件事。現在黑袍狼由山東約來了病金剛苗方……”高文豹一聽越發不住的發怔，因為他久聞病金剛之名，是山東最出名的好漢，鏢行中的首領，他的雙戟世無對手。

當下又聽魯七說：“聽說這次苗方前來，就是專為跟咱們掌櫃的作對，他揚言要扯碎了咱們的蝴蝶鏢。現在他就住在福德泰裏邊，黑袍狼敬奉他極了。剛才你看見的那些人裏就一定有病金剛，又有府衙的人跟他們在一塊，不用說，他們必是正在安排毒計，要一下就叫咱們掌櫃的栽跟頭，叫咱們的鏢店關板……”

高文豹聽到這裏，不由得生起氣來。侯二又說：“現在咱們就是得商量商量，這件事到底告訴不告訴掌櫃的呢？”高文豹說：“怎能不告訴呢？”侯二說：“可是也得細商量商量，若告訴了他，也有許多不便之處。”

高文豹說：“這樣要緊的事情，怎能不告訴他老人家？告訴了，聽他老人家的主意。要是跟黑袍狼、病金剛鬥一鬥，那咱們就幫助三爺去上手！”

侯二、魯七兩人同時把他攔住，都說：“你別嚷嚷！我們也曉得，這件事應當告訴掌櫃的。可是咱們先得想想結果會怎樣？三爺偌大的年歲了，成天玩八哥，上茶館，就是早先會幾手武藝，這時也都擱下啦；又沒有個得力的兒子，只有個姑娘，姑娘也是一手兒武藝也不會。”

高文豹卻冷笑了一聲。吳四在旁說：“據我看着，這裏的三爺可必不是病金剛的對手！”魯七又說：“所以呀！要是打敗了怎麼辦？要是三爺自知不敵，情願認輸，收鏢關板，那咱們可又怎麼辦？在這兒作過鏢頭，別的家誰還能請咱們？”

高文豹又問說：“依着你們，打算怎麼辦？”

魯七說：“依着我們，這件事先別告訴三爺。”侯二說：“他一定知道了，要不然今天吃完了晚飯又出門去？到這時候還沒有回來，大概他老人家也是想躲一躲。”侯二說：“他既是怕，那咱們更得給他出點力了！好在這鏢店就是咱們三個鏢頭，咱們就一齊去見見病金剛，請他給點面子；別為徐三爺一人，就踢了咱們三個人的飯碗，再求黑袍狼給咱們說兩句好話。”

高文豹聽到這裏卻握着拳頭，大喝道：“不行！由我這兒起，就不行！黑袍狼是我的仇人，就是三爺不跟他鬥，我也要跟他鬥，病金剛又是個什麼東西？”他說到這裏又被旁邊的人攔住，都勸他壓點聲。高文豹又忿忿的說：“你們不要小看了徐三爺，以為他年老了，不行了，但你們不想想，兩三年來蝴蝶鏢行走南北，毫無阻礙，是為什麼？”

魯七卻冷笑着說：“這話我當着三爺也敢說，那不過是個虛幌子！江湖人都莫明其妙，只好不招惹。其實我想，只有徐三爺自己明白，大概是個蒙事行！”

高文豹聽了這話，氣極了，真要掄拳打他。但又想徐三爺又沒在家，若是吵鬧起來，一定要驚動姑娘，於是又忍下一口氣，也冷笑着說：“你們哪裏知道？蒙事行，能蒙得這樣長久？江湖人又不都是瞎眼的！你們對這事最好不要管，黑袍狼跟病金剛要是來尋釁，由我一人承當，連徐三爺出頭都不必；你們若是怕事，可以躲幾天。”

管賬的楊先生連說：“這事與我不相干，我還照舊在這住着；我又不是鏢頭，病金剛就是打，我想他也不能打我！”

高文豹說：“你要怕，你也走！”

魯七、侯二聽了這話，都越發的不住冷笑，侯二說：“好，老高，你一說到這話，我們就都明白了！本來這櫃上的人唯有你跟三爺最近，你也應當替三爺出點力；我們可不行，我們都沒受過三爺什麼特別的好處，姑娘也沒拿我們當過……當過老大哥。有朝一日，徐三爺或姑娘看着我們不順眼，立時就許下我們的工，所以我們也不能專扒着這一頭兒，得罪那邊的黑袍狼秦掌櫃子。”

高文豹握着拳說：“可是也不准你們到那邊去給徐三爺敗壞名聲，丟了鏢行人的臉面！”

侯二說：“有你老大哥出頭擋橫兒，我們誰願意去為人家的事，丟自己的臉？只要你老哥能跟三爺想出點辦法來就得啦，我們願意去躲幾天。”魯七跟吳四都怕他們打起來，就在中間解勸，並且趁勢拉着侯二走了，他們也隨之走了。

這裏高文豹忿忿不息，先托寫帳的楊先生到他家給送個信，告訴他老娘，今晚鏢店裏有事，他不回家了；他就取出來寶劍，和鏈子飛錘，都預備在手下，然後向玻璃外一看，只見院中漆黑，但那北屋的窗上卻燈光隱隱，他想着：此時只有姑娘一人在家。

待了一會，那管賬的楊先生回來了，可是徐三爺仍不見歸來。那楊先生少時即睡了，他倒是很安心的樣子；他明白，事情無論鬧得多大，也絕不會打到他的頭上。可是高文豹仍坐立不安，他時時隔着那塊小玻璃往外望去；外面街上交過了三更，那姑娘的屋裏燈光仍然不滅，想見必是在那裏等着他的父親了。可是徐三爺今天為什麼一去不歸？莫非他真的聽說了黑豹狼病金剛要尋他作對？他怕了？跑了？不能！徐三爺的蝴蝶鏢絕不能是個虛招牌。

於是高文豹就又走出了櫃房，想要隔窗去問姑娘幾句話，但是他又想要偷看姑娘到底是在屋裏作着什麼事，是在燈旁做針黹呢？還是在發呆心急的等着她的父親呢？抑或是，她在思想什麼心事？一想到了這裏，心中就發生了些異樣的感覺，腳步就落得極輕，仿佛當賊，仿佛偷香似的；他就懷着那麼惴惴不安的心理，來到了窗下。抬起頭來一看，窗紙發着姑娘臉頰那般的顏色，可惜窗上沒有一小塊玻璃；他側耳向屋裏去聽，只聽"鏹鏹"的一種輕微的金鐵相碰的聲音，他不由得詫異，心說：奇怪！莫非姑娘在屋裏磨針呢？或是彈琴呢？

　　他不由得將手指蘸了一點吐沫，在那窗紙上輕輕劃了一下，就劃破了一個極小的洞。他探着頭把眼睛對準了那個小洞，往裏一望，見這間屋子正是姑娘的臥房，收拾得很乾淨的床，有發亮的紅漆的桌凳。姑娘就坐在桌旁的凳兒上，傍着光焰黯淡的一盞錫燈檯，燈旁有支起來的鏡奩，那鏡裏映着她的臉。她仍穿的是白天那身衣裳，只是在上身加穿了一件半長的玫瑰紫色的背心，顯得更為嬌豔。她的雙手是在不停地動着，拿着一塊青絨正在擦什麼東西。那東西被拭過之後就閃爍光芒，而一擲在桌上就鏹然作響；桌上還放着同樣的幾把，她拭完了這把又拭那把。高文豹不禁打了個寒噤，他看出來姑娘手中所擦拭的，原來都是那種殺人的利器——匕首。

　　高文豹嚇得不敢看了，就退後了一步，沒留神腳步兒重了一點，自己又把自己嚇了一大跳。他心說：這麼看起來，徐三爺一定是已然知道了黑袍狼跟病金剛與他作對的事了，所以他才叫女兒為他擦了那幾口匕首，預備到時候好用，他是預備叫這幾口匕首沾沾人血了！徐三爺的武藝一定是很了不得，而心也夠毒辣的！

　　他心中不禁喜歡、興奮，但這時忽然見窗上的人影一閃，是姑娘立起身來了。又聽得噹啷一聲，似是把匕首摔在了桌上。高文豹又嚇了一大跳，剛要轉身走，卻聽屋中的姑娘問說："院子裏是誰？"聲音清脆且含着嚴厲的意味，高文豹倒怔住了。窗裏又問："是誰？快說！"高文豹嚇得不敢不說，只好答應了一聲："是我。"窗裏又問："你是誰？"問得更是嚴厲。高文豹不禁臉上發起了熱，又說："是我，我……我是文豹！"

　　窗裏沒有了聲音，停了半晌，才說："是高大哥嗎？"這聲音緩和得多了。高文豹嚅嚅地答應了一聲，裏邊就又問："高大哥怎麼還沒回去啊？"聲音不但和緩，簡直柔媚得跟小鈴鐺似的，就像有一條絲把高文豹的心又給繞住了。

　　高文豹就撲哧一笑，又走進窗前，向裏面說："因為我聽說外頭有點事，三叔又沒在家，我不放心，所以我沒走。"說完了，自諒一定能夠邀得姑娘的好感，但聽屋裏冷冷淡淡地說："有什麼事呀？我可沒聽說。我父親是上繡花作去啦！不是于家嫂子坐月子，我媽去幫忙有二十多天了嗎？我爸爸大概是想我媽了，他看去啦。這時候還沒回來，一定是于家拉着他推牌九，可是，也快回來啦。大哥你先回去吧！剛由外邊回來的第一天，也該在家裏多歇歇。再說，你這時候還不回家，老太太也不放心呀！"

　　高文豹說："不要緊，剛才我托楊先生上我家裏送了信，我老娘已然知道我今晚不回去了。我要等着三叔回來我跟他說說，現在黑袍狼秦成已由山東勾來了病金剛苗方，專為要跟我三叔作對，要砸壞了咱們的蝴蝶鏢！"他說到了這裏，卻聽姑娘在屋裏哼地冷笑了一聲，又在屋裏毫不介意地說："我父親前兩天就知道這件事啦，他連理也沒理，這件事不算什麼。高大哥你告訴侯二、魯七，也叫他們都別驚慌，病金剛他絕鬧不到哪兒去。"

　　高文豹又說："我也知道三叔絕不能怕他們，連我都不害怕。只是，我想他們一半日就許來咱們這兒找麻煩，我要問問三叔到時打算怎麼個辦法？因為若沒有三叔之命，我也不敢硬幹胡來！"

　　姑娘的俏影在窗上更為真切了一點，可見她是往近走了走，二人就隔着一層薄薄的窗紙。姑娘又說：“高大哥你放心，病金剛黑袍狼就是找上門來，我父親也絕不理他們。”

高文豹聽了，不禁一怔。姑娘又在窗裏說：“今天晚上我父親也許不回來了，大哥你還是回家去吧，家裏又沒有嫂子，怎好叫老太太一個人睡覺？”說着發出來一點笑聲，轉身又走開了，窗上立時失去了她的影子，又聽見拉抽斗聲，掃床聲。

高文豹直直地立在院中發怔，他細想着姑娘的話，覺得徐三爺對病金剛還是怕，不願惹事。雖然姑娘又跟他說了一句玩笑的話，可是他還忿忿地帶着氣說：“我就是想見着三叔問一句話，問他老人家跟病金剛鬥不鬥？他老人家要是不鬥，那我就去跟他們鬥。我父親就是死在黑袍狼手裏的，我得替我父親報仇！”

裏邊的姑娘說：“高大哥自己辦理吧！我父親本來開這鏢店不開這鏢店都不要緊。他已老了，他常跟我說，這個鏢店就交給你高大哥了。我想大哥你斟酌着辦吧，不用問他要主意，他也沒有主意。說實話，他明知道病金剛的本領有限，一打就走，可是他不願意惹氣！”

高文豹不禁冷笑了一聲，嘴裏嘟囔着：“他老人家雖不願意惹氣，可是人家偏來找氣，難道到時候就甘栽跟頭？”

此時屋中的燈忽然滅了，姑娘在屋裏嬌聲打着呵欠，說：“高大哥你走了沒有？你走吧，我可要睡啦！”

高文豹心中很是詫異，就想：一個姑娘家，屋門也沒關嚴怎麼就吹燈睡了？不由的愈是發呆。他又覺着這是一種誘惑，心裏喜歡，可又有點厭惡，但是這時要叫他走開，他的兩條腿卻不肯聽話了。他陡然產生了一個大膽的想頭，想要闖進屋去。第一，問她那蝴蝶扣的原原本本；第二，問她那幾口匕首擦亮了到底想作什麼之用；第三，問她是不是對自己有情，願否做自己的妻子。他的大腳已登上了臺階，將要伸手推屋門，卻又把自己攔住，心說：這舉動太不光明，不是好漢子幹的，而且徐三爺待我不錯，這樣也對不起徐三爺。他就一陣慚愧，趕緊退身。屋裏的姑娘發出來咳嗽聲，高文豹又心裏一動。

忽然覺得背後有聲音，他一回頭，見身後原來站着一個人，他不由得嚇了一大跳。見這個人嘴裏叼着旱煙袋，借着那一點忽明忽滅的燈光，他看了出來，原來正是徐三爺，不知他是什麼時候進來的。他又驚訝又慚愧，怔住了說不出一句話。

這時屋裏的姑娘又用柔媚的聲音說：“高大哥！你還沒走嗎？我告訴你一件事。我父親要給你作媒，只不知你喜歡什麼樣的姑娘？高大哥你今年二十幾啦？”

高文豹的大長臉更是燒的火熱，怕姑娘再說出什麼話來，他就趕緊叫了一聲：“三叔你回來了？”徐三爺卻連聲也沒吭。高文豹又搭訕着說：“我在等着三叔回來商量，現在黑袍狼請來了病金剛，你老人家打算怎麼辦？”徐三爺卻忿忿地說：“你不必管我打算怎麼辦，你就快走吧！黑忽忽地站在這裏，想做什麼？”高文豹垂下了頭去，一聲也不敢言語，他就邁步走開，卻見徐三爺生着氣推開了門，進屋去了。

這裏高文豹走了幾步卻又頓住了腳，他回頭去看，心裏咚咚亂跳，想着徐三爺一定要打罵他的女兒。如今正在氣頭上，他發了老脾氣，就許逼着姑娘去尋死。他着急地向屋裏去看去聽，他想：那時我可要不顧一切了，我得闖進屋去解釋解釋，我跟姑娘一點也沒什麼。

屋中燈光突然亮了，可是高文豹心中所預料的事情卻沒有發生。徐三爺跟女兒在屋裏說着話，說得是什麼，高文豹可是沒聽明白，但也聽得出來，屋中的父女談笑聲音可是平和，而且姑娘還咯咯地笑着。高文豹越發覺得慚愧，知道徐三爺今天雖然撞着了自己跟他的女兒的事，咳！以剛才的情景來說，就不是調情也算是調情。但他並不立時發作，他還給我留臉。他真是心腸寬大，待我至厚，但我有什麼臉再見他呢！以後還有臉在這兒保鏢嗎？

他悔恨交集，慚愧不勝，就低着頭回到了櫃房，坐着發怔了半天，又暗暗地歎氣，旁邊舖板上的楊先生卻呼嚕呼嚕地大睡。高文豹想睡也睡不着，熬了半夜，在天光才亮的時候，他就提着寶劍，拿上他的鏈子錘，走出了門。

他一面走，一面懊煩地想着：徐三爺越是不跟我說什麼，我的心裏越是難過，我也沒有法子解釋。早先徐三爺看我是個老實人，把一切要緊的事全都放心地託付我；如今他對我有了懷疑了，我再給他保鏢，也沒有意思了。不如我爽性不幹了吧！在德順府我雖然再也保不了鏢，可是幹個小買賣也能養活我老娘。想到這裏，他不由得歎了口氣。

他抬起頭來，見天上晨光熹微，兩旁的舖戶大半還沒有摘下門板，街上的人很少，賣豆腐漿的擔子也才挑出來。不覺得竟走到福得泰鏢店的門首了，突然見這裏的大門已開，由裏面跑出來兩匹馬，險些將他撞着。高文豹不由住了腳步，瞪着兩隻發怒的大眼睛去看馬上的二人，就見全是黑袍狼手下的鏢頭，一個叫"毛栗子"，一個叫"爛酸梨"。平日這些人就跟高文豹不對，雖然他們畏懼徐三爺就也不敢對高文豹怎麼樣，可是向來彼此是不說話的。如今這兩個騎馬的人撥過馬去，且都向高文豹發出一聲惡笑。高文豹提刀怒罵道："王八蛋！"兩個人仍然笑着，毛栗子並且說："不惹氣！姓高的你等着！咱們爺兒們一半天再說！"

高文豹又大罵着："忘八蛋！連黑袍狼帶病金剛，都是忘八蛋！"那毛栗子把眼睛瞪了瞪，要撥馬回來打架，並問："你罵誰？"那爛酸梨卻揮手說："何必？犯不上理他，他們還能活到明天嗎？媽的龜孫子！"高文豹大怒，掄着鏈子錘跟寶劍就撲上前去，那兩個人卻都一齊揮鞭催馬跑去。高文豹當然追不上，他橫着劍，望着馬不住的大罵，那兩個人的馬卻已然跑遠了，他們連頭也不回。

高文豹怒氣衝衝，回轉頭來，真要闖進福得泰鏢店去鬥一場，誰管他敵得過敵不過，立時就跟黑袍狼等人分出個高低，決定個生死！但是他在這門口也算罵了大半天，可是裏面竟無一個人出來。他又覺得自己若闖進門去大鬧，那總算是自己不講理，無論如何也得先把理占住，就是將來動起官司來，那也好打。於是捺下了一口氣，就依然愁眉不展地回到了家中。

這時他的老娘還沒起來，他看見老娘憔悴老邁的樣子，又覺得自己做事不可草率。倘若鬥不過黑袍狼跟病金剛，那自己的老娘將歸誰養活？一想到這兒，他的心就冷了。但是又想起剛才那兩個小子說的話，可見黑袍狼跟病金剛是正在預備，大概一半天他們就要找到徐家鏢店去行兇。他們不但是恨徐三爺，還恨着我，我就是想要躲避也是不行，除非我跑了，但那有多麼洩氣？

他又想：昨夜在徐家的那事，實再見不起人！自然因徐三爺養的女兒太瘋，但是我也實在不好，真真難見徐三爺，但我也得想法解釋解釋。現在他老了，有人前來跟他作對，他一定很是恐慌，我不如出頭給他擋一陣。若擋住了，我也叫他看一看，我這個人不是平時淨吃閒飯，還存心調戲他的女兒，到了這要緊的時候，我也能夠為他捨命！即或我死了，想他也必能照顧我的老娘。想到這裏，他心中不禁湧上一陣悲感，振起了一種捨身酬答知己的勇氣，他便又提劍掄錘走出門去。

　　高文豹昂然地走到了大街上，這時候街上的商店都開了，人也往來得多了。正走着，忽然見對面遠遠的走來了徐三爺，手提着八哥籠子，還是像往日那麼逍遙自在，大概是又要上茶館。高文豹便趕緊躲避，進了一條小巷裏。他心中又生出一陣羞愧，覺得無地自容。

　　在小巷裏待了半天，忽然聽得背後嘩的一聲，回頭一看，原來是一個小門裏出來一個中年的婦人，正在倒尿盆。這婦人見了他立時把瓦盆放在地下，笑着叫說：「高大兄弟，你幹嘛來啦？要找你大哥嗎？你大哥也是才起來。」高文豹這才明白，這條胡同名叫馬槽巷，這個門兒住的是開酒館的朱大，跟他算起來還是親戚，他就作揖叫了聲：「嫂子！」

　　既然來到這兒，他就不能不進去看看表兄。何況他知道，朱大在北門裏開的那個酒館，生意很好。他現在成了東家啦，用不着再像早先那樣親自在櫃檯裏給人熱酒了。而在他那裏整天有不少的鏢行人喝酒，想他也許知道些關於病金剛的事，於是他就向這婦人說：「我正是來看看我大哥。」婦人說：「你快進去吧！你大哥這兩天也很着急，想要找你，可是又聽說你出外去了，他沒處找你去。」高文豹又一陣詫異。

　　他走進去，直拉北房的門進屋，見朱大正站在外屋洗臉，他就叫了聲：「大哥！」朱大回過身來，一邊擦着臉，一邊說：「喂！兄弟！我這幾天正要找你去呢！」高文豹問說：「什麼事？」朱大又拿手巾擦耳朵，說：「也沒有什麼要緊的事，就是頂好你還是借着個詞兒上別處玩玩去，你這幾天就在家裏少出門兒，別到徐家鏢店啦！」

　　高文豹故意問說：「為什麼？」

　　朱大說：「咳！難道你沒聽說嗎？黑袍狼勾來了山東的英雄病金剛……」

　　高文豹聽到這裏，就氣得一撇嘴，說：「病金剛又算個什麼東西？」朱大一怔，說：「兄弟！你的脾氣要是這樣暴，那我就不必跟你說了。我都是為你好，因為我看着徐三爺要不得了。」

　　高文豹冷笑說：「但人家徐三爺照樣提着八哥籠子在街上走！」

　　朱大說：「你別忙！徐三爺快塌台啦！他本來是順德府的一個野孩子，小混混，出外了幾十年，娶了老婆生了個女兒。也不知他在外保過鏢沒有，練過拳沒有，回來就怔開鏢店，弄個蝴蝶嚇唬人……」

　　高文豹聽見人輕蔑蝴蝶鏢就生氣，忙攔住朱大的話，說：「不！徐三爺確實有本事！」

　　朱大努着嘴一笑，說：「我雖沒保過鏢，也沒練過武，可是我在酒館裏見的鏢頭也多啦！象徐三爺那副貌不驚人的樣子，我看他實在不配。其實我跟徐三爺也沒有仇，並不是因為他不喝酒，不照顧我的酒館，我就恨他，他實在是不行。連黑豹狼，堰月刀胡龍，雙鈎陳遠，我也看他們不起，只是前天來的那個病金剛苗二爺，人物真是了得！其實他的相貌也不過跟咱們一樣，不！比你還瘦，但確實有真功夫！昨天午間他在我的櫃上喝酒，跟人隨便玩，由街上撿來兩塊石頭，他放在地下，用手一拍就粉碎。」

　　高文豹說：「那是小玩藝，江湖人都會練那套。」

　　朱大直着眼說：「都會練？你當時練練叫我看看？兄弟，咱們兩人是親戚，別人我還管不着呢！你趁早躲一躲，別往病金剛的頭上去碰。咱們保鏢不過為混飯，爭強、打架那事咱們犯不上。老表叔又如何？負了一輩子的氣，到老時還性情傲，可是死在黑袍狼的手裏了！」高文豹聽人提說到他父親之死，他益發悲憤，臉變得紫中透黑。又聽朱大往下說：「昨天有幾個鏢頭在酒店裏說，一半天他們就要下手了！」

高文豹問道：「他們為什麼當時不下手？」

朱大說：「聽說有個人還沒有來！那人的名字更厲害，名叫毒劍客，現在已由河南到了大名府。今天他們就派人迎接去。只要一接來，他們就要下手拆除徐家鏢店，扯爛了你們那個蝴蝶鏢。然後黑豹狼、病金剛、毒劍客，還有堰月刀胡龍，四個人就拜把兄弟，以後各路的鏢就都得用他們走！」

高文豹罵了聲：「他媽的！」一抖鏈子錘幾乎打着了朱大嫂，朱大嫂哎喲一聲，趕忙跑進屋裏去了。但朱大又把他太太叫出來，讓給他編辮子。高文豹也自悔魯莽，然而胸中的氣真抑制不住。

朱大又說：「兄弟！你真別讓我着急，你雖然是條漢子，可是那些個人你如何鬥得了？倘若你幫着徐三爺跟他們鬥氣，別說死，就是受幾處傷，也冤呀！我勸你趁早把寶劍跟你的錘放在我這兒，你回家去，少出門，這兩天的柴米，我可以派人給你送去。」

高文豹卻擺手說：「大哥你不用管我，我在徐三爺手下三年，他待我真不錯；如今有人要欺負他，我不能等他們上手，我得先出頭。」說着轉身往外就走，身後的朱大還大聲叫着：「兄弟！兄弟！」高文豹卻連頭也不回，就出了門，又一直出了小巷。一到了大街上他就挺劍掄錘，直奔福得泰鏢店，街上有許多人都注意看他，可是沒有人敢攔。

他一直來到黑袍狼的鏢店門首，就掄起錘來，咚的一聲向門上打了一錘，門就碎了一大塊，他站立着向裏大喊：「黑袍狼！病金剛！你們滾出來！不用去找徐三爺，先來鬥鬥我飛錘太保！」

他這樣一喊，立時鏢店出來了許多人，一看見高文豹拿着劍，又拿着錘，他們也都一齊抄起了兵刃，刀槍劍棒湧了出來，都怒喊：「你這小子，為什麼來此吵鬧！」高文豹卻掄着錘說：「你們都別來！都別來！我要見的是黑袍狼跟病金剛這倆小子！」這些人哪裏肯聽他的話，一齊舞動兵刃，拿住架勢，將他圍住。高文豹也嘩楞楞地抖起了鏈子錘，以錘護劍，就要拼鬥。忽聽店裏發出了一聲大喊，說：「都住手！讓我來問問他！」

高文豹揚目一看，見從裏面出來兩個人。頭一個身穿青綢袍子，不但身高體大，面圓口方，而且頭髮特別多，辮子特別粗而長，盤在頭頂上，如同帶一頂大帽子，這人正是秦成。他身後隨着個面黃的大漢，氣度更是軒昂，衣服也極闊綽，這自然就是病金剛無疑。

高文豹被許多拿着刀槍劍棒的人圍住，他就已然不能環顧，如今見黑袍狼和病金剛出來，身後且又有兩個人給黑袍狼抬來了那杆狼牙棒，他就越發吃驚。他也不知此時臉上已變成什麼顏色了，只覺得精神緊張得很。但既然是來拼命麼，他就索性橫了心，將劍一抬，錘一抖，喝道：「出來吧！隨你們多少人一齊上手，我不怕！」

黑袍狼冷笑說：「豈有此理！對你一個小輩我們用得着以多為勝？」他向旁邊的人喝道：「都閃開！」然後點手說：「你進來！外面的街道窄，我們院子倒是寬，要想比武就得找個寬敞的地方！」高文豹一鼓勇氣闖進了大門，那些拿兵刃的人也都隨在他的身後一齊擁入。

黑袍狼吩咐將大門關上，當時咣當一聲震心的響，兩扇大門就關上了，高文豹全身的血都沖上來。黑袍狼卻微微一笑，說：「我佩服你！想不到高祿那老廢物，竟有你這樣硬性的兒子，好！我倒得另眼看你了！本來我們要找尋的並不是你，只是要拆徐家鏢店，打徐三，撕蝴蝶鏢。像你這樣的人，別說苗二爺，就是我也懶得跟你動手。但是你既然來了，我們不能叫你空手而回，得給你點賞錢才行！」說時把眼睛一瞪，解開腰間系的綢帶，甩去了青綠長夾襖，伸手抄起了狼牙棒，向着高文豹逼來。

高文豹卻一縱身迎上去，掄錘向着黑袍狼就打，黑袍狼冷笑說：「你這傢伙兒只能算是小孩子的玩藝！」一棒將錘掠開，不料高文豹右手的劍驀地又刺來。黑袍狼一閃身將劍躲開，鐵棒重如泰山，當頭砸下。高文豹卻疾斜身避棒，同時劍進錘來。那邊的病金剛就喊了聲：「要留神！」黑袍狼連退了幾步，他真沒想到高文豹的武藝竟是如此的精熟，若在病金剛的面前丟了人，敗在這舞名小輩手裏，那還有什麼臉？於是他振起了精神，對高文豹毫不輕視，鐵棒翻起新招數，想要兩三棒就將高文豹的背打斷，腿打折。然而高文豹卻劍舞錘飛，也真一步不肯讓。

相鬥二十餘合不分勝敗，連高文豹自己都沒想到，黑袍狼的武藝原是這麼平常，因此他的膽氣愈壯，劍跟錘舞得更熟。那黑袍狼戰得反倒覺得吃力，在病金剛的面前，他若連徐三爺手下的這麼一個鏢頭都敵不過，那他未免也太丟人了。所以他就將棒胡掄亂打，但是因此他反倒把自己弄得着數紊亂，手腳失措。他這個兵器既沉又笨，在步下使用，本來不大上算；高文豹的短劍鏈錘又極合手，並且因為他拼出命去了，所以處處佔先，着着不弱。旁邊看着的病金剛就急躁地又喊了一聲：「要留神！不如換個兵器使用！」但是黑袍狼想換手已然來不及了，就聽咚的一聲，一錘正擂在他的胸口上，黑袍狼便扔了棒躺在地上了。高文豹惡狠狠地擰劍又向他的腹部扎來，但旁邊的眾人已一齊怒喊刀劍齊上，高文豹疾掄寶劍，亂抖鏈錘護住了他自己的身，立時一陣紛亂。

這時那病金剛苗方已然疾掖了他的長衣，由一個人的手中抄了一把大棒，飛躍過去，掠開幾個人的刀槍，喝了聲：「都住手！」他雖然只是個外來的客，但他的威嚴大，只這一聲喊，四下的人齊都斂手後退，高文豹也不由得怔了一下。

病金剛晃動着一根檀木棍，向高文豹說：「你也不要逞強！我看得出來你的武藝也是受過名師的傳授，下了苦功練過。但是你保着蝴蝶鏢還可以，在我的面前逞強可還是不能。我就憑這根棍，隨你是寶劍飛錘，三棍之下我若不將你打倒在地，連徐三我也不會了，我是轉身就走，永遠不到順德府，看棒！」說時一棍蓋頂打下。高文豹疾忙用劍橫迎，當的一聲將棍磕開。然而病金剛的棍卻順勢疾撩，身隨棍轉，其勢極快。高文豹未能防禦，吧的一聲，這一棍正打在他的背上。雖然是一棍，但因用力極大，高文豹也是吃不住，偌大的漢子就當時趴在地下。他還要翻身，掙扎着再拼，但病金剛的第三棍又打來，正擊在他的頭上，他立時昏暈了過去。

高文豹被打昏在地下之後，那邊躺着的黑袍狼已然被人攙扶起來，他吐了一口鮮血，面色慘白，喝道：「將那小子的頭給我割下來！拿我個名帖到衙內打官司！」真有人要持刀去割高文豹的頭，卻被病金剛一腳將那人踢得人翻刀落。病金剛又改為和緩的態度，擺手說：「我們在順德府這樣大城市裏，光天化日之下豈能任意殺

人？把他扔出去就得啦，死活由他！”他分派下來了，黑袍狼也無話說，當時就有
人敞開了大門，又有四個人抬起了高文豹，就向外一扔。

門口本來就有好多的人在那裏隔着門聽裏面的熱鬧，忽然見扔出來了高文豹，
他們都嚇得往旁閃躲，大門便咣當一聲又關閉上了。高文豹卻蘇醒了過來，他在地
下一滾身，又爬了起來。他的腦袋本已被棍打破了，他一站起身，血水汪洋就都流
在臉上。他要去抓寶劍流星錘，但已然沒有了。他就撲到門上用拳亂捶，用腳亂踢，
並大罵：“滾出來！病金剛，王八蛋！”裏邊卻不開門也不作聲。他要跳牆進去，
剛一縱身，不料病金剛已從裏面上了牆頭，驀然又向他的頭上擂了一棍。他又翻身
倒地，牆上站的病金剛向着外面一聲冷笑，又回到院裏去了。

這時四圍看的人見高文豹頭上的血較前流得更多，就不由一齊咋舌，說：“這
回可是死啦！”不料高文豹忽然又爬將起來，臉上血淋淋的，直如一個凶鬼似的就
又要上牆。這時，身後就有人拉了他一把，他差點又倒下。他疾忙回過頭來一看，
原來是徐三爺，提着那八哥籠子，態度還是那麼悠閒自在的。高文豹就大聲嚷嚷說：
“三叔，你不知道嗎？黑袍狼勾來了病金剛與你作對！我不願叫你老人家為這小事
出頭，我先跟他們拼一拼。黑袍狼已叫我打傷了，但病金剛我還得跟他鬥鬥！我不
能就服他！”說着拿袖頭擦了擦臉上的血，又要往牆上去躥。

徐三爺將他攔住，說：“老侄，你這是何苦？病金剛又沒敢找到我的門上，
咱們何苦要跟他嘔這閒氣？”這位老人家說話時是一點不動氣，也並不着急。

旁邊的人有的見徐三爺來了，就覺得待一會兒大門一開，就許有一場更熱鬧
的武戲，徐三爺可未必吃得住病金剛的擂頭棍，所以多半都替他捏着一把汗，躲得
更遠了。有幾個好心人又都過來勸解，幫助徐三爺勸高文豹說：“算了吧，算了吧！
高爺你也息一息氣吧！先回去歇一歇，然後有朋友出頭給了事。彼此都是一家人，
傷了和氣總是不好，弄出事來也都不便。徐三爺說得對，不必嘔氣啦！”隨說着隨
幫助徐三爺將高文豹拉走。

高文豹這時頭昏背痛，也真是精疲力盡了，但他還不服氣，扭着頭還向着福
德泰鏢店大罵，說：“小子們！把牢門開開呀！出來拼個死活！關上門躲在門裏，
就算是好漢了嗎？真給江湖人丟臉！”那些好看熱鬧的人也都覺得掃興，覺得飛錘
太保縱然被人給打了，可是還英雄，但福德泰今天實在是泄了氣。

他們正在這樣想着，有的人要走還沒走，那邊的徐三爺拉着高文豹也還沒走
了幾步。不料在這時，福德泰的牆裏頭忽然有人一越而出，正是那病金剛。他的長
衣裳已然脫去，只穿着一身短褲褂，手中仍提着那杆檀木棍子，飛似的追了上去，
喝道：“你們別走！以為福得泰鏢店的人真怕你們嗎？”

那邊高文豹立時回身撲迎過來要奪棍，可是徐三爺一手將八哥籠子高高的舉
起，一手搖擺着說：“別打！別打！來的這位就是什麼病金剛嗎？”

病金剛追到臨近，忽然將步止住，用棍尖點地，一手護住了前胸，揚目問說：
“你就是蝴蝶鏢的主人徐三嗎？”

徐三爺說：“原來你還不認識我？我倒聽人談說過你，聽說你在山東的名聲
還不錯，如今來到這裏找我作對是為什麼緣故？我勸你可千萬別上了黑袍狼的當！
你未曾見他的面，未曾答應幫他忙的時候，就應當先向他問明白了，他不見的不認
得我是誰！”

病金剛聽了忽然一陣詫異，但又冷冷一笑，說：“不用多廢話了，我也用不

着細打聽你的來歷，現在只是勸你，摘下鏢旗上的那個蝴蝶！”

徐三爺益發笑了，說：“豈有此理！我鏢旗上的那個蝴蝶扣，就跟我籠裏養的這八哥一樣，是我喜好的玩意兒，幹你山東病金剛什麼事？”病金剛說：“因為你弄着那假招牌欺蒙江湖。我聽說了，不能服氣，所以我要跟你比試比試！”徐三爺點頭說：“可以！但你須得等我把八哥送回家去，咱們還得約定一個地點才成，你要叫我跟你像小孩子似的，在街上打架，在車轍裏打滾，我可不幹。那樣，我就是勝了，也算丟人！”

此時，徐三爺說話，雖然仍是笑着，但這種笑是假的，他的面色是極為森厲可畏。旁邊氣昂昂站立着的高文豹，連衣領、大襟全都滿沾着鮮血，他徒着手又擠過來，說：“你快說吧！說出個地點來，還是我跟你較量，你不配跟我三叔鬥！”病金剛閃開一步，冷笑着說：“你也不配跟我鬥！”遂向徐三爺一挑手，說：“徐三爺，我也知道你是一位老江湖，如今咱們還是應當講講江湖面子。你也這大年歲了，我要是說的地方太遠了，你也走不動。地方可以由你說吧，時間也由你定，我是無不奉陪！”

徐三爺的面色也漸漸溫和了一點，就說：“你既然肯講面子，那就好辦。我老了，腰腿兒雖然還能夠動彈，打一趟拳，走一趟刀，雖然自信還不弱於你們年輕的人，但究竟我是不願多費力氣。今天吃完了午飯，你可以到我的鏢店去，我們玩一兩套小把戲、細功夫。聽說你慣會用手掌擊石頭，我想你對這些功夫也一定喜歡，那麼咱們就憑那定出輸贏，既公道，且不必打得個頭破血出，弄得不好看！你以為如何？”

病金剛點頭說：“好！就這樣辦吧！待會兒見！”

徐三爺也點頭說：“好！好！”又說：“你去找我的時候，頂好多邀上幾個人，以便給咱們做個見證，叫他們帶上兵刃去也不妨，雖說是到時比較功夫，可是你們若仍欲拼命，我也不懼。反正，只要我輸了或敗了，蝴蝶扣我就當着你們的面扯碎，鏢店也一任你們砸毀！”說着，這位老鏢頭又勾起來一些氣，他的八哥卻在籠子裏說：“回去啦！回去啦！”

病金剛又一抱拳，轉身提着棍子走了。徐三爺向那群看熱鬧的人笑了笑，又向高文豹說：“你跟我回櫃上去吧，把臉上的血洗洗，歇一歇。我給你沽點酒，叫我姑娘給咱們炒兩樣菜，吃吃談談。等着他們找我去的時候，你看看我的手段！”

高文豹卻又羞得滿面發燒，幸因有血跡遮着，沒顯出怎樣臉紅。他搖了搖頭，說：“等我吃完午飯再去吧！現在我先回家。我今天受的這點傷，不算什麼，等三叔和病金剛鬥完了，我還要跟他鬥鬥！”徐三爺也沒再拉他，就一任他走了。

徐三爺依然提着八哥籠子，逍遙自在地走回家去了。高文豹今天受的這幾處棍傷，若是換個別人早就爬不起來了。但他雖然滿身是血，卻強忍着傷痛，瞪着大眼，反倒昂然邁着大步前走。又要走到福德泰鏢店門首之時，他仍然大罵着，並想要進內索回他的寶劍和鏈子捶，但是那兩扇大門卻緊緊的關着，一點也不威風，反顯得膽怯。

他也沒有氣力了，回到家中洗了洗臉上的血，換了身乾淨的褲褂，並用手巾將頭包住，他就側臥在炕上。他的頭和背上現在全都非常疼痛難忍，幸虧此時他的老娘並沒在屋裏。待了一會，他老娘回來了，他卻已將洗了血的水潑了，將染着血的衣服已然藏了起來。他的老娘見他躺臥着，還以為他昨夜沒睡好覺，因此又疑惑兒子昨夜不定睡在哪裏了。兒子已然這麼大了，還不給他娶親，也難怪他在外面做荒唐事，老人家想到這些，心裏又很難過。

高文豹此時是一面咬牙忍住了疼痛，一面心中也亂得很。今天錘打了黑袍狼，雖然他沒死，可也算為父親出了氣，而且，可見自己的武藝確實是比黑袍狼高，早知如此，早就把他打了。又想病金剛的棍法實在厲害，只怕今天徐三爺也未必是他的對手，而自己，已無顏再回鏢店，也不能為他助拳！

當日城中的人差不多全都知道了，午後徐家鏢店裏要有一場大比武，是徐三爺跟病金剛。大家都猜測着是徐三爺准敗，碰巧還許老命嗚呼，因為病金剛的武藝確實難惹。他的那根木棍真比黑袍狼的狼牙棒凶得多，他能夠把飛錘太保打昏暈過去兩次。可是黑袍狼，大概是因為他取了小老婆之故，武藝退步多了，今天竟會吃了高文豹的一個大虧。

福得泰鏢店為什麼關門呢？原來那是病金剛的主意，他不許本鏢店的人出入，以免將店主黑袍狼吃了虧的事宣揚到外面去。可是後來病金剛一看，也用不着宣揚，黑袍狼挨了錘吐了血之事，就連街頭的小孩都知道了。病金剛又急又怒，就索性令人敞開了大門，並派人去請城中的那幾家鏢頭，來此共同商量應付徐三爺的辦法，並請他們在這裏用過午飯之後，一同去到徐家鏢店，以看他與徐三爺比武。

可是那些家鏢店的掌櫃的，如偃月刀胡龍、雙鉤陳遠、丈八矛冷大山等人，昨日還都駕着黑袍狼與病金剛之勢，聲言幫助他們撕蝴蝶鏢，打徐家鏢店，今天因為黑袍狼叫一個沒有多大名氣的鏢頭給打了，他們就有點畏懼，所以只有丈八矛冷大山一人來到，胡龍、陳遠等都是派了手下的鏢頭來的。病金剛一一接見，談說了今天的事，然後又帶着他們去看黑袍狼的傷勢。

黑袍狼在他那陳設得很華麗的屋中躺着，正由他的侍妾伺候，一見有人來了，他就令侍妾回避了。他臥在床上爬不起來，見了來人，他是十分慚愧，但還向人說着大話，他說：“咱們走江湖的人，有時候佔便宜，有時候就許吃點虧，這不算什麼。過一半天，我的傷好了，我再找他們去算帳。早先我是可憐徐三年老，高文豹的爸爸又是因為比武被我打死的，我也處處容忍他，現在徐三使出來高文豹竟敢打我，這以後就說不得啦！我非得將他們斬盡殺絕不可。有我姓秦的，就沒有他徐三鏢店！”

第二回　　病金剛殘遭劈山掌　　毒劍客智勝追風刀

　　此時冷大山和太平、三友兩家的鏢頭，只有勸黑袍狼應當安心養傷，並說：
"高文豹拿鏈子錘打人，就跟使用暗器一樣，雖然勝了，也算不得英雄；何況他也
叫苗二爺拿棍連打昏了兩次。細說起來，今天上午的事，還算是他們輸了。待會的
事情那更不用說了，一定是苗二爺穩占上風。明後天獨劍客唐五爺再一來，徐老三
就非得滾蛋不可。高文豹失了靠山，那將來還不是由着咱們收拾嗎？秦掌櫃你這口
氣何愁不出？"

　　黑袍狼秦成咬牙咧嘴的忍下了一陣胸痛，他就又向病金剛說："二哥！待會
你見了徐三，可是也不要輕看了他，須謹防他的毒手。他還有一個女兒……"病金
剛因又問："剛才我可是聽徐三親口說的，他想你一定知曉他是怎樣的一個人，似
乎他覺得你很曉得他的來歷？"黑袍狼微微搖頭說："我哪裏曉得？我只聽人說他
姓徐行三，他有名字沒有我都不知道！"

　　病金剛仍然有些不相信，就又說："我此次來到順德府，固然是因為看着他
那蝴蝶鏢生氣，可是也實為幫助我兄剪除一個對頭，使我兄在此地做一個鏢行的領
袖。以後我們交情日厚，好彼此往來，使山東、直隸兩省的鏢行朋友都成為一家人。
但是你應當對我說實話，叫我知曉那徐三究竟是何許人也，待會我跟他比武的時候，
也好先有個斟酌。"

　　黑袍狼聽到這裏，臉色就漸漸地變了，他發了半天呆，才說："老徐三的來
歷我實在不大曉得，只是在五年之前我在河南的時候，卻曾會過他一回……"說到
這裏，他的面上一陣慘白，就歎了口氣，說："提起來話長了，這時候我也沒有力
氣細說。苗二哥，我實在告訴你吧！早先我就在他的手下吃過虧，所以我才怕他，
才請了二哥你來。徐三，他的真實姓名，我雖不曉，但我疑惑他就是……"

　　病金剛苗方突然一驚，趕緊瞪着眼往下去聽，可是，黑袍狼仍是沒有說出來。
他只是一手捂着胸，一手搖擺着說："二哥你不要問了，只盼你回頭見了老徐三，
不要輕看了他就是了！如果你也覺得不行，那就只好甘休。這回就算我栽了跟頭，
我現在傷得這樣了，諒他們也未必忍心殺了我！"病金剛發了一會呆，黑袍狼卻漸
漸忍不住傷痛，呻吟了起來。病金剛也不便再追問他，就同着冷大山等人出了這屋，
到前廳用飯。冷大山這幾個人都一點精神也沒有了，連酒也喝不下去。

　　少時飯畢，病金剛伸了伸手腳，就將裏衣束紮利便了，帶上一口短刀，隨後

在外面披上了長衣；又選了兩個鏢頭，一持木棍，一攜雙刀，作為隨從。冷大山幾個人卻都連一件兵刃也不帶。出了門，一路走着，雖然還都跟病金剛談談笑笑，可是掩不住他們的畏縮神態。越走離着徐家鏢店愈近，病金剛的臉色也愈白。

少時來到了徐家的門首，就見雙門大敞着，裏邊一個人也沒有，冷大山等人倒很為驚異。病金剛在前，進了門一看，櫃房也鎖着，裏邊並無一人。向裏院去看，見陽光之下，有一個十七八歲的大姑娘按着一隻大黃貓，拿着個篦子，正在給貓梳攏毛兒，背影兒向外。病金剛就止住了腳步，而那冷大山等人眼睛卻有點發直。病金剛就站在這裏向裏叫了一聲：「徐三爺在家嗎？」那女子一聽，便把頭一回。病金剛看出來這女子生得實在是貌美，冷大山就在他耳邊悄聲說：「這就是老徐三的女兒！」

此時院中的姑娘回頭看了看，並沒有說話，她站起身來抱着貓，就一顛一顛地跑進屋裏去了。她那油亮的大辮子在背後一擺一擺的，使冷大山這幾個人都有點鎖魂。病金剛越發不能往裏怔走了，他就又叫了聲：「徐三爺！」

這時就見徐三爺由此屋裏出來，他此時是身穿一身藍粗布的短褲褂，十分俐落，口銜着旱煙袋。出來就拱手，笑着說：「我正在等候諸位，請到這屋裏來坐吧！」他的態度從容而鎮定，簡直跟沒事人一般。

徐三爺手裏原拿着鑰匙，走過去把櫃房的鎖頭開了，拉開了門，就請這幾個人進屋。冷大山這幾個人都有點毛咕，好像怕屋子裏有什麼埋伏，先看着病金剛昂然走入，他們才跟隨進去。屋裏沒有一個人，床鋪桌椅都已然挪開了，當中地下放着一塊大磨盤，還有許多大大小小的石頭。

徐三爺先把煙袋鍋兒向石磨上磕了一磕，然後就放在窗臺上，笑了笑，又向病金剛一抱拳，說：「聽說苗兄是會拿手拍石頭的，這個小玩意早先我也玩過。現在你老兄來找我，咱們與其拿刀動杖，不如玩玩這小玩意就算罷了。」遂指着石頭說：「這些石頭大小不齊，都是我叫人由城外拾來的。」說到這兒又笑了笑，接着說：「咱們先練掌力，後練臂力，誰要是能用掌將那塊頂大的石頭擊碎，誰就是好漢；誰要是能舉起這塊石磨來，我就撕碎了蝴蝶扣兒！」

說到這裏，他的聲音震耳，冷大山等人全都有些害怕了。病金剛卻微微一笑，說：「要說舉這石磨，我可舉不起來，我沒進過武場，再說要是光有兩膀子蠻力氣，也未必就算英雄；至於擊碎石子的事，那我倒是可以奉陪。」說時彎腰挑選了一塊雖然不是太大，可也不小，約有甜瓜大的一塊青石，放在石磨上，挽袖蹲身，高高舉起手來，向下砍去。只聽吧的一聲，石頭立時碎為四五塊，冷大山等人一齊說了聲：「好！」

徐三爺卻另外拾起來一塊比那個小，卻是個渾圓的石卵交給病金剛，說：「請再試試這個。」病金剛接回來，拿手握着，卻現出一點猶豫的樣子，因為這種圓石子比大塊的石頭還難拍。他顛了一顛，就忽然一陣冷笑，把石卵扔在石磨上，舉手又去砍，並喊了聲：「開！」頭一下石卵蹦跑了，被他帶來的鏢頭拾回來，放在石磨上；他再拍，第二下又沒有拍碎；他又連拍第三下，仍然不成，旁邊老徐三爺卻不住微笑。病金剛便大怒，說：「你來拍！我也犯不上為這事耗去了我的腕力！」說時他瞪着大眼，神情非常急躁。

徐三爺彎身拿起來那顆石子，不住地微笑，向病金剛說：「這還用拍嗎？我只用手指一戳，它要不碎，我就扯爛了蝴蝶扣！」病金剛說：「好！你來！」

徐三此時也面上現出怒色，傲然說：「我要是拿大塊石頭拍碎，你們也許以為我是先把石頭用醋泡過了，你們一定不服氣；現在，這是你慣會拍石頭的病金剛，連拍幾下拍不碎的石頭，這絕不是假的。可是，我們得先講好了。我也老了，不願意惹氣，更不願叫後起的朋友喪盡了名頭，一輩子不能翻身，因此我才不願意在街上比武，只在這兒弄弄這小玩意。我若是說出來辦不到，那就算我敗了，我攜妻帶女當時離開這順德府，以後你們若在江湖上再看見我，我由着你們罵；可是我若真把這石頭戳碎了，那也不能算是你們敗，只能算你們低我一頭罷了，可是也得請你們走開，今後再休來跟我較量！」

病金剛說：「好！你先不要說大話，你先戳碎了石頭，咱們再說話。我不信我拍不碎的東西你能把它拍碎！旁的不要說，唯獨拍石頭、鐵沙掌，我不信能有人壓得過我！」

徐三爺把他攔住，說：「說夠了！多說了，你一定要後悔。話越說得大，你的名頭就丟得更大，你在山東闖的名也不容易，何苦一朝喪盡？來看吧！」他將石卵放在石磨上，遂就大喝一聲，拿左手的食指向下一戳，立時把一個圓溜溜的石卵，戳成兩半，並且將石磨也給戳了個坑，冷大山等人一齊驚得變了色。

病金剛就看出來這個老傢伙的武藝真是了不得，別人他肯讓，但這樣厲害的老頭子他絕不能讓；別人他要對之講義氣，但對這個超過自己十倍的人，他卻顧不得什麼義氣、名聲、道理了。他就乘着徐三爺的頭還沒抬，腰還沒直起之時，突發毒手，一拳向頭上打來。不料徐三爺手疾眼快，頭一縮，步一退，就躲開了拳。同時他直起腰來，面現一種暴怒，煞氣逼人，點頭說：「好！我還以為你是個忠厚人，不過年輕性急罷了，誰想到你原是個心壞手毒的小輩！好，這可不能怨我了，你就着掌！」立時一掌劈去，只聽慘叫一聲，病金剛就被這一掌擊得當時暈倒，就像早晨高文豹那樣，死了一般直挺挺地躺臥在地下。

他的身後，冷大山等人都嚇得跑出屋去了。有一個隨病金剛來的鏢頭剛要掄刀，徐三爺就一個箭步跳將前去，把手腕向他的胳膊一挨，他當時就一咧嘴，鋼刀噹啷一聲墜地。徐三爺就如提小孩子一般，把他提出了屋去，又笑着拍了拍他的肩膀，這人卻疼的哎喲哎喲直叫喚。

徐三爺又把臉一沉，向那幾個人說：「看見了沒有？我剛才用的那一着數，名叫『劈山掌』。病金剛他要是不那樣無理，我還不忍得打他。回去告訴黑袍狼，無論他是再請什麼人來，可先得問問，能夠敵得過我這個劈山掌不能。不然，休叫他們來找打。」說到這兒，又哈哈一笑，就很平和地向冷大山說：「進屋來吧！把他抬回去吧！我保他絕不能死，他若沒錢治傷，我這裏有錢；沒地方住，我這兒有地方住。」

冷大山連連作揖，說：「三爺，您都看見了，我今天雖是跟他來的，可是我在旁邊沒多一句嘴，沒給他們助一點威。我早就知道他來到這兒一定是找打，並且我想着，您還不能把他打得這麼輕，可是我又不敢不跟着他來攬您。這您聖明！您能夠打他，可是我要是今天不跟他來，他可能夠打我！」徐三爺點頭笑着說：「我知道，你們都是又聰明又有本事的人，第一嘴頭子會說，會軟也會硬。快些把他抬走吧！」冷大山答應了一聲，立時他就又指揮起人來了，大家就進屋把病金剛抬了出來。

病金剛的臉都腫了，鼻子已被擊破，流了一臉、一衣裳的血。此時他又蘇醒了過來，身子雖不能動，但還狠狠地看了徐三爺一下，吐沫星子帶着血噴出來，說了聲：「再會吧！」

冷大山叫人連抬帶架地把他運出門去了，回首一看，卻見徐三爺呆呆地站在那裏，臉上並無怒容，只是帶着一些不忍的神色。冷大山又過來作了個揖，說：「徐三爺，我要把他送回去了，可是，可是……」他嘴裏含着話，可又仿佛說不出來。

徐三爺的顏色微轉了轉，就問說：「還有什麼話，你自管說！」冷大山悄聲說：「我不敢不告訴您，病金剛這次雖然被您打傷了，可是還有後患。」徐三爺冷笑說：「我知道，他們現在與官府勾通，昨天他們請衙門裏的人在飯莊吃的酒。可是，如今我把病金剛打傷了，難倒衙門裏的人還能借此就來抓我嗎？」

冷大山搖頭說：「不是不是，您忘了，您沒開這鏢店的時候，黑袍狼哪天不打傷幾個人？也沒聽說衙門裏的人管過一回。再說衙門裏的人雖跟您平日沒甚來往，可是您的大名誰不知道？誰不景仰您？這件事您倒別在意。就是，就是病金剛他還有一個朋友，這回本來是由山東同他一塊來，可是這個人半路又往河南去了，昨天大概已到了大名府，黑袍狼今早已派了人迎接他去了。」

徐三爺點了點頭，一點也不在意地說：「我知道，聽說他們又去請一個什麼姓唐的去了。」

冷大山說：「就是此人，此人姓唐名松，行五，外號人稱毒劍客。」徐三爺笑了笑，似乎是覺得這個人不過是個無名小輩。冷大山又說：「此人是個年輕人，近二年在南陽府一帶頗有名聲，聽人說他的武藝比以前的河南大俠赤須龍還高得多！」徐三爺聽了，臉上微微變了點色。冷大山又說：「這人的武藝是從南方學來的，他的師傅叫洞庭老俠。」

徐三爺聽了這句話，忽然又發起怔來。

冷大山說：「聽病金剛自己對人說，這毒劍客的武藝可比他強，自然比三爺一定差得遠。我是不敢不把這件事告訴您，因為他一二日內就要來到。他來了，要是叫我給他助威，我可還是不敢不來。反正只要三爺聖明，不惱我就得啦。我在這開那鏢店，不過是跟三五個朋友湊在一塊混飯吃，誰我也不敢得罪，可是誰我也……」

徐三爺擺手說：「好了好了，我知道了，你就是拿着你的那杆丈八矛幫助他們來打我，我也不惱你。」冷大山笑着說：「咳！我那杆丈八矛，還不是個樣子貨嗎？其實我哪會使呢？」徐三爺不耐煩地說：「得了得了！快走吧！」冷大山又給徐三爺作了個揖，鼠竄而去。這裏，徐三爺卻望着門口，呆呆地站了半天。

本來剛才他打病金剛的時候，病金剛發出的那聲慘叫，就被裏院屋裏的姑娘聽見了，徐姑娘早就跑到了院裏。可是她曉得父親的脾氣，所以連過來看看都不敢。可是聽見冷大山叫人往外抬病金剛，她就放了心，知道是她的父親獲了勝，她就趕緊又走回屋裏，去弄自己的針線。如今待了多半天，卻不見她的父親回到院裏來，她就又放下了針線，疾忙地走了出來。

起先見她父親在那兒站着，她還不敢過去，如今站了這麼半天，她就不由得有點納悶，就輕輕走過去，問說：「爸爸！他們走了，您可還在這兒站着幹什麼呢？您進來歇一會吧！」她的父親徐三爺一聲也不言語，只轉過臉兒來，姑娘立時吃了一驚，因為她從來沒見過她父親的臉色像這樣的愁黯，她隨之也一陣發怔。徐三爺卻轉過了身，有聲無力地說：「把大門掩上吧！」她驚異地望了望父親，趕緊過去將門掩好，插上插關。再回頭看她的父親，卻見那位老人家已往屋中去走，可是低着頭，顯出十分頹靡的樣子。姑娘見她的父親都這樣發愁，她就更不知道是怎麼一回事了，也不免有點心裏發慌。

門旁邊本來有兩塊很沉的頂門石，她就彎腰抱了起來向門上去頂。咕咚一聲剛頂上了一塊石頭，卻聽外面吧吧的有人打門，並有粗啞的聲音喊道：“別關！別關！”姑娘又嚇了一跳，因為聽出來門外是高文豹的聲音，她不曉得是開門好還是不開門好。

這時她的父親才走到屋裏，聽了叫門的聲音就驀然一轉身，瞪起了眼睛，臉上的愁容加上了殺氣，大聲說：“問問叫門的是誰？”

此時外面的高文豹又急急地說：“快開門！媽的病金剛，我再來鬥鬥他！用不着三叔上手！”說的話雖然急躁，然而聲音卻顯出來很短促，可見他是負着傷前來助拳。姑娘就不由皺了皺眉，向外面說：“病金剛已叫我爸爸給打走啦！高大哥還有別的事嗎？”

那邊的徐三爺卻厲聲說：“快叫他回去養傷！我的事不要他管！告訴他，我的鏢店不開了，從今天起歇業，叫他不必再來了，傷養好了我給他再找別的事。帳，等我過兩天算清了給他送到家裏去。叫他趕快回去，不要出門，我姓徐的就是被人打趴下，也用不到他幫忙！”

姑娘隔着門縫向外說：“高大哥你先回去吧，我爸爸現在正生着氣啦！他不叫別人幫他的忙，也不叫我開門！”外面的高文豹說：“我是帶着傢伙來的！有我，用不着三叔那麼大年歲的人親自動手，我打死他病金剛、毒劍客、黑袍狼幾個王八蛋！”姑娘還不知道從哪兒又出來了一個毒劍客，她就把聲音壓低一點，說：“剛才我爸爸已把病金剛打傷的很重，事情就算是完了，高大哥你不必擔心了！你快回去養養去吧，我爸爸他不讓開門。”

外面的高文豹聽了，立時就不言語了，可是喘氣的聲音很大，足見他沒有走開，也許他又站在那兒發怔呢。姑娘就又說了一聲：“高大哥你回去吧！”外面這才嗯了一聲，又說：“待會我再來！叫三叔別着急！”姑娘聽了，心裏不由得一陣難受，又頂上一塊石頭，她就站起身來，急忙跑回到屋裏。

她的屋子本來是三間，一明兩暗。西邊的里間是她跟她母親住，這些日母親不在家，只是她一個人住；東邊的里間卻是父親的臥室，有一張木榻，還有一把很破的太師椅。如今，徐三爺就發着呆，靠在那把椅子上，旁邊隔架上放着鳥籠，八哥還在籠裏說：“我要喝茶！”

姑娘有點害怕，畏縮地走進前來，說：“高文豹他走啦！”徐三爺只點了點頭，並沒有說話。姑娘笑一笑，又說：“爸爸！您今天是怎麼啦？你心裏到底有什麼為難的事呀？把病金剛也打走啦，事情不也就完了麼，誰還敢再來跟您作對呀？您別負氣，也別灰心，鏢店咱們還照常開，蝴蝶扣還照常用，怕誰？”

徐三爺卻慘然笑了一聲，姑娘聽了，不由得嚇了一跳。徐三爺又向姑娘看了一眼，臉色漸漸和悅，說：“高文豹確實是個好孩子！”姑娘皺皺眉說：“他本已受了很重的傷，可是還要來幫助咱們，總算是個好人。”徐三爺點點頭，又說：“江湖上像他那樣有良心的人還真少有！可惜，這幾年來我淨支使他在外邊亂跑，沒有指點他一着兒武藝，如今，晚了，我沒那精神了！也來不及啦！”

姑娘又很詫異，就說：“爸爸，您這話我實在不明白！剛才您打傷了病金剛，可見您的劈山掌還是天下無敵，追風刀還沒用呢！病金剛是東路著名的好漢，他尚且經不住您一打，別人就是有與您爭鬥之心，我想若聽說了剛才那件事，也得疾忙乘風兒轉舵，不敢來往硬石頭上碰！」

徐三爺卻擺手說：「休說大話，你小孩子家懂得什麼？俗話說：『強中自有強中手，能人背後有能人』。咱父女倆這些年只在黃河兩岸及太行山一帶行走，其實黃河以南還有長江呢！太行山的西邊還有華山、終南山、太白、祁連那些個大山呢！長江之旁，高山之上，都隱居着不少奇人大俠，咱爺倆實在數不上數兒。他們那些人教出一個徒弟來，若是與咱們為難，也夠咱們對付的。」

姑娘瞪起眼睛來，問說：「誰？誰教出徒弟來要與咱們作對？爸爸您說出來，我聽聽！除非他是由天宮裏飛下來的哪吒，雲裏來的金剛，還得是真金剛，不能是病金剛，我許怕；他若也是肉眼凡胎，伸腿才能走路，掄拳才能打人，那我⋯⋯」她嘿嘿地冷笑着。徐三爺卻又擺手，又搖頭，連聲說：「你快去吧！你快去吧！幹你的事情去吧！」姑娘卻跺腳要哭，急聲兒說：「爸爸您今天非得告訴我才行！我知道您的心裏一定有為難的事，您一定怕病金剛走後，還有比病金剛武藝更高強的人來找您，您才⋯⋯」

徐三爺霍地立起身來，狂笑着說：「憑他武藝高強的人，誰還能強得過我？三十年來我怕過誰？」姑娘說：「那麼您剛才可又說什麼長江高山⋯⋯」徐三爺頓然又歎了口氣，但是卻不再發話，拿手又驅他的女兒走。姑娘只好擦了擦眼淚，退到了外屋。

徐三爺住的房子也沒有門簾，姑娘一扭頭，就看見了他的父親在那把椅子上坐着，雙手按着椅子邊兒，瞪着兩隻可怕的眼睛發呆。姑娘難過了一會，忽然又把心一橫，就回到她自住的屋裏去了。一時屋中岑寂，除了那只八哥有時說上一兩句話，就再也沒有聲音。

過了有一點多鐘，徐三爺就忽然站起身來，在屋中來回地走了幾步，便出了屋。他走到剛才與病金剛爭鬥的那個櫃房，石磨和大小的碎石子還在地下兀自放着，門檻上且留着病金剛噴出的幾點殷紅的血。徐三爺回想起剛才掌擊病金剛之事，不由又有點精神奮發。他拿起煙袋裝了一袋煙，按了按，打着了火鐮，又噴着，鬍子下面跟鼻孔裏，全都冒出來裊裊的煙雲。

這時忽然外面又有人敲門，敲得聲音倒不大，也不急。姑娘又從屋裏跑出來了，徐三爺趕緊出屋，把他的女兒攔了回去，他隔着門問：「找誰的？」外面卻說：「是我！我姓楊，三爺您開門吧！」徐三爺一聽，是管賬的楊先生的聲音，他遂就將頂門石搬開，插關卸了，開了一道門縫。

楊先生就擠進門來，笑着說：「三爺，我剛才上街買一點東西，沒想到這麼會兒工夫，您就把病金剛給打傷了！街上人都沸沸揚揚地談論此事。我往回走還看見冷大山他們抬着傷了的病金剛，哈！這可真成了病金剛了。真是『強中自有強中手』，您瞧他早晨打高大爺時有多麼威風⋯⋯」

徐三爺就問：「你見着魯七、侯二了沒有？見着了告訴他們，在家裏多歇幾天不要緊，櫃上現在也沒有什麼事。」楊先生笑了笑，說：「他們大概也快回來了，您打傷了病金剛，街上誰不知道？」徐三爺不大高興地說：「算了！不要提他們了，你好好照應着門吧！」楊先生連連答應，便走進櫃房去了。

徐三爺卻一徑進了北房，姑娘正在外屋站着。徐三爺就說：「你快收拾收拾，我把你也送到于家去。」

　　姑娘聽了這話，不由得發了一下怔，就跺腳說：“幹嗎呀？我不去！我媽在那兒服侍我于嫂子的月子也就夠啦，幹嗎我還去？”徐三爺卻說：“我是想叫你去躲一躲。”姑娘急了，豎起了雙眉，問說：“我幹嗎躲？我怕誰呢？”

　　徐三爺卻冷笑了一聲，說：“你誰都得怕，因為你是個姑娘！以前，你跟我漂流江湖，那是因為沒有法子，但後來幾年，我可是處處叫你學那安閒端重。咱們雖不是大戶，你也不是小姐，可是也得跟別的人家的姑娘一樣，不能露出來野氣，叫人說咱們沒家教。那蝴蝶扣，早先你給系在鏢旗上時，我就不願意。那時你的年齡還小，我想，也不過是個玩意罷了，未必有什麼用處，可是沒想到竟然行開了，弄得這兩年摘也摘不下。所以這回有人找我來搗亂，無論我是勝敗，我倒正好收鏢！”

　　姑娘說：“憑什麼呢？蝴蝶扣是我結的。爸爸，您不開這鏢店我開！”

　　徐三爺聽了女兒的這話，卻大大的不樂意，瞪起眼睛來呵斥着說：“什麼話？哪有女兒敢用話頂爸爸的道理？實同你說，病金剛雖已被我打走，但今天或明天，就還有比他的武藝更高的人來找我！”

　　姑娘揚起頭來說：“是誰？爸爸您把這個人的名字告訴我，看看我知道不知道？”徐三爺說：“你小孩子家知道什麼？此人的名字我可向來沒聽人提過，武藝如何更不得知，不過只曉得他是洞庭老俠的門徒。”姑娘歪着臉兒沉思說：“洞庭老俠？”

　　徐三爺臉色忽又驟變，說：“洞庭老俠是三十年來威震南北，武藝第一的俠客。他有一個大弟子名叫鳳凰飛，我曾遇到此人，本事之高，超我百倍，二十年來我不敢再到南方去也是為此之故。如今聽人說，一半日內與病金剛來找我的即是洞庭老俠的門徒。當然不是鳳凰飛，可是也絕不等閒，所以我頗為憂慮此事。此人如果真是洞庭老俠的門徒，那可就是我的一個勁敵了，誰勝誰敗，誰生誰死，現在可真不敢說。”

　　姑娘聽她父親說到這裏，她的俊臉兒上就也浮起來怒容，忿忿地說：“到時候爸爸您別上手！”

　　徐三爺卻說：“我豈能到時叫你出頭呢？我自信我的力氣還有，劈山掌、追風刀還能夠敵擋洞庭派的門徒一陣。你現在先到于家去暫避幾日，那就算是幫助你爸爸了。你要在這裏，我絕不放心，我若時時地顧慮你，刀法便施展不開，手下便不能夠狠，便必敗無疑。所以你快走，快些收拾東西！”

　　姑娘被父親催着，她抿着嘴兒想了一想，就點了點頭，說：“我也沒有什麼東西帶，我就一隻小包裹。”徐三爺點頭說：“好！你就拿出來快走！我送你去。”姑娘又皺着眉說：“何必叫爸爸您送呢？這麼遠兒，難道我還不認得路嗎？”徐三爺想了一想，就點頭說：“好吧！你這就去吧！告訴你娘，也叫她在那裏再住幾日，千萬不要回來，也千萬不要把咱們這裏的事告訴于家的人。”姑娘答應着，就顛顛跑跑地回到她的屋內。

　　徐三爺又銜着他的旱煙袋，在院中來回走。待了半天，姑娘才夾着個一尺多長的花布包袱由屋裏走出來。徐三爺想着，包袱裏一定是女孩子們的衣服和針線活計等等，便也沒有問，只又囑咐了一聲：“這裏的事千萬不要對人說！他們要是已經知道了，你就說我打敗了病金剛，事情就算完了，叫他們都放心就是了。”

　　姑娘答應着，又說：“爸爸，您的晚飯也不必到外頭買着吃，我在那邊做好了就叫人給送來好了。”徐三爺說：“吃飯的事倒不要緊，這裏有楊先生，叫他多做一點，我們兩人也就吃了。”姑娘夾着包兒向外走去，楊先生已由櫃房裏出來給開了門，說：“姑娘看老太太去呀？”姑娘笑了一笑，就出了門去。

這院裏的徐三爺便又叫楊先生把門關嚴，女兒一走，他就少了一層顧慮，精神又震。他把煙袋放在窗臺上，一邊挽着袖頭，一邊走進了屋，就從壁間摘下了一口刀，寒光出鞘。徐三爺就又到院中，來溫習他擱置已有三載的絕技——追風刀法。

這時候徐姑娘夾着包袱在街上走着，往常她出門總是低着頭，今天她卻抬着臉兒，不住地東瞧西望，而且還時常回頭。往常她不大覺得，今天竟見有許多人都把眼睛盯在她的身上，而且有的竟站在路旁發呆的看着她。

她早先隨同父親也走過許多的地方，她十三歲才留滿了頭的時候，就曾在某處遇見過輕浮的少年，先就是用眼睛盯着她看，後來竟走近前來，說出些那時她所不懂的輕薄的話。那次父親正在她的身旁，她父親那時的脾氣和現今絕不一樣，暴躁得很，劈山掌一下劈去，竟將個瘦弱的少年打傷在地。後來聽說那人就因此死去，所以她父親就攜她同她母親急忙離開了那個地方，以後就再沒有往那裏去。那件事給予她的印象最深，總忘不了，時常想起來。

如今這些個盯着自己的人可都不是那樣的目光，而都像懷着一種驚異。也可能是自己粉擦得不好，辮子梳得不整齊，或是腳下的鞋有些舊了，才惹得人家都這樣看自己？她不由得有些發窘，且有些生氣。

正在走着，忽聽有人高聲叫着：“姑娘！姑娘！你上哪裏去？”姑娘趕緊頓住腳步兒扭頭去看，卻見街旁就是一家茶館，字號是“清露軒”，是很雅靜的一家茶社，窗戶也開着幾扇，裏邊沒有多少人，就有個高身的大漢在窗口招呼她，那大長臉上還帶着許多傷痕和血跡。這街上簡直沒有這麼難看的人，倒把姑娘給嚇了一跳，然而她認出來了這是高文豹，就不自禁地說了聲：“哎喲，高大哥！”她的聲音很小，那邊的高文豹並沒有聽見。

高文豹手扶着窗臺站了起來。忽然又一陣呲牙咧嘴，可見他身上的傷勢還是很重。姑娘見了就有點不忍，遂夾着包兒顛顛跑跑地過去。她拉開門進了茶館，就皺着眉說：“高大哥你坐下吧！你為什麼不在家裏歇着，可到這兒來呢？”

忽然聽得身後有一個外鄉的口音，喊道：“堂倌！泡一壺茶來！”姑娘沒容對面的高文豹答話，她就趕緊回頭去看。原來是她的前腳兒進了茶館，後腳兒也就跟進來一個男子，只見是個年輕人，穿着黑綢子的大褂。姑娘便沒細看，就又把臉轉向高文豹，

只見這飛錘太保的凳兒旁，卻立着一根燒火用的三尺多長的大通條，好像就是這茶館所用的東西。他扶着窗臺，瞪着大眼睛說：“我叫門叫不開，我就到這裏來了，因為這裏還離着咱鏢店近。我聽說病金剛媽的丟人之後，還有個毒劍客要來呢！也說不定今天他就來到。媽的我倒要看看，毒劍客又是什麼東西？我開了窗子在這等着他！徐三叔叫我當鏢頭是幹什麼的？有了事情出來我不去先擋一陣還行？這些小輩還值得叫他老人家親自動手？姑娘！你夾着包兒要往哪裏去？”

姑娘微微的笑了一笑，就說：“我爸爸叫我到于家去一趟。”

高文豹說：“你待會就回來不是？回來告訴我三叔，就說我在這等着毒劍客呢！等到天黑他要是再不來，我就到福得泰鏢店的門口去等他，反正他早晚得去；除非他半路得了信，嚇得回去了。”

姑娘又笑了笑，說：“高大哥你別着急，這些事，我就沒往心裏放。毒劍客

愛來不來，他就跟個狗似的！」

　　這時旁邊那南方的口音的客人忽然笑了一聲，她就不禁又扭頭去看，就見這個人笑微微的，先溜了她一眼，然後叫着說：「堂倌堂倌，你給我沏的這是什麼茶呀？怎麼發苦呀？」堂倌在灶那邊說：「茶還有不發苦的嗎？這是頂好的『大方』。您問問旁邊這些位，人家都是老主顧，人家都是喝『大方』。我們這是『幹源記』買來的茶葉，水也是甜水井絞上來的，不能錯！」這客人聽了堂倌的這番辯白，就哦呀了一聲，又笑着說：「原來你們北方的茶葉全是苦的？我們南方的可不然，都是又甜又香。」他一邊說，一邊笑着嘗茶，同時扭臉兒看着徐姑娘。這人的臉仿佛比徐姑娘還白還俊，徐姑娘的臉上倒又加添上一層紅暈，趕緊就又轉向高文豹。

　　那高文豹的馬似的大長臉是又黑又紫，而且夾傷帶腫，並掛着血，他仍然暴跳如雷，又把毒劍客、病金剛和黑袍狼大罵了一頓。他決定傷再重他也不休養，反正他是要跟那幫人拼命的。姑娘見這屋裏的人都看着她，她實在覺得有點羞澀，就說：「高大哥，你上我們哪兒去好不好？」高文豹卻把頭搖了搖，說：「我不去！除非有人打進鏢店，我為給三叔出力，我才去，姑娘你也快走吧！」他又坐下了，身子靠着窗口，又哼哼的喘氣，一半是生氣，一半也是呻吟。姑娘卻覺着高文豹有點瘋了。

　　她又扭頭看了看那少年，就趕緊轉過身來要走，不想對面來了個堂倌給客人們續水，幾乎撞在她的身上。她趕緊往旁邊一躲，不料左胳膊夾着的包兒就掉在地下了，發出噹啷一聲，仿佛裏面有什麼金銀首飾似的，堂倌也趕緊退步。姑娘忙彎腰拾起包兒來，臉上卻又一陣變色。

　　她低着頭走出了茶館，才走幾步可也突然轉身，點着手兒隔窗叫着說：「高大哥！你這兒來！我跟你還有兩句話！」高文豹說：「什麼事？」他又一陣皺眉咧嘴，好容易才站起來，手拄着通條，半天才走了出來。姑娘倒覺心裏難過，等得高文豹來到了臨近，她就央求似的說：「高大哥！我勸你還是回家去……」說到這裏，她忽然止住了話，原來她是看見茶館裏的那少年也站起來了，倚着窗向外看，眼睛一陣陣地向她來斜。這種看法，可真像她十三歲時遇見的那個輕佻的人了，她沉下臉兒來，同時咬住了嘴唇。

　　高文豹卻沒有回頭去看，只搖頭說：「我不回去！我要是一回到家裏，我老娘就得看見我頭上的傷，剛才我在家裏雖也呆了半天，她老人家可並沒留心看。我現在要連我老娘都不顧了！我得報答我三叔，一來三叔對我有好處；二來……」他的聲音忽然變得低微而沉痛，他說：「我對不起我三叔，我除了幫他老人家打架，沒臉再進鏢店的門。可是，姑娘！這幾年你知道我，我原是個正直漢子，沒做過不規矩的事！」姑娘一聽，又一怔，被高文豹的這幾句話說得她莫名其妙。見高文豹低着臉兒發着愁，仿佛是一個傻小孩似的，又可憐又可笑，她就說：「那麼，高大哥，待會兒再見吧！」她轉身就走了，想回頭看看，但又覺得像是羞得慌似的。

　　她夾着包兒，少時就到了繡花作于家。這裏櫃上正忙着，十幾個工人都跟小媳婦似的，在那兒弄着一些繡活，拈着針線，往紅綠的緞子上繡着什麼鴛鴦、龍鳳。她真不明白，順德府並不算是太大的地方，可是嫁娶的事情是永遠有，這櫃上永遠為着一些出嫁的女子、娶媳婦人家忙着。為什麼女子非要出嫁不可呢？她心裏又生出這個微妙的疑問來。

　　櫃後邊的裏院就是于家的住宅，于家有許多房兒媳，也都幫助刺繡，只有那房正在坐月子的媳婦是在歇工。徐三太太為什麼來這兒幫忙呢？並不是因為這裏缺人，實在是因為這裏的人們都沒有工夫。如今一見姑娘來了，大家又都十分歡迎。姑娘只說是他父親叫她來看一看，連在這兒住的話都沒有說。

于老頭兒把她叫到屋裏，扶着拐杖，探着頭，驚驚慌慌地向她問病金剛與她們家裏作對的事，而姑娘卻只淡淡笑着說：「您放心吧！事情早就完啦！一點也不要緊啦！」

她到坐月子的那位嫂子的屋內，見了她的母親，又看了看新生下來的小孩。看着那小孩又紅又胖的小臉、小手兒，她也覺得怪可愛的。她的包兒就放在這屋子的箱子後邊，也沒有人注意。她也不多說話，就坐在一個凳兒上，默默地發呆。這時她的一顆心並沒有在這裏，也沒在她的鏢店裏，而是還像是留在那個茶館內。她忘不下那個年輕人，心說：一個男子怎麼會長的那樣好看呢？莫非不是個男的，而是個女扮男裝的？可惜不知他的姓名，也不知是幹什麼的，是在哪兒住，要能打聽打聽有多好？倒很有趣的。

她想了一會，于家已把晚飯做好了，就讓她吃飯。實在說，她這時真吃不下去，因為心裏很亂。第一，不知道那少年還在那茶館裏沒有；第二，不曉得家中是否已有事情發生？

窗外的暮色漸厚，春風兒一陣陣地吹着。吃完了飯，她覺得身上有點發熱，心裏很是着急。那坐月子的嫂子就說：「姑娘今天還回去嗎？就在我們這兒住吧？跟老太太在北屋裏睡。你侄子晚上哭，也不至於吵你睡覺。」姑娘卻微笑着搖了搖頭，說：「不用！我爸爸就叫我來這兒看看，今晚上我還許回去呢！」

她的母親在旁說：「既然是你的嫂子留你，你就不必走啦，就在這兒住下吧，我回去好啦。」姑娘又趕緊攔住她母親，說：「媽！您別回去。我爸爸不叫您回去！」徐三太太詫異着說：「為什麼呢？莫非家裏有什麼事啦？」

姑娘不禁臉色變了變，又搖頭說：「沒有什麼事。就是……」說到這兒，她忽然又笑了，說：「我跟您實說吧！爸爸叫我到這兒來，原是叫我在這兒住幾天。現在咱們家裏刨出管賬的楊先生，就是我爸爸一個人，他老人家又發了脾氣啦。今天把病金剛打啦，他老人家倒高興起來了，看那樣子到半夜裏一定要起來練武。不叫咱們回去，許是怕咱們又勸阻他老人家。」

徐三太太便歎氣說：「真是舊脾氣難改，這麼大的年紀了，還爭什麼強？鬥什麼氣？黑袍狼他們無事生非，恨咱們奪他的買賣，咱們把買賣收拾了就是了，有多麼省心？你爸爸他還能活幾年？脾氣好容易這兩年好了，如今又叫他們給激起來了，又快跟年輕的時候一個樣了，我真有點不放心！」

姑娘見母親有些憂愁，自己倒後悔不該把實情吐露出來，遂就說：「媽媽別不放心，家裏也沒有什麼事！就是我爸爸多年沒跟人鬥氣啦，也自覺的有點老啦，今天跟病金剛這麼一鬥，他竟得了勝，一定是又覺得年輕啦，才老脾氣復發。不信您這時候回家去看看，他老人家一定又在院子裏耍那十八套追風刀了！」

徐三太太又歎氣，說：「這可怎麼好？叫我擔了半輩子的心，如今都老了，還要叫我擔心嗎？我真怕他們那拿刀動杖兒的，早晚得遇着對頭。咳！」又正色向女兒說：「這回，我可不准你也摻在裏頭！」　徐三太太說完了這句話，就瞪着眼睛望着她的女兒，姑娘並沒有言語。

在炕上坐着的那位嫂子，一邊奶着孩子，一邊聽她母女談話，聽到這裏卻笑着說：「三嬸娘您可也擔心得太厲害啦！我三叔是位老鏢頭，自然氣勝，可是我妹妹一位姑娘人家，哪能摻到裏邊？難道我妹妹也能跟人家去打？”徐三太太說：“你哪知道！我們這丫頭的脾氣也不好。”姑娘趕緊向她媽媽使了個眼色。

　　這時候，徐三太太倒不放心家裏了，直催着女兒回去。而姑娘聽了聽外面，卻還沒打到二鼓，她又撅着嘴搖頭說：“不忙！媽媽，我不告訴您也沒有這些事；一告訴了您，您的話就多了！真是的，我待會兒回家去看看就得啦！可是我爸爸不叫我在家裏住，我又得回來。”徐三太太聽女兒說的話前後矛盾，而且把老頭兒在家裏的情形說得實在可怕，就不由得坐立不安；而姑娘也是不說話，只是一陣陣現出發急的樣子。

　　如此待了半天，她母親又催着她，她才走，臨走時仍拿上她的小包裹。出了門時，繡花作已然上了門板了，可是那幾個繡花匠還在做夜工。此時天黑的跟鐵一般，而那銀星萬點，新月一鉤，又似鋼鐵打就的兵刃上發出來的光芒。晚風習習，觸在臉上卻一點不覺得冷，街上已沒有了行人。

　　此時徐家鏢店的徐三爺實在是威風百倍，自女兒走後，他就關着門練刀，刀聲隨着風颼颼地響。櫃房裏的楊先生扒着窗上的玻璃向外看了看，心中非常的害怕。天快黑的時候，楊先生就下廚房煮了面。徐三爺連吃了兩大碗半，比往日裏吃的多得多，吃完了楊先生還要刷洗傢伙，徐三爺卻說：“擱在那兒吧！明天再說吧！明天還不知道怎麼樣呢。明天，萬一要是有了什麼事，你可就趕緊到繡花作去，告訴他們母女不必回來管我，只叫她們趕緊離開順德府就是了。離開順德府，叫她們到那房梁上插着梅花劍的地方，那裏最為穩妥。”楊先生一聽，把一張瘦臉兒都嚇白了。

　　徐三爺說完了這幾句怪話，就又出了廚房走到院中，他先把刀立在牆根，然後就銜着旱煙袋來回散步，又繞着彎兒打拳，天色可就黑了。楊先生跑回他的櫃房，一進櫃房就被當中那塊大石磨給絆了個跟頭，摔得屁股很疼。好容易才爬起來，他可又不敢點燈，就摸着黑支上他的舖板，展好了舖蓋。此時就聽得院中的刀聲又呼呼、嗆啷啷，接連不斷的響。他心說：我們掌櫃子莫非是瘋了嗎？這可怎麼好呀？要是這樣鬧一夜，明天我可也得找個地方躲躲了。他嚴嚴緊緊地關上了櫃房的屋門，並把地下的石頭彎着腰摸着，盡他搬得起來的都往門上去頂，於是就咕咚咕咚響了幾聲。

　　院中的徐三爺聽到了聲音就大聲問說：“是誰叫門？”楊先生在櫃房裏說：“沒有人叫門，是我在這兒頂門啦！”徐三爺說：“你快些睡吧！不要作出動靜來，又沒有你的事，你不要瞎驚慌！”楊先生答應了一聲，又咧了咧嘴。院中的徐三爺卻又抖起來鋼刀颼颼地響，再加上徐三爺高聲的咳嗽聲，及嘟嘟囔囔、自言自語的罵聲，把楊先生嚇得恨不得藏在床底下，哪裏還睡得着覺？

　　挨到二更之後，忽聽見院中有兩個人的談話之聲，把楊先生嚇得更不住的渾身打戰，又恨不得把那塊大磨盤也抬起來頂在門上。此時院中說話的正是徐三爺，他是才舞過了幾通刀之後，正要休息休息，不防就有一個人從外面越牆而入。他疾忙後退了一步，手橫鋼刀喝了一聲：“來的人是誰？快些說！”

　　對面的人在他十幾步之外將腳步止住，就發出了一陣冷笑聲，隨着是南方的口音，說：“你何必還問？你在院中練刀，當然你曉得是我要來。”

　　徐三爺也哼哼一笑，說：“這麼說，你就是什麼毒劍客？”對面的人說：“我叫唐松，毒劍客也許是別人給我起的綽號，其實我自覺並不毒狠。”徐三爺又向後退了半步，斥道：“你既是唐松，那很好，我料定你今晚必來，所以我在此候你。

現在，你站定了！且先聽我說幾句話！」

　　對面的毒劍客唐松，聽了徐三爺的話，就又發出一聲冷笑，說：「你說吧！老匹夫！直隸山西這些地方，能憑你家丫頭的一個蝴蝶扣任意地走？黑袍狼且不說，病金剛苗方是山東的好漢，他生平沒有歹毒的行為，來此也不過與你比武，並非與你有什麼深仇大恨，你的下手竟是那樣的不客氣！」

　　徐三爺一晃鋼刀，怒斥說：「胡說！他若不先下毒手，我還犯不上使出來劈山掌呢！現在我只問你，你到這裏來，你沒預先打聽打聽我是誰嗎？」

　　唐松卻笑着說：「我若沒打聽出你的真實來歷，這次我還不能夠來呢！我非為黑袍狼報仇消氣，我也不是願意與你們江湖人鬥勝爭強，我只是早就奉了我師兄鳳凰飛的囑咐：他告訴我在北方有一個無賴的老漢，綽號叫作……」

　　徐三爺未待他說完，早已氣炸了肺，就掄起了鋼刀一個箭步向前，喊道：「休說了！即使鳳凰飛再來，又安見得我怕他？」說着鋼刀劈頭砍來，唐松疾忙以劍相迎，寒光對舞，兩人相鬥起來。徐三爺一面刀轉身挪，一面罵說：「鳳凰飛他也不過是夜行的本事略強於我！你們洞庭湖出來的門徒，也只不過多會幾手鼠竊的本領，會一點水性罷了，還會得什麼？」

　　唐松寶劍斜撩，不住地冷笑，說：「今天除了你交出蝴蝶扣叫我扯碎，你還得扔刀求饒，除此以外沒有別的辦法。就是你的女兒出來替你求情，也是不行！」徐三爺猛撲上來，罵聲：「狗東西！」他的刀一步一步進逼，唐松一劍一劍地抵擋。

　　然而十余合之後，唐松已然不敢再發一句話了，因為他覺出來徐三爺的刀力大氣猛，而且刀法極猛極快。他就也改變了劍勢，不獨只防備自身，而且乘虛進取。但是徐三爺的刀法卻連一絲破綻也沒有，而且一刀緊一刀。唐松只得往後去退步，同時借着星月之光，看那一閃一閃如電一般的刀影。他就分辨出來了，這是北派聞名的追風刀法，會者無幾。前四套還好應付，後十四套將一着緊似一着，無人能敵。

　　然而，唐松也突然想起來對付的方法，他就想不等到徐三爺的刀法使到一半，就設法將他破了。於是毒劍客便避實趁虛，劍法着着變幻，沒有一定，甚至於胡亂掄了起來。他這樣一來，徐三爺只顧了抵擋，自己的刀法卻不能按步進行，依着次序使用了。於是又戰了十餘回合，毒劍客將劍勢一轉，使用出他們的南派最厲害的劍法，名叫「拴鳳捉龍劍」。這劍法是忽然展開，專亂對方的眼目；忽然又一下一下地前刺，專戳對方的前胸。徐三爺刀法一緩，同時對方的劍勢又加緊，他的追風刀就被壓制了，剛一展開，便又被對方的劍壓住。

　　如此一連幾次，使得徐三爺急得滿頭是汗，不住呼呼喘氣。又因他年老身笨，竟有些騰轉不及。而唐松的劍法卻真狠毒，時時要用劍將他戳死，徐三爺不禁大喊：「我把性命交給你們啦！將來自有人替我報仇！」唐松說：「現在你扔刀向我跪下，我便饒你！」徐三爺說：「呸！」唐松便又進一步，狠狠向他刺來。

　　徐三爺的刀亂掄，然而已經遮護不住了，眼看着對方的利劍就要穿透了他的胸膛。這時忽聽咕咚一聲，不知是有什麼東西順着牆爬過來，而摔到牆裏邊來了。毒劍客也嚇了一跳，將劍撤回，身子閃開。卻見那東西由地下爬了起來，原來是一個人，而且是個高個子。他手舉着一根棍子似的東西，大喊：「三叔閃開！叫我鬥這個王八蛋！」

　　毒劍客說：「你是什麼人？敢來送死？」回身迎過去，一劍刺去。不料這個人以手中的棍子一磕，只聽噹啷一聲，震得毒劍客手腕發麻，劍幾乎撒手；原來對方的棍子是鐵的，他疾忙向後去躲。徐三爺又展開了追風刀逼來，一刀削向他頭頂。他一閃，方才閃開。徐三爺喝道：「文豹躲開！你身上有傷，不可太累。」高文豹卻掄着鐵通條直撲毒劍客，亂掄亂打，並哼哼地發着狠聲兒，說：「我的命跟他還換得過，三叔你卻跟他不值！」毒劍客又發出一聲冷笑，虛晃兩劍回身就走，卻忽見頭頂之上有一物飛來。

第三回　揚飛劍無意締姻緣　悵春花有心離鄉去

　　這東西是一道白光，就如一顆流星似的。一刹那間，毒劍客唐松曉得是有暗器來了，他趕緊斜着身向下一伏，同時以劍向那東西去撩。卻不料第一道白光才噹郎一聲墜地，而第二道白光卻又來了。這一下唐松已躲避不及，他覺得左臂一疼，而胯上又吃了一鐵棍，他就趴在地上了。

　　房上一人如鶴鷺一般飛了下來，尖聲說："別殺他……"說着一手推開了高文豹。高文豹的身子不禁向後退了兩步，同時聽出來這聲音原是姑娘，他手提着通條不禁發呆。

　　這時唐松已經挺身站起來，他大聲笑着，說："真行！真行！不愧你們是好漢！爸爸眼看就要敗了，女兒立時就來幫助；追風刀將要洩氣，立時暗器就又來了。我佩服你們，赤須龍！梅花女！"這兩個人名，把高文豹嚇得發了呆，而姑娘也不禁向後退了兩步，因為她雖然看不清楚唐松的面貌，可也聽出來了他的口音。

　　此時徐三爺已提刀走過來，先厲聲喊道："都滾開！誰叫你們來幫忙？"又向唐松說："拾起你的劍來，不許別人上手，我們兩人再鬥一回！你年輕輕的小伙子，就是現在受了點傷，可是你鼓起點勇氣，掙扎掙扎，我再讓着你點，也許你還能勝得過我這老頭子。實同你說吧，此時我倒願意有人勝了我！這幾年來，我就不願我女兒出頭露面。如今為了她來幫忙我又出了頭，我真害羞！就是你勝不了我，我也得扯碎我的蝴蝶扣，鏢店從現在起關門。可是我還不服老，我不信我的追風刀鬥不過你那口寶劍，來！再來！"說着他把刀又舉起來了。

　　可是唐松絕不還手，他雖然剛才跌倒了，可是手中寶劍並未放下，如今他反倒將劍撒手，噹郎一聲落在地下。他仰天哈哈大笑，說："何必再打呢？算我敗了就是，我今天算是吃了你家姑娘的暗器的虧。然而，就是你們這時殺死我，我也是個硬到底的漢子。你赤須龍，卻幸虧有個女兒！"

　　高文豹一聽這毒劍客又管徐三爺叫了一聲赤須龍，他就越發驚詫。姑娘卻在旁邊發話了，聲音如鋼刀擊在寶劍上那麼響亮而清脆，她說："毒劍客，你敗了就沒話說了，你別又來胡攪！你說我用暗器傷你，你才敗的？可是你一刀一槍的過來我也不怕！在彰德府我打敗過龐家三虎，在娘子關我單身殺退二百多賊人，梅花劍戳死了金眼豹，我不信你的武藝就比他們強？來，過來！上手！"

　　徐三爺怒斥道："混蛋！我們江湖朋友惹點閒氣，哪用你丫頭家多手多嘴？

去！到屋裏去把燈點上！」說着當的一聲，把他手中的刀拋出了很遠，過去一手攬住了唐松，說：「真叫你笑話，咳！咱們也並沒有什麼大仇，何必要這麼拼命呢？我的家教不嚴，我女兒妄以暗器取勝，這是我丟人的事情。雖然鳳凰飛是我的老冤家，你是他的師弟，你卻是我的新朋友。請進屋裏咱們談一談，你也歇一歇，如何？」毒劍客唐松先前聽着還嘿嘿地冷笑，後來他也就點了點首，說聲：「可以。」

這時屋中已然點上了燈，燈光中照出來姑娘的倩影。高文豹瞪着大眼睛向屋裏看了一下，但見姑娘的纖軀翩然一轉，就走進里間去了，徐三爺這才讓唐松往進走。唐松極力掙扎着胯疼，走路也很是遲緩。他進了屋，燈光照出他的英俊容顏，高文豹越發的呆了，心說：我怎麼看這個人這麼眼熟？哎呀！剛才在茶館裏遇見的不就是他嗎？高文豹直着眼看着唐松，見他肩上的血已流在了衣襟上，可見他受的傷也必不輕，而姑娘的暗器可也夠厲害的！

當下徐三爺要請唐松落座，而唐松卻連連搖頭，說：「我不坐了！本來今日無論如何也得算我在這裏栽了跟頭，現在我的性命是在你們的手裏了，你們要是殺我，我一點辦法沒有；可是徐三爺你對我反以客禮相待，這總算是你深通世故，不愧走了多少年江湖。好了，現在我可以答應你一句話，就是請你放心，我以後絕不再來報復，我師兄鳳凰飛他也不會來的。好，我走了！」說到這裏他又拱一拱手，說聲：「再會！」遂就轉身出屋。徐三爺的面上現出一種難堪之色，他便把唐松送了出去。

這時的外屋只留下一個高文豹，他也要跟出去，然而他今天的受的傷本已過重，身體又極疲憊，剛才有一股怒氣頂着他，一把烈火焚燒着他，他不大覺得；如今，唐松也說出了軟話，徐三爺像送客人似的把人家送出去了，他反倒覺得沒有勁兒了。他就靠在椅子上，頭仰着，閉着兩眼，喘了喘氣。里間叮叮噹當地響了幾聲，大概是姑娘在那兒收藏她的暗器了。不必說，她的暗器一定就是那回自己隔窗偷窺見的那幾枝小刀子了。原來那傢伙叫什麼梅花劍，姑娘的名字是叫什麼梅花女。他恨恨的，心裏想着：我真傻！梅花女的名字我雖然沒聽人說過，但赤須龍的大名從我小的時候我就曉得，我為什麼不想一想他就是徐三爺？直到今天別人說了出來，我才知道。如果早知道他是赤須龍，我怎麼也得拜他為師呀！

此時忽聽見幾聲細碎的腳步兒聲，他趕緊直起頭來睜開眼睛一看，原來是姑娘嫋嫋娜娜地從里間走出，高文豹又趕緊低下了頭。姑娘出去了，而待了一會就又進屋來，手裏拿着剛找回來的兩隻匕首。高文豹無意之中看了姑娘一眼，姑娘卻嬌然地向他一笑，高文豹突然覺得臉上一陣發燒，像喝了酒一般，姑娘卻輕飄飄地又走進里間去了。

高文豹覺得在這裏坐着不大對，他就慢慢站起了身，要往外走。而徐三爺卻又回來了，高文豹就問說：「三叔，那毒劍客走了嗎？」

徐三爺點點頭說：「走了。」又淡淡地笑着說：「沒有什麼的！江湖朋友就是有點小小隔膜，也一說就開。唐松也不是壞人，他的師父洞庭老俠，師兄鳳凰飛又都是江南有名的人物，他也是一位世家公子，他的哥哥現在還做着夔州總鎮，不是無賴漢。剛才我已應得他我絕不再開鏢店，再不走江湖。今天他受的傷，我也向他道了歉，總怪是我的女兒不聽教訓！」

高文豹說：「三叔！你老人家不應該怪姑娘……」

徐三爺不容他往下說，就連連擺手說：「不要再提！我全知道。我走江湖時因為見別家的女兒行為放蕩，貽羞她的父母，我才來此歸隱，願意我女兒做一個安分守己的閨女，所以這幾年我也不許她練武藝。連你都不曉得她會武藝，她曾在江湖上殺過人。如今可是瞞不住了，楊先生難道還沒聽見？明天他還能夠不向別人去說？"

高文豹說："不能！楊先生是個謹慎的人。"

徐三爺說："就是今天的事無人知道，我這女兒也恐怕舊習難改，她的梅花劍不定要如何胡施濫用？我已應得不在與人鬥勝爭強，我的女兒將來若再給我惹上事情，那豈不是叫我向江湖朋友失信？"

高文豹說："三叔你也太過慮，連毒劍客病金剛今天全在這裏吃了虧，他們誰還敢再來？"

徐三爺卻冷笑了笑，又歎了口氣說："你實在是一個好人！我走江湖三十年，從來沒見過像你這樣忠誠勇敢的人，只可惜你的武藝根底還稍差一點。我也不能再傳授你什麼了，只好等將來叫我的女兒再指點你。她的武藝不僅已盡得我真傳，且有幾手是從龍門秦家學來的。你若學得她的武藝一半，南方不敢說，在北方絕可無敵。只是切須記住，暗器不可使用，因為那太丟名氣。"高文豹聽了徐三爺的這番話，不由得怔了，徐三爺卻走進姑娘的屋裏去了。

高文豹覺得事情不大對頭，不明白徐三爺是怎麼個打算，他就邁步要往外走。而此時徐三爺又急匆匆由里間出來，說："文豹不要走！我還有幾句話要對你說！"高文豹止住步，轉身怔柯柯地站着，就見徐三爺的手裏拿着一柄劍，正是姑娘所使的暗器，他愈莫名其妙。徐三爺卻說："今天想不到你跟我女兒同來幫助我，可稱是天緣湊巧。我早有心把女兒給你，如今這梅花劍就是訂禮，你收下吧！"高文豹說："三叔……"徐三爺把他攔住，大聲說："我說出來的話就是板上釘釘，我絕不改悔，你們誰也不准違背我的命令！"

高文豹雖然心喜，可也着急，連說："三叔！我……並不配！"

徐三爺卻擺手笑着說："哪裏的話？我還能再從什麼地方尋你這樣的女婿去？"

里間的姑娘也叫着："爸爸！"聲音像是很急。徐三爺卻向裏屋說："你也聽明白了！我當着面給你訂了親。因為什麼呢？就因為我知道你這次用暗器勝了毒劍客，你一定自覺得武藝高強，以後必不甘於在閨閣裏做姑娘。但是你若再與人爭鬥，那就算我對江湖人失了信。所以我將你嫁給文豹了，今天以梅花劍作了訂禮，過十天我就叫他娶你。這房子、這鏢店就作為你的嫁妝。以後你們只要改個字號，愛用蝴蝶扣，或是用梅花劍，全都與我不相干！我好清清靜靜地享受幾年晚年之福！"屋裏的姑娘說："那又何必呢？爸爸……"

徐三爺把梅花劍交給了高文豹，就推着他說："你快回去吧！從今天起，我們便是親戚了。"

高文豹深深地打了一躬，直起腰來要走，卻覺得傷處仍痛，然而心中卻十分快樂。他一步邁出了屋，看見天天上的星星都向他笑。

他想趕快回家去告訴他的老娘，不料突然有一個人把他拉住，不單正觸在他身上的傷處，使他覺得徹骨地疼，而且心裏也嚇了一大跳。這黑忽忽的人發出了輕輕的笑聲，說："高爺！我得給你賀喜！"高文豹這才知道原來是楊先生，不知他是什麼時候來到院裏的。

　　櫃房裏的燭光很亮，楊先生就拉着他說：「來！咱們到櫃房裏談談！」高文豹推了他一把，說：「你別動我的傷！」就隨着楊先生進了櫃房。他先就着燈光去看手中的梅花劍，原來這真是劍形的一種暗器，並非匕首，寒光閃閃，鋒利無比。他反復着去看，卻並不見上面鑴刻着什麼梅花，不知梅花劍是因何而得名。

　　高文豹不禁笑了出來，楊先生卻在他的身旁作揖，說：「高爺！你大喜！今兒……」又悄聲說：「只憑着姑娘也未必行，還是仗着你救了咱們的掌櫃子。剛才掌櫃子的那些話我也都聽見了，以後你就是掌櫃子啦，咱們的買賣可真得往大裏做一做啦！」高文豹聽了，笑了笑，然而卻又發起呆來，他猜不透姑娘現在是歡喜還是不願意？平常他只覺得姑娘可愛，如今當然是喜歡了，但是卻不由得有些害怕。

　　楊先生由床底下找出了酒壺，笑着推着他落座，說：「你坐着，等一等，我出去叫酒舖的門，給咱們打一點酒，喝喝談一談。你今天太累了，我知道，可是明天就不怕啦，難道明天還能有人敢來找麻煩嗎？明天咱們就開門，買賣照樣做。高爺！有這兩次事情以後，咱們的蝴蝶鏢更走得開了，以後高爺你非得發財不可。」

　　他真要提着酒壺就走，高文豹卻把他攔住，擺手說：「不要打酒去啦，楊先生你把門關上，我得回家去。」楊先生說：「天都那麼晚啦，你的腿腳兒又不大俐落，為什麼不喝點酒，就在這兒歇着呢？」高文豹說：「我還得回去告訴我老娘一聲。今天的事，徐三爺剛才跟我說的話，我真是沒想到！」

　　楊先生笑着說：「你沒想到，我可是早就瞧出來啦，姑娘早就把你看上啦，徐三爺從去年大概就有此意。他時常跟我問你背地裏有什麼荒唐事沒有，我說沒有；他又問你們老太太的脾氣怎麼樣，我說也是一位頂老實，吃齋念佛的一位老人。」高文豹聽了，心中愈喜。

　　楊先生就攙住了他胳膊，說：「回去告訴老太太一聲，叫老太太先喜歡喜歡也好。來，我攙着你出去。大哥，你真好！要是我，今天受了這麼多重的傷，累了這麼一天，我早就趴下起不來啦！」

　　高文豹卻推開了他，微微的笑着說：「我一點也不疲乏，這時就是病金剛跟毒劍客兩人再一同來，我依然能夠抵擋一陣。今天徐三叔是得了勝，可是我總算是吃了虧，我娶了徐姑娘我也覺得自己不配，將來……」楊先生說：「將來你有那麼一位好太太，會使飛刀，還怕什麼？」高文豹說：「你簡直是罵我！反正我將來就是不能在江湖出名，我也得好好給他們經管這個鏢店，櫃上賺的錢我還都給三爺。我還算個鏢頭，只拿工錢，絕不額外多取！」說畢，他就走出了櫃房。

　　他的腳步依然邁得很快，出了屋子他還向裏院的上房投了一眼，見徐三爺的屋子漆黑，而姑娘的臥房的窗上依然燈光隱隱。楊先生給開了門，他走了出去，楊先生還說：「明天見！明天你要是還覺着身體不大好，就不必來啦，反正這兒老掌櫃若是訂下了大喜的日子，我一定去通知你。」遂就把門關上。

　　高文豹邁了兩步，身上的傷處覺得一陣疼，他就趕緊用手扶住了牆。天上星光灼灼，他覺得這件事簡直跟做夢一般。姑娘怎麼會就有那一身武藝呢？而徐三爺怎麼就把她許配給了我呢？梅花劍在他手裏顫動着，這是出自她的玉手並曾刺傷了毒劍客的東西。他的心就跟蜜水兒浸着似的，所以傷也就忘了。

　　他努着力走回了家，老娘已然睡了。他把他老娘喚醒，就告訴了這件事，但是並沒說姑娘也會武藝，剛才也傷了人，只把梅花劍拿給老娘看了看，說是訂禮。他的老娘喜歡得精神也大了，頓然仿佛減少了二三十歲，說：「這可真是好事呀！

我哪一天不為你娶媳婦的事發愁？現在……徐姑娘，不就是昨兒來的那位姑娘嗎？那是多麼好的人才呀！真的，咱們這個破家可真委屈人家孩子。好在徐三爺把鏢店交給你啦，那你就跟招門納婿差不多了。可是，哪有人家把姑娘給你，倒先給咱們訂禮的呀？」

高文豹說：「媽，咱們家裏有什麼值錢的東西，你找出一件來，明天我好給人家送去。」

高老太婆也不困了，當時就起來找，可是，他們家裏哪有一件長物？哪有值錢的？找了半天，她才找出來一個煙袋上拴的墜子，這是高文豹之父高祿生前使用的東西。玉質本來就不大好，而且摔過許多回，上面有不少瑕和裂紋，若賣了連一兩銀子也不值。老太婆一看了，不由想起她那慘死的丈夫。那老頭子沒容看見兒子娶媳婦就被黑袍狼打死了，真命薄，她又不由得落了幾滴老淚。

高文豹由他的老娘手裏接過來那塊玉，他也認識是他父親的遺物，但黑袍狼今天已被他打傷了，將來還不知能不能夠活，他的心中也稍為釋然，總算父親的仇恨是報了。他將玉佩和梅花劍齊都放在身旁，就睡去了。但到天將發曉之時，他的傷處卻發作了，疼得他睡不着覺，但又怕老娘着急，他就忍着不敢呻吟出來。當日，他雖然想到徐三爺家去交訂禮，但他實在掙扎不起來。他的老娘本來是很歡喜，但又看出來兒子身上有傷，可不知是被什麼人給打的，她又很是着急，而且憂慮。

過午楊先生來看了他一回。傍晚時徐三爺親身來了，見了老太婆，拱手稱為親家婆。他帶來了刀創藥，和專治跌打損傷的膏藥，親手給高文豹的傷處敷上。他對待高文豹不但是視為佳婿，簡直看成跟他的兒子一個樣。高文豹原想把那玉佩叫徐三爺帶了回去，但又覺得那太不合禮節，所以沒有拿出來，只好想着過幾天自己的傷好了，再備辦些鵝酒，鄭鄭重重地把訂禮送過去，那才像樣子。當日徐三爺臨走的時候還留下了十兩銀子，高老太婆是千恩萬謝的，高文豹卻不免有些慚愧，對於徐三爺愈是感戴，而意圖將來的機會再報答他，並且更得發憤要強，加深學武藝，往大闖名頭，恭謹做君子，以不污蔑了徐姑娘。

五日之後，他的傷果然好些了，他就起來了，置了新衣，辦了鵝酒，連同玉佩，一同送到了徐家。來到徐家一看，門還關着，叫了半天才開，楊先生也沒在家，只有一個小姑娘把門開了。高文豹認識這是繡花作于家的孫女。他問了問，知道三爺沒在家，三太太跟姑娘卻在家裏，他就叫人把鵝酒抬進去。

他隨着進到裏院，一眼看見他那天晚間所用的鐵通條還在牆角立着。姑娘的屋子窗紙發紅，裏面是掛上了紅布簾。他咳嗽了一聲，要往屋裏去見丈母娘。然而見丈母娘同不得見丈人，他的臉不禁又有些發燒。他進到屋裏，一看裏屋垂着簾子，他想叫什麼呢？磕磕絆絆的，才叫了聲：「三叔！」裏屋卻沒有人答應。

待了半天，外面四個抬東西的人高聲說着話，那只鵝也不住地怪叫。高文豹又叫了聲：「三叔！」依然沒有人答言。他又叫了聲：「岳母！」他的臉真覺得像火燒似的。

又等了一會，他不由得心裏既納悶且着急，忽然簾子一掀，出來了一個人，不是徐三太太，卻原來是姑娘本人。高文豹越發地臉紅，退後了一步，連姑娘身上穿着什麼樣子的衣服，頭改了沒有，他都沒顧得看。他趕緊低下頭去，卻看見姑娘穿着一雙繡花的綠緞子鞋，但不很新。

姑娘發出話來，問說：「你是幹什麼來啦？」問的聲音很是乾脆，一點也不像早先那麼和婉，而且也沒有叫他高大哥。

　　高文豹不由得一驚，他抬起頭來，卻更覺詫異。原來姑娘穿着一身青色的衣裳，頭也像沒梳，臉也像沒洗，迥不似往常的嬌豔，但非常清俊。臉兒一點也不紅，只是往下沉着，有點可怕。高文豹就說：“我是……來送訂禮！鵝酒在院子裏了，這裏有個東西，是……”說着他就從新大褂的口袋裏掏出來玉佩。

　　而姑娘卻突然擺着手，急急地說：“這不能收！我爸爸沒在家！”高文豹一聽眼睛都直了。姑娘卻又顏色略見緩和一點，說：“高大哥，我勸你還是先拿回去吧。因為我爸爸出去了，我不能收。”

　　高文豹心裏想着：可也是，怎能叫姑娘自己收下訂婚的禮物呢？但是又怎能把鵝酒抬回去呢？他覺得進退兩難，就又問說：“三嬸母也沒在家嗎？”他的臉越發的紅，而心中也有些發堵。

　　這時門簾又起，走出來他的丈母娘，他趕緊躬身行禮。徐三太太卻拿手把女兒推回去，向高文豹說：“訂禮就留下吧！你的傷好了一些沒有？我勸你還得多休養些日子。親事訂了，咱們兩家就是親戚啦，我們絕不能反悔，可是不能忙着娶。因為我們姑娘還小，等着過些日……”高文豹不由得呆了，他將玉佩放在桌上，又打了一躬，就轉身低着頭走出。

　　他到院中叫那四個人把鵝放在院裏，酒抬到櫃房。抬禮物的人在院裏討賞錢，半天，屋裏才由那于家的小姑娘給送出來兩個紅封兒。四個人走了，高文豹站在院中倒背着手兒發怔。那只全身的羽毛都染得鮮紅的鵝過來要咬他的手，他更生氣，把鵝趕得哦哦地叫了兩聲，跑了。

　　這時楊先生回來了，他就趕緊迎了過去。楊先生又向他拱手道喜，並問：“傷都好了吧？”高文豹卻把他拉進了櫃房，說：“是不是徐三爺把女兒許配給了我，他又後悔了？”楊先生連連擺手，說：“沒有！沒有！徐三爺說出來了就是板上刻了字，再也起不下來啦，哪有反悔的道理？”

　　高文豹說：“為什麼今天他不見我？”楊先生說：“哪能不見你呢？實在是今天早晨他跟老婆兒鬧了點氣，提着八哥籠子出去散心去了。”高文豹一驚，趕緊又問說：“莫非是太太覺得我不配娶她的女兒？”楊先生說：“更不能啦！三太太那個人多慈祥，再說她也常說你老實、難得，聽說三爺把姑娘給了你，她立時就回到家裏來了，歡天喜地的，為你的傷她還真焦心呢！你今天若是不來，一半天她還要去看你呢！”

　　高文豹覺得心裏越發堵得慌，怔了一怔，就瞪目說：“莫非姑娘她本人不願意？”楊先生的臉卻變了一變，趕緊又笑着說：“你真太忠厚！女兒的終身大事還能由得她自己？爸爸給定的親她敢不答應？”高文豹說：“她若是不願意就算了。”說着垂下頭去，暗暗歎了口氣。楊先生卻拍他的肩膀，說：“你別瞎疑惑！姑娘要是不喜歡你，她的爸爸還不能把她給你呢，這些日，你們哪一天見了面不是眉來眼去的？我這兒早就給你們一筆一筆地記上了帳啦。”高文豹細想也是，臉不禁又熱了一陣。楊先生又笑着說：“好好地回家再休養休養，別着急，反正人是你的啦，還怕跑了嗎？娶媳婦的事也不是一件急事，耐着點性兒，預備着喜酒，早晚我們是要喝你的！”高文豹心中終不釋然，沒再說一句話，他就走出了門去。

　　信步走着，就到了朱家的酒館前。他才走了進去，裏面就有許多人都注目地看他，有的便帶着懼意，站起來笑着招呼他；可有幾個人見了他來就溜出去了，高文豹認識那都是黑袍狼他們鏢店裏的夥計。掌櫃的朱大過來招呼他，讓他到一張桌子旁落座，連他的傷好了沒有的話都似是沒敢向他問。夥計也認識他是掌櫃子的表親，就給他擺上來兩碟酒菜，一壺白乾，朱大就又到旁邊應酬主顧去了。

高文豹斟了一盅酒，一飲而幹，這些日子的高興現在全如雲消煙散，所存的只是疑惑和氣惱。他越想越覺得這裏邊必定有問題，不是徐三太太嫌自己窮，就是徐姑娘嫌我與她不配。但我窮，他們的姑娘還能給什麼樣子的闊女婿呢？我不配，那麼姑娘本人為什麼早先又對我那麼好呢？他越想越摸不着頭腦。又斟了一杯喝了，忽見有一個酒客在離着很遠的座位招呼他，叫着：“老高！高爺！”

高文豹扭頭一看，見是侯二。他不願意理侯二這種人，但侯二已離了座位上他這兒來了。笑迷嘻地來到臨近，就在他對面的板凳上坐下，把兩隻胳膊都搭在桌上，說：“老高，你現在真走運呀！不但你為徐三爺的事出了名，成了好漢，還人財兩得呀！”高文豹的臉沉了下來。侯二又拱手說：“今天咱們倆見了面，我也忘了給你道喜啦！還有一件事我要告訴你。”

高文豹瞪着眼睛問說：“什麼事？”

侯二笑着指着自己的鼻頭說：“頭一件事是我改了行啦，不保鏢啦！立源米糧店的梁掌櫃是我的老鄉，他把我找了去給他跑外，因為我在順德府的街面兒熟，我算不指着跟鏢車吃飯啦！第二件事是黑袍狼傷重得很厲害，恐怕要死。毒劍客病金剛早於前幾天走了，現在順德府的好漢要以徐家的姑娘為首，三爺在次，你數第三，沒有人再跟你們爭強了。”高文豹聽了又生起氣來。侯二卻笑着說：“還有第三件事！”高文豹就問說：“第三件是什麼事？”侯二卻笑着，半天也沒有言語。

高文豹把酒盅一推，伸出胳膊要去抓侯二，說：“你這小子要是故意想拿我打趣，我可就要打死你！”侯二站起來，跳過了板凳，笑着擺手兒說：“別急別急！咱們多年的交情，你怎麼說話就要翻臉？難道你打黑袍狼打順了手，無論見着誰你都想打一打嗎？”高文豹的臉色緩和下來，說：“你不知道，我的心裏很煩，你千萬不要恨我！”

侯二一腳蹬着板凳，拿起來桌上的酒壺，斟了少半盅酒，喝了，又探着頭笑說：“你知道徐三爺扯碎了蝴蝶鏢的事情嗎？”

高文豹一驚，又故作鎮定地說：“本來那蝴蝶鏢不過是一條紅綢子，一抖就開，不結它就得了，何必還撕它？”侯二說：“可是徐三爺的性情古怪，他要不保鏢，就得先把家裏所有的紅綢子全都撕碎，幸虧沒有撕碎了他女兒的褲子。”高文豹聽了又一陣生氣。

侯二又說：“這幾天徐家的父女天天吵，隔着外邊的門都能夠聽得見門裏老頭子嚷嚷，女兒哭，老婆子歎氣。”

高文豹驚訝着問說：“為什麼？就為不保鏢，撕了蝴蝶扣的這件事嗎？”侯二搖了搖頭，說：“老高你可別又急！據我聽說，大概，大概麼……還是為你。”高文豹發着怔說：“為我什麼？”侯二說：“你別急！你要是急，我就不告訴你啦。”高文豹搖頭說：“我不急，請你快告訴我！”

侯二這才又坐下，探着頭，悄聲兒說：“聽說你們定親的這件事，只是徐三爺一時的主意。他後悔不後悔且不說，反正他絕不能夠說出來不算，可是姑娘本人跟你丈母娘，全都不大願意這件事。”

高文豹又問：“為什麼？難道她們嫌我窮？”

　　侯二搖着頭說：“不是不是，她們不在乎錢……”又壓下聲音說：“黑袍狼現在已然對人吐露出來了，他說徐三爺原來就是當年江湖有名的赤鬚龍！你想，赤鬚龍走了半世江湖，手中還能缺少錢？他們要招養老女婿，只圖個人才就得啦，何必要多麼闊的呢？”

　　高文豹聽了這話，漸漸的自己就明白了，一定是因為自己的武藝不高，難以匹配徐姑娘。這實是不怪人家不願意，自己的武藝比起人家來真是太差！他不禁暗歎了一聲。

　　卻聽侯二又在他的耳旁說：“並不是為嫌你窮，卻是姑娘嫌你……”高文豹說：“我也自己知道，武藝……”侯二擺手說：“也不是因為武藝，就是因為你的模樣兒。聽徐姑娘說你的臉長，像個馬，她本來就不喜歡你。”

　　高文豹一怔，心中漸漸的就生起氣來，他一拍桌子，說：“這是什麼事？她要嫁人，還挑選相貌？難道還找那唱小旦似的半男不女的男子，才趁她的心？”罵出來這話，自己卻又有些後悔，心裏想：何必？人家姑娘嫌我醜，我退了婚，把鵝抬回去也就完了。過幾天我設法借點盤纏，帶着我老娘到別處去謀生，不在順德府，免得她再看見了我嫌我難看，也就完了！想到這裏，他不禁歎了口氣。

　　侯二又說：“自古嫦娥愛少年，這也難怪！可是，反正親事是已經訂了，她就是嫌你醜，也不過在家裏鬧一鬧氣罷了，將來到下轎的那天，她還能不跟你入洞房嗎？”高文豹卻搖了搖頭。

　　侯二又說了幾句什麼，就見有個人從外面進來，卻正是魯七。魯七也過來向高文豹道喜，寒暄了幾句，高文豹卻發着呆，不大說話。侯二就把魯七拉到他的那個座位上，兩人一同飲酒閒談去了。這裏高文豹把一壺白乾全都喝了，不覺有些醉意。他還要喝，掌櫃的朱大卻看出來今天他的神情有異，就攔住了夥計，不叫再給他打酒，並說：“你回家再歇歇去吧！傷剛好點，喝多了就許又犯了。”

　　高文豹站起身來，頭覺得發暈，說：“我要跟你借二十兩銀子，你給我辦得到嗎？”朱大說：“慢慢說，只要你定了日子，幾兒娶親，到時候我一定能給你湊點錢，絕不能叫你連雇花轎的錢都沒有。”高文豹搖頭說：“不是為娶親，娶親的事你別再提，我不要徐家的姑娘了，我是要帶着我老娘離開這順德府。”朱大還以為他說的是醉話，就笑了笑說：“好吧！只要你用錢，無論你是幹什麼用，十兩二十兩的我總還能夠給你辦得到。你就先走吧，小心點！咳！向來我也沒看見你這樣醉過，今天你是怎麼啦？”他攙了一把，高文豹才出了門。

　　晃晃悠悠地走了幾步，忽見迎面有一個人牽着一匹馬，叫他說：“高師傅！高師傅！”高文豹一看，是趙家客店裏的夥計。因為徐三爺的鏢店帶着住宅，養着馬覺得髒，所以鏢店裏的兩匹馬向來得寄存在趙家店給養着。如今這小夥計一頭的汗，一定是白天店裏沒什麼事，他牽了這匹馬出城跑着玩了半天才回來。這小夥計走過來，逗他說：“過些日你就是徐家的女婿啦！徐家的姑娘是個大美人，你真有造化呀！”

　　高文豹卻沒大聽見，他發着呆，看着這匹馬的大長臉，就覺得像是在鏡子裏看見了自己的臉似的。他生了氣，非氣別的，乃是氣恨徐家的姑娘以貌取人。他就心裏氣乎乎地想着：我將來倒要叫她看看！我要學一身超人的武藝，做一件驚天動地的事情，叫她看看！遂想着，就走回到家裏。他本來是很煩惱，恨不得找個人撒一撒氣才好，然而見老娘又是那麼衰老貧病，非常的可憐，所以他不敢露出一點不高興的樣子，當日很早就睡了。

到了次日，他心中覺得非常沒有趣味，也懶得出門，就在家中的小院裏踱來踱去，心裏盤算了許多次。他覺得徐三爺對親事絕不能反悔，硬把姑娘娶過來，姑娘也不至於跟自己打架，可是將來怎麼辦呢？她永遠跟我撅着嘴過日子，可也不行呀？想要出去投名師，學武藝，闖事業，卻又覺得老娘實在無法安置……他這麼大的漢子，此時真焦灼欲死。

約莫上午八點鐘左右，忽然有一個人跑來找他，這人正是鏢店裏的楊先生。他神色慌張，滿頭是汗，見了高文豹就急急地說：“你快去一趟吧！徐三爺跟老伴兒打起來了，把屋裏的東西全都砸了！”

高文豹趕緊問說：“因為什麼？”楊先生說：“因為，就因為徐姑娘現已不辭而別！”高文豹一聽就呆住了，他瞪着大眼睛，直挺挺地立着，成了個泥塑的金剛神像。

楊先生又說：“跟你說吧！自從你們訂了親之後，徐姑娘就天天在家裏鬧氣，三太太也說是不該。你比姑娘大十來歲，相貌又不大好，配不上她的女兒。老頭子是看上你啦，他說為女兒選婿，不能挑模樣，只要人忠厚，是個漢子……”

高文豹緊緊皺着眉，擺手說：“你快告訴我她是怎麼走的吧！”

楊先生說：“不為別的事，就是為這原因。昨天你走後，老頭子就回來了，也沒再吵架，我就聽姑娘說嫌那只鵝叫喚得太難聽，沒露出別的話。可是今天一清早，我還沒起來呢，不知姑娘怎麼就一個人出了門，誰都不知道。後來三太太一起來看女兒不見了，她可就疑惑啦。三爺這幾天也起得晚，聽說姑娘沒了影兒啦，他生着氣罵了兩句，就說：由她去吧！老頭子也不出去找。倒是三太太偷偷地到櫃房去找我，托我出去給看一看去。我才出門，就遇見賣老豆腐的魏大，他說剛才看見姑娘騎着一匹馬出了南門啦，他看見馬上還帶着一隻包袱。我嚇了一大跳，趕緊又到趙家店找着張夥計，張夥計卻說是姑娘一早兒由店裏取了馬，就走啦。我恐怕徐三爺一定知道他女兒的去處，不然為什麼他不着急呢？他一定是把女兒舍了，他不肯去找。我想無論如何，你們的親事總算定下了，徐家跑了姑娘，於面上難看；你丟了沒過門的太太，你的面子上也無光，你不如趕緊也騎上一匹快馬去追！”

高文豹的臉色愈紫，發出一陣苦笑，說：“即使我追上她，又濟得甚事？她還能夠跟我回來嗎？”楊先生說：“憑什麼她不跟你回來？她若是不肯聽你的話，你可以跟她動武的！”高文豹說：“動武的？我未見得能夠敵得過她的梅花劍！”楊先生笑了笑，又說：“那你可以跟她來文的，說幾句好話，哄一哄她，也許她就心軟了，就能夠跟你回來啦！”高文豹生着氣說：“胡說！你把我飛錘太保看成了什麼人？”

楊先生也發了怔，說：“怎麼？莫非你也不管？”高文豹瞪着大眼，說：“我不管！我沒娶過她來，她就不算是我家的人，無論她到外邊去做了什麼事，都與我姓高的不相干！你快去吧！休在我的耳邊囉嗦。從今天起，我也不到鏢店去了，一半天把盤費湊足了，我也要帶着我老娘離開這順德府。”楊先生倒吸了一口涼氣，說：“可是，我的大哥！你要是跟徐家斷了親，也得把你昨天送到他們家裏去的那只鵝抱回來呀？”高文豹嚷嚷着說：“那算什麼要緊的事情？你快去吧！”說話時他的聲色俱厲。

此時他的老娘從屋裏出來，聲音蒼老而抖顫地說：“文豹，你是怎麼啦？為什麼事呀？人家楊先生好意來看你，你不讓人家進屋來歇會，反倒跟人家發橫，你是怎麼啦？」高文豹趕緊抑下氣忿，就歎了口氣，說：「楊先生你別怪我！我並不是跟你發脾氣，我的心裏實在不痛快！」楊先生說：「我哪能怪你呢？我今天來告訴你這件事，也是好意。」高文豹點頭說：「我知道，但我不願去找她。」楊先生說：「那就算啦！我是不能不把這事來告訴你一聲，不然……」他笑了笑，又說：「那麼咱們哥倆回頭再見吧，晚上我請你喝酒怎麼樣？」高文豹說：「我回頭就到朱大的酒舖裏去，你要想喝酒，我可以請你。」楊先生搖頭說：「不！我還得趕緊回去勸那兩口子呢，不然那老頭子又許把老婆兒逼得也跑啦！」說着他又向高家老娘笑着說：「老伯母請進屋去吧！我跟我高兄弟打不起來。」又點頭說：「再見！再見！」

楊先生走了，高老娘又過來問說：「什麼事？你跟人家那樣發急？」高文豹搖頭說：「沒有什麼事，老娘你放心吧！我還要出去走走，到酒舖看看我表哥去。」他老娘說：「你可快回來！」高文豹答應了一聲，就邁着大步走出了門。

此時他的心頭非常抑鬱，就仿佛壓着一塊大石磨似的。他走在街上，仿佛看見的所有人都很可恨似的，因為誰也不像自己這麼臉長。他正在走着，忽聽身後有人嘲笑他，說：「這小子！媳婦還沒有娶過來，就跑了，人家嫌他的模樣太難看！」他氣得趕緊回頭，一看，嘲笑他的人正是黑袍狼手下的小夥計毛栗子與爛酸梨，都做着一張怪臉兒。

高文豹的胸中氣上加氣，他一轉身，邁了幾大步，伸手將爛酸梨抓住，厲聲問說：「你剛才在我背後說了什麼話？」此時那毛栗子早已嚇跑了，爛酸梨也嚇得臉發白，連說：「不是我呀！不是我呀！毛栗子在你身後說了你，你別揪住我不放呀！高鏢頭，咱們兩人向來不錯。」高文豹瞪眼說：「什麼不錯？你們這群忘八蛋！」說着掄起像他那個飛錘一般的拳頭，一下打過去，只聽砰的一聲，爛酸梨怪喊了聲「哎喲！」高文豹接着又一拳，爛酸梨就昏倒在地下了。

這時人們都圍過來了，高文豹又忿忿地罵着：「你們不要看！他死了我給他抵命！」他又向地下臥着的人踢了一腳，說：「你拿裝死來嚇唬我嗎？忘八蛋！」而這時就聽有人說：「衙門的人來了！」高文豹卻依然昂立着。

就見有五六個官人提着鐵鍊，拿着腰刀，跑進了人群。高文豹剛要辯白，不料聽得嘩啦一聲，一條鎖鏈已套在他的脖頸上了。身後有人推着他，前面有人拉着他，幾個官人齊都說：「走！走！走！這幾天你鬧得太凶了，你的眼裏還有王法嗎？走！」並有巴掌打到他的臉上。旁邊的人都追着，跟着，紛紛地亂談着。高文豹卻只沉着他的那張大長臉，一句話也不說，他就被捉往衙門去了。

當日，街頭巷口、茶館酒肆都紛紛的談着這件事，都知道高文豹在堂上挨了四十板子，打完了收監押起。而那個爛酸梨，確實是爛，兩拳之後，倒在地下就沒有起來，死了，並且當日就抬埋了。所以高文豹這件人命案子一定要打下去了，一定得抵命了。有人覺得他太倒楣，替他惋惜，有的人可又解恨。至於他的老娘，聽說倒有徐三爺聞了信就親自去探慰，還許不至於餓死。而徐三爺的姑娘，收在監裏的兇犯的未婚妻，卻由這天起就消息杳然，一去無蹤。

徐姑娘離開順德府二三日後，西往娘子關的平原大路之上，便出現了一位行蹤可疑的旅客。但是很少有人能看得見她，因為她總是清晨投店，日暮起身，與別的旅客的行路方法正相反。她是一個年輕的女子，身着淺紅色的綢褲子，青色的小鞋；上身的衣服也是青色的，袖長而身緊，箍出來她一身的娉婷曼美的體格。她的年紀不過十八九歲，還許小一點呢！她長得是真為美麗，臉兒似月光那麼潔白，眼睛似星星那麼嬌美而閃爍。她，看上去雖不是弱不禁風，但是一點也不粗笨，很像是個小家的規規矩矩的姑娘。但是她的馬術卻極好，一匹黑色的健馬，她翩然騎上了馬背，鞭子一動，立時就馳奔如飛，看那樣子一天能夠走百餘里。所以兩三天之後，她就已然來到了井陘山陽，離着晉省的境界已然不遠，巍巍的娘子關就在她的面前。她隨身別無長物，只有一隻紅布包袱，很大，而且多半還是很沉，因為看她進店出店都得用胳臂夾着，像是很吃力的樣子似的。她所經過的店家、舖戶、行人，雖然都對她很是注意、生疑，但是也沒有人攔過她問她，她走路像是很急似的。

冀省此時天氣更暖，大地上的莊稼都長得有人那麼高了，往來的行商旅客，多半都敞胸露懷，有的爽快地脫了光脊梁，拿扇子吧吧地拍脊背。但姑娘雖然是夜間走路，可是她天天必要換一襲清爽鮮豔的衣服，頭髮上也總蒙着一塊綢手帕。

這日，許是例外，她竟於晚間投到了井陘縣境內的一家店房，可是她進店門的時候也快到三更天了。這店裏的一些客人都已睡着了，夥計也只剩下了一個兼代打更的，他也沒看清楚來的這位客人是男是女。幸虧這兒還有一個單間，這個夥計就先將馬牽入廄裏，然後他點上了一盞油燈，送客人進屋來。在燈光搖動之下他才看出來，啊呀！原來是一位大姑娘！

店夥的兩眼有點發直，姑娘卻將包袱放在磚炕上，只聽得噹啷一聲，好像裏邊有許多根金條。店夥嚇了一跳，翻着眼睛問：「櫃上可還沒滅火呢，您想吃點什麼，還能給您做。」姑娘搖頭說：「我在半道兒吃過了，你們不必給我預備什麼，只沏一壺茶來好了。」店夥答應了一聲，轉身出了屋。這裏，暗淡的燈光照着姑娘的俏影，姑娘就坐在桌旁一個小凳兒上，胳臂肘兒放在桌上，用手支着她的頭。良久，店夥把一壺茶送來。姑娘就拂拂手令店夥退出去，她隨手閉上了屋門，仍然坐在桌旁支頭沉思。她的一縷思緒，飄蕩在數年以前，又撩到多少年之後，她不禁芳心酸痛，微微地歎息了一聲。

原來徐姑娘的名字是叫雪卿，她是生於山西河津縣。自二十年前，有名的俠客赤須龍徐公勝，因為在南方與洞庭老俠的門人決鬥比武，吃了些虧，便負氣在此地隱遁。他本來手中已有了些錢，在此置了十幾畝田地，娶了一房妻子，又生了這個女兒，他就在此躬耕務農，頗守本分。

可是六七年之後，又有人曉得他住在這裏，就來找他。這些人都是江湖俠義，但是他們的武藝較徐公勝差得多。是時因為中州又出了幾個惡霸，橫行暴戾，欺壓良善，官家對他們不能制裁。江湖上有血性的人，雖然義憤不平，可也自知力不能敵，不敢多管閒事，於是就來請徐公勝出頭。徐三爺雖然閒居多年，武藝卻未扔掉，不由得就有些技癢，加以義憤，他便慨允眾人之請，挾刀備馬，重踏江湖。那些綠林毛賊皆聞他之名，而喪膽遠奔，各地豪強也都懼殺而斂跡改行，赤須龍俠士之名因此在北方更無人不知。

他一去三載未還家，及至到第四年，他回家去了。一看女兒已然十一歲，出落得十分秀麗，他就非常喜歡。可是他在家裏住了三五日，就看出女兒在做活計，幫助她母親做飯時，又有些不穩重；有時父母跟女兒燈下閒談，徐姑娘也總是安不下心去似的，因此徐三爺對女兒又起了一些懷疑。

河津縣的城西北就是龍門山，這座山分跨在黃河兩岸，就像兩扇極高的大石頭門似的。黃河由這山峽流出，濁水奔放，一瀉千里，那水聲摩擦着山崖嘩嘩地響，如雷鳴一般。這天下的奇景，相傳為夏禹所開鑿，所以河東河西都建有禹王廟，一屬於山西，一屬於陝西，由此而劃出晉秦兩省的界限。

單說在河之東岸有一個村落，名叫化龍莊，徐姑娘的外婆家就在這裏。所以她從小兒就常到這裏來，在外婆家一住能住上兩個多月。不但這村裏的一些姑娘們都與她廝熟，宛如姊妹，而且村中的人簡直沒有一個不認識她的，都誇讚她比一朵鮮花還美麗，並有一個姓秦的老寡婦將她收為義女。

這秦家原是一個富家，老爺早先在外省做過協鎮，不知為什麼事死在外頭了。太太和姨太太運靈回到原籍，家中尚有一些田地，雇人耕種，所入還差堪度日。過了幾年，太太就因病逝世，只留下這位姨太太——可也有四十多歲了，還帶着個二十來歲的男僕，名叫秦得功，和一個與雪卿姑娘年歲相當的丫頭，名叫立梅。

這位秦太太在村裏的婦女之中是與眾不同，她的衣服永遠是綢緞，頭上永遠戴着滿滿的銀首飾。因為是寡婦，不能擦胭脂，但臉上卻永遠擦粉，因此望之如三旬上下的人。她說話是南方的口音，初時人家全聽不懂，後來漸漸的也都熟了。她常常坐在門外的碾盤子上，旁邊有立梅侍候。她抽着水煙，別人抱着娃子，背着孩子，出神地聽她談話。她談的話，即使村中的男人也都為之驚奇，佩服她雖是個婦人，但是閱歷多，見聞廣。她說她生於湘南零陵縣，因家貧才賣給秦老爺為妾。秦老爺作過協鎮，她隨秦協鎮出兵打過仗，看見過死人，聽見過沙場的鬼哭，在洞庭湖裏翻船遇過救，在金牛山……她一說到這個地名之時，必要變顏色，帶着憤恨的神情說：她跟她家老爺在那裏曾被賊圍，她幸虧女扮男裝，假作一個做小買賣的人，方才脫離了重圍，免遭賊辱。

這個久歷風塵的婦人，在村中頗受眾人的敬仰，並不因為她是個姨太太而看不起她。這也不只為她知道的故事多才欽佩她，她還有許多長處：第一，能濟人之急，遇着鄰居有什麼急事，向她告貸，她必傾囊相助，過後人不還她，她也絕不逼索；第二，常常排難解紛，尤其是誰家後娘虐待孩子，婆婆打媳婦，她必出頭排解，說公道話；第三，她認識字，她比村裏的朱秀才還認識的字多，她把朱秀才考住過。到年下，她令她的僕人到城中買來紅紙，裁得許多春聯，她親自書寫，分送全村；到端陽節，她會畫鍾馗捉鬼分贈人家貼之辟邪。村裏的人念唱本、查黃曆，上面有不認識的字就去請教她，她都能詳細辟解。第四，她人極和藹，沒跟誰紅過一次臉，爭過一回氣；第五，她雖自己無子，但最愛別人的小孩，因此全村子的人都稱她為「好太太」。可是別人家巴結她，要叫孩子拜她為乾娘，她都自稱福薄而婉言謝絕。但是她偏偏收了一個村外的孩子——雪卿姑娘作為義女，當然是因為雪卿比別的孩子都聰明美麗了。

這時徐三爺就已然出外去了，雪卿當隨母親來住姥娘家，因此與秦太太相識，秦太太便認她作了義女。她在姥娘家裏住兩個月，其實得在秦太太家住一個半月。徐三太太也不反對，只是聽說秦太太常帶着雪卿到河邊去遊玩。有一天天降大雨，把她們截在河東禹王廟，聽了一夜雨聲跟河濤聲，第二天才回來。雪卿還向她媽說昨晚的事有趣，她還想叫秦太太帶着她去，還希望遇着大雨。

徐三太太不免有點提心，就攔阻女兒不要再與秦太太接近，說是那個人到底是因為出身與咱們不同，行事就也兩樣，跟她常在一起，究竟學不出什麼好來。可是攔自管攔，雪卿姑娘跟那秦太太的關係仍然不斷。家裏有頭小驢，她幾乎天天要騎驢走十數里地，到化龍莊去找她的乾娘，總是晨去晚歸，有時且在那裏過夜，數載如一日。雪卿姑娘的心永遠惦記着秦太太，倒仿佛秦太太是她的親娘似的。徐三太太雖然不大高興，但因為溺愛女兒過深，就也不怎麼固執地攔她。

直到赤須龍徐公勝徐三爺回來，雪卿姑娘才不敢再往秦太太那兒去了，並且口中絕不再提秦太太，仿佛她的心裏有點愧似的，然而卻由不得她的神色、態度，總顯出有些不安。徐三爺看了，就暗自感歎，心說：到底是江湖人的女兒！雖然她在家裏待着，而且將將十一歲，就顯出來不端正，可見我這三年不在家，她不定是多麼野了，他母親必是一點也不管她。

同時他此次回來，心裏也不像早先那樣安靜了，永遠想着那江湖上的莽莽風塵，想着自己騎着大馬星夜行走，夜入深莊；人家一聞到赤須龍來了，一齊拱手迎接，把自己欽佩得如天神一般；他又時常想起曠野荒山，自己與那最屬害的賊人拼鬥，各不相讓，自己便運用起那十八套追風刀來了，颼颼颼、鏘鏘鏘，結果是將賊人砍倒了，自己喘喘氣，擦擦刀上的血，心中自負非常；又想起在自己在上百數十人的擁擠圍觀之下，將手掌對準了一個大石頭，吧的一下，打得石屑紛落，旁邊看的人全都不禁咋舌。這些幕過去的景象時常在徐三爺的腦子裏復現，所以他雖然在家中居住，終日還離不開舞刀打拳，他家小院就成了他的把式場。

但是每逢他練武的時候，他的女兒總要停住了工作，在旁邊看着他。這一點卻使他很為喜悅，他就想：將來雖不必叫我的女兒也去行走江湖，但武藝總是叫她會一點才好！尤其她的容貌生得這麼美麗，將來難免受人欺負，還是會一點武藝，不至於吃虧。於是他就笑着說：“雪卿，你也喜愛學這些個嗎？我可以教給你。現在江湖上很有幾個女子，她們會點武藝，便也保鏢，也敢跟男子們比武，但她們的品行都不大好，你不要跟她們學。我要叫你成為一個既有通身武藝，而且人品賢淑的女子，你願意吧？”於是他就開始教給女兒武藝。

但教過了三天之後，他卻又發現了一個可疑之點。徐三爺教給女兒練武，當然只能先教她練步法、出拳、擰腰、踢腿這些功夫。然而他覺出女兒聰明得過分，不但是一指點就會，簡直是不指點也能會。那出拳的姿勢，擰腰、踢腿，處處敏捷，而且步法尤其穩健。徐三爺起初覺着是小孩子的腰腿伶便，容易練好，後來越看越不是這麼回事，簡直這孩子竟像是個老手，武藝至少也學過一兩年的樣子，而且拳法的門路又與自己不同，似乎是洞庭老俠的那一派。徐三爺因此十分詫異，然而他一點也不露出形色來。

女兒學得快，同時他也教得快。不到兩個月，徐三爺可以說把自己的通身武藝，除了劈山掌、追風刀之外，全都告訴女兒了。他一面又觀察着女兒的行動，見女兒除了到她的外婆家去了兩趟，並沒有別的行動。除了認識一些個親戚、鄰舍，及聽說她在化龍莊有一個乾娘之外，再也不認識其他的人。因此徐三爺益為疑惑，他便想了一個主意。

他於前兩天先着手整頓家中的東西，理清了一些身邊瑣事。這一天，他忽然說是要攜眷出外，並且決定明天就走。他這個號令一發出來，他的太太當然不敢違拗，但是須先回往娘家去辭別一下。而女兒的臉上，卻現出來一種不高興的樣子，徐三爺心中就暗笑着。

他送妻女到了化龍莊岳父家，對他的岳父說：實在是因為現受開封府撫台大人的聘請，有個小小的官兒等他去做，不能不帶着家眷前往。他說得頭頭是道，他的岳父岳母當然也不敢耽誤女婿的前程，遂就答應了。但是，雪卿姑娘一定要在姥娘家住一日，因為這一去，就許是兩三年才能夠再回來，所以她捨不得。徐三爺也不攔阻，而自己卻假說還得回家去料理一點事情，于傍晚時，他就出了村子走了。

其實他並未走遠，而是在村外一片楊柳林中隱藏着，想等到天黑之後，自己再悄悄的進村裏去觀察女兒的行動。這時夕陽照着柳梢，紅霞滿天，炊煙齊起，一陣歸鴉噪過去之後，四周圍俱甚寂靜，而不遠之處的龍門山，那裏卻隨着春風吹來了澎湃的濤聲。

徐三爺在林裏等了一會，忽然見有兩個人自村中走出，一個人身材雖不甚高但也不矮，十分的纖細，走起路來有些嫋娜之態，可見是一位婦人。她的手兒拉着一個小孩子，小辮兒垂在背後，分明就是雪卿。徐三爺暗暗點頭，心說：果然是這麼回事！

他又等了一會，見那婦人已帶着他的女兒向西去遠了，他才走出了樹林，在後邊跟着去走。這是一條曲曲折折的小路，那兩人在前，離着徐三爺有四十幾步之遠，但她們並未回過一次頭。她們隨走隨談，雪卿並且跳着、跑着，似是極為歡喜，並未想到後邊有人暗隨着她們。

此時明月已自東方冉冉地升出，而小路愈窄，地下愈坎坷不平，那水聲也愈發響得怕人，已然來到黃河的東岸了。龍門山在北邊兀然高峙，月光照在波濤上，如一片丘陵起伏的荒涼曠野。這裏再沒有別的人，也沒有村舍，只有禹王廟如一座墳似的立在河旁，那婦人就帶着雪卿往那邊走去。她們愈走愈快，漸漸為蒼茫的月色所迷，被不平的地勢所掩，大概是走進那廟裏去了。

徐三爺曉得那廟裏除了官員查河，村民謝神，一向就沒有人去，沒人見過那裏有老道或是和尚。如今，好可惡的婦人！她把我的女兒誘了去，是想做什麼呢？想把她推到河裏去嗎？不然就是那廟中藏着與婦人相識的歹人？因此徐三爺益是忿忿：可惜今天沒有帶着刀來，然而劈山掌也能懲戒懲戒那婦人！

他腳下加急，少時即來到廟門之前。月光之下，他見山門虛掩，裏面寂靜無人，不禁又吃了一驚。側身而入，聽見大殿裏似乎有人說話，但被那水聲擾得模糊不清。他就蹲伏着身，很輕極快地走到了大殿的窗櫺之前，聽裏邊是他的女兒聲音，說：“師父！我捨不得您！我爸爸這回不定要帶我上哪兒去啦？也許永遠不回來啦！我跟您這次一分別，得幾時才能見面呢？”女兒的聲音很高，並且像哭了似的。那個婦人卻說：“不要緊！將來咱們師徒必能見面。”徐三爺一聽，疾忙將身子向下蹲伏，並又往旁邊挪了幾步。

這時中天的月色正照着這三間大殿，窗櫺之上月色通明，而徐三爺所站的地方正為東配殿所遮着，他的身子是浸在一條三角形的陰影裏，所以殿裏的人看不見他，他卻能夠隔着破窗櫺往裏邊看，很是真切。只見頭戴旒冕的禹王神像，在正中威嚴的坐着。前面是祭桌，香燭五供都是石頭疊成的。這裏除了白天有人來這遊玩，到夜間只是蛇鼠時現蹤跡，但是現在這兩個女子卻在此依依地話別起來了。

徐三爺猜得出那婦人一定就是秦家的姨太太，只見她身長玉立，腰杆挺拔，一看就是個深通武藝的人。她談話的聲音尖銳而高昂，所以雖然伴着嘩嘩的河濤聲，還能夠聽得很清楚。就聽她說：“你跟你爸爸出去走走也好！我聽說他的武藝還不錯，在江湖上頗有點名聲。你可以隨着他去闖練闖練，見見世面。但是千萬要記住了，你應當對神發誓，無論見着誰，那怕將來你長大了呢，遇着了情投意合的夫君，你可也不准向他吐露真情，說你的武藝是我教給你的！”

　　徐三爺疾忙將身子退後了一步，聽見女兒已在殿裏發誓了。又聽秦太太說：「我的來歷也不妨告訴你，我生長于江南，父親是有名的俠客，也曾到過北方，做過許多俠義之事。但後來因種種不幸，他死了，以至於我落入惡人之手，漂泊了許多地方，結果被賣為娼。其實我有一身武藝，何至於不可自拔？但是不，我不願自恃武藝，做那種江湖女賊，卻甘心在苦難之中做一個平庸的女子，也是鑒於我父親生前做事恣過，傷人太多，以至沒落着好的結果之故。後來我在武昌遇着了秦協鎮，他待我真好，為我贖身，救我脫離了煙花。名雖為妾，其實我比正太太還得寵信。我隨他整整五年，我們倆從沒有過一次紅臉、吵架，他待我真好！可是他後來慘死于金牛山……」說到這裏她的聲音十分悲慘。徐三爺再扒窗向裏看時，見她已然雙手掩面，身子顫抖着哭了，女兒在旁一聲乾娘、又一聲師父的，苦苦相勸。

　　那姓秦的婦人哭了一會，忽然推了雪卿一下，說：「你別勸我，我隱辱含痛於今已將五載。秦協鎮他死得真慘，是仇人陷害他死的，而那仇人……」她氣憤填胸的說：「我無時不想為夫報仇，只是那仇人頗為勢大，一時不易下手。又因我在此遇見了你，我看你年幼聰明，是個可造之才，就想將我的武藝都傳授給你。倒不是為叫你以此去為非作歹，只是可以因此得免失傳。我本想再下三年工夫，教你藝成，可是如今你忽然要走。」

　　雪卿跺着腳，哭說：「我不走啦！我不跟我爸去啦！我願意永遠跟着師父！」

　　徐三爺在外聽到這兒，大大不高興，胸頭的氣突然湧起來，他真想進去問問那婦人為什麼將他的女兒教成了這樣，跟親生的父母都離了心？她如若真會武藝，可以當時就鬥一鬥，叫她認識認識我赤須龍，但是裏面的哭聲卻又使他聽了很覺難受。

　　忽然裏面哭聲頓止，聽那婦人又說：「不要捨不得我啦！咱們這也是緣分盡了，強在一塊兒，便難免有禍事發生。我傳授你的那些武藝你都沒有忘不是？」雪卿姑娘答說：「沒有忘！永遠忘不了！」婦人就說：「好！憑那些武藝，我保你走在江湖絕吃不了一點虧，並且還可以管着你父親，幫助你父親。你父親若是在外橫行，你也可以倚那管轄他！」徐三爺在外聽了不禁暗自冷笑，捋了捋袖頭。但聽那婦人又說：「如若你父親在江湖遇着了勁敵，你也可以倚那幫助他。」徐三爺心說：我要借你的徒弟幫助我，我還算什麼赤須龍？又聽婦人說：「總之，以後你應時時切記，學武藝是為防身，並非為欺人，即使萬不得已之時要用，也要用之適當。助的是孤兒寡母，窮困流離；剪除的是那些強梁惡霸，盜賊貪官！」徐三爺聽了卻又不禁心生敬佩，暗暗地噴嘴、點頭。

　　又聽婦人說：「我們分別之後約定十年再見，現在我要在此處留下個標識。」徐三爺又扒着窗向裏去看，卻見那婦人從身邊抽出了一口明亮的短刀，說：「這口梅花劍我要安放在一個地方！」說時只見她一揚手，白光上飛，吧的一聲，大概是扎在大殿的房枕上了。徐三爺不由有點膽寒，又聽婦人說：「此處極高，我擔保沒有人能夠取下。而且以後我無論走到哪裏去，我也能常常派人回來查看此劍。十年之後你再到這裏來，如若劍已取走，那就是我尚在人世，你還可以看這東牆上，必有我親自留下的字跡，你可按照所留的地點去找我，咱們師徒必可見面；如若梅花劍尚在，牆上且無字跡，那就是我死了，你可不必再惦記我了！」

　　雪卿不禁又哭，說：「可是要不等到十年我就回來了呢？」

　　婦人說：「那你可以在外婆家等我幾年，我走時打算只帶着立梅，秦得功還要留在這裏照管田地。我在外面的行蹤他雖不能盡知，可是若有人往這裏來，我也一定托人捎信給你。總之，房梁上的這枝梅花劍不過是咱們師徒留的一個標記，也許不到十年我就回來了，咱們就見了面。天不早了，咱們走吧！”

徐三爺聽到了這句話，就飛身上了殿脊，伏身向下去望，見那婦人已攜着雪卿走出來了。徐三爺本想要跳下去嚇一嚇她們，但是又想：幹什麼？跟個婦人鬥什麼氣？她沒看出來我在暗處聽看，就可見她的武藝不高，而且她又待自己女兒很好，真如母女一般。

等着那二人出廟之後，徐三爺就又跳下了大殿。他站在庭中對着明月發了一會兒呆，然後一陣冷笑就也走進了大殿。仰面一看，黑忽忽的什麼也看不見。他就腳卷着殿柱子，又揪着房椽，如一只貓似的很敏地的就上了房梁，伸手摸着了那枝梅花劍。他就用牙咬着，抱着房柱又落於平地，然後就着窗外射進來的月光，仔細把玩。只見此劍很短，頗像匕首，但卻是劍形。他心想：這必是一種暗器，雪卿一個十一歲的孩子倒未必學會打了，可是那婦人，沖她會使暗器這件事，就可知不是好人！江湖上哪有真正的英雄豪傑肯用暗器之理？

徐三爺生平最恨人使用暗器，如今看出來梅花劍也不過是飛鏢一類的東西，他心中便又有些氣惱，心說：賊婆娘！會這麼一手本事，就處處都想顯露？我再給你還在原處，我不信十年之內沒有人取下你這個勞什子來！遂就順手一揚，梅花劍飛起。他也想給釘在房梁上，然而他的手法不靈，噹啷一聲就落掉下來。他有點氣，彎腰拾起來再往上飛，卻又掉下來了。他不禁發了怔，自慚生平沒練過這種玩藝，到底是不行；又怕那婦人沒走，倘或在窗外看見自己，那豈不要招她恥笑？遂就將梅花劍又拾了起來，插在腰帶上。

出了殿，又出了廟門，只見皓月當空，明朗如鏡。夜愈靜，星斗愈稀；風愈緊，耳邊的河濤之聲也愈為雄壯。他漫步去走，背着月光立於河畔，只見龍門山巍然聳立，如兩隻龐大的黑色的猛獸在那裏趴伏。黃河沉沉如一片黑沙，濤聲澎湃，有如千軍萬馬一湧而來之聲勢。河岸數裏之內空曠無人，只有月光把他的身影照在地下，他不禁對河長嘯。望月懷鄉，想起他童年在順德府的種種事，想起他家開的那個繡花作，又想起自離開順德府數十年來便未歸家，家裏的人，父母一定是早已死了，而那些親戚故舊的景況可不知如何？他們一定也都老了，他們也絕不能想到我離家之後，便遇着名師，學了一身無敵的武藝，做了有名的俠客吧？又想到那個婦人，總是跟她試一試武藝才好，不然自己的心裏總是有一點不服氣。

在河邊又徘徊了一會，徐三爺就踏着月色，慢慢的踱回到家裏。老婆女兒都沒有在家，他只是一個人睡覺。臨睡之前，又把帶回來的那枝梅花劍仔細看了看，他不禁發笑，覺得這不過是個小玩藝，只有女人才用它，怎比得了自己的追風刀跟劈山掌？他將門閉好，梅花劍置於枕下，就倒身睡了，睡得很安穩。及至醒來，天已大亮，他伸了個懶腰坐了起來，忽然大吃一驚。原來他見屋門開了一道縫，而枕下的那枝梅花劍已然沒有了蹤影。

徐三爺向來也沒有這樣詫異過，他發了半天呆，忽然又發起狠來，穿衣下炕，就要去找那婦人，倒要跟她比一比，看看是她的梅花劍能傷得了我，還是我的劈山掌能夠打死她？他都要走了，但轉又一想：不值得的！自己原是個騎大馬、掄大刀，力敵萬夫的英雄俠客，飛簷走壁的本領雖也會，但並不以那為特長。現在這個婦人可像是很會這些暗器傷人、雞鳴狗盜的本領。婦人屬陰，她們都是心腸毒、手段辣，做事不光明。萬一我受了她的暗算，因此而隳了名聲，可真不值，何況平日並無什麼仇恨。因此，徐三爺的氣又漸漸地消了。他決定今日就離開此地，遂於上午將家中的事完全料理妥當，房屋托了鄰人給照應。他預備好馬，又雇來了車，就往化龍莊去接他的妻女。

到了他的岳父家，雪卿卻又上她乾娘那兒去了，派了人才給叫回來。徐三爺就瞪着眼向女兒呵責了一頓，說：「快走了你還出去玩？我幾年沒在家，你真是學得野了，一點規矩也沒有。什麼乾娘？一個破落戶的小婆子，知道她是什麼出身？以後咱們就是回來，也不許你再理她！不然我可毫不客氣，給她難堪可不怨我！」

他的喊聲極大，真跟黃河的濤聲似的，差不多那位秦太太在家裏都許能夠聽見。他的老婆徐三太太趕緊攔住他，說：「別這樣！人家秦太太可真待咱們雪卿不錯。雪卿身上的衣裳，腳下的鞋，都是她乾娘親手給做的。」徐三爺又向他老婆瞪眼說：「這點小惠你就能感念她一輩子嗎？你就把女兒舍了，給她嗎？若不是今天咱們急着要走，我當時就叫雪卿剝下來衣鞋扔還她！」

徐三太太也急了，說：「人家有什麼對不起咱們的地方呀，你這樣恨人家？」徐三爺卻哼哼地笑道：「她也不睜大了眼睛瞧瞧我！」遂扭頭看見雪卿立在旁邊，低着頭不說話，臉色可已然變了。他就喝令走，立時就走，仿佛他真是急着要往開封府去做大官。他的岳父岳母挽留不得，三太太和雪卿也不敢違拗，當下就走了。

第四回　　梅花女絕技震江湖　　蝴蝶扣雙結萌愛情

　　一輛騾子車的車棚上捆放着舖蓋卷跟包袱，車後邊是放着三隻箱子，連做飯用的鍋勺全都帶着。徐三太太坐在車裏，雪卿姑娘跨着車轅，村裏很多的老太太，媳婦，姑娘全都依依地相送。三太太從車裏探出頭，跟那些人招呼，還不住地拿手帕擦眼睛。雪卿雖然沒有哭，臉上可也是帶着不高興的樣子。她扭着頭向一些人招手，用尖細的聲音喊着："大嬸！二姐！過兩年再見！"

　　騾車過那秦家的門首之時，看見了她的乾娘托着水煙袋倚門而望。她沒敢招呼，可覺得眼睛濕潤了一點。她還看見立梅，那僅僅比她大着三歲的立梅，不但對她沒有惜別之意，反向她微微地笑，仿佛很羨慕她這次的遠行。她還看見了秦得功，那個很強壯的年輕僕人是才從外面回到村來，肩膀上扛着魚叉，手裏提着兩條大魚。他剛才一定又上河邊叉魚去了，令她不由記起了她乾娘那親手做的最美味的魚湯。她真捨不得離開這裏，心裏真是難受。而她的父親就在車後騎着大黑馬，揚着很長的皮鞭，頭戴大草帽，腰佩鐵鞘樸刀，飄灑着黑多白少的長髯，瞪着兩隻發光的大眼睛。她有點怕，就將一塊紗帕罩在臉上，半遮塵土，半掩悲容，就由着車走了。從此她們風塵僕僕，果真到了開封府。

　　然而在開封，徐三爺並不認識什麼大富，只與幾個行蹤怪異，相貌魁梧的人往來。住了不到半個月，本地就出一件大案。一位有財有勢而行為不端的人忽然被害失首，弄得街巷紛紛談論，但是結果如何不得而知。徐三爺可又帶着他的妻女奔往他處。如此，到處漂泊，到處生事。

　　一連漂泊二載，雪卿始終沒在父親的面前顯露過武藝，但是她卻有一件事，引得她的父親很注意。就是她出外行路必叫母親坐在車裏，而她跨着車轅。她坐在車上，除了觀看沿途的風景之外，就是玩弄一條紅色的綢子。她會把一條綢子系成一個酷似逼肖的蝴蝶兒。她這個蝴蝶扣，整天結完了拆，拆完了又結。徐三爺以為女兒是因為無聊，才擺弄這玩意兒，心中倒覺得她非常可憐。

　　這一天，他們來到了山西太原府陽曲縣內，徐三爺就帶着妻女住在了一個朋友張員外的家裏。這位張員外外號叫鐵豹子張八，他自己不做事，有三十幾個徒弟，全都是武藝超群。有在外縣保鏢的，有在本地教拳的，大家都供養老師，所以老師的家道非常豐裕。可是，徒弟們若在外面受了挫折，或是遇着了強硬的對手，也要請老師去出頭給爭氣。鐵豹子張八的一對護手鉤，山西省的江湖上無人能敵。

　　但是這次徐三爺前來看他，正趕得他的心緒不佳。因為雁門關外出了一名豪傑，名叫朱錦。娘子關附近還新聚了一批強盜，為首的人名叫金眼豹，使着一把鋼叉。這兩人都是極為兇悍。朱錦在半年之中打傷了張八爺的弟子魯華雄、沈華俊和龐華袞，龐華袞的弟弟且受傷而死。那金眼豹更是專門跟張八爺作對，他聲明要搶奪張八爺的江山，令他的嘍囉們見了人就唱：「你是鐵，我是金，鐵豹碰金豹，鐵的一定命歸陰。」又唱：「我是爺，你是孫，鋼叉雙鉤打一打，管叫孫子嚇掉魂。」

　　這兩口氣張八當然都不能夠忍受，所以在去年冬天，他就率領十余名徒弟往雁門關外去鬥朱錦。不料他只能跟朱錦打個平手，卻未能獲勝。他又往娘子關去鬥金眼豹，不料金眼豹編的歌兒真不是虛言，他的雙鉤竟抵不過人家的鋼叉，他險些兒喪掉了老命。所以半年多來他就心灰意懶，如今徐三爺攜眷來到，他盛意接待，求徐三爺為他幫忙。

　　徐三爺也詳細打聽了打聽，曉得那朱錦和金眼豹都是年輕人，武藝都頗不錯。果然再過幾年，他們的武藝越練越精，都許連自己也被壓倒。同時又聞得那兩個人一個是強盜，一個是土豪。一個是殺人劫貨，無惡不作，一個是魚肉鄉里，雁門關外人人提到了朱錦之名皆切齒憤恨。但比較起來，朱錦還算是人少易敵，於是徐三爺就決定先出雁門關打服了朱錦，然後再往東去，殲滅金眼豹群賊。

　　徐三爺單刀匹馬去鬥朱錦，張八爺在家裏卻又注意上了姑娘，他想着赤須龍的女兒絕不能不會武藝，而且武藝還絕不能夠弱了。他就天天找着姑娘說話，一口一聲叫着賢侄女。他對姑娘談說江湖的事蹟，姑娘當然非常喜聽，並且因之雄心陡起。於是，雖然並沒有說出她學習武藝的經過，可是她也天天在張家的那塊練武的場子上打拳舞劍。

　　張八和他的幾個徒弟一看，就都個個驚異，覺出姑娘的武藝不但比他們高強得多，簡直是拳能搏虎，腳可踢山，一枝劍還可以上天割雲撥霧，下海斬蛟伏龍。張八便慫恿着姑娘也去往雁門關，並說：「朱錦的武藝高強，我已然知道了。徐三爺雖然刀法無敵，但是他也跟我一樣，老了！而且他心高性傲，看不起年輕後起之秀，這次出雁門關說不定就許吃虧。自他老哥走後我真時時提心，因為萬一赤須龍的大名為我的事毀了，那我對得起誰？姑娘你既有此本領，不如我給你備下一匹健馬，派幾個老實可靠的人跟着，你也出一趟雁門關，戰敗了朱錦，然後再跟着徐老哥到娘子關……」

　　雪卿姑娘不待張八爺把話說完，她就慨然點頭說：「好吧！我也不願叫別人隨着。八叔，你只給我找一匹馬來吧！可要挑那跑得快而又跑得穩的。」

　　張八爺還細細地想了想，又去跟徐三太太去商量。徐三太太雖然不知女兒到底都會什麼武藝，有多大的本領，可是她因為隨着丈夫在江湖上飄流慣了，把出遠門也不當作一件什麼難事；又因為她走了這些地方，沒出過什麼舛錯，沒遇着過什麼歹人、惡霸。她不知道那是她丈夫威名震懾的緣故，而以為女兒出門去找她父親，也很可以放心。張八在旁邊請托，女兒又決定要走，要出去玩，順便去找父親，她既不能傷了朋友情面，又不敢打斷了女兒的興致，就答應了。

　　於是張八爺從太原城中選了一匹烏鬃大馬，並備了一口純鋼的女劍，雪卿便攜帶隨身的輕便行李，即日離了太原府，去闖江湖。嗒嗒的馬蹄聲，鏘鏘的劍鞘響，飄飄的鞭影動，滾滾的黃塵起。她青衣綠褲紅繡鞋，雲鬢峨眉花月貌，居然也晨起晚宿，小鎮打尖，關廂投店，獨行無忌，辛勞不倦。她身上還有一個特別的標誌，就是把個紅綢子結的蝴蝶常掛在胸前。

　　她知道她父親性傲，絕不許別人幫助，而且她父親的十八套追風刀她絕對放心，不會吃虧，所以不必也往雁門關外，她便直往娘子關。她到娘子關會着山賊金眼豹，交戰的詳情很少人曉得，但是不久江湖上就盡知：金眼豹被一女俠用飛劍戳死，他手下的二百多嘍囉也被那女俠殺得盡皆逃散。聽說那女俠年紀極輕，不過十來歲，騎着黑馬，胸前戴着一個綢子的蝴蝶扣，不但劍法極精，而且暗器是百發百中。

　　張八爺和他那幾個徒弟在太原府聽了大喜，盼着姑娘再往雁門關去。張八爺並買了許多綢子緞子，打了些個墜子鐲子，預備為姑娘回來時酬謝之用。可是姑娘未往北去，也沒有歸家，消息竟從此杳然。但太原、平陽兩府二十幾個縣之內突然出了一位奇俠。這奇俠其來也無蹤，其去也無影。富而不仁的人家失盜，而貧苦賢孝之人又得財。有幾個惡霸強賊，不是在黑夜受傷，就是在暗室失首。許多驕傲橫行的拳師、鏢客，其中還有幾個是張八爺的門徒，都有人去警戒他們，不是半夜裏忽然一枝梅花劍飛進窗來，就是第二天睡醒來，辮子上忽然叫人系了個蝴蝶扣。弄得人人心驚，個個喪膽。

　　約三個多月後，徐雪卿姑娘方才回到了張家。她歸來之時，人馬無恙，只是繡鞋微破，寶劍染塵，隨身的一隻包袱卻瘦了許多。她的芳容有點微黑，臉兒上卻帶着笑。張八爺師徒將她敬為神人一般，所預備的禮物也早就換了。他早按照別人所說的尺寸樣式（因為有他的徒弟受過梅花劍的教訓，見過那可怕的玩藝兒），在太原城找著名的鐵匠舖，定打了三十只鋒銳絕倫、輕便可手的梅花劍，裝在個木匣子裏，雙手捧給姑娘。雪卿便笑着說："你真能猜着我想要的是什麼！"

　　但是，她回來了，她的父親卻仍然沒有回來。聞聽說徐三爺一到雁門關外便打敗了朱錦，然而朱錦卻逃往汾陽。徐三爺因為在雁門關親見許多被朱錦所害之人，極為憤恨，想着此賊不除，我枉在江湖行俠仗義幾十年，不能為人間留下這個禍害！他便又追往汾陽。那朱錦在汾陽糾眾與他交戰了兩次，不敵，就又逃往彰德府。聽說徐三爺又追了去了，但至今便不再有信息。

　　雪卿姑娘就為此事很不放心，又兼她才從外面走回來，滿胸仍充着驕傲自得之氣，在張家才歇了一日，她就又走了。這回她走在江湖上膽子愈大，人震於蝴蝶扣之威名，愈不敢惹她攔她，不到十天她就來到了豫北彰德府。

　　彰德府原有著名的龐家三虎：大虎龐江、二虎龐波、三虎龐潤，個個都有超人的武藝。那朱錦逃到他們這裏，有他們為助，抵擋赤須龍徐三爺，連鬥十餘天二十多次，竟然勝負不分。龐家兄弟而且陸續勾請來許多好漢，設計要害死徐三爺。徐三爺至此時是勢如騎虎，既不能服氣，又不能取勝，正在客店住着焦急，日夜不得安睡，恰好他的女兒雪卿便已趕到。

　　徐雪卿探知她的父親住在那個店裏，她卻不立即往見，她另投了店房。為免別人生疑，她便自稱是江湖賣藝的女子，要到彰德府來掙錢。她是先來找地方、看光景，她還有媽媽、姐姐、夥伴們，他們都隨後就到。這種事兒本來江湖上常有，所以也無人看她生疑。又因她雖長得美，但是年紀太小，又打扮得不花梢，就也沒人留心她。

　　可是當晚她就到了龐家三虎的家裏，來了一場大鬧。她並不與人劍對刀、拳對腳的比武拼鬥，只是使用她百發百中的梅花劍，一劍傷了龐江的前胸，再一劍斷了龐波的右臂，第三劍扎壞了龐潤的左腿，最末一劍結果了朱錦的性命。事畢，她飛簷走壁，如一只小燕子似的，到那店所去見她的父親，具說自己所為之事。

徐三爺見着女兒先是一驚，然而聽了卻又憤怒。最後，他愁顏兀坐，長長地歎了口氣。徐三爺生平最恨人使用暗器，想不到如今他的女兒竟以暗器出了名。徐三爺不願女兒走江湖，如今女兒已是江湖聞名的梅花劍女俠。他覺得懊喪，但對女兒也不由得不欽佩，因此對雪卿也無話說。次日，他收拾了他的行李，父女便雙馬離開了彰德府地面，入晉省而回到了太原府張家。

張八爺早就得到彰德方面的消息了，他召集了二十多個門徒，設下了盛宴，宴請徐三爺父女，又送了雪卿四十只梅花劍，且恭送給姑娘一個美麗的綽號，叫她為"梅花女"。雪卿抿着小嘴兒直笑，徐三爺卻一點興頭也沒有。

宴畢，雪卿回到她媽媽的屋裏，徐三太太剛要細問女兒這番出去走了多少路？遇着了多少人？都辦了什麼事？雪卿姑娘也興奮地剛要回答，卻不料她的父親已然隨着進屋來了。徐三爺瞪大了眼睛，說："還有什麼可說的？一個姑娘家滿處跑？回來就好好歇些日吧！安安分分的吧！"徐三太太被他這烈性的丈夫一呵責，也不敢再問了，而雪卿也不敢再說。從此當着她的父親，她連武藝也不敢再練了。

在此又住了幾日，徐三爺就又辭別了張八爺師徒，帶着妻女走了。從此他們又飄流了江湖數年，雖然又遇着不少次爭鬥的事，但皆是徐三爺自己動手，不許姑娘幫助半點。姑娘也很安靜，梅花劍雖然永遠隨在她的身旁，她無機會施展，可是一點也不急躁。同時赤須龍的名聲雖然越來越大，而早先那飛劍女俠仍未為人所忘記，並且江湖上已呼之為梅花女。有些人還很詫異，當着徐三爺的面也說過："那位梅花女俠怎麼不見了呢？那小小的年紀將來還了得？她也許往南方去了吧？"徐三爺雖然沒答什麼話，但心裏卻是喜悅的，並自歎自己縱橫江湖三十餘年，得到了英名，可也費盡了力，歷盡了艱苦，尚不如女兒童年出世，飛劍得名來得容易，得到的名頭高而且遠呢！他因此有點灰心。

有一次徐三爺幾乎出了舛錯。因為他走在一條山道裏，正有病，連馬都不能騎，他跟太太、女兒都擠在一輛車上，馬卻拴在車後頭跟着走。越走山越深，兩旁都是峭壁懸崖，連着彌漫的陰雲，空氣也很潮濕，眼看着就要下雨。忽然看見右側是一片平谷，平谷中樹木叢生，那裏竟颼颼地有幾枝冷箭發了出來，都釘在車圍之上。徐三爺曉得這一定是自己的仇人，勾了盜賊要在此暗算自己。他大怒，抽刀跳下車來，大聲喊着說："小輩們，放冷箭不算好漢！出頭來鬥一鬥，那我才佩服你們！"

他的話才喊出，卻不料谷中就一個一個跳出來很多人，就像招惹了兔子窩，出來了一大群，足足有五六十個。他們手中有的拿着刀，有的拿着弓箭，氣勢洶洶，齊都大喊："赤須龍！今天我們就要斷送你這條老命！"一齊撲他來了。而徐三爺抖動了鋼刀，但是有點着急，因為他覺得手酸身倦；老虎雖然厲害，可是病了也能為群兔所欺。

但這時，忽然他的女兒也跳下了車，胸前戴着蝴蝶扣，手揚梅花劍就向那群賊發去。白光一道，如流星似的，其實也未必傷着賊人了。然而群賊卻都大驚狂喊："哎喲！梅花女來啦！快跑！"有人還驚訝着說："許不是吧？"但他們那幾個首領更是驚喊着說："怎麼不是呀？看！那不是蝴蝶扣嗎？"群賊一邊驚呼，一邊回身鼠奔，真像是一群兔子了。而雪卿姑娘不過擲去了一口梅花劍，沒費什麼力氣。

其實徐三爺也看出來了，女兒就是不擲出那口梅花劍，群賊看見了蝴蝶扣也是要逃的。雪卿姑娘這時臉上有點得意之色，攙扶她的父親上了車，卻聽她父親忽然歎了口氣。她的母親這時嚇得直打顫，也不知道外頭亂了半天是什麼事，她只是合着手念佛，並且說：「咱們找個准地方就多住些日子吧！別這麼害着病還滿處亂跑啦！要不然就還是回河津縣去，這樣兒沒准窩的鳥兒似的，到底是怎麼回事呀？圖什麼呀？」徐三爺卻怒斥道：「少囉嗦！」

雖然徐三爺斥住了他的太太，車出了山照舊往下走，可是徐三爺由此事更覺灰心，想着太太說的話也對。這樣走江湖，爭鬥、結仇，到底為的是什麼？而且自己也漸漸的老了，這次的病，就可見是身體已經衰弱，不行了！與其將來在江湖上遇着後起之秀，栽跟頭，還不如及早退休。但是又想：河津縣那裏是不會回去的，誰知道秦家那婦人走了沒走？自己既想隱居，就得從此作一個本本分分的人。若是在河津縣，還難免有朋友去找，而女兒也絕學不出好來，就許叫那秦姓的婦人給拐走。於是他頓然想起了他的故鄉順德府。

他鄉思既動，雄心就益發索然。於是把病養好，把朋友托辦的諸事理完，他就偕妻帶女悄然回到了故鄉，將刀藏起，裝成一個本分的老頭兒。

然而又因離鄉數十載，突然回家，若沒事做，生活再不發愁，難免叫人疑惑自己這些年在外面不定做了什麼事，發了財。而且他知道本城內有一名惡霸，就是福得泰鏢店的大鏢頭黑袍狼，這個人早先在他的手下吃過虧。徐三爺想着：要瞞他也瞞不住，不如自己也弄個買賣，一來遮掩別人的耳目，二來鎮嚇這個人，表示自己還未老，不是就脫離江湖不管閒事了。所以，徐三爺才買了房子，開了鏢店。

但是既開鏢店，雖然不想多做買賣，可是至少手下也得有兩三個鏢頭，顢頇的人他不願意請；自覺武藝不錯，江湖惡習十足的人，他更不願意要，所以只請了個貧寒而老成忠厚的飛錘太歲高文豹，又雇了兩個無能的鏢頭，就是魯七跟侯二。但是又有難題了，憑着這三人去保鏢，日久必有舛錯。自己既然隱居了，再為爭鏢的事出去跟人拼鬥，又合不着，所以他開了鏢店之後自己倒添了煩。

所幸，一連出鏢五次，尚無舛錯發生。他倒有些疑惑了，他不知是因為什麼緣故，心想：莫非我這三個夥計，他們都明白我的來歷，出去拿我的名頭到處招搖，所以江湖上的盜賊不敢？直到第六次應了一號大買賣出鏢，他看見女兒也在鏢車旁站着，就大不高興，叫女兒進去；又見魯七鬼鬼祟祟地往車裏藏東西，他生了疑，向車裏邊一搜查，就搜出了一枝鏢旗，上面系着個紅綢子的蝴蝶扣。

他乍一發覺之時，幾乎暴跳起來。後來魯七笑着跟他說：「這蝴蝶扣是您的姑娘給系的，頭一次出鏢的時候她就給系上了，叫出了城再插在車上，別叫您知道。可是這玩意兒真靈，我們走進了娘子關，前面的十幾輛鏢車全叫山賊給劫了，可是他們一瞧見了咱們這個蝴蝶扣，立時就兔竄鼠奔，還有老頭兒、老婆兒沖着咱們這蝴蝶叩頭呢！說是他們早先都受過這蝴蝶兒的好處。」徐三爺聽了便淡淡的一笑，從此這蝴蝶扣就公開了。

徐三爺是為省事，好在順德府的這些人也不知蝴蝶扣的來歷，就由它去吧，自己樂得乎天天玩八哥，享一些清福。然而卻不料蝴蝶鏢的名頭在外越鬧越大，徐三爺可還沒有什麼耳聞。他見姑娘也很是安分，真跟個大家閨秀一般，他非常喜歡。同時他看出來高文豹的為人忠厚誠懇，他更是喜愛，認為有這麼一個可靠的夥計，鏢店的事自己就可以一概不管。

如此一連數年，買賣無舛錯，家中無煩惱，徐三爺度着悠閒的日子，倒後悔為什麼不早些到這兒享清閒呢？早先真是胡鬧！同時他見女兒已漸漸長大，而且出落得姿容清秀，他就也想到了要給女兒物色一個好女婿，可是絕不要江湖人，也不要保鏢的。

徐雪卿姑娘天天在家中習做針黹，並幫助母親操勞，連街門都很少出。她也不細想，她的那蝴蝶扣這時已走出了千里之外，正在那兒威鎮住無數的強賊。她終日是淡妝布衣，安安穩穩，除了不大躲避男人，不像普通女子似的一來人就臉紅，她是很端重的。在她的心裏，也像一泓清水，明潔而恬靜。雖然連年的花落花開，燕去燕來，絮染香塵，柳牽裙帶，然而撩動不起她的一點心波。

但是她仍然常挽那蝴蝶扣，因為每次鏢車從外面走回來，雨淋日曬，那塊紅綢子就已然髒得不成樣子了。她必須解下來洗過了重結，或是換新的。她預備了許多塊紅綢子，沒事兒就結了，結了又許再拆開，她越結越熟，越來越像真蝴蝶。然而有一天她結成了一對，並擺在燈旁桌上，她想着這是"蝴蝶成雙"。然而由這雙字，她忽然想起許多事情來，燕子也常常是成雙的呀？鳥兒也常常是成雙的在樹枝上鳴叫呀？鴛鴦也是成雙的呀？繡在鞋上的鴛鴦從來沒有過是單個的。甚至於，甚至於一切都是成雙的，人也是成雙的呀！于家的幾個哥哥都娶了嫂嫂，都是雙雙的和睦，而南鄰陳三妹也快嫁了，也要與人去成雙作對；就是父親那麼頑固的人，母親那麼庸懦的人，他們也是雙的呀！因此，在她的心頭第一次觸起了一縷情絲，飄蕩着，繚繞着。她忘不了，每天必要憶起幾次，而且一觸起來就覺得臉熱、心動，有時還無名地生氣、煩惱，自己跟自己起急。

她有時出了門，偶然在街上看見個青年男子，她就必要躲避得遠遠的，覺出來拘束，並且覺出來男性之可喜。但是對於店裏的這三個鏢頭，連楊先生，她卻都不拘束，說笑隨便，因為彼此都熟悉了，而且他們也不年輕，也都不可喜。魯七是個疤癩眼，侯二是個癩痢頭，楊先生有鬍子，瘦得像個鬼。高文豹的人品倒不討厭，雪卿最愛跟他說笑，愛拿他打趣，愛看他發窘臉紅，可是他的那副大長臉，跟個馬臉似的，真太難看。雪卿實在對於高文豹沒有一點愛意。而高文豹的夢魂顛倒，她更不知。她爸爸誤以為她喜歡上了高文豹了，那更是把她冤枉死。

卻不料這時候就發生了黑袍狼、病金剛種種的事情，末了還加上了一個毒劍客唐松。唐松的風姿雖僅在那日白天被她窺了一眼，可是就已然深深地印在她的腦中，如掛上一幅美麗的圖畫，繡上了一個可愛的小人。那天夜間她雖然劍傷了唐松，然而後來確實覺得心痛。毒劍客唐松的為人是很慷慨的，他雖敗猶榮。雖然他來是想害父親，但是他的氣度、言談，尤其是丰采，真是處處值得愛慕，惹得她的心不由自主。高文豹亦可佩，拼死助人，豪俠義烈，也可稱難得，然而他那張大馬臉，印上血跡，卻更難看。

不料她的父親竟拿了她的梅花劍，硬把她許配于這個大馬臉，她真煩死啦！她不敢違抗父命，只好跟母親去哭說。徐三太太也覺得高文豹人雖老實，但家當、模樣和年歲，沒有一樣能夠跟女兒配得上。所以她也反對，跟老頭子吵，說老頭子糊塗。但是徐三爺走了一輩子江湖，稱了一輩子英雄好漢，哪能言而無信？女兒許了人又悔婚，這，他寧可殺死了女兒，也不能這麼做！因此家庭就出了麻煩，同時高文豹又來送鵝，徐三爺又要叫高文豹速娶，女兒速嫁，這使得雪卿實在在家裏待不住了。她才忍淚暗別了父母，攜帶梅花劍，取了馬，離開順德府，而奔向了進入晉省的大道。

這夜就投於旅店之中，孤燈深夜，憶起了往事，又恨又悲，而且俠氣勃然，壯志又起：想重走江湖，沿途行俠仗義，一直到河津縣去看看禹王廟房梁上的那只梅花劍還在不在，然後好去與師父見面。她起先是非常覺得難過，後來一想快跟師父見面了，卻又覺得喜歡，並且懷負一種志氣，要將來把凡是跟父親作對的那些人盡皆剪除，把黑袍狼撕碎，把病金剛殺死，把什麼洞庭老俠鳳凰飛也得打敗，把毒劍客唐松……她想到了這個人，卻又覺得眼前浮現出來一個風度翩翩，慷慨豪爽的美少年，她就不由得凝思起來。

此時遠處的更聲已交了四下，她就靠着桌兒支着頭睡去。忽然間又由夢裏驚覺，仿佛聽見外面有什麼聲音似的，她立時睜大了眼睛，此時屋中的燈已滅，很黑，而窗上卻浮着一層澹潔的月色。細一聽，屋外可沒有什麼聲音。她戳破了窗紙往外去看，見半地月華，一牆樹影，也沒有人蹤。她想着，自己許是睡糊塗了，自起驚疑，便打了個呵欠，即就枕睡去。

次日，她起來得很晚，及至她在這裏用完了早飯動身之時，這客店裏已然冷冷清清。野外大道上那些成幫的客商也都早走過去了，只有田地裏稀稀的人在耕作，路上有稀稀的人在行走。她騎的馬很快，蕩起來的煙塵都被東南風從她的馬後吹到面前。天氣真熱了，她後悔這次出來帶的衣裳不多。

往下走了三十多里，她就覺得口渴了，想要找個井臺尋點水喝，於是她的馬就慢了一些，兩眼南瞧北望。北邊是青翠的山，南邊是廣袤無邊的田野，可是看不見哪裏有井臺。她只好想着：好在娘子關也離這兒不遠了，不如往前去趕，到那關裏再找茶館喝茶。

她正在走着，忽然聽得身後起了一陣擂鼓似的踏踏聲音，她不由得回頭去看，卻見是一片煙塵，來了至少有七八匹馬。她心裏想：這些馬為什麼跑得這麼快？莫非是什麼官差？她驚疑着，將馬向道旁勒了一勒，緩緩地走，同時不住回首去望。就聽那一片馬蹄之聲越來越響亮，人馬的影子越來越近，聲音震着她的耳，塵土迷着她的眼，她心裏真有些厭惡。不防忽喇一聲，就像是一陣大風刮過來了似的，許多匹馬都從她的身旁掠過去，並且有一匹馬竟從她的身旁擦過，鞭梢兒幾乎撩着了她的眼睛。

她真氣憤極了，抬眼向前看了看，前面的那些馬上並非官人，也不是客商，都是些山賊似的兇惡漢子。她就順手由包袱裏摸出了一枝梅花劍，催馬追上了幾步，一揚手白光飛去，立時前面就有人慘叫了一聲落馬。其餘的人一齊回馬抽刀，但是他們低頭看見了地上受傷的那個人背後插着一口梅花劍；再抬頭，見姑娘胸前掛上了蝴蝶扣，手中拿着一枝梅花劍，他們就都嚇得哎喲直叫，撥馬奔逃去了。雪卿收了梅花劍，取下來蝴蝶扣，揚鞭從那地下躺着的人身畔走過去，連看也不看。此時前面的那一片塵霧已越去越遠，漸漸消失。雪卿也不去追趕，只是更加謹慎了。

她又往下走，當日即到了娘子關。她當年曾在這附近殺死過金眼豹，逐散過山賊，這裏可以說是她成名的地方，也是她結仇最眾的所在。娘子關的城市十分繁華，她悄然地跟個平常女子似的走進了城，但終究還是要被人注意的，因為她長得太好看，這地方實在沒有她這麼好看的；而且她牽着馬，不但這地方，就是別的地方亦然，騎着驢的婦女倒有，可是牽着馬的卻沒有一個。

她在眾目睽睽之下，悠閒地走着。她口渴，然而看看兩旁的茶館，裏面的人全太亂，她又不願意進去。此時天氣已然有午後三時餘，她也餓了，就想找個清靜的地方飲些茶，吃畢飯，歇些時，便再往下趕路，她打算今天走一夜的路。

她找了半天，才看見街旁有一家店房，字號是"同發店"，門前掛着笊籬，還有紙做的賣麵的幌子，她就牽着馬走了進去。店裏面此時十分清靜，店夥正在櫃房裏睡覺呢。她叫了一聲："店家！"店夥才出來，衣服壓了一身褶子，張着嘴還直打呵欠。

他本來是困眼朦朧，可是一看見了雪卿，就立時有了精神，而且有點吃驚的樣子，問說："你是要住店嗎？"雪卿搖頭說："不是住店，我是要你們給我找間房子，我歇一會，你們做些飯給我吃，你們這裏不是代賣麵嗎？"店夥說："賣麵是賣麵，可是現在不是吃飯的時候呀！得挑開了火現做，您等得及嗎？"雪卿點頭說："我等得及，不忙！先把我的馬喂一喂，然後給我做飯。"店夥就答應着，把馬接過去送到馬棚裏，然後給雪卿找了個屋子。

雪卿就夾着她的那個包袱，提着馬鞭子進了屋，坐在炕頭歇着。想着剛才在路上遇着的那件事，覺得自己做得太過，並且還有些氣忿未息似的；又想父親這時不知怎麼樣了，也許要氣死吧？母親許會傷心壞了吧？因此又非常不放心；又想到了高文豹，那麼老實的人，白喜歡了一場，賠了一隻鵝，弄到了一個失望，她也覺得很是可憐，然而又真討厭他那張馬臉。

馬棚下喂着馬，廚房里拉着風匣，一切的聲音她都可以聽到。在東房似乎住着個長期的客人，他一會兒在院裏跟喂馬的店夥談話——是南方口音；一會兒又跑到屋裏一個人唱戲，唱的也不知是什麼腔。雪卿並沒有看見那人，她坐了一會就躺下休息了。

又多時，聽見了戶外有腳步聲，她就趕緊坐了起來。門開了，是夥計進來了，他端着個木盤子，裏面有熱氣騰騰的一大碗麵，還有兩小碟鹹菜，一雙筷子。他把木盤擺在桌上，回身就要走，雪卿忽然想起來一件事，就說："你不要走，我還有幾句話要問你！"店夥倒直發怔。

雪卿就過去拿起了筷子，先喝了一口湯，然後便問說："聽說你們這娘子關附近有山賊？是真的嗎？"店夥聽了這兩句話，臉上就變了點顏色，搖頭說："沒有，現在一個也沒有啦！"雪卿就追問一句說："那麼早先一定是有不少的啦？"

店夥的聲音變小了，就又說："早先倒有……些個，那是前幾年的事啦，有個金眼豹大王。可是，後來梅花女到這來過一次，就……沒有啦！這幾年蝴蝶鏢又常從這兒過，他們撈不着生意，慢慢的就都搬了家啦！"說着，他可不住地拿眼睛盯着雪卿。

雪卿點了點頭，就又問說："你們這娘子關沒有惡霸嗎？"店夥笑着說："那哪裏有？這裏地方雖不大，可是四通八達，做官的，為宦的，整天來來往往，誰敢在這兒橫行霸道呀？"雪卿又問："這裏一共有幾家鏢店？"店夥說："一共有十四家。"雪卿吃了一驚，心說：真不少！又問說："這裏都有誰是著名的鏢頭？"店夥說："那可多啦！鐵魔王虞五爺，雙槍將趙二爺，花哪吒李七爺……"雪卿擺手說："不要說了！你去吧！"店夥又懼怕地向她望了一眼，就走出了屋。

這裏雪卿就一邊吃着麵，一邊想着：總得再做一兩件驚人的事情才行！叫父親知道我的行徑也不要緊，反正我既然跑出來，就是再回去，他也一定得把我打出來……

正在想着，忽聽店門外有許多人高聲嚷嚷。雪卿很覺得詫異，急忙停住了筷子側耳向外去聽。只聽門外的吵嚷之聲已漸滾到了店房裏，原來是個討債的，喊着說：「媽的！你不還帳還講打人？你在我們櫃上吃了七八頓飯就白吃了？媽的，今兒不還帳就得扒你的大褂！」又聽見一個南方口音的人說：「吾不是故意不還你債，吾是給人寫字的錢還沒有進來！你不罵吾，吾也不至於打你！」

雪卿聽出來這就是剛才常在院中跟店家說話的那個南方人的聲音，因為吵得太厲害了，她就忍不住站起身來，推開門，倚着門框向外去看。就見院中亂紛紛有許多人，店門口的人也擠滿了，一個系着油裙的飯舖夥計，就扭住那身穿長衫四十來歲很窮很瘦的南方人，只管不依。旁邊的那些人都是光看熱鬧，沒有一個人肯過去排解。店夥也手抱着兩肩，撇着嘴說：「這樣的客人連我們也受不了啦！從打半月前一來了就是窮，第二天就沒付店錢，攆也攆不動，還得常陪着他閒談；不理他不好意思，他的口音咱又聽不清楚……可是，喂！喂！你們上外邊打去呀！難道要賬就把我們這店房拆了嗎？」那個窮措大本來是很弱的，雖然他把飯舖夥計的臉給打青了，可是這時那夥計不住地扭他，還拿拳頭捶他，但是他絕不還手。

又吵嚷了一會，忽然有些人就不看打架的人了，都把視線集中在了徐姑娘的身上。那窮措大也扭頭一看，立刻精神就像是振作起來了。飯舖的夥計又給了他一拳，罵着：「媽的！三千八百五十文，今兒你把你娘的……錢拿出來也得還帳！」窮措大忽然沉下了臉來，瞪目說：「你怎敢胡罵人？當着這裏的女客？」說時他就暴怒起來，左手一托飯舖夥計的腕子，右手一拳打去。那飯舖的夥計向後退了兩步，窮措大逼上前去又是一腳，立刻將要帳的就踹倒了。要賬的罵得更厲害了，而這時徐姑娘的神色卻一變，因為她已看出這窮措大使的是「白鶴登雲式」，為南派精深的武藝。

當時那飯舖夥計哎喲了兩聲，爬了起來，跟哭一樣地還嚷嚷着，還罵還要揪扯，窮措大便又要施展他的武藝。徐雪卿卻看着有些不平，就喝了一聲：「別打了！」她這一聲尖細清脆的聲音喊出，連那要帳的也扭頭看她，眼睛也直了。她就走了出來，把兩個人都推開，叫他們離得遠遠的。她的紅鞋分開了站立，豐滿的胸部一挺，纖纖的手兒一叉腰，真像是個勸架的。她就問說：「為什麼？一個為什麼不還？一個為什麼要賬罵人？都對我說說，我給你們評評曲直！」

那飯舖的人先嚷嚷，說那窮酸吃了他們七八頓飯，不給一個錢。姑娘問說：「你為什麼要賒他？」飯舖夥計說：「因為，因為，他代我寫過兩封家信，我不好意思不賒給他。」雪卿說：「既然這樣，你就不該又翻了臉來逼索！」又向窮措大說：「你說！」

這個人把姑娘的容貌仔細打量了一過，他就說：「我姓方名廷玉。」雪卿說：「我沒問你的姓名！」方廷玉說：「但我得先說說我的來歷。我是由南方洞庭來的，奉秦協鎮夫人之命，來晉省找一個人。」雪卿吃了一驚，方廷玉又說：「來到這裏盤纏費用盡了，我又沒有別的方法生財，我只好就給人家寫寫字，掙點錢，賒點飯吃。」

雪卿點了點頭，說：「你既是個文墨人，困在這兒也很可憐，我能夠幫助你，你欠了人家的債一共有多少？我都替你還了吧！」姑娘這話一說出來，旁邊的人都笑了。方廷玉是一點也不客氣，只拱拱手說：「那我就謝謝了！」店家先說：「他欠我的店錢、飯錢可就是四千文啦。」飯舖夥計又說：「欠我的是三千八百五十文，那零兒我不要了，算是給他代寫信的錢啦。」雪卿說：「全都給，一文也不少你們的。」遂進了屋，取了一塊銀子，叫店家給兌成了零錢，她當面就替那窮措大把債都償清，她又向看熱鬧的眾人說：「你們還不快些走？可惜你們還都穿得齊齊整整，只知道幸災樂禍看人毆打，卻沒有半點俠義之心！」她把那些人說得有的臉紅，有的訕笑着，就都走了。飯舖夥計的嘴裏還叨嘮着，捂着胯骨，也走出了店門。

　　這裏只有一個店夥在數錢，兩個店夥望着雪卿發怔。雪卿便向方廷玉問說：「你奉了秦夫人之命，到山西來找誰？」方廷玉直望着她的臉，說：「我找的是她老人家的弟子，徐雪卿姑娘。」雪卿說：「我就是，你到我的屋裏來吧！」方廷玉面上並無驚異之色，但那三個店夥可更直了眼。

　　雪卿帶着方廷玉進了屋，將門閉上，請方廷玉在炕頭坐下。她拿起筷子來挑麵，並問說：「我師父她老人家現在哪裏？」方廷玉說：「秦夫人現在南陽府，她身受了重傷。」雪卿大吃一驚，疾忙停住了筷子，問說：「為什麼呢？是誰傷了她老人家？」方廷玉皺皺眉說：「是葉底金蟬梁明月傷的她，咳！提起來話長！本來夫人原是洞庭老俠的弟子……」雪卿又一驚。

　　方廷玉又說：「洞庭老俠今已去世，現在南方歸隱的鳳凰飛也是秦夫人的師兄。秦夫人之父也是南派的俠客，行走江湖多年，為人極為耿介，一個非義之財也不取，所以那位老俠客死去之後未遺一錢。秦夫人寧可賣身為娼也絕不為女盜，後來就遇着秦協鎮，將她贖救出來。秦協鎮本也是江湖出身，武藝是自劍門山學來的。他有兩個好朋友，一名洞裏白猿劉寒星，一名葉底金蟬梁明月，全都在他的手下做將官，都是武藝高強，響馬出身。因為這兩個人之力，秦協鎮也頗立過功勞。劉寒星的人還好，但梁明月頗恃功自傲，以為協鎮應當叫他做。秦協鎮重責過他，他便銜恨在心，那一次在湖南金牛山與悍匪胡猛龍交戰，不料梁明月竟勾結賊人將秦協鎮殺死！」徐雪卿聽到這裏氣得將筷子向桌上一摔。

　　方廷玉又說：「秦夫人懷仇數載，于本年正月才將梁明月尋着。梁明月是在汝寧府巨紳之家護院，他與秦夫人交起手來，秦夫人的梅花劍竟不能傷他，反被他用飛鏢打傷了胸骨！」

　　雪卿的臉都氣白了，趕緊問說：「怎麼樣？傷得重不重？」

　　方廷玉說：「傷得雖不算重，但秦夫人的身邊很危險。幸虧有汝寧府的鏢頭陳彪公，將她救了，送到南陽陳家去養傷。我本來早先也是秦協鎮手下的人，我做文案，可也學過武藝，且論起輩數來我還是秦夫人的師侄，但我絕非葉底金蟬的對手。」

　　雪卿又問：「葉底金蟬他有什麼了不得的本領？」

　　方廷玉說：「葉底金蟬梁明月這人的武藝恐在鳳凰飛之下，但他對於十八般武藝件件精通，南派拳北派拳無不會使，躥房越脊處處超人，雙手能打連珠鏢，百發百中。別人使暗器，他會用手接，用口銜，無人能奈何他。」雪卿聽了不住冷笑。

　　方廷玉又說：「我本來是在信陽州閒居，聞得秦夫人在南陽養傷，我特地趕了前去，看見秦夫人的傷勢並不至於死。但秦夫人一定叫我來晉省找她的弟子前去，以便為她報仇。她沒給我一文路費，我借了幾兩銀子，來到這裏尋找了兩個多月，可也把錢用完了，我就困在這裏，遍處打聽也無徐姑娘之名。」

　　雪卿說：「你應當打聽蝴蝶鏢，梅花女，那知道的人就多了。」

　　方廷玉說：「我臨別秦夫人之時她並沒向我提到。直到今天，剛才我見姑娘牽馬入店，我才想到姑娘就許是我所訪的人，但若非姑娘現出來，我仍是不敢冒昧！」

　　徐雪卿歎了口氣，說：「我本來也是要回河津縣去看我的師父，現在既然知道她老人家所住的地方，也省得往西去白跑了。我可以跟你一路同行，我現在帶的錢還夠咱們二人的路費，我們要先至南陽，然後我再單身到汝寧府。憑他葉底金蟬的本領如何，我若不殺了他，我就不再稱梅花女，不再使梅花劍！”

　　方廷玉吸着氣說：“不過對那梁明月確實是不可輕敵。”雪卿瞪眼說：“不要再說！”給了他一塊銀子，說：“你吃飯去！快些！咱們當時就走！”說着她氣忽忽的大口地吃麵，方廷玉便拿了銀子走將出來。

　　方廷玉本來也是南方的一位俠客，不過因為他為人斯文，所以不大與人爭鬥，不大出名罷了，又因為他不取不義之財，所以他才窮。但他在秦夫人之前雖自稱晚輩，可是秦夫人待他也很是客氣。如今這位才十幾歲的姑娘像對奴僕似的驅使他，他未免心裏有點不大痛快。然而，雖然梅花女他倒向來沒聽人提過，可是蝴蝶鏢的威名，在兩個月以前他沒入晉省之時，就已然聽人提說過了。一定是姑娘有真武藝，不然如何使得群賊震驚？所以他也不敢對姑娘加以小瞧。

　　他出了店門，不願再到剛才跟他要賬的那個飯館裏去了，他就多走了一段街，到了一家無人熟識他的飯舖裏去吃飯。這裏有許多鏢行中的人都在吃飯喝酒談天。方廷玉一邊吃着飯，一邊側耳向旁邊留心聽。他就聽得有人悄悄地談說：“梅花女在東邊傷了人，你們知道嗎？”又聽說：“吃完飯趁早走，誰惹她？九尾妖狐！”又有人說：“說話要小心！叫她聽見可不是玩的！”方廷玉的心中更有點佩服，覺得那徐姑娘一定有些真本事。即使是洞庭老俠在世之時，以及十年前鳳凰飛在南方，名頭也不過如此。一個年輕的姑娘得此威名絕不是偶然之事，說不定她真許到了汝寧府就能把梁明月給打敗了。

　　當下他吃完了飯就走回店裏，一看姑娘已將馬備好了，連她的那只包袱都已綁在了馬上，意思是當時就走。然而方廷玉卻又發了愁，因為他不要說馬，就是連一頭驢也沒有，憑着兩條腿，怎麼能跟得上姑娘這匹很健壯的馬呢？姑娘也看到了這一點，就皺了皺眉，問說：“你沒有地方借一匹馬來嗎？”方廷玉笑着說：“我要是有馬，也早就賣了，剛才何至於被人打罵着索債？”

　　雪卿又說：“現在這關裏有賣馬的沒有？”方廷玉說：“很多很多，只是最壞的一匹馬也要七八十兩銀子。”姑娘心說：我哪裏有那麼些個錢？她就翻着眼珠兒想了一想，忽然生出了一個辦法，當時她就不動聲色地說：“這不要緊，你步行，我騎馬，咱們就走吧！”

　　姑娘付過了店飯錢，方廷玉也拿上他的包袱，兩人就出了門。方廷玉的行李簡單得簡直不成樣子，只是一條很舊的布包着一條三尺長的棍兒似的東西，這就算是他的包袱，雪卿看出來其中必是寶劍。

　　出了店門，她先是牽着馬走，街上許多人都注意的看她，她也注意瞧人。一走出這條長街，她就上了馬。眼前的太陽已向西邊去了，天上的雲漸變為金黃色。她回頭看了看，方廷玉隨在她的身後約十余步遠，走得非常遲緩，她不由有些着急，就回首說：“快點走呀！你這樣咱們得幾時才能到南陽呢？”

　　方廷玉趕上幾步來說：“姑娘！我沒法快走，我才吃完了飯，因為許多日我都沒得吃飽，剛才就還吃了很多，現在要是快走可就肚子疼了。再說由這兒到南陽兩千多里，騎馬走也得要二十天才能到，我無論怎麼快走也是跟不上您呀。我想不如您先行吧，反正只要走到南陽，一打聽鏢師陳彪公的家，無人不曉，秦夫人現在就在那裏養傷。”

　　雪卿卻搖頭說：“我不認識路，我也不願意每走一處就得向人道勞駕去打聽，還是你帶我走吧。我能替你找一匹馬，你且等着！”方廷玉聽了，倒有點疑惑，只好腳步加快一些，跟姑娘的馬去走。

　　走下約有十餘里地，對面就來了兩輛車兩匹馬，雪卿從遠處就抬起頭來看，並加鞭迎着走去。方廷玉在後面心說：要怎麼着？他也注目去瞧。就見雪卿來到那邊的車馬臨近，將坐騎停了一停，揚頭看了看人家，卻又揮鞭走過去了。原來這兩輛車，前頭的是白布車圍，上面還掛着一疊燒紙，車裏坐的是個穿孝的婦人，還抱着個穿孝的小孩，兩匹馬上的也都像是老家人的樣子。雪卿的馬駐在前面等了半晌，方廷玉也就又趕上了，依舊一同往下走。又走不遠，對面又來了兩名騎着馬的官人，雪卿也讓了過去，她的俊俏的臉上顯出失望的神情。

　　晚霧紛落，鴉群亂飛，天色漸漸黑了。可是他們一點也不休息，依然往南去。雪卿是一點也不疲乏，一點也不困，但方廷玉可實在受不了。他也有主意，覺得走得差不多了，他就領姑娘到了一個鎮上，說：“天太黑，我本來對此地的路徑就不熟，沒法看清路了，走錯了也不好，還是先找個店房歇歇，明天再走吧！”

　　雪卿聽了聽，鎮上的更聲才交了兩下。她非常不高興，但是沒有法子，路實在難認。而這一天只走一點路，不能即時就見着師父，也是不行呀！於是她就更想給方廷玉找一匹馬。當下她點了點頭，由她找了一家門面較大的店房進去。當店夥將她的馬匹牽過去之時，她特地囑咐要多喂好草料，還跟隨店夥到了馬棚裏。馬棚的牆上也點着一盞黯淡的油燈，照着這裏有四匹馬，兩匹白的，一匹黑的，一匹花的。

　　雪卿眼看着店夥把草料拌上，她才轉身出了馬棚，另有一個店夥給找了一間屋子，而她卻搖頭說：“不行！得給我們找兩間。”店夥才看出是位姑娘。而這兩人並不是父女，更不是夫妻，他便要給方廷玉再找一間房子。方廷玉卻擺手說：“不必，你們這裏不是有許多人住在一塊的屋子嗎？我就在那裏面睡好了，不必再找單間了。”他遂就順着店夥的指點，到大屋子裏去，而徐雪卿卻進了單間。

　　這個鎮本在南北大道之間，商業頗為繁盛。這家店的房子很多，此時都已住滿了人。此時天色雖不太晚，可是那些奔波了一天的客商們也都在各屋中睡了。方廷玉也很疲倦，他一進到大屋子，就找了個炕角兒睡着。夜漸漸深了，鎮上的更鼓仿佛也不按照準時候打。方廷玉在夢裏糊裏糊塗的，也不知睡了多大的時間，忽然覺得有人踹了他一下，他就一驚而醒，睜眼一看，見天色已有些發白，隱隱綽綽眼前站着一個人，向他悄聲說：“快走！快走！”他聽出來是雪卿姑娘的聲音，不由就更是吃驚，而且不知是有什麼事。他拿起他的包袱就下了炕，這時屋中地下炕上臥着的二十多個人都在酣睡未醒。

　　方廷玉跟姑娘出了屋，就悄聲問說：“什麼事？這麼早姑娘就起來？”雪卿卻輕輕地急聲說：“快走吧！腳輕一點！我的馬已然牽出去了！”方廷玉一看這種情形就覺得不大好，這位姑娘現在不定是做了什麼壞事，得叫他跟着趕緊同逃。

　　此時店門已開了一道大縫子，星斗稀稀，天空如淡墨色，雞還沒有叫，各屋中更都是一點聲音也沒有。方廷玉隨姑娘出了店門，就見姑娘的那匹馬已在門前備好了。鎮上的舖戶也都如神龕一樣的擺着，門沒開，裏邊好像沒有個活人。姑娘就拿那手中的鞭杆杵了他的腰一下，說：“快往東去走，東邊有幾棵高楊樹，你就在那裏等着我，我這就去！”

　　方廷玉不由就怔住了，問說：“姑娘，你做了什麼事？你還要做什麼？秦夫人一世可都是有骨氣、有節操的！”姑娘說：“你到了那裏就知道了，我也不再做什麼了。我只是在後面替你防備着，我們一同走，你快些往東跑吧！”說着她就上了馬，拿鞭子還直驅趕方廷玉。方廷玉心中真帶着些氣，然而就只好往東快走吧。

他在前，姑娘騎着馬在後，出了這個市鎮往東走了不到一里地，果然看見淡淡的黑霧之中有一排高高的白楊樹。雪卿已從後面催馬趕到前面，仿佛後面有人追來似的。方廷玉嚇了一跳，還不禁回頭瞧了一瞧，卻沒有人。

雪卿的馬到了那楊柳林下，便高聲喊着：“快來呀！快來看看！”由她的呼聲就可聽出她是十分地高興。方廷玉也不禁往前跑去，到了近處一看，雪卿已下了馬，馬是被她牽着，可是已經變成了兩匹馬。另一匹是全身的花斑，樣子很奇怪，頭高腿壯，倒是一匹良駒。方廷玉明白，但是要故意問問，就說：“這匹馬姑娘是從哪裏得來的？”姑娘一笑，說：“你放心！這並不是不義之財。我都打聽明白了。這匹馬本來的主人是個保鏢的，鏢行中好人極少，說不定他也是這麼得來的。咱們取了來，先借它趕路，不算是做得不對！”

方廷玉不由得也笑了，說：“借江湖人的一匹馬用用也不算是傷廉。可是，我不是說你，姑娘你的江湖閱歷還太少。盜馬也得盜那不顯眼的，像鐵青、白色，或是黃驃 ---- 黃驃都少，這匹花東西是這麼顯眼，人家要想法子找它，懸賞搜尋，還難？”雪卿卻說：“咱們快走，他們就沒法追上了！因為我愛這匹馬我才取來，我要騎着這匹，你騎我的。”方廷玉正盼望她說這句話，當時就連連點頭說：“好！好！我佩服姑娘，咱們就快走吧！”

當下姑娘匆匆忙忙地將包袱在花馬上重綁了一下，她就騎了上去，並把皮鞭扔給方廷玉使用，她的馬上並無鞍韉，她也不用鞭子，騎上馬就往前去了。方廷玉也上了馬，揮鞭在後緊隨。地廣無人，兩匹馬可以肆意地馳走，當時就聽得嘚嘚嘚嘚，蹄聲發如連珠，鳴如亂鼓。

走了多時，他們只覺得四周圍越來越亮，田塍間也有了人，道旁也有車馬了。一直走出大概有三十多里，抬頭一看，原來遠遠的青山之上已經升起了老大的太陽。徐雪卿在前駐住了馬，回頭一笑，摘下首帕來擦擦臉上的汗，說：“沒有走錯了路吧？”方廷玉先回頭瞧瞧，然後才說：“沒有走錯。一直走，再有幾里地就過大蛙谷。”他也喘了喘氣，於是二人就一同斜迎着溫暖的陽光直奔正南。

當日過了太行山大蛙谷，傍晚時就距離壺口關不遠了。方廷玉也興奮，他不但不急忙找店房歇息，並且連飯都不想吃，他向雪卿說：“姑娘！咱們趕出壺口關好不好？一出壺口關再走不遠，就是河南了。您在河南也出過威名，我在河南友朋更眾，到了那兒咱們放馬一走，幾天就能趕到南陽。”雪卿說：“好！那麼咱們就快走！”於是兩馬疾疾向前去走，越走天光愈黯，地勢愈陡，漸漸看見了兩旁的山谷，馬踏入了曲折的山道。雪卿催馬不停，方廷玉揮鞭不住，當日便於星稠月小，風冷山高，汗流氣喘之下，他們就出了晉豫之間的要隘壺口關，投店歇下，次日便入于中州河南地面。

到了河南，方廷玉就放下心了。他曉得山西的鏢頭絕來不了河南，雪卿盜人家這匹馬，失主不至於追來，麻煩是不會有了。而雪卿卻是心更緊，性子更急，她恨不得立刻就趕到南陽府。所以雖然這天是一清早就起身，走到中午，方廷玉都餓了，累了，但是雪卿還不肯駐馬吃飯。來到一個很繁華的市鎮上時，方廷玉看着這路旁的茶館，賣麵的舖子、酒店，肚子更響，嘴裏更流涎，而看雪卿的意思卻竟是要將這市鎮掠過。但是她的馬尚未走出市街的南首，就見一家酒舖裏跑出幾個人來，一起喝着：「截住她！截住她！截住那騎花馬的人！」

雪卿吃了一驚，同時心中湧起了氣，不待人攔截，她就將韁繩勒住，騗身下馬，瞪着雙目問說：「什麼事？我看誰敢截我？」說話之間，有許多人已將她圍住了。而那幾個人也都趕到，有的且拿着木棍，一齊嚷嚷，說：「強盜！強盜！這是楊大員外的五花彪，強盜殺了人給搶去的，好吧！打官司去吧！你這娘們絕不是好人！」雪卿瞪目啐着人說：「呸！呸！」伸手就要從包袱裏去取什麼東西。

方廷玉看了就特別驚慌，趕緊擺手向雪卿說：「不可！不可！姑娘！」他牽着馬分開了人群，疾忙跑入，就連向四周圍的人拱手，說：「諸位不要着急，有話可以理論！兄弟名叫方廷玉，汝甯府的陳彪公老鏢頭是我的朋友，請大家講些面子，這位姑娘非是外人，是……」

雪卿瞪眼說：「你跟他們說什麼廢話？他們愛怎樣就怎樣好了！我這匹馬是在山西花了四百兩銀子買的，誰曉得是什麼來歷？難道我還能真叫你們給訛了去？」

方廷玉一聽，姑娘真會隨機應變，他遂就也挺起些胸來，說：「實在，這真是我們在山西買的，買了已經很多日子了，諸位看着眼熟嗎？是因為這匹早先在這裏出過事嗎？那不要緊，我們可以指給你地方，你們可以去找那使了我們四百銀子，將馬讓給我們的人。」

旁邊卻有人冷笑道：「小子！你說的話倒是很好聽，只怕這場官司你們脫不了！」又有人伸手就要扭雪卿。雪卿卻吧的一回手，正打在一個人的嘴巴上。四圍的人一齊憤怒，擦拳磨掌，挽袖掖衣，有的就過來奪馬，有的扯住了方廷玉，有的要硬來揪雪卿。雪卿抬起腳來就踢倒了一個人，她的手更是誰也攔不住，颼的一聲又從包袱內抄出了一口梅花劍。方廷玉疾喊着說：「姑娘不可！不可傷人！」雪卿卻也沒將梅花劍出手，只是白光一閃，那些人一齊嚇得驚慌地向後去退。雪卿便急忙上了馬，一手掄鞭，一手舞劍，向方廷玉喝道：「快走！你發什麼呆？」

方廷玉也趕緊上了馬，有兩個人又過來攔他，說：「這就算完了嗎？你們就能跑了嗎？」並扭住他的馬頭不放。可是雪卿已把梅花劍發出，只見一道白光騰起，嚇得那兩個人一齊抱頭，驚喊着：「哎呀！」，寶劍卻噹啷一聲插在地上。徐雪卿又尖喊一聲：「快走！」於是方廷玉的馬緊緊跟隨，當時闖出了鎮街。

蹄聲緊響，一霎時就走出了一里多地。雪卿仍然揮鞭說：「快走！快走！」方廷玉在後不住喘着氣，回頭去看，見倒是沒有人追下，他就又笑了，說：「姑娘！慢慢走吧！留神，馬再撞着人那更是麻煩了。」雪卿這才收住了馬，也往後看了看。方廷玉又說：「姑娘，你得這匹馬的時候，我就瞧着有些不妥，因為這匹馬的皮毛兒太好認！那原主兒的來歷就許不正，一定要出事！」雪卿就說：「少說話吧！」於是兩匹馬就不急不緩地往前去走。當日走到林縣歇宿，方廷玉的心中仍不禁忐忑，唯恐這匹馬再招出什麼事來，所幸當夜無事。

第五回　雨阻荒村突發險事　人來大邑力鬥群雄

　　次日一清早，卻見天色陰沉，二人再往南去，行不到三里，就落下了雨來，一霎時把二人的衣裳淋得盡濕。見不遠之處有村莊，方廷玉就說：「姑娘！咱們別往下走了！留心雨淋得成了病！」雪卿說：「我們趕路怕雨還行？快走！快走！」她雖然急躁地催着，可是順着她的鬢邊流下來的雨珠淹得她的眼睛都不能睜開了。

　　雨是越下越大，如亂箭似的射着他們的身和臉，天黑得像淡墨，遠山近樹全都籠罩在茫茫的雨氣裏。地下成了河塘，稀泥沒了馬蹄，田塍間的水深深地流着，禾麥都彎着腰不住地來回搖動。雨聲嘩嘩的如江翻海覆，天際隱隱地滾着沉雷，真料不到暮春時節會有這樣的大雨。雪卿在前面勒住了馬，連馬帶她全都回過頭來，風把馬鬃和她的頭髮全都吹在前面，頭髮也被雨粘在了臉上。雪卿就喊了一聲：「快找地方避避雨吧！」

　　方廷玉的臉就如同拿水沖了似的，他不住地噴唾沫，心裏卻笑道：我的姑娘，原來你也有不行的時候呀。跟人可以逞強，跟老天爺你卻不能夠逞強！他催馬冒雨趕了過去，大聲喊着說：「姑娘你快跟着我走吧！我給咱們找個避雨的地方！」他遂鞭馬緊行，姑娘在後跟隨，冒着大雨由大道便奔進了小徑，曲曲折折地進了距道旁不遠的一個小村。

　　村中的樹木多，雨聲顯得更大，他們的雙馬飛馳進去，連一條狗都沒有出來迎他們。來到一家的柴扉前下了馬。方廷玉還用手敲柴扉，然而這麼大的雨聲，輕輕敲門，誰能聽得見？雪卿真急了，她就將馬交給方廷玉牽着，她用手一推，柴扉就開了。她怔闖了進去，見有土屋三椽，有一間屋子的窗櫺還齊整。她就來到簷下，剛要向裏邊問話，卻聽屋中有男女調笑之聲，她不由一驚，趕緊退下了一步。

　　屋中的女人格格地笑着，聲音很大，就如同河裏鴨子的叫聲。雪卿不禁臉上一陣發燒，胸頭又引起點氣，她就又上前拿手捶窗，向裏問道：「有人沒有？有人沒有？」連問了兩聲，屋裏的笑聲才停止。門從裏邊推開，就見屋裏黑洞洞的，牆上掛着一件簑衣和一隻破草笠。一個男的光着兩隻腳，披着件破小褂，手推着門，直着兩隻眼；女的卻是盤着雙腿，坐在炕上，濃妝豔抹，頭上還戴着花，實在不像是鄉間的婦女，她也驚奇的往屋外來看。那炕上還放着把砂酒壺、酒杯，還有煮豌豆。

　　那個黑頭小個子，很精壯的男子，就問雪卿說：「幹啥的？下着雨的天，來這有啥事？」雪卿抬頭看了看這男子，就答說：「我們是走路的，遇着雨啦！想在這兒避避。”男的還沒答話，那女的已在炕上笑着點手說：“進來吧！哎呀，看把你淋得這個樣子，真跟水蛤蟆似的啦！快進來吧！這兒有酒，喝點就暖了！既然是路過這兒，就也是東八村、西六店、三鎮兩縣的老鄉親，進來吧！小衣裳換一換，讓我給你烤烤！”

雪卿覺得這個婦人真能說，遂就一步進了屋。見靠牆還有個灶，灶上的鐵鍋裏邊滾着開水，一碗黃米還沒有下呢。雪卿就也笑了笑，說：“那麼勞你們的駕啦！讓我們在這兒躲躲雨吧，外頭還有一個人呢！也讓他進來吧？”男子臉上現出不高興的樣子，婦人卻拂手說：“把那位也請進來吧！大雨的天，能投奔咱們這來的，就是有緣的人，哪能叫人家在外邊淋着呢？”那男子聽了這話，還沒將腿挪動，外面的方廷玉已將兩匹馬牽進院裏來了。屋裏的婦人向外一眼看見，就驚訝着說：“喝！你們倒真是個走路兒的，還都有馬？真是！哎呦，那匹花的到底是馬還是騾子呀？”

方廷玉已由花馬上替雪卿取下來行李，那裏包着也不知有多少口梅花劍，他都有點抱不動。而那個黑頭漢子便從屋裏跑了出來，說：“大哥交給我吧！你快到屋裏烤一烤去吧！”這時他非常和氣。但方廷玉如何肯把這包袱交給他？就連連說：“不要緊！不要緊！我自己能拿，我們來這兒多有打擾！”黑頭漢子說：“哪裏的話？”

方廷玉又說：“有破席子沒有？我想給馬蓋在身上。”黑頭漢子說：“不要緊！咱那間屋子原是堆柴的，現在屋裏也沒有多少東西，把兩匹馬牽到那裏去，淋不着，還丟不了。”方廷玉連說：“那好極啦！那麼就有勞當家的吧，雨住了我們走時必有酬謝。”黑頭漢子也沒有言語，方廷玉就夾着包袱進了屋。

這時候雪卿在灶旁烤了半天，卻連褲腿兒也沒有烤幹，她不禁膩煩了。那婦人又拍着炕席，說：“這兒來坐着吧！衣裳得脫下來烤。等待會兒，叫黑二把那屋子收拾一下子，咱們把他們趕到那邊屋裏去，咱們關上門，再脫下衣裳來烤。”又拍着炕頭，叫雪卿過來坐下。她隔着土灰牆向那邊喊說：“喂！我說你呀！把那屋裏的破爛柴草收拾一下子，你跟這位大哥到那兒去，我們這兒得烤烤衣裳。”那邊的黑二將兩匹馬才牽進屋去，聽了婦人的囑咐，就大聲答應了一聲。

婦人又把雪卿的頭兒臉兒不住地細看，問說：“他，跟你，你們是父女兩個嗎？”雪卿搖搖頭。方廷玉恐怕雪卿把關係說得太遠了叫他們生疑，遂就說：“我們是叔叔侄女，她爸爸在許州做生意，我帶着她看她爸爸去。”婦人才點了點頭，說聲：“噢！”又斟了一杯酒，讓雪卿喝。雪卿搖搖頭，婦人又笑着把酒杯遞給方廷玉。方廷玉對於婦人的這種笑倒覺得厭煩，同時真猜不透這個穿綢着鍛、粉面油頭、金首飾、繡花鞋，鞋上都沒沾一點泥的少婦，為什麼在這麼破爛的土屋子裏住？但是酒卻引誘着他，他就笑了笑，道聲謝，把酒接過來喝了。

半天那黑二也沒到這屋裏來，婦人就說：“這傢伙！怎麼這大半天還沒把屋子收拾好呢？我看看他去。”遂就先下了炕。原來灶旁邊放着她另一雙鞋，是桐油塗着幫兒，鞋底兒上釘着小釘子。她換了鞋，就走出屋去了。方廷玉就跑過去，悄聲囑咐雪卿說：“小心一點！我瞧這個人家有點不對頭！”雪卿未作表示，方廷玉便又偷着斟了一杯酒。

婦人到了那屋裏，就沒聽見那邊再有人說話，窗外的雨還瀟瀟地下着。方廷玉發着愁說：“看這樣子，雨怕不容易住，今天咱們許走不了！”雪卿說：“走不了就住在這兒。”方廷玉說：“住在這兒，還不如今天早晨就在店房裏別走呢？在這地方住着，有多叫人提心！”雪卿發急說：“那這兒的人還能是賊？就是賊我也不怕！”方廷玉嚇得急忙擺手。

他不禁有點心驚肉跳，假若這時他有牆上掛的的那麼一件蓑衣，再沒有雪卿跟着，那就無論外邊雨下的多麼大他也要走的。他並不是怕那個黑漢有多大的本事，而他卻是恐怕出了事，再勾起了姑娘的爆性，她又要使她的梅花劍。萬一殺傷了人惹起了官司，雖不至於立時被捕，可是就成了黑人，往哪裏去也不行了。他又向姑娘使眼色，表示別起急，並悄聲說：“這裏也許不至於有什麼事，只是那婦人有點不正當罷了，與咱們不相干。”

姑娘卻鎮定從容，好像一點沒往心裏放似的。她把她頭上的手絹抖了一抖，晾在靠着灶的一個破凳兒上，又趁着屋裏沒有人，就打開了她的包袱；方廷玉不禁直眉瞪眼的看着她，見她卻只是取出隨身帶來的幾件衣褲和鞋襪，照舊把包袱系上，放在炕裏。她的衣物靠外層兒的也已濕透了，而夾在中間的雖然有點潮濕，但還能夠換上穿，方廷玉就說：“姑娘換衣裳吧？關上門！”他就把半杯酒一飲而幹，出屋去了。屋裏的雪卿隨之將門關嚴，並從裏邊插好。

方廷玉站在簷下，雨點濺着他的腳跟腿。他這時不顧得雨了，只是側耳聽着旁邊那屋裏的動靜。那屋裏只有馬吃草的聲音和人喳喳的談話聲，但都為雨聲所掩着，聽不很清。他往前挪了挪腳步，幾乎把耳朵貼在那屋的門框上了，才聽那屋裏的人說：“我，我他媽的非幹這件事不可！你沒看嗎？這兩人都有馬，包袱裏那麼沉，至少他們有幾百兩銀子隨身帶着啦！不下手幹嗎？得到手你跟我走，咱們走汝寧府！”方廷玉聽了更為驚訝，心說：好！你去的地方，倒跟我們將來要去的那地方是一路。

屋裏說話的就是那黑二，黑二並且說了許多話，方廷玉就把事情大略地弄明白了。原來這男女倆是情人，女的大概是個有夫之婦，願意跟那黑頭小伙子私奔，可正發愁沒有錢，正怕逃到別處去不能生活；如今他們以為這場雨給他們送來了財神爺，在這荒村大雨下他們正好作出歹事，而得到不義之財。方廷玉不禁心裏冷笑，暗想：憑你一個黑頭小子還敢做這事？真是瞎了眼啦！那娘們也是，怎麼單把個黑頭小子給看上啦？

又見那婦人倒是直向黑二央求，說：“我求你，千萬打消了這個念頭吧！這哪裏使得？我可真害怕！”黑二卻憤憤地說：“你要怕你就回去！別在這兒露出形色來給我耽誤事，我非做不可！我不能老看着你在米老頭子家裏受那氣！我要弄些錢，帶着你離開這兒，咱們過舒服的日子去！”婦人卻有點發急了，說：“這樣得來的錢我不幹！我跟你到別處去，我的心裏也不安！米老頭子也不過就是老，他待我總還算不錯。再說你把我拐走了，他的那些個朋友能饒得了你？”方廷玉一聽這番話，心中卻吃了一驚。

這時那個屋裏又把門開開了，方廷玉趕緊過去，悄聲問說：“姑娘換好了衣裳沒有？”雪卿在屋裏說：“你進來吧！”

方廷玉一進屋，就悄聲把將才偷聽來的話全都說了，並說：“現在我猜出來了，這個村子大概是離着衛輝不遠。衛輝府有一位米老英雄，外號叫蓋河南，我久聞其名，這是河南省江湖上的一位老前輩，保過鏢，做過撫台衙門的班頭，現在家裏很有些錢了。雖然他已歸隱享福，但四方的豪傑仍多向他投奔。我猜着那個婦人就許是米老英雄的如夫人，不知怎麼跟那個黑頭小子勾搭上了。現在我看咱們在這兒究竟不甚妥，晚上他們一定要下手！自然，咱們早有了防備，不怕他們，可是到姑娘你生了氣的時候，就又難免傷人。傷了那黑二不算什麼，傷了那婦人，卻怕難免得罪了蓋河南；倘若把他得罪了，他與葉鳳金蟬本來有舊，他們兩人若是連上手，那咱們秦夫人的那口氣可就更不容易出了。”

雪卿笑了笑，說：“你這個人怎麼這樣謹慎？畏首畏尾的，還能走江湖？什麼叫蓋河南？我沒聽人提過，他有這麼一個女人，可見那老東西絕不是個好人。我今天倒要看看那黑臉的人對咱們怎麼下手？別說現在雨還沒住，就是住了，我也不走啦！”雪卿低着聲忿忿地說着，方廷玉實覺得無可奈何。

窗外的雨是越下越大，待了半天，那婦人才抿着嘴兒笑着，臉上可帶着一層驚恐之色回到屋裏來，說聲：“哎喲！鍋裏的水都快熬乾了！我淨顧得在那屋裏幫助我的娘家兄弟收拾屋子，也忘了這兒得下米啦！”說着又向鍋裏續了點水，就把一碗淘得了的黃米倒在鍋裏。

她轉過來身，笑着呻吟了一聲，又說：“我在那屋子裏幫着搬了搬柴草，騰騰屋子，就差一點沒把我累死！”說着向炕上一躺，手臂放在個破枕頭上支着她的頭。她拿起砂酒壺來對着壺嘴喝了一口，又搖了一搖，罵着說：“媽的，酒也不夠啦！那黑東西！我剛才就說，今兒下雨，說不定就許有客來，我讓他多打一點酒，可是那小子偏不聽我的話，錢一到他的腰裏就休想摳出一個來！他媽的，越這樣兒越發不了財！”

方廷玉一聽，覺着這樣的村話，絕不是普通安分的婦女所能說得出口來的，這娘們到底是怎麼個出身呢？於是他就帶點笑問：“太太！這就是你的娘家嗎？”婦人用一隻手攏着她的頭髮，又摸了摸簪子，點頭說：“就算是我的娘家吧！可是黑二他不是我的親兄弟，他老娘活着的時候，是我的乾娘。我就是這村裏長大的，十六歲到城裏，二十歲嫁的人。”

方廷玉又問說：“你的當家的是……”婦人說：“是有名的大財主，你到衛輝府的地面來，難道你沒聽說過蓋河南嗎？”方廷玉作驀然想起來的樣子說：“喔！米大當家的！”婦人面現驚異之色，說：“你認得他嗎？”方廷玉點頭說：“也許見過一面，因為我早先也保過鏢。”

婦人故意大聲說：“你也是個保鏢的？”方廷玉心想，我索性嚇他們一嚇，他們也許就不敢見財起意了，遂就假造了一個名字，說：“我姓張，在北京，在南京都當過鏢頭，河南的路我常走，米大當家的與我見面談起來，還得稱為弟兄呢。”婦人的臉色變了。

這時那黑二也抱着兩根柴，手提着一柄刃上發光的鋼斧進了屋，瞪着眼睛直向方廷玉來望。雪卿一見黑二拿着利斧進來，她就霍地站起了身。然而黑二這回進來倒並無惡意。他蹲下身，拿斧頭劈那兩根柴，劈了就塞進灶裏。婦人卻說：“你添上柴，你就不用管啦！飯好了我會盛出來。天也不早啦，該吃午飯啦，今兒咱們這兒又有客，你到鎮上去一趟好不好？再打幾兩酒來，買點熟肉；要不然到陳三家借一隻雞來，殺了它咱們白煮着吃。我瞧這個雨下到天黑也不能住，這二位還能走嗎？”

方廷玉說：“不必麻煩！有這黃米飯吃就行，我們也是常出門的，出門走路哪能到處吃雞？這位當家的你出去一趟也好，給我們……”說到這裏，他忽然不說了。

婦人也向他擺手，說：“不要客氣！剛才你一說你也認識我們的老當家的，那咱們更不是外人啦！雨把你們送到這兒來，恰巧我正在這兒，我倒得請一請我這位侄女。」說着就要由她的紅綢襖裏掏錢。雪卿卻早把一塊碎銀取出來了，交個那黑二，並問說：「鎮上離着這兒遠嗎？」黑二搖了搖頭，說：「不遠！」炕上的婦人說：「由這往東五里地就是辛家鎮，那鎮上有一條大街，賣什麼東西的都有。」

方廷玉忽然向雪卿問說：「既然離這兒不遠就有個大鎮，那咱們為什麼不上那兒住去呢？可在這兒叫人家麻煩。」

婦人趕緊說：「不行！不行！那兒的店房太髒，還不如這兒啦，你們不能住！」雪卿也搖頭，皺了皺眉說：「我不去，還得走五里多地呢！我就是這一身衣裳了，我怕淋濕了。」那黑二手拿着銀子發着怔，站了半天，然後就先將斧頭拿回那間屋裏，又回來由牆上摘下他的破草笠，披上他的蓑衣，拿上一個罐子，兩個瓶子，他就走了。

這裏，婦人就半躺在炕上跟雪卿說閒話，只聽她說，雪卿卻不回答。方廷玉卻站立不安的，待了一會，他就走出屋去。他先到那拴馬的屋子裏看了看，見屋子都漏了很多的水，地下有些濕柴和草，兩匹馬就把屋子占得沒有什麼地方了。方廷玉低着頭找了半天，並沒有看見剛才黑二拿着的那柄利斧。他站着想了一想，就邁開步出屋就走，走出了柴扉，他的渾身又淋得跟水雞一個樣了。

這小村中十分寂靜，沒有一個人。他低着頭走出了村，才看見一個農夫，頭上包着手巾，也披着蓑衣，胳臂上挎着一隻籃子，從對面走來。方廷玉就迎過去問說：「請問大哥，辛家鎮在哪邊？往哪邊走？」這個農人就偏着東南一指，說：「就是那邊，順着那條大道走，再走五里地就到了。」方廷玉道了一聲「勞駕」，他就直奔那條大道，低着頭頂着雨向前走去。

這時不但是下雨，且刮起了風。那風正從東南方吹來，雨水打在他的臉上，他的胸前就像瀑布似的往下流水，眼睛全都睜不開了。他拿衣袖去拭，但越拭眼越疼。他懷中還有一點錢，是這兩天雪卿都把小塊碎銀交給他打發店錢，找下的富餘錢他就隨手帶在身邊了。如今他還得時時地摸着，唯恐丟了。他是想追上那黑二，然而在這條大河似的流水甚深、泥濘沒脛的道路上，他走了半天也沒看見一個人。

又走了一會，眼前就看見有一片房屋，煙雨中隱隱露出來一道街道，他就知道一定是到了辛家鎮了，遂就愈快走。他的鞋本來就破，如今簡直穿不得了，並且有兩次幾乎滑倒。他努力地去走，才走進了鎮街，他已然喘吁得接不上氣了。

看見兩旁的舖子還有許多開着，街上也有幾個稀稀的打着傘，披着蓑衣的人。方廷玉就找着了一家雜貨舖，進去一看，這裏不但賣草鞋，還連蓑衣草帽全都賣。方廷玉問了問價錢，覺得還都不貴，他就買了兩頂草帽，兩件蓑衣，三雙草鞋。還剩下不少的錢，他就坐在一條板凳上歇着。小舖的掌櫃的給他倒了一碗茶，他就邊喝着邊跟這掌櫃的談閒話。

掌櫃的問他是從哪兒來？他答說從山西來。掌櫃的問他往哪兒去？他說是往信陽州去。後來方廷玉就問到那黑二，掌櫃的卻說：「寶兒村的黑二嗎？那是我們這鎮上的寶貝，還欠着我一千二百文呢！我看見他剛才過去，大概又到牛家酒舖喝酒去啦！」方廷玉的態度很鎮定，他只說因為在那寶兒村認識一個熟人，所以才知道黑二的大名。

掌櫃的就探着頭說：「那是我們鎮上的一霸！辛家鎮一共有三霸，第一霸就是他！他跟城東米大當家的小老婆，叫作賽嫦娥的，他們兩人簡直是姘頭。那娘兒早先是這鎮上的土娼，後來在城裏也混過事，她常借着看親戚為名，到黑二家裏兩人敘交情；第二霸是米家的家奴馮八，專在這鎮上耍腥賭；第三霸最厲害，是米大當家的外甥，跟着米大當家的保過鏢，充過捕快，外號叫餓鵰何豹，不但在鎮上無所不為，還霸佔過良家婦女。」

方廷玉聽到這裏，便不由得有些忿忿，他就說：「米大當家的英名我是久仰的，聽說他為人很公道、正直。」

掌櫃的擺手說：「這不能怪他！自從七年前他與赤須龍鬥氣，被砍傷了一條腿，他不願叫別人知道，怕丟了早先的顏面，他就回到家裏隱着，平常不出門，也沒到我們這鎮上來過。他為人雖好，可是他的朋友、親戚、手下的人在外面做壞事，他哪裏曉得？」

方廷玉聽了便默默不語，自己本來是想忍事的，想買了草帽跟蓑衣，回去還是勸着雪卿離開此地；如今一聽說這裏有什麼三霸，而且蓋河南雖然他自己並無什麼大惡，但他放縱手下人所做的惡事也不少，因此倍覺得義憤，就想也應當借着雪卿姑娘的梅花劍把他們剪除，而自己也得出些力。於是，他在這裏坐着談了一會，便脫下腳上的破鞋，系好了一雙草鞋，披上件蓑衣，戴上頂草笠，他就走了。

他先找了個餅舖買了幾張大餅，又想到東邊的酒舖裏去看看，可是又怕自己手中無兵刃，而黑二的手中有利斧，倘若再有什麼人幫助他，那自己一定要吃虧，所以便不去了。他想走回村裏去把這些事告訴雪卿姑娘，以便商量個先發制人的辦法，於是他就順着來時的道路緊緊去走。這時雨已然微了一些，他夾着一卷餅走着，走了不到二里，突然就看見前面走着一共五個人，黑二之外，全是彪軀的大漢。

方廷玉看見了這五個人，他就趕緊壓住了腳步，並想找一個樹後隱藏隱藏。然而並未容他找着隱藏的地方，早有一個穿油布衣服的一回頭看見了他，立時就告訴了黑二那四個人。他們就都轉過臉來，個個都瞪着眼睛，隔着微細的雨絲兇惡地向他來看。方廷玉看見有兩個人還都抱着刀，心說：不好！他們看出我來了！此時他想着躲避也是無用了，索性硬着頭皮往前去走，他們要是講殺講打，自己也就只好拼出去了。他遂就胳膊上搭着一件蓑衣，手提着草鞋，往前遲緩地走着。

那邊的五個人也慢慢壓着腳步，並且都不斷地互相私語着。及至等方廷玉將來到臨近之時，那黑二忽然一回身，手中那柄鋼斧又亮出來了，他的眼睛努得更大，問着說：「你幹什麼跟着我出來了？難道你不放心我嗎？以為我們是要害你嗎？」

方廷玉擺着手說：「二哥你錯猜了！要是我真疑惑你，我更得在那兒保護我的侄女，不敢出來了。衛輝府是個大地方，有王法管着，再說我看二哥你在本地也絕不是無名少姓的，我們哪能疑惑你是賊呢？實在是因為我們眼前還有要緊的事，今天不走，明天也還得走。雨又一時不能住，我才到鎮上來買兩件蓑衣，幾雙草鞋……」

黑二把他的新蓑衣、草笠，連草鞋都看過了之後，他就點了點頭，遂又將他的蓑衣一掀。就見他的胳膊上掛着一個黑砂罐子，還有兩個豬尿泡，鼓鼓的，裏邊大概裝的都是酒。他撇了撇嘴，斜怔着兩隻凶眼睛，向方廷玉一笑，說：「只要你能認識出朋友來，那咱就不說別的話了，這四位都是我的把兄弟。」他指着一個臉上有黑麻子的人，說：「這是我馮八哥，蓋河南米老爺家裏的事都歸他管。」方廷玉就把這辛家鎮的第二霸看了一看。

這馮八倒還很懂得客氣，他是披着一件黑色油布的衣服，腰帶上插着一口尖刀，拱拱手笑着說：「老哥，他跟你開玩笑啦！這地方沒有賊，即使有賊也不能單來打劫你，你就放心吧！」方廷玉也就勉強笑着，點頭說：「我也都曉得！在這衛輝府蓋河南的眼底下，不至於有人圖財害命，欺壓外鄉人。再說我們窮叔叔、窮侄女，一共才兩個人，刨出兩匹馬，一兩身濕衣裳，真沒有一件是值錢的東西。」馮八過來拍着他的肩膀說：「你還放心，不管你有多少銀子錢，只要走到我們這個地面，缺少了你一個，我包賠！」

旁邊又過了一個人，拉了方廷玉一下，說：「咱們不開玩笑，說真的話，我們是想湊幾個人開開寶，好打發這個陰天兒。」

說話時，馮八早從懷裏掏出來一個寶盒，說：「你會來這玩意吧？咱們先到黑老二那兒把飯吃了，把酒喝了，遂後咱們或者在那兒，或者在何老四的家裏，大家解解悶兒。其實我們五個人也足夠耍一氣的了，可是有你這麼一位外鄉來的朋友，就仿佛特別有點意思似的。」

方廷玉心說：這幾個人怎麼單單看出我有錢來了？現在不想圖財害命了，卻又想拿腥賭來贏我？真奇怪！他想：反正在這時候若是戳穿了他們的心事，就許在這兒拼鬥起來，那時自己孤掌難鳴，又徒手沒有兵刃，一定得要吃虧！還不如暫且跟着他們走，由着他們辦，到時候自己再隨機應變，通知了雪卿姑娘，再一同下手對付他們，並為當地除害。他遂就笑吟吟地點了點頭。有個漢子便把他手中那件富餘的蓑衣披上，草帽也借了去扣在頭上，六個人就一同往西走去。

這時候雨已然稍停，可是地下的泥水更多，四周的天氣更昏暗。走了半天，才回到那寶兒村。進到黑二的家裏，見徐雪卿跟那婦人談得正很投緣。馮八一進屋，就把眼睛直勾勾的盯在雪卿的臉上。隨同他來的那四個人，兩個跟婦人開着玩笑，一點也不因為她是蓋河南的太太而尊重她，另有兩個卻往那間空屋裏走，大概是看馬去了。方廷玉心裏就明白了，原來他們有的惦記着我們的馬，有的垂涎着姑娘，是各有所圖呀！當下他就不住地向姑娘使眼色。但姑娘就像是並沒有理會似的，她抿着嘴唇兒，疊着腿兒，坐在炕上，對誰也不理，方廷玉的心裏很是着急。

黑二把酒就放在灶臺上，婦人罵他為什麼不買魚也不買肉，為什麼這麼吝嗇？黑二直眉瞪眼，心裏仿佛有着什麼事情似的，婦人問他的話他多半不能夠答覆。那馮八等人卻跟婦人說說笑笑，沒有一點規矩。

其中那個姓何行四，一頭疤癩的小子，直嚷嚷着說：「走吧走吧！到我家裏去吧！我的家裏屋又寬，酒菜又都有現成的，愛怎麼玩怎麼玩，愛說什麼話說什麼話，這地方有多麼拘束？還有人家兩位堂客在此。」婦人就趕着說：「滾吧！你這疤癩頭，這時候你又斯文起來啦？會怕起堂客來啦？我真不願意當着外鄉的人抖你的底，滾吧！找雷去吧！」馮八也哈哈大笑，叫黑二給這兒留下一尿泡酒，他們就說說笑笑，連請帶拉地把方廷玉給帶走了。

原來何四的家就在這村子的南口兒裏，一間小土屋，連籬笆也沒有，家裏只有一個瞎了眼的老娘。可是他這兒酒有半壇，米有半甕，鹹魚乾也掛在房梁上，而且筷籠裏的筷子都有十幾雙，大大小小、破的整的酒杯也有五六個，倒像是他平常的日子很寬裕，而且時常高朋滿座似的。

馮八一來到這裏就上了炕，他端坐在炕頭，拿起寶盒來亂搖，於是黑二等人就圍着他賭了起來。何四給燒茶熱酒，做飯蒸魚。一會兒又來了幾個本村中的無賴漢，一齊下注押寶，瞪眼瞧着那個寶盒子，高聲地拍着炕席，大口地喝酒，一齊拿着筷子搶魚吃。

　　方廷玉是本來腰裏就沒有幾個錢，他一個銅錢、一個銅錢地壓着，壓了五次，倒贏了四次，他心裏也有點癢癢了，恨自己的賭本太少。而那個何四把疤癩頭一搖晃，卻發出了閒話，他說：“諸位！既來到這兒的就都得豁得出去才行。咱們賭的是興頭，大家尋樂子過陰天。兄弟賠魚賠酒，也無非為交交朋友，大家熱鬧熱鬧；要是由肋骨裏摳錢，白佔着一塊炕席，白喝酒騙飯吃，那可是成心耍弄我姓何的，趁早滾開，別等着我往外請！”方廷玉手中持着的十幾文錢，本想分四回下注，如今不得不整個來個孤注一擲了，何四仍拿惡眼睛盯着他。

　　炕當中坐的那馮八連神色也不動，他將寶盒做好了慢慢地放下，然後拿起酒壺哂了一口喝着，等到眾人把注壓齊，他就說：“我可要揭了！”於是瞪起眼來，喊了一聲：“開！”當時就把寶盒一掀。方廷玉也直着眼去看，原來整個都輸出去了。馮八將他的錢和別人的許多錢一齊摟了去，又重新做寶。

　　方廷玉又慢慢地由身邊掏出僅存的兩文錢來，剛要壓，那何四就忿忿的走過來要說話。馮八卻用眼色將他攔住，然後問方廷玉說：“朋友！咱們都是初次相交，再說我們要不是為跟你敘敘交情，我們在辛家鎮上有的是地方賭錢，不必來到這兒給你來解悶。今天下着大雨，咱們見了面總是三生有幸，明天雨住天晴，你們自奔前程，將來還不定遇得見遇不見呢？君子交朋友得見真心。先前看你的樣子，竟疑惑我們是強盜，要來害你，所以我們才特意邀你來看看。你看今天在座的人，雖沒有什麼大財東，可是腰裏也總都還稱幾千文，都是當地叫得響字號的朋友，就是輸下腦袋來，也絕沒有個賴帳的，不公道的。可是我看你老哥呢？簡直就沒拿我們當作朋友，你一個錢一個錢的下注，你不是來賭錢，你簡直是來同我們耍呢？”

　　方廷玉趕緊分辨說：“不是，不是，我實在沒有錢，難道馮爺你還看不出來嗎？”

　　馮八又笑了笑，這次笑得神態可有些凶，眼睛裏的光芒也不似剛才那麼和悅了。他就說：“我怎能看得出來？我這個在衛輝府小地方生長起來的，沒走過大河，沒見過高山的人，哪能看得出你這樣的老江湖，老世故來？可是你那位侄小姐那個打扮、身份，你們行李那麼沉重，馬養得那麼肥，並不是我們當地人不開眼，我絕不信你的腰裏只有這幾個錢！”

　　方廷玉說：“姑娘手裏或者有個十兩八兩的銀子，但我實在是囊空如洗！”黑二在旁就推了他一下，說：“難道你侄女的錢就不是你的？那不是你的侄女？是你拐出來的人家的姑娘？”方廷玉搖頭說：“更不是了！”

　　他本想要說出來實話，但一看周圍的人，便又趕緊把他的話咽了回去。他的心裏真為難，明知道這些個人把他看成財主了，害就害在徐姑娘的那只沉重的包袱上了。今天，要是不把身邊所有的衣物連兩匹馬，都叫他們拿腥賭給贏了去，那就得提防着他們的搶跟偷。

　　外面的雨又下緊了，想要脫身走也不可能了。他發着呆，腦筋轉了幾轉，忽然就將膽子放大，胸脯挺起，笑了一笑說：“馮爺，黑爺，何爺，你們把話都說得太重啦！你們把我這個人都沒有看清。實不瞞諸位，兄弟也是久歷江湖，提起方廷玉的名字大概諸位也曉得？”馮八等人發着呆傾聽了一會，卻不由都撇着嘴笑，因為大家都沒聽說過這個“了不起”的人物。

　　方廷玉又說：“兄弟從十幾歲就闖江湖，武藝不敢說高，也曾得到洞庭老俠的讚賞；一口寶劍在江湖上沒欺壓過別人，可也沒被別人欺壓過，如今是為了……”

他本想把秦夫人的名頭說出來嚇一嚇他們，但又怕傳到了蓋河南的耳裏，輾轉而被葉底金蟬姚明月聞知，不容他們走到南陽府就在中途加以暗算，於是又不得不把話鯁住，就又說：「我們這次往南陽也是為辦一件江湖鬥氣的事，現在跟我同行的那位姑娘，她姓徐，我姓方，我們當然不是一家。」

何四就插言問說：「據你這一說，連她也是一位了不起的女英雄了？」

方廷玉斟酌了一下，覺得徐姑娘的那個大名兒還是不說出來為是，不然嚇不成他們倒許能招出來禍事，於是又搖頭說：「她是一位姑娘家，還能夠有什麼了不起？不過她的令尊確實是一位很難惹的人！」

馮八聽到這裏，立時登起眼睛來，說：「你可休拿着大話來嚇唬人！我們的眼裏只知道有一位蓋河南，蓋河南的下面就是我們弟兄，刨出我們，無論是哪一路來的英雄好漢，都得先知會我們一下，先到米家莊去送禮物，自己稱一個晚輩。」說到此處，他忽然把寶盒子一推，奮臂說：「方老兄你既然說出了這話，那咱們可更要講講江湖上的規矩了！我先問你，蓋河南米大當家的，在你的眼中他是怎麼個人物？你看得起他嗎？你信服他的武藝，跟他手下人的武藝，都比你高嗎？」

方廷玉見問，不由得遲疑了一下，然後說：「米大當家的英名我是久仰得很了，可是生平並未與他見過面。」馮八說：「這麼說來，你還覺着米大當家的武藝不如你？」方廷玉說：「我倒不是這樣說。」

馮八突然抓住了他的胳膊，就下了炕，說：「有你這話，我們就不必再說別的啦！錢也暫且不必賭了，走吧，你跟我見見米大當家的去吧！他也許看你是個人物，就跟你交一交，把你留在他的莊上款待些日。」旁邊的人也都轟然群起，吵吵嚷嚷，拉拉扯扯，將方廷玉拽出了屋子。

方廷玉不由得大怒，砰的一拳就將何四打量在地。另有個人從後面向他一腳踢來，他一閃身，翻身用手抓住了這個人的腳，只一掀，這個人就咕咚一聲坐在了土階上。而這時黑二跟馮八卻一齊上前，每個人雙手抓住他一隻胳膊，後面且有人推着他的脊背，不容他掙扎，不容他的身子不向前走，並且還罵着：「走！抬舉你，才請你來吃飯喝酒，陪你賭錢，跟你交朋友，你卻耍無賴！你看不起我們，還敢看不起米大當家的？」隨罵着隨推着他走。

這時的雨依然落得很大，村裏簡直成了一條河溝，地下的水淙淙地流，泥水沒了腳面。方廷玉的心中卻急得如同着了火一般，他極力掙扎着，胸部喘吁不住，嘴裏噴出的唾沫也跟雨點似的。他狂喊道：「你們村裏的人全是強盜嗎？要把我怎麼樣？」他的嚷叫聲和眾人的亂罵聲，當時攪動了這岑寂的小村，天空中的雷聲也震耳欲聾。

方廷玉掙扎着，腳也向前後去踢，咕咚一聲，連他帶揪住他的幾個人就一齊滑倒了。他趁勢爬起來，向那黑二的家裏奔去，後面的人就緊追，又將他抓住了，幾個人全都如泥豬似的在一塊揪扯着，滾着。那馮八且拿着一條棗木棍子，狠狠地向方廷玉的脊梁上去擊，並大聲指揮着他的手下，說：「帶着走！帶着上咱們莊子裏去！先捆起他來等着我，我回去時再發落他！」又喊着：「黑二！你還不快去把那丫頭揪出來？兩匹馬連那包袱也藏起來就得啦！咱們索性一不做，二不休！」

當時人更亂，這些人簡直個個都如同凶神似的，方廷玉就大聲喊罵着：「強盜！強盜！你們沒有王法嗎？」

馮八卻獰笑着，雨水順着他那張麻臉向下淌。他兇焰倍漲，狠狠地說：「王法？王法倒是有，可就在八太爺的手心裏拿着呢！剛才跟你講客氣，那就是王法，你不懂，你先耍無賴，咱可就不能再論那一套了！少說話！跟着我們走吧！」

此時早有人撞進了黑二的家裏，他們都惦記着雪卿姑娘的那只沉重的包袱，進屋來爭着要搶奪，把那婦人急得大喊。她滾向炕裏，罵着：「黑二、馮八，你們這些怔東西！性子怎麼都這麼急呀？咳⋯⋯」而雪卿卻以手抱着包袱，穿着鞋就跳上了炕頭。

黑二等三個人一齊握着拳，橫眉瞪眼地向雪卿說：「你把包袱交給我們就完了！這並不怪我們，你們走路沒閱歷，既露出來財，可不拿出些個來送給我們，逼得我們才下的手。沒別的，你別害怕，我們要的就是你的這只包袱跟那兩匹馬，馮八爺要的是你給他獻上殷勤；旁的你都放心好了，我們絕不要你的小命，也不能夠傷了你的嫩肉皮，並且看在你的面上，連那姓方的小子也不至於太吃虧！」

雪卿姑娘此時卻氣得芳顏發紫，怒瞪着兩隻明麗的眼睛向下看着。那個婦人也在旁勸說：「大妹妹，你就把包袱給他們吧！這群窮鬼餓狼，我也一點辦法沒有。他們也不能把你的錢整個都拿了去，一定也還給你留下點盤川。你可別違抗他們，他們要是發了氣，我可是一點也攔不住！」

雪卿姑娘卻冷笑着，說：「你們當強盜也當得太笨了！你們都瞎了眼，不先看看我是誰？」說時她驀地從包袱裏抽出來一口梅花劍，白光閃閃。那黑二等人真以為是銀條呢，一齊仰着頭直了眼。雪卿厲聲說：「我這包袱你們別瞧着沉，可淨是這個，你們想要嗎？混蛋！」說時一口梅花劍就颼的一聲飛去。黑二萬也沒有想到這一着，他要避已然避不及，立時啊地慘叫了一聲摔倒在地，劍插當胸，血光濺起。

其餘的兩個人嚇得齊往門外去跑，而雪卿又一劍飛去，又有一個人趴在了雨地上，背插一劍，立時喪了性命。炕上那婦人嚇得驚呼，黑二的身子臥在灶旁，頭躺在門檻外，呻吟了兩聲也就沒有聲音了。婦人可痛心起來，她一屁股摔在炕上，拿手捂着臉就痛哭，又恨恨地大聲喊着：「出了人命啦！出了人命啦！」

雪卿也不理她，就將包裹背在背後，手中拿着兩口梅花劍，跳下了炕。她先彎身從黑二的胸前抽出那口帶血的劍，又跑出屋去，在雨地之下將那個死人背上的劍也拔出來；她是一枝劍也不肯白扔，也不肯舍掉。她此時是左臂夾着三口，右手拿着一口還直往下垂血，她就衝開了亂織着的雨，往門外去跑。門外有人進來了，她又一劍飛去，迎面的人立時哀號一聲，也倒在地下。

這時外面十分亂，那馮八、何四等人早就跑了，把方廷玉也扔下了。方廷玉斜身倒在一個牆角的旁邊，全身是泥，臉色慘黯，左肋上微微流血。原來是那幾個人臨逃走的時候，向他的肋間用短刀戳了一下。雪卿看見他，這才不往村外去追了，過來問說：「你怎麼啦？那些人跑往哪裏去了？他們的巢穴在哪裏？你告訴我，我不能饒他們！」

方廷玉皺着眉，咬着牙，扶着那泥土紛紛下落的牆往起來站，他喘喘吁吁地說：「不要緊！我的傷並不重！姑娘，窮寇莫追，這回只怨我不小心。只要你沒被他們欺負了，就不要緊。馬大概也沒叫他們給搶走，反正咱們的衣服已都濕成這個樣子了，我已買來了草帽、蓑衣，咱們趕緊騎上馬走⋯⋯」

姑娘卻忿忿地搖着頭說：「不行！不行！我不能服這口氣！咱們才來這裏避一會雨，他們都想打劫，以前他們在這一帶不定害過多少人了，我已決定為本地除此一害！剛才我由那婦人的口中已探出，她是什麼蓋河南米大當家的家裏的，我要去殺那蓋河南。方大哥你如果能忍着傷，你就快些帶我到米家莊去！」方廷玉卻連連搖頭，他手捂着肋傷，一陣疼痛，他又坐在了泥裏。

雪卿見方廷玉這痛苦的樣子，她不禁着了急，就將梅花劍收入包袱裏，伸手來攙他。方廷玉又掙扎着二次立起，疼痛得他不住地吸氣，他的手捂着肋部，雪卿拿雙手攙扶着他，就又淋着雨回到了黑二的家中。方廷玉看見門裏、屋內一共躺着兩具死屍，還有一個受傷的已然半死，不禁驚嚇得目瞪口呆，竟忘記了疼痛，他說：「這可怎麼好？姑娘你把事情辦得太過了！這樣一來咱們更得趕緊走了！」雪卿卻不理他。

這時那個婦人聽見門外只有雪卿尖聲兒說話，他們的人卻都不言語了，就知道了事情不好。她也不再哭躺在地下的她的情人黑二了，便驚慌慌地跑進了那破房之中去躲藏，還差點被那匹花馬給踢了一蹄子。

她剛蹲在亂柴堆裏，不料雪卿已然忿忿走入，她嚇得渾身亂抖，悲聲央求說：「大妹妹！他們起壞心的時候我還直勸他們別幹呢！這件事可真跟我不相干！我不過是個婦道人家，早先我是城裏的一個混事的，那時黑二、馮八、何四、何九他們就都認識我；我嫁給米老頭子當小老婆也是他們給撮合的，所以我也惹不起他們。其實我也早就知道他們要有這一天，要遭報應，姑祖宗！我瞎了眼睛啦！我沒看出你竟是這麼個人，你發發慈心吧！饒了我這條狗命吧！」

雪卿卻厲聲說：「你別說這些廢話，你叫我殺你我還不殺呢，因為你不值！現在你就是得告訴我，米家住的離此多遠？那米老頭子到底是怎樣的一個老混帳？」

婦人流着眼淚，戰戰兢兢地說：「其實要說起來，米老頭子倒還不是個多麼混帳的人。」雪卿拿出一口梅花劍來，逼嚇着她說：「你還替他辯解？」婦人又連連的叩頭，說：「哎喲哎喲！他實在也是個混帳……米家莊就在辛家鎮的東邊不遠，有虎皮石的高牆。他家裏的人可很多，近來又來了幾位朋友住在他家裏……」雪卿忽然說：「我不管那些個！你就在這兒待着吧！」遂就將兩匹馬牽出了屋。

又見方廷玉手扶着窗臺依然痛苦不勝，肋間的血跡已浸得比剛才更多。雪卿就問方廷玉說：「方大哥你覺得怎麼樣？你要是受不了你就別隨着我走，可是把你一個受傷的人留在這裏，我又真有些放心不下！」

方廷玉緊皺着眉，微微的笑着說：「不要緊！我不怕他們的人再來，即使再來上十個八個的，別看我這樣，我可還能夠跟他們拼得過。姑娘，你留下一口梅花劍給我護身就行啦！你放心去吧！可是千萬要記住了，不要傷了蓋河南的性命。因為蓋河南也是有名的豪傑，真要得罪了他，以後可是禍患無窮。只叫他知道這件事，管束管束他手下的那些惡奴，莫再危害地方就行了！」

雪卿點頭說：「我知道！我到了他那兒，也就是為看看他到底是怎樣的一個人物？」說時從那在柴扉旁躺臥呻吟的受傷賊人身上，拔出來一口梅花劍，疼的這個賊更是不住地鬼哭狼嚎，雪卿連踢幾下就將這賊踹了出去，然後回來將梅花劍交在方廷玉的手中。

方廷玉看見姑娘這般的神勇，他就不禁佩服，同時也振起來自己的勇氣。他挺起腰來，真要騎着馬同着姑娘也去，然而肋間的血卻又不住潺潺地往外淌，他不由一陣頭暈，又要坐在泥裏。雪卿也看出來他的傷勢不輕，皺了皺眉，就說：「方大哥你進屋休息會兒吧，我去了少時就回來。我見了他們先講理，後動手，然後我還要給你找回點刀創藥來。他蓋河南也是久走江湖的，不會沒有治傷的藥。」方廷玉說：「姑娘去吧！辛家鎮就在正東，米家莊也就在辛家鎮的東邊不遠。」

雪卿姑娘匆匆進屋裏取了蓑衣，戴上草笠。方廷玉已然將身慢慢地挪進了屋裏，他又說：「我可聽人說，蓋河南的一條腿早就成了殘廢了，是在多年前被赤須龍老俠客給傷的！」雪卿聽了就怔了一怔。方廷玉又說：「他與葉底金蟬原是好友……」雪卿擺擺手說：「不必說了！」遂又匆匆走出了屋，將方廷玉的那匹馬的韁繩系在窗櫺上，她自己牽着花馬往外走。一出柴扉，她就躥上了馬，一手提韁，一手捶馬，花馬如龍一般就蕩起來滿地的泥水，衝破煙雨，出了小村，直往米家莊奔去。

米家莊在辛家鎮之東六里，是個二三百戶的一個大村落，榆柳樹很多，籠罩在煙雨之中的村舍，顯出來一種幽鬱的氣象，那虎皮石的高牆也如在發怒，如在生愁。這時候馮八那些個人也才將將狼狽逃至，驚慌慌見了餓鶥何豹，說明了碰到大釘子上，黑二等人大概全都死了；那飛劍真厲害，十七八歲的漂亮妞兒真毒狠之至。立時，這裏聽說了這話的人全都怒了，紛紛擦拳磨掌，摘刀持棍，都說：「這還了得？何九爺，您老人家得替咱們爭這口氣！走！把那妞兒收拾收拾去！」

何豹有着鐵塔一般的身軀，平時若聞見有人欺負了他的人，那就像批了他的逆鱗，他一瞪眼，立時就得叫對方非傷即死。若聽見有漂亮的姐兒，他不但瞪眼，還得笑笑，他的笑卻比餓鶥、比餓狼還要厲害，還要貪。然而今天他聽過了之後，卻突然臉色一陣變白，沒表示什麼，可是等到他手下的惡奴一個個氣洶洶地，隨着馮八已經往外走的時候，他卻怒喝了一聲：「回來！」把馮八等人齊都嚇得止住腳步兒，一齊回身驚疑的看着他。何豹卻凝滯着兩隻兇悍而帶着些憂愁的眼睛，像要幹什麼秘密的事兒似的望着馮八，馮八可也有點發毛了。何豹又努努嘴，向那些莊丁說：「你們先都上村口兒防備着去！如若那姐兒找到咱們這兒來，先一面支吾、抵擋，一面進來給我報個信兒。別慌！也別怔動手，能說好話還是先說好話，刀槍別露出來！」他這樣一說，倒沒有一個人不慌了，仿佛連向門外走都不敢了。

馮八的兩腿也不禁有點發軟，回到屋裏他可又說出了硬話，他怪樣笑了笑，說：「九爺，你今天是怎麼啦？難道那個姐兒你認識嗎？」

何豹搖了搖頭，又吸了口涼氣，說：「認識倒是不認識，可是她所使的那種會飛的小寶劍，我可久聞其名。前幾天來的那位傷才好的唐五爺毒劍客，那是多麼大的英雄？連大當家的全都佩服他，可是你問他在順德府怎麼栽的跟頭？」接着他連連搖頭，說：「大雨的天，千萬別惹出來大禍！」

馮八聽了這話，不由更是發呆，直着眼睛說：「怎麼？九爺！據你這麼一說，那丫頭還是個了不起的人物嗎？」

何豹說：「到底你是個窩兒佬，沒怎麼走過江湖。平常你只覺得咱們大當家的是江湖無二的英雄了，也不留心聽聽外邊的事。這幾年來江湖上都轟傳梅花女的大名，此人十來歲時就騎着馬東行西闖，飛起來的梅花劍鎮嚇住了天下的好漢。她的胸前戴着個蝴蝶扣，無論高山上的響馬，還是大都邑的鏢頭，只要一看見了那個紅綢子系的蝴蝶，都得殺一殺威風，讓一讓路；因為誰也不招惹那梅花劍，誰也不願吃眼前虧。近年來，梅花女之名稍減，可是順德府徐三爺家的蝴蝶鏢遠近誰人不知？前些日人家還不知道徐三爺是誰，直到近來，病金剛到順德府吃了大虧，唐五爺也在那兒中了梅花劍。唐五爺來到這裏我才曉得，原來梅花女的爸爸徐三爺，就是咱們大當家的仇人赤須龍！」馮八一聽，又嚇了一大跳，臉色都白了。

　　何豹就又說：「所以你們今天辦的這事真太冒失！事前你們若跟我說一聲，我絕不叫你們幹。如今你們弄了這件事，吃虧賠上幾條人命還是小事，但倘若把她招惹了來，我看連大當家的也得着慌。咱們這裏雖然住着半截塔、毒劍客，然而半截塔的那點武藝還許不如我，毒劍客又正是她手下的敗將！」說着何豹不勝着急，馮八更是手足失措。

　　忽然有個莊丁驚驚慌慌地跑了進來，說：「來啦！來啦！大概就是她，騎着花馬，披着蓑衣，九爺您快吩咐吧！」何豹的神色更慌。馮八忽然發狠說：「管他娘的什麼梅花女？難道咱們這裏這麼些個人，還真怕她一個小丫頭嗎？九爺！拿上你的護手鉤，出去咱們跟她拼一拼？」何豹卻搖搖頭，擺手說：「現在你們都先聽我的！誰要是多說一句話，先動手，我就饒不了誰！這件事先不要傳到裏面，別叫大當家的曉得。咱們先出去，沒法子！我只好打這個頭陣！」於是他就叫人去拿上他的那對護手鉤。

　　餓鵰何豹本是久走江湖，且充過鏢頭跟捕役的一個人，自從回到衛輝府來，倚仗着他舅父蓋河南之勢，及馮八、黑二、何四等人架着他，他簡直是當地的一個魔王，尤其是欺凌良家婦女。他把他舅父的妾賽嫦娥當妓女一般耍弄；城裏、鎮上和附近各村莊，只要有個長得好看的婦女被他見着，他必要以強勢得到手中。然而這一次真有個美貌的女子來找他，他可着慌了。

　　何豹帶着十幾個莊丁出了大門，先叫手中有持兵刃的人都藏在後面，他只帶着四五個徒着手，身邊暗帶着飛鏢的人。他站在大門口，隔着那枝葉繁密的榆柳樹向外一望，只見煙雨迷離之中，遠遠的來了一匹花色斑爛的名駒，如飛似的，就漸漸來到了臨近。他冒着雨向前走了幾步，站在一棵樹下，就看出馬上的女子草笠蓑衣，儀態嬌嬈，如一個俏皮的漁家女似的，而雪卿姑娘那纖眉秀目，含着怒意又帶着媚態的雙眸，緊閉的櫻唇，何豹一看就不禁銷了魂，倒忘了害怕，眼睛也發直了。

　　看到雪卿姑娘在他眼前十步之外收住了馬，他就裝作沒事人似的，揚着頦問說：「姑娘！你來到這個村莊找誰？是從哪兒來的？」

　　姑娘似乎還沒看出他是怎樣的人，並未發怒，就問說：「請問，這兒是米家莊不是？」

　　何豹見問，心裏倒有點拿不到主意，原是想着告訴她不是，把她先支到遠遠的。大雨的天氣，她在這兒的路徑又未必熟，等她再回來，我們也就預備好辦法了。可是雪卿姑娘那嬌小的身姿，又真叫他瞧不起，而且他捨不得令這樣送上門來的女人又走開，他遂點點頭，說：「不錯！我們這兒就是米家莊，姑娘你要找誰吧？」

　　雪卿的臉一沉，現出深深的一層怒氣。雨水順着她的草笠的邊沿向下淌着，蓑衣被雨濯得也顯得十分青綠；鉤型的紫緞小鞋登在馬蹬上，雖然濕了，沾了泥了，但更顯得可愛。在她的馬後有一隻濕淋淋的包裹，她的手忽然向後一伸，就由其中抽出來兩口明亮的梅花劍。兩道寒光在雨中一閃，就嚇得何豹向後退了兩步，他身後邊的幾個人更是連連向後退。那馮八本來是藏在一棵大榆樹的後面了，他稍微一露頭，便被馬上的姑娘看見了，一揚手，馮八就嚇得哎呀了一聲，抹身就跑。其實姑娘的梅花劍並未發出，她在手中又晃了一晃，厲聲說：「喚蓋河南出來！我知道他是此地的惡霸，我要見見他！」

　　何豹一面拿眼睛向姑娘的臉上溜着，一面拱手說：「姑娘先別生氣！我先問問姑娘貴姓大名，江湖上有一個梅花女，是姑娘不是？」

　　雪卿拿劍比着他說：“你看見了我的劍沒有？你既然看見了又何必多問？你只叫蓋河南出來見我就是，有話我對他說！”

　　何豹又拱手說：“蓋河南米大當家的是我的舅舅，他走開封府去了。我姓何名豹，這裏的事都歸我管，姑娘你有何話可以告訴我。”雪卿姑娘不由得打量他。他又說：“剛才我聽說了，黑二他們在寶兒村得罪了姑娘，姑娘已用梅花劍將他們殺死了。可是姑娘，不是我們推乾淨，那黑二實在是本地的一個土瘟，平日有米大當家的壓着他，他才不敢滋事。如今米大當家的才離開這裏不幾天，他就又胡作非為。他該死，我們還正稱心呢！與我們不相干。”

　　雪卿指着樹後，厲聲說：“但是那個人，臉上有麻子的，那不是你們這裏的嗎？他將和我同行的人刺傷了，我不能饒他，至少你們先得把他交出來讓我懲罰！”

　　何豹故意回頭看了看，假作生氣的樣子說：“是誰？麻子臉？大概是馮八那小子！原來他剛才也跟黑二他們幹了那事，將這位姑娘得罪了？你們把他抓來，聽姑娘發落！”他虛張聲勢的喝令那些莊丁，那些莊丁也假意的在樹林中、在莊牆後亂搜亂找，其實此時馮八早已藏了起來。他們還故意亂嚷着：“跑了！跑了！他沒別的地方去，他一定跑到城裏去了！”

　　不料此時徐雪卿早已催馬踏進了樹林，到莊門前她就下了馬，將馬後的包袱摘下背在身上，她向何豹發出一聲冷笑，說：“你們別在我的眼前做這樣的假事，你們瞞不了我的眼睛！”

　　何豹等人一看，這位姑娘原來不是好欺騙的，他們不由得惱羞成怒，一時情急，竟忘記了姑娘的厲害；幾個人亮出來兵刃擋住了大門，橫眉瞪眼的說：“你別逞強！這大門不能隨便叫你進去！”何豹也發怒說：“妞兒！九太爺跟你說好話，你可要端重一些，別發瘋！”同時接連有三枝飛鏢從暗地打來。

　　不料雪卿早有防備，她躲開了一枝，並用梅花劍給砸落了一枝；另一枝打了來，她將身一躍，足尖飛起，便將那枝鏢當的一聲踢掉在地下。那幾個人舉着鏢還要打，姑娘的梅花劍早已發出，立時有人發出慘叫。何豹早已躲避在十七八步之外，他雙手擎着護手鈎，高喝眾人下手將姑娘擒拿。眾人才要上手，見姑娘又把一道白光飛起，立時又有個人發出一聲慘叫，血光飛濺，眾人齊都驚慌。

　　何豹見姑娘手中沒有兵刃了，他一時鼓起了勇氣，舞動着雙鈎過來，想要找個便宜。沒想到尚未走到臨近，雪卿早又將梅花劍從背後抽出來了，嚇得他一抹頭趕緊要跑，卻聽劍光颼的一聲騰起，他嚇得扔了雙鈎，用雙臂將頭一抱，不想寶劍已插在了他的後脖頸上，他也不知道自己嚷嚷出來沒有，就咕咚一聲趴在地下了。旁邊的人一齊驚喊：“傷了何九爺了！”一時齊作鳥獸奔。

　　匆忙紛亂中，雪卿便牽着馬進了大門。一進門她就將馬匹放下，一手持着一枝梅花劍直向裏院奔去，並銳聲叫着：“叫蓋河南出來！”

　　她往裏面走，裏面的人更往盡裏院去跑。雪卿也很謹慎，她見院落太深，恐有埋伏，不敢往裏直逼，便走進了一個垂花門。見這裏有兩大棵梧桐樹，枝葉繁密，被雨洗得益為青綠，而且簌簌作響。西廂三間，窗上糊着綠紗，門上掛着綠竹簾。她就站住了身，高聲問道：“蓋河南在這裏沒有？快出來見我！你要是不敢出來，那你可就丟盡了名聲！”

　　她這話才說出來，就聽那屋中有人詫異着說：“是誰？”竹簾一啟，就走出來了一個人。這人的身材十分高大，雪卿站在垂花門的臺階上還得抬起頭來看他。

只見這人是紫黑的面膛，肥頭大耳，樣子長得很怪；穿着一身灰紡綢的短褲褂，可是很肥，腳下是白布襪子登着青緞雙臉鞋；手持一柄很長的鵝毛扇子，出來還不斷地扇着。他看見了雪卿，臉上並無怒色，只是微微有點詫異的樣子，他拱了拱手，帶笑問說：「您就是赤須龍徐三爺的千金，雪卿姑娘嗎？」

雪卿沉着臉說：「你不必多問，你可是這裏的莊主蓋河南？」

這個胖子的容顏很是鎮定，只是微微地笑着，並沒表示出來他是不是，只是說：「我跟我的兩位朋友，正想要拜訪姑娘去呢，不料姑娘就來到，這真是天緣湊巧，請進屋裏歇一歇吧！我將我那兩位朋友請出來，給你見見！」

雪卿發怒說：「你先別說廢話，我來這兒找的是蓋河南，因為他獨霸一方，縱容他手下的人為非作歹，傷了我的同伴，我才來質問他！」說時低頭看看這人的腿，見他並不是個瘸子，曉得他不是蓋河南，遂就更厲聲地說：「你快把蓋河南叫出來吧！我跟你們說不着，你們要是從中攪亂，我可就要拿劍殺死你們了！」

這胖子毫不畏懼，也將臉沉了一沉，說：「我想你即是大名鼎鼎的梅花女，赤須龍徐三爺的令嬡。你絕不能夠不講理，見了人就亂殺。今天的事情我也聽人說過了，固然是這裏有人背着米大當家的在外為非作歹，得罪了姑娘，可是那至多只能算是米大當家的約束不嚴，不能說是他也與你故意作對。米大當家的武藝不敢自命蓋河南，可是這些年河南全省也沒有一個說他不夠朋友的。當年，不錯，他曾與令尊有過一點小小的爭議，但那時他辦的是官事，而令尊走的是江湖。並且米大當家的自那次受了傷，就歸隱此處，心中不再銜恨往事。姑娘今天來到這裏，我說句冒昧的話，咱們全是江湖朋友，我想沒有話說不開的，何況這裏還有兩位朋友正想要見姑娘之面呢！」雪卿聽了，心中倒不禁尋思着，要見我的那兩個人是誰？

因為這胖子還很講理，雪卿便也消了點氣，但依然瞪着眼問說：「你叫什麼名字？你是這裏的什麼人？」

這胖子說：「我也是這裏閑住着的朋友，與米大當家的是八拜之交，我姓陳，有個外號兒叫半截塔。」說到了這兒，他自己笑了笑，說：「姑娘是大俠客，我這小小的人物，在你的眼前絕提不起來。可是這裏有兩位朋友，一位現住在城中店房裏，天下雨，也不好去找他；一位現就在這兒。」他說到這裏，回手用毛扇向那綠紗的窗櫺指了一指，說：「就在這屋裏了，這位朋友跟姑娘在順德府是見過面的，姑娘何妨進來跟他見一見，談一談？我即時就到裏院把米大當家的請出來。剛才爭殺毆鬥，誰是誰非，現在都不必再提。兄弟是個好管閒事的人，如今兄弟既出了頭，您就是拿梅花劍殺了我，我也不能再使你們兩家爭鬥，咱們有話好說，有理好講……」

雪卿斥住他說：「不要再說了！我就在這兒等着，誰要見我，你就快叫他們出來吧！」

半截塔哈哈一笑，把毛扇遮住頭，往近走了幾步，很客氣的說：「姑娘的大駕遠路來此，豈有不請進屋裏歇歇，倒叫您在外面被雨淋着的道理？那太不對了！還請姑娘放心，屋裏絕無埋伏，我半截塔敢拿這條性命，那二十年走江湖得到的一點小小名聲作擔保。再說我知道您飛劍能殺人，上山能拎虎，下海能捉龍，蝴蝶鏢走遍天下沒人敢擋擋路，我們不弄埋伏，弄埋伏也是白弄！」

雪卿被他天花亂墜地說着，倒覺得有點心裏活動，傲氣既增，怒氣反減，覺得自己既然被人這樣尊敬，不進屋便是膽怯；不講理便是女人心地狹隘，缺少江湖閱歷。於是點頭說：「好好！我還怕你們有埋伏嗎？」遂就將包袱由身邊取下，掛在背上，兩口劍也都歸於一隻手裏，三步兩步走到那西廂房檐下，將草笠一摘，蓑衣一甩，露出來她那半濕的緊身衣褲。半截塔早已替她開了門，笑着說聲：「請進！」

雪卿進了屋，一看陳設得很是雅潔，四壁懸着字畫，紫檀木的桌子上還擺着什麼銅鼎瓷瓶、大理石心的鏡屏、文房四寶、成卷的古畫，和細瓷的茶壺茶碗，桌子上還有一盤沒有下完的象棋。她除了在山西張八爺那裏，向來沒有進過這樣款式的房屋，而且那張家也沒有這樣濃厚的詩書之氣，她不禁有些驚詫，心說：蓋河南還是個讀書的人嗎？

此時她就看出這房子原是兩明一暗，裏屋也有細竹簾子隔絕着。那半截塔先向窗外叫着：「來人！倒茶來！」同時他連氣扇扇子，扇得桌上放着的書都自己翻起篇了。忽聽見唧唧喳喳的小鳥兒的鳴叫聲，雪卿一抬頭，見上面有一條橫梁兒，掛着一隻精緻的鳥籠。籠裏有一對黃色的極端可愛的美麗小鳥兒，叫喚得還極為好聽。雪卿真想要笑一笑，此時心裏是平靜得多了。就聽半截塔又向着簾子裏，帶笑說：「老五，你出來吧！你還真是個大姑娘嗎？何必那麼靦腆，見不得生人呢？這又不是生人了！」

簾子裏似乎有人噗哧笑了一聲，接着簾子就打開了，走出來一個翩翩少年。雪卿吃了一驚，注目去看：這人年紀不過二十來歲，相貌英俊，身材峭拔，穿着一件寶藍色的綢衫，飄飄灑灑，愈顯得如一座蒼勁巍峨的青山一般的可愛、不俗；他那白淨的臉兒真比美貌的女子還秀潤，而那又黑又大的辮子，有神的眼睛，都發着亮光。雪卿認出來這人就是毒劍客唐松，他是自己父親的仇人，也是自己的……

她心裏有點驚，有點氣，又似有點害羞，不由得向後退了一步，但又怕被唐松認為是自己膽怯，就又向前走了兩步，她的臉可一下忽然熱了，緋紅了。她又低頭看看自己的衣裳，看看自己胳臂上掛着的沉重的包袱，自覺得樣子一定很難看，而一定要被他笑話。她的雙頰越發的熱，心裏卻暗想：這個人，我還以為再也見不着他了，沒想到還能在此地見面。

毒劍客也拿着一雙像是具有什麼力量似的眼睛不住地盯着她，旁邊的半截塔就帶笑說：「你們二位是老朋友，也用不着我再來給引見了。我這位唐五弟的來歷，大概徐姑娘也曉得。他是江南的世家。他本不是江湖人，但他的武藝是自洞庭老俠的門中學來的，所以冠絕一時，名震南北。這也不是我半截塔替他吹，姑娘你由此地到湖南可以沿途打聽，若有人不知道唐五公子，不稱他是一位輕財仗義之人，那算是我放屁了。他是稱為毒劍客，其實並不毒，那是叫錯了。他本來是叫獨劍客，是獨木橋，獨木關那個獨字。因為他在家並無妻子，在外朋友甚眾，但遇有事情他總獨身向前，不請人助，因此才叫獨劍客。

「他與病金剛有些交情，又久聞蝴蝶鏢之名，所以他才被邀至順德府。他本是只想着見一見姑娘，以瞻仰瞻仰大名鼎鼎的梅花女俠的丰姿，卻不料就招怒了徐三爺，且惹惱了姑娘，才致他左肩上中了一劍。但是他還深感姑娘手下留情，因為傷得他並不重，來到這兒跟米大當家的討了點藥，敷上就好了。這裏米大當家原在開封府當官差，那時的撫台大人就是他的姑丈，因有舊交，這才極力留他在此多住幾日。我又正在這兒，我們哥倆就天天擺棋。他不僅是個劍客，並且琴棋書畫，件件皆通，文的武的全都能來，我真沒見過他這樣的能人，所以弄得我也懶得離開這兒了。我們就天天在一塊盤桓，昨天他還跟我說：他後悔這次到順德府，可是也很僥倖，雖然敗了名頭受了傷，但他卻得見了一位才貌雙全、武藝出眾的絕世佳人！」

　　他說到這裏，雪卿姑娘忽然把眼睛狠狠地瞪了起來，厲聲喝道：“你亂說什麼？我管他毒劍客有什麼才學？我來到這裏找的是蓋河南，你叫蓋河南出來見我就是，我見他姓唐的作甚？他，在順德府時我饒了他的性命，他就應當遠遠地逃走，如今你還敢替他在我眼前說大話？你們可要小心！”說着白光一閃，又說：“小心我的飛劍！”

　　半截塔一見姑娘發起威來，嚇得他那張紫臉不禁有些發黃，肥大的身子向後一退，幾乎將椅子撞翻，將窗櫺撞碎了。唐松卻巍然不動，並且面上沒有一點驚慌的樣子，他擺了擺手，很不客氣地說：“你別發威！不管我是有多大本領，我並未在你一個女子面前炫耀。別人說的，與我無干。但我雖在順德受了你的劍傷，我並未認為名頭敗落，因為我並未敗在你手。你的暗器傷人，並不算本領，也不算英雄！”

　　雪卿聽了，益為憤怒，跳起來就要往屋外去走，說：“那麼你來！你不服氣到外邊來，我們再鬥一鬥！”

　　唐松卻微微地冷笑說：“我不願再同你鬥，因為你是一女子，我勝之不武！”才說到這兒，雪卿突然一劍發出，不想竟被唐松伸手接住，倒把雪卿嚇了一跳。唐松又冷笑說：“在順德府時是在半夜，我沒有防備，才致吃了小虧。如今任憑你將一包梅花劍都發出來，若能再傷得了我身體的絲毫，我便枉為洞庭老俠的弟子。”說這話時，他的意態十分驕傲，而那半截塔也直起腰板來了。

　　唐松一手拿着一枝梅花劍，一手高舉着，打算再接第二枝。他那明亮的兩眼不但注視着雪卿的手，還時時撩着雪卿的臉。雪卿被他看得臉通紅，心中尤其驚佩，因為她從十一歲起就使用梅花劍，從來是百發百中，未叫人接着過一回。唐松又說：“我真沒看得起你這種暗器，因為這原是我洞庭派中的小技。我門中有位師姐秦夫人便會使用這東西，為此頗為我師棄嫌！”

　　雪卿聽了，突然又一驚，心中的勇氣仿佛全都沒有了。雖然自己聽說毒劍客是洞庭老俠之弟子，而且自己的義母恩師也是屬於那一派，也跟那位老俠學過武，但自己從來也沒有想過他跟秦夫人的關係。如今這樣一說，唐松倒是自己的師哥，不，是師叔了，這次她可真真地向後退步了。

　　唐松忽然又一笑，正要再說話，就聽前院傳來許多人的亂嚷聲，雪卿頓吃了一驚。唐松向那半截塔說：“陳兄快到外面看看是什麼事？無論是誰，不要叫他們往裏院來！”半截塔向他們溜了一眼，就趕緊走出屋去了。

　　這裏唐松又向雪卿一笑，笑得雪卿愈為臉紅。唐鬆手裏擺弄着那枝梅花劍，說：“我聞說自我走後，你爸爸便把你許配給了那武藝平常、相貌奇醜的高文豹為妻，我非常替你難過，可不知你怎麼又離家出來？”

　　雪卿怒囂着說：“那些事你管不着！”

　　唐松又笑了一笑，接着說：“還聽說你們定親之時是憑着這麼一口小寶劍。如今你將這劍扔給我，莫非也是那意思嗎？”雪卿發了怒，倏然又將一口梅花劍飛了去。不料又被唐松接着了，並且更笑着說：“謝謝你！兩口劍作為訂禮，咱們這件婚事料你不能夠反悔。我本來也有一件訂禮，應當送給你，可是怕……”說着他由懷中掏出來一顆小彈丸，就捏在手中說：“這個東西也是我自別處得來的，打出去敢說百發百中，然而我從來沒有用過。”

　　雪卿張着手向前撲去，急急地說：“你來！你來！打來呀？我不怕！”唐松卻直往後去退，仍然說：“我不肯！我上次到順德府去，實是為着你。一見之後，你的美貌更使我傾心。所以我來到這裏稍事休養，卻並不急速回南，也就是為將來再到順德府去找你。你使得我相思刻骨，忘寢廢食……」雪卿急得怒啐道：「呸！」

這時那前院益發大亂，半截塔嚷嚷着勸說着，好像也沒效力。忽然像是另有一個人出去了，以洪亮的聲音說：「諸位請回吧！雖然傷了幾個人，但我們自願了結，不願驚動官府。何況那兇手也不是外人，是我早先一位朋友的小姐。我們不願跟她打官司，不願勞動諸位，請諸位回城裏去吧！一半日我也要進城到衙門去拜見府台，與他當面解說！」外面的一切聲音立時寧息，待了一會，只聽有人小聲談話，又聽得足音跫然，像是有許多人都往門外走去了。

此時唐松扭頭向窗外一看，不料雪卿竟如飛鷹似的向前撲去，連唐松都沒料到雪卿的身手竟如此敏捷，他的兩隻手腕都被姑娘的纖手抓住了，要奪他手中的兩口梅花劍和那顆鐵彈丸。他冷笑着用力掙扎，不料雪卿的外貌雖然那樣柔弱而窈窕，她的力氣卻很大，真不愧是赤須龍的女兒！但她要想立時把暗器奪過去也是不行，她就去踹唐松的肚腹。唐松趕緊一扭身躲開，嘿嘿一笑，說：「你還不錯！」他用力想將雪卿摔開，但也休能挪得動分毫，這一對青年男女竟如一對猛虎，兩隻蒼鷹，在屋中對搏起來了，咕咚一聲踢翻了椅子，又嘩啦一聲，撞得桌子上的盆、鼎、文房器具、棋盤棋子，完全撒落在地。

這時那半截塔和那聲音洪亮的人，剛把馮八等人由城裏勾來的班頭捕快給勸走，了結了那件事，聽得這屋中的響聲，使力氣的聲音，又一齊急急地走了進來。那人又以洪亮的聲音勸說道：「唐五弟跟姑娘全都罷手吧！我們都是江湖朋友，原無深仇，你們尤其又是一個門檻裏學出來的武藝，有話都好說，不必如此動手，請給我姓米的一點面子！」

他說出了這話，唐松實在覺得不勝羞愧，本來跟一個女子這樣相扭，也太不成樣子，於是他的手就松了。而雪卿卻乘勢將他兩隻手中的東西，劍兩口，彈丸一顆，就都一股腦兒奪了過去。雪卿遂連退幾步，喘着氣兒，就手持着劍和鐵丸，兩眼瞪着這個聲音洪亮，自稱姓米的人。她猜出來這人就是蓋河南，因為他的鬚髮俱已斑白，穿戴很闊，雖然沒架着拐杖，可是有一條腿分明是跛的。

蓋河南神態鎮定，言語客氣，拱手說：「久仰姑娘大名，知道姑娘乃是赤須龍徐三爺的千金，那更不是外人。我這條腿就是被徐三爺砍瘸了的，但我並無忿恨，我還深為敬佩那位老哥。可惜近十年來，我都因腿腳不便，很少出門；又因我實在不知順德府的主人就是我那位老哥，故未去拜訪，着實抱歉，今天姑娘來此，我真覺得蓬蓽生輝！」

徐雪卿對於蓋河南所說的這客套話並不能全聽得懂，但是見他的樣子倒還不惡，就將兩隻梅花劍又收入背後的包袱裏，手裏握着鐵丸，一面防備着唐松，一面對着蓋河南說：「你不要現在又假充好人！你縱容你的親戚、家奴在這地方無惡不作。你的那個小婆子，無恥地跟着黑二……」

蓋河南聽到這裏，突然臉色變了，說：「果然有這事？那黑二現在哪裏？請姑娘告訴我！」徐雪卿冷笑着說：「若等我來告訴你，那黑二早就奪了我們的錢，也許把你的小老婆也拐跑了！黑二已被我殺死，我算是替你出了氣，可是他們那些個人都是仗着你的名頭，才敢胡作非為，惡霸的頭兒卻是你，你叫我怎麼樣懲治你吧？你快說！」說得蓋河南一陣臉紅，半晌不語。

唐松直着眼盯着姑娘，半截塔卻在旁不住地擺手賠笑，說：「姑娘！你把事情弄錯了！黑二既不是我們這裏的親戚，又不是家奴，他不過跟這裏的小廝們、更夫們都認識罷了。至於那個婦人，你一說我就明白了，她也不是米大當家的的什麼人，她本來就是城裏的一個下三濫！」

蓋河南卻發怒地擺手說：「老陳，你也不必替我遮掩！我蓋河南一生不做暗事，不說誑語，也不受人欺！」他把顏色變得略緩和一點，就又說：「其實在姑娘的面前我不該說，那個婦人實在是城中的一個娼妓，本來不是好東西，她的外號叫賽嫦娥。我今年已六十多歲，生平磊落光明，盡人皆知，不至於年老了又好色貪花。只因前年拙荊病故，我又是一條瘸腿，無人服侍我，且聽得賽嫦娥正要離開那火坑，我想煙花女子也甚可憐，所以才花錢買來，就叫她像個僕婦丫鬟似的伺候我，卻不料她仍是不安分，私通黑二！」

說到這裏，他顯得是氣憤極了，跺着腳說：「請姑娘在這裏略事歇息，我到寶兒村去了就來！我先殺了那淫婦，然後回來見姑娘。姑娘若認為我是惡霸，是賊人，那我絕不強辯，甘願束手受殺！」說畢，他就要向外去走。

雪卿卻喝了一聲：「你別去！」蓋河南驚得止住步回過頭來，雪卿話音鏗鏗地說：「我不能眼見你去殺一個婦人！無論她多麼壞。再說我還有個同伴在那裏，他已被你們這裏的人給殺傷，難道你去了是要替你們那幾個人報仇嗎？」

蓋河南冷笑說：「姑娘！你還是不認識我蓋河南，回家去可以問問你令尊，他雖砍傷了我，可是他的心裏也得佩服我。我姓米的一生都是慷慨的丈夫，豈能將你留在這裏，去殺害你的同伴？我且去看看，只要你那位朋友肯隨我走，我就把他請到這裏來養傷，一定好待承；我這裏還有秘制的刀創藥，包他痊癒。至於那淫婦，她是我買來的，我殺她、放她你卻管不了！」說着忿然轉身往外就走。

雪卿剛要去追，毒劍客唐松卻過來要攔，雪卿一怒，就將手中的鐵丸打了出去。就聽得哎喲了一聲，雪卿心中倒一驚，有點後悔，可是捂着腦袋，咕咚一聲坐在地下卻是半截塔，唐松依然挺身將門攔住，他正色說：「雪卿姑娘！你剛才說的這番話令我十分欽佩，我想不到女子之中竟有你這樣的豪傑。」雪卿瞪着眼說：「別廢話！快些躲開讓我走！」唐松說：「我們不要翻臉，你我原是一家人！秦夫人是我師姐，我猜着你的梅花劍必是由她那裏學來的，所以說來你是我的師侄女。」

雪卿聽了這句話，不由向後退了一步，她咬着牙，瞪着眼望着他。這時那半截塔已站了起來，頭上鮮血直淌，連話都說不出來了。唐松過去安慰他說：「陳大哥！你實在是代我受過了！雪卿姑娘原是要打我，無意之中傷了你，還請你不要生氣！」趁他說話之時，雪卿已經奪門而出。

雪卿急匆匆跑出了門，這時細雨仍簌簌地落着。她急忙找着她的草笠帶上。這時風卻很猛，一下就把她才帶上的那頂草笠刮落了下來，滾出了很遠。有個莊丁模樣的人便趕緊跑過去拾了起來，恭恭敬敬地送給她，並帶着些害怕之意。她一看那匹花馬卻沒有了，立時瞪起眼睛，怒聲問說：「我的那匹花馬哪裏去了？你們快給我牽來！」

這莊丁發顫的答說：「那是，那是，剛才馮八由城裏叫來了官人，並叫來了在城中住的楊二爺。楊二爺是廣興鎮楊大員外的侄子，也與我們大當家的相好。他家裏養着一匹五花彪，是天下少有的一匹馬。半年前楊二爺沒在家，家裏就遭了盜，殺了人，將馬搶去。楊二爺在各處找了幾個月，也沒有找着賊人的下落，直到前幾天才有人在鎮上看見了那匹馬。」

雪卿說：“你快說！”她心裏明白，說的是日前在那鎮上有人攔馬，自己以梅花劍脫身的那件事。

莊丁又說：“昨天楊二爺才追趕到這裏來，他托我們這裏的人幫助他尋找。城裏的泰源店是他的買賣，他今天原想上別處去，被雨給截住了，就沒有走。剛才他一來到這兒，就看見了馬，他什麼也沒顧，只說那匹馬正是他要尋找的，他就給牽走了，我們哪裏敢攔他？”

雪卿知道此人只是將馬收了回去，卻也不敢與自己交鋒，自己的心裏倒是不怎麼氣，她就逼着莊丁帶她到廄中找了一匹白馬。據莊丁說，這是他們莊裏最好的一匹馬了，連他們大當家的平日都捨不得騎。雪卿也不等叫人備鞍韂，她就上了馬，出廄，飛似的向西追去。

追得都快到那寶兒村了，眼看着細雨霏霏之中，前面那蓋河南的三匹馬都要進村子裏去了，雪卿就大喝了一聲，同時馬往前追，十幾步之外她就飛起了一口梅花劍。那邊蓋河南的手中原已掣出了單刀，就迎着白光一削，梅花劍噹啷一聲落於地下。

蓋河南趕緊撥馬，他畢竟是一位老江湖，雖然他只是一隻腳登着鐙，但他的騎術極熟。他撥過馬來，發着怒說：“徐姑娘，你太不懂江湖規矩！我應得絕不傷你那同伴，你怎麼不相信我，到底追了來？追來還不要緊，你不該下毒手，又施你的飛劍，你不要以為我蓋河南是懼你！”

雪卿又取出一枝劍來，還沒有飛起，就把隨從蓋河南的兩名莊丁嚇得一齊撥馬閃開。蓋河南不由得大怒，他瞪目看着雪卿，氣得似乎連話都說不出來了。但是他並不過來爭鬥，卻向他手下的兩個人說了一句話，當時三匹馬就一直闖進村內。

第六回　雨夜交鋒恩仇兩結　客窗共話情淚雙傾

　　蓋河南此刻抱定的主意就是：不必與一女子交手，勝之不武，敗則足羞。但是那淫婦賽嫦娥，真丟盡了他在江湖的臉面，不殺了那婦人，他不能出這口氣。於是他的馬在最前，那兩匹跟在他後面，他想一直闖到黑二的家裏。

　　可是那兩個莊丁卻不住回首，忽然聽他們喊了一聲：「小心！」他嚇了一大跳，以為又是梅花劍飛來了，趕緊回頭．只見雪卿手持小劍，她可並未施放，催馬過來，反趕到了蓋河南的前邊。風已把她的草笠吹落，掉在地下，她也不去拾。

　　雪卿先搶到黑二的家門前，就跳下來，棄了馬疾快進內，只見死屍都仍在地下趴着，血跡已被雨水沖得淡了，馬仍系在窗旁。方廷玉已忍着傷到屋內去坐着，那婦人可不知逃往哪裏去了。

　　雪卿看見方廷玉安然無恙，她就放了心，剛要說話，此時蓋河南已然走進門內來了，他手提明晃晃的鋼刀，滿面帶着凶色。他走路雖然一瘸一拐的，但是很快，他先向雪卿說：「徐姑娘！咱們無仇，你不必跟我作對，我是來殺那淫婦，與你無干！」

　　雪卿一回身，手舉着梅花劍把眼睛瞪起，方廷玉卻趕緊擺着雙手，勸說：「不必！不必！」他忍着傷搶上前去，將他的身子淋在細雨裏，擋住了雪卿，他向蓋河南說：「米大當家的，你先息息氣！」

　　蓋河南瞪眼看着方廷玉，說：「我跟你們並沒有什麼氣！」他指指在地下趴着的黑二等人的屍體，又說：「這幾個人你們給殺得對！你們不殺，我也饒不了他！只是那婦人……」他忽然恨極了，橫刀說：「那是我買來的人，我救她出火坑，她卻給我敗名氣！我絕繞不她，你們護庇着她作甚？」

　　方廷玉卻說：「她已走了。」蓋河南發着怔說：「她走到什麼地方去了？是誰把她放走的？」方廷玉卻微笑着，抱了抱拳，又說：「米大當家的，你先聽我說！那婦人雖不是個好人，而且這一回是跟黑二同謀，要害死我們，圖我們的財物。那種女人，殺死她也不足為惜。可是你米老哥是大名赫赫的蓋河南，與個婦人一般見識，也太不對了！本來你偌大的年紀，弄了那麼個窯子的老婆，你就把事辦差了。剛才她逃跑的時候，本來我是想揪住她，叫她找黑二去，可是我又想：犯不着！我就由她去了。」

　　蓋河南也不再瞪眼了，他將方廷玉全身打量着，問說：「你姓什麼？你是赤須龍手下的鏢頭，還是他們的親戚？」

　　方廷玉退了一步，回身請雪卿進屋。雪卿又狠狠地瞪了蓋河南一眼，就由黑二的屍身跳了過去，進到屋裏。她把包袱放在炕上，卻又着腰兒往外望着。此時方廷玉又坐到臺階上，好在他的衣裳早就是全身泥水，坐下也不要緊了。他就靠着牆，說：「我名叫方廷玉，你蓋河南米大當家是北方的英雄，恐怕你不曉得我，因為我只是在兩湖一帶略略有點兒小名氣。」

　　蓋河南的面色改為和悅，說：「原來你就是方廷玉！數年前我就聽南方來的人談說過你，聽說你為人很好，文武皆能，只是後來時運不大佳。今天我們在此相遇，談起來彼此都是慕名已久，那就都算完了。你若看得起我，待會兒同我回到敝莊。你若願意跟我交個朋友，我就給你們二位預備出幾間房子，你將傷養好了再走，住個三月五月也不要緊；你們若是客氣，那我可以送你些家傳的秘方刀創藥，保你的傷說好就好，盤纏不足，馬匹短少，也不要緊，兄弟可以贈送。」又拱手說：「再會！我一會兒就回來！」說着他轉身就要走，看那個樣子是去尋那賽嫦娥去了。

　　雪卿跳出屋去，喊了一聲：「喂！你先別走！」方廷玉卻急急擺手說：「姑娘！姑娘！不必！不必！」雪卿停住腳步，忿忿地望着那蓋河南瘸着腿走出了門。她一回頭，見方廷玉已霍地立起了身。

　　方廷玉強忍着傷痛，掙扎着精神，說：「咱們快走吧！本想在這兒避雨，也沒避成，反倒遇見了這檔子大麻煩。現在趁着麻煩完了，咱們就趕緊走吧！這裏放着三四條人命，倘若官人來到，咱們可怎麼辦？」

　　雪卿冷笑着說：「剛才我在那邊時，他們早把官人由城裏給找了去了，可是蓋河南不願牽動官司，他把官人給支回去了。」

　　方廷玉說：「支也不過支一時，明天雨若住了，官人一定要來這兒驗屍，鄉約還有不往衙門去報的道理？報了，衙門就是馬虎吧，還能夠不緝凶？再說，知人知面不知心，蓋河南很講理，可是你知道他是真講理還是假講理？安知剛才他不是為免去江湖人說閒話，他才不叫官人在他那裏捉人，現在他還許又去找官人，叫他們來這捉咱們呢？」

　　雪卿忿忿的說：「那我追上去，把他殺死！」

　　方廷玉又連連擺手說：「咱們哪裏能夠淨殺人呢？走吧！走吧！快快！」他雖然前胸血跡模糊，臉白如紙，渾身泥污，如同一隻受了傷的水雞兒似的，但精神卻極為緊張，說着便匆匆地去解他的馬。

　　雪卿的心裏可是非常不痛快。她不願意離開這裏，並非為別的，實在是因為這裏仿佛有一件令她捨不下的事情似的。她自己深深地感覺得到，早先自己原是個性情暴烈的人，梳着小辮，身材不過三尺許，手腳都是很小的，然而就騎着快馬走塵，可謂殺人不眨眼。但是後來年齡大了，處處時時被父親管制着，不敢不有一點閨女氣，日久，自己也覺得疏懶，一點雄心沒有了。及至後來家裏出了事，父親途遭勁敵，自己不得不上手相助；又兼此次因屈配給那面醜的高文豹，逼得不能不出來，心裏的屈辱、悲傷都化為怒憤，又把脾氣弄得愈為爆烈。然而現在心雖更急，更不痛快，恨不得借着這件事再痛痛快快打打殺殺才好，然而她卻絕捨不得殺一個人，尤其不願與那個人離遠。那個人叫她在面上不得不恨，而心裏確實是愛，那人就是……她很悲傷，不禁流下了幾滴眼淚。

　　雪卿系好了包袱，她就披上一件蓑衣走出了屋。方廷玉已將馬牽出，他找着了他那件蓑衣，並找着雪卿剛才掉的那草笠，連白馬也牽了回來。此時蓋河南等人已不知哪裏去了，雨落得又緊，天更昏，且漸漸地發黑了。這小村之中，家家門戶緊閉，連狗都在牆裏汪汪，似乎是不敢出門來咬人，各屋子上升着裊裊的，沉悶的炊煙。他們二人上了馬，鞭聲同響，馬蹄急遽，加以雨又瀟瀟，雷又滾滾，他們就沖出了小村，直往正南而去。

此時路上泥水汪洋，更為難行。雪卿的心中不痛快，她茫然地走着，腦子裏卻不住在思索，所以走得很慢。方廷玉身上的傷雖不是十分重，但疼痛得確實忍受不住。走了多時，大約也不過才走出十來里路，還沒有走出衛輝府的地面呢，所以方廷玉絕不肯駐馬，他呲牙咧嘴，帶着呻吟，向他的身後說：“姑娘！趁着天還沒黑，咱們還得往下趲一些路，不離開衛輝府咱們得不到太平。再說，秦夫人受的傷比我重得多，此刻她在那裏還不知吉凶如何，咱們得趕緊走！”

雪卿聽見提到了乾娘的傷勢，她不由得也將馬馳得急快，一霎時就將方廷玉遺在後面，並且很遠，但是她腦中仍然忘不了今日米家莊所見的那個英俊少年的身影，她真希望那人再出現於她的面前。

愈往下走天色愈黑，雨雖又漸漸微了，但四面仍然雨氣茫茫，看不見一處人家，不見一點燈光。這時方廷玉受傷的身體也實在掙扎不住了，他就止住了馬，喘吁了半天。雪卿在前面高聲問說：“方大哥！怎麼樣？你走不動了嗎？”方廷玉卻無力回答。

雪卿吃了一驚，趕緊撥馬回來查看，卻聽出來有方廷玉的呻吟聲。但等到她來到臨近之時，方廷玉卻揮鞭說：“走！走！我受的這點點的傷，還真能夠致死嗎！”隨說着，馬又向前踏踏地去走，然而還未走幾步，忽然方廷玉呻吟了一聲，就墜下馬去。此時有閃電劃開了灰色的天空，接着響了一個沉雷，雪卿趕緊跳下了馬，連連問說：“怎麼樣？怎麼樣？方大哥你是不是傷痛得太厲害？”

方廷玉呻吟着，又微微一笑，說：“本來我的胸前不過是一刀之傷，算不得什麼，可是一浸進了雨水，我又馬快心急，便……”他呻吟着又說：“我生平也與人毆鬥過，可是從來沒受過傷，如今，原來這傷真真的難受！”

雪卿將眉緊皺了皺，說：“我們就不該走！不走也絕沒有事！”

方廷玉慘聲笑着，說：“不在寶兒村避雨更沒有這些事！姑娘，平日人都嫌我慢性，但現在你真不知道我是多麼急了！蓋河南面雖和善，心中必定狠毒；他的腿雖瘸，可是他認識的朋友還真不少……”雪卿說：“那咱們都不必管他，如今就是，怎麼辦啊？”她環顧四周，歎了口氣說：“這兒連個住家的都沒有！”方廷玉又兩手向地下抓泥，要往起來掙扎，並且急急地說：“就是有人家，咱們可也不能去投宿，因為這個地方不穩，咱們非得趕快離開這裏不可！”

他才說到這裏，忽聽耳邊傳來嘩啦嘩啦一陣急驟的馬蹄聲，雪卿還以為是兩邊的田禾被風吹得發響，但方廷玉忽然大驚，連呻吟都停住了。他翻身而起，過去抓住了一匹馬，又把另一匹馬也抓住了，跟跟蹌蹌地往田裏就奔，並向雪卿叫着說：“快來！快來！”

雪卿也一驚，追過去問道：“你又為什麼這樣大驚小怪的？”

方廷玉說：“我們在這兒暫時躲一躲！他們這回來的人一定不少，姑娘千萬忍耐一點！你要是跟他們動起手來，我在這裏若被他們搜着，我可就沒有命了，因為我現在是沒有一點力氣了！”此時那種聲音已越來越近，聽得出來是一群馬急走的聲音，並且蕩得泥水亂響。雪卿更為驚詫，旁邊方廷玉卻急急地拉她，說：“蹲下！蹲下！”

雪卿本來就兩腳都陷在泥裏了，如今一蹲下，簡直連小衣都沾上了泥，風搖動着兩旁的禾黍，水珠不住地向她的臉上落。兩匹馬藏在田裏，就在她的身後，蹄子一動泥水就濺在她的胳臂上，她心中的氣真不打一處來！

此時那片震耳的馬蹄聲已來到了近前，原來這無數的馬蹄若都緊驟地擊在泥水裏，聲音是更顯得驚人。看這些馬足有三十多匹，魚貫而行，如排成陣似的，並有刀劍的鞘碰在鐵蹬上發出的那種鏗鏗的響聲，馬上的人全都在高聲談話。雪卿就聽到一句：“捉住梅花女，咱收她做小老婆。”因為這句話太刺耳，她竟要怒躍起來。

在雜亂的聲音之中，方廷玉的手緊緊拉住她的胳臂，並跟她說了幾句什麼話，大概就是勸她不要輕舉妄動，她可是沒有聽清楚。但她卻在暮色之中，群馬一閃之間，敏銳地看出來其中有那匹花馬！她就曉得這些人之中，必定有那什麼廣興鎮的楊二爺，剛才自己還以為他偷偷把馬牽走就算了呢，原來他還竟敢勾來了人，要追我？因此氣得她竟不受勸阻，霍地立起身，就去牽馬。

方廷玉也忍傷立起來，問說：“姑娘！你要幹什麼去？”

雪卿忿忿地說：“你沒看出來嗎？這些個人都是追趕咱們的！我想咱們走得這樣慢，就是再走兩天也脫不開他們這個圈兒，也能被他們追趕上。與其叫他們越聚人越多，到前面去設下埋伏陷害咱們，還不如我去追上他們，施展施展厲害，叫他們怕了，就不敢再向咱們為難了。”

方廷玉聽了這話，歎息了一聲，又發了一會呆。他也看出眼前的情形來了，覺得蓋河南雖然慷慨，但他手下的人和朋友未必肯吃這個虧，忍這口氣，也應該叫梅花女去懲戒懲戒。自己如今已經走不動了，也許因此而死，何必這樣多的顧忌？徐雪卿又不是由她爸爸托囑，隨我出來的深閨小姐，由她去吧！於是就說：“也好！那麼姑娘你就去追上他們吧！但要記住了，不可太為已甚。我在此等候你，把他們殺退了你再來此找我，如果天黑你找不着我，你可呼叫我的名字；叫我名字若仍然不答應，那你就……你就一直前往南陽府去找秦夫人。記住了！秦夫人住在那城中陳彪公家……”他聲音雖不悲慘，但雪卿聽了，心中卻不禁難受。

當下雪卿就將方廷玉暫時安置在此地，她憑着一股勇氣和忿怒，就跨上了馬，皮鞭緊揮，如飛箭般的一直往正南追去。暮色沉沉，愈走愈什麼東西也看不見，只聽道旁的白楊樹葉沙沙地響，似是群馬的蹄聲。

她馬不停蹄，咬着牙，身子幾乎伏在馬上，如此走下約十餘里，可就聽見前面的黑影裏有許多人在吵嚷：“橋在東邊啦！不信你往東邊走，准有橋！”“我領的路沒有錯，我想橋一定是叫梅花女走過去之後就給拆了！”“媽的，梅花女又不是四大金剛，她一個人會有力量拆了那座石頭橋？”“走！走！咱們這一群人要追不上一個小娘兒們，可真得叫人恥笑！”

又聽有人高聲喊着：“大家記着！只許捉住活梅花女，卻不可傷了她！”有人就笑着說：“我們知道呀！你老哥存的是什麼心？你老哥既然憐香惜玉，我們還真忍得把她小命兒結果了嗎？可是先得問問楊二爺的意思怎麼樣，楊二爺！”又有許多人一齊嚷着：“快走！快走！往東！過橋過橋 ……要不然她可就跑遠了！”

人語喧嘩，馬蹄雜亂，兩旁的樹木蕭蕭，面前的長河水聲潺潺，加以這時的雨下得又密，淅淅瀝瀝的聲音也是不小。徐雪卿悄悄來到近前，他們並沒有覺得。

徐雪卿便鏗然掣出了三口梅花劍，先揚手將一枝梅花劍拋去。深夜之間看不見白光，然而就聽得人群中有人哎喲一聲慘叫，許多人驚問着說：「怎麼啦？怎麼啦？」雪卿不容他們察明白了情形，就第二口劍又打出去了，那邊又有慘呼之聲發出，且有不少的人驚喊道：「梅花女！梅花女！」人聲馬聲更亂。

徐雪卿又從包袱裏掏劍，一連又發出四五枝。自然她是看不清對面每一個人的准面貌，只是向着人群去打就是了，可是這先後近十枝的劍多半並未虛發，號叫聲、驚呼聲先後發出。黑霧裏人馬的影子慌亂，蹄聲向兩邊散去，越走越遠，不多時這些賊眾就全都順着河岸逃走了。這裏徐雪卿倒不由得一笑，然而又生了半天的氣：這麼容易就驅散了群賊，反覺得無意味了。

群馬散後，眼前覺得非常之岑寂，而河水聲，樹葉的蕭蕭聲，及雨聲，卻也更為清楚。徐雪卿謹慎地鞭馬往前，走了不遠，便聽濤聲就在耳畔，知道已來到河邊了，這是什麼河呢？她不由倒想起來龍門，心中一陣難過，覺着自己陡然與這些人鬥這閒氣幹什麼？乾娘受傷在南陽府，我不去看她老人家，不去替她老人家報仇，可在這裏做這些無味的事，太不對了！於是又撥馬往回去找方廷玉。

她的馬走得仍然很快，可是沒有走出二里地，忽聽身後又有馬蹄聲。她不禁一驚，就將馬收得緩了些，回頭看看，可看不見人馬的影子，再側耳細聽，那蹄音越來越近。又走幾步，她便將韁繩勒住，撥轉了馬頭，然而在這時之間就見一條白色的馬影飛來。她掣出了梅花劍，先高聲問道：「你是誰？快說出名字來！不然我可就要發劍了！」那白馬上的人並不答話，只管逼了近來，已相距很近了，徐雪卿就將梅花劍飛去。但出乎她意料之外，並沒有慘叫之聲從劍光所到之處發出，而那白馬卻更向前逼來，其勢極快。雪卿略一發呆，打算再發第二口劍已經來不及了，就見馬上的人將臂一橫，力氣頗大，她未能躲避，一下就被這人推下馬來。幸仗她身軀靈便，沒有倒下，然而兩隻腳已陷在泥裏。

她氣極了，要從馬上再拿梅花劍，可是她的那匹馬早為那人驅走了。她的手中已然寸鐵皆無，便怒聲罵道：「你是什麼東西？暗算人！」那人的馬馳出了幾步，忽又撥馬回來，一句話也不說，手中卻拿着一口三尺長的寶劍向雪卿就刺。雪卿疾忙躲開，又忿忿地問說：「你姓什麼？下馬來較量較量？」那人卻也不再以劍進逼，哈哈大笑一聲，便揮鞭又向南去。雪卿追着罵了幾句，那人騎着馬已經走遠，又聽他在遠處哦哦地高聲吆喝着，像是在驅逐什麼牲口似的。這裏雪卿氣得真要哭了，她又連連的喚叫她的那匹馬，然而那馬本來就不是她的，一點兒也不熟，怎麼叫也是叫不來了。

此時，那騎着馬的人已經毫無蹤影，雨仍淅淅地落，道旁的樹葉仍蕭蕭地響，但徐雪卿剛才還是一個不可一世的，驅散群凶的梅花女，如今卻成了一個落難的姑娘。她陷在泥塗裏，草笠也不知丟在那裏了，全身的衣服浸濕，兩隻腳那更不必說了，尤其是兩條腿。這一天來，她總是急急地騎着馬，簡直沒有休息，又經剛才由馬上掉下來，摔了一下，如今覺得又酸又疼。有梅花劍，有馬，她能夠力敵萬夫，什麼事也不怕；如今她什麼也沒有了，通身的武藝也像都丟失了。

她很生氣，氣得要哭，然而她絕不服氣。那人是往南去了，她雖然步下跋涉着泥塗，然而她要追到底，非得取勝不可，一定得出了這口氣，殺了那個人，她心中才能夠痛快。同時她又不願遠離開這一帶，她想候至天明，尋着她的那匹馬。其實馬倒不要緊，只是那匹馬還拐走了一隻包袱，包袱裏還有二十多口劍梅花劍呢，那是她萬分捨不得的。

雪卿向前走着，走得非常慢，疲倦得她都要坐在地下了。才來到了河邊，她不敢再往前邁步了，站着等候了半天，才見天空上打了一道閃。借着這明鏡出匣似的一道電光，她趕緊向左右前後去望，原想要找着她的那匹馬，不料卻看見東邊有一座高大的白石橋，她恨恨地說：「他們一定都跑過河去了，連我的那匹馬也叫他們給趕過河去了，我非得追着他們，奪回我馬上的東西不可！」天空中打着霹雷，似助着她的怒氣；電光一下一下地閃着，正好為她指明路徑。可是雨更大了，淋得她全身跟水雞一樣。她走了半天，才上了那座石橋，她一股氣就跑了過去，喘吁吁地踏着泥塗又往前去走。

走了半天，雪卿的力氣都用盡了，大概也沒走出多遠，更不知此時是深夜什麼時候了。忽然看見前面有一點火光，好像是一盞燈，在雨中晃晃搖搖的，越走越近。她就趕奔向前，相離不遠才看出來，原來是一個人打着一把傘，手裏提着一隻玻璃燈。雪卿大喜，就高聲叫道：「借光！請問！你們沒看見有好些馬跑過去嗎？沒看見有個騎白馬的賊跑過去嗎？沒看見我的馬嗎？」她隨說隨走，來到臨近，她就站住了。

那個拿着燈籠的人也站住了，隔着雨絲看得很分明，這是個身穿藍布短褂白褲子的人。這人吃驚地看着雪卿，把雪卿的模樣看出來了，可是雪卿話如連珠似的說着什麼「馬賊……跑了…」，他可似乎沒大聽明白。他就反問說：「哎呀大嫂！你是怎麼啦？深更半夜的，你遇見什麼事啦？是遇見路劫了吧？」

雪卿突然被這人的話給提醒了，就想：那騎白馬的賊恐怕是無法追着了，即使追着了我也敵他不過，這麼大的雨，我也真受不了！不如先問問附近有投宿的人家沒有，先去歇一歇。等到天亮，只要天一亮，我就有法子！於是她故意作出悲慘的樣子，哭着說：「可不是麼！我去看親戚，回來晚了，就遇見幾個賊，把我的馬搶了去，我……」

對面的這個人連聲歎氣說：「咳！咳！這些日常常出這些事，不知是哪個不要命的人幹的？非得報官不可！我就是那邊郭老店裏的寫帳先生，我現今也是有急事，我們老掌櫃的忽然得了半身不遂，我得到北村請大夫去。你，那麼……你看，你遭了這事我怎麼能夠不救你？快跟我來，我先把你送到我們店裏，我再去請大夫。沒法子，你要是在這兒待一夜，雨可就把你淋死了！半夜深更的你一個婦道人家，這是玩的？快走快走！快跟着我走吧！」

雪卿萬也沒想到這樣巧，會遇見這個人。這人已是半老頭子，無怪他心地慈善。當下雪卿就隨着他走，走了半天，就進到了一處極小的鎮市。這裏房屋雖有兩排，然而燈光也實在稀少。那個人來到一家門前，緊緊地捶門，裏邊就有人跑着答應着，一邊開門一邊問說：「怎麼這樣快你就把大夫給請來了？」

這個人急急地說：「快開門！哪能這麼快就請來大夫？大夫的家我還沒去呢！我遇見了一個落難的婦道，咱們做這件好事吧！」他又複述着剛才雪卿告訴他的那段謊話。門開了，這裏開門的一個夥計發着怔，而他就把雪卿推了進去，他說：「你先在這兒歇半夜吧！別着急，明早兒我想法子送你回家，我還得趕緊給我們老掌櫃子請大夫去！」又說：「關上門吧！」他沒進來，就又打着傘提着燈籠冒雨走了。這裏那個夥計還發着怔，一邊關門一邊扭着頭瞧雪卿，說：「是怎麼回事呀？」

店裏的掌櫃的也聞聲出來，本來這店掌櫃因為父親忽然中了風，正急得跟熱鍋上的螞蟻似的，半夜裏下着雨就叫寫帳先生去請大夫，他恨不得大夫立時就能來救他爸爸的命，沒想到那顢頇的寫帳的不趕緊去，反倒帶來了這個據說是遭了難的小媳婦！不，細看了看，腦後邊垂着大松辮，原來還是個大閨女！他沒法子，只好騰出來一間房間，讓雪卿進去，並叫夥計點上燈。

他還恐怕雪卿來歷不明，就細細加以盤問，幸虧雪卿這時還好，沒有發脾氣，然而答出來的話竟是驢群不對馬嘴。她說是今天因為去看親戚才回來得晚，然而下大雨去看親戚這種事向來就少有，她也說不出來她的家在什麼地方，親戚住在什麼地方。乾脆，聽她的口音，就不是河南省的人！她又說她的馬被強盜搶去了，一個十七八的大閨女騎着馬去探親，實在是有點不可靠，這個掌櫃的也有四十多歲啦，他就沒見過婦道人家會騎馬。何況，雪卿說：「強盜有一大群，都騎着馬，最末後的是一個身騎白馬的強盜！」他更覺得詫異，他想：這個地方離着衛輝府很近，鎮市雖小，可是往來的大道，要說偷雞摸狗，挖牆掏洞的毛賊也是有的；窮漢、地痞趁着陰天雨天路上行人稀少之時，打劫一頭驢，搶人個錢袋子，這種事也免不了，而且近日真有一兩件發生，可是，若說成群結夥的響馬竟來到此地？實在叫人不信。

因此這掌櫃就狐疑了起來，拿眼睛盯在雪卿的身上。雪卿卻已脫了鞋子上了炕，不禁嬌聲地喘着氣。掌櫃子的心裏先是納悶而且生氣，後來又有點心軟了，想着這多半是個因為受不了虐待才逃出來的丫頭、小婆子，或是童養媳，那麼也怪可憐的，就叫她在這兒住一宵吧！他趕緊轉身要再去看他爸爸的病，不料雪卿一聲：「掌櫃的！」又把他叫住了。他回頭問道：「你還要幹什麼？你放心，我們叫你在這兒住一宵就是啦！」

不料雪卿卻像個官太太似的，沉着臉兒說：「我還沒吃晚飯呢！你們廚房還有什麼？快做點來給我吃，茶也泡一壺來！我不白攪你們，明天算算帳，店錢多少，飯錢多少，我一文也不能少給！」把個掌櫃的越發怔住了，就問了問旁邊的夥計，可是那夥計眼睛發直，耳朵也像是聾了。掌櫃子就推了他一下，大聲說：「我問你啦！廚房的火封了沒有？」夥計這才把眼睛對着他們的掌櫃的，答應着說：「沒封沒封！不是剛才預備要給老掌櫃的煎藥，才添旺了的火嗎？」掌櫃子也驀然想起來，就點頭說：「好！快點給這位堂客做一碗湯麵就行了！」說着轉身走出，那夥計又盯了雪卿一眼，也走了。

屋門倒帶上了，有一面沒有窗櫺的小窗戶，吹進來雨天的風兒，十分涼爽，雨聲仍蕭蕭的響着，雷聲還震鳴，閃光仍抖動。雪卿真恨這雨，不是這場雨，哪能有今天亂七八糟的這些事？梅花劍殺傷了那許多人，細一思之，心中也不免有點懺悔。方廷玉如今是死是活呢？他也真可憐！而剛才的那個白馬強盜，身手那樣敏捷，武藝那樣超群，他竟能將我戰勝，竟能使我的梅花劍傷不了他，他是誰呢？雪卿忽然想到了一個今天曾見過的人，那人確實會用手接住梅花劍，她不由得又很驚訝，心說：哎呀！別是他吧？真許是他！他竟敢如此的欺負我？我倒得要鬥一鬥他！

少時，店夥送進來一碗湯麵。她雖然很餓，可也沒吃多少，她的腦裏深深地印着的那個毒劍客唐松的身影，使得她又氣又恨，又急又惱，然而卻又有一些喜慕和悲哀。

這個店裏，一夜為老掌櫃子中風之事很是雜亂。大夫請了來，又送了走。大夫走之後，那掌櫃的就對寫帳的先生大吵，連別的屋裏住的客人都起來干涉了，鬧到四更天大家才睡覺。但雪卿因為氣忿，且有一種別的情緒，她卻總是睡不着。不覺到了天明，雞叫了，隔着那小窗戶已能夠清楚的望見外邊的雨絲了，雪卿就急着要到外邊尋找她的那匹馬。只是，一來自己全身還都是潮濕泥污，兩隻腳更髒得難看。頭髮如此之亂，臉上更不定有多少泥了，怎能出門見人？二來在這個店裏也吃了住了，自己的嘴很硬，應得是臨走時一文錢也不少給，然而銀子錢也都隨着梅花劍被那匹馬給拐走了，現在身邊已落得半文錢也沒有！

她生了一會悶氣，着了半天急，就見窗外的雨已微得連淅瀝之聲也聽不見了。別的屋子住的客人有的推車挑擔走了，也有那闊綽的旅客喊叫着："夥計！給我快備馬！"此時雪卿的腦裏的那個少年毒劍客的影子，倒漸漸的淡薄了，她恨不得立刻就將馬找回，她就大聲喊叫店家給她預備洗臉水。夥計在門外答應着她，可是半天也沒有送來，她的心裏很急。忽然聽得是掌櫃的聲音，敲着門向裏問道："那位姑娘起來了嗎？"雪卿說："什麼事？進來說！"

門一開，進來了那面上還帶着倦容的掌櫃的，胳臂上夾着一個大包袱。後面又跟進來昨天帶她來的那個寫帳的先生，也夾着個包袱，這包袱跟雪卿衣服一樣之潮濕，原來正是她昨夜丟失的那馬上的包袱，她不由得很是吃驚。那寫帳先生把包袱放在炕上，噹啷的一聲響，他就笑着說："這就是姑娘你昨天丟失的東西不是？"

雪卿詫異着問說："這是誰給找來的？"那先生還沒有答話，掌櫃的卻也把包袱放在炕上，並指着那包袱帶笑說："這全是剛才唐五爺派人給送來的。"雪卿更吃驚的說："唐五爺？"她不禁臉紅了紅，又說："唐五爺又是個什麼東西？"

掌櫃的說："我也不知道，我不認識唐五爺。剛才來送東西的是東邊泰興店的王夥計。聽他說昨天晚上唐五爺就住在那邊，一清早自己騎着馬出去買了這包袱衣裳，不一會就又回來，叫王夥計給送到這兒。他說他是衛輝府米大當家的好朋友，店裏的人誰敢慢待他？他又說姑娘是他的親戚。"

雪卿瞪眼說："他胡說！"

掌櫃的說："究竟是不是我們可也不曉得，不過他們既把東西送來了，那時姑娘還沒起來，我們也就只好收了，等您起來給您。王夥計還說：'唐五爺把包袱拿來，就又走了，說出去辦點事，待會兒還回來，請您在這兒別走，等他一等。'"

雪卿先是臉紅着，嘴裏還忿忿地小聲說："我等候他幹嗎？"可是又點了點頭，就說："就擱在這兒吧！你們叫夥計快點打洗臉水！"

掌櫃的答應一聲，又笑着說："昨天真是對不起，實在是因為家裏有人忽然得了病，我心裏煩惱，未免怠慢，請姑娘別怪！"

身後那寫帳先生笑着，也走過來說："我可認識那位唐五爺！早先唐五爺就常到衛輝府去，所以我見過他，他的名字叫唐松，外號人稱毒劍客。"

雪卿不耐煩往下聽，就斥了一聲說："你就別說啦！"

寫帳先生又笑了笑，說："姑娘沒聽明白，唐五爺雖然有綽號，可與別人不同。他確是一個好人才，相貌也清秀，雖然愛與江湖結交，但卻不保鏢混飯、賣藝掙錢。人家在四方闖蕩，不過是為增長閱歷，游山玩景，多結交點朋友。其實人家在南方有萬貫的家資，父兄都是做官的。"

雪卿沉着臉兒說："我沒問你這些話！我不過只跟他……有點相識罷了，因為我的乾娘是他的師姐。"

掌櫃的恍然大悟似的說："這樣說來，你們還算是親戚，是乾親，這就算唐五爺沒有說錯。外面的雨還沒有住，道兒又不好走，姑娘還是在這兒歇一天吧！要是覺着這屋子太潮濕，可以到後院去住，我家裏也想要看看您，只是那兒有幾個亂鬧的孩子。還有我父親，昨晚大夫來給扎了兩針，現在才略微好些。”

　　雪卿覺得店掌櫃盛意可感，同時也知道他們全有點懼怕唐松，心想：這個唐松在河南省的名頭可也不小呀！掌櫃的和那先生這時已經走出去了，她就先關嚴了門，打開自己的那只包袱，一查看，梅花劍和一些碎銀子俱在。她又打開那只新包袱去看，見是簇新的粉紅色的綢小褂，水綠的綢褲子，還鑲着花邊，另外有幾件也都是女人的衣裳，小襪子、繡花鞋也俱全。雖不知穿上是否合身，可是難得唐松，清早這麼一會兒的工夫，他是從哪兒買來的？

　　雪卿先是一陣臉紅，拿起一隻繡鞋來看着，還有點喜歡，但繼而卻勃然大怒，她把包袱急急的一裹，扔到牆角，自言自語地說：“我憑什麼要他的東西？他送我這些東西是安着什麼心？扔在這兒我也不要！我走！我等着他幹什麼？他是我爸爸的仇人，也是我的仇人，不要他的命就是便宜他！”

　　但這時忽然聽見院中有馬蹄之聲，並有人說話，那聲音有點熟。又聽見是寫帳先生的語聲，說：“就在那間屋裏，五爺！您敲敲門再進去，姑娘也許正在屋裏換衣裳呢！”雪卿吃了一驚，心中又極端的矛盾，既恨不得要找一條路跑開，又恨不得掣出梅花劍來與他相拼；而耳邊那腳步之聲已越來越近，仿佛把她心都給融化了。

　　驀然她看見小窗之外出現了唐松的影子，她就急忙將身子一轉，臉向着裏，辮子拉到前邊來，並將兩隻泥污的腳隱在凳子後邊。她一聲也不響，沒聽見推門聲，可是已知唐松是站在窗外，就聽唐松向裏邊說：“徐雪卿！你以後不至於再驕傲了吧？昨天夜裏我就是為折一折你的傲氣！因為你的梅花劍雖打得很准，做事也無大過，但你的性情太褊狹，手段太毒狠。昨天一日和夜間，有多少人喪在你的手下？我雖稱號為毒劍客，但我自信還沒做過一件毒辣之事，所以我很生氣。別管你是我的師侄女不是，我也要管教管教你，昨夜我對你的懲罰，那還是寬之又寬呢！”

　　雪卿忽然轉臉，罵了一聲：“呸！”

　　窗外的毒劍客唐松看見了雪卿這幅嗔容，倒噗哧一聲笑了，他索性將兩臂放在窗臺上，頭幾乎伸進窗來，用低微的聲音說：“你要想跟我發脾氣，那可是枉然！在順德府的時候，我因一時疏忽，才被你的梅花劍所傷，但你別以為你的梅花劍真能降伏我。告訴你吧！你的武藝雖然很高，可是比起我來還差得遠呢！”

　　雪卿大怒，真恨不得立時去摸包袱，一劍飛出窗外扎穿了他的頭。唐松卻擺手笑着說：“你不要再施展你那套高明的武藝了！我若怕你那梅花劍，今天還不給你送回來呢！你且沉住點兒氣，聽我細說！”雪卿又回轉過身兒來，她不但真個沉着氣，而且沉着臉，說：“你費什麼話呢？那天在順德府你敗了，是因你一時疏忽；但昨晚我丟了馬和梅花劍，那也怪我沒防備到你。原來你是那麼詭詐！可是你想叫我在你眼前認輸，那不能夠！”

　　唐松笑着說：“我也沒叫你認輸。你的武藝高強，我很欽佩；梅花劍、蝴蝶鏢那樣的出名，我也很喜歡，因為總是我們洞庭派的光榮！”

　　雪卿冷笑說：“少拉近！我的武藝是跟我爸爸學出來的，我不認識你們什麼洞庭派！狗賊派！”

　　唐松說：“罵得好，但我也願意你我的關係疏遠，我不願認你作我的師侄女，那就必須要講同門中的道義了，我對你說說我的家世。”

　　雪卿搖頭說：“我不願意聽，你快走吧！連那包衣裳你也快拿走，我不要你的。”

　　唐松說：“等着等着！不要忙！總而言之，你若將我當做一般江湖人看待，那就錯了！幾年來我在江湖揮金萬貫，我並沒掙過江湖一個錢，沒白吃過別人一杯酒。我是江南世家，出來玩遊，不過一來想交天下朋友，二來想從風塵中尋覓一位絕色的女子，以完婚姻……”雪卿聽到這裏，立時滿臉緋紅。唐松又說：“爽直說罷，我想娶你！你雖才貌雙全，但你在江湖上絕尋不出好配偶。你也看見江湖上都是些什麼人了，都比高文豹長得還難看，你要是願意跟我同往江南……”

　　雪卿聽他說到了高文豹，心中就不勝悲傷，及至他說到了什麼“同往江南”的話，雪卿就翻了臉，她一伸手由包袱裏抽出來一枝梅花劍，就回身向窗外作投擊之勢，說：“你還不快走嗎？我對你已忍了又忍，你還滿嘴胡說！你可不要真招得我發出脾氣來！”

　　唐松卻紋絲不動，他長歎了一口氣，說：“我已知道你的脾氣，你是多疑的，驕傲的，但我對你所說的可盡是實話，而且也是真情。你想一想，你若跟高文豹匹配，那你豈不冤枉？”雪卿忿怒地說：“誰跟他匹配？我若……真的，我要是依從我爸爸的主意，這回我還不至於出來呢！”唐松說：“嗚！原來如此？那麼就更好說了，你把門開開，我進屋去，讓我們細談談！”

　　雪卿卻突然將梅花劍撒出了手，只見白光一道射出窗去。可是就在這一剎那間，她忽然又後悔又擔心，只聽院中傳來哎喲一聲，她趕緊近窗向外去看，原來是劍早被唐松躲開，噹啷一聲墜於地上，把正在掃院子的一個夥計倒嚇了一跳。那寫帳的先生也驚慌慌跑出櫃房來問是什麼事。

　　唐松彎腰拾起劍來，就見他的面色發紅，現出不悅之狀，可見他剛才吃驚不小。而且，本來他跟人店家說的，他跟姑娘是親戚，如今親戚卻由屋裏飛出來短劍，幾乎要了他的命，並為店家所看見，他真覺得難為情，就先向寫帳先生及店夥擺手說：“沒什麼事！你們看什麼？”

　　他有點使氣，走過來，隔着窗向雪卿點點頭，雪卿倒覺得抱歉，不禁臉紅了。唐松的態度竟與剛才大異，面上全無笑容，他就說：“我想不到你這樣聰明美貌的女子，性情竟是這樣粗野！我毒劍客唐松原是好漢子，生平未向女人低過頭。錯非你，我絕不會說剛才那些話。你把我認作為登徒子、輕薄少年，那是錯了！你不該乘人不備又施此毒手！”

　　雪卿瞪着眼含情地說：“誰叫你不備？我早就告訴你休要在我耳邊絮煩，我不願意聽，否則我就要打你，誰叫你不小心？”

　　她原是也自悔鹵莽，雖然自己絕不能認錯，但說出來這話希望唐松一笑，也就轉圓了。然而不意唐松竟認了真，他也一笑，但笑中含着一種忿怒及冷酷。他手持劍尖，隔着窗將劍交給雪卿，憤怒的說：“給你吧！你有本事以後再用這劍射我！我有本事防備，沒本事由着你殺，再見！”說完轉身就走。雪卿氣得臉色變紫，身子抖顫，就向窗外尖喊一聲：“你別走！我還有話跟你說！”

　　外邊的唐松止住了步。雪卿急匆匆將炕上的衣包及梅花劍的包袱一齊抱起，開了門就向外一扔，然後站在門裏雙手叉着腰，昂然說：“你要走，就把這些東西全拿走！這包袱衣裳你不拿走我也得給扔了！梅花劍，連我的那馬也是，你既已搶了去，就不必再送回來做這假人情！我也是有本事我再從你的手裏去奪，沒本事我就不要了，再去另打！你拿起來，滾！”

　　唐松便也發怒說：“你休要罵人！”

　　雪卿三步兩步就逼出屋去，那寫帳先生趕緊擺着雙手過來勸。唐松卻冷笑着，過來拾起那只衣包，他說：“這東西倒是今天清早我費了很多事買來的，你既不肯要，我只好收回。但那只包袱，連這匹馬，本來是你的，我如何能要這倘來之物？話既然說到了這裏，可知咱們兩人無緣，是我自討沒趣。咳！不必說了！以後也不必再這樣互相為仇，米家莊和楊二之事我更都不過問。只是我告訴你，他們對你並未甘休，你防備他們一些就是了！”雪卿愈恨得咬着嘴唇。唐松又說：“至於我，我絕不能再與你作對，你放心！只是，以後我真得切實防備你的翻臉無情的梅花劍，而他日在江湖再遇之時，我避一避路就是了，沒別的！我走了！”說完他夾着衣包轉身昂然走去，一霎時就出了店門。

第七回　穎橋鎮浣衣逢賢女　呂家村拒盜驚俠翁

　　這裏雪卿痛碎了芳心，但又很生氣，她回到屋裏，不由擦了擦眼睛。那寫帳先生雙手把那裝梅花劍的包袱送了進來，雪卿就拿出一塊銀子付了店飯帳，便要即時也走。她緊緊咬着牙，忍住了眼淚，氣忿之中夾雜着失望與悲哀。她不知怎樣才好，只好趕緊去找方廷玉的下落。那匹馬，剛才唐松來的時候就給牽來了，她就將包袱又系在鞍後。

　　這時候那店夥計才由廚房把一盆洗臉水端出來，就站住了，驚詫地看着她。那寫帳先生便彎着腰向她笑着說：「姑娘，你梳洗梳洗再走好不好？」雪卿卻搖了搖頭，說：「昨天的事，我多謝你了！虧你把我帶到這裏來，我將來再報答你吧！」

　　寫帳先生連連說：「不敢當！不敢當！以後姑娘只要從這兒過，就在我們這兒來歇好了，有錢沒錢不要緊。我是這兒的老夥計了，這店就跟我開的一樣。我們掌櫃的現在又着急了，因為他的老人家連話都說不出了，大概一兩天之內這兒就許辦白事。本來平日我們那位老掌櫃的身體挺硬朗，七十六了還不拄拐杖，腰也不彎，可是到底是上了年歲了，病兒說來就來，一來了就不好治⋯⋯」

　　此時雪卿已出門上了馬，寫帳先生還追在她身後這樣說着。她說了聲：「再見！」便策馬走去。蹄聲款款，由西而往北，然而她的心裏卻忽然泛起了一陣憂愁。她就想起自己的父母來，他們年紀都很老了，雖然平日也都十分康健，但⋯⋯尤其是父親，經過幾場劇烈的爭鬥，嘔了幾次大氣，現在又失了女兒，背信于高文豹，他能夠不生病嗎？真許這時候父母都已得了重病，萬一二位老人家有個好歹，我多不孝呀？

　　她的心中萬分憂慮，策馬疾走，想要先尋着了方廷玉，然後急往南陽府去見乾娘。待諸事辦完之後，自己就要回往順德府，然而高文豹的事情怎麼辦呢？難道自己就真嫁給這個醜陋的人，而與唐松永為路人？想到這裏她又漸漸地傷心起來，情緒至為複雜，馬走得也遲緩了，半天才過了那座石橋。她看着汪洋的河水，見河中、岸上並無死屍，宿雨也沖沒了昨夜的點點血污和雜亂的蹄跡，好像並沒有過那場紛爭。

　　她又將馬放快了走，臉時時向右側着，去看道東邊的田地，只見禾苗亂動，田溝裏的水仍淙淙的流泄着。她走了半天，覺着已離昨晚方廷玉躲藏之處不遠了，她就叫着：「方大哥！方廷玉！」一聲比一聲叫得高，但是沒有人應聲。她的馬向北走出了很遠，大約又快回到衛輝府的境界了，她又將馬撥轉回來，依然連聲叫着：「方廷玉！方大哥！」然而仍是無人應聲。她在馬上向田間看得非常清楚，並沒有方廷玉的人和馬的影子，地上泥濘之中，更無清顯的蹄痕。她不由得吃驚，心說：怎麼啦？莫非方廷玉走了？或是死了？但他走也絕不能去遠，死了也必有屍身，怎麼如今什麼也看不見呀？他那匹馬怎麼也沒有蹤影了？

此時面前走來兩個荷着鋤的農人，雪卿就趕緊掠了掠她的鬢髮，下了馬，迎着那二人去走，將至臨近，她就高聲的問說：「你們二位有沒有看見一個人，身上受着傷，渾身是泥污，牽着一匹馬？」兩個農人搖頭說：「沒看見！」走到近前，都把目光向雪卿的臉上、身上打量。

雪卿被他們看得怪難為情的，便有些忸怩地說：「你們真沒看見那個人嗎？那人是我的親戚，我們是一路自山西來的，昨晚走在這裏遇見了強盜！」

兩個農人一聽說出了強盜，他們就齊都驚慌，一個就說：「你們遇了強盜可以到府裏去告呀！不然到米家莊，蓋河南米大當家的當過開封府的班頭，強盜都怕他，他也能替你捉拿強盜！」那另一個就搖頭說：「不行！這位姑娘可到他們莊上去不得！」

雪卿一聽，知道這一帶還是在蓋河南的勢力之下，方廷玉非死即是被他們給捉走了。她本想再到米家莊訪查訪查，追問追問，但是又怕在那裏遇見毒劍客。雖然自己並不討厭他，然而實在很難為情。她想了復想，在馬旁遲疑了半天。兩個農人還要向她尋根究底地詢問，她卻擺手說：「你們也不必打聽啦！那個人我也不找了。他活着便罷，死了我日後替他報仇！」遂上馬揮鞭走去。

她這時記住了昨晚方廷玉與她分手時所告訴她的話。她後悔這些日妄惹紛爭，耽誤了行程，傷重的乾娘此時在南陽府真不知是生是死，所以她決定不管方廷玉，而要急忙去辦那件事。什麼毒劍客唐松，她也不管了，把個英俊少年的影子在她腦中拋開得乾乾淨淨。

她催馬急走，少時過了那座石橋，又往南走。天氣還是半陰不晴的，十分悶熱，大道上來來往往的人很多，都注意地看她。她是又生氣又害羞，走出二十多里，她身上的汗已濕透，汗水加上了泥污，實在刺得她全身怪癢癢的。她走到一個大市鎮上，找了個飯舖吃飯，旁邊的座位上有不少的人，全都歪着頭，直着眼睛看她，招得她真生氣，恨不得再抽出梅花劍來傷幾個人。

匆匆地吃畢了飯，她又上馬往南走，傍晚時進了原武縣城。她就先把馬寄存在店裏，然後獨自在大街徘徊，想找一家估衣舖好買衣裳，可是找了半天也沒有找着。天黑了，舖子都關上門了，她只好回到店中，將前幾天脫換的衣服拿出來，想讓它自己幹了，明天好穿；她並叫店家打來水，閉嚴了屋門，沐浴了一番。次日，身上穿着半濕不幹的衣裳，倒還較前略好。她又出去了一趟買了胭脂跟頭油，回來借了店家婆的鏡子、攏子修飾了一番。店主婆並送給她一雙紅繡鞋，真漂亮，據說是十年前店家婆當新娘子時穿的，只穿了一回。雪卿穿上雖覺樣式太舊，可是很合適。她不願白受人家的東西，就給了點錢，作為買了。

用畢早飯，出店離了縣城，策馬再往南去。當日到了黃河河畔，搭船渡過，走二十餘里再覓店投宿。次日仍往下走，天氣就更熱，太陽如個火盆，照得她身上的汗就跟油一樣的流。這樣又往南走了兩天，她又沒有一件乾淨的衣裳了，包袱裏的衣服沒有一件能穿的，並且有的已為梅花劍所磨破。雖也找着了估衣舖，看見裏邊掛着紅綢襟、綠羅襖，但自己的盤纏已經不足，怎敢再買東西？

　　初過黃河之時，覺着南岸是漠漠的一片黃土原野，田禾無邊，但要找一棵堪以納涼的樹卻沒有，風刮來非常乾燥。但走了二日，就到了穎橋鎮，穎水青青，清可見底，兩岸弱柳拖絲，青草沒腳，襯以遠處的翠山，近處的麥壟、田塍，風景十分幽秀，真如山水畫一般。雪卿騎馬順着北岸走，想要尋一座橋梁過河，但見一行柳樹之下乒乒乓乓地起了一片砧杵聲。她隔着那搖曳的翠縷去看，見有十幾個村間的婦女在洗衣裳，有的還奶着孩子，有的卻梳着大辮子。有穿藍的，有穿白的，有穿紅的。她們都掄動着木杵，擊向那青石上放着的衣裳，並用皂莢豆兒去洗，附近波中的柳影被她們攪得繚亂。她們並說着笑着，如同唱着高興的歌，砧杵聲就為這歌聲而擊節。

　　這裏除了小孩，沒有一個男子，雪卿就不由勒住了馬，呆呆地笑着向那邊去看。立時就有人看見她了，一齊說：“馬！馬！騎馬的娘子！”

　　雪卿看見有人把衣服洗完就搭在向陽的柳枝上，這裏的風也不大，不會將衣裳吹落水裏。她看日色還很高，心中就想：我為什麼不借着這個地方，也把我的那些髒衣服洗一洗呀？於是她就下了馬。當時河邊的砧杵聲及談笑聲一切皆止，樹上的蟬叫、鳥兒鳴反顯得更清楚，那些婦女全不知道她要做什麼事，就一齊翻着眼睛看她。

　　雪卿先將馬上的包袱解下，抱下來，馬也抖了抖鬃，走到河邊喝水，又去啃青草。雪卿將包袱放在地下打開，匆匆取出裏邊所有的衣褲和鞋襪，又趕緊把包袱系上，就一手提着包袱，另一隻手抱着那些衣物，含笑向河邊走來。雖然她包袱裏的東西沒叫這些人看見，然而禁不住她這一走動，包袱裏面就叮叮噹當的不住亂響。那邊的婦女們都面現驚異之色，但已看出來她也是要洗衣裳，就有的站起身來，有的笑着說：“嫂子！你也來洗洗吧！”旁邊就有人推推這婦人，這婦人才看出雪卿身後直垂的處女髮辮，就自悔失言。

　　於是有好幾個婦人都稱呼她大妹子，讓給她地方。雪卿帶着笑，很客氣地說：“我隨便找個地方，洗一洗我這幾件衣裳就行啦！”她蹲下了身，旁邊有婦人送給她幾個皂莢豆，她擺手笑着說：“不用！你們瞧，我這幾件衣服有多麼髒，恐怕也洗不乾淨了！”又有個大姑娘要把棒棰借給她用，她卻一邊洗着衣裳，一邊搖頭說：“您們用吧！我一個上路的人，衣裳也用不着要穿得多麼平展。我出來時為是行路方便，就沒有多帶衣裳，想不到在路上就得不着工夫漿洗。天熱汗又出得多，前幾天路過衛輝府的時候又遇見雨，真的，我都覺着我太不像樣子啦！”

　　有個婦人就問說：“大妹子你是衛輝府的人嗎？”雪卿看了這婦人一眼，見她年有三十餘歲，穿着白布褂藍布褲子，身旁還有個未足兩歲的小女孩，正坐在地下吃手指頭。雪卿就搖頭說：“我不是衛輝府的人，我是山西人。”又有一個頭髮都快白了的五旬上下的婦人，問說：“這麼遠的路，你就一個人走嗎？”雪卿便點了點頭。

　　她把一件綢小褂已經洗乾淨了，旁邊立刻有個姑娘拿過去，迎風抖了抖，就給掛在柳枝上曬着。雪卿道了聲：“謝謝！”她就仍舊洗。旁邊的幾個年輕姑娘也都不洗自己的衣裳了，都來幫助她，她推辭着也不行。看那幾個姑娘都非常羨慕她，也許因為她面貌美，衣服雖然不乾淨，但卻多半是綢羅的，尤其是因為她騎着那匹高大的馬，又是由遠方來的，全都猜不透她是幹什麼的。

　　這些婦女之中，只有剛才跟雪卿說話的那兩個年紀最大，其餘的至多不過三十歲，而十四五至十七八的年輕姑娘最多。那位老太太也不洗衣裳，看這樣子，是她的兒媳、女兒、孫女全都在這裏了，所以她樂得清閒，談閒話，就叫一聲大妹妹問一聲。雪卿實在是不願回答，然而也不好意思不回答，她只說自己來自山西，是與同鄉一位姓方的偕行，擬到南陽省親，不料……她沒說方廷玉負傷失蹤，卻說：「我那同鄉走在半路，又被他家裏的人追回去了，因為他家中有人生了病，我只好一人往南來走。」

　　老太太聽了，嗔嗔地歎息，說：「姑娘你可真是不容易！小小的年紀，一個人走這麼遠的路！」雪卿歎息了一聲，說：「咳！也是因為沒有法子！父親在南陽府做買賣，我在山西住在乾娘家裏，有七八年沒跟那二位老人家見面了。所以沒有法子，這次雖只剩下了我一個人，我也顧不得路上的麻煩了，只好一個人去。」

　　旁邊又有個婦人說：「幸虧姑娘你會騎馬。」雪卿又歎息了一聲，說：「我也是才練會不多日子，因為我乾娘家是個大戶，家裏養着幾匹牲口，這次就叫我騎出一匹來，一來為是省錢，二來也是為快。請問嬸子大娘們，您們誰知道此地離着南陽府還有多遠呀？」大家全都答不出來話。

　　還是那位老太太說：「我們穎橋鎮也是個大地方，別說每天要有數不出來的人都到南陽府去，就說我們本地人，上南陽府作買賣的也不少。可是你要跟我們這些老太太、小媳婦、大姑娘、小丫頭們打聽呀，南陽府是在山前頭山後頭？一共有幾個城門？我們可真不知道！」大家全都笑了，都說：「陳老媽媽你真會逗人笑！」

　　忽然有個十四五歲的姑娘說：「張家嬸子的娘家不是在南陽府嗎？」

　　陳老媽媽想了一想，就說：「嘔！要不是你這小丫頭說，我真想不起來，開油坊張大的媳婦真是南陽府娶來的，聽說她娘家爹也在南陽開油坊麼。」

　　忽然又有一個大姑娘站起來說：「聽說她娘家爹在鎮上啦！前幾天到這兒來討債，昨天我爹還在鎮上看見他了呢！聽說那老頭兒可會練武，一隻手能提八九十斤的東西。」雪卿不由就注意去聽，陳老媽媽又點頭說：「我也知道，那是個老江湖啦！在南陽府鬧得名兒很大，連鏢頭都怕他，不然為什麼他女兒在本地聘不出去，卻嫁到這兒，給張大那個軟弱無能的人呢？」

　　雪卿聽了，忽然覺得眼前出現了一位老英雄，那位老英雄的姓名不詳，但必是南陽城中一位老俠客。自己的乾娘秦夫人是生是死，近況如何，他必定知曉，因此，雪卿就恨不得立時前往一唔。

　　雪卿聽人談論着那位南陽府的老英雄，她並未作聲，就把一件衣服洗來洗去，連鞋襪也全都洗乾淨了。旁邊幫助她的那幾位姑娘，已將她的大部分衣物全都掛在了柳枝上，讓風吹着，斜陽曬着。有的人趕回家做飯去了，因此杵聲已漸稀，而陳老媽媽還在說閒話。雪卿有些累了，便把最後的一件衣服擰乾了，自己去掛在樹上。有個姑娘遞給她一把葵扇，說：「大姐請坐下歇一歇吧！衣裳曬着一會兒就乾，我們也是等着乾了才能回去。」

　　雪卿微微笑着，細看這姑娘，年有十六七，剛才以她幫自己的忙最多，而她在這些人裏也是長得最好看，瓜子臉兒，小嘴高鼻，兩隻含着媚態的明麗笑眼。問了問，知道她叫呂芳姐，就住在岸上呂家村。旁邊還有個年歲略長的叫呂大姑，是她的同族姑母，但二人的感情跟姊妹似的。另外幾位姑娘叫呂小妞、呂三娥、呂換弟、呂黑妞、陳愛妞，他們村裏是聚族而居，只有這兩個姓。大姑並向雪卿說：「你聽過三國嗎？呂布戲貂蟬的呂布，那就是我們這村子呂家的祖宗，我們村裏有家廟，就供着那位老爺。”

雪卿點了點頭，呂布的故事她不僅聽乾娘說過，並且還在野台戲上看過鳳儀亭。那位面如冠玉，唇若朱塗，手使方天畫戟，坐騎赤兔馬的少年將軍，她向來對之是特別的景慕。想着古代的名將當以呂布為最可愛，正如今日的江湖豪俠，以毒劍客唐松為最難得似的。將古擬今，她的心思不禁遠馳、飄蕩，就像眼前飄蕩的柳條，遠去的流水似的。

天空的雲越來越紅，水波上起了一陣涼風，柳條急拂，連樹上掛着的衣裳都幾乎被吹落。而幾個女子談得更熱，彼此竟像一見如故似的。陳老媽媽叫她的孫女回家去，愛妞卻撅着嘴，搖頭說：“您先回去吧！我還要在這兒聽說話呢！”陳老媽媽生氣說：“飯你也不去吃啦？比人家幹嗎？人家上路的人到處可以買着吃，人家有馬天黑了也能走，咱們這麼晚還不回家？”

她正說到了馬，忽聽岸上就蹄聲驟響，滾來了一片煙塵，這裏的幾個姑娘聽見了馬聲都不由站起來，隔着柳絲去望。雪卿尤其是注意，只見有健馬十餘匹，馬上的人都是二三十歲，敞襟露胸，頭上有的盤着辮子，有的以手巾包頭，馬上是行李捲、包袱、單刀，一切皆有，潮水似的由西南往正北去了，把土都蕩到這裏來，惹得陳老媽媽直罵。而呂芳姐卻有點驚慌變色，拉了雪卿一下，說：“徐大姐你今天不要再往下走了！聽說路上淨是這樣的壞人，他們常欺負人。衣裳現在也乾不了，不如你上我們家裏住一晚吧！明天叫我叔叔去問問張大的丈人走不走，他要走，你就跟他一塊回去，路上還穩妥一點！”

陳老媽媽也過來說：“芳姐說的話對，你就上我們村子裏去吧！芳姐的叔父在張大的油坊當夥計，認得那位趙老頭兒。有趙老頭兒跟着你上路，誰也不敢欺負，不然你非出事不可。你沒看見嗎？剛才過去的那一群都是鏢頭，他們就都是強盜！我們這鎮上淨鏢店就有三家，路過的鏢頭還不算，每天他們打群架、開賭、訛人，什麼壞行為全幹，還調戲良家婦女呢！”芳姐昂然說：“有趙老頭兒在鎮上，他們不敢！”陳老媽媽說：“幸虧有趙老頭兒鎮嚇着他們，不然他們還了得？趙老頭兒雖說也不好，可是比他們講理得多了！”

雪卿十分留心這個趙老頭兒的為人，聽此地人對他是毀譽交加，究竟他是一位老俠還是個大盜，自己還猜不透，不過自己既要到南陽府去，就應首先會會此人；並且欲制服那葉底金蟬梁明月，就須要先制服由這穎橋鎮直至南陽府、至汝寧府一帶的鏢頭、強盜，和賊眾。於是她的雄心突振，便溫柔的笑着向呂芳姐說：“好吧！我就到你家裏打攪打攪去吧！可是咱們先說好了，你千萬別拿我當作客待，你們吃什麼我就吃什麼；你們屋裏若沒有地方，我可以在院子裏睡。”她的話一說了出來，幾位大小姑娘一齊欣喜，河中返映着燦爛的晚霞，與她們的歡顏相應。

陳老媽媽是先回去的，待了一會，樹枝上曬的那些衣褲等物已大半乾了，姑娘們就各自去把衣裳摘下，抖着，收拾着。雪卿的衣物卻早被芳姐給收拾好了，雪卿倒覺得很不好意思。又有個姑娘過來要拿她那只包袱，手都觸到了，就發出噹啷一聲響，倒把這姑娘嚇了一大跳，說：“哎喲！這包袱裏邊是什麼呀？”

雪卿正要去牽馬，此時就趕緊跑過來說：“不要動！這是親戚託付我往南陽府帶的東西！”她的面色也不禁現出一點驚慌的樣子。雪卿一隻手提起包袱來，也覺得相當的沉重，裏邊除了碎銀就是梅花劍，硬的東西和硬的東西在一塊，稍微一動就要鏘鏘地亂響，連大姑、小妞看了都有些疑心。只有呂芳姐夾着她自己的和雪卿的衣物，只顧催着大家快些走，對此並未注意。

雪卿此時心裏已有一些不痛快，臉兒下沉着，過去牽了馬匹，就先走上了河岸。她又微笑着向柳邊點手說：“走吧！就是北邊的那個村子嗎？哎呀！那裏的樹真多，風景真好看！”一群姑娘就都各自夾着衣服，有的還拿着木杵，一齊上岸來。呂芳姐笑顛顛地跑了上來，她因為怕那匹馬，不敢來到雪卿的臨近，隨在後面的小妞等人都嚷着說：“你再騎上馬跑一跑吧！叫我們看看吧！我們在這兒求你啦！”

雪卿原想這兒要行動謹慎，不露出真形，但此時她目睹這一群嬌羞怯弱的女子，自己便又感覺如雞群之鶴，不免有一些驕傲；同時河岸上大道之外是一片碧綠的原野，早禾已然割收過了，現在正好為駿馬馳騁之場，於是就笑着點了點頭。她先將包袱掛在馬上，隨即認鐙上馬，摘下了絲鞭，鞭影一撩，雪卿就縱馬飛馳。雖然她的衣裳並不鮮豔，馬影飛逝，閃閃于夕陽原野之上，十分好看。

少時她即馳到那村前了，把村中的人都驚出來看，把狗也招得出來直咬。而呂芳姐等人還姍姍地往這裏行着，相離還很遠呢。雪卿就笑揚絲鞭，又撥轉了疾馳回來。到了臨近，她就如飄然的野鶴，翩舞的蝴蝶，很捷速地下了馬，大家都笑。

而那村裏的男子卻都很吃驚，有兩個人就迎着走過來了。雪卿牽着馬隨同芳姐、大姑等人，一邊談就一邊向前走。見了那兩個男子，大姑就給引見。原來其中一個四十來歲，面貌帶着忠厚的人，就是芳姐的叔父呂好人。看他穿着粗藍布的衣褲，袖頭跟大襟全是油泥，可知確確實實是一個油坊的夥計。他是早就聽見由河邊洗了衣裳先回去的嫂子、嬸子們說了，尤其是陳老媽媽說的詳細，他家的芳姐要往家裏讓來一個過路的騎着馬的野姑娘。有的人大不贊成，背地裏笑着說：“幸虧是一個野姑娘，若是個騎着馬的野……那麼也往家裏來讓嗎？芳姐都訂了婆婆家了，還學得這麼瘋？”但呂好人卻是不聽別人的話，他反倒高高興興地迎出來，帶着一些稀奇的神氣，就把雪卿恭恭敬敬地請入村中，讓到了他的家裏。

村裏的人，即使是剛才跟雪卿都說過話了的婦女，這時也爭着來看，抱着孩子的，手裏沾着麵還沒洗乾淨的，都來笑着、看着、私下談論着。這說的是婦女，男子也有不少的都進到呂家的柴扉裏，向屋中探一探頭。雪卿其實並不怕人看，但這樣看新媳婦似的都來看她，她可真有一些生氣，同時自己衣衫不潔，她又有點自慚。

好容易這些人才先後走了，院中只留着她的那匹馬，是拴系在一株綠葉濃密的大棗樹上。她坐在炕頭上歇息，呂好人就去忙着燒水、沏茶、做飯。呂嬸母是個面色枯黃，似是有病的人。因為她看着雪卿年輕，模樣好，一說話就笑，她也很是喜歡，就一句跟着一句，殷勤地問着雪卿的身世及來歷。雪卿剛才對人說的就多半是謊，如今只好又把謊編得詳細一點再用以答覆。

少時呂好人就把飯做好了，一同吃着談着，然後雪卿就託付呂好人到鎮上去問那趙老頭兒幾時動身，她好隨同往南陽去。呂好人就連聲答應着，當時就到鎮上問去了。

呂家村離着穎橋鎮不過二里余，呂好人是才從那裏磨了一天油回來，如今又回去了。鎮上十分熱鬧，雖然天漸黑，可是來來往往的人仍是不絕。尤其是張大的油房，是全鎮上買賣最好的，只前櫃照應買賣的就七八個人，後院倉房裏堆着成山的大豆，三盤石磨，五頭小驢換着拉。

磨房連呂好人一共是大小十個夥計，所以雖然徹夜地磨油，但連人帶驢都可以換班。如今又是才用過晚飯，磨房裏只有一盤磨在動着，許多人都正坐在院中閒談。一見他來了，就齊都沖着他笑，有人就問他說：“呂好人！你家裏是去了一個長得很好看，騎着馬來的大姑娘嗎？嘿！莫非你還要尋一房小老婆嗎？你這個好人，真能遇見好事兒！”又有人笑着說：“留她多住兩天，明天有工夫我們要去看看。”

掌櫃的張大也喝得紅脖子紅臉地從櫃房走出，說：“呂夥計！你是一個好人，我勸你可別弄出瞎事來！來歷不明的女人別就怔往你們家裏頭讓！”他的老婆，就是所謂南陽府趙老英雄的女兒，抱着個胖小子也出屋來聽他們說話，她有三十來歲，身體很胖，穿着蔥心綠的綢褲子，白夏布小褂，模樣倒不寒傖。

呂好人就連連擺手，說：“不是！不是！別胡說人家！人家是到南陽府看老人家去的，因為不認識路，聽說在咱這裏住的趙老爺一半天就要回家。她想等着一塊兒走，好求個照應。人家比我們芳姐還穩重，說話還溫柔，別胡說人家！我先見見趙老爺爺吧？”

張大就埋怨說：“無緣無故的，你給他老人家攬這生意幹嗎？他老人家的脾氣有多急躁，能耐煩跟個娘們兒家一塊走？你快別去碰釘子！”

他的老婆倒是好心，站在他的身後說：“我們老爺子多半又在賈家酒館跟人談上啦，呂夥計你快找去吧！他多半是明天早晨就走。照應照應人家行路的孤身女子也是一件陰功。”又用指頭戳着她丈夫的後脊梁，狠狠地說：“天下人要是都像你們，那就更不用交朋友啦！”

內掌櫃的說了這話，旁邊的夥計們就不再敢拿呂好人打耍了。掌櫃的張大後脊梁被戳得生疼，他回頭看了看老婆，就也不再言語。呂好人於是趕忙出了油坊，到賈家酒館去找趙老頭兒。

這賈家酒飯舖也是鎮上最大的一家酒飯舖，此時四壁點着許多隻豆油燈跟洋油蠟，光輝照着四五十個人的臉。掌櫃的是正在櫃檯裏邊忙着，七八個堂倌往來送酒送菜，廚房裏刀勺亂響，整個的屋子雖然敞着窗戶，可還是熱氣熏人，蒼蠅亂飛。在那些板凳條桌旁邊坐着的，有穿小褂的、披汗衫的，有只穿着個背心的，還有光脊梁的。他們有的拿起來大碗的湯麵大口地吃着，頭上的汗珠直往碗裏掉；有的直揮扇子喊熱，可吃着滾燙的清蒸魚、白煮肉，喝着從心裏發燒的本地白乾；有的大談特談，談江湖、談把式，談東路的鏢頭出了閃失，西路的老師挫了名聲；但也有弄一小壺酒，聚兩三個朋友，不慌不忙閒談着的本地閑漢，他們除了談賭，就談附近的故事、新聞。今天河邊來了個騎馬的姑娘，住在呂家村了，這個消息也已傳到了這裏，而作了人家的談話資料。

在這幾個人的對面的座位可就坐着七八個鏢頭樣子的年輕人，都是軀幹雄偉的漢子，其中還有人跟這邊的一個閑漢扳話，而幾個堂倌也全跟他們廝熟，都認得他們是南陽府的鏢頭踢倒山的手下。還有一個是汝寧府大糧商于家的保鏢的，名字叫雙刀龐袞，是所謂梁七爺葉底金蟬梁明月的高徒，也常到這穎水鎮上來。因此堂倌們全都認識他們，向來是一點也不敢怠慢。

此外，靠着櫃檯的一個牆角兒，燈光所照射不到的地方，那裏又坐着一個老頭子，這老頭兒的腮下白鬚長約一尺，真像是在下巴頦的下面沾了一大堆白雪似的。他桌前沒有酒菜，也沒有酒壺，只拿個小飯碗，裏邊盛着酒，他一口一口的飲着，也很少跟別的人說閒話。

然而在這個時候，呂好人就進來了，直眉瞪眼的向堂倌說：“趙老爺爺在這裏沒有？我請他！」

　　堂倌向櫃檯角落努了努嘴，把趙老頭兒所在的地方告訴了他。他可還沒有看見趙老頭兒，胳膊就被人給抓住了，隨着抓他的這個人就哈哈大笑說：「呂好人！你真是好運氣呀！外鄉來的騎着馬的十七八歲的大姑娘，來到穎橋鎮，別的地方不去住，單投到你家？喝！這簡直的是飛來鳳呀！人財兩得呀！我怎麼沒遇見過這麼美的事呀？」

　　呂好人跺着腳說：「你們別胡說！人家只在我們家裏住一宵！」這個閑漢又笑着說：「一宵也就行了麼！你年紀也不小啦，難道你還想跟人家做長久夫妻？」呂好人更是着急了，就說：「今天我在鎮上住，也絕不在家裏住，你們看吧！我生平沒作過一件虧心事，沒對人家婦女生過半點壞心！那姑娘是我的侄女給讓到我家裏的，人家在我侄女的房裏歇宿一天，明天人家就走。我來就是為找趙老爺爺，人家明天求趙老爺爺一路照應，好往南陽府去！」

　　那邊立刻有南陽府的幾個鏢頭，齊聲問道：「往南陽府去的這個姐兒姓什麼？長的什麼模樣？」

　　呂好人也認識這幾個都是土棍，常常從這裏過，無論哪一次，總要在這兒鬧出些事兒來，於是他就不由得有點害怕，心說：要叫他們知道了一個孤身的年輕貌美的姑娘，那可真要了不得。他便和和氣氣地，磕磕絆絆地說：「那，那姑娘也不算是外鄉人，他的爹多年全在南陽府做生意。」

　　鏢頭就問說：「你先說她是姓什麼吧？」呂好人說：「大概是姓徐。」鏢頭們一齊驚詫着說：「姓徐？」呂好人點點頭，說：「人家是才由山西來，騎着一匹馬。」那邊的幾個鏢頭一齊伸直了脖子，注意地往下去聽，並有的竊竊私語着。

　　呂好人剛要據實接着往下去說，卻不料那邊的趙老頭兒已霍地立起身來，高聲說：「不要說了！」他一邊擺手，一邊又向那幾個鏢頭說：「你們也不要亂打聽人家的事！」說着又向呂好人使了個眼色。呂好人沒有看出來，那老頭兒拉着他的胳膊往外就走，身後的閑漢們都發了呆，而那眾鏢頭卻一齊撇嘴冷笑着。酒館裏剛才還是大家紛紛地談說着，這時卻消停了一些，因為那幾個閑漢跟鏢頭們都把頭聚在一塊兒，悄悄地議論起來了。

　　呂好人是已被趙老頭兒給拉到了街上，淡淡的月光照着這條長街，還有稀稀的人在往來行走。趙老頭兒就忿忿地說：「你不找了我悄悄跟我說，或是把我拉到外面來講，也就完了，你怎麼可以跟那幾個壞東西說實話？你不知道這幾個月汝寧府跟南陽府鬧的事？跟你說了你也是糊裏糊塗！你就回去對那騎馬來的徐姑娘說，問她是否是順德府赤須龍之女，專保蝴蝶鏢的梅花女？她如果是，就勸她早些離開此地，也別往汝寧、南陽去了！」

　　呂好人不由發着怔，說：「到底是怎麼回事呀？老爺爺，你說的這話我怎麼聽不明白呀？」

　　趙老頭兒說：「你哪裏曉得？這是江湖人的爭鬥糾紛。洞庭派的秦夫人在汝甯府與葉底金蟬梁明月兩方結仇，拼鬥起來，秦夫人被殺傷之事已經無人不知。你常在鎮上，大概你也早聽人說過了。梁明月等人意圖斬草除根，必要致秦夫人于死地，幸有陳彪公救秦夫人出險，送到南陽他的家中去調養。其實秦夫人如果從那時起就認了輸，服了軟，也就算了，不料她偏又派遣了方廷玉，前去叫她的弟子梅花女為她報仇。數年來，梅花女的大名無人不曉，她的本事恐怕比她師父還要高。若再等秦夫人傷癒，那，這兩個都會使飛劍的女俠，真許能致葉底金蟬於死地。葉底金蟬遂先與陳彪公翻了臉，將陳彪公擒拿，又派鐵錘將吳保勾結南陽府那些人，去殺害秦夫人。不料沒殺了，秦夫人忍着重傷聞風遠去，不知去向。他們又追方廷玉，可也不知方廷玉是往哪裏去了。最近他們延請了各方的英雄都聚集在這一帶，專為提防梅花女前來，秦夫人反手。並聞他們已派人去往順德府、開封、廣興鎮、米家莊。如今這幾個人便是往米家莊去邀助手去的，他們在此遇着了梅花女，還能夠輕饒？你快些回去！催着那姑娘趕快逃走！"

呂好人聽趙老頭兒說了這些江湖之事，他雖然還是沒有聽得太清楚，可是葉底金蟬梁明月的名頭是早就曉得的，鐵錘將更是有名的霸王；那什麼廣興鎮的楊家，米家莊的蓋河南，雖然他一個油坊的夥計跟人家素無一面之識，但是也常聽這鎮上來來往往的人談說，那都是大大了不起的人物，尤其是老頭兒末後的這兩句話嚇得他魂膽俱飛。他驚慌着問說："莫非，現在我們家裏住的那個姑娘，她，她是個女賊？"

趙老頭兒說："我想這女子也未必便是梅花女。梅花女來得不能這麼快，她也未必有這樣的膽量！那葉底金蟬廣交江湖，除了他手下的鐵錘將、七爪龍、穿山獸、小羅漢，加上南陽府的踢倒山，廣興鎮的楊二，開封府他尚有許多朋友。有米家莊上的蓋河南，並聽說毒劍客唐松也在河南。他雖屬於洞庭派，可是聞他向與秦夫人有隙，與蓋河南交情最深，他也可以幫忙。所以這些日連我都不願出頭，我跟他們合不來，但如今我又惹不過他們，我因此才離開南陽。明天我要走，也並不想回去。她梅花女既不是傻子，又不至毫無所聞，天大的膽她也不敢單身來此。既來此又絕不能求我來領着她到南陽。我想，這是我過疑了！可是你沒有看見剛才那些人的神氣嗎？他們也疑到了這女子就是梅花女，他們那些混蛋哪懂得青紅皂白？說不定今夜就去下手！如果是梅花女，那被害了，受了辱還不冤；就只怕不是，人家為求安全才到你家裏，倘若出了事，你如何對得起人？"

呂好人嚇得連連說："是！是！幸虧老爺爺把這些事告訴我，不然我哪裏能夠知道？那麼我就快回去吧！叫她走吧！"趙老頭兒點頭說："好！好！你快回去！令她遠避，盤費如不夠，我可以幫助她。"當下呂好人就背着月光，急匆匆回往他的村子去了。這裏趙老頭兒仰面看了看明月，忽然心中發出了一陣感慨，又想他還有半碗酒，他便又進到酒館來。

此時那些個鏢頭正要起身走出，他們大都認識老頭兒，平日在南陽府時，連他們的頭目踢倒山都怕趙老頭兒，他們更是不敢惹。但如今這些人全都非常趾高氣揚，倒以為趙老頭兒現在是怕他們了。尤其是雙刀龐袞，這人才二十二歲，初生的犢子不怕虎，自恃為葉底金蟬的高徒。平日他就聽說南陽府有一個可惡的老頭兒是姓趙，雖然開油坊，可是常賣弄有力氣。如今趙老頭兒一把呂好人拉出去說話，他就很生氣，捶着桌子罵了半天啦。

旁的人都勸他說："不用理那老家伙！咱們鬥的是梅花女。梅花女究竟不可輕視，咱們一面派人往汝寧府、往南陽去送信，一面咱們設法趕快下手。趙老頭子如多管閒事，咱們也犯不着招他；他若敢在裏面胡攪，那時咱們再對他不客氣。如今是：先打狼後打狗，只要梅花女能被咱們得到手，這老家伙就容易收拾！"於是就有人說應將梅花女生擒，綁赴汝寧府去聽七爺發落。又有人說，梁七爺若是一看見她，一定要心軟；捉了一匹母狼不殺，放了，那時母狼可就要吃當初捉她的人了，不如至少也把她弄成殘廢。雙刀龐袞也主張捉活的。

如今，他們喊掌櫃的把帳記上，他們就要走，因為他們在店房裏還有幾個人呢，他們要趕緊去辦事。卻不料這個時候趙老頭兒就又進來了，與他們正走個碰頭。龐袞就要過去拿膀子撞，卻被他旁邊的人在暗中拉住。趙老頭兒連看他們一眼也沒有，他們就咕隆咕隆像一群馬似的擠出門去了。龐袞還回頭謾罵了一聲，趙老頭兒也沒有理。兩旁的酒客有的納悶驚疑，有的擔驚害怕，堂倌也都把眼睛望着趙老頭。

趙老頭回座飲酒，那掌櫃的便隔着櫃檯對他說：「老爺子！你老人家這把年紀，孫子也有他們那麼大了，不必跟他們一般見識！管他什麼梅花女、蓮花女、桃花女呢？不關己事休開口！」趙老頭兒也不言語，只是悶悶飲酒，飲了多時，他忽然吧的將桌子一拍。

兩三個鐘頭之後，月已升到天空，顯得更是清朗。此時，穎水汩汩地流泄着銀波，那河畔的柳絲飄拂着、掠弄着，好像要借着這燈一般的明月，鏡一般的水波梳妝，好為明天與那些村裏的姑娘們爭妍。大道上靜悄悄的，一點馬蹄聲也沒有了，一點煙塵也不再見。呂家村裏綠樹如屏，地下滿鋪着珠子般跳動的月影。村中人家多半早已睡了，但呂好人還在疑懼、發愁。徐雪卿是剛才聽到呂好人催她走，她卻絕不肯走，她不承認是什麼梅花女，但也不怕人來殺她害她。這時她顏色自若地坐在芳姐的屋裏，正跟芳姐在燈下笑着閒談。她知道芳姐父母雙亡，依着叔父嬸母度這清苦的日。而她又訂了親，她的未婚夫婿是遠在許州商號裏學徒，最近又聽那裏來的人說正病得很重，此時還不知是生是死，所以她非常憂愁，而雪卿正在低聲婉言勸慰她。

同時，鎮上的舖戶多半已上了門板，賈家酒館也熄滅了燈光，一條鎮街冷冷清清，月光布在地下如一片雪。少時，街東的和發店裏忽然出來兩個人，都牽着馬，他們一齊跨上，一齊揮鞭，兩匹馬就分頭馳去，一向北，似是往汝寧府的；一向南，似是往南陽去的。這急驟的蹄聲嗒嗒地響過了一陣之後，漸漸相離既遠，聲音亦無，除了更聲遲遲地敲着，就一切皆歸於岑寂。

可是又過了一些時，這店房中就又出來了幾個人；不多時候，又走出幾個。他們是分成兩批，都是出了這穎橋鎮街往呂家村去了。他們走在路上，彼此談話的聲音都很低，但腳步卻全很急速。月光照耀着他們，每人的脅下全有閃閃的東西，那是刀。他們就如同一群野狼，要悄悄前往目的地，去攫取他們的食物。

地下的人影向前進得很快，眼前便是呂家村，但此時那村中已有了嗥嗥的犬吠之聲。村中的狗並不多，只有七八條，這時齊都向着一棵大椿樹上吠叫，因為它們看見了，有一個頭下長有長長的白毛的東西，已如狸貓似的爬上了樹。

那兩批賊人來到了，聽見了犬吠之聲，他們卻不敢冒然走進村來。在一塊兒又啾咕了半天，便又分成了兩路，一路是往村後，一路就在村前。此時，樹上的趙老英雄借着月光看得很是明白，他不禁替徐雪卿提着心，暗想：來了這麼些個人，手中又全都有傢伙，雪卿一個女孩子，縱然會使梅花劍又濟得了甚事？何況她沒有閱歷，她不會料到有這一着！正在想着，突然見那呂好人的家裏，有一間屋裏的燈光滅了，倒把趙老頭兒嚇了一跳。

此時樹下的狗又吠了幾聲便不再吠了，而那第一批賊人卻已躡足潛蹤地走進了村，狗也不知往哪裏去了，也不來咬他們。趙老頭兒心中很着急，真要大聲嚷嚷幾聲，以喚雪卿防備，而將眾賊嚇走。可惜自己此時腰帶上只別着一把短刀，並無長傢伙，而且眼前的賊人太眾，怕自己一個老頭子是拼不過他們。

忽然見呂好人的土房上已有兩條人影，都是從村後偷爬上來的。趙老頭兒精神緊張，手扶着的樹枝兒都不住搖動起來了。而這裏的幾個賊人也這個蹬着那個的肩膀，那個托着這個的腿爬了上來。且有一人，大概就是那雙刀龐袞，他賣弄着身手，一跳就上了牆頭，再一跳又進到院中。一霎時他們都輕輕進到了那個除了有一棵小樹，其餘的地面上都鋪着明朗月色的院裏。而房上的幾個人也都爬了下來，有的蹲在牆頭，有的已下了平地。他們一共足有十多個人，個個手中亮出來傢伙，彼此作了一番手勢，然後就由那最兇悍的手持雙刀的龐袞，向那暗無燈光的一間屋去逼近。趙老頭兒在樹上不禁啊了一聲，但沒有高喊出來。

忽然，由那才滅了燈的屋中就飛出來一道白光。隨着白光，那龐袞就哎喲一聲慘叫，人就立時倒下了。其餘的人有的上房，有的爬牆，可是屋中的白光又一連射出了兩條，當時兩個沒有爬牆的人，便也都先後倒在地下。趙老頭兒也嚇了一跳，不由得說了聲：“好！”他興奮得竟要由樹上跳下來，把那些個賊人罵走。

可是此時那屋中已有個人走出。此人是短短的窈窕身軀，頭髮又黑又厚，上身穿着白，下身穿着紅。可惜月光雖亮，趙老頭兒的眼睛卻有點花了，他不大能看得清楚這位梅花劍俠女的模樣兒，只聽這位俠女發出來清脆的喊聲，說：“你們誰還想來送死？快答話！如果還想留着命，那就趕緊滾開！”她雙手仍然各持着短短的鋼鋒，作欲投之勢。

房上、牆上的人有幾個已經嚇跑，但還有幾個膽子稍大一點的，在牆上趴着，向着院中的俠女說：“好！佩服你！可是以暗器傷人不是英雄，你能扔下梅花劍，跟我們交交手嗎？”

雪卿卻啐了一聲，說“難道你們這些人，在這時候偷偷摸摸地前來，就算是英雄嗎？好！梅花劍我不使！”她把雙劍插在腰帶上，便由地下撿起那龐袞扔下的鋼刀一口，點手說：“來吧！無論你們幾個人，都可以一齊下來動手，我不怕！”

趙老頭兒這時反倒在樹幹上坐穩了，心中對這俠女真是欽佩，他倒要在此做個“壁上觀”，看這俠女力戰群賊。

當時，又有兩個賊由房上爬回來了，他們彼此又啾咕着，有的擺手表示退縮，有兩個蠻橫的小子，卻氣勢洶洶地說：“咱們是幹什麼來的？還沒有交手，就先死了三個，連龐爺都完了，咱們見了葉底金蟬可怎麼交待呀？”於是就有個人出頭向下大喊着說：“梅花女！你先別動手，咱們把話先說明白了！我們的來頭你大概也曉得，你今天就是把我們兄弟全都殺死，也有葉底金蟬、鐵錘將、七爪龍、穿山獸、小羅漢、踢倒山他們，來給我們報仇！”

徐雪卿就也怒聲說：“我正是為你們這些賊人來的，我是為替我的乾娘秦夫人雪恨！”

牆上的人說：“好！那咱們就索性明說吧！請你扔開梅花劍，讓我們請教請教！”這個人的膽量也不小，說話之間他就由牆上跳下，手舞鋼刀，直取雪卿，說：“女英雄，咱們比武可要講些公道！月亮爺在上面瞧着呢！”

其實，此時真正在旁瞧着的卻是樹上的趙老頭兒。只見那賊人鋼刀閃閃，直逼俠女，而俠女也以力相迎，雙刀疾飛，兩個人的身軀疾轉，一逼一閃，一往一來。而此時村中的狗又在亂吠，這兩個人的刀也時時交磕在一塊兒，發出噹啷啷的響聲，加以刀振風聲，足擊地聲，令人心驚。

　　這個賊的武藝不錯，而徐雪卿雖然不以單刀見長，但她也是受過她父親那十八套追風刀的真傳，交手十餘合，就又跳下來三個人，四口刀齊向雪卿進逼，前後左右都是刀光，雪卿的纖軀已陷入了重圍。此時，樹上的趙老頭兒可實在看不下去了，剛要提醒雪卿，叫她快用梅花劍，卻聽那邊噹啷噹啷響了幾聲，又有人一聲怪叫。原來雪卿俠女早已擊掉兩個人手中的刀，並砍傷了一個人，那受傷的人正是第一個與俠女交手的那個莽漢，他在地下不住地亂翻身、亂喊叫。

　　其餘的三個人又都要跳牆去跑，雪卿卻喝了一聲：「站住！不要怕！我不傷你們，只要你們不再動手我就能饒！」那三個回過身來，手中的刀也都扔下了，一齊拱手說：「俠女！我們知道我們今天錯了！求你老人家高抬貴手！」雪卿怒聲說：「誰是老人家？」又道：「你們這裏邊，傷的、沒傷的，哪個人是梁明月？」

　　對面的賊人回答說：「梁明月沒在這裏，剛才我們已有人請去了，大約四五天就可以到！」

　　雪卿點了點頭，說：「好！我就在這裏等上四五天，等他來了再說，我與你們生氣真覺着不值！」又問說：「秦夫人現在南陽府平安不平安？快說！說實話！」賊人卻答道：「姓秦的那位太太早已離開了南陽府，確實不知去向了！」旁邊另有一個賊人，就把秦夫人與梁明月葉底金蟬結仇、尋仇、相鬥，以及秦夫人受傷，在南陽陳彪公家中調養和失蹤的事全都說了。徐雪卿聽畢，就一陣黯然，又一陣憤慨。

　　最後她說：「五六日之內叫梁明月來！他若是來了，我看他雖然兇狠，但還是好漢，我也許能饒他的性命；他若是不來，那我就趕到汝寧府，絕不能讓他活命！」又喝令他們將地下死傷的人抬走，並說：「你們若想報官，那就去告我一人，我叫徐雪卿，可與人家呂家無關，因為我不過是在此寄宿！」

　　樹上的趙老頭兒聽了，更是欽佩，但聽雪卿又問說：「鎮上油坊裏有一個姓趙的老頭兒，是你們的一夥不是？」趙老頭兒這時倒不禁一驚。

　　聽那幾個賊人說：「趙老頭兒也是南陽府的人，但他跟我們沒交情，跟我們可也沒作過對。那不過是一個有點笨力氣的老頭子，我們不必拉他壯聲勢，可也不能說他是姑娘這一邊的。反正，今天的事，算我們甘拜下風！本來我們與姑娘也沒有仇，這不過是受梁明月之託，給梁明月辦事，好在三五天姓梁的就來了！」雪卿又點頭說：「好！我一定在此等着他！」說畢轉身就回屋裏去了。這裏的幾個人這時倒不像是賊了，一齊抬起來他們的同伴，開了門，就把死人跟受傷的人全都抬了出去。狗亂咬，他們也大聲斥着狗，就亂哄哄地出村子去了。

　　此時樹上的趙老頭兒不禁直笑，才要下樹，忽見那屋子的門又開了，雪卿又走了出來。她先去關上了柴扉，又到小樹下去看了看她的那匹馬，然後就低着頭，向地下尋找她剛才打出去的那幾口梅花劍。待她走近時，她一揚臉兒，月光正照着她，嬌美得真像是月宮降下的仙女，娉婷的俏影印在地上，姍姍地移動着就走回了屋。趙老頭兒活了一輩子，還真沒看過這樣武藝高超，刀劍驚人，言談爽利，膽氣高昂的年輕女俠。他下了樹，疾快地走出了村，自己頓然忘了已有了白鬍子，好像一下就年輕了幾十歲。

　　趙老頭兒步着月光回到了鎮上的油坊，那徐雪卿佔據了他的腦子，使他睡不着覺。他倒不禁笑了，心說：幸虧我是個老頭子了！不過這姑娘出嫁了沒有？訂了人家沒有？或是她心目中有了合適的人了沒有？如果真有那麼個年輕的人，那人可真是造化，不過也得是個好人才，像我那兒子、孫子，他們一身油，整天趕着驢轉磨，他們可不配！好！這次我來到潁橋鎮真好，索性我要在此多住些日，看一看小俠女獨鬥群雄，梅花女大戰葉底金蟬、鐵錘將、踢倒山……不過，她雖武藝高強，但究竟是一個女子，如何能敵得過那些人，說不定到時候我這個老頭子得要出去打一打不平了，我也得預備一件合手的傢伙！當下趙老英雄是勇氣勃勃。

　　到了次日早晨，他才起來到了院中，就見呂好人已然來了，從臉色看去，平日這個老老實實的人，今天卻驚驚慌慌的，可知是心裏揣着一些事，昨夜受的驚嚇也不小。趙老頭兒就問他說：“怎麼樣啊？在你們家裏寄宿的那個姑娘，今天走不走呀？”

　　呂好人卻嚅嚅地說：“那個徐姑娘，她今兒又說暫時不走啦！我也沒法攆她走！”趙老頭兒擺手說：“別攆人家！一個孤身的姑娘，既然投在你們家裏，就很可憐。我這幾天也不想走，打算在此再歇上五六日，到那時再說吧。我要走的時候一定去通知你，給她作個伴兒！”呂好人只是點頭，連一句話也不說。

　　趙老頭兒出了油坊，又到了那酒飯舖，聽裏面說話的人也不少，可是沒有昨天晚上那麼亂，不但昨日的鏢頭今已絕跡，就是那些平時整天在這裏起膩的那群閑漢，也連一個都找不着。他仍然找了靠牆角兒的那張桌子，坐下來要酒，喝着酒兒，他不禁微微地笑。連那掌櫃的看了都起了疑心，因為平時趙老頭兒是臉上從來沒有過笑容，好像閻王爺、包老爺、債主子，今天卻像是個彌勒佛。

　　趙老頭兒在這裏坐了多半天，一些喝茶的、喝酒的都走了，又換成一些吃飯的了，可是並沒有一個人談說關於雙刀龐衮等人與徐雪卿的事情。他又出了飯舖，倒背着手兒在街上轉了半天，特別注意那家和發店，可是也沒看見有一個鏢頭出入。他還特意進到店裏跟那掌櫃子談了一會，看見馬棚下拴着三匹馬，可都那麼無精打采的，也不知馬的主人是跑了，還是悶在屋裏了。

　　趙老頭兒向店掌櫃點點頭就出來了，他索性走出鎮去，遍地去找，可是沒有一塊新土，也不知昨夜死在梅花劍之下的那兩個賊，是被拖到哪裏去埋了？他走到河邊，看見河水清清，也沒有漂着死屍，他的心裏又納悶又好笑，暗想：莫非昨晚我是作夢了？實在沒有那件事兒？但我又哪能夠跑到呂家村的樹上作夢去呢？如今自己的褲子還撕了一道口子，就是上樹時被樹枝劃的。

　　他來回徘徊，大概都過了吃午飯的時候了，忽然由呂家村那邊姍姍地來了幾個婦女，都抱着衣裳。趙老頭兒瞪直了眼睛去看，就見這幾個婦女之中，有一個身穿着洗得很乾淨的白布上身、藍綢褲子的大姑娘，跟別的人一樣的溫柔，一同說笑，原來這正是徐雪卿。趙老頭兒不勝驚異，但他的身子不動，眼睛卻直往雪卿的身上盯，他仿佛不相信這個姑娘就是昨天在月下殺死盜賊的那位俠女。他特別注意這位姑娘的言談舉止，見她不過比別人仿佛聰明一點，爽快一點，邁步時敏捷一些，而手是一樣的柔潤。

　　這時就有那呂黑妞叫了一聲：“趙老爺爺！”別的人也像是都打算招呼他，但又很怕他，不敢跟他說話似的。有人就悄悄告訴了雪卿，雪卿特地過來向他行禮，帶笑問說：“您就是趙老爺爺嗎？我本想今天就求您帶着我到南陽，可是我的衣裳還沒有洗完，有的還沒有乾，有的還得補綴，鞋也得做一雙。穿着破鞋我怕見我爹爹，所以得過五六天才能走！”

　　趙老頭子故意板着那張死板板的面孔，點點頭說：“你就姓徐呀？呂夥計跟我說過啦，說是你要跟我一同到南陽去。其實這倒沒什麼，不過我也是一兩天之內賬收不完，我不能走。你說得等五六天，那也好，我就聽你的話兒吧！”說完他心裏卻也覺得好笑。

旁邊的幾個媳婦跟姑娘，其中就有呂芳姐，也都搭訕着招呼趙老頭兒。趙老頭兒只是點點頭，依然倒背着手兒在河邊走來走去，陣陣的河風兒吹得他的白鬚不住飄動。雪卿等幾個婦女到了河邊就洗衣裳，她們說說笑笑，精神都似很快樂，心裏都像很平靜。趙老頭兒因此就對雪卿更為佩服，但仍不欲露出自己的形色來，閑走了一會，他就又回到了鎮上他女婿的油坊裏。

吃完了午飯，睡了一個大覺，便又快到用晚飯的時候了。天氣很熱，油坊裏的夥計都坐在院中歇息、乘涼，趙老頭兒在屋裏就聽他們談說着。原來和發店裏住的那些人，今天只留了一個，其餘的全都走了！聽說他們是分別往汝寧府、南陽、衛輝各處去請人，連蓋河南這回都許來。還有人往嵩山去請摘星手，往直隸省去請黑袍狼，往山東去請病金剛，大概十天之內就要龍虎大會！可不知他們都來到這兒，是要對付哪一個？因此大家就亂猜，有的猜是來對付那秦夫人，大概秦夫人就遷居在這附近；又有人小聲說：“別是來對付現在咱們這兒住的這位老爺爺吧？咱們這位老爺爺平常可是愛得罪人，鐵錘將、踢倒山可都跟他有點嫌隙。”趙老頭兒隱隱約約的聽到了，倒覺得很好笑。

他扒窗看了看，見呂好人也正在院裏。別人都在亂說，只有他一個人低着頭不言語。趙老頭兒倒覺得他很可憐，心裏就想：雖說那群人是預備在五六天之內來此對付梅花女，與我毫無相干，但到那時為打不平，我真許跟他們打在一塊兒，所以不能不預備着點，我得去找一口刀。於是他就站起身來，出了屋，立時院中的一些夥計就都不說話了。

趙老頭兒走出了油坊，想要到鐵舖裏去打一把快刀，五六天之內就能夠打得才好。他正走着，忽聽蹄聲嘚嘚，自北來了一匹馬，馬上是個二十來歲的英俊少年，穿着一身藍綢子衣裳。一來到鎮上，這個人就不住地東瞧西望。望見了那家飯館，他就騙身下馬，將馬系在了木樁子上。他先向裏邊要來了布撣子，抽打衣上、鞋上的浮土，然後從馬上解下來一隻小包袱和一口鯊魚皮鞘的寶劍，連鞭子提着，就進酒館裏去了。

趙老頭子站在街頭望了這人一會兒，心中很是疑惑，暗道：這個人不是鏢頭便是綠林中的，莫非就是那夥人給請來的什麼人物？因為他住得近，所以先到？可是為什麼他不一直去到和發店？目前放着一個力敵萬夫的梅花女，他竟敢單獨前來，可也是怪事！

趙老頭兒一面心中想着，一面就順着街走了一會，他不住回頭，然後就又轉回來，很閒散地踱到了那酒館前。他仔細看了看那匹馬，見馬身上的汗還沒有完全乾，毛上跟四蹄都沾着不少的黃土，可知是由幾十里之外趕來的。

此時這個少年人正坐在一張桌子的旁邊，把胸懷敞開，從衣口袋裏拿出一柄小摺扇來，正在扇，口中說着：“天氣真熱！”兩碟酒菜跟一壺酒、一個酒盅都已擺在了他的面前，他就喝着，並向夥計叫菜飯。

趙老頭兒慢慢地又溜到那櫃檯旁邊的桌子，掌櫃的向他點點頭，招呼了聲：“老頭兒又來啦？”趙老頭兒也把頭點了點，就坐下了，他的臉並不正對着那個少年，眼睛卻直向那邊去掃。這時酒館裏的座客又來得不少，也都談得很熱鬧，可是沒有一個談到和發店與呂家村的事情的。除了趙老頭兒，也無人對那少年加以注意。

　　待了一會，忽見那少年點手兒叫店夥，店夥過去說：“您略候一候！您要的菜一會兒就得。”少年卻擺手說：“不是，我是問你，呂家村離着此地有多遠？”酒館的夥計不明白，為什麼他問的是出了這個鎮就能夠看見的一個村子，當然也不能不實告訴他，這個少年人就點了點頭。不多時，他所要的那幾個菜、一個湯和米飯就都端了上來，他就慢慢的吃着，一邊吃一邊還眯着眼睛，仿佛是在計畫着什麼似的。

　　趙老頭兒的心裏卻對他有一種輕視，就想：這個人必是為與徐雪卿作對才來到這裏的！但也可氣，像他這樣年輕，竟與一女子交手，即使他贏了梅花女，臉上又有什麼光彩？何況還不知誰輸誰贏。梅花女既是在這裏穩然不動，她敢等候五六天，她必定有把握。

　　少時那少年人吃畢了飯，付過了錢，就出門解了馬走了。趙老頭又隨後出去，站立在酒館的門前扭頭去看，就見那少年一手提着鞭子，夾着寶劍，一手牽着馬，在街頭徘徊了一會，他竟進了韓家店。這是鎮上一家小店房，他一進去，就不見再走出來。趙老頭兒的心中又很納悶，就想：他若是梁明月那些人一夥的，為什麼不也去住在和發店裏呢？

　　當下趙老頭兒在這裏發了一會怔，便去找鐵舖。原來這鐵舖裏有一把現成的單刀，是三年前一個路過的鏢頭定打的，給了一半定錢，就沒有來取。趙老頭兒顛了一顛，倒還可手，只是鏽得厲害，隨叫鐵匠給磨一磨，應得兩天來取，並囑咐這回買刀的事，不要對別人去說。鐵匠也認識他，曉得他是個練武功夫的人，買口刀不足為奇，就點頭答應了。

　　趙老頭兒由鐵舖就又回到油坊，用畢晚飯再出來，見月才東上，和發店和韓家店還跟往日一樣，並沒有什麼特別的景象。他又到酒館裏去喝了幾盅酒，仍然沒聽見什麼事。耗到了二更之時，他又出了酒館，離鎮走向了呂家村，他希望今天能再看一出驚奇的把戲。

　　月光之下，他又悄悄走進了呂家村，這次連村裏的狗也沒有驚動。他照舊爬上了那棵樹，向下去望。只見呂家是很安靜的，小樹、駿馬都默然無聲，月光鋪在院落裏又如一池子平水。呂好人住的屋子早已熄燈了，而雪卿的那間屋，屋中的燈似比窗外的月更亮，所以在窗紙上浮動着兩個梳辮子的姑娘的影子，並聽見幾陣格格的，天真的歡笑聲。夜風兒一點也不涼，青空一縷雲也沒有，誰能相信這地方是有多位江湖人正在覷覦，刀光劍影就要在這裏出現？老頭兒想着想着，愈是憤慨，愈決定了打這個不平。

　　他慢慢地下了樹，就又悄悄走出了村。走了不遠，忽然見前面也有一個人步行，相距有一箭之遠。趙老頭兒倒不禁吃了一驚，就止住了步，閃在路旁，向前細細地看。卻見前面的人雖然換了一身與月光一樣淡素的衣裳，但頗能辨得出那背影，正是現在韓家店住的那個少年。趙老頭兒就心說：啊呀！看他走的這段路正是由呂家村來，莫非剛才我們也遇着了？我在那棵樹上時，他可能就正在牆頭或脊後？不必說了，這小子一定是梁明月派來的探子，他所以不在和發店裏去住，也是為此之故；他先探明白了雪卿什麼時候睡覺，等梁明月來到之時，他們再一齊下手！

　　此時那少年在前走得很快，眼看就要回到鎮上了，趙老頭兒在後緊行去追，沒有追上，那少年就進了鎮上，回到了韓家店。趙老頭兒自思露出來形跡也不好，便也沒在韓家店的門前徘徊，就回油坊去睡覺。次日白天他仍在酒館，夜晚仍到呂家村，竟一點事也沒有發生。

到了第三天，才聽說韓家店裏住的那個少年人，只住了一晚，次日就把馬寄存在那裏，向店家說要到附近去訪朋友，直到如今沒有回來，趙老頭兒便更是納悶。他的刀已經磨好，又快又亮，而梁明月那夥人卻始終未來，這些事使得趙老頭兒的心中非常悶悶。

第四天，聽韓家店裏的人說，他們有個夥計今天早晨到了東邊四十里地的魯家集，看見那少年客人穿着一身土布的衣裳，在那裏的一家小茶館裏坐着，鬍子碴兒也很長，不大漂亮了。趙老頭兒更是納悶，猜不出那人是揣着什麼心。他特到韓家店裏，見那匹很矯健的馬，正在吃着很好的草料。因為那少年臨走的時候給店裏留了很多的錢，所以店家特意把他住的那間房門上了鎖，就是再有二十天他還不回來，馬的草料錢和這間空屋子的賃價也足夠，所以店家才不在乎他回來不回來呢。

此時，呂家村那夜的事情已經瞞不住了，鎮上的人都已知道，在呂好人家裏住的那姑娘的來歷不正，惹得四方的英雄好漢就要來此收拾她。呂好人嚇得已不敢回家，就天天在油坊裏，同事的都勸他去報官，求官給保護，他可又怕見官。趙老頭兒的女婿張大，也是很發愁，因為他看見他的丈人這回把賬收完了，索性不回南陽府了，天天精精神神的，在櫃上的時候很少；有時半夜裏從外面回來，還在院中練功、打拳、踢腿，踩得地都嗡嗡響。他看出來他的丈人也與此事有關，到時候要是亂打起來，連他這油坊的買賣都不能做了。

他不敢跟他的丈人說話，只悄悄跟他的老婆說了。不想內掌櫃子的火氣真大，立時就瞪眼，反罵他是軟弱的小子，並說：「我爸爸練了一輩子的功夫，到現在你們還不讓他顯一顯嗎？據我猜着，只要葉底金蟬那群送死的敢來，不容他們去欺負人家老老實實的姑娘，我爸爸就得把他們都打得屁滾尿流！」

趙老頭兒的行跡已露出來了，在酒館裏有時聽人談到了這件事，他就表示忿忿。他並不說在呂家住的徐姑娘就是梅花女，他更不說那夜徐雪卿飛劍傷人之事，只說：「葉底金蟬那群忘八蛋來此，一定是要搶親！」因此，連酒館的掌櫃聽了，也不住忿忿。

到了第五天了，這天中午時候，徐雪卿竟還同着呂芳姐來鎮上買東西。她穿着新洗的乾淨漂亮的衣裳，穿着新做的花布鞋，嫋嫋娜娜的，陪襯上淡妝的呂芳姐，兩人真像是兩朵鮮花。她們在布舖裏、脂粉舖裏、絨線店裏買了一些東西，還在街上閒逛，小聲兒的彼此說着話，羞羞澀澀地笑着，酒館裏、店房裏都有不少人出來看。雪卿姑娘也似乎是覺出來了，她竟像是又害羞又害怕的樣子，就拉着呂芳姐趕緊走了。

鎮上的人雖個個都有點發迷，例如酒飯舖的夥計，一個是砸了三隻碟子，另一個是給人端上熱菜來卻不給人拿筷子，叫掌櫃的罵了一頓「你心裏淨想什麼啦？」可是鎮上的人談話也都變了口氣，認為葉底金蟬那些個人，絕不能為這麼個小女子就結夥而來；即使來了，那也絕非是為與這小女子作敵。

鎮上的事情就如近兩天的天氣一樣，忽晴忽雨。但到第六天的傍晚，滿天陰霾，本鎮便來了一片馬蹄之聲，起了兩丈多高的煙塵，十幾匹馬都進了和發店。待了不多時，由通着南陽府的那條路上又來了七八個。立時，鎮上的人全都驚慌了。和發店來了人，叫這飯館給預備菜飯，說是汝寧、南陽各路的人就來了二十多個，都是飯量既大，又能喝酒的小伙子，他們店裏廚子忙不過來，並說：「有一批衛輝府米家莊的人還在路上呢！大約今天晚間或明天早晨就能來到。”

　　鎮上的人這時精神都十分緊張，也都揣着畏懼。趙老頭兒反倒在街上來回地走，他看見在那和發店裏出入的淨是些雄赳赳的人，他認識的有踢倒山、鐵錘將、小羅漢，可不知哪一個是葉底金蟬？這些人裏也有不少都是南陽府的鏢頭，差不多全都認識趙老頭兒，可是彼此向來不說話。如今見他白鬚飄飄的也在這裏，有的人就發疑，有的卻曉得他是來這裏看女兒，不會管什麼閒事，而且現在來了這些好漢，刀馬俱全，誰也不會把他這麼個糟老頭子放在眼裏。

　　如今，和發店的四個大院子，三十多間房，倒讓他們給佔據了多一半。有幾間正房，他們還不許租給別人，因為他們最崇敬的大英雄葉底金蟬梁明月還沒有來到，必須給他留着款式的房屋。這些人裏，最出名的就是廣興鎮上的財主兼江湖好漢，所謂之楊二爺，他的手下人最多，陸續又來了幾批。他說：前些日在路上曾追過梅花女，追上了她，可是因為天黑下雨，不好上手，所以不但沒捉住梅花女，反倒傷了自己的幾個人。由那次的事情看來，只仗人多也是不行，必須要仔細的預備、算計，使梅花女到時不能不落網。所以，今天明天，葉底金蟬梁爺若仍是不來，大家誰也不准輕舉妄動。

　　又有人說：“可惜毒劍客唐五爺半路上與咱們分了手，不然，若有他，也可稱得起是一個好幫手！”

　　楊二爺卻擺手說：“用不着他！葉底金蟬梁爺的武藝比他高得多，一個葉底金蟬至少能比得四個毒劍客。”又有人說：“應當派人先將呂家村圍住，以免那丫頭逃逸。”楊二爺卻對此頗費斟酌，想了半天，他才說：“不用，她要逃也早就逃了！要去圍，憑你們也沒法圍住。現在你們全聽我的，都要沉住氣，今明天梁爺必來，咱們再聽他的辦法！”當下眾人全都不言語了，可是仍都意氣勃勃，恨不得立時會一會那梅花女。

　　當日，一更天之後，又由米家莊趕來了半截塔等人，於是和發店裏的這些人的聲勢更盛，飲酒、賭博，直熱鬧了一夜。

　　次日上午約八時許，汝甯府的葉底金蟬就來了。葉底金蟬的年紀也有四十餘歲了，猿臂熊腰，一張紫紅的面膛，微有鬍鬚，兩眼帶着煞氣。他穿的是藍綢的褲褂，騎着白馬，一個隨從的人也沒帶，只有他的七節鞭掛在馬鞍旁，態度十分從容。來到和發店，門前早有人等着他了，他下了馬，就有人趕緊把馬接了過去。

　　葉底金蟬才一走進了門，院裏就早有許多人迎接出來了，葉底金蟬含着笑拱手，被眾人請進了北房。半截塔就上前說：“您是什麼時候由汝甯動的身？”葉底金蟬說：“昨天過午我才離開汝甯，在四賢莊李家歇宿了一晚。今天太陽出來我才往這邊走，這時候就到了，你們說我這匹馬快不快？”眾人一齊表示驚訝，還有的特地出去觀看他騎來的那匹馬。

　　踢倒山就問說：“葉老師，你沒有帶來鏢囊嗎？”

　　葉底金蟬坐下，拿出一柄上面有名人字畫的摺扇來徐徐地扇着，又微笑說：“沒有！我犯不上那樣做。本來，若不是我的徒弟雙刀龐袤被抬回到汝甯府，這次我絕不來。我近年來在汝甯府給人家護院，我並不是為以那掙飯吃，我只是想隱了，誓不保鏢，勢不走江湖，也不想再與人爭強鬥氣。若不是秦家的那女人找我去重翻十多年的舊賬，我真永遠隱了，把江湖名利讓給眾位朋友。但現在出來這麼個梅花女，弄得我無法，不得不出馬。今天來此還是為同諸位朋友見見面，敍敍舊交。至於梅花女，一個小姑娘，別管她有多大的本領，我實在沒把她放在眼裏。所以我只帶來一杆七節鞭，是木頭的傢伙，鋼鏢暗器我絕不使用，因為若是那樣一來，無論勝負，也得算低了我的名頭！」

旁邊的人一齊捧場，都說：「您說得對！本來孫猴子即使能翻筋斗，也絕翻不出我佛如來的手心去！」

那楊二又在旁說：「我們昨天就都到了，沒有下手，就是專為等候梁兄，如今就請梁兄分派吧！」

梁明月仍然是不慌不忙，又擺手說：「這件事不要急！現在不要說那姑娘還沒有走，就是她已經嚇跑了，我也准保她往南過不了信陽州，往北到不了黃河涯，一定遭擒。現在讓我們先聚會聚會，然後我想通知她一聲，叫她或是到咱們這裏來，或是由她約定個地點，到時候比武。」

楊二爺聽了，立時就說：「好！」回首又說：「請哪位兄弟去一趟，到一趟呂家村？」

梁明月又攔住說：「更不必那麼急！咱們還得商量商量，到時把她懲治到什麼地步？」楊二說：「她的梅花劍下傷了咱們那許多人，當然得叫她償命！」梁明月說：「我是個心慈的人，別看我也走過很多年的江湖了，但要叫我把一個活生生的人殺死，尤其是一個女子，那我實在下不去手！」踢倒山就說：「那可以把她弄傷，叫她成個殘廢就得啦！」梁明月又笑着說：「哎呀！那可叫人家孩子將來怎麼找婆家呀？」

半截塔說：「乾脆！我倒有一個主意，因為那梅花女我是見過的，她長得不能說是氣死嫦娥，也得說是比得過嬋娟。我也不必改成梁爺這份模樣，只要我再有點本事，我一定把她弄到手裏。」葉底金蟬梁明月聽到這裏，不禁臉色微變。半截塔又說：「所以這回我離開米家莊的時候，蓋河南米大當家的還直囑咐我，叫我不要傷害了梅花女的性命。我說：『你放心！別說我一定傷不了她，就是我能傷她，我也絕捨不得傷她。』在米家莊那次，她的梅花劍幾乎要了我的命，我只是嚇了一跳，連一點氣也沒生。實在是梅花女那千嬌百媚的樣子，無論誰見了她也得發迷。我想，現在我就給梁爺賀喜，把她降伏了，叫她做你老哥的一個小妾，怎麼樣？」

半截塔笑眯眯地這樣說着，沒想到葉底金蟬突然翻了臉，怒斥一聲說：「胡說！」並憤然站起了身，嚇得旁邊的人一齊變色。

梁明月發完了脾氣之後，忽然又笑了，但接着又將臉一沉，向半截塔說：「陳老哥，你說的這句話簡直是罵我。我梁明月一世的鐵羅漢，連妻子都沒有娶過！」他頓了一頓，又說：「我不管那女子是與姓秦的婦人有什麼瓜葛，我是看赤須龍徐三爺的面子！他雖與我素不相識，但我久聞其名，知道他還是一條好漢。所以，如今大家與她動手可以，傷了她也沒有什麼 ---- 剛才我是說笑話了，但千萬不許對她有一點輕薄，否則我姓梁的可不講交情！諸位聽明白了，咱們現在只要把她捉住，我自有法子發落她。用什麼法子發落她呢？」

他自己問着自己，又想了一會，便說：「我只將她用繩兒綁起來，我親自把她送到直隸順德府，交給她爸爸，叫赤須龍管束管束他的女兒！」

旁邊的眾人一聽，全都無話說了，尤其是半截塔，雖然平常臉厚，但如今弄得很難為情。

梁明月又說：「今天我得歇一歇，不辦事，大家樂一樂，這店裏的地方太窄小，我想在飯館請客！"說着就命人出去訂酒席，把那酒飯館的整個座位全都包下。然後他就手搖着小扇與眾人談談笑笑，說些江湖的閒事，並不再提梅花女，弄得旁邊的人也都不敢不隨着他笑，隨着他說。

只是有的人心裏發悶、起急，那半截塔是垂頭喪氣，楊二對梁明月也有點不贊成。而鐵錘將與踢倒山這兩人都是梁明月的多年好友，他們全都知道，梁明月雖自稱生平沒近過女色，在汝寧府也確實沒有妻房，然而他所造的風流罪孽實在不少。如今他竟對於梅花女這樣的寬大，他們真有點疑惑，不敢相信。可是見梁明月卻一本正經，他們就想着：這個葉底金蟬現在不定藏着什麼鬼心思了！可是，大家無人不相信，梅花女若到了他的手裏，簡直不如草芥。

少時，葉底金蟬梁明月又很客氣地請大家去飲酒。此時那飯館的門前已貼上了帖子，寫的是："汝寧府梁爺在此請客。諸位酒飯，別家去用，莫怪莫怪。"其實不用貼這個條子，連過路的人也知道這裏的事了，誰也不敢得罪葉底金蟬，更怕果然打起架來，賠在裏邊；不用說挨刀，就是吃一酒壺，或是頭上被敲一下桌子腿，也不值得，所以大家都遠避了。

酒館裏特別冷清，可是桌凳全都擦得很乾淨，杯盤也擺得極為整齊。夥計們都擔着心，捏着汗，倒盼望着這些位主顧快點來，快點走，只要不出事，就得念阿彌陀佛。而那掌櫃的卻十分着急，因為別的主顧全都聽見了這個消息就走了，唯獨那位趙老爺爺，倒好像是聽見了消息特地趕來了，占住了櫃檯旁邊那張小桌，他還要喝酒。夥計們很着急，都瞪着眼睛要過來把他趕走。掌櫃的卻擺手，反倒笑着走過來求趙老頭兒，他說："老爺子，請您等到晚晌再來吧！"

趙老頭兒裝着傻問說："為什麼？"掌櫃的就悄聲兒說："因為葉底金蟬要在這裏請客，我們又不敢不應這號買賣，可是連我們此時都提着心，說不定就許在這兒打起來，也說不定要出人命！你這麼大的年歲了，又是老財東了，還是躲避躲避才好！"趙老頭兒卻搖頭說："不要緊！我想他們也全是江湖好漢，絕不能欺負我這個老棺材瓤子。他們來了，他們吃他們的，我喝我的，我也不多說話，不用眼看他們，這還不行嗎？"

掌櫃的仍然不住央求，又說："既然葉底金蟬他把我們這館子上午的買賣都包下了，又先給了錢，我們就不敢再留一位主顧！"

趙老頭兒初聽這話之時，臉上不禁顯出了怒色，可是又點點頭，說："好！可是我又非你這裏的酒，就吃不下去飯。你櫃房裏如有地方，我可以進屋裏去喝，不叫葉底金蟬那群人瞧見我就行了。"

掌櫃的也無法，只好讓趙老爺爺進了他的櫃房。其實所謂櫃房，不過就是夥計們睡覺的一間小屋，舖板上扔着一個個的舖蓋卷，就好像一堆死人似的。屋裏還有一張桌子，兩張破椅子。可是這裏兩面有窗，右邊牆上的窗戶正支起來，進來了外面的熱風，也飛進來外面的蒼蠅。窗外面是鄰居的一家草料舖，鍘草的大刀正在喀嚓喀嚓的響；而靠着前面的窗戶卻不大，嵌着一塊玻璃，已經破了，還亂粘着許多賬條子，可是也能借此看到外面那些座位。掌櫃的親自給趙老爺爺拿進酒來，又搬了座位，並且不住地拱手，求趙老爺爺多多擔待，也多多忍耐。

而這時，一邊是鍘聲直響，一邊是刀勺亂鳴，外面且有大說大笑之聲，原來是葉底金蟬梁明月那些人都來了，亂紛紛的幾乎將酒館裏的座位全都占滿了；他們催酒喊菜，接着就大聲亂喊着什麼"五奎"、"四喜"、"七巧"，劃起拳來了。

　　趙老頭兒隔着玻璃窗看着，就由眾人的擁戴和稱呼之中，得識了葉底金蟬梁明月。但是梁明月的威儀，及那種精明強悍、從容不迫的態度，加以踢倒山、小羅漢、鐵錘將、楊二等人，個個都體健如牛，氣凶如虎，卻使趙老頭兒心中不禁打了打算盤。

　　趙老頭兒暗自發愁，喝了半口悶酒，就想：萬一徐姑娘不是他們這群人的對手，我也幫不了忙，那時可怎麼辦呢？今天沒看見徐姑娘，也許徐姑娘已經得着了信，看出來情勢，自覺得敵不過，她悄悄的走了？或是也去往別處勾人去了？那雖然暫時有點洩氣，可是好漢不吃眼前虧，究竟勝似在這裏為他們所辱！

　　趙老頭兒正在如此想着，忽見外面那些人都一齊停住了劃拳談笑，並且扭頭的扭頭，立起的立起。就有人指着窗外說：「看！那穿着青綢褲子的就是梅花女！」趙老頭兒不由大吃一驚，就放下了酒盅。

　　原來，徐姑娘又上鎮街買東西來了，她穿的是一件新做的淺藍色布的上衣，半長不短，袖子短而腰身卻肥。這件衣裳直像個老媽媽穿的，可是現在穿在徐雪卿的身上，也不減其風韻。下面穿的是青綢褲子，紮着絲線腿帶，青布鞋，倒還俐落；辮子雖仍垂在背後，又黑又亮，可是卻在頭上罩了一條花手帕，勒得很緊，她的打扮真像是鄉下的女兒，而呂芳姐倒還打扮得鮮豔些。要說二人的容貌，本來是相差不多，不過徐雪卿因為是練過功夫的，所以身段特別的風流婀娜；因為是闖過江湖的，眉黛間自有一種英氣，而呂芳姐可就顯着有幾分呆板。

　　她們在街上閒散地走着，酒館裏的這些人簡直就如一群餓鷹，好容易才見着這兩隻小兔兒。其中的那只尤物，不要說還有仇隙，還是專為她來的，即使無仇，即使不為她來，如今見了，這伙人也不能夠將她放過。其中除了半截塔，他是領教過徐雪卿的武藝的，所以立時就顯出畏懼的樣子；楊二卻是依仗人眾，他立時就要出去，找找麻煩。梁明月本來已站了半天，眼直了半天，如今卻伸手將楊二攔住，他微微一笑，說：「諸位且不要動，先看我的！」說着由桌上拿了一隻酒杯就走到窗前。

　　隔街的幾扇窗子本來也都大開着，他倚窗站了一會，忽然揚起手來，望着一箭之遠的那雪卿的背影就將酒杯飛去，其勢極快。雪卿本來沒有提防着，可是忽聽身旁有人說：「小心！」她就隨着這句話將身向旁邊一跳，那只酒杯就打空了，吧的一聲摔下地上。呂芳姐哎喲一聲，說：「這是怎麼回事呀？」雪卿卻疾忙止住腳步，同時俊眼中迸出來怒火。

　　這時酒館裏的葉底金蟬卻不禁滿面羞愧，他以他百發百中的打鏢手段，如今要在人前賣弄賣弄，且叫雪卿先知道知道他的厲害，卻不料白賠了一隻酒盅。此時，在梁明月身旁觀看的人，也不由齊都有點掃興。那楊二卻早已抄起一隻瓷碟子來，連碟子裏邊的殘肴一齊向雪卿打去，不料還沒打到雪卿的腳前，就吧嚓一聲掉在街心碎了。

　　雪卿大怒，她揚着臉兒提防着酒館裏的眾人，便向前兩步，彎腰拾起來地下那只碎碟子，反向酒館的窗內打來。梁明月疾忙閃身，小羅漢、踢倒山等人也都向後驚退，獨有那鐵錘將沒有跑俐落，這一塊碎瓷正扎在他的臉上，連眼睛都嘩的一下流出來大汪的鮮血。

　　這些人帶着傢伙的很少，只得抄板凳、拿酒壺，一齊怒喊說：「好個賊丫頭！」雪卿疾忙叫呂芳姐跑開，呂芳姐這時驚慌得簡直不知應當往哪邊跑了，同時腿也軟了。幸虧道旁有個少年趕緊跑過來，將呂芳姐拉到遠處一家舖子裏去躲避，這個少年即是剛才叫雪卿小心的那個人。雪卿此時也無暇去看此人是誰了，她只是專心提防着酒館裏，可是酒館裏的那個半截塔認識這少年，他就驚慌地喊了一聲："唐五！"

這時踢倒山等人有的持刀，有的拿板凳，正要蜂擁而出，忽見雪卿把她那肥大的上身一撕，幾個很松的紐扣兒就立時解開了，她的裏面原來還有粉紅綢子的襯衣，襯衣之上系着一條寬寬的白綢帶子，上面滿滿的插着雪亮鋒利的梅花劍，約有十多口。只見她把長衣扔在地下，拔出梅花劍直向酒館的門裏、窗裏打來。酒館裏的眾人雖都驚慌躲避，可是也聽到哎喲哎喲幾聲慘呼。徐雪卿連投進去五劍，已連傷了五個人。

而此時那葉底金蟬梁明月，因趴伏在地下，所以並未受傷。他等得外面飛來的劍停止了，他便由倒在他身旁的受傷的人的胸間、腹上，拔出了兩枝帶着血的梅花劍，躍起身來一揚手，反向外面的雪卿打去。雪卿一驚，趕緊低頭，卻沒有來得及。梁明月施放暗器的手段也極為準確，這一劍正中雪卿的頭上。幸虧雪卿也還避得快，劍就削掉了她頭上的綢帕，把她的頭髮弄亂了一點，並沒有傷着她的肉皮。

此時梁明月可又抽出了第二枝帶血的劍，剛要再打，不料那個救助呂芳姐的少年卻大喊一聲："停住！"手挺寶劍飛奔過來。雪卿這時才注意到，並且也很驚訝，原來這少年正是毒劍客唐松，只見唐松一縱身就跳到了窗上，掄劍向梁明月就砍，梁明月卻早就抄了別人的一把刀迎擋。此時屋內的人，有的鑽到桌下藏躲去了，有的奔出門來，雪卿也不睬理，只手持一枝梅花劍，也來到窗前。

此時梁明月正與唐松刀劍相擊，唐松跳進窗裏，劍如毒蛇，突然刺去，罵道："你們這些人來此鬥一女子，算得什麼英雄？"梁明月翻刀將對方的劍磕開，冷笑說："你替個野丫頭來賣命，也不算好漢！"唐松又一劍，梁明月閃開，一跳上了桌子，踢得杯盤都落地粉碎，他舉刀向唐松來砍。唐松以劍相迎，梁明月又跳到地下，刀再向前削。唐松一退步，梁明月卻伏地掄刀，嗖的一聲去削唐松的雙腿。唐松早跳到椅子上了，劍又向下急砍，梁明月故意以刀相迎，噹的一聲震得唐松的腕子發顫。梁明月疾轉刀狠刺，唐松又跳到桌子上。

此時雪卿就飛來了一枝梅花劍，梁明月的左手本已拿着一枝，如今他一張手，又把這枝接住了，他微微地笑着。這時唐松便緩過來腕力，連人跳下，劍向梁明月直斫，梁明月不敢力敵，便往後退了兩步。雪卿已跳進窗來，由地下拾起別人丟下的一口刀，撲上前去說："姓唐的，你快躲開！"唐松也不退後，仍然持劍前進。梁明月單刀敵住了一刀一劍，他不稍畏懼，迎戰又五六回合，他就將身向櫃房那邊去退，卻不料吧的一聲，一凳子打得他的頭暈。

梁明月實在沒提防到這一手兒，身後的趙老頭兒這一杌凳幾乎將他打死，也把雪卿跟唐松都詫異得將手止住。趙老頭兒又罵道："忘八蛋！"梁明月的身子本已向後倒去，左手的兩口梅花劍也掉在地下了，但右手仍握着鋼刀，可是，此時不過一瞬間，他忽然又挺身而起，面現暴怒之色，鋼刀飛舞，毫不讓人。

雪卿同唐松一齊爭前，趙老頭兒又過去舉起來一張方桌，怒罵道："非砸死你這欺負人家姑娘的惡徒不可！"不提防一腳踏在了一塊碎盤上，幾乎將老頭子滑倒；幸而他的腰還挺得住，腿還立得穩，然而一張大桌子可就喀嚓一聲砸了下來。驚得唐松和雪卿都不由得向旁閃避，雪卿忙喊說："老頭兒你躲開！"

唐松跳過了桌子，掄劍向梁明月說："休走！"梁明月卻早已退進了櫃房之內。唐松追了進去，他卻掄動鋼刀向唐松的頭上猛削；唐松一閃，他的腕子又一轉，刀向唐松的面部砍來。唐松急用劍去推，刀與劍又交磕在一處，唐松又覺得手腕一麻，身子趕緊向後去退。

趙老頭兒又如一只老熊，手中拿着兩個桌子腿，亂舞着進來，不意被葉底金蟬上面用刀一撩，下面抬起了一腳，就把趙老頭兒踹得咕咚一聲坐在地下。葉底金蟬又微笑着，待雪卿趕進來時，他又以刀敵刀，交戰三合，就用他的刀輕輕在雪卿的臉上拍了一下。唐松逼進，梁明月也迎戰二合，又運用臂力，以力將劍磕開，並以刀尖向唐松的胸間點了一點，可沒有刺破；他就哈哈一笑由窗子跳出，借着那草料舖走了。

這裏趙老頭兒已經起來了，氣得越發喊罵，徐雪卿也忿怒着要向窗外去追趕，唐松卻伸劍擋住雪卿的身子。雪卿大怒，拿她的刀磕開唐松的劍，問說：“你為什麼攔我？”唐松卻顯出有些發愁的樣子，就說：“雪卿，你不可逞一時之氣，吃了他的虧！我看他的武藝實在比咱們強，咱們若再追趕，必要遭他的毒手，不如咱們先回去，慢慢再商量辦法！”

這時趙老頭兒雖然仍很忿忿，可是氣也有些萎了，他就拱手問唐松貴姓，唐松據實通了姓名，趙老頭兒就有點驚訝，說：“你是很有名的人呀！連你都不是梁明月的對手，這可真難辦了！”雪卿的臉兒卻沉得如同一顆鵝卵石似的，她把刀一扔，轉身就走。唐松趕過去要拉她，卻被她向胳臂上擊了一掌。

雪卿走到外屋，連由地下拾，帶從那受傷的幾個人身上去拔，梅花劍一枝也不遺，她都收回手裏，插在她腰間的綢帶子上就走了，臨走時回頭向唐松看了一眼。唐松一向是傲氣凌人，真沒有像今天這樣的不高興過，可是他的身子倒沒動。趙老頭兒倒白鬚飄飄地追出來，叫着：“姑娘！姑娘！梅花女！”

雪卿止住了步，就見趙老頭兒說：“你們不是葉底金蟬的對手！你們年輕輕的若喪命在他的手中，太是可惜，不如趕緊回去騎上馬就走，快離開此地吧！你或是再去請能人，或是學幾年藝再出來，不然將你的老爹請來也行，千萬快走！我老頭子跟他拼得着，你們真拼不着！”雪卿回頭冷笑了一聲，說：“老爺爺你別關心我，我今天絕不認輸，我更不能走！”說着就向街上走去。

街上的人剛才都嚇得躲避開了，如今才悄悄地有幾個人出頭，但雪卿的那件衣裳扔在地下，竟沒有人敢給拾起來。雪卿自己拿起來搭在肩上，她就到街旁的一家紙店裏找着了戰戰兢兢的呂芳姐，就帶着她回去。走的時候還回頭望了望，見那趙老頭兒把唐松拉出了酒飯館，到油坊裏去了，她才姍姍地走去。

街上的人漸漸多了，掌櫃的跟夥計也都鑽了出來，個個不住連聲叫苦。這些人雖幸而都沒受誤傷，但酒館打成個亂七八糟。地下躺着的那些人雖然都沒有死，可是受傷重的已經昏暈不省人事，受傷輕的也爬不起來，不住呻吟。待了會兒，和發店裏就派了人來抬人，把受傷的抬回到店裏去了。

那葉底金蟬手搖着小扇子，就命分送到各屋中去調養，並問誰有刀創藥，趕快拿出來，給這幾位朋友們醫治。那些沒有受傷的這時也都一句話不說了，因為他們沒弄清楚是誰勝誰敗，還以為是葉底金蟬今天頭一次碰了釘子。尤其是傷了的這幾個人，他們悄悄地說：“梅花女真厲害！”有的恨不得備馬悄悄溜走，有的還希望梁明月能夠設法給這幾個人報仇，可是心裏雖都有話，嘴裏卻都不敢向梁明月去說。

此時梁明月在他那寬敞的房子裏，手搖着扇子，在院中來回走了一陣，又躺在那特為他舖着涼席的炕上想了半天，忽然他拿扇骨子一擊腿，就站了起來，趕緊叫人給他拿紙筆研墨，他立時就寫了一封信，是：

梅花女姑娘見字知悉：

久聞爾名，今日相見，果然名不虛傳，真美人也，真俠女也。但我要想要爾之命，還是易如反掌，我卻難以下手，因我不忍！既毒劍客唐松小輩來此多管閒事，我亦不忍傷之。我梁明月生平最喜年輕貌美之人，爾與唐松皆如一對玉娃娃，我豈可以刀將爾等殺傷？做煞風景之事耶？今勸唐松急速走開，休再攪擾，否則不饒。你可不要走！我愛你實甚，你我做一夫妻，意下如何？快些明複，我便去接，銀錢珠寶隨你要，生平武藝傳授你。你須不可違背，否則將你如花似玉貌，交付鋼刀血水流。

切切。書不盡言！

葉底金蟬梁明月啟。

寫完了這封信，他就要叫半截塔去送到呂家村，面交梅花女。卻把半截塔嚇得不住擺手搖頭，他說：“梁爺！梁七爺！你老哥想不叫我活，就快些開刀，我在你大英雄的手下死而無怨；你千萬別拿着我去給梅花女送禮，要叫個小丫頭在我這大肚子上插一口小寶劍，那不死不活的才真難受！咱們兩人年歲差不多，不過你老哥是在江湖上闖出名來了，我卻依然鬼混。可是我這個鬼也還要腦袋呢！這回是因奉米大當家的之名，我不能不來，可是我連傢伙都沒帶，我本想的就是給你老哥來助威、擂鼓，並沒想出馬上陣！”

葉底金蟬立時把眼一瞪，半截塔嚇得真要叩頭，說：“梁爺！你要叫我把這封信交給唐松倒行，我跟唐松倒還有點交情，梅花女我可真不敢去見她！”

梁明月就問說：“唐松跟梅花女有什麼瓜葛？他為什麼來幫助她，自逞英雄？我若不看他是個貌美的少年，心疼他；不因為他是洞庭派，我不願再傷他們洞庭派的人，我真不能饒他！”

半截塔說：“其實我准知道，唐松早先跟梅花女也沒有什麼瓜葛，並且他跟我，跟今天那幾位一樣，也嘗過梅花女的梅花劍。這回也還是跟楊二爺一塊兒由衛輝府出來。楊二爺奪回了他的花馬還不甘心，因為早先梅花女從他們家裏搶馬的時候，結下的仇兒太大，所以這次他帶着他的鏢頭、打手，一同騎着馬來追趕梅花女。唐松也自告奮勇，幫助捉拿，不想拿到半路兒他就跑啦，拿來拿去，拿到他自己的手裏去啦，反倒幫助梅花女，他們倒成了一家人。唐松那小子本來是個花花公子，哪裏靠得住？”

梁明月說：“你不用再多說話！你既是膽小如鼠，那我就另叫店家去送這封信。你辛苦一趟去見唐松，命唐松當天就滾，以後還不許他再與梅花女見面，否則我絕不饒他！”

半截塔點頭說：“這個差事我倒還能當，好啦！我立時就去！”

半截塔出了店門，葉底金蟬又一半用威嚇，一半拿出錢來，叫店家派了個十幾歲的小夥計到呂家村去給他送這封信。他獨自躺在炕上歇息、等待，手搖着扇子，頭卻有些發疼，因為剛才在酒館裏被那老頭子用杌凳子砸得真不輕。他心中已然決

-117-

定，那老頭子，自己也不打聽他是誰了，只要今天他不逃走，今夜就要將他送往棺材裏去！唐松也是，因為他是鳳凰飛的師弟，自己才略有顧忌，可是他如若仍然占住那梅花女，不叫自己分一杯羹，自己也另有辦法；只是梅花女，自己生平真沒有見過這樣的美人……

待了一會兒，半截塔就回來了，他說：「毒劍客唐松已經逃走啦！連梅花女大概也跟他一塊兒走啦！」梁明月聽了一氣，想着：只要等到那小夥計回來再說，如果梅花女確實已同唐松逃去了，那自己立時就去追趕，絕不能放走了那稀見的美人！

他又等待多時，那小夥計才回來，他就問說：「你見着那個姑娘沒有？」小夥計回答說：「見着啦！」梁明月說：「你把我那封信交給她，她拆開看了沒有？她認識字嗎？看了之後她沒說別的話嗎？」小夥計說：「我給了她，她連拆也沒拆，立時給撕得粉碎。」梁明月立時怒氣上沖，把眼一瞪。小夥計又說：「她也沒說別的話，她就叫你老提防着點！」梁明月一聽這話，倒不由得噗哧一笑，心說：好孩子！

他擺擺手，叫小夥計走開，就又在屋中不住地轉，並時時發着微笑。直轉到天快黑了，他躺下歇了一會兒，就有小羅漢來報告說鐵錘將傷得很重，恐怕要完。他點點頭，並不理。踢倒山又來向他悄悄說：「唐松跟那趙老頭子現下還在這鎮上，並沒走！剛才半截塔說的都是謊，他就沒敢去見唐松。」梁明月搖搖頭，好像就沒有聽見。

少時屋中點上了燈，他才用晚飯，他手持着碗筷也不住發呆，簡直像是丟了魂。吃完了飯，他就從包袱內拿出他收藏的連環七節鞭來，抖了抖，那鏈子嘩楞嘩楞地響。他微微笑着，在院中又來回走了走，心中卻非常着急。因為這時才不過是初更，究竟自己不是強盜，是有名的鐵羅漢、英雄，若是這麼早就去，被那呂家的人曉得了，無論這件好事成不成，倘若傳了出去，那豈不被江湖笑話？

他在屋中又轉了半天的磨，就突然吹滅了燈，心裏想着：我先去走走，大概走到呂家村，天色也就快到二更了。於是他手握七節鞭走出了屋，仰面一看，天作深青色，四面的房子裏也全都沒有燈光。因為今天這店房也等於是被他們這些人給包下了，本來在此住的客人，已全走了；照理路過這裏必要歇宿的人，也全都不駐馬停車，而寧可多走幾十里住在別處去了，房子多半空着。有人住的屋子裏，雖都沒睡，可也都不敢點燈，既招蚊子，又許招事。梁明月不由笑了笑，暗想：梅花女如何能敢來？她又不是傻子，今天自己能拿刀拍了她一下臉，就能要她的命，難道她不知道嗎？她不覺得嗎？她也是個老江湖啦！哈哈！今天夜色這樣好，星星、月牙兒，呂家村、美人兒，哈哈！

他正往外走，忽聽颼的一聲，他驚得疾忙躲避，但左肩後一下奇疼，已插中了一枝梅花劍。他趕緊用手拔了出來，那又濕又黏的血水已沾滿了他的手，他氣得怒獅一般地叫道：「梅花女！滾下房來！」忽見面前又一道白光，他咕咚一聲把身子往地下一摔，那枝劍就由他的身上飛過，吧的一聲插在街門上了。第三枝梅花劍飛來，他已有防備，伸手就接住。第四枝梅花劍又飛來，他又將身一滾躲開。此時徐雪卿已跳下了房，他卻翻身而起，抖起嘩楞楞亂響的七節鞭，直躍向前，大罵道：「好一個不識抬舉的小丫頭！」

此時雪卿手中不僅拿着梅花劍，且拿着一口三尺長的寶劍，寒光淡掠，不容葉底金蟬說話，迎面就砍。葉底金蟬卻不閃避，只將七節鞭抖了起來，一下就繞住了雪卿的寶劍。雪卿趕緊向回抽劍，不料葉底金蟬的鞭梢兒一動，就碰在她的臉上，雪卿不由得哎喲了一聲。葉底金蟬說：「小丫頭，怎麼樣，你的嫩臉蛋兒有點疼吧？趁早依着你梁七爺爺的主意，扔下你的寶劍，隨爺爺到房裏去！」

突然雪卿又將左手中的梅花劍擲出，葉底金蟬，真如寒蟬藏于葉底之勢，疾忙將身一伏。梅花劍就從他的頭上飛過去，當的一聲，打進了南邊一間屋的窗裏，那間屋裏就有人驚叫了一聲。而徐雪卿已趁勢將劍抽出，倏然舞起，雙鋒如電，向前直取。葉底金蟬梁明月卻連退兩步，忿然將七節鞭又抖起來，就如一條張牙舞爪的毒龍似的，直纏向徐雪卿的嬌軀。徐雪卿一個不防，就被七節鞭掃着了腿，她不由身子摔倒，手中的劍也噹啷啷扔在地下。葉底金蟬梁明月卻哈哈大笑，將鞭抽回，他就望着坐在地下已起不來的雪卿，說：「小丫頭，你現在還有什麼能耐？」

忽然他覺着不好，頭就向下一低，翻身將鞭又抖起，原來後面又來了一人，使着比雪卿更毒的寶劍。葉底金蟬將鞭亂抖，厲聲問說：「你是誰？」對面的人卻不答話，只以寶劍向他來刺。他看出這是個少年男子，恍惚還認得出，這就是洞庭派中的毒劍客唐松，他就說：「好！你又來了！」他憤怒之中夾着妒意，七節鞭抖起，其勢就要來將唐松的頭打碎。唐松也將劍法展開，毫不肯讓。當時劍光鞭影盤旋于全院之中，相鬥十餘合，不分強弱。再鬥十余合，唐松的劍短，漸形不敵，而葉底金蟬卻更以一杆七節鞭，抽掠打繞，步步見緊。

在這時雪卿已連爬帶挪到了牆根下，她的左腿雖受的傷不算太重，但實在難以爬站起來，而上前助戰，奮勇殺賊，更是有心無力。

院中葉底金蟬梁明月與毒劍客唐松殺得甚緊，梁明月今天若不是肩頭受了劍傷，縱然毒劍客的武藝好，劍法毒，也早就敗在他的手裏了。此時各屋中雖沒有燈光，可是都還有人，但沒有一個敢出來的，他們實在被梅花劍給嚇怕了。梁明月是雖然不需要別人助他，但是急於要取勝，他不耐煩毒劍客這樣頑強的招架，他想以「烏龍搖尾」、「惡蟒纏身」、「霸王砸頂」這三着，將毒劍客打得不倒下也得逃。第一鞭打去了，毒劍客勉強招架開了；第二鞭他才將鞭抖起來，嘩啦嘩啦亂響着，要向毒劍客的身上去繞，卻不料這時外面就有人咚咚地用什麼東西砸門。他不禁愕然，但鞭不停，手不緩，口中卻怒聲向外去問：「誰？是誰？快說話！要是想來送命的快進來！」

只聽兩扇門嘩啦一聲被劈開了，一條人影卻從牆頭跳了進來，白髯飄飄，鋼刀閃閃，喊了一聲：「唐松！你快些把姑娘救走！」就直向梁明月撲來。梁明月怒罵道：「老匹夫！你還吃得住我一鞭嗎？」但是他不得不舍了毒劍客，而來戰這個白天趁着冷不防，把他的腦袋都給砸腫了的趙老爺爺。趙老爺爺抖起了雄威，以鋼刀敵住了他的七節鞭，刀法雖不精熟，但臂力過大，於是梁明月的鞭還得抖，還得掄。他卻像一頭老犀牛，刀就像是他的那只兇猛的犄角，向前挺進，逼得葉底金蟬不得不向後連連退步。而此時，唐松卻過去將雪卿姑娘扶起，背在身上，也不必跳牆上房了，因為店門早已被劈開了，他就出了店門逃奔而去。

在這時，店門裏仍然有七節鞭與鋼刀相磕作響之聲，且有趙老頭兒一面拼命一面大罵着。但延至多時之後，忽然罵聲停止了，刀鞭相擊之聲也停止了，卻聽到葉底金蟬嘿嘿地一陣狂笑。

此時，那毒劍客已將雪卿匆匆背回到他住的店房，放在他的屋內，連燈也不點，他卻出屋又去匆匆的備馬。一霎時，他將馬備好了，又急忙進屋。雪卿就坐在炕頭，一把抓住了他問說：“你這麼忙忙慌慌，出來進去的，是要幹嗎？”

這聲音在唐松聽來是十分的嬌微，而且親切，他不禁心旌搖盪，但仍急急的說：“葉底金蟬的武藝太高！咱們絕不是他的對手，不要自找虧吃，趙老頭兒恐也抵不過他。沒法子！趕快走！將來再設法出這口氣！”雪卿卻說：“人家趙老爺爺為打不平，才幫助咱們，與梁明月爭鬥起來，你不去助他，卻把我背到這兒來想逃？”她的語聲帶着嘲笑。唐松卻說：“趙老頭兒是南陽府的人，不像咱們是外人，他那樣的年歲了，葉底金蟬的手下雖然狠毒，但也未必太甚，咱們可不走不行！”

他不管雪卿答應與否，就又背起來雪卿，出了屋子。店家在屋裏問說：“是什麼事？”並有店夥要拿着燈到院中來看。唐松卻說：“你們不用看了，是我！我現在要走。趙老頭兒若再來這裏找我，你就說我已走了，請他也躲避躲避那梁明月，半年以後再來報仇。店錢我早已存在櫃上了，大約還有富餘，咱們半年之後再見吧！”說時他已將徐雪卿放在馬背上，推馬出了店門，他就毫不客氣，也跨上了馬，於是一馬雙馱，直出了鎮街。

微月輕風，夜深馬急，卻不料雪卿先前是很順從的，如小鳥似的依戀着唐松，但來至此處，她忽然翻了臉，就回身將唐松一推，咕咚一聲毒劍客就摔下了馬去。雪卿催馬急走，一句話也不說，就直奔呂家村。

到了呂好人的門前，她忍着腿痛下了馬，叫開了門，正是呂芳姐把門開開的，雪卿就瘸瘸點點地進去。此時她又氣又悲，已然哭了，就抽搐着，直走進芳姐的屋中，去拿她的包袱。芳姐隨着進屋來，燈光下看見了她這模樣，不禁驚詫，就問說：“怎麼啦？雪卿姐？”雪卿卻不暇詳細述說，只向芳姐說：“我要走！但不久我還來，咱們將來再會吧！你沒招惹着誰，諒你在這裏無妨。”

芳姐卻惜別心切，就拉着雪卿的衣襟嗚咽起來，並問說：“到底怎麼啦？莫非你是叫葉底金蟬給打瘸了嗎？”雪卿正系着自己的衣包，聽了這句話，她就冷笑着，將受傷的那條腿踢了一踢，說：“你看，這腿不是好好兒的？哪兒會瘸啦？嘻嘻！”她雖笑着，但面如白紙，鬢邊且有一顆顆的大汗珠兒落下。她將包袱系好，就說：“我走了！”芳姐也不能強留她，只問說：“得多少日，姐姐你才能夠回來？”雪卿怔了一怔，說：“絕不能過半個月。”

她將要向屋外去走，卻見外面有一個男子正要進屋，燈光照得很清楚，這個人正是毒劍客唐松，身上還沾着泥土。芳姐嚇了一跳，向後就退。雪卿卻瞪着眼厲聲說：‘你是什麼東西？竟敢闖進人家姑娘的屋裏來？”唐松卻低着頭緊緊地說：“我實在冒昧！但我真顧不得啦！少時葉底金蟬就許追來，咱們實在不是他的對手！快走快走！先往北去，今夜至少趕行五十里外，才保無虞。然後我想法子，一個月之內必能夠報仇！”

雪卿臉紅了紅，遲疑了一會，就又瞪瞪眼，撇了撇小嘴兒說：“誰能夠叫你幫助我報仇？你去報你的仇，我去報我的仇，各不相干，各走各路！”

唐松擺手說：“不是這樣的說！你即使將赤須龍三老太爺請來，也絕不是他的對手。梁明月是我們的仇人，但他的武藝我們卻不能不欽佩。在十年前，我師父洞庭老俠有位好友，名叫衡山一鶴，此人在江湖上雖無多大名聲，但武藝確與我師父相當。他現在當了和尚，住在嵩山少林寺，咱們惟有去請他才可以制服葉底金蟬，姑娘！你快跟着我走！”

雪卿咬着嘴唇沉吟了一下，本來自己現在是沒有准去處，也不能回去請父親給報仇。只望暫時逃開了梁明月之手，尋個僻靜的地方去調養腿傷，待腿傷痊癒之後再來。但再來時，豈不是一樣的要敗嗎？如今唐松既有與洞庭老俠武藝相當的人可以請來，這原是求之不得；同時青年英俊、義膽俠心的唐松，也不禁使她感動了。她的臉益發地紅，就點了點頭，決然說：“好！”又回首說：“芳妹妹再見吧！”她提着包袱出了屋，雖然腿疼，但她故意不露出瘸的樣子，將包袱系在她那匹紅馬上就牽出了柴扉。芳姐拿着她的鞭子追出門來交給她，在微月的光芒之下，還可以看出她的依戀不捨之狀。

　　此刻唐松也在門前上了他的那匹馬，他不住地催着說：“快走吧！快走吧！”雪卿還向呂芳姐說：“明天你給大叔大嬸替我道謝！叫他們謹慎一些就是了，並不必害怕。葉底金蟬也非強盜，他絕不能來找尋你們。進去吧！關上門吧！再見！”芳姐也發着悲聲說：“雪卿姐快些回來！”雪卿答應一聲，於是毒劍客唐松的馬在前，她的馬在後，揮鞭出村。兩條村裏的狗，直追出來多遠，吠着他們的馬匹。唐松找着了大道，直回頭說：“快！快！快走！非趕出五十里地不可！”他的馬向北疾行，雪卿忍着腿疼，催馬也緊緊跟隨，雙騎相接，向北飛去。天上稠密的星，黯淡的月，也似在窺視着他們。

　　雪卿一面走，一面想着：唐松原是個好人！今天若不是遇着了他，怕我在梁明月的手中就難脫。梁明月武藝確實高強，人又太壞，如今的江湖，實不像昔年那麼容易走了。自己此次單身從家裏出來，真太孟浪，真對不起父親母親。但我又為什麼才出來的呢？這，歸根說就因為一個高文豹。高文豹太使我傷心了，他若是有唐松這樣的人材，那我又何至於在外經此艱險？受這奔波？想到這些她就非常傷心。

第八回　　異鄉流落豪傑失時　　曠野交鋒金蟬鍛羽

　　向北走了半天，大約已離開穎橋鎮有三十多里地了，夜色都漸漸淡了，月亮也向西沉墜下去了，道邊的苗禾在晨風中搖曳着。此地雖然無更鼓之聲，但想像着這時候也應交五更了。後面並無追騎跟來，可是在前帶路的唐松，把馬仍催行得很快，一點也不敢慢走。雪卿不由不笑他的膽子太小，遂就向前喝着說：「慢一點吧！難道咱們真是逃命嗎？一時的勝負不算什麼，可是別顯得太膽小了，那樣可就把人都丟了！」

　　唐松這才勒住了馬，等候雪卿的馬緩緩來至臨近，他就笑問說：「怎麼樣？你的腿傷得不能騎馬快走啦？」

　　雪卿望着他那半清楚，半模糊的面容，就撇着嘴冷笑，說：「我並不是為我的腿傷，我是笑你太膽怯！你枉作了洞庭老俠的高徒，還是大名赫赫的毒劍客呢，原來這麼膽小！」

　　唐松笑了笑，說：「並不是我膽小，是我們既知葉底金蟬難敵，就不能自討苦吃。但是這個仇得報，這口氣得出！我想再走出幾十里地，覓一個幽僻的村莊，我先把你安頓好了，你就住在那裏……」雪卿依然冷笑着說：「是啊！你叫我先藏起來。」唐松接着又說：「然後我就騎着馬趕快北去。」雪卿哼哼地冷笑着說：「你去逃命是不是？」唐松帶着憤怒說：「豈有此理！我是想趕到嵩山，請來那當年的衡山一鶴，今日的中獄俠僧！然後再回來找上你，我們再一同與梁明月分個高下。」

　　雪卿說：「請人幫助，勝了也不算好漢！我看你……」雪卿不再說下去了。她對於唐松的人物雖愛，但卻輕視他的膽量太小，同時聯想起來高文豹在順德府捨身拼命，義護她的父親之事，那一點實在是可欽佩的，心中不禁生出了一陣惆悵。唐松又在馬上伸手拉了她一下，並發出一種輕佻的笑聲，說：「再往下走吧！你若覺着騎着馬太累，可以到我這馬上來！」雪卿卻定睛看着唐松的臉，半天，忽然她歎了口氣。

　　又走出十多里地，天光就發曉了，毒劍客唐松的面貌已看得更見清晰。雪卿又想：他雖膽小，雖舉動輕佻，不像是個好人，但他確實是年輕英俊。這樣的人在江湖間實為少有。不，他本來不是江湖上的人，他穿綢子的衣裳，穿白綾襪、青緞鞋，十足是一位富家公子。雖然他的腮旁的鬍子似有多日未刮，但，仿佛更證明他是一個男子，美男子……

　　唐松還不時回過頭來望着雪卿笑，是一種勾引人，迷醉人的笑。又走了幾步，他的馬索性與雪卿的並行，蹄聲在地上遲遲地響着，如輕輕地拍着手掌。他說：「前幾天我改扮裝束前來幫助你，我在穎橋鎮的東邊魯家集上，天天蹲在小茶館裏等待梁明月。我知道他不好惹，我原要攔頭截住他，與他殺一陣，把他打走，就不至於叫他們再找你去啦，可是我沒有得手，因為我知道他的夥伴來得太眾，我不得不趕回穎橋鎮，先防備那些人。其實，假若沒有梁明月，只那些人，無論他們是多麼多，我也不懼。梁明月葉底金蟬實在是難敵，今天還幸虧有趙老頭兒相助。趙老頭兒可稱得起是一位義膽俠心的老英雄，只不知咱們走後，他與葉底金蟬二人是誰勝誰負？」雪卿卻不言語。

　　唐松還以為她是發了愁，就勸說：「你不要發愁！我若不設法替咱們出了這口氣，以後我也無顏再見你！不過這次的事，我想也是給咱們一個教訓，叫咱們曉得了強中自有強中手。無論有多麼大的本事，例如我這身武藝，跟你的百發百中的梅花劍，但一遇着了比我們強的人，我們便無計可施。這話並不是自己減低了自己的威風，是叫咱們還得刻苦去學藝，我想待將梁明月制服了之後，咱們就同往江南。」

　　雪卿啐了一口，說：「誰同你往江南去？」唐松卻微微笑着，說：「這事不忙，你多想一想，以後咱們再商量。」現在是隨談隨走，但只是唐松一個人說話，雪卿卻一聲也不言語了。

　　少頃，對面薄薄的朝霧裏，就來了車子、馬匹，跟背着包袱、擔着行李的人。唐松就說：「咱們快點走吧！再走幾里就可以找着一個妥當的人家了。」

　　雪卿這才發話問說：「你說的那人家是與你相識嗎？」唐松點頭說：「略微相識。本來我在河南行走已不只一次，毒劍客的綽號還是這裏的人給我起的，可是我並不喜歡它。」雪卿說：「我也不愛你這個綽號，倒仿佛你又狠又毒似的。」

　　唐松說：「本來我最不願人有綽號，我以為惟有綠林盜賊，才應當有綽號匪名呢！」說到這裏，自悔失言，又擺手笑着說：「你的梅花女這三個字的名稱，可不算！因為那還很雅致，不能算是綽號，只能說是個別名。」雪卿撇撇嘴。唐松又說：「我只是姓唐名松。」雪卿搖頭說：「這個名字也不好聽。」唐松說：「我的別號叫作雨青，落雨的雨，青山的青。」雪卿笑了笑，望了望唐松，臉卻又不由一陣發紅。

　　唐松將馬撥進了大道迤西的一條小徑，他在前帶路，回首點着手，向雪卿帶笑說：「來吧！來吧！眼看就到！」雪卿抬眼看了看他，便又低下頭去，跟隨着他就順着這條曲折的小徑往西去走。小徑的兩邊都是很高的莊稼，只有他們兩個人兩匹馬穿行于其中，陽光已很高，隔着田禾投下來，灑在他們的背後。唐松一邊走一邊說，所說的都是些使雪卿臉熱心搖的話。

　　走下約有六七里地，果然聽見了犬吠之聲。出了這條小徑，就看見了一個小小的村莊，只不過有二三十戶，唐松就回首說：「到了！你看這個地方如何？還可稱幽僻吧？這裏有一家姓張的，我待他們有過大恩，你可以在他們家中住着，必受他家的款待。」說着就下了馬，牽馬向前。

　　村中聽見了犬吠，就有人出來看，看見了馬和馬上的年輕漂亮的姑娘，就都嚷嚷着，彼此呼叫着，於是越聚人越多。唐松便上前拱手，詢問張老二在家裏沒有。當時就有人認識出他來，說：「哎呀！這位大爺原是去年來過的！」

　　有人就去找張老二，少時跑來了一個四十多歲，穿着藍繭綢褲褂，仿佛是做買賣樣子的人，見了唐松就作大揖，問說：「恩人這一向可好？現在是從哪處來？」

唐松也拱了拱手，他說話的聲音很低，也不知他說雪卿是與他什麼關係。總之，他說雪卿是得了病了，要借此地調養。那張老二是歡喜不已，急忙就往村裏去請。於是唐松過來牽着雪卿的馬走進了村。雪卿就像是個新娘子一般，被村中這些男男女女，老老少少看着，她的臉紅得如一塊大紅布似的。

　　進了村，行走不遠，就到了一個土牆木門，門上還貼着張被雨淋得褪了色的雙喜字紅紙，唐松這才攙扶雪卿下了馬。裏邊也有張家的女眷迎了出來，都是鄉間的婦女，穿的卻都很是整齊，可見張老二在此也是個闊人家哩。

　　隨往院裏走，張老二就隨給引見。原來張家是上中下三輩，張老二上有父母，中有兄嫂，下有兒子、兒媳跟侄子，倒不知有孫子沒有。張老二就先叫他的二兒子去蹓、喂那兩匹馬，然後他就現騰出一間屋子來，請唐松攙扶雪卿到屋裏去歇息。他們稱呼唐松為恩人，這不足奇，惟有稱呼雪卿為恩人太太，真使雪卿臉紅，且有點生氣，又有點心裏難受。當着眾人的面，她也不能反駁，只暗向唐松瞪了一眼。唐松卻高高興興，勤勤懇懇，他攙着雪卿進屋坐到炕上，然後他騰出手來，就向張老二拱手，說：「想不到今天來此打攪，實在是內人有了病！」

　　張老二見唐松給他拱手，他越發深深作揖，連說：「哪裏的話？哪裏的話？恩人今天帶着眷屬前來，就給我們增光匪淺了！想當初在許州地面，黑面金剛帶領嘍囉將我打劫，若不是遇見恩人殺死群盜將我救了，我哪裏有如今這條命？恩人跟太太請放心在這裏住。這村子雖然小，可是往北五里地就到白廟鎮。恩人也知道，鎮上的買賣很多，只要恩人吩咐一聲，我們一定就去辦，絕不能叫恩人缺少用的！」

　　唐松連連擺手，說：「我們倒什麼也用不着，你們不要多勞。」

　　張老二就說：「不請位大夫給太太看一看嗎？」他看見在炕上斜臥着的這位太太可還梳着辮子，並不像一般婦人似的梳着髻兒，他的臉上就顯出一些疑惑的情狀了。又問：「要不，給太太買點什麼藥？請恩人吩咐一句話就行，我的二兒子在家沒事幹，一天他總要到鎮上去一趟。鎮上的保和堂，丸藥跟膏藥都炮製得很好，那藥舖裏住的龐大夫也是好醫道，給太太請來看看吧？」

　　唐松卻擺手說：「不用！不用！內人本也沒有什麼病症，只因她不慣騎馬，這次我們從開封府動身南來，沿路騎馬走了六七天，以至她的腿被磨傷了，才到你們這裏來歇息歇息。」

　　張老二點頭說：「這就是了！您就放心在這裏歇着吧！就是住上三五個月，這裏也有人伺候，不能不周到。我是自從那次出了事，我就怕了，不敢再出外經商，便在家中務農，今年雨水很調，還過得去。」

　　唐松點點頭，又說：「我只是囑咐你一件事！」

　　張老二發了一下怔，問說：「是什麼事？」唐松就說：「你千萬囑咐你們全村的人，無論是誰，到了北邊白廟鎮上，不許說出我們在這裏！要緊要緊！」張老二聽了，嚇了一跳，直直發了半天的呆。

　　唐松又囑咐說：「你不要怕！我們並不是在外面作了什麼歹事，現在來你家逃避。你是知道的，我們走江湖的人，在外邊結識的仇家不少。白廟鎮原是過往的要道，每天不知有多少輛鏢車，多少個江湖綠林中人從那裏來往。倘若不先囑咐，你的那二令郎，或村中的人，到那鎮上茶寮酒肆之中，說我跟她現住在你這裏；說話的無心，聽的人卻就有意，就許有我們的仇家來此為難，那時真許要驚擾你們貴村了。」張老二搖頭說：「不要緊！我切實囑咐囑咐他們就是了，叫他們不要到鎮上去亂說。”唐松點頭說：“就是此意！”

這時，張家的媳婦給送進來新炊的兩碗黃米稀飯，連筷子帶鹹菜碟全都放在炕上，雪卿倒覺得很不好意思。媳婦走出去之後，張老二就向唐松跟雪卿很恭敬地說：“請恩人跟太太隨便用一點飯吧！我這就去囑咐他們。”唐松又拱手說：“我一來到，真是給你們添事兒！”張老二連說：“哪裏的話？哪裏的話？”他就出屋去了，把一扇屋門也順手關上。

院中和門外雖還有人說話，但屋中卻甚清淨，只有兩三個蒼蠅來回飛着。雪卿用雙手抱着受傷的那條腿，微皺着眉，才將身子挪了挪，依然是半躺半坐。唐松就指着炕上的飯食，帶着笑說：“你隨便用吧！這個地方我看着很好。張老二是個老實人，何況我又對他有過大恩，他絕不能將話傳到外面去。我想那葉底金蟬梁明月，就是追到了北邊的那座白廟鎮，他也不會想到我們是住在這裏。”

雪卿卻忽然把眼睛一瞪，說：“葉底金蟬真個來了，我也不怕他！只是，你向這裏說我是什麼人，是你的什麼，我都不言語，因為既遇着了患難，就不得不從權，可是你別就從此做了夢！”

唐松聽了一怔，又笑了笑，話可還沒有說出來。雪卿就瞪着眼問：“你吃這飯不吃？”唐松點點頭說：“我也餓了。”

雪卿說：“那，你就快拿着碗筷到一邊兒吃去！吃完了，你趕快去往什麼嵩山，找什麼衡山一鶴去！你找得來找不來，我也不管，我就在這裏等你十天。十天之後，即使我的腿傷不愈，我也是要走的。你這次救護我，我心裏明白了你是個好人，早先咱們的仇恨都一筆抹去了。以後你如遇着災難，我還許盡力救你呢！可是，你聽明白了沒有？你別做夢！”說完了，她卻自覺得非常羞澀，而且難過。

唐松在旁發了半天的怔，忽然又一笑，說：“你也把我唐松太小看了！我也是闖江湖、走南北的人。剛才我跟你說的那些，一半是為免卻別人的疑惑，就不得不對人編一些謊，一半也是說笑話。我也看出來了，你徐雪卿是個地道的貞潔烈女！”

雪卿說：“啐！你快走開！”唐松連忙擺手，悄聲說：“不要被人家聽見了！你既是要趕我走，我也不便靦顏在此。只是我昨天忙了一夜，走了一夜，現在我也要吃一點東西，睡一個覺。”雪卿把他的那份碗筷一推，沉着臉兒說：“你拿出去吃！到外邊去睡！”

唐松點頭說：“那就不用你說了！並且，我還得將你在這兒安置好了，我才能夠走，走後我才放心！”雪卿用白眼珠兒瞪他，冷笑着，並不言語。唐松也無趣地笑了笑，就拿起了那份碗筷，又瞧了瞧雪卿，見雪卿的臉上仍無一絲和悅之色，他就歎息一聲，拿着碗筷走出屋去了。

這裏雪卿也不禁發了一陣怔，唐松雖然輕浮，其實並不討厭，只是……她自想着：我原是一個俠女，我父親又是那麼個古板的人。我背着他遠走，就把他氣得可以了，倘若我再做出什麼無恥之事，譬如跟了唐松，那我不但難對父母，且愧見我的乾娘秦夫人！所以雪卿這時倒不怎樣生氣，只是非常地難受。唐松走了，就半天沒有回屋，也不知他是已經走了沒有？而張家的媳婦又送進來炒雞蛋跟新蒸的饅首，這真是鄉間最好的菜飯了，恐怕非得似自己這樣的恩人太太來了，才能夠受此待承，因此她倒很覺着慚愧。

雪卿吃完了菜飯，人家把空盤、空碗拿了回去，並給她沏來了茶。她躺在炕上，想睡也睡不着。房門閉着，時近中午就顯出來悶熱，而蒼蠅更攪人，戶外的樹上蟬聲也十分聒耳。她向外望不見唐松，心中又有些不放心。此時，院中就有人說話，是張老二的聲音，叫着說：「禿子，酒打來沒有？割了幾斤肉？肉舖的李大，他沒問你今天為什麼割肉嗎？你可別說漏了嘴。」他是在問他才從鎮上買東西回來的兒子。

他兒子立刻就帶着笑，很有精神地回答說：「李大問我啦！我說你吃，我們連二斤豬肉還吃不起，非得等過節嗎？酒打來了一斤，多了我提不動。狗三的酒館可真興旺，有一幫販桃子的客人，把他的小舖都快撐破了！可是那長臉的傢伙，又在鎮上賣藝了，耍他的那根棗木棒。那傢伙來歷一定不正，不是越獄的囚犯，就是滾馬的強盜，人家都看出來了。他看見了穿戴像官人的，他就趕緊溜走。那傢伙，那張可怕的大長臉，絕不是好人！」聲音細而脆，可知是個十來歲的小孩子。

他的爸爸呵斥說：「你就少管閒事吧！有了事，我叫你到鎮上去，你買了東西就趕緊回來，不准在鎮上多待，在酒舖胡混！」那兒子爭辯說：「我沒去胡混！我也沒敢多說咱們村裏的話，我只是看了半天賣藝的。那傢伙長得雖難看，比囚犯，比叫花子還不如，還窮，可是棗木棒耍得倒真好！」張老二又說：「別說啦！快擔水去吧！」

雪卿在屋中聽得很清清楚楚，便覺得那個賣藝的人很怪，並且自聽了窗外的這一段話之後，腦中就印下了一個手持棗木棒的大漢的身影子。她就想：這絕不是什麼盜賊、逃囚，必定是一位落魄的英雄！由這個想像出來的人，卻又跟衣馬翩翩的唐松一比，唐松可真不像是一位豪傑，人既輕浮，性情也怯弱，嘴裏的話也未見得都靠得住。他既認得什麼衡山一鶴，可偏又往嵩山去找，這就多半是謊言。這時候還不知他去找了沒有？已經走了沒有？她卻又擔着心。不知為什麼，雖然自己是看不起唐松，可又好像是有點離不開了似的。

當日唐松就再也沒進她這屋裏來。吃晚飯的時候，是張家的媳婦伺候她。她想要問問唐松走了沒有？可又問不出口去，而且又明知問也必定問不明白，她一個媳婦哪能知道呢？當夜她沒睡好覺，又覺寂寞，又覺急躁。她就想：我真沒受過這個！叫我傷了腿，永遠坐在炕上，不能下來行動，這豈能忍受？只要好一點時我就得走，我不能在此等着找來什麼衡山一鶴！

次日晨起，張家的媳婦服侍她，她就梳妝、換衣，打扮得乾乾淨淨。她下了炕，要試着走一走，但走了兩步，她就覺得腿疼得厲害。這就正如英雄落魄似的，徒負一腔的勇氣，卻一點也使不出來。不由得她不唉聲嘆氣，只好又回到炕上去躺着，急得她真要哭。

但待了一會，又聽見院中有兩個男子在談話，一個是張家的二兒子，一個卻像是鄰居，這個人是才從白廟鎮回來。那孩子問：「喂！怎麼回來得這麼快？柴都賣了嗎？也不給我帶點什麼好吃的來？」那鄰居帶笑說：「你這小子！還要沾我的便宜呢？我一擔柴才賣了一百五十文……」忽然又說：「喂！你知道嗎？昨天從你們這裏走的那位唐大爺，原來並沒走，在鎮上呢，好像他在等着誰似的？」

雪卿聽了，又是一陣驚愕，她想：唐松為什麼既走又不走，他在鎮上等着誰呢？於是雪卿就越發注意外面的談話。外面卻又談到了那個使棗木棒賣藝的大漢，原來這幾日那大漢病了，幸虧馬家店掌櫃的看他可憐，收容他在馬棚裏睡覺，天天給他一些剩湯剩飯吃，他才不至於餓死。雪卿聽了，又恨不得拿出一些錢，資助這個落魄的英雄到別處去謀生，或是把他薦到山西張八爺那裏去。

關於唐松在鎮上的事，她掛慮着，可是又不肯向旁人去問，托旁人去找。因為她知道唐松是跟自己負氣才走開的，可是他大概是既沒有地方去，又捨不得遠去，所以才在那鎮上住着、膩着、等着人請他回去。雪卿就傲笑着，心說：我才沒那麼大工夫去請他呢？倒看他幾時自找臺階，自己回來。他若是不回來，我也會走。只要我的腿傷略好了之後，我就走。先去尋訪我乾娘秦夫人，然後我們再一同去找梁明月報仇。於是雪卿就耐着性兒在這裏休養，每天每時，她都注意聽着窗外的人的談話，她尤其注意那鎮上的事。

原來白廟鎮就在北邊不遠，那是個南北交通的大道，鎮上約有百餘戶人家，十幾家舖子，往來的客商多半在那裏打尖歇足。那個地方當中一股平坦的道路，兩旁都是莊稼，田禾彌野，在這時候就跟一片綠海似的。在西北十里之外便有一座高山，本地人呼那座山為對頭山，因為山上有兩峰相對。山下並有一塊砂礫之地，不能耕種。那地方，在前幾年常有強人出沒，近幾年倒是沒有了，可是，凡有附近的土棍流氓，或是仇敵對手不願經官的，便都約到那個地方去拼命。那地方常有無頭屍身發現，是一個險惡的地方，因此也使得本地的人性情變得更為強悍。

毒劍客唐松現在是住在鎮上的馬家店裏，他的馬跟寶劍都放在這裏。他是要跟雪卿賭一口氣，因為他覺得雪卿太無情，並且輕視他。他料到葉底金蟬梁明月必不舍雪卿，必然向北來追，必要由此地經過，所以他就在此等候，想待梁明月來之時，自己就拼命去與他再鬥一場，若不將梁明月殺死在此地，給雪卿看看，自己就誓不為人！

他雖住在店裏，可是整天不在店中。店中馬棚裏病着一個會耍棗木棍的大漢，他也知道。他早晨起來到院中時，有一次看見那馬槽的旁邊伸着兩隻很粗的，又髒又黑，光着兩隻腳的大腿。又有一次，看見那大漢在馬槽後面坐起來了，露出一團亂蓬蓬的頭髮，那人的模樣他卻沒有看見。他以為不過是個乞丐、窮漢罷了，便也沒往心裏放。

每天他一清早就攜帶着寶劍出店門，到附近的一家茶酒館裏一坐，他把寶劍藏在桌子下邊，然後要上一壺茶，再來一碗酒，一盤肉，一盤鹽水煮黃豆，他就吃吃喝喝起來。靠着窗子是一棵小柳樹，樹上不斷有蟬聲唱着，並有蟲子掛着一條絲由樹上墜下來。樹葉搖動，時時吹進來涼風，用不着扇扇子。而且無數南來北往的人，都必須從窗外經過，逃不開他的眼底，尤其是傍晚時分，過路的人來此打尖了，那麼這棵柳樹就是拴馬樁。附近各村中的，到鎮上來糴糧賣柴、買油割肉，總也多半來這裏，跟酒館裏的那個麻子掌櫃的，癆病鬼似的內掌櫃的，談幾句，笑幾聲，還許喝幾口茶，來一杯酒。而那棵小槐樹下，只要沒拴着馬，就有人坐在樹下抽煙、乘涼，談閒話，附近的什麼事唐松就都知道了。

而張老二家裏的那二兒子，跟村裏幾個鄰居，幾乎整天在鎮上，常隔着窗跟他笑着談話：「你怎麼不回去呀？」「太太一個人在那裏，悶得慌呀！」「她今天能下炕了，可是不能多走路，腿大概還有點疼。」「你在這兒要等誰呀？」

張老二也親自來此請過他一回，叫他回村裏去，他卻說：「我因與一位好友約定在此地見面，你們那村子地方太偏僻，不容易找，我怕他走過去，所以才在此等着。」他藏在桌子底下的寶劍，也沒有什麼人注意，所以就都以為他在此等着的真是他的好友。

但到了第三天，傍晚的時候，忽然有一人騎着馬自南而來，行過這窗子時，並未駐馬。但唐松霍然站起了身，沖外面高高叫了一聲：“梁明月！”

　　葉底金蟬梁明月本來已經走過去了，聽了身後這一聲叫，他不禁勒住了馬，扭頭向後來看，就看見了酒舖的窗內，昂然站着毒劍客唐松。他的那張紫紅臉上稍露出來驚訝之色，隨又一笑，便下了馬，牽轉了馬走過來。這時他穿着一身青洋縐的褲褂，十分講究；馬是換了一匹紫驈馬，渾身的毛兒全都生光。但他卻沒有攜着七節鞭，鞍旁掛着護手鈎一對，上罩皮套。

　　此時窗裏的唐松已將劍暗摸在手裏，可是看見了梁明月的這對鈎，不由又有些驚訝。因為在米家莊時曾聽蓋河南說過，葉底金蟬雖然十八般武藝件件皆通，但是他最拿手的還是那一對護手雙鈎，如今他把看家的傢伙拿出來了，這確實更不好辦了！

　　梁明月來到窗前，倚着馬一站，那棵小柳樹垂下來的長絲，直拂在他的頭上。他是滿面春風，一點也沒有忿怒的表現，問說：“怎麼？你是特地在這裏等候着我嗎？”唐松也故意做出鎮定之態，傲然說：“你既已猜出來了，那我就不必說啦！”

　　梁明月說：“咱們都是南方的豪傑，本來沒有仇恨，何況我聽半截塔說，你跟蓋河南也是很有交情，說來咱們都是朋友。上次，你要是不多管閒事，我也不能跟你為難。我也知道你跟我作對不過是為跟我爭那梅花女，但你錯了！你又年輕，又漂亮，又不指着走江湖吃飯，誰不曉得你是個風流人物？你要想娶宰相的小姐都許辦得到，何必跟我爭那麼一個江湖女子？老弟！我說的是不是？你想一想。不瞞你說，我梁明月向來是個鐵羅漢，但如今我真叫那丫頭給迷住了。我生平沒受過傷，可是前天左肩中了她一梅花劍，真不輕！我卻不能把她舍掉。我料到她的腿也受了鞭傷，必定走不遠，我便追了來。老弟！你知道她現在哪裏，你指告我，只要成了我這件良緣，你是第一個大媒，我必有重謝！”

　　他才說到這裏，唐松驀然揚起劍來向窗外就砍，葉底金蟬疾忙牽馬離開了柳下。唐松一躍上了窗臺，高聲罵道：“梁明月！你要是上馬逃走，你就不是英雄！唐太爺在此已候你三日了，今天非跟你拼一拼不可！非殺死你不可！我能容你污蔑梅花女？站在！你小子別走！”他飛也似的跳下了窗臺，趕過來挺劍就刺。

　　梁明月便也將雙鈎摘下，抽出套來，分左右手一持，左手的鈎當的一聲將劍架住。他哈哈的大笑，右手指着說：“好！唐松，你倒不愧是洞庭湖派的門人，你的膽子倒還真不小！可是，你看看！”就見此時街上和酒舖的人全都驚慌起來，北邊來了幾輛車也都被截住了。

　　梁明月就說：“這是南北往來的大道，咱們要是誰死了，屍首躺在街心，礙着人的路，那才真叫討人嫌呢！這地方我倒很熟，往西北十多里地有一座山，名叫對頭山，那個地方倒還僻靜。你的劍，我的雙鈎，在那裏也還能夠施展得開。三年前我曾在那裏與水裏虎拼過命，那地方，我倒還想去看一看。”

　　唐松瞪眼說：“那麼咱們就走！”

　　梁明月卻說：“別忙！別忙！我由很遠來到這裏，也得歇一歇，喝兩盅酒。同時我勸你也應當把酒喝足，因為我這鈎傷了你，你不能夠立時就死，喝足了酒，到時也可免去苦痛。”

　　唐松大怒，翻轉劍勢，又向梁明月來砍，梁明月卻揚雙鈎去架。唐松又抽劍乘隙，轉向梁明月的前胸刺來。梁明月卻將臉一沉，以右手的鈎，當的一聲又將唐松的劍磕了，其力極猛，震得唐松的手麻。梁明月順勢又以鈎壓住唐松的劍，叫劍抬不起來。唐松不得不向後退了兩步，才將劍抽回，面色已發紫，胸頭緊跳。就聽身後有人叫說：「唐恩人！你老快躲開吧！」這正是那張老二的二兒子。

梁明月忽又冷笑，向着唐松說：「老兄弟，你先沉着點氣！別急！待會咱們再往對頭山，讓你看看我二十年來所學的武藝。現在，來！進酒舖來，我先請你喝點酒！」

唐松這時真是非常驚訝，想着葉底金蟬梁明月的武藝高、力氣大，而又是這麼一個性情，實在是個怪人，實在令人不解。他拿眼瞪着葉底金蟬，心中卻漸漸改了主意，便點點頭，也冷笑着說：「好！那麼請到酒舖裏，我請你，我還有些話要對你說。」梁明月說：「你先進去吧！」他遂從容不迫地去到柳樹下系馬。

這時街上的人，膽大的還站在窗外遠處看着，膽小的卻早就走了。那張老二的二兒子要拉着唐松回去，唐松卻搖頭，那孩子就走了。唐松是先回到酒舖裏，梁明月自後進來，手中仍然提着明亮如銀的雙鉤。唐松就叫酒保換酒，另拿菜。酒保的臉色都變了，手也有點兒哆哆嗦嗦的。旁邊的別的吃酒用飯的人，都怕他們再在屋裏打起來，早就付了錢或記上帳，溜走了。

這裏毒劍客唐松將酒滿滿斟了一杯，先遞給葉底金蟬，梁明月帶着笑接到手裏。唐松自己也斟了酒喝，他就先發話說：「你剛才說的對！咱們兩人本來無冤無仇，只是為一個梅花女徐雪卿。不瞞你說，她的父親赤須龍徐三爺，已於今春將她許配給我了，因此我對她不得不保護，我還不許人說她的壞話！」

梁明月聽了卻一笑，問說：「誰是大媒？」

唐松說：「順德府的鏢頭黑袍狼秦成，他是大媒。」

梁明月冷笑着，喝下了一口酒，擺着手說：「得啦！老弟你何必跟我說這假話？你們在順德府鬧的事兒，難道我還不知道麼？你在米家莊蓋河南的家裏，養了些日傷，是誰傷的你？哈哈，你也別瞞我！你不過跟我一樣，全跟梅花女為仇做過敵，不過後來都被她的美色所迷。只是她愛你年輕，嫌我年老，才肯跟你一同逃到這裏。如今，沒有別的廢話可講，你交出來梅花女便罷！」

唐松大怒，驀然又掄起劍來，隔着桌子向梁明月就砍，梁明月向旁一跳就躲開了。劍砍在桌上立刻出了一條深痕，酒杯被震落在地下，摔得粉碎。酒保大喊說：「別在我們這兒打呀！」窗外那些看熱鬧的人又都紛亂起來。梁明月跳到一邊，手持着雙鉤，依然冷笑着說：「真要打嗎？真要打咱們就走！到對頭山！」唐松說：「好！這就去！你等我取馬去！」說着就持劍跳出了窗戶。

唐松回到了店中，直頭往棚下去解馬，卻見那個患病的窮漢並沒在這裏，他解下了馬，連鞍韉也不備，就牽着出了門。只見梁明月已經上了馬，一隻手拿着一對銀鉤，一隻手提着馬韁，高呼說：「走啊！是好漢子就隨着我來！」他的馬就先馳出鎮去了。唐松上了馬，緊緊跟追。

走出了這市鎮，西北面田禾的中間便有一條小徑，梁明月就催馬往那邊去了，還回首冷笑着點手，唐松就去追，雙馬一前一後，順着小徑去行，觸得兩旁的田禾都簌簌作響。梁明月時時回首，只是冷笑。而唐松卻是面色發紫，心中計畫着到時應使用的毒辣着數，他並回頭去看，見到沒有什麼閒人跟來，因就想：平常要是有人在那裏爭鬥，不定得有多少人去看呢？如今，那些人卻連看也不敢了。

他們的兩匹馬很快，不多時就出了這片田地，望見了那座對頭山。山並不太高，而怪石嶙峋，形勢卻極為險惡。山下的地下，盡是些碎石爛磚，坎坷不平。梁明月到了這裏，就甩蹬下了馬。他先將馬牽到一邊，然後雙鉤向左右一分，跳躍着逼來，說聲：「來吧！」

唐松由馬上一躍而下，他咬着牙，一句話也不答，寶劍如猛蛇，就向梁明月的當心刺去。梁明月雙鉤如鷹的翅子，反舞以迎。兩三合後，唐松突然轉變劍勢，劍作刀使，只連向梁明月的頭上喀喀亂砍。梁明月以鉤鉤，以鉤架，以鉤擋，以鉤磕，刃物相擊，當當作響；雄軀往返，各不相讓。忽然梁明月用一鉤壓住了唐松的劍，以身猛然向前，另一隻鉤便要來鉤他的脖頸。唐松疾忙一伏身閃開了，同時抽劍，連砍帶刺。二人越殺越緊，又交戰幾合，唐松的力弱，便又不得不向後退。

梁明月正在得意，這時突然有一道白光，自南飛來。梁明月手疾眼快，他早已看見南邊飛馳來了一匹馬，馬上坐的正是梅花女徐雪卿，在十步以外，這枝梅花劍飛來了，他疾忙就用鉤迎磕，當時一聲響亮，短劍就落於地下。唐松卻急喊說：「雪卿！你不要近前！」

徐雪卿是一身淺紅的綢子衣褲，鬢髮齊整，脂粉輕塗，十分嬌豔，而怒容勃然。她瞪着星眸，狠狠地說：「憑什麼我不管？」颼的又一枝劍飛來了。

梁明月卻早已向後退了幾步，將鉤歸於一手拿着，另一隻手張開一抄，便把小小的梅花劍抄在他的手中。他傲然笑着說：「好！來吧！越多送給我梅花劍，才越能顯得你多情呢！」

雪卿催馬向前直闖，寶劍掄起，向梁明月就剁。梁明月並不躲閃，只舞動了雙鉤迎殺。唐松又從步下舞劍逼來。當下兩口寒光，又將對方的雙鉤敵住，梁明月卻略無畏縮，雙鉤左右翻騰，上下翻飛，前遮後護，當時就見幾道白光繞眼，馬躍人騰，石飛土濺。

唐松恐怕雪卿有閃失，直叫她：「退後！退後！讓我一人！」雪卿卻說：「你躲開吧！難道我還真敵不過他梁明月？」梁明月卻是一邊掄舞着雙鉤，一邊哈哈大笑，嘴裏且胡說亂道着，氣得雪卿跟唐松，兩口劍越發的逼緊。

但他們無論怎樣使盡了生平之力，展開了所有的劍法，到底不能將梁明月殺退，更不能損傷梁明月絲毫。並且梁明月越殺越勇，他的雙鉤，舞得直如同兩個飛轉的銀色車輪，車輪護着他的身，他又大笑，說：「算了吧！毒劍客你可快些滾開，不然七爺可就要下毒手了！梅花女你也趕緊扔下劍，給七爺點溫存，不然……」

他往下的胡話還沒說出來，忽然背後飛來了一塊大石頭，正砸在他的腰上。他的身子不禁向前一撲，雪卿趁勢一劍，正砍在他的左臂上，他就把一隻護手鉤扔了。但他雖然受了重傷，血水直流，可是他並沒有出聲。此時他不笑了，面色慘白，掄着一隻鉤就向馬上的雪卿狠鉤。

這時候，唐松就看見從那山坡上跑下來一條大漢，渾身破爛的衣服，光着兩隻腳，一張大長臉上滿是泥污，跟個乞丐……不，簡直跟個惡鬼似的。他手持着一根又長又粗的棗木棒，兇猛地跑了過來，驀向梁明月的頭上就一擊。葉底金蟬這時可忍不住叫了起來。唐松又趁空一劍，梁明月就倒地身死，大漢也收住了棒。

第九回　情絕兩面俠女潛蹤　月照中庭師徒巧遇

　　馬上的徐雪卿跟唐松卻全都驚訝了，全都看出來了，原來此人正是順德府的飛錘太保高文豹。唐松不由咬住了牙，直着眼發怔，因為他曉得這人就是徐雪卿的未婚夫。而徐雪卿也不由得呆了，她沒想到近日所聞的那位落魄英雄竟是他！他雖然落魄，還是這樣地勇猛！若沒有他，今天，實在，連自己帶唐松，還是一定敗在梁明月的手中無疑。雪卿想到這裏不由得又臉上發紅，心中既慚愧，且感激。

　　高文豹卻像一座巨塔似的，手拄着棗木棒立在他們的眼前，他望了望唐松，又望望雪卿，只說：「你們快走吧！死屍由我來收，出了官司由我打！」

　　唐松便拱拱手，說：「高兄，你這漢子我佩服！我是不知你竟一貧至此。那麼，就請你先把這地下的屍身拖到山上扔了吧！然後你再回到鎮上，等我將雪卿送往那邊村裏，我再去找你，我們再細談，我們倒要深交一交。我還要資助你一些銀兩，給你找個地方再安置你！」

　　他的話才說到這裏，高文豹就掄棒向他打來，瞪眼怒罵說：「誰要你的銀兩？誰叫你安置？你姓唐的算是什麼人？」唐松向後連退幾步，臉色也變了，說：「姓高的！你不要不識抬舉！」說時寶劍挽花，要向高文豹的當胸去刺。

　　雪卿驀然從馬上跳下，說：「不可！」她的腳立不住，身子向後一歪。唐松趕緊上前去扶，她卻翻臉喝聲：「躲開！」唐松不禁愕然。雪卿卻又流下淚來，說：「我不許你們打！」她彎曲着一條腿，一手扶着馬，便又站起了身。

　　唐松與高文豹互相怒目望着。唐鬆手橫着劍，高文豹也雙手舉着棗木棒，雪卿和她的馬卻橫在中間。她先向唐松擺手說：「你不要打！」眉目之間確實仍含有一種情意。然後她又轉臉向高文豹說：「你是為什麼到了這裏來？為什麼落成這般模樣？」她問話的聲音又有一些淒慘。

　　高文豹便將棗木棒垂下，臉色顯出一種愁容，是益發難看。他長歎了一聲，說：「我落成這般模樣，談起來話長。毒劍客可是咱們的仇人，你不要忘了！今天我來打葉底金蟬，原是為幫助你！我在店內聽說葉底金蟬要向這小子逼問你的下落，並說了你許多壞話，我就生氣，我才扶病前來。打他原是給你出氣，並不是要幫助這小子！」他依然發怒的指着唐松。

　　唐松卻提劍冷笑着。又聽高文豹慨然對着雪卿說：「我到河南來，還是為找你！你不該出來，你雖武藝高強，蝴蝶鏢、梅花劍的聲名大，可是這江湖你不應當行走。你還是應當快些回去，看看三叔跟三嬸！」

　　雪卿驚訝地問說：「莫非我爸爸跟我母親，是他們叫你來找我的？他們二位老人家想我了？病了？」問這話時，她的聲音越發淒慘，淚都落下來了。

　　高文豹卻擺手說：「沒有！除了三嬸，自你走後她就病了，聽說現在還沒好。三叔是我臨離開順德府之時，見了他一面，我還是被他救出來的。他老人家倒還健康，他並且對我說，他不要你啦！」

　　那邊的唐松聽了，不由得面上又現出喜色。卻見雪卿把寶劍扔在地下，以身子倚着馬，掏出手絹來捂着眼睛，不勝悲泣、抽搐。

　　高文豹又說：「姑娘你也不必難過，我來找你也別無話說，只是勸你回去。你還放心，我是終身也不能再回順德府了！」說到這裏，他又是慨然的一聲長歎，接着說：「我都知道，你為什麼離家呢？你不過是因為不願意嫁我，嫌我的貌醜、家寒。可是你不知，這些話你應當早向我說，我也就退了婚了！如今過去的事情全不必提，我是不能再回順德府了，你到了那裏也就曉得我是為什麼出來的，為什麼落成這般模樣。徐三叔救我出來時也曾給了我幾兩銀子，但都被我周濟了貧乏。我又不會偷盜，不能去找人謀生，就成了這樣，我的老娘還在順德。」

　　說到這裏，他也流下來兩行眼淚，又說：「三叔應得我走後，照顧她老人家。我倒放心，不過怕我終生不能盡孝了！你，我們見了這一回面之後，我也就不再找你，可是我勸你趕緊回去。你若真進了門，三爺他老人家也不能把你打出來。婚是早就算退了，你愛嫁誰便去嫁誰，我不管。可是，他……」又指着旁邊的唐松說：「他可不是好人！你若是真做了他的妻子，那可實在叫三叔生氣了，那你就算把三叔一生的名頭都丟盡了！我也就看不起你！」

　　那邊唐松又憤然躍起，怒聲說：「高某，你可不要當面罵人！你去遍處打聽打聽，我唐松，真正的堂堂好漢！」

　　雪卿卻又擺手，一邊拭着眼淚，一邊說：「你們都不要說，聽我說！我不願再回順德府，因為我也無顏。高文豹！我對不起你，可是，咳！不用說了！反正我知道你是個好人，但我不願做你的妻！」高文豹默然點頭。徐雪卿就又向唐松說：「唐松！你也是一條好漢，諒你也不能沒骨氣。現在我把話說明，我是也不願再與你相識，你也走！」

　　唐松向後退了一步，怔了半天，然後就一跺腳，說了聲：「好！」他去收劍上了馬，依然順着那條小徑就走了。走了一段路，他又回首看看，見高文豹一手拄着棗木棒，一手拖着葉底金蟬的屍身，已經上山去了，而雪卿的人馬影子卻都已不見。他疾忙催馬去走，想要先回到鎮上，然後再往那村中去見雪卿。

　　他的馬行得很快，並且心中十分痛快。第一是因為已經剪除了葉底金蟬梁明月，第二是他以為剛才雪卿說那些話是假的，心想：她不過是為拿那話將高文豹騙走，而卻在張老二的家中去等候着我了！於是唐松就緊緊地催馬快行。

　　不想到了那村中，還沒見到張老二，那孩子————張老二的兒子就迎上他來，喊着說：「唐恩人！你跟那個使雙鉤的小子打得怎麼樣了？誰輸誰贏？你的太太剛才聽見我給她報了信，她不放心你，她就也騎着馬去了。她沒到對頭山嗎？你沒見着她嗎？」

　　唐松勒住了馬，問說：「她現在回來沒有？」

　　這孩子說：「她去了不多時就回來啦！她連馬也沒有下，在門前叫出我爸爸，給她進去拿上了包袱，她就走了！”

唐松吃了一驚，趕忙問說：“走了？往哪邊去啦？”這孩子說：“往東邊去啦！她不是又找你去了嗎？你沒見着她嗎？”唐松連搖頭都沒有工夫，他疾忙撥回馬頭，就一直往東走去。

他的馬行得更快，及至跑到大道之上，已然滿頭是汗了。他瞪着兩眼，南瞧瞧，北望望，但卻沒有雪卿的人跟馬的影子。他不禁十分着急，又想：雪卿她絕不會往南去走，南邊還有葉底金蟬那些朋友，大概她一定是往北去了！於是唐松就又催馬往北去走，

沿途他逢着人便問，但竟沒有一個人看見有什麼騎着馬的女子由此地經過，於是他又猶豫，收住了馬暗想着：莫非她真是往南去了嗎？不然何竟沒有一個人看見她？她，真真是無情，我絕不能容她去遠！唐松便又折回馬來，再往南去走。

一直追出了六十多里路，依然不見雪卿的蹤影，向路旁的人詢問，依然是沒有人看見她。唐松就不禁驚疑，暗暗歎氣，並且灰心了。忽然又想起：她在江湖上失了意，必不能再在各處瞎撞了！聽高文豹今天說，她的母親是自她走後就得了病，她也許是順着什麼便路回順德府去了？這樣說我還得向北去追她！咳！當下唐松又將馬頭重撥向北，可是他已經意態頹然，馬也沒有剛才走得那麼急了。

這天的天氣十分炎熱，白廟鎮迤北的大道上滾蕩着煙塵，可是那田野中間的曲曲折折的小徑之上，卻相當的清涼。微風吹得麥葉沙沙地搖曳，並送來陣陣的麥香。道之中間，有一匹馬在緩緩地走着，馬上一位姑娘，正是徐雪卿。她的芳容黯然，一點也沒有往日的俠烈氣概了。她的心頭是很沉重的，如今葉底金蟬雖已死了，但是乾娘秦夫人避往何處，還是無法知道。母親是自己走後便病了，如今也不知是痊癒了，還是更沉重了？爸爸的脾氣又是那樣的暴躁，再說自己既已出來了，又有什麼臉再回去？高文豹的為人，自己實在欽佩，可是他的容貌醜陋，自己又實在不喜歡。唐松是自己所愛的，但他的品性卻又不好，而且我若與他在一起，將何以對得起高文豹呢？

她的心中實在是難過，而且悽楚，腿處的傷，因為騎馬，又磨擦得很是疼痛。包袱裏雖然還有錢，可是她為免得被唐松或是高文豹追趕上，所走的盡是偏路小徑，故此也找不着一家店舖可以供她飲食，她就忍饑耐渴地向下去走。

傍晚時，看見附近一個村落裏騰起了炊煙，她才去尋覓了一戶人家，求了飯吃，並投宿。這農家只是老夫婦，人都很好，對她倒尚為優待，於是她就住在這裏，到次日也沒有走。她不僅是腿傷，好像還得了心病，懨懨的不能夠起來。在此一連住了七八天，她的腿傷就完全好了，可是芳心仍然憂抑。及至別了這農家，出村上馬，朝南陽府方向走去，去救師父。

一連走了三四日，投村宿店，倒無事發生。這天她的馬已由偏途而又登上了大道。看了看，方向倒沒有大差，可是天色越來越陰沉。又往下走了幾里路，竟落下大雨來了，路上起先還有急行的車馬和亂跑的人，漸漸的雨越來越大，竟一個行人也沒有了。雪卿的衣服盡濕，馬背上的雨水也如泉水似的往下流，雨聲響如亂鼓，田野間都浮了一層白煙，低的地方就變成了池沼。雪卿的眼睛都被雨水淹得模糊了，她低着頭，緊緊地向前去走，半天才走入了一個市鎮。

這市鎮很小，統共不過十來戶人家，只有兩三家小舖。雪卿來到一家舖戶的門前就下了馬。門前有個插幌子的竿子，雪卿就將馬系住了，把濕淋淋的包袱也解

下，她就跑進了店舖裏。一時她兩眼難睜，竟看不出這是個什麼舖子，只聽櫃裏有人問說：「雨真大！大嫂你是從哪裏來？」

雪卿先把濕手帕擰了擰，就拿着它擦了擦眼睛跟臉，然後揚起頭才看了出來，原來這卻是一間小藥舖。兩壁都是小抽斗，上面粘貼着白紙的條子，寫着什麼陳皮、麥冬等等，櫃上還擺着許多的罐子跟葫蘆，藥味撲鼻。一個胖掌櫃的隔着櫃檯又問她說：「大嫂，你要買什麼藥啊？」

雪卿把濕淋淋的辮子向後一掠，那掌櫃子的兩隻眼便有一點發直，雪卿搖頭說：「我不買藥，我是從此路過，因為遇見雨了，所以想在你這兒避一避。」

櫃裏的那胖掌櫃的就顯出不大高興的樣子，好像是一天也沒開張，來了個女人又只管白避雨，卻不買藥，這有多麼不吉利呀？他就指着對過的一家舖子說：「那邊不是店房嗎？又賣飯，又住人，還有內掌櫃的，你去了也方便，為什麼不上那邊避雨去呀？」

雪卿聽了就走出了這舖子，站在屋簷下，隔着雨向那邊望着，就見那邊有一間土屋，前面還搭有席棚，有幾條破桌子破板凳在雨中淋着，確實是一家代賣飯的店房。她將要走過去，忽見那邊的破窗子打開了，現出來一個穿着月白裙子的婦人身影。雖然是隔着如織的潺潺細雨，但還能看得清楚，竟覺得十分面熟。

隔着一條泥濘的小街，那邊的婦人也把雪卿看了半天，她也呆了。忽然她招點着手兒，笑着叫道：「來吧！來吧！這不是徐姑娘嗎？噯呀！這場雨可真好，把貴人給送來啦！我真想您！」雪卿驚疑着，此時才看出來，原來這婦人正是上次在米家莊遇見的，那個蓋河南的逃妾賽嫦娥。

雪卿想着，上次就因遇見了她，她幫助人要圖財害命，就弄出了很大的事！如今又是下雨的天，自己且是個孤身，如若跟她一談話，又許惹出什麼麻煩來。因此便不理她，並且想趁着這時雨住些了就走。

但那婦人已開門出來，站在斜對面的屋簷下，又向她點手，更笑着說：「徐姑娘您過來吧！這邊沒有別的人，來！我告訴您，方大爺就住在離這裏不遠！」

雪卿驀然心裏一動，原來那方廷玉並沒有死！他大概是遇救了，他就住在這附近，並且這婦人曉得他的下落，我怎可不去看看他？當下雪卿不由得就答應了一聲，挪動着已經濕透了的兩隻鞋襪，就趟着泥水，急匆匆地走了過去。

賽嫦娥就把她往屋裏讓，屋中沒有什麼用飯的和住宿的客人，只有一個很精壯的漢子，赤着脊背，正躺臥在一條大板凳上睡覺。賽嫦娥一面過去推那個人快醒，一面向雪卿說：「這個人就是我的當家的，他是這店裏的掌櫃的，名叫龔呆子，他可一點也不呆。在衛輝府的時候，那時他在那兒幫着人做生意，就嫖過我，要娶我。可是我那時候昏着心，看他論人不如那黑二，論財勢不如蓋河南，我就跟了蓋河南那瘸老頭子，姘上了黑二。直到那次遇着姑娘你……咳！那就不必詳細說啦！多虧那位方大爺善心，人家受着傷，還催着我快些逃命，不然那蓋河南能饒得過我？我簡直是跟要飯的似的，過了黃河就跑到了這裏。我知道他是這裏的人，只有他還可以容我投奔。我就來了，沒想到他還真待我不錯，我就成了這裏的內掌櫃的了。」

此時那個龔呆子已滾下了板凳，坐着揉着朦朧的眼睛。這個人年有三十來歲，滿臉的深大麻子，經他的老婆一引見，他就趕緊站立起來，向着雪卿作揖，樣子是極為恭敬而且誠懇。賽嫦娥就指着他又向雪卿說：「我的這個漢子，他待我可真好，沒有那麼好的！因此我也收了心啦。這個小買賣，雖說發不了財，可也餓不死，我就打算跟他一輩子啦！得這麼個人，誰管他長得好不好，真不容易！”雪卿一聽，不由心中忽有所感，覺得婦人的這幾句話，竟像是針對着自己而發，不免想起高文豹來了，一陣慚愧似的傷感之情便襲上了心頭。

婦人又說：“前些日有幾個過路的客人，救來了一個人，原來就是方廷玉大爺。那時他的傷不但沒好，且更重了。正好被我瞧見了，我就跟我男人一商量。我男人說，既是人家早先放過我逃命，那就是我的恩人。那幾個客人雖都是好心，因為在路旁看見他趴在地下哼哼，才把他救起來；可是客人還都得上省裏去做生意，不能淨帶着他。我們便把他留下啦！因為這條街晴天的時候，也是來來往往的人很多，蓋河南手下的那些東西時常從這裏經過。連我，除了下雨的天，在這兒簡直不敢出屋子，方大爺若在我們這兒住着更是不便。我男人有個本家的哥哥，在西邊太玄觀裏當道士，廟裏很清靜，輕易也沒有什麼人去，我男人就把他送到那裏去了。倒還好，他在那兒休養了不多的日子，傷就全都好了。方大爺本來是想南下再去找你，可是他又心灰意懶，前天他還到我們這裏來了呢，他說他要在那廟裏出家當道士！”

雪卿一聽，心中更是不勝感慨，就歎了一口氣，說：“我在這裏等得雨住了，你把那太玄觀所在的地方指點給我，我去看一看他。”婦人點頭答應了，遂就請雪卿在一個凳兒上坐下，她就跟她丈夫一齊忙着，給雪卿燒水沏茶、下麵。

窗外的雨籔籔的落着，可是越落越微。雪卿用畢了飯，又與這婦人對坐飲茶，談了半天的閒話，外面的雨就漸漸的住了。烏雲飄了過去，露出來晶碧的天空，金色的太陽。街上的泥濘之中，也有本鎮上的人光着腳出來，可是仍然沒有什麼車馬往來經過，因為路是太難走了。

雪卿穿着一身濕衣裳，在屋中待了這些時，已都快幹了。婦人把她請到櫃房內，她拿出衣服鞋襪來，要叫雪卿更換。雪卿見她的衣服只有三四件，都是嫁了那龔呆子之後新做的，雖然是布的，可是不是大紫，便是蔥心綠。而且因為身材不同，雪卿比了一比，不是太肥，就是太長。鞋更是不合適。雪卿只從包袱裏拿出來一身半濕半幹的，昔日在穎水河邊洗得很乾淨的衣褲鞋襪，叫婦人在火爐邊烤幹了，她就換了。

此時因為外屋裏來了幾個客人用飯，並有人來投店，外面就亂哄哄的，很多人談着話。雪卿因怕有人認識她，所以也不願出屋子，就在這屋內的炕上躺臥着休息。直到天晚時，屋外的客人才全都走了，在這裏投宿的兩三個人，也都到後院的小屋裏去休息了，外面靜靜的，雨聲、雷聲，和人的談話聲全都沒有了，雪卿這才叫婦人把那龔呆子請了進來，向他詢問那往太玄觀去的路徑。

龔呆子說：“很好找！出了這條街往北，走不遠就能看見一條路。那條路也很寬很平，雖有泥，可是您騎着馬不怕。今天又有大月亮，您走不一會也就到了。那廟中只有四位道士，我那本家的哥哥法名叫作永修，他雖不是方丈，可是在觀裏也很拿事的。您去了，就能見着那位方大爺了。”

雪卿含着笑將頭點了點，就要自己出去備馬，可是龔呆子趕緊出去，搶着把馬匹備好。雪卿就連寶劍帶包着梅花劍的包袱，一齊拿了出去放在馬上。雪卿才上了馬，那婦人又追出來，問說：“姑娘你還回來嗎？”雪卿說：“也許回來。但無論我走後多日，如有人來這裏打聽我的行蹤，你們可千萬不要說。”婦人笑着說：“不用你囑咐我也知道呀！”雪卿點點頭，就鞭馬走了。

此時東方是一輪明月，回首看看，就如一面銀盤高掛在背後。出了這小鎮，走不遠果然看見往西有一條大道，道上泥水未幹，被月光照得閃閃發亮，如同一道小溪似的。兩旁有柳樹，有田禾，有茅舍竹籬和隱隱的燈光，可是沒有一個人，風景至為幽靜。雪卿就催馬款款地走，馬蹄濺着泥水喳喳地響。

走了多時，走出了約二十里地，便看見路旁有一座廟宇，月光照着那牆垣，朱色殷然。有幾棵松樹，鬱鬱的，把幾團黑影子投於地下，廟中岑寂得如同一座古墓似的。雪卿料到這裏必定是了，就下了馬，腳踏在地下，覺得很是濕松，倒沒有什麼泥水。她將馬系在松樹上，將要向廟門去走，去叩門，卻忽聽門裏隱隱約約的有兩個人說話，雪卿只聽出來一句，仿佛是問說：“外面有人！是誰？”

雪卿不由得退了一步，正要等着裏面的門開，不料門倒沒開，那牆頭卻竄上一個人來。雪卿一驚，仰面去看，問了聲：“是方大哥嗎？”牆上的黑影卻很苗條，雲鬢儼然，正似向下望着發怔。雪卿看出是一位婦人，便覺出自己是認錯了人，她又後退一步，仰面定睛去看。牆上的人忽然跳了下來，說：“哎呀！原來是雪卿！真巧！我正在惦念你！”下來就把雪卿的胳膊拉住，並將她的身子抱住了。

雪卿此時已經聽出來這相違已久，而又廝熟的聲音，她仰着臉仔細去看，又辨出來這半老婦人的清瘦容顏，不由得叫了聲：“乾娘！”她抱住她的乾娘痛哭起來。秦夫人的淚就墮在她的臉上，她師徒兩人都哭得出了聲兒，月光在她們的淚眼中也仿佛十分慘黯。

此時方廷玉已開了廟門從內走出，勸了多時，她們才把悲痛略略地止了。秦夫人好像很沒有力氣，她就在旁邊找了一塊潮濕的石頭坐下了，她先問了雪卿今天怎會找到這裏來。雪卿就說了，並說：“我原來是為看方大哥來，卻不料竟遇着了乾娘，現在我是毫無准去處，只想找到了乾娘便好了！”於是她就又向秦夫人詢問，受的那葉底金蟬的傷好了沒有。秦夫人只點了點頭，說：“已經好了！”便不再細說她自己的事，只是向雪卿諄諄地詢問她自與方廷玉分手以後之事。

雪卿擦了擦眼淚，先說到了穎橋鎮住于呂芳姐家，會着了那位趙老英雄，接着也把唐松相助，共鬥葉底金蟬梁明月，而敵梁明月不過，以至於自己腿部受傷之事說了。她本想不說出毒劍客唐松，但因為要據實傾訴，她又不得不說出。

秦夫人聽了，不禁點頭浩歎，說：“葉底金蟬的武藝確實難惹！我雖吃了他的虧，但我仍佩服他的武藝，他的棍法、刀法、劍法、鞭法，以及接發暗器的準確，在今日江湖上實可稱為第一，恐怕實在無人能將他制服了。”

雪卿卻昂然說：“乾娘你老人家放心吧！葉底金蟬已經死了！”於是她又將日前在對頭山和唐松共同與葉底金蟬拼鬥不勝，幸有自己在順德府鏢店中的鏢頭高文豹相助，她才用劍將葉底金蟬的性命結果了之事，慷慨地說了一遍。她沒說出高文豹與她的婚姻之事，然而高文豹的英勇，她卻一點沒隱瞞。

戚夫人聽過之後，不禁動容，她立起身來，並不是欣慶仇人葉底金蟬已死，而是驚佩地說：“高文豹！哎呀，想不到竟有這樣的英雄！此人現在哪裏？我真得去見一見他！”

第十回　彩蝶梅鋒情割今世　龍門黃水月照俠蹤

雪卿不由得有些慚愧和傷感，就悲聲忸怩地說：“他大概還在南邊白廟鎮裏。他很窮，我走的時候很是倉促，也沒有資助他！聽他自己說，他是在順德府被我父親救出來的，可不曉得他在那裏是鬧了什麼事？”

秦夫人又問：“唐松現在哪裏？我知道他那個人，確實是我們洞庭派裏的。他生於江南仕宦之家，本不以走江湖為生。可是，他為什麼要這樣幫助你呢？他也是見葉底金蟬淩辱你，他才義憤不平嗎？他，我日後也想會一會他。”

雪卿的芳心裏，才因與乾娘提起來對高文豹的感愧之情，不禁淒然難過。如今乾娘卻又提起唐松來，使她想起了那雖有一點輕浮，但風度翩翩，江湖無二的英俊少年，又惹起一種相思與惆悵。這種情緒觸着她的心，她實在忍抑不住了，就又悲痛地哭了起來。她坐于秦夫人的身畔，便一頭扎在乾娘的懷中，嗚嗚地哽咽着，把她心中原不想說之事都說了出來。她說了在順德府由父命與高文豹締婚，但自己不願意，所以才逃走出來；又說了毒劍客唐松起先幫助黑袍狼及病金剛向自己的父親尋隙相仇，後來他反倒跟自己好了，一路上時時追隨，屢次示愛；以及自己的心情如何痛苦，感覺實難取捨，才索性都把他們都拋開……

方廷玉在旁邊聽了，卻說：“毒劍客那個人名聲很壞，行為不檢，年少輕浮。姑娘你把他拋開了，正對！千萬別再覺着那小子是好人！”

秦夫人卻默默不語，她先是微微嗟歎，後來卻又笑着安慰雪卿，說：“孩子！你先不要為難，容我去會會那兩個人，看他們之中哪一個可以稱得起真正的英雄，可以與我的女兒相配，我再替你決定主意。可是到時候，孩子，你可要千萬聽我的話！”

雪卿的掛着淚珠兒的雙頰，在月光下卻一陣緋紅，她連連搖頭說：“不必！乾娘您千萬不必去找他們了！”秦夫人又沉思了一會，就說：“你就不用管了。”雪卿說：“乾娘也不用管這件事，這件事已經提不起來了，我不過是不能不跟您說，並不是不識羞恥。如今，我既遇見了您，我就願從今以後永遠跟您在一起，不回順德府見我的父母，也不再見他們別的人！”

秦夫人卻搖首，微笑着說：“這如何能行？你小小的年紀，總還是要尋一個如意的夫君，以圖終身的幸福。像我……”說到了這裏，她長長地歎氣，就述說了她當年的身世流落，運命艱苦，與秦協鎮結婚不久，秦協鎮便為葉底金蟬梁明月所害。她懷仇十載，直至今年，才去到汝甯府找梁明月去報仇，不料竟為梁明月所傷。雖有陳彪公義助，使她在南陽府調養，但梁明月依然不甘心，派了他的朋友鐵錘將吳保等人，打算將她害死。幸而她已早料到有此一着，便忍着傷逃出了南陽，輾轉北來。所幸她尚有昔年相識的好友，在這附近的縣城內居住，她便去隱藏。直到有這裏的道士往那裏化緣，提說在這廟中住着一個姓方的，也是身受重傷，才將養好。她猜出來是方廷玉，才來到這裏與方廷玉見了。

今天，月色朗潔，他們正在廟內庭中，對月生愁，感覺江湖坎坷，各人都願意從此洗手，隱居山村，不再侈談武藝，沒想到雪卿就來到了。

他們三個人見了面，就都想：都曾是江湖上不可一世的俠女、英雄，而又都經過顛撲，受過傷，在別人的手裏敗過，所以都興致頹然，都對江湖之事產生厭倦，不願再與他人爭強鬥勝；正是寶劍失光，奇俠無色。尤其是秦夫人，如今特別頹唐。而雪卿是緊鎖雙眉，默然不語，她不僅是走江湖的銳氣全都完了，傲性都減了，並且身傷雖愈，心頭卻蒙上了莫大的創痕。

秦夫人又悶坐了一會，便問雪卿說：“你現在住在哪裏？就住在那店房裏嗎？”雪卿說：“我白日在那裏待了一天，但我並沒有行李，我想我也不必回去了。”秦夫人搖頭說：“這廟中不能容留女客，我現也是住在別處，離此尚有四十多里地，我也得當夜回去。”

雪卿說：“我跟着乾娘回去吧？”秦夫人擺手說：“不可！我寄居的那個人家很窮，屋子很窄，容不下你住。再說那裏的一位老太太，膽子很小，我在她那裏寄居，她已經就很生疑，你若去了更不好。”雪卿又撒嬌似的說：“那麼，乾娘就騎着我這匹馬回去吧！我倒離着還近，我可以走回鎮去。”

秦夫人又擺手說：“也不必，我生平不慣於騎馬，不似你們生長在北方的人。所以我不願再走江湖，也是此意。現在你先回去，在那店裏歇一晚，明天清晨我便找你去，咱們再說。你須聽我吩咐，你還是先回順德府見你的父母去。過些日，至多兩三個月，那時我必然也到順德。我要去拜訪你的令尊，對於你的事再決定注意。以後，或是你隨我回到河津縣，或是我就久住在順德，我們師徒便可常在一起了。”雪卿聽到這裏，不由又有些難過，就低着頭不語。

秦夫人又向方廷玉說：“方師爺，你也進廟裏歇息去吧！”原來方廷玉早先在秦夫人之夫秦協鎮的手下當過文案，那時眾人就都稱他為方師爺，故今日秦夫人仍以此稱呼他。

雪卿還有些不願離開這裏似的，不走也不說話。方廷玉倒走過來向着雪卿勸說：“姑娘就先回到鎮上龔呆子的店房裏去吧！夫人既有話說，明天還可見面。以後夫人既說是要長住在順德府，那就更好了。姑娘可以跟夫人如一家人似的，朝夕相處，何在今日這分別？”雪卿這才去解她的馬。秦夫人又拂手，令方廷玉進廟裏去。

雪卿牽着馬，秦夫人也隨行着。此時月色愈朗，晚風清涼，路上更為清靜。她師徒二人就迎着月色，且行且敘。往東走出了三四里地，看見偏北有一條支徑，秦夫人才與雪卿分了手。雪卿回到那小鎮上，仍然住在那店房裏。賽嫦娥那婦人雖然舊習難改，說話不免有些風言風語，可是對待雪卿極為殷勤，真像是報答恩人似的。

因為睡得遲，所以次日醒來，天色已經大明。街上有車輛咕嚕嚕地往來行走，外屋卻沒有人說話，賽嫦娥也沒在屋中。雪卿起來，又換了一件衣服，心中卻像懸着什麼事，總是很不安。她剛要取水盥洗，忽見賽嫦娥進屋來，笑着說：“哎呀！

您起來啦！方大爺早就來啦，在外邊等了您半天啦！”

　　雪卿倒吃了一驚，不知是有什麼事，便手裏拿着木梳，一邊梳着頭一邊走出屋子。就見方廷玉穿着一件灰布大褂，戴着個青紗的瓜皮小帽，跟個商人似的，一見了雪卿，他就站起身來。雪卿問說：“有什麼事嗎？”方廷玉說：“秦夫人已經走了。”雪卿吃了一驚，忙問說：“往哪裏去了？”

　　方廷玉說：“今早天還未明之時，秦夫人就到廟中去找我，告訴我，她就要往南去找那高文豹跟唐松。”聽了這話，雪卿面上不由又一陣發熱。接着聽方廷玉往下又說：“秦夫人並給我一封信，叫我將姑娘送回順德府，把信面交給徐三太爺。”說時從懷中取出一封信來，叫雪卿看了看，又說：“她叫姑娘先回到順德家中暫住，等候她，然後她再去到順德見您，並囑咐咱們當日就走才好。”

　　雪卿向窗外去看，見自己的那匹馬之外，還另有一匹馬在那裏系着，知道是方廷玉騎來的。她想了一想，遂就點點頭，回到櫃房裏去盥洗整妝。婦人也歡歡喜喜的伺候着她，並給她整頓包袱。她取出銀子酬謝婦人，婦人推辭了半天，方才收下。外屋的龔呆子已把早飯做好，雪卿跟方廷玉用畢。龔呆子又出去給雪卿備好了馬，於是方廷玉與雪卿就一同走出。龔呆子跟那婦人都送出門去，依依不捨地說：“再見呀！”雪卿上了馬，又含笑點首致謝。當下兩匹馬就離了這小鎮，踏着尚有泥濘、宿雨未幹的街道，一直往北走去。

　　由這裏往北去，走兩天便過了黃河。一路上投店歇宿，時時謹慎，但卻聽南邊來的人說了不少的新聞。葉底金蟬的死耗至今尚無人知道，不過人都知道他迷戀上了梅花女，因去追逐梅花女，已下落不明；至於他的那些朋友，及他手下的人，自他失蹤以後，便全已各自星散。方廷玉跟雪卿聽了這些話，倒放了心。只是又聽人談說，在穎橋鎮仗義打不平的那位趙老英雄，也被葉底金蟬用七節鞭打傷了，被他的親戚送回南陽調養去了。雪卿對於那位老英雄，倒很是關心和感激，同時又想起那位萍逢的至好女伴呂芳姐。

　　行十餘日，便到了順德府，雪卿帶着羞顏進了城，回到自己的故居。鏢店是早就不開了，可是那管賬的楊先生還在這裏住着。她的母親病容滿面，可還不至於不能起床，見女兒回來了，就放聲大哭。赤須龍徐三爺卻還是那樣的硬朗，見了雪卿不笑不怒，也不說一句話。

　　方廷玉以前輩之禮見過徐三爺，並呈上了秦夫人所托代達的書信。徐三爺就把楊先生叫了來，拆開信，讓讀給他聽。此時雪卿正在裏屋，安慰她母親止住了眼淚，她就側耳聽外屋的楊先生念那封信。雖然全是文言的辭句，但她也大致能聽得懂。原來秦夫人寫的這信很有層次，第一就是先述說她自己的身世及經歷；第二就是述說了在河津縣傳授雪卿武藝的經過；第三是述說此次在中原與葉底金蟬梁明月仇殺的結果；第四是述說這次南下，目的就是為雪卿找回來女婿，並要她依從允婚。

　　雪卿聽得都流下淚來了。徐三爺卻在外屋哈哈大笑，說：“我養了女兒一場，倒算給她養了？也好也好，等她來，我叫她把雪卿帶走！可惜葉底金蟬已死，我也意懶心灰，不似早年那樣的好強，不然我也再往中原走走，叫他們看看我赤須龍！”

　　他對於方廷玉倒是很款待，叫楊先生出去代方廷玉找了店房。對於女兒，他也微笑，也點頭，但多一句話也不說。雪卿就在家中閒居，除了于家繡花作的女眷還與她來往，此外任何人也見不了她的面。

　　江湖上，梅花女的英名是沒有什麼人再提了，順德府城中徐家鏢店的蝴蝶鏢也已成陳跡。徐三爺仍然每天清早提着鳥籠上茶館，他的脾氣與前大變，無論見了誰都非常和藹，即使見了他那舊日的冤家黑袍狼秦成，也常拍着他的肩膀稱呼老侄。秦成對於徐三爺恭謹得簡直如孝子賢孫一般，什麼病金剛、毒劍客，他是絕不敢再提了，那倒像是他對不起徐三爺的一件大事似的，別人自然也都不再說。

只是楊先生有一天在院裏悄悄告訴了雪卿，說：「姑娘走後，高文豹就出了事！他在街上把秦成手下的夥計爛酸梨那小子給打死了，就收在監裏。他的老娘很可憐，由咱這裏的三爺時時照應着。可是後來，不知怎麼着，聽說高文豹跑啦，可不知是怎麼跑的，也不知是他自己跑的，還是別人救的他。」

雪卿聽了，心中明白，並且很難受。每天見了父親，她總想提說提說高文豹之事，並且要自表懺悔：只要高文豹現時能夠回來，自己就情願做他的妻子，但是話總說不出來。

光陰慢慢地過去，一個月之後，秦夫人方才來到了順德府。她先與徐三爺見了面，徐三爺見她雖是一婦人，但是言談豪爽，頗有俠風。談了約半日，忽然徐三爺向楊先生宣佈，他竟要偕帶全家，回河津縣故鄉去過日子。

當下他就精神十分興奮，收拾東西，摒擋私事，這裏的房子都交繡花作于家照料。他的太太聽說要回老家，也很喜歡，病勢也好像減輕了。於是紛忙了三四天，這日上午，在許多人相送之下，兩輛車一匹馬，就載着徐三爺的全家離開了順德府。出城不到十里，就會着了坐着車的秦夫人和騎着馬的方廷玉，於是他們就真如至親好友，一路相伴而行。

往北行了一天多，便過了元氏縣，時天雖過午，但日影尤高。徐三爺跟雪卿這邊的車馬故意緩行，而讓秦夫人跟方廷玉在前先走去了。雪卿的心裏卻知道，臉紅紅的，坐在車裏低着頭，跟個新娘子一般。

直至傍晚時才走到一個很大的鎮市，地名叫做竇嫗。街市繁華，夕霞鋪滿了綺天，好似在為她賀喜。原來秦夫人跟方廷玉早就先來到這裏，找好了一家店房。一共訂下了四間屋，在一間屋內佈置上了天地桌，燒起了成對的紅燭；方廷玉還買來紅紙，借了紙筆，寫了幾個雙喜字，貼在屋門上跟屋中牆上。店家知道有過路的人要在這兒娶媳婦，這是喜事，他也非常高興，便叫出內掌櫃子穿上新衣，來賀喜、幫忙。恰好店家是今年春天新娶的兒媳婦，什麼紅緞被褥、鴛鴦枕，都現成，都可以借用。

雪卿一來到，秦夫人便把此次由河南給她做的新衣，打的首飾，全都拿了出來，就給雪卿都妝扮好了。到天黑時就由附近一家店房裏請來了新郎，這位新郎于前三天就來到了，如今也穿戴得很整，大長臉上滿布着笑容。他就與雪卿拜過了天地，拜過了岳父母徐三夫婦，拜過了幹丈母秦夫人，也向方廷玉致了謝。交杯酒、子孫麵，一切的禮儀都不簡略，至晚二更時便入了洞房。

這時已是「金風送暑，玉露生涼」的秋天了，天上的牽牛星跟織女星已接近了。地下，這客房權作洞房之中，大馬臉飛錘太保高文豹也跟千嬌百媚的梅花女徐雪卿接近了，一夜就這麼過去。

次日，雪卿身着紅綠的新衣，雲鬢霞頰，已經成了一位溫柔年輕的新婦。但當日徐三爺就開發了店錢，帶着眾人依然往北轉西，而且行得更急，兩日便進了山西的娘子關。這裏是蝴蝶鏢常走的地方，也是梅花女留下過不朽英名的地方，所以車上的新娘子不禁生出了感慨。

　　她此次與高文豹成了夫妻，雖然是高文豹的癡情、義勇感動了她，但也是從了秦夫人之勸。秦夫人一到了白廟鎮就把高文豹找了來，並向雪卿說：“一是父母之命不可違；二是高文豹實在是一條好漢，做你的丈夫並不屈辱你；三是唐松那人輕浮，他實在不及高文豹。”因此，雪卿才甘心做他的新婦，但想起來毒劍客唐松——那個號為雨青的人，仍覺有點對不起。她曾求秦夫人為她寫了一張字帖，藏在身畔，預備將來有朝一日見着唐松，設法給他，以表歉意，以示情絕。

　　他們是三輛車，兩匹馬，雪卿跟高文豹同坐在一輛車上；徐三爺霜鬢飄灑，方廷玉斯斯文文地跟隨。進娘子關走過了陽泉縣，行至一個道旁生有稀稀的白楊樹的大路上，時才過午，秋熱仍烈，便有一匹馬從東邊緊緊追着他們來了。馬是全身的花斑，馬上的人是一位二十來歲，風度翩翩的錦衣少年，但形色很急，塵煙隨着馬影緊緊追來。

　　方廷玉先回首看見了，說：“怎麼辦？毒劍客唐松追下咱們來了！不知他這回來是揣着好意，還是惡意？”言下，他的態度十分驚慌。而第一輛車中的秦夫人卻鎮定地說：“不理他！”吩咐車馬快些走，不要叫他追上。徐三爺卻將馬勒住，大聲說：“咱們又不欠他的帳，跑什麼？我迎上他，問問他是有什麼話說吧！”方廷玉恐怕徐三爺跟唐松打起來，就急忙將他攔住。

　　那邊唐松已追至相離一箭之遠之處，他在馬上揚鞭高呼道：“徐姑娘！站住吧！我特來給你賀喜！”高文豹在車上聽見了大怒，就要抽刀下車去與他拼殺，他的妻子徐雪卿卻把他的手按住。雪卿此刻並不驚慌，只從包袱裏抽出一物，這是她已經預備好了的。車尚向前行着，她就飄然跳下了車，紅豔豔的窈窕身影在道中一站，揚手颼的一聲，將手中之物打去。只見一道白光連着一條紅影，如同一個銜花燕子似的飛往那邊。那邊的毒劍客唐松吃了一驚，疾忙收住了他胯下的花馬。

　　這裏雪卿重又跳到車上，向着高文豹赧顏一笑，然後她也吩咐車輛快些向前去行。方廷玉勸着徐三爺也緊些往前去走，車聲轔轔，馬蹄嘚嘚，塵煙一團一團的逝向了天邊。少時車馬的影子全無，只有毒劍客仍勒着馬發呆地站在那裏。唐松見道旁的一株楊樹上插着一枝梅花劍，下連紅綢結成的蝴蝶扣，結子上附帶着一張信箋，他便撥馬過去，取到手中。展開一看，見是：

謝君有情，恨我無緣。今生已矣，來生再面。蝴蝶梅花，永相思念。

　　毒劍客悵然怔了半天，便歎息一聲，就轉過了馬去，又向東走了。

　　雪卿等人先至太原府張八爺之處住了幾天，隨後便回到了河津縣。斯時順德府鏢店裏那位楊先生早遵從徐三爺之托，把高文豹的老娘也送到這裏來了。徐三爺為高文豹在化龍莊內置了一處房屋，十來畝田地，就叫他們夫婦去住。而他老人家帶着老婆兒，仍住舊日的房屋，並把楊先生打發了回去，他就跟個老隱士似的很少出門。高文豹倒是成了農夫，天天與那秦得功在一起耕種。雪卿在化龍莊內荊釵布裙，在茅舍中侍奉婆母，到田地裏給丈夫送飯，除了她的模樣比別人嬌豔些，其餘都跟村中的媳婦們無別。

　　秦夫人的家中仍用着秦得功和丫鬟立梅。秦夫人前次離開這裏時，也曾把立梅帶走，可是這柔弱的小女子受不了風塵之苦，便從半路又把她打發了回來。如今她也長大了，勤儉地替秦夫人照料着家務。她們主僕三人，也很舒適地度着安閒的歲月。立梅也是雪卿的好女伴，是教她處理家事、教她針黹刺繡的一位好老師。

過了兩年，秦夫人才帶着雪卿遠行了一次，到了一趟河南。秦夫人是向南陽府的陳彪公去致謝，雪卿也去謝了謝那位趙老頭兒。不過聽趙老頭兒說：這兩年之內，因為毒劍客唐松奪了廣興鎮楊二的花馬，他們又成了仇敵。相隔了一年多，毒劍客的名聲在河南鬧得更大，最近走往南方去了。雪卿聽了，並沒表示什麼。她又去到潁橋鎮呂家村見了呂芳姐。芳姐也已嫁了，嫁後的姐妹們反倒覺得無話可談。她便與秦夫人又回到了山西河津縣，從此生活更安分，更平淡，連遠遊之想也不作了。

不過有一日，秋風正緊，明月正高，雪卿在家中服侍婆母睡了，高文豹在地裏工作一天，也安眠了，她就跑到秦夫人的家中。此時秦夫人所住的屋裏還有燈光，屋門卻虛掩着，雪卿便輕輕的將門拉開，她的纖軀就像一陣清風兒似的進到了屋內。丫鬟立梅，年紀雖跟雪卿差不多大，可還梳着辮子，此時她正坐在旁邊一個小凳上做針黹，見了雪卿不由一驚，但見雪卿向她擺手，她就不禁一笑。

其實，此時秦夫人雖正靜坐着讀一本佛經，但几上的小香爐旁，就有一面銅鏡，背後的雪卿進來，都看得清清楚楚。她就帶笑問了一聲：“做什麼鬼臉？至今你還沒脫掉了孩子氣嗎？”雪卿也格格地笑了，上前來拉住了秦夫人的胳臂，說：“乾娘別再念經了！我忽然想起來一件事。這件事大概您早已忘了，您起來，跟着我去看看吧！”秦夫人驚愕着問說：“什麼事？”雪卿笑着說：“我帶您到一個地方去，到時您自然也就想起來了！”秦夫人沉思了一會，忽然似已明白，便點頭微笑。她取了一件夾衣披上，囑咐立梅小心門戶，就同着雪卿出了門。

走出了村，踏着茫茫的月色直往西去，少時就看見了那蒙着一層薄霧的巍然的龍門山，又聽見了黃河嘩嘩的鳴咽之聲，那禹王廟就在眼前了。雪卿拉着秦夫人急急的走，就進了廟，廟中依然空寂無人，只有兩隻蝙蝠在月光裏撲撲的翻飛着，有如幽靈的影子。雪卿這才說：“乾娘，你還記得昔年我們在此分別時，您曾將一枝梅花劍插在這間大殿的房梁上，說是將來您若仍在人世，劍必取去，否則劍就還在。如今您安然在這裏，可是那枝劍恐怕您還沒有拿走吧？您也忘記這件事了吧？現在我們到殿裏去看看吧！”

秦夫人說：“我覺得殿裏空得怕人，我不願進去，你去給我取了來吧！只要你還能上得那麼高。”

當下雪卿就高高興興的走進禹王殿裏去了，秦夫人微笑着，在這裏獨自望月。待了半天，雪卿才出來，身上沾了許多塵埃和鳥糞，卻兩手空空，她面現驚疑的說：“那枝劍，莫非您早就取了去啦？為什麼我爬到梁上遍尋不着？”

秦夫人卻笑了，說：“這件事你可以問你爸爸去。”遂就將當日飛劍上梁之時，她便已查覺徐三爺是在暗中觀聽。她們走後，徐三爺就將那枝劍取走了，但于當夜秦夫人卻又到了徐三爺的家裏，由他的枕下將劍取了去。

如今秦夫人述說這件事之時，又不禁引起感慨，就想她的梅花劍堪稱無敵，然而卻鬥不過葉底金蟬，而葉底金蟬卻又死于高文豹之手。可見巧妙的暗器究竟不如真實的武藝，而武藝卻又勝不過真正的義膽俠腸，人間最可貴的還是俠義行為，並不在乎身手。雪卿聽了，也默默不語，更覺得高文豹為人的可愛。此時天邊月色愈清，耳畔水聲愈壯，如同這兩位女俠厭倦江湖之心情，並似為她們歎息。

《舞劍飛花錄》

DULU WANG（王度廬）
Edited and Modified by Hong Wang
修訂者：王宏

江　湖　出　版　社
JIANGHU PUBLISHING

Jianghu Publishing
PO Box 35075 Fleetwood Postal Outlet
Surrey, BC Canada V4N 9E9
www.jianghubooks.com

THE COLLECTED WORKS OF DULU WANG

王　度　廬　選　集

Author of Crouching Tiger, Hidden Dragon

《卧　虎　藏　龙》　作　者

Wuxia Novels Volume One

武侠小说集　卷一

舞劍飛花錄

DULU WANG

王度廬

Edited and Modified by Hong Wang

校訂者：王宏

JIANGHU PUBLISHING　　江湖出版社

第一章　花開對劍顯嬌娥

　　河南府洛陽縣是一個有名的地方。周平王東遷之後即以此作為國都。三國時的大文豪陳思王曹子建，據說就曾于洛水之畔，夢見過洛神。洛神是一位"翩若驚鴻，婉若游龍"的具有絕世姿容的多情的女神。他醒來便做了一篇《洛神賦》，辭藻富麗，冠絕今古。洛陽並以牡丹著名，每當春季，奇葩似錦，可稱為"花之城市"。

　　不過黃河可就在城市北不遠，每年要泛溢出來萬頃的黃水，變成了黃沙，變成了黃土的高山。狂風一起，天地混沌，連洛神的豔裝，恐怕也被攪得黯然無色，牡丹片片，也盡委於埃塵。所以這個地方是一個既嫵媚又粗暴的地方，不對，也可以說是個既秀麗又雄壯的地方。所以這裏的民風也是風流文采，慷慨豪俠到處皆有，香豔俠烈之事也歷代不絕。我們現在所要說的卻是出在清朝中葉，這裏的一件武俠的，旖旎的故事。

　　在洛水的西岸隱鳳村內有一位蘇老太爺，蘇家原是世代書香，遵守孔門禮教，他們家裏的大門上懸有貞節牌，祖塋裏且有節烈坊，那就是蘇老太爺的先妣，洛陽城老人們至今猶讚不絕口的蘇太夫人掙來的。但是蘇老太爺半輩子也沒認識了幾個字，而且到了他晚年，如今他七十二歲了，又篤信佛教，不但他自己終年茹素，還使全家都不准吃葷。他，這位身高七尺有餘，白鬍子長有二尺，紫紅臉，掃帚眉，豹子眼睛，虎背熊腰，五六個壯年大漢都休想是他對手的老太爺，最近且為償他的宿願，朝南海普陀拜觀世音菩薩去了。他走後不到十日，洛陽下過了一場春雨，朵朵的牡丹已在含苞待放。

　　蘇老太爺雖生活在洛陽，但他向來不喜歡牡丹花，可以說一切的花他都不喜歡。早先他喜歡的是掄拳、使劍、舞大刀、打架、角力，晚年他就喜歡念佛燒香做好事了。他家財富有，長子蘇振雄是有名的糧行富商，次子蘇振忠是舉人出身，現任山西知縣，三子蘇振傑在家當"蘇三少爺"。老伴雖早已病故了，但他永遠是精神矍鑠，面上永無愁容。

　　只是這次走的時候，先到祖塋去拜辭，他就手扶着那石頭的節烈坊而放聲大哭。臨出門上馬時，又回首望着門前的紅地金字"節烈可風"的貞節牌而長歎。這種表現，不足為異，大家都知道的。蘇老太爺的先嚴景清公病逝之後，那時蘇老太爺才五歲。因為族人爭產業，妄造事端，以致蘇太夫人才懸梁殉夫，拋下蘇老太爺由老僕蘇順照料。

　　蘇老太爺長至八九歲時，又不成材，偷蘇順二兩銀子跑了，一去十多年，河南地面就出了一位少年的鏢師單劍小霸王蘇黑虎，他就是四十年前的蘇老太爺。他的事蹟遍傳南北。至今雖然他早已脫離江湖，以保鏢發了財，把家業也復興了，供給次子讀書，做了官，把家聲也重振了，然而江湖人明着稱他為蘇老太爺，背地裏仍叫他蘇黑虎。他的英名仍叫得響，江湖上談起他來，還都凜然起敬，四方的鏢頭路過洛陽還都要登莊來拜訪。他可是向來不接見的，他曾囑咐過家人：「江湖上，除了池州府的李國良，銅山縣的秦鐵棍，那是我的老朋友，生死弟兄，除了他們那裏來的人，別管是誰，我是一概不見！」

　　老太爺這次赴普陀，一個隨從也沒帶着，連他的寶貝青蛟劍也沒有攜去。所以三少爺樂了，四小姐也高興了，兩人爭着要摘下來練一練，舞一舞。

　　這位四小姐名叫蘇小琴，今年才十八，老太爺五十四歲時才得的她。得她的那一年，她的二哥中的舉，是一件喜事。然而次一年，老太爺的夫人就得病去世，好像小姐的命也不太佳。她自幼就由乳娘撫養，乳娘何媽媽把她放縱得跟個男孩子一般。若不是老太爺想着：兒子都已做了官，家風還得說是個詩理之家，有了女兒，便不該當作江湖賣解的那般女兒一樣養活；真的，若不是老太爺嚴父而兼盡慈母之責，她一定不會有現在這麼溫柔端秀的體態，滿村婦女全都誇讚。她的模樣是有她母親年輕時的那雙靈活的眼睛，兩道鐵眉，濃黑的長睫毛，而又有一個不高不低、適中的鼻梁，一個不小不大，總是愛笑的美麗的口；並有老太爺的高身材，可是細而窈窕；站立時亭亭如玉樹，走動時飄飄若仙娥。她還有個特點，是腮邊常露着兩顆醉人的笑渦。她好像是集千年洛陽牡丹之芳魂而生，她又許是那翩若驚鴻，婉若游龍的洛水仙姑來轉世。她的心是玲瓏聰敏的，無論什麼事，她一學就會，做出來准比別人都好。她的手兒雖然那麼纖秀，但是很能幹的，會撫琴，會寫字，還會舞劍、打拳。

　　因為老太爺最鍾愛三兒子，所以自幼聘請文武老師，教授詩文及武藝，也令女兒附讀、陪練。他雖不想望女兒成什麼才女、俠女，但無意中竟使小姐文武皆通。這位小姐還有一樣兒巧，就是最愛花，尤其最愛牡丹，現在蘇家莊院內的幾個龐大的院落，處處是牡丹的花畦，就都是這位小琴小姐親手栽種的。

　　春風拂來，牡丹將綻，嚴父已去，無人管束了。這一日，小琴就悄悄出了閨閣，走到父親的屋中，悄悄地摘下了青蛟寶劍，然後姍姍步至了庭中。

　　庭中很是寬敞，地下是方磚鋪成，四角砌成四座花畦。牡丹這時正在綠葉紛披，打着拳頭大的花苞，並有紅的、粉的那淘氣的花瓣都綻出來了，它們好像是探出頭來，帶着笑問這位小姐：「一年沒有見啦！今年您倒好呀？喝！您可比去年出落得更標緻了！」

　　往日庭中常鋪着一層沙土，老太爺在家中的時候常於此教給兒子女兒打拳，有時因為傳授「地趟刀」「地仙劍」，父子還都能滾一身黃沙土。小琴小姐總在旁邊格格地笑，她可不練那些滿地滾的本領，而是專待夜深人靜之後，自己練習高來高去的功夫。今天，地下的沙土倒是早就叫風給刮飛了，僕人給打掃淨了，可是西房的房檐下還有一片碎瓦在地。西房現在空閒着，她跟何媽媽同住在北屋。

　　當下，她將劍鏘然一聲抽了出來，鐵匣放置於地。她將劍在纖手中掂了一掂，就覺得份量很重，想起父親說過：「女孩子家是不能使這個的！」然而劍作深青色，雙鋒完整無缺，寒光奪目，劍柄雖已叫老太爺握得有了一層油泥，但確實比她的那口有玫瑰紫色穗子的“女劍”強得多。

她先拿定了架勢，假作對方是有一個人也使用着寶劍，猛然自上方襲來，她立時就反舞以迎。對方忽然又抽劍避鋒，那麼她又乘勢下撩，颼地一劍。這時她的嬌軀疾轉如飛鳥，纖手斜掠若盤雕，劍光上下飛舞，她穿的銀綫織成的紫緞幫兒的綉鞋左右跳躍。她想像着對方真是有一個人，這人的劍法還不弱，忽然劍又來了，她就疾忙挽背花一劍斫去，高擊對方的右上部。不過她心裏忽吃了一驚，暗自“哎喲”了一聲，覺得這一劍斫得太狠，對方不得立時就受傷嗎？尤其是她理想中的對方，是個可愛的對方，那麼受了傷可怎麼好呢？

原來她每次練劍總有一個想像中的對手。老太爺告訴過他們：“你們練劍時必須想着面前是有一個武藝高強的人，真在跟你們打，那才能臨陣不慌，到時有用。不然，那叫花劍，那是小孩子耍的玩藝，那叫白練！白學！”不但每次練劍真有個假想中的對手，而且是個年約二十上下，翩翩丰姿的少年對手，所以，當時她就收住了劍，臉緋紅了。

乳娘何媽媽隔着窗戶說：“別練啦！咳！練這個有什麼用呀？累一頭汗！頭髮也散啦，姑娘家練這個幹嗎？”

小琴回頭向北屋的玻璃窗裏投了一眼，她就沉下來小臉兒，故作嬌嗔地說：“偏練偏練！你管不着！”於是又拿起來寶劍直飛急舞，但，卻又真沒有一點意思，對方不過是個幻想的影子，其實眼前只是那四扇垂花門。

她收住了劍，發了一會兒呆，就拾起劍匣，匆匆走到屋裏來，氣哼哼的。看見何媽媽坐在屋裏的炕上，手裏拿着鞋底正衲着，還笑着對她說：“今兒天氣又好，趁着老太爺不在家，等我納完了這雙鞋底子，你梳洗梳洗，打扮打扮，咱們到白馬寺去逛逛好不好？燒一股香兒，我倒不想求什麼，給你求一求，求神佛保佑老太爺一路平安，到了南海准能遇到觀音老母，求保佑你平平安安的，再求……真的，姑娘我對你說！你也，你也，十七八歲啦……”小琴說：“不聽！不聽！”她把寶劍放在紅木桌上。

何媽媽卻又歎息着說：“我說的是實話呀！東村的張大姑娘上月也叫人娶走啦，北邊的趙二姐到月底就出閣，七丫頭也有了婆家了！連麻姐兒都放了訂，獨有……”小琴跺着腳正色說：“你！您是怎麼啦？瘋了吧？”何媽媽又歎着氣。

小琴卻生氣地轉過身，驀然看見了壁上掛的她母親的遺容，她卻又不禁芳心有點滋痛：“母親！天地間沒有了母親，母親早已拋下我而長逝了！女兒縱有心事，能向誰去說呢？”她溫熱的微微出汗的雙手，撫摸着那冰冷的劍匣，手心上的胭脂都染在那鐵上。她覺着眼淚要往下流，怕沖壞了頰上的脂粉，極力忍住了那淚，忽然地又回身，想再出屋去，不想屋外忽傳來沉重的腳步聲，並叫着：“妹妹在屋嗎？”門吧的一聲開了，也不知給帶上。

撞進屋來的是她的三胞兄，這蘇振傑穿着青綢的單褂單褲，腰間繫着大紅繡花的汗巾，腳下穿着一雙抓地虎的靴子，大長辮子搭在胸前，手裏揉着一對發亮的鐵球。小琴說：“你又這樣土匪的打扮！爸爸在家裏你敢？”

蘇振傑微笑，他長得可真像他的父親，不過沒有那麼威風。他先說：“喂！耿四他們給我起的那個綽號，連東關的銀鉤孟廣全都知道了！剛才在東關，見着他，他就稱呼我粉金剛三少爺！他說：‘怎麼老沒見你呀？老太爺朝普陀山去啦，你倒不出門兒啦，在家裏幹嗎啦？淨服侍媳婦抱孩子了吧？’哈哈！你瞧我那個外號兒，倒叫開啦！真他媽的！”

小琴撇了撇嘴，躲開了她的哥哥，自己索性也不出屋子了。

何媽媽又問：“三少奶奶早起來了吧？寶哥兒昨天晚上睡得安靜嗎？”

蘇振傑仿佛沒聽見，他又興奮地說：“銀鉤孟廣，這次恐怕也要栽跟頭，他得罪了登封縣的魯家五虎，一半天內怕他就有禍事臨頭。可是今天我見了他，他還是毫不在乎的樣子，我可看他的雙鉤沒有多大的把握，他那幾個徒弟到時也不能幫什麼忙，非吃虧不可！魯家五虎不是好鬥的！只要一來，就絕不能善罷甘休。他不求我，我也犯不上多管閒事！”小琴也漸漸注意這事起來。蘇振傑又說：“其實，只要銀鉤孟廣別端他那大鏢頭的架子，肯來求我，我就准保他占上風！魯家五虎雖然厲害，可是在我眼裏，他們真比五個螞蟻還不如！去年的事，要不是爸爸情願忍事，壓着我，我也早就提着寶劍到登封縣找他們鬥去啦！媽的！”

小琴由此卻又想起去年秋天發生的一件事：魯家五虎中最小的那個騰雲虎，曾硬托人來這兒求親，被蘇老太爺婉言拒絕了。他們便惱羞成怒，在外邊，並到了洛陽城內向着人大罵，說：“蘇家的姑娘早就壞了，所以年十八了，蘇老頭子還不敢給他女兒說婆家。”那時三少爺蘇振傑確實真氣極了，真要立時就提劍到魯家去找他們拼命。可是蘇老太爺不願與魯家結仇，把兒子罵了一頓，硬把一場將起的糾紛給壓下去，把一口從來也不受的惡氣隱忍了下去。

半年以來，兩家倒是沒有摩擦，如今小琴姑娘卻因聽了哥哥的話，又勾起了舊日的怒氣，並想趁着父親不在家，她要跟哥哥共同去幫銀鉤孟廣，打打魯家的五虎，以銷去歲他們對自己惡言辱罵之宿恨。於是她就忿忿地，要向他哥哥去說，卻聽蘇振傑又說：“現在，要是先拿魯家五虎試試手段，先打服了他們，立下名聲，然後再到江湖上行走半載，保管出名，保管成為一個頭頂頭的好漢！因為現在江湖上缺少能人啦，名震南北的大英雄萬里飛俠高炯，已遇着了對頭，喪了他的命！”

小琴嚇了一跳，因為，自己雖未闖過江湖，但是萬里飛俠的大名，自己在十年前就早就聽說了。那人是天下無二，南北唯一的好漢，無人不知，無人不畏。各省會武藝的人都奉他為王，尊他為聖。他的門徒滿天下，無論多麼自負的人，聞聽了他的名聲也得變色，見了他的面，更得叩頭。連自己的父親蘇老太爺也常說：“像我們這樣的人，即使八千，一萬，也敵不過他一個。”如今那樣的人怎麼也會死啦？於是她就驚詫着問說：“你聽來的這話是真的嗎？”

蘇振傑說：“這還有假？我剛才在東關孟廣的鏢店裏，我們談了半天。他那裏有昨天才由安慶府來到的人，那人親口說的：在上半個月，萬里飛俠在他家裏丟了腦袋……”小琴就又問：“為什麼事呢？”蘇振傑說：“事情可是亂極了！你是個姑娘家，我也不能夠跟你細說。反正是萬里飛俠自誇三十多年來未遇對手，他又有錢，就無所不為了。不想強中自有強中手，他竟因此喪了性命！”

小琴又趕緊問：“是誰殺的他？”

蘇振傑說：“據說是一位少年俠士，孟廣鏢店裏住的那人，只說知道此人很年輕，卻不知他的名姓，我想一定是那人不敢說，因為這不是一件小事。萬里飛俠一死，佈滿了南北的他的門徒，還不都得急得冒火？不抓住那少年俠士殺了，報了仇，他們那些人能夠甘心？現在，走路的人對這事誰也不敢多說一句話，不然被那些人一耳聽見就立時不得了！其實咱們也過問不着，我只是說，萬里飛俠已死，江湖已無人，咱們應該出去闖一闖！又趁着老爸不在家。”

　　小琴笑着說："可是現在又出了比萬里飛俠本事還大的一位少年俠士呢！"

　　蘇振傑說："咳！那還行？一人難敵眾手，無倫那人的武藝多麼高，本領多麼大，早晚也得死于萬里飛俠那些徒眾的手下！"

　　小琴搖了搖頭，口中雖不語，但心中卻有些不服。固然，萬里飛俠平日與她家並無恩怨，而且是她所最崇拜的一位英雄，假定別人殺死了萬里飛俠，她一定要覺得惋惜，覺得那個人太可恨。可是如今聽哥哥說那人是一位少年俠士，她就不禁把同情心移在那人的身上，且認為萬里飛俠必是該死。

　　當下她就默默地倚着椅子，只是馳思，她的腦中忽然又印上了一個絕世的少年奇俠的影子，並且這個人，就好像是天天與她對劍的那個假想中的人似的，她有一些心醉了。忽然蘇振傑又走近桌來說："喝！爸爸的青蛟劍，原來叫你給拿來了？"小琴一轉身，到旁邊的太師椅去坐着，依然不語。

　　蘇振傑笑着說："爸爸的寶劍你一個人霸佔着，可不叫我摸一摸？"他伸手要將劍拿起，可是他右手中這時還揉着叮噹亂響的一雙鐵球，他得先把鐵球放下才能去拿劍，球是圓的，紅木的桌面子又光又滑，咕碌咕碌兩隻鐵球全掉在地下滾出了很遠。蘇振傑趕緊去追，彎着腰去拾，何媽媽在那邊看着只是發笑。

　　等到蘇振傑拾起了球，站起來身，小琴早把那口寶劍藏在她背後了。蘇振傑站着，面上露出不悅的神色，說："快給我！我要試試爸爸的這口劍能合我的手不合。"小琴說："爸爸走後叫我給他看着劍，說是誰也不准用。"蘇振傑搖頭說："我不信，你快給我！"小琴仍然搖着頭不給，也不語。蘇振傑有點急了，跺着腳，大聲說："快給我練一練！哪能爸爸才走你就把他的東西霸佔起來呢？快給我用用，快給我！我還預備拿它闖江湖去呢！做第一等、頭一名的好漢去呢！"

　　小琴瞪起眼來說："沖你這句話，我更不能夠給你啦！將來爸爸回來，我還要給你告訴呢，我說你逼着我要給你這口劍，你要出去闖禍！"蘇振傑一笑，說了聲："媽的！"無意中在妹妹的跟前說出了這句口頭話，他立時就後悔。小琴早就跳起來，厲聲問："你說什麼啦？"慚愧得他，劍也不再要了，抹身就跑出去了。

　　這裏小琴倒是沒認真生氣，因為她的三哥即使說着好話，也能噴出來"媽的"這句村言，也沒法子改了。兄妹二人也時常打架，不過剛才這麼一會兒，她三哥給了她許多擾亂她腦子的東西，使得她心裏十分不痛快，在屋裏是只要一說話，就要跟何媽媽吵；到院中去，也懶得灌溉那些牡丹，她精神恍惚，茶飯無味。

　　不覺天已晚了，滿天上暮鴉飛鳴。忽然她的三哥振傑從外面跑進來，叫着說："妹妹快把青蛟劍讓我用一用吧！明天我就要拿着去斬魯家五虎！"原來那銀鈎孟廣，剛才真個前來拜訪蘇振傑，求他屆時幫助，並說了許多奉承的話，所以現在蘇振傑高興極了。

　　小琴倒是說："我怕你到時敵不過魯家五虎！"蘇振傑就說："不要緊，我比你聰明，到時我絕不會傻幹。我先在旁邊觀風，如若魯家五虎的勢派來得真凶，他們弟兄的武藝真好，那我絕不上手；如果他們不行呀，孟廣這邊的風勢硬呀，那我可就要大展身手了！"小琴嬌嗔說："你這話多丟人！"

　　蘇振傑說："本來英雄豪傑的大名都是這樣造成的，江湖哪有真好漢？不過我也不能不預備預備。來，你把青蛟劍給我用，你去另拿一口來，你就假作是魯家五虎，到院裏去咱們假裝兒砍一砍。你的劍法不必客氣，手下可得留心別傷着我。來，到院裏去！"說着他就自己跑過去，由長凳上抄起了青蛟劍，鏘的一聲抽了出來，得意極了。

小琴這回也不再攔他，並且自己也跑到里間取了劍，兄妹兩人就一同出了屋。但是小琴卻皺了皺眉，說：“天都這麼黑了，誰要把誰傷了，可怎麼好呀？”

蘇振傑也看着四下已經黃昏，天際飄着幾片餘霞，晚風甚緊，他也覺得不大妙，就提着劍呆立着無語，小琴就說：“明天早晨再練好不好？難道魯家五虎明天一早就能夠來嗎？”蘇振傑搖頭吸氣地說：“嘿！那可說不定！碰巧今天晚上他們就來到了！我既應得給人家助拳，不先練練還行？到時候等着栽跟頭嗎？”想了一想，又說：“不要緊，我一個人先練一會吧，你在旁邊看着一點就行啦！”

於是他挽挽袖子走至庭中，猿臂平掄，寒光抖起，正要走一套“縱步追鳳伏地劍”，忽然聽得一陣咚咚咚的急驟腳步聲，自前院跑了來兩個僕人，高聲說：“有人來啦！”把蘇振傑嚇得趕緊放下了劍，心裏驚驚慌慌的，心說：怎麼這樣快魯家五虎就來了？他們不去找銀鉤孟廣，為什麼來找我呀？

此時小琴的態度倒是十分鎮靜，她手提寶劍走下了台階，問說：“來的是什麼人？他們沒說明白是要見誰嗎？”

站在垂花門外的僕人蘇祿、蘇德一齊答說：“是找咱家老太爺的！”蘇振傑一聽，才放了心，就向着那兩個僕人模糊的身影，呵斥着說：“話還沒說明白你們就嚷嚷，真沒規矩！”蘇祿還儘自大聲說：“人就快進來了！不讓我們通報，當時就在門前卸車，要進來！”蘇振傑說：“豈有此理！你們不會說老太爺沒在家嗎？即使在家，也是一概不見！”

小琴卻搶上前問說：“來的這人沒有通姓名嗎？”蘇祿說：“池州府來的，姓李，是個老頭子，車裏頭還有女眷呢！大概是要到咱們莊上長住，他自稱是咱們老太爺的好朋友！”小琴卻笑着，轉臉向她的哥哥說：“別是李國良李伯父來了吧？他是爸爸的生死弟兄。”

蘇振傑發着呆，小琴就說：“你快給請進來吧！”又喜歡着，悄聲說：“李伯父若來了，更好了，明天咱們把魯家五虎打了，叫他看一看咱們，也給爸爸爭爭光。”說着，她就把她哥哥的劍拿到了屋裏，又急忙忙的取了火兒，把掛在院中牆上的一隻不常點的玻璃燈點上，又跑回屋裏了。

何媽媽問說：“外面有什麼事？”小琴說：“有客來了。”何媽媽問說：“哪來的客？這麼晚還到咱們家裏來？”小琴扒着她乳娘的耳邊說了，並說：“還有女客呢！”何媽媽就驀然想起來，說：“哦！那位李老太爺在十幾年前到咱們這兒來過，人倒是很好。他有個小姐，那時就要給你三哥說，可是因為她有病，就沒有說，要不然這時候早就成了你的嫂嫂啦！現在他莫非帶着他的女兒來此？那位小姐至今還沒出閣嗎？”她站起身來又說：“我可得迎接迎接！”說着，就要先點屋裏的燈。

小琴卻一手攔住，說：“媽媽你先別點燈！院裏有燈就行啦，屋裏的燈先別點！”何媽媽問說：“為什麼呀？人家要是進屋來見你，難道也不點燈嗎？”小琴生氣似的說：“我也沒梳洗打扮，身上又穿着短衣裳，連鞋都沒有換！叫人家看見了，不得笑話死我？”她頓頓腳又說：“您快到院子裏迎接去吧！就讓到西屋裏去就得了，反正看不見。我不見，今天我絕不見，明天……我才或者能夠見人家呢！”何媽媽沒有法子，只得自己將衣襟揪平展了，摸着黑兒，出了屋子，就見院中牆上的那盞燈也是暗暗的，沒有什麼光亮。

這時，東院裏也得了信，小琴的長嫂大奶奶，三嫂三奶奶，都迎了出來，還有兩個僕婦，打着兩隻油紙糊的燈籠往外去迎。此時蘇振傑早已跑回自己的屋裏穿上一件大褂，就急匆匆地迎出去了。到了門外，就被一個老頭子抓住，說：「你是三侄子嗎？哈！你都長得這樣高啦？十幾年前我到你家裏來的時候，你還是個小孩子呢！」又笑着說：「哈哈！你絕想不到我來吧？」

蘇振傑發着怔，旁邊雖已有僕人點上了燈，可是他仰看着這個身材比他爸爸還許高，留着很長的慘白鬍子的老頭兒，實在不認識，模樣實在覺得生疏。十幾年前是否來過，他真不大記得了，只得深深作揖，稱呼伯父。旁邊有一輛騾子拉的車，有黑布的棚兒，簾子也遮的很嚴，李老英雄李國良就又向他說：「你的大妹子也來。這次，我就是為送她才來的，路上我們直走了半個多月呀！」

兩個拿着燈籠的僕婦，已從裏面出來，都喜喜歡歡地說：「是李大小姐來了嗎？」蘇振傑就吩咐她們到車旁去攙，他卻兩眼發直，借着那搖搖晃晃的燈光，果見由車裏挽扶出一位年輕的女眷。人家的模樣他可沒法看得清楚，因為人家是走長路來的，所以髮上罩着黑紗的首帕，並且低着頭。不過烏黑的辮子垂在背後，穿的似乎是絳紫的女衣，身材不太高，可十分的娉婷婀娜。長裙拖地，也沒看清下面的腳，就被一個僕婦攙着，一個僕婦兩手舉着燈籠，在前面領路，走過去了。門外一陣小小的騷亂漸漸寧靜了。蘇祿聽僕人們彼此低聲談着話，似乎都覺着這父女二人來得太突兀，太可疑。

蘇振傑隨李老英雄往裏走去，本要先讓至客廳裏，李老英雄卻說：「三侄子，你別跟我客氣，你看我還是外人嗎？當年，我跟你爸爸，我們倆的年歲都跟你現在差不多，我們一同走江湖，吃苦、受餓，還有你的那個秦鐵棍秦五叔，我們三個人……咳，回想起早先的事來，是又可笑，又可歎！」說着，就邁着大步往裏院走，又說：「我先叫你大妹子見見這裏的嫂子跟姊姊，然後咱們爺兒倆再說話。」

那位女眷已被攙到裏院，兩位少奶奶都上前迎接，笑聲兒寒暄着。西屋中早已點上了兩枝明亮的蠟燭，但北屋裏還是漆黑的。原來小琴正扒着窗往外偷瞧，她想看看來的這位女眷模樣比她自己如何，可是，真惱人！這個女眷到了人家裏還不摘首帕，太不懂得禮節，而且又那麼羞澀，連頭也不敢抬，行禮仿佛都不大會，真是個沒見過世面的姑娘！穿的衣服顏色既不漂亮，樣式又肥，裙子長得拖到地，這是多難看的打扮呀！小琴不禁哼了一聲，轉身就點上了燈，可是仍然不出屋。

院中一陣說話的聲音已經逝過，女眷被讓進西屋去了，蘇家兩個少奶奶遂進去招待。那位李老英雄眼看着將女兒安頓好了，他才又往前院，找蘇振傑去細談。蘇振傑本來最怕應酬客人，如今來的又是找他爸爸的客人，更是使他頭疼，可是沒有法子。

李老英雄找住了他，就不放手，拉着他進了客廳。這客廳是三間屋子，兩明一暗，書畫滿壁，陳設得極為雅潔。李老英雄就像是來到了舊地方似的，站在屋裏，把頭向左右扭，看了半天。蘇振傑這才借着燭光看清楚了這位老英雄的面貌：原來他的鬍子雖沒有自己的父親那麼白，可是臉上的皺紋實在多，已顯出有點老態龍鍾來了，雙目可炯炯有光，依然帶有豪氣。他眉毛微皺，發出了感慨：「十多年前我來看你爸爸，我就在這屋子住了一個多月，我就走了。那時候我很有錢，你爸爸他都嫌我太奢華了，我走的時候，只胯下騎着的馬，就是八百兩銀子買來的；一件火狐腿的皮襖，那時候，走在江湖上都扎眼，別人都以為我是一位大官。現在，說不得啦！咳！真說不得了！」說着撩了撩他的青布夾袍子，並現出腿上穿着露出棉花來的破套褲，腳下是沾着黃土的粗布襪子跟破鞋。他歎息着說：「你爸爸養了好兒子，我，沒養着好兒子！」他一屁股坐在紫檀的太師椅上，就從懷裏掏出個沒有煙嘴的煙袋，裝上了煙狂吸着。

蘇振傑心裏有點明白，暗道：「這位老太爺的來歷，不說自明，他一定是老運不佳，實在沒飯吃了，這才帶着女兒來告幫。看這樣子，十天半月他們是不能走。只不知這老傢伙，還能打架不能？若是能，明天呼他幫助我們打魯家五虎倒是不錯。」於是就坐在對面的一個小凳子上，說：「李伯父是南方有名的老英雄了！小侄雖有多年沒見你老人家了，可是常聽家父提說，說您……」

李老英雄卻立時擺手說：「別提啦，好漢不提當年勇。早先，我不是吹，武藝真在你爸爸以上，可是現在？咳！真令人愧死！」驀然又一拍桌子，說：「想不到我竟受一般江湖小輩之氣！」蘇振傑陪着歎息了一聲，就發着怔，揚着頭看着這位老英雄。李老英雄卻又笑了，說：「實在說，也並不是別人欺我，是我人老世故深，把當年的雄心都消磨盡了。我不願與人再爭強鬥勝，更不願與人生隙結仇，因此才……」說到這裏，他把話又咽了回去。

蘇振傑驀然問說：「現在江南的江湖之間，英雄豪傑還多不多？」老英雄又抽了兩口煙，就淡淡地說：「若說呢，後生的小輩之中也頗有拳腳不錯的，刀法精熟的，可是若說起英雄豪傑的名頭，他們可還差點！」又抽煙。

蘇振傑就又問說：「近日我聽人說，萬里飛俠高炯，已死於安慶府，這事可是真的嗎？又聽說殺死他的那個人，是一位少年俠士。」

李老英雄聽到這裏，驀然現出來驚異的神情，睜起發光的雙眼來，盯住了蘇振傑的臉，急問說：「這話你是聽誰說的？誰告訴你的？」蘇振傑說：「我是聽一個朋友說的。」李老英雄又問：「你那個朋友姓什麼？叫什麼？他在哪裏住？他也是在江湖上混飯的嗎？」蘇振傑被問得倒是有點吃驚了，只得說：「我這朋友就是本地最有名鏢頭，銀鉤孟廣。這話也不是他說的，是他的鏢店內，新近由安慶府來了一個人，是個商人，他向人談說了這件事。」

李老英雄哈哈大笑，說：「這人真能夠瞎說！哪裏有這件事？池州與安慶只隔一道大江，萬里飛俠若是真個被人殺死了，我們還能夠不知？再說，萬里飛俠的武藝、名聲，不說別人，我就先得低頭讓他三分。什麼少年俠士，敢動他的一根寒毛？」他擺擺手說：「千萬不要聽這些瞎說亂道！」連抽完了三袋煙之後，他才又說：「今天，我帶着你大妹子，是因為我要送她到她的婆家去。她已許配給平陽府劉家，只因她在半路生了病，我才把她帶到這裏來，等她病好了再帶着她走。」

蘇振傑只好說幾句客氣的話了，他便說：「伯父來到此地，我們也非常喜歡，因為以後可以時時跟伯父討教。只是我大哥，做着糧行，現到開封辦貨去了；二哥在山西做着官；家父又朝普陀去了。」李老英雄笑着說：「你爸爸真是胡鬧，闖了一輩子江湖，寶劍下喝過多少人的鮮血？如今，偏偏又信起佛來了。」蘇振傑接着他自己的話說：「現在只我一人在家，我怕對老伯難免有招待不周之處！」

李老英雄面上忽現出不悅之色，說：「三侄子，你怎麼竟說這樣的話？千萬別跟你大哥學，滿口的生意話。他只認得算盤、天平，不認得別的。你二哥我看也只會念書，寫字，做個縣官也就了不得啦。你卻不應當跟他們學，你應當學你爸爸，小霸王蘇黑虎！雖然不必在江湖之間闖禍，可是武功夫不要扔下，性情不可拘謹，說話辦事都要暢暢快快的。我在路上就聽人說你爸爸去南海去了，我可還要帶着女兒來，就是因為我不會客氣，不懂得那些虛文。我來到這裏，就跟來到我家裏一樣。你大妹妹就住在裏院，你媳婦她們也不必太跟她客氣。我呢，就住在這個屋裏，這里間不是有一張床嗎？」說着，他就站起身來，邁着大步到里間去看，看見那張床還在，他就點頭說：「好，好！我就還在這兒睡吧，你叫人給我拿一份舖蓋來就行了。我們自家出來時，也忘了帶舖蓋了。洛陽這地方又比我們南方冷，晚間睡覺時，沒有被褥可不行！」

蘇振傑心裏斟酌着：好！這屋裏的東西值多少錢呀？晚間你要卷起來東西，帶着你女兒跳牆一跑，可怎麼辦呀？

這時忽有僕婦開門進來，帶笑說：「李大老爺！您的小姐請您到裏院去，說是有點話！」這位李老英雄李國良，聽了這話，他就笑着說：「這個孩子，一時也離我不開，沿路上就也夠麻煩了！」又裝了一袋煙點着，就往屋外去走。

蘇振傑也在後面走出去，就說：「裏院乾淨，只有舍妹跟她的奶娘住着。我那位李大妹妹，正應該跟我妹妹住在一間屋，她們倆的年齡差不多，一定能夠相投，只不知道那位李大妹妹也會武藝不會？若是會那就更好了！」李老英雄在前面走着，聽了這話卻笑，說：「我養兒是要叫他長志氣，練武工夫；養女可不，我不能像一般江湖人，把女兒養成母夜叉似的。」蘇振傑也不禁笑了。

李老英雄在前走着，忽然將腳步停住，回身又握住蘇振傑的胳膊，將嘴附在耳邊，就似是囑咐小孩子一般，說：「還有一件事，我得囑咐你。十多年前我在北方頗有名聲，得罪的人也不算少，現在別人若是曉得我住在你家，大的麻煩雖不至於有，零碎的麻煩總是免不掉的。因此，你現在就須囑咐家人們，都把嘴閉嚴了些，千萬不要向別人說池州府的追魂刀李國良現在來到你的家！」蘇振傑一聽不由打了個冷戰，兩腿都有點發抖，只好連連點頭笑應，李老英雄邁着大步進裏院去了。

蘇振傑卻趕忙跑到前院召集了家中所有的男僕和壯丁們。這些人本來正在紛紛談論，因為有幾個十多年前就在這裏的人，曉得那位李大爺最難伺候。早先在此住了不過一個多月，就天天鬧脾氣，不是在外面打人，就是在這家裏毆僕人。這次來了，住得若是長了，不知更要出什麼事！蘇振傑倒是向眾人慰解說：「沒有法子，誰叫他是咱這裏老太爺的好朋友呢？他既來了，只好大家耐些性兒伺候着他就是了。不過，有一樣，就是剛才他囑咐我，不許說他住在這裏。我倒很疑心，所以才來囑咐你們，並望你們眾人對這老傢伙的行為，倒得都留點意！」

當下眾僕人們聽了，也不禁發怔，因此更都悄悄交談起來。蘇振傑大聲呵斥着說：「都不要說話了，該幹什麼就幹什麼去吧！沒事幹的，快去睡覺好了。可也別一齊都睡，到夜裏勤着點打更，防備着點！這兩天不但家裏有事，因為來了客，外頭還有魯家五虎呢！」僕人們都一齊望着他笑，他三少爺的威風，一點也服不住這些僕人。他也不禁笑了。

他就又回到了裏院，只見西屋北屋都通明，西屋的窗裏掛着窗帷，連人影他都沒有看着。他進了北屋，卻見他的媳婦，一臉雀斑的三少奶奶盧氏，和他的大嫂吳氏，三四個僕婦，金媽、趙媽、何媽媽等人全都在屋裏，他的妹妹小琴坐在桌旁，拿着一塊紅綢手帕擦拭那口青蛟劍，劍光映着燈光，閃爍如銀。盧氏正說着：「長得是不錯的，細眉毛，大眼睛，可是，簡直是一個啞巴。我在西屋待了半天，跟她說了半天話，她只是點頭，別說客氣的話，就連句不客氣的也沒說啊！大概她是南方人，新到北方來，聽不懂咱們的口音。」大嫂吳氏就說：「也是因為有病，你沒看見嗎？她一上炕就打開她帶來的那條羊毛毯子，蓋上腳，蓋上兩條腿，仿佛怕是受了風似的。”說到這裏，又回頭望着蘇振傑，說：“幸好早先沒給三兄弟訂下，要不然，三兄弟能像現在整天這麼高興？不定多麼惱煩了！”說得盧氏倒有點臉紅。

蘇振傑笑了笑，並沒說話。等到他的大嫂和他的媳婦都回東院去的時候，他才悄聲把剛才所見的李國良的神情，及他所說的那些可疑的話，都告訴了妹妹小琴，並且驚驚慌慌地說：“咱們可得防備着點！我看他不是在外省闖了大禍才投到咱們這裏來隱藏，就是想要偷咱們家裏的財物。”

小琴卻瞪了一下她哥哥，說：“你真是看不起人，李國良也是江南河北有名的英雄，人家縱使在外惹了事，也不至於來到咱們家裏藏躲呀？人家就是窮吧，也不至於偷盜咱家呀？你正經應當防備的倒是魯家五虎！明天，我倒是看你怎麼向他們對付？”

提起魯家五虎來，蘇振傑又驕傲地笑了。他緊握着一雙拳頭說：“那倒不怕！我怕的只是魯家五虎知道有我幫助孟廣，明天他們不敢來了。明天一清早我就起來，妹妹你可得陪着我在院裏把劍練一練，到時候我好不至於把劍法弄亂。”小琴笑着，表示對她哥哥瞧不起。

少時她哥哥出屋回院裏睡覺去了，她這裏也把劍插進鞘中，獨對着明燈，卻覺得心緒很亂。第一是聽說今天來的這位李大姑娘，雖然有病，雖然不懂禮節，可是聽說長得很美，但不知比我如何？第二是父親沒在家，三哥冒冒失失就應得幫助銀鉤孟廣去鬥魯家五虎，固然可以借此出一出名，可是憑三哥的那幾套劍法，他能抵得過人家嗎？我想明天非得我去幫助他不可，只是我也得把劍法練習練習；第三是又想起三哥說的那位少年俠士來了，就仿佛那個人是自己曾見過，會認識似的，真深深地在自己的心裏印上了一個挖不去的影子了！遲思了半天，她就決定要借着魯家五虎，在洛陽顯露顯露自己的武藝，尤其要給李伯父看一看。然後，自己不等到爸爸朝普陀回來，就走，就走往天涯去會會那個少年俠士。這時更聲真切，已敲了兩下，何媽媽已睡了，屋中再沒有別人。她先閉好了門，然後將燈吹滅，扒窗向外去看，見西屋也是黑忽忽的，打了個呵欠，便也去就寢。

一夜春風吹着窗戶，不覺又到天明。她起來，點上了屋中的燈，對鏡加意修飾打扮，換上了白色繡紅花的一件緞襖，藍綢的長褲，粉紅色的紮花小鞋，在烏髮上罩了一塊白紗的繡花手帕，腰間又繫了一條素綢的長汗巾，對鏡端詳了半天，才手提青蛟劍，姍姍地出了屋。只聞得晨風送來一陣清香，原來是庭中的牡丹開放了數朵。

此時西屋玻璃窗裏的絳色帷子仍在默默地垂着，東方的天空鋪着美麗的朝霞，隔院的雄雞還在高唱，她就舞起青蛟劍。劍劃破了晨風，騰起了光芒，引來了花香。她的纖手急掠，細腰慢動，玉足輕進，往來變化，伶伶秀目直視着左手緊掐的劍訣，然而在眼前卻又幻出來了那個飄渺虛無的對手，那個人現在有了名字了，叫作少年俠士。

她走了一趟撩雲引月劍，才收住了劍勢，又走過去看牡丹。她數了數是開了一朵紫的，兩朵粉紅的，一朵白的還沒有大開，嬌葩半吐，就如閨閣女兒那麼害羞的樣子，然而她有點擔憂，想着待一會兒那討厭的蜜蜂兒一定要飛來採花蕊。

正在出神，就聽腳步急響之聲，有人說：“喝！你真起的早呀！”她回身一看，正是她的三哥蘇振傑，已經紮束利便，精神奮發，過來就說：“你把爸爸的這口劍給我使吧！你另拿一口去，咱們對對！”小琴哼了一聲說：“武藝稀鬆，你光有好劍也是不行！”遂將劍交給了她的三哥，她跑回北房又取了自己的那口劍柄上繫有紅絲穗子的輕便合手的寶劍，又跳出來，抱定了劍勢，便由她三哥先上手，她以劍還擊。於是一往一來，兄妹二人就在庭下花間對起劍來。只見寒光相映，身軀並轉，小琴此時的對手已不是理想中的那個少年俠士了，而是個可恨的魯家五虎中之一，所以她的劍法越來越猛，愈逼愈急。

　　振傑雖然也拿他的妹妹就當作魯家五虎，可是覺着這個虎也太凶啦，他只見寒光一道緊接着一道逼向了他的身，又覺着劍風是不斷颼颼地響，似乎要削去了他的耳朵，他就不由得縮頭站住，說聲：“哎喲！歇會兒吧！你怎麼真砍呀？”小琴把劍向她哥哥的後腰平拍了一下，蘇振傑就吧嚓一聲，屁股坐在地下了。小琴格格地一笑，驀然一轉臉，吃了一驚，卻見西屋的窗裏，有人撩起了那絳色的窗帷。

第二章　娉婷單身鬥五虎

　　窗帷裏，隔着玻璃現出來一個面龐，是烏黑的鬢髮，紅中透着白的一個不圓也不長的極好看的臉膛，頰上脂粉不多，可是是極為可愛。黑白分明的眸子，光芒都似射到院裏來。鼻梁兒生得很勻稱，嘴不小，卻也不大，還微微地帶着點笑意，眉毛長而秀，更顯得這人可愛。

　　小琴不禁也笑了，點點頭嬌聲叫說：“李大姐！你也起來了？我跟我哥哥練練玩，你可別笑話！我知道你跟李伯父必是也學過武藝劍法，一定比我們好！”而窗裏的人也只搖了搖頭，嘴唇還是沒有動，窗帷也隨之就放下了。小琴昨天雖然聽說那姑娘長得美，自己的心裏有點妒嫉，但今天這麼一見面，美是證實了，美可跟自己的美又不同，她的英爽，美得可愛，自己的心裏倒不怎麼妒了。

　　這時蘇振傑由地下爬起來，滿面通紅，瞪大了眼睛嚷嚷着說：“你怎麼把劍胡掄呀！幾乎傷着我了！我沒見過你這套劍法！”小琴說：“我的劍法一點也沒錯，那不是師父，咱們第一個師父王起鯤教給咱們的那乾隆劍嗎？”蘇振傑喘着氣，惱羞成怒的樣子，站了半天。小琴笑說：“乾脆一句話，你不行，你快別去與魯家五虎爭鬥了！”蘇振傑緊皺着雙眉，振臂掄劍又說：“什麼我不行？我是怕傷了你，我讓着你，才，才……”

　　下面的話還沒有說出來，忽見蘇祿又從外面跑進來嚷嚷着說：“銀鉤孟廣來了！他說是有急事，要見粉金剛三少爺！”蘇振傑當時怔得更說不出話來了。小琴卻振奮地說：“一定是那魯家五虎已從登封縣來了！不要緊，三哥你自管出去，你就說我也要幫他的忙。今天，你們全都不要上手，只看我一人，單劍，要鬥鬥那魯家五虎，你快去，快出去跟孟廣說！”又向蘇祿說：“快去把那匹紅馬給我備好！”蘇振傑撣了撣屁股上的土，就提着寶劍走往前院。還沒看見了銀鉤孟廣，他就早已挺起腰板來，手捧寶劍，雄糾糾地邁着大步。

　　到了前院，見銀鉤孟廣正在大門洞站着，見了他，就拱手帶笑，說聲：“三少爺！”蘇振傑說：“請進來坐！”孟廣搖頭說：“不啦！”拍拍他身上穿的黑綢小夾襖，說：“我穿着短衣裳，不好意思進宅，再說我的馬還在門外。我得趕快回去，因為怕別人來說不清楚，我才自己來，三少爺……”蘇振傑很從容不迫地問說：“怎麼樣？魯家來了幾條虎？現在都已來到了嗎？”孟廣說：“一共來了不多，只是四條，是吞山虎、踏嶺虎、穿林虎、出洞虎。”蘇振傑一聽，不由腿有點發顫，然而瞪大了眼睛，微微一撇嘴，說：“哈！想不到最小的沒有出來，最大的倒先出頭。”

孟廣說：“這是三少爺的威名所致，魯大本是不想出頭的，他以為我雖手下也有幾個徒弟，也有朋友幫忙，但他們有一兩個人也就准能把我打敗。可是昨天三少爺應得幫我的忙，他們的耳風也快，當天這個話就傳到登封縣去啦。魯大才不敢輕敵，怕他的弟兄們有閃失，他才親自出馬。他家老五騰雲虎是走開封去啦，不然今天也得來到。總而言之，三少爺你平日雖沒在江湖上出過頭，可是這裏老太爺的威名遠震。俗語說：將門出虎子。所以他們才擔心，他們不知道你的本事有多大。如今我已經得了信啦，他們已走到龍家莊啦，離這裏還有十來里地，一眨眼的工夫可就來了。這回他們的氣都很盛，一共二十多匹馬，他們弟兄四個：大爺拿着金背刀，二爺拿着雙寶劍，三爺拿着劈山斧，老四還帶着飛鏢，帶有年輕力壯的打手，現在就要到了！我來請三少爺，請三少爺趕緊跟着我走吧！他們這回來的苗頭也變了，他們在路上口口聲聲言說是：‘孟廣老小子不值得一打，蘇黑虎的兒子粉金剛，我們倒是要看看他是如何的人物！’”

蘇振傑聽了，胸頭裝滿了氣，臉都白了，腦門子上卻不禁滂滂地出汗，他真說不出一句話來了。孟廣的兩撇小黑鬍子向下垂着，稀稀的兩道眉也都皺在一塊。旁邊有那油頭滑腦的僕人耿四，卻不住地笑着說：“這正好！三少爺！粉金剛三少爺！你老人家趁着這時候，就趕緊迎上他們去，鬥一鬥他們吧！也顯一顯蘇家人的本領！三少爺，你的白龍馬我早替你備好了！”

孟廣立時回身要走，說：“那麼我就走啦！我想他們一定是先到東關找我去。我去，勝了他們我就再在洛陽出一出名；敗了，頂多把我這條命給他們，也沒有什麼大不了得的。三少爺，你去不去，倒是不要緊啦！只請你把大莊門閉嚴了點就是了！”

耿四向蘇振傑直使眼色，蘇振傑這時卻把心一橫，奮然躍起說：“孟廣，你說的這話簡直是罵我，我難道還怕他們嗎？粉金剛也是堂堂漢子，是小霸王的兒子，媽的！我能夠給我爹爹丟人？孟廣！你先別走，咱們一同去！耿四！快給我牽出馬來！”當時，孟廣就停止住腳步兒，耿四飛似的跑往馬圈去了。

這裏蘇振傑又向孟廣問：“你現在預備着多少人？”孟廣說：“六個夥計，兩位朋友，連三少爺帶我，整整的十名。別人都怕得罪了魯家五虎，誰能像三少爺這樣好打不平呢？”蘇振傑吸吸氣說：“別忙！別忙！他們的人多，咱們這邊還沒有他們的一半，這不是咱們的膽怯，是得，是得先斟酌斟酌！”孟廣說：“也沒有什麼可斟酌的了，拼上命就完了！”蘇振傑擺手說：“那不過是匹夫之勇，咱不能那麼硬幹！”孟廣又有點變色，將又要走。

此時耿四已從偏門將馬牽到門外，大聲喊着說：“三少爺快出來吧！”蘇振傑勉強鼓着勇氣，隨孟廣出了門。此時就見有七八個僕人揚着首，驚訝地向西去望，蘇振傑也趕緊扭頭，卻見一騎胭脂色的小川馬上，馱着個繡帕素衣，天藍色的長綢褲的娉婷俏麗的背影，早已出村，飛馳了前去。

粉金剛蘇振傑一看妹妹已先走了，就勇氣驟增，下了高台階就認鐙上馬，把鞭子一掄，高聲喊叫說：“走！媽的今天不宰了那四隻老虎請客，我就不姓蘇！”孟廣也將馬由槐樹上解下，他鞍下的雙鉤閃閃，上了馬揮鞭在前。還沒出村子，蘇振傑的馬就已把他超過去了，身後耿四也騎着馬，還有的騎着驢，更有的在地下跑，都跟隨着。此時眼前的那馬上俏影，倏忽之間就不見了。

　　由這裏往東關去本是個土坡的路，馬走着很費力，風又大，連上了馬蹄蕩起的塵土，對面都看不見人。走了半天，方才到了東關。蘇振傑喘得可都接不上氣了，他向兩邊一望，喝！街上的人今天也特別的多，有的舖戶卻閉上了門。孟廣的鏢店門前，站着好幾個夥計，還有個戴着紅纓帽的官人。孟廣就先下了馬，去和官人打招呼。蘇振傑卻被耿四給攙下了馬，他這時候就像說戲台上的主角，無數的人都把眼光盯在他的身上。他卻又向人群裏去看，心想：真怪，嘿嘿！人群裏怎麼沒有個女人？也沒看見那匹紅馬呀？

　　旁邊有人迎過來了，拱手說：“三少爺！先請到櫃上喝碗茶，歇一會兒吧！”他點點頭，直眉瞪眼的，喘着氣說：“好！好！”但這時，忽然由東邊跑過來了一個騎着馬的人，馬極快，離着很遠，那人就舉手大喊說：“來啦！來啦！”耿四昂起小頭來說：“三少爺不必進去歇着啦！快預備着吧！如今就瞧您粉金剛的啦！”蘇振傑兩腿發顫，身子直打哆嗦，寶劍卻高高舉起來，用手拍着胸脯說：“好！咱們等着！”

　　此時，孟廣已把官人支吾走了，他先向兩旁作揖，大聲說：“諸位鄉親！因為登封縣的魯家五虎，他看不起咱洛陽人，我才背地裏將他們大罵，他們氣了，今天要來找我拼命。我特請來蘇三少爺粉金剛來助拳，大家也都認得他，請諸位來看看，我們要給咱洛陽人爭口氣！諸位！刀槍無眼，請退後些！”

　　蘇振傑也想要稱道幾句，但這時東邊煙塵滾滾，馬蹄聲如怒濤一般的湧來。馬來了可真不少！數都數不過來，蘇振傑就覺得眼亂。馬上的人也是不少，更亂，長臉的，圓臉的，連鬢鬍子的，大麻子的，蘇振傑更覺着分辨不清，可是那邊每一個人都瞪着老虎似的那麼凶的一對大眼睛。他們在三十步之外就將馬勒住了，一群烈性的馬，還往起揚首，往起高跳，煙塵還在飛揚。人都甩鞍下馬，鞭子一大堆，都交給另一個人去抱着。他們個個都亮出來兵刃，真的耀眼增光，閃閃逼人，什麼刀哩，斧哩，雙寶劍哩，好像搬來了演武廳上的兵器架子。蘇振傑的腦子裏都昏啦，心中只是說：“別不爭氣！壯起點膽子來！頭一回，千萬別就塌台！”大概是耿四那小子，還直在旁邊怪聲叫好。只見銀鈎孟廣手提兵刃迎了過去，蘇振傑心說：好！你們先打一打，叫我看看對方的聲勢如何，隨後我再……

　　就見孟廣跟那邊的一個大鬍子的人對話，氣氛真凶，真是瘟神遇見了太歲，惡鬼遇見了魔王。眼看就要刀劍雙鈎一齊飛騰，血水腦漿同時迸出。也不知他們雙方說了一些什麼話，忽然又見孟廣拿起鈎，向着蘇振傑一指。那個大鬍子身材比蘇老太爺還高，手拿着背厚刃薄的一口刀——大概就是金背刀，這傢伙大概就是魯家的頭一條老虎吞山虎，就走過來了。

　　他邁着大步，三步兩步就到了蘇振傑的眼前，可是蘇振傑又三步兩步退到那一邊。吞山虎微微地笑着，這笑真像是要把人吃了，提刀抱拳說道：“三公子！我們並沒有得罪你呀？可是你偏要給孟廣保鏢，竟發下了大話，說要跟我們鬥一鬥！還說要拆了我們魯家的虎窩，殺絕了我們家的大虎、小虎、公虎、母虎、母老虎、老母虎！”蘇振傑直着眼睛，心說：這是哪兒來的事呀？但此時，還容他辯護？吞山虎突然把大刀一掄，面浮凶煞，厲聲喊叫如虎吼，說：“你既這樣說，那就沒客氣了！粉金剛，你滾過來！”

　　這時千百雙眼睛都動也不動的向他們兩人來看，吞山虎舉刀直往前逼，蘇振傑卻拽劍直往後退。旁邊的人剛要笑，耿四急得剛要喊，忽然那邊有人又高喊：“大哥！可要留心！這小子有詐！蘇家的劍法向來是專講暗地傷人！」吞山虎聽了，止住了腳步不敢去追了。

　　蘇振傑都快要退到鏢店的門裏去了，可是真不好意思進去！他無奈，只得奮然掄劍反逼向前，怒罵道：「雜種王八蛋你就來吧！」噹的一聲，大刀擊在他的劍上，震得他的手腕兒發酸。他跺腳剛要說：「這是我爸爸的青蛟劍，你敢給碰壞了！」他心痛這口劍，就勇氣倍增，劍起身進，嗖嗖嗖連環劍，又嗖嗖嗖劍連環。吞山虎的大刀有法，披、攔、削、挫，一絲不紊，暮然又一刀，蓋頂砸下。蘇振傑縮頭向旁一跑，吞山虎笑了，反換刀背逼了上來。蘇振傑手慌腳亂，神昏眼花，把劍胡亂舞了起來，只見光芒閃爍，也不知什麼是自己的劍，什麼是吞山虎的大刀了。

　　吞山虎看出蘇振傑的劍法新奇，便也不敢輕視，刀法越發謹慎，腳步越發穩，然而刀仍連砍，步仍緊逼。逼得蘇振傑又無路可退了，忽然他又瘋了似的，亂掄着劍迎過來，他的兩眼瞪得真直、真大、真圓，並且也真亂了。耳邊呼呼的風響，眼前閃閃的刀騰，他更加亂掄，真拼命，越殺越緊。猛不防聽得四周圍的人高聲喊了一聲：「啊呀！」他也心裏喊：啊呀！他嚇了一大跳，手真酸了，而且哆嗦了。可是略定了一定神，就見那吞山虎已提刀跑到了一邊，臉上被劃了一劍，滿臉是血，鼻子都許掉下來了。蘇振傑倒有點莫名其妙，忽然聽得耿四的喊聲：「三少爺！好劍法！」孟廣也在旁伸大拇指頭，他就恍然大悟了，勇氣復增，微微冷笑。

　　然而此時對面又有一條大漢手掄雙斧奔來，蘇振傑這時可真不怕了，一口沉重的氣完全喘了過來，眼睛也不花了，劍也輕便地掠起。然而對面這個像李逵似的人，來勢更凶，猛撲過來。他急忙又往後一退，忽然旁邊一人趕向前來，正是那滿臉血的吞山虎，他把他的三弟攔住，就急急地，大鬍子裏噴着血沫說：「住手！住手！我都不行，何況你們！三十來年我沒吃過這樣的虧，我佩服了！蘇家的劍法毒！我知道剛才他還算是顧面子，手下留情，不肯要我的命。我敗了，就算你們也都敗了！」那邊蘇振傑說：「對！他敗了，也就是你們都敗了！」

　　穿林虎卻雙斧高掄，暴躁地大聲說：「我不服！」推開他的大哥，又奔向蘇振傑，唰唰唰唰，一連四斧。蘇振傑卻只回了一劍，又跑開了。那邊踏嶺虎舞着雙劍，出洞虎一手挺刀，一手掏鏢，相繼也奔了過來。蘇振傑一邊喊着：「倚多為眾不是人！蘇三太爺不跟你們鬥啦！反正你們敗啦！」一邊抹頭拽劍向西去跑。

　　後邊的三條虎，跟那二十多個莊丁卻都齊掄兵刃急追了過來，腳步雜亂，罵聲喧攪，越追越離得近，穿林虎的雙斧並且都要砍到蘇振傑的後腦上了。蘇振傑又急回身，胡掄了一劍。穿林虎就一停步，要招架，他卻又跑了。後面的人大喊着說：「丟人！把你蘇家的貞節牌都丟了！」嗖的一聲，大概是一鏢，從蘇振傑的左耳邊擦過去了。他又狂奔，想要逃進舖戶裏，舖戶卻又都關上了門。他真喘不過氣兒來了，腿也真邁不開了，他就只得回身掄劍，急喊了一聲，連他自己也沒聽明白喊出的是什麼。

　　這時紛紛的人眾，紛紛的刀斧，已一齊將他圍住了。踏嶺虎高喝道：「下手！管他什麼蘇三少爺，剁死了他！」蘇振傑的眼又亂了，並且要閉上眼等死。但這時，不！是同時，卻忽由旁邊的一條小巷中，飛出來一隻俏影，纖手單劍殺入了人叢之中。烏雲上罩着白色繡花的紗帕，微露出黑亮的鬢髮，襯托着高挑起的兩道秀眉，她雙眸瞪起，那長眼毛都直了起來，森厲之中顯露着明麗，如秋空上的一顆寒星。她的小嘴唇緊咬着不發一句話，伸皓腕，遞寶劍，青光繞着那繡着細碎紅花的素緞襖，鏘！鏘！猛磕開了刀跟斧，只聽哎呦一聲，那使雙劍的踏嶺虎就倒下了。

穿林虎怒聲喝道：“哪裏來的毛丫頭！”雙斧並掄，卻見劍光逼向前來，才兩合，他就覺得右臂一痛，一隻板斧掉在了地上。眾人刀槍齊上，然而禁不住那口寶劍使得比繡花針還輕巧、靈活。出洞虎乘隙飛來一隻鏢，不料姑娘的眼快，疾抬左手，像捉蝴蝶似的就給捏住了。寒光又抖，眾人紛退，並有人受傷栽倒。那早就跑到一邊的蘇振傑，又乘人不備，把一個莊丁的大腿砍了一劍。姑娘卻一連殺退了六七個，地下淌的血染得她粉紅繡鞋更顯得紅。姑娘的長處是手疾眼快，身軀靈敏，劍法高超熟嫻。她如同一朵嬌美富麗的牡丹花，舞動春風，急急地飄蕩，驅得那眾人像螞蟻、蒼蠅一般的紛逃。忽然出洞虎又打來一隻鏢，被姑娘以劍噹的一聲磕落在地。出洞虎才要打第三只，姑娘一面挺劍驅眾人，一面揚纖手，將來的那只鏢反打了回去，真准！出洞虎沒有閃開，鏢中肩頭，刀也落地。姑娘也不看他，又追上了一個，一齊砍倒了。挪騰嬌軀，跳過了這臥地如死狗一樣的人，又向東追去。

此時只剩了幾個人向東驚奔，沒命地逃奔。蘇振傑在這邊大喊着：“追！追呀！殺盡了他們！妹妹你別饒他們！”耿四在那邊騎在馬上也叫着：“好！好！”孟廣舞着雙鉤歡呼，看得人都眼直，都跳起，都喊：“啊！好姑娘！真厲害！真高呀！”

姑娘蘇小琴身如風，劍似電，身隨劍進。正殺着，忽有一人空着兩隻手，以胸迎劍而來。小琴這才斂住了劍，收住了腳步，這個姿勢比孔雀開屏、白鶴亮翅更為美麗，更為飄忽。對面這人正是臉上的血還沒有擦乾淨的吞山虎。他抱拳說：“請蘇姑娘手下留情，如若不然，就請殺死我吧！我們與你貴府上原有交情，後來雖也有點小小不合，可也並未相擾過。今天的事是怨你家三兄不該開口傷人，也怨我們來得太魯莽，我們不知粉金剛的劍法那樣狠毒，更沒想到小霸王蘇老太爺家中還有一位蓋世的女俠。我們認輸了，這次算是敗了，但兩年以後再見面！”

小琴微微地冷笑，說：“你既認輸，我們也不便逼你過甚，但是地下傷的這些人……”

吞山虎又抱拳說：“這事情姑娘放心！我們魯家兄弟，也不是不在江湖交朋友的人，還知道自作自受。傷了的我們抬回去自己治，死了的也抬回去自己埋，官人若是出頭，我們自己去打點，絕不能把半點官司拖到你貴府上，只是，兩年！”

小琴又冷笑着說：“兩年也罷！兩個月也罷！二十年也罷！我們蘇家不怕你，我更不怕你們！”

吞山虎又抱拳說：“好！那麼就請姑娘保重！”小琴又發怒地揚起劍來，說：“別說這廢話！你真要惹得我殺死你嗎？”吞山虎的那張帶着血的大鬍子臉上也現出來冷笑，他抱抱拳就走開了。

這裏姑娘持劍生着氣，眼睛也不去瞧身邊的人，忽然有一個僕人，把她遺在那小巷裏的胭脂馬牽了來，並遞給她鞭子，她就收劍上了馬。耳邊還聽得人語紛紛，並聽她三哥蘇振傑高聲叫着說：“妹妹！等着我，咱們倆一塊回去！哈哈！今天我也勝了！你也勝了！”她就連聲也不應，頭也不轉，就吧的抽了一下鞭子，催着馬向街外走去。

少時出了東關，踏向了風沙滾滾，野草茸茸的曠野，又少時已經望見了他們的隱鳳村。忽見道旁走着一人，手提一個紙包兒，似才由城裏買了東西回來，正是家中新來的客人，李老英雄李國良。昨天晚間，小琴不過在李老英雄進裏院的時候，偷偷看了一眼，並未正式見面，所以現在她倒有點作難，心說：“招呼不招呼呢？”

但這麼一斟酌之間，馬已掠過去而進了隱鳳村了。

　　村中有幾個沒有跟着去的僕人，還不知東關那邊的事，不過看着小姐的神情有點另樣，都不禁發呆。小琴的馬卻由偏門直馳進了裏院，甩了馬，就笑顛顛的，挾着寶劍往院裏去跑，她心中高興極了，真從來也沒有這樣高興過。

　　走進來裏院，就見那一朵朵的牡丹花都像帶笑迎她，她也要過去對着每一朵牡丹花訴說她剛才的英雄事蹟。但是突然間一抬頭，她看見西屋的那絳色窗帷又撩起來了，又現出來那雙明亮的大眼睛，帶着笑的可愛的臉兒。她也笑着，止住步，點點頭說：“大姐！你沒出門呀？我今天可真⋯⋯”又想：她一點武藝也不會，跟她說了，她也是聽不懂，倒還許嚇壞了，於是就不說了，又笑笑說：“大姐！待會兒請過我這屋裏說話兒呀！”窗裏也笑着答應了一聲，聲音真嬌嫩。

　　小琴跑進了屋裏，叫着：“媽媽！”何媽媽這時卻沒在屋裏。她把寶劍放在桌上，又跑過去揭窗簾，卻見西屋的窗簾也還沒放下，那隱隱的可愛的身影兒似乎還在向自己的屋裏看，心裏就說：“她也是羨慕我吧？”

　　放下了窗簾，她就轉身依着窗返想，想着剛才的情景。高興了一會，可又漸漸覺着索然無味了，頓頓腳說：“這算什麼？”真的，這就值得誇耀嗎？魯家五虎不過是江湖小輩，又不是名鎮南北的萬里飛俠！那還值得矜誇，這，這算什麼？

　　她在屋中走來走去，仿佛太興奮了，有點站不安，坐不住，就想：我看看李大姐去吧！於是她先摘下頭上的紗罩，又抽了抽身上的土，更換了一雙花鞋，對鏡又擦擦臉，重敷了脂粉，再點了紅嘴唇。開門出屋，見西屋的絳色窗帷依然高掛，那可愛的李大姐正笑着向她點手。

　　向來也沒有人對她這樣親近過，所以她心中欣悅，臉也立刻就紅了。她含着笑，搖動着兩隻胳臂，姍姍地過去拉開了門，就走進了西屋。屋中原來只是李大姐一個人，下半身蓋着毯子，坐在炕上。小琴就說：“喲！這屋裏怎麼沒有別人？用的人她們都哪兒去啦？”李大姐細聲細氣地說：“趙媽是剛出屋去的，我也沒有什麼事，不必叫她啦！”小琴生着氣說：“這些個家人，有客來住，不知應酬着客，可去幹她們那些雜事！”李大姐笑着說：“不要緊，我又不是外人，客氣什麼？妹妹請坐吧！可惜我不能夠下地，真，真不恭得很！”

　　小琴又笑笑，她見李大姐的面上雖不像有什麼病的樣子，可是兩條腿真真地連動轉也不能，用那條羊毛毯子包得很嚴，連腳都不露出來，她就不由得將眉皺了皺，問說：“大姐！您得的什麼病呀？腿不好嗎？可是我昨天晚晌見您進來的時候，也不是不能夠走路呀？”李大姐點點頭，又微微歎息地說：“腿倒是能夠邁得開，只是走不了太遠。”

　　因為小琴坐在炕沿，離李大姐所坐的地方不過二尺，誰的臉上有個小紅痣都看得清，她就愈覺得李大姐的皮膚雖不嬌潤，也不白，但是很可愛，尤其可愛的是那大眼睛，怎麼這麼好看呢？挖下去給那少年俠士嵌上去才好呢！

　　李大姐的眼睛真攝去了她的魂靈，她心裏又發妒，就也在炕上盤起了腿，故意把親自繡的小花鞋顯示在李大姐的眼前，李大姐果然羨慕地說：“妹妹，你長得有多麼好看呀！”

　　室中，擦着蠟的烏木器具，都發着光，能照得見倆人的影子，座鐘嗒嗒地響着。李大姐的語聲兒真比這鐘擺的聲兒大不了許多，所以小琴得注意地去聽，就聽她細聲宛轉地說：“我，比妹妹差得多了！你知道的，自從前年我母親去世，我妹妹又……”小琴趕緊問說：“大姐是還有一位妹妹嗎？那麼，我李伯父是有兩位姑娘啦？”李大姐顯出來愁容，說：“因為妹妹得病死了，我母親才也憂急而終。我父親他老人家經此變故就突然改了性情，什麼生意也不做了，成天抽煙喝酒。家裏本來就沒有錢，因此就更窮啦。我又因為去年秋天，受了江上寒風所吹，得了腿病，不能伺候他老人家，這才想到，到您這兒來。好在您這裏的大叔跟我父親當年是生死之交……”

　　聽到這裏，小琴不單十分憫恤李大姐的遭遇，而且頗為驚訝，就又趕緊問：“不是因為……”自己的臉不知為什麼先紅了，就難為情地笑着說：“我可是聽說您來此不是長住，不過只是路經此地，是李伯父要送您到平陽府去。大姐！我應當給你道喜啦！”她拍着手笑着，又看李大姐，奇怪的是人家的臉並沒紅，只微微歎了口氣，這使得她更驚訝了。就見李大姐擺擺手——這手可很粗，好像常在家裏劈柴、燒火，洗衣裳似的——低着頭表現出憂鬱。小琴就把身子湊近了一點，低聲問說：“莫非你不喜歡李伯父給你找的那個姐夫？你覺着不好？”李大姐的臉仍然沒紅，只皺眉說：“我是不願意離開江南！”

　　聽到了江南，蘇小琴的眼前就好像飄動起來無邊的滔滔江水，那邊有比洛陽更多更好的牡丹花，更有一位手持寶劍的英俊少年俠士。她神馳了一會，便也憂悶地點頭說：“可也是！我雖沒到過江南，也想着那地方一定比北方好，那裏又不是沒有出眾的人才，李伯父他何苦要把您嫁到北方呢？”由此，她就專心地問說：“大姐！您可聽說江南安慶府最近出了一件事？”

　　李大姐又笑問說：“什麼事呀？安慶府可是在江的北邊，並不是江南，我們這次由那兒過的時候，還歇了兩天呢。”小琴卻臉紅了半天，才說：“我是聽說那裏出了一位少年俠士，殺死了江湖間最有名的好漢萬里飛俠高……”李大姐聽了這話，面上卻突現驚訝之色，急忙把頭搖了搖，說：“我不知道，也許有，但我沒有聽人說！”

　　小琴感覺得無限的失望，沉默地發了一會兒呆，這時就聽院中腳步聲咚咚，有人高興地叫道：“妹妹，你回來了嗎？”是她三哥的聲音。小琴就趕緊下了炕，又向李大姐嫣然地笑着說：“大姐！待會兒再說話！”李大姐也笑着說：“妹妹有工夫可就來呀！恕我不送啦！”小琴說：“不客氣！”

　　出了屋，她就帶着氣叫趙媽。她的三哥興高采烈地說：“嘿！妹妹，咱們兩人，今天真給爸爸爭夠了光啦！有這一回，我粉金剛的名頭，在江湖是能叫得叮噹響了，你可也夠瞧的。耿四也給你起了個外號兒，叫你‘美劍俠’！”小琴卻叫着說了聲：“呸！”

　　這時趙媽由東院裏急急忙忙地來了，小琴就說：“為什麼派了你伺候李大姑娘，你不伺候，你可滿處兒去？”趙媽手裏拿着個半大不小的瓦盆，說：“您瞧呀！因為李大姑娘下不了炕，上不了茅房，我才找了半天才找着這麼個，當尿盆兒。”小琴也不由噗哧一聲，幾乎笑出聲來。

　　蘇振傑又走過來說：“你想，剛才你我兩人的兩口寶劍，大鬧東關，殺得魯家五虎二十餘眾，個個傷胳臂壞腿，屁滾尿流。別說洛陽城，就是江湖上也沒有這麼熱鬧的事情。孟廣也說啦，憑你的武藝，無論走到江南河北，准沒有一個對手，這真不是我捧你。可是我自覺得我也不錯，你雖傷了踏嶺虎，穿山虎，出洞虎，可是他們的大爺吞山虎，卻是我給殺傷了的，我覺着猛勇雖不及你，可是要論劍法，嘿！還得數俺粉金剛！”他用力一拍胸脯，他妹妹卻不住撇嘴，瞪他。

蘇振傑又說：“事情可都算完啦！魯家的人雖都受了傷，可是沒有一個致死的，他們都雇了車拉走了。這件事，孟廣鏢店裏的那些人，跟別的人都佩服咱們，說咱們都手穩劍穩，殺人不殺絕，是俠義本色；傷人不至死，免得官司，又是咱們聰明之處。現在洛陽城的好漢子沒有一個不對咱們伸大拇指的，都說咱們——你跟我，這才叫好本事、真武藝，絕頂聰明。他媽的什麼江南的少年俠士，殺了個高炯，就惹了螞蜂窩，弄得他現在就不敢出頭，將來還一定喪命，那傢伙才是笨蛋，是傻瓜！”

小琴瞪起眼睛來說：“你別才得了點意，就瞧不起人。今天，是你的能耐嗎？”蘇振傑又拍着胸脯說：“怎麼不是？大家都眼看着的。”小琴又哼了一聲，就往北屋去走。

蘇振傑又說：“喂！”他追着說：“事情雖說是完啦，其實沒完，吞山虎表明白啦，他說兩年之後再見！”小琴故意說：“我不管！”蘇振傑着急說：“喂！你別不管呀？我的武藝我也知道，明殺明砍我不怕，高來高去我可真……不客氣地說，差點！孟廣剛才說：他們說是兩年，說不定兩天就許又找咱們來！今天只出頭了四隻虎，最小的那個，武藝最高的那個叫騰雲虎。那小子若由開封回來，一定還要找咱們來拼。那小子雙手會打鏢，會接鏢，手中一口單刀很難惹，飛簷走壁的功夫更……”小琴沒等她三哥把話說完，她就姍姍地走進屋去了。

蘇振傑倒也沒跟到屋裏去，他想想：這件事得去跟李老頭子吹一吹！遂先回到自己屋裏取了那兩個鐵球，叮噹亂響在手裏揉着，一走一擺，揚眉吐氣，就走到了客廳。見了李老英雄就叫了聲：“老伯！”他驕傲地笑着，還沒有說話，這時李老英雄剛把從城裏買來的關東煙，裝在荷包裏，見他來了，卻一點也不驚異，只拿煙袋指着他說：“三侄子！我看你的臉色很好，大概今天你准遇見了一件連你都想不到的走運事？”

蘇振傑聽了這話，大不高興，把眼一瞪，要急的樣子，說：“什麼？你老人家說我是走運？僥倖成功？嘿！老伯呀！你真看不起我，我爸爸從我們小時候，就給我們請老師，他老人家並且親自教給我跟我妹妹學武！”李老英雄點頭說：“你的令妹武藝確實不錯！”蘇振傑說：“她？她今天使的那幾套劍法，還多半是跟我學的呢！”說了這話，就趕緊回頭看看。

李老英雄裝上了一袋煙，點着了抽着，抽了兩口，又點頭讚歎，說：“你的妹妹，武藝確實不錯！慢說今日江湖上無此俠女，就是男子中也少見！少見！”蘇振傑就像聽人誇了他自己似的，因之更是得意。可是忽然間，見李老英雄長歎了口氣，又說：“可惜！咳！可惜！”低着頭不再發話了。

蘇振傑納着悶地發笑說：“老伯你是怎麼啦？你可惜什麼？難道你可惜我妹妹不是個男子嗎？空有本領，將來出了閣，便沒處去使？”李老英雄卻搖頭說：“不然！江湖上還分什麼男女？武藝好的就是英雄，你妹妹如果是我——是十多年前的我的女兒，那我就放她去闖江湖，包管她成一個名震天下，蓋世無雙的女俠！如今可惜她生長在你家，她姓蘇！”蘇振傑冷笑說：“姓蘇的門風也不低呀？”李老英雄點頭說：“正因為不低，你家有貞節牌、節烈坊，你的二哥又做了知縣，你的爹爹能放他女兒出去闖江湖嗎？”

蘇振傑又笑了，搖手說：“老伯你別不放心，我們家也不指着走江湖吃飯，不過無論他是誰，要是欺負到我們隱鳳村來，那可叫作找死！今天的事你老人家既看見了，那我就要拜託你一件事。說不定哪天，魯家五虎們一定要來此報仇。那時，不必說啦，只我一人就准把他們打走，可是你老既住在這兒，就似乎不應袖手旁觀。到時，或者你老人家助個拳，助個威，或者⋯⋯，這可不是我給家父得罪老朋友，是怕魯家五虎黑夜前來，跟我們一打，驚壞了你老人家的千金，那我們可擔不起，所以我主張您要是不願助拳，那就⋯⋯，老伯你別惱我，您千萬快點帶着小姐離開這兒！」

李老英雄聽了這話，不住地哈哈大笑，連說：「好侄子！好侄子！」蘇振傑說：「這話我是不能夠不說，好歹請老伯自己斟酌着。」李老英雄說：「我也不必斟酌，你這小子更別激我，我呀！我絕不走！等你爸爸回來我才能走呢！可是呀！無論他五虎八虎，黑夜白天來，我都不管！」蘇振傑臉都白了，心說：「這老傢伙真可氣！」

李老英雄驀然站起了身，拿他的煙袋杆作劍勢，大聲說：「我沒說嘛！倒退十年，像你剛才在我的眼前吹，目無老輩，狂傲無知，我一個指頭就把你戳出去！若往三十年前說，你問問你爸爸，我一天不跟人爭鬥一二百合，一個月不殺傷幾個人，就吃不下飯去！武當山上我打過莽金熊，七臂猴，金眼虎！黃河岸我殺死過惡瘟神苗三！你爸爸被困于寡婦寨，雲二寡婦黑魔王要摘你爸爸的心，都憑我單劍把他救出來！這些事江湖上何人不知，哪個不曉？像你剛才在東關上的那幾手兒，哈哈，真笑掉了我的大牙！」蘇振傑看着又害怕，可又生氣，真想要給他一鐵球，卻又聽咚的一聲，李老英雄一跺腳，地下的一塊很結實的厚方磚都四分八裂。

李老英雄又低頭歎息，說：「現在我可不行了！功夫雖沒扔下，膽子可已變得很小，連江湖上的一個小毛賊我都怕，怕傷了我的老命，斷了我李家的根，不然我也不至於到你們這兒來！我來到這兒只求你別聲張，住些日，等你爸爸由普陀回來，那時我們敘敘故舊，他或留我們，或不留我們，我們再作計畫。只是現在你別在外惹了氣，往我的身上甩，我可不管。五虎八虎，黑天白晝來我都不管，我在此只吃你們兩頓飯，我女兒腿有病不下炕，也不至給你家招事生非，別的話都別跟我說！」他又坐下了，又裝煙抽。蘇振傑怒目瞪了他半天，可也不敢再說一句話，就生着氣一轉身，把門一摔出去了，背後的李老英雄又哈哈大笑。

他咚咚邁着大步又進到院裏，剛要再叫妹妹，卻聽那西屋裏笑語喳喳，原來他的妹妹小琴又跑到那癱子李大姑娘的屋裏閒談去了。他心裏說：跟那麼一個殘廢的人，可有什麼話可說的？他自然不能再找他的妹妹了，只好回到東院。到了自己的屋內，他又高興了，叮噹叮噹地揉着鐵球，並把剛才在東關的得意事情說給他的媳婦聽。

此時，小琴在那屋裏跟李大姑娘兩人越談越相投，坐得也越來越近。因為小琴猜着李大姐不願下嫁平陽府劉家，是因為她不滿意她父親所給許配的那個人，李大姐就也因此更表露出來憂愁。她雖沒有流眼淚，可是不住連聲微歎，說：「我聽說那劉家倒是很有錢，可是那個人不念書，不習武，也不務正業，婆婆也頂厲害，我知道我過去，一定要受很大的苦！」

小琴聽了，就對她十分地同情，然而又無法幫助她，只得溫言地勸慰，說：「大姐你也不必因這事就太煩惱了！本來你就有病，如若愁壞了身體，那更可憐了！別人的話也未見得盡靠得住，我那姐夫現在雖不務正業，可是你嫁過之後，你可以慢慢地勸他，他只要跟你好，他一定能夠改過自新的。至於婆母厲害，你可以不必招她生氣，處處謹慎，時時孝順她。我想除了鐵石的人，沒有一個感化不過來的。本來我們女孩子家，將來怎樣，是能夠遇着什麼人，真不敢預料。咱們若都有媽媽在世還好說，媽媽總會能夠體諒女兒的！如今，咱們都只有一個年老的爸爸……”

　　李大姐說：“你總比我好呀，你倒還有兄嫂呀！”小琴說：“咳！兄嫂哪都知道我的心事？”李大姐就問說：“你有了人家沒有？”小琴低垂着嬌臉兒，搖搖頭。李大姐說：“我不信！你長得這麼好看，能文又能武，難道沒有人說你？”小琴又搖頭。李大姐就笑着說：“也許是你已訂了婆家，他們瞞着你，沒讓你知道吧？”小琴臉紅着說：“真不是！沒有，若有，我不能夠不知道，我三哥早就能夠告訴我了。”

　　李大姐徐徐地伸出手來，拉住了小琴的纖柔的手指，又低聲說：“那麼，難道你不想嗎？你不想早些有個好女婿嗎？”小琴的臉愈紅，紅得好似一朵牡丹花，奪過手來就輕輕打了李大姐一下，嬌嗔着說：“你別胡說！”

　　李大姐又把小琴的手握住，低頭笑着說：“問問這話也不算什麼呀？你看，我就不像你這麼覥腆！”小琴拿左手的小指頭，劃着嬌紅的臉兒，說：“那是因為你不識羞！”李大姐說：“終身大事，沒有什麼可羞的，我一見了你，我就愛你，可惜我不是個男人，不然我就一定要娶你。我一路上很受了些風霜之苦，但一來到了這兒，我就很是開心，大概我的腿病，不久也就能因此好了。”小琴又奪過了手去吧吧地拍着，笑着說：“對啦！對啦！腿快些好了吧！好叫李伯父快些把你送到平陽府去！”

　　李大姐笑着說：“腿好了我也不想走啦！第一我捨不得你，第二我捨不得離開院裏種的這些牡丹。”

　　小琴就說：“你還提牡丹呢？提起來真叫我心痛！去年冬天特別冷，大概就把花根兒給凍壞了。今年春天風又大，雨水又缺乏，我今年又特別地懶，沒有常澆，所以直到現在，才開了幾朵兒，若是往年你這時候來，你看吧！紅的、粉的一齊開了，咱在這兒說話，都能聞得見隔窗的花香。”

　　李大姐擺手笑着說：“你別儘管談說牡丹花，我還是願意聽一聽你的心事。”小琴又低下頭去臉兒發紅。李大姐又低聲說：“這是據我猜想，蘇大叔去朝普陀山，大概在沿路上還有事。”小琴就略略抬起頭來問說：“有什麼事？”李大姐說：“我想他老人家也是覺得你已長大了，女大不可留，他老人家出去給你物色好女婿去哩！”小琴笑着說：“瞎說！從年前起，我爸爸就想去朝南海觀音，只因為家中的事多，我們還年歲小，沒有去成，今年才完遂了他老人家的心願。”

　　李大姐又說：“可是我父親這次來，等着見蘇大叔，真是還有一件別的事，與你有關的事。”小琴驚訝着，問說：“真的嗎？你可別冤我。”李大姐說：“我真不冤你！我父親有一位好友，那人也是蘇大叔的生死之交。”小琴就問說：“是銅山縣的秦鐵棍？”李大姐點頭說：“對啦！他家有一個兒子，與妹妹你的年歲差不多……”

　　小琴聽到這裏，立時就急了，連連搖頭說：“我不！我不！……我將來是要往江南……”李大姐又問說：“你要往江南去做什麼？莫非你在那裏有認識的人？有一個你合意的人？”小琴急擺手說：“別跟人去說！”她又低下了頭去。她的小臉上緋紅之色漸褪，顯出一種淡淡的清愁。桌上的鐘擺聲嗒嗒的，一下一下地敲着她的相思慕愛的芳心，她的眼前又幻出來那江水滔滔之間一位少年俠士。李大姐聽了她這話，很覺得詫異，又連次地問她，她卻憂鬱地搖着頭，不肯說出來。

待了會兒，那趙媽又進屋來了，妨礙得兩個人更不得再談心。小琴就下了炕，又笑着說了聲：「大姐再見！」她就款款地走出了屋去。天陰了，引得她心中更愁，她徘徊在院中，看看這邊的牡丹花，又看看那邊的牡丹花，覺着朵朵的芳葩卻似向她表示着同情。她的心裏輾轉地想：「李大姐剛才說的那話是真的嗎？恐怕靠不住吧？但雖然靠不住，而早晚是要有那一天的，我的爸爸一定要不待跟我商量，就給我擇配的！他自上了年紀以來，很灰心江湖，更看不起少年任俠的人，而偏注重於資產和家世名聲，將來他一定也要給我配個……恐怕比李大姐的夫婿還不如的夫婿。那時，我也不能夠不依從，但我學這身武術何用呢？今天在東關那樣施展身手又何用呢？咳！我心裏的痛苦能向誰去說呢？天涯即使有個明白我的人，愛我的人，他也不會知曉吧？」想到這裏，不覺得淚珠落下。

此時正有個僕婦由外院進來，她急忙轉臉，眼睛還帶着淚，生氣地叫說：「金媽！今天怎麼也沒有澆花？你們是盼着這些花快乾死了，你們好省事？」金媽跑來說：「呦！我還沒忙過來呢！從早晨起來手腳都沒閑着，您知道我們有多少事呀！」小琴說：「我的事情比你們還多，可是我不像你們這樣懶，你們少嚼一點舌根子也就行啦！」金媽趕緊帶笑說：「得啦！小姐您別生氣！我這就給您澆花兒，我就拿噴壺去。」小琴瞪了她一眼，金媽又笑着說：「小姐！我還忘了給您道喜啦！」小琴突然又吃了一驚。

金媽走過來真給小琴道喜，說：「我剛才聽外邊的人說，小姐，您的名可真大了，二十多個大漢子都打不過您，您怎麼學的呀？明兒也教給教給我好不好？省得我將來回到家，連一個偷雞的賊都打不過。」金媽的右眼有點毛病，是早先叫偷雞賊給打的。小琴不理她，只是急躁地說：「快去吧！快拿水澆澆這花兒吧！」金媽答應着，笑着，一扭一扭地跑去拿水去了。

這裏小琴的心真不舒展，她彎身以手指輕輕捏去了一朵花上的一個小蟲兒，那不知為什麼流的眼淚，竟吧嗒一聲落在花瓣上，像是露珠兒似的。趁着無人，她急忙由衣襟下摘手絹擦眼睛，但驀然一抬頭，見西屋的窗帷又揭起來了。她就覺着李大姐那個人不好，愛胡說，不端重，自己就連看也不看。待金媽拿了水桶跟噴壺出來澆灌牡丹，她也就回到北屋裏去了。

她的乳娘何媽媽正在又驚恐又發愁，見了她，就悄聲說：「姑娘！你剛才在東關……」小琴皺眉說：「媽媽你別管我。」何媽媽着急說：「我不能夠不管你，你在東關惹的那是多大的事呀！魯家五虎是好惹的嗎？再說，老太爺回來也一定不願意，一定埋怨，他才一走，你就給他惹事。二少爺那邊要是知道了，也得說這于咱家的名聲不好聽。姑娘！咱們是貞節牌的蘇家呀！十七八歲的姑娘拿着寶劍在街上跟一群大漢子打架，弄得洛陽城的人都知道了，這多不好聽呀！」小琴跺腳嚷嚷說：「媽媽！你別再在我的耳旁邊囉嗦！你再囉嗦，我可真要拿上我的寶劍騎上馬走啦。我一走可就走得很遠，永不回來了！」何媽媽聽了這話，才嚇得不敢再說。

但是小琴的心中仍是煩悶，今天東關的那事竟振奮不起來她的精神，而李大姐的那一席話卻沉沉地壓着她的心，她連茶飯都懶得吃。後半日就沒有出屋，天又黑了，燈又點上了，她就想去睡覺，自思睡了覺之後，才可以免去心中的煩悶，而或者可以夢見江南的滔滔江水與一位少年俠士。

第三章　古寺萬人爭窺豔

　　她背着銀燈，才脫去了身上的小襖，這時忽然外面有人來了，屋門微微地作響開了。小琴忙回頭，見外面來了一個雲鬢蓬鬆，身着紫色緞子的女襖，青色長褲的人，病態地手扶着門，由淡淡的燈光中傳給她一種親切的微笑。這正是李大姐，原來她的兩條腿竟能下地走路，而且來到這屋。小琴急忙又將小襖兒披上，笑一聲說：「我都快睡了，大姐，你怎麼起來啦？」說着話，她同時留心着對方的腳底下，見李大姐的褲管又長又肥，直拖到地，只微微露出一點紅緞的鞋尖。鞋尖是尖得很，但可不小。李大姐忸忸怩怩，很不自然，很慢地走進屋來，門隨之帶上。

　　何媽媽就近過去笑說：「大姑娘的病好點啦嗎？」李大姐微微地笑說：「倒是好了點兒啦。」她的那明亮的雙眸不斷地盯住小琴。小琴裏面穿的是貼身的粉紅羅衣，趕緊扣紐扣。李大姐半天才走進來，就細聲細氣地說：「我因為一個人在屋裏覺得發悶，才來找我妹妹說說閒話兒。」何媽媽說：「可不是，天還太早，我們姑娘今兒也是太累着啦，為一件閒事，我又說了一句話，把她氣得連晚飯都沒怎麼吃，這麼早就要睡，我也不敢攔她。大姑娘來得很好，您小姊倆談談吧！」

　　李大姐又輕輕地伸手拉住了小琴的皓腕，說：「別睡！穿上衣裳！小心凍着，來，我給你扣紐子。」何媽媽過去把燈挑得亮些，說：「李大姑娘這邊坐吧！」李大姐含笑答應了一聲，扭頭去看，見燈旁桌上，一口裝飾燦爛，絲穗低垂的寶劍還沒有收起，她看了一眼可並未說什麼。

　　小琴這時的心裏又漸漸有些舒展，她扣好了衣裳，笑了笑，又皺眉說：「一到春天，我就覺得身子發懶，又因為做點什麼事都有人攔着，都有人不斷在耳旁邊囉嗦，我覺着這樣活着，真沒有一點意思！」李大姐拍着她的柔肩笑說：「妹妹，你小小的年紀怎麼說這話？」又向何媽媽說：「媽媽給我們沏點茶去吧？我跟我妹妹玩會兒，談會兒，我給她寬一寬心。」

　　何媽媽出屋之後，李大姐就低聲問着小琴說：「今天後半天，我見你很是不高興，莫非因為在我那屋裏，你聽我說到那話？」小琴搖頭說：「不是！」遂打了個呵欠，揉了揉眼睛說：「我也實在是困倦了！所以我才要睡。」李大姐忽然把眼睛更睜大一些，聲音卻更壓小了一些，說：「今天你怎可以早睡呢？白天時，這裏的三哥不是說，你在東關打傷了魯家五虎？那些人是什麼事情都能做得出來的。你家裏的人又單，你三哥的本事又不行，只仗着你一人，你要是睡了那還了得？」小琴聽了這話，突然吃了一驚，真把倦意齊都驅散，而且更加驚訝地看着李大姐。

李大姐卻不急不忙地說：「我雖然不會武藝，也沒跟江湖人結過仇，可是我經過的。我父親有時與人爭鬥，縱使得了勝，可是也得有好幾天不得安睡，單刀永遠不離身旁，有兩次——至今回想起來我還害怕呢！半夜真有人到了我們家裏，幸虧我父親沒睡着，才上了房跟他們打了半天，把他們打走了。」

小琴怔了一會兒，心裏想：「這李大姐別的事情不如我，江湖的經驗閱歷倒比我多得多，也是因為她的父親還在外面混，而我的父親早已在家享福、念佛，不問外事的緣故。」當下她就點了點頭，可是又笑着說：「我才不怕那些人來呢！別看我睡着，可是也說起就起，打了那麼幾個惡漢，要累得自己幾天不敢好睡可也合不着。」

雖如此說着，她卻又把衣服整了一整，把額前散亂的頭髮掠了一掠，她說：「大姐在這兒等着我，我到前院告訴他們，今夜勤着點打更倒是真的！」說着就要往外走去。李大姐卻又說：「你帶上這個！」她一回身，李大姐就把桌上的寶劍鏘的一聲抽了出來遞給她，她覺得李大姐的心倒真細，遂又笑笑，就提劍走出了屋。

外面天黑星密，那朵朵的牡丹花都隱在牆角的黑霧裏，連影子都不見了。她急移玉步，才走出了垂花門，卻忽然又驚愕地止住了步。她分明看見門的旁邊黑兀兀地站着一個高大的人。她略停腳步，接着把寶劍一舉，颼的一聲追了過去，並厲聲問說：「你是誰？」可是那條黑影已經很疾快地走進了靠右手的一條小過道。她再劍光閃閃，身子隨着劍光也緊追到那裏，一看，什麼也沒有。她騰身上房，四下去望，也只能看見幾處院中屋內的幾片燈光，何媽媽跟另一個僕婦提着水壺正回到自己屋裏去，此外就無別物。她可真驚訝了，心說：「莫非真是那個騰雲虎來了嗎？」

她趕緊跳下房去，急急走往前院，本想要大聲嚷嚷一下，卻又趕緊將自己攔住，望見了僕人住的那屋中燈光灼灼，話語囂雜，大概連蘇祿，帶打更的耿四全都在這裏談天了。她來到門前先輕輕將寶劍放在牆旁立着，然後，驀地一開門，向屋裏說：「別淨說閒話了！」

屋裏的雜亂之聲，當時就都停止了，十幾對驚訝的眼睛看見了立在門外的小姐，就都慌了，有的趕緊拿光着的腳丫向炕下去找鞋，耿四先問說：「小姐，有什麼事嗎？」小琴卻淡淡地說：「沒有什麼事，只是，今晚你們全不許睡覺！勤打更，有刀的預備在身畔，聽見了沒有？」屋裏的人一聽了這話，嚇得臉全白了，有的點頭，有的發着怔答應。耿四卻說：「小姐您就收心吧！有我值夜，他賊！賊的屁也來不了！」

小琴把門關上，拿起劍來，兩眼又不住地東瞧西望，又飛身上了房，就如狸貓似的，踏着屋瓦，很快地就來到了那東跨院，輕輕地落地，腳下無聲。一看，東屋的大嫂已經睡了，屋中一點燈亮也沒有，西屋裏三哥的那對鐵球還不住叮噹亂響。她將劍藏於身後，躡着腳步往那窗前走去，就聽蘇振傑正跟他妻子說：「你知道嗎？咱妹妹這回的武藝出了名，以後的麻煩少不了，不定有多少江湖的少年俠士來求親呢！我倒愁得慌，她也不是小孩啦，我瞧她早就想着找女婿……」

小琴在外一聽了這話，反倒腳步更輕，臉發燒，心裏氣，可是不能說話。她又颼的一聲上了房，同時故意掄起寶劍向屋瓦上驀然一剁，喀的一聲。下面屋裏的蘇振傑「啊呀」了一聲，連問：「誰呀？誰呀？」又大喊着：「來人喲！」三嫂也尖聲地嚷叫。小琴卻已越過屋脊，又飄然跳下了正院之中。

　　開門進了北屋，卻又不禁一陣驚愕，只見李大姐，何媽媽，還有一個吳媽都在屋裏，那高身材，穿着舊夾襖，花白鬍子的李伯父不知什麼時候也來到屋裏了。小琴擱下了寶劍，自己倒覺得有點不好意思，先笑着叫聲：「李伯父！」然後又過去拉了拉李大姐的手，又笑着說：「我已囑咐他們，不讓他們睡覺了，今夜裏大概不至於有什麼事。即或有事，你也不必驚恐。有我，有我三哥，還有李老伯呢！無論他什麼樣的強盜來了，咱們也不怕！」李老英雄在那裏盯着她們，沉着一張不高興的臉。

　　這時院裏就亂了起來，腳步聲，說話聲，蘇振傑拿着寶劍驚慌慌地進來，說：「妹妹！你剛才沒聽見嗎？房上有人！一定是那騰雲虎來了！」說着話還不住喘息。外面搬梯子聲，紛紛談話聲，大聲罵賊聲，更是亂。燈光照得窗子也閃爍驚人，嚇得何媽媽跟吳媽都面如土色，身子直抖。小琴卻一點也不驚慌，笑了笑說：「什麼事情值得這樣大驚小怪呢？嚇壞了人不要緊，叫李伯父看着有多笑話呢？」

　　這時李老英雄只站在那裏不說話，李大姐卻不住翻眼偷瞧她的父親，態度好像帶着點羞悔。小琴就向她三哥說：「你出屋，告訴他們，搜查可以，巡守也可以，別瞎喊叫！別人還得睡覺呢！這是怎麼回事呀！」又向李老英雄笑笑說：「伯父您請坐吧！您別不放心！」李老英雄只點了點頭，卻又瞪了他的女兒一眼，說：「你回西屋裏去吧。」李大姐深深地低着頭，又一步邁不了三寸地，慢慢走出屋去了，小琴笑着往外送，並叫吳媽趕上去攙扶。此時院中那些僕人雖未散去，可是紛亂之聲已經停止。

　　小琴一回身，李老英雄就又向她點了點手，讚歎着說：「行！我的單劍小霸王蘇老兄弟總算有了一位好閨女，比我強！」小琴笑了一笑，被誇獎得心裏十分得意，說：「伯父，您為什麼不也教我大姐練武呢？」李老英雄擺着手說：「不要提她，她不行！我今天來到你的屋中就是為跟你說這個，你那大姐，咳！自幼便跟着我浪跡江湖，沒有受過家教。」小琴笑着說：「伯父客氣什麼？這樣正可見我大姐好。她有經驗，多閱歷，不似我連家門都不常出，外面的什麼事情我也不懂。」李老英雄說：「咳！她是個野丫頭，如何能夠跟你並比？姑娘，你以後千萬不要再跟她接近。」

　　何媽媽這時的臉色也漸漸緩過來了，聽了這話，就插言說：「也別不叫她們姊兒倆接近呀？李大小姐是那樣溫柔，跟我們姑娘的年歲又相差不多，她來了正省得我們姑娘悶得慌。倆人常在一塊兒談談笑笑，以後或者跟我在一塊兒做做活計，算什麼的？您怎麼反倒攔住呀？」

　　李老英雄卻像是很着急的樣子，嘴裏磕磕絆絆地說不出話來，把頭不住地搖，說：「不好！不好！你們是不知道！我那個女兒實在叫我沒有一點辦法，她太野，脾氣壞，若非被事所迫，萬般無奈，我也絕不帶她到這裏來。她在那西屋住着，只要有個上年紀的媽媽伺候她，也就行了，也就夠了，只當她是個病人，是個殘廢。旁人千萬不要理她，否則令我對不起我那蘇老兄弟！」

　　何媽媽說：「咳！您怎麼這樣地說呀？李大小姐多麼好的人呀！」

　　小琴卻搶過去一步問說：「到底為什麼呢？是伯父不喜歡我大姐嗎？」李老英雄卻沉着臉急躁地說：「並非是我不喜歡她，我只是⋯⋯不能叫別人跟她親密。姑娘，話我已囑咐了你，你可千萬記住！」說着就又點點頭，說：「姑娘你睡覺吧！我看你們也不必瞎驚慌，今夜絕不至就有什麼賊人前來。」說畢，他高大的身子一轉，推開了屋門，就邁步走出，小琴卻不禁發怔。

　　何媽媽都有點生氣了，說：「這個李老頭子是怎麼回事呀？他的女兒，那麼好的一個姑娘，跟着這麼個爸爸，才算受了罪了呢！」小琴卻驚訝地想着：「這事情必有個原因，不然李老伯不至於那麼急。」她向外聽了一聽，覺着李老英雄逝去的腳步兒極輕，聲音小得幾乎聽不見。她把門微微推開了一道縫兒向外去看，只見李老英雄的身影是走往西屋找他的女兒去了。何媽媽還在那邊說話，小琴卻擺手不叫再說。她的眼光由門縫透出去，直投到西屋那浮着淡淡的燈光的窗上，見絳色的窗簾上隱隱有李大姐的影子，而李老英雄走進屋去半天，仿佛父女並沒有說一句話。

　　小琴就更疑惑了，於是躡着腳步兒走出了屋，剛要往西屋的窗前去竊聽，就聽李老英雄在那屋裏咳嗽了一聲，帶着氣似的走出來了。小琴急忙將身向下一伏，覺得李老英雄倒是沒有注意到她，就走出垂花門去了。小琴飛身上了北屋，由北屋轉到西屋，輕輕地踏着瓦追往前院。卻見李老英雄在院中一邊走，一邊忿忿地自言自語，他說：「咳！養下這麼個女兒，真不叫人省心！一個病女子，野丫頭，如何可以跟她們小姐常來往？把人家若教壞了，叫我能對得起誰？」一路歎息着，就回客廳裏去了。

　　小琴在房上站着又發怔了一會，覺得李老英雄之所以不願讓我跟他女兒接近，也許真是這番意思，不為別的。她又張目向別院去看，見那裏燈光晃晃，許多家人還在亂紛紛地瞎找賊人呢，小琴不由得又要笑，就又輕踏屋瓦，回到了裏院，就看見那趙媽正進西屋裏去。她等了一會，才下了房，又走到西屋窗前竊聽，就聽屋裏的李大姐病懨懨的聲音，正在吩咐趙媽，說：「關上屋門吧，天不早啦，我要睡啦。」小琴腳踏着連珠步，又輕又快，霎時就回到了北屋，何媽媽跟吳媽齊都說：「姑娘也睡吧？」小琴卻仍搖着頭，心中的疑絲縷縷，總是不斷。

　　又待了會兒，她的三哥又在窗外囑咐她說：「妹妹你睡吧！大概剛才是我聽岔了，沒鬧賊，許是鬧貓。」又說：「即便有賊也不要緊，騰雲虎不能來得這麼快，小賊也用不着咱們兩人，有我一個人就行了，准能把他拴住！」蘇振傑這時候的膽氣像是又壯起來了。小琴就答應了一聲，先把那吳媽打發出去，又勸何媽媽先去睡，她卻又靠桌立着發了半天怔，這才去關上了屋門，上好了插關，又把寶劍放在自己的床上。她的床是在她乳娘睡覺的木榻的對面。為桌上的那盞燈，她又斟酌了幾番，結果是噗的一聲吹滅了。她又走近了窗，向外聽了聽，沒有動靜，她這才到床上躺下，可是連鞋都不脫，只拉過來一條錦緞的絲綿被蓋在身上。

　　雖然困倦，但心裏有事，既驚訝剛才垂花門外瞥見的那條黑影，又猜疑那怪異的李老英雄，並且不怎麼明白李大姐到底有什麼不好之處？她的不好大概不是什麼病。說她野，也許是她的品性有過什麼不端之處嗎？可也不像！腦裏翻來覆去地想着，身子也輾轉反側，總是睡不着。

　　外面的更聲敲近這院裏來，梆梆梆敲得不僅勤，而且比往日夜裏特別響亮，就使她的精神更加興奮。她翻身坐了起來，等候打更的人離了這個院子，更聲越敲越遠了，她就抄了劍站起身來，輕輕走到屋門前，又將屋門開了，略停了一會，才身隨劍出。她先到了西屋的窗前又去竊聽，見那裏一點聲音也沒有。李大姐睡覺大概連呼都不打，聽那趙媽可在夢裏直咬牙。她原想去推推門，可又覺着不必，就又上了房，往外院走去。

　　原想是到那廳房前去聽一聽李老英雄的動靜，不料見第二重的院落中兀然地站立着一條黑影。她當時就在房上止住了步，向下看了半天，看不出這人是誰，只覺得鬼鬼祟祟的，很像是個賊，而且是個笨賊。她就颼的一聲跳下房來，寶劍未抬，玉足先起，就將那人踹倒在地。只聽咕咚！噹啷！"哎喲……"，並有一對鐵球在地下不住地亂滾，原來這個人正是她的三哥，幸虧她的劍沒有落下。她也嚇了一跳，笑問說："半夜深更地你在這兒幹嗎啦？你也不言語一聲！"

蘇振傑氣得半天也沒說出話。他爬起來又摸了半天，才拾起他的寶劍，可是兩個鐵球不知滾到哪裏去啦。他一面喊人拿燈來找球，一面就向着他妹妹跺着腳嚷嚷，說："我不言語？你也不看清了？"小琴說："我看見你在下面影綽綽地像是個賊。"蘇振傑說："賊？賊有這麼大膽的，連人都不避，就敢在院裏走？你是拿賊的，拿賊還有賊沒來，自己先上房的？"

小琴本也氣往上撞，想跟她哥哥吵嘴，但又不願半夜裏這樣嚷嚷，不願叫那李老英雄知道了笑話，她遂就也跺腳，並掄起劍來，說："三哥你還嚷什麼！沒傷着你也就完啦！"蘇振傑說："哼！要等到真傷着，那可也就晚啦！"這時前院那些個防夜的人，聞了聲音，又都打着燈籠談着話，亂紛紛地來了，小琴就急忙跑進裏院，回到屋裏。這時何媽媽依然沉睡未覺，她又關好了門，心裏卻非常不痛快。

躺在床上略睡了一會兒，不覺就天明雞唱了，寶劍仍在她的身畔。她起來草草地梳洗畢，就開了門到院中去練劍。她想着：昨夜雖未真出事，可是今夜、明夜，尚不知怎樣，功夫非加緊練不可！這時太陽已高升了起來，但這莊宅裏除了女僕，男僕們都像還未睡起。寶劍掠着晨風，晨風挾來花葉的香氣，她練過一趟劍，站住微歇了一會兒，就見西屋窗帷又被掀起，李大姐隔着玻璃向她一笑，可是待她要以笑回答之時，那窗帷又急放下了。

她又沉思了一會兒，一跺腳要掄劍再練，此時前院卻又來了急促的腳步之聲，來的是男僕耿四。他見了小姐，話就滾出來一串，說："小姐小姐您不知道吧？昨夜東關孟廣的店裏出了人命案了！是他的朋友，前天才從安慶府來的，不知是被什麼人所殺！"小琴表面上雖是冷冷地說："管他呢！"但心裏卻不勝驚異：死者並非什麼有名的人，但是由安慶府才來便死在這裏，這可就奇了！而且洛陽城雖時有豪雄爭鬥，但這類的事還不常出現。她又向西屋看了一眼，那窗帷仍低垂。

耿四慌張張地又跑往東院報告三少爺去了，待了會兒，蘇振傑也出來跟小琴大談此事，說："這一定是魯家五虎幹的！碰巧就是騰雲虎幹的！那小子昨夜必是先來到咱們家裏，可是沒有得手，他才去找孟廣。孟廣多半是沒在櫃上，那個由安慶府來的人才倒了霉。那人很規矩的，早先也幹過鏢行，現在做生意。他姓于，前天在孟廣鏢店裏跟我談說了半天。他要不說，我還不知道少年俠士殺死萬里飛俠高烔的那件事呢！咳，可惜！今天夜裏咱們可更不能睡覺了！"小琴也不練了，提劍又走回屋去，蘇振傑卻跟着耿四出去打聽去了。

一天就為此事弄得大家紛紛談論，晚間前後院又是亂騰騰的燈光，人語、更聲散佈在各院裏，徹夜不斷。到了第三天，第四天，仍然是如此，可是，並無絲毫的事情發生。只有一樣，李大姐沒再到北屋裏來。小琴也沒有到西屋去，可是心裏有點想念、不痛快似的。

庭中的幾朵牡丹都已大放了，蜂蝶也成雙作對地飛來，但小琴不似往年那麼專心，花兒已不大能引起她的興奮。李老英雄自來了就沒再換一件衣裳，煙袋總不離嘴，一天准到他女兒住的屋裏去三四次。據小琴觀察，他是極為喜愛他的女兒，對他的女兒卻也極為管束。這老頭子無故地來到我家裏住，總是可疑的！小琴的心裏就時常這樣想。

這一天，夜已三更，銀燈已滅，窗外落着籟籟的雨，何媽媽在榻上發着鼾聲。房門緊閉，寶劍置於枕旁，床上的小琴才合上眼，被那一幅輕紗似夢給遮蓋住。忽然她驚醒了，就覺得似乎有人蹲在床前，輕輕地以手摸着她的頭髮。

小琴雖然驚訝，卻不立時就動彈，只覺得這個人似無惡意，可是這種輕薄不能夠忍受！她便一伸手先抄起來劍，倏然向床下砍去。那個人一鑽，就鑽到床下去了。她挺身坐起，跳下了床，以劍向床下猛刺，但床底下什麼也沒有，她的劍都扎空了。她倒十分感覺驚異，急忙就到外屋的桌旁摸着了引火之物，才要點燈，不料又覺出桌子下邊有人。她趕緊往後去跑，轉過腕子來，又擰劍向桌下去扎。那人卻已由桌下鑽出，手攜短刃一口，寒光一閃，隨之輕快的身子就撞出門去了。

小琴趕緊追去，卻聽風雨蕭蕭，花葉亂響，人影已經不見，四下也無燈火，更無別的什麼動靜。她飛身上房，向旁向下細細巡視，也沒有個人。她一直走向前院，然後飄然下地，直奔客廳。客廳中卻燈光灼灼，玻璃窗裏也沒有遮擋。她悄悄地走到近前，就隔着那沾掛着點點水珠的玻璃，往裏偷看。只見那位李老英雄正在磕煙袋，磕完了，又裝上一袋繼續抽，一邊吸，一邊在屋中來回地走。看他心裏很似不安，走幾步還要站住發怔半天，那張掛着慘白鬍子的臉，在燈光下也特別顯出來憂鬱。門也關得很嚴，不像是有人剛出去又回來的樣子，而且最足以證明的是，李老英雄的衣服並沒濕。

外面小琴的身上可都快淋透了，她便失望了，提劍又急回到裏院，悄悄走到李大姊的窗前，覺得怪！那一夜李大姐是連一點鼾聲也沒有，而今日今時，窗裏卻呼嚕呼嚕地直響，不知她為什麼又這樣沉睡？她過去推了推門，而門也沒有推開。小琴只得仍回到屋裏，放下劍，點上燈，向四下去尋找，竟亦毫無痕跡。她心裏真覺堵得慌，仿佛是損失了什麼似的，眼淚不禁向下掉，又怕窗外有人偷看見，就趕緊轉臉向着牆。她氣得要嚷嚷，要大罵，而也怕被人在暗地裏笑。她覺出，這樣的日子長了是不行的，爸爸走了，家中卻來了壞人！這一夜瀟瀟的雨滋生了她心上的新愁，新愁上更緊地纏上了疑絲。

次日，她只換了一件乾衣服，連頭也不梳，開了門就到院中。牡丹花紅粉紛披，綠葉低垂，在濛濛的朝煙細雨之中，更顯得嬌豔，而落在地下的幾片花瓣，尤似受了人家輕薄的女子，是十分地羞怯可憐。

她卻急跑到西屋前，就推門，門已經開了，李大姐蓋着毯子，坐在炕上，旁邊放着小炕桌，桌上有鏡子，她正在梳攏頭髮。小琴一句話也不說，就驀然過去把她的毯子一掀，毯子到了小琴的手裏了。李大姐並不變色，只是用嬌細的聲音說：「哎喲！我的腿痛！」她扔了木梳，用雙手撫摸着盤坐着的腿，她的整個的腳雖仍為大肥褲管所遮，沒有完全露出。可是那麼小而尖的鞋尖，又使小琴不禁發怔，趕緊笑着把毯子扔還給她。李大姐就仍然蓋上，皺着眉，表現出一種痛苦可憐，急又不能急，惱又不能惱的樣子。

小琴卻叉着手兒站在炕前，咬着嘴唇兒向她瞪了半天，隨後就笑中含着恨意，說：「你既來到我們家裏，就得受我的欺負！要想反過來欺負我呀？哼！那你是做夢！」李大姐哎喲一聲說：「妹妹你怎麼說這話呀？我不明白，咱們好幾天沒在一塊了，我幾時會欺負過你呀？」說着，臉上現出悲容。就由旁邊拿手絹捂上了臉，似是哭了。小琴又瞪了她一眼，說：“別裝哭！你不明白？我可明白！別當誰是傻子！昨夜……”

這時趙媽拿着盆兒又進屋來了，小琴就趕緊改口說：“昨晚上你睡得那麼晚？今天可起得這麼早？”趙媽接着話說：“李大姑娘可一黑就躺下了，睡得不算晚。”小琴還不變態度，但是，忽然一看，李大姐的手絹離開了臉，原來不是假哭，大眼睛上真掛着汪然的淚珠，並且順着頰邊不住的滾下。小琴又愕然了，暗想：“莫非是我太聰明了？太多疑了？”因此又自己愧悔，趕緊用溫言向李大姐去安慰。

由是，小琴就相信李大姐真是一個柔順可憐的女子。尤其，李大姐的漂泊身世，惡劣的婚姻，叫她發生無限的同情，她天天要到李大姐的屋裏來玩，談話，漸漸地二人十分親呢。真是非得到天晚，小琴連氣兒打着呵欠，困倦得實在支持不住了，她是絕不回自己的屋裏去的。她夢中也時常見着李大姐。她並會憤慨地對李大姐說過：“你不要發愁，你那夫婿不務正業，婆母嚴厲，你就暫且在我的家裏住着好了，你索性裝得厲害一點，好叫李伯父不送你到平陽府。等我辦完了那件事，騰雲虎到來時我把他打走，然後我也就離家了。我想先到平陽府，把你那夫婿先管教一頓，叫他以後務正。我再儆戒你那婆母，你過門之後，不許她虐待你，不然無論什麼時候，我聽見了信，就能去殺她。我想他們一定永遠不敢。你再到他家做媳婦，管保一點委屈也不至於受！”李大姐笑着，歡喜着，先謝了她。

不覺着過了七八天，家中無事。庭前的各色牡丹，益發燦爛如錦，招來得那些蜜蜂兒，蝴蝶兒，使得人心亂。春風愈為溫和，小琴覺得身上懶洋洋的，有時她跟李大姐談着談着，兩人就都躺在炕上，胳臂壓着胳臂地睡着了，誰先醒來誰就捉弄誰，不是李大姐在她的辮髮上繫一塊布條，就是她拿胭脂給李大姐的臉上塗一大塊，兩人打打鬧鬧，笑聲常傳到外院去。

這一天上午，她拿了自己才做成的一雙繡花睡鞋，去給李大姐看，她還笑着說：“李大姐你一定是好活計，不然你為什麼連針黹都總不拿呢？你一定是怕我偷學了去？”李大姐嬌笑着說：“什麼呀？我真不會！”小琴也笑着說：“我才信呢？你一定是留着你的好活計，等着給姐夫做呢！”正說着，忽然隔窗望見她的三哥蘇振傑自外驚慌慌地跑來，怔把這屋的門拉開，探進一個腦袋來，說：“騰雲虎可來啦！”

小琴不由得一驚，看見李大姐拉了拉腿上蓋着的毯子，已躲到了炕角，瞪着眼睛不住向蘇振傑去看，蘇振傑也有點眼睛發直。小琴就怒聲說：“三哥！你怎麼怔進李大姐的屋？”蘇振傑又說：“騰雲虎來啦！”

小琴急忙把一雙睡鞋揣在她粉紅綢衣的懷裏，急急跟着她三哥出了屋，就問說：“騰雲虎在那兒呀？”蘇振傑卻指着屋裏，悄聲說：“怎麼這麼熱的天，身上還蓋着毯子呢！”小琴發躁地說：“三哥你管人家呢？人家是寒腿！”說出來又覺着聲音太大了，就向她三哥使眼色，不叫他再問。又故意大聲說：“騰雲虎就在外院了嗎？我去見他！”說着就要先往北屋去取寶劍。

蘇振傑連忙把她攔住，並擺手說：“別忙別忙！騰雲虎還沒來呢！是待一會兒准來！孟廣剛才給我送的信，他說騰雲虎已於昨晚到了東關，同來的是他的兩個朋友：開封府的大鏢頭陳文悌，跟一個小白臉兒，好像是有錢人家的少爺，名叫楚江涯。三個人住在福陛店裏，很是悠閒自在。那天東關的事，他們是一概不提，就像是不知道，沒聽說似的。他們對人講，此次來是為趕今天白馬寺的廟會燒香，玩玩。可是他們都隨身帶着傢伙呢！所以把銀鉤孟廣嚇得不得了！據他看，騰雲虎這次來，越是不慌不忙，他就越是來意不善。嚇得他天一亮就跑出來，午飯也不敢回鏢店去吃啦！大概騰雲虎那三個人逛完了廟會，一定就到這裏。我可，我不是怕他，我是知道那陳文悌，特別地厲害，難敵。這兩天我肚子又不好，到時候我可絕不出去見！”

小琴聽了這些話倒不禁笑，她說：“哎呀！原來今天白馬寺裏有會呀？”她回身又往屋裏跑，說：“李大姐咱們逛廟看會去呀！一定熱鬧極啦！”蘇振傑卻在窗外着急地說：“喂！喂！你今天可不能出門！他們也許先來打架報仇，後去逛廟。我可，我真肚子不好！我這就要上茅房！”

小琴在屋裏，拉着李大姐的手，說：“你也去吧！你跟着我玩玩吧！那兒有成千成萬的人呢！好玩極了！”李大姐卻笑着說：“我怕去了，看你跟人打架。”小琴瞪起眼睛來說：“你一點也不要怕！即使我跟人打起來，也絕傷不着你。你可以躲得遠遠地，還可以瞧着我們打，看熱鬧呢！”李大姐說：“可是你看我這兩條腿哪能夠走路？”小琴說：“白馬寺也不遠，離着這兒比東關還近呢。你跟我去吧！我這就叫人套車，你坐着車我騎馬。”李大姐笑着點頭說：“好吧！可是我得連衣服帶鞋都換了。”小琴說：“咳！你真是閨門小姐，還換什麼衣裳？到了那兒，人擠人，誰還顧着你！我就這個樣子，我連件花衣裳也不穿。”又抬抬手說：“快着！別磨煩！”

她又趕緊跑出屋去，見她的三哥已然走了，她就興奮地跑到了前院，叫着：“蘇祿！快備馬！快套車！”蘇祿由屋裏出來，發着怔問說：“幹嗎又要備馬，又要套車呢？”小琴瞪着眼說：“你就別問啦！”忽然一扭頭，看見李老英雄銜着煙袋由廳房裏走出來，她就笑着叫聲：“伯父。”並說：“伯父您不知道今天白馬寺有會嗎？熱鬧極啦，我要帶着我李大姐去，您也去好不好？”

李老英雄卻突然一變色，說：“我知道！今天是佛祖的生日，白馬寺開廟。可是，咱們又不燒香許願，那地方人又亂雜，正經的姑娘媳婦誰肯去？……”小琴顯出點不高興的樣子，說：“我就每年必去一次，我爸爸在家的時候也不攔阻我。伯父你放心，我大姐跟我出去玩一趟，絕不能有舛錯，如若出了半點舛錯你找我！”李老英雄卻不住搖頭，沉着臉說：“不行！您可以隨便出去亂闖，你不是我家的人，我管你不着。可是你大姐，我絕不叫她出門，她不能比你！我們家裏的姑娘不會跟人打架。”說着，掄着煙袋就急急走向了裏院，大聲喊說：“你不能去逛廟！你就好好在炕上躺着吧！如若敢下來，我打斷了你的腿！混蛋！”

小琴卻氣得臉全白了，心裏罵着“這個怪老頭子真該死！”蘇祿又問說：“到底還套車不套啦？備馬不備啦？”小琴忿忿地說：“只備馬吧！不用套車啦。快！真可氣！”

她回身走進了裏院，就見李老英雄進西屋去數說他的女兒。小琴也想隔着窗說幾句氣話，但又想：“無論如何他也是我爸爸的老朋友，我不可以得罪了他。”進到北屋，何媽媽就說：“昨天我就跟你說，白馬寺開廟，你可那時不知心裏想着什麼，竟像沒聽見似的。本來我也要給菩薩去燒香。”小琴說：“咳！媽媽你這大年紀了！去了也得被擠壞了。”何媽媽說：“我不去啦！我也知道去了准得叫人擠死，你就去替我燒一股香，我在家裏念佛就是了。”小琴沒再言語，就拿上寶劍又出了屋。

她的三哥此時正在院裏等她，就愁眉苦臉地向她說：“妹妹呀！你別真走呀！

你一走她騰雲虎他們要來了，你說我是見不見？”說是又現出肚子痛的樣子。小琴說：“我去了，正是為尋騰雲虎。與其等他們來到咱門口攪鬧，不如我先到廟上，叫他們丟個人！”蘇振傑挺起腰來又說：“嘿！這好！你就去吧！可是你若見着了他們，千萬要跟上回一樣辦，只叫他們傷，別叫他們死，死了就得打官司。不傷他們，晚上可又許深入咱的家宅來鬧事，夜裏我又常上茅房，那不大好。所以，就是得叫他們個個都受傷爬不動才對！”小琴說：“你就別管啦！”

她臂挾着寶劍，往外去走，先到圈中，見馬已備好，她就掛劍提鞭，上馬出了馬圈，轉向西馳，就出了村子。行走不遠，忽見迎面跑來了一個人，這人喘吁吁地喊着說：“小姐！上哪兒去呀？”這原是她家的僕人耿四。她遂也高聲說：“我到白馬寺去！”耿四說：“我也隨後就去，剛才我看見騰雲虎那三個小子已經去啦！騰雲虎騎的是黑馬白鼻梁兒！”小琴聽了這話，就越發緊緊揮鞭，一直往西去了。

她此時氣頂滿了胸，因為李國良李老英雄剛才真給她的面上難堪，“多麼怪呀，那個混帳老頭子！他不定是個什麼人啦？他住在我家不定是懷着什麼心啦？等我打完了騰雲虎，我再，雖然不跟他鬥，我也得偵查出他的來意。”她更恨騰雲虎，因為那個人早先曾跟她家求過親，她認為那是一種永難忘的侮辱，而且那夜在她院中發現的黑影，及在孟廣鑣店中殺人的人，如果不是李國良，就必定是他。一路想，馬蹄嘚嘚，蕩起來飛塵。

越走見路上的人越多，漸漸見眼前黑壓壓，亂紛紛的，車馬、行人，男婦老幼一大片，簡直數不出有多少人。她將馬漸收得緩了，道旁的人都給她避路，都爭着看她。她身穿粉紅的綢衣，腰繫着白汗巾，油亮烏黑的長辮子飄在背後；雪白的長綢褲襯着紅馬，極為顯眼；小紅鞋蹬着發光的銅馬鐙，更是新奇；現在她就帶的是青蛟寶劍，更叫人注目害怕。兩旁的人，男的是都彼此警戒着說：“躲開！躲開！”女的更是爭着仰首說：“喲！這就是隱鳳村蘇家的小姐呀？”小孩子卻高嚷嚷着說：“看哪！大閨女騎馬！”有的急忙把孩子拉開，說：“小心馬撞着你！”都帶着驚恐好奇之色，車輛也都趕緊停止，讓她的馬先過去。她倒是很和藹的，微微發着笑聲說：“諸位勞駕！借光！借光！”馬就走進了人叢。就見四周圍都是人擠着人，並有無數的香爐攤子，賣吃食的攤子，都高聲吆喝，極為囂雜。

右側卻有臨時搭的席棚，安設着座位賣茶賣酒。裏邊的人看見了這麼個高出眾人之上的豔妝的女子，也都站起伸脖子直眼，並聽有人大聲說：“這就是大鬧東關獨鬥四虎的美劍俠！”又不知是誰更高聲喊着說：“騰雲虎已進廟裏去啦！”很多人又齊嚷嚷：“哦！哄！快看打架的呀！”立刻聲如鼎沸，人頭滾滾，像黑色的海水起了無數的波浪，並怒吼了起來。人更是胡擠亂擠，孩子哭大人喊，有的掉了帽子丟了鞋，香攤的桌子也被擠翻了，賣糯米粥的擔子也倒在地下。

廟中的高杆上獵獵地飄蕩着“萬古長春”的杏黃旗，罄聲嗡嗡，攪入人聲，香煙如同雲霧一般，一團團的沖入天空。成千成萬的人都一邊仰首看她，一邊向旁急避，居然，眼前給她讓開了一條直通到廟門的路。她倒覺着很不好意思，就趕緊下了馬。她的身子愈顯得婷婷，她卻露出雙雙的酒窩，微微地笑着，嬌聲說：“你們是來燒香，我也是來燒香，別客氣！各自走各自的吧！”人叢裏有許多男子又喊：“騰雲虎一共三個人，剛進的廟，馬還在茶棚那邊呢！姑娘快去找他們吧！給咱們洛陽人再爭口氣！”小琴就立時沉下了臉。

而這時那廟中也已經轟動了，許多人都往外擠着來看，有一人就特別地從人叢中出現。他遠遠地站住，瞪眼向這邊看了一看，便昂然走來，當時兩旁的人又像雷一般地喊說：「騰雲虎來了啊！哦！哄！看打架的吧！看比武的吧！哦！哄！」

小琴也瞪起了兩雙秀目，就見來的這人，年紀不過二十三四，中等身材，微黑的臉膛，眼睛雖然不大，可是顯出來很厲害的樣子。他穿着青綢長衫，青緞馬褂，紐扣上露着金絲鏈，頭上也沒戴帽子。他大踏步地抬起了足下的一雙青緞薄底快靴，就走過來了。隨在他身後，還有一個三十多歲的人。旁邊就有人說：「這就是陳文悌！開封府有名的鏢頭。」更有一個人年約二十六七歲，高身材，穿着一件古銅色的綢袍，只在遠處望着，並沒有近前來，那人大概就是那什麼楚江涯。

小琴傍馬而立，手中緊緊地握着皮鞭，專等候騰雲虎到面前來，她就要打。可是對面來的這三個人手中都空着，沒拿兵刃，小琴就也不便先拔出來寶劍。此時兩旁那些人，卻全都一點聲音也不作了，只都直了眼。

騰雲虎臉帶着凶煞，黑中透紫，真是難看。來到距離着小琴還有十多步遠，他就哈哈大笑說：「沒想到洛陽城竟出了個女霸王！」又向兩旁的人看了看，就左右拱手，說：「諸位！你們別嚷嚷！今天對不起，你們想要的看熱鬧，看不着了，因為我們弟兄此次來是專為燒香。我們都不是車轍裏滾，泥塘裏爬的地痞流氓，我們是堂堂的男子漢大丈夫，要鬥，也不能跟一個無知的婦女去鬥！」

小琴聽了他這話，驀然過去掄皮鞭就抽。騰雲虎趕緊以胳臂去擋，就聽吧的一聲響，皮鞭雖只打在他的臂上，可是鞭梢已掠在他的臉上。他那張紫黑的臉當時就現了一條白紋，轉眼之間，就變成了一條更紫的顏色。兩旁的人都齊聲叫道：「啊！」發出一種驚訝而痛快的聲音，有的婦人就尖叫起來，孩子們也都哭了。

騰雲虎跳了起來，就要奪鞭子，罵着說：「給你臉，不要臉！」小琴又怒抖起皮鞭要抽第二下。那陳文悌卻舉起手來遮擋着頭部，腳踏連枝，斜身奔了過來。他先趕緊推開了騰雲虎，再擺手向小琴說：「別打！別打！」

小琴高舉着皮鞭，怒目又來看陳文悌。這個開封府有名的鏢頭，卻向她抱拳，說：「蘇姑娘，你先息怒，聽我來說幾句話。」小琴沉着臉就說：「你快說吧！快說完了，好快點決個雌雄！」她這句話，旁邊的人倒都像沒有聽懂，可是那邊站立的楚江涯卻忽然笑了。

陳文悌又抱拳，說：「這裏是佛門淨地，今天又是佛祖的聖誕之日，咱們有多大仇也不該在這裏打！」小琴說：「那麼在哪裏打？你們快指地方吧？我絕不怕！」陳文悌淡然一笑，又拱手說：「姑娘！你聽我說！哪裏咱們也不必打。我們同着魯五弟這次來到洛陽城，不錯！是為着前次那樁事。可是我們要在此等候你家老太爺回來，絕對問不着姑娘你！」

小琴怒罵了聲：「呸！」皮鞭又颼地落下來，陳文悌卻立時就敏捷地躲開了，又拱手說：「姑娘你聽我說，蘇家跟魯家本無大仇，我們平素也都跟你家老太爺相識。我這次來，也是為給你兩家調解。你家三兄雖也當家立業，但我們都不找他。你，千金小姐，尊貴的人，我們更不敢冒犯你。算了！小姐請回，我們忍多大的屈，都不要緊，憑你打罵，絕不還手。還了手就難免江湖朋友們恥笑！」

小琴又說：「呸！」趕過來又狠抽一鞭。陳文悌又躲開了，他依舊冷笑說：「我們絕不還手。可是蘇姑娘，你家老太爺雖是江湖出身，但你家二兄卻做着知縣，你家墳上有節烈坊，門口有貞節牌，你得為那些東西顧全點體面！」

小琴聽了這話，略微地遲疑了一下，但更憤怒起來，她尖聲罵着說：「我知道你們都是沒懷着好心。白天不敢鬥，晚間你們才去攪鬧我們的家宅！」陳文悌笑着說：「這更是沒有的話！」小琴說：「倒不如要鬥現在就鬥！要殺立刻就殺！你們也不必說什麼等候我爸爸。我爸爸是念佛的人，他早已不認識你們這些江湖的豬狗了！」她急跑到馬旁，唰的一聲抽出了青蛟劍，纖手高舉，玉足直躍，又撲奔過來。

此時騰雲虎已從那邊牽過了馬來，身後跟隨着的一個窮漢還牽着兩匹。騰雲虎已脫去了他的馬褂，掖起了長袍，驀然挈出了鋼刀，罵聲：「狗丫頭！」掄刀向小琴就砍。小琴以劍相迎，只聽鏘的一聲，刀劍交磕，迸起了火花。兩旁的人更驚得亂擠，四匹馬也都掀起蹄子來，驚得要狂奔。

此時陳文悌已經閃開，而那個楚江涯卻忽又趕奔過來，先把騰雲虎的手腕按住，推到一旁，然後他向小琴說：「蘇小姐！這地方人多，實在不是爭鬥之地！」小琴高高舉着劍說：「你們快說地方！咱們當時就走！」她的青蛟劍閃閃發着寒光，同時她皓腕上還戴着一隻玲瓏的金鐲，灼灼與劍光相映。她的怒顏如經霜的粉菊花，森嚴而美麗，楚江涯不由得也一笑。此時陳文悌已推着騰雲虎上了馬，又向楚江涯說：「走吧！走吧！」人群中忽發出一聲大喊：「要是走，可就泄了氣啦！」楚江涯含笑不語，也上了馬。

騰雲虎的鋼刀尚未入鞘，仍向小琴怒目而視。陳文悌卻上了馬催着他在前先走，並向兩旁的人說：「你們也不必哄！沖你們，今天我們這個架也不打了！」人叢中就有人又高聲說：「你們不敢打，就是丟人！」小琴也不禁扭頭看了看，見原是耿四，騎在一頭小毛驢上。此時，騰雲虎在最前，楚江涯在中間，陳文悌在最後，三匹馬已蹄聲嘚嘚，往西去了。陳文悌並大聲喊叫說：「蘇小琴！我們還是那句話，等你的爸爸回來時再說！跟你一個黃毛丫頭鬥不着！」小琴又大怒，收了寶劍就又跳上了馬，揮鞭嚷着說：「休走！」她的馬也飛追了下去，那三匹馬在前不停，她後面的馬也緊追不止，人聲又沸騰起來了，都嚷嚷着：「哦！哦！哦！嗷！」並吧吧地鼓掌如雷。

小琴追着那三匹馬，一霎時就進了東關。那三個人到了福陞店的門首，就一齊甩鐙下馬，馬交給了店門前的小孩，小琴就已經追到。騰雲虎跟陳文悌齊憤怒地亮出了鋼刀，楚江涯卻急急地向他們擺手。他轉向小琴，抱拳正色地說：「蘇小姐再聽我說！今天在這裏實在不能夠打。因為聽說上次，城中衙裏的人就要查辦，又加有那江南客人在孟廣的鏢店中被殺之事，我們雖都是有來歷的人，可也得免去那個嫌疑。小姐你如若必欲今天打，那今天晚間一定有月光，我們可以擇個地方。」

小琴勒韁按劍，怒聲說：「哪個地方？你們說吧！」那邊的騰雲虎就高聲說：「今夜二更在洛河邊伏牛崗。你敢去你就是蘇家的女兒，你不去你就是我騰雲虎小老婆！」小琴抽劍跳下馬來就要殺鬥，楚江涯卻又把她攔住，說：「既已定了地點，那就到時候再分雌雄，不必立時就徒逞意氣！」小琴怒瞪着他們說：「到時候，我殺盡了你們！」那三人不語，一齊進了店。這時身後卻又有人叫着：「蘇姑娘……」

第四章　月光刀影見奇人

　　小琴回首一看，見是那銀鉤孟廣向她說："請姑娘到敝店裏去，我有點事要跟姑娘談商。"小琴卻說："有什麼事？孟鏢頭你就在這裏談吧。我不能到你店裏去，因為我還得在這兒看着那三個人呢！我要看看他們還有什麼辦法，還能請來什麼高人？我還怕他們膽小跑了，騙我到晚間白往洛河邊去一趟！"孟廣說："這容易！我那鏢店門前有很多夥計，可以叫他們站在街頭張望，如果騰雲虎等三個人有什麼事，當時就可叫姑娘得知。現在務請姑娘到敝店裏去歇一歇，因為我有幾句話，須要到店內才能向姑娘說！"

　　小琴一聽很覺得詫異。這時候那耿四也騎着小毛驢來到她的跟前，說："姑娘！您不是跟他們那三個忘八蛋訂得晚上才到洛河畔打架嗎？那麼現在天色還早呢！吃完了晚飯養夠了精神，再去也不遲。"

　　此時孟廣仍在旁堅請，小琴的心裏就斟酌了一下，遂說："耿四！你先回去吧！告訴三少爺，不必叫他也出來，晚上叫家中人小心門戶，我到二更天后才能回去呢！不打狠了那三個小輩我絕不回家！"耿四聽了，吐了一下舌頭。

　　小琴已將馬交給了孟廣手下的夥計，她就摘下了寶劍，隨同孟廣走進了鏢店之內。鏢店的後院即住着孟廣的家眷，孟廣就把小琴請到他的家裏，叫他的女人，跟他的兒媳婦全都來見小琴。屋中沒有外人，孟廣便悄聲對小琴說："姑娘放心，那騰雲虎等三個人不能逃走，也不能再有別的人幫助他們了，他們也不會再有別的辦法。因為那三個人都很自負，現在也並非他們懼你，他們實在不願在人群中跟你爭鬥。他們三人之中，騰雲虎的武藝平平；陳文悌也只能與你打個平手；只是那個楚江涯，此人外號叫凌霄劍客，卻實在的本事高強，劍法精妙，極為難惹！姑娘你對他千萬千萬的要仔細些！"小琴一聽，便當時將俊臉兒一沉。

　　她冷笑着說："我知道你是因為鏢店裏死了一個人，把你嚇怕了，你就怕了那些人！據我想，這些事情都是由你而起。你的武藝又不好，在這兒住着，早晚你也得死，不如你快帶着家眷走別處去吧！"孟廣搖頭說："不是！不是！姑娘你不明白！"小琴把眼睛一瞪，說："為什麼我不明白？"孟廣說："現在已經沒有人再跟我鬥氣了，我跟騰雲虎現在就住在斜對過。將來難說，現在他絕不打我。"小琴又冷笑說："可是，那夜，住在你這裏的人，忽然被人殺死了！"孟廣說："那件事與騰雲虎等人無關，與我也無關。本來，我也不明白騰雲虎等人的來意，我也很慌張，但剛才在白馬寺，你還沒去的時候，他就已向我認識的一位朋友表明：他們此番來，一不找姓孟的，二不找蘇振傑與蘇小琴，只找的是蘇老太爺。」

小琴忿然說：「他們也配找我的爸爸！我非得叫他們找我，我要把他們都殺傷！」

孟廣說：「那是一定的啦！可是姑娘千萬要提防那凌霄劍客楚江涯。此人是中牟縣中的一位富家公子，他家中曾請名師多名傳給他武藝，他還到武當山去拜師學過劍法，他的武藝，嘿……」

小琴說：「哼！他還能夠比得過江南的少年俠士嗎？」孟廣發着怔問說：「哪個少年俠士？」小琴沉思了一會，搖搖頭說：「你不認識！」孟廣說：「不過我知道楚江涯的劍法，在河南找不出第二個來！」小琴又冷笑說：「你不必拿話激我！」

孟廣說：「這是真話！我的武藝雖平常，可是我最能看得出別人的武藝。姑娘，美劍俠的劍法，我不是奉承，我敢說是第一，可是楚江涯的劍法必定超過你！」小琴說：「這是什麼話？」孟廣說：「姑娘別生氣！我說的這話也是好意，今晚你要想占上風，非得再請一個比楚江涯武藝更高強的人。」小琴說：「我覺着我就比他強！」

孟廣笑了一笑，又即刻改為嚴肅的態度，悄聲兒說：「現在有一個人，比楚江涯的武藝強十倍，若有他幫助，姑娘你今晚必能得勝！」小琴淡然地問：「這人現在哪兒？」孟廣低聲說：「就住在你的家中。」

小琴一聽這話，不禁驀然一驚，腦袋轉了一轉，就問說：「這個人叫什麼名字？」孟廣擺手說：「我可不敢說出來！」小琴又哼了一聲，說：「你就是不說，我也曉得。這人叫李國良，是個老頭子，前些日子由池州府來到我家的，他還帶着一個有寒腿病兒的女兒，是不是？」

孟廣嚇得臉上有些變色，又連連擺手，說：「是不是我可也不敢說！倘若我說出來，姑娘回家去一找那個人，那人必要問是誰說的？姑娘必說是我吐露出來的，那我可就要跟我那位姓于的朋友一樣了，今天夜裏就得沒命！」小琴說：「我也不問了，我早就知道他，只是，我為顧全他女兒的臉面，我才不揭穿他的老底。我知道他們來到我家，一定是有事，你們這裏死的那個姓于的，必是他的仇人。」

孟廣說：「其實也沒有什麼仇，不過那人嘴不嚴就是了！」小琴說：「我也不管！那是他李國良的事！」孟廣又擺手說：「不是！」小琴揚目問說：「不是？可是什麼？」孟廣連連點頭說：「也許是！也許是！得啦，多一句話我也不敢說啦！不過，姑娘你只要請上那位李老英雄幫忙，大概也就能敵得過楚江涯了，可是還不如他的……」小琴卻說：「我值得請他幫助？他的武藝未必勝得過我！今晚我就要一個人去！」孟廣說：「得啦！得啦！我不該多說話，現在我很後悔，咳！」他一跺腳，又說：「姑娘可千萬回去別告訴李家那爺兒倆，不然我一定得喪命！他們現在住在你家，也是時時擔心，就是怕有人認識他們！」

小琴聽了，不禁又是一怔，就站起來說：「你得告訴我詳情，我絕不告訴李國良，給你惹禍。」孟廣卻仍然害怕不敢說，並叫他的兒媳婦給做飯燒茶，不再提此事。小琴的心中卻有些藐視，覺得李國良也不會是什麼了不得的人物。我今天把騰雲虎、楚江涯等人打服了之後，便想法查查他的行蹤，如果他住在我家是心懷叵測，那我也得把他打走！不過……她又想起李大姐來，心說：那麼好的人，我可怎能離得開呢？

　　孟家的兒媳婦手兒極為勤敏，把茶沏來，雙手托着茶杯送到小琴的眼前，立時就又去做菜做飯，小琴才喝過茶不大會兒，菜飯也端上來了，弄得小琴倒有點不好意思。孟廣說："蘇姑娘索性也在這吃晚飯吧！不必回去了。到晚間我們幾個朋友同着您一同到洛河邊伏牛崗，我們也不是去助拳，我們只是必得開開這個眼，看看姑娘如何獨戰騰雲虎，凌霄劍客與陳文悌那個開封有名的鏢頭！"說着，他出去了。

　　耿四牽着小毛驢正在門首跟好些個人大談特談，吐沫飛濺，眉飛色舞，說："我們家的小姐，美劍俠，今天晚上在洛河邊一定要大展威風，單人匹馬，手使雙鋒，殺退了三雄，名震洛陽城，氣死劉金定，不讓趙子龍，天下第一名！"孟廣出來說："得啦！得啦！耿老四你就別在這兒神說啦！我托你給辦一件事。你快回蘇家莊，一進門你就嚷嚷：你家姑娘今晚在洛河邊伏牛崗與楚江涯、陳文悌、騰雲虎比武，你到各院裏都嚷嚷。"耿四發着怔說："為什麼？"孟廣說："為叫你莊裏連男帶女都知道，到時好有人給你家姑娘去助威。"耿四笑了笑說："好！連茅房我都得去嚷嚷幾聲，因為我們家的三少爺這幾天鬧肚子，粉金剛成了屎金剛啦！"孟廣笑着說："快去！"耿四當時就跨上小毛驢，一揮小鞭子，得兒，得兒地就走了。

　　這時小琴吃過了飯，就看着那個兒媳婦做針黹，這個小媳婦連大氣兒也不敢出，好像很怕她的那個屬害的婆母，因此小琴又不禁感慨到李大姐未來的命運。這兒媳婦的手兒也很巧，給她自己繡鞋，繡的是大朵牡丹花，跟真的一樣鮮豔，小琴摸了摸自己的懷裏，才知道還揣藏着那雙自己繡的睡鞋哪！這今天曾給李大姐看過，現在又想拿出來，在這小媳婦的面前誇耀誇耀，可又一想："這小媳婦多可憐呀？我何必拿出來自己做的針黹壓過她，叫她心裏難過，叫她的婆母又說她拙笨？"

　　傍晚，耿四騎着小驢又來了，帶着來了菜飯盒子，請他家姑娘就在這裏用飯，並說："果然我一嚷嚷到茅房，就被咱家三少爺聽見了，三少爺說他實在是肚子作祟，不能出馬，並非畏縮，只請姑娘到時小心，不必按着劍法使劍，不得已時，胡掄一氣，倒許殺得他們三個人喪膽驚魂，尿流屁滾！"小琴的胭脂馬也叫鏢店裏給喂足，並緊緊備好了鞍韉。

　　時已黃昏，有人跑進來大聲報告說："福陞店裏的三匹馬已經出去啦！往東去啦！"小琴當時拿着寶劍匆匆跑到了前院，耿四接過劍給在鞍旁掛好，孟廣雙手遞給她皮鞭，鏢店的門大敞，鏢頭夥計都緊張地在兩旁觀看，小琴上了馬就揮鞭走出了大門。孟廣等六七個人都驅馬在前，說："我們領着姑娘去往伏牛崗！"當時前後的蹄聲交響亂鳴，嗒嗒嗒嗒如同急雨，沖出了東邊，直奔大道。耿四還在後面遠遠地嚷說："等等我呀！……"他的小毛驢跟不上馬。

　　斯時天空如淡墨之色，星星蹦來蹦去，越蹦越多，像是爭着看熱鬧的無數的眼睛；半輪淡淡的月，泄下來如水一般的光華，地下馬影亂飛，煙塵滾起，月亮也跟着馬向前跑。走約十餘里，前面的孟廣等人便都收住了馬匹，說："到了！到了！"塵土漸漸地散去，月色顯得更淡，蘇小琴也將馬勒住，向前去看。只見孟廣用鞭向東指着一抹模糊的柳煙，說："那邊就是洛河！"又指着南首不遠之處的一道土坡，說："那就是伏牛崗！"說出了這話，大家可都不下馬，也不敢往那邊去。小琴卻撥轉了馬首，吧吧揮了兩鞭，馬奮勇地往南。東風已將她的鬢髮吹亂，她剛拿手掠掠，馬就已跑到崗下，抬頭一看，見崗上有森森奪目的三條刀劍之光，三條長大的影子都在坡上站着，一齊向下發着哈哈大笑之聲。

　　小琴趕緊就由馬上跳下來，順手就鏘然一聲抽出了青蛟劍，同時將馬一推。

胭脂馬抹頭向北去跑，踏踏踏跑出有五六十步就停住。她這裏將劍一抖，劍光映着月光，真如一條飛舞的青蛟，她點手向坡上高聲地叫，說：「下來！都滾下來！」上面的笑聲還沒有斷，騰雲虎卻發出暴怒的聲音說：「你上來！」小琴還尖聲兒說：「你們下來！」上面的騰雲虎潑口大罵說：「小騷丫頭，還是你來吧……」罵得極為難聽。小琴自有生以來也沒有聽見過，她不由氣紅了臉，手挺寶劍，向這斜陡的土坡怒奔而上。只見三個人的手中都有兵刃，那陳文悌還在狂笑；騰雲虎手舉鋼刀，口中胡噴；楚江涯卻正在攔他勸他，直說：「不該罵，老五！你要罵人家，可就不對了！」

　　小琴已飛似的到了坡上，一句話也不說，她就將寶劍向着騰雲虎的前胸刺去。騰雲虎以刀相迎，又罵聲：「狗丫頭！」就聽一聲巨響，兩件兵刃撞在一塊兒了。小琴覺得對方的力大，自己的腕酸，趕緊向後撤退了兩步，收劍護身，同時揚目去看，見抵住自己的那個人，原來不是騰雲虎，卻是那所謂少爺出身，在武當山學過武藝的凌霄劍客楚江涯。小琴就嘿嘿冷笑說：「好！你要先來跟我鬥？我倒要先看看你楚江涯會用什麼特別的劍法，來！混帳東西！」

　　楚江涯卻從容帶笑，一手提劍，一手搖擺，說：「姑娘你可也不要罵人！你既知曉我的名字，我就無妨跟你說話了，我們實在都是規矩人。」小琴說：「呸！你們還規矩哩？騰雲虎頭一個壞，陳文悌第二個壞，你第三個壞，你們都是壞狗！」那邊的陳文悌笑得連刀都扔了。楚江涯卻又正色說：「我們實在敬重姑娘！登封縣魯家雖與你們結下冤仇，但我們都主張和你家老太爺講論。」小琴說：「別說啦！誰信你們這假斯文？我來，就是為和你們拼！」說時一劍扎來，幸虧楚江涯避得快。但小琴的青鋒更進，騰雲虎此時卻沖上來了，以刃迎劍，當時殺起。

　　楚江涯躲在一旁大聲說：「可要講公道！一個鬥完了一個鬥！姑娘你要認清了人！我們三個人絕不同時上手。」小琴卻咬着牙一句話也不說，只管掄劍斫、削、撩、刺，寒光亂飛，嬌軀直迫。騰雲虎招架了還不到十合，就「哎呦」了一聲，聲音雖不大，但是叫得很慘。陳文悌一看他受了傷了，當時就掄刀撲過來抵住了小琴，二人又殺起。他卻不敢有一絲疏忽，奮力迎擋，並且毫不客氣地展開了他通身的刀法，想要取勝，刀如連環，步步緊迫。但蘇小琴的寶劍也如火焰，騰起來便越來越高，越緊，越迫近，越令他防不勝防，似是非燒到他的身子不可。

　　陳文悌招架了約二十合，便覺得太吃力了。這個女子比江湖上一切的兇暴的男子漢可難對付得多！他急忙轉身向東去跑，剛要變換刀法，不料蘇小琴當時就趕到了一劍又劈來，他真危險，一縮頭，刀向上橫迎，幸虧架住。而那楚江涯也見勢不好，急掄劍過來，小琴向旁一閃，轉身又以劍向楚江涯的胸前去扎。楚江涯用劍抵劍，陳文悌又緩過了力量來再掄刀來削，楚江涯喝一聲：「二哥歇歇吧！」

　　他的話才說出，小琴又撤身避刀，反以劍向陳文悌去撩，陳文悌又反腕招架，卻也沒明白怎麼回事，就覺得肚子一疼，大概是被玉足踹了一下！咕咚坐在地下，劍光同時又從頭上落下來了，他就急忙將身一滾，骨碌碌如一個球似的滾下了斜坡，倖免受傷。

　　楚江涯飛騰起來寶劍與小琴鬥了起來。雙蛇相鬥，兩劍交鳴，各人都展開劍法，運用真正的功夫，殺勢反倒顯得緩了，而一往一來，慢裏透着急，客氣之中卻又都帶着狠，二人的目光都注視着對方的劍鋒，心中精細視察着對手的劍法，怎樣來，怎樣抵，時如探爪金龍，時如劍翅采鳳，撩雲蒼鷹，穿花小鳥。此時月光也漸漸移近了來，星星都瞪直了眼，楚江涯英姿奕奕，蘇小琴是俏影兒翩翩。

雙劍相持多時之後，楚江涯就深深欽佩小琴姑娘的武藝，覺得錯非是他，恐怕誰也抵她不過，同時于月光之下，看見小琴身穿着半長不短的粉紅綢衣，很是緊瘦，顯得更是伶俐苗條，下身是白綢的長褲，更下面的玉足轉移蹔越，輕快無比，而她腰間繫的白綢汗巾，先是掖得很緊，這時有點鬆散了，隨着她的身軀，寶劍撩起來的風，飄飄地吹起，越發如仙女所曳的巾帶，她本來穿是白晝所着的那身衣飾，但於此星月光輝之下，更顯得嬌美。因此楚江涯不由得神馳意動，而劍法也顯得緩弛了，反讓小琴姑娘一劍一劍地進逼，他只是往後退着招架。

這時在那邊受了傷的騰雲虎，他不過只被劍削掉了兩個手指頭，是左手，右手還能拿得動刀。他甩了甩血，忍了半天痛，本想：陳文悌不說，楚江涯准能夠不費力就替他報了仇，可是看了半天，只見楚江涯虛為招架，一點也不使力，簡直不是比武打架，是他娘的吊膀子，調情了！騰雲虎就不由得更是大怒，把刀放在左腋下夾着，右手探向鏢囊中掏出了一隻鏢，向前奔了幾步，相離着那二人約十步之遠，他就大罵道：「姓楚的！你別吊膀子啦，閃後點吧！」說時颼的一鏢向着小琴打去，倒沒打着小琴，楚江涯卻幾乎受了傷。楚江涯就大聲說：「不可用暗器！」小琴說：「你們隨便用什麼，我都不怕！」她的劍又倏然從楚江涯的頭上擊下。楚江涯振奮起精神來，以劍反舞去迎。小琴急抽劍避鋒。但楚江涯這時真不客氣了，突又以劍下撩，其時極快，其力極猛，小琴不由有點慌張，劍法也亂了。

剛才滾下山坡的陳文悌這時又爬了上來舞刀助殺，騰雲虎也單臂撮刀，過來拼命，於是三雄將一個孤弱的小琴圍困在垓中，刀劈劍戳。小琴雖奮力前遮後擋，但究竟力微了，心既紊亂，劍法也便不能隨手使用。此時月隱雲中，星含愁態，風更吹得猛烈，小琴不由哎呀驚呼起來。她真急了，所以不禁喊了出來，並罵着說：「你們算什麼人呢？仗着人多！」楚江涯也向他的朋友說：「你們閃開！」但這時話說出來也沒人顧得聽，各人手中的兵刃都一點也不敢緩，白刃交擊，越殺相離越近。小琴雖愈力弱，可是更不服氣，將劍揮的更緊。

忽然有一身着黑衣的人跳上了土坡，此人用白手巾罩着頭，手持一柄尺許長的短刀，行走極快，來勢極猛，撲上來就把騰雲虎給戮倒。楚江涯大驚，趕緊問：「你是誰？」這人一句話也不答，短刀如飛，直取楚江涯。楚江涯趕緊舍了小琴，去抵這人，長劍短刀相拼在一起，惡戰了十余合，楚江涯就覺出這人雖然使用的是短刀，而施展的卻是精熟的劍法，自己實在敵不過，於是就往坡下跑了去了，這黑衣人便向下緊追。

在一閃之間，小琴一面與陳文悌交鋒，一面向那人注目看了一下，月光雖微，但這個人的臉兒她尚能模糊地識出，她不由又「哎呀」了一聲。這她倒不是急的，而是真真驚訝了。她無心再與陳文悌爭鬥，她就將劍虛晃一下，飛躍下坡，向着那兩條人影去追。

那兩條人影還抖動着長短不齊的兩道寒光，是且殺且走，並且那黑衣奇人武藝高強，楚江涯反顯得難於駕馭，只是不住向東奔去。黑衣人往前去追，蘇小琴也往前緊追，直追到洛水的河濱，只見柳煙迷漫，月光慘黯，東風習習，河水低吟，小琴來到了這裏卻已什麼都看不見了，不知那兩人是打到哪裏去了？還是已一同滾到河裏去了？

小琴就提劍佇立在河邊柳下，驚疑了一會兒，惆悵了一會兒，又喘息了一會兒，腦中回憶剛才看見的那人的臉膛兒，不由又“哎呀”了一聲，心裏當時就全都明白了。可是立時就堵在胸頭一口氣，這真比什麼都氣，她忍受不住，一咬牙，回身就急急地走。走了許多時，連那土坡都找不着了，卻遇見了孟廣等人那幾匹馬，她那匹胭脂馬也被這幾個人牽住了。這幾個人，尤其是耿四，大聲喊問着說：“姑娘！怎麼樣啦？”小琴卻一句話也不答，搶過馬來，就跨上去，收劍揮鞭，如飛地馳去。

小琴的胭脂馬如一枝離了弦的箭似的向西北飛去，她的頭髮都已散亂，腰間所繫的白綢汗巾，也不知在什麼時候丟了，懷中的繡鞋當然也已遺失，她卻都不顧了，就一直回到了隱鳳村中。只聽莊裏連一聲更聲都沒有，許多莊丁可都聚集在村口張望着，看見馬來到就都說：“姑娘回來了！姑娘回來了！小姐！您把他們都結果了吧？”小琴仍然是一句話也顧不得說，馬也不停，一直闖進了那大柵欄門。

到馬圈中，她即甩鞍下馬，鏘的一聲抽出了寶劍，玉足疾移，向裏院就走。路過客廳，看見廳內有明亮的燈光，並聽見有李老英雄發出的一聲長歎。她卻一點也不注意，只一直跑進了裏院，就見西屋窗上也有微微的燈光。她卻走近前去就推門。一下，屋門就被推開了。她嘿嘿發着冷笑，挺劍進了屋中，卻不由又發了一下怔，原來屋裏什麼人也沒有，只見絳色窗簾下垂着，而炕上空留着一條羊毛毯。她心說：“趙媽又往哪兒去啦？莫非趙媽也跟壞人串通着？或是她先被殺了？”就驚疑着，又提劍出屋高聲叫着：“趙媽！趙媽！趙媽！死啦？”沒人答應，惟見明月又自雲中透出，照得牡丹的花影亂動。

她跑到通東院的那個門兒，向裏面頓着腳叫說：“趙媽呀，死人！渾蛋！你哪兒去啦？”驀然回首一看，見西屋窗上的燈光沒有了，她憤怒地回身，又跑回去推門，門也推不開了，竟從裏面閉得很嚴。她抬腳咚咚地踹，也踹不開。她拿起寶劍，喀的一聲向門劈去，並怒聲說：“開了門吧！你還想瞞人嗎？騙子！賊！壞人！”裏面卻悄聲說：“不要嚷！不要嚷！”

小琴說：“你開了門便沒有事！”她又過去用身子去用力擠門，裏面又悄聲說：“妹妹！不要太無情！”她說：“呸！誰是妹妹？”裏面又說：“小琴小姐！我是無法才來到你家！我實在是，是……”

小琴聽了屋裏的話，她就不言語了，也不生氣了，只是感到一種驚喜，夾雜着一點悲哀。月光如發渾的水似的，浸着她的全身，她的人，劍的影子都印在地面，而陣陣的花香，隨着風吹來，使得她沉醉，聲聲的細語自門縫裏透出，更使她心軟。待了一會，門就輕輕地開了，有人伸手把她拉進到屋內，燈光豔豔，在絳色的窗帷上隱隱浮動着二人的影子，又發出把寶劍輕放在桌上之聲，小琴的頓足聲，和二人喁喁的私語聲。

這時候那個趙媽一邊扣着衣裳的紐子，一邊問說：“剛才誰叫我啦？是小姐？還是李大姑娘？有什麼事呀？”她就要往西屋裏來，小琴卻隔着窗子說：“沒有什麼事兒！我只是問你，為什麼你不在這屋裏跟李大姑娘做伴兒了？”趙媽在院裏怔得站住了，說：“哎喲！原來小姐回來啦？你在這屋裏啦？今天吃晚飯的時候，我也沒明白我說了什麼錯話，就把李大姑娘給招惱啦，就把我趕出屋去，說是用不着我服侍啦！”

她已來到了屋門外，屋裏的小琴卻說：“你去吧！大概你總有不是！你睡覺去吧！明天不用你啦！改叫金媽服侍。”門外的趙媽心裏卻慶幸說：“這才好呢！誰願成天服侍這個壞腿的人呢！”她又問說：“沒事兒了不是？”小琴帶着點氣說：

“沒事兒啦！你去吧！”她遂就又回東院睡覺去了。

　　這後半夜也就悄悄地度過，次日太陽已升得很高，小琴在北屋可還沒有起床。她的乳母何媽媽被東院住的大少奶奶跟三少奶奶叫了過去，因為都知道這些日，尤其是昨天，小姐蘇小琴在外面出了大名，殺傷的都是江湖有名的人物，她們相商着，要勸勸小琴別再出門，別再惹事。同時還要想法子，用宛轉的話兒叫那李家的父女離開這裏，因為老太爺現在沒在家，來了那麼兩個人在家長住，究竟不像事，兩位奶奶都不敢擔當這個沉重。但是正在商量着，三少爺蘇振傑就走過來了，他連連地擺手說：“不要緊！爸爸若是回來，他知道咱妹妹出了大名，他老人家倒許更喜歡呢！至於那李老頭子確實討厭，他那個女兒可倒，可倒怪可憐的！”說到這兒，他的太太不由得斜瞪了他一眼。

　　蘇振傑並沒有看出他太太的妒意來，他還只管說：“一個腿有病的十八九歲的大姑娘，她住在咱們這兒也不算什麼的！”何媽媽就說：“腿可也不算太有病，那天晚上還到我們屋裏去呢！她的病大概是裝的，白天不下炕，到天黑時照舊能夠扶着牆兒走路。”蘇振傑搖頭說：“哪能夠沒有病？這麼熱的天，叫你們腿上永遠蓋着羊毛毯子，你們受得了嗎？咱們別胡疑人家，得可憐人家！”他的太太又惡狠狠瞪了他一眼，他還是沒大看出來。他的長嫂吳氏就說：“也許是，那父女倆在外面實在是混得沒有飯吃啦，才來到咱們家裏，裝着病不走，來混飯了吧！”蘇振傑就說：“那更不要緊啦！爸爸成天行好事，難道咱們家裏還缺少兩碗飯給人吃嗎？何況李老頭子人雖討厭，究也是爸爸的老相好，他女兒又是安安穩穩的一個大姑娘。”

　　他的太太盧氏聽到這裏，可真忍不住了，把臉上的雀斑都氣得更紫，就拿手使勁推了他一下，說：“怪不得，自從李大姑娘一來，你就成天魂不守舍的！”蘇振傑說：“那是因為我心裏有事。”盧氏說：“哦！你才說明白原來你心裏有事？”蘇振傑說：“我心裏的事是為騰雲虎！”盧氏一撇嘴說：“誰信？天天鬧着騰雲虎，我們始終也沒見着虎，倒是聽說那位安安穩穩的李大姑娘一到天黑，就能自己下炕，你又常常半夜裏起來……”蘇振傑說：“那是我上茅房去啦，我的肚子不好。”盧氏說：“哼！肚子不好？昨兒那不要臉的癩丫頭把趙媽都給支出來啦，不叫跟她在一個房裏住，大概你的肚子也就好啦？茅房可更得上的勤啦？”蘇振傑急得說：“哪兒的話？哪兒的話？他媽的，哪兒的話？”

　　他的太太跟他越吵越凶，何媽媽跟他的長嫂全都勸阻不住，他就趕緊溜走，心裏覺得十分冤屈，可是來到正院，一看見西屋窗上的絳色窗簾，他又有點心魂搖搖盪蕩的，盼望坐在炕上的那位姑娘把簾兒掀起，最好是向着他笑一笑，心裏卻說：“他媽的！怪不得我媳婦跟我吃醋，原來那個李大姑娘真把我給迷住啦！”

　　由此日起，蘇振傑的心已不再顧慮騰雲虎，卻更是惦記上了李大姐，腦中常發生着非非之想，在屋中時常跟他的太太吵嘴。他的太太盧氏，早先是只在屋裏看孩子，不大管外間的事情，如今也常到正院裏指桑罵槐地發脾氣。

　　小琴聽了乳母何媽媽的勸，不再出外惹事，在家裏卻有點改了脾氣。她天天起得很晚，起來總要修飾打扮多半天，衣服首飾更講究，在李大姐屋內的時候多，在她自己屋內的時候倒少了，而且一個人在屋中的時候常常發怔，又有時皺眉傷心，好像是有了什麼心事。劍倒是更練得勤，練的時候，那李大姐必要隔窗觀看，可是有時李老英雄一闖進院來，李大姐便又趕緊放下了窗簾。看那樣子，李老英雄是最恨小琴跟他的女兒接近，他可又無法時時看着，因為他的心中也像是有要緊的事。

　　他整天在屋中坐立不安，夜間在客廳裏點着很亮的燈，常直到天明也不吹滅，他一天要抽無數袋的旱煙，可是不向人說一句話。

　　過了些日，他就忽然又到他的女兒住的房中，諄諄地囑咐了一番，也沒跟蘇振傑說一聲，他就走了。別人也不知道他是幹什麼事去了，只是李大姐對人說：「她父親是到徐州找朋友去啦，非得一個月才能夠回來呢。」

　　斯時天氣已更暖，庭中的牡丹都已謝了，片片的花瓣都落在地下。有時天邊星月溟濛，二更以後，李大姐掙扎着她那雙病腿，又與小琴姑娘在庭中密語，似共同惋惜那可憐的落花，外面也再沒有人找來。孟廣把鏢店關了門，帶着家眷走北京去了。聽說騰雲虎受傷也沒有死，被陳文悌拿車把他送回到登封縣，魯家五虎的名頭是從此塌了地。而那凌霄劍客楚江涯卻於那日伏牛崗爭鬥之後，在城中他的一個朋友的家中，又住了許多天，於最近才走。他那麼有名的一位少年英雄，也是乘興而來，敗興而返，惹得洛陽城的人莫不譏笑。相反地，美劍俠的芳名傳遍了遐邇，自洛陽往東去，一路之上無人不知了。

　　楚江涯自洛陽東返，匹馬孤劍，興致頗為頹然。他先到登封縣魯家去看了看，見魯家兄弟個個受傷，家中的女眷都天天哭泣。而魯大爺吞山虎有一個兒子，名叫魯雄，年十七歲，很是健壯，跟嵩山上少林寺的和尚學武已經四年，他也要往洛陽去給他的父親、叔父們報仇，家中人不放心，對他百般地勸阻。楚江涯來了，為勸這個孩子，就費了很多的話。他在此居住了三天才走，再向東走，一路上看着春殘夏至，處處落花，處處茂林豐樹，燕語鶯啼，他就更是惆悵。

　　那夜他與那黑衣少年爭鬥不敵，殺至洛河邊他逃走了。俟至清晨，他又往伏牛崗去救那受傷的騰雲虎，就由地下拾着了一雙繡花的紅緞子睡鞋，並且在一棵樹底下拾着了一條被風吹得飄飄的汗巾。他知道這兩件東西都是蘇小琴所失的，憑他的心，原是想送回蘇家，可是又怕蘇家人不能諒解，一番好意倒許變成輕薄之名。而那個黑衣手持短刀的少年，他想那一定就是蘇振傑，倘被此事又激怒了，找他來拼鬥，他實在感覺得武藝不如，所以他只好將這兩件東西暗暗藏在自己的行李內。這晚間他住在客店裏，偶於燈畔打開他的行李，取出裏面的白綢汗巾和紅睡鞋觀玩，又不禁生出一種愛慕惆悵之情，常常獨自感歎，並自加奮勉，決定回到家中再練半年武藝，然後再往洛陽去會蘇小琴。

　　楚江涯耳邊聽人談說的也都是蘇小琴之名，腦中更時時不忘蘇小琴的矯健的芳姿。風塵滾滾，約十日就回到了他的家鄉中牟縣，來到他的村裏，鄰舍、族人和僕人莊丁全都歡迎他，說：「少當家的回來啦！」他帶着笑頷首，在門前下了馬走進院內，他卻又感覺一陣愁煩，因為聽見他的妻子柏秀卿又在屋中打罵婢女。他走進屋內，才見他的妻子放下藤子棍，推走了炕前跪着的婢女春梅，來向他說：「你回來啦！在外邊倒沒叫人給揍了啊？也沒叫什麼野狐狸精給咬住腿呀？」

　　楚江涯不由得皺眉說：「你看！我才回來，你就說這樣的話？早知道如此，我還是不回來為是！」柏秀卿把兩隻三角眼睛一瞪，說：「喝！這次你回來，可長了脾氣啦！也許是在外面做了高官啦？發了大財啦？」楚江涯坐在椅子上歇息，不言語。

　　柏秀卿卻逼過他來，又冷笑着說：「我是瞎擔心，絕沒有那事！這輩子，官？哼！就等着死了睡棺材吧！人家二大娘家裏的三兄弟，你走後的第四天，人家就把媳婦接走了，上任去了。雖然只是個典史，官兒不大，可是人家畢竟是個老爺。他的媳婦，別看長得那麼蠢，人家可比我有福氣，人家是官太太啦！柳大媽呢，兒子前天回來的，買賣聽說很發財，還要買東村的那塊三角地。咱們呢？咳！一年不如一年，你是成年由家裏拿錢往外花，不見掙回家來一個大錢。帶着一口寶劍滿處胡撞，又不保鏢，交一些個狐朋狗友，沒事兒去找對頭。說不定哪時候還就沒了命，我在家連知道都許不知道！」

楚江涯聽了他妻子的前段話，雖然很是生氣，可是聽到後來，卻也覺着自己有些愧對。本來，這樣終年流浪，結交江湖，雖然是自己的生性使然，但也無怪妻子是要埋怨的，便低着頭不言語。

這時有僕人把他馬上的寶劍跟行李都送進屋來了，柏秀卿突然又有點喜歡，就說：「我看看！你從外邊給我買回來什麼好東西啦？」過去就要打開那行李包兒，楚江涯趕緊上前攔阻。柏秀卿又瞪起眼睛來了，說：「怎麼回事呀？難道裏邊還真有什麼金元寶，銀元寶，怕看花了我的眼睛嗎？可是我覺着你這個包兒很輕，有點不大配！」楚江涯卻嚴厲地說：「不要動！這裏邊有朋友送給我的要緊東西，你們婦人家不能看！」柏秀卿更詫異了，說：「哎喲！可了不得！這回你到外邊去，真不定是……」忽然翻了臉說：「我偏要打開看！」楚江涯用力奪過來包裹，向屋外忿忿地就走。

楚江涯向外院走去，聽見身後他的太太還在喊嚷着，他心中真是煩惱。回到書房中，把包裹放在書櫃裏，鎖上，他就往木榻上一躺，長長歎息了兩聲。他生到如今二十餘歲，向來是自命不凡，他的太太柏秀卿雖然性情與他不能調合，但她也沒像今天這樣覺着討厭。可是他的太太剛才說的那番話，他倒認為相當有理，自己真真是不中用！沒出息！

本來他的祖上都是做過官的，翰林楚家，在當地無人不知。他的太太柏秀卿也真是一位孝廉公的女兒，道地的千金小姐。他呢，壞就壞在他父親的身上了，他父親做過一任知州，因為得罪了一位權貴，竟被仇人幾乎害死，幸遇俠士鎮三峽仗義援救，得以重生。因此他父親才灰心仕途，景慕俠義，叫一個素有神童之譽，七歲即能詩文的獨生子棄文學武，並且花了很多的銀兩，特雇專人，把他送到湖北武當山上投拜名師，學了三年內家劍法，因是才造就出來一個楚江涯。然而，如今老頭兒也死了，兒子成了一半少爺，一半江湖俠客，成年遨遊江湖，揮金結客，不事生產，敝屣功名，家道遂一年一年地衰落，小夫婦的齟齬也一天一天地增多。

不過往日楚江涯的心裏還有個安慰，相信自己的凌霄劍客之名到處被人敬仰，內家劍法也舉世無雙。可是沒想到這次歸來，他竟十分感覺得沮喪，因為在洛陽，洛水畔，伏牛崗前，簡直就算是栽了個跟頭。那手執短刀的青衣人實在比自己高強十倍，而美劍俠蘇小琴以一妙齡女子，力戰三人，那精而熟的技藝，也使他回想起來，不能不深深地慚愧而自感弗如。

當日他就恍恍然，總沒有精神，又怕他的太太再向他耳邊叨嘮，他就一天也沒敢再到裏院去。至夜二更以後，仍睡不着覺，於書房中，就挑亮了銀燈，又開了櫃子，取出那條白綢汗巾，一雙繡鞋，挨近燈來把玩，更覺着不禁情思倍生。

正在看着，忽聽窗櫺外發出哼哼哼的一陣冷笑。他吃了一驚，急忙將汗巾跟繡鞋往身後去藏。可是窗上糊着的紙就嗤的一聲撕開了一個大洞，露着一隻三角形的眼睛，還冷笑着說：「你還藏什麼呢？我早看了多半天啦！快開門吧！」用拳頭咚咚直捶門，又說：「難道願意叫我在院裏大嚷嚷，叫僕人們都聽見，給你丟臉嗎？

門開不開吧？」

　　楚江涯先趕緊把汗巾繡鞋放在櫃子裏，鎖好了櫃門，藏起來鑰匙，這才去把屋門的插關拉開。柏秀卿闖進來，就先去用力拉櫃門。拉不開，她又嘩怔嘩怔地砸那個鎖，並轉頭說：「快把鑰匙拿來！拿出來叫我看看！不是你從外面給我買來的嗎？也許是你想先收着，到我生日那天再給我，可是我的生日離着現在還遠呢！臘月初十，我也許活不到那一天。你快拿出來給我看看，那條汗巾是羅的還是紗的？繫在我的腰上一定很俏皮，那雙鞋不知是湘繡還是顧繡？要穿在我的腳上，不是更能給你露臉嗎？快！拿出來！給我就完了！別讓我真說破了，杵你的心窩子！這回，怪不得你一到家裏來就喪魄遊魂的。我要看你的包裹，你死也不讓，抄起來就走，一天也不見我。原來你在外面結識了野女人啦？還帶回來那些個東西氣我？好！好！」她的眼淚直流，把頭向着楚江涯就撞。

　　楚江涯卻說：「你不要急！先聽我說！」柏秀卿頓腳說：「我不聽你說，我就要你拿出來給我看！」楚江涯說：「你也得先容我把話說明，那兩件東西實在並非是什麼女子給我的表記，實在是我從外面拾來的。」柏秀卿啐着說：「誰信你這屁話！」楚江涯說：「真的！實因為我這次外出，遇見一個女子。」柏秀卿說：「你就迷上她了？是不是？」楚江涯說：「胡說！她持劍與我比武。」柏秀卿狠狠地說：「她為什麼不殺下來你的頭！」楚江涯說：「她的武藝真比我高，我們交手之後，我竟輸了。可是她，不知為什麼就遺下了那兩件東西，被我拾着了。」柏秀卿啐了他滿臉的吐沫，說：「你去騙傻子，傻子也不能信你這話！」

　　楚江涯並不十分生氣，只是慨然歎息，拿袖子擦了擦臉就說：「你跟我這樣鬧，是應當的，我也實在對不起你！我自從跟那女子比武，得到了那兩件東西之後，我就時時想念着那個人。如今一細想起來，真不對！我從今立志，不再練武，也不再出門，在家裏念念書，或是在城裏經營個生意。至於那條汗巾跟那雙鞋，想是因為那女子與我爭鬥之時，騰身縱步，一不小心，就把汗巾松了，繡鞋也……」

　　柏秀卿似乎稍稍息了點怒，但還是冷笑着，就說：「你既這樣說了，我也不能太逼你，只要你還有良心，你就自己想去好了，可是你得把開這櫃子的鑰匙給我！」楚江涯搖頭說：「這可不行！我拾了人家的東西，我將來得還給人家！」柏秀卿說：「你當時為什麼不還給人家，偏要拿回來呢？」

　　楚江涯說：「這個就算是我的錯吧！但我現在決定要還人家。」柏秀卿說：「你告訴我！那位本事高強的大姑娘，是住在哪一府？哪一縣？東西交給我，我將來要是能夠出門呢，就給送了去，順便還要拜訪拜訪她呢，跟她交一交呢，我要是有個會武藝的朋友，也可以不至受別人的欺負！」楚江涯卻笑着，說：「我不能夠信你這話，你就放心好了，我除非將來遇着可靠的人往那裏去，我就托人送去那兩件東西，沒事時我絕不再打開這書櫃，連書我也不看了！」

　　柏秀卿的眼淚已經乾了，又撇撇嘴說：「你看書？這輩子也休想中半個舉！既然你鎖上了櫃子，我可也要鎖上這個書房！不跟我商量好了，就不許你進這間屋！」楚江涯點頭答應，於是柏秀卿就吹滅了燈，拉着她的丈夫同往裏院房內。次日果然她就把書房中的幾卷經書，古文，詩集之類全搬到臥房裏，自己找了一把大銅鎖將書房的門鎖上。由是夫妻兩個，每人都秘密收藏着一把鑰匙，誰也不能夠動誰的，夫妻的情愛也因此漸漸恢復，可是那汗巾與繡鞋，雖已經重重深鎖，卻在楚江涯的遐思之中仍不時地出現。

　　楚江涯在家中住着，無所事事，跟太太談閒話，是全無意思，看書又看不下去，懶得他真難受。過了不到十天，他就忍耐不住了，趁着太太沒看見的時候，他就偷偷到後院中去打拳，有時且弄個竹竿當作劍耍。這樣可也解不開心中的煩悶。柏秀卿是想着丈夫既不能中舉做官了，那麼趁着家中還有閒錢作資本，叫丈夫做個買賣也不錯。

　　可是既做買賣，就得做又穩當又發財的買賣。城裏有一家錢莊，本來就有他家的資本，今年的生意雖好，但東夥之間頗有些不合，很需人整頓。所以柏秀卿就勸着，叫丈夫沒事時常到那櫃上去坐一坐，一半看着買賣，一半學學行情，將來好再拿出些本錢，就把買賣整個拿到手裏，那麼就算是棄武經商了，倒許因此而成為百萬之富。

　　楚江涯也就聽了太太的話，他倒是不想真去當大掌櫃，不過是可以常到城中去消閒解悶就是了。由此，差不多隔一兩天他就要進一趟城，總是騎着馬去，到錢莊裏也只是跟人閒談，他根本不留心那些放賬、收賬，開莊票、平銀子等等的事。並且他認識的人極多，不是南街的舖子邀他去吃酒，就是西街的鏢店請他給調停事；一般窮拳師，鏢頭和困在店房裏的異鄉人都來找他求資助，他是三十兩、五十兩毫無吝嗇；街上的乞丐成群也都等着楚少當家的進城來放飯舍錢；打架鬥毆的人是非得等他來，誰勸也不算。固是，不過一個來月，錢莊的帳本上已記上他支去很多的銀子。柏秀卿在家中全不曉得，倒覺着丈夫真是守分務本，慢慢地就要往家裏賺錢了，她也整天喜歡、高興，僕人們也少挨了罵，丫頭也少挨了打。

　　這時已經是六月中旬，天氣很熱，楚江涯到城中去，穿着白夏布大褂，白紡綢的短衣褲，手中總拿着上有名人書畫的摺扇，在那清靜的錢莊櫃房之中總要午睡一次。這日他才午睡醒來，卻聽院中的天棚下有人高聲談說：“魁元店來了一群賣藝的，其中還有一個小娘兒們，真真是美貌非凡！”楚江涯不由就站起身來，搖着摺扇走出了屋。

　　院中的竹榻上坐着寫賬的先生，一見了他就趕緊讓座。旁邊還有本錢莊的兩個夥計，西街鏢店裏的一個鏢頭，都向他笑着。那鏢頭說：“少當家的，不去看看嗎？咱城裏今天來了七八個人，都攜帶者刀槍劍戟，我們還以為是鏢行中的人，他們住在魁元店，我們就去打聽。他們都是南方人，據稱是由安慶府來的，不是保鏢的，卻是賣藝練把戲的。我們要請他在這城裏練練，他們卻又說：河南省裏的老師傅多，他們膽小，不敢在此獻醜。”

　　楚江涯問說：“那麼他們為什麼要到中牟縣來呢？”這鏢頭說：“他們是由此路過，歇一兩天，就往西去，大概是要走山西去。那地方的財主既多，會武藝的人也少，他們才敢去練，才能掙些個錢。”楚江涯心說：這不像是真話。

　　鏢頭又笑眯眯地說：“我可看見了，他們那些人之中有一個小娘兒們，穿着一身紅，簡直跟一朵紅花兒似的，長得那個俊呀！身子那個苗條呀！樣子那個風流呀！我活了這麼大，走了那些地方，看見過無數的娘兒們，簡直沒有，沒有！”旁邊的人都笑了，楚江涯也不由得笑了。

　　那寫賬先生就說：“少當家的為什麼不去看看，沖您的面子，他們興許答應在城裏練幾天。”楚江涯卻依舊搖着扇子說：“人家不在這兒練，一定是嫌咱們這個地方小，掙不了多少錢。”那鏢頭又在旁邊插嘴說：“沖着少當家的也得叫他們在這兒練，少當家的，你出五兩，我再去找些個人湊上些錢，五六兩銀子叫他們在本地練三天，把他們那些玩藝兒都拿出給咱們看看，還不行嗎？他們要是再不答應，那以後就叫他們別再到這裏來！”

　　楚江涯笑着說：“何必欺負人家？”鏢頭說：“您是不知道，那個小娘兒們，簡直，您若看了也得迷！”楚江涯說：“胡說！”但心裏卻不禁有些意動，就笑一笑說：“好！為你這話我倒得前去看看。”楚江涯說出了這話，旁邊的人卻都在暗笑。夥計趕忙到櫃房裏取了白夏布大褂，給他穿上，他也不叫人帶領，就搖着摺扇走出了錢莊。

第五章　風塵單騎追眾盜

　　此時約下午四點多鐘，太陽還正曬着，他用摺扇遮着頭頂，順着街往北走。不遠就是魁元店，一進了門，他就注意到那槽間拴着幾匹健馬，大概就是那些賣藝的人騎來的。他進了正院，見大涼棚下的地上，鋪着幾張席，有七八個人全坐在那裏談話喝茶，都光着健壯如石頭似的膀背，一見他進來，全都扭着臉看。

　　先有這店裏的掌櫃的過來招呼他，說：「楚少當家的，今天怎麼這樣閑在？請櫃房裏來喝茶吧？」楚江涯搖搖頭，含笑問說：「聽說你們店裏來了幾位練把戲的？」店掌櫃就指着那席上坐的幾個人，說：「這不就是嗎？」楚江涯轉身就向那幾個人拱拱手，當時就有幾個黑大漢站起來抱拳還禮。店掌櫃就給介紹說：「這是我們中牟縣有名的楚少當家的，是大財東，又有好武藝。」黑大漢又抱拳說：「久仰久仰！」楚江涯含笑說：「不敢當！」

　　此時席上坐着的一共是七個人，全都已站起身來了，有的還慌忙地披衣裳，但是卻沒見一個女的。楚江涯就說：「各位請坐，不要客氣，兄弟因為剛才聽人談說，各位都是久走江湖，都有一身好功夫，會練好玩藝，所以兄弟才特來拜訪，敢問各位是從哪裏來？都貴姓大名？」

　　這些人都環圍着他，用眼不住打量他，黑大漢卻答覆說：「我姓姜，沒有名字，別人都叫我姜大。我們都是鳳陽府人，都是師兄弟，在家學過點土玩藝，因為去年地裏收成不好，才落得出來討飯吃。到過安慶，到過襄陽，如今是要往西去，路過寶地，得求多多關照！」

　　楚江涯說：「豈敢！豈敢！兄弟現在來，一來就是與諸位認識認識，交交朋友，二來就是諸位既然各懷奇能，路過敝處，那麼我不敢說是邀請，只願諸位擇個時間，隨便顯露幾手，也叫敝處的人飽一飽眼福，不知可否？」

　　黑大漢聽了這話，面上就現出一種作難的樣子，他先把眉皺了皺，又帶笑抱拳說：「這個可對不起啦！我們不能在寶地練。本來我們這些個藝人，也都是懶人，若不是等那下頓飯，我們誰也不練那費力的玩藝，出一身臭汗。這次我們從襄陽府已掙了些錢，足夠我們九個人吃兩月的，又加着病了一個。天這樣熱，人都是想找舒服，我們真不想掙寶地的錢。改日吧！多則半年，少就兩三個月，我們一定還回到這裏。那時我們來幾個，要拿出全身的功夫來，請少當家的指教。那時天涼快了，我們練的人不至於中暑，看的人也不至於擠一身汗。」

　　楚江涯又笑笑，說：“我來請你們，也不是我一人的意思，是本城各買賣家求的我，叫我來跟你諸位說：無論是一個人或兩個人，耍一套槍，走一趟刀，舞一段劍，或是踏一回軟繩，都可以，只要你們練練，就算是看得起我們這個地方。”

　　旁邊有個年紀不過二十的小伙子瞪起了圓眼，掄着棍棒似的胳臂，怒聲說：“老子們不愛練，憑你給多少錢我們也不要，就完了！媽的這件事情還有逼的？”楚江涯沉下臉說：“喂！你怎麼罵人？”

　　另一個年紀較長的，微微有點鬍子，身穿暑涼綢褲褂的人，趕緊就把那小伙子推到一邊，向楚江涯拱手道歉說：“我這個師侄不對，罵人的話是他的口頭語，楚少當家的不要怪他！”又一抱拳正色說：“高扳一下，楚兄！我們沒走到河南就聽說了你的大名，我們原沒打算來冒犯你，走在貴處也原想是悄悄走過去，要不是有個師侄病了，我們絕不在此歇着。要不是你們貴處的鏢頭看見了我們的刀槍，來問我們，我們還不說是賣藝的呢！你我平時雖不相識，談起來就是朋友，咱們誰也別故意為難誰。我們一共是九個人九匹馬，從此過去也不沾走你貴處地下的多少土！話說完了，你老兄的公事一定很忙，還是請便吧！”其餘的人都向楚江涯怒目而視。

　　楚江涯卻哈哈地一笑，但他的臉色已經變了。當着店裏的人，這些人給他難堪，他實在不能夠接受。又因為看這些人分明不像是以賣藝吃飯的，而且他們說話也不是一處的口音，卻師叔師侄的相呼得這麼親近，更是可疑。他就把這些個人都一一仔細打量了一番，見除了黑大漢、短鬍子，跟那圓眼睛的小伙子之外，並還有一個禿頭，一個撅嘴，一個淡黃臉，一個倒是長得還威武的少年。這些個人大概連鏢頭拳師都不如，他們一定是綠林響馬，江湖的強徒！

　　楚江涯就從容地搖着摺扇，又問說：“你們諸位到底在什麼地方才練呢？”圓眼小伙子跳起來回答說：“山西！他媽的！你還能跟着嗎？”楚江涯仍是笑着，搖扇又問說：“山西何處？”禿頭的跟撅嘴的都一齊掄拳要打，卻都被那短鬍子的人伸臂攔住。黑大漢也暴怒着說：“平陽府！山西平陽府！你問這幹啥？”楚江涯笑着點頭說：“平陽府！好！到了那個地方你們只要能練，我就一定去看！”那些人除了那留着短鬍子的，都一齊握拳，罵着：“他媽的！”楚江涯也不由將眼一瞪。

　　旁邊的店掌櫃跟夥計全都驚慌地過來勸解，連說：“楚少當家的，看我們的面子吧，別打！”他們就一邊勸，一邊推，直推到了二門，楚江涯還回身冷笑着說：“後會有期吧！”圓眼小伙子怒拍着胸膛說：“老子們在平陽府等着你！”楚江涯怒聲回答說：“好！”一轉身邁步去走，不料幾乎與一個人撞了滿懷。這人喲了一聲，罵說：“瞎眼！”

　　楚江涯一看，這原來正是那個賣藝的小娘兒們。果然是一身紅綢子的衣裳，褲子肥，腰兒瘦，袖口可極短，露着兩隻擦着很厚的粉的白胳臂，模樣是個小圓臉，眼睛很含着媚氣，雖非什麼美貌非凡，但是七八分的姿色是有的，尤其是向着他這一瞪眼，頗有幾分潑辣而妖媚的樣子。梳着一條又松又長的油黑辮子，年約也就二十來歲。楚江涯卻又一聲冷笑，就大踏步走出了店門，忿忿地回到錢莊。

　　他進了櫃房，那個鏢頭也隨着他進來了，忿忿地說：“少當家的！那群小子是給臉不兜着，咱們得對付對付他們。我想出您的名，請咱城裏的四家鏢店，所有的朋友們，齊動手，先扣住他們的傢伙，他們若不服，咱們就揍！”楚江涯卻冷笑着搖頭，說：“不是這麼回事！他們本來就不是賣藝的。”

　　這時屋裏擁擠了好多的人，原來剛才楚江涯在魁元店裏，跟那些人怎樣說的話，那些人怎樣罵的他，大家都知道，都一齊不平，楚江涯卻擺手勸着，說：“你們都暫且沉着點氣！聽我說！剛才他們雖是人多，但我並不畏懼他們。只是這是在咱們的家門口，打了起來，我若是死了傷了，必有朋友們出頭幫助，把他們打走，那就算咱這縣裏的人與他們結下了仇，以後的麻煩還不知有多少；我若是打了他們呢？那顯見得是我欺壓外鄉人！”

旁邊的人將要說話，楚江涯卻又忿忿地說：“如今我已跟他們誇下了海口，他們只要不在咱們這裏練，就休打算再到別的地方去練。他們走在哪裏，我要跟在哪裏，只要他們練把戲，我就踢他們的場子！”

旁邊那個鏢頭說：“少當家的！您剛才不是說過，他們本來就不是賣藝的嗎？那麼他們永遠不練，您永遠跟着，究竟跟到什麼地方為止呢？”

楚江涯向旁邊看了看，就拱手客氣地請一些閒人都出去，屋中只留下了這鏢頭、錢莊的掌櫃和寫賬先生，他就小聲一些說：“那些人，據我看，他們若不是響馬，便是江湖人要到什麼地方去跟人比武爭勝，尤其是那個小娘兒們，不定是個什麼東西呢，所以我要跟隨着他們，看他們到底是去做何事，如果做的是傷天害理之事，欺負的是良善無辜之人，那我就要下手！”

鏢頭卻說：“少當家的你可是孤掌難鳴呀！不如我請上幾位朋友幫助您？”

楚江涯擺手說：“那樣一來，反倒麻煩了。我不怕，我有一口寶劍，他們人再多些我也不放在眼裏，只是我看他們倒未必不怕我，他們也都知道我是個如何人物。”眾人聽了，都默默地點頭，楚江涯心裏卻又想起來：家裏的那位太太可怎能讓我走呢？

他可真有點着急了，坐在椅子上，搖着扇子想了一會兒，就說：“倒是有一件事不好辦，也叫你們笑話。我這次由洛陽回來，原因為家中無人，不想再出門了，所以我才常來這裏學學買賣，我家裏……”笑一笑說：“可不是我懼內，她是真不願我再在江湖闖蕩。”

寫賬的先生就說：“這是應當的，您府上人口又少，家務全仗少當家的做主，您要是走了，少奶奶自然是不樂意，何況夫婦都年輕，平日又和睦。”

楚江涯就說：“只好你們三位替我圓個謊，就說這櫃上放在外面一筆賬，兩千兩銀子，使這銀子的是一個權勢之家，早已逾期，尚未歸還，派去過幾個夥計索要，全都無結果，那個人是倚仗着勢力賴債不還，咱們的買賣又急用這筆款。因此，就得說是你們請的我了，非我去一趟，才成，不然這筆賬就永無討回之日。若是這樣一說，我家裏的人也就放了心，她知道我是為你們去討債，並不是去跟人拼命，她就一定願意我走了，因為她倒不怕什麼權勢之家，她知道我們也不是低微的門戶，權勢奈何不得我，只怕的是江湖強徒與我拼鬥！”

他說出了這話，寫賬先生就說：“好吧！這個談話您交給我吧！明天一早，我就到您家裏去，准把這假話說成真話，假事像一件真事。”掌櫃的卻趕緊跑過來攔，說：“可有一節，少當家的！你跟着那些人走，不定走到哪兒才算一站，你要是半年一年也不回來，你家奶奶來櫃上跟我要人，我可說什麼呀？人替我們去討債，還能夠一去不回頭嗎？”楚江涯又笑着說：“你們無妨把那地方說得遠一些，反正是假的，誰也不能去打聽，我至多隨他們到平陽府，或者再走一趟洛陽，少則一個月，多也不過五六十天，我的馬快，回來得也快。”

當下就算商議定了。楚江涯又囑咐那鏢頭隨時注意魁元店裏住的那些人的行動。他就騎着馬出城。回到自己家中，他心中十分不寧，但在他太太柏秀卿的面前，卻不露一句話，只是時時留心着他太太永遠掛在衣鈕上的那把銅鑰匙。

晚間，夫妻在燈前，柏秀卿繡着花鞋，楚江涯卻坐着發怔，對於魁元店裏那些賣藝的人倒不放在心上，那不過是無意之中賭了一口氣，在路上看着他們，若也是俠義好漢，自己還真許跟他們交一交呢。倘若打起來，不是小看他們，連男帶女都算上也絕抵不過一個蘇小琴。畢竟是小琴真真牽住了他的心。他想這次是最後的一次出遠門，以後真得在家裏做買賣了。但這次，可是無論怎樣，也得去到洛陽，設法將那白綢汗巾及睡鞋返歸原主，以了卻一件心事。並且還要與那美劍俠蘇小琴見上一面。

他怕太太看出他發怔的樣子，趕緊又拿閒話兒遮飾，說：“城裏的買賣到年底真得清算一下，或是作，或是收，因為外邊的債太多，有一筆就是兩千兩。櫃上的夥計去了不知多少趟，盤纏也不知費了多少，可是，到現在還沒有要進來！”他希望太太說：“你為什麼不幫着給要去呀？”可是柏秀卿卻搖搖頭說：“櫃上的事倒不要緊，就是全賠了，東家也不是咱們一家。”楚江涯便無法往下面說了。

忽見太太的俏影兒一動，戴着金簪子跟茉莉花的烏雲鬢突然低下去了，她臉兒是特別的一陣紅，顯出來一嬌美，美得真有點像美劍俠了。她發出帶笑的柔媚聲音，說：“有一件事，你大概作夢也想不到！”楚江涯趕緊笑着問：“什麼事？快向我說！”柏秀卿瞪了他一眼，說：“非得我向你說，你才知道嗎？難道你眼睛瞎了嗎？”

楚江涯覺着今日白天也像有誰這樣罵過他一句似的，他怔了一怔，又笑着說：“我真莫名其妙，你快告訴我吧！”柏秀卿哼了一聲，接着又含羞地說了一兩句話，他這才恍然大悟，說：“哦！哈哈！”

柏秀卿忽從衣鈕上摘下來銅鑰匙，吧的往桌上一拍，說：“給你吧！省得你老是賊似的盯着這個東西，你愛去開書房，開書櫃，拿那汗巾，繡鞋，愛怎麼樣都隨你，你到外頭去姘野女人也隨你，只要你捫着良心想一想，再過幾個月，你就當爸爸了！”

楚江涯羞愧得不禁滿面通紅，並且垂下眼淚來，說：“我娶你到家十年，平時只見你打婢罵僕，性情暴躁，我常生氣，如今我才知你是一個賢慧妻子！”柏秀卿着急地說：“說這話幹嗎？”也擦了擦眼淚。楚江涯又說：“今天你要不說這話，明天我就與人編好了謊，必騙你一場，如今我對你實說了吧！”

柏秀卿便驚訝地看着他，聽他說。他就把今天城裏遇到的事，除了沒說賣藝的人之中還有一個小娘兒們，其餘的話，都詳述了一番。並說自己想於歸途之中，順便到洛陽去一趟，又把蘇小琴的家庭和上次比武的原因也全都說了，最後又說：“只這一次，叫我去不叫我去，都聽你的一句話！我是想，今天我既在那些人的跟前誇下了海口，我若不跟他們走這一趟，把這幾年在江湖上所闖的名頭都扔了倒不足惜，可是城裏的人必定從此看不起我了！至於洛陽的蘇小琴，汗巾、睡鞋都在我的手中，永遠不還，別人可也不知道，但究非英雄所當為！假定你允許我走這一趟，那我敢應你兩件事：第一，我絕不傷人；第二，寧可我向人服輸，也不能叫人傷了我。此次出外回來之後，我決定不再出門了，打折了我自己的胳臂也不再使寶劍了！”

那邊的柏秀卿哭了，身子在燈光中不住地抽搐，半天沒有還言，楚江涯就勸慰她說：“好了！好了！不要再提了！我剛才是想錯了！你也別傷心，我絕不離開你就是了！”但是柏秀卿的鞋也做不下去了，鑰匙放在桌上沒有人拿，夫妻就熄燈睡去。楚江涯心中十分煩惱，並非是怨恨妻子，卻是後悔自己當初何必學武藝呢？睡了一覺之後，睜眼看了看，窗紙才發灰色，他卻又闔上眼睡去了。

這第二個覺直睡到太陽高升，翻身看看，他的太太早就起來了，正在床旁打點包袱，銀兩、零錢，預備換的衣褲、痧藥，另外還有那條白綢汗巾跟紅繡鞋。他驚訝地坐起來問說：「你這是幹什麼？」柏秀卿卻溫和地笑着說：「我替你收拾好了行李，你好走呀！」

楚江涯遂下了床，說：「你既這樣度量寬大，我倒無話可說了！我只有早日回來就是。」柏秀卿皺着眉說：「得啦！還說什麼呢！別的都不要緊，我只盼着你一路平安，別再出什麼事情就得了！」言下有悲慘之意。

楚江涯發誓似的說：「你就放心！絕不能再有什麼事。我說句叫江湖笑話的話，我心裏已經改變主意了，跟着那些個賣藝的人只走一兩程，我就絕不再跟了。到了洛陽我是絕不去親見那蘇小琴。」柏秀卿說：「見不見隨你，我才不管呢！」楚江涯笑着說：「我想見人家也見不着，自從那夜伏牛崗比劍，她早把我看成仇人了。我也許不到洛陽，在路上若遇見往那邊去的靠得住的人，我就把汗巾、繡鞋都包好，托人給帶了去，也不露出我的真名姓！」

柏秀卿笑着說：「我料你自己也是不敢把那東西給人送到家門！不過你托誰送去，誰也准得挨打，因為，這不是羞辱人家的姑娘嗎？」楚江涯也怔了一怔，又笑着說：「到時再說吧！」柏秀卿說：「我因為怕你弄成個痰迷心，我才不敢再攔阻你啦！得啦！就由着你去吧！就由着你的命闖吧！咳！」

楚江涯此時卻又有一點猶疑了，忽聽窗外有僕人嚷着說：「櫃上的先生來了！」楚江涯說：「請他進屋來吧。」自己先出外屋去迎。柏秀卿在里間下了床，放下了綢門簾。那錢莊裏的寫賬先生一進來就氣惱地說：「少當家的，你說這事有多氣人！櫃上的人到歸德府去了三四趟，都沒見着他，敢則又跑到北京城去了，這不但是賴帳，簡直是逃賬，想要不認了。兩千銀子不算少數，咱們櫃上一共才多少本錢？憑着勢力他就把咱們坑了？不行！少當家的！只有你去辛苦一趟吧！那人就怕你！你快走一趟北京吧！」楚江涯說：「得啦！得啦！你就說實話吧！魁元店裏住的那幾個賣藝的人到底走了沒有？」寫賬的先生一聽，倒呆住了，答不出來一句話。

楚江涯就把話說明了，說：「我已跟家中的人商量好了，只要那幾個人一走，我就隨後去追。」寫賬先生說：「他們已經走了，天剛亮，城門才開的時候，就都騎着馬帶着刀槍走了。」楚江涯一聽，不由得驚訝地說：「啊……」寫賬先生又說：「我聽魁元店的掌櫃說，他們也不像是賣藝的，大概是往遠方辦案的官人。可也不像。四通鏢店的千里腿陳潤，昨日也去看了一看他們，他只認出其中的一個人。」

楚江涯趕緊問說：「他認識哪一個？」寫賬先生說：「他叫你小心，他認得那個小娘兒們，那可不是好惹的，那小娘兒們武藝高強，她是三十年前黃風山寡婦寨雲二寡婦黑魔女的女兒，她名叫雲媚兒，外號叫小魔女。」楚江涯冷笑着說：「好名字！既有這個賊女在其中，可見那些人都是強盜了。」寫賬先生搖頭說：「也不一定！不過，少當家的你可要提防點那小娘兒們！聽說她也直跟魁元店的掌櫃的打聽你的姓名。」這時，楚江涯看見他太太正扒着簾縫往外偷聽，他就趕緊催着說：「你就快回去吧！我就去追趕他們。不過，若看出他們是江湖上的小賊，不值得一鬥，那我也許只追二三十里地，我就回來。」

他把這個寫賬的先生送出屋去，順便就叫僕人給他備馬。他又回到屋裏，柏秀卿卻又驚疑地問他問道：“到底是怎麼回事呀？怎麼又出來了些黑魔，小魔，二寡婦跟小娘兒們呀？”楚江涯笑着說：“那都是賣藝的人的外號，其實都是些男子，沒有女的。”柏秀卿又哼了一聲，楚江涯卻匆匆地洗臉，穿衣裳，到書房拿寶劍，提包袱。走出了門，他的馬已在門前備好，柏秀卿帶着一個丫鬟兩個僕婦送他出來，眼淚盈盈地望着他，他就上了馬，說：“我回來得一定快！”揮鞭就走了，出了村口，他還回首望了望，然後就決心催馬走去。

蹄聲嘚嘚，塵煙滾滾，找着了大路，一直往北，他一直就跑出了二十多里地，來到了一個市鎮，他這才駐了馬向人詢問，那些人是何時從此處過去的。原來那些個人確實是早晨由此處過去的，轉往西面去了，大約這時候已經走出很遠了。楚江涯於是離了這市鎮，也尋着了往西去的大道，又一直走去，他當日就趕到了鄭州，在南關外找了店住下。

次日天才黎明，他就備了馬，付了店錢，騎着馬到大道旁去等着。他心裏想：“昨晚那些個人，必定也住在鄭州，他們無論是住在西關或南關，今天也得由這裏經過。我得叫他們看看，我到底追趕來了，看他們把我如何！”於是他就在此等候着，時時向城那邊去望。可是由那邊來的人、馬、車輛，陸續不絕，倒真不少。他在馬上等了半天，又下了馬等了半天，更因為口渴了，往西邊去找了一家野茶館，坐在涼棚下，喝了茶，吃了飯，又等了半天。太陽已由東方轉到正南，十分炎熱，路上往來的人越來越少了，可是仍不見那些人由這地方過。他不免急躁，就想：“莫非他們是往北去啦？或者是在這裏住下了，要在此賣藝嗎？”當下他就付了茶飯錢，離了這裏，策馬又回到南關。打聽了半天，各店裏都沒住着那幫人。他又騎着馬到了西關。

鄭州的西關也很繁盛，店房也很不少，他才來到了這裏，剛下馬要去向人詢問，卻見路上的人都站住了，都驚訝地向西去望，楚江涯也趕緊躲避到道旁，就聽踏踏踏的一陣馬蹄聲，由西邊來了兩匹馬，都是黑色的，頭一匹馬上就坐的是那小魔女雲媚兒，這個小娘兒們還穿着一身紅，鬢邊插着一朵石榴花，雙手勒着韁繩，身子幾乎扒在馬背上飛馳，並且回首望着後邊馬上的一個三十來歲的黃臉大漢，發出格格的笑聲。楚江涯就大聲喊說：“好呀！”街上的人都一齊用眼來注意他。

此時黃臉大漢的馬已到臨近，此人就扭臉看了看楚江涯，當時將馬收住，眼睛一瞪，問說：“你叫什麼好？”楚江涯指着說：“我說的是才過去的那位堂客，馬騎得真好！”黃臉大漢又問：“你是幹什麼的？”楚江涯笑一笑，說：“我就是專跟着他們，為看把戲的。”這黃臉漢子聽了這話卻一笑，就鞭着馬往前面去了，倒使得楚江涯有點失望。他拉着馬也往東走去，卻見東邊就有一家店房，那雲媚兒早已在那時下了馬，等着黃臉漢子也下了馬，他們還笑着，又向楚江涯這邊指了一指，表示出不屑於理的樣子。他們把馬交給了店門前的一個閑漢，就一同進去了。

楚江涯卻微微地笑，也走到那店門前，一看字號是“興遠”，裏邊的房間頗為不少。楚江涯就牽着馬怔怔走進去，大聲叫着：“店家！”有個夥計由櫃房中出來，楚江涯就說：“你給我找個單間的房子。”就自己去解鞍旁的包袱，摘寶劍。夥計說：“外院可沒有房子啦，裏院倒還有兩間，只是窄一點。”楚江涯就說：“什麼房子都行，我只是要在你們這裏住。”夥計聽了這話，不由得有點發怔，接過了馬去。

這時外院的北房裏卻有很多人說話，並且聽見娘兒們的聲，大聲的嚷嚷並笑着，可也沒有人來理楚江涯。那夥計先將馬拴在棚下，然後接過那只包袱來，才領着楚江涯往裏院去。楚江涯如今是振起來膽氣，他想：「雖然在家中向妻子答應的是能不鬥便不鬥，以免出舛錯，但這既是我走江湖的末一回了，若不轟轟烈烈地幹一場，我就枉在武當山學過武！」於是他就意氣激昂，向店夥問說：「你們外院住的那個小娘兒們，是個幹什麼的？」

夥計卻望着他只笑，說：「那是個江湖賣藝的，他們來了一大幫呢，外院的那幾間北房都叫他們給占滿了，他們是昨天來到這裏的。據說是要在此等朋友，得住三四天才走呢，怎麼，大爺你把她看上啦？」楚江涯也不笑，又問說：「那黃臉漢子是誰？」夥計聽了，卻面含點懼意說：「那個人可是我們這裏的一位了不起的人物！由此往西五里之外，有個鞏家莊。鞏家的人在京裏做高官，那個人就是他們莊上護院的，姓童，叫童如虎，我們背地叫他黃老虎，當面叫他童八爺。今天是那娘兒們找的他，大概他們是素日就有點兒交情。」

楚江涯聽了這話，倒不由有點發愁，就想：「他們那些個人就夠多的了，再加上個童如虎，在四天之內還不定要來什麼人，誠恐自己孤掌難鳴，就要吃虧。」細想了想，就決定暫時不惹他們，還是得不鬥就不鬥，可是也得探查出來他們到底是幹什麼的。當時他在屋中仿佛倒不敢出門了，但是前院的那些人也沒到裏院來。

到了晚飯後，天已黑了，他叫來店夥，說是：「屋裏先不必點燈，你們這兩扇屋門能鎖上不能？」店夥說：「門上有窟窿，穿過去鐵鍊，就能夠鎖上了。」楚江涯就說：「煩你把鎖頭給我找來，我要出去看看朋友，不定什麼時候才能回來，所以得把這屋門鎖上。」夥計依着他的話辦了，他就鎖好了屋門，也不帶着寶劍，就往前院走去。因為天很炎熱，店裏的人都在院中或坐或臥着納涼，但是院中並沒有燈，楚江涯雖從許多人的面前經過，卻似乎沒有人注意他。

他一出了店門，就見斜對過有一家店舖，裏邊燈火輝煌，亂紛紛的有很多的人，原來是一家酒店。楚江涯心裏說：「好！我到酒店裏去坐坐，聽有沒有人談說關於他們的話。」遂過了街，剛要進那酒店的門，不料身後就有一個人使勁向他一撞，可是他的腳步站得很穩，身子一點也沒動，回頭看了看，原來就是曾在中牟縣的店房裏見過面的那個圓眼睛的小伙子。他冷笑了一聲，並沒還手，那小伙子就由他的身旁先進去了。

楚江涯看見他的褲腰帶插着一口短刀，又知道這個人性情極為粗暴，就想自己要是走進去，就難免要大鬧酒樓，可是時至現在，自己又如何能夠畏縮呢？遂一邁大步走了進去，只覺得熱氣烘烘，酒味刺人，汗臭橫溢，人語喧雜，燈光耀耀。就見那才進去的小伙子，瞪起了兩隻圓眼，左手的拳頭向桌上一砸，咚的一聲，右手拔出來閃閃的短刀向桌上一插，跳起來大罵道：「媽的！老虎不傷人，人倒要騎老虎！大爺今天跟他拼了！」楚江涯卻微微地笑，找了一個離着他很近的座位坐下。四面的人都發着呆，但不曉得那圓眼睛的小伙子是要跟誰拼命。

楚江涯從容鎮定，一點也不像人家是為他才拔出來刀的樣子，他點手把酒保叫過來，輕聲說着：「來一壺白乾，有什麼好吃的酒菜，給我拿幾樣來。」他也不往那邊的桌上去看。那邊便有人將那小伙子攔住了，分明聽他們在說：「幹嗎？幹嗎？理他幹嗎？咱們的正事還都沒辦呢！慪這些閒氣，合不着！」

楚江涯這才斜着眼睛向那邊望了望，只見那邊一共坐的是五個人，圓眼睛的小伙子以外，還有那個禿頭，那個撅嘴，和那個黃臉的——這個人可沒有今天所遇的黃老虎的臉黃，也可以說是一張蒼白的臉。最熟識的是那個姓姜的黑大漢，此人站起來望了望楚江涯，卻又坐下了。

此時酒跟酒菜都已送了來，楚江涯就慢慢地往杯裏斟酒，慢慢地往嘴裏夾菜。半天，那邊的五個人交頭接耳地談着，越談仿佛情緒越見緊張。那小伙子的兩隻圓眼睛瞪得更大，由桌上拔起刀來，就在手中緊握着，並扭頭瞪了楚江涯一眼，楚江涯卻預備着身旁一條沒人坐的破板凳。這時，旁邊的人有的還談着閒話，有的卻暗暗地走了。

有的剛要走，忽然看見外邊又來了一人，就又怔住了，又不想走啦。外邊進來的這個人，正是小魔女雲媚兒。她另換了一身衣裳，下穿白紡綢的褲子，上身是紅羅小衣，因為天熱，衣紐兒簡直多半沒扣，風流嫋娜地走進來。一眼就望見那邊的五個人，她眯着眼睛一笑，發着尖聲兒說：“喝！我說遍處都找不着你們，原來你們這五個小子，在這兒灌上燒刀子啦，倒真得意呀！有什麼好吃的？請請姑姑我吧！”

那五個人都笑了，連那小伙子的眼睛也不圓了，也眯眯地直笑。他讓了坐，雲媚兒過來把身子一扭就坐在他的凳上兒。禿頭的就要斟酒，雲媚兒卻擺手說：“你那手剛抓完你頭上的禿瘡，我嫌你髒，別給我斟！”撇嘴的卻接過酒壺來說：“我來吧！”他斟了半天，原來壺裏已連一滴也沒有了。雲媚兒就笑着說：“他媽的！乾壺，你們還他媽的請客呢！”

說着話，她忽然一扭頭，看見了楚江涯，她就哈哈地一笑，說：“真行呀！咱們這把子玩藝兒准能夠發財，真有捧場的麼，走在哪兒有人跟在哪兒，這才叫作主顧呢！”那姓姜的黑大漢卻向她直擺手說：“咱們且喝咱們的，管他鳥主顧？”又大喊着：“夥計！再來兩壺酒！媽的快一點！”雲媚兒卻一拍桌子站起了身說：“你們都怕凌霄劍客，姑奶奶我可不怕！”拍着她鼓鼓的胸脯，走了幾步，一隻手又在腰間，風流地一站，說：“我不單是賣藝的，還是賣臉的，走江湖做買賣，遇着小白臉跟有錢的大少爺，我什麼都能夠賣，價錢還不貴，可是他媽的得站起來明說，那才叫真主顧，要是他媽的吞頭縮腦，王八脖子兔子膽，還想要吃天鵝肉，那可就是他媽的瞎了眼啦！我認得他，我聽說他是什麼凌霄劍客，武當山傳下來的洩氣的門人，他可也得打聽打聽姑奶奶我是誰？”

說到這裏，忽見那邊的楚江涯昂然站起身來。她也神色驟變，瞪直了眼睛，預備好了拳勢，就要廝打。那姓姜的黑大漢卻急忙跑了過來，拉着她說：“幹嗎？你是沒喝酒就醉了嗎？合不着！咱們還得幹咱們的正事呢！來，酒來了，喝酒來吧！”他硬挽着雲媚兒回到位子上，楚江涯卻仰面哈哈一陣大笑。雲媚兒突地跳起，厲聲說：“你笑什麼？”潑辣地向前就撲，那四個人也都握拳站起。楚江涯挽挽袖子冷笑着說：“來吧！你們當時就要練嗎？那算是我沒有白來，我奉陪！小子們跟雲媚兒，就怕你們有點怯陣！”

那黑大漢是又氣惱又驚慌，趕緊將雲媚兒抱住，說：“別打！別打！”一面又向楚江涯說：“朋友！咱們既是誰都知道誰，何必要傷了和氣，我們也知道你的名頭高大，過中牟縣時，我們忘了去拜訪，可是你竟不能海涵一些嗎？往日我們對你沒有得罪過，你何苦這樣？”雲媚兒卻蓦然脫開了身子，先把黑大漢一推，說：“你們真叫他凌霄劍客嚇怕了嗎？至於說軟話，來央求他？你們都躲開！讓我看看他到底有什麼踢山搗海了不得的本領，敢來雲姑奶奶的眼前發威？”她又跳起來，黑大漢也攔她不住。

　　旁邊坐的酒客一見此情狀，都驚得紛亂逃藏，那四個漢子都亮出來明晃晃的短刀。雲媚兒向前一奔，掄着粉團兒似的拳頭，向着楚江涯的胸前就打。楚江涯吧地就握住了她的腕子，五個手指跟鐵箍似的，撐得雲媚兒"哎喲"的一聲尖叫。她疾忙伸左手要去摳楚江涯的臉，楚江涯卻用力一推，同時撒手，原想叫這個小娘兒們摔倒在地，卻不料她只退了一步，便立定了身子，同時一腳飛起，要踹楚江涯的小腹。楚江涯早已抄起來板凳一擋，又不料這小娘兒身輕如燕，一聳，就上了那張桌子，拿腳要向楚江涯的臉上踢去。楚江涯疾往旁躲，可是那邊的酒壺跟瓷碟子全都喀吧喀吧地飛來，雖都被楚江涯躲開，旁邊受了誤傷的人全都哎喲哎喲直叫。酒保嚇得往外跑，掌櫃鑽在桌底下。

　　那站在桌上的雲媚兒，嗖地跳下來，由那撅嘴的人手中要過了刀，狠狠地撲過去，向着楚江涯就攘。楚江涯的板凳又叫黑大漢給揪住了，正在用力爭奪。刀一來了，他就抬腳一踢，雲媚兒又哎喲一聲，摸着肚子向後退去，可依然沒有倒下，依然一挺身，握刀重上前來拼命。那圓眼的小伙子，短刀也自楚江涯的背後扎來，楚江涯閃身，推凳，一腳又向小伙子踹去，一手又抄住了雲媚兒的右腕。

　　這時，那個禿頭的傢伙由牆下摘下盞灌滿了豆油的大燈，站在桌上向着楚江涯一砸，只聽嚓的一聲，砸得說准可也不准，卻砸在那姓姜的黑大漢頭上了。他啊的一聲大叫，脖子裏灌進了油，頭髮起了火，火光熊熊，搖晃着頭亂跑。那撅嘴的急中生智，忙抄起一盆洗傢伙的水，就往他的頭上潑去，不料又正潑在雲媚兒的白褲子和紅衣裳上，雲媚兒怒罵了一聲："瞎眼啦！"楚江涯奪過了一把刀，並掄動了板凳腿，打得那禿頭的人也整個由桌上摔下。雲媚兒卻妖怪一般地喊叫說："拼！豁出來啦！哪個小子要是跑，就是姑奶奶我屁崩出來的兒子！"

　　正亂之間，忽有人闖門而入。進來的這個人，就是那身着黑色暑涼綢褲褂，微有髭須，年齡較長，曾與楚江涯在中牟縣魁元店會過面的那人，似是這些人的長輩。他手持一口寒光閃閃的厚背朴刀，大聲喊叫："不要動手！楚少當家的請你息息氣！抬抬手，我于鐵雕今天先在你的眼前，替他們認輸了！"他一喊出來，一般人都住了手向旁去躲，只有雲媚兒還不服氣，頓腳大罵："姓于的！你願意丟這人，姑奶奶我可不能丟這個人！不拼就不是好小子！"這于鐵雕卻過去伸大手就把她揪到了一邊。

　　此時楚江涯反倒愕然了，尤其是聽于鐵雕悄悄地說："這是小事！大事現在牛家店，你的事……冤家路狹……"雲媚兒一聽，忽然驚問說："真的？……好！"又回身指着楚江涯，狠狠地說："凌霄劍客狗雜種！你等着姑奶奶，明天叫你另投胎，今天先叫你多活一晚！"她身上全是髒水，鬢髮蓬鬆，躥出酒店就走了。旁邊那幾個人雖都樣子十分狼狽，可還都站着，向楚江涯怒目而視。

　　楚江涯是冷笑着，心裏又氣又疑惑。只見于鐵雕提着刀向他拱了拱手，說："都是自家人，不必因鬥氣傷了和氣。這幾個都是我的師侄。"指着圓眼睛的小伙子說："他叫豹子李承。"又指着那黑大漢說："他叫黑牛姜勇。"第三指那禿頭，說："他叫沒頂兒塔馮七。"再指那撅嘴唇的，說："這人是吹倒了山洪二。"第五指的是着那淡黃臉兒的人，說："他叫病太歲呂信。"又喊着說："來！都跟凌霄劍客楚老師見個禮兒吧！"這些人都負着氣，可又不敢不聽話，就除了那個頭髮都燒得剩了不多的姜勇之外，全都向楚江涯來抱拳。楚江涯也扔下了板凳腿，拱手還禮。

　　于鐵雕又說："他們都是萬里飛俠的徒弟，我卻跟高炯一門從師。我們在中牟縣聽人說，你也是武當派，咱們還能不算是一家人嗎？”楚江涯聽了，不由得倒是一驚，因為曉得萬里飛俠是江湖無雙的好漢，今年才在安慶被人害死。那于鐵雕此時又向五個師侄使眼色，說：“都快去！先去攔住媚兒，叫她等着我回去再辦，那事情萬不能急！”那五個人都又向楚江涯怒瞪了一下，就一齊走了。

　　于鐵雕又向旁邊受誤傷的人拱手道歉，向着由桌底下才出來的酒店掌櫃說：“別怕！摔毀了什麼東西，都由我賠。”隨後，才又滿臉帶笑地向着楚江涯說：“我們都把事辦錯了，早就應該跟你老兄拉個近，請你指教指教。現在，想你老兄是度量寬宏，不見小輩們之怪。我們既住在一家店裏，那麼就請你老兄跟我一同回去，到我們的房裏細談談。你老兄也就明白我們到底是怎麼回事了。還，還有一點小事，要請你老兄看重了江湖義氣，來幫我們一個小忙。”

　　楚江涯點點頭說：“好！幫什麼忙我倒不敢。可是我願聽聽你們來到河南，到底是為着什麼事？”于鐵雕在前面歎氣，楚江涯在後面跟隨，一同出了這酒店，就進了斜對門的興遠店之內。

　　此時他們住的那北屋，已經都點上了燈，于鐵雕將楚江涯讓進一間屋內。這裏有那個相貌很威武的少年，正在服侍躺在床上的一個病人。于鐵雕又給引見，說：“這也是我的師侄，白面瘟神洪錦。躺着的那個是萬里飛俠的長子，小飛俠高彪。只因他孝心過重，急於要殺死仇人為父報仇，心中憂煩，又加中了暑，所以我們才在中牟縣你寶地上歇歇，不料言語之間又得罪了你老兄，我們避免爭毆，才又來到這裏。一半天我的師弟金鞭岳大雄來到，我們就也走了。”

　　楚江涯被讓得落了座，他將奪過來的刀也放在桌上了，只是不勝驚訝，就問說：“你們既全是萬里飛俠高前輩的人，那算我今天冒失了！我這樣跟隨你們，也非想爭毆拼鬥，只因在中牟縣，你們給我一個大沒面子，我才不得不如此。今天，話既說開了，都是一家人。可是我還要打聽打聽，萬里飛俠高前輩乃是江湖無敵的英雄，他為何竟遭人慘害？那害他的人又憑仗什麼超人的本領，包天的膽？你們可知道他是誰嗎？”于鐵雕卻又長歎了一口氣，面現悲哀憤怒之色。

　　此時床上的病人就放聲哭了，白面瘟神洪錦趕緊轉身說：“楚兄你要問，你可得仗義，幫我們這個忙！此人名叫李……”

　　于鐵雕又把他攔住，就又拱手，說：“我求你老兄，也不必細問了。那人是一個江湖小輩，武藝自然不錯。他姓李，他的爸爸倒略略有名，可是與你老兄一定素無往來。我們為師兄，為師父，為父都是心肝痛碎，由安慶到湖廣，遍地尋訪仇人，真是不容易！如今才算稍稍有了一點頭緒。”

　　楚江涯說：“那人現在什麼地方？”

　　于鐵雕說：“多半是在山西平陽府，反正我們，這一半天就從銅山縣來到的金鞭岳大雄，一共是九個人。我們若不訪着仇人，不剜出仇人的心肝肺、腸子五臟，我們是絕不甘休！”床上躺着的病人又放聲大哭，並破口大罵：“李劍豪！狗賊子！你還我爸爸的頭吧！”

　　楚江涯被刺激得不由打了個冷戰，心中暗歎着：李劍豪！李劍豪！你這個人很不錯，英雄膽大，身手高超，堪稱得起是一位少年俠士，但你如今結下的若干仇人，可也夠你一人應付的呀！他怔了一會兒，就又問說：“奇怪，你們現在已經是九個人了，連那黃老虎童八算上，已經是十個人了，再來一個岳大雄，你們是十一位了！李劍豪又有什麼不好惹的？”

　　于鐵雕搖頭說：“那雲媚兒不是我們一塊的，她是在襄陽才與我們相遇。因她，我們才曉得那李劍豪有三個隱藏之處。”楚江涯又趕緊問：“都是哪裏？”于鐵雕說：“告訴你兄也不要緊，一是銅山縣，一是平陽府，一就是洛陽。”楚江涯不由驚訝地脫口說：“洛陽？”于鐵雕搖頭說：“我們料到此人必不能往洛陽去，山西平陽府是他的老師家裏，他必定是到那裏托求保護去了。”

　　楚江涯又問說：“他的老師是誰呢？”于鐵雕的面上立時露出來不悅之色，就說：“楚兄，我們跟你說得這麼詳細，也就足夠交情了，你也不必再問了；我們如今只拜求你一件事，就是你別管！”

　　楚江涯笑了笑，忽然一轉臉，見那小魔女雲媚兒又走進了屋，而且雙手都持着光閃閃的寶劍。楚江涯霍地立起，準備要徒手迎敵，但是雲媚兒卻一笑。她已經換了衣裳，是一身青，青絲髮也在頭頂挽了個髻兒，倒像是一個古裝的美人。她笑得很嫵媚，說：“算啦！算啦！剛才咱們打起來，都是我的錯兒！我罵的話也就算都罵了我的哥哥，我的親哥哥，我的漢子男人啦！你說是什麼都行。”楚江涯真覺得奇怪，自己都替她害羞。雲媚兒把雙劍歸於一手，騰出一隻手來拍着她的鼓胸脯，又扭動着身子，她滿臉是笑，可一點也不紅，也不害臊。

　　她又扯開了母雞似的嗓子，說：“我說什麼都不在乎！”吧的又拍了那白面瘟神一下，說：“跟我們這個小侄子，我更是什麼也不在乎。死的那個萬里飛俠，我本是叫他乾爹，可是後來，我又叫他老乾哥哥。我媽媽就是這麼傳授我的，占山為王，走江湖賣藝，盜馬劫鏢，我們娘兒們全都幹過。大概這些事，也都瞞不了你凌霄劍客楚少當家的。現在你既肯到這屋裏坐，我們就是一家子了。剛才于鐵雕把事情大概也都給你說了。那件事倒不必你給幫忙，只是今夜，我就有一件很為難的事，既然遇着你麼，就放不了你。講交情，賣面子，你也得幫一幫兒我……”說着扭扭地走過來，雙劍都放在桌上。她按着楚江涯坐下，說：“非你呀！簡直的……”她比狐狸還會迷人，又笑着說：“簡直的怕不行！”

　　楚江涯不由倒滿面通紅，趕緊推開她說：“坐下！坐下！什麼事？什麼事？你說明白了，我好能夠答應你！”

　　雲媚兒一頓腳說：“好啦！你可已經答應了，就不准再變心！我告訴你吧，這次我到河南來，第二才是為幫他們的忙，第一卻是要辦我的事，報我的仇！我的媽媽黑魔王雲二寡婦，生前有一個大仇人，此人，恰巧……”指着于鐵雕說：“剛才他告訴我的便是這件事，我那個仇人原來現就住在西邊牛家店。他是一個老頭子，好佛，可是心腸毒狠，當年我媽媽……咳！不是為他還不能夠死呢！冤家路狹，他就在眼前，可是他的武藝高，我們這些人都有點膽怯。這，只有……少當家的，我的親人哪！你幫個忙兒吧！”

　　楚江涯說：“我明白你的意思了，你是要叫我幫助你們去暗算那老人。你們真想錯了！我與那人無冤無仇，我如何能去幫你們辦這事？”雲媚兒把臉兒微微沉下，說：“走江湖交朋友麼！”楚江涯卻笑着說：“我走江湖做的都是俠義之事，絕不欺老凌弱，我交的也都是重道義，推肝膽的朋友，卻非同你們……”

　　雲媚兒又伸手抄起了雙劍，瞪起眼睛來說：“可不許你罵！你不幫就不幫好了，也不許你管！你趁早兒回家，看着你媳婦去吧！”這句話倒正戳中了楚江涯的心，他不由冷冷地一笑。

　　雲媚兒又哼了一聲說：“諒你也大概是不敢去。”楚江涯忿然問說：“你說，那人叫什麼名字，是哪一路的英雄？”雲媚兒拿劍指着說：“你可要坐穩了些！你要打聽這個人，他是三十年前赫赫有名的人物，他的名字叫單劍小霸王蘇黑虎。”楚江涯聽到這裏，就立時驚訝的變色。

　　雲媚兒又說：“這些年，他在家鄉洛陽住着，他的兒子做了知縣，他也竟成了蘇老太爺。今天我聽本地的一位朋友說，他有一個女兒美劍俠蘇小琴，打敗了魯家五虎，名頭真了不得！”楚江涯又皺起了雙眉。

　　雲媚兒又傲然地說：“我原想到洛陽去鬥一鬥那個丫頭，順便殺了蘇老頭子，給我媽媽報仇。不想神差鬼使，剛才蘇老頭子就從普陀山拜觀世音菩薩回來，恰巧住在這兒。我今天就要下手，你要是幫助，我給你好處，你要是不幫，可就別在裏邊攬。如若你敢多管一點閒事，那，你也明白，你也看見啦，我手中現在兩口寶劍，一劍割了那老東西的腦袋，另一劍就……你小心點你的脖子吧！”楚江涯又哈哈大笑。雲媚兒逼問着說：“管不管，幫不幫，你就快說一聲吧？”楚江涯卻不回答，仍然哈哈大笑。

第六章　俠義只手救衰翁

　　這時忽然那沒頂兒塔馮七站在門外說：“媚兒，童如虎來找你。”雲媚兒又笑向楚江涯說：“後會有期吧！”她轉身，手提着雙劍，扭出屋去，會她的朋友相商害人的密計去了。

　　那于鐵雕說：“楚兄為人慷慨，諒你也不能攪我們的事。”楚江涯說：“本來都與我不相干。可是既然那個老頭子已經信佛，我勸你們就不要去傷害人家。不然就難保有人會去管閒事，仗義行俠！”于鐵雕、洪錦二人跟他又很客氣地說了許多句話，那小飛俠臥在床上又呻吟了半天，他全似乎沒有聽見。他只是發着呆，心中本想勸解他們一番，不要如此地做，但看着這幫人與那李劍豪的深仇，雲媚兒與蘇老太爺的大恨，全是不能解的了，勸也是白費唇舌。他就坐了一會，便告辭回往裏院，開鎖進了屋，抽出了自己的寶劍，決心要往牛家店去救那位老人，以盡義俠之心，兼替那行李包中汗巾、繡鞋的主人做一件事。他不禁義憤勃勃而又慨然生歡。

　　此時街上已交過了二鼓，夜風已經吹起，倒比白晝覺着涼爽一些。那外院北屋已燈光全滅，不知那些人是在屋裏，還是都出去了。院中躺着的人都已呼嚕呼嚕地睡熟了。西邊不遠之處的牛家店與這裏是一樣，裏外院都有不少的人露宿着，只在一間小屋之內，尚有燈光，並且梆梆梆，梆梆梆，發出一陣木魚之聲，還有一種蒼老的聲音在啞着嗓子哇啦哇啦念經，如同黃河的水似的滾湧着。

　　月亮在天邊如同一把尖刀，天色黑沉沉如惡人的臉，那一顆顆的星光又似許多隻凶眼睛，都偷窺着這屋內。屋中只有一張桌子，一盞油燈，在桌旁坐着一位身材高大、紫紅臉、掃帚眉、豹子眼、虎背熊腰、白鬚長約二尺的老人，卻正在闔着眼念經。

　　這位老人家，現在是一邊默誦着經咒，一邊感覺心裏邊十分難過。他此次到了南海普陀山，看見那深碧色無際的海水，巨螺一般伏在海中的翠島，潮音洞的莊嚴，紫竹林的清幽，南海觀世音菩薩的種種靈跡更感召了他。而那些不遠千里，徒步跋涉，毫無倦意的僧人道士，更是令他佩服，令他自愧弗如。

　　他恨自己沒有夙慧，雖然早先是不識字的，好容易後來學了些個字，可是經仍然念得不能熟。又恨自己沒有仙根，不然這次朝南海，為什麼竟沒見着菩薩呢？聽說有許多心虔的人全都分明地見着了。又後悔自己這次不該騎着馬去，騎馬就是不虔心，更恨自己對於紅塵總是戀戀：第一，這次的離開家，非僅為朝山，亦是為躲開魯家五虎的麻煩；並聽說早先自己結下的仇人要報仇，同時還因聞說江南出了一位少年俠士，頗有英名，跟自己年青的時候差不多，所以想去看看，——其實這都不對，都是塵心、孽障；第二，老是想着家裏的貞節牌坊；第三，老是惦念着女兒小琴，仿佛惟恐家中出了什麼事，家中有什麼壞人進去似的。雖然女兒是個明白人，家中且垂有節烈的教訓，她絕不至於做出什麼不才之事，但自己總是有些不放心。

尤其是今日，來到了鄭州地面，他耳邊似乎聽見了黃河濁水的嘶流，那水裏仿佛都染着血色，那水聲又似是冤鬼的呼號，他想起來自己三十年前名字叫單劍小霸王的時候，就曾在這裏為爭鏢，為賭氣，有多少次跟人拼過命，青蛟劍下染過多少人的鮮血！如今那些冤魂必都還沒得超生，他們又來圍繞着我了。所以他梆梆梆，梆梆梆，嘴裏且念着柱生咒，偶爾微張開眼睛，見燈光慘黯，竟恍惚看見了桌前有幢幢的鬼影，他又梆梆梆，梆梆梆將木魚急敲起來。

但忽然看見屋門一開，他就大吃了一驚，真的，竟有一個女鬼闖入了。他越發驚恐，而此女鬼手持雙劍進來就掄起向他砍來，他還以為真是鬼呢，又想急敲木魚。但不想桌子底下，他的腿邊早已藏着一個人了，此人就用手將他一推，他當時坐不住，連凳子都向後仰去，咕咚一聲摔倒在地。可是因此倒避開了那雙劍，而那手使雙劍的女鬼也沒有提防得到，腿上被人用腳一勾，她站不穩，咕咚……噹啷！人坐在地下了，雙劍也撒了手。而此刻那桌底下的人嘩啦一聲，將桌推翻，現出了全身，卻是一位少年，手持寶劍，挺身起來就怒喝一聲：「雲媚兒！你快些滾開！」

那把腰摔在炕上，疼得十分難受的蘇老太爺，這時才明白，這兩個人原來都不是鬼，都是人。他不由得發了三十年前的性情，暴躁地爬了起來，就要抄起凳子來打這兩個人。而這時雲媚兒已經將壓在她腿上的桌子踹開了，她又抄了雙劍，滾身而起，大罵一聲：「楚江涯！王八蛋！你又來這裏管閒事！」雙劍抖起了寒光，齊向楚江涯砍來，楚江涯就以劍噹噹地給磕開。

此時油燈倒在地下已摔得粉碎，但是油仍在燃燒着，呼呼的照得屋中更亮。蘇老太爺一挪腳，就聽哮嘣一聲，正把他由南海買來的小木魚踏碎了，他真心痛。又見這個少年楚江涯，與那雲媚兒單劍敵雙劍，惡鬥了起來。在這小屋裏雖都展不開劍法，但也可以看得出二人的劍法都極精熟，而且鬥得極為狠辣。蘇老太爺更明白了這二人，一個是想殺他的，一個卻是救他的。他便大喝一聲：「都住手吧！攪人家的店房幹什麼？」推了楚江涯一下，說：「你躲開！我問問她，究竟與我這老頭子有何冤何仇？」他這時才看出來要殺他的人，原來真是一個女的。

此時雲媚兒又已鬢髮蓬鬆，真像是個女鬼了。她用一枝劍指着楚江涯說：「姓楚的！你這小子今天休想活命！」楚江涯是橫劍冷笑，雲媚兒另一枝劍又指着蘇老太爺，說：「老王八蛋！你不認識姑奶奶吧？姑奶奶就是黃風山寡婦雲二太太的小姐，我的媽媽當初若不是因你在她的背上砍了一刀，她能夠成殘廢？後來她能夠死？」

蘇老太爺一聽這話，不由就把面色嚇得蒼白，聲音都抖顫了，他就問說：「那麼，你今天打算要怎麼樣呢？」雲媚兒掄起雙劍來又向他猛砍，說：「我今天就要你的老狗命！」她的劍來到了，楚江涯卻又急探劍去擋。不料蘇老太爺一彎他那巨大的身子，抄起了凳子也向雲媚兒猛力擊去。雲媚兒雖想以劍攔住，但卻也不禁哎喲了一聲。

這時就見院中刀劍如林，人影環列，一齊向屋中大喊道：「媚兒出來吧！何必要給這地方的地面上招事呢？今天咱們認識了他楚江涯，記清了他蘇黑虎，也就是了，改日再說，急什麼？忙什麼？媚兒，快走吧！」

　　雲媚兒也一邊怒罵着，一邊走出了屋去。外面的人七言八語，並有一個人高聲喊說：「楚江涯，沒信義的小輩！你敢出來跟我童如虎鬥一鬥嗎？」楚江涯挺劍外出，拍着胸說：「哪個敢來？」有人說：「我！姓童的，你的童祖宗！」颼的一人奔來了，單刀劈下，楚江涯以劍相迎。那雲媚兒又手舞雙劍奔來，楚江涯舞開了劍勢，毫無懼色，一面前遮後讓，一面冷笑說：「來！頂好你們眾人一齊來上手！」旁邊的人都怒罵着，真要一齊掄刀舞劍。那于鐵雕卻又用高聲將眾人喝住，他說：「幹嗎？這是店房，不是咱們拼命的所在！」楚江涯說：「可是，許你們來此趁着人家念經，就要將人家殺害？再說，一個年老的人，即使他與你們有怨，又何至於必要忍心將他殺害呢？」于鐵雕翻了臉說：「楚江涯你不要再說了！我拿你當作朋友，跟你說出了實話，並求你不要多管這件閒事，豈料到你竟言而無信！」楚江涯說：「我本來就沒答應你們，楚大爺生平就愛行俠仗義，如今的事我是一定要管！」才說到這裏，他感覺得有暗器來了，急忙將身向旁一蹲，蹽出有三步多遠，那邊的一隻飛鏢就打空了。雲媚兒卻又舞雙劍追上他來，他又翻身回劍，巧妙地迎殺。那于鐵雕又大喊說：「媚兒，走吧！走吧！今天的事算完了。咱們跟他楚江涯後會有期吧！」說着，那些人嘴裏都亂罵着，蜂擁着，一齊往前院的門外走去了。雲媚兒手舉着雙劍，也往外退去，嘴裏卻狠狠地罵着說：「姓楚的，反正你也跑不了！多則三日，少則明天，小子……」楚江涯又哈哈大笑說：「由你們去吧！」

　　他護住了那間屋子的房門，看着那些人都走出了店去，聽不見亂罵亂說的聲音了，他才轉身又進到屋中，卻見燈光已滅，室中昏黑，也不知那蘇老太爺是坐着還是站着呢。他就趕緊喊：「夥計！快拿燈來！」連叫了好幾聲，才有一個店夥打着個紙燈籠慌慌張張地走入。楚江涯借着燈光一看，只見蘇老太爺坐在炕上，垂着兩條腿，瞪着兩隻大眼，面如紫肝，帶着一種煞氣，可是木然地一點也不動，簡直像是一尊泥塑的閻王爺。

　　楚江涯叫店夥將燈籠留下，去取油燈，店夥聲音帶着顫地答應着，就又出屋去了。這裏楚江涯向蘇老太爺拱手，說：「老前輩也不必再擔憂了，那些個賊人已經去了。」

　　蘇老太爺卻霍地站起身來，雙手握着拳頭，大聲說：「我擔什麼憂？我洗手已經三十年，我念佛，吃齋，做好事。這次我朝南海，還在菩薩的面前許下了願，我說我單劍小霸王蘇黑虎，自幼不幸，流落江湖，因為不認得字，不明孔聖人的道理，又悔不早皈佛門，所以頗做過些錯事，殺過些生靈，但是我現已後悔，只求我家門風不墮，我再活幾年能得善終，我就在臨死之時，必囑咐我那三個兒子，將家資的一半，在洛陽城蓋一座觀音的廟，比白馬寺還要大！沒想到我還沒到家裏，就有人要來害我這條老命！雲二寡婦那賊娘兒們在當年被我用刀砍成殘廢之後，竟還又生了這樣一個女兒，不虧老弟你來仗義相救，這時我就早已身首分了家了！我想這許是菩薩把我推出了善門，煞神又來附我的體！我這把年紀了，胳臂腿雖都老了，可是，還不好欺負。我跟他們那些個年輕小子還拼得過！」

　　楚江涯聽了這些話，又看着蘇老太爺的兇惡神態，他也不由有一些膽寒，覺得雖然今天自己救了他，可是如果令他知道了自己手中有他女兒的汗巾睡鞋，那他也絕不能夠饒了我！當下他便婉言向他來解勸，蘇老太爺又頹然地坐在炕頭歎氣。店夥又把燈拿來了一隻，楚江涯就問說：「那些人已經走了沒有？」店夥悄聲回答說：“已經走了，他們絕不能再來啦！”又說：“剛才那些人裏邊有黃老虎，黃老虎就是本地的一個魔王，大爺別再惹他們了！那個娘兒們是黃老虎的相好的，是個下三濫，你們跟她生氣更是合不着。”楚江涯遂幫助店夥把桌子椅子全都扶了起來，由地下又撿起那已經踏碎了的木魚，跟磨擦爛了的一本經。蘇老太爺接到了手中，更是不禁惋惜歎氣。然後，他拱手問楚江涯說：“請教老弟你貴姓大名？”楚江涯要回答時，卻又有一些遲疑，抱抱拳，才道出來自己的名姓，那老太爺卻翻着眼睛，只是在泛想。

想了半天，似是也沒有想起來，他就把頭點一點，白鬍飄飄地又慨歎着說：“我洗了手太久了，江湖上新出來的朋友我都沒見過。今天，多虧你老弟，算是救了我一條老命。我活到如今，沒想到又交了一位年輕的朋友，哈哈哈……”這位老太爺竟歡喜了起來，他又細望着楚江涯的相貌，嘴裏嘖嘖稱讚，並且伸着大拇指說：“好朋友！看你剛才的武藝，一定受過真傳，看你的相貌，也是個忠厚老成的人。好人！好人！”

楚江涯抱着拳說：“老前輩太過獎了！”說出話時，自己卻覺得臉上有些發燒，剛要再說話，卻見蘇老太爺把他那破木魚寶貝似的塞在炕上的行李捲內，把那本經用大手給壓平展了，又端坐慢慢地念了起來，越念，兩隻睫毛都已成了雪色的大眼，越往一塊兒去閉。待了一會，就好像是已經睡着了，可是嗓子裏還咕嚕咕嚕地響。

楚江涯不由暗自皺了皺眉，就手提寶劍，悄悄地走出了屋，可是他還不敢去遠，就在院中徘徊着。直待到五更敲過，天色發曉，這店裏的夥計已起來了，客人也有動身的了，楚江涯這才離開了這個店，又回到了自己住的那個地方。

他住的這家店房，店門也已開了半扇，有客人挑着行李的，牽着馬匹的，都往外走，店夥也起來了三五個，齊把驚慌的眼光向他投視，他就吩咐他們備馬。他到了裏院，開鎖進房，一看，行李倒還全都未動。有店夥給他送進了臉水，他就問：“那些人走了沒有？”店夥搖着頭悄聲兒說：“還都沒有走。”此外也再沒有別的話，就好像昨天晚上鬧的那兩場事都已煙銷霧散，沒有人再提了。可是楚江涯猜得出來，知道那些人是等什麼金鞭岳大雄前來，好一塊兒再算帳。

他發着冷笑，但是又替那蘇老太爺擔心。他就疾忙洗過了臉，付清了賬，問外面馬已給他備好了，他挾劍提着行李，急匆匆牽馬出門向西就走。又到了一家店的門首，見正有個店夥往外送客，他就帶笑問說：“在你們店中住的那位……”他的話還沒有全說出，店夥就往西指着，說：“那位蘇老太爺是剛才走。”

楚江涯不禁吃了一驚，心說：“啊！那位老太爺原來也是這樣精明強幹呀！他急急走去，以免得麻煩。”於是，他也趕緊將行李跟寶劍掛在鞍旁放好，跨上了馬，揮鞭向西就追。少時離遠了鄭州城，又踏上了西去的大道。

東方的太陽又已吐露了出來，路上的行人，車馬，也紛紛往來，而天氣又熱了。他放馬向西走出了有三十多里地，才望見了面前一箭之遠的白馬上蘇老太爺的背影。這位老太爺頭戴着一頂大草帽，衣服很肥，皮鞭連揮，馬急前進，可見他的心中是很驚慌，惟恐那些人自後追來。太陽越升越高，天氣也越來越熱，他在馬上已顯出了氣喘不勝的樣子，可是他還是不肯駐馬，稍微歇歇。

楚江涯看着這位老人實在可憐，又怕他的身體衰老，如此緊行，出了舛錯，遂加鞭往前去趕。離着數十步遠，他就向前高聲呼叫：“老太爺！駐一駐吧！老太爺……蘇老太爺……老前輩！”馬向前緊追，口中同時緊叫，可是前面的蘇老太爺始終也沒有聽見。楚江涯吧吧吧，用力抽了兩鞭子，馬負着痛，飛也似的向前奔去，一霎時，他的馬就越過了前面的馬。他趕緊收韁轉身，卻見那老太爺突然勒住了馬，面現忿怒之色，将袖揚鞭，大吼一聲，這聲音簡直如同打了個霹雷。

楚江涯趕緊拱手，叫着說：「老太爺不要慌了，是我……」蘇老太爺駐了馬，不住地急促喘息，面上更帶出驚詫之色，他就問說：「你怎麼知道我是老太爺？你怎麼也叫我？嘿，怪了！莫非你早就認識我？」楚江涯被他問住了，把馬撥過來才說：「蘇老太爺是江湖的前輩，我哪能不久仰的？我又常往洛陽去，我也見過你老人家，只是早先無緣拜會罷了。」

蘇老太爺點了點頭，但是突然又問說：「你現在是要往洛陽去嗎？」楚江涯又遲疑了一下，才回答說：「我倒是個江湖流浪的人，現在實在是要去看看朋友去。」蘇老太爺露出一些喜歡的樣子了，說：「咱們結個伴兒一同走好不好？」楚江涯點頭笑着說：「我正是此意。」又說：「老太爺你放心吧！那些人絕不會立刻追來。」蘇老太爺一聽，卻剛強地說：「我並不怕他們。」於是，兩匹馬就相並着緩緩而行。蘇老太爺也不再驚慌了，仿佛他覺着有這麼一位江湖上的後起之秀隨行保護着他，絕不能再有怎樣的驚險了。

晚間投店歇宿他是永遠念經，念得困倦了扒在桌上就睡。可是楚江涯為保護他倒是終夜也不敢安眠。吃飯跟店錢，都由楚江涯付，老太爺也不謙讓，並且，他連楚江涯的姓名全都忘了，只叫着：「張老弟」。楚江涯又不好意思自己再通一番姓名，就只得由他這樣叫着。二人雖然同行同宿，可是蘇老太爺跟他說的話極少，沿途楚江涯對這位老人諸般照料，真像是奉自己的父親那樣侍奉着。

連行多日，這天竟來到了洛陽地面，望見了那青青的洛河了。蘇老太爺這才高興地笑了，向楚江涯說：「張老弟，你真是個好朋友！現在的江湖上，像你這樣的小伙兒，真是少有！現在你把我送到家了，你看……」用鞭子一指，說：「河那邊貞節牌坊的就是我家的墳地，再往西邊一點，就是我們隱鳳村。哈哈哈！我女兒，那孩子，此時一定正在家裏盼着我了！我可回來了，菩薩到底是有靈，派了你來保護我。阿彌陀佛！阿彌陀佛！善哉！善哉！」楚江涯聽了，不禁有些心冷。

老太爺又正色說：「本來按交情說，我應當請你到我家裏，吃一頓酒，謝謝你。」楚江涯拱手連說：「不敢當，不敢當！」老太爺又說：「只因我家中有女兒，你去了，一定也覺着拘束。」楚江涯發着怔沒有言語。老太爺便說：「你把我送到家了，你或是找朋友，或是就走吧！」說着下了馬，伸手向他馬上的行李包裹去掏，掏了半天，才掏出半個元寶來，約有二十五兩重，他就拿着，帶笑說：「沿途的店飯賬都是你給的，大概也花了你有五六兩銀子啦。現在這個銀子，就是一半還你錢，一半酬謝你的，你千萬收下。雖說你們走江湖的得錢容易，可是，這是我的一點意思，意思，你收下吧！」

楚江涯此時不獨灰心，且發生了惱怒，就擺手正色說：「我不能要！這樣，老太爺你可看錯人了！」蘇老太爺卻又從包袱裏掏出來一塊銀子，說：「你嫌少嗎？那麼，再給你添上點。」楚江涯不禁變了色，要不是這個老太爺，他真能夠打他一拳，忍着氣就又稱呼着老太爺說：「我真不能收！我不是保鏢的，我也不是做買賣的。」老太爺點頭說：「我知道老弟是個怎樣的人物了！」楚江涯說：「你不知道，咳！多餘的話我現在也不必說了，反正這銀子我不能收。你老人家早先也走江湖，你可知道江湖人都憑的是義氣，要的是名聲，不要銀錢！」

　　老太爺笑着說：“好了！好了！既然這樣，我也不強你收下了，我知道你能有法子去弄錢，看不上這點。”楚江涯說：“我可也不是強盜！”老太爺說：“咳！那言之太重了！江湖人向來是行俠仗義，偷富濟窮的，我豈能不知道？”楚江涯忿忿地說：“我這裏有兩件東西，也預備送給你。”老太爺忽然沉下臉來說：“這如何使得？你不收我的酬謝，我反倒收你的東西？那成了什麼話！”笑了笑，又合掌打問訊說：“再見！再見！”

　　楚江涯的臉色更發紫，手已探到包袱裏，挨着了那汗巾與睡鞋，卻又將手縮回。只見那蘇老太爺遲緩地把銀兩又收回去，含着笑，又向他點點首，就上了馬，緩緩地揮鞭，往西去了，頭也不回了。少時他的馬已上了那邊的一座石橋，只見他的白鬚被河風吹得不住飄灑，過了橋就連馬影子也望不見了。

　　這裏的楚江涯也忿忿地牽馬向西走去，來到了河邊，他真想掏出那汗巾與睡鞋來盡皆投之於河中，一任水波給沖走，卷去。但卻又攔住了他自己，同時復自責自笑，心說：這是我的不對！本來，我救了那老人，送他至家，不過是出於我的一片俠義之心。如今既盡了心，也就算了，我要叫人家對我怎麼樣才成呢？非得人家將我延請至家，見人家的姑娘去嗎？可笑！於是漸漸地心平氣和，呆立了一會，可又不由得發出了一聲感歎，覺得那兩件東西，還是得設法送還給蘇小琴，不然這場單相思總是完不了。他悵望着洛水的清波，只見那一縷縷的鱗浪，都似對他發笑。而岸柳扶疏，翠絲搖曳，有燕子在他的眼前飛翔。他上了馬，揮鞭，就向橋西走去。

　　這時，蘇老太爺已款款地策着馬回往隱鳳村去了，還沒進村口，道旁就有鄉人向他作揖，說：“啊呀，老太爺回來了！”他含着笑領首。進了村就下了馬，有許多鄉人的老頭兒，老婆兒，媳婦，姑娘，小孩們，都圍上他，有的叫着：“老太爺！”有的叫着：“老大爺！”有的叫着：“老爺爺！”

　　蘇老太爺又是拱手，又是點頭，哈哈笑個不止。有人還問說：“老太爺朝了南海，看着那裏好不好呀？”老太爺就連連打着問訊說：“好！好！那真是佛門善地，觀音大士常顯聖。”更有個人過來問說：“老太爺你更發福了，不像是才走遠路回來的。老太爺你在路上倒平安吧？”蘇老太爺一聽這話，卻不由得神色突然一變。

　　此時，早有許多僕人都跑過來行禮，接馬，接鞭子，老太爺卻向眾鄉人拱手，笑着說：“我先到家裏歇歇，待會再跟你們說話。”眾鄉居都說：“老太爺快回去養養神吧！”有個老婆兒還特意趕上前來笑着說：“您的小姐……”話沒說出來，就被後邊的一個人暗中拉了一下，她就止住了話。老太爺沒大聽見，仍拱手說：“多承照應了！”他因為惦記着女兒，就急急地向門裏走去。

　　此時蘇祿向裏院跑着去報告，但老太爺已隨後進來了，才走進了正院，他的白鬚就笑得要掀了起來，剛要叫說：小琴！我回來了，你猜我給你帶來了什麼好東西吧？可是他還沒有說出，忽見西屋的門開開了，小琴就從那屋中走出來，穿着一身粉紅的綢衣，新繡的小鞋，笑顛顛地跑了過來，嬌聲叫着說：“爸爸您回來啦？”老太爺卻覺着女兒的這身打扮太漂亮了，好像是預知道他回來，才這樣地打扮，便一面笑着點頭，一面又打量着女兒的身上腳下，並向西屋投了一眼，見那窗上密密地垂着絳色的窗帷，好像有人在那屋裏住。此時小琴卻芳頰緋紅，使力拉着她爸爸的手，說：“爸爸快到北屋歇歇去吧！您快來吧！”何媽媽也從北屋裏出來，先向老太爺行禮問好，遂就高高打起了竹簾。

　　老太爺進了屋，才在椅子上坐定，就向女兒說：“我走了之後，這些日家中沒有什麼事嗎？”蘇小琴聽了爸爸的話，不由得臉又紅了一下，就說：“您走後，家裏倒也沒有什麼事，不過我的李國良李伯父來了，在咱們家裏住了些日子，就又走了，直到現在還沒回來。”蘇老太爺一聽，就不由驚訝地說：“啊？他來過了？”

這時門外腳步聲音匆急，蘇振傑就進屋來了，趴在地下，給他的爸爸叩了一個頭，就站起來笑着說：“我昨晚做夢，夢見一位老和尚向着我笑，我就猜着一定是爸爸快回來了！”老太爺卻沉下臉來問說：“你在家裏沒做什麼壞事嗎？沒給我闖下什麼麻煩吧？”蘇振傑搖頭說：“沒有，不過……”小琴在那邊拿眼睛一瞪他，他立刻就把話噎住了，笑了笑就又說：“不過爸爸的老朋友李國良……”蘇老太爺不容他把話說完，就點點頭說：“剛才你的妹妹已跟我提了。”

蘇振傑又說：“他大概是往銅山找我那秦叔父去了。”蘇老太爺搖頭說：“秦鐵棍前年得了痰氣病，此時怕已去世了。”蘇振傑又說：“李國良不久也就回來了。”蘇老太爺又搖頭，說：“他不能夠再來了，他是江湖人，到老還是惡性不改，我卻已經是佛門弟子，他跟我也說不到一塊了。”

蘇振傑說：“他的女兒還在這兒，他難道不回來接他的女兒嗎？”蘇老太爺又驚訝着說：“什麼？他的女兒？他還有個女兒呢？”轉臉向小琴又問：“剛才你為什麼不告訴我？”小琴的雙頰更紅了，且露出很害怕的樣子，把頭向下低了一會兒，才躲避着她父親那嚴厲的目光，假裝笑一笑，就說：“剛才還沒容我說，三哥就進屋來啦！”蘇振傑接着說：“他那位姑娘的兩條腿有病，一來到就住在咱們西屋，永遠沒下過炕，人可是很安穩，又很可憐的，一點也不討人嫌。”忽然他的媳婦跟他的嫂子都進來拜見翁公，蘇振傑就又把話噎住，笑了笑又說：“爸爸走後，我妹妹她真悶得慌，幸虧來了個李大姐，給她成天到晚地做伴兒。”小琴又拿眼瞪他，他媳婦也瞪他，弄得他倒有點莫名其妙。

這時蘇老太爺突然站起了身，說：“我看看那李大姑娘去！”

小琴卻驚慌着把他攔住，頓着腳說：“咳！爸爸您才由那麼遠回來，為什麼不歇一會兒呢？”盧氏也勸翁公應當先休息休息，並且皺着眉說：“她又不能夠下炕，也不能來見您，您一個長輩倒先去見她，她更能驕傲得不知怎麼樣啦。再說，非得到晚間才扶着牆兒能夠……”小琴更着急地說：“人家本來是腿有病，三嫂子老是瞧不上人家。”盧氏說：“我是說她整天在屋裏，那屋子太髒，別叫老爺子去。”小琴沉着臉說：“我看人家的屋裏，可比你那屋裏乾淨得多啦！”盧氏說：“我是因為有孩子呀！”小琴說：“你有孩子，就算有了功勞了嗎？”

大嫂吳氏趕緊把弟媳婦推開，趕緊又笑着去勸小姑子，小琴卻瞪起眼來說着：“爸爸回來得真好，您再晚一些回來，我也氣死累死了，家裏來了人，無論是爸爸老朋友的女兒，還是什麼親友，總算是一位客，可是咱們家裏竟沒有一個人應酬人家，都得仗着我，我一時顧不到，人家一個病人，連點茶水都得不着。咱們家裏好像是深宮內苑，人都是貴妃，外人來了，咱們這裏就沒個人理。”吳氏趕緊擺手笑着說：“得啦得啦！”盧氏的臉上雀斑是一顆一顆的更發紫。

蘇老太爺卻又坐下，長歎了一聲說：“你們看，我出外時是那麼逍遙，一回到家裏就聽見這些難辦的事！除非是我落髮出家才許能得到點清靜。”拂拂手令兩個兒媳跟僕婦們全都退出去。

這時小琴卻又近前含悲地說：“爸爸您也別生氣。”老太爺搖頭說：“我倒是不生氣！不過我這次出門，使我很灰心！”小琴問說：“為什麼呀？”老太爺歎息着說：“一來是我覺得我真衰老了！在家中不覺得，這次出外，其實有馬、有銀子，可是我覺得在路上十分勞累。”小琴就說：“那您以後就別再出遠門了！”

老太爺說：“以後我連近門也不出了。我心中並有一件極難過的事，就是我想出家，可是又捨不得紅塵，譬如說我這次一出去，腳雖然直往普陀山那邊走，可是心總像是留在家裏了，尤其是不放心你，老覺着家裏會出什麼事情似的。”小琴的臉色突又變了，半天也沒說出一句話來。老太爺卻又一頓腳，長歎着說：“還有一些江湖陰人現又跟我作對，我的心中老想……咳！我又有些犯了舊脾氣了，時時有些胸頭的烈火難忍。”

小琴這才忿忿地說：“爸爸，莫非您這次到外邊去，路上有什麼人見您年老，欺負了您嗎？”蘇老太爺卻又搖頭說：“誰敢欺負我？沒有，沒有，誰也不敢，何況又有菩薩保護我！不過……我是想：俗語說‘放下屠刀，立地成佛’，刀、劍，我早已放下了，如今大概是我的手還沒洗乾淨，又有人逼着我要重拿起。”小琴說：“爸爸別發愁，假若有人來欺負您一點兒，或是找咱們家門前來無理，有我啦！我……”忿忿然握着拳頭。

蘇老太爺卻又沉下臉來說：“你一個女孩子家千萬要改這性情！什麼事也用不着你管，我也只是……”勉強地笑了笑說：“只是瞎說說罷了！其實是一點事也沒有。不過我覺得李國良突然來找我，一定是有點事。”小琴默默了一會兒，忽然又笑着說：“哎呀！人家找您來才一點事兒沒有呢！人家是為送女兒往平陽府去，去出嫁，由這兒路過才來看看您，順便寄居些日，好叫李大姐養養病。”

蘇老太爺突又望着女兒問說：“這位李大姑娘有多大年紀？”小琴的臉兒如同玫瑰一般的顏色，微笑着說：“比我才大四歲。”蘇老太爺又問：“她也會武藝？”小琴又遲疑了一下，搖頭說：“大概不會，可是，也許學過幾天。”蘇老太爺笑着說：“回頭我去看一看她。”小琴又趕緊攔阻說：“您忙什麼的呀？您還是先歇着吧。人家李大姐就是會點武藝，也絕不敢在您的眼前施展。再說人家的腿又有病呀！會武藝也跟不會一樣啦！”

蘇老太爺說：“我不是要看她的武藝，我是看看她的病到底重不重，她許配的是平陽府家，再過些日，如果她的爸爸還不回來，我就要托人捎信給平陽府，叫她的夫家來人把她接走，因為咱們家中不能常留外人居住。”

小琴神色慘變，皺了皺眉說：“人家也是一位姑娘，住在咱們家裏，又有什麼妨礙呀？”蘇老太爺搖頭說：“究竟不好，你不知道，李國良與我雖是八拜之交，但他性情兇惡，他絕不能養下什麼好女兒！他把女兒放在咱們家，他不定又去做什麼事去了。況且他這個女兒也不定是在外惹下什麼事，才來到咱家躲藏。”小琴忿然地一甩手，隨着就回身，說：“哼，爸爸您真愛疑心！”

當下小琴就皺起了眉，表現出不高興的神態，不再跟她的爸爸說話，自己去坐在床頭扎襪底兒。蘇老太爺歇了一會兒，何媽媽給他連斟了兩碗茶，他也喝了，就打開僕婦才送進來的包袱，取出特意給女兒帶來的禮物：蘇州的脂粉，杭州的剪刀，另外還有一串“星月菩提”的念珠，說：“我都給你放在桌上了，你洗過手再拿這掛念珠，這是我在普陀山，遇着一位老和尚送給我的，說是只他就用了八十多年了，掛在屋裏能辟邪。可是千萬掛在乾淨地方，裏屋靠着床的地方不可掛。”小琴卻沒有言語。

老太爺又從包袱裏掏，掏出幾個細碎的東西來，一個一個擺在桌上，笑着叫說：“你快過來看！我也是越老倒越小了！到了南海，那裏的海邊淨是沙子，石頭子，蚌殼，多極了，五光十色的都有，可見那地方真是佛門寶地，我在海邊蹲了多半天，費力地挑選才給你拾來這麼幾個頂好頂難得的石頭子兒，你拿着它玩吧。”小琴這才轉愁為笑，急忙放下了針黹走了過來，細細地看。這幾顆石子兒，果真是又圓又細，顏色也不同，雖然沒有光澤，可是比什麼玉哩，翡翠哩還可愛！然而她的欣喜不過只是一時，笑一笑之後，她的臉上就又現出來愁容，她的心是沒有早先那樣的快樂了。不過她可也一個一個地把這些美麗的小石子收起，心裏想着：待會兒給西屋的李大姐看看玩玩！

　　蘇老太爺又從包袱裏拿了一大疊子善書，一小包一小包的香灰，打開簾子喊叫蘇祿。蘇祿倒是沒有來，他的三兒子蘇振傑卻跑進來了，連問：“爸爸，什麼事？什麼事，爸爸？”蘇老太爺卻呵斥着說：“先去洗手，然後把這些東西分送給鄰居親友們。”蘇振傑連聲答應，又笑着說：“爸爸，剛才我看見李大姑娘掀開窗簾往外直看，大概是想要見見您。”老太爺更大聲地呵斥說：“你一個男子家不應該管人家姑娘的事！”蘇振傑說：“我沒管她，連看也……也沒多看。”老太爺又呵一聲：“去！”蘇振傑跑出去洗手去啦，老太爺便也出屋，直往西房走去。

　　小琴急忙忙地追出來，但是這時蘇祿也進來了，恭謹地問說：“老太爺呼喚我有事嗎？”老太爺也站住發了發怔，就說：“把佛堂的門給我開開。”蘇祿說：“已經開開了，也都給老太爺預備好啦！老太爺走了這些日子，我天天依照老太爺囑咐的時候燒香。”蘇老太爺問說：“每天都洗手？”蘇祿彎腰回答說：“是。每天每次都是先洗手後燒香，現在我也把洗臉水給您在佛堂裏預備好了。”此時小琴就跟過來，拉着她爸爸的胳臂笑着說：“爸爸，您這就燒香去吧！”蘇老太爺點頭，向西屋的絳色窗幃盯了一眼，便往前院的佛堂去燒香。蘇祿也趕忙跟了去打磬，這裏的小琴卻趕緊跑進了西屋去找李大姐說什麼話。

　　前院，廳房的對面就是佛堂，那裏卻磬聲嗡嗡地不住響，屋裏的香煙彌漫，刺得人的眼睛睜不開，神龕跟佛像都似埋在霧裏，兩隻素燭，一股高香，熊熊的燃燒着。蘇老太爺手拿着念珠跪倒在蒲團上，一邊咕嚕咕嚕地念着經，一邊向下叩頭。如此半天，他方才將佛禮畢，雄偉的身體站着休息了一會，就吩咐蘇祿等着香滅了再鎖屋子。他走出了佛堂，身上的汗都已出透了，他便解開了長衫跟裏邊小褂的紐扣，胸脯都露了出來。

　　這位老太爺年紀雖是這麼老，叢生的汗毛都已雪白，但胸脯仍跟石頭做的一般，這表現着他依然是一位英雄好漢。他站在院中卻不走，仰面環視着房屋的形勢。佛堂的蘇祿忽然一探頭，向外看見了老太爺並沒有走，他就嚇了一跳，急忙要縮回去。老太爺卻叫着說：“蘇祿！”蘇祿趕緊跑出來，兩眼被煙熏得不住流淚。老太爺就問他說：“李七爺來的時候是住在客廳嗎？”蘇祿說：“對啦！那位老爺來這兒住了那些日，燈油跟蠟可真費了不少，因為他天天晚間不睡覺。”老太爺聽了，忽然一怔，就大踏步走到客廳前，開門進屋，他就瞪大了眼睛，把裏外間的一切東西，甚至每一個磚縫全都詳細查到了，自言自語地說：“怪！怪！”

　　蘇老太爺的腦裏似是錯亂了，他覺得李國良此次的前來，一定是有事，一定是不利於自己。他細細地回想着：三十年前，二人在一塊闖過綠林保過鏢，銀錢不分彼此。雖然後來同時洗手，自己是歸家來置田產，修祖塋，讓兒子也做了官，箱子裏至今還有不少是當初得來的財物；而李國良卻一貧如洗，白闖了半世江湖，一文錢也沒剩着，所以他還不斷地與江湖人往來。莫非李國良此次來是要跟我分產？要賬？其實這倒容易辦，只怕……”

他的腦裏立時又回憶起一幕來，是在黃風山，自己被仇人之妻雲二寡婦用計拴住，那時可真可怕。寡婦寨中強人無數，而雲二寡婦為首。她是個胖胖臉兒很風流的少婦，她就拿着尖刀要剜我的心，以祭她先夫之靈。那時真是千鈞一髮，單劍小霸王蘇黑虎的性命眼看就要完了。幸仗李國良闖上了山來，手持寶劍將寨中的群賊殺散，雲二寡婦也跑了，這才救了我……

蘇老太爺想到這裏，身上發了許多寒栗子，接着又想起了後來的一幕：李國良那時是真有名，江湖間除了萬里飛俠高炯就是他。許多日之後，還記得那時是在陳州石橋驛的地方，夏天落着雨，忽然在此就會着李國良跟雲二寡婦了。他們倆又像姘頭，又像夥伴，雲二寡婦也說不再記前仇了，反陪着我在店裏喝了一杯酒。我那時心中卻真懼怕這個婦人，於是便在一天，同往某處去幹一件買賣時，馬踏着濘泥，走在半路，時正薄暮，冷雨簌簌，自己便從背後砍了那婦人一劍。而李國良認為那舉動非英雄所當為，幾乎與自己翻了臉。

由此，他又想起最近在鄭州店中所遇的那一次驚險，自己就益為膽寒。

他歎了口氣，出了屋，慢慢地就往裏院踱去，又看見了西屋那絳色窗帷，他心中就又一動，倒背着手兒來到屋門前，便咳嗽了一聲。此時小琴就由北屋裏趕緊跑了出來，趕到前面笑聲說：“爸爸，您是要看看我的李大姐嗎？”她故意地高聲說。屋裏也發出來微聲，叫着：“蘇老叔父！”

蘇老太爺隨女兒進了屋，看見這個李大姑娘梳着辮子，腿蓋着毯子坐在炕上，金媽在旁邊站着。屋裏昏暗得很，李大姑娘的模樣，他的老眼實在不能看清，他就又呵斥着說：“拿燈來，還不趕緊把燈點上，你們平常伺候人家，不定怎樣懶怠了！”金媽趕忙答應了一聲，拿着燈，跑到外面去添油，這裏李大姑娘才又哼出聲兒來，但蘇老太爺沒有聽明白，他說：“什麼？你大聲一些說，我的耳朵有點沉。”

旁邊小琴拉着他的胳臂，身上跟手都直發顫，可發着笑聲說：“人家說：應當拜見您，可是腿實在不能下炕，求蘇叔父恕罪！”

蘇老太爺哈哈哈地一陣大笑，說：“照說，我比你爸爸還年長兩歲呢，可是我們都拜過神俠劉英為師，他先叩的頭，我後叩的頭，又因他的武藝比我好，我才尊他為長。其實我們兩人本分不出誰兄誰弟，你叫我叔父也罷。我們兩人當年都是在外廂混為朋友，全都娶妻很晚，娶了妻也就分道揚鑣很少見面了。只是五年之前，他到我這裏來，他說他已有了一兒一女，兒子叫李劍豪，就是你的哥哥。你，聽說你小的時候就有病，不然，這時你早做了我家兒媳婦了！哈哈哈！”

燈來了，李大姐仍然深深低着頭，所以她的模樣，蘇老太爺還是看不清。小琴笑着推她的爸爸，說：“您快回屋裏去吧！您把人家說得害了羞啦！哪有這麼說的？您見見就得，咱們快走吧！”

老太爺卻不肯走，睜大了眼睛瞪看那條羊毛毯，很發疑地問：“你不怕熱嗎？”金媽在旁邊笑着說：“李大姑娘有寒腿病，怕熱也得蓋毯子。”老太爺斥說：“你少說話！”轉着頭，環顧着屋內，見四壁收拾得很是清潔，桌上且擺着女兒平日所最喜愛的一隻玉水盂，裏邊浸着幾朵茉莉花。老太爺就一句話也不說，只是拿眼睛四下搜查，弄得小琴的臉色一陣一陣地變。半天之後，老太爺才又問：“你的那個哥哥李劍豪，現在幹什麼了？大聲告訴我！”李大姐卻細細地說了一聲：“死了。”

　　蘇老太爺一聽，卻更惹起了驚疑。他覺着李大姐的嗓子怪別拗的，發出這種聲音似是故意做作的。他怔了一怔，又低下頭去詳細察看李大姐的容貌，看了半天。小琴直拉他，着急地說：「爸爸，你這樣看人家幹什麼呀？」

　　老太爺卻又掀着白鬍子哈哈大笑，說：「我看她長得像她的爸爸不像。」又問說：「你哥哥是什麼時候死的？」李大姐回答說：「是前年死的。」老太爺歎了口氣說：「咳，我那個老朋友真是可憐！你哥哥死的時候，大概他已二十多歲了吧？他是怎麼死的？不是與江湖人爭鬥死的吧？」李大姐搖搖頭說：「他不會武藝，他是病死的。」老太爺大聲問說：「什麼？五年前你爸爸找我來時，他明明說是順便往平陽府看他的兒子，因為他兒子在鎮三峽的家裏習學武藝，你怎麼說你哥哥不會武？」李大姐抬起頭來回答說：「因為我的哥哥也是身體弱，他在平陽府跟鎮三峽學藝沒學成，就因病回家去了，後來就索性沒有學。」

　　蘇老太爺又問：「你嫁給平陽府也是鎮三峽做的媒嗎？他現在還活着？」李大姐點了點頭。小琴又在旁邊拉他，說：「您幹什麼這樣問人家呀？人家害羞。」蘇老太爺搖頭說：「江湖人的女兒不害羞。」小琴說：「那我可也是江湖人的女兒！」言下顯出生氣的樣子。老太爺卻教訓似的說：「你不是江湖人的女兒。咱家有貞節牌坊，是世代書香，你哥哥是知縣，我是老太爺。」

　　小琴說：「外面人在背地裏可叫你是單劍小霸王蘇黑虎。」老太爺發了怒，且驚疑，大聲問：「誰說的？你在外邊聽誰說的？我不在家，你到什麼地方去過？」小琴低下了頭，要笑，囁嚅地說：「是我三哥說的。」老太爺更怒說：「你三哥說的？振傑說的？」

　　屋外忽有人答道：「我沒有說！」原來蘇振傑在門外待了半天了。他進來說：「我沒說……我可也說啦，是……我聽銀鉤孟廣說的，我又跟我妹妹說的，我可也沒敢細說。」老太爺大聲斥着：「出去！誰叫你進屋來？」蘇振傑色迷迷地又向李大姐溜了一眼，就趕緊跑出去了。這裏老太爺的巨影呆呆站着，紫臉下沉，忽然又長歎一聲，就走出了屋。

　　蘇老太爺出了屋就喊叫：「小琴！把我的青蛟劍拿到客廳去，今晚我要在客廳去睡！」小琴卻在屋裏悄悄跟李大姐說了兩句話，方才答應着走出來。蘇老太爺仰面一看，新月已出，星光亦露，天上飄着幾片慘澹的餘霞。旁邊蘇振傑也仰着臉看，他笑着說：「爸爸，月亮真好看！涼風兒也來了！」老太爺沒理他，就又長歎一聲，嘴裏叨念着：「孟廣，李國良，寡婦生下的丫頭……」倒背着手兒走到外院。

　　忽然看見了一個賊似的影子，他大吃了一驚，向後退步，怒聲問道：「是誰？」這個黑影兒答道：「是我，老太爺！我是，耿四。」老太爺這才放了心，就囑咐說：「莊門要關嚴，晚上巡更要勤，聽見了沒有？」耿四說：「聽見啦！老太爺，我聽見了！這些日子就是天天早關門，勤巡更，老太爺放心，您一在家，賊更不敢來啦！」老太爺詫異着問說：「更不敢來啦？」耿四說：「是，老太爺！老太爺，賊早先就不敢來，老太爺一回來，賊更不敢來啦！」蘇老太爺說：「你把話說清楚些！」耿四說：「是，老太爺！」

　　蘇老太爺就在前院、後院、偏院、跨院，全都巡查了一番，才回到客廳內，獨自用飯。飯後又敲着木魚念經，然後卻時時驚疑地視着門外，心裏覺得亂得很，苦惱得很。第一是懷疑那李大姐，怕她是個品行不端的女人，將自己的女兒引誘壞了，又覺得李國良來找自己必是有事；更斷定那雲二寡婦的女兒和那些強盜，必不甘心，必能追來殺害自己。他念着自己的名字：「蘇黑虎！單劍小霸王蘇黑虎！」鏘然抽出了青蛟劍，卻又覺得有些手顫。趕緊釋劍，口中默念着阿彌陀佛。外面梆梆梆！噹噹噹噹！更聲一下兩下地敲着，敲得他心驚，他極力默念經咒，壓下了心，這才閉緊了門去睡。

次日，早晨禮佛，他就出了門，騎着馬直進東關，到了孟廣的鏢店門首一看，卻十分驚異，只見鏢店是新刷的粉牆，寫着安寓客商。啊呀！改變了！忽然從街旁趕過來一個人，向他請安，叫着老太爺，並說：「孟廣自從出了事，他就走了。」蘇老太爺一看，這人本是孟廣手下的一個夥計，自己雖認得他，但連他的姓名都不知道，當下驚疑地問說：「孟廣走了？他出了什麼事？」

這夥計說：「原來老太爺您不知道？只因孟廣為你家事，得罪了魯家五虎，鬧起了紛爭，多虧有你家粉金剛相助……」老太爺更驚問道：「粉金剛是誰？」這夥計說：「就是您府上的三少爺，他在這條街上殺傷了吞山虎……」老太爺又驚訝又喜歡說：「啊呀！這個孩子。」夥計又說：「還有您家美劍俠……」老太爺納悶說：「美，劍，俠？」夥計說：「就是您家的小琴小姐。她真厲害，好威風！第一次傷了踏嶺虎、穿林虎、出洞虎，第二次又在伏牛崗傷了騰雲虎，打敗了陳文悌跟楚江涯……」老太爺又驚訝地說：「楚江涯？好耳熟。」他此時是又驚喜，卻又有點皺眉。

夥計又說：「孟廣雖因得您家少爺小姐之助，他占下了便宜，可是他也幾乎惹了大禍。他這裏來了一個姓于的朋友，是什麼于鐵雕的本家兄弟。他從江南來，因為他提說了在江南殺死萬里飛俠的兇手已來到了洛陽，他就在這店裏，不知被誰殺了！又因孟廣畏懼楚江涯與陳文悌再來尋事，所以他趕忙把店倒了出去，就帶着家眷走京都去了。」

蘇老太爺聽了這些話，他已呆得如同一個木頭人，因為句句話，件件事，全是他意想不到的。他既喜歡，又煩惱，可又起疑心，只連連點頭，本想進城再去看一個熟人，如今也不去了。他上了馬，吧的一揮鞭子，馬就如飛似的，又順着來時的道路，向家馳去。他一面想着：我有個粉金剛的兒子，美劍俠的女兒，我可還怕誰？可又想：女兒終究是不可再令她出頭露面，不然就玷污了我家的貞節牌坊了！又驚疑：萬里飛俠會死了？兇手來到了洛陽？……李國良又到了我家中？好！我這才明白，老朋友，你要給我家招事麼！

他隨走隨想，蹄聲嘚嘚，眼看就要回到了隱鳳村，忽然見道邊有個人向他拱手叫着：「蘇老前輩！」他愕然收住了馬，一看，嘿！這正是那個姓張的，不，現在想起來了，他是名叫楚江涯。

第七章　家鬥陣陣起驚濤

　　蘇老太爺先怔了一怔，隨後就下了馬，帶笑拱手說：“楚老弟，我正想要找你去呢。”他打量着楚江涯，只見這位少年江湖人，已換上了一件寶藍色的綢衫，打扮得跟公子哥兒似的。他就又笑着說：“原來你早就到洛陽來過呀！你還跟小女比過武藝，怪不得呢！”

　　楚江涯卻不由得臉有些紅，拱拱手說：“那天確實是我太冒昧了！但我與令愛交手之時，並未分出高低來。我也不是有什麼意思，只是……為朋友的事，不得不幫忙，才致得罪了令愛，我很覺得對不起。後來你家三公子也來了，他的武藝，我實在欽佩，所以我甘拜了下風！”

　　老太爺一聽這話，便覺得很驕傲，便不大客氣了，點點頭說：“那沒有什麼的，年輕的人都是好勝。既無深仇，比一比武，也不算是傷了和氣，何況你又幫過我的忙！我的心中絕不計較那些事了，我還想見見你老弟，替小兒們賠補一下呢。”

　　楚江涯拱手說：“這可不敢當！我今天來，是因為有兩件東西，必須交給你老……”老太爺一聽了這話，可突然就沉下了臉，擺手說：“不行，不行！我可不能夠收你的禮物！”楚江涯說：“不是禮物。”

　　蘇老太爺又瞪眼說：“不是禮物也不收！”勉強改為了笑容，走過來拍着楚江涯的肩膀說：“老兄弟！你們年輕人的心我都知道，我說破了吧！你是看上了我的女兒啦？”楚江涯說：“豈有此理！老太爺你不要胡說！”蘇老太爺趕緊擺手把他攔住，笑着說：“不要緊！我年輕走江湖時也是這樣。憑你的人才武藝，三十年前我若有女兒，我真能夠給你。可是現在不行了，我是個老太爺，她的哥哥是知縣，她不能聘給江湖人。現在倒是有個姑娘，跟你正門當戶對，可是人家的腿有病，又已有人家了，我也不能夠給你為媒。”

　　楚江涯此時急得臉都紅了，大聲說：“老前輩！你怎麼說這樣的話？我家中也是詩書門第，何況我也有妻子，誰是來跟你家求親？”老太爺問說：“那麼你為什麼要給我送禮呢？”楚江涯搖頭說：“我也不是送禮，我是……咳！”他忿忿地一頓腳，竟回身就走去，老太爺在這裏卻哈哈大笑，說：“年輕人呀！你還能瞞得了我這個老江湖？”

　　蘇老太爺就又上了馬，揮了兩鞭子，進了他的隱鳳村。看見三兒子粉金剛蘇振傑正在門前跟耿四合腕子練勁，一看見爸爸回來了，就由“上馬石”上撿起了他的鐵球，往門裏去跑。老太爺卻微笑着下了馬，將馬交給了耿四，他往門裏就追去，並大聲叫着：「振傑！」嚇得蘇振傑把鐵球也扔在地下了。老太爺卻說：「你跟我到客廳來，我有話要跟你說。如今我才知道，只有你，才是真正蘇黑虎的兒子！」蘇振傑站住了身，倒不住地發怔。

　　老太爺就先往客廳裏去了，隨後蘇振傑也怯怯吞吞的，懷裏藏着兩隻鐵球，走一步，叮噹響一聲，就也慢慢走到了客廳裏。只見他爸爸坐在椅子上，說：「我不在家的這些日子，你們幹的那些事，我已都聽說了。」蘇振傑就趕緊辯解說：「那些事可都是我妹妹鬧的。」蘇老太爺說：「不要管她，我只說你。你不知道我聽說你在東關殺傷了吞山虎，顯英雄，我是多麼高興呢！」蘇振傑不由得也笑了，掏出鐵球來亂揉着，傲然地說：「因為他們欺負咱們，硬要搶我妹妹，我才打他們。我只將爸爸教給我的劍法使出了一半，那吞山虎當時就趴下啦！」蘇老太爺點頭說：「我知道你很有功夫，武藝已經不錯了，尤其你將楚江涯也打敗了……」蘇振傑發着怔，倒有點莫名其妙了。

　　老太爺又讚歎着說：「我自從洗手之後，原不想再叫兒子們像我，所以我叫你大哥經商，為的是發財；叫你二哥讀書，為的是做官；你因為年紀尚幼，又沒出息，我才不管你，閑來教給你跟小琴幾手武藝，原不過是為解解悶，並非想叫你們成英雄，闖江湖。可是，不料你們肯背着我下功夫，竟將武藝學成了，這也是件可喜的事。咳！如今我這次回來，你還沒有看出來嗎？我的心裏實在是有件為難的事。因為我在三十年前，曾傷過一個人，如今那人的後代要找來報仇。此人狠毒已極，我又老了，怕鬥不了她，只有你大概還能敵得過。」蘇振傑一聽，嚇得要吐舌頭，搖了搖頭。老太爺又說：「此人名叫雲媚兒，是一個淫蕩無恥的女子，她竟要與我拼命！」蘇振傑一聽，卻又犯了毛病，就笑着說：「好！我替您去擋！」

　　蘇老太爺點了點頭，歎口氣，又把自己在三十年前與雲二寡婦結仇的經過，及最近在鄭州遇着雲媚兒率眾復仇，幸為楚江涯所救，及剛才在村外遇見了楚江涯，楚江涯如何說欽佩蘇振傑的話，他就全都對兒子說了，並說：「本來我這次走，也是聽孟廣在外邊聞聽了將有仇人前來找我，本來我早年行走江湖結了不少仇家，我去朝普陀，也是為躲一躲。並且聽孟廣說，江南出來了一位少年俠士，連萬里飛俠全都不是他的對手，我又想去找那人幫助，抵擋我的仇人，可也沒有訪到。但如今……」他發了會怔，又說：「我想那個少年俠士也離此不遠，不過求人不如求己，還是自己的兒子！」

　　老太爺說了這一些話，弄得蘇振傑的心裏是又擔憂，又癡迷，而且糊裏糊塗，不明白那夜在伏牛崗到底是怎麼回事。記得那時自己正鬧肚子，那天夜裏連茅房都沒敢去，可見幫助小琴殺敗了楚江涯的那個人絕不是我，可是，又是誰呢？真是怪事！他爸爸這樣誇讚他，委託他，他又不敢洩氣，並且心裏直想：雲媚兒，雲媚兒，嘿！沖這個名字就夠漂亮的，一定長的比李大姐還好。她要是一來，看見了我粉金剛，不動手就對着我一媚，那才好呢！也許真是能辦得到，她既來到這裏，就不能不先訪問一下，若是訪問出來楚江涯都欽佩我，她自然就不敢真跟我交手啦！那才好！那才好！可是李大姐最近才像是要理我，要可憐我，我若是一招呼上雲媚兒，她可就惱了，我可就算是前功盡棄了。他還真有點為難！

　　忽聽老太爺又問說：「你發什麼呆？」他嚇得一個冷戰，趕緊振起精神說：「我是想如何對付父親的仇人！」老太爺說：「你也不用想，到時他們來了，你就與他們交手好了，可千萬不要叫你妹妹幫助，因為她將來還要找個官宦之家出嫁，去做夫人，我不能叫人把她的名聲傳到外面去，被人看作江湖女子。你，將來倒可以南走走，北闖闖，憑你的本事我也放心。」

蘇振傑自己倒真不放心，退出屋來，他就趕忙走往裏院，向北房叫了聲：「妹妹！」他妹妹卻在西房裏答應。他就怔走進屋，只見金媽也沒在，只是他妹妹跟李大姐兩個人。李大姐坐在炕上，面貌仍是那麼面如桃李，凜若冰霜。他妹妹卻是才離開李大姐的身旁，臉上不知為什麼掛了眼淚。他就笑着說：「怎麼啦？你跟大姐鬧脾氣啦？得啦！你也別哭，大姐也別生氣啦，都沖着我吧！我來告訴你們一件事吧：剛才爸爸可派了我啦，他因為那次在伏牛崗，我幫助你殺敗了楚江涯，他就稱我為英雄。」說話時望着李大姐。

他把老太爺誇讚他的話，跟楚江涯佩服他的話都說了，李大姐是只在那裏深深地低着頭，而小琴幾乎要笑出來，可是心中太悲痛了，她笑不出。待到蘇振傑又說出了雲媚兒之名，小琴卻忿然地說：「你告訴爸爸，叫他老人家不要怕就是了。什麼雲媚兒，要是來了，由我一個人抵擋！」蘇振傑卻皺眉說：「爸爸偏不要你，說你是個姑娘，不願叫你出頭露面。」小琴說：「來的又是一個女賊，我跟她鬥一鬥，又算什麼？」蘇振傑說：「我也覺得不算什麼，你跟那些個大漢子都已打過了，來個女賊，就是你把她拖住，抱住，兩個人滾在一塊兒，也不要緊呀！可是爸爸不容我勸，他說是不能叫人把你看成江湖女子，將來你還得嫁官宦之家，去做一品夫人呢。」小琴聽了，臉上一陣紅，同時簌簌地落下了眼淚。蘇振傑還以為她是被這話氣的呢，但沒有料到她真傷了心，竟嗚咽地哭了起來，他不禁發呆了。他轉臉看看李大姐的頭也低得更向下，嬌臉兒上也籠罩着一層憂鬱，這層憂鬱可更顯得嫵媚堪憐。

蘇振傑就直着眼睛看了半天，隨後就問：「到底你幫不幫助我呀？我可是不怕雲媚兒，不過一個江湖女子，一定是潑潑辣辣的，叫我怎麼跟她纏呢？」小琴卻拭着淚歎氣說：「到時候再說吧！反正若有人要來傷害爸爸，我絕不能夠看着不管。我也很願意來的是個凶賊，我殺死她，同時她也殺死我！」蘇振傑說：「哪能夠呢？雲媚兒連楚江涯那小子都抵不過，自然也抵不過我，更抵不過你。只是……」又笑眯嘻地說：「李大妹妹，到了時候別受了驚就是了。」

此時忽聽窗外一聲咳嗽，他嚇了一大跳。小琴顏色也變了，趕緊擦乾了臉上的淚跡。這時候蘇老太爺又咳嗽了一聲，就拉開門，走進屋來。蘇振傑囁囁地叫了一聲：「爸爸。」趕緊就走了出去，小琴卻臉通紅，笑着說：「爸爸你別瞞我，我都知道了。可是您放心，既然有我哥哥啦，到時我就得不管且不管，可是我得保護着您，不能叫賊人傷了您的一根鬍子！」

老太爺卻沉着臉，只是盯着李大姐，忽然問說：「你爸爸怎麼還不回來？剛才的事你也聽見了，有人要來殺我，你在這裏，萬一受了誤傷，我對不起你的父親。我想，明後天就派個妥當的人，把你送往婆家去。」

小琴聽了這話，神情就變為奇慘，她急急地說：「這怎麼可以呢？人家，我大姐的腿又有病。」蘇老大爺說：「腿有病也得走！不是我不顧念舊友之女，是咱們家裏眼看就要出事……」小琴忿然說：「有我保護着她！」老太爺用目瞪着女兒說：「連我都不用你保護！你得知道，你是個姑娘家，你年已不小了，我家是書香之家，你二哥是父母官，縣太爺，你就是個千金小姐。」小琴說：「我不願意當什麼千金小姐！”老太爺怒斥說：“不識抬舉！我不在家裏，你抛頭露面，賣弄武藝，傷了魯家五虎，又與楚江涯那些個江湖人，深夜在野外拼鬥，也夠丟盡了我家的顏面！我不說你，你還不知足？還要……”小琴哭着，拉着父親的胳臂說：“爸爸！……你說我打我都行，只是李大姐……人家，人家不願到婆家去！”蘇老太爺說：“什麼話？女孩子家要明白三從四德，嫁雞隨雞，嫁狗隨狗。既然訂了婆家，為什麼不去？這都是江湖人沒家教。”小琴說：“爸爸有家教？爸爸你就不是江湖人？當年若不是李伯父救了您的命，無論如何我不能……”她嗚嗚地哭，並且跺腳說：“我離不開我李大姐，我不能就看着您把人家趕出去。”

老太爺大怒，罵着：“混蛋！不要臉的丫頭，你敢攔住我？我白疼了你，去！”他用力把女兒一掄，可是小琴揪住了他，不能掄開，他揚起手來又要打。這時李大姐突然跳下炕來，一手將他的胳膊托住了，使他的胳膊落不下來。他忿怒，吼叫了起來，說：“你也敢……”但，他忽然覺得右胳膊一陣麻木，他大吃了一驚，紫臉立時變成了蒼白，鬍子都直顫動，趕緊奪開了胳膊向後退了兩步，咣噹一聲，撞翻了一把椅子，震倒了桌上的花瓶。他丟了魂一般地驚訝，瞪大了雙目盯着李大姐的兩隻腳，李大姐是淺紅色的拖地長褲，露着尖尖的鞋頭兒。老太爺簡直說不出一句話來了，口中只叫着：“啊！啊！”只是點頭，小琴卻一步上前就跪下了，並抱住了她父親的雙腿。

李大姐本來也是忿怒了一陣，她那眼睛瞪出了一些簡直無論多麼強悍的女子也絕不會有的光芒，不是潑辣，而是一種威嚴。她此時卻又上了炕，作出來腿很酸痛的樣子，用細聲向老太爺哀懇着，說：“叔父，你要不打我的妹妹，我也絕不敢這樣，我到你家來，實在……”

老太爺忽然仰着天哈哈大笑，並且急急地喘氣，說：“實在是……實在是……你厲害！李國良厲害！我交的好朋友，生的好……”李大姐把話大聲地說：“我實在是為來這裏避難。”老太爺忽然打了個冷戰，他腦中迸出來剛才在東關聽那夥計所說的事了，他越發瞪大了眼，瞪直了眼，看着李大姐，他緊緊地握拳，他要伸腳踹死女兒。然而這時院中吵吵嚷嚷的，亂哄哄的，他的大兒媳，三兒媳，僕婦，何媽媽，十多個人，有的擠進屋來，有的站在門外，都問着，勸着，哀求着。老太爺定了定神，反倒笑着說：“沒有什麼啊！”一手把女兒拉起來，他也晃晃搖搖地往外走。

出了屋，他回首又向屋裏的媳婦們說：“你們都出來吧！本來沒有什麼事，只是……只是我要叫李大姑娘換換屋子住，小琴卻拿話頂撞了我，我才發了脾氣，不管什麼，女孩子本來是和女孩子好的……”他說着，屋裏那幾個人還都在勸說，並打聽，他就不禁又暴怒了起來，大喊着：“都出來！都走開！回去！沒事了。就是有事也不許你們進這屋，出來！”嚇得屋裏的媳婦僕婦們趕緊往外來跑。

老太爺也往外院走，不料沒有留心到門檻，絆得他幾乎摔了一大跤。蘇振傑驚得噯喲一聲，趕緊上前去攙扶，卻被老太爺怒抬一腳，踢得他滾在地下，又噯喲了一聲。老太爺卻如怒獅一般，踏着急匆匆的大步，就回到客廳裏，鏘地一聲抽出了青蛟劍，但他忽然又一下手顫，寶劍噹啷落地，他克哧一聲坐在椅上，又仰面長吁，口中自言自語地說：“好狠！李國良！好狠！你們……咳！萬里飛俠已竟喪在你們手內了，你們還來害我，害我的女兒，敗壞了我家的門風！好厲害的李國良，真厲害的少年俠士！”

蘇老太爺的腦子裏又加添了這件事，刺激得他更跟瘋了一樣。

他由地下拾起了寶劍，就拿袖子擦着，越擦越發亮，他想起來五十年前得這口劍的時候，是曾三上太行山，打敗了金牛張。那時自己真是一條猛虎般的好漢，如今竟能容許人騎在脖子上拉屎？李大姐？什麼他娘的李大姐！分明是男扮女裝，分明他是李劍豪，分明他就是什麼江南的少年俠士，分明是殺死萬里飛俠，又殺死姓于的那個凶賊，分明他是有意來……哎呀……」他想女兒小琴跟這女裝的男子在一起，混了這些日，不定已做出了多少多少無恥之事？咳！蘇家的門風呀！貞節牌坊呀！菩薩呀……

這蘇老太爺突然擎劍跳了起來，就要出屋。但卻又自己將自己攔住，心裏就勸慰着自己說：「不可！家醜不可外揚，這件事連僕婦們，媳婦們，都別叫知道！倘若傳了出去，我得羞死，我二兒子的官也做不成了，我只好，只好……」

他咬着牙發狠地想了半天，便才決心定了主意。遂放下了劍，又急匆匆走出屋去，直往裏院，莽然又撞進了西屋內。一件事又把他氣得發暈，原來他那個無恥的女兒小琴，正在扒那李劍豪的肩上哭泣，見了他來，方才離開，並且驚慌求憐地對着他。

他定了一定神，裝作沒有看見，先拂拂手，令女兒走出來，然後他就壓下了聲音，跟李劍豪——李大姐來說話。

小琴斯時是站在窗外，窗裏掛着絳色的窗帷，她也無法看見爸爸在屋裏是做什麼，她不敢進去，又不放心。可是待了半天，卻聽屋裏並沒有爭吵，不過她父親的聲音已顯着大了，是正說：「李大姑娘！我的話已說得差不多都明白了……」小琴聽了卻又驚疑，並有些喜歡，心說：「莫非我爸爸還沒有看出他的真來歷嗎？」此時，屋裏的老太爺又說：「頂好你聽我的話，快走。」小琴心中又一陣酸，她實在與李劍豪已離不開了，淚不住又往下流。但是突然一眼望見那東院裏還有許多人正在向這裏望着，最可恨就是三嫂，這時倒像是很稱願。於是小琴一陣羞憤，就回往北屋去了。

她回到屋裏，淚仍不住流，何媽媽關心地，驚疑地來問她，說：「到底是怎麼回事呀？莫非老太爺在南海把菩薩衝撞了？回家來就瘋了？」小琴卻不答，一頭就躺在榻上，臉貼着枕頭啜泣。她忘不了自那夜伏牛崗與楚江涯等人交手之後，她就已看出來李大姐是一個男子。她本是忿怒着回來要殺李大姐的，但卻被他說活了自己的心。原來他就是自己時時想念中的那位江南少年俠士，他名叫李劍豪。萬里飛俠高炯作惡多端，和他的徒弟欺寡凌弱，搶奪民女，保護貪官。李劍豪为行俠仗義，才殺死了高炯，而闖下了大禍。

高炯有個師弟金鞭岳大雄，武藝超群。依着他原是不怕的，但他的父親李國良膝下，除了已嫁在遠處的一個女兒，只有此一子，因知寡不敵眾，怕兒子有了舛錯，才強迫着他逃避到此處。

他原是一條英雄好漢，倔強的少年，但因為迫于父命，他才不得不扮成女裝，腳尖上套着小鞋，忍辱行了這數千里路，來到此地。他是可憐的，但他尤為可愛。他，自從他跟小琴秘密地說開了，他們倆就絳窗下絮語，銀燈畔談情，明月下犯愁……這種種的事情她都忘不了。如今竟被爸爸識破了嗎？她盼望也許還沒被識破，但離別怕是難免的了。倆人既已好成了這樣，可又怎能分別呢？別了又何時才能再見面呢？所以她心摧肝裂，不住地哭泣。乳娘何媽媽坐在她的身畔，搖晃着她的身子，苦苦向她相勸，她卻也不聽，只是哭，願意就這樣哭死。她哭得似乎是斷了氣，似乎已不知人事了，原來她已經體倦沉睡了去。

不知過了多時，她才迷迷糊糊地又醒來，就覺得頭跟胸部都作痛，身子倦怠無力。好容易才坐起了身，被燈光刺得兩眼生疼，原來外面已經天黑了。不知是什麼時候了，敲過了二鼓還是將近三更了，屋門也關嚴了，何媽媽已在那邊床上睡了。小琴細細想着白晝的事，又不住簌簌落淚，剛要站起來，卻忽聽見前院中有人隱隱地在驚慌喊叫。

小琴吃了一驚，急忙一手掠着蓬鬆的鬢髮，一邊跑過去，站在門旁向外側耳靜聽，越聽越覺得外院的聲音有異，卻是許多的僕人都在紛紛嚷着，更聽得咚咚咚的腳步之聲，是從東院有人向外急跑，好像是自己的三哥。她就匆匆地開了門，走出去問說：「哥哥，哥哥！是怎麼回事呀？」蘇振傑沒聽見，早跟着蘇祿跑出去了。

天邊月色很明，可是前院的燈光閃閃，她向西屋投了一眼，見那裏面卻很暗，她也顧不得去看李劍豪，就急忙往前院跑去。耳邊的嚷聲是越來越清楚，眼前的人影、燈籠，更是更亂，原來是僕人們都驚慌着往大門外跑去。她高聲叫着問說：「到底是什麼事呀？」可是沒有一個人顧得跟她答言。她的心突突地跳，緊緊地跑出了大門，問耿四說：「什麼事呀？什麼事呀？咳！到底是什麼事呀？」耿四卻皺眉搖頭說：「我也，我也不大知道，多半是……」

這時村口的東邊許多人都黑壓壓地往近處來，小琴跑過去，借着月光跟燈籠的光一看，原來是五六個僕人架着一個身受重傷的人，這人手腳都已不能夠動了，只憑人抬着他走。這人身軀高大，胸前流着血，胸前並且飄蕩着染了可怕的鮮血的白鬍子。她不由得哎喲一聲驚叫。許多僕人都說：「快抬進去吧！把老太爺抬進去吧！可慢慢的！慢慢！」

她不由得如刀割心，跺腳痛哭，說：「爸爸呀！誰傷的您呀？快告訴我，我就去殺他！爸爸呀……」老太爺連頭都已抬不起來，哪裏還能夠跟女兒說話！蘇振傑是傻子似的大哭。眾僕人都勸說：「小姐別慌！別慌！老太爺還有救，傷大概不重，我們沒想到老太爺半夜裏又到村外跟人打起來，就受了傷，兇手也跑啦！」抬進了大門來，小琴追着哭着直問：「兇手是誰呀？是誰呀？爸爸！」老太爺似乎聽見了，驀然把一副血淋淋大臉揚起來，他就望着女兒發笑，說：「你要問嗎？那傷我的人就是……」小琴的全身精神此時都灌注在耳邊，要聽她父親說出來那兇手是誰。老太爺雖然受的傷很重，但神智卻極為清楚，他睜大眼睛，看着面前除了他一兒一女之外，盡是家僕，他就咬緊了牙，忍了半天痛，才又大吼一聲說：「傷我的人，除了雲媚兒還有誰呀？」

小琴氣得一跺腳，說：「我這就搜着她，殺了她，替爸爸出氣！」她連到裏院取劍也顧不得，見有個僕人手中提着一口刀，她要到了手中，向外就跑。僕人們有的勸阻說：「小姐不必去了！那兇手這時還不趕緊跑遠了？還能讓小姐追得着嗎？」有的都盼望着小姐出去把那兇手殺了，好出氣，就不多攔。

她忿然提刀出了大門，向東村外走出，怒聲呼叫着：「雲媚兒！」並大罵，她也不會罵人，只是怒聲說：「賊婦！你露面呀？你來跟我鬥一鬥呀！無恥的賊婦……」纖軀氣得亂顫，往來搜尋查找。嬌音在晚風裏飄蕩着，一聲比一聲發急，刀光在夜色中閃爍。但是此時月色籠罩着曠野，四顧淒清，哪裏有那女賊雲媚兒的影子呢？她不禁又哭了起來，哀慘的哭聲，夾着激忿的詬罵，半天，她也沒有找着兇手。

　　村裏此時又來了二十多名僕人，打着燈籠持着刀棍，都來幫助她搜找兇手，但是也沒有找着，因見小琴哭得太厲害了，所以大家就勸她。勸了多時，方才將她勸了回去。她一路走，還一路哭啼，這深夜之間，她的家中不僅是囂雜，紛亂，且充滿了一種恐怖淒慘的景像。

　　老太爺是已被人抬到客廳的里間去了，小琴進來時，見大嫂，三嫂，和僕婦們都在這裏，哭聲滿室，燈光都顯得昏黯。小琴卻放下了刀，拿手絹掩着臉，更哭得厲害。

　　而這時的老太爺躺在床上，雖然血跡未乾，疼痛得不住急喘，但他卻絕不呻吟一聲，只是咯吱咯吱，咬得牙亂響，匆匆地說：「好凶賊！好凶賊種，今生不能說，來生再算帳吧！好個……惡婦雲媚兒……」說到此處，他忽然放聲大哭起來。

　　小琴自有生以來，這是第一次看見她父親痛哭。她母親死的時候，她父親都沒掉過眼淚。如今嚇得她反倒止住了悲泣，全室中立時顯出來一種蕭靜淒涼的情景。蘇老太爺哭了幾聲之後，就改變為呻吟，他身體的痛楚增加了，而精神上的忿怒卻平息了，他哀聲叫着：「小琴！振傑！你們來！你們來！」

　　小琴跟她的三哥一齊拭着淚，往床邊走了走。老太爺先歎了口氣，然後就宛轉地說：「我這次受了傷，我明白了，是菩薩懲罰我，因為我的心太不虔誠了，這次在路上遇着了雲媚兒行兇，我又動了殺機，所以該當遭此報應。又因我年輕時粗魯無知，走江湖時頗做過幾件惡事，調戲婦女，敗人名節，如今也合該報應臨頭了！看來神佛真不可不信哪！」說到這裏，沉痛地又呻吟了幾聲。

　　小琴流着淚剛要分辯，卻又聽她父親說：「你們都是我的好兒女，我過去做的惡事太多，此時就是死了，也怕抵不過，將來還是叫你們跟着遭報，所以由明天起，你們千萬天天要淨手焚香，在神前替我懺悔，替你們贖罪，菩薩一定能夠可憐你們。」小琴與振傑全都垂着淚答應。

　　老太爺又說：「趁着我還沒死，還有力氣說話，我要多囑咐你們幾句話。明天千萬派人把你們的大哥、二哥叫回來，告訴你大哥，為商不可貪圖厚利，賺了錢就應當濟貧，應當做善事；告訴你二哥，做官須愛民如子，不可得罪人。那位楚江涯俠士，你們如能找着他，須請他跟你二哥交為朋友，以備有江湖匪人，或我的那些仇人去害你二哥之時，他好幫助。振傑！你以後練武可以，但千萬別走江湖，也別得罪人！小琴，你是我的好孩子，你將來得出嫁，得由你二哥做主，你得學三從，知四德，給我家的貞節牌坊爭個臉！」小琴又深深地垂下了頭去啜泣。

　　老太爺卻又歎了口氣，說：「雲媚兒今天雖傷了我，但是也算了罷！不必再追究，俗語說：『冤家宜解不宜結。』還有那李大姐，那位姑娘！……明天，不，就是現在，請她來吧！我得跟她說說。」當時三少奶奶盧氏就親身去叫李大姐。老太爺瞪着眼睛等待着她來，並且向一些人說：「都出去！都出去！」連小琴也不敢不出去。但他們並不走遠，就都站在外屋，皺着眉頭連一句低聲的話也不敢說，靜悄悄地只聽老太爺在屋裏哼哼、哎呦，並且念佛，喊叫菩薩，可見他那樣老邁的人，受的這傷實在是太重，疼痛得叫他忍耐不住了。

　　小琴是靠着門站着，她想等到李大姐——劍豪進屋來時，就拉住他，先跟他叮嚀兩句話：無論我父親跟你說什麼，你可千萬不要急！她想老太爺也許不會對李大姐說什麼，不過是逼着他快離開這兒就是了。但一種悲痛慚愧的心理，此時是使小琴很難受。她想：“雖然父親是被雲媚兒傷的，與李劍豪無關，但今天父親是為誰才生的氣呢？雲媚兒不過傷了他老人家的身，但誰又傷了老人家的心呢……”她一邊想，一邊拿衣袖擦淚。

這時候她的三嫂從外面叨嘮着就走進來了，說：“無論誰的家裏，也請不到咱家裏這樣的貴客！李大姑娘人家早鋪上被窩睡了。我說，我們老爺都快死了，要跟您說一兩句話，特意叫我來請您，攙着您去！但是您猜怎麼着？人家就躺在炕上搖頭，我把嘴都快說破了，人家也不肯挪動挪動屁股。真行！簡直是咱們家裏的姑祖宗！老祖宗！”氣憤憤地又問小琴說：“妹妹！您去說說勸勸也許行？我真沒有那麼大的面子！”

小琴又羞得紅了臉，心裏更難受，知道此時劍豪是絕不敢來見老太爺的，就想：“劍豪他可憐！我父親也可憐！總之是我一個人不好！”她一面拭着淚，發怯地又走進裏屋，見她父親的呻吟聲更慘，使她更害怕，話說不出。

老太爺倒是轉着眼珠向女兒望了望，問說：“他是……不肯來見我不是？”小琴低着頭說：“他大概……腿走不動！”老太爺長歎一聲說：“算了吧！可是，女兒，記住了我的話，無論如何你要趕緊逼着他走！”他把聲音壓小了一些，又說：“永遠不許你跟他再見面！你不可忘了咱們家的貞節牌坊！”

少時，外面的僕人請來了東關住的世傳外科的陳大夫，這位大夫帶來了刀創藥，就給老太爺治傷，老太爺就問說：“我的這傷還能夠好不能？”大夫連連說：“能夠好！能夠好！傷是一點也不重，老太爺的身體又硬朗，也好得快。老太爺就放心吧！不必憂慮！”可是這位大夫偷眼望着蘇振傑，卻不住地緊皺眉頭。

在敷藥的時候，老太爺大聲呼號，真如豬被殺時那樣地慘厲，但是敷過藥之後，老太爺的傷痛似乎漸漸減輕，他又睜大眼睛望着陳大夫，並囑咐說：“今天的事，你千萬不要去跟外人提！明天你再來給我看病的時候，還是晚間好，千萬記住了！不許叫外人知道我已受傷！你如果給我治好，我必有重謝。不然，你可知道你們東關鏢店裏的那姓于的，是怎麼死的？只因他多說了幾句話，別人能做出這事，我可也不是不能呀！”嚇得大夫連臉都白了。僕人又進屋來說：“前院已給大夫預備下酒啦，請大夫去喝幾盅，歇一歇，索性等到天明了再走吧？”大夫連連點頭答應，腦門子上出了很多的汗珠，就往前院喝酒去了。

這裏老太爺仍在一聲聲地呻吟着。女眷們是在大夫來的時候就都回避了。時已敲過了四鼓，月明星稀，前後各院中都悄無人聲，燈光也都熄了，只有“李大姐”的窗戶上還浮着淡淡的燈光，這許多日來，金媽只白天在這屋裏伺候，一到天黑就往別的屋中去睡覺，窗子上雖然很少映出來人影，可是屋中常常是有着兩個人。

這時，小琴又在屋裏了。李劍豪已起來了，他雖仍穿着女裝，但坐在炕上，腳尖也沒再套着那雙繡鞋，腿上也沒蓋毯子。他沉着臉，皺着眉，緊閉着嘴，不發一句話。小琴坐在他的近處，拿一柄小團扇，給自己並給他也扇着。李劍豪是不住擦汗，小琴是不住擦淚，兩人發愁地默坐着。半天，小琴就着急說：“到底你打定主意了沒有？咱們一塊兒去見我爸爸跪着哭求，以後你就換了衣裝，咱們就……”李劍豪卻擺手歎氣說：“這個，是絕辦不到！”

小琴說：“那麼，怎麼辦呢？他老人家是逼着叫你當時就走，叫我們永遠也不再見面，可是我與你……”她哭得已說不出話來了。

李劍豪卻說：“你先別哭！聽我說！我真想不到我來這裏，忽遇見了你，我也真不該到這裏來……」他狠狠地捶了一下子腿，又說：「我本是個堂堂男子漢大丈夫，我殺萬里飛俠高炯，是因為他作惡多端，他該死！他的那些師弟，徒弟，我也全不畏懼，可是我竟遇見了那麼一個膽小的爸爸，他逼着我，我忍着辱屈從，才扮成了女裝，來到你家裏。原想也不多住，只要我的爸爸到平陽府見着我師父，我的師父鎮三峽若肯出頭，調解了兩家的冤仇，我們也就離開這兒了，我永遠也不能再來，永遠也……得罪不了蘇老叔父。可是沒想到，在此看見了你，你武藝是那樣好，容貌又這樣出眾，又多情，使得我……咳！我做了錯事！」他急憤地捶胸搗腿，並跳下了炕，坐都坐不住，懊惱得要死。

小琴擦着淚，借燈光斜眼掠着他，臉上帶着羞愧怨恨說：「可是，我們已竟成了這樣了，懊惱還來得及嗎？我，無論如何也離不開你了。不是我臉大，沒羞恥，是……剛才我爸爸也把話跟我說得明白，他叫我別忘了我們家的貞節牌。其實他不囑咐我也不能忘，好馬不吃回頭草，烈女不嫁二夫郎，我跟你，我就是已經嫁了你，我寧可死了也不能與你分離，我覺得我能始終從一。雖說你是一個江湖人，但我們本來也不是什麼書香門第，我嫁你並不算辱了我們祖先。我若是由着你走，將來再依着父兄之命，做什麼一品夫人，那才是真真對不起我們家的貞節牌了！我不是那樣的人……」說到這兒，又抽搐了一陣，她就也站起來，拉住了李劍豪說：「依着我，咱們現在就走，見了我爸爸，咱們就說實話，叫他知道了你是男扮女裝！」

李劍豪跺着腳說：「咳！你怎麼還糊塗着？他早就知道了！」小琴說：「那更好，就說我們至死也要做夫婦，永遠不分離！」李劍豪卻又捶胸浩歎，說：「你還是糊塗！難道你不知他是被誰給……？咳！」

李劍豪突由他的粉紅的羅衣以內抽出一口短刀來，他這口利刃，刃薄如紙，但被血色所污，黯然無光。他曾以此割下萬里飛俠高炯的首級，並使得那武藝高強，最知曉他的底細的，由江南直追隨他到這裏來，企圖加害與他的那個于鐵雕的本家兄弟喪了命，他還……如今刀上的血色還未乾呢！他揚起刀來，狠狠地就要向自己的咽喉去刺。小琴急忙將他抱住，擎住他的胳膊，急急地悄聲哭泣說：「你要尋死？我可也立時就尋死！咱們死就一塊兒死，生就一塊生！」李劍豪的手不由發顫了，刀就被小琴奪了過去。

小琴就向他又哭說：「你才真糊塗呢！咱們不過今天招他老人家生了一場氣罷了！除了這，咱們已沒有什麼對不起他老人家之處，倘或咱們倆跪在他的面前苦苦哀求，並應得將來殺了雲媚兒，替他消今日之恨，他老人家也許還能喜歡咱們？」李劍豪又頓腳歎氣說：「雲媚兒，雲媚兒，你，你又何必殺人家雲媚兒呢？人家……」

小琴一聽，就現出詫異的神色，收住了悲聲，止住了淚，反沉下臉兒來，問說：「怎麼？難道你倒護着雲媚兒？你認識那雲媚兒？」李劍豪搖頭說：「我不認識她！她……我覺得她真冤……」小琴忽然暴躁起來，說：「怎麼？她剛才傷了我爸爸，她傷了那麼大年歲、三十年來好佛行善、才從普陀山回來的老人，傷得那麼重，渾身是血，傷完了她就跑了，那萬惡無恥的狗賊婦！我為什麼不恨她？怎麼倒冤？我不殺了她，我永遠……跟你在一塊，我也不能心裏痛快！……」

李劍豪本來是要說話，但一聽此話，他又忽然閉住了嘴，仿佛把他心裏許多的話全都嚥回去了。他的心裏益為懊悔，神情更發慘黯，他就頹然地坐在炕上，接着又倒下了身去。小琴又趕緊過去，問說：「你想想，我出的主意好不好？咱們去求求我爸爸吧？」李劍豪搖頭說：「求去，也怕不行了！」說到此處，聲音淒慘，小琴細看，他也滾下來了眼淚，他此時倒真像是一個心腸脆弱的女子了。

當夜小琴回到自己的屋裏，也沒有睡得着。不多時，天光就亮了，她起來匆匆地梳洗畢，就又趕忙跑到客廳裏去，只見她的父親蘇老太爺傷勢昏沉，不住地：「哼哼！哎呦！」那位大夫原來就沒有走，此時又正在給傷處敷藥，蘇振傑是在旁邊連打哈欠，顯出又愁又困的樣子。小琴憂思憔悴地在這裏來了一會，便到門外，聽門外鴉雀無聲，僕人們雖都面帶愁容，鄰里們雖也暗含驚恐，但昨夜的事，蘇老太爺之被傷，簡直就沒有一個人敢談說。小琴只得又回往裏院，生氣了半天，流了一些淚，又要去找李劍豪。而西屋的門可還沒有開，屋裏的人大概還在酣睡未醒哩。她也只得歎息回來，自己也倒頭睡覺。

睡了一整天，傍晚時方才起來，蘇振傑就來了，說是：「爸爸的傷現在更重了！看着大概要不好，快預備着點棺材跟壽衣吧！」小琴卻悲憤地說：「我不信咱們的爸爸能夠死！」她又一直跑往客廳，卻見蘇老太爺緊閉着雙目仰臥着，似是睡着了，旁邊有僕人用扇輕輕趕着蒼蠅，他臉上，鬍子上染的血倒是已洗乾淨了。小琴真看不出父親的傷勢到底是如何？出來跟蘇振傑和大嫂吳氏一同商量，原來今天已派了人去催小琴的大哥和二哥從速歸家了。如今壽衣倒是有現成的，棺材還沒做好，但是馬圈裏存着一根很好的楠木料，足夠做一口好棺材的。於是又商定派人到城裏去找棺材匠，到家裏來悄悄地做。總之，現在因為沒有老太爺自己的話，蘇振傑跟蘇振忠都還沒有回來，家中的人誰也不敢做主，把老太爺傷危垂死之事傳出。白日，大莊門的半扇也掩着，僕人們都無精打采的，晚間，更聲也不像前天那樣敲得緊了。月愁星黯，長夜漫漫，涼涼的風和牆下低鳴的蟋蟀，已表現出了一些秋意。而此時，忽然又有夜行人來到了這裏。

這時才剛過二更，本來小琴正在生着氣，今天晚間她的父親傷勢倒是沒有什麼變化，可是李劍豪又病了。說他真是覺得頭痛心躁，也是目前的事情太難辦了，他即不好意思再改裝為男，又不願與小琴一同去跪求蘇老太爺，而因為蘇老太爺逼着他走，他就是勉強在此再充李大姐，也太無味了。小琴的長兄次兒又快回來了，老太爺的傷還吉凶莫卜，所以弄得他如同熱鍋上的螞蟻似的。跟小琴悄聲說話時，他都發急，甚至都說出來：「我想今明日就走！我就悄然地失了蹤，別人至多說我是女賊，也對你無多大的損害。」但是小琴不願意他這樣做，所以也不敢再跟他多少話了，就一任他連晚飯也不吃，很早就關上了門，懊惱地睡去了。

而小琴卻含悲忍氣，夜半手提寶劍，獨步庭中，見月光下的牡丹跟小樹兒似的了，什麼花香、花色，都一點也沒有了。她覺着爸爸並非真痛愛自己，而李劍豪也不會溫慰自己的心，自己只盼着今夜雲媚兒能再來，那就殺了她。然後，如果爸爸死了，李劍豪再真忍心而去，那自己就也寧可自刎，也不願這樣活着。

當下，小琴在院中泛想、凝思，陣陣的咬牙，滴滴的落淚。突然她就發現了北房之上有人，這一下，把她心中的思緒全停住了。她還暫時裝作未覺，悄悄地向房上去看，就見那屋瓦上是分明趴伏着一個人，她就暗自冷笑，低聲說：「好賊婦！雲媚兒！你的膽真大，今夜你還敢來？」說到了這裏，她身隨劍影，劍映月光，嗖的一聲就竄上了房，不管這人是誰，掄劍就砍。而這個人卻不躲閃，只將腰軀直起，雙臂高抬，以一口劍擋住了小琴的劍，此人就發話說：「小琴姑娘！你先不要生氣！我因為不能見你的令尊，我才私自前來見你。我見你也沒有別的事，只是我要還給你綢子汗巾，跟睡鞋……」

　　小琴覺出來了，來的這個賊原是騰雲虎的朋友楚江涯。月光下，楚江涯也腳登着屋瓦立起了身，他並無畏懼之色，只像有些慚愧似的，說：“姑娘！這次我跟老太爺是一塊回來的，但老太爺他把我錯看作江湖人了，我跟他解說，也解說不清，我心裏真不痛快。所以我今天才來見見姑娘。那兩件東西，當初我是無意之中拾得的，既是姑娘的隨身之物，留在我的手裏也沒有用，而且不相宜！我奉還給你吧。我就是為這事才來到……”他說到這裏，就借着朦朧的月色，觀察小琴的神色。

　　小琴這時早已把劍垂了下來，她對於楚江涯，心中倒並不恨，只是有一點討厭，而什麼汗巾、睡鞋，楚江涯看得很要緊的那兩件東西，小琴就根本沒有聽明白，沒有放在心上。她便沉着她的小臉兒說：“我們家裏正有着事！你幹嘛又來打攪？誰問你是江湖人不是？你快些走吧！去！滾開！”

　　楚江涯怔了，身子仍然不動，又問着說：“你怎麼也這麼不懂情理呢？”小琴憤怒地又揚起來寶劍，瞪着眼說：“你半夜裏上房進來找我，還拿着劍，你就算是懂理的嗎？”楚江涯現出無話回答的樣子，小琴用腳剁了一下瓦，就拿劍又驅逐着說：“你快些走吧！你曾經幫着騰雲虎跟我們作對，可是聽說這次我父親回來，沿途你也很照應他，我們就算是無恩也無仇了。你快走吧！不過，你要是見着了那賊婦雲媚兒，可以告訴她，她有膽子叫她再來找我！她若是不敢來，反正，將來我是一定去尋她！”

　　楚江涯說：“雲媚兒並不足畏，所怕的是有一個金鞭岳大雄，那人多半就要來到了！”

　　小琴掄着劍厲聲說：“無論他是誰，叫他先來鬥我，不要去欺負我的父親！”楚江涯說：“姑娘既然說到這裏了，那麼我又要冒昧了，現在能否請老太爺跟你三令兄出來，聽我說幾句話？”小琴可真急了，擰劍向着楚江涯就刺，說：“你快滾走！不要來跟我們不熟假充熟！”

　　楚江涯閃開了劍，由房上就跳了下來，小琴也展劍回身一躍而下。楚江涯是又氣又笑，往前院就走，小琴提劍從後追來，並厲聲問說：“你要往哪裏去？半夜在我們家裏亂走？”楚江涯回首說：“我這就走出去了，你放心，我絕不再來了！如今我已曉得了你們蘇家人的性情了。可是我告訴你們，目前你們就要有大難，我聽說金鞭岳大雄不是好惹的！”小琴挺劍隨後刺來，恨恨地說：“呸！”楚江涯向後晃了一劍，又往房上竄了去。小琴緊接着追了上去，掄劍又砍，並驅逐着說：“去！滾！走開吧！不然我可要用劍殺了你！”楚江涯說：“我楚某向來行俠仗義，如今即來此處，知道有許多人將要來找尋你們，我就必得等着，到時候幫你們的忙！”小琴的劍又唰的一聲削來了，若不虧楚江涯又閃得快，這時候他的身體就躺在房上了，但是他仍冷笑着，不急着走，還要說話。

　　此時小琴又怒罵着：“用不着你幫助！你也不是好人！”房下的巡更的也驚醒了，噹噹噹敲起鑼來，立時莊裏又鬧了起來，而那客廳中，燈光淒慘，蘇老太爺于昏沉之下，又發出了慘厲的吼叫。楚江涯就免不得驚慌起來，話既不容再說，汗巾跟睡鞋也都拿不出來了，他就步履着屋瓦，急忙地走去。小琴也沒再去追，就下了房，亂晃動着劍，令人聲桄鑼聲全都停止，她皺着眉說：“沒有什麼賊！你們大家不用瞎驚亂攪了！”巡更的和眾僕人也都納悶着說：“剛才並沒看見房上有什麼人，只聽見小姐嚷嚷來的。”

　　這時，客廳中的喊聲卻很急，小琴趕緊跑了去，就見蘇老太爺瞪起兩眼，問說：“有什麼事？莫非又出了事情？”小琴趕緊說：“沒有事，也沒有賊來，是我看錯了，其實是虛驚！”老太爺突又問說：“李大姑娘他還沒有走嗎？他仍在咱們家裏嗎？”小琴卻說：“他……他已……已走了。”蘇老太爺一聽了這話，才仿佛鬆了口氣，但是接着又緊閉上了眼，不住地微微呻吟。

小琴芳容黯然，心腸愧痛，就於淒慘的燈光之下悄悄退出，在院中眾僕私相談論之下，踏着淡淡的月色，又回到裏院。到自己的屋內放下劍，關上了屋門，她又躺在床上去抽泣，她想：“這半天，這場亂子，那楚江涯並不可恨，可恨的是除了自己之外就沒有別人出頭。三哥仿佛是死了，劍豪也居然就甘心坐視，而也不出來幫一幫我！”想到這裏，恨不得就去打西屋的門，問問李劍豪，但是又細細一想，對於李劍豪又生出無限的原諒之心，因為是：“他本來不能出頭嗎！害就害在他男扮女裝上了，他什麼也不能幫我，他永遠連炕也不能下，爸爸那裏是已經曉得他走了，大哥二哥一半天又要回家，咳！這可怎麼好？怎麼辦？”此時真把小琴快要憂煩死了。

到了次日，莊子裏還是這般寂靜，外面也一點事沒有發生，連一個生疏客人也沒有來，夜內更是安靜無事。如是又過了一天，至第三日，小琴的兩個胞兄還未歸家。下午，在快要吃晚飯的時候，忽然蘇振傑來慌張地告訴小琴：“李國良回來了！”

小琴一驚，趕緊跑到前院去看，只見這一位李老英雄的鬚髮、衣裳，滿滿都沾着塵土，一隻鞋已經丟失了，另一隻腳雖鞋襪尚全，但從腿到足踝盡是血跡，瘸瘸點點，狼狽不堪，兩眼瞪着，很紅，見了小琴就問說：“聽說你爸爸已經回來了？”小琴說：“對啦！可是他老人家也……”李國良點頭說：“我已聽門上的人說了他也受了傷！姑娘你看我……”拍着他的身上說：“這次我從平陽府真是九死一生地回來！”小琴忽然問說：“什麼人跟您作對？”李國良說：“人多得很！不僅要殺我們父女，還要來殺你的爸爸！我現在就先看你的爸爸去！”說着，他就往客廳去走，還沒走到那門前，就聽屋中的蘇老太爺破口大罵着說：“李國良！你做的事情好狠毒！”

第八章　莽莽郊原偵疑跡

　　原來這時候已經有人報告了他，說是：「李老太爺回來了！」蘇老太爺連日傷勢沉重，痛得呻吟，力氣雖已差得多了，可是他此時一睜眼，就把雙目瞪得很大，像病獅一般地怒喊說：「來吧！我就等着你來了！咱們五十多年的交情，李國良！你辦的這件事可真夠朋友！」李國良隔窗聽了，就面顯詫異。蘇振傑在後跟着，小琴尤其帶着驚慌。李國良雖只穿着一隻鞋，但此時腳步兒很急，三步兩步來到客廳前，就拉開門進了屋。

　　此時蘇老太爺在里間屋仍然罵着，李國良就也昂然叫着說：「老二！你是糊塗了吧？你罵我做什麼？咱們弟兄都是一世英雄，如今落到這般地步，只因為年紀都老了。可是也不用着急。岳大雄，雲媚兒，那夥人雖然兇狠……」

　　此時李國良的眼睛盯住了蘇老太爺胸前露着的那一處藥血模糊的刀傷，他顯出憤恨之意，更問說：「老二！到底是哪個傷的你，快告訴我，你老了我可還沒太老，黃河岸、寡婦寨那些身手我還有，我還能夠給你出這口氣！」

　　蘇老太爺此時也不再罵了，他把頭向枕畔歪了一歪，反倒驚訝地看着他的老朋友這般狼狽的模樣，遂又驅逐着跟進來的小琴、振傑，和屋中原有的兩個男僕，說：「都走！都走！」

　　眾人全退到外屋之後，他們兩個老朋友才在屋裏密談。起初是聲音很小，接着只聽蘇老太爺厲聲說：「你幹的這事，對得起我嗎？我家裏現在擺着貞節牌坊……」李國良先是無語，後來就一怒走了出來，腳也仿佛不瘸了，氣態上顯得一種急憤。

　　小琴嚇了一大跳，剛要向外跟了出去，卻聽蘇老太爺又在那裏大聲喊道：「李國良！你回來！你要怎麼樣？事情已到如今，我叫你明白就是，難道你還要這就去殺了你的孩子，把事情鬧大，叫我蘇家丟臉嗎？」接着又是呻吟，外面李國良就停住了腳步。

　　小琴此時是滿面通紅，心驚腸斷，因為她已知道，李國良跟自己的爸爸兩位老朋友之間，把劍豪與自己的事都弄穿了，都說明了。她倚着門向外去望，只見李國良站在院中發呆，那張臉色陰沉得極為可怕，他忽然狠狠地一跺腳，又用力地捶胸，說了聲：「咳！」就又回到屋內，從小琴的身邊經過時，竟連正眼也不看，又到了里間。

　　小琴也趕緊回來，站在外屋，偷眼向裏屋去觀望，就見李國良竟對着蘇老太爺流下淚來，他因為過度地憤慨悲傷，就連聲音也壓抑不住，他說：“我恨我生下來這個不肖的兒子，他替我惹下禍，並……咳！也是我一時糊塗把事情辦錯了！我忘記了你家還有一個姑娘，不然，我絕不能帶他前來！如今，我們就這樣說吧！你我是五十多年的交情了，不能因兒女的糊塗，就傷了你我的和氣。你現在好好地養傷，不要發急。我在你這裏再住些日子，等到對付完了金鞭岳大雄之後，我再走。臨走之時，我必定給你留下一件東西，給你彌補家門之羞，替你再出這一口氣！”

蘇老太爺因為剛才興奮了一陣，此時已經沒有力氣了，所以連眼睛都不能睜，而只是哼哼。小琴聽得這話，卻十分驚訝，神色不由得慘鬱。蘇振傑仍然直眉瞪眼的，仿佛莫名其妙，拉着他妹妹，悄聲直問：“到底是怎麼一回事呀？”小琴卻一句話也沒說，匆匆就走了出來，她一直跑進了裏院的西屋。

此時李劍豪還是穿着女裝，在炕上躺着，他這兩天連臉都沒有洗，已顯得非常的黃瘦了。小琴一來到就推他起來，先把李老英雄自平陽府受傷歸來的事情，急急地說了。李劍豪聽了，立時現出怒容，小琴又提到了金鞭岳大雄的名字，李劍豪就點頭說：“我曉得！此人是萬里飛俠高炯的師弟，如今若講武藝，能抵得過我的，敢輕視我的，還只有此人。但我並不怕他，我在此等着他來吧！”小琴又流淚痛哭着說：“我也不怕！只是剛才李伯父已與我爸爸，把我們倆人的事都說明了！”

李劍豪聽到這裏，便露出一些慚愧之色，說：“他們說出來咱們的事，又當如何？本來你我二人雖是男女有別，但，在一起這些日子，除了脾氣相投，並沒做出什麼欺心之事！”小琴臉也紅着，說：“我倒願意他們二位老人明白我們的事，叫我們永遠在一塊，不離開！可是剛才我聽李伯父說的話似乎不大好，他說咱們做事都糊塗，說你給李家惹了禍，我給蘇家貽羞。又說等將來對付完了岳大雄之後，他就要走了，並為給我爸爸出什麼氣起見，他臨走時要留下一件東西，他說這話的時候，樣子可很兇狠，我看着真可怕，我也猜不透他們的意思。我才……跟你來商量商量，你看到底怎麼辦才好呀？”她拭着眼淚，頓着腳。

李劍豪的神色忽然一陣慘白，怔了半天之後，才點點頭說：“我明白了！你父親之意是必要置我於死地啊！”小琴搖頭說：“不能！他知道你已經走了！”李劍豪冷笑說：“我就是真走了，他也不能甘心！如今的事，我已明白了，我的爸爸是很覺把我帶到這裏來，與你有了私情，又得罪了你的父親。”

小琴說：“你也不能算是得罪了我的爸爸呀？你又沒和他老人家打架。”李劍豪慘笑着說：“你哪裏知道呢？如今，他們老兄弟二人是已把話說開了，對付完了岳大雄之後，我爸爸一定就要舍了他的兒子！”小琴詫異着問說：“這話是什麼意思？我不明白，他的兒子可怎能舍呢？”

李劍豪歎了口氣，說：“他們那些江湖老輩，是以義氣為重，為朋友之義，殺妻、戮子、捨身，他們都能做出來！”小琴嚇得變了神色。李劍豪又說：“我預料金鞭岳大雄來過之後，若未能得手，或是你爸爸的傷勢不愈，那時我的爸爸就能夠把刀給我，命我自裁！”

小琴驚問說：“這是為什麼呀？”李劍豪說：“因為我若死了，你就能夠斷了念頭，你們家中的門風也就能保住了，無人能知道咱們倆混了這些日子的事了。”小琴聽了，身上不住地發抖。

李劍豪更忿然說：“我的爸爸在江湖上，向來是殺人不眨眼；你的父親雖燒香好佛，但他兇狠更甚！”

　　小琴搖頭說：“我倒不信，絕不能這樣！再說，即使李伯父真令你去自裁，你不會不嗎？他還能夠殺了你？”

　　李劍豪說：“我的爸爸老了，武藝也不如我，他絕不能殺了我。但，萬一是……”說到這裏，他忽又捶了一下胸，說：“我只怕你父親因傷而死，我爸爸再對我以大義相責，那時，我李劍豪可也不是貪生怕死，不知江湖義氣之人，我為成全他們二人數十年來的交情、道義，我也許真能抽刀自刎，不能顯出是我懦弱無能！”小琴一聽這話，就緊緊拉住了他的手，不住地搖頭，流淚，話可是一句也說不出來。

　　李劍豪也搖頭說：“我雖把事做差，但我絕不自裁、自盡。我已經想好了辦法了，只愁的是我現在身着女裝，雖然有一兩身我原來的衣裳，但除了夜行衣，就都在我爸爸那裏。我想你可以從你哥哥那裏，借兩身衣褲鞋襪來給我穿。”

　　小琴低聲說：“你是就要走嗎？”李劍豪遲疑了一下，才說：“暫時我不能不走，將來我可必定回來！”小琴想了一想，就淚更湧流，說：“你能暫時躲一躲也好！可是你幾時才能回來呢？”李劍豪又搖頭說：“不一定！”小琴說：“我想，以一月為限吧，那時金鞭岳大雄來不來，我爸爸的傷能好不能好，便可都知道了。總之，我以我爸爸的死生為定，我爸爸若傷癒，我敢保你回來也必無妨；如若……他老人家因傷而死了，那時我也不能再在家中住了，我就要外出去找你。我們再一同去，殺雲媚兒，以給我的爸爸報仇！”說到這裏她哽咽不勝，又悲又憤。

　　李劍豪忽然急躁了起來，用力把小琴一推，推得她倒在炕上，小琴仍然哭泣。李劍豪卻跳了起來，瘋了似的大聲說：“什麼雲媚兒？咳！咳！你怎麼總是不明白呀？你真糊塗！”忽然由席下抽出短刀，他就要向自己的胸前去扎。小琴翻身而起，驚慌着去奪他的刀。而這時，忽然屋門開了，李國良走入。

　　當時，李劍豪跟小琴全都十分驚慌。李國良卻已把臉洗過了，鞋也換了，他雖然沉着臉，可是並沒有發怒。一進屋來，就向小琴說：“姑娘你先到外面去吧！我要跟我的女兒說幾句私話。”小琴只得赧顏地站起身來，低着頭走了。她站在院中心驚肉跳，真怕立刻在那屋中就吵起來，李劍豪就自裁了。呆了半天，也聽不見屋中有人大聲說話，她倒不禁疑惑。又少時，才見李國良從西屋走出。小琴趕緊回到了北屋之內，又扒着玻璃向外偷看，就見李國良形容頹唐，仰着臉向天長歎一口氣，就瘸着腿又往前院去了，也不知道他們父子剛才談了什麼話。小琴想再到西屋去看看，而身旁的何媽媽卻又不住向她問話。她的這個乳娘，雖然不大弄的明白家裏的事，可是這兩日她也覺出有異了，尤其看着小琴愁眉不展，面容黃瘦，她實在憂心，就勸說：“姑娘你可要仔細身體呀！不用淨發愁呀！你爸爸他一定是從外面帶回邪來了，他發發脾氣，你千萬不要理他！”小琴垂着淚，一句話也不說。

　　天色又將晚了，西屋裏也不點燈。現在，大家仿佛連飯都無心吃了，都沒有一點高興。小琴尤其是愁煩，就又向床上去躺，屋中黑得都看不見人了，燈也不點，飯也沒有送來。忽然聽得外面又是亂哄哄的，許多的人說話跟腳步之聲，並聽大嫂吳氏，三嫂盧氏，也驚驚慌慌地說着話。小琴趕緊又起來到院中去看，只見僕婦也齊往外院去跑，聽說是：“老太爺要不好！”小琴驚得心都要碎了，急忙也跟着跑去。又到了客廳中，看見兄嫂和男女僕們將屋子都已塞滿，都喘吁吁的，驚恐、嚴肅，可沒有人敢說一句話。里間燈光淒暗，仍只是老太爺跟李國良兩位老朋友，面對着面，眼瞪着眼，在作最後之訣別。過了一些時，蘇老太爺的呻吟之聲，漸漸微弱。

　　小琴，蘇振傑，吳氏，盧氏等，都急忙趕到近前去看，見蘇老太爺的兩隻眼睛都已經閉上。小琴心痛如割，上前去摸他爸爸的腕子，就覺他脈搏已停，人已經咽了氣，不禁哭叫了一聲：「爸爸呦！」一頓足，咕咚一聲就暈倒在地，旁的人也都大哭了起來，哭聲沖出了屋去。漸漸前院的人，跟門外的鄰人們，也都趕來一齊痛哭，悲哀的氣氛彌漫了天地，其中最傷痛的就是小琴跟李國良了。

天色越來越晚，明月越升越高，蘇振傑跟男僕們全都忙亂着抬棺材，佈置靈堂，李國良卻掩淚躲到一邊去了。小琴被吳氏，盧氏勸得稍微緩過來氣，但仍然是不住地嗚咽。過了些時，給蘇老太爺換上來壽衣，——穿的是一件杏黃緞子的僧袍、僧鞋。抬着，放在新做成的棺材裏，身旁還給放下了念珠、木魚、佛經。因為天氣漸熱，老太爺又是因傷而死的，那傷處早已腐爛了，所以不能再等待大少爺二少爺回來，當晚即斂好釘好。忙亂到半夜，才漸漸消停。客廳變成了靈堂，素燭兩隻，流着淚似的照着那口可怕的大棺木，有幾個男僕在此守靈，別的人全都睡覺去了。小琴又手拍着棺材，痛哭了半天，才被她的大嫂，金媽趙媽等人，給勸回到屋去，但是她躺在床上仍是痛哭，連聲叫着爸爸，說是：「爸爸你死得真慘！」又連聲痛恨着雲媚兒，她切齒出血，要立時就將雲媚兒捉着殺死，以替她的爸爸報仇。她的大嫂吳氏跟僕婦，又都苦苦寬解她。

這時天色又到了三更時分了，忽然蘇振傑慌慌張張跑進來說：「你們都不用亂哭亂勸了！爸爸已經死了，還能夠一翻身又活了嗎？現在快各自查查各自的東西吧！我的屋裏剛才因為沒人，可是進去了小偷，把箱子都打開了，我丟了幾身衣服，還丟了兩雙鞋！」於是眾人就又紛紛去查自己的東西。

別人的屋中倒是沒有丟失什麼，西屋了可是丟失了一位李大姐，羊毛毯子、紅衣裳、綠褲子，連繡花鞋等物，全都放擲在炕上，李大姐可是沒有了蹤影。金媽跟趙媽，到茅屋裏去找，也是沒有，就去報告小琴。小琴驚訝了一下，咬了半天嘴唇，流下幾滴眼淚，也沒有表示什麼。蘇振傑知曉了此事，是又納悶，又着急，連忙去找了李國良來，說：「這時怎麼回事呢？我爸爸死了，我屋裏丟失了衣服和鞋，李大妹妹又怎麼也沒有了影兒啦？莫非是有強盜趁空兒進來了，偷走了東西，又背走了人？」

李國良對此事也似乎出於意外，他搖着頭，顯出來急憤，瞪了半天大眼睛，才說：「不要管它了！這個女兒，我也不要她了！只是，振傑賢侄！你可是要幫助我想一個法子，如若有熱心的朋友，就趕快請幾個來幫忙，因為你爸爸雖已死了，仇人可還是要來的，仇人是金鞭岳大雄、豹子李承、黑牛姜勇、于鐵雕、雲媚兒……」他說了一大套江湖人的名字，並說：「這次我實在不是到銅山去了，我是到了平陽府，原是去見鎮三峽，想求他救我這步災難。鎮三峽是架子又太大，我到他的家中去了好幾次，他也不肯見我，後來沒想到，岳大雄那些人也去了，我聞風急逃，結果，到底在半路上與他們相遇。你看把我傷成了這樣！我回來，不料你的爸爸他又因傷而死，那些仇人還是絕不容情，早晚他們就要來到！」

蘇振傑聽了這話，臉都嚇得黃了，哆哆嗦嗦地說：「李伯父！你說這可怎麼辦呀？我可真不認識什麼有本領的人，早先我倒認識一個銀鈎孟廣，現在他又走北京去了，我的那點本事，不瞞伯父說，簡直我的爸爸這一死，我覺得我更不成了！更沒有勁啦！」

李國良歎了口氣，說：「如今只有請你令妹小琴姑娘，到時幫助我們抵擋仇家，只要能夠將這隱鳳村保住，我就算對得起你爸爸了！那時我也遂往九泉之下，見我的老友！」

　　當下蘇振傑便去跟小琴說，並把老太爺遺留下的那口青蛟劍，也讓給小琴使用。小琴自然是興奮萬分，恨不得什麼岳大雄，雲媚兒等人一齊來到，她是一齊殺鬥，絕不容情。但她此時也悲傷得過度，兩隻眼睛都哭腫了。

　　僕婦們是忙着裁布縫孝衣，到第二日，家中上上下下全都穿上了白素，蘇振傑是披麻，拄着喪棒，也沒工夫再揉那鐵球了。大莊門前挑起了白紙。當日洛陽城就全都傳遍了，都知道修得已跟菩薩一樣，才從南海普陀山回來的蘇老太爺，意外死了！沒有聽了不惋惜而磋歎的，一般遠親近友，以及受過蘇家的好處，或羨慕蘇家財勢的人，齊都來此弔祭。下午，大少爺蘇振雄帶着五六個大夥計，跟寫賬的先生，也從外縣趕回來，他一進門就嚎啕大哭，哭畢就去穿孝跪靈。家中幫忙的人因此更多了，城中，關裏，有一些商人也都來送香燭，弔祭。

　　蘇振傑此時倒像是卸了擔子，什麼事他也不管了，並知道一半天他的二哥若是回來，那麼帶回來的人必更多，更用不着他去勞神了。他盼着他二哥速歸，因為好熱鬧，好顯得闊氣，那時連知府都得坐着轎子來奠祭。他又見家裏女眷都穿着孝。「若要俏，三分孝」，他看他的妻子盧氏，可是無論穿多重的孝，一點也俏不來。他不由得又想起了李大姐了，覺得怪有點不放心的，心想：她到底上哪兒去了呢？

　　又過了一日，便是第三天，門前預備了鼓手，院中也支起了經台，來此弔祭的人比昨日更多。有許多人，連蘇振傑全都不認識，但是親友們彼此招待着，聚在一起飲茶、談話，倒都頗不寂寞。

　　忽然，從外面又來了一個行人情的，這人是一個翩翩少年，氣度英俊，一進靈堂，他就到棺材前面灑了幾點淚，隨後便拈香，祭酒，行禮。旁邊看見的人全都詫異着，有的就悄悄談論說：「這個人就是凌霄劍客楚天涯。」

　　楚江涯還帶了一個小廝樣子的人，攜來的是素燭、冥紙等等很多的禮物。他穿的是青綢長衫，青緞馬褂，官靴便襪，十分的整齊不俗。他對着靈柩行禮，也極為恭敬，且顯示着真摯的悲痛之情。此時在素幔後邊的女眷們，也看見他了，尤其是小琴，她先是很驚異，後來才覺得這楚江涯，原來也不是個壞人，就想：他是跟我爸爸一同回到洛陽來的，如今我爸爸死了，他來弔祭，這也是應當的。遂就悄悄去推她的三哥，說：「楚江涯來了，你去應酬應酬人家吧！順便跟他問問雲媚兒那些人的消息！」

　　蘇振傑遂就趕緊爬了起來，剛要趕過去道謝，就見李國良早已上前向楚江涯拱手，他們談了幾句話，就一同往前院的屋裏談話去了。蘇振傑也趕忙追了去，就見楚江涯這個人非常地和藹知禮。他與李國良素日沒見過面，但如今他就呼李國良為老前輩，對於振傑他也很客氣，就呼為蘇三兄。蘇振傑倒是有點羞答答的，說：「楚大哥！早先咱們鬧的那笑話，現在就全不用提啦！我的父親這次回家來，就說在鄭州多承你幫過忙，你還送他老人家直到家門口。可是，想不到！我父親他老人家，到底是沒逃開這步難，被雲媚兒給殺傷，請來大夫給治，可是沒治好，他老人家就……」說到這裏，他又放聲大哭起來，李國良在旁是愁坐不語。

　　楚江涯卻突然站起了身，說：「蘇三兄你也不要過度地悲傷了！以早先伏牛崗的事情來說，我實在無顏來到府上，並且府上老太爺還把我看成了一個江湖人。昨天是我聞知老太爺仙逝，當時我還很詫異，想老太爺身體硬朗，不像能得重病的人。至今天才聽說了什麼雲媚兒來莊行兇之事，我卻不信！因此才一來致祭，二來打聽打聽，究竟雲媚兒在莊外刀傷老太爺之時，可曾有人親眼看見了？”

此時那邊的李國良就有點神色改變，蘇振傑卻沒看出來，他搖頭說：“當時我也沒看見雲媚兒的影子，她傷了我爸爸，以後也就沒有再來！”楚江涯就問：“那麼，怎會知道是她傷的呢？”蘇振傑說：“是我爸爸親口嚷出來的。”

楚江涯發着怔，自言自語地說：“這可真是奇怪了！雲媚兒那人我是認識的，她是跟着于鐵雕等人在一塊，將來她倒許到洛陽來，可是前幾日她絕不會獨自來到此處。何況我知道她與老太爺的仇恨很深，她既然來殺，就不能只將老太爺殺傷，而不當場致死！”

李國良突然擺手說：“楚兄！你就不必費心思想這些事了！如今人已經死了，我是一定要替他報仇。楚兄你如果願意打這不平，那麼我要求你到時助個拳，事後我們必有重謝。”

楚江涯微笑着搖頭說：“我倒用不着謝，本來我在家鄉住得很是安逸，只因為遇見雲媚兒那些人，我才賭氣出來。又因為在鄭州遇着蘇老太爺，我才來到洛陽。更因為聽人說雲媚兒、于鐵雕等人，是先往平陽去殺李劍豪，後再來此地殺蘇黑虎。冒昧得很！我並聽說他們之中有一個金鞭岳大雄，具有萬夫不當之勇，我才故意不走，在此等候！”

蘇振傑納悶着說：“李劍豪是個幹什麼的呀？”

楚江涯用眼看着李國良，問說：“李老前輩，你可相信前幾日雲媚兒真是來過此地嗎？”李國良搖頭，面現青紫色，一聲也不語。楚江涯又說：“那麼，我可覺得這裏老太爺的死因很怪了，我敢說，蘇老太爺除了雲媚兒那些人之外，必定還有仇家。”

李國良聽了，歎息說：“他走了半輩子江湖，得罪的人，他自己哪裏還能記得清？”楚江涯正色說：“我想殺傷老太爺的人現在還在洛陽。今天上午，我就在白馬寺旁遇見一個人，此人年輕，腰藏利刃，我料定他就是……”李國良聽到這裏，忽然身軀亂顫，雙目圓睜，大喊着說：“姓楚的！你怎麼竟敢胡言亂語！”

楚江涯見李國良突然這樣急躁了起來，他就說：“李老前輩，你何必如此着急？我說這樣話，不過是覺得此事可疑。我們全是蘇老太爺的朋友，我們既要替他報仇，就得把事情弄得水落石出，就得替他尋着真凶才是。”

李國良說：“楚兄！你若是個好朋友，等到岳大雄、雲媚兒來的時候，你給幫幫忙就是了，就不枉我蘇老哥生前與你相交一場！”

楚江涯說：“我與蘇老太爺原無深交，這次我要幫助你們為他報仇，說實話，還是為我好管閒事。不過今天我在白馬寺閒遊之時，遇見的那個人，他雖不認識我，我可還大概能認識他。我跟他是曾見過面的，交過手的。”

李國良忽然問說：“這個人現在還在白馬寺嗎？”

楚江涯說：“他早已走了。我現在是住在城裏友人之處，因為閒散無事，每天我要出城來走走。今天我就遇見了那個人，他若不是神情那樣淒慘、嚴肅，我也不能生疑的。”李國良聽了這話，面上也露出很難過的樣子，楚江涯又說：“後來他見我留心看他，他就急忙轉過廟牆走了，我從他的背影，看出他腰間藏着短刀，我沒有再去追他。但我想這個人若不是岳大雄、雲媚兒派來的先鋒，便是早先藏在這莊裏，與這裏老太爺的慘死必定大有關係！”

這時蘇振傑在旁都聽得糊塗了，李國良又歎了口氣說：“那且不要管他。楚兄既然願幫助我們，那麼就請在城內留心着，如若岳大雄等人前來，就請急速給我們信息。有楚兄，有我，有我這位三賢姪，還有這裏的小琴姑娘，我們還不至於懼怕他們！”楚江涯就拱手說：“李老前輩放心吧！我既管閒事就要管到底，而且無論有什麼危險，我也在所不辭！”

此時蘇振傑就走過來說：“楚大哥，你就把行李搬到我們這裏來，好不好？我爸爸臨死之前，他還很佩服你，他囑咐說：將來得叫我的二哥跟你交交朋友，因為他做着縣官，免不得我爸爸的那些對頭再去尋找他，若是有你做保鏢呢，恐怕誰也不敢了。”

楚江涯又不由得笑了，說：“那位故去的老太爺，始終以為我是江湖人，我真不解！”

少時又僕人進來，說是外面擺席了。蘇振傑要陪着楚江涯去用餐，楚江涯搖頭謝絕，並拱手告辭。那弔祭的人仍在紛紛出入，院裏已有僧人敲起法器，詠起經來。楚江涯帶着他那小廝出了莊門，李國良送了出來，他問說：“楚兄現在住在城內什麼地方？”楚江涯卻微微一笑，沒有言語，回過頭來望了李國良一下，才說：“老前輩你現在有閒暇嗎？可否隨我往西去走幾步？”李國良遲疑了一下，才點點頭，於是那小廝給牽着馬，二人出了隱鳳村。

往西走了約半里，就離開了大道，踏上了田間的小徑，楚江涯這才向李國良拱手，說：“聞說老前輩是蘇老太爺生前至好的朋友？”李國良歎息說：“我們是五十多年的交情，恩同手足，他如今死了，我也絕不偷生！”楚江涯又問：“李老前輩的府上是何處？”李國良說：“江南池州府，但我多年都在北方。”楚江涯說：“聽說老前輩是才從別處回來？”李國良咬牙切齒地點了點頭，說：“我正是剛從平陽府來，我才從岳大雄的金鞭之下逃得活命，我一點也不瞞你！”

楚江涯說：“請老前輩還不要瞞我一件事，李劍豪是你的什麼人？”李國良神色驟變，不發一語，臉色卻顯出憤怒來，

楚江涯卻冷笑說：“老前輩你放心！我絕不是萬里飛俠高炯的一夥。並且我也放心，你們不至於像對付孟廣鏢店裏那個人似的，因為揭穿了你們的底細，你們就殺了我。”李國良仍是不說一句話。

楚江涯又笑着說：“老前輩你也太不信任我了！實同你說吧，我為你們的事已下了不少的功夫，多少我也猜出一點來了。我猜你便是那位李劍豪的令尊，李劍豪是否即是今天我所遇見的那個人，我不敢說，不過我非常欽佩他。金鞭岳大雄若來到，我須捨身幫助他去抵擋，也是因為我佩服他之故！”李國良長歎了口氣，淒然欲泣。

楚江涯又問說：“莫非因為你們來投到蘇家，蘇老太爺不肯收留，你們多年的朋友，才翻了臉，才將蘇老太爺誤傷致死嗎？”李國良忽然大怒說：“胡說！”

楚江涯趕緊又拱手說：“我說的話太冒昧了！其實我不過是瞎猜。”

此時李國良的臉色已變成慘白，他走近了兩步說：“楚老弟！這樣的話，你猜是自管猜，想也自管想，可是不能向外人去提呀！”楚江涯說：“與我無干，我提他作甚？”李國良的眼中又迸露出一種煞氣，說：“我李國良雖老，但舊時的性情可還沒改，當年在黃河岸邊、在寡婦寨裏，我也是一條英雄。”

楚江涯也沉下臉來說：“我願意岳大雄那些人來的時候，你還有當年之勇，可是無論什麼事，我絕不能告訴蘇家的人就是了。至於你這些個話，我卻不聽！”

說畢他憤然地一拱手，就到道旁上了馬，帶着他那個小廝走去，連頭也不回。

走到東關，他就進了一家店房，這店裏的人都認識他了，見他進來，就趕緊張羅着給楚大爺找房間。他卻打發那個小廝，進城告訴他的那個朋友，說是："我今天在店裏住了，不回去了。"他一個人在屋中喝了碗茶，覺得又可氣，又可笑，自己是圖什麼呢？跟着他們中間亂攪，還落不着一點好處。但是已經離開家這些日子，不把這件事管完了，回到家裏心裏也是不痛快。

他在店中住了一夜，次日一清早，他又出門到郊外去了。他倒背着手兒，作為散步的樣子，過了天津橋，繞過了白馬寺，走上了伏牛崗。朝陽已經升了起來，他又到洛水岸邊徘徊了一番，然後往回走來。遠遠望着隱鳳村裏，只見裏面來了幾輛車，十多匹馬，他就心裏說："大概是那個做知縣的蘇二少爺回來了，我又該換一身官樣點的衣裳，去拜會拜會他了。"於是往西走去，心中有些惆悵不止。第一是因為沒再遇見昨日的那可疑的少年；第二是，簡直說不出來，那美劍俠蘇小琴的芳容是真真繫在他的心上。

他不住歎息，尤其弄不明白李劍豪與蘇小琴之間是有着什麼事。那夜在伏牛崗的景象，他記得清清楚楚，小琴的武藝，堪堪與自己相比，但後來去的那個身穿黑衣、手持短刀的人本領實在比自己高！起初以為那人就是蘇振傑呢，最近細細打量蘇振傑，才知道不是他。而昨日在白馬寺旁遇見的那少年，身材的高低肥瘦，卻真與那黑衣人相似。他，無疑就是那岳大雄、于鐵雕等人正追尋的李劍豪了。但他莫非早就住在蘇家？早就與小琴相好嗎？可又不像，因為他如今為什麼又離開了蘇家，而蘇老太爺可又慘死了呢？

楚江涯一路費着腦筋尋思着，就回到了東關。到了店房裏，就見那店掌櫃帶着笑招呼他說道："楚大爺！你不要進城裏去住了，就在我們店住着玩吧！今天，東邊的五福店裏可來了一幫耍把戲的！"楚江涯聽了，就嚇了一大跳，趕緊拉着店掌櫃到了屋內，帶着笑問道："來了什麼耍把戲的！你快跟我細說一說！"

這店掌櫃倒是很感覺趣味，說是："現在我們洛陽城可熱鬧了！隱鳳村的蘇老太爺死了，是大辦喪事，他的二少爺，那位做縣太爺的兒子也回來了，至少得念經七七四十九天。到出殯的那天，一定是全份的儀仗，僧道俱全。美劍俠蘇小姐也得穿着孝，哭哭啼啼，叫咱們看看。現在又來了玩意，十幾個大漢子都帶着刀槍劍戟，聽說是江湖上有名的賣藝的，他們剛從山西來，明後天就要在咱們這東關開練了。"

楚江涯故作從容地問說："只都是一些男人嗎？沒有娘兒們練嗎？"店掌櫃搖頭說："可沒看見，大概沒有一個女的。其實練武藝本講的是真功夫，看玩藝也看的是本領，門路。娘兒們耍馬戲，走軟繩，我們這兒早先也來過，那可實在沒有什麼意思。"楚江涯一聽，雲媚兒跟那些人分開了，這次沒有到洛陽來，心裏不免覺着奇怪。但又笑着說："沒有娘兒們的把戲，我可不喜歡看。"店掌櫃笑着說："你大爺真會尋開心！要看娘兒們練把戲，你還是找美劍俠去吧！"

楚江涯哈哈一笑，但在店掌櫃走出屋去之後，他卻又坐着呆呆地發怔，心中說：如今他們兩家仇人都聚在一起了，委實是有一番熱鬧可看。那岳大雄的本事如何，我雖沒領教過，可是于鐵雕等人是不足畏。現在我跟于鐵雕等人已經結下仇了，又曾應得幫助蘇家李家，說出來的話不能不算。我若在此隱藏着，早晚也得叫那些人發覺，不如我索性光明正大地去鬥鬥他們，去攪一攪他們！

當時他的精神就十分興奮，恰巧他朋友用的那個小廝又從城裏來了，不但沒有勸他回去，反給他送來了寶劍，跟一個包袱——包袱裏就是他有時必需用的一身青色的衣褲和薄底鞋。於是他就叫這小廝去牽馬到門口外去遛。他連午飯還沒有吃呢，就又衣冠齊整，出了店門，大搖大擺地往東去走，卻沒看見于鐵雕那夥人之中的一個。

他來到了五福店，向門裏望了一眼，看見裏邊的棚下雖然是拴着不少匹馬，可是顯得十分清淨，只有兩個店夥在院中掃着馬糞。楚江涯走向裏邊，就問說：「喂！你們這裏不是來了一幫耍把戲的嗎？」店夥說：「都出去了，屋裏還有兩個人。」楚江涯又問說：「他們都往哪裏去了？」店夥說：「他們剛到這裏，聽說隱鳳村的蘇老太爺故去了，他們就全都大驚！因為蘇老太爺早年也在江湖上闖蕩過，是他們的前輩，他們就都連歇也不歇，一齊弔祭去了。現在屋裏還留着兩個人，一個是有病的。有什麼事你去進屋問他們吧！」說時指着那間東屋。

楚江涯卻搖頭說：「我找他們本也沒有事。」轉身就走。他急急又回到自己店中，拿了寶劍又出來，掛在馬胯骨旁邊。他有些手忙腳亂，因為他沒想到于鐵雕那些人這麼快就來到洛陽，而且立時就已經往隱鳳村去了。他想：「小琴若是吃了虧可怎麼好呢？」於是急急就上了馬，連鞭子都顧不得接，就一手提着馬韁，一手捶着馬胯，蹄聲嘚嘚，一直向東。不一會就到了隱鳳村，卻聽見村裏一片鐃鈸、鐘磬，和經咒之聲，並見火光熊熊，原來蘇家莊內外正在燒冥紙。

楚江涯牽着馬進了村子，就見村中的男男女女都出來觀看，當中焚燒着許多冥紙、錫箔。對着這一片火光，跪着一行穿孝的人：第一個身體很胖，自然是那位做買賣的蘇大少爺振雄了；第二個是文弱書生似的，無疑這就是在晉省做縣官的二少爺振忠；第三個是所謂粉金剛。女眷是都跪在門裏，衣裙全是雪色，哭聲哀痛，也分辨不出哪個是蘇小琴。

楚江涯在此站立了半天，等到那些僧人道士敲過了法器，念完了一番經之後，門裏的女眷都已經立起來回去了，僧道也都進內，三位少爺又都被人攙起，低着頭魚貫地也往門裏去了。一般看熱鬧的，尤其是女人跟老頭兒們，全都蹉歎而抹着眼淚，由此也可見蘇家老太爺生前慈善，待人厚道，所以死後才使人這樣惋惜。

人都進去了之後，門前只有幾個僕人和兩個官人，坐在長板凳上談天。火光也已滅了，地下留了一大堆紙灰，又沒有點風，也吹不起來。槐樹上的秋蟬還在哳哳地噪着，似模仿着剛才的那些哭聲。總之，一切都很平靜，不像是于鐵雕、岳大雄、李承、姜勇跟什麼「沒頂兒塔」、「吹倒了山」那一群強暴的人，已來過了的樣子，楚江涯倒不由得好生詫異。

忽然聽得有人叫着：「楚大爺！」趕過來的是個穿着孝衣、薄嘴唇、小腦袋的僕人，他倒覺得很眼熟。這僕人就說：「楚大爺，你不請進去坐一會嗎？我們二少爺回來了，說是要見您，可是又不知您住在城裏什麼地方？」楚江涯點點頭說：「少時我就去拜訪他，可是我問你……」他先問說：「你叫什麼名字？」這僕人說：「我叫耿四呀！我們三少爺跟小姐的事情，向來都由我辦理。」楚江涯又問：「你可知道東關來了一大幫人，口稱是賣藝的，——因為他們都攜帶着刀劍，不願人對他們生疑。其實他們卻是……剛才沒有到這裏來嗎？」耿四搖頭說：「沒有人來，今天雖說是念經燒紙，可是並沒有遠方的人到此祭奠！」楚江涯聽了，又覺得很奇怪。

耿四現在對於楚江涯很是套近，他執意要給請進莊內，見他們的二少爺。楚江涯卻又問：「李國良現在莊內沒有？」耿四就撇着嘴，表示着看不起的樣子，並且哼了一聲說：“他哪能夠走呢？他要走了可好啦！蘇家若不是交了他這麼好朋友，能夠成了現在這樣嗎？”

楚江涯又不由着發怔，遂問說：“你這是什麼話？”耿四先回頭看了一看，見門裏沒有人出來，也沒有人注意他跟楚江涯在這裏閒談，他就放了心地說：“因為我們老太爺從普陀山回來後，一看見他那個瘸了腿的女兒，就生了大氣。不生氣後來也許不能拼出命去捉賊，受了傷慘死。他的那個女兒可更怪了！老爺死後，家裏就又鬧了一回賊，偷了我們三少爺的幾身衣服鞋襪，同時也把個瘸腿的李大姑娘給背走了，不然，為什麼連炕都不能下的一個人，會忽然沒有了蹤影呢？這位李太爺也不去找他的女兒，可只管在這兒膩着。大概他是想等着辦完了喪事，他還要分點產業呢？”

楚江涯卻說：“你不要混說那位老英雄。你去告訴他，並去告訴蘇三爺跟小琴姑娘……”耿四直着眼睛問說：“有什麼事呀？”楚江涯就說：“因為有一些人來了，你只要一說，他們就能曉得是誰。你就說：我現在就去追尋那些人的蹤跡，但那些人少時也許就一齊來到，勸李老英雄跟小琴姑娘都不用驚慌！也不要急躁！那些人若不先動手，咱們也不便先動手！”

耿四一聽，就嚇白了臉。那邊大板凳上坐的幾個人也齊都趕過來問着“什麼事？有什麼事呀？”楚江涯卻上了馬，急急地揮手說：“叫他們快些防備吧！”說着他又以手擊馬，就沖出了隱鳳村，一直往東，他心中想着：聽剛才耿四所說的話，可見這些日，蘇家家裏大有疑案。這事現在無暇去訪問了，只是岳大雄等人即來洛陽，可又未到隱鳳村，他們究竟是往哪裏去了呢？

當下他一面思索，一面催着馬，就在郊原之上驟馳，用目向四下去望，欲尋出些可疑的人影。眼前又來到伏牛崗了，由此向東，就望見了那清清的洛河。那河邊有很多的楊柳樹，這時秋風雖已吹起，但傍午的天氣仍熱得叫人出汗，那裏倒確實是個納涼的好所在。當下楚江涯便想到那裏去歇息歇息，於是他就緩緩騎着馬，往那河邊走去，同時回想着：上次與蘇小琴在月下交手之後，又遇見了那青衣的手持短刀的人，那人的刀法是如何地精熟，逼自己到了河邊，自己跟他繞着柳樹，借着柳蔭潛身，才算逃去。如果金鞭岳大雄的武藝，比那個人還要高強，自己可就真得特別仔細了！

他馬往前行，距離那河邊已經不遠了，他就忽然將馬勒住，順勢就下了馬，因為他望見了那邊柳樹下有很多的人。這時候納涼並不足疑，只是那河邊並不靠近大道。而且附近村舍都很少，似乎不該有那些過往的人還特地在那裏歇息。他見身後無人，遂將馬匹推得接近了旁邊的田地，他就順着這股高低不平，半邊是田禾，半邊又是石崗土坡的地方，縱目往那邊去看。他就看見那邊柳下，坐着的站着的人共有十幾個，正在指手畫腳地在一起商量什麼事。楚江涯心中又驚又喜，暗想：果真被我將他們找到了！

他遂撩起來衣裳，彎着腰，幾乎是蹲伏着了，又往前走了走。同時略略抬起脖子向那河邊去望，就見那長長的亂拂亂動的柳絲之下，有一個站立的大漢，正在對一些人說話。此人，不是于鐵雕，也不是那黑牛姜勇，身體可比那兩個人還魁梧，是一張紫色的臉。他吩咐之時，就有兩個人站起身來了，這兩人之內，有一個頭上是光溜溜，穿着一身黑色的褲褂，仿佛拿着一塊手巾，直擦他的禿腦殼，這正是那沒頂兒塔馮七。另一個卻又很眼生，只見這二人聽了那人的話，就離開柳蔭往西邊去了。楚江涯趕快又蹲下了身，他心中想着：那個紫臉大漢多半就是岳大雄，他們是在店裏覺得不便，才跑到河邊來商量什麼辦法。看這樣子，只怕蘇家莊內，今天不到天黑就有危機發生，我是怎樣才能去救呢？

他又作難了一會兒，因為若是這就奔過去，跟他們慷慷慨慨談說一番，勸他們不要和蘇家作對了，也不要向蘇家去找李劍豪，因為蘇老太爺已死，李劍豪又不在蘇家住了。他以為這樣做才顯得英雄，可是又知道必然無用，那些人絕不聽勸，還得與自己交起手來。自己在這荒曠的地方，手無寸鐵，即使打勝了也沒有人知道，若是敗於這些人之手，或傷了，又實在不值得……當下他想了半天，斟酌了好幾次，才決定是趕快到隱鳳村。今天就在那裏不走了，等候着幫助李國良、蘇小琴抵擋這些人。他主要的是叫小琴知道，他出的力氣都須叫小琴看見，即使受了傷，死了，也得叫小琴知道是為她才成！

於是楚江涯就回身跑過去取馬，沒想到又嚇了他一跳，原來那匹馬已經沒有蹤影了。他心說：這可奇怪！他的臉色已煞煞的白了，想着：馬絕不會鑽進田地裏去的！遂就憤憤地跑上了高崗，向四下去望。他潛伏了這半天，如今突然前功盡棄，因為他站在高處，已被那河邊的人看見了。當時那邊的七八個人都離開了柳蔭，用手在額前遮着耀目的陽光來看他。他趕緊轉身，忽然望見了西南首有一團煙塵，塵土滾滾之中分明是一條馬影。

他幾乎高叫出來，一面又往坡下跑去，一面目光追着馬影去看，隱隱地看出那馬背上有人，並不是馬自己驚跑了的，卻是被人偷走了的。他想：這人可以當得起是神偷慣竊了，我竟會不覺得，馬就丟了，啊！這人也太看不起我楚江涯了！當時他臉色也變得發紫，不管追得上追不上，他就憤憤地向那條馬影所去的方向追趕，步下加速，緊緊地跑。同時，那河邊柳下也拴着馬了的，當時岳大雄就派了兩個人騎着馬來追他。楚江涯回頭看了看，腳下仍不停止，他連氣也不喘，因為心裏想：我若不將我的馬追回來，捉住那個蔑視我的賊人，以後我就無顏再見人了！他不顧身後的追騎，只去趕眼前的賊盜，急走，兩腳真超過馬蹄。

但是，他跑不過一里來路，眼前那疾馳的馬影早已沒有了，而身後的嘚嘚蹄聲已經逼到。楚江涯回首一看，這二人他全認識，原來都是萬里飛俠高炯的弟子，一個是白面瘟神洪錦，一個是病太歲呂信，鞍旁全都攜帶着刀劍。

楚江涯至此時，突然心中另生了一個主意，他就不再跑了，轉身站住，挽袖子，掖衣襟，等到那兩匹馬趕到了臨近，他就向道旁一閃，說聲：「請你二位站住吧！」那二人一齊收住了馬，塵土挾着馬尿的氣味向四下落。病太歲呂信的一張淡黃臉膛，滿布出怒容，用皮鞭向下指着，厲聲說：「楚江涯！你也來到洛陽做什麼？」楚江涯卻從容帶笑說：「我不是已跟你們表白過了嗎？你們走到哪裏，我要追到哪裏，非得看你們諸位練把戲不可。」

呂信掄鞭子就要向馬下打來，又怒問說：「剛才你站在土崗看什麼？」楚江涯說：「我也是聽說你們來了，忽然又都走了，我就覺得你們的行蹤太可疑，怕你們背着我去耍把戲，故意使我不能看見。所以我才尋找到這裏，果然見你們幾位都在這裏了……」才說到這裏，病太歲呂信就自鞍旁掣出了鋼刀來，怒罵着說：「你敢小看我們？」刀從馬上刷的一聲砍了下來，楚江涯只往旁一閃，並不逃跑。

洪錦可將他的師兄攔住，跳下馬來，推着他師兄的馬頭往後去，連使眼色帶勸說：「師哥暫且息怒，楚江涯不是不講交情的人。」呂信還瞪着眼大罵，楚江涯卻只管微微冷笑。洪錦走了過來，抱拳說：“楚兄，我們有何得罪於你的地方，你這樣居中亂攪？蘇黑虎、李劍豪他們又不是你的什麼至交好友！”楚江涯也拱拱手說：“正因為他們都非我的至交好友，我才要打這不平。蘇黑虎已經死了，你們何必還要欺負他家？”洪錦說：“我們並不欺負他家，我們找的是李劍豪，是為給我們的恩師報仇。”楚江涯搖頭說：“那你們就弄錯了，李劍豪不在他的家中居住。”洪錦就問說：“楚兄可曉得他在哪裏？”

第九章　素帳低垂窺賊影

　　楚江涯剛要說出李劍豪的行蹤，忽然自己心裏又很生氣，就想：我的馬被誰盜了去啦？不是那個人誰能有那麼大的膽？遂就將話忍住，又發出了一陣冷笑。他眼睛望着呂信騎着的馬，嘴卻對洪錦說着：「你們也一定知道，我與李劍豪是毫無交情，我雖打不平，管閒事，可是我絕不能夠將他隱匿起來。我只曉得他沒在蘇家，蘇家的老太爺是才病故，家人正在悲傷不幸，你們不該又去向人攪鬧！」

　　呂信也下了馬，提着刀瞪着惡眼，先推開了他的師弟，便撲過來掄刀向楚江涯就砍，說：「與你什麼相干呢？你只要找死，可休怪我們對你不客氣了！」刀落了下來，楚江涯卻向旁急跳，呂信將刀又橫掄，楚江涯卻翻臂反撲了過來，一下就抄住了他的手腕。呂信咬着牙發怒，奪臂，踢腳，同時洪錦也抽刀來殺楚江涯。

　　楚江涯此時已將呂信的刀搶在手中，他舞了起來，寒光閃爍，呂信縮着頭早跑到了一旁，洪錦也抵不過他，而直向後退。楚江涯就向洪錦說：「我看你們那一群人之中，只有你還不錯，所以我連你的馬，你的刀，都不肯要。你們快告訴于鐵雕、岳大雄去吧！」說時他已抓住了呂信的那匹馬，而且騎上去了。洪錦掄刀又來攔，呂信由地下抓起了石塊也向他打。楚江涯卻在馬上閃身，躲開了飛石，又舞刀將洪錦殺得不能近前。

　　但是此時他略略地一回首，就見那邊步行來了六七個人，手中全都提着刀棍，其中為首的就是那岳大雄。楚江涯微微地笑着說：「你們的人都來了！我可還有事，沒工夫跟你們搗亂。暫借你們的馬匹用一回。晚間你們到東關找我去，我再將馬奉還，好在咱們現在東關住得又近鄰，不愁不能見面。」說時，他催馬向西馳去。呂信張着手大喊，洪錦已上了馬提着刀追來，那邊岳大雄率領的幾個人，也步下加快，並齊聲喊說：「楚江涯！你若真是個英雄，何必又要逃跑？」

　　楚江涯聽了這話，就一怒收住了馬，再回首去望，見那岳大雄正在向呂信詢問，忽又望着楚江涯說：「啊！原來你就是河南省鼎鼎有名凌霄劍客？我還以為你是多麼個了不起的人物，原來你只會在暗地裏窺探人的行蹤，耍無賴，搶掠別人的刀馬？你來吧！」他從身後一個的人手中要過來兵器，嘩啦啦亂響，抖動了起來。一看，原來他金鞭岳大雄所用的鞭，並非什麼竹節鋼鞭，乃是這種東西。一共七截，每截長約一尺，完全鐵制，用鐵鍊子聯在一起，抖起來就如同是一根鐵棍，又如一條長蛇，而若摺疊起來又可以挾在脅下。

　　當下他向着楚江涯抖了起來，雖然相離尚遠，但確已表現出尋釁的意思，其餘的人又在喊嚷大罵。洪錦並且撥馬橫刀，擋住了去路。楚江涯如今就算是已經被困在垓心了，他不願立即拼鬥，可又不能下馬服輸，他很是着急，但卻冷笑着，說：「金鞭岳大雄，我知道你是萬里飛俠高炯的師弟，我也久仰你的名聲。可是如今看你們來到洛陽，不敢直頭去尋李劍豪，仍然假裝賣藝。不敢在店房中商量事情，卻到河邊來……哈哈！我也就看出你這些人的膽量來了！」

　　此時岳大雄已掄着鞭撲奔了過來，楚江涯一面哈哈笑着，一面催馬就走，那洪錦迎面掄刀就來殺他，他也舞刀相迎，三四合，趁着洪錦抵擋不住，人馬一閃之際，他就催着馬沖了過去。但後面的岳大雄竟已趕來了，嘩啦啦地一鞭，幾乎就打在這匹馬的屁股上，楚江涯卻連頭也不回，縱馬飛奔。後面的岳大雄也已騎上了洪錦的那匹馬，自後緊緊追來。相離不遠，又在馬上抖了一鞭，可是仍然沒打着。

　　楚江涯催馬急奔，由西轉北，眼前又望見隱鳳村了，他就越發將馬加快，少時就闖進了隱鳳村，只見村裏這時已然得到了信，很是雜亂，刀槍耀眼，有人撲上來喊着：「捉賊！……」又有人急忙來阻擋，說：「不要莽撞了！這便是楚大爺！」楚江涯連人帶馬，此時已被許多人圍上了，若不虧有個人來解勸，村裏的這些莊丁，就許刀棍齊上，把他殺死。原來村裏的人聞聽蘇老太爺的仇家來了，全都氣極了。李國良是提長槍掄着，鬍子跟槍的纓子同時飄蕩。

　　楚江涯已下了馬。那走過來稱呼他為楚大爺的人正是耿四，此時也是短打俐落，手持着一柄獵叉。他說：「楚大爺怎麼樣了？看見那些賊人了沒有？我們這裏可都已預備好啦！」楚江涯提着刀，倚在馬旁不住的喘氣，話不能立時答覆出來，許多人團團圍住了他。這時大家都知道他就是已經跟蘇家有了交情的楚江涯了，大家的眼光就齊注視着他，要聽他說話。李國良也走了過來，大聲問說：「楚兄！你可看見了那群人？」楚江涯冷笑了笑說：「他們也是膽虛，對於這個村子有所顧忌，所以不敢當時就找來拼命，他們才聚到洛河畔去想主意。」耿四一聽這話，當時搖動了獵叉，憤憤地說：「他們都在河邊了？好！不用等他們來到咱們這村，咱們就先去，把他們收拾了再說，你們哪個跟着我去？捉住雲媚兒那娘兒們，好給老太爺報仇！」立時很多的人都舉着傢伙，憤憤地要向村外走去。

　　楚江涯卻高聲地呼喊，將他們都叫了回來。楚江涯就說：「他們沒找到村裏來，你們就暫且不要去！再說雲媚兒也沒同他們在一起，不知道她是否來到洛陽，或許有別的緣故。可是剛才我已經會着岳大雄了，這匹馬，這口刀，都是由他們手中奪過來的，我想他們少時必定要到村裏來找我要刀要馬……」他說到這裏，那耿四卻有些發呆，問他說：「可是，楚大爺！你的那一匹馬跟寶劍又送給誰啦？怎麼沒有啦？」楚江涯卻裝作沒聽見，就沒回答。他仍然往下說：「他們既在河邊商量事情，就可知是要來攪鬧，他們全是久走江湖，慣會飛簷走壁的人，無論什麼毒手，他們都能施得出來。由今天起，我想咱們這裏就得加緊防範！」

　　他說出了這話，有的仍然不服氣，要迎出村去鬥那些人，有的卻轉過臉去撇嘴，說：「他搶了人家的刀馬，往咱們的村裏跑來，這不是有意給咱們招惹麻煩嗎？不如咱們先把他打出去吧！」可是有的人又覺着楚江涯說的話很對，而不住點頭贊許，說是：「咱們只要保護住了咱們的村子就是，那些人若是不來，咱們也不必去尋他們打架。」李國良此時是最為急怒，他嚷着說：「那些人會怎能夠不來？除了我獨自去會他們，跟他們講開了，我這條老命由着他們殺死！我的兒子並沒藏在這裏，叫他們休來擾這個村子！”他說的這話聲音雖很大，但因為旁邊人語紛紛，也沒有人聽明白了他的什麼兒子的事。

蘇振傑跟他的大哥振雄也都拖着長大的白布孝衣，從門裏出來了。這蘇振雄在外經商，聞知父親的凶耗，昨天才自潼關趕到。他也聽說了這位楚江涯便是救過他父親性命，而且護送過他父親歸家，父親臨終又曾囑咐與他結交為友的那個人，就很恭敬地往門裏去讓。蘇振傑卻滿面驚慌之色，問着說：“是金鞭岳大雄來了嗎？那些人都來了嗎？雲媚兒也來了嗎？現在什麼地方啦？……”楚江涯也顧不得答覆他的話，卻拉了李國良的胳膊一下，說：“李老英雄，現在你可千萬沉着點氣！”李老英雄是面容慘黯，雙手緊緊握着他的那杆長槍，仿佛如今他只等待着仇人前來拼命，只有這件事他還明白，別的事他就跟傻子一樣了。

蘇振雄過來挽住了手往大門裏請楚江涯，楚江涯將刀跟馬都交給了別人，他也就邁步上了石階。忽然看見蘇小琴也出來了，她是粗布的白褲子白短衣，頭髮用白繩兒繫着，臉上也沒擦着脂粉，可是因為氣憤，也顯出有些嬌紅之色，手中提着一口有白絲繩子的劍，劍光閃閃奪目。楚江涯本應當從她的身旁走過去，但此時他不禁赧然了。蘇振雄就給引見說：“這位就是楚江涯義士，這是舍妹。”楚江涯先拱手，又趕緊改為打躬。

小琴倒像是沒看見似的，就讓了讓路，等楚江涯走過去，她卻發急地向下面問說：“到底那雲媚兒來了沒有呀？”下面的人有的呼“姑娘”，有的叫“小姐”，都說那些人現在村外了，在河邊上，有人更高聲呼喊着說：“小姐！你率領着我們去吧！去把那些王八蛋都宰了！不用等他們找到咱們門口兒來。”小琴憤憤地舉起來寶劍，跳下了台階，就要帶領着這些人走去。

楚江涯卻回身就說：“姑娘不必去了！等他們找到莊裏來再說！”他又不便將小琴拉住。那邊的耿四搖晃着鋼叉，激着小琴，恨不得立時就走。幸虧有蘇振傑攔住了他的妹妹，蘇振雄也大聲呵斥住了眾人，不許胡談亂講，不許輕舉妄動，這樣一來，小琴才沒有率眾出村，而眾人的嘈雜聲也漸漸平靜了下去。楚江涯就見蘇振雄不愧是蘇家的長子，很能夠鎮服得住這些人，而一轉臉，又恭謹帶着笑地讓他進內談話，態度和藹，真是一位善於貿易的大掌櫃的模樣。

楚江涯進內，又被請到外院的專為接待來賓的臨時客廳裏，此時裏院正誦着經。蘇振雄與楚江涯敘了幾句閒話，便叫僕人請來了他的二弟振忠。這位丁憂歸家的縣太爺，是攜眷自山西任上坐着馬拉着的轎車今晨來到的，面上不僅風霜之色未褪，而且顯出悲痛過度，形容俱毀的樣子。尤其他知道楚江涯就是他父親臨死囑他務須結交的那位俠客，他本來沒見過這樣的人，他也不知道楚江涯有多大的本領，所以非常感覺不安，連說了些客氣的話，也都文縐縐的。楚江涯倒聽得懂，他的大哥卻聽不懂。

少時蘇振傑也進來了，說：“剛才有人騎着馬跑到河邊去看了看，那裏卻連個人毛兒也沒有，大概都嚇跑了，不敢來啦！”楚江涯怔了怔，就說：“那岳大雄等人雖然是江湖上的強霸，可是這裏的老太爺既已亡故，大概他們也不能相逼過甚，只是今晚請府上派幾個人，要小心一些就是了！”

蘇振傑聽了這話，倒還不大慌忙，他的大哥二哥，卻都害怕了起來，於是就懇請着楚江涯搬到這裏來住，並問了他現在的寓所，就要給他取來行李。楚江涯說：“我本沒有什麼行李，今晚我也不必在這裏住。不過我是一定盡力幫忙的，何況我也跟岳大雄、雲媚兒等人結下了仇恨，即使我不惹他們，他們也必不肯饒我了。”蘇振傑蘇振忠二人聽了楚江涯的話，齊都現出感激之色，口中更是稱謝不止，蘇振傑的心懸了半天，如今又放下了，心裏說：“只要有楚江涯，再加上我的妹妹，那就全都不怕了，那就用不着我再着急了。”這時裏院又敲奏起各種法器，僕人進來請三位少爺去跪靈燒紙。三位少爺就一齊請楚江涯在此坐候，他們往裏院去了。

這時屋中沒有別人，楚江涯可真是懊煩，而且慚愧，因想着自己生平也沒做過似今天這樣的拙笨事情，馬匹一聲不響地在光天化日之下，咫只之間，竟被人盜了去，而自己竟沒有追的上。自己雖又搶了一匹馬，也奪了人家一口刀，可是岳大雄追趕上來之時，自己竟不敢敵他的金鞭，而且，簡直是逃到這村裏來了。今天的事誠然是滅盡了自己平生的銳氣，若是被蘇小琴曉得了，若是自己不再顯露顯露才能，不爭回來這口氣，那縱使無人知曉此事，自己也真無顏見人了！

想來想去，就覺得連坐也坐不安，忽然看見門開了，李國良又從外面走進來，他的那大扎槍也不知放在哪裏了，但面色比剛才更為慘黯。楚江涯就過去悄聲對他說：“李老英雄，如今愁也無益了。咱們可要精神些！把膽子振起來，刀法劍法預備熟了，以便到時，我想就在今晚，咱們要跟那些人拼拼。因為人家蘇家除了與雲媚兒有隙之外，跟岳大雄等全都無仇，這裏的老太爺一死，他們更不願到這裏來；如果來了，那不是因為我給招來的，便是為要尋找你家父子。”

李老英雄聽到這裏，不知是氣的，還是嚇的，他的身軀、鬚髮全都亂顫，他說：“我……非要……離開這裏不可！我本是往平陽去找鎮三峽，卻不料鎮三峽已隱居不問江湖事，不肯來救他的徒弟，也不肯幫我，才致我被岳大雄，被那些人趕到這裏。可是我回來，蘇家的大公子，二公子也都回來了，人家一家好好的人，豈可為我所累？我一定得離開這地方！”楚江涯搖頭說：“那也不必。”李老英雄又說：“我不離開，他們那些人也絕不能來！他們不怕別的人，必是怕蘇小琴，美劍俠，一定……但是，我不能依賴此地，叫，叫個女孩子來保護着我！我要走，要舍了我這條老命！”

楚江涯一聽，就細細地想，也相信那些人都是被小琴的名氣鎮住了。他因此就更覺得慚愧，歎了口氣，也點頭說：“好！你真不愧是一位老英雄，你很有骨氣。那麼，現在我就回一趟東關，到五福店裏看看他們回去了沒有。然後，我或是與他們在那裏比個高低，或是我就回來在此防夜，你再去尋覓他們。”

李老英雄就點頭說：“好！好！你立時就去吧！我等候你到天黑的時候，如若星星出來了，你再不來，那我就不管你了，我就要走了！”

楚江涯心說：這個老頭子好怪的脾氣。遂又說：“一切的事，老英雄你也用不着瞞我了。據我想，岳大雄的金鞭雖未必比我們高，可是，我怕你我也斷難取勝。老英雄你一世的英名，也不可就輕身與他們去拼。你的令郎李劍豪，他沒有走遠，人家此次來找的就是他，應當叫他來出頭。”李國良卻急躁着說：“我不認他了！我早就沒有他那樣的兒子了！他如果來到，我是先殺了他，再與岳大雄拼命！”楚江涯便不再說什麼話了。

這時那鐃鈸經咒之聲，漸漸又清亮了起來，又在耳邊吵了起來，原來是僧人、道士往門外去了，一片哭聲盈耳，孝子、孝女、賢媳，都到門前跪哭，焚燒冥紙去了。此時這屋子的門並未關嚴，李國良與楚江涯齊都止住了談話，而轉臉向外去望。只見振雄、振忠、振傑，一個一個低着頭流着淚走了過去，隨後就是那把寶劍已放下了，上面又穿了一件雪白的孝衣的蘇小琴。楚江涯發呆地想：憑這麼一個柔弱的小姑娘，她竟能使得岳大雄那一干人，不但不敢在店中議事，而且不敢冒然來進隱鳳村，可真令我愧死了！轉臉又見李國良，他望着小琴卻現出憤怒之意，口中叨念着說道：「這個妖媚的丫頭！徒有一身好武藝，也給她爸爸丟盡了臉！她，迷惑了一個少年英雄，毀了兩個老朋友！」他真恨得切齒，楚江涯見了更覺得十分詫異，便趁着外面的紙尚未焚完，人還沒有進來之時就走了。

　　當楚江涯出門的時候，那蘇小琴姑娘跪在門洞裏，哭叫着她的爸爸，尚未起來。楚江涯看了，更覺得這位美劍俠是可憐而又可愛。他自己惆悵無顏地從小琴的身旁走了過去。只見門外的火光正猛，哭聲正哀，法器敲得正在緊響，他也無處找人去要他搶來的那匹馬跟那口刀了，而且覺得馬既騎不回東關去，刀呢？自己本來就沒學過使刀，耍起來也不便利，所以他一狠心全都不要，大踏步走出了隱鳳村，就順着大道直往西去。同時兩眼不住向兩旁去看，竟沒看見一個行蹤可疑的人，他的心裏又覺得煩悶。

　　回到了東關，只見五福店的門首，站着兩個人，都很熟識。一個是那圓眼睛的小伙子豹子李承，一個是剛才會見過面的白面瘟神洪錦。走到了這裏，楚江涯就突然止住了步，六隻眼睛都瞪在一起了。那豹子李承面現怒色，洪錦卻又攔住了他，拉着李承就回到店裏去了。楚江涯不禁哈哈大笑，走到門前又向裏看了一眼，便昂然走了過去。他面上雖無懼色，心裏可確實也有點緊張，本想趁着天色尚早先進城去，找個合適的傢伙，所以路經自己住的那家店房，也沒有進去。

　　正自走着，忽聽背後的腳步聲急，迎面來的幾個行路的人，也全突現驚異之色，楚江涯便知有異，急忙將身向旁一閃，就見後面是那病太歲呂信又追來了。此時他的手中倒無刃物，上前要撲楚江涯，沒有撲着，反被楚江涯順勢一帶他的腕子，又一抬腳，就將他踢得退後兩三步，坐在地上。呂信往起來爬，大怒着說：「還我的馬！還我的刀！」猛虎餓鷹似的又撲來抓打，楚江涯又巧妙地還擊。

　　忽見由東邊又趕來了一個人，大聲嚷嚷着說：「呂信住手！」呂信聽了這話，就回頭看了看，立時向後退去。來的這人正是于鐵雕，楚江涯迎上去拱手說：「想不到我們來到洛陽又會着了！」于鐵雕卻沉着臉說：「楚江涯！你也不可逼人太甚呀！」

　　楚江涯仍然裝作不明白的樣子，說：「我並沒有逼迫你們呀！我只是追來要看把戲，因為我已經發下了大話，許下了心願。」

　　于鐵雕歎了口氣，仿佛是極力忍抑着胸中的憤怒，先拂拂手，令呂信回去，然後便拉着楚江涯，躲開了人群，他悄聲地說：「今天洛河邊的事情，咱們也不便提了。呂信的那匹馬跟刀，你若是講交情，你便送還我們，不然我們也不要了！連我的岳師弟他都曉得，你是與蘇黑虎有舊，所以你才保護着他們。但，這事你不要發愁，蘇黑虎既已死了，雲媚兒在平陽府就已與我們分了夥。我敢答應你，我們絕不到隱鳳村去攪鬧！」

　　楚江涯微笑着說：「你這話，我倒不承你的情！因為我想，不用說你，就是金鞭岳大雄，他若想進隱鳳村，他也得先打打聽美劍俠蘇小姐的武藝怎樣！」于鐵雕聽了這話，臉上雖然發了一陣紫，可是仍然耐着氣，又說：「蘇小琴不過是個女子，她的武藝若低，我們勝之不武。」楚江涯接着話說：「對了！她的武藝若是高呢？你們就敗了足羞！」于鐵雕冷笑着說：「若真個拼鬥起來，漫說一個蘇小琴，就是他隱鳳村的人一齊上手……”楚江涯冷笑着，忽然于鐵雕喊起來說：“可是我們何必要那樣辦呢？我們的仇家只是一個李劍豪！連他的爹爹李國良，我們也不忍傷他的性命，不然豈能又放他從平陽府回來？”楚江涯說：“李劍豪確實未到洛陽來。”于鐵雕擺手說：“你不要替他隱瞞了！我的一位族弟，便因追他來此，被他殺死在這條街上的鏢店裏。他男扮女裝，住在蘇家，已有多日……”楚江涯聽了忽然吃驚，暗想：“他們探聽得倒真詳細。”當下于鐵雕又說：“如今假說失蹤，其實仍然混在蘇家的僕婦群裏，他不敢出頭。”楚江涯發笑着說：“這你們可又猜錯了！你們若找李劍豪，還是得先來問我！”說到這裏，卻又自悔失言，覺得李劍豪刻下正在難中，自己不該泄出他的底細，說出他的蹤跡，遂笑了笑，轉身就走。

于鐵雕本來就不信他這話，認為他仍是故意居中擾亂，便追上前來，又說：“楚江涯兄！講交情，你就去叫李國良出來見我們，交出他的那男扮女裝的兒子來，不然，我們可連他的老命都許不饒。再托你去告訴蘇家的人，若在三天之內交出李劍豪，我們便不進他的村中去擾，否則，也怕難免要稍稍驚動他們了！”

楚江涯說：“這些話你們自己向他去說去唄，與我無干。”于鐵雕說：“你一定不攪了麼？”楚江涯笑着說：“我並不是攪，是你們若見李國良，見蘇家的人客客氣氣，談論曲直，我也絕不過問；你們若是大批的人馬，持刀動杖，去擾人的喪棚，那我可就難以袖手旁觀了！”

他才說到這裏，忽然身後有一人趁他不備，猛向他的頭上重重擊了一拳，楚江涯覺得一陣頭暈，當時立足不住，身子就向旁邊倒去。那擊他的人原來正是黑牛姜勇，就趁勢將他的雙臂揪住，先嚷嚷着：“他偷去了我們的馬，我們要捉他送衙門！”連于鐵雕也沒有料得到，此時他本要攔阻，那邊的呂信，洪錦等人都趕過來了，就一齊推着架着楚江涯。街上亂哄哄，有人說是：“捉住盜馬的賊了！”有人卻又納悶，說：“這個不是那位楚大爺嗎？他很有錢的呀，不至於當賊呀？”姜勇等這些人個個兇悍，也沒有人敢向他們來問。轉眼之間，楚江涯就已被推進了五福店，他先是掙扎，掙扎不動他便狂笑。當時這些人，萬里飛俠的徒弟們，就棍棒頻揮，手腳齊下，楚江涯又昏暈了過去。

楚江涯的身上雖未受刀傷，但是經這一陣拳擊、腳踢、棍打，他也已經鱗傷遍體了，不過，他自始至終可沒有呻吟一聲，更不用說喊叫求饒。于鐵雕於是喝令眾人住了手，他不禁說：“好漢子！”呂信說：“什麼好漢子，分明是一個潑皮！咱們再來一頓棍子，叫他索性緩不過氣來也就完了。然後咱們就走開此地！”于鐵雕說：“洛陽城是個大所在，咱們豈能那樣辦事？他因為偷去咱們的馬，咱們才打他，如今把他抬出去就是了！”他又喊了一聲，就叫馮七、洪二，把楚江涯攙架了起來。楚江涯這時又蘇醒了過來，他微微地冷笑，被人推出店門，洪二又向他踹了一腳，他就又在地下滾了一滾。

這時門外有許多的人都在看着不平，其中就有楚江涯所熟識的那個店掌櫃，這人先趕過來扶得楚江涯坐起，憤憤地說：“楚大爺，你天天騎着馬出門，今天你的馬都沒啦，你哪能夠偷他們那些賣藝人的馬？他們是訛賴你，是欺負你大爺！大爺，我攙着你到衙門告他們去吧！你看他們把你打得這個樣子！”

楚江涯向地下唾了口血，因為他的牙已被打掉了，他的一身好衣服也都被打碎，而且滾沾了許多泥土，臉上手上也盡是傷，但他霍然立起了身，拱手帶笑地向着四圍的人說：“諸位不用關心了，他們的手下沒有力氣，他們膽子又不如狗，沒敢動刀槍，我姓楚的既沒成殘廢，就不算什麼！而且他們是冷不防打的我，又是大夥一齊上手，不算得好漢。什麼話也不必說了，狀我也不告，兩三天之內叫諸位再看吧！」說着，他就忍痛邁步，依舊回到了他住的那家店中。可是他一進店門就要倒下，幸虧旁邊有店夥扶住了他，攙着他進屋。他也不躺下歇息，就先託付個店夥，進城去找他那朋友，說是無論如何今天也得給送來一口寶劍。

斯時，屋外擁擠着許多的人都說：「對！楚大爺你把傷養一養，得跟他們去拼拼，出出這口氣，不然就請美劍俠來幫助你。」楚江涯仍是微笑，說：「這點棍棒微傷能算得什麼？勞你們哪位的駕，給我拿一些老酒來吧！」店掌櫃就叫人給他買來了一些老酒，楚江涯自己用了一塊布蘸了酒向着棍傷之處搓擦，漸漸地身上的血液靈活了，他又忍着痛躺下歇息了一會兒。

這時一些看他的人也走了，他朋友家中的那個小廝就送來了一口寶劍。這口劍外表看來，好像是個古董，將劍抽出了鞘，也不怎樣寒光耀眼，可是，確實是純鋼，確實是個名器，至少此劍在人間有一二百年了，劍鋒喝過必不止一兩個人的鮮血。因為楚江涯的那位朋友，本是洛陽的世家，所以才能有這等的寶劍。當下楚江涯便將劍放在身旁，又叫店家給他快做飯。他雖然周身都受着傷，但吃的還不算少，精神也頗為充足，對於五福店裏的那些人，他一字也不提了。

等到薄暮的時候，他派了那個小廝悄悄出去打聽了一次，小廝回來報告說：「五福店現在只留下三四個人，那十多個人在店裏吃過了飯，又都走了。他們是分成了三四批，都是往東去了，還都帶着兵刃。」楚江涯一聽了這話，立時就奮然坐起了身。小廝又說：「剛才就有府衙門裏的官人，也到那店裏盤問去了，他們若不是拿出了點錢給打點了，說是賣藝的，說是因為楚大爺拐去了他們的馬跟刀，他們才動手打的，可也怕……哼！也怕得把他們揪到衙門裏去！」楚江涯又冷笑了笑。

又待了一些時，天色漸黑了，他就叫這小廝在此給他看守着屋子，他就忍着傷痛，剝下來身上的破衣服，換上了包袱裏的青色衣褲和軟底的鞋。他下了炕，連站都像是站不住，因為腿酸，身子、臉上、頭上，都像是有些個毒蟲，正在咬他。但他掙扎着，走出了店門，便一直往東去。他這時手提着寶劍，心中已不似白晝之時那樣的平和，他已不是為打不平，為管閒事了，而是他要攪到底，若不讓那岳大雄于鐵雕等人傷一半死一半，他是絕不甘心，絕不能出今天挨了打的這口氣。

斯時，夜色茫茫，銀星滿空，下弦的月影在天邊懸着，散下來微微的光，他又走到了隱鳳村前。此時隱鳳村中，燈籠點得很多，更聲也響亮地敲着，莊丁們都預備着木棍、長槍、單刀，還有預備下弩弓、袖箭，跟一堆碎石頭的。村中莊丁原有四五十人，大家輪流着巡查，輪流着吃飯跟出恭。因為今天楚江涯在東關被打的事情已傳到這裏來了，並且晚半天又連發生了兩件怪事。

一件是：在將要用晚飯的時候，就來了一個討飯的娘兒們，年紀不大，穿的衣裳雖舊可也不髒，拿着個小瓦盆，來到蘇家門前要飯吃，並說是由別處趕來的，因為知道了蘇老太爺才朝南海回來就死了，必是成佛去了，家裏的少爺小姐們必定要大行善事，周濟窮人，所以她才趕來討飯，還想要留在這兒幫些日子的忙，將來求些賞錢或帶些剩飯，好回家去供養她那瞎眼的婆母，說得是極為哀婉。三少爺振傑一聽，就把她留下了，並給了她一身白淨的孝衣穿上，叫她幫助宅裏的女僕去做錫箔——即是把錫紙做成假的金銀錁子，好預備着焚燒。這本是一件小事，可是李國良忽然覺着那婦人面熟，好像是在哪裏見過面，又看出那婦人可疑，因為他聽那婦人的說話並非豫西的口音，他就嚴厲地究問了半天。蘇大少爺振雄說：“一個貧婦，既從遠處趕來幫忙，為圖一些便宜，咱們留她在這裏做些雜事，喪事辦完了之後，就打發她走，也無多大的妨礙。”三少爺振傑又幾乎為了這個婦人，跟李國良吵起來，他說：“你老人家就不用多管了！我們怎麼也能容下個閒人，又是個年輕的很安穩的媳婦。你不必多擔心，你快去想法找岳大雄，找雲媚兒，找您的……去吧！”但李國良卻囑咐眾莊丁們，對那來歷不明的婦人，須要小心防範，不可忽視。

另一件事就是：剛才，天色已快要黑了，忽有個人騎着馬闖進了村，口中連喊：“將李劍豪交出來便沒事！否則三天以內，就叫蘇家出事！”連喊了兩遍。莊丁要圍住他把他捉住，可是此人雙手都持着刀，十分的兇猛，發完了話，從容出村而去。有此兩件事，所以村中的人個個緊張了，知道今晚必定不能安眠，不但要保護蘇家，還要互相護衛鄰舍。

這時李國良李老英雄對於那貧少婦大起疑惑，心說：莫非她就是雲媚兒？但那日在平陽府自己被岳大雄等人所追之時，雖隱隱見其中有一婦人，模樣兒卻沒看清，所以也不敢斷定，只是陣陣掠起來驚疑。還有，就是蘇小琴的心裏最為急躁，她白晝跪靈、哭泣，已經弄得她很是疲乏，兩眼早就紅腫了，可是因為周圍的這些事，她到了晚間更是興奮。她將長大的孝衣脫去，身上只穿着一件瘦短的孝衣，晚飯也用得不多，她的那三位嫂子都勸她去休息，她卻也不理。

她手提那口青蛟劍，一會兒來到門外，一會兒又走回門裏。靈堂之內，素帳被晚風吹得不住飄拂，棺材前的殘燭，照着那一桌祭席，地上還留着沒掃乾淨的紙灰。靠着牆放着兩個箱籠，內中是僧人、道士留在這裏的法器。在東屋中，卻是燈光閃爍，有許多女人的談話聲傳出，並雜着她三哥蘇振傑的聲音。她就走了過去，一手提劍，一手悄悄掀起竹簾，走了進去，竟無人覺出。因為屋中的人太多了，都是僕婦，現在都忙碌着折疊金銀錁子。這些人不只是本宅的僕婦，還有村中鄰家的婦女，跟那個外鄉來的貧婦。

蘇振傑雖還穿着白袍子，可是他此時的神情一點也不像是個孝子，他高興，笑着，叮噹噹噹地揉着鐵球，大聲說：“由這時到三更天，你們若是有人能疊出一千個錫箔來，我就命廚房煮一隻雞給她吃！”那個外鄉來的貧婦就說：“哎喲！要了我的命，到三更時，連五百我也弄不出來呀！”蘇振傑笑眯眯地說：“那，你可就吃不着煮雞了！”

這時小琴站在人的身後，而且躲避着燈光，隱藏起寶劍來。她細細觀察着這個婦人，就見這人很年輕，雖然也穿的是白布孝衣，可是有一雙繡花鞋，頭上沒有什麼簪環首飾，但梳得極為光整。尤其是兩隻手折疊那錫箔，故意顯出她的敏捷超過別人。蘇振傑說的那些話，別人都不言語，她卻不住抿着嘴兒笑，眼珠兒也亂轉亂溜。但是，不防她一瞧就瞧到了小琴的身上。

她的眼光跟小琴的眼光對在一處，立時就感出小琴有一種威嚴，逼得她的目光不得不轉向旁邊。她悄悄地問旁邊的一個女僕說：“這就是宅裏的小姐嗎？”當下眾人齊都抬頭看見了小琴，有的就招呼着，稱呼着小姐，有的愈加勤敏地工作。蘇振傑這時也覺着有點不好意思了，回過身來就問說：“妹妹，你怎麼還不去歇着呢？明天還得忙這麼一天呢。無論是誰，這時候若是累病了，可是自己受罪，別人沒有工夫去服侍他。”說着，手裏的鐵球又連轉了兩下，叮噹叮噹的一陣響。

小琴不由得就生氣，說：“三哥！現在村裏的人都忙着巡更，守夜，防賊。

白天又接連着出了那些事，你卻一點也不着急？你也不到前後院去查查，可在這屋裏？」她狠狠地瞪着那幫忙來的少婦，心說：這個女人一定不是個好人！她絕不是僅為來這裏做幾天事，混幾天的飯，而是……她必是圖錢，她必是要迷惑着三哥，想騙去很多的錢！

這時蘇振傑被妹妹說得卻也不禁臉紅，但他連連搖頭，並且撇嘴說：「我敢保，今天夜裏絕沒有一點事，連個大屁的聲音也聽不見。」小琴生氣說：「三哥！你說的這是什麼話？」蘇振傑趕緊又說：「哎喲！我說錯啦！」此時旁邊的眾僕婦，齊都照舊工作，不敢言語。獨有那個少婦，笑得掩住了口，並且又偷眼看了小琴一下。

蘇振傑也向他的妹妹說：「你就歇着去吧！一定沒有事！雲媚兒既然沒有來，岳大雄那些人一定也沒來。晚間進咱們村裏嚷嚷的那個人，不是個瘋漢，就是想詐財。你想，咱們這裏哪有什麼李劍豪？那個人不是胡說八道嗎？大概不是楚江涯招來的，就是李國良給惹來的，我想是沒有咱們的事。」

小琴氣得臉都白了，說：「怎會沒有咱們的事呀，難道爸爸就白叫人殺死了？我們也不給他報仇？今天來擾鬧我們村子的，便是那些仇人！」說時，她亮出來藏在背後的寶劍，高高地舉起來，劍光與屋中的燭光，和那一大堆金銀箔相映之下，顯得越為光芒閃爍。僕人們都嚇得變了顏色，那少婦並且哎喲了一聲要往旁去躲。

蘇振傑卻着急地說：「你這是為什麼呀？拿着寶劍嚇嚇咱們自己家裏的人？咳！等到賊人來時你再發威好不好呀？我說，咱們也得沉着點氣了，不要疑鬼疑神兒的。今天，白日那些人就沒進咱們村來，——那一個騎着馬來嚷嚷的，不能算事。可見他們是有點不敢！再說，楚江涯在東關都叫他們打了，他們可不敢打到咱們的大門。這件事，不怪二哥說，其中必定還有事，李國良的嫌疑最大，她的女兒在咱們家裏住着，忽然沒有影兒了，就是爸爸死的那一晚，她就飛啦，那就是件可疑的事。總而言之，咱們只要安心辦喪事，辦完喪事看李國良如何，他若是仍然不走，咱們就讓他滾開！至於爸爸的仇人，咳！你不記得他老人家臨死時喊的那些話：『雲媚兒傷的我！』可見除了雲媚兒那娘兒們，誰也不是咱們的仇人。今天那些人是找李劍豪來的，咱們這兒只要沒有李劍豪，咱們就心裏無愧。他們隨便來，有理可講！」

小琴說：「那些個賊人還能跟你講理嗎？」蘇振傑說：「他們若敢跟我不講理，我就……」他揚起手來噹啷啷，又揉着鐵球，說：「這就是我的暗器，打了出去，也得叫他們頭破血流……咳！妹妹！你快睡覺去吧！白操神，瞎提着心！我現在是得看着她們，快些做錫箔，免得明天沒得燒！」他向炕頭坐下了，身邊不遠就是那個少婦。

小琴見自己哥哥是這樣的情形，她就十分生氣。想到仇人雲媚兒，她又恨；而憶起了李劍豪，她卻又傷心。她就轉身出屋，提着寶劍，又向院中，房上走，各處查看了一遍。到靈堂裏，只見燈火昏暗，連個守靈的人也不見了，她心裏就罵着：這些人都是懶鬼！無用的東西！

她也不去驚動人，就在各院裏悄悄地走着。時間都過了三更了，裏外都沒有什麼事情發生，更鑼也敲得遲了，各屋中的燈多半滅了，大都睡熟。連門外的那些緊張防夜的人，這時也都不緊張了。天上的星更多，月光愈暗。小琴又來到停靈的這個院裏，看見靈桌前站着一個人，直挺挺地站着，動也不動。她就十分生疑，細一看才知是李國良。就趕緊躲在牆角，再向那邊偷眼瞧，見李國良對着棺材立了半天，才轉身，歎氣的聲音很是沉重，並且那邊的殘燭照着他的眼毛上跟鬍子上沾的許多淚珠，他的手中也提着口刀，在各處尋查了一番，小琴就看出了他的神情是淒慘極了。他可沒有看見藏在暗處的小琴。小琴對於這位老英雄倒是很憐恤，覺得他老了，力氣，眼睛，都不濟了。他又遇到喪掉了老友，失去了兒子，目前仇人環伺之事，他實在不幸。

當下李老英雄又離開了這個院子。小琴見東屋的窗上，還浮着淡淡的燈光，她就壓着腳步兒，輕輕地走了過去。她站在窗外，向屋裏偷聽，就覺出屋裏大概只剩了一兩個人，蘇振傑也走了，僕婦們多半都睡去了，只有那個為幫忙才來的貧寒少婦，同着一個僕婦正談着話，話聲雖低，可都隔窗吹進小琴的耳裏。小琴越聽，越覺得驚疑，因為這女人向這裏的僕婦，所問的全是關於李大姐的事。她是變換着方法打聽，詳細無遺地去詢問，那個傻僕婦把李大姐在這裏過去鬧的事都說了。而這女人，這個心懷叵測，假意來幫忙的少婦，她只是笑，一陣格格的笑，又一陣哼哼的笑。小琴便已完全看出了此人，覺得她來此不但是圖錢，還許另有所圖，圖的大概就是李大姐。此人必是已經知道李大姐男扮女裝，說不定她也是個男扮女裝的人？於是小琴就精神興奮，越發屏息靜氣地向窗裏去聽。

可是她現在對於男女聲音的分別，已經有了一點經驗了，她聽出屋中說話的那個人，語音宛轉而柔潤，的確是個婦人，與李劍豪假充李大姐的時候，用那假嗓音說話，可不同。因此她的心中略略消了一點氣，可又突然想起來，心說：莫非這就是雲媚兒嗎？但立即又想：絕不能！雲媚兒是不會有這麼大的膽子的，她才害死了我的父親，怎敢又來？而且看這人是很留心李劍豪的，說她是那岳大雄派來的人倒可能，但絕不能是雲媚兒。

她想完了，屋中的話也說完了。她本欲挺劍進屋，拉住了那女人逼問，可又覺得沒多大的用處，那女人絕不是什麼了不起的人物。萬一她若矢口不認，哭哭啼啼，那時自己也沒有辦法，也不能就將她殺了，於是便悄悄地向後退步，一點聲音也不做出來，又走到了靈桌前。她掀開那垂下來的白布幔帳，往裏面走去，裏面就是棺材，地下放着一疊棉布的厚墊子，還卷着兩領席，這全是白天婦女跪靈用的。

此時前後都空寂沒有一人，祭桌上的兩枝蠟燭，一枝是已經滅了，另一枝也快要燒盡了，光焰突突地跳，越跳越縮小。小琴時時撩起來幔帳向外面去望，望見院中沒有什麼動靜，沒有什麼人影，她也就放下了幔帳，坐在褥墊上歇息一會兒。她一連向外望了三次，就見東屋的燈光已滅。

這裏桌上的燭焰越發昏黯，前院跟牆外的更鑼已敲四下，很是響亮，獨這個院中卻沒有人來。小琴又要掀開帳子向外去瞧，就忽然聽見了一點聲音，她立時精神倍增，由幔帳的縫兒一瞧，原來是有人從東屋裏出來了，正是那個特來幫忙的少婦！就見她的腳下雖走路無聲，可是故意地小聲咳嗽了一下，也許是恐怕這裏有守靈的人，因望見了她而生疑。

這女人是忸忸怩怩地往靈前來了，小琴急忙向後退去，將身伏在棺材底下。只見女人來到近前，也揭了揭幔帳，先問了一聲，“沒有人嗎？”又自言自語地說：“怎麼一個人也沒有呀？連個……”她走進幔帳來了個細細查看，裏外屋都看遍了。她手扶着棺材走，一步步向前邁着，忽然她就站住了身，驚訝地說：“哎呀！真是沒有人呀！連個鬼也沒有啊！都到大門口防賊去啦，村子外巡更去啦，其實他媽的要是有個人在這兒放一把火……”

此時伏在棺材下的小琴，已知這女人確實是個賊婦了，不由得更氣，其實這時只要將手中的劍橫斬一下，這個女人立時就得死。可是她不願這樣做，她想再看看這女人進了靈堂是有什麼用意，於是她更連大氣兒也不出。只見這女人靠着棺材，半天也不動彈，漸漸，忽聽她發出悲哽之聲，哭得很是厲害。小琴越發吃驚，心說：莫非她是背着人到這兒弔祭來了？她痛惜我父親的慘死，她曾受過我父親的恩惠嗎？因此，小琴的心腸也漸漸變軟，變為悲痛了，她竟想要由棺材下面鑽出身來，拉住這女人問一問，問她為什麼對着靈柩這樣痛哭。

可是忽然又令她驚疑，只聽得咚咚咚咚，這女人用拳頭不住向着棺材擊去，並且咬牙切齒，還啐了一聲。小琴又變為大怒，用力握劍就要橫削。卻忽聽這女人啊的一聲驚叫，接着又問說：「你是誰？」此時連小琴都驚了，就見那幔帳又微微地飄動，走進來了穿着黑鞋的兩隻男子的腳。

燭光雖已垂滅，但這男女兩個人彼此似乎還能看得出模樣來，他們一見面就都不驚訝了，女人反用腳踢了男的腳一下，問說：「你為什麼也到這兒來啦？」

男的先悄聲問說：「這屋裏沒有別的人嗎？」女的說：「連鬼都沒有，只這一口破棺材！」男的笑了一笑，就說：「我有話要來問你。」女的說：「你問我什麼？」男的說：「我問你還在這裏混着，是想做什麼？難道你以為美劍俠蘇小琴是個好惹的嗎？」女的說：「我不怕她，剛才我就幾乎跟她鬥起來！」

男的往近來湊湊，女的卻閃開了，男的又帶着笑說：「若不是岳師叔特別謹慎，我們白天就把宅子擾得人鬼不安了。好在白天也有一件痛快的事，就是把楚江涯那小子打得不輕。我是先從他的腦後，趁他不備，一拳將他打倒……」女的就攔阻他，說：「你暫且不要提楚江涯了，本來我就沒把那人放在眼裏！」男的笑吟吟地說：「你連我黑牛姜勇全沒看在你眼睛裏，他，你就自然更看不上他啦！哈哈！不過這次我們可真佩服你，你做的那事漂亮！」女的說：「少說屁話！」

那黑牛姜勇又正經地說：「並不是屁話，你辦得真漂亮！連岳大雄都不如你。他派我們這時候來，這時外面是一群人賭錢，裏院是各屋的人正睡覺，我們哪能找得着李劍豪呢？哪能殺了他報仇呢？你，不是我故意討你喜歡，捧你的場，是你自從平陽府，你就與我們不辭而別，我們還以為你是看見了什麼俏皮郎君，你就撲了去，把我們拋了。誰想到你也竟能趕到這裏，先殺死了這個……」他一拍棺材，接着又說：「辦完了你的事，你還能不被人識出破綻，還在這裏混，你可真有本事！所以我剛才在房上看見你從東屋出來，我就趕了來。喂！到底你知不知道李劍豪那個小子是住在哪間屋裏……」

他才問到這裏，突然見棺材底下伸出一條白亮亮的東西，嚇得他哎呦一聲叫了出來，可就立時被寶劍斬倒。小琴挺劍又去奔那女的，怒罵了聲：「雲媚兒！」雲媚兒卻也身軀伶便，急闖出了幔帳，先嘩啦一聲推翻了桌子，就嗖地上房逃去，但小琴也從身後立即追到。

第十章　佛前濺血警頑兒

　　此時蘇小琴就像一隻兇猛的狸貓似的，她知道了這個女人就是雲媚兒，她就恨不得伸手抓住，而撕碎，扯爛，她哪裏肯輕饒這個女仇人？雲媚兒可又像是一隻狡猾的老鼠，嗖的就跑了，並且她的小衣裏早就藏着一把短刀，這刀子若想抵擋青蛟劍自然是不成，可是她拔了出來，就揚手飛去。小琴以為是有鏢打來了，就踏穩了屋瓦，將身向旁邊稍微一閃，同時以劍反削了去，就聽咕咚……噹啷！雲媚兒的身子就順着後簷摔到房後去了，她飛出來的刀子卻落在了前院。

　　雲媚兒到底不愧是雲二寡婦傳授出的武藝，她真潑辣，摔倒了立時就爬起來，逃走了。雲媚兒又越過了一堵牆，牆的那邊就有燈光晃晃，原來是有幾個巡更的人正從這裏經過。巡更的人見有人由牆上跳過來了，當時就大聲驚喊着：“有了賊啦！”雲媚兒也驚喊着：“救命呀！”小琴掄劍隨後跳過來，卻聽噹噹噹噹，更夫亂敲起鑼來了，雲媚兒又越上西房走了。小琴怒罵了聲：“賊婦，你今天休想跑！我一定得給我的爸爸報仇！”她聳身又追上了房去，雲媚兒卻又跳下去逃跑了。小琴掄劍再追，這時小琴與雲媚兒所差的不過是三四步的距離，但她的劍夠不着，她就不能把殺父的仇人抓住。下面是梆鑼之聲齊鳴，喊嚷之聲大起，燈籠、火把也照得院中如鋪着一層雪，屋瓦都發着亮，可是雲媚兒已逃出了村去。

　　小琴也在後面緊緊地追，她揚着寶劍，舉着手，向莊丁們招呼了一聲說：“往村外去追吧！”她的喊聲雖為鑼聲所掩，眾人聽不見，可是她的白布短孝衣，白布的褲子，翩然俏影緊隨着劍光，大家也就看出來是小姐小琴，於是也一齊吶喊着，無數火把、刀光就都往村外湧去。

　　出了村口，雲媚兒就奔向了荒郊。小琴借着後面燈籠、火把照耀出來的光亮，依然寸步不舍，依然緊追。雲媚兒向高坡上跑去，她也跑去；雲媚兒又向乾了的小溪跳下去，她也跳下去。但這時就有人趕了過來，跟雲媚兒用江湖的黑話招呼了一兩句，他們便放雲媚兒過去而將小琴截住。小琴以劍殺拼，旁邊又有人來到，也用刀來鬥她。雲媚兒也不知跟誰分了一口刀，反過來幫助那二人來抵小琴，她罵着：“蘇小琴！狗丫頭，你來吧！看看咱們兩人到底是誰鬥得過誰！”她的鋼刀舞動如飛，可是抵不住小琴的閃爍劍光，兩三個回合，她就幾乎丟掉了性命，趕緊回身逃走了。

　　那兩個男賊仍是逗笑兒似地與小琴交手，雙刀對着單劍。他們還毫不在意，一個說：“美劍俠你算了吧！快點回去吧！過兩天等馮七爺辦完了事，就雇花轎子娶你去。”另一個說：“老七你跟她說什麼呀？想法奪過來她的劍，捉住她，我替你背走。到時人還算是你的，我還絕不向于師叔岳師叔去說。”

這兩人一個是禿腦袋的沒頂兒塔馮七，他正夢想着用巧計捉住美劍俠，不料就覺得腦袋轟的一聲，他喊都沒有喊出來，就扔刀倒地。另一個是吹倒了山洪二，他手中本拿着一對雙刀，如今已將一口刀讓給了雲媚兒。他這一口刀原想是足能制勝，不料馮七一傷，他的刀勢更慌，轉身要跑沒跑成，蘇小琴又進一步，劍戳着了他的後腰，他張口大呼：“哎喲！”接着又幾聲慘叫，便也倒在地下不動了。小琴又往下去追，怒聲罵叫着：“雲媚兒！你休想逃！”雲媚兒卻已無蹤影。後面的燈光人影又很亂地往西去搜找賊人，可是連小琴在哪裏他們都不知道。

小琴此時連傷了二人，並不氣喘，也未能稍解胸中的憤恨。她仍然手持寶劍，沖着沉沉的夜色，去尋覓那殺父的女賊。她往下緊追，遠遠之處雲媚兒卻仍在叫她，罵出許多的難聽的言語，並有鋼鏢跟碎石土塊，如雨一般地飛來。她倒都閃身避開了，卻望不見雲媚兒，因為人家是在暗處，而她的這一身白衣白褲，在夜色中最為顯眼。

她只能尋着聲音去追，出了一條窄路，上了一片高原，再回首望那燈火人影和隱鳳村，都已離得她很遠了，都如同在她的腳下了。可是眼前還有一層土崗，那就是伏牛崗了，上面傳來雲媚兒狠毒的笑聲，罵着：“狗丫頭！小娼婦！蘇小琴！李劍豪的姘頭！你敢來嗎？你不覺得羞嗎？快把你們家裏的貞節牌劈了去燒火吧！”小琴氣得肺都要炸了，自己可又不像雲媚兒那樣會罵人。

她手舉着寶劍向高崗上去走，崗上就有飛鏢嗖嗖地打來，不但全都沒打中，反倒接着了一隻在手中，她將鏢尖向外反手打去，崗上就有人叫了一聲，滾了下來。此時雲媚兒也不再罵了，上面腳步亂響，似乎有些人全都逃跑了。

小琴到了上面，才緩了一口氣，便向四下去望。這時就聽耳畔有人說：“喂！仔細一點吧！”小琴一驚，急忙閃身，就見在這高崗的南端，站立着一條很高大肥胖的身影，模樣看不大清楚，但此人的手中卻提着一件很奇怪的兵器。小琴舞起寶劍，騰身進前，就問說：“你叫什麼名字？你也是雲媚兒一夥的賊人嗎？”這個人說：“我是金鞭岳大雄，你是蘇家的姑娘嗎？”

小琴說：“你既知道蘇家有個姑娘，何必又問？快叫雲媚兒出頭！我跟你還鬥不着呢！”岳大雄將金鞭嘩恇恇地抖起，威嚇着說：“蘇小琴，你可要仔細！如近前來，被我傷了，你可休要埋怨。我們這次來到洛陽，並非找的是你蘇家，乃是因為李劍豪。小琴姑娘，你也不必隱瞞了，我們知道他曾男扮女裝，在你的莊裏住了三個月……”小琴跳起來說：“你們是聽誰說的？”她毒狠狠地擰劍向對方的前胸便刺，而岳大雄略略躲閃，就以鞭來迎，當時鞭聲劍影，在月黯星稀之下，就相鬥在一處。

岳大雄不僅鞭長，他的力量也十分渾厚，果真不愧是萬里飛俠的師兄弟。但小琴雖然身短力弱，可是劍法又極巧妙，也頗令岳大雄不敢輕敵。岳大雄幾次想以鞭先擊傷她的手，再抽落她的劍，但不惟做不到，反要時時提防着她的劍如毒蛇一般，趁空兒就向前胸猛躥。相戰十餘回合之後，岳大雄不由得就氣急了，罵道：“蘇小琴！你這樣地撒刁，我可要不客氣了。我也不管你是怎樣年幼的一個女流，我要不留情了！我要打死你了！”說時，他的金鞭急抖，緊緊作響，鞭飛手轉，兇狠的打來，這是他生平的絕技。

小琴果真有些抵擋不過了，自己的劍近不了人家的身，而人家的鞭不是從自己的頭上忽地掠了過去，就是由身旁吧地落下，再有就是橫擊她的纖腰，猛磕她的皓腕。她盡力地輾轉閃避，又七八回合之後，她的身體雖未受傷，可是已力盡腕酸，她不得不虛晃一劍，往崗下逃走了。

她是由北邊上來的這高崗，如今是仍往北邊逃去，她眼下遠遠之處還有燈光的微明，火把的餘燼。她想家中隱鳳村這時仍在紊亂着，她更不禁心慌，一面抵擋着身後擊來的金鞭，一面還想回家去看看，並想率領來眾莊丁再搜拿雲媚兒。

她的雙足飛躍，下了這座土崗，不料崗下就有一個人正在等待着哩，見她來到，就將手中的兵刃一舉，也是一口寒光寶劍，實令她躲避不及，她就舉劍去擋，並且哎喲叫了一聲。這個人就說了聲：“你快閃開！”斯時岳大雄也自崗上飛躍下來，這個人卻挺劍過去迎殺。

小琴趕緊向旁邊跑開了二十多步，不住喘息，並因右腕已經酸痛，就將劍換了一隻手拿着，歇息着。只見那邊的二人惡鬥甚急，殺得十分緊，並且鞭劍相擊，塵飛土滾。岳大雄猛喊着：“小輩！你是誰？”這個人說：“你就不必問了，你來到洛陽，我就叫你死在洛陽！”原來這正是李劍豪的語聲，小琴又驚又喜，勇氣也重振了起來，遂也舞劍上前相助。

小琴與李劍豪兩口寶劍抵住了一杆金鞭，但岳大雄仍然毫不畏懼，相戰三十餘合，他反倒步步逼近，小琴跟李劍豪反倒分退於左右。岳大雄又專鬥李劍豪，並不重視小琴，有時小琴擎劍自身後襲來，他才急忙抖鞭向身後去抽。他的兩隻手握着鞭的兩節，抖動了起來，以兩端東擊西取，宛如一條惡蟒，那鐵鍊子發出來的嘩啦嘩啦的響聲，又像這條蟒發出來的怪叫之聲。

岳大雄越戰越是兇猛，並且這裏的鞭磕劍響之聲，傳至遠處，就從遠處又跑來了幾個人。這幾個分頭去戰李劍豪與小琴，同時又都吹着口哨，接着又跑來了幾個，全都晃動着刀，劍，槍，棍，一邊打，一邊罵，並且還問着說：“你是誰？你是誰？你這小子把姓名通上來……那個就是小琴丫頭，快捉住她！咱們把她美劍俠帶回江南去。”

那岳大雄卻怒喊着說：“你們不要亂動手！只圍住蘇小琴就是了，讓我單鞭來鬥這個小輩，我看他就是李劍豪！”李劍豪卻哈哈笑了起來，劍更緊刺，又嚷嚷着說：“小琴！你快閃開吧！這些人全是找我一人來的，都與你不相干！你，值不得受他們這夥狗賊的欺侮……”岳大雄又暴躁地喊說：“啊！原來你真是李劍豪呀！”鞭更無情地擊下，李劍豪也勇敢地挺劍去鬥。

這時那邊可是慘叫之聲頻起，原來又有人被小琴所傷。小琴力雖已微，心卻不弱，她還掙扎着奮戰，可是已被六七個人的刀劍森森地給圍困住了，她前後左右都已漸漸顧不過來。那邊的李劍豪還大聲喊說：“小琴快走吧！”原來李劍豪也是抵不住對方的人眾，且抵不住岳大雄的鞭沉，他已經曳劍逃走了。小琴雖也想殺出重圍，卻是手酸氣喘，劍難舉起，逃走不開。

她正在這危急之間，忽然覺得又來了一個人，這人的劍法也是十分精熟，辨出來她身上的白衣裳，卻躲避開了她。對方的賊人們此時戰得也很吃力，一見這人來到，他們就打着招呼，說：“是誰？是老三還是老十？可要小心點，不要傷着了咱們自己的人！”又有個大嗓子的人，發着狠聲狂喊道：“他媽的！別跟她客氣啦！咱們這幾個人會打不過她？多洩氣！下手吧，亂刀剁死了她也就完了！你們還真打算將她背走去做老婆嗎？殺了吧！”當下，六七個人一齊猛進。然而這個使劍的人卻砍倒了他們三個，就遮護着小琴往北逃去。小琴在前面走，這個人在後面緊相隨，那更後面的幾個人雖然還亂嚷着，可是已顯出驚懼的樣子，追了不到幾步，就不敢再追了。

　　小琴向北走了約半里地，就站住了身。她從來沒像今天這樣疲乏，她與那些個人拼鬥的時間太久了，竟疑惑自己的身體已受了重傷。她的腿一軟，就身不由己地坐在地下，劍也噹啷一聲扔下了。那個援救了她的人，手提着劍，遲緩地往近走來。來人也顯出是相持過久，剛殺出重圍，十分倦怠的樣子。她抬頭望着，天還沒有亮，月墜星稀，對面還是辨不清楚的模樣，她就親切的，又含着悲意，發着顫聲兒問道：「你沒有受傷嗎？」不等這個人回答，她就抬起手來揪住了這個人的手，更親切地叫着「劍豪呀！」

　　不料這個人突然就把手一縮，身子也離開她了，她心裏有點不高興，更悲痛地問說：「這些日，哎呀！你一共走了多少日啦？我也忘了，你淨在什麼地方住着啦？告訴你，咱們別怕！不怕岳大雄。劍豪呀……」她連問了半天，可是三尺之外的這條男子的黑影，並不作聲。她急了，她也看出情形有異，就驀然站起身來，用目盯住了這黑影的臉，同時，劍也舉起來了，厲聲問說：「你到底是誰？快說！」這個人卻向後退了兩步，先歎息了一聲，才說：「小琴小姐，你暫且不要急躁。」

　　現在，不用這個人通名報姓，小琴就聽出來他那中牟縣一帶的口音了，就知道他是楚江涯，不由得拿鼻子哼了一聲，同時也未免感念這次幸虧他出力援救，而且覺得剛才錯認了他為李劍豪，真有點害羞。好在夜色沉沉，頰上即使發燒作紅，對方也看不見。小琴也往後退了幾步，又在地下坐下了。但忽然又想起來一件事，她就又立起，問說：「楚江涯：我聽人說，今天白晝，你由我們的村子回到東關，就被他們打啦？把你打得頭破血流，昏死過去了兩三回，可是真的嗎？」

　　她問着，楚江涯聽來覺得心裏很得安慰，仿佛連那兩條本來都破了、腫了，又跑了半天的腿，以及鬥了多時，刺痛得十分難過的手，這時卻又都止住了痛。他搖搖頭，又微笑了笑，說：「那並不要緊！我是故意叫他們打幾下，試試他們的膽氣，看看我的硬骨頭。我並沒哼一聲，更不用說向他們求饒。我反倒可憐他們，到了後來竟都不敢下手了，他們怕出人命，也許怕跟我把仇結深，以後我更得故意與他們作對。但我挺起身來，拿起了我的兵刃就來了。姑娘，你剛才與他們交手的時候，我本在旁處看着，我見你應付有餘，我便不敢冒然上前去幫助你。因為凡武藝好的人，必都驕傲，何況又有李劍豪兄在那邊，所以用不着我幫。到後來，因為我見你已有些寡不敵眾，我才上前去救你。」

　　小琴讓他說了半天，自己卻不回答一句話，等到自己歇夠了，這才又憤憤地說：「今天的這口氣我不能服！雲媚兒逃跑了，我不去追着她，殺死她，我發誓也不回村裏去！」

　　楚江涯卻擺手攔住了她，又說：「姑娘你不可太急躁！如今天色已經快亮了，你最好是暫且回到村裏去，等到天明，再想辦法。此時，我且去追尋岳大雄他們的去處，並看看劍豪兄現在哪裏。」說畢，楚江涯轉身又要往東南走去，小琴卻憤憤地說：「我也去！我不能就放那雲媚兒逃走！她殺死了我的父親，我就跟她不共戴天，除了我死，就得叫她死……」說到了這裏，卻又不禁流淚，她以劍砍了一下地，又說：「她並且混進了我們家裏，輕視我家裏沒人，她拍着我父親的棺材還大罵……」

　　楚江涯卻一邊歎息着，一邊又勸慰小琴說：「姑娘！你暫時忍耐，不要前去，因為此時天尚未明，在黑暗中你這身白衣裳最為顯明。他們的人多，並且都會使暗器，你若是受了傷，未免不大合算！」小琴還往起來跳，掄着劍說：「我不怕！」楚江涯說：「姑娘你自然不怕，但何必要如此呢？你的家中現在除了你，誰還能夠抵擋賊人？你的大兄是一位商人，只會打算盤；你的二兄是一位縣官，他只會坐堂；你的三兄，那更不用說了，早先我還以為他有些本事，如今看來，他乃是個無用的人。姑娘，你萬一有個好歹，不但老太爺的大仇以後無人再給報了，就是你那三位哥哥，以及嫂嫂、侄兒們，恐怕也都要為岳大雄等人所害。再說，今晚你已傷了他們幾個人了，你的村裏還躺着飛俠高炯的幾個徒弟的死屍，以後你就是不去找他們，他們也要來找你，以後的事很夠姑娘你辦的。此刻我就去尋找李劍豪，無論如何我也要叫他到你家裏，然後共同再商議對付賊人之法！」

　　他這樣宛轉地說着，天色已將近黎明了，四下的夜色漸淡。楚江涯又恐怕被小琴看出他那副鼻青臉腫的樣子，而遭恥笑，他就更催着說：「姑娘，你快些回村裏去吧！我一定尋着李劍豪，叫他去找你。」小琴這才漸漸意思轉變，答應了一聲，對楚江涯也客氣了，就說：「楚大哥！你叫李劍豪到我家裏去吧！務必叫他去！你就告訴他……是我說的，無論什麼事，現在都易辦了，叫他就放心見我來。」

　　小琴這幾句話說得聲音十分委婉，蘊含着她對李劍豪的深情。楚江涯也明白，就連連地答應，心裏是既感覺好受，可又感覺難受。他發呆地望着，見小琴的那條纖秀的素影，轉過去了，姍姍地往北邊，回隱鳳村去了，越走影子越模糊。那村中也燈光早滅，人聲都無，是亂了一陣之後又不亂了。

　　小琴如今回去了，歇息去了，但楚江涯這裏卻覺得很難辦。他的身上本來是時時發痛，剛才心裏有一股勇氣催着，又有小琴能夠安慰着他，令他不大覺得，現在呢？卻連邁步兒都很難了。半天，他才又走到那座高高的土崗。本來這跟東邊伏牛崗全都接連着，豫西千里之內到處可看見這樣的丘陵，乃是地勢的關係。當下楚江涯到了崗上，東方已現出魚肚白色，他坐在地下略略歇了一會兒，天色就亮了。於是他站起身來，向四下裏去望，只見茫茫大地，禾黍稀稀，曲曲小徑，彼此相通，惟行人尚少。有的就是荷鋤出來的農人和大道旁趕早行路的驢車。可是往近處一看，卻把他嚇了一跳，原來這座崗子的下面就有一具死屍，他識得是那圓眼睛的小伙子，豹子李承，死狀甚慘。

　　楚江涯看了看自己劍刃上，可也沾着鮮血了，這個人是在昨夜被自己所傷而致死？可也說不定。尤其是現在自己的模樣，如若被人見到，一定要被認作兇手，那可就真得到衙門裏去打官司了。於是他就疾忙下了土崗，因為沒見着李劍豪，又怕小琴笑話自己的模樣，就也不能到隱鳳村裏去。他就抖了抖身上的泥土，直奔上大道。遇見了一輛要往城裏去的騾車，有棚子，還掛着青紗的簾子，他便用大價錢雇妥了，遂鑽到車中，連頭也不出，寶劍更藏在車內，就令車夫把他載到了洛陽城裏，一直到了城內的朋友家中。

　　他這家朋友原是個富戶，主人也並非會武藝的人，不過在三四年前，曾於南陽道上，遇過強盜。那時楚江涯才從武當山出師返里，路見此事，拔刀相助，救了這個人，便結為好友。上次他同着騰雲虎、陳文悌來的時候，因為他也不願將騰雲虎那樣強梁霸道之人，介紹給他這朋友，所以未在此多住。這一回他來到洛陽，卻完全仗着這位朋友幫忙。

　　當下他來到這裏，就到人家的書房裏一躺，人家給他預備了很好的菜飯請他吃了，他就派了這裏的小廝出去打聽。還有一個住閑的，與這裏主人是同族的人，名叫朱老六，這人也很好事，就也出去替他打聽。楚江涯在此休養着傷勢，兼等候消息。他一陣一陣想起昨晚的事，雖然昨晚沒看清楚小琴的模樣，但相隔咫尺，小琴的嬌聲柔語，自從灌進了他的耳裏，至今仍在裏面飄蕩着，沒有消散。

他也明知道這很不對，這要叫自己的太太柏秀卿知道了，不定又得怎樣鬧了。自己原向太太應得是只出門這一次，以後便絕跡江湖，可是只怕這一次就已難得回去了！如今倒不是被仇人圍困——人家並沒大工夫圍困自己，而是為情絲所繫。可惜真沒有慧劍，連一口最平常的劍都給弄丟了……他時時難忘蘇小琴，可也知道人家蘇小琴正在難忘李劍豪。他並不嫉妒，他也沒有什麼過分的貪圖，只是願意把這件閑事管完了，就完了。

到下午，派去了的那個小廝就回來了，說是：“昨天打你的那幾個人，現在還住着東關，可是人顯得少了幾個……隱鳳村裏是照舊辦喪事，燒紙念經。”那朱老六回來也是如此地說，仿佛並沒有人知道昨晚鬧的那事，傷的那些人似的。楚江涯一聽，倒不勝驚訝。細一想，就佩服蘇家的人辦事得法，小琴也一定頗有理事的才幹，真可愛！只怕的是今晚岳大雄等人更得前去復仇，怎麼辦呢？只好……於是楚江涯又決定，今晚仍然負着傷痛，前去管“閑事”。

到了傍晚時候，楚江涯方才離了他朋友的家。因為不到天黑，他絕不願意跟岳大雄那些人拼鬥，所以他就故意躲避着，不走東關，反倒出了南門，並且想着：繞一點遠路也不要緊，無論如何我現在這個模樣，是絕不會讓蘇小琴看見的。

此時南關外的曠野上，禾黍搖曳，在夕陽下如鍍了一層金。他便提着寶劍，尋着了一條可以通到隱鳳村的田徑，就往那邊走去。今天手腳已不像昨晚那樣痛了，白天又睡了一覺，飯也吃的很飽，所以精神十分奮發。他腳步也很快，正走着，忽然看見對面來了一個人，他就站住了腳步，將身向路旁稍側，等候着。只見對面的這個人影，行走得也很急促，手裏提着一口白亮亮的東西，正是一口刀。楚江涯就覺得十分詫異，更注意去看。

少時，這人來到近前了，他雖然沒有看見楚江涯，楚江涯卻認出了他，便把道路擋住，問了聲：“李老英雄！此刻你是要往哪裏去？”那邊的李國良詫異地停住了腳步，瞪大了眼，望着楚江涯，似乎已經不認識他的樣子了。楚江涯就上前說：“老英雄你來看我？為管岳大雄和你們蘇李兩家的事，我竟吃了他們一頓打，如今面孔已經成了這樣，十天八天之內恐怕也消不了腫。”又笑笑說：“哈哈！可是不要緊！有此一事，我更得幫助蘇家，幫助你們抵擋岳大雄了！”李國良突然也近前來，嚴肅地，並且用左手緊緊握住了他的腕子，問說：“你沒有看見岳大雄那些個人嗎？”楚江涯搖頭說：“我沒有看見他們。老英雄你現在是往哪裏去？”李國良卻憤憤地呆立了一會，聲音都變了，他說：“我現在就找岳大雄、于鐵雕去！因為今天午前岳大雄親到村裏去邀的我，他定的是初更時，在白馬寺的牆後與他們見面。不然，到三更時，他們就要放火燒隱鳳村了！”楚江涯也憤然問說：“他們要做這強盜的行為，蘇家不會去報官嗎？請衙門保護嗎？”

李國良卻把頭連搖了搖，說：“蘇黑虎跟我，全都闖了一輩子的江湖，如今他死了，我又老了，可是，豈能夠做那事？經官動府，仗勢欺人，那還算是什麼英雄？我寧可掉頭，也不能丟掉一世英名啊！”

楚江涯說：“我真佩服你，可是你現在就要去嗎？”看見李國良點了點頭，他就說：“我跟着看看熱鬧去如何？我看那夥人到底怎樣對你，他們若講道理，知義氣，無論死拼活鬥都公平，那我就袖手旁觀，絕不多事；假如他們欺你年老，小看你的人單勢孤，那我可就要上手了！”

李國良說：“岳大雄也是堂堂漢子，想他不至於不講理。你要是跟着我去也好，你日後離開了洛陽，也可以跟外人說去，李國良雖然老，可是直到死，我也重義氣，有骨頭！”

楚江涯聽李老英雄說到死字，心裏就有點疑惑，轉身提着寶劍，就跟隨着走。兩人一前一後，楚江涯還打聽着昨夜的事情結果是怎樣了的，李國良卻一句話也不答。他邁的步比楚江涯還大，刀在手裏擎着，映着星光而閃閃發亮，他的氣勢也十分兇猛。

走了半天，就來到了白馬寺的後面——其實這裏離着廟牆還有百余步，地面平闊，附近無人，恰是一個決鬥的好所在。時已落暮，四下俱黑，蝙蝠的黑影子忽高忽低，來往飛翔，令人能疑惑這是鬼魂的出現。李國良來到這裏先站住身，似又緩了緩氣，然後又把袖頭挽挽，鋼刀由左手換到了右手中，又往前走了幾步，他口中就大聲喊道：“來呀！”接着又“嗚嗚”的用嘴唇吹出了口哨。少頃，對面果然就飛似的跑來了幾條高矮不齊的黑影，手中都有閃閃的刀光。

這時楚江涯反倒躲避在旁邊的一棵槐樹下，不做聲，只專心注目聽着他們的講話，看着他們的舉動。頭一句，就聽李國良大聲說：“你是于鐵雕？……哦！你就是岳大雄，在平陽府我們會過，——是！久仰！久仰！你們都是萬里飛俠的徒弟，我就是李劍豪的爸爸，好！咱們今天可算是冤家又碰到了債主！”

岳大雄是發着暴躁的聲音說：“李國良！你要聽明白了，我們跟你原無深仇，不然，在平陽府就不能放你逃跑，我們要的是你的兒子！他沒去遠，昨夜他還幫助美劍俠殺傷了我們的人。”

李國良聽到此處就哈哈大笑，說：“你們找他去呀？”

岳大雄跟于鐵雕一齊說：“我們找他不着，他膽小怯弱，不敢與我們見面，除了我們與美劍俠拼鬥，或是抓住了你的時候，他才或許出來！”李國良指着空中說：“我的兒子絕不像這燕蝙蝠，他也是堂堂男兒。”于鐵雕帶着冷笑之聲，說：“他到底是男是女，恐怕只有美劍俠曉得。”

李國良勃然大怒說：“你不要惡語污蔑別人家的閨女，該怎樣，要什麼，你就跟我說吧！”

岳大雄說：“美劍俠一個女流，我們不高興去找她，現在只想借你用一用。”李國良乾脆地問“怎麼用吧？”岳大雄說：“我們這裏有繩子，有杠子，我們要綁起來你，叫兩個人挑擔着你走。一邊走，一邊用鞭子抽打你，讓你叫喚去繞三遍隱鳳村，把你的兒子激出來，才了事。”

李國良的聲音都變了，冷笑問說：“我要是，被你們無論如何打，也不叫喚呢？”岳大雄說：“那就把你打死，明天把你的屍首暴在伏牛崗，看你的兒子那時出頭不出頭？”李國良卻哈哈大笑，說：“真好！真好！你金鞭岳大雄的計策真高！我兒子或許是個懦夫，但我李國良可不是軟骨頭，今天我把我五十多年闖江湖的這把老筋骨賣給你們了！叫你們拿大秤來稱一稱吧！看看連我這一輩子的名頭，一共有多少重！”噹啷一聲拋開了手中刀，就自己背着手讓他們上綁。

廟牆的西邊，這時又趕過來了五六個人，除了拿着刀棍的之外，還真有個人扛着一根粗長的大杠子，這就是為像挑豬似的挑起來李老英雄，好鞭打着去遊隱鳳村，好激惱那李劍豪出頭來受死。他們還有人點起來一隻紙燈籠，晃晃搖搖的燈光就照着這裏。岳大雄手握金鞭，瞪着大眼，已令人將那並不還手的李老英雄手腳都跟豬的四蹄似的，用粗繩綁了起來，就要往那杠子上去穿。

楚江涯這時氣憤已極，便忍不住喊了一聲：「岳大雄！你們這些人且休動手！」那邊李國良還從容地笑着說：「楚兄弟，沒你的事，你不用來管！」但楚江涯已提劍直奔了過去。那病太歲呂信，白面瘟神洪錦，就一齊掄刀過來抵住了他。楚江涯罵說：「你們還算是好漢嗎？這是你們的行為？……」他太氣了，舞起了寶劍，想要很快就殺死這兩個人，然後驅開眾賊，再救出李老英雄。不料就聽花怔怔的一聲響，岳大雄從他的身後一鞭打來，正中他的大腿，他就咕咚一聲，跌倒了。呂信就掄刀猛刺，洪錦卻把他攔住，岳大雄也大聲喊道：「不要傷他！也把他捆起來，扔在一邊，等咱們辦完了事回來，再跟他算帳！」楚江涯潑口大罵，用力掙扎，但三四個人都上來了，一齊按住他，用繩索捆住了他的手腳，呂信又趁勢向他的背上砍了一刀。楚江涯仍然咬定了牙不哼哼，只是大罵復大笑，說：「好一群賊！你們就留心蘇小琴跟李劍豪吧！」病太歲呂信卻得意地說：「今夜，先結果了李國良，再殺了李劍豪，燒了隱鳳村，占了美劍俠，然後再來跟你算帳，你現在這兒歇會兒吧！」

忽然于鐵雕過來了，向着呂信就吧吧打了幾個嘴巴，用腳踹得滾在一邊，于鐵雕就說：「李國良跟楚江涯，你們都要聽着，暫時令你們受點屈，很對不起。我們只要抓住了李劍豪，就准能饒你們的命！大家都是走江湖的，雖說結下了仇，可也還留着義氣啦！」說話之間，已有人將楚江涯扔在一邊，將李老英雄用杠子抬了起來。

岳大雄指揮着眾人，就吵吵嚷嚷地走了，那只紙燈籠是搖搖閃閃在前領路，李國良卻沒有發出一句乞求之聲。楚江涯背上吃的這一刀很痛，然而他覺得捆得倒不是十分的緊，心想：原來這些小子連捆人都不會。又見地下有一口兵刃，正映着星光發亮，他就滾了過去，掙出了半隻手摸了摸，知道是自己剛才扔下的那口寶劍。於是他就將被捆綁的身子，像個蟲子似的往旁邊蠢蠢然地動着，去用臂間纏繞的繩子磨那劍鋒，只輕輕磨了三兩下，繩就斷了，他就抖開了這繩子，坐了起來。

這時那只燈籠真是往北去了，隱隱還能聽得那些人在高聲喊罵，罵的是：「李劍豪！還不滾出來！我們要打死你的老子啦！」並聽鞭子棍子的聲音吧吧地響，可是聽不見李國良哼一句。楚江涯也就抄起了寶劍立起了身，忍着傷痛往那邊憤憤地跑去。

可是在這時，忽聽蹄聲緊急，自南馳來了一匹馬，馬上一人穿着黑衣，面目看不大清楚，手中卻持有一物，閃爍如電。那匹馬也就如閃電一般地快，瞬時間就從楚江涯不遠之處跑過去了。楚江涯舉起劍來大聲問說：「是誰？」馬上的人也將劍舉了一舉，卻似無暇回答，蹄聲嘚嘚，飛撲那邊去了。

楚江涯奮然更往那邊去跑，可是背痛得又實在難以邁開腳步，他就瞪大了眼睛往那邊去望。只見馬已趕過去了，第一就是那只燈籠先掉在地下忽忽地燃燒起來，於火光中就看見了那馬上的人，掄劍正與群賊交手拼鬥，鬥得真凶，少時火光熄滅。楚江涯忍傷再往前走，就聽見那邊的岳大雄金鞭緊響，但是越響越微，又有人慘呼屬叫之聲，使得楚江涯又愕然地站住了。他就等候着，又少時，就覺得那邊的人仿佛與已經不打了，他就笑了笑，說：「好！這可是斷定了誰死誰生了！」於是他又向前去走，他走得很慢，半天，才到了近前。

此時，那邊的人也往這裏走來，也看見了楚江涯，就問着說：“是誰？”楚江涯答了一聲：“是我！”那邊卻發出來李國良的老蒼的聲音，帶着喘地說：“這是中牟縣的楚君。”

楚江涯提劍抱拳說：“劍豪兄嗎？那岳大雄怎麼樣了？”那邊雖然沒有回答，可是情形已可看得出了，岳大雄、于鐵雕大概是都吃了虧，他們都逃跑了，而且有他們的人還臥在那裏，呻吟不絕。李國良是已經被他的兒子給解救了，而他的兒子李劍豪，提的是楚江涯丟失的那口劍，而牽的也是那匹馬。他們父子全都默然不語，直要再往南去走。

楚江涯的背傷雖痛，但精神還振得起來，就趕過去又問說：“李老英雄跟劍豪兄！你們爺倆要做什麼去呀？岳大雄抵不過你們，他們跑了，難道就能夠甘心嗎？”李國良止住了腳步，又喘息着說：“那麼，就煩楚兄你到那邊村裏去一趟，幫一幫蘇家去吧！”楚江涯說：“隱鳳村那邊倒用不着我去幫助，不過……蘇老太爺還沒有埋呢，你們得暫時回去。蘇小姐雖然武藝高強，……岳大雄等人今夜雖然失敗，但還得防他們日後復仇。再說，昨天我就應得把劍豪兄請回去，我說句老實話，蘇小姐實在是想念他得很，他是一位俠義男兒，不應該就把一個女人的癡心辜負了！”

他的話未說完，李國良卻大叱了一聲說：“什麼話？我的兒子幾時曾認識蘇家小姐？你不應當如此胡說呀！蘇家小姐雖然會武藝，卻是真正的規矩的女子，我的兒子是什麼？他不過跟你我一樣，全是江湖上的人，哈哈！他怎能認識蘇家的小姐呢？由我這裏，就不能夠叫他們見着面……”說至此，又不禁地喘息，又說：“楚兄……你請便吧！現在我要同我的兒子走了！”

楚江涯覺得這父子的情形有異，想必是有原因。他發呆地看着，在微星淡月之下，李國良手提着一口刀，他那才經松了綁的胳膊跟腿，還有些不大靈便，走路是很費力的。他的兒子似是低着頭，提劍牽馬，在後跟着，就一同往南方去了。楚江涯是在二十余步之外尾隨着，只聽李國良大聲叱他的兒子，說：“你帶着我去！到你住的那座廟裏，我要叫你當着神佛發誓！”楚江涯一聽“發誓”這兩個字，卻更覺得疑惑了。就見李劍豪改在前面走了，他並沒進白馬寺裏，卻仍然往南，走的是一條不大寬的土路，白天大約常有騾馬行在這裏，所以地下的土是很松。此時夜深，兩旁只有高粱葉子嘩啦嘩啦地響，卻無一人，前面的父子二人也不再說話。

如此走下約二里餘，楚江涯因為傷，都有些走不動了，但忽見李劍豪就將馬繫在道旁的一棵小樹上，他就用手攙扶着他的父親，上了旁邊的土坡去了。原來坡上就有一座小廟，廟牆也癱倒了一半，裏面的泥像，不知是什麼佛爺，兩三尊，就都坐在露天之下。星月的光輝照着一片亂草，短樹，碎磚，十分荒涼。到此處，就聽李國良高喝了一聲：“跪下！你發誓吧！”並見他閃閃地舉起了鋼刀。

此時楚江涯是站在斷牆之外，以為李國良是要殺他的兒子呢，便要過去勸。又見李劍豪果然扔下了寶劍跪下了，低着頭，卻不發聲。李國良又厲聲逼着說：“你快點！當着天地神佛來說！你發誓，如若你再跟蘇小琴相見，交談，你便怎麼樣？你若再不丟開蘇小琴，你便遭哪種報應？你快發誓呀？”李劍豪卻仍跪着嚅嚅不語。

李國良把刀又一晃，逼着他，並狠狠地說：“你想，你已經將人家的爸爸……難道你還能娶人家的女兒嗎？你若是個有良心的男子，你就快發誓吧！”

　　此時楚江涯倒止住了腳步，他想要看個究竟。只見李劍豪先是仍然不語，後來他的父親又喝了一聲：「你發誓不發？」刀竟要向兒子的脖頸間去落，李劍豪這時才說：「我發誓吧！我如再與蘇小琴交談一句話，我就……」他父親問：「你就怎麼樣呀？」李劍豪哭一般地說：「我就死……」他父親卻搖頭說：「發得不重，再重發！」李劍豪又說：「叫我死無葬身之地，叫我屍骨不得保全！」李國良這才長出了一口氣，說：「行了！」又慈愛地拉了他的兒子一下，說：「你起來吧！」

　　這時候楚江涯已經邁步進了短牆，剛又要上去去勸，忽然背上的傷撞到旁邊的一棵樹上，痛得他幾乎叫了出來，他就趕緊把那棵樹扶住，倒吸着氣，忍着傷痛，可是這樹又是一棵棗樹，枝子上又有針刺，把他的衣裳也掛住了。而這時那邊的李老英雄李國良，又長歎了一聲，說：「非是我逼你！因為你已把事做錯，蘇黑虎與我是五十年來患難之交，沒想到，我們反成了仇人！」李劍豪卻只是默默地聽着。李國良又說：「在蘇黑虎臨死之前，我已經答應他了，我絕對要保住他家的門風，叫他的女兒將來能嫁富貴之家。我曾說：無論如何，我也要把我的兒子傷成殘廢，令他以後永遠見不得你的姑娘，他聽了我這話，他才瞑目死去。但……」淒然地又說：「你究竟是我的兒子呀！我怎忍得讓你受傷，叫你受苦，不然我何至於逼着你男扮女裝，躲避岳大雄那些人來到此地，又惹出這些想不到的事？」說到此處，他的聲音哀婉，直如個老婆子一般的了，他又說：「今天你雖然將岳大雄、于鐵雕等人殺退，但這只是一時的僥倖，將來他們仍然不能饒你，我勸你急速離開此地，走得越遠越好，切記住了！勿要敗壞了我李國良一生的江湖名氣。小人之事不可為，立定了身子做個堂堂的好漢，那就將來你縱然死在江湖，也要受人的尊敬，至於我……我現在的事情已經辦完了，我就要到九泉之下，找我的那蘇老兄弟去了！」

　　言至此，這位老英雄手中的白刃就向頸間一橫，李劍豪驚叫了一聲：「爸爸！……」跳起來要去攔，而沒有攔住，楚江涯同時也說了聲：「不要這樣！……」他不顧背痛，急跑了過去，但此時李老英雄已橫劍臥倒在地，李劍豪也跪下，趴在他父親的屍身上，嚎啕痛哭，哭得這破廟裏亂樹間的宿鳥驚飛，哭得斷牆下的秋蟲無語，哭得仿佛星也昏了，月也暗了，茫茫的大地飄蕩着悲慘的秋風。

　　楚江涯在旁勸慰了幾句，李劍豪也全似沒有聽見。楚江涯就慢慢地轉身，走出了這座破廟而下了土坡，只見那匹馬向他昂首長嘶，其實這是他的馬，他可也不想再要了，他就提着劍跟蹌地走去。今夜的事，皆是他平生所未見過的，他沒想到江湖間竟有如此的慘事，人間竟有這樣難解的怨冤。看了這，就實在使他灰心了，覺得自己這次管的這些閒事，實在是愚傻，實在是不值。他想：還是家中的妻子說得對，走江湖實在不是一件好事。我這次將傷養好，切不要跟江湖人再往來了！

　　他失魂落魄地奔上了大道，時天色尚未明，他先坐在道旁歇息了一些時，東方才漸漸發出曙光。同昨天一樣，有帶棚子的騾車，從鄉間趕來往城中兜主顧去。楚江涯就出了很大價錢，雇妥了一輛，於是拿着寶劍藏在車裏，就這樣又回到了城中。到了他朋友的家中，進門就躺在人家書房裏，這次他可再也掙扎不起來了。他的這個朋友，看着他這樣的情形，也就很是憂急，於是請來了城中的外科名醫，買了價值很高的刀創良藥，拿回到家中，就給楚江涯診治。楚江涯卻仍然不放心外面的事，又派那個小廝，托那個朱老六去到東關，到隱鳳村，到那座破廟裏去給他打探、訪查。

　　一連就過了半個多月，楚江涯的背傷雖未痊癒，臉上的青紫卻已消失。照着鏡子看了看，模樣可以出去見人了，他就心中大喜。又聽說：「那座破廟裏近來連討飯的花子，都不住那裏棲住，更沒有什麼事。”“東關五福店中住的那些人，人是越來越少，他們的藝也沒賣成，把式沒練就走了，但不知是往哪裏去了。”“隱鳳村中的老太爺已經下了葬，經不常念了，紙也不天天焚燒了，莊門成天虛掩，大掌櫃、二知縣、三粉金剛、四小姐美劍俠蘇小琴，都在家中守孝。村裏現在是十分寧靜，白天的烏鴉都不常叫，夜晚的莊犬也不常嚎。”

　　楚江涯倒是很納悶，心說：那些日鬥得很凶，人死傷了不少，怎麼會就煙消雲滅，如今一點事也不提了呢？李國良就那樣自刎了嗎？岳大雄那些人也就甘心了嗎？雲媚兒的往什麼地方去了呢？李劍豪果然就明了誓，掩埋了父屍之後，他就傷心而去，與蘇小琴永訣？可是蘇小琴的一塊芳心能夠受得了嗎？因此楚江涯不大相信，想要親自出去看看。他把背傷之處貼上了膏藥，換上了一身寶藍色的寧綢褂衣，青緞坎肩，藍綢褂褲，雪白的綾襪，黑緞的雙臉鞋，並叫來了剃頭匠，給他剃得青青的頭皮，打得緊緊的又長又黑的辮髮，還刮得乾乾淨淨的臉跟下巴。又照鏡子看了看，覺得這樣很可以見人了，把腰挺直了，也不覺得背痛了，他以為這樣子大可以重進隱鳳村。於是他就叫人給他去雇車。

　　這裏的朋友就來攔他，勸他不要再出去惹事，他卻搖頭笑着說：“不要緊！不要緊！我絕不再與人打了，我只再往隱鳳村去一次，見見那裏的人，說完了幾句話，然後我也就該走了，該回家了。並且我回家之後，就絕不再走江湖，絕不再跟人賭氣——我也敢對着天地神佛發這個誓！”遂就叫人雇來了一輛漂亮的騾車，他要去看望那傷心憔悴的美劍俠。

第十一章　攜劍含悲辭鄉里

　　楚江涯坐着車出了東門，他故意叫車夫卷起來車簾，他聽見街上有店房裏的人來招呼他說：“楚大爺！你老人家好了嗎？”他微微地笑着頷首，心中非常高興，暗想：“我並沒有死，臉上的傷也都已痊癒了，可是那五福店中毆過我的那些人，什麼金鞭岳大雄，和馮七、洪二、病太歲呂信等人，固皆一時之雄也，而今安在哉？”

　　車出東關，見秋色彌漫在大地，走了會兒，就望見了隱鳳村。村中的樹葉也都有些發黃了，美劍俠的小臉兒恐怕也憂愁成了這個樣子了吧？他心中如此想着，但又自覺不對，此番自己來到洛陽，本來是只為送還汗巾和睡鞋，並無別意。即便與蘇老太爺，一路同行，也相處如朋友一般。他的三位少爺又都對自己很是客氣，自己哪能夠對人家姑娘，發這些非分之心呢？並且連一句輕佻的話也不應當說。這次若能夠見着她，便見一見，也不便說旁的話；如不能夠見，那自己只算是辭了行，也就走了，後會有期。

　　不覺車就到了村前了，按規矩是要進人家的村子，就得先在村前下車，這樣才顯得客氣。於是他就命車停住，下了車，抖了抖衣裳，就邁着方步走進去。有兩條狗迎着他亂吠，他就一面躲避着，走到了蘇家的大門。看見大門前高懸着貞節牌，旁邊的朱紅對聯上都蒙着白紙，門只開了一條縫，門外沒有人，門裏也沒有一點聲音，真是居喪之家，淒涼已至於此。

　　“咳！……”楚江涯暗暗歎着氣，將門扣了幾下，扣時不敢使力，且不敢過急，他唯恐驚着了人家，又過慮地仿佛怕震着了蘇小姐的悲苦的芳心似的。半天之後，裏面才有僕人出來，這僕人認識他，也稱呼他為楚大爺，並且不住打量他的頭跟臉，好像是要尋找出來什麼傷疤似的。楚江涯卻板着架子說：“我特來拜訪你們家裏的爺，不知在這孝服期間，他們哪位還能出來見客？”

　　這個僕人正是蘇德，他恭恭敬敬地說：“我們這裏的三位爺雖說穿着孝，可是只要親友們都不忌諱。來了，他們也就都出來見，跟往常一樣。不過我們二少爺可是直打聽您，前幾天還派了耿四，到東關去打聽您的住處呢，結果沒有打聽得出來。現在楚大爺就先見見他吧，好不好？”楚江涯點頭說：“我也並沒有什麼要緊的事，不過是來看一看他，同時……”他本想要說同時是來辭行的話，但是不知為了什麼，他竟沒有說出來。

　　當下他就跟隨者蘇德進內，被讓了外院的客廳，蘇德給他斟上了一碗茶，就至裏院回稟去了。室內清淨，窗外的簷下懸着兩個鳥籠，裏面豢養着的百靈鳥，不住吱喳吱喳亂叫。院中種着的花草，也都蒙上了一層秋色。偌大的庭院，竟沒有一個人往來。蘇德去了半天，也不見將他們的二少爺請出來，不知是院子太深之故，還是那位二少爺的“官習”太深。

楚江涯覺得心中發悶，就自己推開了屋門，站在簷下，不禁就往裏院去看，他一眼就看見蘇小琴了，大約是才從偏院出來，要往裏院去。楚江涯所見的不過是個背影，但那身潔白的，合體的，半長不短的孝衣，那黑亮又粗又長的辮髮，那亭亭的、苗條的身軀，楚江涯就知道絕不會是別人。遠處的纖纖素影也不過只是一閃，便被那院當中的一個木頭做的照壁，隔斷了他這裏的視線。他也不想看人家的正臉，更不管人家是否也看見了他，不過他的心中已覺得十分欣慰了，認為今天又算是不虛此行，那麼就趁此時告辭吧，也算是落了個圓滿的結果。

這時，那位二少爺蘇振忠也從裏院出來了，見了楚江涯，就是一躬到地。楚江涯也還禮，抱拳說：“我今天是特來到府上辭行！”

蘇振忠一聽楚江涯的這句話，他很快地就直起了腰，眼神帶着驚恐的樣子，連連擺手說：“江涯兄！暫且不要急着去走，請屋裏坐！我還有點事情要懇求玉允！”楚江涯反倒詫異了起來，只得跟着蘇振忠互相虛讓了一下，就直進了客廳之內。

蘇振忠對待他真是百般地恭敬，請他坐在上首，先談了些官樣的客氣的話，楚江涯自然對於這裏老太爺下葬時的大略情形也問了一問，表示關心，並顯出點慰問的意思。末了，就由蘇振忠拂手，令旁邊服侍的人蘇德退出了。他把頭探了一探，先說了蘇老太爺臨死時囑咐他與楚江涯切實結交，以求庇護之事，並說：“寒家迭遭不幸，先父見背，屢有江湖匪人來此攪鬧。先父的老友李國良，也竟不辭而別，至今不明生死。他有一個女兒，也是在舍下失蹤，不知哪裏去了。所以弄得舍下的人個個驚恐，直至最近幾天的夜間……”楚江涯聽到這裏，就加倍地注意。那蘇振忠卻面顯慘白之色，說：“連夜全有怪異之事發生，第一是西院先父停靈之處，現在供着靈位，晚間無人，可是常出響動。第二是房上時常有人走，同時……”說到這裏，他雙淚落下，悲痛地說：“三舍弟于昨夜還在院中看見了先父，可見先父死得很屈，而仍然不放心家中的事，所以靈魂才夜夜歸來！”

楚江涯就正色說：“蘇二兄，你是一位讀過書，做過官的人，怎麼也這樣不明白起來？天下哪有冤魂不散，還夜夜回家的道理？而況老天爺生前好佛，如今仙逝，理應魂往西方極樂世界，豈有做鬼現形，回家來嚇唬兒女的道理？”蘇振忠卻拭淚長歎，說：“起初我也是不信，可是舍妹小琴也是終宵整夜地哭啼，茶飯都懶得進。我們闔家的人去勸，她卻說：夜間她每一合眼便能看見了先父！”楚江涯聽到此處，就立時變色。

蘇振忠說到這裏，益發地悲痛，又說：“舍妹並且說，她每次夢見了先父，就仿佛是先父催着叫她給報仇！”楚江涯卻連連搖頭，說：“這話可不大靠得住，我想蘇老太爺也是一世英雄，生前行走江湖，死在他劍下的人就不知凡幾了，如今他被人所傷，他又是一位老善士，難道他就不明白因果報應之理嗎？我想他若靈魂有知，也絕不能如此！”蘇振忠說：“不過，在先父受傷的那夜裏，確實是連聲呼喊，說是雲媚兒傷了他！”

楚江涯一怔，想了一想，便歎口氣說：“江湖爭鬥，仇冤相殺，總沒有個了時！”蘇振忠也歎氣說：“是！我也是時常勸舍弟跟舍妹，我常說：雖雲父仇不共戴天，可是仇人原是江湖女子，我們又何必要捉住她，置她於死地呢？上有天理，中有國法，她早晚是難得逃脫的！」楚江涯點頭說：「也是！俗語云：冤家宜解不宜結，正是此意，何況蘇二兄你已經是名場仕途中的人了！」蘇振忠連連欠身說：「慚愧！慚愧！」

　　楚江涯又說：「這裏的蘇大兄又是經商在外，小姐將來還要與世家結親。」蘇振忠就更點頭說：「這是最要緊的，先父垂歿之時，還諄諄以舍妹將來的婚事為慮，因為先父生前雖也在風塵之中，遨遊過幾年，但舍下實在也是代代的書香！」楚江涯說：「這不必蘇兄來說了！府上的貞節牌，和塋地裏的節烈坊，還不就都擺在眼前嗎？這是令尊雖死也不能忘的，也是令妹應當時時以之為意的。」這句話，他自覺得也說的太含混了，但蘇振忠更是連連點頭，覺得楚江涯這人所說的話，真是明達，而且深知他家中的情況，遂就越發敬佩。末了，就說到要楚江涯在他家裏長住，以便震懾那些匪人，不致再來尋仇，並使家中的男女，也都因為這裏住有一位武藝高強的人，保護着，也就不至於天天過慮地防備，夜夜擔心地虛驚了。那麼到了將來，必然有點酬謝！

　　楚江涯卻暗暗地笑，覺得蘇振忠跟他的爸爸是一個樣，真是昏愚，而且勢利眼，卻把自己看成江湖人。我救了他爸爸的性命，那老頭子就要以錢酬我；如今他也要花錢雇我在他家中，不但護院保鏢，還得捉賊驅鬼。這樣想着，心中不禁氣憤，但是什麼話也不說，只連連點頭。又談了一會兒，楚江涯就叫這裏的僕人出去，將他的那輛車打發走了，並托那趕車的帶回去話，告訴他的那個朋友，就說他已應了蘇二少爺之聘，在這裏當了護院的了。於是他精神振奮，蘇振忠又派了蘇德帶着他去看看那下榻之處。原來他們給楚江涯預備的房子，就是西院裏的那東屋。北房裏早先是客廳，蘇老太爺就死于此處，後來該做靈堂，現在還供着牌位。西屋堆的是些亂東西，破桌子，門板，破泥爐等。南屋卻是佛堂，這些日來連一絲煙雲也不從那門縫散出來了，磬也早沒人敲，經也沒有人再念。當中是院落，卻相當地寬大，如今這些房屋，和這個院子，好像就全都屬於了楚江涯。

　　蘇德把他領了來，就要走開，楚江涯卻上前一步，伸手將他抓住，就問說：「喂！你們這個院裏，平日就沒有人來嗎？」蘇德的臉上變色說：「有時也有人來，可是晚上沒有什麼人敢到這裏，因為鬧鬼！」又悄聲指着那北屋說：「那裏死過一個人，雲媚兒還混到這屋裏來過。雲媚兒原來才二十來歲，長得還好，苗苗條條的，手也能幹，錫箔打得很快……」楚江涯笑着說：「你這小子也入迷了，去吧！去告訴你的三少爺跟小姐，就說我現在這裏，准保賊、鬼、雲媚兒全都不敢來。請他們晚間放心睡覺吧！」蘇德答應着走後，楚江涯卻又發呆了半天，就想着：怎樣才能見着蘇小琴呢？怎樣才能還了她的繡鞋與羅巾，而勸她……咳！恐怕蘇小琴與她的父親生前感情過深，而報仇之心又最急切，她未必聽了我的話，就能心回意轉吧！

　　近午的時候，蘇振忠派人請他到飯廳中用飯，因又見蘇振忠跟蘇振傑，這位粉金剛又直打聽雲媚兒有下落沒有，楚江涯卻搖搖頭說：「不知道，不過你們放心好了，她絕不能夠再來了！她也不敢再來！」蘇振傑卻把筷子向桌子一摔，說：「我倒盼着她來，她來了，我絕饒不了她！」不知是正生着氣呢，還是又有點犯單思病，楚江涯也不答理他。

　　只聽蘇振雄、蘇振忠二人談到了他們的妹妹，一個是問：「妹妹也不知今天吃了飯沒有？」一個是答：「趙媽已把飯送往北屋去了，她二嫂跟何媽媽正在向她勸解，她大概是不能再不吃飯了！」大哥蘇振雄就長歎說：「愁得至於不吃飯，餓病了，餓死了那更不合帳！更沒法子報仇了！」楚江涯對這些事到都很注意去聽。

飯畢，他又回到那西院裏，蘇振傑也跟了來，向他打聽李國良的生死下落。楚江涯卻說：「我哪裏知道呢？」蘇振傑又說：「我二哥請你來保鏢，這件事情我也願意，可是我告訴你，晚間你照舊可以睡覺，不必整夜不合眼，這裏夜夜都是瞎驚慌，連半個賊影也沒有，不過就是我爸爸的陰魂，他老人家總是捨不得家呀！墳地又離着近，難免夜間要回家來看一看！」

楚江涯看着蘇振傑的神氣，就覺有些可疑，因為他說話雖也聲音悽楚，但臉上全無真正的悲痛之態，只好像故意拿他爸爸的陰魂來嚇人，叫楚江涯不要在這兒住才好。楚江涯卻淡淡地笑着說：「如果他老人家的陰魂回來，我倒想要跟他談談，我勸他不必叫人去殺雲媚兒報仇了，就把雲媚兒帶到家裏來好了！」蘇振傑笑了，說：「這是為什麼呀？」楚江涯卻正色說：「為是將來你就是這裏的一家之主，大院外，沒有一個如夫人能行嗎？」蘇振傑故意着急說：「咳！你怎麼說這話？我怎能娶一個殺過我父親的賊娘兒們？不過，我也想，冤仇不可結，再說雲媚兒當初傷了我的父親，也未必是故意……」楚江涯不禁微笑，說：「雲媚兒當初不但不是故意，而且簡直……」正說着，外面有人給他送來了行李、包裹跟寶劍，他就趁此把不必跟蘇振傑說明的話，又忍住了。

楚江涯實在沒有想到，自己的傷才愈，就跑到這兒做護院的來了，到晚間還得小心點鬼，他想那個鬼大概就與這蘇振傑有關。天色還不晚，就又吃了晚飯。太陽的金色的光，還照着東屋的屋頂，空際還留着片片的火燒似的雲霞，蘇德就把燈給送來了，放在桌上，問了問沒有別的吩咐了，他匆匆地回身就走。楚江涯又追了出去，問說：「喂！沒有打火的東西，我可拿什麼來點燈？」蘇德這才說：「我忘了！」他掏出來了火鐮，卻連向北屋溜一眼也不敢，就走了。

這院裏，就再也沒有一個人來，秋風吹來了幾片枯落了的花葉，在地上亂滾，烏鴉亂叫過了一陣之後，天就漸漸地黑了。楚江涯在各處巡視了一遍，就回到屋裏點上了燈。寶劍雖抽出了匣，置於燈畔，但楚江涯卻懶懶的，不相信能有什麼賊哩、鬼哩的前來。所未決的只是，到底應當不應當再見小琴一面呢？見了面，把自己所知道的那些事，李國良、李劍豪等等的事，是對她實說不實說呢？他心中猶豫、輾轉，頗為苦惱。這時窗外更黑了，更聲梆梆，原來都敲到二更了。聲音似發自前院，又走向後院，然後就沒有了，可見更夫不敢到這院裏來打更，而知道請來了保鏢護院的人，他們敷衍着敲過兩下更之後也就回屋睡覺去了。

西風陣陣吹着這裏的窗櫺，窗下的蟋蟀也在唧唧亂叫，有如悲切的私語，落葉也在院中發出輕微的簌簌聲響。有個灰色的大蛾子，不知是怎樣飛進屋裏來了，圍着燈亂飛，燈是只有豆子般大小的光焰。楚江涯書空咄咄地冷笑了兩三聲，自言自語地說：「什麼鬼吧！不是蘇振傑在家裏胡鬧，就是李劍豪來此嚇人。其實若是李劍豪真來見我，也正好……」才說到這兒，忽聽窗戶上噗的一聲，燈光也一搖，可真把他嚇了一大跳。

他本已抄起來了寶劍，但又回過頭去一看，見窗戶紙被撕了一個不算大的窟窿，他就當時不驚了。因為他想着：若是鬼，絕不會撕窗戶紙；若是賊，也絕沒有這麼大的膽！於是他放下了寶劍，起身就向窗戶走了兩步，問說：「是誰？」又冷笑着說：「蘇三兄！粉金剛！你用不着弄這些鬼。你若想把你兩個哥哥嚇走，你要這所莊院，那也容易，你可得跟我來說！我再給你設法，你這個辦法可不行，我是專會捉賊、拿鬼、制小人！哈哈……」

忽然他不禁一怔，原來窗紙的窟窿外是露着一點很嬌嫩的臉兒，而且還有點頭髮，是那麼美麗的鬢邊的頭髮，發出的也是嬌聲，顫顫巍巍，忸忸怩怩，悲悲慘慘的，是說：「楚……江涯！你怎麼沒有把李劍豪找回來呀？」

楚江涯更發怔了，心緊張起來，精神振作了起來，但是眉頭卻不禁也皺了起來，就說：「啊！原來是小姐。」想起來剛才錯認了窗外是蘇振傑說的那話，又不禁臉燒起來了。他喏喏地又說：「蘇小姐……」心想：答覆人家什麼呢？只得帶笑說：「請進屋吧！」

窗外卻說：「不！」聲音如敲了一下金鈴兒，脆得很。她也並沒有客氣，更不溫婉，只問說：「你沒有見他——劍豪麼？」楚江涯說：「前些日子是見着了。」窗外緊接着就問：「是在哪兒見着的？他沒有走嗎？他還在洛陽嗎？」楚江涯說：「可是，大概，不在洛陽了。」小琴又問：「他是隨他的父親一起走的嗎？你只見着他一人，並沒有見着他的父親嗎？」

楚江涯說：「我倒是都見了，可是……我都沒見着！」外面說：「什麼話？」轉身走到門前，露出來一身青、手持劍、面帶氣、婷婷嬌軀的美劍俠。楚江涯趕緊擺手說：「姑娘你不要急！聽我告訴你！」小琴說：「你快說！」楚江涯又說：「不要忙，容我想一想我見着他們父子時的情景。」

蘇小琴一步進到屋裏，伶伶的秀目直瞪楚江涯。楚江涯勉強笑了笑，就說：「沒有什麼，姑娘你不要憂心。劍豪兄跟着他的父親李老英雄，是已經走了，當然是為躲避岳大雄那些人了！」

蘇小琴眼皮兒往下低了低，就又問說：「他沒有說，他幾時才能回來嗎？」

楚江涯說：「他對我說……」他只好編個謊來說：「他如今是避仇遠去，哪有回來的一定日期？不過他說的大概是……」他下了下狠心，又說：「他說至少也得過十年才能回來。他叫我轉告訴姑娘，對他放心吧！對他……」蘇小琴已經低下了頭去，她不生氣，也不對李劍豪發恨，卻鳴咽地哭了起來。只見她的肩膀兒一下一下地顫動，寶劍也幾乎撒手扔在地下，樣子是十分地可憐。

楚江涯心裏也十分不好受，就覺得自己編的那個謊太厲害了，叫人家聽了太傷心了，他遂就趕緊改口說：「也許我是把話聽錯了，李劍豪大約是說，一年半載他就能回來。」小琴哭着又說：「不知道他現在是往哪裏去了？」楚江涯說：「他是江南的人，自然是回江南去了。」小琴聽了這話，突然就拿袖子拭了拭眼淚，而轉身就出屋去了，輕微的腳步聲響了幾下，大概就離開了這座院落而去了，楚江涯卻仍然地發呆。

一夜沒有什麼事情發生。次日白天，楚江涯方才睡了個好覺，因想起昨晚蘇小琴的悲痛情形，他實在是不放心。到晚間，他的精神很好，點上了燈，就盼着小琴再來，自己好對他再勸慰勸慰。同時那羅巾和睡鞋，總是應該還給她的，以了自己的心願。可是，直到深夜，也不見小琴再來，更沒有什麼動靜。他就將燈吹滅，暗自提劍出屋去巡查，他竄上了房，就輕輕地踏着屋瓦，把這蘇家的各處院落跟房屋全都巡視遍了，只看出了有一兩件可疑的事情。

原來這些日蘇家的莊院，本是極為平靜的，只有蘇振傑跟不知是哪個女僕勾搭上了，所以到黑夜裏他們做些鬼事，次日反倒揚言說看見了鬼，以使家裏的人到夜裏全都不敢出屋，好給他們方便。小琴的屋子徹夜也有燈光，然而那燈光非常之愁慘，大概就如同她的抑鬱的心情，跟飄搖的夢境似的。楚江涯曉得小琴是武藝高強，耳眼全都十分地機警，所以楚江涯雖由房上經過，卻不敢下去隔窗看上一看，因此，他不知道小琴究竟在屋裏是做什麼了，他的心裏很是悶悶不過。

　　楚江涯自從來到這裏，他跟那僕人耿四，倒是越來越熟了。耿四這小子頗有一些膽子，獨他晚間敢來到楚江涯的屋裏來閒談天。他細細地說了蘇老太爺受傷時，及臨死時的一切情形，又說正在辦喪事的時候，雲媚兒曾混到這裏來，如何被小琴識破了給趕走．又有一個男賊，如何被小琴識破給殺死在靈前。村外也死了幾個，這些都是跟鄉約地保，以及府衙裏的小官員打點好了，屍也都沒有驗，就都半官半私地掩葬了。

　　這裏的大爺、二爺可出了不少的錢。原因是：一來可以免得這裏的爺們出頭打官司；二來是為不至招遠處的江湖人家憤恨；第三件是最要緊的，就是因為美劍俠的名氣太大了，恐怕因此事將名氣傳得更大更遠，使沒見過小琴的人想着——小琴不定是怎樣的一個鋸齒獠牙，母夜叉似的人了！那樣將來對於小姐的“說人家”上有礙，就難以找到有品爵的好女婿了……

　　末了，耿四又悄悄地談到了李國良及那李大姐，原來李國良的死事雖尚無人知，李大姐究竟真是李大姑娘，抑或就是那岳大雄等人特來搜尋的那個李劍豪男扮女裝？或是本是女的，但早先曾扮過男裝，曾得罪過江湖人？這些事，由耿四起，已經是很有人加以疑惑了。楚江涯並知蘇小琴跟她的二嫂、三嫂全都不和，因此更不禁為她憫惜而難過。

　　這時候，蘇小琴的心是如同被兩面沉重的車輪狠狠地碾壓着。第一，就是殺父的大仇。她始終相信她那慈祥年老的父親，是慘死在那賊婦雲媚兒之手，尤其因為雲媚兒曾到這宅裏來過。她更恨雲媚兒居心叵測，而太輕視了她家中的人，她就立誓非要用劍剁碎了那賊婦不可。第二，就是李劍豪這一去無蹤，使得她的心是一刻也不能割捨。

　　她時時地發急，也不全是因為雲媚兒；她每天都要痛哭幾次，那更非是專為傷悼父親之死。最軋榨着她的心的，使她的心流血而幾乎成為粉碎，最牽繫着她的夢，使她終夜睡眠不安的，就是李劍豪。但這件心事，她除了對陌生的人楚江涯，還可以略說一兩句之外，家中的人，無論是嫂嫂或哥哥，她全都不能說。

　　不過，她的三嫂盧氏已經對她有些閒言閒語了。有一次來勸她，就說：“妹妹你也不必每天難過了！哭壞了眼睛也不好，哭病了身子更不好！若說老太爺故去了，家中連遭了幾次的變故，使你的心舒展不開，可是你也得想一想，世上的人還有許多不如咱們的呢！比如丟了的那位李大姐吧？這時候不定怎樣了。她要是個男子漢，還好辦些，可惜她是跟咱們一樣的女流！誰知道她這時候已落到什麼地步了呢？比咱們可憐不可憐呀？”

　　她又說：“我昨天做了一個夢，夢見了李大姐原來沒有丟，並且腿也好了，在院子裏還直跳呢，穿着是你三哥的衣裳和鞋。我還說她女扮男裝，成了什麼樣子啦？妹妹你說可笑不可笑？得啦，妹妹你就不用愁啦！我說點笑話給你開開心吧！女兒的孝，只穿一年，明年牡丹開的時候，你的孝服也就滿了，那時准保緊跟着脫孝，就得來個喜信。真的！我真不說假話，二哥二嫂跟我提過，他們說：開封府陳老爺的大公子，是去年中的舉，還沒有娶親，跟咱們也算是門當戶對……”

　　小琴對於三嫂的這些帶有針鋒的話語，她只得忍着氣聽着、受着，不能還一言。三嫂有時又說：「練武藝這件事實在不好！就拿李國良來說，他一輩子發了財，做了官了嗎？如今弄得跟他的兒子……，不，我是說錯了——跟他的女兒一樣，全都是不知死活了！」

　　更有一次，蘇振傑在院中又耍他那幾手劍法，表示粉金剛雖說穿着孝，但在家裏就把功夫扔下了還行嗎？若叫前院閑住的那小子楚江涯知道了，他還能夠看得起我蘇三爺？再說她——二哥二嫂由任上帶來的一個俏皮老媽，——為她也得練練啊！好顯顯英雄呀！

　　不料他正在練着，他的妻子盧氏就沉着那張雀斑很多的臉，出來罵他，說：「你就練吧！你就練吧！練好了武藝去惹麻煩，男扮女裝去引誘人家的閨女，偷人家的鞋跟衣裳……」蘇振傑倒覺她是在說瘋話，本想要罵，可是他不敢，他怕他的媳婦，只好收起來寶劍，心中卻發着詛咒說：快死吧！快叫雲媚兒來把你殺死吧！還得她來了就不要走了……

　　回頭又望望西院，見那絳色的窗簾早已摘下去了，房門固鎖，內中已多日沒有人住，他又發了相思病一般地長歎了口氣。此時他的妻子盧氏又瞪他，他只當作是李大姐在瞪他，他就跟着這個假李大姐回東院去了。

　　大嫂是仍然操持着家務，二嫂卻有點官太太的脾氣，成天嚴厲地教訓僕婦跟婢女。天邊結着團團的愁雲，釀着秋意，階下是整夜叫着寒蟄，牡丹的葉子都枯黃了。小琴深深覺得，這個家，這個地方，她已經不能夠住了。這一日的夜間，她就又去悄悄地找着了楚江涯，詢問李劍豪的準確下落。她幾乎哭了，她就說她要出外去尋找李劍豪。這樣，卻弄得楚江涯很是着急。

　　楚江涯要將小琴讓到屋裏談話，小琴卻搖頭，她只半身在門裏，半身在門外地俏立着。屋門大開着，吹進來的風使桌上的燈燭不住地搖動。楚江涯也是站立着，正色說：「姑娘！你放心吧！我說的都是真話，劍豪兄確實是走了，並未遭岳大雄的毒手，並且他走的也不遠。」

　　小琴就又問：「他到底是往哪裏去了？」楚江涯說：「江南，不過……」下面的話，他還沒有想起應當如何往下去說，小琴就急急地說：「明天我就要起身找他去！但是，你可不要走，我走後家中的人還得仗你保護。」

　　楚江涯搖頭說：「我可不管保護！姑娘，你是你們家中的一個最明白的人，你絕不能像你父親跟你哥哥一樣，將我看成了江湖人。我這次重來洛陽，吃打受傷管閒事，以及來到你們家護院，我不為別人，只是為你，為姑娘你！」

　　小琴立刻臉就一陣紅，眼睛也瞪起來說：「你！你為我什麼？」楚江涯微笑着搖頭說：「不為別的事，只因為在咱們第一次交手時，你曾遺下了……」小琴不待他說完，便發急地說：「你還提那次的事做什麼？我現在也不恨騰雲虎他們了，我只恨的是雲媚兒，我要去找李劍豪，也為的是叫他助我報仇！」

　　楚江涯卻擺手說：「據我看，你的那件仇，不必報了！」小琴越發地暴怒，問說：「莫非你跟雲媚兒是朋友嗎？所以你才護着她？」楚江涯卻說：「這真是笑話了！假若是你說的這樣，那麼，我告訴你吧！你令尊的那場喪事就等不得到家中才辦。」

　　小琴氣得邁進來一步，此時，她手中是沒有拿着劍，不然她真要舉了起來，向着楚江涯來砍。楚江涯倒是仍然帶笑，並且有些感慨地說：「姑娘！你得要知道，你現在是還穿着重孝，不應當隨便出門，同時，——我說話你可莫惱，你須以貞節牌為重呀！”小琴一聽這話，立即就又黯然生悲。

　　楚江涯便也近前一步來，說：“姑娘你聽我說，我所以來這裏住，只為的是得便見你說一說。你不要急躁，不錯！你雖未離開洛陽一步，可是江湖上都已曉得你美劍俠的大名了。但你究竟是一位大小姐，你父親臨終時尚且囑咐你，要以家中的貞節牌坊為意！”

　　小琴痛哭着說：“為什麼我要去找李劍豪呢？就為的是這……”楚江涯一聽，便不由得怔了半天，心中如同被人澆了一桶冷水，真是完全冰涼而且灰冷了。他雖然知道李劍豪與小琴有情，可是還沒有想到他們竟如膠似漆地成了這樣，原來小琴早已委身于李劍豪了，除非找到他，絕不嫁第二個男子。雖然楚江涯本就沒打算做這第二個男子，但一聽了這話，心中卻極為難受，就不言語了。

　　小琴也仿佛怔怩了一會兒，拭淨了眼淚，就赦然地說：“不把李劍豪找回來，就不行！因為你知道我的事，我才告訴你，你可不要告訴我的哥哥們，反正，明日或後日，我就要走了！”

　　楚江涯趕緊擺手說：“姑娘你不要走！你若走後，我絕不再護這個院，因為我不是以此為生的，我的家裏現在還雇着人護院呢，我能在此受你們驅使？不過如今話既說明，我就再為姑娘效效勞，無論山南海北，我總能夠把李劍豪找着就是了，至多半年！”小琴就皺着眉，發愁地說：“半年？”楚江涯說：“咳！半年你還嫌時間過久嗎？我不愁找不到他，我是愁找到了他，而他不肯回來！”小琴說：“我就不信！”

　　楚江涯說：“那麼，便這樣辦吧！明日我就動身。由此到江南，往返也得一個月，至晚……”想了想，又拿手指算了算，就說：“兩個月之內，我一定能夠回來！”小琴說：“把劍豪找回來？”楚江涯說：“這，這可……”

　　他知道若把李劍豪找回來，實在是不易，但見了蘇小琴這樣的可憐態度，有許多話，他又真不忍得對小琴去說，只好完全慨然答應，說：“姑娘你就在家中等候着吧！兩個月以內，我必能夠將李劍豪尋回來！”小琴拭着眼淚，露出一些感激之狀，她囁嚅地，嬌羞地說：“只要楚大哥你能夠把劍豪找回來，我必定對你重謝！”這句話說得楚江涯不僅是灰心，而且十分地難受，他就連連點頭說：“好了！好了！明天早晨我就走！”小琴這才慢慢地退了出去。

　　楚江涯只是發着怔，也懶得關上那屋門。門外的秋風是一陣比一陣緊，忽然把燈燭吹滅了，楚江涯這才趕緊摸着了火，重點上了燈。他走過去吧吧咕咚，用力將屋門關嚴了，並且頂好，就又吹了燈，倒在床上就睡，心裏極為懊惱，什麼鬧賊鬧鬼，他全都不管了。

　　睡到次日，晨起就去見蘇振忠，說是自己在此已住數日，並未見發生什麼事情，同時自己也要回家去看看，所以就要告辭。蘇振忠原要攔他，可又不會說話，也不會強留；蘇大爺振雄是見楚江涯根本不像個保鏢的，留他在此也沒有什麼用處，所以也就沒有挽留他；那粉金剛蘇振傑，是更願意叫楚江涯快走。當下蘇二爺振忠就取出了些銀兩，作為給他的報酬。楚江涯的心裏也明白，即使自己不收這點銀兩，他們也不會就看得起我，還照舊地以為我是一個走江湖吃飯的。於是，他也不管銀兩多少，就都收下了，卻連謝也不謝，遂就拿上來自己的東西跟寶劍走了。臨離隱鳳村的時候，他向蘇振傑說了一句：“請你去告訴你的令妹，我已經走了！後會有期吧！”說畢，他即走去。

　　楚江涯是先回到城裏，他不急不慌地又在朋友的家裏住了一天，把蘇家所贈給他的銀子，都分散給這裏的僕人們。次日找了來一匹好馬，穿着新衣裳，這才走去。他本來無意去訪李劍豪，明知訪李劍豪容易，甚至把李劍豪請了回來也不算難，但回來又怎麼樣？他還真能跟小琴結為夫婦嗎？那，不用說他已對着神佛發了誓，就按着良心來說，憑着情理來講，也是說不過去的。不過昨晚當着小琴的面，是不得不那樣支吾、敷衍，今天又不能不走。這也不是有意騙小琴，而是實在不忍見小琴那樣傷心流淚。所以得趕緊走，只要離開洛陽就好辦了，自己可以在秋風裏，慢慢地策馬遊玩着走，一路散心，遣愁帶養傷。

　　他並打算再到登封縣，看看魯家五虎那兄弟幾個人的傷都好了沒有，勸勸他們將來不要再去找蘇家報復，因為蘇家，尤其是小琴，此時的遭遇已經很可憐的了。那麼以自己與魯家的交情，再加上自己以事實辯解，必可以使他們盡解前嫌，而為蘇家免去將來的一個大對頭。那就好了，自己就可以回家裏去了，見太太，收起寶劍。那繡鞋、汗巾，雖然未得機會還給小琴，但也可以不還她了，索性將來交給太太使用——一想到這兒，卻又覺得不對，那可太侮辱了小琴。還是在過洛水時，把這兩物投之于洛水的清波，一任流去，飄逝，這才對！

　　他這樣想着，不覺馬已出了東關。他想要避着隱鳳村的那條路，而往北邊的大道去走，不料這時便聽對面有人叫道：“楚大爺！楚大爺！”他收住了馬一看，見來的人騎着一頭小驢，正是蘇家的僕人耿四。他忽然想起再說幾句話，遂就趕過去了。耿四的第一句話就問說：“原來楚大爺您今天才走呀？”楚江涯說：“我本來沒有什麼急事嘛！”便又吩咐說：“這話你可不要回莊裏去提，我走了！請你家裏的小姐要多多珍重！”

　　耿四笑着說：“你關心我家的小姐，我家的小姐可也關心你。昨天你一走，她就向人急急地問，說是走了嗎？是真走了嗎？我說人家本來也是一位公子哥兒，焉能為一點錢就給咱們永遠護院？人家不是真走，難道還是假走不成？”

　　楚江涯聽到這裏，就趕緊又問：“她聽了你這話，她又說了什麼沒有？”耿四搖頭說：“她倒是沒有說什麼，不過她心慌得很，整天還是出來進去的，夜裏又常上房。原來每夜的房上瓦響，不是別人，就是她在防賊了！”

　　楚江涯就說：“對了！你得告訴她，雲媚兒那班人還能找到家裏去搗亂，非得她震懾着不可，你們那三少爺粉金剛是不行的！”耿四搖頭說：“他哪兒行？”楚江涯又說：“這話你也可以去告訴你們的大少爺跟二少爺，千萬不要叫他們的妹妹離家。可是如果有門當戶對的人來提親，我想不用等到穿孝三年，就是現在，也可以把她聘出去！”

　　耿四皺着眉說：“這可就不大容易了！他們是非得做官的人家提親，才能聘姑娘。可是做官的人，誰敢娶美劍俠當夫人呀？再說早先在她家住的那位李大姑娘，我想着可有點不像是姑娘！”

　　楚江涯說：“你休要胡說！這樣吧！將來蘇家如無事便罷，如無大事發生也就不提了。萬一再有什麼難辦，或是別人不管給辦的事，你就到中牟縣去找我，一打聽楚少當家的，那裏便無人不知！”

　　耿四連連答應說：“好啦！好啦！以後如蘇家再有難，或者我耿四沒有了飯，我就一準到中牟縣，拜求楚少當家的。少當家的再見！我要到城裏買東西去了！”

他向着楚江涯打躬，楚江涯這才含着笑，放心地策馬走去。到洛水邊，橋頭駐馬往下一望，不但水淺且濁，還有一個人在那裏摸魚，因此，睡鞋與羅巾又無處打發了。他只好帶着輕愁，直往東去。

不料耿四在城裏買完東西，辦完了事，騎着小驢回到了隱鳳村中，他就把見了楚江涯的事情對人說了。小琴本來是整日不能在屋內安居，時時要到各院裏去走，第一是恐怕再像上次一般混進來雲媚兒那樣的歹人；第二是要隨時由僕人彼此的閒談之間，知道些外面的事。當下，她聽說了耿四曾遇見了楚江涯，就趕過去詢問。耿四說他是昨天跟楚江涯遇見的，並不是剛才遇見的。說是楚江涯確實是走了，回中牟縣他的家裏去了。人家在那裏本來也是一位少當家的，咱們這裏的人把人家當奴僕一樣來看待，人家不走，還等待什麼？

小琴聽了，就不禁有點詫異，再問說：“他是真回家裏去了嗎？”耿四說：“人家不回家裏去幹嗎？難道還能老在咱們這裏保鏢？人家可不稀罕掙這幾個錢。可是，人家並不是就不幫忙啦，臨走時對我說：無論什麼時候，咱們這裏若再遇見難辦的事情，就去找他，在中牟縣一打聽楚少當家的，便無人不知。”小琴一聽，就不禁發恨說：“哎呀！原來他是回家去啦！”耿四說：“可不是回家去了嗎！”

小琴憤怒地就回到裏院的屋內，呆了半天，就知道楚江涯應得替自己去找李劍豪，那不過是一種欺騙。他不定是弄着什麼私弊，也許他就跟岳大雄那些人串通，而把李劍豪……大概李劍豪就是沒死，也是讓他們給逼迫走了。自己求楚江涯去找他，豈不是徒然？若想見李劍豪，還是得自己親身去找。於是，她的心中就萌發了出走的意念，但是她還不能就決定，因為手中的錢財既缺，路費不夠，而且有重孝在身，再說又怕自己走後，雲媚兒等人又來復仇，因此她就遲疑不決，而家中的糾紛痛苦卻又一件一件擠了上來，直逼着她走。

二嫂跟三嫂漸漸不合了，因為三嫂看不上二嫂的那種官太太的架子，二嫂也嫌三嫂潑辣，小家子氣，時常就要拌嘴，爭吵。小琴的乳娘何媽媽因為目睹主人的家中幾遭凶變，急得中了風，被她家裏人接了回去，不幾天就死了，這又給小琴了一個很大的悲痛。同時蘇振傑在家中為所欲為，鬧得簡直不像話了。兩個哥哥也都管不了他，這也使小琴很生氣，氣得常常連飯都吃不下去，而憂急得更是連宵不睡。且因雲媚兒，岳大雄等人也不再來了，真使她煩惱，覺得手癢，這才決定了走。

但是才一跟大嫂去說，大嫂就用許多婆婆媽媽的話來勸她；一跟二嫂去說，二嫂立時就轉告了她的二哥，蘇振忠便趕緊來勸他的胞妹，說了些三綱五常，說了些閨門的禮教，說了家中的節烈坊、貞節牌，以及父親臨死的遺言怎樣的重要。小琴聽了就覺得語塞，覺得二哥引經據典說了這些大道理，自己是只有遵從，打消行意，而沒有法子批駁。

可是，蘇振忠說來說去，又竟自說到妹妹的婚事上了，他說：“爸爸臨死的時候，不放心的就是你將來的婚事，他要把聘到一個書香之家，做官的門第裏去。慢慢地就有人來提親了，你想，妹妹！那是你的終身大事呀！你怎可違背父親之意呢？你若是一個人到外面去找雲媚兒，不用多，只在外面走半個月，以後可就沒有人敢來提親了，都得把你看成了江湖的女子了！”

蘇振忠說了這些話，見小琴臉上微紅，默默無語，顯出是已被說服了的樣子，他就不再言語了。其實小琴卻因此更是決定了出走之意，就想着：自己的父親蘇黑虎本就是一個江湖人，那自己就去嫁李劍豪，也不算給家中貽羞，並且還可稱得是

“從一而終”，對家中的貞節牌也對得住。

　　於是她就預備走了，她只有小時候逢年過節，父親給她的壓歲錢和買花兒戴的錢，統共湊了不到三十兩，連同她的幾身素淨的衣褲鞋襪，和為縫紉什麼用的針盒、線團等等，打了一個緊緊的小包袱。她又預備了一條粗布裏面，卻裝着絲綿的被褥，因為攜帶便利，能夠禦寒。她將青蛟寶劍也擦得很亮，馬匹也看中了。她就要走了，然而她的心中卻襲上了悲哀之情，她難舍這裏的一切，甚至院中的一些牡丹，她都捨不得，唯恐一年之後自己再回來，這些花，連根都叫人給刨了。

　　但事逼到此，不走又實在不成。於是在一天的清晨，四更才過，天尚未明，她就悄悄到廄中，自己備好了一匹黑馬，自己開的旁門，牽出了馬去，攜帶着包袱，誰也不敢驚動，就如鬼魂一般的，飄出了隱鳳村。

　　她先至墳塋之中，到了父親的新墳之前，暗自抽泣了幾聲，這才將行李包袱，以及寶劍，全都在鞍旁放好繫堅固了，她便騎上了馬，揮鞭走去。回首裏門，仍不禁清淚漣漣，但翹首東方，朝陽在雲中發出紫色，放出光明，就似李劍豪在眼前等着她了。

　　少時過了洛水，天色就已大亮，她怕自己的家中有人追來，便緊緊地揮鞭去走，然而她卻不明路徑，只知道應當順着大道一直往東，才許能夠走到江南。這條路很寬，來來往往的車又極多，無疑是條康莊大道，但又很討厭，路上的人無論是行商、客旅，沒有一個不注意她的。其實她生的雖然美麗，布衣青鞋，卻也與一般村女無異。只是她騎着一匹健馬，攜着三尺鋼鋒，因此路上的人就有不少咋舌說：“哪兒來的這位女鏢頭呀？”有認識的人就更加驚異，說：“了不得！這是隱鳳村裏的美劍俠呀！如今她必是去闖江湖，要鬥天下的英雄好漢！”

第十二章　秉燭達旦對佳人

　　小琴離了洛陽往東去走，當日雖不見有人來追她，叫她回去，但是路上的用飯和投宿，都使她感覺非常地不方便。例如午間用飯，哪裏還像在家裏，有乾淨的廚房給烹調出各種菜蔬？父親在世時，每到初一、十五全家都要吃素，如今就是隨着一些推車子的，挑擔子的，在小鎮上，進那又髒又狹隘的小舖，吃那手擀麵，熱騰騰的一大碗，也不管你吃得了吃不了，調上一些鹽粒子，醋漿，跟大塊的秦椒，更不管你喜歡吃不喜歡吃，裏面還時常有死蒼蠅。身旁又都是些汗臭味和村俗難聽的話語，並且有許多雙驚異的眼睛永遠包圍着她，她真覺得厭惡。到晚間投宿時，又只能投那小店房，因為自己的路費帶的不多，還不能跟一些行路的男客人都在一間大房子裏去擠，自己必須要找單間。然而這可就難了。第一凡是這種小店的單間，不是堆着半屋子的柴草，就是一大堆也是作燃料用的曬乾的馬糞。柴草還好點，馬糞的氣味可實在難聞。隔壁常有人唱梆子，院中又常有人打架——其實這些開店的跟行路的粗人，也不是永遠打架，不過他們就是說着好話時，也總是罵着，表示有交情時，也總是踢着、打着，使得小琴都看不慣。她心裏想：這些也許才是真正的江湖人吧？由這些人看來，可見江湖人也實在是可厭，而楚江涯的為人雖略帶些傲氣，但是頗為文雅，大概那種人在江湖上就很是難得了。至於李劍豪，也無怪他能夠女扮男裝，他實在是脾氣婉順，態度溫柔，跟個大姑娘一般⋯⋯這樣想着，她就益為神馳，相信李劍豪必不忍舍開自己而遠去，他絕不能那樣地無情。大約，他必是暫時藏匿起來了，等到一月半月之後，他也許又到隱鳳村去看我。若知我已經離開了那裏，他也必定着急，要再找我來，不久我們必能在江湖之間巧遇。因此，她走着路倒不怎麼心急，她並且幻想着：如果在路上我與李劍豪走到對面，我應當如何呢？頂好是我裝作沒看見他，叫他先來理我，然後我再問問他為什麼就那樣子膽小？不敢再在洛陽住？同時還得問他為什麼離開我這許多日？這樣地無情？那時看他說什麼？⋯⋯小琴如此芳心輾轉縈回，渴念與薄情的人會面，在旅夜孤燈之下，常常地落淚。

　　小琴在路上還有一件最感到不便之事，就是自己是一個姑娘家，不能像別的客人似的，能夠見着誰就跟誰談天和打聽事，所以她一投店，就在屋中一呆。店夥是非等她叫，人家才進來，進來倒是要茶來茶，要水來水，可是隨即就走，多一句話也不跟她說，多一眼也不向她看，就像是人家都不願理她這麼一個堂客似的。她只能時常側着耳，隔着門縫，板縫，偷聽院中或鄰室的談話，可多半就是些罵人的話，難聽的話，都十分不堪入耳，都與李劍豪的下落無關。

她行走了三日，才過了偃師縣，轉往南去，眼前就看見了嵩山的蒼蒼鬱鬱的山峰。時才過午，她又在一個小村鎮裏用飯，不想就由北邊來了兩個人，都是騎着馬。下了馬就探頭向麵舖裏來問說：“掌櫃的！借借光，我要打聽吳家莊在哪兒？”那正在灶旁下面的一個三十來歲，禿頭頂，三角眼的掌櫃，轉身看了這問話的人，就努了努嘴，說：“在西邊！你要找那兒的什麼人吧？”門外這兩個手裏都還牽着馬的人，都很年輕，一個看那樣子才不過十七八歲，穿着黑布的褲褂，神氣十分強悍，聽了這話，道聲謝，就牽回了馬，一扳鞍，吧地就騎上了馬。他並不回答舖子裏的掌櫃，卻向他那個瘦子的同伴大聲說：“走吧！吳家莊就在西邊，咱們看看吳大叔，再叫李劍豪那小子請咱們喝幾碗酒。……”兩個人隨說隨笑，蹄聲嘚嘚，揚塵而去。

這時，小麵舖裏的掌櫃照樣下麵，旁邊的人也依然彼此談着閒話，並沒有注意這件事的。小琴可立時就坐不住了，她霍然站起身來。正有個小夥計把她要的一碗熱氣騰騰的麵給端了過來，小琴卻說：“先放在這兒吧！等我回來再吃，我先出去辦點事兒！”這小夥計拿着燙手的熱碗，不住地發怔。那下面的掌櫃，談話的眾客人，也齊都扭頭來看她。小琴卻提了包袱，拿了馬鞭跟寶劍出門，解下來韁繩，掛上了寶劍，她就上馬飛奔向西，一瞬時就追上了那兩個年輕的人，她就尖聲地呼叫，說：“前面的人，你們站住！”

那兩個人聽了她這樣喊聲，回頭來看了看，才將馬收住。那瘦子笑了笑，那強悍的小伙子卻問說：“喂！姑娘！你幹什麼追我們來呀？”小琴就也勒住馬，喘喘氣，臉上微紅了紅，就問說：“剛才我聽你們談說李劍豪？你們是他的朋友嗎？”那強悍的小伙子，點頭說：“不但是朋友，還是好朋友，姑娘你問他幹嘛？……喂！姑娘！多半你是洛陽的美劍俠吧！……”

小琴點了點頭，臉越發紅了，但這強悍的小伙子又把她打量了一番，就說：“姑娘你也是來找李劍豪的嗎？”小琴又點點頭，問說：“他現住在什麼地方？你們能夠帶着我去嗎？”這強悍的小伙子就點頭說：“能夠！姑娘你就跟着我們走吧！我姓雄，我的名字叫雄鐵頭，家住在偃師縣，我的爸爸就跟李國良是好朋友，……”小琴問說：“你的爸爸是誰？他既然和李國良是朋友，自然也認識我的父親了？”這小伙子搖頭說：“我倒不知道，不過前些日，李劍豪到了我們的家裏，在我家裏住了一夜，他就又到這裏來，現在我是奉了我爸爸之命，來……”向左右望了望，又慎重地說：“我爸爸叫他快些回江南，因為在這裏住着也是不妥，說不定幾時，岳大雄那些人就又找了來。這裏的吳大員外也是庇護不住他。”

小琴卻憤憤地說：“不要緊！有我來到就行了，我不怕岳大雄，我如今來，就為的是幫助他。”強悍的小伙子雄鐵頭就揮鞭說：“好！咱們就去找他去吧！”於是他們的兩匹馬在前，小琴的馬在後，一直往西轉南，迎着那巍然的中岳嵩山走去。

路上沒有什麼人，三匹馬都行得非常之快，小琴的心中可就漸漸泛起疑惑。因為剛才這兩個人還到麵舖裏打聽吳家莊是在何處，現在這兩個人的馬走得卻這樣快，對於路徑這樣的熟，而且那雄鐵頭只是催着快走。那個瘦子卻有些賊眉鼠眼的，時時扭轉了頭向小琴來望。小琴就心裏說：“我需小心一些了！這兩個人不定是揣着什麼心？但，他們可千萬不要騙我呀？我盼着李劍豪能夠真在這裏，我們若能夠見了面，即使這兩人將我們害了，前面是一個陷阱，我也要去！”當下她既悲痛而且心急。

　　往下又走了數里，已快走到了嵩山的山根下了，道旁便有一大村落，人家很密，有幾隻大狗迎着他們的馬亂吠。那雄鐵頭勒住了馬，望了望，就說：“大概這兒就是吳家莊吧？”於是他們就都下了馬走進村裏。小琴卻見那幾隻狗並不大咬那二人，只是圍住了她的馬亂吠。她簡直不敢下馬了。

　　這時，村中就出來了幾個人，都是年輕力壯，短衣的漢子，內中還有一個十七八歲，很胖的姑娘，這姑娘梳着兩條短小辮，掄着拳趕狗，說：“去！去！咬什麼？”這個胖姑娘趕開了狗，就帶着笑過來迎接小琴，說：“你下馬來吧！狗不能咬你，你就不用怕了！”小琴聽了，就不由生了點氣，說：“誰怕呢？”跳下馬來，就摘下來寶劍。

　　那幾個壯年的漢子一看都有一些變色，似乎是嚇的。這胖姑娘卻說：“你幸虧是帶着劍來，我們才知道你是蘇小琴；你要是帶着刀來，我們就得疑惑你是雲媚兒啦。”小琴聽了，不禁一怔，就問說：“怎麼？雲媚兒她也到這兒來過嗎？”這胖姑娘搖頭說：“沒有來過，這都是李劍豪跟我們說的，我們才知道她是使刀，你是使劍。”小琴一聽，李劍豪竟曾將自己跟雲媚兒相提並比過，心中就不禁有些不高興。但是，由此可知劍豪確實是在這裏了，她的心中又不停砰砰地直跳，就向旁邊的一個人說：“把馬交給你們給我看着吧！”又向胖姑娘說：“你帶着我見劍豪去吧！”胖姑娘點手說：“你跟着我來吧！”此時，就見那雄鐵頭跟那瘦子全都站在一家大門前，向小琴嚷說：“美劍俠姑娘，你請進來吧！李劍豪在這裏等着你啦！”可是沒見李劍豪也迎出來，這又使她更加生疑。她見她的馬才被一個大漢接了過去牽到一旁，她又趕緊追過去，將馬上的行李包袱解下來，就掛在胳膊上，背在背後，一手拿着連鞘的青蛟劍，另一手緊握着皮鞭。她的兩隻眼睛也瞪了起來，爍爍地生着光，芳容向下沉着，一點也沒有笑色，旁邊的人可都顯出來有點變色了。

　　那胖姑娘卻又來拉她，勉強地笑着說：“你幹嘛還要這個樣子呢？難道你還疑惑我們嗎？”小琴停住了腳步說：“我實在有點疑惑，我本不認識你們這些人，我也不能進那大門裏去，你們還是把李劍豪叫出來，讓我們在這兒見面吧！”胖姑娘也忽然沉下臉來，擺着手說：“這就算了吧！我們也不是非叫你去見他不可。你要是疑惑，給你馬，你走吧！”

　　小琴憤然地幾乎要抽出來寶劍，那雄鐵頭卻又飛跑過來勸她。小琴仍然發怒着說：“我這次來，本就是為尋找劍豪，你們既說他在這裏了，你們打算不叫他來見我，也不行！”胖姑娘說：“哈哈，你既不肯進去，可又不走，非得叫他出來不可，可惜那李劍豪呀……”小琴立時吃驚，又發疑地問說：“劍豪現在怎麼啦？莫非他有什麼舛錯？”

　　胖姑娘說：“我告訴你吧！現在他已受了傷啦，說是岳大雄給傷的，爬不動也走不動。他要見一見你，死了才能夠甘心，所以你要見他，非得進大門裏不可。難道你還疑惑嗎？你還怕嗎？”小琴聽了，心中不禁滋出了悲痛，雖仍疑惑，卻不由得不往前闖，於是就頓腳說：“我往裏邊去看看，我不疑惑你們，可是我也不怕你們！”

　　當下她依然背着包袱，手提寶劍與皮鞭，就往前走，進了大門，身後的眾人也隨着她擁進來。她一看，大門以內是場院，有兩座石磨，磨上也都坐着壯丁，一見她進來，也都立起了身，直着眼睛向她來看。過了場院又是磚牆大門，看這人家，大約是本村的首富。

　　當下那胖姑娘趕上來，又讓她進去，她又往裏去走，進了一重院落，卻聽身後咣噹一聲，好像把門關住了。她不由吃了一驚，急忙回首，卻見那許多的人都隨着她進院裏來了。她也沒看見那第二道門究竟是已經關上了沒有。但是她的心中更疑，就頓住了腳步。那胖姑娘已走到北屋前，來開了門，說：「請進來吧！老傢伙就在這屋裏啦！」小琴抬起頭來向屋內望了望，就看見裏邊也擺着桌椅，牆上也掛着字畫，像是客廳。又回首看了看，見那些人倒是都散了，那大門是否關着，卻從這裏看不見。

　　胖姑娘已進到了屋中，仍點手叫她。她就想：進屋內看看也不要緊，反正她說說老傢伙就在這屋裏了，無論如何，我只要一進屋去，就能夠看得見，就能看個水落石出了。那麼，我可怕什麼？想到這裏，遂就奮勇地闖進了屋中。胖姑娘還帶笑着說：「蘇大姐你請坐吧！李劍豪就在這屋裏，我去攪他出來。」說時，她一掀那靠着右邊的軟簾，就進那里間內去了。

　　蘇小琴在這裏才解了包袱，放在桌上，心想着：「這個胖姑娘又是這裏的什麼人呢？她怎麼能夠進裏邊去攪劍豪呢？」聽了聽，裏屋除了窗戶微作響聲，卻沒有人言語，更聽不見有什麼受傷的人呻吟。小琴就不由得納悶，而且心急，遂走過去，一掀軟簾，往裏一看，原來屋子裏什麼也沒有，只有一扇後窗，已經打開，剛才的那個胖姑娘大約就是從這窗子爬出去了。

　　小琴才向這窗戶一看，忽然就見由窗外有一隻暗器飛來。小琴急忙伏身，暗器就從她的頭上飛過去，吧的一聲打在那邊的壁上了，原來是一隻鋼鏢。小琴就憤憤地說：「你們果然是要暗算我，我可就要手下不留情了！」於是她趕緊去抽出來青蛟劍。

　　不料這時屋門忽然又開了，院中站着很多的人，個個手中都有刀，棍，那雄鐵頭手持一對雙刀，跳起來大笑着，說：「蘇小琴，狗丫頭！你今天還打算活嗎？這是你自投羅網，可不能怪我們呀！」並有穿林虎、出洞虎，以及傷了手指的騰雲虎，全都在院裏威風赫赫。小琴一看，心裏才明白：原來這裏就是魯家五虎的巢穴，李劍豪哪能夠到這裏來呀？是怪自己太粗心了，既知道這裏是嵩山腳下，難道就忘了這裏登封縣的魯家五虎全是自己的仇人嗎？為什麼不先防備着一點呢？

　　當下她手持青蛟劍，憤憤地就要出屋去鬥，卻不料外面的騰雲虎喝喊了一聲：「放箭！」當時就有兩個人全都手持着弩弓，裝上了箭，崩崩地往屋裏來射。小琴趕緊又向旁去躲，可是一枝箭就緊貼着她的臉邊飛了過去，幾乎射中她的眼睛。又一枝箭是由她的肩上過去的，險些就射透了她的咽喉。小琴不敢再往屋外去走了，只好退身，而外面的人卻又笑着，並且罵着。那兩個使弩弓的人又都站在門首，拿着箭向屋中來射。

　　小琴急忙竄到一張桌子的底下，並推倒了桌子，嘩啦地一聲，桌子上擺着的果盤跟瓷壺瓷碗等等，全都掉在地下碎了。小琴就借着這張桌子像藤牌似的，用來抵擋弓矢。可是仍聽得叮叮叮，紅木的桌面上發着連氣的響聲，是那放箭的人仍不肯將她饒過。騰雲虎、出洞虎、穿林虎，這些都曾在小琴的劍下吃過虧的人，如今就一齊大聲罵着，用刀剁着牆，用棍子敲着門框，都擁到屋裏來，說：「蘇小琴！你趁早兒放下寶劍，竄出桌子來！如若不然，當時我們就能夠把你亂箭鑽身，亂刀剁死！」說時吧的一聲，一根檀木棍子正拍在桌腿上。

　　小琴便於此時霍然立起，她急急舞動了青蛟劍，撲上來，一下就殺傷了兩三個人。那穿林虎又喊了聲：「用箭射她……」尚未喊得清楚，就被小琴一劍戳倒。他的身子向後一仰，旁邊的人又一陣亂。小琴就趁勢掠劍、飛身，奔向了裏屋，待得後面有一枝箭嗖地飛來之時，她就早已一縱身竄出了窗去。

　　不料窗外也站着幾個人，又有幾隻鋼鏢向着她打來，一隻被她躲了過去，另一隻卻被她接到了手中。前面是房，她揮劍擋開了兩件兵器，就飛身竄上房去。後面是那胖姑娘喊了聲：「蘇小琴你不用想跑了！」從後面提刀追了上來，小琴揚手一鏢打去，那胖姑娘哎呦一聲，就摔下房去了。

　　小琴連頭也不回，就腳踏着屋瓦，急急向後院去走。魯家的莊院也實在不小，可是這時的人因為都聚集在前面，都在那裏亂嚷嚷，所以後邊的院子反倒沒有什麼人。一些女眷也大概都在屋裏，沒有什麼人在院中。小琴站在房上喘了喘氣，自己本想跳下房去，卻不知下面的屋裏都有什麼人。自己最怕的就是鏢跟弩箭，因為一人雖然勢孤，可也能夠抵得過眾手，但是若同時防備許多件暗器，確實是一件難事。此時，身後又有眾人的嚷嚷之聲，越來越近，小琴想着自己確實應當趕快逃走了，但包袱跟馬匹全都丟在這裏，又不知道李劍豪的下落如何，自己實在是不甘心。她就跳下了房去，院中東西南北各屋都像是有人，可又都把屋門關得緊緊的，沒有一個人敢出來看的。

　　小琴提着劍匆匆往後去走，又過了兩重院落，就來到一個小院裏。這裏只有兩間南房，還上着鎖，院中也頗不乾淨，可見是久無人住。小琴一進到這裏，就隨手把門關上。因為她想着這裏還很妥當，在此歇一口氣，等到騰雲虎那些人找到這裏，就再與他們拼殺，無論如何也得把包袱跟馬匹要過來，自己才能夠走，否則，說不定就要多傷人了。

　　她正在這裏倚着門思索，卻忽聽耳邊響着：「姑娘！姑娘！小琴姑娘！」她吃了一驚，四下去看，什麼人也沒有，可是又聽有人帶着喘息地說：「小琴！小琴！你快把屋門打開，救我出去吧！」小琴這才聽出來，是那兩間南屋裏發出來的聲音。

　　小琴趕緊走過去，原來隔着那窗紙的破處，就可以看見了，那屋裏十分黑暗，房梁上用繩索吊着一個人。這個人噓噓地喘氣求救，說：「小琴姑娘！快把我解下來！不然我就要吊死了！」小琴十分情急，掄劍嗤的一聲向門上的鐵鎖削去，可是沒有削落，她還以為屋中吊着的是李劍豪呢。她一面砍鎖頭，一面隔窗向屋裏去看，才看出原來是楚江涯，她就有點灰心了。

　　這時前院裏的人都向後院這裏走來，腳步雜遝之聲就夠人驚心的了。屋裏吊着的楚江涯忽然急急地說：「小琴你若不肯救我，你還是快些走吧！他們可厲害！吞山虎的兒子魯雄，年紀雖小，武藝可是自少林學來的，不好惹！你快些走吧！」小琴卻又改變了主意，不但不走，反倒呵！呵！又向那鎖頭連剁了兩劍，就給剁開了。

　　她踢開門，這時外面的人已咚！咚！地砸門了，並有人從牆上跳過來。小琴卻急忙進屋，就用劍將吊着楚江涯的繩子割斷，楚江涯就咕咚一聲，身子整個地摔下來。這時那雄鐵頭已持雙刀撲進了屋裏，小琴挺劍去迎殺，刀劍相交，兩三個回合。牆上又跳過來人將門開了，外面的人也都湧了進來。

　　楚江涯也解開了纏繞着的繩子，跳出屋來。他先向一個人的手中硬奪了一口刀，他就掄舞了起來，並向那雄鐵頭說：「魯雄！你不要以為蘇小琴是好欺負的！你還得想一想，將來我把你陳叔父請來，看你那時有什麼話說！」那雄鐵頭魯雄瞪着眼睛，看看楚江涯，他就不禁向後撤步。小琴持着劍憤憤地還要過去殺，也被楚江涯連擺着手勸住了。

這時雙方倒是都不動手了，騰雲虎也來到這院裏。楚江涯就叫着他的名字，責備着他，說：「咱們過去的交情也不算薄，上次在洛陽你受了傷，也是我把你送回來的。至於這次我救蘇黑虎，幫助蘇家與岳大雄爭鬥之事，那與你們兩家的仇恨並不相干。前天我也是誠意來看你們，我還拿你們當做往日的好友一樣，以為咱們的交情並沒有改，可是不料你們竟趁我酒醉，將我吊了起來……」

魯雄就跳起來憤憤地說：「因為你護着蘇家，你就算是我們的仇人！」小琴忽然一劍戳了過來，魯雄急忙用雙刀遮住。

那邊的騰雲虎攔着了魯雄，楚江涯又勸住了小琴。小琴憤憤地說了剛才魯雄跟那個胖姑娘用計引她進莊來，意圖陷害的事。楚江涯就向着騰雲虎說：「這也是你們幹的事？不要說美劍俠的武藝絕非你們所能敵，就算是你們把美劍俠殺死在這裏，將我楚江涯也吊死在這裏，你們能夠得到好結果嗎？你需知道，你們登封縣魯家，也是大戶，同不得岳大雄那些江湖人。你們比武、鬥氣都可以，但用暗計害人，不講交情義氣，卻真使你們魯家兄弟的名聲喪盡……」說得騰雲虎滿面通紅，不禁慚愧。

本來這些事都是魯雄做的。楚江涯是日前由洛陽來到此地，特為看望他們兄弟。那吞山虎、踏嶺虎、騰雲虎弟兄三個，雖然都有些不滿意于楚江涯，但還看在往日交情之上，不願意翻臉。可是楚江涯又言語不檢，露出來蘇小琴與李劍豪私情之事，並說：「蘇小琴真是紅顏薄命，她尚不知道李劍豪說永遠不能再到洛陽去了，他們這對鴛侶，恐永遠沒有結合之望了！」穿林虎跟出洞虎那兄弟二人聽了，卻頓起了念頭。

他們見楚江涯對蘇家的事知道得這樣詳細，他們斷定楚江涯是與蘇家勾結。上次若不是楚江涯袖手旁觀，騰雲虎也不至於失掉了一隻手指，他們的仇也就早報了，氣也早出了。在這時恰巧又有人來報告，說是：「美劍俠蘇小琴往東來了，她是單身匹馬，大概明天或後天，就能夠到登封縣來。」所以穿林虎、出洞虎二人，又疑惑美劍俠是被楚江涯給招引來到，要使他們魯家五虎跟頭栽到底，人亡家破。所以他們兄弟非常憤恨，尤其是吞山虎的兒子魯雄，他自稱為雄鐵頭，在嵩山少林寺學得一身好武藝，正要尋人試試。踏嶺虎又有個女兒，名叫魯玉子，就是那位胖姑娘，平日她也最嫉妒蘇小琴。所以他們就先將他家裏住的好朋友楚江涯用酒灌醉，用繩綁起來，吊在那空屋裏，又把蘇小琴騙來。卻不料蘇小琴竟這樣地難敵，結果她倒將楚江涯救了。

如今這二人都站在前面，一個是瞪着兩隻銀星一般的眼睛，芳容浮現着怒氣，掄劍就要來拼殺，騰雲虎是知道的，真要是拼鬥起來，憑他們誰也抵擋不了。同時楚江涯也橫着刀，向他嚴加質問。騰雲虎也真覺得無話可說了，更怕此事揚將出去，惹得外面的人恥笑。但他的臉雖通紅，表面上可不能服氣，就先向楚江涯說：「你二次到洛陽去，我們並不知道，你反倒去保護蘇黑虎，幫助蘇小琴，那就是故意與我們作對，咱們已沒有什麼交情了。但我們若想殺你，也等不到今天蘇小琴來救。」又向小琴冷笑着說：「蘇姑娘！你的武藝我們是佩服非常，可是，我又真真為你家的貞節牌覺着可惜！」

小琴臉也通紅，更加氣憤，用劍指着說：「我家的貞節牌，用不着你來管！

我只問，到底你們知道李劍豪的下落不知？”

騰雲虎說：“李劍豪為躲避仇家，跑到洛陽，還不安分，引誘了人家的姑娘，那樣的人，我們絕不認識，因為他絕非英雄。大概只有他……”就指着楚江涯說：“凌霄劍客，他是人既風流，又懂義氣的好漢，他一定曉得李劍豪的下落，他還許能給你們做大媒呢！今天的事，鬥不鬥由你們！如若鬥，咱們就再拼一場……”小琴一聽這話，立時就掄劍向上來躍，魯雄趕緊以雙刀去敵。

交手兩三回合，還是由楚江涯掄刀向前，將他們攔住，他就向蘇小琴急急地勸說：“我知道劍豪實在沒有在這裏，姑娘你出來原是為尋找劍豪兄，何必與他們這些人拼生死呢？”小琴聽了這話，才把腳步跟劍都撤了回來，但仍向這些人怒目而視。楚江涯就又對着騰雲虎說：“你放心吧！我就是到了開封，也不能向陳文悌兄提說你們把我吊起來之事，也非是我故意隱惡揚善，是這件事太令交朋友的人寒心了！如今我並且替蘇小琴小姐說一句話，以後她絕不能再找你們來。你們可也得出言有信，不准去攪亂洛陽隱鳳村！”

騰雲虎說：“這事我可以答應你，但蘇小琴，以後我們還得找你去鬥一鬥！”小琴也更憤怒，楚江涯又居中勸解說：“好好！以後再說，後會有期吧！那麼現在你們可否將馬匹物件交還我們，叫我們走？”騰雲虎點頭說：“這辦得到，我們又非強盜，要你們的東西做什麼？”

此時，那受鏢傷的胖姑娘魯玉子，已將傷處貼上了膏藥，又持刀跑來，要跟蘇小琴拼鬥，那魯雄也不願意就這樣善罷甘休，可是騰雲虎壓制着他的侄子跟侄女。他命僕人將楚江涯跟蘇小琴的馬跟行李，都送出村去，叫他們由大門走出，不准阻礙。小琴向外走着，仍時時以劍護身，楚江涯卻邁着大步走了出去，因為他准知道沒有事。

少時，二人出了村子，都接過來馬，蘇小琴的青蛟劍仍未入鞘，她騎上了馬就先走了，楚江涯又回首向村中看看，見那些人向他不是訕笑，就是怒罵，他心中覺着懊惱，騎馬追上來小琴，想要說話，可又感覺着有點不好意思。

小琴只管向東走，馬蹄輕緩地發出嗊嗊之聲，走出有半里地，她才漸漸將劍插入鞘中，臉兒仍不向後邊去看。楚江涯追趕了上來，說：“小姐！我勸你還是回往洛陽去吧！不必去找劍豪了！”小琴發怒說：“你管得着我？你說假話，你騙了我家的銀子，到這裏來被人吊起，幸虧有我救了你，你應該走就是了。你還來在我的耳邊瞎囉嗦？我去找劍豪，與你有什麼相干？劍豪他也未必看得起你！你去吧！你如不去，我就……”

楚江涯也實在忍受不了這種侮辱，也實在憤怒了起來，但見小琴纖手又要抽劍，秀目直瞪着他，他又不由得心軟了，就撥馬向旁邊躲了躲，笑着說：“小姐！我告訴你的是好話呀！你想……”小琴說：“我想什麼？”楚江涯說：“路途是這樣的遠，尚不知劍豪兄現在在何處？”小琴說：“不管他在何處，只要他在人間，我就得去尋着他。”說着，用力揮鞭子，又往東去走，楚江涯仍然在後面跟着她。

又往下走了有半里地，有一股寬寬的岔道，楚江涯還是不忍與小琴分手，小琴可真氣了，在馬上回身，怒掄起來鞭子，說：“你只管跟着我幹嘛呀？”楚江涯說：“蘇小姐！小琴姑娘！你聽我說：現在我也是要往東去，好回家，並非是故意跟着你。可是，你的令尊是我的好友，劍豪兄離開洛陽時，騎走的又是我的馬，帶去的也是我的劍。”小琴就趕緊問說：“怎麼？”楚江涯大略地說了說，只是沒說什麼李劍豪對神明發誓，李國良自刎，及蘇老太爺的真正的死因。可是只見小琴聽了這話，就芳容淒然，掏出手絹來不住地擦眼睛。楚江涯最後又說：「我在魯家吊了幾乎一日，不是小姐你來救，我是必死無疑，因此你對我又有這點救命之恩，我不是說非得立時就要報答你，卻是我見你對於路徑太不熟了。我呢，可是閉着眼睛也不至於走差了路。所以我想帶着你往東再走一程，離了這一帶靠近山嶺的地方，我們就可以各自走各自的路了。」

小琴聽楚江涯如此宛轉地說着，她才息了一點氣，轉過了身，再策着馬走，楚江涯再在身後跟着她，她也就不生氣了，並且她還一問一答地跟楚江涯說着話兒。小琴還說：「剛才我在那邊的一個小鎮上吃飯，雄鐵頭魯雄同那個瘦子就去騙我，那裏的一個三角眼的掌櫃，也幫助他們騙我，那一定不是個好人，我要去找他……」楚江涯說：「咳！何必呀？到外邊來也不能夠處處全都冤冤必報呀！」小琴說：「那個麵舖的掌櫃一定不是好人，他們既敢騙我，就一定能夠再騙別的人！」楚江涯說：「這我倒可以擔保，本地並沒有強盜，除非你美劍俠前來，因你跟魯家五虎有隙，他們才騙你。小姐，你走到江湖上來，須要學得豪爽些，尤其在家門口附近，不可以太顯露鋒芒得罪人！」這句話，說得小琴也知道有些顧忌了，便也不想找那與魯雄夥通的麵舖去報仇了，並且恨不得立時就離開這登封縣境。她叫楚江涯在前面帶着路，她在後面跟隨着，但是她非常地心急，因為楚江涯走的太慢了。楚江涯是因為周身被繩子已經勒破，痛得實在難受，而且在洛陽時所受的刀傷本就沒有完全好，現在尚能夠騎着馬走路，這就很勉強了，哪能夠還快呢？再說他又渴又餓，小琴也沒有用午飯，好容易走出了登封縣，他們就找了一處大市鎮，投店歇下。

這家店房很寬敞，二人分居兩室。小琴是一夜仍防着賊人仇家的暗算，和在夢裏思念着李劍豪。楚江涯卻是吃飽喝足，又叫店家給買來了幾罈老酒，把他身上的纏綁的痕印之處，全都擦遍了，擦得兩隻手都發酸發脹，他的周身的血液這才靈活了。又睡了一夜的很香甜的覺，到次日，他周身就覺得很舒適，精神很暢旺，這才又帶着小琴往下去走。不過他又隨走隨偷眼去看小琴，不由替這個慧心麗質，身負絕技的女子感到難過，心說：「她這樣去找李劍豪，找到何處才能夠見着呢？即使見着了，李劍豪除了是個無信義、無骨氣的小人，他是絕不能與她重相和好的呀！」自己本想實說，卻又真正不忍，就和幾次要把那一雙繡鞋跟白羅的汗巾還給她，總怕把她惹惱了一樣。

又走了一日，便來到了新鄭縣的地面，這時天空落着瀟瀟的秋雨，天色又晚了，來到個大市鎮上，卻找不到店房。這個地方叫娘娘鎮，因為附近有一座娘娘廟。這地名就叫楚江涯覺得很彆扭，心想：「娘娘若真有靈，為什麼不叫小琴把癡情減消了一點呢？這樣去找李劍豪不是枉然嗎？」

這地方道通南北，很是繁華，旅店約有六七家，可是因為下雨，人都住滿了。他們好容易才在一家「梅家店」裏找着房，然而這裏只剩下一個單屋子了，別處已連坐一夜的地方也沒有。楚江涯本來覺得不合適，小琴更是皺眉，但是在眼前薇薇落着的如線一般的雨下，一個打着破傘，斜着眼睛的夥計卻說：「大哥大嫂！你們兩口子就在這住下吧！這間房子還乾淨。旁處，你再花十兩銀子也找不到一間店了。這裏不住就沒地方住啦！往東，大哥大嫂你倆得知道，再走六十多里才能夠到尉氏縣，這雨又是越下越大，路上這兩天又常有強盜劫人，不好走呀！」楚江涯扭着頭向小琴看了一眼，只見小琴已經連臉都氣紫了，而那夥計也斜着眼睛看他們。楚江涯不敢表示可否，結果倒是小琴先點了頭，答應了，於是店夥將他二人那淋得已濕的兩匹馬接了過去，牽到棚下去喂。楚江涯跟小琴就都提着各自的行李、包袱，跟寶劍進屋去。

　　屋內只有一舖炕，一張桌子，一條板凳，外面雖落着秋雨，刮着秋風，屋裏卻是又黑又熱得悶人。楚江涯就把門開了，一任風雨從外面吹入。但是又見小琴的衣服跟鞋都已濕了，她打開了包袱，是要取衣、更換鞋子，楚江涯覺着坐在旁邊不方便，就趕緊又出了屋，且將門順手帶上關嚴。他站在房檐下，房檐又短，嘩嘩的雨水都淋到了他身上，濕透了他的衣裳，且浸痛了他身上的未愈的創痕。店夥又給他送來了一壺茶，他說：“不要往屋裏去！你把茶交給我吧！快給我做飯去！”店夥把茶壺茶碗都交給了他，又問：“你兩口子不要兩樣菜吃吃嗎？”楚江涯心裏說：什麼兩口子？這可又不容易辯解，因為若不承認是兩口子，可同住在一間屋裏，那就更使人生疑。當下他點頭說：“好！好！你隨便給做兩樣菜就行了！”他回身把一個茶碗放在窗台上，趕緊又轉臉向外。窗台又窄，只放得下茶碗，卻放不下茶壺，而茶壺又沒有提梁，壺把兒也掉了，也不能放在於地下，他只好用雙手捧着，真燙手！跟捧着個火罐子一樣。

　　身後的屋裏，這半天也沒有動靜，楚江涯手中捧着的茶壺都快涼了，他故意咳嗽了一聲，這才慢慢地拉開門進了屋，怕小琴不願意，他就不敢再關上門。先把茶碗放在桌子上說：“小姐你喝茶吧。”小琴此刻已經換上了一身乾燥的衣服了，鞋也換了一雙，鞋底還沒有沾一點泥，是新的。她盤着膝坐在炕上，就沒有言語，連頭也沒有點點。楚江涯就又說：“這場雨真不小啊！”偷偷看了看，小琴連看他也沒有，他只得無聊地往板凳上一坐，風雨都從屋門進來，淋到他的身上。

　　他此時很渴，又想：“小琴不渴，我怎可以先喝呢？我給她倒一碗吧！那又顯得太殷勤了，不大合適。”要就着壺嘴自己咕咚咕咚喝一氣，卻又怕人家嫌髒。正為着難，這時夥計又進屋來，楚江涯就拍着桌子大發脾氣，說：“夥計你為什麼只拿一隻碗來？可氣！”夥計斜着眼睛說：“櫃上的碗太少，今兒店裏住的人又太多了，人家屋裏六七個人才使一個碗。還有只有碗沒有壺，只有壺沒有碗的呢！你兩口子……”楚江涯吧吧拍着桌子說：“什麼？胡說！”夥計的眼睛更斜，把個食盒打開，放在桌上筷子，饅首，炒雞子兒，煮冬瓜。楚江涯見飯既然來了，再說人家美劍俠這半天連一口氣也沒哼，自己又何必如此發脾氣呢？反正也再爭不來一隻碗了，他只得不言語了。夥計又斜眼睛就出屋去了，隨手又關上了屋門。楚江涯就氣得又過去把屋門摔開。但一回身，向桌上一看，一雙筷子，一個饅首，跟那盤炒雞子兒，都被小琴拿到炕上吃去了，只給楚江涯留了一碗煮冬瓜，連只調羹也沒有。好在還有饅首，於是楚江涯就把饅首全都掐碎扔在碗裏，連饅首冬瓜帶湯，一起去吃，去喝。結果倒是小琴先吃完了。楚江涯不禁笑了笑，剛要說話，夥計卻又走進來收拾碗盤，楚江涯只得又把話止住。等到夥計提着食盒再走出了屋子之後，楚江涯卻又忘了剛才自己是要說什麼了。

　　這時門外的冷雨颼颼，秋風加緊，只有風聲雨聲，連隔壁房中的客人唱戲，這裏都聽不清楚。夜色又漸漸垂下來了，屋中雖然開着門，對面也看不見人的模樣。直到夥計拿來了燭台，點上蠟燭，這才將屋門關上，夥計斜着眼睛笑問說：“大哥大嫂你們還要什麼呀？”楚江涯搖頭說：“什麼也不要了！你去吧！”夥計走出了屋去之後，楚江涯又罵着說：“胡說！”偷眼看了小琴一下，見小琴又把那舖蓋捲兒打開了，楚江涯就歎息着說：「行路實在是不易！」小琴仍是不語。

　　桌上的燭光倒是很亮，小琴取出來絲綿被，大概上面說有脫落針線的地方，她就取出針線來縫補，楚江涯急忙閃了閃身，把燈光讓給她。自己無事可做，十分無聊，話又不能夠跟她多說，連少說她還不理呢！尤其是一條窄板凳，坐着十分不舒服，靠着牆，牆上又直往下落土。呆了半天，外面的雨聲漸微，蠟燭已燒去了一段。

　　楚江涯出屋去，只見風雖已停，雨仍是不小。他來到掌櫃跟夥計的屋裏，見人也都擠滿了，沒有插腳的地方，又聽說什麼：「今天東邊又打劫了人，狄家坡那裏，連鏢車都被劫去了……」等等的言語，楚江涯不禁吃了一驚，想要打聽打聽，在那邊橫行的到底是什麼樣子的強盜，但是櫃房裏人語紛紛，又沒有自己插嘴的機會，只好仍回到屋裏。見小琴已在炕裏，蓋着棉被，枕着包袱，睡去了，臉兒向着裏，背後的烏雲脫散之處就放着寶劍。這寶劍一來是為防盜，二來大概就是為在當中畫出一條鴻溝，使楚江涯在炕的外首睡。不過人家給他留下的地方倒是相當地寬。

　　可是楚江涯雖然身子又倦又痛，也不願在小琴的身旁就寢，他就仍在那條窄板凳上坐着。聽一陣外面的風雨之聲，又打幾下盹。如此，他連向炕上看一下也不看，他就秉燭達旦，直到次日。天雖明了，楚江涯又到院中去看了看，見雨仍落得甚緊，店中的人還都沒有走，自己跟小琴自然也不能走了，他倒是很發愁。他隨着送臉水的夥計進到屋裏，見小琴已經坐起來了，於是門仍然關着，先容小琴淨面梳妝之後，另換了水，楚江涯這才洗臉，他連氣兒打着哈欠，並且覺着腰酸。

　　這時那店夥還在屋裏沒走，他說：「雨這麼大，東邊狄家坡又常出強人，你們兩口子今天還能走嗎？」楚江涯就問：「狄家坡離此有多遠？」店夥說：「不過四十多里地，那地方是中間一段小路，兩邊都是黃土崗子，還是往來必經之路。」楚江涯又問說：「是怎樣的賊人？難道官人就不去剿除他們嗎？」店夥說：「只有一個賊，還是個女賊，也不值得大隊的人來除滅她呀，可是她也就夠厲害的了！」

　　楚江涯聽了這話，不禁覺得十分奇異。小琴也忽然急問說：「這女賊名叫什麼？」店夥搖頭說：「她不是本地人，也沒有人認識她，更不曉得她在什麼地方住。可是她武藝高，使着一把刀，連三四名久走江湖的鏢頭都被她打敗了，把鏢銀都奪過去了。」小琴更注意地問說：「這女賊年紀有多麼大？長得什麼模樣？」店夥斜着眼睛看着她，就說：「年紀？大概也就跟大嬸你差不多，長得，聽那幾個鏢頭都說她長得還不差的。」小琴向楚江涯看了一下，楚江涯卻沒作什麼表示，小琴就緊急地對店夥說：「你快去給我預備早飯，少時，我就要走！」店夥發着怔，眼珠兒更斜了。楚江涯卻說：「你就快些做飯去吧！茶也泡來，可不要忘了帶兩個茶碗來！」夥計連聲答應着就出屋去了。

　　屋外的雨依然嘩嘩地落着，小琴卻已換上鞋，下了地，並且袖子也挽起，寶劍也拿起來。楚江涯就說：「怎麼？小姐你這時就要走嗎？」小琴就點頭說：「我這就要去，我想那女賊必定是雲媚兒！」楚江涯打了個哈欠又歎氣，小琴當時就又惱怒說：「我也知道，雲媚兒跟你非親即故，所以你才屢次護着她。」楚江涯說：「豈有此理！」小琴哼了一聲說：要叫我饒了雲媚兒是不能，我立時就要去替我的爸爸報仇！」楚江涯卻長歎說：「咳！小姐，你就不怕下雨了嗎？」

　　小琴更憤然地說：「我怕什麼下雨？連死我都不怕！」說時取出了一塊羅帕把頭髮罩住。楚江涯說：「我並不是說小姐你怕雨淋，我是說，你想，這樣的大雨，雲媚兒還能夠出來劫人嗎？」小琴恨恨地說：「她既然在這裏連次劫人，附近必有她的窩藏之所。我此次去，就得找到她的窩，把她殺死在那兒！”拿着寶劍怒衝衝地出了屋去了。

楚江涯就追出屋去，發着急，但又悄聲地說：“小姐小姐！姑娘姑娘！小琴小琴！你回屋來！我們再商量商量！”可是小琴連聽也似沒聽見，就冒着雨跑到馬棚下，她就自己備上了鞍蹬。楚江涯腳下濺着稀泥也跑了過來，依然勸着，又悄聲地說：“姑娘你何必如此急呀？雲媚兒也是很潑悍的，你與她相拼，萬一，小姐你有了舛錯，可怎麼好？”小琴說：“用不着你來擔心！”楚江涯又歎氣說：“我實在告訴你吧！雲媚兒真與你家沒有多大的仇恨！”

小琴憤恨着說：“你幹嘛這麼庇護着她呢？”鏘然地抽出了青蛟劍向着楚江涯的腿上就砍，幸虧楚江涯跳得快，沒有傷着，然而已驚出了一身的汗，且把一隻鞋也掉了。他就連鞋也不拾，一怒回到屋中，並用力將屋門帶上，自己罵了一句：我為什麼要出這些力，受這些氣？我是個傻瓜嗎？索性連那一隻鞋也脫下扔到了一邊，並連濕襪子也脫下了扔了，就往炕上一躺，拉起人家未疊起的絲綿被蓋上，卻又覺得不合適，趕緊掀開。

這時就聽得外面有馬蹄濺水之聲，大約就是蘇小琴拉着馬出店門去了。楚江涯又趕緊爬起來，十分地不放心，他恨不得當時也備上馬跟了去，但是此時頭疼得又實在難受，哈欠是不住地打，就心說：“趁着她出去，我就在炕上睡一個覺吧！大概她到什麼狄家坡，也不能就找到雲媚兒。”當下他就躺在炕上，因為心神不定，所以閉了半天眼睛，才漸漸入了夢境。

此時雨仍淅淅瀝瀝地落着，大地上處處是水是泥漿，馬蹄深陷約三四寸，待拔出來重踏第二步時，就濺起一丈多高的泥點，濺得小琴的渾身也都是泥了，可是隨即被上面的絲絲的雨給沖落，洗清。那雨又被寒冷的秋風攪着，打在她的臉上發痛。但她為父報仇的心急，連連鞭馬往東去走，早就出了市鎮，且已行下五六里了，路也折向正南去了，地下的泥漿也越深，頭上的雨也越大，她竟沒有看見一個人。她的兩眼給迷得模糊了，向兩旁去望，又見雨氣彌漫，連一棟房屋也看不見，更不曉得哪裏才是狄家坡呢？

再往南去走，大約都是過了正午的時候了，她又累又饑餓，此時面前突然出現了一條小溪，溪水漲得很滿，有一條板橋，而橋的東邊就是幾戶人家。她下了馬，用手牽着韁繩，謹謹慎慎地走了過去，聽着雨聲中有犬吠，還有鴨子亂叫，沿溪的這人家是短牆茅屋，風景就跟山水畫一般。她心想着：這裏的人家許不至於像嵩山下魯家那麼地凶吧？我去打聽打聽！於是她就下了馬。

此時她身上之衣服已盡被水貼在身上，羅帕跟頭髮更都粘在了一起，兩隻鞋就跟兩個小蛤蟆似的，一走就一響，冒出許多泥水來。她上前打門，半天，門裏才有人應聲，聲音是很老氣，並且仿佛十分不放心似的，問來問去：“你是誰呀？……你找什麼人呀？……有什麼事呀？……咳！這樣的雨天！跑到這兒來敲門幹嘛？”小琴隔着門縫，就看見走出的是一位打着傘的白鬍子的老人。她心倒是很高興，想這家裏大概沒有壯年的男子，不然何至於叫一個老頭兒出來呢？那麼自己倒可以進去多歇一歇了。門裏的老頭兒又帶着氣說：“你是小三子吧？你爸爸又把吃飯的錢輸了叫你來借吧？誰有閒錢借你們，又這年頭！強盜都有了……”

小琴始終沒有說什麼話，兩扇門分開了時，小琴才帶着笑說：“老伯伯……”不想這個老人一眼看見了小琴是個女人，穿着短衣，牽着馬，帶着寶劍，他就嚇得仿佛魂魄都飛了，大喊了一聲：“哎呦！不好了！女強盜來了！”回身就跑，不料啪嚓就摔在泥地之中，傘也撒了手，被風吹得直滾。

隨着這老人的呼叫聲，裏面也有人嚷嚷，怒罵，在雨中跑出來四個壯年的漢子，有的拿鐵鍬，鋤，鎬，還有個在木棍上綁着一把磨得很亮的鐮刀，似都是早已預備好了的，都一齊來向小琴拼，罵道：“賊娘兒們！我們不惹你，你真欺負到我們的頭上來了！”小琴卻趕緊抽出寶劍遮擋着，並急急地說：“你們聽我說呀！我不是強盜……”一個人就說：“你不是強盜？你是賊老婆！”鐮刀已向她的脖頸鉤來，被小琴用劍一嗑，噹的一聲，鐮刀落地了，那個人的手中仍持着一根光棍兒。小琴又退了兩步，厲聲說：“我不是女賊！我不是雲媚兒！你們倒把人看清楚點呀！”

這時那舉着鐵鍬的人，才瞪大眼睛把小琴看清楚了，他就說：“哎呀！咱們真弄錯了，這真不是那個女賊。老二，老三，老四，你們都停住手吧！”於是這人先由地下攙起他的爸爸來，但那老頭兒渾身帶臉都是泥水，他就像瘋了似的，直着兩眼嚷嚷說：“女大王！你要殺就殺我這個老頭子吧！可不要傷了我的兒子，我的兒子都是老實人，他們都有媳婦，孩子。我倒是活夠了！家裏有鴨子，你要抱，就抱走幾隻吃去吧！錢可沒有，兩三年來都收成不好呀！女大王爺！你在狄家坡想劫誰不行？何必還單得劫我們家呀？……”被他的兒子攙着勸着回裏邊去了。

這裏小琴憤憤地說：“什麼事呀？憑哪一點你們要把我當做強盜呀？”那個拾起來鐮刀又往棍子上綁的老三，依然憤憤地說：“就憑你的寶劍，你就絕不是好東西！”那老四也說：“你一個婆娘家怎麼會騎馬？怎麼會使寶劍？怎麼會大雨裏來？”

小琴說：“我是洛陽隱鳳村中蘇家的小姐蘇小琴，因為我住在北邊娘娘鎮的店中，聽那裏說，狄家坡近日出現了女強盜，我想那就必是我的仇人雲媚兒，我才冒着雨，騎馬帶劍前來，我要替你們剪除去那個女賊！”

老大一聽這話，當時就面容起敬，說：“原來你是替我們除害來的呀？好好！女英雄！將來我們全村都得謝你，現在那賊娘兒們就住在南邊土地廟裏，下着雨，她多半不能出門，我們幫助你，咱們這就去吧！”小琴一聽這話，興奮得她連劍也不再往鞘中去收，就高聲說：“好！咱們這就走吧！”她想不到竟這樣容易就曉得了雲媚兒的窩藏之所，她急急地催着說：“快！快！”

這時那老二攙回去他們的爸爸，他又出來了，於是老大、老二分頭去召集村裏的人。這村中的人家雖不多，可是一瞬時就又找來了十多名大漢，都是拿着鍬、鎬等物，都驚訝地來望這位打抱不平的女英雄。又齊憤憤地嚷着說：“找那強盜娘兒們去！女英雄你領着我們殺那女賊去！”聽他們一說，小琴愈相信那女賊就是雲媚兒了。

雲媚兒近日在此處橫行得也太厲害了，不僅打劫了客商，打劫了鏢車，她還逼着這村裏的人湊出銀子來給她。她要把村中婦女所僅有的頭上的包金簪子，耳朵上的銀墜兒都摘了去，不知那麼一個單身的女賊，為什麼急需那些錢？假若今天小琴不來，雲媚兒也就快來了，她再來時，若沒有東西，她就得傷人。

當下小琴騎上了馬，跟着村中十多個男人就往南去走，雨更大，四下裏更是煙霧彌漫。往南也不知走了有多遠，小琴就見這十幾個大漢都已成了水雞，她自己當然也不會好看了。可是兩旁的地勢漸高，當中的一段路愈窄，聽那老三說：“這兒就是狄家坡，前天女賊在此劫的鏢車，好幾個有名的大鏢頭，全不是她一人的對手。那賊婆，凶得很！咱們可都要小心她！”更有幾個人來向小琴仰着面說：“女英雄！你打量打量，你去了真能抵得過她嗎？咱們可不要吃上大虧呀！”這十幾個男人也許是被雨給淋的，剛才的那股勇勁兒都漸漸沒有了。

　　小琴雖然緊閉着嘴，不說一句話，可是依然驅馬向前急急地去走。地下的泥水都已經沒了馬腿，簡直跟在河裏行走一樣了。她催着眾人再往前去，順着她的青蛟劍尖也直往下流水。又走了多時，便到了一片高原之上，這裏樹木很多，隱隱見有一座小廟就在眼前。當時那十幾個人全都怯懦地不再向前去了，也全都不敢嚷了。小琴也怕打草驚蛇，她就命眾人在此等候，她下了馬獨自手挺寶劍，去往眼前的廟中。

第十三章　寒風熱淚情難訴

　　這座廟是在樹林之中，小琴謹謹慎慎地向前走着，又回頭去看，見那邊十幾個男子也都比出來手勢，意思是要她格外小心，她也點手招那些人慢慢走來，進到樹林裏來，以便等待機會，助她捉賊。她輕踏着地下雨水洗過的石路，跟被雨擊落的松枝，她就進到了林中。林並不密，廟也很小，不過倒似是新經修整過的，廟門是緊閉着。她一縱身就上了牆頭，由牆又越到了殿脊上，真比狸貓的身段還敏捷得多。外面的老大、老二等人都幾乎喊出好來，一齊目瞪口呆地仰面去看。只見這位女英雄已轉過了房脊，連人帶劍，瞬時他們全都看不見了。原來小琴已從正殿的屋宇之上，一躍就下到了平地。

　　這座廟連大殿才不過五間房，她知道這裏絕不會窩藏着太多的強人，她便不怕。腳落了平地之後，她就向正殿去看，見這裏的土地神像，還塑着是金色的臉，四壁跟柱子上全掛滿了"有求必應"的黃色布匹。有個僧人在裏面正在收拾佛桌，一看見她，當時就面露驚色地問說："有什麼事呀？"

　　小琴走到殿門前向裏面說："我聽說你們這裏住着一個人？"僧人就點頭說："不錯！"小琴說："那女賊住在哪間屋裏，你快指告我！你放心吧，我今天打算把她生擒，絕不污了你們這佛門淨地！"

　　這個僧人走出來，他的神色並不顯得慌張，只似有點納悶的樣子。他反問說："女菩薩！你剛才說的什麼女賊？我們這西邊的客堂裏，倒是住着一位客，那人可是個男的，他姓李……"小琴也驚訝了，趕緊問說："什麼？是姓李的？"僧人就點頭說："他是南方人，我們可不曉得他從什麼地方來，年不過二十來歲，牽着馬，帶着劍，是一位鏢頭的樣子。可是不曉得他在別處遇着了什麼不順心的事，有一天黃昏時候來到這廟裏，就對着神大哭……"小琴聽說了這個人，雖然還未十分斷定他是否即是李劍豪，但已不禁覺得鼻酸了。僧人又說："他便住在我們這裏，想要學禪聽道。可是這是一座小廟，只我一人在此住持，況且每逢初一、十五，來這裏求神問卜的人太雜。我就告訴他，這裏不是一個修行的地方。沒想到他所遇見的事大概是太讓他傷心了，他矢志出家，一來到這裏，他就不願再走！"

　　小琴又問說："他姓李，可是名叫什麼呢？"僧人搖頭說："我沒有問他，不過他倒是有一位太太，就住在附近的人家裏。"小琴一聽，便覺得是錯了。如果是李劍豪住在這廟裏，哪裏又有太太呢？遂不再問，又說："我找的是雲媚兒，那女賊，在狄家坡傷了人，劫了鏢車的女賊！」僧人更搖頭說：「我不知道。平日我們出家的人就不打聽外邊的事，何況現在又下雨。」

這時廟外面的那些人，老二托着老三的兩隻腳，老三就爬過牆來了，如此一連爬過來了五個人，鎬頭也隔着牆頭扔過來了，這幾個人就一齊圍住了僧人喊說：「我們在昨天沒下雨的時候，眼看見了那賊婆娘穿着一身紅衣裳到了你這廟裏來了，現在你敢不認帳？」

僧人似乎驀然醒悟了過來，就說：「那就是在我們這裏住的，那李施主的太太呀！把她的丈夫給找去啦，他們走後就下起雨來，直到現在還沒住，那李施主也沒回來。」說着，他也顯出驚懼之色，就又說：「我可不准知道，那個太太是什麼人。跟李施主是夫婦不是，我也不准知道，更不知那太太住在什麼地方。我想着大概離此不能太遠，因為有時候她一天能夠來兩三次。」

小琴聽到這裏，真覺着可疑了。那老大、老二等人又把屋子都搜了，卻真沒有什麼女賊跟李施主。他們開了廟門，小琴也隨着走出，但四下是煙雨茫茫，可再往哪裏去呢？那老大就說：「往南去吧！南邊青牛鎮是個大地方，那地方有個人，外號叫藍臉鬼，他是那鎮上的霸王。他早先開過鏢店，也在外面混過，平日交的朋友很雜，更喜歡與娘兒們來往。自從那女賊在狄家坡劫了鏢車，就有人疑惑說與他有關了，可是因為他又太屬害，沒有人敢去找他。」

小琴也想着：「在附近既然還住着這樣的一個人，這人就必定曉得雲媚兒的下落，他們江湖人哪能夠彼此沒有往來呢？」遂就說：「我敢去！可是你們敢帶着我去嗎？」老大老二等人聽了她這話，本來就猶豫着，並有人搖頭說：「我可不去！惹不起那位藍大掌櫃！」小琴說：「我不是叫你們去得罪那藍臉兒，我只找的是雲媚兒。你們若不敢去，我可要一人走了！」說時她就騎上了馬，提劍向南去走。

這時雨已經微了些，十幾個大漢一看人家女英雄說走就走，一點也沒把藍臉鬼放在眼裏，他們有的雖然還怕事，可是老三、老四，跟一個悍壯的村人就都扛着鎬頭，一齊追上來小琴，說：「女英雄！你不用忙！等一等我們，咱們一塊去吧！」小琴勒馬回頭來看，見跟來的這三個人都是拼出去了的樣子，黑紫的臉上都掛着雨水跟汗水，喘吁吁的跟上來。其餘的那些人都望着他們發了半天怔，看他們走遠了，才都一齊掃興地回去。

小琴此時也不願跟着她的人多。她叫這三個人指着路徑，一路上心裏猜測着那個人是不是李劍豪？還沒有猜出來，就已經到了青牛鎮了。這個鎮比娘娘鎮略小，可是因為雨已住了，在泥塗中往來的披蓑衣的，提籃子買賣菜蔬的，反倒多，顯着很熱鬧。那個老四在這地方最熟，先叫老三同那個村人，牽着馬到酒舖裏去等着，他帶着小琴就進了一條小巷。這裏路北有一座三層台階的黑漆門兒，老四就悄聲說：「那個門兒就是藍家，你去了，可不能說是找藍臉鬼，只說是找藍大掌櫃，他就肯見你了。他雖是個惡霸，可是講交情，懂面子，他要知道你是一位女英雄，他對你更得款待了！」說畢話，這個老四也趕緊轉身走了，他連去大門也不敢。

小琴此時已把濕頭髮擰了一擰，用手理了一理，羅帕也解下來，擰下水來，迎着風抖一抖，並擦了擦寶劍，重新又繫在頭上。她想這個藍臉鬼既然是江湖人，就得知道我的名字，雖然這個人不好，但他能奈我何？於是就直上了台階，叭叭叭，去打門環。裏面有人把門開了，出來的是個婦人，年紀也不大，一張黑圓臉上擦着很多粉跟胭脂，就問說：「你找誰呀？」把兩隻小眼睛從上到下地打量着小琴。

　　小琴就先問：“你們這裏住着一個姓雲的，名叫雲媚兒的堂客沒有？還有一個姓李的沒有？”這個婦人就更打量着她，又問：“你找他們幹嗎吧？”小琴一聽這話音，分明是承認那兩個人全在這裏了，她就立時神經緊張，把劍柄更握得緊，又故意地笑了笑，說：“我特地來看看他們，我是他們的朋友！”說時就怔往門裏去走。

　　婦人趕緊攔着她說：“喂！嫂子！你不能硬進來呀！他們都走了，還沒回來！”小琴說：“沒回來我也要進去看看！”她就走到院中，一看是東西北三合房，院落很齊整，她就高聲叫說：“媚兒！雲媚兒！你看看是誰找你來啦？”她手持着寶劍這樣地叫着，東屋中就走出來一個人。小琴一看，就知道這個人必是藍臉鬼，因為這個人的面孔真是說不出來的難看，真是黑中透着藍，可是身材很高，氣度也很豪爽。他把小琴望了一望，並沒露出一點驚訝的樣子。

　　這時那婦人又從後面急憤憤地走來，拉住了小琴的胳膊，說：“你不該硬往門裏來走呀！大嫂，你連這麼一點規矩也不是知道嗎？”藍臉鬼呵斥着那婦人說：“你就不用多說話了！你看明白了，人家不是什麼大嫂，這是一位姑娘！”遂就客氣地說：“姑娘是從哪裏來？要找雲媚兒說什麼事？”小琴就說：“有一點事！等我見了她對面再說！”藍臉鬼說：“她是跟李劍豪一同到東邊去訪一位朋友，再呆些時候才能回來，姑娘你請進屋來等一等好不好？”

　　小琴一聽了這話，她倒不由真真地怔住了，因為她想不到那個姓李的人果真，這絕不能是假的了，他確實是李劍豪。可是李劍豪為什麼能夠跟那可恨的雲媚兒在一塊兒呢？這真奇怪啦！

　　當下她的手跟身子都不住地發抖，就趕緊問說：“他們是找誰去了？做什麼事情去了？”藍臉鬼說：“這個……對不起姑娘！我可不能夠告訴你！”小琴又急急地問說：“他們，李劍豪跟雲媚兒，是怎麼在一塊兒的呢？”藍臉鬼微微地一笑，說：“姑娘！你得先說明了你的來歷，我才能夠跟你細說！”小琴不暇隱瞞地就說：“我是從洛陽隱鳳村來，我姓蘇！”

　　藍臉鬼一聽，當時就大發驚異，只是沒有叫出來，說：“啊！原來是美劍俠蘇小琴小姐？你是……”小琴就點點頭說：“我不但要找雲媚兒，我還要見見李劍豪！”藍臉鬼說：“媚兒一來時就跟我提你，她把你欽佩得了不得！她說可惜兩家有仇，不然她願意和你深交，結為姐妹！”小琴憤然說：“她胡說！誰能跟她結姊妹？”藍臉鬼笑着說：“媚兒那個人，本來是不大好，不瞞姑娘說，我在三年前闖江湖時就與她相好，我幫過她不少的忙，可是她始終不嫁我，她倒看上了李劍豪。此次她隨于鐵雕等人北來，到了山西平陽府，她又把那些個人都拋了，一人去洛陽你府上。她的心眼我知道，她只為的是找李劍豪那漂亮的小伙呀！如今……”小琴此時站都站不住，覺得頭暈。

　　只聽藍臉鬼說：“雲媚兒一來時就住在我家中，她在外鬧什麼事我也不管，因為我，小琴姑娘你大概也知道，我現在的田產、房屋也夠我半世花用的了，雖說我現在不再與朋友們往來，可是外人曉得我的名聲，也不敢來找我。雲媚兒住在我家裏的意思我也知道，她是叫我保護着她。可是她又常出去，昨天她並且把李劍豪帶了來，我可並不是怕李劍豪呀！我也一點不吃醋，因我現已有妻有子，雲媚兒那個壞婦人，再想跟我我也不要她！”

　　小琴搖頭說：“我不管你們這些事。藍大掌櫃，我看你也是一條好漢，你的為人很豪爽，你何妨把他們現在的去處告訴我呢？你告訴了我，我就走了！”藍臉鬼聽小琴這樣一稱讚他，他簡直受寵若驚了，他就連連地笑着說：“豈敢豈敢！黑虎蘇老太爺乃是我的前輩，小姐你又威名遠震，你問我這麼一點點事，我哪能夠不告訴你呢？可是我真不能說，因為他們現在所去找的那個人乃是我的好友，我不能叫你去了在他們門前鬧出亂子來！”

小琴說：“我也不能就去鬧出什麼亂子來！”

藍臉鬼說：“冒雨提劍而來，蘇姑娘，你找雲媚兒是為什麼，我還看不出來嗎？我也知道，從你家黑虎蘇老太爺之時而起，就與雲二寡婦有仇，這次雲媚兒往洛陽雖是想嫁李劍豪，可也是為找你家報報仇恨。你們二人若是見了面，自然就得寶劍對鋼刀！”

小琴說：“難道你就不怕她回來時，我跟她在你這裏打起來嗎？”

藍臉鬼說：“美劍俠是江湖第一的女豪傑，今天你來到我的門前，給我的台階都踏了幾個金腳印，總算是看得起我姓藍的。你跟雲媚兒就是攪翻了青牛鎮，也絕不能在我的小院裏打，這裏也施展不開你的驚人劍法！”

小琴發着怔，藍臉鬼向外指着又說：“我告訴你！你到街上去，往南去看。再呆一會兒，雲媚兒跟李劍豪一定就都回來。他們可都騎着馬了，你可留神他們跑了。”小琴說：“我也是騎着馬來的。”藍臉鬼說：“那更好！你就騎着馬迎上去就打，鎮外的地方十分地寬敞，你的劍法展得開，雲媚兒絕不是你的對手。李劍豪雖然殺死過萬里飛俠，可是我看他的本領也沒有什麼大不了的，你就必占上風！”小琴聽了這話，心裏卻萬分地難過。

小琴就依着藍臉鬼的指點，她離開了這裏，到那酒舖裏找着了那老三、老四等人，要過來她的馬，她就出了鎮市的南口。她也不許別人跟隨着她，來到一棵大槐樹的下面，就在此找了一塊青石坐下。這時雨雖已停，可是風一吹，那樹枝上又簌簌落下來雨水，她的眼淚也簌簌往下落。她不明白，她想：為什麼李劍豪竟跟雲媚兒在一起呢？他跟女賊在一起，不怕侮辱了他嗎？他跟殺我父親的仇人在一起，就不怕對不起我嗎？他到底是存着什麼心呢？莫非他要將我拋棄而與雲媚兒結為夫婦？她想來想去，覺得不能夠，她不相信李劍豪是那樣糊塗而沒有良心。

她心中悲痛，而且十分急憤，恨不得立時騎上馬往南往東迎上他們，可又知這股大道還通着許多條別的路，萬一走差了呢？自己去迎他們，他們卻從別處回來。見了藍臉鬼，那個人跟他們一說，李劍豪也許又找我來，可是必把雲媚兒驚走，那樣一來，我父親的仇既不能報了，我這口氣也不能出了。所以她只得在這裏耐着心等候着，眼睛時時往南邊望着，然而滿路的泥濘，過往的人全都很少。那老三、老四等人又來看了她一次，要來幫助她等候那女賊，可是又都被她強命着叫那幾個人回鎮裏去了。因為她能夠預料得到，只要雲媚兒來，她准得以劍把那女賊殺死，而她若見了李劍豪她又必定痛哭。她不願意人命的案件連累別人，她更不願叫人看見她對着情人流眼淚，她的芳心如攪。

又待了少時，忽然看見遠遠地真有兩匹馬來了，她趕緊就騎在馬上向那邊去望，只見冷清清的雨後陰雲之下，銜着那未散的雨煙，果然一前一後的兩匹馬都來了，馬上的人還能隱約着看得出，正是一男一女。她反倒勒住了韁，她就如蒼鷹在未抓兔子、狸貓在未捕老鼠之前的那片刻的沉着、鎮定。兩匹馬漸漸來近了，漸能聽見那馬蹄濺着泥水之聲，她卻將韁繩勒得更緊。直待雲媚兒的紅衣妖姿，李劍豪的青衫俊骨，顯示在她的眼前，她這才一縱馬，嘩啦嘩啦地飛也似地迎奔了過去，高聲叫着：「你們……站住吧！」

她的精神十分緊張，奔上去唰的就向雲媚兒砍下一劍，雲媚兒哎呦了一聲，就摔下馬去。她的一身很乾淨的紅緞衣褲雖滿滾上了泥漿，可是她並沒有受傷，反趁勢由鞍旁抽刀，鏘鏘鏘，跳起來與馬上的小琴拼鬥，但她哪裏抵得過小琴呢？她的馬驚得折回去，又向着南跑了，她也趟着泥水拽刀向南狂奔。李劍豪是驚慌地把馬退到了道旁。小琴飛馬又趕上了雲媚兒，掄起劍來，狠狠地向着雲媚兒就砍，雲媚兒又用刀抵着她的劍，卻忽然跪在馬下的泥中，面無人色地亂抖着哭求着「蘇小姐！你先不要殺我！容我說！我錯了！我不該在你家的老太爺死後我還去攪鬧，招你生氣，從今以後我再也不敢了……」小琴狠狠地說：「不敢了就算完了嗎？我就不給我的爸爸報仇了嗎？……」噹地一聲磕開了雲媚兒的刀，擰劍向着雲媚兒胸膛突然扎去，雲媚兒咕咚一聲整個的身子躺在泥中。

但是小琴的劍並沒有扎到這女賊的身上，因為李劍豪已疾奔過來，把小琴的右胳膊拉住了，說：「不要這樣！小琴！」小琴驚訝地回過頭來，看見了李劍豪，她倒不禁怔了，她這時才真切地，詳細地看到了李劍豪。只見李劍豪的辮髮梳得很整齊，似沒着過雨的樣子，而且完全是男子的英俊模樣，與李大姐的時期又不同。他穿的是青綢的夾衣，青綢的夾褲，連鞋都不再是拿她三哥的那雙了，尤其是他的臉，一陣紅一陣白的。小琴雖沒就落淚，可是帶着顫的聲音來問說：「劍豪！你為什麼躲避着我？你為什麼跟雲媚兒這女賊在一起？」

雲媚兒此時已由泥中急爬起來，搶回她的那匹馬，騎上就往北跑去了。小琴急忙要去追，可是右臂仍然被情人李劍豪拉着，她就用力一奪胳膊，帶着氣問說：「你為什麼阻攔我？難道你……」李劍豪露出慚愧的樣子，沒發一句話，他就揮鞭策馬，飛似的也向北跑去了。小琴趕緊去追，叫着：「劍豪……」又急叫着：「李劍豪！」更憤然說：「難道你沒有良心了嗎？」李劍豪卻連頭也不回，雲媚兒先逃進了鎮，他就隨後也逃進了那青牛鎮。小琴在後面緊追，然而她的淚流了，心痛了，她沒有追得上。

她追到了鎮街之內，本想進藍臉鬼住的那條巷內去搜找，可是那老三、老四等人齊都站在酒舖門前，拿着鎬頭一齊大喝着說：「往北跑去了！我們沒有截住，那女賊跟個泥老鼠一樣了！」街上不少的人有的驚異地望着小琴，有的跟着大聲嚷嚷，也往北指着，小琴就馬不停蹄地又往北去追出了鎮。

她的馬這時馳得更快，一瞬時又望見了前面遠遠的那兩匹馬，她又大聲地喊叫：「雲媚兒你跑什麼？你站住受死吧！」又喊叫說：「劍豪！劍豪！你……」她恨不得插翅追了下去，但是追了不到三三里，雲媚兒跟李劍豪又已皆沒有了蹤影。她已不能再往下追了，就勒住了馬，不住地喘氣，然後拭了拭淚，咬咬牙，照舊又往前去走。

她又找到了那座土地廟，進去向僧人問了問，並且搜了搜。原來李劍豪並沒有到這裏來，當然雲媚兒也沒有逃到這裏。小琴既惆悵又淒悲，出了廟，就懶懶地上了馬。這時黑暗的暮色已自四面漸漸攏了上來，她就想：往哪裏去追他們兩個人呢？雲媚兒逃走了還不要緊，可是李劍豪就這樣走了嗎？她竟疑惑這不是實在的情景，這許是夢？

淚浸了她的雙目，她愈不能辨識路徑，她就茫然地走，走的大概已過了狄家坡。忽然她看見前面一箭之遠站着一個人跟一匹馬，只是不能夠看得清楚，然而她又吃了一驚。往前走着，看見確實是一個男子，正在那裏等候着她的樣子。她的垂碎的芳心實已再忍不住，她就哭叫說：「劍豪！……你可真……」她撲奔了過去，一時慌張，幾乎由馬上栽了下來。

那邊的騎馬的人就驚得哎呦了一聲，趕緊走了過來問說：「是小琴小姐嗎？」

小琴幸是沒有跌下馬來，但是倒止住了悲痛，因為她聽出這聲音來了，這個人正是楚江涯。她就反倒不得不裝出沒事人兒的樣子，問說：「你到這地方來做什麼？」楚江涯說：「我因為你走後半天不回去，我睡了一個覺醒來，很是不放心，我就到這一帶尋找了多時，尋遍也無着，天色又快黑了。不瞞姑娘說，剛才我見你從對面來了，我沒看清楚，我都不敢叫你。」小琴又說：「你沒看見有什麼人從這裏過去嗎？」楚江涯搖頭說：「曠野荒郊，遍地是泥，誰還出來呀？我連一個人也沒遇見。姑娘！你大概也沒有找到雲媚兒吧？」小琴卻歎了口氣。

小琴對於剛才的事，她是一句也不說。楚江涯茫然不知，反倒勸她，說：「小琴小姐，你也不要再着急！雲媚兒雖然可恨，但究竟是一個女人，她又是個壞人，不像你這樣有本領。暫時雖然逃得了活命，可是早晚也要遭報應的。姑娘！你還是息一息氣，留心身體要緊！因為老太爺病故才不久，姑娘你不應當再傷心了，不然若是病倒在異鄉，那實在怕沒有人照看你！」小琴就恍若沒有聽見似的，並不言語。

楚江涯又問說：「咱們現在還是回往娘娘鎮，梅家店裏去吧？」小琴對這句話倒是點頭應了一聲。當下楚江涯在前領着路，小琴在後面跟隨着，二人都走得很慢。楚江涯雖然還時常跟小琴談話，但只是他一個人說，得不到回答的話，他也就覺得沒有多大的意味，也就不說了。

直走到二更時候，方才回到了梅家店，進去，就見各屋裏的人都睡着了，他們的屋裏卻沒有點燈。楚江涯叫了半天，那個斜眼睛的店夥才把燈拿來，一見這位大嫂，他的眼睛越發地斜了，他可也沒敢問這位大嫂去了這一天，是上哪兒去啦。

楚江涯因為得給小琴換衣服的機會，叫店夥也快去燒茶做飯。他自己到棚下卸那兩匹馬的鞍氈，並給飲水餵料。這時才找着白天他丟在這裏的那只鞋，他只有兩雙鞋，剛才還是三隻，如今倒湊足了四隻了，可是都已沾了泥。他就想：「這樣，恐怕明天還是不能往下走，只是不要再出事吧，小琴能夠寬心一些就好了。」

他回到了屋門前，先咳嗽了兩聲，才將屋門開開，只見小琴坐在炕上雖已經換了一身乾衣服，而且將頭髮也梳理得平順了，可是芳容黯然，正在拭淚。見楚江涯走進屋來，她才把手絹扔在一邊。又待了些時，店夥把茶水跟兩碗麵湯都送來了。茶，小琴是一口也沒有喝；麵，小琴只挑了兩三根兒吃了，便走過來，要把麵碗放在桌上，可是她的手抖得厲害，把麵湯都灑在楚江涯的腳上了，燙得他的腳很疼。麵放在桌上，她就又回到炕裏去默默地坐着，好像連頭也抬不起來。不可一世的美劍俠，如今竟成了這樣的可憐，真叫楚江涯不禁憂心，更摸不透到底是為了什麼事。

又半天，楚江涯等着夥計把空碗連剩麵全都拿走，他這才說：「姑娘你也知道，我是中牟縣的人，由這裏再往北，可就回到我的家了！」小琴說：「你就回去吧！」楚江涯好像覺得一口面堵在嗓子裏，歎了口氣又說：「姑娘！我是不該說，可是我還是得說一說，我勸姑娘還是回洛陽去吧！」

小琴說：「你不用管我！」楚江涯說：「我不是管！」勉強笑了一笑又說：「我與故去的老太爺是朋友。」小琴一聽這話就要瞪眼，問說：「我怎麼早先沒聽我爸爸提說過你？”

　　楚江涯說：“也是自從在鄭州，才，才結交的。咳！這話要是一說呢，顯見是我有意套近，我太不自量，所以也不必提了！不過姑娘又在登封魯家救過我。”小琴說：“這件事你倒不必放在心上，在鄭州你救過我父親的性命，我在登封又救過你的性命，兩件事就算相抵了，此次以後我不再感念你了，你也不必再謝我了！”楚江涯就覺得像戶外的秋風都灌在自己的心中——那麼冷，點點頭說：“江湖之上，彼此援助，本來算不得一件事情。不過姑娘，我還有兩件東西沒有給你。”小琴突然面如冰霜，凜然不可侵犯地搖着頭說：“我不要！”楚江涯就立刻什麼話也不能再說了。

　　停了一會兒，忽然小琴又說：“楚——大哥！”她叫大哥兩個字總是那麼生硬而且勉強，接着說：“我知道你也不是什麼壞人，你對我處處照應，倒也——”低着頭說：“叫我心裏很覺着不安的！”楚江涯趕緊站起來說：“姑娘你這話說得太遠了！”小琴又說：“明天你請走吧！回你的家裏去吧！咱們後會有期。”

　　楚江涯發呆地點頭說：“是！是！可是姑娘你還要往哪裏去呢？”小琴說：“我還要在這裏住上幾天，尋一尋雲媚兒……”楚江涯姑且又點了點頭。小琴說：“將來我再尋着劍豪，我才能回洛陽，路過中牟縣時，我們再到你的家裏去道謝！”楚江涯說：“這倒不敢當，不過劍豪兄……”

　　小琴說：“我想他所在的地方也必離此不遠，一兩天內我定能再——能把他找着，因為我找他有要緊的事，他……”她忽然悽楚地流下了眼淚說：“他是很可憐的人，被岳大雄那些人逼得走投無路，他也未嘗不想回洛陽去……”楚江涯聽了這話，就皺上了眉。

　　當時楚江涯灰心已極，可是又想這次離家出來，不過是想把那雙繡花的鞋跟羅巾還給人家，並沒有別的意願，如今何必又枉然傷心呢？那真叫可笑了。現在，兩個東西既不能還了，留着它一輩子，也沒有什麼不可以，因為小琴總算是救過我一場，我也為他家的事弄得鱗傷遍體，幾乎喪了命。留着那個，將來到老了的時候拿出來看看，也可以思念思念我的這位女恩人。到那時候，我這女恩人已經跟那位劍豪俠士生了幾個大孩子也未可知，至少我是可以忘不了我當年做過一件荒唐事的。如此，他反倒覺得心平氣和，坐在凳子上又瞌睡了起來，不覺又是一夜。

　　天明之時，小琴醒來，匆匆吃用了早飯，牽着馬就走了。路上的泥水太多，行走不便，所以楚江涯又在此歇了一日。晚間小琴才回來，好像是十分失望、傷心，而且着急的樣子，不知她是出去找什麼人沒找着，辦什麼事沒辦成。楚江涯雖然很關心，可是絕不敢問一句，因為怕碰釘子。小琴倒是跟他說了：“楚大哥你怎麼還不回家去呢？”態度倒還很和婉。楚江涯就趕緊笑着，說：“回到家了也真沒有什麼事。”小琴說：“在這兒不也沒有什麼事嗎？”楚江涯說：“家裏外頭本來是差不多，可是明天如果路上好走了，我是一定就走的。可是姑娘打算還……”小琴說：“我在這裏還有兩個人沒找到，並且青牛鎮上有個藍臉鬼……”

　　楚江涯發着怔說：“藍臉鬼？”小琴點頭說：“是個人的外號，那個人對我很是敬畏，我想他必定知道那兩個人的去處。可是今天我去找了他三次，他都沒在家，我想明天再去找他問問，問出來，我就能決定了我的行程了。”楚江涯說：“我不該打聽！可是姑娘你刻下要找的那兩個人，除了雲媚兒，還有一個，那是誰呢？”小琴的嬌容突然變成了急憤、悲戚，說：“也是她的一夥，你就不用管了！”

　　楚江涯點頭說：“我不管！那麼明天我就要與蘇小姐分別了，你我後會有期，我的住處是……”他詳細地說了一遍，小琴似乎也沒有留心聽。他卻又說：“將來如遇順便之時，可請小姐到我家中去坐。我盼着小姐快些回洛陽，並且我如見着劍豪兄，也一定催着他到洛陽去。你我總算是萍水相逢，雖是男女有別，但竟同肝膽好友。此番聚合，明日分離，願我們都彼此不忘！”但是白費話，空感歎，人家蘇小琴連神色也沒有動，一句惜別的話也沒有。“完了！這還替人家瞎費什麼心呢？”所以他當日晚間簡直就沒在屋裏睡覺，擠到櫃房去，沽了半斤酒，大喝而特喝。旁邊有人押寶，他也下了大注，居然賭運倒甚佳，贏了一大堆的錢。

　　這裏的掌櫃就跟他說：“喂！老主顧，明天路上也不能走，你索性在我們這兒再住上幾天吧！你晚上贏的錢，就夠你跟那嫂子在我們這吃住半月的了！”楚江涯擺手說：“你不要混說！你沒看見我屋裏的那位堂客，梳着大辮子！人家是姑娘，是我的表妹！”就有人說：“你把你的表妹拐出來了，你的老婆能答應嗎？”楚江涯怒斥着說：“更混說了！我們都清清白白，堂堂正正，因為既是上路，就沒法子避嫌疑。”

　　那斜眼睛的夥計這時也在旁邊，說：“怪不得我看你們不像兩口子呢？她避着你，你避着她的，我見你連夜都是坐在板凳上睡，跟猴子一樣。”楚江涯說：“就是猴子！然而現在有了見證人了。並且我是明天就先走，她大約還需在此再呆兩日，才能走。今天連我懷裏的錢，帶所贏的錢，都交給櫃房，作為我們的店飯之資。你們可先不要跟她說，待她要走的那一天，你們再將帳單開好，給她去看。”

　　此時旁邊忽然有個人問：“你是幹鏢行的吧？你那表妹也是個女鏢客吧？”楚江涯點頭說：“差不多，不過都會點武藝，但並不指着走江湖吃飯。”於是旁邊的人便都更驚訝了起來，猜着他們許是衙門裏辦案的班頭，那個他的表妹就一定是他的幫手，因此大家都有點怕他，都不敢再跟他多說話了。

　　當晚楚江涯就醉倒于這櫃房裏，次日才醒。飯後，小琴又要出去，他又有一些不放心，想她今天若再去找那藍臉鬼，就許要出事了。但是小琴的武藝，他很放心，絕不能夠吃虧。又看了看小琴的態度，見對他仍是冷冷淡淡的，他就只得真決定走了，走！遂就收束了行李，備好馬匹，又去見小琴，拱手說：“再會吧！這些日多多打擾了小姐，實在對不起！看來……咳！到府上去見了三位令兄時再道歉吧！”

　　小琴微笑說：“客氣什麼？”楚江涯一聽這句話，就像在耳邊灌進了四顆珍珠，又抬頭打量了小琴的芳容，只見細條的纖軀，長睫毛、雙眼皮、兩顆酒窩，不擦脂粉而自然紅潤的臉。身上穿的是經她自己洗滌過，才被雨後的陽光曬乾的青色的綢子小褲襖。楚江涯恭謹地退身，惆悵地牽了馬出店門而去。

　　才被車輪、馬蹄軋踏得半乾的路徑，秋風淒涼，四下都是寒霜敗葉，連一朵凋謝的野菊花都找不到。薄命的蝴蝶，癡情的蟋蟀，更皆都僵死了。天空飄蕩着夢一般的雲，小河裏凝滯着淚一樣的積留的雨水。楚江涯一路上忍着傷痛，就回到了中牟縣他的家鄉。村裏的人都迎着他叫說：“少當家的！你就要大喜了！”楚江涯倒一怔，心說：“太太生得怎麼這樣快？”細一聽才知道說快要。他就下了馬，帶笑拱手，說：“將來一定要請諸位吃酒。”有人說：“盼望你生一個大少爺，將來做知縣。”楚江涯說：“好！好！好！託福託福！”又有人說：“生個小姐也不錯，會生的人是先開花，後結果兒，小姐長大了結高親。”楚江涯說：“那與我們家裏不稱！只是，我又走了這許多天，家裏多承諸位照顧了！”

　　大家就說：「家裏是什麼事也沒有，只是……」

　　有個年輕的村人過來拉他的胳膊，說：「大叔！你追那幫子練把戲，一直追到了什麼地方？到底看見了沒有？耍得好不好？」楚江涯假意笑着說：「還好，什麼刀槍哩！馬上拿大頂哩……」這年輕的人就直着眼睛問：「那小娘兒們也會在馬上耍把戲嗎？」楚江涯說：「就是她耍的最好！」大家都呆了。

　　又有個人笑着說：「少當家的你沒有幫幫場嗎？」楚江涯說：「我？」有人指着他的臉說：「一定是幫了，你們看。臉上的一道子青，還沒有退淨呢！」楚江涯說：「對了！我到底是個外行，他們叫我幫場，我就幫了一回，才一站在馬上，就跌了下來，不但跌傷了臉，都跌傷了身上呢！」就有人皺着眉說：「哎呀！虧得有福，撿了一條命！」楚江涯說：「不要緊！現在已經快養好了！少時再談！」拱拱手牽着馬向門裏就走。

　　那年輕的人又追過來說：「少當家的，你這馬怎麼又不是那一匹了？」楚江涯說：「這也是跟他們賣馬的換的。」這年輕人說：「這可真合不着！少當家的你太傻了。」楚江涯點點頭說：「不錯不錯！你說得對！實在是合不着，我真太傻！」

　　他進到院裏，男僕接馬，女僕接行李，丫鬟往裏院跑着報信。他又到屋內，見妻子柏秀卿果然腹部較前更為隆起，顯得身體很胖，臉卻極瘦，指着他流淚埋怨說：「你還知道有個家呀？你還回來呀？……」楚江涯卻慚愧得不能夠抬頭。

　　當晚，楚江涯指着蠟燭台向他的太太柏秀卿發誓，說：「今天我回來了，就從此絕跡於江湖，絕不再出遠門兒。倘若違誓，那，蠟燭滅就也叫我滅！」被太太用手掩住了他的口。他歎息。倒是柏秀卿叫他仍在外面的書房裏去睡，派個小丫鬟去伺候他。他的行李，連原包兒都沒打，也給送到書房，他扔在書櫃裏就鎖上。二更後，叫服侍他的丫鬟走開，他獨自關上了屋門看書，但書上又都是：相思因甚到纖腰。定知我今，無魂可銷。佳期晚，謾幾度，淚痕相照。人情。天眇眇。花外語香……這一類的香豔詞句。他丟開了書，索性不看了。

　　坐着發了會兒怔，小琴的芳麗的容貌可又如在眼前，他一賭氣吹滅了燈，躺在床上，可又覺得耳朵裏有四顆珍珠相碰着，滴瀝瀝的響，是：客氣什麼？他恨不得把自己的耳朵揪下來。然而身子一滾動，那未愈的傷處就立時痛，想起在洛陽的東關所遭遇的那一頓毒打，在白馬寺後挨的那一刀，他卻又自言自語地說：「真合不着！我太傻了！」

　　次日，他就假說自己是想喝老酒，叫人從城裏買來了半罈子，和上他從武當山藝成辭師時帶來的刀創藥，一個人在書房裏，閉上門遮上窗戶，脫光了渾身去搓。有人知道他回來了，拿來禮物看他，他也假說是在外邊感受了風寒，避而不見。

　　果然，風是一天比一天刮得淒涼了，天氣一天比一天寒冷了，都穿上了棉衣了。孕婦柏秀卿的屋中且添上炭盆了，更快要臨盆了。楚江涯的傷處已經痊癒，精神也還好，蘇小琴的事情也不再像早先那麼厲害地纏着他的心了。他想想，也得進城去看看朋友，不然叫人家以為我這次在外真是栽了什麼跟頭，回家來就不敢見人了，並想以後既不再走江湖，那就得還在城裏照料照料買賣，人若一忙，閒愁、舊相思，也就都沒有了。

　　於是，這天他就先跟太太說好了，預備了禮物多份，叫僕人擔到城中，在錢莊去等候他。他特意叫丫鬟給他編好了辮子，穿上古銅色的摹本鍛的絲綿袍，又是綢夾褲，一走路就嚓嚓直響；上罩元青緞子有團龍的馬褂，小毛的皮裏子，白綾襪，官樣的兩隻緞鞋；頭戴青緞的，漆着金邊兒，後垂紅絲線穗子的瓜皮小帽。又為了表示閒散，還拿了一根翡翠嘴兒，烏木杆的煙袋。金線繡的荷包裏滿滿裝着蘭花煙。如此，他就安步當車出了村子，走往城裏。

到城裏，見了面的人全向他拱手，問說：“楚少當家的好了！”他說：“一點風寒小病，有什麼難好的，我喝了幾天老酒，就痊癒了。”到錢莊，很多人都趕來，要聽他說說在外面怎麼看的那幫把戲。他說：“諸位先候一候，我且送幾份禮物，看幾家人去，等我回來時再說，話多得很！事情也熱鬧得很！”於是他就命僕人擔着禮物，先去送禮，看望了在這城中住的幾家至親好友。

人家都對他很歡迎，尊敬。聽他說將來不再出遠門了，就都說：“對！對！對！少當家的你不久就得了肥頭大耳的兒子了，在家裏抱抱，有多麼好呀？你可真有福氣！”他卻時常發怔，人家也不知他是在想什麼。不過，已經有些人懷疑他是在外有什麼風流事兒，還有人說：“十天以前，在開封眼見他跟那裏的名妓小金鳳，坐着一輛車在街上逛。”這當然是瞎說了，即現在的幾個人也都把他的心思猜錯了。他實在是正想着怎麼編說，自己看的那幫把戲，回到錢莊好對那些等着他的人去說。

辭別了親友，走到街上，他腦子裏擬造着故事，可是故事真難想得盡情盡理。及至回到了錢莊的櫃房裏一看，好，已經預備好了酒席啦！圍桌坐的全是素日熟識的，本城的富商，世家子弟，有名的鏢頭，給他留下一個首席。好幾隻膀子來拉他坐下，幾個人爭着給他敬酒，斟的還是為他才預備的老酒，大家都笑着說：“快說！快說！我們都沒得看見那女子練把戲，你是追了去看過的，你得從頭到尾跟我們講講！”

他就說：“那女子確實把戲練得好，一口寶劍上下翻飛，躥房越脊無一不會，五條老虎也鬥她不過。她練得最好之時，我就對她大加誇獎，我說比我的武藝高強萬倍，她卻露笑渦，開小口，微笑着說：這話可別叫你太太聽見呀？”楚江涯又說：“但是，他們之中那個撇嘴的人最可氣！依着他，有我跟着，他們就還是不練，並且惡語傷人。我誇獎那女子，他也對我說閒話，說我誇獎得不對。”旁邊的人說：“哼！這人多管閒事！少當家的，你為什麼不打他呀？”楚江涯說：“我打了，我就把他揪至店裏，棍棒交加，一頓飽打，打得那人鼻青臉腫……”旁邊的人就一齊拍手，說：“打的對！那王八蛋真該打！”

楚江涯未嘗沒覺出來他所編的這個謊，簡直就是他所遇見的真事。但是這些事如鯁在喉，時常壓得他的心非常不痛快，如今招得大家一笑，他自己也笑。招得大家一說那個人該打，他覺得自己也實在應該挨那頓打，岳大雄他們打得對，魯家五虎把自己吊得也對。如今自己是江湖之上已沒有了朋友，對妻子又發了誓。武藝是白學了，以後就等着抱孩子開買賣吧。他大杯飲酒，高聲喝拳，十分地暢快。

忽然看見了由外面進來了一個身穿短衣，可披着一件大夾襖的人，一張鐵青色的臉，望着楚江涯。楚江涯問說：“你的店裏忙嗎？”這人說：“沒有什麼事，從初五我自開封府回來，就閑着，直到如今也沒有買賣。”楚江涯一邊飲酒，一邊問說：“在那邊沒見着陳二爺嗎？”這人說：“見着了！陳二爺問少當家的好。我說少當家的出門了，陳二爺向我問了詳細，他十分不放心。他說那夥人都是萬里飛俠師弟跟徒弟們，女的是雲媚兒，他們是假裝賣藝尋覓仇人，其實全都很不好惹！”

此時，舉座的人全都停止了飲酒，專來聽他們的談話了。聽到這裏，大家都益發得驚訝，楚江涯卻傲笑說：“但我可也把于鐵雕、雲媚兒，連岳大雄全都惹了，他們也莫能奈何得我，如今你是幹什麼來了？”

這個人說：「我聽說少當家的進城了，我特來看看，因為我千里腿陳潤，以後還要求少當家的賞飯吃。還有一件事，就是，少當家的，我告訴你吧，那雲媚兒由昨晚就已來到了這城裏，她必是找你來了！」

楚江涯一陣發怔，但想了想，便搖頭笑道：「沒有的話！我絕不信，她來找我做什麼？」

席間的眾人此時有的驚訝，有的交頭接耳談話，有的卻拍巴掌大笑，說：「雲媚兒不就是那個賣藝的女子嗎？哈！她不找你可找誰呀？沖你這頂帽子，她也得找你呀！」

那千里腿陳潤點頭說：「真的！一點也不假，現今還住在南門布巷子高安店內。她長得是有點⋯⋯年紀也是剛長葉兒沒開花⋯⋯穿着青衣裳，黑褲子，大辮子，牽來的是黑馬，帶着一口寶劍⋯⋯」楚江涯大驚地問：「什麼？」當時就站起來要往外去走，可是忽然又自己把自己攔住。

楚江涯已經猜出，住在那高安店內的女子絕不是雲媚兒，而必定是蘇小琴。他就想：按理說，蘇小琴既來到我的家門前，我應當去見見她，請請她，或是把她讓到我家裏，那才算是盡了地主之誼，那才夠交情，可是哪能叫她去見自己的太太呢？再說好容易我才把那好像是相思的一種東西，由心裏拔出，還沒拔乾淨呢，再一見面，她要是再說一聲：客氣什麼？那我豈不又要為她顛倒十年麼？而且絲毫沒有益處。於是他站住身不動，也不重去入座。

旁邊的幾個人又都笑着說：「快去見見吧！邀來也叫我們看看吧！」楚江涯正色說：「你們不要混說！這不是那賣藝的！」有人又笑着說：哦！少當家的還另外有相知的呀？那可更應當給請來啦！我們在這兒換酒添菜等着你們。」楚江涯聽了卻連笑也不笑，只是發呆。他的心裏十分紊亂，結果他決定去看看，到底是不是蘇小琴？假如不是她，那就算了；若是她，先得問問她來此處是要做何事？再，至少也得叫她知道我在此實在是一個少當家的，不是那種江湖人。將來她回到洛陽也跟她的哥哥們去說說，別把我看錯了。於是就說：「我去看看！」說着往外就走。後面的人喊着說：「戴上帽子呀？」有人就追上來，將那頂帽子扣在他頭上，他就走了，倒是沒有人跟着他。可是他出了錢莊，又有不少認識他的人向他招手，他卻只匆匆地向人拱手、點頭，並不說一句話，並不停止一步。

少時就來到了南門裏布巷子的高安店，這裏本是一家很小的店房。楚江涯還沒有進門，就聽見後面有人叫他，他趕緊回頭，卻見是那千里腿陳潤，一手提着刀，一手拿着劍，跑來了，說：「少當家的，我給你預備下傢伙了！那雲媚兒可是江湖女盜，她找你來絕沒有好意。她若敢動手，我就幫助少當家的，咱們就跟她鬥一鬥！」楚江涯皺着眉說：「你又來混攪什麼？你怎麼知道她是雲媚兒？」陳潤說：「除了雲媚兒，誰家的姑娘媳婦能夠騎着馬，拿着寶劍？一定是她！」楚江涯擺手說：「你小些聲音說話！不要叫店裏的人聽見！我先進去看一看是誰，也許跟咱們並不認得。」陳潤說：「一定認得！」楚江涯怒了，斥說：「你或是回去，或是在這裏站着不准魯莽，不然我先要跟你翻臉了！」陳潤這才顯出懼意，往後退了幾步。楚江涯把帽子戴正了，拍了拍衣裳，這才進店門。

這家店房還是楚江涯拿錢幫助才開起來的，所以他一走進，掌櫃的、夥計們隔着櫃房的窗戶看見了，就齊都迎出來，帶着笑，恭敬地說：「少當家的病大好了？今天進城來了？」楚江涯含笑點了點頭，就把掌櫃的拉到了一旁，悄聲問說：「你們這裏昨天是來了一個女客人，騎着馬來的？”這掌櫃的點頭說：“不錯！今天早晨還到街上去過一回呢，現在是在屋裏啦。”

楚江涯就說：“你沒問她姓什麼嗎？”掌櫃的搖頭說：“這可沒有問，人家一位堂客，我怎好意思細問人家呢？”楚江涯說：“你現在去問問！她姓什麼？如果是姓蘇，你就說我來了，要拜訪她，問她見不見？”掌櫃的連聲答應，就往那馬棚旁邊的小屋去了。站在那極小的一個紙窗前，向里間問了幾句話，便扭着身向楚江涯來點手。楚江涯的心裏此時倒緊張了，邁着方步走了過去，店掌櫃就說：“屋裏住的正是蘇姑娘，請你進屋去呢！”

楚江涯挺直了腰，先咳嗽了一聲，就問說：“蘇小姐！”裏面答應了一聲，聲音嬌細，不是別人。楚江涯就趕緊現出一種端重的笑容，輕輕拉開了門，向裏一看，只見小琴才由炕邊立起身來，拿手摸着雲鬢。楚江涯進屋就拱手，說：“我聽人說這店裏住着一位女客，牽着馬，攜着劍，我想大概就沒有別人。既然是小姐路過此地，我要是不來見見，那太——太顯得失禮了！因此我就來了。小姐！自從娘娘鎮分別之後，現在已有一個多月了，啊！天更冷了！今天我也是初次進城來，啊……”

他見蘇小琴身上穿的，仍是上月分手時所穿的那件衣服，並且因為風吹雨打，黑色的綢面子都已褪了色，變成灰色的了，顯出來單寒的樣子。楚江涯也不敢多打量人家，只又拱了拱手說：“小姐請坐，不必客氣！小姐到這裏來，不知是有什麼事情？盡可以告訴我，我因為是本地人，地方熟，一切都可以效勞！”

小琴悄着聲兒說：“我到中牟縣來，就為的是來見楚大哥。”楚江涯一聽，倒不由得怔了，聽小琴又說：“我是在青牛鎮向那藍臉鬼追問雲媚兒跟……岳大雄那些個人的去處，不想他滿處胡支我。我在這一個月之間走了許多地方，問了十幾個江湖有名的人，原來那些人都跟藍臉鬼有仇，藍臉鬼想借着我給他去出氣！經人家一說，我才明白；我又生着氣回到青牛鎮，去找藍臉鬼，我要要他的性命。他害怕了，他才告訴我，說是有個人叫童如虎，住在鄭州，雲媚兒必是投奔他去了。”

蘇小琴的意思就是，特來此跟楚江涯打聽打聽，認得那童如虎不認得，知道那童如虎跟雲媚兒的交情不知道。如若確實，那麼她就去鄭州找童如虎和雲媚兒。只是她不願又受那藍臉鬼的欺騙。

楚江涯一聽，當時倒不言語了，心裏卻暗地說：你真會找人打聽，我不但知道童如虎，還知道他的外號叫黃老虎呢。然而，童如虎是那鞏家莊的護院人，縱然跟雲媚兒有一腿，可也用不着您去收拾人家。再說鄭州也是大縣城，那裏有王法，不像狄家坡、青牛鎮，那是小地方，也不像在隱鳳村，那是您的家門口。您在鄭州要是跟童如虎和雲媚兒拼起來，那是得上衙門的，何況人家雲媚兒，用得着您這樣逼人家嗎？這些話他沒說出來，可是歎了一聲。

蘇小琴又說：“因為我想楚大哥是久走江湖，跟江湖人全認識，所以我才來向你打聽！”楚江涯連忙把他的紅穗子的帽子搖了一搖，說：“我可不認識他！”心裏不大高興，暗想：你也把我看成了媽的江湖人！蘇小琴就點點頭說：“既然大哥並不認識這個人，那就，我到了鄭州再去打聽吧。”說着，不但真坐到了炕頭兒上，並且臉向着牆，疊着兩條腿兒，兩隻手也疊着放在膝上，好像在想什麼，那雲鬢，那雖經風塵，卻不失嬌豔的臉兒，至此時更為秀麗。

楚江涯裝作也想了一想，便說：“這樣辦吧！小姐！這個地方離着鄭州近，我家又在這裏，我的熟人很多，或許就有人知道那童如虎是個何等的人物。請小姐在這裏多住一兩日吧，我去打聽得詳細了，再來告訴小姐！」

　　小琴忽又露出酒窩來笑一笑，說：「好吧！我來到中牟縣，也是順便要去看看你家的嫂子！」楚江涯趕緊擺手說：「別見她！別見她！她見不得人！再說再說，寒舍又太為狹窄，離着城裏很遠呢！」小琴反問說：「我還怕遠？你不讓我見你家嫂子，我也要去見！因為，實在你幫助我家辦的事太多了！我應該到你家裏去道謝！」楚江涯說：「客氣什麼呀？」小琴正色說：「不是客氣！是人須知禮，尤其到江湖上來，更得分得出好壞人。你是個好人，又幫助過我，因此我須前去致謝！」

　　小琴說着，就站起身來要走的樣子，楚江涯心說：也好，叫她到我家去看看，不是顯闊，是證實證實我非江湖人。並且太太雖然厲害，也是很講理的，叫她們二人談談，更能證實這些日我在外邊到底是怎麼樣子。於是就又拱手，說：「真是不敢當！不過小姐既然路經敝處，我也應當接待接待，請小姐到舍下去住上一二日，略息風塵，然後我也就能把童如虎的來歷，跟雲媚兒的去處，打聽出來了。那麼，我就叫他們給你備馬吧！」當下他先走出屋去，叫店夥給備馬。

　　少時馬備好了，小琴也提着包袱跟寶劍自屋中走出來，楚江涯謙讓了半天，結果是他先走出了店門。門前站着的千里腿陳潤就直着眼睛問說：「少當家的！到底怎麼樣？是那個賊丫頭不是？」楚江涯拿手驅逐着說：「快滾！快滾！」身後蘇小琴已經牽着馬跟出來了。楚江涯就笑着說：「我們這個地方，城小得多，比洛陽可真是比不了！」小琴也微笑了笑。那邊的一手提刀，一手拿劍的千里腿，更發怔了，更不明白是怎麼回事了。

　　出了這條布巷子，走到大街上，楚江涯簡直邁不開方步了，心裏仿佛有點發窘似的。剛才在錢莊吃酒的人之中，有三四個人都來到這裏等着看他，向着他笑，還有個人過來說：「喂！少當家的，我給你送煙袋來了！大概你是不能再回去吃酒去啦，貴相知也不能讓了去給我們引見了？」楚江涯怕被小琴聽見，趕緊就把煙袋接過來，向着這幾個人拱了拱手，他就躲開了。小琴隨在他後面牽着馬，倒是很從容大方地走，只看了看東西商舖的門前懸掛的市招，並沒有理會那幾個與楚江涯打趣的人。

　　出了南門，離開南關，在寒風曠野之上，蘇小琴就跨上了她的馬。這時楚江涯才看見，原來小姐的小青鞋，鞋頭兒都已經磨破了，自己呢？倒是衣冠齊整，這簡直是向人家來炫耀了。又想：小琴也許因為路費不夠了，才到我家去借錢？那不要等到她開口，我就得先送給她幾十兩。可要勸勸她，叫自己的太太也勸勸她，叫她還是一直回洛陽去吧！當小姐去吧！將來當官太太去吧！何必這樣莽莽風塵，枉尋找那本無仇恨的雲媚兒，與永難成為鴛侶的李劍豪呢？咳！他一路不大跟小琴說話，只是歎氣，不覺眼前便望見了他的村裏。

第十四章　柔腸俠骨夢亦隨

　　來到村前，蘇小琴方下了馬，倒沒有什麼人看見她，只是當楚江涯吩咐他家的一個男僕將馬接過去之時，那男僕卻有點看着可疑。小琴自己拿着東西，被楚江涯讓進了大門，往裏走去。早有僕婦看見了，趕忙到裏院去向奶奶稟報。

　　此時，楚江涯卻十分從容大方，叫小丫鬟開了書房的門，就請小琴進內去坐，他笑着說：「小姐可別笑話，我們這裏太狹窄！」心中卻有點自負地想：你看看，江某人能有這麼雅靜的書房呀！但小琴並沒有言語，只在椅子上坐了。江楚涯又客氣地請小琴在這裏稍坐，他說：「我先到院裏跟內人說一聲去，叫她出來見您。」小琴微笑着點了點頭，江楚涯遂就走了。

　　他到裏院見了他的太太，柏秀卿就向他撇着嘴笑。他可一點也不笑，正色着說：「洛陽隱鳳村的蘇小姐可來了！我是在城裏遇見她的，她是還要到別處去有事，知道咱們在這裏住，她就一定要來見見你，我攔她也攔不住。」柏秀卿沉着臉說：「你攔她幹什麼呀？我除了大肚子，別的，既不缺眉毛，又不短眼睛，難道就見不起人了嗎？」說着，站起來就對着鏡子去整妝。

　　楚江涯說：「不是這樣說！她來了，你要願意見就見見她，她也是一位小姐，你可千萬別跟她說什麼不好聽的話！」

　　柏秀卿瞪眼說：「她是小姐，難道我就是丫頭出身嗎？」楚江涯不由得着急了，就說：「要不然，你就不用去見她了，我也不再到書房去，就叫張媽告訴她，叫她走！」柏秀卿冷笑着說：「什麼話呀？那不就把你的相好的得罪了嗎？」

　　江楚涯變了色，卻無一語。眼看着他的太太往頭髮上抹了許多桂花油，又叫張媽開箱子，換了一件簇新的、緞子的、鑲着寬花邊的緞襖，連鞋也換了，手上又戴了翡翠戒指，胳膊上套着兩對金鐲，她雖然是分娩在即，但也不用僕婦扶着她，行走得倒是很快。江楚涯倒不敢再到外院去了，心中實在為難，想着他的太太又發了妒性，這一去，必得把小琴得罪了，不禁歎了一聲：「咳！」但是又想：得罪了也好，省得再叫這條情絲纏繞着我！

　　於是他感慨歎息，就坐在椅子上發呆，同時側耳又向外院去聽，可是半天也沒聽見外面吵起來，他倒覺得有點納悶了。他要出屋到屏門去聽一聽，這時可就有一陣笑語相應之聲傳來，一個叫着：「大嫂！」一個叫着：「妹妹！」原來柏秀卿把小琴給讓進來了。兩人還互相攙着，笑着，讓了半天，小琴才進了屋來。楚江涯倒不明白是怎麼回事，只是見自己太太的那種笑，那種客氣很是可疑。

　　柏秀卿就先叫張媽去吩咐廚房，多做幾樣菜，她請小琴落了座，說：「蘇大妹妹你別客氣呀！到了我們的家就像在你們的家裏一樣，那才成呢！」小琴只是微笑着，然而顯出來倦怠之意。並且她的這身衣裳，一比柏秀卿的那身華麗的衣裳，她可又太不像是小姐了，楚江涯心說：這樣也好，小琴也許是為了借盤費，她跟柏秀卿總還容易開口些！

　　此時柏秀卿就向丈夫說：「我跟蘇大妹妹一見面就投緣，可得留她在咱們家這兒多住些日子，你還是到外院去吧！你若在這兒，人家可拘泥。」

　　楚江涯又怔了一怔，遂就出屋往前院去了。到書房中，他就向那小丫環悄聲說：「剛才你奶奶跟人家都說了什麼話呀？」小丫環回答說：「倒是客客氣氣的——那姑娘怎麼長得那麼好看呀？」楚江涯說：「你快去！到裏院聽她們又說什麼了！」小丫環卻搖着頭，她不敢去。楚江涯就向床上一躺，心中覺得蘇小琴的事情真是難辦！其實只要把自己所知曉的事向她一說，她明白了，當時就不恨雲媚兒了，也不再思戀李劍豪了，然而又怎樣忍得跟她去實說呢？

　　呆了些時，晚飯是由廚役給他送到書房裏來，他一個人獨酌，自己吃着，很覺寂寞。到天黑時屋中點上了燈，忽見一個男僕從外面進來，說是：「外面有人來找少當家的！」楚江涯就坐起來，問說：「是誰來找我？」僕人說：「是城裏鏢店的千里腿陳潤。」楚江涯說：「叫他進來吧！」心中卻說：這個人雖說對我很是忠心，但是他太魯莽了，他不想一想，如果真是雲媚兒，我能夠把她往家裏來讓嗎？

　　少時，那千里腿就走進來了，披着大夾襖，裏面的衣帶子上別着短刀，楚江涯就問說：「你來此有什麼事？」千里腿說：「剛才由朱仙鎮來了個朋友，他說那裏前幾天出了一件事。」楚江涯說：「朱仙鎮的事，你來匆匆忙忙告訴我做什麼？我不管！」千里腿說：「這件事與少當家的有關，因為陳二爺的兄弟小陳三，在朱仙鎮與人爭鬥受了傷，傷他的是一男一女。女的就是現在你家中的雲媚兒，男的叫李劍豪。」

　　楚江涯一聽這話，倒不由得很納悶。自己的好友陳文悌有個胞弟，名叫陳文謹，外號叫小陳三，武藝精通，年才二十來歲，常替他的哥哥來往朱仙鎮等處去保鏢，這是實情。小陳三為人好色又好鬥，此次也是合該吃虧，並且他的武藝雖好，可也絕不是李劍豪的對手，這都不足為異，可是李劍豪怎麼會跟雲媚兒在一起呢？

　　當時，他還未細問，千里腿就又說了，原來是李劍豪與雲媚兒同行，儼如夫婦，走至朱仙鎮，被小陳三看見了。小陳三並不認識他們，可是一見了雲媚兒，他就着了迷，於是上前調戲。不料雲媚兒當時翻了臉，拔刀與他就相鬥起來，那時李劍豪倒沒有幫助。雲媚兒的武藝略差些，可是小陳三也沒傷着她。

　　小陳三以為雲媚兒不過是個江湖賣藝的女子，李劍豪是個無能的人；他就追到他們所住的店裏，還去滿嘴胡說。李劍豪就出來攔他，他卻欺負李劍豪年輕、臉白，揚起來巴掌就打，說：「兔子貨！王八蛋！」不料一拳沒打着，反被李劍豪給踹了一腳，打了三拳。小陳三不服這口氣，回去取了單刀，勾了夥計，一同又去找李劍豪拼命。那李劍豪原來真厲害，不愧是江南的好漢，連萬里飛俠都喪于他手。他就以一口寶劍抵住了十餘個人，並且將小陳三的大腿殺傷……

　　楚江涯聽了，就興奮地問說：「那二人現在還在朱仙鎮嗎？」千里腿悄聲說：「李劍豪我可不知道，那雲媚兒，現在不是叫少當家的給讓到家裏來了嗎？」楚江涯說：“胡說！這不是！”

千里腿笑着說：“怎能不是呢？現在城裏的人都知道了。你少當家的弄上這麼個人不要緊，家裏的當家奶奶吃醋也是小事，可是一兩天，這件事就得傳到開封府去，叫陳二爺聽說了，怎能夠樂意呢？你跟陳二爺是很好的交情，若為這事傷了和氣，太不值得。再說這江湖女子是個下賤貨，她一定是拋了李劍豪來找的你，因為她知道你有錢，可是一半天李劍豪必定要找來。你是武當山上學來的武藝，自然是好，可是李劍豪那個小子也不是個易鬥的呀？依我說，你趕緊給這娘兒們點錢，把她打發走了吧！”

楚江涯擺手說：“你弄錯了！今天來到我家裏的這位女客，我可告訴你，她不是別人，正是洛陽的蘇小姐！”

千里腿一聽這話，就如同頭上響了一個雷，他的神色都變了。可是怔了一會，他又現出懷疑的樣子說：“洛陽隱鳳村的美劍俠，單身鬥五虎，近些日名聲可真不小，可是人家也是個大財主，哥哥是縣太爺，人家不穿綢着緞帶丫環？能夠那樣窮？穿的衣裳比我還單？再說家裏能放她出來走江湖？”

楚江涯說：“她是專為來找我，幫助她辦一件事。我只同你說，你可千萬不要到城內去亂講，因為城內天天有不少江湖人過往，倘若有人曉得她住在我這裏，那可就麻煩了。她在這裏也就住上三五天便走，不過李劍豪跟雲媚兒的去向，我倒想知道知道。你如若聽人說了，就趕快來告訴我。”

千里腿本來是一股勇氣向前，來向楚江涯說明這事，好顯他自己能幹。假若楚江涯趕不走雲媚兒，那他帶來刀子啦，他可以幫助楚江涯跟那女賊鬥一鬥。可是他沒有想到，原來那不是女賊，卻是美劍俠！這個名頭可把他給鎮住了，他一句話也不能說了。聽了楚江涯的話，他就連連點頭，楚江涯叫他走，他就趕忙又走了。

他走後楚江涯倒很後悔，因為，倒並不怕什麼與蘇小琴有仇的人找到這裏來，卻是覺得蘇小琴來到自己的家裏住着這事，若傳出去，別人必疑惑我跟她有什麼不清楚，以後蘇小琴若想嫁給官宦之家，那可就難了。他想叫蘇小姐快些離開這裏。可是服侍他的小丫環，進屋又笑着說：“咱們奶奶跟新來的那位蘇小姐真是投緣，說上了話兒，索性沒有完啦！現在說叫張媽給鋪床了，今天晚上，兩人要在一張床上睡。還說蘇小姐已經答應了，在這兒等候奶奶添下小孩，她才能走呢！”楚江涯又是喜歡，又是憂愁，當晚他仍然獨自在書房睡覺。

次日晨起，他也不好意思到裏院去，倒是在將吃午飯的時候，張媽來說：“奶奶請少當家的去，有話說！”楚江涯這才到了裏院，見柏秀卿跟小琴果然相好得如同姐妹一般。柏秀卿就叫她的丈夫快托人去打聽李劍豪的下落。楚江涯就說：“昨天我就已托人打聽去了，並連雲媚兒的去處，我們也要打聽打聽。”柏秀卿說：“越快越好，人家蘇大妹妹等得着急呢！”楚江涯偷眼去看蘇小琴，就見她聽人提到李劍豪，臉兒上面微微地紅；而一聽到雲媚兒之名，她又憤然，燃起了仇恨之意，楚江涯只是暗自感慨。

小琴在這裏住了三日，這裏一點事情也沒有。城中，那錢莊的人都好說，可把楚江涯認識了江湖女子雲媚兒，並讓到家裏去住的事，早就傳遍了。千里腿陳潤就十分惱怒，趕緊給辯正，說：“你們都不要混說！楚少當家的哪能跟女賊雲媚兒勾上呀？在他家裏住的那是美劍俠，人家說等着給她辦事，人家可也沒跟她勾上！”由是，一個是雲媚兒，一個是美劍俠，這兩個名字就在中牟縣城裏傳說開了，因為都是女子的名字，又是一個女賊，一個女俠，大家也不管住在楚家的到底是哪一個，大家只是紛紛談論。又因為楚江涯自從那天就沒有再進城，大家更笑了，說：「楚少當家的好豔福呀！等他再進城來的時候，咱們非要吃他的喜酒不可！」因此，千里腿陳潤曾跟兩三個人打了架，他在大街上就嚷嚷，說：「那是真的美劍俠，媽的，你們誰再敢說人家是雲媚兒？」

中牟縣本是過往的大道，這些話很快地由旅客的口中傳往了東西南北。因此，在第四日，便有幾個人來了，大家都沒有注意。他們投店住下，也都不出門，只向店家打聽清楚了楚江涯的住址，他們便商量着。這些人為首的是一條大漢，他的屋裏放着一根鋼鞭，就扔在炕上，也不怕被店家看見，原來此人就是金鞭岳大鵬；同他一起來的是于鐵雕、病太尉呂信、白面瘟神洪錦，和小飛俠高彪。他們如今僅僅剩下了五六個人了，個個風塵滿面，因為在洛陽又折了他們幾個師兄弟，並且領略了李劍豪的武藝，知道了蘇小琴的身手，還知道了有個從中多管閒事的楚江涯，武藝也不差，人更可恨。他們幾個人的性情此時都變得更為暴戾，盤纏也快花完了。真要偷盜吧，那岳大雄與于鐵雕卻又都不肯。他們如今是因為遍尋李劍豪也無着，好容易才聽說了美劍俠現在是住在楚江涯的家中，他們這才急忙來此。依着于鐵雕，還是認為好男不跟女鬥，應當找李劍豪去，值不得找蘇小琴。岳大雄可不然，他知道李劍豪曾在蘇家住過很多日，與蘇小琴有曖昧之情，他想李劍豪就是蘇小琴，找到他們一個，就必能找着兩個，尤其是楚江涯那個王八蛋！

岳大雄等人在此計議，他們現在住的又不是上次住的那家店房，所以也沒人認識他們。除了岳大雄腰上繞着鋼鞭，外面披着大夾襖，到了城外楚江涯的家宅附近看了一番，便都不出門。他們曉得蘇小琴厲害，所以處處得精密謹慎。他們在此連住了三四天，仍然沒有人知道。城中，這幾天楚家的僕人來預辦東西，什麼雞蛋糕、紅糖等等，據說說他家的奶奶將要生小孩了，於是又有人等着吃楚家的紅蛋，並預備給楚江涯去賀喜。此時，楚江涯在家中也十分忙碌，裏外院得時常出入，因為姥娘婆就在他家永遠守候着他的太太，不知什麼時候就要臨盆了。蘇小琴也永遠在柏秀卿的屋裏，一切輕便的零碎事她全替做，竟好像是多年的親友那麼熱心地幫忙。只是她並未忘了她自己的事情，每天她必要向楚江涯問一次：「大哥！他們還沒有信息嗎？」柏秀卿也是說：「你倒是快一些托人，多托幾個人，給人家去打聽呀？人家現在幫咱們的忙，咱們就不能夠幫一幫人家的忙嗎？」楚江涯只說：「我又托人啦！」心裏卻實在對此感到為難。他不出村口，也不在外面做什麼事。到晚間，他太太的屋中有通宵的燈，他在書房裏也是整夜難以安睡，門也不關，燈也不滅。

這一天他的太太一連腹痛了數次，他更是精神不安。到深夜十點多鐘了，他還沒有入睡，躺在床上，雖然是瞌了兩眼，可是輾轉反側，耳邊總仿佛有小孩的呱呱地啼聲似的。正在這時候，忽聽得房門微微地響，進來的人腳步也很輕微。他還以為是伺候他的那個丫環呢，就說：「廚房裏還有開水沒有？給我的壺裏另沏一壺茶！沏那香片！」這時候就覺得臉上一涼，有人說：「媽的你還喝香片？你嘗一嘗刀片吧！」他嚇得一個冷戰，睜開眼借着燈光一看，只見一口鋼刀已經晃在頭上了，持刀的人正是那先於路上害病，現在已經好了的小飛俠高彪。旁邊還立着于鐵雕跟白面瘟神洪錦。楚江涯也不起來，就帶着笑說：「啊呀！原來是諸位來到，久違！久違！」小飛俠高彪瞪圓了眼睛，但他的右臂卻被于鐵雕揪住，不容他的刀往下去落。這于鐵雕就說：「楚江涯！我們今天來到你家，很是對不起。但你放心，只要你告訴我們——蘇小琴在哪屋裏住，你別再多管閒事就行！若毀了你一根窗櫺，那就算我們不是江湖好漢！」

楚江涯剛要回答，忽然那小丫環慌慌張張地從外面走進來說：「奶奶快啦！……」但一把就被于鐵雕抓住，小丫環嚇得「哎呦！」大叫了一聲，于鐵雕卻說：「不許喊嚷！也不要害怕！你只在牆角站好了！」

此時楚江涯驀然抬腳將高彪的胳臂踢得揚起，他乘勢閃開了刀，滾身站了起來。高彪還要掄刀去砍，楚江涯卻由桌上抄起了一隻細口兒的撣瓶，要抵擋。于鐵雕卻擺手說：「不要打！姓楚的！我們都已打聽明白了，你在本地頗有些名聲，你這個家，也很殷富，你的武藝是從武當山學來的，更是正派，咱們不必鬧破了臉兒。我們今天來找的，只是在你家裏住的蘇小琴！」楚江涯說：「你看！今天我的老婆正要生小孩，你們倒是催生來了。蘇小姐，不錯是住在我這裏，但她現在也正在我老婆的屋裏幫忙接生，難道你們現在就要闖進我老婆屋裏，去把她揪出來嗎？——你們各位雖未必都有老婆，可是你們也都是老婆生的！」

于鐵雕說：「既是這樣，我們更不能夠擾你了。那麼你去把蘇小琴叫出來吧！」楚江涯搖頭說：「我也不能去，那屋子裏現在淨是女人。再說你們也一定不放心我，倘若我進到那屋裏，抄着一口劍，我可又要在我的家裏管一管閒事了！現在叫我這個小丫環，到裏面去把蘇小琴請來，你們放心不？」洪錦就說：「她知道咱們來了，一定逃跑。」呂信又說：「叫她一抄起她的傢伙來，那咱們可就費事了！」楚江涯卻冷笑着說：「你們這話，說得可不像個好漢了！蘇小琴你們也都見過的，她能逃跑嗎？再說你們既然敢來，就是不怕她，還管她的手裏有寶劍沒有？」

這時忽聽門外有金鞭岳大雄的聲音，忿忿地說：「跟他費什麼話？咱們往裏院去就是了！」高彪還要結果楚江涯的性命，于鐵雕卻叫眾人都去上裏院，他一個人持刀逼着楚江涯。楚江涯更是冷笑說：「這可是真像好漢了！不過我女人正要生孩子，你們若愣闖進屋去，我可不能依！」于鐵雕說：「你可以跟着去！」楚江涯答應一聲：「好！」他遂就大踏步走出了屋去了。

于鐵雕持刀隨着他的身後，還沒進裏院，楚江涯就大聲說：「蘇小姐你出屋來吧！金鞭岳大雄他們找你拼命來了！」

此時裏院，就站着那幾個人，刀光閃閃，鋼鞭鏘鏘。屋中的柏秀卿是正在呻吟，那美劍俠提了劍已經一躍而出了。岳大雄抖鞭上前就打，蘇小琴擰劍就刺，呂信、洪錦、高彪一齊掄刀上前。這裏于鐵雕一面看守住了楚江涯，一面大聲喝說：「都住手！咱們是幹什麼來的？咱們是要先跟她個女流之輩拼命嗎？咱們要找的還是李劍豪呀！」岳大雄等人這才齊向後去撤步，逼問蘇小琴說：「你如說出李劍豪現在什麼地方，我們便能饒你！」

不料蘇小琴一聽提到了李劍豪，更刺痛了她的芳心，發出她的憤恨，她想：「若沒有你們這幾個人，哪能夠將劍豪逼走呢！他萬也不能離開我呀！」因此，小琴連一句話也不回答，只挺劍進前，前批後戳。岳大雄的鋼鞭，洪錦等人的刀一齊來應付她。當時屋中的女人們嚇得是亂叫，院裏的鐵器交鳴，蘇小琴亞如神龍猛虎，劍疾身快，輾轉騰挪，二十餘合之後，竟叫岳大雄不能得手，那呂信，洪錦也皆都不敢近前。小飛俠高彪且叫了一聲，受傷倒地。于鐵雕趕緊過去救他回來。

但這時楚江涯趁空兒，不單跑開了，而且奪了高彪手中的刀，他舞刀奔前，先遮住了蘇小琴，就向岳大雄等人說：「你們先住手！聽我告訴你們！李劍豪並沒在這裏，連蘇小琴她也不知道！」岳大雄嘩啦嘩啦抖着鞭說：「那麼你知道？你說出來，我們就走！」楚江涯說：「他現在大概是在鄭州鞏家莊的護院人童如虎家中住着了。」岳大雄搖頭說：「我不信！童如虎是我們的朋友。」楚江涯說：「他是你們的朋友。可也是雲媚兒的朋友，這次多半是雲媚兒把李劍豪帶去的。」此時蘇小琴一聽了這話，不由心中刺痛，她的劍也放下來了，身子仿佛都站立不住。

那岳大雄于鐵雕等人便都信了楚江涯的話。他們先去看了高彪的傷勢，見只是右臂略受了劍傷，並不太重，他們也就都忍下了這口氣。于鐵雕吩咐着呂信攙着高彪向外去走，他就反過來向楚江涯拱手說：「對不起！打攪你了。現在我們就走了，改日再來陪謝吧！」岳大雄手中仍響着鋼鞭，指着蘇小琴說：「你一個女流之輩，我們再饒你這回！」

一瞬時，剛才在這裏大鬧了一場的那些人，就全都走了。楚江涯回過身來，向着蘇小琴反倒不禁臉紅，說：「讓他們往鄭州去吧！他們必得白跑一趟，劍豪兄不會在那裏的，他也沒跟雲媚兒在一起。」他雖然如此說着，小琴卻一言不發提着劍就轉身進屋裏去了。屋中除了柏秀卿還在呻吟着，別人都不作一語。

楚江涯就也走進屋內。三個僕婦齊都驚慌着問說：「是怎麼回事呀？那些人是幹什麼的呀？」楚江涯就說：「你們不要害怕了，那些人已經走了！」

他叫僕婦都到裏屋去，他一面專心等待着小兒落生時的啼聲，一面看着蘇小琴的舉動。只見蘇小琴面如冰霜，先繫緊了她腰間繫着的一條綢帶，然後又出屋去了。楚江涯追到屋外去問說：「蘇小姐你是要做什麼？就由着他們去吧！」小琴仍不言語，就往前院去了。楚江涯見她沒有拿着寶劍，也知道她不是去追那些人，但卻不由地站在院裏發怔後悔。

少時，屋裏還沒有聽見小兒的哭，一個男僕卻從外院進來，楚江涯就問說：「什麼事？」這男僕回答道：「我來告訴少當家的！那些個強盜都走了，也沒拿去什麼東西。可是蘇小姐現在西院裏自己備馬呢！」楚江涯一聽，不由暗歎了一聲，點點頭，索性回到屋裏，心裏亂七八糟，非常難過。

又待了一會，小琴回到屋裏來，芳容依然那麼森嚴，楚江涯就赧然說：「剛才的事，實在是我錯了！我不該告訴他們那話！」小琴搖了搖頭，輕聲說：「沒有什麼！」楚江涯又說：「我因為小姐說劍豪兄是在鄭州，不，我聽小姐說雲媚兒在鄭州了，我才那樣告訴他們。至於劍豪兄跟雲媚兒在一起的話，那是我瞎編亂造的，絕不能！絕不能！」小琴仍然不說話，可是眼角垂下淚來。

楚江涯說：「我不是因家中的這點小事，就收留小姐的大駕，我是想：追岳大雄那些人，也是無用，他們也絕找不着劍豪兄。一半日，還是我托人再去給打聽打聽吧！」小琴卻說：「我一定要去追那些賊，追不上，我也得到鄭州去幫助劍豪跟他們鬥。今夜我就走，可是我也不能立刻就走，我得等候大姐分娩完畢了，我還要看看我的小外甥呢！」她雖然如此微笑地說着，可是眼角仍然掛着瑩瑩的殘淚。

深夜之下，一個俠女在前，一個多情仗義而落不着好的男子在後，倆個人，兩匹馬，走的本是一條路徑，可是楚江涯就追趕不上小琴。因為小琴是心急馬快，越走越遠；楚江涯雖也緊緊追着，可是同時也惦記着拋在家裏的妻子，和那才落生，還未容仔細看的小男孩，所以他的心不能夠專一，馬行得也就較慢。直到天明，連蘇小琴的影兒也沒有追着，並且也不曉得金鞭岳大雄那一夥人哪兒去了。中牟縣離着鄭州城，本來用不着走一天便可以到，如今這段路上是鞭影蹄聲，塵煙高起。

斯時，鄭州西關外鞏家莊裏果然去了那雲媚兒與李劍豪，他們到了已經有四天了。雲媚兒雖然是個風流蕩婦，然而她卻也有一顆多情的心。她是自從跟于鐵雕等人混在一塊之時，她就愛上了李劍豪。這也不因為別的，只因為萬里飛俠高炯的大名是南北皆知，武藝是江湖無二，但他都喪命于李劍豪之手，這李劍豪應當有多大的本領呀？尤其是聽于鐵雕說過李劍豪是李國良之子，年才不過二十餘歲，但家中甚窮，雲媚兒因此更萌生了憐愛之心。所以這個女賊，她跟于鐵雕等人在一塊的時候，雖是以報她的母仇為名，幫助那些人去鬥李劍豪，以表明她的義氣、熱心，但實在她還為的是要見見李劍豪，並且到了時候要救李劍豪。如果李劍豪真像她理想的那樣，再加上丰姿英俊，她就願以終身事之。本來她也不願再在江湖上漂泊了，江湖上也沒有她的路了。並且像童如虎這樣的人，她也一點不愛，她願意都給推開拋開。

事情真是如她的心，她在山西平陽探知了李劍豪是在洛陽的蘇家住着，她就等不及同着岳大雄等人一齊去了，她就先向那些人不辭而別，就飛馬到了洛陽。可是因為她走的路不近便，她來到的時候，岳大雄跟于鐵雕等人就都已經到了，並且蘇老太爺也死了。她才在洛陽東面的一個小村，找了人家，寄存下了她的馬匹和衣物。她另換了貧婦人所穿的衣裳，到隱鳳村中聲請着要給幫忙，用她的妖媚迷住了那個粉金剛蘇三少爺，就讓她進去了。折疊那金銀錁子時，她就順便跟蘇家的女僕談話，她才知道了李劍豪曾扮為李大姐，在蘇家內宅與美劍俠耳鬢廝磨了不少的日子，可是已經走了，她就有點灰心。

半夜，她去掀動了靈前的白帳幕，看見了蘇老太爺的棺材，不禁又觸動了仇恨。那時黑牛姜勇也去了，兩個人就秘密地談話，都是想要殺害蘇家的人，並尋找李劍豪的下落。卻不料美劍俠早在暗中潛伏着，聞聲而出。她由那次，才領略了蘇小琴的身手。她狼狽而逃，逃至白馬寺迤南的曠野之中，卻沒有想到，她竟然跟李劍豪見了面了……。

雲媚兒看見了李劍豪年輕英俊，超過了她的想像還多，並且李劍豪的寶劍雄威，尤其在一切人之上。她不但愛着李劍豪，她還雌伏崇拜。她曾於一個斷牆破屋之內，熱烈地向李劍豪表示過，並且直述自己是雲二寡婦之女，自幼淪落在江湖，很遇見過些個壞人，很做過些不才之事，但又表示全都悔改了，只要李劍豪能夠愛她，她就一切都聽指使，她流着淚地求着。李劍豪斟酌過了多時，但結果是點了頭了，於是二人才一路同行。

雲媚兒就如獲得了至寶，又如同是一個處女新婚，她時時看着李劍豪的臉色，逢迎着李劍豪的意思，她並且竭力修飾打扮，做出彬彬文雅，大家閨秀之態。但是，他們雖然同行同宿，可並沒有半點夫婦之情，並且她沒見過李劍豪的臉上有過一絲的笑容。對她，莫說是溫馨的密語，就連半句的和氣話也沒有。李劍豪的臉是清癯而蒙着一層風塵之色，含有深深的憂鬱之形，兩隻可愛又可怕的大眼睛，永遠發呆，拳頭常常握着，有時還發恨，說：“命！命！命為什麼指使我做了那事？”有時又長歎、流淚，並且還大哭。

雲媚兒又很發愁地勸他，說：“到底你還有什麼為難的事情呀？你若是怕岳大雄他們再找你來，我可以去找他們，拼了我的命與他們去鬥；你要是發愁沒錢花呀？我有！”一提到錢的事，李劍豪就要握着拳頭向她問：“你的錢是從哪兒來的？偷來的？搶來的？”她可不敢說，她只能胡說是早先給人保鏢，幫人賣藝，掙來的，攢下的。李劍豪倒是肯花她的錢，不過花的得又太凶，一天的酒錢就得花去不少。

她也曾悲哀過，問過說：“我哪一點不如蘇小琴呢？除了武藝，但你又不是非得娶武藝賽過你去的女人當老婆！你為什麼總是想着她，可不理我呀？”李劍豪卻搖頭說：“我已發了誓，絕不再與蘇小琴相識！”雲媚兒就跳着腳說：“那可——人家天天哄着你，陪着你——總也得不到你的一點好臉兒！”李劍豪當時就發躁，說：“什麼叫好臉兒？我一輩子也不會向人作好臉兒！”啪的就打了雲媚兒一個大嘴巴，打得雲媚兒的臉比擦了胭脂還紅，然而她手捂着臉，還得媚笑着。

到晚間，在店房的小炕上，李劍豪只要一躺下，就不准別人動他。雲媚兒在炕沿睡着，他還嫌礙事，有時半夜裏就驀然一腳，咕咚一聲，將雲媚兒踹下炕來。雲媚兒也不是沒生過氣，竟想要趁着李劍豪睡熟之時，將他殺死，但不單是下不了手，反倒恐怕李劍豪煩急了之時會尋自盡，所以倒得睡臥不安地看着他的那口寶劍，恐怕他憂煩生悲。總之，雲媚兒在李劍豪面前是一個極端的溫順貼服的女人。

有一次李劍豪喝得酩酊大醉，兩眼迷離，他可變得對雲媚兒非常之好，還帶着敬愛之意，他說：“妹妹！你也別發愁，你家的墳上雖然有貞節牌坊，但我們的相識，也不算是辱了你的貞節！”雲媚兒聽了，起初是有點發怔，心說：“我們家裏哪會有過墳呀！”李劍豪又安慰着她說：“說實話！我是有點怕岳大雄、于鐵雕那些人，因為他們的人太多，我怕有一時我防備不到，就要遭他們的毒手，那時我就要與你分離了！”雲媚兒聽了，就不禁流下淚來了；實在她也是憂慮着這一點，怕岳大雄于鐵雕的魔手突然來到，奪取了她好容易才得到的愛人。

李劍豪又擺手說：“你心裏也不要難受！我有個法子，咱們可以躲開他們。只要有錢，最好有很多的錢，那咱們就找一座高山老峪，建一所住屋，在那裏結為夫婦，永遠居住。白天看浮雲流水，夜晚觀明月，沿着房子都種上牡丹花，妹妹！你不是最愛牡丹嗎？”雲媚兒笑着說：“我倒是什麼花全愛！”李劍豪說：“不過我知道你是年年種牡丹，看牡丹的。”雲媚兒說：“早先我在別人的家裏得到過一件衣裳，上頭繡着大朵的紅花兒，有人說那就是牡丹。”李劍豪高興地說：“沒有事的時候，咱們就在花間練劍。”雲媚兒笑得要跳起來，說：“對了！以後我真得跟你學學劍法啦！”李劍豪忽又捶胸說：“只是老人家的事，一想起來我就痛心！”雲媚兒搖頭說：“那倒沒有什麼，我可沒往心裏放，本來我就不是她親生的，她——雲二寡婦也早就該遭報應。”看了看，李劍豪已經躺下睡去了，她也不敢驚動。

到了次日，她還津津有味地提着昨天的事，但李劍豪猛揪住她的頭髮，就把她扔出了房門，罵聲：“滾！”她還得挽挽頭髮再進來，進來還笑着說：“我看，咱們將來的房子，就是都種上牡丹花，也得一不高興，就都叫你給糟踐了。你的這脾氣，真是沒準兒！還不如小孩兒呢！”

此次雲媚兒相信李劍豪說愛着她，不過為岳大雄等人所擾，他時時憂慮着生命，才時時急躁。要救他，只有設法找來很多錢，然後才能一同去住那高山老峪。因此，雲媚兒就想着法子要弄錢，李劍豪住在土地廟的時候，她就背着李劍豪，在狄家坡劫鏢車，然而所得的錢也很有限。他們去找藍臉鬼，藍臉鬼指告了她，青牛鎮的東南有一個羅百萬，不但本人武藝高強，在塞北當過響馬，好交江湖豪俊，能幫助人，並且揮金如土。雲媚兒就同着李劍豪去拜訪那個人，見了面一看，原來不是那麼回事，是受了藍臉鬼的騙。他們那天回去之時，便於道旁與小琴相遇。

那一天，可真把雲媚兒嚇壞了，美劍俠差點就把她殺死。幸虧她逃走了，連李劍豪也不顧得啦，她想着：“不用說，李劍豪一定得被小琴搶回去，他們二人又重溫舊好，把我就給扔了。”但她卻不敢回去再與蘇小琴鬥一鬥，她知道武藝懸殊。可是，真像是做夢一般，她跑了沒有多遠，那李劍豪就趕上來了，並且催着她說：“快走！快走！”雖然後面的小琴騎着馬緊追、急叫，李劍豪也不反顧。

直跑出了四十多里，於涼風曠野，雨後的荒村之中，就找了個人家投宿。這人家把他們當做了真正的夫婦，向李劍豪叫着大哥，向她稱呼着大嫂。這戶人家，有兩個很和藹的年輕的媳婦，並且問她：“嫁了有幾年啦？為什麼還沒有小孩呀？”倒弄得她有點臉紅。本來雲媚兒這個女人，生長于江湖之間，從來不知道什麼叫羞恥，但現在她居然也懂得害羞，羞澀也解開了她這一天遭遇的驚恐。她尤其感謝李劍豪對她的深情，“原來劍豪並不是喜歡蘇小琴，他還是愛我呀！”雲媚兒自覺得到了今日，才算證明了李劍豪的心，於是她對於李劍豪就益發地殷勤獻媚。但李劍豪又向她驀地踹了一腳，罵聲：“快滾！”

李劍豪這一次的煩惱，比哪一日全都厲害，躺在炕上簡直如同得了大病一般。雲媚兒真是焦急，雖然被踹得不輕，但她也不顧得了。半夜裏央求這家裏的人，向鄰居討來了約有四兩酒，疾忙自己燃着乾柴給熱了，裝在砂酒壺中，到了李劍豪的近前說：“你快喝下兩口酒，也許就好了！你一定是受了驚嚇。本來蘇小琴那個丫頭，真潑辣，別看她在家還算是小姐呢？其實比我還難纏！”又自笑着說：“我這個人才真正老實呢！在別人的跟前，叫我殺人都行；在你的跟前，我卻……”說到這裏，她忽然流下眼淚來了。但李劍豪驀地把酒壺奪了過去，吧的一聲在地下摔得粉碎，酒也都濺污了她新換的粉褲紅鞋之上。這一晚，她就拿掃帚掃了掃地，並鋪上一領破席，就在地下睡的覺。

次日醒來，她本想這個村子很僻靜，人家又和善，不如在此躲避幾天，以免得一出門又遇着蘇小琴。可是李劍豪決定要走，簡直就備上馬啦，不管她啦，她趕緊又得跟着。在路上，幸虧沒有再遇上小琴，可是每逢走到一個岔路口，李劍豪就得駐馬怔半天，看那樣子，他是真沒有准去處。雲媚兒就給出了個主意，說：“咱們到鄭州去好不好？那裏住着一個壞小子，外號叫黃老虎。他現在有百萬之富，多一半都是我存在他手裏的，咱們去找他要些個錢，然後就去找一座高山老峪，蓋房子，種牡丹花，好不好呀？”李劍豪聽了，這才歇着氣，點了一下頭。

二人同行往北，表面上雖似夫婦，其實背地裏還不如路人，但是雲媚兒不但不灰心，還原諒體貼着李劍豪。為了求李劍豪喜歡她，她更得免除那些江湖習氣，並且不自覺地，連眼皮都不常抬了，路上遇見男人她都不看，她居然又懂得貞節了。在朱仙鎮遇見了那好色之徒——名鏢頭陳文悌的弟弟小陳三，向她調戲，若在往日，她必定要越發賣弄風流，不料這天，她也非有意做作，她忍不住就動起了氣，與小陳三打了一場。李劍豪不但不管，簡直連看也不看，她可真有點傷心了。到了店中，未容她訴苦，小陳三又趕來侮辱，卻被李劍豪兩三下子就給殺傷了。這可又叫她喜慰，李劍豪的英勇殺敵更令她傾心愛慕。如今她倒願意李劍豪用拳頭打她，拿腳踹她。

李劍豪要往見黃老虎的心，比她還急。她可先說下了一個條件，就是到了鄭州的時候，叫李劍豪在旁邊先等着，她一個人去見黃老虎。她並且說：“我告訴你實話吧！黃老虎童八是我的表哥，他是我媽雲二寡婦的親侄子，我媽留下的錢，別管是怎麼來的吧——全都在他的手裏了，他才能這麼闊。我去了，他絕不敢不給。可是你要是一同着我去，他就一定要賴帳，就是殺了他，也要不出一個錢來了！”

李劍豪在這時候是實在需要錢，好去遠走他鄉，不令蘇小琴尋着，所以就完全答應了。

於是二人就到了鄭州，雲媚兒先在南關的一條僻巷裏找了一家小店，叫李劍豪住下，並吩咐說：「你可千萬別出店門！我是——大概不等五點多的時候就回來！」李劍豪又點點頭，歎了口氣就又躺在炕上。雲媚兒修飾得十分乾淨漂亮，而且妖媚，她的臉有點紅，向李劍豪笑着說聲：「待會兒見呀？」她依戀地倚着門又向裏站了半天，她才走的。她如今決定背着李劍豪得去舍一回臉，可是這是最末的一回了，她並不是真打算跟黃老虎要錢，黃老虎給人家護院，他能有幾個錢呢？但雲媚兒另有希圖，這事跟誰也不能說。她騎着馬，賣弄着風流，就到了鞏家莊。鞏家莊是本城最富的人家，家有良田千頃，外號叫財神鞏家，近兩代來，因為家中有人中了會元、進士，在京中做了大官，不許人只說他們有錢了，因此改為福神鞏家，其實是福、祿、財、喜，無不俱全。為了免得有江湖人企圖他們，所以才請了黃老虎童如虎護院，以禮相待，與雇用的僕人不同，並把一個窮本家的姑娘嫁給童如虎為妻，贈以厚奩，分以一所屋，和幾十畝田產，為的是給他家效力。

童如虎手下有十幾個徒弟，二十多名打手，其實本事都平常得很，然而魚肉鄉里，謀奪良家的婦女，可是富足有餘。童如虎好交，所以岳大雄、于鐵雕，甚至於小陳三，都跟他有交情。他更好交往娘兒們，雲媚兒便是他的第一個知己。上次，雲媚兒在這裏跟他混過兩天，只因為有于鐵雕等人和雲媚兒搭夥，楚江涯又在中間攪，他未能盡興，悵悵然望着雲媚兒走去，就再也沒有消息。近些日來，聽往來的人都傳說美劍俠之名，說是長得如何標緻，武藝如何過人，他就有點心動，若不是這裏有幾個婦人拉墜着他，鞏家的事又使他分不得身，他真想往洛陽走走。

這天是才用過了中飯，他穿着夾襖綢夾褲，手托着白銀的水煙袋，走至了門前，揚着他的黃臉看了看天，覺得又要下雨，心說：再要下一場雨，以後就得下雪了。天氣越冷越好，咱的那件新吊的絳紫色團龍緞子面兒的狐皮袍兒，就可以逞出來啦！媽的，真得往洛陽隱鳳村裏去逛一逛，叫什麼美劍俠瞧上我，惹得她茶也懶吃，飯也懶咽。蘇黑虎那老傢伙一高興，得啦！看你怪不錯的，你做我的女婿吧！一半是親戚，一半給我家護院，那時候…… 童如虎笑眯眯的，真想不出他那時候是多麼樂了。

這時有幾個徒弟跟打手，就在門前的場子上打拳，擫腿，笨得簡直叫他心裏冒火，他就罵着說：「媽的，你們胳膊跟腿是怎麼回事？怎麼越練越不靈？拿到外面去，連人家十七八歲的小姑娘都一個能打你們十個，你們怪不得都二十多歲了還娶不上一個媳婦，原來你們真不行！以後趁早兒不用出村子了，出去就一定給我姓童的洩氣！」有個徒弟說：「師傅！鴛鴦腿怎麼練呀？」說着就比了一個架勢，又問說：「是這個樣子嗎？」童如虎說：「這叫鴛鴦腿呀？成了火腿啦！」說着，將水煙袋放在上馬石上，他就過來，一抬腿，吧的一聲，沒想到他的一隻青緞子鞋飛了。

他怕髒了襪底，就來了一個金雞獨立，叫徒弟去給他拾鞋，拾來了鞋給他套在腳上。不想他的鞋飛得太遠了，這個徒弟的性情又慢，他站了半天，一隻腳都站麻了。又半天，徒弟拿着鞋回來往他的腳上去套，用力一托他的腳，不想又碰上了他腿上的楊梅瘡，他就咕咚一聲，屁股摔在地下，褲子也髒了。爬起來，大怒，罵着向那徒弟又打又踢，徒弟也不敢躲，可是他把鞋又踢飛了。他這氣不打一處來，另一個徒弟又去給他拾鞋，他又大罵着，依然金雞獨立地站着。這時可就聽見一陣犬吠聲，有一女子騎着馬走進村來。

　　童如虎驀然一看見遠遠的人馬影子，他就不禁發怔，心說：「那莫非說美劍俠蘇小琴來了嗎？我可得趕緊穿上鞋。」於是他穿上了鞋，又用力拍屁股上的土。這時他的徒弟跟打手卻都已看出了來者是誰，就都暗暗笑着，躲到一旁。

　　馬來到了近前，童如虎才看出來是雲媚兒，又不禁笑了說：「他媽的！我還以為是誰，原來是他媽的你！」雲媚兒下了馬，就將鞭梢兒一抖，正抖在童如虎的黃臉上，就哎呦了一聲。雲媚兒笑着說：「憑什麼我一來，你就罵？滿嘴的他媽的？你還以為是別人？不是我看不起你，除了你姑祖宗我，誰能夠騎着馬找你這黃老虎來？怪不錯的呢，江湖上倒是有一個蘇小琴，可是你給人家吃屎，人家也不要你！」童如虎捂着臉笑說：「好！你罵得我真苦！喂！老雲！」雲媚兒瞪眼說：「什麼老雲？」童如虎說：「那你叫我稱呼你什麼？難道我還叫你雲姑奶奶？咱們說真的吧！我想着你一定來，我才換上新衣裳，在門口等你！」雲媚兒說：「得啦！你瞧你這一屁股的土？叫我瞧着你就皺眉，我怎麼會認得你這麼塊料？」童如虎悄聲說：「小聲點兒！別叫我的徒弟們聽見，給我洩氣！」雲媚兒大聲嚷嚷着說：「我偏得給你洩氣！來！你們都快來看你們這個師傅呀！」吧，又打了童如虎一個耳光，童如虎一縮脖子，要急，可結果又發笑了。

　　雲媚兒把馬放開，提着鞭子向大門裏就走，童如虎追着她，擺手說：「喂！喂！你別往裏去！你看你這紅褲子，綠襖兒，貼花鞋，大圓髻，一臉粉，畫着眉毛，還貼着頭痛膏，是什麼樣子？人家鞏家現在有客！」雲媚兒說：「你覺着我這個模樣難看嗎？」童如虎說：「我倒不覺着難看，可是人家這兒的人看不慣你這個樣子。」雲媚兒說：「他們看不慣，還能夠把我趕出去嗎？」說着就硬往裏去走。進了門，她就站立着不動，由外院只看到裏院童如虎就拉着她說：「得啦！你就別站在院子裏看了！你快到我的屋裏來吧！」他遂就把雲媚兒領到跨院裏的一間南房內。

　　這屋子雖不寬，卻陳設得也很講究，這原來是他來了江湖朋友之時，便給讓到這裏，也有僕人聽他的支使，他就好像是這小院裏的主子。如今雲媚兒來了，他就益發殷勤招待。雲媚兒也跟他說笑一如往昔，不過洛陽隱鳳村的那些事，以及她與李劍豪在一起的話，她全都不說，只是直問這鞏家莊裏的事情。童如虎也就說鞏家說多麼闊，多麼拿至親好友待他，他在這裏可以說是一生衣食不愁，錢也盡夠用，只是還少一個中意的女人。

　　童如虎是早就想跟雲媚兒姘上過日子，因為不獨可以幫助他護院，還能夠給他助威，江湖上的人更不敢惹他啦。並且他想着雲媚兒的模樣兒雖未必如美劍俠，可是也夠美了，在鄭州找不着。當日他就留下雲媚兒吃晚飯飲酒，他就提出了這個意思。雲媚兒氣得真要往他的臉上啐吐沫，可是如今正求着他，不能夠得罪，所以就只是噗嗤一笑。童如虎以為她是樂意了，就要留她今天起就在這裏住。雲媚兒未嘗不願今夜在這裏，可是她又怕李劍豪在店裏等急了她，而且什麼刀哩，鑰匙哩，取火的東西和軟底兒鞋，全都沒帶來，所以她要回去。她搖頭說：「你要是急可不行！我也是個黃花女兒。」童如虎說：「算了！你的這個黃花女兒，大概跟我這個黃老虎也差不多。告訴你，你要是嫁了我，准比你在江湖上瞎混強。我現在雖不是個大財東，可也是個小財主啦！」雲媚兒說：「你別以為我就愛財，要是愛財，我找不到你的門上。別處有的是比你闊，比你有本事，比你的臉膛兒好看的。」童如虎說：「那可沒有我的心好呀！」雲媚兒點頭說：「對啦！我圖的就是這個。可是你不用忙，今兒我還得回去，因為⋯⋯」

　　童如虎當時就瞪眼，問說：“怎麼？莫非你還是同着人來的嗎？目的是什麼？跟你有多大的交情？是個老的？還是個少的？”雲媚兒笑着說：“你看你，我還沒做你的老婆啦，你就先這個樣子。”童如虎說：“以後你做了我的老婆可真得規矩一些，見了你早先認識的那些人，全都不能再理。”

　　雲媚兒說：“那還用你說嗎？我告訴你實話吧！現在我真是同着一個人來的。”童如虎趕緊又問：“這人姓什麼？”雲媚兒搖頭說：“我不能告訴你，你也不認識他，不過這個人比你年輕，而且他沒有老婆。”童如虎說：“這麼說，你是早就跟那小子啦？”一拍桌子又說：“那小子叫什麼？現在在哪兒？”雲媚兒微笑着說：“我要是早就跟了他，可就不能又找你來啦。說實話，我現在是腳踏兩隻船，心下兩為難，又想上湖北，又想下江南。我現在就是來看看，到底是你好，還是他好。”

　　童如虎摸了摸下巴，後悔沒刮鬍子，就說：“你是成心氣我，乾脆你現在說一句話，倒是跟我還是跟那個人，如若跟我便罷，如若跟了那個人……”雲媚兒豎起來蛾眉說：“你能夠怎樣？”童如虎倒笑了，說：“我也不能夠怎麼樣，不過，我的姑祖宗，你還是跟我吧！”

　　結果雲媚兒是假意應允了嫁給童如虎，不過今天可得回去，把那個人給打發走了，因為那個人也很是不好鬥。童如虎就問：“是那姓楚的小子不是？楚江涯？如果是那小子，你可別說因為要嫁我，才抛棄了他。”雲媚兒冷笑着說：“你看！連楚江涯你都怕！”童如虎說：“我是不怕，是那傢伙在河南太有名，家裏也有錢，而且好多管閒事。咱們早先不認識他，才吃他的虧，以後就對他少惹！”雲媚兒說：“這個人可比他還厲害！”童如虎擺手說：“那麼咱們商量吧！”雲媚兒說：“可是我嫁定了你啦！明天晚上我就搬來！”童如虎又笑了，問說：“一準嗎？”雲媚兒沉着臉兒說：“我還能夠騙你？不過明天我來，住在這兒，咱們可不能立刻就成親！得過兩天，找一個好日子，雖然不用花轎兒娶，可也得擺幾桌酒席，請一請你的那些朋友。”

　　童如虎沉思了大半天，然後也點頭說：“對！我先得跟鞏家的人言明，我娶個二房，是因為要得子嗣，還得說你是我的遠親——對啦！早先就訂下的。我還得說你的武藝精通，能幫我護院，不然若來幾個本事高的大賊，我們家裏的金銀就得丟光，那他們可就不能攔着我了。然後真得選個好日子，大請一回客。明天你不如早點來，我帶着你們到這內院裏給他們見見，因為以後就穿屋入戶，跟一家人是一樣了。”雲媚兒笑了，說：“那可更好了！”

　　當下二人就儼如夫婦，又暢談了多時。天快黑了，雲媚兒方才騎着馬離開了鞏家莊。她將馬馳得極快，怕有人尾隨上她，知道了她的住處。少時她回到了南關的店裏，笑着，宛轉地告訴了李劍豪，說：“我表哥應得給我錢，可是錢都放出去啦，急着要也得兩三天才能要回來，沒法子，你就在這店裏住兩三天吧！明天我表嫂還要留我在她家裏住，可是我不願意住，也許半夜裏我就回來，你不用着急就是了！”李劍豪也不言語，只是愁眉不展，雲媚兒也不知他心裏想的是什麼，更不敢招他犯脾氣。當夜在這店中，李劍豪是連歎息了一夜，雲媚兒夢裏也是鞏家莊，並且有一大箱子的金元寶。到了次日，李劍豪竟像是愁病了，也不起來洗臉吃飯。雲媚兒卻于上午就帶上了她所預備應用的東西，又騎着馬到了鞏家莊，那童如虎果然領她至內宅，見了人家的女眷。

　　鞏家真是富貴，女賊出身的雲媚兒一進來，眼睛就花了，她看見了雕梁畫棟，遊廊大廈，就想：“這要是本領差點，來偷點東西都很難。”她又看見了院中擺着一盆一盆各色各種的花，她雖然知道這是菊花，可沒見過這麼大朵的，竟疑惑是牡丹花。她被讓進了人家的屋子，哎呀！桌子的心兒都是鑲着大片的玉，掛屏都是金的，擺的鼎，香爐，連洗臉盆她都以為是金的。還有自鳴鐘，噹噹的會響。她見了這裏的女眷們，個個穿綢着緞，鞋上都鑲着珍珠，滿頭滿臂，都是金玉的首飾，她分不來誰是大奶奶，誰是二奶奶，誰是三奶奶，誰是小奶奶，誰又是丫環。

　　被讓進了里間，她又看見了人家的紅木大櫃，跟一對一對的金漆的大皮箱，都上着鎖，看着就想：裏邊就不定裝着多少金元寶、銀元寶，跟翡翠珍珠等。人家讓她坐，她不敢坐那大椅子，竟要在人家的腳蹬上坐。人家問她娘家姓什麼，她說姓雲，就是雲彩的那個雲，人家以為她還認識字。又問她娘家的境況，她可說不出來。又問她的娘家早先是在哪兒住，她說是在黃鳳山。問她的父親早先做什麼，她說：“做過老太爺。”再問她別的，她就所答非所問了，因為她只是注意人家櫃上跟箱子上的銅鎖。

　　坐了一會兒她就出來了，連門插關她都留下心了，更觀察這院裏有狗沒有，結果她倒是滿意而出。這樣地混了一天，天色就已近三鼓，她用酒把童如虎給灌得大醉，然後推出屋去，關上了門。童如虎站在門外，短着舌頭還說：“可就是後天呀？酒席我都叫人訂下了。金鐲子明天就送來，衣服是可以後再做。”雲媚兒說：“你回屋快睡去吧！做點好夢就得了！”童如虎又哈哈笑着，才走。走了不幾步，大概因為鞋太大，咕咚就摔了個跟頭。雲媚兒故意開了門，出去大聲嚷嚷着說：“哎呦，你是怎麼了？”等了會兒，並無人前來，更聲打得也好像發懶。童如虎倒是自己爬起來了，穿上鞋，說：“不要緊，明兒見吧！我真支援不住了！”他摸着黑兒，一路歪斜地走了。

　　雲媚兒在院中站立了半天，並且偷偷地到那內宅的門旁，向裏瞧了瞧，只見燈火俱熄，原來人家有規矩的，大戶人家睡得都早。她就又進到屋裏去，先換了軟底鞋，就將全身紮束利便，連頭髮也用絹帕罩好，帶上了一切的東西跟短刀，她就噗地吹滅了燈，一出門就縱身上了房。

第十五章　　血淚飛灑鞏家莊

　　雲媚兒偷足了財寶，她也不敢稍緩，背着沉重的包袱，踏着屋瓦，就找到了馬圈。這時那邊的正院裏，可就梆梆噹噹，木梆與銅鑼亂敲了起來，雲媚兒趕緊跳了下去，先開了那通到外面的馬圈柵欄，然後到馬棚下，隨便摸着了一匹馬，牽到院裏就騎上，用拳頭一捶，當時馬就跑出了柵欄。身後的梆鑼之聲愈緊，且有吶喊的人聲，許多條大狗又追出來亂吠亂咬，雲媚兒卻飛馬出了村，快得跟一枝箭似的，向東去了。沉重的包袱也放在馬脊梁上，她一面抓着包袱，一面用手捶馬，並揪馬的鬃毛，馬不但是狂奔，而且狂嘶，雲媚兒就暗地想：這回可弄着了！跟李劍豪去找一處高山老峪去住，足可以度半生了！她很是欣喜，又想：又只是這一回了，以後好好去跟着李劍豪度日，再也不幹這些事了。

　　她的馬回到了南關的街上，幸是無人看見，下了馬，就悄悄地進了那條小巷。她十分精細，連馬蹄都不使發出一點大聲來。又悄悄跳進了那家店牆，牽馬進去，收進棚裏，不使這店裏夥計覺得，但她可沒有關閉店門。看劍豪住的那屋，門縫裏透出微弱的燈光，她慢着腳步才走進了屋門前，就聽見李劍豪在屋裏厲聲問說：“誰？”把她嚇了一跳，她趕緊就把包袱放在地下，發出微聲來笑笑，又以手整發，嬝娜地開門進屋。李劍豪一看見是她，就瞪了她一眼，又蓋上棉被躺下了，並且還是臉沖着裏。

　　她上去把燈挑起來點，喘了喘氣，就坐在炕頭，用手輕輕推了劍豪一下，笑說：“別睡啦，你聽我說。我表哥跟表嫂不是留着我吃飯嗎？還要留着我住一夜，我起先也答應了，可是睡到半夜裏我又想你，我真是離不開你！我就悄悄起來。……好！我一慌，還摔碎了人家的一個瓷瓶！我就自己備了馬趕緊跑回來了！你聽聽我的胸，現在還直喘呢！我表哥可把我的銀子跟東西全給我了，一大包袱，弄得我簡直提不動！來！我拿進來你看！”她遂又站起來出屋，將包袱提進來。她還笑着，就見劍豪又翻身坐起。雲媚兒又作出發愁之態，說：“我的表哥表嫂一定要追下我來，他們也捨不得叫我走，想叫我永遠住在她家裏，可是那怎麼能行呀？我想你也別再睡了！咱們立時就連夜離開這裏，去找高山老峪……”

　　她的話還沒說畢，李劍豪就指着那只包袱，厲聲問說：“這裏都是什麼？”

　　雲媚兒臉紅着，笑笑說：“我沒告訴你嗎？這就是我表哥給我的，他叫我的表嫂打好了包，就給了我，我怎麼好意思當時就打開一樣一樣地看，一兩一兩地過天平呢？反正我表哥是老實人，他不能占我的便宜，裏面都是好東西，我就摸出一點元寶的楞兒來。你放心！足夠我們花用半世的啦！」李劍豪伸手要奪包袱，雲媚兒卻趕緊躲到旁邊，說：「不用看啦！這時候哪裏有工夫細看呢？咱們就快走吧？若等我表哥找了來，那就——你見他拉着我，留我，我可怎麼能不在這兒多住些日呢？那可就耽誤了咱們的事兒了！」

李劍豪卻突然跳下了炕，一把就把包袱奪到了手中，往炕上一放。雲媚兒也沒有法子，只得將燈放在炕上，她也湊近來瞧，並又笑着，說：「這都是我媽媽早先留下的，你看她早先多能幹呀！」她說這話的聲音都有一些發顫，因為包袱一打開，她就看見裏面是幾隻白銀的大元寶，還有個紅木盒，打開看裏面都是金錠子，此外還有四方的銀塊，又有一盒珍珠，並且有兩包御賜的檀香，幾包西藏的蜜果、紅花，都是外間難得之物。最令她想不到的卻是一個綾子盒兒，打開一看，是印着金龍金鳳的紅紙帖子，上面寫着墨筆的字，——原來是人家鞏家的大少爺，跟少奶奶的婚書。

李劍豪展開看了看，突然回手就將雲媚兒揪住。雲媚兒還笑着，說：「你看！夠咱們拿去花的了吧？」李劍豪卻厲聲地悄聲問說：「這些東西，是你從哪裏偷來的？」指着紅帖子又逼問說：「鞏家在什麼地方？你去做了賊？」

雲媚兒擺手說：「你別嚷嚷！聽我告訴你真話！鞏家莊就在西邊，他們家裏的老爺少爺都在京裏做官，這裏還有老少輩的幾個，想來全都不做好事，我說的那表哥。——那是我放屁！那卻是我早先認識的一個壞王八蛋，他的名字就黃老虎童如虎。我找他去，因他就在鞏家護院，我探明了鞏家的宅院，我就……」媚笑着，又央求似的說：「只這一回了！這就夠咱們半世之用了！以後我一定要永遠學好。」

忽然吧的一聲，她的臉上就挨了一個大嘴巴。李劍豪狠狠地說：「你這女賊！你叫着我來同你偷盜嗎？你真是惡習難改！你可也不想一想，我是個什麼人？我李劍豪本是堂堂的男子！」說時一拳將雲媚兒擂得跪在地下。

這一下把雲媚兒打得還真重，她還不敢哎呦地嚷，她忍着痛，忍了半天，才雙手緊緊抱住李劍豪的腿說：「我原是為你呀！有了錢就可以走得遠遠地，叫岳大雄他們找不到你啦！」李劍豪說：「不錯！我是想往遠處去走，可是我真若拼了出去，岳大雄那些小輩又有什麼可怕？」雲媚兒說：「咱們不是還想掙下半世的銀錢嗎？」李劍豪說：「這樣污我英明的掙錢法子，我也用不着你！」

雲媚兒說：「我知道你是絕不肯去做，可是我替你做了！也只是這一回，我永遠也不了，拿着這錢，咱們到遠處的高山上去蓋房，種牡丹花……」李劍豪又踹了她一腳。她含着胸，暗自哎呦了一聲，依然忍着，依然懇求地說：「咱們不是要去過太平的日子嗎？」李劍豪掄起拳頭來又要打她，嚇得她渾身顫抖，不禁流下淚來，說：「我想不到你竟是這樣！我也不願我又做了這麼一件壞事。既然是這樣，你也別生氣了，我把這些東西原包不動，給鞏家送回去就得了！以後我再也不幹這事了。只要我能夠跟你做了夫妻，就是受窮吃苦，我也願意！」

李劍豪卻冷笑着說：「你妄想！我不過是看着你一個孤身女子，流落在江湖，有點可憐，我才與你同行，想叫你洗了手，將來你去嫁別人，我哪裏想要你？我李劍豪本是有志氣的男子，我因為遭逢不幸，我灰了一切的心，我發誓永遠不娶妻，不近女子，我焉能夠要你呀？今天這些東西，你還不還我也不管，我在此休息半天，明天我就要一個人獨自走了。我告訴你：千萬斷絕你的妄想，我也並不喜歡你，永遠不能要你！並且我走之後，不許你再去追我，找我。否則，你可曉得我的厲害？

我不但厲害，我還是翻了臉就不認人！」

　　雲媚兒這才將話聽明，將李劍豪的心知道了，她不禁抱住了李劍豪的腿，嗚嗚哭泣，跪着問說：「你為什麼一點也不喜歡我呀？過去的事，我都改了，現在這些東西我也能還回去，我還有什麼不好的呢？」李劍豪煩惱地躺在炕上，雲媚兒卻仍在地下跪着，她又哭着說：「你不該騙我！你不該想逼着我去死！無論如何我得跟你，你得要我，人若是沒有良心，可就不能得好報！」她嘴裏叨念着，不料招怒了李劍豪，突然起來，揪住她的頭髮就將她推出屋子，並將那一大包袱的金銀財物也全扔擲出去，說聲：「滾吧！」

　　雲媚兒在院中一邊低聲抽泣，一邊拿手摸着拾起那銀元寶。此時李劍豪已經帶着氣將屋門關上了，雲媚兒更覺得他太無情了，自己原本也是忍不住氣，但是不知為了什麼，對於李劍豪是那麼眷戀，而且懼怕，一點也不敢得罪。她將金銀和東西都大概摸着了，放在包袱內，緊緊地繫好了。此時旁的屋中已有人使着聲兒咳嗽，倒是沒有出來人。雲媚兒趕緊去開店門，提着包袱又走到屋簷下，由頭上抽出一枝金簪悄悄地撥着屋門，少時就撥開了。她就輕輕推開，輕輕走入，只見燈檯仍在炕上放着，李劍豪的兩腿仍然向下垂着，他就那麼躺着，呼嚕呼嚕地睡熟了。雲媚兒倒不禁掩口笑了笑。包袱就放在地下，她又將屋門閉嚴，坐在凳兒上，又自己倒了半碗涼茶喝着，看着在睡夢中的李劍豪的英俊姿態。她的氣，傷心，連胸口上被踹的痛，臉上被打的熱，仿佛全都消了。待了一會兒她也就不知不覺地伏在桌上睡着了，燈直燒得油乾火盡，自行地滅了。

　　次日清晨，他們還都在屋內睡着，店裏就有人起來了，有一個店夥名叫「猴子」，他才出了屋子要上茅房，然後好預備着一批一批地往外送客人，不料他走在院中，忽見地下扔着一個黃澄澄的東西，有棱有角，他就不由得一驚，趕緊過去拾了起來，用手掂了一掂，覺得很沉，心裏就更驚，而且狂喜，說：「哎呀！這是一塊金子吧？」他剛要向懷裏去揣，忽然見西屋的一間門開了，有一個人點着手，緊緊地笑着說：「快拿進屋來看！」他的臉色都變了，尤其厭煩的是這屋中住的是個窮酸，來到這裏已住了一個多月了，倒欠了半個多月的房錢。

　　此人姓鄒，自稱是秀才出身，在什麼縣衙門裏做過書辦，來到此處尋友某事，朋友沒尋着，事情更是沒找到，本來他的盤費就不多，早就花光了，可是在此賦上了不走，雖然身上永遠穿着破大褂，嘴上的慘白鬍子永遠理得那麼整齊，但是他常常腹內無糧，挨着餓。如今他可跟猴子同時看見了地下的那一塊金子，只是他出屋來晚了一步，先叫猴子給抓到手裏了。他笑着，悄聲又說：「那是金錠，快快拿出來，讓我給你看看真假？」猴子也願意讓他給看看真假，遂就揪着他的胳膊，趕緊叫他拿出來。窮酸雙手接着，手都發顫，然後又拿起桌上的一塊硯台——據他說是紫石琢的，他早就要賣，跟人要過十兩銀子，可是一文錢的價錢也沒有人肯出——當下，他就把金錠向硯台底一劃，詳細地一看，他就笑了，遂就揣在了他的破大褂裏。

　　猴子立刻就急了，揪住窮酸的胳膊說：「是我的！憑什麼你搶過去？」窮酸說：「你就嚷嚷吧？叫丟失這錠金子的客人聽見了，那不但你的拿出來給人家，人家還能說你是偷的，你們掌櫃的也得把你散了工！」猴子嚇得臉都白了，說：「可是！你獨吞也不行！我也得去告訴人。」

　　窮酸悄聲說：「這金子是因為咱們兩人感動了上天，上天覺着你太辛苦了，我是懷才不遇。這才賞給咱們這塊黃金，現在要是拿到錢莊，悄悄換了，可以得到一百兩紋銀，咱們兩人平分，你得五十兩去成家置地，我拿着它晉京去趕考，我若是得中，做了官，還得提拔提拔你呢。這就是古語所謂‘二人同心，其利斷金’。春秋的時候，還有分金的管鮑，到後來兩個人都發跡了。這一錠金子，我先代你收着，因為交給你不行，你沒地方放。現在你照舊去照應客人，別露出神色來。萬一待會兒有人嚷嚷說是丟了金子啦，大鬧，要尋死，你也千萬別發善心，也別害怕，一聲也不用言語，不用着急。我先關上門在屋裏假充睡，縫補縫補我的這件大褂。差不多快吃午飯的時候我再出去。找個錢莊，換了，然後咱們別在這條街上辦事，我到西關張家小酒舖裏去等你，咱們兩人見了面再分銀子。你可別忘了帶了戥子，要不然你必說我占了你的便宜！」

　　猴子搖頭說：「我不能夠！我信你，好啦！你是念過聖人書的，金子我交給你啦，待會兒咱們准在酒舖見！」窮酸點頭說：「那是一定啦！可是我告訴你，猴子，你可先得沉住氣，發了財不可立時就叫人看出來！」猴子笑着說：「我才不能夠呢！只是你，也別立時就買新大褂穿着，店錢索性再欠幾天，裝些日子窮，然後慢慢地再鬧！」窮酸說：「這就不用你說啦！我讀過諸子百家，難道連這麼點事，全都不會辦？」

　　這時就有客人高聲叫着：「夥計！」猴子嚇了一大跳，悄悄地走了出去，到院中才答應，照常伺候着眾客人動身。他時時捏着把汗，少時那窮酸邁着方步走出了店門去了，他可又有點疑惑。只要有人一叫「夥計」就嚇得他變了色，恐怕人家向他追問金子的事，可是，那金子真像說從天而降似的，快到晌午了，竟沒有一個失主來出頭。

　　這家店裏，新來的客人，只有李劍豪和雲媚兒還沒有走，因為李劍豪說是等到今天夜間，他要親到鞏家莊，將包袱財物還回，以滌去這個污點。雲媚兒也很是懺悔，不敢阻攔，同時也不敢出店門。但是這時關廂和城裏，可有不少的人正在搜找她了。

　　昨夜鞏家莊丟失了財寶之事，外面還沒有什麼人知道，因為童如虎不許報官，一來是顧及他的臉面，他給人家護院，叫人家出了這件事，實在使他愧死。同時那個賊人是誰，莊裏沒有人不知道的，都知是他給引來的一個女賊，把他氣得真夠瞧，他想不到雲媚兒竟跟他要了這麼一手兒。他帶着刀，心裏憤憤地說：「只要抓住那娘兒們，我非得剮了她不可！」

　　他與十幾個徒弟壯丁們，分頭探訪，在城裏在南關，北關，東關，西關幾乎全都找遍了！可是也沒見雲媚兒的蹤影，更是無人看見過他所說的那「漂亮，風騷，又潑辣，跟個窯姐兒似的娘兒們」的模樣。他氣憤填胸，直到過午，他的氣兒可又有點軟了，覺得自己怕鬥不過雲媚兒，因她的武藝比我高。同時真有點不願跟她翻臉，翻了臉，以後可就真不能成親了！她必因要用錢，才來偷盜，那麼不如我顯個慷慨，只要她肯將鞏家的原物交回，我就絕不深究。並且她要用多少錢，我可以借給她。對！就是這樣辦。還得嚇唬嚇唬她，她若不是立刻就嫁我，我可就把她送到衙門了。好！這才是一件妙計！可是憑他這樣做夢似的想着，心裏滾着油似的着急，到了下午四時許，仍是尋不着雲媚兒。

　　他正在西關的街上徘徊，忽見迎面急慌慌地來了一個人，見了他，就點了一下頭，說：「童師傅吃過飯了？」他一看，這個人說城裏衙門的捕役，名叫快手崔七，看他的神色就仿佛有事，就一手攔住，問說：「老七！你這麼忙忙叨叨，莫非有什麼差事嗎？”崔七說：“有一點小事！我們的夥計正在西邊張家小酒舖哪兒看着啦！我趕緊叫人，一面到南關店裏去查訪，一面得叫各錢莊都問問，有人收下了金錠子沒有？”童如虎立時就驚訝着問：“什麼金錠子啦？”崔七擺手說：“童師傅別大聲嚷嚷！咱們有交情我才告訴你，近來過往的大案賊很多，你給鞏家莊護院，也得留點心了！”說着，匆匆走去了。

　　童如虎不經意地得着了這麼一個線索，他就大喜，帶着兩個人往西走了不遠，就是那出了名的專賣攙涼水白乾的張家小酒舖，他們就走進去了。屋中很黑，客可不多，他一眼就看見了快手崔七的夥計，名叫“神抓小呂”，正在盤問一個很瘦的，像個店裏的小二似的人。見了他來，小呂也欠身招呼了他一聲，但話可不說了。那個店小二卻哭喪着臉說：“沒我的事！是那窮酸，待會兒，他要是再不來，他就是把金子拐走啦！老爺！我可真不知道那錠金子是誰的呀？”

　　原來這店夥——猴子在晌午就來到這裏等候那窮酸，他並且真帶來了一隻戥子，也就是這戥子給他招了事。他一陣一陣着急，又時時到門外去看，並且嘴裏叨叨念念，還向人打聽城裏都有幾家錢莊。並問一錠金子能值多少兩銀子。他也從沒有摸過戥子，他把戥子的盒蓋搬開，問人家是怎麼用法，是不是跟用大秤一個樣。

　　他就請教到了神抓小呂的頭上了，小呂想着：金錠並非市上常見之物，憑他這個樣子，會能有金子？可見他非偷即盜。於是就向前盤問。起先猴子還不肯說，後來快手崔七也來了，猴子才知道他們是衙門裏的人，不但嚇得變了色，而且哭了，說：“待會兒那窮酸一定來，你們別抓我，金子可真沒在我這裏！”

　　小呂與崔七商議，由崔七進城去找人向各錢莊打聽，並到南關的店裏去詢問，他在這裏看守着猴子，等候那個窮酸，以便全部抓獲去交差，因為這也可以得賞。不想，那窮酸大概早已就拐了金子逃跑了，本地人全都認識的黃老虎，卻來到了，也向着猴子來盤問。猴子又哭了，說他是南關家店裏的，那裏都住着什麼客人，多半都是熟客人。除了有前兩天來的一男一女，女的倒常出去，出門時總是牽着馬；男的卻永遠不出門，只等着女的回來，打得那女的常哭，可是看他們也不像是有金子的樣子……

　　童如虎聽到了這裏卻變了顏色，他的一張黃臉成了紫的了，他心中嫉妒，說：“啊呀！原來雲媚兒真是同着別的男子來的呀！她騙了我，盜了金銀，去供那個男子！好個混帳的娘兒們！欺我太甚！”但是記得雲媚兒曾說過那男子的武藝很厲害。由他們做了賊，還不急速逃走，竟放心安然住在這裏，就可見膽大、藝高，我可也別去硬來！

　　他正在想着，神抓小呂也看出他的神色來了，就問說：“童師傅！你跟你的徒弟們，能夠幫我們這個忙嗎？因為我怕那塊金子還連帶着別的案子，萬一有個大賊在內，他會武藝，我們辦不了就要洩氣！”童如虎怔了怔，面上故意放出冷笑來，就將小呂來拉到了一旁，悄悄告訴了他莊裏昨夜所出的事，及他今日忙了一天為的是什麼。小呂就說：“那更好了！我想童師傅你就趕緊到南關，會同着崔七，你們一同下手，抓住那男女二賊。我在這裏再等一會，如果那窮酸還不來，我就先把這個猴子鎖走了！”那邊的店夥猴子聽見了，卻嚇得更是發抖。

　　童如虎與小呂商量定了，他去幫助捉賊。他可又十分膽虛，就派一個徒弟回莊再去多多勾人，又叫一個徒弟把現在城中的幾個壯丁們，都集中在一塊。他趕到了南關，就見快手崔七同着三名捕役，已將那小店所在的巷口堵住了，可是還沒有下手。他就趕緊上前，先說了他的事，並說：“得多多來人！那女賊倒沒有什麼，我認得她，她偷偷雞，摸摸狗倒許行，可是絕不能夠幹昨夜那件事。捉住了，女的可以交給我去辦，男賊你們帶到衙門。咱們雖是一同下手，可是分着辦賊。”崔七說：“童師傅！賊還分什麼男女嗎？一塊捉住，一塊交衙門就行了，還能夠單把娘兒們交給你老人家？”童如虎卻悄聲說了一句：“看面子！”崔七想了一想，也就點頭了。

此時，一面又進城去勾人，一面等候着童如虎的手下來到。這時街上有不少往來的人，都摸不着他們是要辦案呢，還是童如虎要跟人比武，人人都驚疑，可又都不敢打聽。少時這裏的人越聚越眾，看熱鬧的也不少，派進那店裏的人出來說：“那男女兩個都在屋子裏睡覺了。”崔七就說：“他們白天大睡，夜晚不定又要偷誰家？”童如虎說：“還不趁着他們睡了去下手？”又囑咐他手下的人說：“殺了男的都行，可是不准傷那女的一根頭髮！”

此時童如虎是又凶又急可又膽小，他叫捕役們在前，徒弟們在後，把他夾在中間，就提刀進了小巷，闖進了店門。店裏這時連一點人聲都沒有，各屋中的門都緊閉着，雖然天色都已薄暮，可是燈光皆無，除了店掌櫃是不能夠不出來，其餘的人都藏躲了。快手崔七問明了那男女二人所住的屋子，他就一點也不慌張，說：“人家還許是正經人呢！咱們也別莽撞了，不過諸位都預備着點就是了！”二十多個人都站在小院裏，堵住了那間屋子的門。

崔七令店掌櫃先去問話，店掌櫃就哆哆嗦嗦，走到了那間屋前，向屋裏問：“起來了嗎？”屋裏就有女人的聲音回答着說：“是誰呀？”童如虎一聽，果然是雲媚兒的聲音，他倒打了個冷戰，趕緊說：“媚兒！媚兒！你快出來！沒有你的事，有我保護你！現在衙門的班頭來了，要捉拿你屋裏那個男賊，那狗小子！你若能幫助將他拿住，就不但無罪，反而有賞……”

他的話才說到這裏，忽聽得屋裏的女人說：“你們拿誰呀？別錯瞧了眼，把太太當作了像你媽你祖奶奶那樣的下三濫！我不怕！我出來叫你們看看！叫你們摸摸，我身上有哪一塊是賊骨頭！”說時，吧的把門一開。

出屋來的雲媚兒，第一句話就向童如虎說：“表哥！你帶來的這些人是怎麼回事呀？”童如虎發了怔，心說：表哥？他瞪大了眼睛看着雲媚兒，就見雲媚兒挽着一個古裝美人似的大髮髻，紅綢的夾褲，上身可穿着淺粉的短小的綢褂子。

當時很多人都怔住了，童如虎就趕緊跑過了，說：“表妹！這沒有你的事，你就叫屋裏的那個男人出來吧！要不然我們可就要揪他出來了！”未容他們去揪，原來人家早就站在雲媚兒背後了，是一個相貌英俊，身體結實的少年。童如虎就氣勢洶洶，掄刀說：“小子你就滾出來吧！上衙門去吧？你在鞏家偷來的贓物也快點交出來吧？”

此時李劍豪就憤然跳出，擰住他的胳膊奪過去了刀，順勢一腳，將童如虎踢得像個蛋似的，滾出了很遠。

旁邊的官人、莊丁、徒弟一齊掄刀向前，雲媚兒由褲帶上抽出來一對短刀，說：“你們哪個敢近前，我可就要哪個的命！”李劍豪也持刀向着那些人怒目而視。雲媚兒又扯起了尖嗓子，說：“童如虎！你還是我的表哥哪！你勾來了官人要害我，要害我的男人，也該讓你的妹夫打你！”

這時李劍豪已從屋中取出來哪個包袱，扔在地下，說：“給你們拿去！”

快手崔七趕緊過去撿包袱，卻早已被雲媚兒用腳踏住了，她說：“童如虎！

你這臭王八蛋！我媽留下的一些破衣裳，存在你們家裏多年，昨兒我從你老婆的手裏要來了，你卻捨不得，變着法兒勾來官人，不但要把我的東西奪回，你還要告你的表妹夫去打官司！好！你真有良心，我舅舅生的好兒子，竟想要陷害親戚！我也知道你的心，不用說了！乾脆你就不願我嫁人，你把你的表妹夫害死了，你好把我……」

童如虎忽然跑過來直作揖，說：「得啦！得啦！給我留點臉吧！表妹你可真厲害，怎麼好當着這些朋友叫我丟人？」又向李劍豪作大揖說：「表妹夫也不要生氣了！這件事我真辦錯了！」

李劍豪此時也發了半天呆，同時更是生氣，心說：「怎麼？這人是個瘋子嗎？」

童如虎轉了身，先拿出了威風把他的徒弟跟壯丁都給趕走，然後拍着快手崔七的肩膀，笑說：「老七！我是故意耍你一場，可是別的位都白辛苦了一趟，改日我必要請客。你們就快回西關酒舖，去審那猴子吧！那件事真許是圖財害命，跟我這表妹、妹夫，他們小倆口兒是一點關係也沒有，哈哈！你們都請回吧！」

快手崔七早看出這裏有毛病來了，必定是童如虎畏雲媚兒，更因為被被年輕的人打怕了，所以人家稱他是臭王八蛋表哥，他也就趁勢呼人家為表妹、表妹夫，把白跑來了的這些人給支走，崔七就笑了笑。可是究竟童如虎在本地有一些小小的惡名與惡習，又相當地有錢，而且常請客，不斷借給他們使用，他也就不好意思立時瞪眼了，遂就向童如虎說：「那麼，我們就走了？」童如虎說：「好！好！好！你們幾位請吧，對不起！」

他轉過身去看這捕役們全都走了，店掌櫃也回櫃房去了，他才又轉過身來，向着李劍豪拱手，悄聲說：「早知朋友你有這樣好的武藝，我不能就冒昧前來。江湖朋友，嘔了小小的氣，咱們一笑了之，請進裏屋再詳細說！」他又暴聲喊叫着說：「店家把燈拿來！」店掌櫃自己又來啦，連聲應着：「是！是！童八爺！」

此時李劍豪的心裏非常難過，覺得若不是自己不願打官司，真不能就憑他們「妹夫」哩、「男人」哩，信口地亂呼，這真屈辱了自己。但見雲媚兒人雖不可愛，辦事卻頗有急智；童如虎雖然糟糕，可是低聲下氣，直扳交情，又令他不好意思過於冷酷了，便也抱拳。此時店掌櫃又給另拿來了一盞燈，童如虎就先走進了屋內。

這時雲媚兒一手提着包袱，一面企着腳兒，悄聲囑咐着李劍豪，說：「你千萬不要向他說出真名實性！」李劍豪冷笑着說：「難道我還怕他嗎？」雲媚兒着急說：「不是說你怕他，因為你沒有看見他剛才那洩氣的樣子嗎？他還哪裏算個人呀？咱們的真名實姓犯不上向着他說出來！」李劍豪又壓下了一口氣，就隨着雲媚兒進了屋子。

那童如虎用眼睛一瞪，就把店掌櫃給瞪出屋子外去了。他轉臉又向李劍豪抱拳，獻着諂媚的笑，果然第一句話就問說：「朋友你貴姓高名？」李劍豪就說：「我姓李。」名字卻未說出來。童如虎就笑着說：「哦！……李兄弟！雲姑娘跟我的交情，莫說是比表兄妹，就比真兄妹也近！我稱呼你妹夫是一點也不假！」

李劍豪正色說：「你不要胡說！我姓李的是個堂堂的男子，不像你們那些人。你可以問問雲媚兒，我與她同行了數百里，但是我跟她，毫無曖昧之事。我跟她也說過，我沒有半點想娶她的心！」

雲媚兒臉紅了，低着頭，且有一些悲戚之意，童如虎卻大笑着說：「江湖上有見色不親的鐵羅漢，我倒相信！可是我的這位表妹呀……」雲媚兒搶上來吧的就打了他一個嘴巴，他趕緊又笑着點頭，說：“我也——我也信，信！”

　　如今，鞏家所失的財物，總算是找回來了。雖然少了一大錠金子，可是童如虎不但不再追究，他反倒自己揣起了三錠，給雲媚兒一錠，又給李劍豪一錠。李劍豪卻堅決着不肯收，用手一推，就給推掉在地。童如虎彎着腰拾了起來，依然咧着嘴大笑，悄聲說：“咱們都是幹什麼的？你們兩口子不說，不！你們兩個人是以何為生，我也不能細問。可是我童如虎，又要交朋友，又要養老婆，憑鞏家給我的那點工錢，屁也不夠。這幾錠金子咱們三個人分，回去我告訴他們，就說是只找回來了這些，金錠子大概是沒有影兒啦！量他們財神鞏家也不在乎這一點點。”

　　此時雲媚兒見劍豪不肯收金子，她就也將才收下的金子向童如虎一扔，說：“你以為我也要嗎？當着面把東西都還給你了，叫你回到你們老爺那兒報功，我為什麼不落個整人情，還沾你這點小便宜？別以為太太沒有過金子！”

　　童如虎也從地下拾起來，又揣在他懷裏，就勉強地笑着，點了點頭說：“既然你們二位都瞧不起這點金子，只為的是捧我的場，那我就不敢再逼着你們非收下不可了！但是朋友的面子我懂，表哥表妹的話那都是瞎扯，現在我就是一秉虔心，要請你們二位到我的莊上去吃杯酒，不知你們肯賞我這個臉不？”雲媚兒笑了笑說：“你的那酒兒我早就吃過了！”

　　童如虎也笑着說：“這次的酒我並不是為請你，是請請這位李兄弟，李兄弟的武藝我已領教過了，我敢替他吹一下，他是現在江湖上一位高人，真少有！如今既然相識，我就要顯擺一下子。再說剛才出了那件事，衙門中的人，沖我的面子是不能再來了。可是街坊鄰居的，知道了，就許有人來挑眼，看你們，哪有多麼麻煩！你們要是到我那兒去呢，住個十天半月，包管也沒有人去攪你們。咱們深交交，以後我免不掉要有事請求你們幫忙！”雲媚兒轉過臉兒去看李劍豪，李劍豪心中又斟酌了一下，就點了點頭，倒出乎雲媚兒的意料之外。

　　當下童如虎就十分高興，他自己跑到櫃房裏，向掌櫃的去說，劍豪他們這兩日的店飯錢全由他代付，叫店夥趕緊給人家去備馬，又叫給他叫一輛車去。他雖然剛才在這院裏泄了氣，可是人還都怕他，聽了他的話少時都給辦齊。於是童如虎坐騾車，帶着那只包袱，李劍豪與雲媚兒都騎着馬，就在漸漸昏黑的夜色之下，去往鞏家莊。

　　到了鞏家，童如虎很殷勤地，請李劍豪跟雲媚兒到小院的客廳中去坐，並叫來伺候他太太的僕婦到這裏伺候，又命廚房殺雞，做菜，備酒。他先向劍豪告便，他提着包袱走往內宅裏去，見了內宅的一位主事的男子，是鞏家的一個近支的同族，莊中齊呼為四爺，童如虎就把找回來的東西，都叫這位四爺查點了，說是幸仗有人幫助，才尋了回來，盜賊是南關小店裏的夥計，小名叫猴子，現在已經押在衙門裏了。還有一個人犯姓鄒，人都叫他窮酸，大概也跑不了。至於那六錠金子，可未必能全數找回來，至多也就能找回來一錠。

　　鞏四爺搖頭說：“那倒不要緊，大少爺跟少奶奶的龍鳳婚書沒有丟在外邊，就算是行啦！”

　　童如虎又說：“幸虧我的那表妹幫助我，才找回來的。我表妹夫姓李，武藝在我之上，現在我把他們都請來了。以後我打算留他們在這裏長住，至少也得留我表妹在這裏，好叫她幫助我，不然可了不得！現在江湖上的大賊很多，咱們這兒又是出了名的有錢，我一個人雖說各路的拳腳都熟，十八般武藝也都拿得起來，可是究竟只憑一個人不行！我那些徒弟又都沒出息！”

　　鞏四爺也說：“應當留下那兩個人幫助護院，尤其是那位堂客，以後這院裏出入，更是方便。至於他們打算要多少錢，是按月給還是按季給？”童如虎說：“那倒都是小事，他們也不是窮的沒飯吃，不過我是願意他們在這兒長住，以後就不至於再有像昨晚上那樣的事了。”他說的這話也一半是為昨天的那事遮羞，表明並非他無能，乃是因他一個人顧不到，徒弟們又都不中用。他出了內宅，嘴邊還不住要笑，以為把姓李的留在這兒，一來可以幫助自己護院，二來自己在背地仍然可以跟雲媚兒重敘舊情，一舉兩得，最妙不過。

　　他興興頭頭地回到了小院中，對於李劍豪更加殷勤，更表示他為人慷慨，心裏的話倒還沒有冒然說出。李劍豪近日的身體是頗感不適，到現在的精神依然不大好，而況他的心中另有計劃，便對於童如虎也很客氣，當晚便住在了這裏。現今他對於雲媚兒也很和藹了，可是依然無情。室中的燈，一夜未滅，雲媚兒是趴在桌上睡，他一個人佔據了一張床舖。到次日，他就無精打采出了莊門，沿着莊子各處行走，並向本村中的人，略問了問童如虎素日的行徑，然後又去看童如虎的徒弟們在場子上練習武藝。

　　童如虎的這些徒弟們，全都翻眼睛看着李劍豪，因為曉得這是一位高人，並且認為他是雲媚兒的丈夫。此時雲媚兒也頭挽少婦的雲髻，穿着一件青綢子的小薄棉襖兒，滿臉擦着脂粉，扭出來了。童如虎就先笑着向李劍豪說：“李兄弟！據我看，你的武藝超過了楚江涯，壓倒了陳文悌，恐怕金鞭岳大雄那樣的好漢也是敵不過你。咱這裏的兵器架上十八般武藝件件齊全，給我個面子，你練幾手，叫我的這些徒弟開開眼怎麼樣？”

　　李劍豪卻含着笑拱了拱手，說：“我不能夠練，因為身體有些不大舒適，並因武藝太差，不敢獻醜！”童如虎說：“嘿！你可太客氣了！”又轉首向雲媚兒笑問說：“你來施展幾手吧？”雲媚兒扭捏着含笑，又用眼撩了撩劍豪，就扭頭，依然笑着。童如虎說：“怎麼二表妹你也不肯給我面子？”雲媚兒忍不住嘻嘻地笑，說：“怎麼我又成了你的二表妹了？我又沒有姊姊？”童如虎卻說：“有個大表妹的缺，我給洛陽的美劍俠留着啦，等她來到，我再叫她！”雲媚兒更笑，說：“臉真厚！”那邊的李劍豪卻面色突變，因為這又促起了他的傷心。

　　如今他們來到這裏已經是第四天了，李劍豪就暗自想：我在這裏住着，有什麼意味？再住下去就連我的志氣都要消磨了！於是，在當日童如虎又置酒添菜，請他們用午餐的時候，李劍豪就說：“童兄！”童如虎趕緊笑着答應，說：“什麼事？”李劍豪看了看坐在自己的身旁，儼如一個妻子的雲媚兒，就說：“她也是風塵間一個可憐的女子，我同她來到這裏，就是為此，我已看出你們二人是早就相好。”童如虎臉都紅了，連連搖頭說：“不對！不對！我們兩認識得倒是很早，可是沒有交情，真是一點交情也沒有！”李劍豪說：“你不要錯會了意！我願意看她有個歸宿，因她已有改邪歸正之心，我看你也是個心裏沒有什麼奸詐之人。你已娶有妻子，那不要緊，我主張你將她做妾，但你以後要好好待她，你自己也應改一改品行！”

　　雲媚兒一聽，就驀然臉色都變紫了，着急地說：“這是為什麼呀？”童如虎咧着嘴笑着說：“我想，我想倒……哈哈！倒不忙！”李劍豪憤然說：“我今天就要走！”雲媚兒伏在桌上哭說：“我跟了你去，我嫁你！”李劍豪說：“我不要你，你應當嫁童如虎！”雲媚兒抄起個碟子就要打童如虎，哭着說：“誰嫁他這個王八蛋？”李劍豪說：“無論如何，我是不能帶你走！”雲媚兒將頭向李劍豪的懷中去扎，哭得像斷了氣，說：“你拋下我，我可就死！”

李劍豪用力推開她說：“你就死去吧！”接着又長歎了一口氣。雲媚兒伏在桌上依然痛哭，她的雙袖全都沾上了油了。童如虎卻擺手說：“好妹夫！你也別就跟我二表妹發急！現在什麼話都不必要說，先吃酒！”李劍豪依然愁眉不展，心中又發恨地想：我錯了！不該跟雲媚兒在一起了許多日，如今落得推不開，踢不開，真不如把她殺死了倒好！但是她對我又有什麼過錯呢？

酒飲得很慢，不覺都到了午後兩點多鐘了，那雲媚兒也不哭了，只把兩眼揉的又紅又腫，童如虎說：“你這樣一來，不像是我的表妹啦，倒成了母猴子啦！”雲媚兒也忍不住笑了，一口吐沫，沒啐在童如虎的臉上，竟啐在李劍豪用的碟子上。她當時就驚慌失措，說：“哎呦！哎呦！這可怎麼好？”也不顧得白絹的手帕可惜不可惜，她就去給擦那滿是油湯的碟子。

李劍豪擺手說：“不用！我也不吃了，咱們再商量剛才那件事吧！我把話說明了，說絕了吧！我這一生，無論遇着什麼美貌賢明的女子，我也是絕不娶妻！”童如虎就問說：“這是為什麼呢？莫非你小的時候許過願，長大了就當和尚嗎？”李劍豪搖頭說：“也不是！我非僅對雲媚兒無情！”

雲媚兒本想提出蘇小琴來戳一戳他的心，可是青牛鎮的事情就是個證明，他對於蘇小琴也實在是一點情義沒有啊！這樣一來，雲媚兒的心中可反恨了起來，就冷笑了笑說：“你也別以為你是宋玉重生，潘安再世，天下漂亮的男子也有得是，論武藝也不能就說沒有比得過你的。我雲媚兒既不寒磣，又還年輕，你以為我非得……非得麼？”又緊接着說：“可是我生來對誰也沒掏過真心，沒流過眼淚。為了你，竟弄得我神魂顛倒的，我真成了傻子了！我是被你給害啦！你要走也行！可就是不能叫你白走！”

李劍豪就問說：“你要叫我怎麼樣？”雲媚兒說：“我要叫你拿上你的劍，我拿上我的刀，咱們就借這地方拼上幾合！”童如虎趕緊擺着雙手說：“哎呀！我可不借地方！依我說李兄要走，我也攔不住，媚兒你也不必為難他，你就在我這兒住着，住着吧！”李劍豪站起身來，向童如虎拱手說：“請你叫人給我備上馬吧！”童如虎說：“你們千萬別打架！”當下他親自趕趕忙忙地走出去了。

這裏李劍豪神色十分平靜，雲媚兒卻又萌發了那女魔的故態，雙眸瞪大，狠狠地說：“你看吧！我若能叫你好好走了，我就不是雲二寡婦的女兒！”說着用她的拳頭擂胸，表示要拼命。

童如虎出去了不多時就回來，一進屋他就又擺動着兩隻手，喜歡得大笑，說：“你們兩人不必打架了！李兄弟你也暫時不用走了。現在有徒弟告訴我說：城中來了些位朋友，呆一會兒，就要齊來拜訪我，我另備好酒，咱們先來個群英大會！”雲媚兒就問說：“是誰來了？”童如虎說：“這才真正是你的老相好的，于鐵雕、洪錦、呂信、高彪，跟金鞭岳大雄！”李劍豪一聽就點點頭說：“好！我在此靜候他們！”

雲媚兒忽然又變色着了急，連連說：“你可千萬別見他們！剛才是我的錯，因為你叫我太傷心了，我才說那些話故意氣你。現在我求你，你千萬忍一忍氣，不要去見他們的面！”說着話，就用雙手緊緊地揪住了李劍豪的胳膊，又嘩啦嘩啦踹得桌子都要翻倒。她暴躁地向童如虎說：“你若敢叫他們來！我就先割下來你的頭！”

　　童如虎又是驚慌又發怔，問說：“到底是為什麼呀？聽說他們這次是從洛陽來到，在洛陽吃了李劍豪那小子的虧。他們來此，不是要借錢，便是想求助，既是素日有交，我怎好……”李劍豪忽然憤然說：“我就是李劍豪！”雲媚兒也說：“對啦！他就是李劍豪，不然我為什麼一定要跟他呢？”

　　此時童如虎驚異的兩隻眼睛全都直了，直直地看着劍豪。李劍豪就說：“岳大雄那些人來到，我並不畏懼，只是若再爭鬥起來，就難免傷人。他們雖然逼我太甚，可是我還不願傷他們，因為我經歷了許多痛苦的故事，反倒手不像早先那樣硬了，心也不那樣狠了。但是叫我像他們央求認罪，我也不能夠幹！只好，或者我此時就走，或是你不要叫他們來！”

　　雲媚兒說：“咱們也用不着立時就走，那樣倒好像是真怕了他們，只要不叫他們來就是了！童如虎！你要敢叫他們進這莊門，你知道萬里飛俠高炯是怎麼死的，你可就得摸摸你的腦袋！”童如虎就摸着腦袋不住着急，臉色更黃，並且說不出一句話。呆了半天，忽然有徒弟進到院中說：”外面有人找師傅！都快要進來了！”童如虎的腦門子登時就流下來許多的汗水。雲媚兒敏捷地預備好了她的刀跟李劍豪的劍，瞪着眼，悄聲向童如虎說：“你快些出去，把他們擋回去！如若叫他們溜進一條腿來，我就先割你的腦袋！”童如虎急得氣都發喘了。

　　童如虎還不敢略微遲疑，就趕緊跑出了大門，只見于鐵雕，岳大雄等人都已在門首下了馬，不過都是一身的土，滿臉的風塵之色。每個人的兩隻眼睛全是紅的，大概不僅是急的，趕了一夜的路，到此時連眼皮都許沒有合閉。並且上次來的是八九個，現在只來了四個，于岳二人之外，只有病太歲呂信，跟白面瘟神洪錦。可是每個人一下馬，都抽出來傢伙，都很是急躁、兇惡。先由岳大雄抖動着鋼鞭，說：“童老八！我們對不住你，我們剛才已經在南關打聽明白啦！雲媚兒跟李劍豪都在你這裏啦！沒旁的說的，雲媚兒我們不計較，給你留着，可是李劍豪，現在在哪間房子？你告訴我們吧！”于鐵雕說：“叫他出來，跟我們到莊外去也好，省得攪了你！”

　　童如虎神色慌張，但還強作笑顏說：“你們可遲來了一步，昨晚我確實由南關的店裏讓到家中一個姓李的，我只知他是雲媚兒的姘頭，卻不知他的名字。今早，他可就跟着雲媚兒一同走了。”岳大雄上前就抓住了他的脖領，瞪着眼睛說：“姓童的！你敢跟我們說瞎話？你要叫我們對你不講交情嗎？楚江涯都沒騙我們，你倒敢來騙我們？你是不要你的命了？”呂信上前來就要打童如虎。洪錦說：“不用打他，咱們進裏邊搜人去就是了！”

　　此時童如虎手下的徒弟和莊丁，已個個都抄起了刀棍來了，都攔住了莊門，裏邊那位當家的鞏四爺也出來問是什麼事。于鐵雕就上前把他們的人全都勸住，然後就拱拱手，很客氣地向鞏四爺說：“我們來打攪寶莊，實在是不對！我們跟童老八也很有交情。如今只是要來找一個人，那是我們的仇人，聽說他就藏在寶莊上，如果叫他出來，我們與他算帳，絕不打攪你府上！”

　　鞏四爺就拿眼睛瞧着童如虎。童如虎的面色更變，連連搖頭說：“沒有沒有！雲媚兒倒是在我這兒啦，李劍豪可真沒在我這兒！”岳大雄冷笑着說：“你這話可跟剛才說的又兩樣了，那麼你就先叫雲媚兒出來吧！”童如虎跺腳說：“好！好！那我就不管啦！你放開我吧！我好去叫雲媚兒呀？”岳大雄卻仍揪住他的脖領不肯放手。這時忽然對面有一片瓦飛來，原想打的是岳大雄，沒想到正打在童如虎的腦袋上。當時瓦碎頭破，血水流出，疼得童如虎哎呦哎呦直叫。于鐵雕等人齊仰面去看，就見雲媚兒已經站在房上。

　　雲媚兒此時又只穿着一件單小褂，長褲子挽起來很高，兩隻剛哭腫了的眼睛瞪得很大，一手持着刀，一手又掀了一片瓦。下面的于鐵雕就大聲喊着說：“雲媚兒！你可別不認識朋友，你別多管閒事！”呂信跳起來大罵，說：“狗娘兒們你姘上了李劍豪，就要幫助他？”岳大雄也把童如虎撒了手，抖起來鋼鞭說：“下來吧！我們先打死你！”雲媚兒又一瓦打下，下面的這四個人都閃身躲開，當時就亂了起來。童如虎是被徒弟們攙進門去，那鞏四爺，是早就跑進去了，在裏面還大聲嚷嚷，叫童如虎的徒弟跟莊丁、打手，全都進到裏面，咣噹一聲關上了大門，差點沒夾壞了洪錦的手。洪錦掄刀砍門，岳大雄也掄鞭向門上去打。

　　呂信跟于鐵雕是都怒聲叫雲媚兒下來，雲媚兒卻是絕對不下，並且就見她向裏邊一招手，就有一個人跳上了牆頭，頭挽着長辮子，手提着寶劍，原來正是李劍豪。于鐵雕仰面一看，就說：“啊！李劍豪！你出來的好，你是好漢子，你下來吧！何必攪完了洛陽的隱鳳村，又來攪人家這鞏家莊呢？”他的話才說完，只見李劍豪如鷹隼一般地飛撲了下來。呂信跟于鐵雕一齊挺刃向前，岳大雄、洪錦也返身來鬥，不料李劍豪的身手依舊是急速，劍法更較前狠毒，左劈右戳，兩三下，先將病太歲呂信砍倒，然後他飛腿向村外逃去。于鐵雕，岳大雄，洪錦三人就在後緊追，雲媚兒也跳到外邊，自後趕來。

　　出了村子不遠，在大道旁，李劍豪就站住了，他面色無懼，回身又鬥，一人敵住六隻手，鋼鞭，單刀，跟于鐵雕的金背刀，三口兵刃將他圍困在垓心，然後李劍豪連氣都不喘，照舊招架。

　　此時雲媚兒已經趕上，她比別人都凶，一邊跑着，一邊尖聲叫罵，就加入來拼鬥。于鐵雕令洪錦去敵她，白面瘟神洪錦就橫刀把她攔住，問說：“雲媚兒如今你是要幫助我們，給萬里飛俠高師傅報仇，還是願意跟他一同找死呢？”雲媚兒不細答話，只說：“你們要害我的男人，我就叫你們死！”洪錦罵了聲：“不要臉！”遂就雙刀對敵，殺鬥在一塊兒。

　　洪錦的武藝足可以敵住媚兒，使她不能過去救李劍豪。但那邊，李劍豪的劍法雖是精熟，可是他抵得住于鐵雕的金背刀，卻又顧不了岳大雄的鋼鞭。才躲開了鞭，又得同時去提防刀。並且于岳二人的武藝是早已經預備好了，分據兩旁，互相呼應，一下也不肯放鬆，所以少年俠士李劍豪就漸入于危殆之境了。

　　但是李劍豪畢竟凶勇，殺鬥了三十多合之後，他的身上竟沒負一點傷，不過滿頭淌汗，氣也喘籲了，腕力也發軟了。並因岳大雄，于鐵雕二人彼此運用着早就商好了的辦法，一個打完了，覺得累了，另一個再上手加緊，彼此更番地休息，所以將李劍豪困得更為疲憊，逃也逃走不開。那邊的雲媚兒是被洪錦擋着，不能夠過來幫助，李劍豪真招架不住了。而岳大雄與于鐵雕又互相使了個暗號，一齊加緊逼來，刀從左邊向上砍，鞭向腿下橫掃。李劍豪迎得了刀，卻沒提防得棍鞭，咕咚一聲就跌到在地。于鐵雕的刀就自他頂上劈下，他急忙舉劍去迎；岳大雄的鞭抖起來又向下打，卻被他又揪住了鋼鞭的梢子，用盡生平之力去揪，使岳大雄怎麼也揪不開。同時他忍着腿疼，挺身立起，又單手舞劍去抵于鐵雕，然而危機未脫，重圍難解。在間不容髮之時，就見自東邊飛馳來了一匹馬，他此時也無暇去看那馬上的人，只想着是：“完了！他們又來了幫手！”

　　然而那人一到臨近，于鐵雕趕緊過去廝殺。岳大雄拿過了鋼鞭，一面繼續與李劍豪殺鬥，一面向那邊掃了一眼，就驚訝着說：“啊呀！蘇小琴！蘇姑娘你不要與我們來為難，我們來鬥的是李劍豪跟雲媚兒……”他們的語氣簡直像是央求了。

此時李劍豪不由得一陣心跳，幾乎又被岳大雄用鞭打倒，但駿馬上嬌姿英發的蘇小琴，殺退了于鐵雕，立時就催馬過來，解救李劍豪。岳大雄轉身掄鞭向她來打，她撥馬閃開，並且飛身躍下，挺青蛟劍，奔向岳大雄，兩三下，這位金鞭好漢就厲叫了一聲，扔了鞭倒地身死。蘇小琴又飛奔過去，將白面瘟神洪錦也劈得負傷倒地，又救了雲媚兒。只剩下于鐵雕一人了，他將刀一扔，向蘇小琴說：“蘇姑娘你快下手吧！我們為師兄之仇，走遍了南北各地，如今不但仇未報，反倒落得師弟、師侄全都折了。我也不是你們的對手，我更無顏再往別處去了，你快下手將我也殺了吧！”但他這樣說，蘇小琴的手反倒真下不去了。

雲媚兒此時卻還跟妖婦似的，掄刀奔過來就要砍殺于鐵雕，卻驀然被李劍豪揪住了她的胳膊，同時小琴的神色立時就顯出悲戚、幽怨。可是李劍豪卻冷面無情，反拉着雲媚兒轉身就向村中去走。他的右腿負了傷，雲媚兒就親親熱熱地攙着他，抱着他，兩個人儼然如同夫婦。

蘇小琴此時看得發了呆了，手中的劍也要扔在地下了。這時候就是于鐵雕拾起刀來將她殺死，她也是顧不得，然而于鐵雕仍然拱手說：“蘇姑娘，我們與你家原無仇恨，你何必要這樣幫助他呢？李劍豪能與雲媚兒這樣，他還是個好人嗎？”小琴的芳容慘白，向于鐵雕說：“我不能害你！他們兩個人若不是想傷劍豪，我也不能傷他們。”于鐵雕冷笑着問說：“李劍豪對你何恩？”蘇小琴說：“這你不用管！”說着她就跑過去抓住了她的馬騎了上去，一直就進了鞏家莊。

就見鞏家莊大門前也臥着那血泊之中的病太尉，大門是緊閉着，車門也緊閉。蘇小琴就用鞭子去抽打大門，說：“開開！我求你們開了門，我進去要見李劍豪！”裏面卻有許多人都說：“別開！別開！不開！不開！……無論你是誰，我們也是不能夠開門！”

蘇小琴悲痛得眼中熱淚直流，她一咬牙，就手提着寶劍，飛身上了牆。裏面的許多人就亂聲驚嚷，有的舞刀掄棍，有的卻要放弩箭。蘇小琴卻向下擺手，說：“不要這樣！我不是賊人，我來無惡意，我只是要見一見李劍豪！因為……”熱淚模糊住了眼睛，她用左邊的短袖去擦，又將右手中的青蛟劍咣噹一聲扔了下去，表示她來到這裏非是想打架傷人。

下面的一些莊丁們驚愕住了，那位鞏四爺也出來了，問道：“姑娘！你有什麼事？可以下來說。”小琴卻不下來，只由牆跳到房上，向四下去看，口中叫着說：“劍豪！劍豪！李劍豪！你不必藏躲，你就出來見見我吧！見見我吧！我不能難為你！你不要怕！你不要太狠心！我父親才死，孝還沒有脫，我就出來，為找你，我，真是不容易！”她聲音悲哽，淚流滿面。

斯時忽見房後的小院屋中，出來了才穿上花衣裳的雲媚兒，她就也哀懇地說：“雲姊姊！你叫劍豪出來吧？我只同他說上一兩句話！”雲媚兒也作着難，還沒說什麼，忽見李劍豪也自那屋中走出，挺着胸瞪着眼，很兇橫地說：“青天白日，你一個女人，到人家的房上來做什麼？”蘇小琴悲哽着說：“我為，為找你！”李劍豪跳起來大罵說：“我不認得你！你快滾！”雲媚兒反過來勸住他、攔他。李劍豪卻又狠狠地冷笑，指着雲媚兒，就說：“我有這樣的好娘兒們，我還要你幹嘛？你快滾吧！”蘇小琴本想要跳下去再問他，卻不料心痛，腿軟，頭也暈，一口痰血自喉湧出，人就跌下房去。

第十六章　　酒醉歌殘麗人舍

　　小琴跌下來的正是前院，鞏四爺叫僕人莊丁都不准近前，他從內宅叫出來四個僕婦，一齊上手將小琴攙起，小琴卻連眼睛都不能張了，兩隻穿着破了的小花鞋的腳也立不住。鞏四爺說：「快！快送到裏面去吧！快些救！」這時李劍豪跟雲媚兒也都趕到這院裏來看，鞏四爺也不理他們。

　　連僕人，莊丁和童如虎的那些徒弟，也都把這件事的大概看明白了，都覺着不平，有的向李劍豪撇嘴，有的瞪眼，有的罵着說：「什麼東西！狼心狗肺！」李劍豪卻面色蒼白，只是冷笑，他的兩腳也站不住，又被那妖妖佻佻的雲媚兒給攙回小院去了。

　　這裏鞏四爺也沉下了臉來，說：「這樣的男人女人，一刻也不能再留在我們家裏了，把童師傅請出來，將他們趕走。」立時就有徒弟們到另一個院裏，把童如虎請出來。童如虎頭上的血還沒有洗乾淨，也是得攙着才能走，鞏四爺向他把話說了，他卻連連擺手，悄聲兒說：「別忙！別忙！慢慢地我必要叫李劍豪走！」鞏四爺說：「連那姓雲的女人也得攆走！」童如虎說：「那更得慢慢兒的，誰叫她是我的表妹呢！沒法子！」徒弟們都覺出這個師傅太洩氣啦！

　　此時忽然又有個男僕，從外面跑了進來，驚驚慌慌地說了一陣話。原來是那于鐵雕拋下了屍首走了，隨後可又來了個姓楚的——就是楚江涯。他看見那幾具屍身，正在徘徊着，疑惑、發呆，不料衙門裏的捕役快手崔七、神抓小呂，帶着許多人就來到，就把楚江涯當做了兇手，抓走了，現在門前還有官人要見童師傅。童如虎卻又發橫了起來，說：「正對！正對！姓楚的正是兇手！咱們就往他的身上推，也不能得罪了我的表妹夫。」他好像還不知道，由房上又墜下來的一個女人的事。他就叫人攙他出去，滿嘴胡說八道地去應付捕役，去誣賴那倒楣的楚江涯。

　　此時僕人、莊丁、徒弟們都不敢多說話了。鞏四爺更怕去見官，就趕緊回到了內宅。內宅裏，那咳了血的美劍俠蘇小琴是已被人攙到東屋的一張床上，她的眼淚仍然不斷湧流。環繞着她的是本宅的四太太，大少奶奶，二少奶奶，跟小姐，還有許多僕婦和丫環，都直詢問她的來歷，但蘇小琴卻不肯說。

　　雖然小琴只說：「我是洛陽人，姓蘇，父親哥哥都在家裏種田。我來找李劍豪是因為……」往下的話，她只是哭，卻說不出來，但是這裏的太太奶奶都看出來了。她的青鞋上雖然簡簡單單地紮着一朵白花，那蒙過白布的針跡，依稀尚在；她的衣褲，她的簪環，都可以表現出來她是穿着重孝，並且她這種溫文，柔婉，說話聲兒的嬌潤，一點也不野，更不像雲媚兒那女人，令人一看就知道是個女賊，不然也得疑惑是個娼婦。這位可憐的姑娘，縱非大家閨秀，也必是小家碧玉，由她的辮髮女鬢角兒來看，又完全說一位青春處女，而且絕不是什麼不規矩的私奔的人。那麼她跟李劍豪是一種什麼關係呢？她又為什麼會使寶劍，還能夠殺人呢？這都成了各人心中的疑問，然而各人都不怕她，都憐憫她，都安慰她。

那帶着金鐲子的大丫頭碧桃，先用一條新毛巾，沾了銅盆裏的溫水，來給她擦去了唇邊的血跡，她更顯得俊美了。大少奶奶又趕緊自己取來了御賜的「七寶補血丸」，親自拿着茶碗送她喝下去。心腸最軟的四太太，且為她流下淚來，說：「姑娘！你養養神再跟我們細說，我們一定有法子辦！官司絕不能叫你出頭去打，那姓李的壞小子，跟那個壞娘兒們，我們一定都得把他送到衙門去問罪！」

蘇小琴卻又抬起一隻手來擺着說：「不必……」她又流下來眼淚，又悲戚戚地說：「雲媚兒是殺我父親的仇人，但是現在，不知為什麼，我也懶得去報仇了！我只是要見一見李劍豪的面！」四太太說：「他這樣的狠心人，你還要見他幹什麼？我勸你就在這兒休養些日子，等得衙門對這件事不究問了，你的身體再好些了，我們就派兩個穩妥的老家人，送你回家！」小琴聽了這話雖然感激，可是仍舊地哭泣。

倒是那位大少奶奶，她比年輕的人曉得年輕人的心，她就說：「蘇姑娘你也就不用再傷心了，我們准叫你見着那姓李的就得啦！可是，你是不是想跟着他呢？」小琴對於這話，卻不回答了。旁邊的一位僕婦就說：「咳！大少奶奶還要問這話幹什麼呀？事情不是明擺着嗎？那個姓李的一定是個壞小子，這位姑娘人老實，就上了他的當啦，因此才……」小琴又哭泣着說：「也不是這樣！不過我既然與他認識了，他是一個男子，我就要從一而終！因為我家中有貞節牌、節烈坊……」四太太一聽，就驚訝着說：「呦！這麼說來，還是個書香之家的小姐呢！」

當下小琴就在這裏休養着，雖然她是恨不得立刻就起來去見李劍豪，但是那位龔四太太攔着她，說：「年輕的人要是吐了血再不休養着，可真是了不得！」小琴只是啜泣着，淚都濕了那錦緞的鴛鴦枕，龔四太太去叫龔四爺，派了人去跟那李劍豪說，問他到底是怎麼辦？蘇姑娘為他吐了血，他可一句良心話也沒有。並且叫童如虎得想主意，他雖然跟這裏不是親戚，可也一半是雇用的人，不能淨給這兒惹麻煩，尤其不能允許一個女賊跟個無義的男子再在此住着。

那奉了命的僕人就先去見了那腦袋都破了的童如虎，童如虎這時不但不如虎，簡直狼狽得連一隻病貓也不如了。叫人攙着他，到了那小院裏去見李劍豪。只見李劍豪這時正在大杯地飲酒，喝得臉都發紫了。雲媚兒在旁又重新打扮了，媚笑着，一杯一杯給他斟着。童如虎也後悔不該讓進來這兩位魔星。他就說：「李兄弟！劍豪老爺！你看現在的事情怎麼辦呀？我的飯碗可要砸了！龔家快要不認得我啦！我請了你們來，原是一番好意，不想你們，給我得罪了于鐵雕那些朋友，還拿瓦打破了我的腦袋，並且招來了個野丫頭，殺了好幾條人命。現在我是頭也傷了，氣也泄了，在鄭州城的幾年名聲也都完了！可是為朋友受累，我絕沒有半句抱怨。可是你們二位得想個法子啦！給我個面子吧，別再叫我往下丟人了！」

雲媚兒一聽這話，就瞪起了眼睛說：「你別這麼含混着說着！乾脆！你是立刻要把我們兩個人趕走，是不是？」童如虎說：「我的妹妹！你明白，這並不是我的家，這是龔家莊！要是童家莊，無論你們給我惹下多大的事，我也是不能請你們走！”雲媚兒拉着李劍豪說：“走吧！人家趕咱們啦！這麼還能夠在這兒賴着嗎？”李劍豪愁眉不展地問說：“可是傷了人命的事，就算完了嗎？我在此不走，就是為等着打官司！”童如虎擺着手說：“官司的事，李兄弟你就不用管了！早有人去打了，衙門早就把正犯捉去了！”李劍豪卻忽然“吧”的一拍桌子，站起身來瞪大了眼睛問說：“正犯捉去了？蘇小姐是被人捉了去了？”童如虎搖頭說：“沒有！沒有！蘇小姐現在好好地在這裏院歇着啦！——可是那位蘇小姐到底是怎麼一回事呀？”雲媚兒笑着說：“你是有眼不識真人，那個姑娘不是別人，就是你常常提說的那位……”她才說到這裏，李劍豪就猛揮一拳，打到她的嘴上，把童如虎和攬着他的那兩個人，都嚇得臉白了，覺得李劍豪真是狠心。

雲媚兒的牙跟嘴唇已被打破，都流出了血來，——像是也吐了一口血似的。她也未嘗不臉紅，生着氣，可是她不敢還言，更不敢還手，只拿着一條白綢手絹捂住了嘴。

李劍豪又一摔酒杯，大聲說：“我是立時就走！可是我走之後，不許有人向那位蘇小姐去胡言亂語，即時知曉了她就是蘇小琴，可也不能——不准向外人去說，否則我回來就要取你們的首級！”童如虎嚇得臉更白了，說：“蘇小琴？哎呦那不就是美劍俠嗎？……”他自言自語地發着怔。

此時李劍豪就命人去備馬，命雲媚兒去收束行李。童如虎此時又有點變了主意了，說：“要不，你們二位不必走了！我給你們另找地方住吧！因為你們一走，我可更難辦了！”李劍豪說：“我既已決定了走，你再留也是不行了！童兄！打攪了你兩三天，我也實在愧對！我們走後，你可以去跟蘇小姐說，就說我跟雲媚兒已成了夫婦，我已把她看不起了！”童如虎又怔了怔，就點頭說：“這行！這行！我都會說！”李劍豪又說：“你們可不能疑惑我跟她是什麼曖昧之情，她是閨門小姐，世家之女，我卻是個江湖人，卑賤之人！”

童如虎說：“這倒是李兄弟你太客氣了！不過，事情我已經明白了，蘇姑娘雖然跟你相識，可是人家乃是千金小姐，你也是磊落的男子。你們是明明白白，清清楚楚，堂堂正正，一點什麼邪事兒也沒有。你跟我表妹雲媚兒糊裏糊塗，馬馬虎虎，可是以後也是名正言順的夫婦了，對不對？”雲媚兒又不禁掩着嘴笑了。

李劍豪也點點頭，又飲下一大杯酒，他就催着快走。此時他似醉似醒，又瘋又狂；忽然大喜，忽然暴怒，忽然仿佛又要流淚。好容易童如虎才把他送出了大門，雲媚兒扶着他，他才騎上了馬，又向童如虎拱手，說聲：“再會……”雲媚兒也上了馬，面有洋洋地喜色，回頭來，斜眼瞪了童如虎一下，她就揮動了絲鞭，跟隨着李劍豪走了。

這裏的童如虎倒發怔了半天，隨後回到莊裏，卻又振起了精神，洗腦袋，上藥，想着得去細細看看那美劍俠，別得罪，多拉攏，慢慢地再套近，自然就慢慢地熟了，這可是比雲媚兒又好得多了，要是能幫助我護院，賊更不敢來了！何況李劍豪叫她傷心，我又能得她歡心，這也是機緣湊巧！——於是童如虎找了一頂好帽子，戴在頭上，他要去拜會蘇小琴了。

童如虎雖然又進了內宅，又見了鞏四爺，說是李劍豪、雲媚兒都已走了，他們那一對招事的男女不會再來了。只是那來找李劍豪，在這裏吐了血的那位姑娘，卻大有來歷。她名叫蘇小琴，外號人稱美劍俠，是洛陽隱鳳村裏的人。父親新故，原名叫蘇黑虎，哥哥有好幾個，其中有一個做過知縣。鞏四爺聽了，就更是有些驚訝了。然後童如虎又說：「我得去見見她，因為算起來，她的爸爸還是我的師傅呢？她是我的師妹子。」

鞏四爺把他攔住，說：「她的令兄既是一位縣官，她就是官宦之家的小姐，在這裏住着，連我都不能去見她。你是個護院的，哪能夠去見人呢？」童如虎聽了，不由就大不高興，說：「那麼，她就在此處殺傷了人命，衙門中的捕役若是來了，莫非也見不着她嗎？」鞏四爺點頭說：「那不但要見，還有去打官司，連你也得去打官司！你那兩個才走的表妹表妹夫，也都得由你找回來，一同去打。這兒丟失的那幾錠金子，也全都得追回來，因為本來就是一案。」

童如虎一聽，焦黃的臉色不由又嚇得有些蒼白了，趕緊笑一笑說：「我是說着玩！其實有那個姓楚的人在衙門裏頂缸，官司早就完了。不過我還是得見見蘇小琴，因為那個姓李的臨走之時曾有幾句話，我得去告訴她！」

鞏四爺說：「你可以告訴我呀？」

童如虎說：「本來蘇小琴是李劍豪的媳婦，可是現在李劍豪又愛上了我的表妹，他們兩人走了，成親去了。臨走時叫我告訴她，說是把她拋了，永遠也不要她啦，叫她莫再胡思亂想，快點打正經的主意……我倒覺得她年紀輕，遇見了這麼個人，倒是怪可憐的！」鞏四爺卻說：「人家也用不着你來可憐，你還是回你的院裏，養腦袋上的傷去吧！」童如虎也不覺得沒味兒，還以為四爺說叫他把頭傷養好了，再來見小琴呢，他笑着就走了。

這裏四爺把大概的意思去告訴了四太太，四太太又趕緊去見小琴。小琴聽了，又抽搐着痛哭了一陣，自認是隱鳳村蘇家的小姐，但因為家門名聲的關係，不願向人露出真實；又說李劍豪與她也沒有什麼曖昧之情，只不過……她就把李劍豪女扮男裝在她的家中避難，因此耳鬢廝磨情意頗洽之事，都略略地說了。四太太一聽，就更生氣：「好個沒良心的壞小子！他騙了你，他又去找那壞娘兒們來氣你。今天不是你救了他，他還能夠活？可是他不但不報恩，反倒無義，他還罵你，氣得你吐了血，他們又一塊跑了做夫妻去啦！這樣的人遲早得叫他遭報應！」

小琴聽了這話，她的心雖然已傷透，可是仍未灰心，她不信李劍豪真能這樣地無情，必是一時受了雲媚兒的迷惑，才這樣的。她在此歇了半日，到次日就覺着精神好了，可是因為鞏家的人執意留她，楚江涯又被誣陷在監中，還不知道官司怎麼樣，所以她還不能夠走。並且她連屋門也不出，只在屋中跟那位四太太談談閒話，有時也運用着她那靈巧的雙手，幫助鞏家少奶奶做一些針線，不知不覺就消磨過去了一天。

如此，一連三日都度過去了，這時楚江涯已經冤枉得伸，而且出了監獄。他的官司多虧是那于鐵雕自己挺身去到縣衙，不但說跟楚江涯毫無相干，就連蘇小琴跟李劍豪之名也沒有提出來。他只說：「我們都是走江湖賣藝的人，因為這些日買賣不佳，同伴的心緒全不好，又因為都喝醉了酒，所以才自己跟自己打了起來；如今是死傷自己認命，絕不願打官司。」縣衙門裏也是早想給鞏家莊圓面子，免麻煩，既然他們都願私了，也就不加追究了，並且把楚江涯也給放了。

楚江涯離開了縣衙，想見見于鐵雕，已經見不着了。他在街上聽人細談了鞏家莊所出之事，他才把這件事弄得明白了。他就到鞏家莊去，要見蘇小琴。到了那裏，鞏四爺因為小琴沒提說過跟楚江涯是有什麼認識，以為他也是李劍豪的那一流人呢，就不讓他見。楚江涯無奈，只得又回到城裏。

　　此處有一家大買賣是中牟縣的人開的，掌櫃的跟楚江涯很是熟識，他就住在這裏。這家大買賣每天來往的人很多，由那些人的談話中，楚江涯又知道縣衙裏押着個店裏的夥計，名叫猴子，新近又抓着個窮酸姓鄒，這兩個人都偷過鞏家的金錠。又聽說那雲媚兒跟着那個姓李的，二人並馬而行，儼如夫婦，是往開封府去了。這些事楚江涯倒不大關心，他只是托了這上的夥計，到鞏家莊去打聽蘇小琴的消息。

　　又二日之後，這天在將要用午飯的時候，忽然那夥計回來，說是那位姑娘已經騎着馬走了，一位鞏家的人挽留不住，童如虎又直討人家厭煩，人家才走。楚江涯就趕緊問說：“是往那邊去了？”夥計說：“是往南去了。”楚江涯慌慌張張，叫人趕緊給他備了馬，他就趕緊去追蘇小琴。

　　往南追了約二里，便於道旁將小琴追住了，他說：“蘇小姐，你也不必到中牟縣我家裏給我想什麼法子去了，我早就被釋了，官司也都完了，你都放心吧！”小琴卻停馬回首，說：“我不是想往中牟縣，我是還要去尋李劍豪！”

　　楚江涯聽了這話，不由又是皺眉，說：“李劍豪已經跟雲媚兒走了，你再去找他們，太……太不方便了！”小琴說：“我找他是因為還得問他兩句話；我找雲媚兒，是還得報父仇，他們二人現在一塊兒，我更要去找！”楚江涯說：“依我說，你話也不必向李劍豪去說了，仇也不必跟雲媚兒去報了！”小琴說：“楚大哥！你不必管我了，你快回中牟看嫂子跟小孩兒去吧！”楚江涯說：“我若不見你回到洛陽家中，我絕不放心，你走到哪裏，我還得跟隨你到哪裏！”小琴不耐煩地說：“你太多事，跟你有什麼相干呢？”楚江涯說：“並無相干，我只是愛護着姑娘，我知道，請你恕我冒昧了，我知道李劍豪他絕不能對你有情有義，他寧可跟雲媚兒在一起，也不能跟你見面。我勸你灰了心吧！忘了他們吧！回家去吧！”小琴低着頭，臉都紅了，同時淚也落了下來。

　　楚江涯又說：“詳細情由我都曉得，我只是不能夠跟你說……”

　　小琴忽然瞪起來淚眼，問說：“你快說！告訴我——李劍豪為了什麼才對我這樣？”楚江涯歎了口氣說：“說了出來也是無用，你必定更傷心，更要找他去了！”小琴說：“你說明白了，我也就回家去了！”

　　楚江涯點頭說：“好！那麼我就說！只因為他在你家裏住着的時候，曾經做過一件大錯之事！”小琴就詫異着問說：“什麼事情他做錯了？你快說！”楚江涯卻歎息着，說不出來，良久才說：“他不該，他不該男扮女裝！”這句話，小琴真就信了，並且使她回憶了起來，當時牡丹花開，庭中月明，她與那女裝的李劍豪綣纏之情，她的心中更是悲痛。又急忙擦擦眼淚，向楚江涯說：“你還是不要管我吧！我在江湖上能夠受什麼欺負嗎？你這樣是對不起我的嫂嫂了，你快回去吧！”說着，她鞭馬向南就走。楚江涯又追趕上，並大聲說：“應當往東去！我聽說他們是往開封府去了！”小琴說：“好！我也認得開封！”於是她順着向東去的大道，撥馬去走。楚江涯可又跟着她向東來了，小琴不禁怫然不悅，但楚江涯卻解釋說：“我也要往開封去，但並非專為護送着姑娘，我是為着開封的陳文悌是我的好友。他因他兄弟小陳三之事，見了李劍豪就必定拼鬥，我得去給他們勸解！”小琴就沉着臉說：“你走你的，我走我的，誰也不許管誰！”

　　從此小琴雖然知道楚江涯在後跟着她，她的馬快，楚江涯的馬也加快，她歇息一會兒，楚江涯就也歇息，真厭煩。她絕不跟楚江涯說一句話，可是她不大認識路，都得聽後面的楚江涯說：“往北！……再往東……”。晚間找個鎮店住下，她也不知道楚江涯住在哪裏，次日清晨再往東去走的時候，又發現楚江涯是在後面跟隨着她了。她認為楚江涯就是這種脾氣，臉皮太厚，她簡直連回頭正眼看看也不，她的一顆抑鬱的心，仍然時時地思念着李劍豪。雖然在鞏家莊所見着的李劍豪已經令她夠傷心的了，她卻仍然不信，她必得見了李劍豪痛哭一場，說上千言萬語，那時候她才能夠死了心。不！她想那時候李劍豪必定拋棄了雲媚兒而來愛她的。她是從一而終，無論李劍豪成了什麼樣子，她也不後悔。

　　當日的晚間她就到了開封府汴梁城內，找了一家店房，她就向店夥說明了李劍豪跟雲媚兒二人的容貌，問店夥看見了那兩個人沒有？店夥卻搖搖頭，笑着說："汴梁城一天來來往往要有多少萬人，我那能夠認識呢？"小琴又問到了陳文悌，店夥立時就說："哦！陳二爺可是我們這裏有名的人物，無人不知鏢行陳家，他跟中牟縣的凌霄劍客楚江涯楚少當家的，是最有交情！"

　　小琴沒想到楚江涯在這裏竟是這樣的有名，只可惜一進了城，街上的人一多，就與楚江涯分了手，現在也不曉得他是住在哪裏，遂又問說："陳文悌住在什麼地方？"店夥說："大相國寺的西邊，就是陳家聚興鏢店。那本是陳家累代相傳的大買賣，今年春天才讓給人做，可是他的兄弟小陳三依然是那店裏的大鏢頭，不過最近是受了傷了，在家休養。陳家的房子就跟鏢店連着，陳二爺春天到洛陽去玩了一趟，回來就說那裏有一位美劍俠，武藝比他還好，所以他不願意再做保鏢了，也不再掄拳練武了，天天只是請客、吃酒，問柳尋花，下棋養鳥。人家本來有錢，就是不保鏢，這一輩子也不愁衣食了！"小琴點點頭想着，如今倒很盼望陳文悌兄弟替她出氣，去找李劍豪，惹起糾紛。因為那樣一來，自己才能夠跟李劍豪見面，否則這茫茫人海，往哪裏去尋他們兩個人呢？

　　當晚小琴就宿於店中。次日上午飯後，她換上了一身青布的新夾襖夾褲，又換上了一雙青布鞋，她的辮根也用青繩兒紮着，臉上不施脂粉，戴着白銀的耳墜，拿着一塊青綢手絹；就叫店夥把屋門鎖上，她走出去了。汴梁城的大街比洛陽城裏可熱鬧，此地的婦女穿的衣裳也多半富麗，街上走的拿着刀、鉤，橫眉立目的鏢頭樣子的人也不少。小琴卻如一個小家的女子，又穿着孝，在街上走，也不大惹人注意。

　　她就聽見前面走的幾個人都說："到相國寺去逛逛！"於是她也就跟隨着去走。見往這裏來的人很多，不遠就看見了有一座大廟，門前擺着許多賣升鬥簸箕的，賣種種家用器具的，和把一些零碎的綢緞釘在牆上，為叫婦女們買了去做鞋的。這裏就像是鄉鎮間每月逢一、四、七，或者二、五、八所常見的"會"似的，是一個大集市。

　　可是小琴未到廟門前，她就止住了腳步。因為路北有一座大柵欄，粉牆上寫着是"聚興鏢店"。還有兩個字是"陳家"，本來經白灰塗過了，可又被雨水沖的顯露出來。鏢店旁邊是有一座高台階的黑漆大門，門旁邊釘着兩幅木牌，上刻着"孝義堂陳"的字樣。大門洞裏懸着大燈籠，上面也寫着"陳宅"二字。小琴想着："這一定就是陳文悌的家了，可是我跟陳文悌見過面，他也認識我，但是我們那時是打架呀！如今忽然要去拜訪他，跟他打聽傷過他的弟弟的那個李劍豪，豈不得碰壁嗎？即使見了面，也是難為情的！"

　　因此小琴就又走過去了，來到相國寺的門前，見裏面更是熱鬧，許多的人，尤其是婦女都往裏走，她也就走進去。見裏面商家林立，百貨更是齊全。又往裏走，就聽見了鑼鼓之聲，人密密地圍了個圈子，裏面刀光閃閃，原來是賣藝的。她就疑惑：莫非李劍豪來這裏賣藝啦？他手裏沒有什麼錢我是知道的，雲媚兒本來又賣過藝……這裏邊真許是他們？但是人太多，小琴不便往裏去擠，就在圈子外面等着。

等了半天，裏邊的鑼鼓才止，人多半散了。賣藝的一個大胖子，光着脊梁，手托着個銅盤，裏面不知是些什麼藥，大罵着說：「捨不得花錢買藥，就媽的不用白看玩意！跑什麼？你在這站着給咱助助威，也算夠朋友；媽的一散，是什麼東西？」又說：「咱這藥是專治五癆七傷，咳嗽吐血，還治女兒癆，相思……」招得一些站住還沒走的人全都哈哈大笑，小琴卻趕緊走開了。

又走了走，就想想自己身邊還有多少零錢，應當在此買一點什麼物件。

她想要去買兩隻木梳，並要買一把小小的剪子，和鞋面子等等，因為這次來到開封，還不知道能夠見得着李劍豪不，若見不着，還得要往別處去找，不定還要跋涉多少路呢！不定要受幾許的風塵呢！雖然在旅途上也很難有工夫做做針線，但鞋破了總要自己做的，衣服破了總要自己補的。於是她就到了一家專賣婦女用品的舖子裏，去挑選，買了幾件東西，給了錢，她就轉身出來。但見眼前的人越來越多，並有五六個都像是鏢頭樣子的年輕人，都很快地往裏去走。有個人說：「往裏邊去了！那次在朱仙鎮遇見的就是他們兩個，媽的！今天饒不了他們！」又有個人回着首向後面的一個大聲嚷嚷，說：「快去請陳二爺！……」

小琴驚愕地就站在這店舖的門首，店舖櫃裏的夥計也鑽出來到門外看，走過來一個熟識的人，這夥計就把那人攔住，打聽着說：「怎麼回事呀？」這個人就說：「是在朱仙鎮傷了小陳三的那個人，帶着老婆逛廟來了，被聚興鏢店裏的人看見了，追了去要找麻煩，一定得揪打起來！」說着這個人也趕忙着往裏看熱鬧去了。

此時人都亂了，小琴的心裏更急，她猜出這必是李劍豪跟雲媚兒。雖然他們夫妻一般地竟自出來閒遊，是很使小琴生氣的，但小琴又真怕劍豪被那些人給打傷了，她就也要追趕了去。卻又因人太擁擠，使她邁不開步。這時忽聽身後有人喊着說：「躲開！快躲開！」有個人還猛力地推了她一下。

她回頭去看，見是有幾個鏢頭樣子的人給開路，從外面卻來了穿着全身綢緞的楚江涯。旁邊的人果然都緊讓路，有人悄悄地互相私語說：「這就是楚少當家的！中牟縣來的！」楚江涯氣派十足，高步闊視，但他一眼就看見了小琴，就進步前來很和藹地說：「蘇小姐也來啦？請你放心，今天絕不能出什麼事，有我在此，就不能叫他們打起來。小姐快回店房去吧！待會兒我一定親自去給你回話兒，也許我就把劍豪也拉了去！」說着他拱拱手，就忽忽往裏而去了。旁邊有很多人都注意小琴，小琴卻也不走，又到那家店舖的門前站着來看。

站了半天，見裏面又亂了起來，人又都往外來擠，只見楚江涯和李劍豪隨談隨走地同時出來了。李劍豪穿得也很闊，旁邊就跟着那紅褲兒綠襖，一連濃厚的脂粉，梳着個特別的頭髻，戴着金釵，金簪，絨花，絨鳳一大頭的雲媚兒。李劍豪也時常轉着首跟她笑並低聲談話，招的後面跟着的那些人都直拍巴掌。此時小琴的臉都紅了，都替他們覺得難為情。但李劍豪還是談笑自若，跟雲媚兒簡直可以說是醜態百出了。那雲媚兒原來就臉厚，如今更覺着得意了，連楚江涯對他們都有點皺眉。

半天，這一大堆的人才擠了出來。相國寺裏地方這才顯得大了，人才能夠緩過點氣來，耳邊也覺得清淨了一點。可就聽這裏的人紛紛談論，東一言西一語的，被小琴聽了來不少。原來，要不是楚江涯趕到了給他們排解，那些個鏢頭早就把李劍豪、雲媚兒打了。可是這件事情還不能完，陳二爺還沒出頭呢？陳文悌平日雖好說話，可是小陳三的傷現在沒好，他在家裏聽了這件事情也不能夠依呀！……又有人談雲媚兒，都說那一定不是個好東西。

小琴這時就邁步往外去走，她這時腳步覺得沉重，胸口又覺得發睹，這可使她的心裏害怕，怕是又要吐出血來，於是就趕緊寬慰着自己，可是也寬慰不了，愈想愈覺得氣憤，悲傷。才出了相國寺，腳步又邁不開了，因為街上的人更多，有一些少婦長女，連老太太們，都爭相着擠着去看。街上過來了吹喇叭的，敲鑼的，咚咚打着八對大鼓，還有幾隻嗩吶對着吹着，許多隻龍鳳的大旗，金燈執事，也都過去了，接着是兩頂彩轎，原來是富室娶親的。

小琴等着人都過去了，她才走，就抑鬱地回到店房，等着楚江涯來告訴她回話，並期盼着李劍豪也能夠來。可是直到晚間，才有一個不識面的人來找她，這個人自稱是陳文悌家中的僕人，他是奉了他主人跟楚少當家的之命，來告訴小琴，說是：「請蘇小姐今天不要走，也不用着急了，我們陳二爺，楚少當家的，待會兒就與李大爺見面，再細談細商量。」小琴問說：「他們在什麼地方見面？」這個僕人卻笑着說：「小姐就不用都打聽了！」小琴更生疑地問說：「你快說！到底他們在什麼地方見面吧？」這僕人還是笑着不說，遂就走了。

小琴又叫來一個店夥，托他出去給打聽，並給了店夥幾百錢，作為酬勞。這個店夥出去了半天，方才回來，說是：「不錯！陳二爺是在豔仙班請客，陳三爺大概也能去，是楚少當家的作陪，請的是一個姓李的，說是叫那姓李的給陳三爺賠個罪也就完了；可是怕那姓李的不肯，到時一定得打起來，豔仙班今天晚上就許鬧出人命來！」小琴趕緊就問：「豔仙班在什麼地方？」店夥就詳細地說了，說完了，才笑着道：「那個地方，太太你可不能夠去呀！」

原來陳文悌、楚江涯今天請客的地方是在一個妓院裏，這倒令小琴非常疑惑了，心想：「他們為什麼偏要在那種地方請客呀？不要是覺着那個地方我既不能去，雲媚兒也不能去，李劍豪孤身一人，自然敵不過他們，他們好施計陷害吧？楚江涯跟我說的那些話，恐怕都是假的吧？他屢次不叫我去追李劍豪，並勸我不要去追雲媚兒報仇，他連自己妻子都不顧，可只管跟隨着我。再以在洛陽時他所做的種種事情來看，他的居心真是令人難測呀！」因此小琴就發恨，並想：豔仙班那個地方，良家婦女不能去；雲媚兒雖然潑辣，可是她究竟非妓女，她也不能混在裏邊，這很好！我倒得去一趟。如若他們要害劍豪，我就不能不管，並且見了劍豪，就得強迫叫他隨我到這店裏來，這次不能再顧惜什麼臉面了！只要找到了他，就得對他把話說明，不能再輕易把他放走。對！就這樣辦！於是蘇小琴就換上了一身便利的衣服，拿上寶劍，就走出了屋，屋中才點上的燈也被她吹滅了。

這時那豔仙班中，華燈初上，綺筵將開。主人是陳文悌，這個所在他本是時常來的，因為陳文悌雖然是鏢行出身，可是慣喜扳附風雅，又以風流自賞。他跟楚江涯所以交稱莫逆，也就是因為性情相投之故。如今依着他的弟弟小陳三跟一班朋友，都打算把李劍豪收拾在這兒，對雲媚兒也不能夠饒，可是他們都給攔住了。他反倒裁簡相邀，在花叢置酒，恭請李劍豪前來。他實無半點惡意，只因為他覺着李劍豪這個人太風流了，太多豔遇了，他要細打聽打聽，李劍豪是用什麼手段贏來的美劍俠的癡情，並且更得問問，他為什麼拋了美劍俠卻戀上雲媚兒呢？難道雲媚兒還真比蘇小琴好？他今天非得明白明白不可。

楚江涯心裏倒沒有這些好奇之心，因為他都知道，他只是不願向任何人去說。

今天只是要向李劍豪說說蘇小琴的癡情，叫他得想個法子，得打斷了小琴的癡念才行。

　　他們宴客的地方是在一座樓上，四壁陳設都極為華麗，有一塊匾，寫着“麗人舍”，這是名妓翠雲的香巢。翠雲環佩叮噹，豔影伴着明燈，心中卻也發着急躁，說：“請的客人怎麼還不來呀，難道是瞧不起我這個地方嗎？”

　　樓下此時也很熱鬧，那小陳三背着他的哥哥派了許多人拿着刀棒，也來到這裏等候李劍豪。

　　陳文悌在這裏等了一會，樓梯就響了，有本院的毛夥兒大聲地嚷嚷說：“翠雲姑娘的屋子！有人來找陳二爺了！”楚江涯就向陳文悌說：“來啦！來啦！”於是楚江涯先迎出來屋。只見毛夥兒已經領着李劍豪到了樓上，楚江涯過去拉住他的手，笑着說：“我們候你多時了！來！來！請！請！”有伺候翠雲的老媽子，已經掀起了門簾。李劍豪就進了屋，抬起臉來先看了看那麗人舍三個字。這時麗人翠雲撩起來冷冷的眼睛看看這位李大爺，就見他長得比那位楚少當家的還英俊，還漂亮。也可以說是個唱小旦的，並且若把他扮成女裝，放在這院裏，哼！那老闆可就樂了，因為一定能成個紅姑娘兒。

　　此時陳文悌已離座抱拳，說：“久仰大名！今天竟肯賞光前來，實在榮幸之至！”楚江涯遂就拉着他坐在首席。李劍豪也不客氣，就坐下了，並且他除了也拱拱手之外，就不說話，也不笑，更不用眼看那翠雲。可是，有一隻玉琢的似的纖手，已經從他的身後探過來，拿着酒壺給他斟了滿滿的一杯酒，並且似乎輕輕地推了他一下，說：“請喝吧！”接着就給他往小碟子裏去夾松花鴨蛋、魚鬆。陳文悌是坐在右邊，說：“不要客氣！咱們是一見如故。兄弟我這個人就跟我楚三弟一樣，生平最好交友，尤其喜歡在這種地方請客。李老弟你是大江南北遨遊慣了的人，比我們的閱歷廣。這種地方，大概你也常走吧？”

　　李劍豪飲下了半杯酒，就搖頭，說：“這種地方，我生平是第二次來。第一次就是我為找萬里飛俠高炯決鬥，我到過安慶府的一家妓院裏；第二次，就是今天了。我因為不曉得陳兄你找我有什麼事，我才來，我特來領教領教！”說着又將半杯飲下，並且挽起來袖子。

　　陳文悌倒不由得發怔了。楚江涯在對面，就趕緊說：“一點事也沒有，不過說請李劍豪兄弟來此聚談一番，彼此認識認識。我這位陳二哥已經不保鏢了，連武藝他也擱下了，就是專交朋友，專玩玩樂樂。因為李劍豪兄你是一位風流俠士……”李劍豪忽然冷笑道：“什麼風流吧？”楚江涯接着說：“所以才請你到這麗人舍，美酒、麗人、良宵，——只可惜今天沒有明月，咱們除此以外是什麼話也不談！”

　　陳文悌卻哈哈大笑着說：“可是，我得打聽打聽李老弟的那些風流事呀？”楚江涯趕緊向陳文悌使了個眼色，又說：“不過我們還想知道知道，劍豪兄跟現在的這位嫂夫人，是幾時成的親，我們都好補一份禮物，給你們賢伉儷賀喜！”

　　李劍豪一聽了這些話，他的神色就變了，似怒又不是怒，似淒慘又不是淒慘。他一連冷笑了好幾聲，把翠雲給他斟的第二杯酒也喝了，看看楚江涯，又看看陳文悌，就說：“你們說的是雲媚兒嗎？”楚江涯說：“不敢那樣說，我們問的是雲姑娘，因為久聞那是江湖有名的一位女俠！”

　　李劍豪突然沉下臉來說：“你要是開口罵我，我可是當時離席就走！雲媚兒，她也配稱俠女？哼哼！我想她的行為，你們比我還都知道的詳細，她是江湖上一個出名的蕩婦，她的娘就是蕩婦，她賣鞋，當賊，到處與人姘度，比妓女還不如！我也知道了，你們二位必是想：憑我李劍豪，也是一個轟轟烈烈的男子，但是怎能與她結為夫妻呢？你們若稱我們為夫妻，那就是罵我。你們叫她雲媚兒，我不惱，我同她在一起，實在連姘頭都不能說。她是她，我是我，雖然同行同住，卻毫無男女的私情。我並不是看不起她，我也曉得她壞，但她能夠改。我只盼着將來，有人能夠娶她……」

這時連翠雲都納悶，而且笑了。陳文悌說：「李老弟，你風流得可也真特別！我常誇我自己是『目中有妓，心中無妓』；如今我一看你，你簡直是『目中有妻，心中卻無妻』呀，哈哈哈！」李劍豪此時的面色顯得更為憤怒，幸是熱菜已經擺上來了，翠雲跟陳文悌又給劍豪布菜。

李劍豪吃了些菜，隨着又飲酒，臉色才漸漸紅了起來，他也笑了，但是竟像是發了狂似的。陳文悌說：「翠雲姑娘唱的京劇最好，現在叫她唱幾句，給李老弟聽一聽吧！」於是，老媽子出去叫來了琴師，琴師就找了個凳兒坐下，調好了弦，就拉起了胡琴。翠雲就面向着一幅美人兒的長條畫兒，唱了起來：「芍藥開，牡丹放，花紅一片……」李劍豪突然一摔酒杯，瞪直了眼，半天，他忽然大笑，也唱着說：「牡丹放呀……」

楚江涯把自己的座位挪了一挪，趁着翠雲正在那兒唱，陳文悌正在拍着手發着笑聽着。楚江涯就附耳李劍豪說：「有幾句冒昧的話，我還要向你說！洛陽的蘇小琴已經為你離家，她是非見你的面不行，不與你成為夫妻，她就恐怕要因情而死，你卻弄了個雲媚兒。自然，我是知道你情非得已，你想借此把蘇小琴推開，可是推不開呀……」

李劍豪聽了這話就突然用拳一擂桌子，把桌子擂得咚的一下，聲音大極了，盤碗亂動，酒杯酒壺也倒了，把那邊的翠雲嚇得也不唱了。陳文悌也不拍手了，反倒來問：「是怎麼啦？」楚江涯扶起來酒杯，就說：「不要緊！我不過是跟劍豪兄談些閒話，你們還唱你們的吧！」陳文悌說：「我們是唱文戲，你們這兒竟演起武戲來了，弄得我們的文戲也唱不成啦。」

楚江涯笑笑，就拉着李劍豪的胳膊說：「走！咱們到屋外去再談！」李劍豪也站起身來。那翠雲笑着說：「怎麼？二位還有什麼背着我們的話嗎？倒不如我們上別的屋去。」楚江涯向翠雲擺手，又向陳文悌使眼色，他就帶着李劍豪出屋，站在屋外的走廊上。

那走廊的欄杆下面就是院落，這時院中出入的人少了，燈光也不大明。李劍豪就在這裏站住，他擺着手說：「楚兄！你不要再問我蘇小琴的事，我不認識她！」楚江涯說：「咳！一個人得說實話。尤其說咱們江湖朋友，說話更應當豪爽。旁的事情我不曉得，可是你跟蘇小琴的事情，從頭到尾，我盡皆知道。」

李劍豪聽了這話，當時就瞪眼，怒聲問說：「你還知道些什麼？」楚江涯說：「我都知道！連你的心帶蘇小琴的心我都知道。你們都是好人，你愛她，她愛你，你們實在是天生成的美滿姻緣。」李劍豪聽到這裏就不由歎了口氣，頓了下腳。

楚江涯也歎口氣，說：「可惜因為她的老太爺，跟你家的老太爺，那兩位老人家，就把你們害得不美滿了！這裏詳細的情由我也知道。」李劍豪突又着急地問說：「什麼？你也知道？」楚江涯點頭的：「並且還都知道！但你放心，我絕不能對別人去講，更不能告訴蘇小琴。我想，蘇小琴對你實在是情心難死，何況當你在她家裏男扮女裝的時候，那實在是你的不對。如今，你或是拋開老人家的事情不提，你去與蘇小琴結為夫妻；或是蘇小琴作你的妻，雲媚兒作你的妾。」

李劍豪冷笑着說：「你們真把我李劍豪當作風流人物了？我原是一個剛烈的漢子！」楚江涯說：「你在蘇家當李大姐的時候，也未見得剛烈！如今，不然你就將雲媚兒拋開！」李劍豪搖頭說：「辦不到。我也覺得小琴較雲媚兒好過百倍，可惜……」楚江涯說：「可惜什麼？你雖對不起蘇老太爺，但你可以對他的女兒好些，以你的良心去贖過去的罪孽！」李劍豪難過得似乎要哭了，以手按着他的胸說：「良心？只因為良心，才不能叫我做那個欺人騙人之人！」楚江涯說：「你也太死心眼啦！」正說到這裏，忽見有一個人走上樓來。

走上樓來的這個人，正是蘇小琴。她從外邊進來的時候，竟會沒被人看見，可是被楚江涯一眼就看見了。他簡直有點不能相信他的眼睛，因為是想：「無論怎麼說，小琴也是一位小姐，她竟能夠到這地方來嗎？」

可是小琴已看見了李劍豪，她就急快地走近，急急地說：「劍豪！你現在還跑嗎！你不要跑，我只有幾句話要同你說！」楚江涯此時倒驚驚慌慌地說：「對了，你們好好地說幾句話吧！我躲開你們。」他的腳步才一躲開的時候，不料李劍豪突然就一躍上了樓欄杆，從那裏就向下一跳。

蘇小琴與楚江涯同時驚叫，可是此時李劍豪已跳下了樓，到了院中。他剛要往外跑，不料就被五六個大漢子，將他攔住，並扭住了他的胳膊。他一驚，怒聲問說：「什麼事？」這幾個人就說：「我們是小陳三派來的，現在你已見過陳二爺啦？你媽的再跟我們見見陳三爺去吧！」李劍豪大怒，掄拳就打，抬腳就踢。他剛得脫身，卻不料楚江涯已自樓梯往下跑來，陳文悌在樓欄杆裏嚷，蘇小琴卻也自樓上飛躍了下來。她手中的劍光一抖，嚇得小陳三的那些人全都慌忙躲開。

李劍豪就趁此時跑出了妓院，跑了不幾步又看見一個婦人，卻是雲媚兒。雲媚兒的手裏拿着一口刀，他突然就給奪了過來，拉着雲媚兒就說：「快走！快走！」雲媚兒就跟着他緊跑。身後的蘇小琴已經趕了來，李劍豪跑得更急，蘇小琴也追得更快，但已經出了巷口跑到大街上了，李劍豪與雲媚兒就跑入大街之中，小琴也不便再追了。她站住了身，呆呆地發怔，心卻緊跳不止。楚江涯跟陳文悌全都趕來了，勸了半天，楚江涯才把小琴勸回到店中。但是一進屋，小琴又吐了一口鮮血。楚江涯歎息着，但自己又不能服侍小琴，等到眼看見蘇小琴已經躺倒在炕上了，他這才說：「蘇小姐！你在此放心安歇，我去走一回，把陳家用的僕婦叫一個來，好來伺候你。」小琴就答應了一聲，此時她只是閉着眼躺臥着，眼角也沒有眼淚。楚江涯又偷偷地把小琴的那口劍拿走，暫存在櫃房裏，他這才走。

回到陳家一看，陳文悌也回來了。楚江涯一說，陳文悌就非常生氣，說：「原來李劍豪竟是這樣的一個人！他自恃武藝好，就可以這樣忘恩負義，沒有人能夠懲戒他嗎？叫他跑！反正他們今晚也出不了城，明早我派人把他跟雲媚兒一齊抓住！」楚江涯連連擺手，說：「他們的事是一言難盡，李劍豪也非壞人。如今我也灰了心啦，不能再給他們撮合了，只有設法得勸勸蘇小琴歸家。」

當晚陳家派了僕婦到店裏來伺候小琴。可是到次日清晨，小琴起來了，就找她的寶劍，店家不得不把寶劍給她，她就提着出門，滿處去找李劍豪跟雲媚兒。楚江涯是住在陳家的客廳裏，還正睡着呢，就被陳家的僕人給叫醒了。他趕緊就起來，穿上了長衣，跑到街上就勸小琴。小琴只是擺手說：「你不用管！我非得找着他們不可！我也不找李劍豪了，但我一定要找着雲媚兒，給我的父親報仇！”楚江涯更是着急，就說：“他們還能夠不趁早兒離開這裏嗎？他們不定是往哪裏去了？”小琴一聽，就急忙忙往店中去走，楚江涯也跟着她回來，還要勸。可是小琴就自己備馬去了。楚江涯趕緊追到了馬棚，說：“蘇小姐！你可一連吐了兩次血了，你總應當以身體為重！”小琴說：“我的身體為重不為重，與你不相干！”楚江涯被噎得半天沒有說出話來，就一頓腳說：“好！我不管了！”

　　小琴一邊匆匆地備馬，一邊說：“你早就應當不管，你在家中有妻子呀！”楚江涯說：“蘇小琴！你以為我這樣跟隨着你，是有什麼歹心、壞意？那可就錯了！我楚江涯做事為人，要說比李劍豪還要光明！”

　　小琴突然回過了身，瞪大了眼睛問說：“你是要找着叫我跟你翻臉嗎？”楚江涯卻向後連連地退步，說：“何必！何必！我不管不問也就是了，不必打架。只是，將來你就曉得了！我完全是一片好心！”小琴說：“你那一片好心，應當拿回去跟你的太太去用！”楚江涯點頭說：“誠然！”說畢就轉身出了店房。但是站在店門他卻不肯走。過了不大的工夫，就見蘇小琴已經牽馬出門走了，對楚江涯連看一眼也不看。楚江涯也實在生氣，就走回了陳家。陳文悌就問說：“蘇小琴怎麼樣了？”楚江涯說：“已經走了！咳……”陳文悌卻笑着說：“怎麼？你對美劍俠入了迷了嗎？”楚江涯卻正色地說：“不要胡說。”陳文悌說：“李劍豪固然可恨，雲媚兒也是無恥，可是蘇小琴一個未出嫁的女兒，哥哥又做知縣，她竟能走往妓院裏去，也未免有點不顧羞恥了！”楚江涯說：“這就是所謂的癡情了！”陳文悌又笑着說：“我看你比她可還要癡情。”楚江涯說：“我不是癡情，我簡直就是一個癡子！”陳文悌說：“我勸你就趕緊回中牟縣去吧！”楚江涯點頭說：“明天我就回去！”他的心裏實在發悶，也時時不安。當日又快到黃昏的時候，外面忽然有人找陳文悌，據傳話的僕人說：“就是那李劍豪。”楚江涯一聽，倒不禁愕然。

　　這時陳文悌也在旁邊了，聽了這話，他更覺得奇怪，就說：“怎麼？李劍豪竟還沒有走嗎？”楚江涯說：“其實這倒很好，蘇小琴已經走了，他們還留在這裏，趁此時咱們再跟他談一談，以後他們的事，咱們就全都不用管了。”陳文悌說：“依着我說，由現在起，就不用管他們的事了，只問他來此何意？他那個朋友，我已經看出來了，不可交。第一是驕傲異常，不通世故。第二是他的眼睛裏辨不出美醜來，放着蘇小琴那樣的俠女他不要，他可跟個下賤貨雲媚兒在一塊，還口口聲聲自稱君子，欺騙人。其實他縱使真是鐵羅漢，也經不住那小魔女。”楚江涯說：“那些事咱們更不必管了。現在我去見他，你不必去見。”於是楚江涯就叫僕人把李劍豪讓到客廳，他就出去接見。

　　只見李劍豪今天是帶着寶劍來到。楚江涯看見就更覺詫異，遂拱手讓座，問說：“劍豪兄！你知道蘇小琴已於今日早晨離了開封走了嗎？”李劍豪點點頭說：“我已聽人說了。她走與我不相干。我現在已拿定了主意，我跟雲媚兒結為夫妻，請楚兄將來若見着小琴，可以向她說明此事，叫她死了心吧！不要再在江湖上滿處找我，還要說什麼話。她必須要知道，我們兩人現在已經無一句話可以說了，因為她本來是一個宦門的小姐，我卻是個江湖上漂流的人，我只有跟雲媚兒才配稱為夫婦！”

　　楚江涯怔了一怔，就點頭說：“這話倒對！”又笑笑說：“只是以後怕我也無緣再和蘇小琴見面了！”李劍豪說：“你見了她，娶她，我都不問！”楚江涯笑道：“我倒真有此心，可惜的是家裏有老婆，又可惜的是蘇小琴不理我，最可惜的是我楚江涯也略有微名，而且論人物我並不比你低，論行為我比你還正大！”
　　李劍豪手按着寶劍，面現怒色，呆了良久，才說：“我今天來此，不是為別事，就因為我各處漂流已有幾個月了，不但我生平不做偷竊之事，連我的妻子雲媚兒，我也不許她偷竊。現在要走，卻沒有盤纏，久聞陳文悌仗義疏財，我想跟他暫借銀子幾十兩，將來必定加倍奉還！”楚江涯說：“我知道文悌他倒是不放帳，對於江湖朋友，他卻盡力幫忙。銀子好辦，可是如今你帶劍前來，莫非是若不借你銀子，你就要抽劍動手嗎？”李劍豪說：“這倒不是。是因為小陳三的那些人與我作對，我不得不帶劍防備，我並怕因此得罪了陳文悌，所以我們更得趕緊走開！”楚江涯一聽，這話還很夠交情，遂就拱拱手說：“那我就請李兄在此少待，我去跟文悌說一說，大約四五十兩銀子，他必能夠奉送！”
　　楚江涯又進到裏院，先笑着把李劍豪要娶雲媚兒的事情，跟陳文悌說了。然後又提到李劍豪要借錢的事，陳文悌卻擺着手說：“我不借！我不借！我幫助江湖的朋友可以，多少錢我也不在乎。若是把我的錢借給他，他去給雲媚兒那下賤貨買胭脂粉擦，我不幹！我不能像你似的，花冤錢，幹傻事。”楚江涯說：“隨便拿出幾十兩銀子打發他走了就是，以後就不再同他交往了。”陳文悌說：“我並不怕他李劍豪。在朱仙鎮他傷了我的兄弟，我都不計較了。昨晚還在麗人舍請他吃酒，他把人家那地方攪了個亂七八糟，連我都丟人，我也沒去找他問他。如今他說要借錢，我就得借？難道我是怕他嗎？”楚江涯卻皺眉說：“何必如此呢？”陳文悌是決定不借給李劍豪錢，楚江涯如今手邊又只剩了十餘輛銀子，拿不出去。因此他就想出去，到大街上找一個熟識的商號，去支用幾十兩銀子，回來就作為是陳文悌借給李劍豪的。他遂就也不同陳文悌商量，就戴上了帽子出去了。他由前邊那院子經過之時，卻正被客廳中的李劍豪看見。李劍豪就非常生疑，心說：“楚江涯偷着溜了出去，莫非是要找人對付我嗎？”遂就心中燃起來怒憤。此時，有個僕人進來點燈，李劍豪就問他說：“在你們這裏住的那個楚少當家的，他出去幹什麼去了？”僕人搖頭說：“不知道！”李劍豪就更加疑惑。又問說：“小陳三——你家主人的兄弟是住在哪裏？”僕人說：“他是住在旁邊鏢店裏，也常常到這兒來。這後院裏本來有個門兒，跟那邊通着。”李劍豪更是吃驚了。就趕緊又問說：“你家主人在哪間屋裏住？”僕人說：“一進裏院的西屋就是。我們陳二爺雖說是常常瞎逛，可是在家裏人最規矩，只有一位太太，沒有妾也沒有丫環，兒女也都沒有。他只是跟着三爺，親兄弟倆，再沒有那麼好的啦。我們三爺在朱仙鎮上受了傷，二爺請醫買藥，花的錢簡直不計其數了！”李劍豪又問：“聽說你們二爺時常幫助朋友？”僕人說：“那可是出了名啦！向來，無論是認識不認識的人，只要說來告幫，三十兩、四十兩拿出去不算什麼……”聽到這裏，李劍豪就蟇然跺腳，憤憤地說：“怎麼單單看不起我！”說着就拔出劍來，出了客廳向裏院走去。僕人連剛點上的一枝臘都扔了，跟着跑了出去，驚慌慌地問說：“怎麼啦？怎麼啦？……”李劍豪已經到了裏院，望着那有燈的西屋，就說：“呔！陳文悌你出來吧！我要再見見你這徒有虛名的小輩！”
　　這時候陳文悌在燈旁，拿着一本象棋百譜，正在潛心研究，突聽見了院中的叫罵之聲，且有僕人喊嚷，就把他嚇了一跳。他立起來，隔窗大聲問道：“是誰？”外面說：“我是李劍豪，你就出來吧！”
　　陳文悌哈哈大笑，說：“原來李劍豪你還沒有走？我剛才已聽楚江涯說了，你已與雲媚兒做了真正的夫妻，這很好，你真算是個風流的人士，才能娶了那風流的老婆。我本應當給你們賀喜，可是我的錢幫的是江湖義氣朋友，卻不幫那男扮女裝，誘人閨女，始亂終棄，另覓新歡，跟江湖蕩婦同宿同行的不知廉恥的人……”才說到這裏，李劍豪已闖進了屋來，陳文悌看見了他的寶劍，就驚訝說：“哎呀！你要怎樣？”抄起凳子來向李劍豪砸去。李劍豪閃開，跳躍着又挺劍逼來。

　　陳文悌已經竄到床上，由壁間也抽出了寶劍。向着李劍豪就劈，劍豪用劍擋住，怒目看着陳文悌，就說：“你是看不起我！昨晚你假作請客，招我到了妓院，你卻在樓下設了埋伏。如今我覺得你是個朋友，才向你來借路費，你卻……又叫楚江涯出去勾人？”陳文悌說：“豈有此理！不過我扔下武藝半年多，我的手也癢癢了，今天倒要跟你李劍豪決一個高低。殺了你，也省得再累蘇小琴到處去找你！”說話時兩劍相磕，鏘然作響。李劍豪向後去退，陳文悌乘勢跳下床來，不料這時李劍豪又猛刺一劍，陳文悌沒有料及，他就噹啷將劍撒了手，胸前出血，臥倒在地。

　　此時外邊已經很亂了，鏢店裏的人幾乎全都過來了。楚江涯也在院中嚷嚷說：“銀子我都給你預備好了！你拿去吧！怎麼好傷人？”李劍豪卻奔出了屋，寶劍飛舞，嚇得一些人全都旁躲後退。他就趁勢飛身上房，踏過了許多家的屋瓦，尋着方向回到他的店裏，叫雲媚兒急急收拾東西，他去急急備馬。這時城門幸是有半扇還沒有關，他們的兩匹馬就闖出了城去。

　　出了關廂，卻就是茫茫的曠野。李劍豪這時簡直就像是瘋了似的，連連揮鞭，馬不停蹄，把後邊的雲媚兒急得直叫：“等等我！等等我！”李劍豪又走了一段路，方才勒住了馬。但雲媚兒還是沒有趕上來。

　　他這時候望着沉沉的黑天，閃閃的銀星，茫茫的大地，颯颯的寒風，他覺得自己已經無路可走了。多情的小琴是永難重聚，江湖的朋友又俱因自己的性暴，而結下了深仇。錢呢？實在是沒有了，連雲媚兒的簪環都賣了也不夠半月之用，何況雲媚兒又是個什麼東西？此時，性情已經反常的李劍豪，他雖已決定娶雲媚兒了，可是又恨不得把雲媚兒拋開，或是打死……他勒馬生悲，不住地流淚。

第十七章　　落魄風塵憐女俠

　　由是李劍豪與雲媚兒就走了，他們是往什麼地方去了，是不是真已成了正式的夫婦，便無人知曉。不過開封府的小陳三傷勢還未愈，他的哥哥陳文悌就又被李劍豪的寶劍所傷，不出一個月就死了。這真是大家所想不到的事。在他家辦喪事的那天，各地的鏢頭，四方的豪傑，連登封縣的魯家五虎都來到了，大家紛紛談論着李劍豪，蘇小琴，雲媚兒的事，當然就得把楚江涯也拉在裏面，因為要沒有他，陳文悌還死不了呢！陳家的這些朋友個個都擦拳磨掌，說是非得把李劍豪捉住，摘下他的心祭奠陳二哥；對雲媚兒那蕩婦，他們是不屑於理；聽了蘇小琴的事，除了魯家五虎，全都對她不勝同情。當時就有幾個人，就是小陳三，騰雲虎，鐵掌高，大刀劉，飛叉孟，金鏢趙，以及路過開封的漢陽名鏢頭江中龍，都在靈前焚紙燒香，立下誓願，決定要去找李劍豪為死者復仇。這些人裏可沒有楚江涯，他是死者生前最好的朋友，而且是最有名的人物，但今天簡直沒有一個人理他。

　　他並不慚愧，他只是傷心。好容易等到把陳文悌下了葬，他到亡友的墳上灑了幾點眼淚，默默地祝念道：「二哥！你不要瞑目，你等着我見了李劍豪，那時，你就知道你的朋友了！」隨後他就匹馬單人，落魄似的回到了中牟縣。

　　到了家中，一看，孩子已經出了彌滿月了，倒還很健壯，妻子也平安，柏秀卿立時就把他推開，說：「你是孩子的什麼人呀？你快走吧！到外邊胡闖去吧！坐牢獄去吧！跟什麼李劍豪雲媚兒交朋友去吧！反正你為的是蘇小琴，可惜人家不理你！」楚江涯的臉通紅，他更覺得奇怪，怎麼這些事全都叫太太知道了？

　　他無精打采地仍舊到書房裏去住，歇了兩天，他又到城裏去了一趟，城裏的親友朋友，和買賣家的掌櫃的夥計，凡是認識他的沒有一個不向他打聽的，原來他的那些事，以及陳文悌之死，已經沒有人不知道了。嘴直的人就責備他，說他不該把李劍豪帶到開封去見陳文悌借錢，不然陳文悌也不至於死！楚江涯獨自也無法子辯解，只好歎氣，表示着慚愧，恨自己做錯了事。從此他簡直也無顏再進城裏去了，可是不進城又不行，因為他得向南來北往的人打聽李劍豪的下落，早先說勸蘇小琴不要尋李劍豪，如今他的心更急，非再是見見李劍豪不可。

　　他常常進城，兩隻耳朵專打聽李劍豪跟蘇小琴的那些事情，可是，連過了兩個多月，也是沒有他們的消息跟蹤影。新年也過了，他的身上早先受的傷，已經完全好了，小孩也越長越肥大，真可愛，柏秀卿也不再拿往日的事情譏笑他，只是，他可忘不了往事。第一是每年到這個時候，陳文悌總要來給他拜年，如今陳文悌的墳墓已拱，外邊的人還都說是因他盟弟勾來了歹人，他才致死的。第二就是蘇小琴，雖然人家對他早已就無情無義了，可是他對人家還是忘不了。

每當晨風乍起，天色微明，這時候他就要在院中練劍，預備將武藝學深，將來好替陳文悌報仇。但若到了夜闌人靜，殘燈發昏之時呢，他可又在書房裏，並把門關嚴，再往窗外看看，然後才開了書櫃的鎖，取出了那幅白羅巾，和一雙紅睡鞋，他這時就仿佛是做夢一般地了，也許喜歡，可也許就連聲歎息，但結果是後悔的，自責的。鎖起來這兩件東西而冷觀着壁間懸掛的寶劍，他發着冷笑，說：「蘇小琴不過是個癡情任性的女子罷了，她與我何干？倒是她所愛慕的那李劍豪，是我的仇人，我若不將他殺死，對不起我的陳二哥，也難以與江湖朋友們再見面。」

一半是進城去看新年的熱鬧景象，一半是在上元節他要出個風頭，他就住在錢莊裏。上元節一共是五天，從正月十三那天起，就在錢莊的門前搭起來很高的一隻架子，掛上了一個頭號兒的大花盒。城裏的人全都哄傳動了，都知道楚少當家的今晚要放花盒了，因此連城外的人也都知道了，只要在城裏有地方可以借住的，全都進城來看花盒。天還沒有黑，錢莊的門前就擠得都出不了人啦，街兩旁的人也齊都站滿。好容易才盼到了天黑，先放鞭炮，隨着又放「炮打燈」，和什麼「飛天十響」，「五鬼鬧判」，真是火樹銀花，一齊開展，最後才點放花盒，那紙做的盒子，先後落下來兩層，都是以煙花做得的什麼葡萄架，花障子，劉海戲金蟾，張果老騎驢，富貴有餘等等，真是燦爛綺麗，變化迷離，招得那些看的人全都叫好，歡呼；即使不嚷嚷的人，也全看得發了呆啦。

這時候，錢莊的櫃房裏卻擺着一桌酒席，楚江涯同着幾個都是本城的富商，在一起飲宴談笑，他雖不親自出門去看花盒，但是聽見了外面那如潮水一般滾湧的歡聲，他的心裏也十分的高興。

明天也是如此，後天是十五日，城中燈光燦爛如錦，天空明月圓潤如璧，但是沒有什麼人去看，都來看花盒，因為今天不但是花盒加多，煙火也特別的新奇，人更擠了，簡直直到了子時之後，人還都沒有散，花盒還沒有放完。這時候楚江涯在櫃房裏與人推起牌九來了，他更是興高彩烈。

可是忽然有一個人進到了屋中，進了門就把尖刀掏了出來，向着楚江涯就扎，楚江涯幸虧手快，他一擺手就將這個人的腕子擰住了，喝一聲：「小陳三！你要怎麼樣？」來的人正是才將傷養好了的小陳三。他狠狠地咬着牙，一邊奪他的腕子，一邊說：「楚江涯！你引去了李劍豪將我的哥哥害死，如今，你還要在這裏作樂，你不是成心要氣我們嗎？」

楚江涯卻說：「老三你不要這麼說！李劍豪害死了文悌，我也想不到，告訴你實話吧！我是因為決意為他報仇，並且我自知只要我再遇見了李劍豪，那就是他也不得生，我也不可活！早晚我們是死拼不可，我也活不了幾時了，所以我才這樣作樂。老三！你放下刀，坐下，咱們談一談，假若你們現在要知道李劍豪所住的地方，那就當時讓我獨自去找他，拼命！」

他雖如此的解釋着，可是小陳三向他奪刀奪得更厲害，這時那些陪着楚江涯賭博的人全都驚慌逃奔，打開了一扇窗戶，都跳出去嚷嚷着，外面的人也都亂了，都不知道是怎麼回事，人都亂喊亂擠亂跑，有不少人丟失了孩子的，有不少人爬在地下被人給踏傷了的，放花盒的架子也被人擠倒了，簡直如同大海騰翻，風雨暴降。

那櫃房裏的東西全都被踢倒，拆壞。

　　楚江涯小陳三相扭着一直出了櫃房，可是此時從外面又進來了四個人，都是：騰雲虎，鐵掌高，大刀劉，飛叉孟，這些人原都是楚江涯的朋友，但如今都掄刀舞劍，跟他拼起來了，並且罵他說忘恩負義的小人，楚江涯真也怒了，先是抄起來一根頂門杠子與眾人廝打，而他又奪過來大刀劉的那口大刀，他雖沒學過刀法，可是居然以劍法使用，竟敵住了這幾個人，全都近不得他的身。

　　這時衙門中的官人捕役們都已趕到，他們才住了手，結果捕役們是把小陳三等五個人全都捕了去，帶往衙門押入監獄裏去了，雖然沒有傷什麼人，錢莊裏砸毀的東西也不過是些桌椅板凳，不值什麼錢，但是使楚江涯的高興全無，並且非常之懊喪。

　　自從這件事情一出來，把上元節的後兩日攪了，不但花盒不能再放了，連別的商家把花燈全都收起來了。街上冷冷清清，只有月亮來照着，連月亮也越來越不亮了。楚江涯這幾日愁眉不展，他更忙，第一是他得先到縣衙去為小陳三等人打點人情，他說是既然沒有傷了什麼人，小陳三等人又都不是強盜，就把他們放了得啦。雖然知縣也看在他的面上，應允得不深究重辦，可是既在街上群毆，持刀掄劍地隨意傷人，也得押他們幾天才能像話，小陳三等人又都因在過堂時說話不遜，都挨了板子，把屁股都打爛了。這使楚江涯更是負痛於心，他就幾乎天天帶着僕人往監裏去送飯，送藥，他還隔着鐵窗屢次地跟小陳三等人解釋，提到了陳文悌之死，他就怨恨而且落淚。一方面他把那天受了驚的人也都請到酒樓裏，壓驚賠罪，人家對他倒沒有什麼話說，並且替他也去向知縣給小陳三那幾個人託人情。果然，前後押了不到十天，就都放出來了，可是屁股的傷還都沒有好，楚江涯又借了一處獨院的房子，把那五個人搬了去養傷，由他的家中派了僕人，從大飯館包菜飯，天天伺候着那五個人。

　　小陳三等人如今倒對於楚江涯十分地感謝，並且向他說：“老楚！我們錯了！我們還以為你大放花盒，是成心氣我們呢？”

　　楚江涯說：“實在我也有這麼一點意思，我倒不是有意氣你們，是因為從文悌死後，我的名聲盡都喪失，別的人都說我勾去了李劍豪害死了文悌，其實我跟文悌原都是好交朋友，他也沒料到死，我萬也沒有料到李劍豪能殺他呀！”小陳三說：“算了！你不用再提了！我們的傷養好了就走，以後，我們見了人還得說你是個好人，你不是個壞蛋，可是你也不用找李劍豪去拼，因為你有老婆，有還沒到兩歲的兒子！”楚江涯點了點頭，然而他發出一點陰慘的笑容，他說道：“但是，你們如果得知了李劍豪的去處，還是千萬派個人來告訴我！”從此在家裏練習擊劍，更勤，更用功。

　　有一日他正從城裏看完了小陳三等人回家，他騎着馬迎着晚霞的光彩去走，路人稀稀，春風尚冷，他還沒有到村中，就見道旁一人，衣衫襤褸，拱手叫道：“楚兄！請你駐馬！”

　　楚江涯幾乎不認得這個人了，因為這人幾乎就是一個乞丐，細看才看出，這人原是于鐵雕。他就趕緊下了馬，拉着他的手問說：“于兄！你怎麼今天來到這裏了？”于鐵雕慘凄的面孔，沙啞的聲音，說道：“我們師兄弟、叔侄，為找李劍豪報仇，現在已落得非傷即死，我都走到大名府了，聽說李劍豪在開封府殺死了陳文悌，我又趕緊折回來，在開封府住了一天，我又來到這裏。聽說楚兄也要去尋李劍豪，為陳文悌復仇，我才趕緊前來拜會。咱們過去的事也都不必說了，如今，我願意與楚兄一同去找李劍豪。”楚江涯一聽這話，反倒覺得不大高興，還沒有說話，就聽于鐵雕又說：“現在我也略知李劍豪的去處……”楚江涯聽了，就不禁一驚。于鐵雕接着又說：“只是我現在已落得一貧如洗，所帶的錢財都已用盡了，我又自知一人也難以敵鬥李劍豪，非得請楚兄仗義相助，與我同去不可。”

　　楚江涯就問說：“李劍豪現在哪裏？”于鐵雕搖頭說：“我卻不能當時就說，雖你與陳文悌的交情我是知道的，可是你跟李劍豪也有交情，我還不能太相信你，你若真想替陳文悌報仇，你可以同我去走，到了那裏，你幫助他來打我也可以，但是我若說出了他所住的地方，你去給他送信，叫他逃跑了，那我可就枉費了一番心機！”楚江涯冷笑着說：“我還以為你這個人很慷慨直爽，原來你竟看不起我，我豈是那類的小人？”

　　于鐵雕將要說話，楚江涯就把他攔住，說：“不必多說了！我先把你送回城中，找家店房將你安頓下，今天天色已經晚了，我們不得多談，我家裏的事務繁多，你大概也知道，我若都安頓得就緒，至少也得三五天，到那時我再隨着你一同走。”于鐵雕說：“耽擱幾天，倒是不要緊，因為我聽說李劍豪在那個地方已竟成了家，立了業，半載之後，我們去找他，他也不至於逃跑。”

　　楚江涯就驚異着問說：“他已經在那個地方安家立業了？我也不問他住在什麼地方，只是他的妻子是哪一個？是雲媚兒，還是旁的人？”于鐵雕卻搖頭說：“我也沒細打聽，誰管他的妻子是雲媚兒，是蘇小琴，無論有多大的仇，咱也不和婦人爭論什麼高低，咱只找的是李劍豪，因為若沒有他，我們萬里飛俠的師弟、徒兒，不至落得這般地步！”他又緊緊握起拳頭來。楚江涯也不再多問，遂就牽馬，帶着于鐵雕又回到城裏。

　　楚江涯把于鐵雕安置在城中一家很大的店房，一間很寬敞的房子裏，並把錢莊的夥計叫來一個來，指着于鐵雕說：“待會兒先給這位於大爺送三十兩銀子來，以後於大爺有什麼用項都開我的帳。”夥計答應了，楚江涯才與于鐵雕拱手暫別。

　　他騎着馬出城時，天色都快黑了，城門也將要關閉了，他就揮鞭策馬，急急地回到村中，到了家，先抱了抱孩子，夫妻說笑了一會。楚江涯然後就歎息，說：“恐怕一半日我還得出去走一趟，大約十天半月必能夠回來，這次我若再回來，可就……”他的話還未說完，他的太太柏秀卿就笑着說：“可就又得起誓了，永遠也不出門了，是不是？”楚江涯聽了太太的話，又不禁滿面通紅，覺得真對不起太太。

　　當下柏秀卿又很鄭重地說：“你要出去，我也攔不這你，不過我盼着你見着蘇小琴，千萬勸她回家去，或者叫她到咱們這兒來，因為我看那姑娘為人很是不錯，長在外面漂流着，未免可惜！”

　　楚江涯聽了，益發地感愧了，並且心裏還十分難受，就說：“我這次出去，並不是去找她，還是為文悌二哥的事情；我們當日那麼好的交情，他死得是那樣地慘，我不能坐視不管！”

　　柏秀卿忽然驚訝着說：“莫非你是要找人拼命，給他報仇嗎？”

　　楚江涯此時更是變色，但又故意做出笑容，說：“我可不幹那傻事！誰不知道我是中牟縣有名的楚少當家的？我若與人拼命，鬧得叫人滿處捉兇手，我不要緊，你也不要緊，只是我們的孩子，將來還能夠有出身嗎？”歎了口氣又說：“只盼望我們的孩子，將來做個書呆子都好，可是千萬不要學我，會一點武藝，交了幾個朋友，便被人看做了江湖人，惹出來許多的江湖是非，其實我並未在江湖上得過一點便宜！”

柏秀卿卻瞪了他一眼，半笑半怒地說：“你可在江湖上認識了一個蘇小琴呀！那個便宜還能算是小嗎？”楚江涯也不辯論，只笑了一笑，便拋開了這個話題，當日閨房和樂，夫妻的恩愛，與父子的真情，都使楚江涯感覺的彌深，然而又恐怕這種歡樂，自己不能久享了，他非常地痛心難過。然而柏秀卿並沒有看出來，只還以為他是要去找蘇小琴呢，這件事，自從有孩子以後，越來越學得賢德的她，倒是並不嫉妒。

次日，清晨起來，楚江涯照舊練劍。練過了劍之後，他就備上了馬進城，先去看了于鐵雕，但是于鐵雕卻沒在屋中，他又到了小陳三等人之處，卻見于鐵雕已來在這裏，與他們正在計議往尋李劍豪之事。

一看見楚江涯來，小陳三就說：“我們可要隨着于鐵雕找李劍豪報仇去了，你還是在家裏看守着你的老婆跟孩子吧！你不要去！”楚江涯不由得怔了一怔，就點首說：“也行！那麼你們路費需要多少？我全奉送！”于鐵雕卻站起身來說：“楚當家的！你可不能不去，無論如何，你也得去，那個地方，除非你去，便怕不行，否則我也不來找你！”

楚江涯詫異着說：“到底是什麼地方呀？為什麼必須要用我？”大刀劉也說：“姓于的，你若不說出來准地方，連我們也不能跟着你去！”于鐵雕說：“並不是不說，說因為你們幾位雖都很靠得住，但你們的朋友全都很多，萬一走漏了風聲，李劍豪必定逃跑，那可就咱們都枉辛苦了一場，咱們此次雖是同行，但又不能大夥成群去走，必須分道而行。”鐵掌高說：“媽的莫非你往西，他往東，我往北，又一個往南……，李劍豪會分身法？咱們是瞎摸海，誰要是摸着他，那就跟他打？”

于鐵雕說：“有個一定的地方，就是武勝關。半月之內，咱們大家到那裏見面！”楚江涯說：“那個地方，我倒是來往過幾次，我在那裏認識一家店房，字號是靠山店，我們去了，可以都住在他那裏。”當下大家都商量好了，小陳三等人雖都不能騎着馬走遠路，可是坐車還不至於磨破了屁股，於是他們就說要雇上車，明天就走，楚江涯約得是後日與于鐵雕同行。

當日，楚江涯更是繁忙，回到家中將一切事物也都辦理清楚，又到次日，他去看小陳三，那五個人原來都已走了，于鐵雕獨自在店房中也是坐立不寧。楚江涯給他預備下了馬匹，並叫他買了新衣換上。這一天又度過去了，第三日就正是行期，當楚江涯離別妻子之時，他是十分地戀戀不捨，雖然沒有露出什麼神色來，可是一出了村口，他就不禁墜淚，自知此去找李劍豪，不能再如過去那樣的說好話了，必然是以性命相拼，同歸於盡。自己的死不足惜，只因李劍豪是蘇小琴的情人，自己為報陳文悌之仇，而使蘇小琴的癡情益為虛擲，以後的生活必更淒苦，這實在是有些不忍。然而決定行了，他到城中會着了于鐵雕，就兩匹馬，各攜刀劍，直奔武勝關。

豫南道上，天氣溫暖，春風拂拂，道旁的麥浪，一望無邊，尤其有時過了小村大鎮，看見人家的桃花都已開放，如美貌的女子向人作笑。往來的，乘車的，騎驢的婦女，也都換上了豔麗的春衣。楚江涯只是有這個毛病，他最愛看人家的婦女，其實他也沒有什麼壞心，不過他遇見了時，便不由得多看兩眼，從人家頭上的釵環，直看到腳下人家的繡鞋。繡鞋可有不少繡得極好的，可見雖是村婦，別管她長得多麼蠢，但她的手兒之巧，真有不亞于蘇小琴的，不過論模樣，可縱使她千嬌百媚，是鎮上的西施，是村裏的嫦娥，也沒有一個配比得上蘇小琴一半的，蘇小琴真不愧是美劍俠啊！因此，蹄塵鞭影，一路地相思，無盡地惆悵，簡直他覺得不是跟于鐵雕同行了，說跟蘇小琴一塊兒走了。

　　然而他扭頭看看這個于鐵雕，依然是蓬首垢面，鬍子還是頂長，衣裳是新買的，黑色土布的，身子短，袖子長而且肥，好像是大和尚穿上了小和尚的衣服，那張臉陰沉沉地，春風兒都吹它不暖，他冷酷地，永遠也無笑容，濃眉更是永遠皺着，可是他也很愛看路上過往的婦人，他並對楚江涯囑告着，說：“可要小心一點！如若咱們遇見蘇小琴或是雲媚兒，李劍豪必定跟她們在一起，就不必往武勝關去了。”又罵道：“李劍豪兇狠惡毒，有什麼難得之處，偏還有兩個娘兒們爭他？可見娘兒們也都是不值錢的！”楚江涯說：“我們何必罵他們婦道人家？”于鐵雕說：“蘇小琴跟雲媚兒一樣，都是賊婦壞女，只怕是，咳！遇着雲媚兒倒還不要緊，若遇着蘇小琴可就難辦了！因為她的武藝實在是高強！”楚江涯沒有說話，可是心裏雖然想着蘇小琴，但也怕再遇見蘇小琴，萬一再遇到她，她又曉得我這次去找李劍豪的意思又是不善，那可如何是好呢？……在馬上想了半天，便決定了主意，是：到不得已之時，也要取出羅巾跟繡鞋來扔在地下，與她翻臉，抽出劍來不敢說跟她拼命，可是也得不能叫她攔阻我去給陳文悌報仇。一路如此想着，已經過了汝寧府的地面，這日來到了一處熱鬧的市鎮裏，不意遇着了最怕遇着的那個蘇小琴！

　　這個市鎮上今天正是有會，就跟開封府大相國寺那日的情景一樣，但風光比那日還熱鬧，遊人車輛擁擠不斷，楚江涯與于鐵雕只好下馬來了，並看着天色近午，這地方又有酒飯館，真不如在此用一頓午飯。於是他們就找了一家門前掛着紙剪的麵幌子，還掛着酒葫蘆的地方，可是屋裏已沒有地方坐了，掌櫃的命人臨時在外面支了一張桌子，擺了兩條板凳，問他們說吃酒還是喝茶？楚江涯就問于鐵雕。于鐵雕卻愁眉不展地說：“酒也好！”楚江涯就叫掌櫃的熱了酒來，他可兩隻眼睛不住東瞧西望，還是專注意穿得漂亮的婦女。待了一會，酒熱了來，于鐵雕就喝，他是永遠煩愁，喝了酒，不但不能消愁，反倒更添煩了。楚江涯見旁邊無人時，就悄聲囑告他說：“老于！你這個樣子，可要招人！留下心了，已經快到了，事情還愁難辦嗎？還愁什麼？”于鐵雕卻歎了口氣。然而楚江涯的眼睛又往婦女群裏去掃，他覺得婦女真是一群一群的，因為除了買種糶米，那些是男人們事，其餘什麼賣木梳攏子的，賣掃帚簸箕的，唯有婦女才是他們的好主顧。

　　可是楚江涯忽又看見眼前不遠之處，有一群婦女都是打扮得很華麗的，都是很年輕的，都在那裏低着頭，也不知是在看什麼的，還都很出神。楚江涯就說：“奇怪了！那邊到底是賣什麼的呀？”于鐵雕說：“管他賣什麼的？咱們快些吃了飯就走吧！如今你還有閒心來逛這個會？”楚江涯的眼睛仍是不住地向那邊去掃。他們要了麵食，楚江涯的飯量小，吃了一碗就飽了；于鐵雕吃得急快，吃過了一碗，現在拿着碗正吃着，桌旁還放着一大碗麵，正等着他吃。在這時候楚江涯可就要站起身來散散步，他太覺得納悶，那邊穿紅的來了，穿綠的又走了，簪子環子被陽光照得閃爍，柔肩一個擠着一個，還有的互相談笑，仿佛是對貨物加以批評似的。那到底說買什麼貨呀？非得去看看不可！於是他就走了過去。

　　這群人都是少婦長女，他不便愣擠人家，可是他身材高，再一企腳，他就看見了，當時他就大為驚異。原來在人群裏做買賣的這個商販是一位姑娘，還正是蘇小琴！她身邊沒有寶劍，也沒有馬，只放着一條破板凳，上面平擺着紅緞的，綠緞的，各色各樣的繡成了花兒的鞋面，可真鮮豔，樣子也別致，繡的花籃，還繡的吉慶，鯉魚，花鳥，還有暗八仙，更有龍鳳，針線自然全都是精巧極了。擺着一共是六份，大概也就賣出一兩份，蘇小琴還穿着那身青衣褲，因為裏邊襯得棉衣大概除去了，愈顯單寒，而愈顯得苗條柔弱。那件衣服，上面且釘了兩塊補丁，她簡直說一個窮寒的女子了！

楚江涯不敢多看，趕緊又回到了飯館，轉着身坐着，連臉也不敢對着那邊，但心中卻頗為難過，就想：「美劍俠竟然一貧至此嗎？原來她還沒有回洛陽去呀？她的癡心還是未冷呀？她遍處尋找李劍豪，雖然找不着，可是她也不肯回家，她就漂流着。如今都許是把旅費都用盡了，她又不偷盜，不求人。她必是還賣了馬，當了劍，湊成的資本，買些絲綢，針線，憑她的纖纖的十指，一針一線，千辛萬苦地做去，還無奈地舍去了她小姐的尊嬌，劍俠的傲氣，而趁着集市，拿來鞋面來賣錢，以付飯錢店資，太可憐了！」

當時楚江涯就從他的行李捲中取出來銀兩，叫過來兩隻手都是油的夥計，說：「拿着這十兩銀子到那邊，把那窮姑娘所賣的鞋面全都買來，不，十兩銀子買她一雙鞋面我也要，你可別說是我買的！」夥計發着怔，說：「我還得洗手去！」楚江涯說：「你去洗手有什麼要緊？不讓你去白買，我還多給你錢。」他說的話很急。于鐵雕說：「我們要去辦事，你又買些繡花的鞋面做什麼？」楚江涯卻說：「你不曉得，我是要先買來，將來辦完了事回家去送給親戚家的姑娘們做鞋用。」于鐵雕卻不悅地用眼狠狠瞪着他，顯出對他這人已看不起，已有些懷疑。但楚江涯站起來，就進飯舖裏去了，他等了一會，夥計就用十兩銀子買來的五雙繡花的鞋面。他接到手中，就既是愛慕，又是惋惜，問道：「那姑娘只剩了一雙鞋面了，她還站在那兒賣嗎？」夥計點頭說：「她大概是賣完了才能回去，她就住在東邊雞毛小店裏。」

楚江涯聽夥計說了小琴在此地的困頓情形，他不由得發了半天的呆，心中着實地難過，暗歎了口氣，就叫夥計給他另換了一壺新茶，他又坐在于鐵雕的對面，一邊喝着茶，一邊還看着這幾幅鞋面，夥計大概是從中賺了錢，對他招待的非常殷勤，而且給他沏來到是上等的好茶葉，茶到口中，味道倒是很香的，可是楚江涯心中，真是惆悵。

于鐵雕吃飽了，他連口也不漱，站起來拿袖子擦了擦鬍子就要過去解他的馬匹，並向楚江涯說：「楚兄！你也快把你買來的那東西收起來吧！等辦完了事，將來你回家去，再給你家的大嫂去看。咱們就快走吧！趁着天色還早，再趕下百八十里路要緊。」

楚江涯卻不立起身來，說：「我想在這裏歇一天了，因為這個地方很熱鬧，我捨不得走！」于鐵雕怔了一怔，臉色露出來不悅之意，說：「咱們有要緊的事情等着辦，哪能在路上耽擱呢？」楚江涯擺手說：「實是對不起，我現在真懶得動身了！」于鐵雕就拿眼睛瞪着他，心中是實對他輕蔑，不用說，他買了女人用的鞋面就是要在這裏找個土娼，去送禮，去胡混一天。這樣好色的人，真不能跟他在一起辦大事。於是于鐵雕就說：「我可不能在這兒耽擱着，你若不走，我可要一個人走了？」楚江涯點頭說：「也好！你在前面先走，明天我就能趕上你，如若趕不上，反正，咱們是在武勝關靠山老店，不見不散，」于鐵雕突又現出驚慌之色，回着頭向後看了一看，因為覺得在這地方，楚江涯不該把這話說出來。可是楚江涯又像沒事人兒似的，說：「你別看我是不慌也不忙的樣子，其實我很有把握，十天之內，必叫你們看見我割下來李劍豪的首級！」于鐵雕聽了，就更是變色，又向四下去看，他怕楚江涯再說出什麼來，他就趕緊說：「那麼，好！好！我就先走了，咱們在那個地方准見吧！」他就牽着馬去走了。

楚江涯一邊喝着茶，一邊見他已走進了人叢，無有了蹤影。又待了一會兒，楚江涯又忙忙地去看那賣鞋面兒的蘇小琴，可是見已經收了攤子了，小琴跟那條板凳全都不見啦，他又到茶館，就又向店夥說：「雞毛小店在這鎮上什麼地方？」

店夥說：「雞毛小店不是個店名，就因為那兒有幾間破房，專租給南來北往的不走時運的倒楣客人居住，有的是本來住在別的店房，因為交不起店錢，被趕出來，搬到那兒去的，還有的是鎮上的叫花子們，他們白天到各村裏去要飯，晚上回到鎮上，夏天的時候就在街上睡，冬天就到那小店裏，也沒有被褥，沒有火爐，只拿一文錢的店錢，再拿一文錢買一把雞毛灑在地下，這樣就能夠暖和點啦，大家擠着過上一夜，剛才那個賣那麼好的鞋面兒的那位俊俏的姑娘太可憐！她就是住在南邊牛圈巷裏那麼一家雞毛小店裏，鎮上的龐大老爺也還直可憐她呢！」

楚江涯聽了這話，早就站起來身，向夥計說：「我的東西跟馬，都暫存放在你這兒，我就去看那個姑娘。」夥計卻一把就將他攔住，說：「大爺你先別忙！聽我說，那個姑娘可是不講理，人家雖窮得住雞毛小店，卻正氣，誰也不敢調戲她。前天，鎮上的龐大老爺去了，跟她其實也沒說什麼玩笑的話，可是她當時就氣了，吧的就打了龐大老爺一個嘴吧，臉都給打腫了。龐大老爺又是個愛面子的人，這麼一來，幾天也不能出門見人了。」楚江涯卻搖頭說：「不要緊！我去了也不跟她說玩笑的話，她不至於也打我。」說着，他就走了。

從人叢擠出去，往南走了不遠，就是牛圈巷，別看巷裏說又窄又髒，可是巷口兒還釘着個木頭牌子呢，寫着歪歪擰擰的這麼三個字。他走了進去，就見一家破門戶的門前掛着一隻破笊籬，這一定就是店了。他到門口兒向裏邊一看，只見裏面的土屋不過四五間，院子很小，潑着許多的髒水，可養着一群雞，——大概就是為拔毛的。有一個蓬首垢面，衣服破爛的婦人正在往地下灑麩皮，那一群雞就瘋了似的，都過去搶，連地下的泥水都啄着吃。楚江涯就一步走了進去，這裏連門檻也沒有。婦人抬頭看見了他，就顯出驚訝的神色，大概是這個地方不大有楚江涯穿得這麼闊的人前來，就問說：「是龐大老爺叫你來的嗎？」楚江涯倒納悶了，就想這龐大老爺怎麼會這樣的有名呢？多半是本地的一個惡霸吧？他就說：「不是！我不認得什麼龐大老爺，我是要在你們這兒找一個人。」

婦人一聽他不認得龐大老爺，當時可就對他瞧不起了，大模大樣地拿出內掌櫃的架子，對着楚江涯說：「這兒沒有人，他們都去要飯去啦，晚上才能夠回來，你要找人，晚上再來找他們吧。可是別太晚，我們這兒過了初更就鎖門，因為鎮上出了幾回小偷兒，官廳裏的老爺們疑惑說由我們這兒出去的，叫我們天一黑就鎖門。」

楚江涯搖頭說：「我並不是找在你們住的那些花子，我是打聽一位蘇⋯⋯」說到這兒，心裏忽又想起不對，覺得蘇小琴的名字也不可以說出來，她在此拋頭露面在街上賣鞋面，一定要更名改姓，於是就趕緊噎住了話，可是這個「蘇」字已經咽不下去了，他就改了點仿佛是南方的口音，說：「就是那個梳——蘇——着辮子的在街上賣繡花鞋面兒的那位姑娘，我要見見她。」

才說到這裏，忽然一間小屋裏出來個人，一見就曉得是掌櫃的，穿得比內掌櫃的略為齊整，先把他的老婆推到一邊，急匆匆地就走過來，把那群雞嚇得都跑了，他過來拉住了楚江涯的胳膊，往外就走。楚江涯第一怕他的手髒，第二是莫名其妙，又以為這個人是要把他硬推出去，他就不由得發怒了，瞪眼問道：「你是要怎麼樣？」這掌櫃的卻把他直拉出了店門，才帶着笑悄聲地說：「大爺不要生氣！大爺不能跟龐大老爺不認識吧？」楚江涯說：「我真不認識他。我是路過來此，因為剛才在街上買鞋面，看見那位賣鞋面的姑娘正是……，我覺得眼熟，所以我才來看看她。」店掌櫃說：「噢！我明白啦！」更悄聲地說：「那個姑娘可不好惹呀！」楚江涯說：「我又不想惹她？」店掌櫃又說：「那是一位貞節烈女，人家不是隨便可以……」楚江涯說：「我比你還知道！」一手將店掌櫃推開，他又進了門，就高聲叫着：「姑娘！姑娘！我特來看你！姑娘！姑娘！我特來看你！」連叫了兩次，不但不見小琴出來，還不見有人應聲，他發了一下怔，才又高聲說：「我現在可知道李劍豪的下落了啊！」說出來等了一等，依然是無人應答。他真覺得怪，又不敢去硬闖進人家的屋子，一回頭，見店掌櫃正站在他的背後，他就問說：「莫非那位姑娘還沒有回來嗎？是回來了又出去了？到底在你的屋裏沒有，你快說！」店掌櫃卻又用手來推他，說：「人家既然不願意見您，您——大爺！就快點走吧！」

　　楚江涯也實在覺得掃興，心中尤其不痛快，就知道蘇小琴一定是在屋裏，可是不見他，他也沒法子，知道小琴對他是有一種不能夠解釋的誤會，——就是小琴太貞節了，老怕他安着什麼壞心。其實，他恨不得在這院中拍胸脯發誓，可是又想：幹嘛呀？我盡到了心也就算了，李劍豪現在是我的仇人，我憐蘇小琴的落魄，解小琴的窮困都可以，但我能夠因她而饒了李劍豪嗎？不能！李劍豪現在武勝關的附近，有些人都已去找他報仇了，這些話也都不能對小琴實說。他帶着點氣，轉身就走，走出了牛圈巷時，他還想騎上馬就追趕上于鐵雕，可是他回到了茶館又坐下來，細細地想了一番，那夥計又趕來問他說：「大爺你見着那個姑娘了嗎？」楚江涯搖頭說：「沒見着，她還沒有回去。我再問你，那個龐大老爺，是怎樣的人呢？」夥計指着街上說：「那邊，五福發大糧行，就是龐大老爺開的，龐大老爺單名一個字，叫做龐雄。住在鎮外三里龐家堡，一片大莊子，家中有萬頃良田，自己地裏收的糧食就夠他那舖子賣的。這位老爺是武舉出身，好武藝，八卦拳，太極刀，都練得好極啦，這位大老爺平日最愛行善，南邊的白衣庵就是他老人家給重修的。」楚江涯又問：「他也最愛女色，是不是？」夥計笑了，說：「那倒是財主大老爺都有的脾氣。」楚江涯就不再往下問了，自己對於此事倒很放心，蘇小琴倒是不會受人欺辱的，要欺辱她，就准倒楣，龐大老爺挨了她一個嘴巴，那還是輕的。遂又問這地方有什麼店房，夥計說：「大爺你要是住，是住北邊的高良店最好。」楚江涯點了點頭，於是就付了茶，酒，飯的錢，他就帶着行李牽着馬匹，往那高良店裏去了。

　　高良店的掌櫃就是姓高名良，此人的氣派很大，不像是個做生意的，一見楚江涯衣冠齊整，有馬有劍，他就趕過來扳談，並且自稱龐大老爺是他的妹夫。楚江涯對他沒說一句真話。店是不錯的，很寬敞而且整潔。楚江涯獨自在屋裏又細看了看那幾幅鞋面，就收在羅巾和繡鞋一處，然後他跟店夥要了個鎖頭，就鎖上了門，又出去了。

　　此時街上的人已顯得少了，賣東西的攤子也多一半收拾了起來，楚江涯在街上來回走了半天，忽見一個乞丐要走入那牛圈巷裏。楚江涯就大聲叫了一聲：「喂！」把那乞丐嚇得把瓦罐扔了，回過頭來看看，楚江涯卻帶着點笑點手叫他：「來！來！來！」乞丐向前走了幾步，楚江涯就問他說：「你在哪兒住？」乞丐說：「我住在雞毛小店裏。”楚江涯又問：“那店裏是住着一位姑娘嗎？做得好活計。”乞丐說：“對呀！那姑娘姓秦，真是沒辦法，才在那店裏找了一間房，一天的店錢是三百文。可是……”楚江涯說：“這個地方說話不便，你跟着我走！你若把實話都告訴我，我就給你銀子。”把這乞丐弄得又高興又有點疑心，就跟着楚江涯到了鎮的南口外，兩人就在道旁說話。這個乞丐說了半天，小琴是幾時來的，怎樣的窮，怎樣受店家的氣。後來她帶來的一匹馬，死了，把馬賣給了賣馬肉的，這才得了本錢了，買了緞子做鞋面賣。又說她在這裏住了些日，簡直沒有一個人不尊敬她的，可是唯獨那龐大老爺要娶她做小老婆，被她打了一個嘴巴，現在龐大老爺可還不死心……

　　他這些話，跟楚江涯所想像的是一樣，不過楚江涯可還沒料到小琴騎的那匹馬已死了。一個俠客，在窮途逆旅之中死了她的馬，還賣了馬肉換來錢，做個小本經營，這是多麼可悲的事！也無怪小琴不見我，她在落魄之中，必是無顏再見故人。如此想着，不由歎了口氣，掏出約有三錢銀子來給了這乞丐。乞丐的口水都流出來了，伸着髒手接着，不住地屈膝誠謝。忽然他又說：“大爺，你快看！”揚着他的下巴向東邊去指。楚江涯轉身去看，就見那道邊原來有一座紅牆嫣然新修的小廟，那門前停着一輛大鞍的很新的騾車，車旁站着一個趕車的，還有個腰帶鋼刀的健壯的男僕，有一個老尼姑，三個小尼姑正送出一位服裝很闊的施主來。此時乞丐就悄聲告訴說：“那就是龐大老爺！”說完了他就跑了。

　　楚江涯注意看這個身軀肥大，紫紅臉，可沒有鬍子，年約六旬上下頗有氣派的龐雄。只見他就上了車，四個尼姑都打着問詢，鞠躬到地送他。那趕車的跟男僕也都跨上了車轅，騾子就拉着車走了，簡直說橫衝直撞，從楚江涯的身旁過去之時，那男僕還向他瞪了一眼。

　　車是趕到鎮街裏去了，不用說，他們還是要在蘇小琴的身上去打主意。楚江涯不禁笑了，心說：“瞎眼的東西，你們這是自找倒楣！”他也步行到鎮中，一看，那輛車原來停在高良店的門首了。楚江涯大模大樣地走進去，只見那個男僕，站在櫃房的門首，瞪着眼睛還不住向他來瞧。楚江涯倒故意邁起了方步來，作出文弱書生的樣子，卻側耳向櫃房裏去聽，只聽那高良的說話聲音真是諂媚，連說：“不要緊，我立時就去，她不能不依，大老爺不必又費那些麻煩！”龐雄的暴怒聲音卻說：“叫她乖乖地上車到那廟裏去，敢搖一搖頭……”以下的話，楚江涯不便站住再聽了。

　　他回到屋裏，卻不由得憤恨，就抽出來劍來，藏在被褥之下，窗子上有一塊小玻璃，他就扒着往外去看，呆了會兒，見那高良就走出去了，可是緊接着來了兩個人都帶着刀，牽着大馬，把馬交給了店夥，他們就也進那櫃房裏去了。楚江涯心裏倒很喜歡，暗道：這可好！他們給美劍俠送坐騎來了，不過一送就送來了兩匹馬，可也太多禮了！

　　又呆了半天，也不見那個高良回來，高良一定是上那雞毛小店說“親事”去了，這時候還不回來，可真令楚江涯生疑。又呆了一會兒，就聽見那門外有人大聲嚷嚷，那男僕和那後來的兩個人都趕緊跑出去看。龐雄也出了櫃房，只見高良是被人用板給抬回來了，渾身是血，他的老婆也跑來大哭，那龐雄立時就暴躁起來，大喊着說：“拿我名帖趕緊到官廳去找官人，押起她來！”有人說：“官廳裏那兩個老官人不行！姓秦的小丫頭真厲害，她有寶劍，她會武藝！”龐雄就說：“那麼姜二你快騎上馬到縣裏叫捕役來！”被呼為姜二的一個惡漢立時就要到棚下去解馬。楚江涯卻趕緊出屋來，高聲問說：“什麼事？什麼事？”龐雄好像是吃了一驚，瞪着眼來看他，見他人品不俗，就沒有太橫，問說：“你是幹什麼的？”楚江涯拱手說：“龐大莊主！我正要在一半日去拜訪你，我姓江，在道台衙門裏當差，如今是要到縣裏去！……”走到臨近才小聲說：“查一件案子。”龐雄也許素日就做過虧心的事，一聽了這話，他就變色了。

楚江涯這時卻又作出點官人的氣派來，指着那受傷的高良說：“你們這樣自相毆鬥，太不像話了，打傷了你們，你們可以寫狀子到縣衙去告狀，你們帶着刀，樣子比兇手還凶，這，打官司都得吃虧。”龐雄卻又把他從頭到腳打量了一番，問說：“你帶着公文了嗎？拿出來讓我先看看！”楚江涯卻笑一笑說：“龐大莊主你也太不客氣了，我告訴了你我的來歷，也就算夠面子的了。你還要叫我拿出來公文？龐大莊主你現在有什麼品職？”龐雄又打量了他一回，說：“朋友！光憑說，我就不能信你是道台派來的官人。你要是個管閒事的，護着那姓秦的丫頭的，我勸你可少說話，趕緊躲開。那丫頭，我龐某已六十多歲了，我還能對她懷着什麼邪心？況我在本地又略有些名聲！前天我到那小店裏給那些叫花子們放錢，因為我見她太窮，也可憐，我就也扔給了她一塊銀子，不想她竟錯會了我的意，反對我……”楚江涯就笑着說：“既是這樣，想那姑娘也是個貞烈的人，你若大的年歲了，家中也必有兒女，你對這小事應當不計較。”龐雄說：“我並沒計較，剛才我不過派了人去……”

楚江涯才聽他把話說到了這裏，卻覺得身後站着的那個健壯的男僕對他有點心懷不善，就急忙回身，卻見那小子已抬腳向他踹來，他一閃身就避開了，那男僕鏘的一聲，又抽出了刀來。然而被楚江涯飛起來一腳，又聽噹啷啷一聲，刀已墜地。男僕雙手掄拳撲向他來，他就冷笑着說了一聲：“好啊！”轉身退步，反拳打來，只聽：咚！男僕的當胸就受了很重的一拳，忍痛彎腰。同時楚江涯又是一腳，正踹中這人的小腹，這男僕就“哎呦”地叫了一聲，倒地昏暈了過去。

那姜二等都抽刀要上前來，卻被龐雄擺手攔住。龐雄此刻已跑到遠處，他點了點頭，向楚江涯說：“好武藝！我看你官人是假的，綠林好漢卻是真的，咱們沒話說了，改日再見！”他要向外去走，卻被楚江涯一把將他揪住。他憤怒着，剛要舉起拳頭來，當時就被楚江涯用手托住，喝一聲：“你不要找着倒楣！我勸你當時收住邪心。我不好惹，那位姑娘更是不好惹！你們受了傷的自己養，也不許去告狀，還得給我留下一匹馬，作為你這老匹夫賠罪的禮物！”說話時並用雙手掐住了龐雄的喉嚨，那兩個人雖然都拿着刀，可也不敢過來上手了。楚江涯又問一句：“你倒是應不應？”龐雄這才說：“好！就這樣辦！你放了我吧！”

楚江涯就看着那兩個人牽着一匹馬走出了門去之後，他才將龐雄撒了手，然後就急匆匆地到屋內，拿上了他的包袱掛在臂上，就一手挺劍而出。龐雄這時候還在院中站着，不敢動。楚江涯就去到棚下解下來自己的馬和另一匹馬，用一隻手牽着向外就走。到了門外，他就連人帶馬一齊跑，跑進了那牛圈巷，又跑進了那雞毛小店內。那群雞嚇得亂飛了起來，那內掌櫃正在院中倒髒水，被這一嚇，吧喳，把瓦盆也扔在地下碎了。楚江涯就高聲說：“小琴！小琴！那高良抬回店已經死了，你鬧出人命案，他們已經報衙門去了。你若是不走，待會兒縣裏的捕役若是來了，連你家中那兄長都要受累。我已經給你牽來了一匹馬，你就快快走吧！”

這時一旁破屋裏的一群乞丐全都探出頭來爭着往外來看，那店掌櫃也沒敢出來，可是蘇小琴忽然自一間屋內挺身而出，手裏仍提着寶劍，她就正顏厲色地說：“楚江涯你不要管我，他們的人若是來了由我擋！”楚江涯也正色說：“不是我管你，是你刻下得趕緊快離開這裏，不然龐雄叫來了捕役，拿你當兇手辦，你雖武藝高，但你絕不能和官人動手，捉到監裏吃苦是小，連累你那幾位兄長是大。何況你還要尋劍豪，尋不着他，死在官裏，豈不叫那雲媚兒趁心，你的父仇也休想報了。我將馬留着這裏，你是愛走不走。"拱手又說聲："再見！"

他留下那匹馬，牽着自己的馬，回身就走。他又出了牛圈巷，還不放心，牽着馬在街頭又站了半天，心中很急。忽然，見蘇小琴牽着馬攜劍也出了牛圈巷口，他就又向後退了退。小琴沒看見他，卻上了馬就往南去了，楚江涯見她的馬走出鎮去，自己才算是放心，可是自己也不便在此多留，他也上馬往南去走。出了鎮，過了那白衣庵，只見小琴距他不過半里之遙，隱隱地能夠看見，他也不便向前追趕，走了約十里路，暮色已漸漸垂下來了，他才放馬向前去追。

他與蘇小琴的馬相距只有一箭之遙，小琴的馬快，他的馬也就快，小琴的馬若是慢，他的馬就也慢。暮色漸深，幸而天邊掛着橢圓形的朦朧的月，照得人馬在地下留着淡淡的影子，照得麥浪之上如浮着一層煙霧，照得小橋下的流水如同水銀，照得小鎮荒村慘澹淡地如同鬼城，如同仙境。

小琴的馬並不休歇，直走了一夜，仍往下走。天一明，路上的人多了，楚江涯就雜在行人隊裏往前隨着小琴，又因小琴走路大概是想心事，絕不回頭，所以也沒有看見他。統共走了百餘里路，天色都過午了，楚江涯都覺得餓了，累了，才見蘇小琴走入了一處小鎮的一家店房，楚江涯也就下了馬，向着那店門望了半天，見小琴不出來，他就知道小琴必是在裏邊用飯了。楚江涯可不敢也進店房，他就在對門不遠之處，又找了個小飯舖，喝茶吃飯，手裏托着飯碗，嘴裏嚼着飯，眼睛可仍然不住地向那邊去瞧。飯吃完了，他又慢慢地喝茶，茶葉都換了三回，天色都快晚了，他又接着吃晚飯。然後，斷定了小琴確實是住在那店裏，今夜不走了，他這才找了店房。他住的這店跟小琴住的店相鄰，隔着一堵牆，連那邊說話的聲音全能夠聽見。

楚江涯太困倦了，到了屋裏去就睡，可是睡了一會兒他就醒了，聽了聽，才交了初更，這時他的心思忽然亂了起來。他因為是想：小琴如今雖說是有了馬了，可是仍然沒有錢，她所賣鞋面所得的那幾兩銀子，能夠她花得了幾日？自己這次出來，所帶的錢頗有富裕，似乎應當至少送她二十兩。不過明送她是一定不肯要，須暗中送過去，那幅羅巾跟那雙繡鞋連買的這幾雙沒用的鞋面，都給她送過去才對。這倒容易，可是這不能就算是盡了自己的心，須把李劍豪的下落告訴她，叫她去尋，那才算是盡了心。可是自己如今身處何地？能夠為了可憐她，就叫她去救李劍豪，而不替陳文悌報仇嗎？自己這個人雖說荒唐，可是這個大義絕不能夠不分明，不能為一女子，忘了好友之仇，而惹江湖人恥笑。可是又想小琴永遠這樣漂流着，心中未免不忍。他想了半天，才算決定了主意，就向店家借來了筆墨跟一張紙，他向紙上寫道：

蘇小琴賜鑒：僕感于義憤，追隨小姐已有多日，實因見李劍豪負心之人，而抱不平也。今勸小姐勿再在事尋訪，李劍豪與雲女已共棲深山，成夫婦矣。小姐若去，只有增辱添愁，實不值得，不如急速回家，與諸位長兄團聚，此為正途。江湖坎坷難行，小姐漂泊不偶，僕雖有心相助，亦不敢冒昧。今奉上銀二十兩，以助資斧，鞋面數雙，亦敬璧返，因僕留之無用。僕今亦有要事牽身，將往江南，助友復仇，恐難望生還，更恐無緣與小姐重會。羅巾睡鞋為小姐故物，小姐當初無意失之，僕無意得之，久思奉還，總未得便，今亦……

　　寫到這裏，他又有點下不去筆了，仿佛對那兩件東西還是捨不得還給人家似的，一狠心，才往下去寫：

　　附上，惡祈查收。

江涯頓首。

　　寫畢，就連二十兩銀子，帶鞋面、睡鞋等物，全都用一塊手巾包好，他就準備着到半夜以做賊的方式，把這交還給蘇小琴。少時，店夥進來取那筆硯，楚江涯就給了他一些錢，悄聲託付他說：“請你到隔壁的店裏，問問白天來到一位帶着馬的女客人，是住在哪間屋裏？”店夥說：“這不要緊呀！那邊的店裏，我們都熟，打聽點事不算什麼，我們哪能夠就要錢呢？”楚江涯笑着說：“你就收下吧！這是請你喝酒的。”店夥道了謝，揣起錢來就走了。
　　呆了一會兒回來，果然給打聽得很詳細，說是那位姑娘住在隔壁店裏的東屋，東邊的屋子只有那一間有小窗戶。姑娘來了，就不怎麼出屋子，現在屋裏是點着燈，她正在做活計呢。楚江涯聽了，就又暗暗歎氣，心說：“難道蘇小琴就永遠不回家，永在江湖上賣鞋面這樣漂流着？她的心，我實在猜不透！”呆了一會兒，店夥走了。楚江涯就也熄了燈，躺在炕上裝作睡去。遲遲的更鼓，好容易才交過了三下，他怕蘇小琴這時仍在做活，就還不敢到那裏去。
　　又待了些時，他才拿着那手巾包，悄悄地出了屋，只見院中月色淒清，寂無一人，他就輕輕地越過了牆去。到了那院中一看，各屋中倒是都已熄滅了燈光，東屋果然就有一間房子有窗櫺，裏邊沒有一點聲音，窗紙上可斜映着月色，那淒涼的色調，就好像說蘇小琴的身世一般。

第十八章　月色淒清表真心

　　人若是從窗前行走，人影映在窗上，可能夠被屋裏看見，所以楚江涯得貓着腰走。到了屋門前，他先把耳朵貼着門縫聽了一聽，竟沒有聽見一點打呼的聲音。到底是閨門小姐，不像于鐵雕那樣的莽漢，一睡覺就是鼾聲如雷。當下他想尋個什麼棍兒去撥門插關，只要撥開門，那就扔下了毛巾包便跑。卻沒想到，他的身子才把門略微一靠，門就呀的一聲開了，嚇得楚江涯趕緊跳到一旁，屋中可也沒有人說話，這事情可怪！楚江涯索性走進屋去，輕聲叫着"蘇小姐！"也無人答應。他掏出來取火之物，將壁上的燈點上，細細一看，屋裏哪有人呀？炕上也沒鋪着被褥，只散亂地扔着一幅未做成的鞋面和針線等物。楚江涯就過去看了看那鞋面，等了一會兒，也不見小琴回來，楚江涯可就疑惑了，又見小琴的寶劍也沒在這裏，他就猜着小琴必是出去有事，什麼事呢？那還不跟女賊雲媚兒幹的勾當一樣？這就是所謂"人貧志短"呀！楚江涯有點灰心了，覺得自己這毛巾包兒無留在此處的必要，就吹滅了燈轉身出屋。

　　但是才一出屋，忽見有一條人影很快地往西邊去了，楚江涯就趕緊蹲下了身去，他並且恍惚看出來那黑影是一個女子，心中猜疑，就想："小琴的行蹤可真怪！她到外面做什麼去了？回來又到西面做什麼去了？"於是楚江涯就彎着腰，躡足潛蹤地往西面去走。

　　原來西面是一個小院落，裏邊就是馬棚，小琴跑到那棚下備馬去了。楚江涯只向裏看了一眼，本想追過去問問小琴要往哪裏去？可又怕小琴給他個下不來，不理，或是給個釘子碰，就不敢言語，急撤步退到剛才他跳過來的那堵牆旁。卻見小琴又匆匆地從那西院裏出來，就回到她的屋裏，大概是收拾行李去了。呆了會兒，提着她那輕便的行李捲兒，就又出來，去悄悄地開了店門。

　　楚江涯看出小琴確實是要走了，自己也就急了，隨即越牆又回到自己的店裏，到屋裏就點上燈，收拾行李，並喊叫着："店家！店家！"幸虧有個店夥正在半夜起來解手，聞聲趕緊前來，楚江涯就故作驚慌地說："哎呀！我還忘了我前面有一件要緊的事辦呢！夥計夥計你快算帳，快備馬，我趁着有月亮，還得急忙趕路！"

　　這個店夥以為他是睡糊塗了，但又見他並不糊塗，一說出店飯錢的數目來，他當時掏了出來就給，一文也不多，一文也不少，店夥就只好給他去備馬吧，他就早就背着行李包出屋去要開店門，這家店的門可比那家還關得嚴，不但是上着插關，頂着杠子，還有鎖。他只得扒着門縫向外去看，只見街心那一線朦朧的月光，不一會兒就有人馬的影子忽然走過去了，且聽見輕輕的馬蹄之聲。楚江涯就愈發着急，趕緊去幫助備馬，催着店家拿鑰匙去開門，雖沒有怎樣嚷嚷，可是把掌櫃的也給驚醒了，也出來了。門已開開，楚江涯拱了拱手說：“掌櫃的再見吧！”他就牽馬走出，上了馬揮鞭一直往南又去追小琴。

走了不到十里，他就把小琴追上了，小琴的馬很快，他也揮鞭加快。驀然，小琴回首往後一看，立時于月光下亮出了寶劍，楚江涯就高聲喊叫着說：“小琴小姐！請駐一駐馬，我是楚江涯！”他喊了出來，原想小琴又一定不理，又得更往前走，但沒料到小琴竟下了馬，收了劍，等他到了近前，就向他問說：“楚大哥你是從什麼地方來？”楚江涯來到，也下了馬，一邊喘氣一邊說：“我跟小姐住的店房是隔壁，我不明白，為什麼你又半夜裏起身趕路呢？”小琴卻恨恨地說：“我要去追于鐵雕！”

楚江涯一聽，更是驚異了，說：“什麼于鐵雕？我知道他早已過去了。不瞞小姐說，這次我們是一路向南來的。在北邊那鎮上，因為我見你在街上賣鞋面，並聽說那龐雄欺侮小姐你的事情，我才留在那地方，才跟他分的手。這時，即使他也是往南行走，那至少也走出二百里地去了。”小琴搖頭說：“沒有！今天晚晌我在那店裏邊看見他同着一個人去了。”楚江涯發着怔說：“哎呀！我怎麼不知道？”

小琴說：“他們也許知道你在那店裏，可是故意背着你辦事，因為與我同店中住的有個人叫什麼雙翅虎，是南方有名的鏢頭。本地人又有個拳師叫賽霸王，于鐵雕在賽霸王的家中住了已經一日了，他們到店中找那雙翅虎談商了半天，談商的沒有別的事，他們還是去害劍豪！”說到這裏，她又顯出來急、怒、悲傷之態。

楚江涯一看小琴是這個樣子，心中就有些不痛快了，小琴又往下說說：“後來雙翅虎、于鐵雕跟着那賽霸王全到他的家裏去了。我向店家打聽清楚了這些事，剛才我就到了賽霸王的家中，幾乎與賽霸王拼鬥起來。我若不是看他家裏有妻子孩兒，我就能夠把他殺死！于鐵雕跟雙翅虎卻都走了，聽說他們是連夜要趕往南方什麼地方，他們曉得李劍豪住在那裏，他們就要去復仇。”

楚江涯就問說：“蘇小姐，你的意思是還要去找李劍豪呀？”蘇小琴沒有言語，月光朦朧之下也看不清她這時是羞澀，還是又傷感了。楚江涯就慷慨而言，說：“我忠言相勸，蘇小姐你還是回洛陽去吧！以前我還覺得李劍豪是個好漢，我還想交交他那個朋友，如今我卻看出來他量小，心狠，手辣，驕傲無禮，厚顏無恥，以他在開封害死了陳文悌之事就可看出！不瞞小姐說，我此次南來，也是為找他，找着他，不管有沒有小姐幫助他，我也要他的性命！”

小琴聽了這話，一定很難過，所以半天之後才言語，說：“你為什麼也這樣恨他呀？”楚江涯憤然說：“因為他把陳文悌害死得太不對，我跟陳文悌是好友，不能坐視我好友的仇人攜帶着蕩婦去享受安樂的日子。並且，——我向來不說這直話，蘇小姐，你這樣癡情對他，實在是不值，因為他也是你的仇人。”小琴說：“我知道我爸爸是被雲媚兒害死的！”楚江涯說：“不對……”欲言復止，歎了口氣又說：“早先我既沒有對蘇小姐說，如今也就不必再提了。總而言之，我就是勸你快些回你的洛陽，這樣漂流在江湖，終非得計，你為李劍豪受苦更不值！”蘇小琴忽然發怒，說：“你不用管！”楚江涯說：“我本來是不管，但話不能不說的。”小琴說：“我早就知道！”楚江涯又歎息，又冷笑，說：“你明知道李劍豪無情，你還對他這樣留戀，可真叫我這樣的局外人難說了！”小琴又要抽劍，厲聲說：“你少說。”楚江涯說：“只說到此處為止，因為和你認識了一場！”小琴說：“我跟你並不認識……”楚江涯又說：“好好！那麼從此就不認識，再會吧！”遂跨上馬走去，小琴也揮鞭追來。

月光墜向西去了，越來越淡，天色已漸近黎明，又走出有十餘里，小琴的馬仍在後面跟隨着，她是要去看楚江涯到底向哪裏去找李劍豪。可是楚江涯這時的心中不禁躊躇，他本來也發怒，要將預備好的那手巾包向後扔給小琴，但是又覺得那樣也許更引起蘇小琴對自己的誤會，她見我把她的繡鞋和羅巾收藏了那些日，她必得更加疑惑我早先對她是有什麼不良之念了，於是就鞭馬仍走，連頭也不回。可是走到天明之時，小琴的馬竟趕在他的前面，將他的馬攔住了。這時晨風淒淒，路上還沒有行人，小琴臉上，秀麗之中顯出憂思憔悴之色，帶着一種楚楚可憐之態，她說：“楚江涯！楚大哥！我勸你不要去找李劍豪了！因為你不是他的對手，你傷了他也不好……”楚江涯說：“倒沒有什麼不好！”小琴又說：“他若傷了你，我也對不起你家的嫂嫂！”楚江涯說：“那與你又有什麼相干？我為朋友而死，死也光榮！”小琴卻忽然淒黯不語，將路避開。

此時楚江涯本可以沖馬走過去，但是他反倒躊躇不前，他心中對小琴如此戀慕着李劍豪是意殊不忍，就又要向小琴勸解。可是這時小琴不但是直擦眼淚，並且一定要叫楚江涯帶着她去見李劍豪。楚江涯是無論如何也是不說，李劍豪是在武勝關附近。陽光升得越來越高，他們兩個人走在路上，十分惹人注意，大概因為兩人都是滿頭滿身的風塵，尤其是小琴，那兩隻眼圈兒都揉紅了，跟着楚江涯，倒好像楚江涯是個拐帶犯，又像是欺負了人家的姑娘，才遭受埋怨似的。

又走了不遠，前面已是新安店，楚江涯遂就勸小琴到那裏去休息休息，小琴也點頭了，於是走到那鎮街上，楚江涯便找了一家店房，找的是一間南屋一間北屋，原是想叫小琴到北屋去住，而自己在南屋睡一天。一來為耗一天的功夫，免得叫小琴追上了于鐵雕，二來，就是預備到晚上，自己還是偷偷走開，把小琴拋在這裏，叫她連我也追不上，當然也就不能去幫助李劍豪了。可是沒有想到，一進來，小琴就隨他也到了南屋裏，而秀目緊鎖，淚眼瑩瑩，還是不住地追問李劍豪的下落。

現在的小琴與往日不同，一點驕傲的樣子也沒有了，並且她對於楚江涯也不輕視了，說話也不隱瞞，就說她只要見李劍豪一面，雖死也是甘心，並且勸楚江涯不要為陳文悌的事，就與李劍豪作對。她的衣服都已破舊了，都有了幾塊補丁，她的臉兒簡直是像一張又黃又白的紙，淒慘可憐，但態度又宛轉嬌柔而可愛。她說她已經前後吐了四口血，身體永遠覺着有病，她已嘗盡了人情世味，歷遍了江湖的坎坷，但是她不見着李劍豪，絕不願回洛陽去。她跟楚江涯說了半天，此時就好像把楚江涯當做了兄長，楚江涯拿出十幾兩銀子送給她，她沒稱謝就收下了。楚江涯要來了飯食，就與她同桌食用，小琴一邊吃，一邊低聲宛轉地說，說李劍豪的性情雖然有點粗暴，可並不是不明禮。如今，想着他與雲媚兒能夠在一起，必是別有苦衷，絕非得已。她又問到楚江涯的太太柏秀卿，她稱讚那是一位賢慧的夫人。

楚江涯卻只是光吃飯，聽了話就點頭，但自己絕不多說，因為也無話可說。到如今，什麼也不能提了，只有或是帶着小琴去見李劍豪，想法子成就他們一對鴛侶；不然就是仍然以朋友的義氣為重，與李劍豪去相拼。這兩種矛盾的心事，永遠在他的心中盤算，而不能決定。他只好先勸小琴去休息，他自己在飯後也睡了一個覺。及至醒來，天色還不太晚，小琴又催着他走，並且十分着急，仿佛若不趕緊去幫助李劍豪，于鐵雕與雙翅虎就能先去把他殺了。楚江涯卻搖頭說：“不至於！你放心吧！于鐵雕兩個人去了，也絕不是李劍豪的對手，我們且在這裏再歇一夜。”小琴聽了，仍是不離開這屋，仍是哀懇似的說：“楚大哥！你把李劍豪的下落告訴我好不好？還是讓我自己去吧！”楚江涯就說：“我實在告訴你吧！李劍豪他又是到安徽安慶府去了。”小琴聽了倒是有點信，但又說：“我可是不認識路，楚大哥你能夠帶着我走一程嗎？”楚江涯聽了，心中更盤算起來了，如果騙着她，帶她越走越遠，走到兩廣，走到雲貴，那不但她就回不了洛陽了，且說不定她也能夠將李劍豪漸漸忘了，而把癡心對我。只可惜這種小人的行為，我楚江涯絕不肯做！

　　他推說到明天再商量，到了晚間，叫小琴回到北屋去。他躺着又等候着，時間好容易才等到了子時三更，他要自己去偷偷備上馬走開，但才一推開了屋門，見小琴住的那屋窗上燈光很亮，並有人影搖晃，原來她並沒有睡，也許是又趕做鞋面兒了。直到五更時分，小琴屋裏的燈仍舊未滅，因此楚江涯也就走不成了。次日，小琴很早就已命店夥給備上了馬，來催着楚江涯走，往安徽去，並說是：“只要楚大哥把我送到安徽地面，你就不用管了，我一人會去找到安慶，你同着我去見他，反倒不大合適。”楚江涯漫然應着，可是說：“我們也得吃完了飯再走呀？”於是小琴就又催着店家做好了午飯，她先匆匆地用畢，可是楚江涯卻儘自慢慢地吃，又慢慢收拾他的行李包兒，如此耽擱了許多的時間才走。

　　離了新安店往南，小琴永遠還在後邊跟着他。楚江涯就舍了大道，而領着小琴走上了一條偏路，小徑，這段路，實在連他自己也不認識，忽而往北，忽而又往南，簡直是來回亂轉，他告訴小琴說：“這樣走，就能走到安徽地面。”小琴也就答應着，真信以為真了，楚江涯謊騙着這樣容易欺騙的女子，倒覺得實在不忍。他們所經過的地方不是荒村就是小鎮，到處招得村犬亂吠，可不大看得見什麼人，連午飯都找不着地方去食用。傍晚時，他們都走入了一處深山，山谷盤旋，峰巒高低，越走越迷，暮靄漸漸落下來了。楚江涯忽然看見了一道山坡，下面是松林隱隱。至此他才下了狠心，就拋開了小琴縱馬而下，隱隱還聽見小琴在山峰上喊着說：“楚大哥！你往哪兒去了？哎呀！楚大哥你等等我吧！”楚江涯卻連聲也不回，跑下坡來時，他幾乎落馬。

　　他沖過了林巒，借着迷蒙的月光，尋着山路而走去，黎明時方才出了這道山。他怕小琴追他來，他的馬不敢稍停，但又憂慮小琴迷在那山裏，也許會餓死，也許能遇危險，可是他顧不得了。他尋着了往南去的大道，時時走還時時看，就這樣，一天多的工夫，他就到了武勝關。在靠山老店門前下了馬，進去詢問，原來于鐵雕早到了這裏，而且同着小陳三等人先走了，並給他留下了一封封得密密的信。他拆開了一看，就見信上是又把他大罵，說他是個好色無信、不以朋友之仇為重的小人。

　　楚江涯看見了這封信，就忍不住地在生氣，但見信後邊又注着是：現李某與雲女確在武當山上，我們這就去了，你若也去助他，我們便連你也不饒。楚江涯更不禁冷笑。他明白這是一種激將之法，小陳三要激他到武當山下與李劍豪去拼，因為他是在那山上學出來的武藝，在山上有他的師兄弟，山上的路徑他也較熟。當下楚江涯將信收起，也不歇會兒，出了武勝關，他就轉道向西，決定去往武當山上，要以單身去鬥李劍豪，為陳文悌復仇。

　　那武當山是在湖北襄陽府均州西南一百里，又名太和山，據傳說道家所供奉的"真武"便曾在此修煉，所以說是非真武不足以當之，故名"武當"。真武又名"玄武"，乃是北方之神，所以這座山又名"玄岳"。山峰清秀，觀宇極多，道術之士前往修煉朝拜者終年相繼不絕，也就如佛教聖地之普陀、五台，及江南的九華山一樣。在宋徽宗時有一個單身殺敵百余的道士張三豐，也曾於此修煉，傳出了內家武當派的武藝，因此這座山上頗有些武藝精通的道士。山中最高之處為天柱峰，其次還有五龍峰、紫霄峰、展旗峰等等。

在紫霄峰上有一座道觀名"遇真宮"，附近風景極佳。在峰巒幽僻之處，於前兩個月，有人來此搭了一座草廬，並砍下山竹，編了籬笆圍住，居然成了人家了。家中只是夫婦二人，都不到三十歲，都年輕，而且長得很清秀。那個女的樣子還似乎有些不規矩，男的卻簡直跟個大姑娘一樣。天天男的是上山砍柴，山上的樹木本多，但都歸各觀所管，不准外人私自砍伐。可是在那危崖懸壁，或是深澗溪谷之處，去采一些野樹枯藤，倒是沒有人攔。這個男子的身手極好，他爬崖跳澗，從無舛失，每天總要砍一些柴，就賣給廟裏的道士了。得了錢，就叫他的妻子下山去買米，他那妻子除了買來米之外，還總要帶回來脂粉，總打扮得那麼妖豔，而且身上從不穿粗布衣裳，永遠是紅綢綠緞。在山上她是唯一的女人，有了她，仿佛點綴得這座名岳更為美麗了。但她可也不時常下山，她的丈夫更是永遠也不下山，除了附近觀中的道士，是很少有人能看得見他們的，他們也不向人吐露姓名，更無人知曉他們的來歷。

這男子就是李劍豪，女的就是雲媚兒，兩人竟然成為了夫婦。最近，雲媚兒連下山都不大方便了，因為她已經身懷有孕，她這時是死心蹋地跟着李劍豪過日子。雖然有時看見有些廟裏的道士太闊，她很羨慕，想去偷點什麼，好等到將來給她的小孩做新衣服打金鎖呀，但她又不敢，怕李劍豪知道了打她。至現在，李劍豪有時發了脾氣，還要打她。他好像以虐待雲媚兒為樂，又像是拿雲媚兒報仇撒氣；但有時他也很愛憐着雲媚兒，他愴惜地說："為什麼你不是蘇小琴呢？咳！"雲媚兒聽了這話是又妒又傷心，但還不敢說出什麼來，她只得自己把自己也當做蘇小琴吧，她由回憶裏設法擬模小琴的行動和狀態，有時她還故意笑着向她丈夫說："你叫我吧！你叫我小琴吧！"李劍豪果然就呼她為小琴，但同時也流出來眼淚。好在他們住的這個地方，人跡罕至，他們怎麼樣瘋子似的，癡子似的胡鬧，也沒有人管。

這一天因為李劍豪受了風寒，病了，在板榻上躺臥着，睡着了。雲媚兒悄悄地給他蓋上棉被，自己卻悄悄地出來要到玉真觀向那裏的道士討要前日欠下的柴錢，好下山買點藥，給李劍豪治病。她出來時是拿着一根棗木棍兒，拄着走路，嫋娜地走着。遇了一條山徑，兩旁都是密樹，茂草，美麗的成堆的野花，蝴蝶成雙在花間飛舞，小鳥清脆地在枝頭鳴叫，那山泉清澈地從山溝兒流下來，如一條羅帶一般。她就去洗了洗手，並揪了兩朵野花戴在頭上。又往上走，遇了一段石橋，有的石橋欄杆刻得很細，她就想：廟裏的老道可真有錢，比鞏家莊還有錢，我們現在可真窮了！往上走，看見了玄岳門，也就到了遇真宮。這座廟的紅牆是新刷的，門前的石階光潔如玉，一層一層她走上去，就聽風吹松籟之聲，還有仙鶴叫。她走進去，只見兩個小道士，正掃那地下的松枝松果，見了她，就都停住了掃帚，向她笑。她就說："喂！去跟你們管廚房的師傅說說，我來要柴錢，我男人病了！"兩個小道童仍然笑着不理她。

她就過去拿着棍兒去頂一個小道士的腰說："快去！給我要錢去！"但小道

士雖然被她頂着，還是只笑而不邁步，她就喳啦喳啦喊起來，說：「為什麼你們燒了人家的柴不給錢？你們懶得自己不去砍柴，人家爬山越嶺砍來賣給你們，你們可欠帳。你們有多闊呀？大概非得讓個賊來偷偷你們不可，我們守本分的人，就得受你們的欺負，快給太太我要錢去！」

她正在嚷嚷着，由裏面的庭院中走出來一位道士，她可就不敢嚷嚷了。因為她聽說這位道士是本山上最有本事，拳腳劍法精通的人，名字叫劉野鶴，最近才雲遊四方回來，所以那花白的鬍鬚，那發黑的面孔，還帶着一層風塵之色。那兩隻炯炯有神的眼睛，不同旁的道士，簡直是一位江湖的豪傑。當下雲媚兒就又低聲說了一句，「我來要柴錢。」劉野鶴先向道童問明白了，才對她說：「你且到廟門外等着，這是仙家淨地，不許你這樣的人隨便進來！」雲媚兒也有點氣，就豎起眉毛來說：「我又沒進你們的正殿，只來到你們的外院，也不要緊呀？你可別小看了太太！」

劉野鶴與別位道士不同，別位道士遇了這事都不動氣，根本就許不理，但這劉野鶴立時就面現怒容，奪過了她的那根棍子，掄起來向她就打。雲媚兒也以手還打，然而禁不住劉野鶴三棍，兩棍，就把她打出了廟門，若不是看出她是個孕婦，恐怕早已用腳將她踹得滾落于石階之下了。劉野鶴就守住了門，回身叫小道童向裏邊管廚房的道士要來了柴錢，就將錢全都投于石階之下，喝一聲：「你下去拾取吧！速離開這座山。這是真武的靈地，不能容你這江湖的女賊，賣解的女子，來這裏將山污了！快走！連李劍豪也得給我走開！」

雲媚兒吃了一驚，心說：這個老道原來認得我，並連劍豪也認得！她於是只得忍痛忍氣，下了台階，由地下拾起來錢。上面的劉野鶴又把那根棍兒扔給了她，她就連哼了一聲氣也不敢，就離開這裏。回家見了李劍豪，她就哭着說了一遍。李劍豪一聽，卻不由憤然立起，但又呆呆地發怔，不曉得那劉野鶴是何等人物，也不敢就去找他理論。

這劉野鶴原來就是楚江涯之師，他的武藝在本山不能算說最高，但他最愛下山雲遊，最喜留心江湖間的閒事。他是新從豫南回來，李劍豪，蘇小琴，雲媚兒，以及他的弟子楚江涯之事，他盡皆知曉。就因為有他的徒弟在內，他才不願意管，否則這雖是江湖間的男女私情之事，他也要懲罰那負心的男子。如今雲媚兒這種潑悍妖冶的樣子，實在使他生氣；尤氣的是李劍豪忍心拋下了蘇小琴，致使那堅貞的女子淪落江湖，他卻與妖婦來沾污這名山淨地！所以在雲媚兒走後不多時間，他就也離開了玉真宮，尋往懸崖下李劍豪所結的草廬。他站立於籬笆之外，向裏面靜聽，聽了良久，他就始為驚異，繼而覺得惋惜。原來李劍豪說話是顯得軟弱無力的樣子，同時他口口聲聲管雲媚兒叫着「小琴」，並且叫的時候，聲音非常的淒慘，而雲媚兒在家中對李劍豪也是百依百順，宛如賢婦。

因此劉野鶴不禁慨然動了俠義的心腸，他覺得李劍豪與蘇小琴，雲媚兒，一夫二妻，本來很好，大概就因為楚江涯在中間攪亂，才致使他們不能相合。因此，劉野鶴就撤步轉身，又回到了玉真宮，中間心中越想越覺得不對，越認為是那不肖的弟子楚江涯之過。當下他就一時也不能耐了，他就攜劍下山，到寄存他的馬匹之處取了馬，他當日就走了。他要去尋找楚江涯教訓一頓，並想找來蘇小琴使他們三人團聚，還可以資助他們離山到別處去成家。這位莽道士也不多加思索，就這樣走了。

山中的日月過得也很快，不覺又是十多天。山上的氣候更暖了，上山來進香的遊山的日見增多。這時就來了小陳三，于鐵雕，雙翅虎，鐵掌高，飛叉孟這一干人。因為他們雖然扮作遊山的人，可究竟神色不大像，又拿着叉棍兵刃，說話又非本地口音。他們是每日清晨便來，分頭至各山遍嶺去搜索，晚間再下山找地方去住。連山上的道士都看出他們的可疑了，他們可一連數日也沒有找着雲媚兒跟李劍豪，就齊都抱怨于鐵雕。于鐵雕卻指天發誓，說他真是聽一個朋友說的，那人曾於兩月之前來遊此山，親眼看見了李劍豪在此采樵。於是各人又都留意這山上的樵夫，但也是杳無李雲二人之下落。

又過了兩天。這天又在黃昏時候，他們都掃着興又下山去了，此時卻又有一人步行攜劍，急急地走上山來，並且如走熟路似的直奔了玉真宮，這個人就是楚江涯。上山的時候，他早就看見了于鐵雕那些人了，他卻故意地避開。如今他是想不借他人之助，而獨自去與李劍豪拼鬥，寧可死於山中。他到了玉真宮裏，見了老方丈，見了師伯師叔，連燒火的道人和幾個道童，他都認識，只是不見傳授他技藝的師傅劉野鶴，且知道說回來在山上住了沒有幾天，就又走了。他更覺得可疑，他就打聽李劍豪與雲媚兒的行蹤，一問就問出來了。廚房裏的那燒火的道人尤其是把雲媚兒的模樣，說得比他還清楚，還真切，並詳細告訴了李劍豪草廬的所在，笑着說：「我是他們的老主顧啊！」小道童把那天劉野鶴師傅打了雲媚兒的事也說了，且悄聲說：「他要是不打那個娘兒們，他還許不能又走了哪！」

楚江涯一聽，又發了半天怔，真弄不明白這是怎麼一回事。但看了看東方月出，照地如水，他就想：事不宜遲，趁着這月色，我就去找李劍豪吧。於是，他就提劍又出了玉真宮。他對山中的路徑極熟，過橋越嶺，走了不多時，他就找到了李劍豪結廬的所在了。他見這個地方上負高崖，下臨深淵，幽徑盤曲，松柏參橫，真是個隱居的好所在，就知道李劍豪來在這個地方居住，必是別有深心。第一，此山乃內家拳劍的祖師山，膽小的江湖人絕不敢來，第二，隱居此地足可以躲避塵喧，沒事也無人知曉。楚江涯覺得李劍豪這個人很可愛，但想起他無故傷害了陳文悌之事，卻又認為絕不可恕。

他步着幽徑，挺劍來到茅廬之前，他就想：明人不做暗事。於是便踹開了柴扉，向那有淡淡的燈光的屋內，喝一聲：「李劍豪你出來吧！我特來找你！」

屋中，本來這兩日李劍豪的病才好，今天的晚飯才吃得多些，正在跟雲媚兒談說着那日為劉野鶴所辱之事。李劍豪本來想忍下那口氣，可是覺得劉野鶴既然認識他們，恐怕以後他們就不能在此安居了，因此他十分發愁。忽然聽見外面的這一聲喊，李劍豪就吃了一驚，雲媚兒也嚇得「呦」了一聲，說：「怎麼啦？是誰呀？」李劍豪囑咐她不要出屋，自己卻執了寶劍出來，借月光一看，對面的原來是熟人，他就拱手說：「哦！原是江涯兄！你來到此找我有什麼事呀？」

楚江涯把頭搖了搖，還似乎有些歡息，就說：「不為別事，只因為朋友你，把一件事情做得太錯了！」李劍豪就瞪起眼睛來說：「為蘇小琴的事，你不能管我！」楚江涯說：「若為那事，我也用不着來。你知道我跟陳文悌是八拜之交，因為我好事，他才與你相識，但只為他沒把錢借給你，你就置他於死！」李劍豪突然狂笑着說：「他已經死了，還能夠叫我把他治活了嗎？」楚江涯憤然說：「不是叫你去把他治活，卻是我叫你也陪着他去死！我姓楚的生平對友最厚，不計小嫌，可是遇着現今這事，我得大義分明。今天的月色很好。」李劍豪聽見，逼上來兩步，厲聲問說：「月色很好又當怎樣？」楚江涯就說：「月色好就可以分個高低，這武當山雖是我學藝之處，但我師傅劉野鶴並沒在這裏。我若請個別的人來幫助我，我就不算是豪傑！”李劍豪說：“原來你是劉野鶴的徒弟呀！我才知道，那麼我就先殺死你吧！”說時躍過來掄劍就劈。

楚江涯卻一面以劍相迎，一邊撤步出了籬笆。他怕是雲媚兒也來幫助，那就更不好辦。所以他就仗着地理廝熟，漸漸地把李劍豪給引到了一個更幽僻的地方。這地方怪石嶙峋，蓁莽荒穢，雲媚兒是絕不會找來相助，月光也不大能照射到這裏來，上有松風響，下有澗水鳴，二人便在此雙劍相拼。若論武藝，自然是李劍豪高，但楚江涯也今非昔比，他的劍法經過在家中時的精心揣摩，已益為精熟，而且進步了。兩人劍光身影，往來迴旋，都是拼死來鬥，誰也不肯講一點客氣。交手十幾合之後，楚江涯就覺得右臂一陣痛，原來是為李劍豪的劍所劃傷，他就趕緊將劍換了手拿着，同時轉身向後去跑。李劍豪挺劍又去追，楚江涯回身又還了幾劍，但因右手持劍不便，就趕緊又回身避開了。李劍豪又向前來躍，掄劍又來砍，卻不料他們此時爭鬥之地是在懸崖邊，下面正臨深淵。

李劍豪的追勢過急，並怒喝聲：“楚江涯小輩！今天我就叫你活不了！”他腳踏到一塊石頭上，這塊石頭卻是極為不穩，也不容他再緩一步，他就“啊”的一聲驚叫，連石頭跟他帶他的寶劍就全都摔落於深澗之下。把楚江涯嚇得也“呀”了一聲，但眼前已看不見了李劍豪。他知道他的敵手必已慘死於澗中，他倒不禁發出了一種憐憫之情。

呆了半天，雲媚兒也還是沒找到這裏來，澗下也聽不到呻吟之聲。楚江涯就心說：“死了麼？李劍豪死了！咳！小琴也不必再想找他了，陳文悌的仇恨算是已報了！”這多少日來，他心中的抑鬱至此時全都解開，可是反倒有些難過了。本想要下澗去看看，但月色已暗，山風更猛，樹鳴草動，無法找着往下走的路徑。他在此就徘徊了半夜，天色才黎明，濃霧又起，他在霧中又立候了多時，他才能夠看清了下面的石頭。他就把劍放下，衣掖起，忍着右臂的傷痛，揪着樹幹，枯藤，腳蹬着那石跋崖穴，一步一步，慢慢地，走到能看見澗底了。他就先提着氣，預備好了，從一丈多高之處撒了手，跳下來，兩隻腳不但痛了半天，還連褲子都已濕了，因為澗中潺潺地流着深約數寸的澗水，水中都是大小的石塊及無數的鴨蛋樣的石子。楚江涯緩了緩氣，涉水往前去找，就看見李劍豪斜臥於眼前，腰和背是在一塊大石頭上，頭是仰着，下半身全浸在水裏。又走到臨近再看，就見他身上倒沒有什麼血跡，因為他摔下來的時候必是也掙扎了半天，幾次跌在水裏，幾次扒在石頭上，所以流的血都已被澗水洗淨。如今他是昏暈一般地臥着，胸脯還直喘，但受傷太重，爬是爬不起來了。楚江涯伸手摸了摸他的胸口，半天他才微微將眼睛開，呻吟着說：“好朋友！快給我一劍吧！反正我也活不了啦！”楚江涯卻問說：“你覺得怎麼樣？”李劍豪連頭都已不能搖動。楚江涯細看他這樣，就知必是跌傷了內臟，痊癒已難。但又想了一想，就說：“我不殺你，我想把你送回你的家裏去，你願意嗎？”連問了四次，李劍豪才回答了出來，只是問說：“為什麼？”楚江涯說：“把你送還你的老婆。”李劍豪說：“雲媚兒不是我的老婆！”楚江涯說：“我背你到你屋裏。”李劍豪含混地說：“那可以。”楚江涯說：“我還要把蘇小琴找來，叫她也看看你。”李劍豪聽了這話，忽然就流出眼淚來！他的眼淚比澗水還清。楚江涯話雖說的殘忍，但心中懷着萬分的憫惻。他就以那只受了劍傷的胳膊，負起李劍豪的垂死的身子，涉着水，尋找那比較能夠往上去走的道路，就這樣費了多半天的時間，他才把劍豪給運到了崖上。

　　爬到了上面，楚江涯已經累了，而且又餓又渴，看看這時的天色恐怕都已經過午了。他見李劍豪的氣力是益微，楚江涯緩了一緩，就把他抱了起來再走，費力極了。有兩次走到崖邊危險之處，幾乎連李劍豪帶他，都又同時落於澗下。幸虧他的腳步穩，不敢踏那晃搖的石頭，如此又半天，才到了李劍豪的草廬之前。他也不知李劍豪在他的背上是死了，是還活着，又得預備點力氣，好跟雲媚兒打。他想："雲媚兒見把她的丈夫半死背了回來，她還能夠不急嗎？……"

　　但沒想到，才進了籬笆，卻聽那草廬中有人說話，似乎是兩個女子正在爭吵，一個男人居中，厲聲地勸着。楚江涯很覺得詫異，但是自己卻又聲啞，連話都喊不出來，他就蕎闖進了屋去。他還沒有細看屋中的三個人，倒先把屋中的三個人都嚇着了，其中的雲媚兒嚇得"哎呦！"哭着叫着，楚江涯當時就把李劍豪交給她了，自己這才直起了腰，喘了一大口氣。忽然定睛一看，他就不由得大驚，原來這小小的草廬之中，不僅有他的師父劉野鶴，還有蘇小琴呢，他真不知道這兩個人是如何而來的。他先向劉野鶴行禮叫聲"師父"，然後又看看小琴，他卻自覺得愧對。這時雲媚兒已將李劍豪連拖帶拉，放在板床之上，她爬在劍豪的身上嗚嗚痛哭。李劍豪微微睜開了半隻眼睛，看看小琴，就悲戚，微弱，斷斷續續地叫道："小……琴……妹！"小琴也擦着眼淚走了過去，只聽見李劍豪用很真切的聲音說道："當年，殺死你父親的那人，……是我呀！我告訴你的實話吧！但，我可不是故意呀！……"他痛哭了起來，自恨了起來，又似乎是暴怒了起來，但他的身子忽然一僵，最後的一縷之氣，當時斷絕，他就死了。雲媚兒哭得更是厲害。

　　蘇小琴不但眼淚更急，並現出驚訝的神色。楚江涯卻站在旁邊說："這事我早就知道，想當初必是蘇老太爺將李劍豪的破綻看出，知道他不是女流，意欲在隱鳳村將他弄死。沒想到，劍豪情急手錯，反將老太爺殺傷。老太爺臨死也不肯說出女兒的私情，恐怕傳了出去，污辱了貞節牌。但李劍豪也有良心，並且他的爸爸逼得他立了誓，他這才忍痛不顧蘇姑娘，並故意做出哪些無情之舉。後來他與雲媚兒在一塊兒，也是為使蘇姑娘斷絕相思……"

　　他才說到了這裏，小琴就急問說："這些話，你為什麼不早告訴我呢？"楚江涯歎息說："我是不忍得告訴你呀！你想，你是那樣愛慕着劍豪，同時可又說是非報父仇不可。你所愛的，與你所恨的原是一人，我可怎麼把話說明呢？"他又把昨夜自己與李劍豪相拼，李劍豪失足墜澗之事細說了一番，隨後又點頭讚歎，說："李劍豪確實是一剛強男子，他不因兒女私情而忘恩仇大義。但他死得也好，也不好。他不死，他還是不忍得說實話，我更是不好意思說，姑娘你永遠也是不能知道呀！如今，好了，他死了，你也明白了，你不必徒然悲傷了。他就是再活了，也不能夠跟你成親。如今，我就勸姑娘你，趕緊下山回洛陽家裏去吧！……"不想到他的話說到此處，小琴忽又痛哭起來，又是一口更多的鮮血，自口中咳出，飛濺於地。她的身子量得也向後直退，倒于一張竹椅之上。劉野鶴在旁也直歎息。楚江涯回身又向師傅詳說他管了這件閒事的經過，並表示自己並無壞心，只是為了一點，一點憐憫蘇小琴之情。至於後來，把蘇小琴騙在山裏，拋在山裏，那也是事出於無奈，因為自己雖然憐憫小琴，可是對於盟兄陳文悌之仇又不能不報。不過李劍豪可並不是我給殺死的，是他自己摔死的。我也本想以身與李劍豪相抵，未擬生還，但如今豈料我倒沒有死。可是以後，這種閒事我是絕不再管了！

　　他的師父劉野鶴並沒有責問他，也說了蘇小琴所以來到此地，是他給找了來的，不然蘇小琴必定仍在豫南鄂北那一帶，孤零地徘徊，絕到不了這裏。可是，劉野鶴又說：“我把她找來，是為使她們三人相配，卻沒料到竟看見這種慘景！”說着，劉野鶴轉身就出屋走了。楚江涯卻仍在這裏，他勸勸蘇小琴，又去勸勸雲媚兒，勸得蘇小琴緩過來氣，勸得雲媚兒也止住了悲聲。本來，剛才若不是有劉野鶴攔住，小琴就要先殺死了雲媚兒，以為父報仇了。如今，才知道雲媚兒原與她無仇，不過也是個可憐的女子，使得小琴的心，倒更覺得難過了。楚江涯在旁邊說：“我們現在商量商量，是怎樣給李劍豪辦理喪事呀？”他這話一說，兩個女人又齊都哭了。同時屋外有幾個男人的聲音，正在大喊：“李劍豪！小輩！你快滾出來吧！”喊聲暴躁，而且十分噪雜。

　　楚江涯趕緊走出屋去，就見來到人不只是小陳三那些人，還有于鐵雕和一個手執鋼叉的猛惡漢子，大概就是那雙翅虎。全都氣勢洶洶，呼叫李劍豪出來，就要當時一齊上手拼鬥。于鐵雕先搶過來說：“江涯兄！你來了很好！叫李劍豪出來吧！我們也不用闖進去驚他的老婆，我們是聽老道說的，剛才他說李劍豪是住在這裏。”楚江涯點頭說：“一點也不錯，他現在正在屋裏哩，你們就進來見他吧！”說時回首把那扇門開了，于鐵雕與小陳三就一齊闖入。但是小陳三一眼看見了蘇小琴，他就怔住了，他身後的大刀劉趕緊就拉他出來。大刀劉，鐵掌高，都是在開封府見過蘇小琴面的，尤其隨來的人之中有騰雲虎，他是更曉得小琴的厲害，更把小陳三攔住，他們的眼睛都瞅裏邊，都看見了板床之上直挺挺躺臥着的李劍豪。只見于鐵雕先向小琴打了個躬，又向雲媚兒點點頭。然後走過去詳細地看着李劍豪的屍身。半天，小陳三在屋外就問道：“怎麼樣了？李劍豪若是病了。咱們就容他暫時養養，過幾天他能夠起來，咱們再跟他鬥，再報仇。因為好漢子不跟他病漢子鬥！”雲媚兒卻哭着，着急地說：“你們都進來看看他吧！”小陳三在外就說：“好！進去咱們就進去！”於是呼喇地一聲，又進屋來三個人。大家看着蘇小琴今天不厲害，也就不怕了，都互相擠着，直着脖子看李劍豪頭上手上都有些摔傷之處，以及那種瞑目長眠的樣子。小陳三並且上前去摸摸手，按按胸，然後他急忙退出，口中連說：“喪氣！喪氣！”他帶着大刀劉，騰雲虎等人就走。雲媚兒追了出去，哭着罵，跺着腳說：“你們都回來呀？你們的仇還沒有報完呢！這兒還有蘇小琴啦！你們還應當跟她來鬥啊！”可是小陳三等人連頭也不回，就都走了。這時屋中的于鐵雕點點頭，說：“事情完了！人死了還能夠說什麼？”又向小琴拱拱手，他就也走出。雲媚兒站在外邊仍是哭罵，可也沒有人理她。

　　楚江涯就住在玉真宮裏，蘇小琴與雲媚兒都住在那草廬之內。兩日之後李劍豪的屍體已殮於棺內，劉野鶴並派了三個道士去念了一次經。由山后找來了村民幫着，就將李劍豪的靈柩葬埋於山后的一片空地上，以碎石和泥土，在上面壘起了一座新墳，墳上沾了雲媚兒和蘇小琴兩個人的眼淚。兩個人之間這時是一點冤仇與嫉妒也沒有了，但她們的容顏都籠罩着一層慘澹之色，尤其蘇小琴，最顯着的是病容；雲媚兒最顯着的又是那身孕。楚江涯這時見了她們，倒非常覺得拘束，什麼話也不能夠提了。

　　蘇小琴倒是開了口，要向楚江涯借銀三十兩，說她要回洛陽去，連雲媚兒她也要帶走。楚江涯趕緊從命，又有劉野鶴資助，湊足了八十兩銀交給了蘇小琴。蘇小琴接過去也沒嫌多，並且沒有道謝。雲媚兒又到了李劍豪的墳前，哭祭了一場，就拋下了她們的那間草廬，跟隨着蘇小琴走了。楚江涯追着她們下了山，直到均縣的城裏，才知道她們先找到了店房，歇宿了半日，然後才雇妥了走遠端的騾子車。小琴的馬就拴在騾子的前面，她為的是不騎馬好，不惹人注意，並且能夠跟雲媚兒同在車上談閒話。

她們臨走的時候，楚江涯趕了過去，就把他的那個手巾包兒交給了蘇小琴，臉紅着說道：「這個包兒我早就想交給小姐，但總是無緣。今天，實在不能夠不交給你了。裏面還有一封信，那是我早先寫的，現在已沒有用處了，我也沒有功夫把它再抽出來。可是裏面的兩件東西，姑娘！小姐！一看就必然能夠明白！」小琴點了點頭，也沒當時拆開看，就放在車裏，臉上連一點笑容也沒有，只說了聲：「楚大哥再見！」這是最後的一句話，說完車輪一動，就走了。楚江涯目送着車塵，倒有些悵然若失。

他是既然見了師傅，便不能匆匆又走。他在玉真宮裏又住了一個月才下山，騎着馬進武勝關回河南。一路，心事毫無，興趣可也都減了。回到中牟縣的家中，已到了端陽節，柏秀卿看見了丈夫回來，一點也沒有驚訝，楚江涯可倒是真驚訝了。原來在十天之前，就有洛陽蘇家派來了僕人，送來銀二百兩，馬一匹，此時已走了。這分明是蘇小琴已平安抵家，還了馬，返了銀，且加上了利錢，其中是暗示永絕之意。

本來，到了如今還能夠不永絕嗎？雖然心中還留着一點惆悵，可是什麼話也沒有說，他就把馬，連他自己家裏的馬，都命人牽到城裏去賣了，向他的太太表示永不再出門了，並連縣城也不常去了，家門都長掩而不常出。家中的僕人多已辭去，只留下了一個小丫環，一個男僕，兩個僕婦。他成天在家，寶劍已丟失在武當山上，他不再買，也不再練。只是抱着他的孩子，和在書房看書。

悠閒的歲月過得也很快，不覺着兩三年，小琴在這裏時，柏秀卿生的那個孩子，這時都長大了，會跑了。楚江涯也變成了又白又胖，一位富家翁的樣子，真應當留鬍子了，然而他還沒有留。這日，因為他那在洛陽住的朋友朱家，派了人請他，去到那裏玩上幾天，住些日子。他本來不願意去，倒是柏秀卿覺得叫丈夫成天整年不出門，也許能夠悶出病來，所以才縱容着他，並備了些禮物，叫他去送給蘇小琴，以謝當年她生產時，蘇小琴幫忙受累的那段情分。楚江涯這才邀上了幾個往洛陽去收賬、做生意的買賣人。一同坐着車走了。

這又是陽春天氣。楚江涯一往西來，看見了沿途上的夭桃穠李，花絮飛蝶。尤其是當過洛河之時，看見了那青青的洛水，他的腦裏就像是又飄起來了一條輕輕的羅帶，和兩隻豔豔的繡鞋。但他到了洛陽朱家，並沒打聽蘇家的事情，所備的禮物也沒即日就送了去。可是朱家的那個族人朱老六，就趕來跟他說了，原來蘇小琴現在還在家裏，沒出閣也還沒定親，也許這輩子不出嫁了。雲媚兒是住在她家，成了她的女伴，她們永不出門，很少有人能夠看見她們。她的二哥是新放的外任知縣，攜着她的二嫂跟侄兒都走了；大哥在家中當家，城裏新開的糧店；她的三哥粉金剛還是那樣沒什麼出息。此時，銀鉤孟廣也由北京回來了，照舊開設鏢店，往日的事已經沒有人提了，蘇老太爺的三周年都辦過去了。

楚江涯聽了這些話，心裏說不出是一種什麼滋味，他只覺得古人有句話說得對，是人生如夢！住了半個多月，他才想起來，並決定親自去送禮。他穿着新袍履，新刮的臉，並乘的是很新的一輛騾車，帶着禮物出了城。他就如尋夢境似的，又往隱鳳村來了，盼望着今日能夠見着蘇小琴，如隨便看看雲媚兒，那是更好。

隱鳳村就在眼前了，楚江涯反倒有點擔心，他怕人家不但不收禮物，不見他的面，還許給他個沒興趣。雲媚兒還許恨着呢：不是為我跟李劍豪拼鬥，他能夠跌下懸崖摔死嗎？心說：好歹就這一回了，無論能見得着，或見不着她們，以後我是絕不再來了！

當下楚江涯沒等到車進村子，他就先跳下來，為的是表示點客氣。進來村，就有不少村中的人注意着他，他也不問人家認識他不認識他，就連連向人家拱手帶笑，命車停住。同時他看見了那懸有貞節牌的大門，門沒關着，他就命趕車的把他的幾盒子禮物往裏去搬。他把名帖已取出來了，剛要遞給從裏面出來的一個男僕，這男僕就先向他行禮，說："楚大爺！您來啦？"

楚江涯一看，人家原來認識他，他就說："我是從家裏來，帶點禮物到此看看你家大爺跟小姐。"這僕人就說："請您在這兒等一等，我先進去回稟一聲。"說着轉身就又進去了。楚江涯一看，連客廳都不讓他進去，他就有些憤怒。但身後邊又有人叫着"楚大爺！"他回頭去看，見是那個耿四，他就問說："怎麼？你們這裏改了規矩了？來了客，都不往客廳裏讓嗎？"耿四笑着說："楚大爺您別生氣，因為我們大爺為人謹慎，囑咐我們，要是遇見有人來找，都不可怔往裏讓，這說的是那些面生的人。楚大爺您是熟人，您就請吧！我家小姐還時常提說您呢！"楚江涯一聽，倒不由得驚異，他隨着往裏去走。

這裏東房就算是客廳，耿四還沒帶他進屋，只見蘇振傑由裏邊跑出來了，又作揖又笑，說："楚大哥！你來啦！快請快請！請裏院去吧！我大哥現在正鬧腳氣，不能夠出來，你快進去吧！"他拉着楚江涯往裏院就走。要經過正院才能到東院蘇振雄的屋裏，這正院中小鳥啾啾，十分寂靜，滿院中都是才開放過的牡丹花，北屋和西屋全都掛着深顏色的窗帷。楚江涯正要看看小琴是住在哪屋內，可是蘇振傑就硬把他往東院裏去拉，見他的大哥去了。蘇振雄這次見了楚江涯，只先稱述過去在外邊照護他的妹妹的高義，表示感謝，又問："你今天來了，何必又帶來許多禮物？"楚江涯卻拱手說："那是賤內送給這裏小姐的一點東西，不值得掛齒！"蘇振雄聽了，當時便命僕婦去請小琴，楚江涯坐在這裏更覺得不安。

呆了良久，也沒聽見什麼環佩之聲，小琴可就來了。她那身材仍是那麼窈窕，只是因為脫了孝，現在穿的是一件雪青色的綢襖，鑲寬邊的淺綠色的緞褲，鞋是什麼樣式，楚江涯就沒敢細看。他立起身來了，拱手稱道："小姐！"蘇小琴也還了禮，很清楚爽快地問說："楚大哥好！嫂子跟侄子在家裏都好嗎？"楚江涯只恭謹地連聲說："好好好好！"小琴又說："嫂子叫大哥這麼遠送來了禮物，我真心裏不安，請回去時替我道謝吧！"楚江涯又說了兩個好字。

小琴在這屋裏略停了一停就走了，楚江涯倒覺得現在的蘇小琴是與當年江湖上的美劍俠不一樣了。不過，回想剛才看見的她那芳容，倒似是更為豔麗，更顯得年輕，吐血的病兒大概早就好了，李劍豪對她的恩仇，也不知在她的心中磨去了沒有？至於那條汗巾，和那雙睡鞋，她是還保存着呢？是早已穿用舊了？

腦子裏泛了半天胡思亂想，覺出跟蘇家兄弟倆說話已是所答非所問，他只得起身告辭了。蘇振雄仍然是不能起身往外送，蘇振傑拉着他送他，但是還沒有走出這個東院，蘇振傑就一眼看見了那正院裏站着一個人——這人大概是叫他碰過很大的釘子，他不敢見人家，他當時就止住步，縮了頭，推着楚江涯說："你一個人走吧！恕我不送了，過兩日我到城裏再去看你去。"

楚江涯發呆地又走到那正院裏，卻看見一個青衣白褲，滿頭的琺瑯首飾的小寡婦，抱着個穿着花緞衣服的小女孩正在院中賞花，這正是雲媚兒，但現在毫無江湖的習氣了，簡直叫人不敢輕視。這小女孩——不用說，必是李劍豪的遺腹之女了。此刻小琴也在院中，因為問了一聲：「楚大哥走嗎？」楚江涯就帶着笑，也含着愧向那邊望了望。他見雲媚兒雖沒有理他，可是面上並無仇恨之意，蘇小琴對着他還有點嫣然的笑。但他可不敢過去跟人家扳談，他只得走開。他的腳踏着的是滿地紅粉繽紛的牡丹落英，這都是被無情地風雨給吹落了的，摧殘了的。蜂蝶往來飛着，也無力將它們救起。楚江涯就惆悵走出，上了車他就長歎了口氣。當天回到城內，下午他就走了，回中牟縣去了。因此，洛河之水年年流，玄岳之雲層層起，江湖上的風塵滾滾不絕，但這一段事情，就已漸漸為世人忘記。

（全篇終）

《風塵四傑》

王度廬選集 , THE COLLECTED WORKS OF DULU WANG
修訂者：王宏
Edited and Modified by Hong Wang

汇 湖 出 版 社
JIANGHU PUBLISHING

Jianghu Publishing
PO Box 35075 Fleetwood Postal Outlet
Surrey, BC Canada V4N 9E9
www.jianghubooks.com

THE COLLECTED WORKS OF DULU WANG

王 度 廬 選 集

Author of Crouching Tiger, Hidden Dragon

《 卧 虎 藏 龙 》 作 者

Wuxia Novels Volume One

武侠小说集　卷一

風塵四傑

DULU WANG

王度廬

Edited and Modified by Hong Wang

校訂者：王宏

JIANGHU PUBLISHING　　江湖出版社

第一章　天橋之雄

　　北平天橋是個鼎鼎有名的地方，無論去過的或沒有去過的人，總都知道那是一個好玩的地方。它甚至比杭州的西湖還要有名，因為西湖不過只有"十景"，天橋卻有成千成百的"景"。西湖的景是山水，天橋的景卻完全是人。真的，假若除去了人，天橋便什麼景也沒有了。

　　在北平城，三月間常刮起來彌天的風沙，您就嘗嘗這滋味兒吧！那塵土就像灑胡椒麵似的往您的嘴裏灌。除非您不呼吸，只要是一呼吸，這些土包含着垃圾堆裏和車轍裏的土，也許連同着成千成萬不知名的細菌，就都送入了尊唇。你沒法講衛生，然而你卻不一定得病，因為天橋的人就成年地在這種風沙裏活着，而且健康活潑地活着。

　　天橋在正陽門外，正陽門也就是"大前門"的香煙盒上畫着的那個偉大建築的前門，這是北平最繁華熱鬧的地方。貨棧林立，稱得起是商業之區；旅店無數，皆為各地客人棲息之所；戲園相望，是"國劇"藝術之淵泉；綺巷回折，又是紙醉金迷的地方。除此之外，就是流浪者的天堂，下等人的娛樂場，賣假貨的交易區，小偷兒騙子的橫行地。此即所謂之天橋了。

　　天橋有"無水之橋"之稱。這裏確有一座橋，建築得也很堅固而美麗。橋下可不是完全無水的，常常有一些積下的雨水，或是融化了的雪水，及人們傾倒的積水。總之，這裏的氣味不大好。東邊是一些估衣，賣破爛貨物的攤棚，這且不提。西邊除了一些賣較新的衣服鞋襪的攤棚之外，則是戲園，演着一些上不了大臺的劣等戲；落子館，有如花的歌女在那裏賣唱，闊少在那裏揮金；小飯館，賣着鍋貼、肉餅、餃子、灌腸，還有什麼豆汁攤；另外又有茶館，名士麇集在那裏擺象棋，無業的遊民則在那裏閒談天，或是拉房緯；這些建築得極簡單的攤棚以外，又有命館、鑲牙館、相士、賣野藥的、拉洋片、說書、唱滑稽戲、鐵板大鼓書、嘴裏胡說八道的相聲、變戲法、耍狗熊、摔跤、打拳賣膏藥、真刀真槍的賣藝……更有席棚搭設的電影院，以及"人頭講話"，巨蟒、箭豬、鱷魚、小人國的大展覽和洋鼓洋號，賈波林（卓別林）樣子的小丑出了場，穿着西服在表演魔術。

　　天橋，的確景物很多，百看不厭，人亂而事雜，技藝叢集，藏龍臥虎，新舊並列，是時代的渣滓與生計的艱辛，交織成了這個地方，在無情的大風裏，穢土彌漫中，而令您亦笑亦啼。

　　民國六年間，我初次到北平，住在長巷頭條一家旅店內。因為謀事未成，更兼生了病，雖然還不至於像秦二爺似的，遭受店主東的白眼，可是也怪無聊的。幸喜天橋離此甚近，於是我就幾乎是天天到天橋去學學北平人之所謂"溜達，溜達。"

　　到天橋的一起初，我真睜不開眼，而且有一些膽怯，那慘無人道，硬叫小孩彎腰扳腿的變戲法的，真恨不得打他兩拳；那說相聲的，我想控他以有傷風化；那比我還病弱的姑娘唱着鐵板書，我又想資助她一些，勸她改行；那相面的攔住我，大喊一聲："別走！你印堂發暗，我送給你幾句話，指你一條明路！"這魯莽的舉動和威脅的意味，又是常嚇我一跳。但是來過了幾次之後，久而久之，我對於這裏的一切，也就覺着熟悉了，而且還很感覺親切。雖然風常是這麼大，土是這麼髒，而我就像全都忘了似的，時常在此流連而忘返。

　　在這許多人的當中，我最欽佩而崇拜的就是一個賣"大力丸"的，他的名字叫劉寶成，因為他的"場子"裏，就地放着一張紙寫着這三個字，所以把他介紹給了我。他三十歲上下的年紀，生得身高約六尺，肩膀又寬又厚，在這初春的天氣，北平猶然寒冷，但他卻是光着上身。露着只有石頭或是鋼鐵才能譬喻的，筋肉發達，健壯無比的胸脯和雙臂。腰繫着結實的寬寬的"板兒帶子"，上面紮着花，跟他雙臂上刺的花紋紅紫相映。他那兩條健壯而又伶便的腿，用腳一跺，地面就是一個深坑。他所表演的與其說是技術，不如說是力氣，因為他把一塊大石頭，用掌一擊，立時便能粉碎，百十斤重的一把青龍偃月刀，單臂便能舉起，就憑着這個，他才賣大力丸。

　　大力丸是一種黑丸子的藥，約有黃豆大小，用極粗糙的紙，包成一小包一小包的，紙上還蓋着一顆字跡不清的紅色圖章，放在擦得發亮的銅盤裏。每次，他練畢了幾手兒表現大力的工夫，看見周圍一層一層的人已經聚集了不少啦，他就該賣這個藥了，總要先說這個藥都治甚麼病，反正，無論是跌打損傷，或是五癆七傷，以及痰喘咳嗽，大便不通，小便不利，諸般雜症，吃了他這個藥，決沒有個不見效的。藥價定得很低，只要一個小銅板，相當於一個小燒餅的價錢。他就托着銅盤，一個人一個人地挨着次序讓着來買，其實這等於是變相兒的練把式求錢，藥的成本恐怕連一文錢都許不值，而且人也都知道是吃了雖然無害，卻也絕不會治療甚麼病的。不過是以這買賣的方式遮一遮羞臉兒，根本還是告幫。但幫他錢的人（即買他藥的人）究竟算是最少數。大半都是圍上他，看他賣了一些蠻力，等到他端起藥盤子來的時候，大家都回身走開。這種人是他所最痛恨的，每次總要惹他發一回脾氣。在這些人未去之前，他總要先說："諸位！要是沒帶着錢不要緊，家有萬貫，還有一時不便呢。喜歡我這藥的，隨便拿上兩包，有錢的扔兩個；沒錢的咱們交個朋友，可就是給我助助威，別走！"然而他這些話是絕對無用的，到時，那些聰明的——白看玩意不掏錢的人，還是一哄而散。他就要罵了："他媽的！走甚麼？家裏有人等着你回去收屍嗎？媽的！甚麼德行？……"他罵的時候，臉都氣得發紫了，腦門子上的青筋也都暴露了出來，真如一頭髮了怒的獅子。但這可憐的獅子，無論他一天要發出多少的怒吼，其結果，也是掙不了幾個錢！

　　我時常於中午等着他來了，開始演技賣藥，直站着看到他到了晚間收攤，替他估計他的收入，太寥寥了！我不禁為他這個人惋惜，而覺得世事的不公！

　　因為我總是不忍得不買他的藥，我憐憫這個"強者"。其實，藥我也並不吃，在我的旅店房間的柳條箱裏，已經有七八十包大力丸，這些藥，當然對於我也算是一筆消費，然而我只要一到天橋來，就必……就算是資助吧，給他一些錢。他漸漸認識我了，銅盤很少往我的眼前來遞，有時我預先掏出了錢，伸手要從他那銅盤裏拿藥，他常是客氣地說：「您帶着錢吧！」這時好像我就給他元寶，他也能夠正色拒收，他就是這麼一個倔強，有骨氣的人。於今，我才證實了我念過的古文上那句「燕趙古稱多慷慨悲歌之士。」世界上的人，不都是無恥、壞蛋、豆腐塊兒和小花臉，有英雄好漢，但是不幸淪在天橋了！

在一天夕陽西下的時候，春風已有些暖意了，天橋各項藝人，都已息了他們的鑼鼓。遊人散盡，劉寶成也在點他的錢了。我可還沒有走，站在旁邊看他把一天的收入，——是放在小錢板上，一疊的小銅元，拿在他那大手掌裏，真看不出來甚麼，一五，一十，十五，二十，二十五，三十，三十五，……我希望他數一數，可是除了餘下的兩枚錢外，他已經無的可數了。他抬眼看看我，現出一種無可奈何的笑，自言自語地說：「今兒個還不如昨兒個呢，才掙了三吊多錢。雜合面都一吊二一斤了，我一頓就得吃斤半——這麼大的窩窩頭……」向我用手比着。這麼大，我可連一個也吃不了，他說就得三個！擦了擦頭上和脊梁上的汗，拿起地下扔着的一件小汗衫套着小袷襖——倒還整齊——接着又對我說：「賣的是力氣，不吃還行麼？可是吃，簡直就難奔！」他並不歎氣，只是已對他這行業表示了消極，也許是忿語。他說：「老要是像今天這樣兒，真得改行拉車了！」

我沒法子找出適當的話去安慰他，我只笑一笑。這個笑，或者還可以表示點同情吧？我向他搭訕着來問：「家裏還有甚麼人？」我是關心他有無家口的負擔，計算他這點錢怎樣才能夠支配。

他反問說：「有人還行？」接着說：「一個人還夠混的啦！再有個夾（家）板兒，那可真就玩兒完了！」他笑着，又接着鄭重其事地向我下注解說：「我們練工夫的，別說沒有錢，就是有錢也不能成家，因為身子骨兒就是本錢，跟唱戲的嗓子一樣，唱戲的怕倒嗓，我們是怕……酒，色，財，氣。」他在講着健身之道，我呢？我這個病夫，倒好像對他有些慚愧似的。

我們正在談着話，那邊就有個人來了，是個中年婦人，髻兒也沒梳，衣服還很舊，兩隻鞋拖拉着，氣忿忿地就找了他來，說：「你為甚麼不去？」問得很嚴厲。劉寶成——這條倔強的漢子，當時就現出一種畏懼的神色，連連說：「我，我這兩天真沒工夫！」

婦人瞪着眼說：「你人沒有工夫，難道錢也沒有工夫嗎？你真算有良心就得了！」劉寶成趕緊把那三吊多錢給了婦人說：「這是今兒我掙的，您都拿了去吧！」婦人卻毫不客氣地接了錢，轉身就走。

第二章　怪老人

　　我不由得對於這劉寶成有些疑惑了，不明白那婦人跟他的關係，尤其奇怪他為什麼這樣的怕，莫非那是他的姘婦，他怕老婆？如果這樣，我眼目中的這位英雄，可就打了折扣。

　　此時劉寶成緊緊地攏起濃眉，由地下提起那杆沉重的大刀，並且沉重地歎道：“真沒有法子！”我趕緊問他：“那位堂客是誰呀！你欠她的債麼！”

　　劉寶成說：“債倒不欠，可是，只要我手裏掙來三頭五百的，她來要，我還能夠不給她嗎？”

　　“你為什麼要給她呢？你掙的錢也不容易，再說，你把錢都給了她，你可拿甚麼吃飯？”我有點替他覺得不平。

　　他又歎息，說：“她是我的師娘。”

　　我這才明白了一點，又問：“難道，你這位師娘，還常指着你來養活嗎！”

　　他點頭承認，說：“雖說不是全仗着我養活，可是我每月掙的錢，至少得叫她拿去多一半。下大雨，我不能出來做買賣，只要她家裏等着米下鍋，就得，剝下我的衣裳來，也得當了錢給她！”

　　我要說：“你太冤啦！”

　　他卻又微微地歎息，說：“這可有甚麼法子？誰叫她是我師父家裏的人？俗語說：天，地，君，親，師，她既是我的師娘，就跟我的媽一樣啊！”

　　我有點怔住了，覺着這個人，不但是個江湖的英雄，還是十足的一位道義君子，越發地使我欽佩了。

　　他提着大刀，拿着他的那份貨物包兒，就無精打彩地往北走去。我依然跟着他，見他把他的東西都寄存在離這裏不遠的一個小飯館裏，他像是天天這樣辦的，他跟這小飯館裏的人都很熟。不過，這小飯館這時座位已都坐滿了人，三四個堂倌正在忙碌着，把那新出籠的包子，油煎噴香的鍋貼，還有精白麵，塗大油，夾着豬肉，雞子，美味的餡兒的北平特有的肉餅，都正給顧客們往上去端；灶旁邊還刀勺亂響地炒着各樣的菜，香氣惹得人流饞涎。

　　但是這位壯士劉寶成，卻把他的大刀平放在人家一個存煤炭的地方，藥盤兒等物擱在人家的一張桌子底下，他就向一個掌櫃的似的人，不好意思地笑着說：“明兒見吧！您！”他就要走。

　　我已經隨着他進來了，當時我就把他攔住。我說：“你不是沒有甚麼要緊的事情了嗎？咱們在這兒吃點甚麼好不好？”他先是發了發怔，旋即，難為情地說：“不用！不用！我還得到別處找個朋友，謝謝您的美意了，改日，我再叨擾您！”

　　我說：“你不要客套，咱們兩人雖沒有怎麼交往過，可認識也不是一天半天啦，我身上現在還帶着富餘的錢，咱們就在這兒隨便地吃點，談談，不必客氣，我這個人最愛交實在的朋友！”

　　他被我的誠懇的意思感動了，他倒顯出有些無可奈何的神情。堂倌在旁邊已經給我們找了座位，我們兩人就對面坐着，我問他要吃甚麼，他卻一句話也不肯講，拘拘束束的，這個賣大力丸的大漢子這時倒好像一位大姑娘。

　　我只好先要來二壺燒酒，斟給他，他卻也不肯喝。我知道他必定是餓極了，於是趕緊就叫給切肉餅，切來了三大盤子，整整是一斤半，我希望他把這些都吃了，還許不夠，可是他卻怕生人似的，拿着筷子一點一點地吃，弄得我的心裏很不大痛快，這那兒像個英雄好漢呀？英雄好漢應當是爽快率直，拿起酒來就大口吃，拿起肉來就往肚子裏填，跟花和尚魯智深一樣，那才痛快。他簡直一點豪爽氣兒也沒有，但是我原諒他，他是個要臉面的人，想必是覺着我跟他萍水相逢，尤其我也不像甚麼有錢的人，所以他不肯放開量地吃喝，而教我多多破費。

　　我對他說的我的來歷，表示我好交朋友，因為我的身體弱，所以我敬佩有力氣而身體好的人。接着我又問他的那個師娘，問他的師父現在還在世不在世，師父當然也是個有力氣而會耍大刀，賣大力丸的了？

　　他一邊吃着，一邊向我回答，說：“我這位師父，可稱得起是我的恩師！說起來話長！”這時，他的神色變為愁慘，所差的就是眼邊還沒有掛出眼淚。

　　他又說：“您的身體不好，也不用發愁，我師父他老人家會用推拿的法子治病，一半天，今兒您要有工夫，我也可以帶着您去。他就住在東邊，不遠，那地方叫金魚池，只是他的家裏地方太狹窄。可是像您的這個病，也不用吃藥，叫我的師父推拿一下子，就准能夠見效”。

　　我聽了很喜歡，其實我不相信甚麼推拿，也不希望我的病一下就好，不過這賣大力丸的師父，我倒得趁此機會見他一見，索性我得調查出他們之間的這種感情道義發生的原因。反正我也是閑着沒事兒，來了一趟北京，若能交上這麼幾個朋友，也算不錯。

　　於是我就說：“好極啦！那麼待一會，你就帶着我去見見你的令師吧？你要是能把我的病治好了，我將來一定要重謝他。”

　　“那倒用不着。”當下這劉寶成，因為他要給我去辦事，他就也不再那麼感覺着拘束了。

　　少時我們吃完了，我又說：“這肉餅做得很好吃，咱們再切兩斤，給你那位令師帶了去，就算是你給他買的，好不好？”

　　劉寶成想了一想，就點頭說：“也行。”於是我就叫堂倌又給切了二斤肉餅，並用紙包好，拿繩兒捆上，就由劉寶成用手提着，由我付了錢。我們兩人就走出了這家飯館，往金魚池去了。

　　東方已掛出了橢圓形的月亮，天青得像深藍布的大褂，風微微地吹着，還有點涼。天橋的晚間是寂靜的，只有些個棚子裏還有黯黯的煤油燈。飯館還在做着生意，書場的晚場還沒開臺——這一個下流的地方那許多的下流而辛苦的人，都已不知在何處找到了他們的棲息之所，去恢復他們的體力去了。

我同着劉寶成到了金魚池，這個地方那裏有金魚呀？有的只是臭水坑。這是天橋的一個角落，還沒有出了天橋的範圍。稀稀的幾家土牆和土屋，更有用木板、蘆席搭蓋的。這在北京城的別處很少看見，這是貧民窟，大雜院每家的門上連門牌都沒有。

劉寶成就領着我進了一個破板的小門，院裏很窄，放着一輛破洋車，還有一份，還沒挑出做買賣去的餛飩擔子，這就說明了這裏人家所做的營業。院裏的房屋統共不過七八間，可至少也像住着七八家子的人，都是那焦黃的破紙和舊報紙粘糊着那歪歪擰擰的窗戶，映着黯淡極了，似貧窮的人生命那麼黯淡的燈光。有的屋裏有人咳嗽，一聽就知是肺癆。這裏還養着一只夾着尾巴的，渾身是癩的狗，汪汪地吠了幾聲。但它來到臨近，拿鼻子聞了聞劉寶成，立時就不吠了。

從個小屋裏走出一位姑娘，喊着狗："黑兒！別咬"！一眼看見了劉寶成，就說："哦！大哥！"同時她看見了我，就頓然覺着很是驚異。

我正在玩味着由這位姑娘口中說出來的宛轉而動聽的北京話，劉寶成就給我介紹了："這位是……先生。這是我師妹妹，我師父的女兒。"

姑娘讓我們進了屋，我這時倒有點局促不安了，我先看了看這位姑娘，我可立時就不敢再看了，因為這姑娘長得模樣兒很美！北平的姑娘，大致說長得都不醜，而這位姑娘長得很美，她是個細條的標準的苗條身子，穿的衣裳可是雖然乾淨，但破舊，不，衣服上並沒有什麼破窟隆，只是有不少塊縫得很細緻的補釘，她穿的本是藍布小褂和藍布的長褲，顏色卻不能算是藍的了，早已糟舊不堪。我不能笑話人家窮，因為人家本是個窮人家。這屋裏沒有一件整齊的東西，可以說是蕭然四壁，簡直就可以說是沒有東西。牆壁也沒一塊沒有灰塵和手指頭抹的臭蟲血，炕上露着破席頭，但是有一隻鰲花的大貓，咪咪地直叫。

劉寶成先問："師娘沒回來嗎？"

姑娘答："回來啦，又出去買東西去啦！"買甚麼東西去了，她可沒有說明，姑娘的態度是很矜飾的，她不斷地用眼看着我。

劉寶成就跟她說明了我的來意，並把那塊肉餅放在炕頭上，說是："這位先生給買的。"

姑娘並不管這肉餅的事，雖然看這屋裏一點火也沒有的情形，她未必是已經吃了飯。她先說："大概是睡了吧？我看看去。"她一轉身的功夫，我看見了她腦後梳着的一條大髮辮，不由暗贊她的好頭髮。在這西牆，懸掛着一條花布，藍布，好幾種破爛補成的門簾，那裏邊自然另是一間屋，姑娘就拿着那小煤油燈走進去了。

姑娘說話的聲音細，在裏屋說了甚麼，我在外屋聽不大清楚，可是那裏有個人回答，聲音是十分高，說："甚麼？找我來治病的？他拿錢來啦嗎？寶成也沒跟他講講價錢嗎？……"

我一聽，要糟，原來找這個賣大力丸的師父給行推拿術還得先給錢，我剛才付的飯錢，現在口袋裏連一吊也不夠了。劉寶成趕緊也進去，裏屋的人說："有肉餅？好，先拿來給我吃！"也幸虧買來這二斤肉餅，劉寶成出來拿肉餅，就同時把我帶了進去。

這屋裏，我簡直不能呼吸，因為氣味太難聞，地下就放着屎盆，幾乎被我的腳踢翻了。炕上坐着一位七八十歲的老頭子，嚇我一大跳！這不是個人，簡直是一個鬼。

　　這就是賣大力丸的劉寶成師父了，瘦得簡直像用秫秸杆支成的一個人，那臉上的皺紋堆積得和乾粗的老橘皮一樣。鬍子，頭髮，白蒼蒼，亂團團，只能說是一些爛草，可是兩隻眼睛卻瞪圓得像是燈籠，牙是一個也沒有了，發出的聲音可很大，說：「快拿肉餅來！」

　　他不容打開包兒，就搶到手裏那二斤肉餅往嘴裏吃，他雖沒有牙卻吃得很快，吃得真狠。他拱起來雙肩，抱緊了肉餅，全身地用力。我向來也沒見過這種情形，我覺着很難受，我又憂慮這肉餅會把他撐死的。我可也不好攔。等他吃了約莫有一斤多，他似乎飽了，身體似乎鬆弛了，精神似乎盛旺了，他把肉餅可是還不放手，他一邊手顫顫地由他那破爛的衣服上，破棉絮上細細地拾起來掉落的肉塊和餅屑，往嘴裏放，使力地咽下喉去。

　　這時他才看着我，說：「嘿！我怎麼瞧着你眼熟呀？」我覺着見了鬼啦，我何嘗見過他？我還沒有答言，這老人忽又問我說：「你是不是在河南道上保過鏢？」這簡直是做夢，我還保過鏢哪？我還許盜過御馬呢！這真是沒影兒的事。我不由地笑了，我說：「老爺子，你認錯了人啦。我這回是第一次到北京來，來了才不多日子啊。」

　　這老人點了點頭，似乎是明白了，可是緊接着又問我說：「你是由河南來嗎？」
　　弄得我真連笑也不能笑了，我說：「沒有的事，河南我連去過也沒去過，老爺子，你大概是眼岔了。上年紀的人，難免要把人認錯，可是也不要緊。我，是因為跟這位劉寶成劉大哥新近才認識的，他提起了老爺子會推拿術，我正在害着病，我這才來求求老爺子。」

　　我把話說得很宛轉，聲音也不高不低。這老人就傾耳靜聽，他的耳朵倒還不聾。他的面容漸漸往下沉，嚴肅、鄭重，而漸漸露出來了悲慘，他長吁了一口氣，說：「還有人來求我嗎？二十多年啦，沒有人再登我的門檻。竟還有人來求我嗎？……當年，有多少人都來求我？求我給說和事，求我收弟子，求我去給討回來被劫去的鏢銀，求我替人報仇雪恨；都求我，送金送銀，擺席擺酒，磕頭作揖，托親央友地都來求我。可是後來，我倒了運，就一個也不再來求我，我去求人都不行。二十多年啦！想不到今天還有人來求我，還知道我雙刀太歲還沒有死……」

　　我一聽，「雙刀太歲」？我明白了，這位老人早先原是個保鏢的，一定是好武藝，江湖之上，頗有威名。現在落到這般地步，是因為年頭已經改變，他又老了，身手全無用處，生計才這樣艱難。

　　此時，老人忽然哭起來了，說：「我不能夠給你推拿，我本來只懂得點穴道，那是為點穴用的，為對付江湖強霸，綠林盜賊用的，卻不能夠治病，我不能給你胡治，那我就對不起你啦，因為你還看得起我，你是個好朋友！得啦！你請吧！這屋裏太髒，你以後得多幫寶成的忙。他人太忠厚，老實，我們這家裏又累着他，頂好給他找個一月能掙十幾塊錢的事。還有我這女兒有合適的人家，你給她找一個，只要不是當二房，比我們家裏好一點就行，省得叫她跟着我受罪……」

第三章　客裏青春

　　才見這麼一面，這老人就把他的身後大事全都託付了我，我能說什麼呢？滿應滿許麼？我辦不到，而且沒那麼大的交情；若是搖頭，謝絕，可是這時劉寶成低着頭在深深地發着愁，那姑娘已發出了悲哽。

　　我要犯病，我要暈倒！我真後悔，無緣無故地來見了這麼個當年的老保鏢的。我也不能不說什麼，所以只說：「我盡力而為吧！老爺子你放心！」他點點頭，表示萬分地感謝，並問我的姓名和現在的住址。

　　我，不知是怎麼一陣糊塗，我就都實說了。老人說過幾天叫人看我去，同時又囑咐我有功夫時就來，「因為既交了朋友，以後就別再客氣」。可是再來的時候，千萬別忘了給他帶了肉餅。

　　得啦，我就全答應吧！當下姑娘拿着小煤油燈兒，我們就又到了外屋。姑娘還有點抽搐，可又向我笑着說：「您瞧！我們這兒連個叫您坐的地方也沒有！」

　　我說：「不要緊！不要客氣……」我本來當時就想走，可是那劉寶成的師娘，又回來了，手裏拿着一個舊報紙粘糊的小紙口袋，裏面是約有二斤的玉米麵。

　　劉寶成就先給我向她介紹，她對我也很是感謝，並說：「您可真別笑話我們，這個破家！」指着裏屋又說：「老頭子早先有錢的時候，把錢都交了朋友啦！一受窮，當時就窮到底！」

　　我笑着說：「老爺子總是個好人！」這婦人說：「甚麼好人吧？這年頭兒，好人又值幾個大錢？」她發起來牢騷來了，這個婦人仿佛是老於世故，所以憤世嫉俗，很能夠說話。

　　可是她那女兒卻默默地只管用眼睛看着我，話也不多說一句。我覺得她長得很美！這麼美的女子為甚麼偏偏生在窮人家？我有些可憐她，她的眼邊這時還掛着眼淚呢。肉餅都讓她的爸爸給吃了，她一點也沒有落着。我恨不得再去給她買點，同時再用言語安慰安慰她，但我知道那是不應當做的，我對人家的姑娘不應當特別關心。

　　姑娘的母親現在就開始用涼水和那玉米麵，並說：「您別走！我做好了窩窩頭請您嘗嘗，您大概還沒吃過！這是我跑了三里多地，方才買來的好玉米麵，蒸出窩窩頭來真比饅頭還香！」

　　我說：「謝謝啦！我不吃，因為我已經跟劉大哥在一塊兒吃過啦！我要走啦！

改日我再瞧您來吧！”

　　我往外去走，劉寶成跟姑娘媽，都一直送我到門外。劉寶成很感激不盡，而又抱歉地說：“您瞧！也沒給你治病，我師父的脾氣古怪！叫您白來了一趟，”我說：“不要緊！本來我也沒甚麼大病，明兒見！”劉寶成說：“那麼明兒我在場子裏等您！”

　　我點了點頭，說：“請回！請回！”我就走了，回到了我住的店房。我不願意讓這件事情再攪我的腦筋，雖然這件事，尤其是那怪老人，那可憐的姑娘，給我的印象很深，可是我會想法子把他們忘掉，我可以想一想我自己的困難的事。本來麼，現在我是自顧不暇，有甚麼力量再去幫助別人？天天叫我去送肉餅，我也送不起；給姑娘找婆婆家，我來到北京除了認識這個店裏的小二，還認識誰呢？

　　我的事情到底也沒有謀成；病也說好吧，總覺着沒有十分好。幸虧家裏又給我寄來了點錢，並在來信上勉勵我：“別急！謀事得等機會，須有耐心。飲食注意，少交胡亂的朋友，千萬千萬！”我也不能夠就“襆被還鄉”，還得在這兒耐着。

　　天橋那地方，我也不想去了，我已知道了劉寶成是怎樣的一個人，我對他欽佩，然而慚愧，我又對他是愛莫能助。可是只要見了面，我不幫助他點，我就心裏不安；倒不如少見他的面，還省了我的煩惱，也不至於拿三五個錢或一二斤肉餅，就買人家貧苦而懂得禮義的人的人情。

　　春天，北京城落着連續不斷的細雨，把院子下得永遠是濕的。我又沒有一雙膠皮鞋，簡直我索性除了上茅房，連屋子也不出了。店門外就是一條狹窄的胡同，這一下雨，不定多麼濕，多麼髒了。

　　可是清晨早起，便有人用曼長的聲音叫賣着：“榆葉梅——花來，買花！”這詩意的賣花聲，引起來了我客中病裏的詩興。我拿了幾百錢，叫店中的夥計出去給我買來了幾枝，並跟他借了個瓶兒，舀了點清水，將花供在案頭，安慰我的寂寞。

　　這榆葉梅，是一種帶着碧綠的像榆樹的小葉，可是又累累地掛着許多含苞欲放的紅色美麗的花，它比桃花的顏色還嬌豔，恐怕也更為命薄。我生平不喜歡富貴的牡丹，卻愛這類的“小家子氣”的東西。現在我這客舍裏只有這一瓶花和一個我，寂寞相對，窗外是春雨如絲。

　　就在這天落雨的黃昏，忽然有個人來找我。隔着窗上的玻璃我就看見了，因為院裏有一隻電燈，照着很清楚的雨絲，還照着這找我來的人，正是劉寶成的師妹。我這時很驚訝，想着：“我叫她進屋來不進屋來呀？進我屋來，未免不大方便，因為這裏是個客店，我又是個獨身，倘若碰到查店的來了，也得盤問一陣；但是，她既然在這時候來找我，恐怕就有事，多半是她的爸爸！不，一定是她的媽叫她來的，說不定是她的爸爸！那怪老人雙刀太歲，有甚麼不好，死了？她來找我，許是要借錢？”

　　終於我開了屋門，把她讓進來了。此時我屋裏的那隻電燈也亮了，我先觀察着她的神色，就覺出來我所猜想的大概不對，因為她完全沒有一絲緊急和悲哀的神情。她的頭上蒙着一塊半舊的花手巾，可是進了屋，遂即就除下來，她的短布褂現在穿的是花道兒的，還整齊，沒甚麼補釘，只是已被雨淋濕了。

　　她的態度是含着一種羞澀而靦腆，一眼就看見了燈光下瓶兒裏的榆葉梅，她忽然笑了，說：“這是甚麼？是榆葉梅吧？您是那兒掐來的呀？”

　　我聽了，心裏不禁生了一點輕微的反感：掐的？可真瞧不起我，我上那兒掐去？上公園裏去掐？公園裏有牌子：禁折花木。我就說：“這是我在門口兒買的。”

她又笑了，似乎覺着我是個，說上海話叫“阿木林”，北京大概是叫“冤大頭”。她有點笑話我說：“這還用花錢買？有的是。我桂玲姐姐的家裏有三四棵這樣大的樹，愛掐多少掐多少，我都懶得要！”

我自從到北京來，除了上天橋，別處簡直就都沒有去。聽說北京各人家的院子裏花木都很多，我簡直連一朵也沒看見過呢，我也覺得是花了冤錢了，但是我立即為自己解嘲，說：“好在很便宜，買幾枝，擺在瓶兒裏，就是這麼個意思。”

她微微地倩然地笑着走近瓶花，在燈光下，她的美麗的紅顏與嬌豔的花兒相映。我不敢多看她，因為她長得太美了，她又是一個大姑娘。

花兒好像引動了她的芳心，她不住地細看着，她是看花兒嗎？她是故意借着這個好不瞧我吧？同時躲避我的視線吧？

但我心裏疑悶，這細雨黃昏時候，她是幹甚麼來呢？我不能不問，雙刀太歲既與我論了交，我也算是她個老大叔，我須要拿出長輩的樣子，我得問她，好叫她快點走。於是我就說：“你爸爸怎麼樣了？這兩天他的身體還好？是他叫你來的嗎？有甚麼事嗎？”

她卻一扭頭，笑着——我可沒有笑——她說：“您怎麼就覺着我來了就應當有事？難道沒有事就不許我來了嗎？”她跟我耍着頑皮。

我可不能搭理她，我還得端着點架子。我說：“因為我這兩天沒見着劉寶成，我怕你家裏有甚麼事，我也這幾天，精神不好，同時我的事也找不着！”

她忽然不願意了，臉兒沉下來，說：“我來並不是找您有事，真要是有事，我也不能麻煩您，我倒更不來了呢……”

我剛要辯論，她可不容我說，一句跟着一句，伶牙俐齒地說：“您那天從我們家裏走了，第二天我爸爸就叫我來瞧您，說您也是一個病人，我們那屋子又有氣味，您回來真許病了。雖說是早先沒甚麼交情，可是劉寶成也常提您，說您是個好人，景況也不大好，我爸爸更是覺着您是他的朋友，他知道一個人住在店裏，得了病的那個味兒。他催着我來瞧您，可是我媽又說：人家來看你爸爸，是帶來肉餅，咱們去看人，難道就空着手兒嗎？我說那倒沒關係，誰不知道咱們家裏沒錢？空手去看看，他也不能就笑話咱們。他要是笑話，以後咱們還不理他呢！”

聽到此處，我臉可有點發燒了，我剛要張嘴，她又用鼻子哼氣，說：“真的！我們家裏的人連劉寶成都是這個脾氣，秦二爺的鐧——窮硬！不是這個脾氣，還落不到這步田地呢！我就想來，可是又沒有工夫，一天那些個外活就夠我做的，不做外活家裏吃甚麼呀？光指着劉寶成？他那個錢也不是容易來的。他就是有孝心，可還有個買賣好壞呢！我們向來是誰也不指着，誰也不求，自己受窮，自己認命……”

我這時才搶到一句話說，可是話憋在我嘴裏，越着急倒越說不出來了，我直擺手，結果只說了一句：“你別錯會……”

她忽然又嗤的一聲笑了說：“今兒呀！我為甚麼來？您猜吧？”

我那裏猜得出？

她在這時候才說：她有個“桂玲姐”，就住在這南邊不遠的一個胡同，地名叫蘆草園，她們兩人是乾姊妹。她常去看她，今兒是一清早她就上她的桂玲家裏去了，在那兒吃過的午飯和晚飯，玩了整整一天，現在因為她桂玲姐晚上有戲，得上館子去，所以她，忽然想起上這兒來啦。

　　她並對我說：“我來看您，可真是不成敬意。以後只要我上我桂玲姐那兒，說不定我可就遛到您這兒來——先跟你說明白了，你要是覺着我討厭，可趁早兒說！”

　　我說：“我那能夠討厭你呢？我每天在這店裏住着，很是寂寞，又沒個朋友。劉寶成，他得天天上天橋去做買賣，我也不能請他到我這兒閒談，耽誤他的工夫。你要是能夠常來，我當然是歡迎不盡，不過……”

　　沒等我把話說完，她就皺了皺眉，說：“其實劉寶成——我大哥，他也不是沒有一點工夫。譬如今兒個，他就不能出去做買賣，得在家裏熬一天！”

　　我問說：“寶成住在那兒呀？”

　　她說：“咳！他那兒有准住處？他——我這麼告訴您吧！他自小兒就沒爹沒媽，是我爸爸把他拉扯大了的，本來是在我們那兒住，現在，因為我們家裏的地方兒窄，我又長大了，他就覺得不方便，其實算甚麼的？我還不跟他親妹妹是一樣麼？他可一定要搬出去，他也沒有個准家，好在還認識幾個熟人，有時候就在肉餅王的舖子裏，有時候在趙半仙的命棚子裏。幸虧他人還仁義，還有人肯收留他。可是也不行啊！他吃的又多，還得幫助養活我們的家。您知道，天橋的買賣，這一年多來就不行啦！他那耍大刀，人家也不愛看；藥，更沒甚麼人買。像今兒，這下雨的天，就得歇一天，賠一天的嚼過！明兒還不知道雨住不住……”她轉身又看着瓶中的榆葉梅。

　　窗外，雨聲淅瀝，仿佛下得更大了，我擔心着她可怎麼走？然而，現在我實在憫念這些人，願時時跟他們在一起，因為覺得他們都有人的感情和人類悉應具有的道義，不過，我又為他們的命運悲哀。

　　我也皺了皺眉說：“很慚愧！我也不能幫寶成的甚麼忙，應當給他找個事才好……”

　　她說：“他也認識不少的字，能夠吃苦耐勞，脾氣——真比我的脾氣還好呢！不是十分地招急了他，他從不跟人家瞪眼。可就是老找不着個事！連個跟包的事也找不着！”

　　我說：“你認識唱戲的嗎？”

　　她說：“我桂玲姐不是唱戲嗎？”

　　我又問：“她叫甚麼名字？”

　　她說：“她就叫楊桂玲，是唱老生的，您在報上可找不着她的名字，因為她不是名角。”

　　我又問：“現在她在甚麼園子裏唱？”

　　她說：“在四慶記，是夜戲，下個月初一就上勞芳舞臺唱白天的了。”

　　我又問：“雖然不是名角，可是北京城的人，都是愛聽戲的，她的收入總該不錯了？”

　　她擺着手說：“得啦！你是不知道，跟你說你也不信，也一時說不完。我就這麼告訴你吧，她要是——不用說成了名角，就能像小海棠那樣，我們家裏也用不着發愁了。她也是個熱心腸的人，只要手裏有幾個富餘錢，就給我們送去。要不然，我們家裏三口兒人——我爸爸的飯量又大，他一個人能頂我們兩個人吃的。不怕你笑話，一頓飯，玉米麵我們就得吃兩斤半，光指着劉寶成跟我做外活還行？”

　　我又問說：“那麼你做外活，平均一天能夠收入多少錢呢？”

　　她笑了，說：“您倒是要問哪一件事呢？問了半天劉寶成，又問我桂玲姐，現在又來問我？這些家常過日子的事，一句兩句也說不完，說多了還真叫人的腦袋痛，咳！我真成了個日子精了，無論見了誰，就說日子怎麼怎麼難過，倒像是求人給想法子似的。其實，我爸爸那天說了，倒退二十年，他那兒會關心到麵賣多少錢一斤，米是多少錢一斗？他鏢店裏開着招賢館，從別處來的，無論是認識的不認識的，只要是說明投奔雙刀太歲胡飛豹來的……”

　　我到這時候，才知道她們原來是姓胡，可是她也許有個名字吧？叫甚麼呢？

　　她又說了一陣，結論是“好漢提不起當年勇了！……”

　　這個姑娘，是屬於北平所說的能說會道的姑娘，有本事的姑娘——這種姑娘在北平是很多的，很受人敬愛的，可是多半因為她們鋒芒太露，以致“老根兒的人家”不敢娶，而成為老處女。

　　但是這並不是說這種姑娘就失掉了她的女性美和天賦的溫柔，一點也不。就我目前覺得，她的那嫵媚的情態和動聽的語言——雖然不像一般文明女子似的會說許多的新名詞，可是這些俗話兒——土語——由她的口中說出來，就特別好聽，而且更增加了她的美。她實在是美，這樣的美麗的女子，偏又逢着窮苦的命運，她的將來，我真不敢替她設想了！

　　她沉默了一會，這時窗外的雨聲響得特別清晰，大概——我也沒個表——總有八點了。

　　我應當催着叫她走，可是我又實在不好意思那麼辦。我不禁打了個呵欠，她似乎應當覺得我已經疲倦，她就應當起身告辭了。可是她不，她反倒坐在我那凳子上，慢條廝理地跟我扯起了閒話。

第四章　一個女伶

她忽然問我：“您說，女的學戲，好不好？”

我不大明白她這話的意思，我說：“應當看是怎麼說了，你要問我女的唱戲，是不是比男角兒容易唱得好，那我向來是主張臺上的青衣花旦，都應當由女角兒去演的。”

她着急地說：“我不是問您女角兒比男角兒怎麼樣，我是說現在女的學戲的可真不少了，也有唱紅了的；就是唱不紅，也能夠往家掙點錢，有時比個男的還能掙得多。只是，人家都對女戲子瞧不起，仿佛是姑娘一唱了戲，就能學壞了似的。”

我說：“這也不見得吧？學好學壞，還在乎自己的品行如何！”

我這話，仿佛正說對了她的心，好像把她心裏多日來解不開的一個扣兒，無意之中給解開了。歡喜得她，不由地笑了，臉卻又紅紅的，說：“我也是這麼想，憑自己的本事去掙錢，吃飯，可有什麼寒傖的呢？總比求人，央告人強！”

我聽出了她的話味兒，她一定是有心要去學戲，其實以她這苗條的身段，美麗的姿容，和圓潤的嗓音，她要唱戲是不難唱紅的。不過，唱戲雖也是個正當的職業，我卻不能太鼓勵了她，因為她有個桂玲姐是唱戲的，她可至今還沒有學戲，可見，一定是那個雙刀太歲不表贊成，我怎可以就勸她學戲？萬一……我這樣過慮地一想，所以我就勸她說：“唱戲不是什麼容易的事，再說那環境太複雜，我勸你還是好好的在家裏做外活吧！”

她忽然不悅了，揚起眉毛來說：“您說的倒好，做外活？也得有那麼些個外活可做呀。一天掙不了三個大錢，夠喝粥的？還時常七天八天的連一件外活也攬不來，指着它還行？……您想，我也沒有個哥哥，兄弟；人家寶成倒底是姓劉，不姓胡。再說，叫我們把他累得已經可以的了，我不自己想個道兒行嗎？”

我聽了這話也自然就無話說了。不過我很憐憫這位姑娘的身世，女的學唱戲，明明是一條很崎嶇的而容易一失足成千古恨的路徑，她如今要去走，我可也沒法子攔。

我們兩人又默默地待了一會，我倒想找點閒話兒說一說，因為這樣相對不語，是更不大合適，可是一時我也想不起來應當說什麼。

又待了一會，她才站起了身，說：“我可真應該走啦！”指着我又笑說：“這麼一會兒，我看見您就打了兩個呵欠了！”

我點頭說：“我是因為病才好，精神還沒有恢復，其實我倒是不困；不過我也不留你啦，我出去給你雇輛洋車吧？”

她把我攔住了，說：“幹嗎呀？”

我說：“雨這麼大，你怎麼走？”

她笑着說：“我來的時候可也不是沒下雨呀？”

我說：“那麼我給你借一把雨傘去吧？”

她又攔住了我，堅決地說：“不用！我真不要傘！”她已經把那塊花布又蒙在頭上了，說：“我回去，還不能說是我上你這兒來啦，我要是拿着傘回去，我媽一定能問我：傘是那兒來的？我還不能說是我桂玲姐的，因為她的家裏有什麼東西，我媽都知道。”

我倒心裏不高興起來，本來，這半天，我們兩人在屋內，所談的完全是正經的話，我說：“你何必要回去撒謊呢？”

她擺了擺手，說：“不行！我媽的心眼兒多！她本來不是我的親媽，是我爸爸後來才娶的——究竟差一點兒事！我爸爸叫我白天來，我可總沒來。今兒，下着雨，又是晚上，我倒來了。她知道了，一定得起疑心……”

我聽了這話，我倒怔了。所以她向我說：“過兩天我再來瞧您，再見吧……”我一句也沒回答。我並且也沒往外送她，就隔着那掛着許多的水珠，閃爍發光地往下淌的模糊的玻璃窗，院中那盞電燈所照之處，雨絲之下，我望見她走了。她竟走了！黑天，雨，胡同裏的泥，街上一定沒有人，這兒離金魚池她的家，又不算近，她竟不畏難地走了，她是一個美麗年輕，聰慧而不幸的姑娘！我感慨了一夜，可惜我不是詩人，不然，我一定要把這些事情，做幾首詩了。

這雨，連綿地下了四五天，我瓶裏的榆葉梅已將殘了，顯出一種憔悴可憐的樣子。

雨後，我又往天橋。劉寶成正在那裏賣大力丸，他因為正對着許多人，在耍江湖口，沒有功夫跟我談話，只一彎腰，我看他又練了一回大刀。當他托着銅盤賣藥的時候，我剛要一掏錢，他卻笑着說：“您——自己的人，別這樣兒呀！”我簡直沒有法子“資助”他了，他也不惜喪失了一個好主顧而換一個真朋友。他這樣，愈使我這當“真朋友”的慚愧到了萬分。我恨不得發一筆大財，叫他們的生活全都不着急；我恨不得我成為一個有地位的人，給他們全都找個好事。

天橋，盡是這些流浪的人。現在地下還有不少泥濘，可是人已經這麼擁擠了，我離開了劉寶成這裏，又去看看那小妞兒唱大鼓；然後轉到說相聲的那兒，聽了兩句，我就走了；那邊，是支搭着一個席棚，裏面擂着洋鼓，吹着洋號，真吵人的耳朵。席棚間掛着一幅白布，畫着些甚麼‘箱中美女’。‘巧變公雞’、“吞火球”，“手杖開花”等等的魔術，還畫着賈波林裝束的魔術師。門口站着兩個專管收錢的人，大聲嚷嚷着說：“來看吧！快來看吧！洋戲法！兩枚錢一位，小孩不用打票……”其實，他們也無所謂票，不過，論規模是比劉寶成的耍大刀和小妞兒唱大鼓，較為大一點罷了。可是也沒見有甚麼人走進席棚裏，可見營業狀況也是不大好的。

我無目的地在這個雜亂的地方來回地轉，我想要把我的兩隻眼睛作為照像機的鏡頭，今天索性把每一個角落都攝一攝，就把我的腦子作為膠捲，讓它留下深深的印象，以後，我就可以不必再來了。所以，我一連撞着了好幾個人，把一個妓女似的娘們的花鞋都給踏髒了，我只有道歉說是：“沒看見，對不住！”她還直用眼睛瞪我。簡直，我可以說是茫然地走，因為，我也是個落魄的人呀！我賦閑得病已經這許多日子了，我也有我的悲哀呀！

忽然我走到一個地方，恍惚聽見有人叫我，我把頭來回地轉，可也尋覓不着那叫着我的人，又說：「您來逛來啦？」的嬌聲細氣的人。因為眼前來來往往的男男女女太多了，我已經眼亂了。及至人走到了臨近，我才看見，啊呀！敢則就是劉寶成的師妹胡——到現在我還不知道她有名字沒有——那天在我店裏雨夜走了的胡大姑娘。

我驚訝地說：「你怎麼也在這兒啦？」我看見她：今天穿的是半新的黑布的散腿的長褲子，半舊的不大時式的提梁的皮鞋，新做的粉紅方格的小褂。我並不是驚訝她這身好像是「闊了」似的衣裳，我是奇怪，她沒有事，為甚麼要到這個地方來？

她卻順手一指，說：「那邊兒不是榮芳舞臺嗎？我桂玲姐今兒在那兒有戲，她叫我來聽聽她。您也去聽一聽好不好？不用打票。」

這個「蹭兒戲」我是不高興聽的，不過她已跟我說了好幾回她的那個桂玲姐了，在我想象中是一個熱心腸的，家裏有好幾棵很大的榆葉梅樹的，那麼一個不十分走運的女伶，現在就在眼前唱戲。因了她的乾妹妹的邀請，我也無妨去看一看，反正我正在沒法子消磨我的光陰。

她帶着我，到了那建築得很簡陋的戲院門前，這裏有一張小桌，上面放着一疊子紅的、黃的小塊的印着字的紙，旁邊有一個人在賣票，這裏的戲，當然便宜得很。我倒是不心疼錢，想去買一張，她胡大姑娘，卻把我一推，就帶着我進去了。

我聽說過天橋的戲是叫作「大棚的戲」，早先大概只是搭上個席棚便開鑼，現在居然也有戲臺，有樓上的包廂，有池座。雖比不上甚麼大戲院，可也總是一個具體而簡陋的戲園。不過，顧客太寥寥了，顯得十分慘澹。臺上正唱着「釣金龜」，也是一出瘟戲。

胡大姑娘說：「您坐着等一會兒！」她叫我在池座裏一個地方坐下，她卻忙忙叨叨地走了。我知道她必是找她的桂玲姐，要給我介紹，我倒覺着有點不安。

待了一會，她就由那———一定是後臺了，帶來了一個戴着着鴨舌帽，穿着青緞的坎肩，古銅色的軟綢袷袍，青緞的雙臉鞋，簡直完全是個男子裝束的二十來歲的胖臉兒的女人，這原來就是她的桂玲姐。

我倒覺着覥腆了，我怎麼會認識這樣的人？雖然我也知道北京的女戲子，多半愛作男裝，但叫我跟她在一塊兒，我可真還不大習慣。桂玲姐的帽子好像是永遠不摘，後面垂着個大松辮。經過了介紹之後，她就跟我坐在一塊兒說話，也許因為她是唱老生的，所以說話也像個男子，而且拉着長聲兒，有板有眼的，先說：「我前些日子就聽麗仙說，您這個人好極啦！」我這才知道胡大姑娘的名字原來叫胡麗仙，這個名字寫出來還不錯，念出來卻不大受聽，因為狐狸要是成了仙，可就要迷人了。我心裏是這樣想，自然沒說出來。我隔着這個楊桂玲去看麗仙，她是正在，因為辮稍兒散了，所以她得拿手去繫，一邊兒繫着，一邊兒正看着臺上的釣金龜。

「我今兒可得請請您，您不是沒事兒嗎？那就請您跟我麗仙妹妹在這兒聽戲。四點鐘，我的戲完了，咱們一塊兒走，到我們家裏吃餃子去。」楊桂玲向我這樣說。

我趕緊搖頭說：「不！改日吧！哪有這樣兒的？楊……」我不知道是應當叫她為「楊姑娘」，「楊先生」，抑或是‘楊老闆’？

她卻說：「您要是一客氣，可就反倒顯着咱們不是自己人啦！」

　　弄得我語塞了，我還能夠說什麼？人家一個女的竟比我爽快得多，我也真不必再推辭啦。到她的家裏去看看大棵的榆葉梅的樹也不錯，何況麗仙又沖我使了個眼色，說：“您就答應得啦！客氣什麼呀？”

　　楊桂玲又問我：“您的事情謀得有頭緒了沒有？”

　　我臉不由得一陣的紅，不得不吹一吹，我說：“機會倒是有兩個，可是因為我的病還沒有好，給錯過了！”

　　楊桂玲點頭，說：“您還是放心養您的病要緊！慢慢兒的，有個事兒，我倒可以給您介紹介紹。”

　　我更覺得不好意思了，我一向是認為在經濟方面我略比她們強，所以我做着夢想發財，也是為了要去幫助她們。不料，她們今天倒要給我找事！也許要給我找一個跟包的事兒吧？這簡直等於是侮辱了我，我決不能接受的。但轉又一想：她這也是一片好意，是為表示着自己，才這麼說。其實也未必做得到，我何必還要爭執什麼呀？而辜負了她們的好心？我只淡淡地說了一句：“現在我對於找事，倒是不着急。”

　　麗仙又帶笑地向我來問：“您喜歡北京這地方嗎？喜歡天橋這地方嗎？”

　　我點頭說：“我喜歡北京，天橋這個地方，我也很喜歡。”

　　麗仙卻哼了一聲，說：“北京？哼！這個地方我可真住膩啦！天橋——我更厭煩極了它！”

　　楊桂玲說：“你天天地說，天天在叨念，我看你可是一輩子也離不開這北京。就跟我似的，現在索性弄得大館子沒有了我的份兒啦！落到天橋上混來了，這一落，我也明白，三年五年，我也休想走運再回大館子！”她又給她自己的環境加了個注解，說：“人就是！你越嫌那個地方，可是老天爺就偏要叫你在那兒待着，除非你是不想混飯！你要想混飯，離開了熟地方，還真不行！”

　　麗仙卻憂鬱地說：“我寧可不吃飯，早晚我也得離開北京。我上天邊兒去！我上沒人住的地方去！越離着家遠，我才越樂”

　　楊桂玲笑了一聲說：“你說的真是小孩兒的話，得啦！你千萬別再說啦！”

　　我也笑了一笑，我覺着麗仙，自然不如楊桂玲那樣的世故；她的心，卻實在是上進的，她希望能夠改造環境；可見她的心是很高啊！她必定是時時在感到痛苦。

　　我想勸勸她，可是又想，何必多此一舉呢？我能夠勸一個窮人家的女子滿意她的環境嗎？我攔得住她去豔羨別人嗎？我還是看臺上的釣金龜吧。

　　釣金龜已經唱完了，又換一場武戲，亂打了一陣，這時候楊桂玲可就回後臺去了。武戲完了，原來就是她主演的戲，是浣紗記，她飾伍子胥，她唱得實在不算高明，可是頗賣力氣。

　　麗仙說：“您瞧我桂玲姐，掙的這點錢，有多麼不容易呀？”我點了點頭，我也是仿佛替楊桂玲惋惜，慚愧似的。麗仙又說：“坤角兒唱老生很不容易走運，我桂玲姐當初要是學旦，現在恐怕早唱紅啦！”又說：“學戲真不是一件容易的事，光唱得好，嗓子好，人緣好，也還不行，還得有錢能夠置行頭；學旦就是用的行頭太多，除非你光唱青衣，可是天天唱三娘教子，唱浣紗記，有誰捧呀？”

　　我一聽，喝！她還懂得的戲不少？我猜着她的眼前必定是有兩種憧憬，一個是學戲，唱旦，置很多的行頭；另一個就是離開北京，上天邊兒去。總之，她的那個窮家，已有點關她不住。

　　浣紗記唱完了，又待了半天，那楊桂玲才仍舊穿着原來的衣裳，到前臺來，我就客套的誇讚了幾句，她那個伍子胥唱得不錯。她笑着說：“得啦！您別笑話我啦！這簡直是沒有法子，要不怎麼她……”指着麗仙說：“她從打去年就說她要學戲，我可是總不贊成。這條道兒，不是什麼好道兒！”

　　我非常欽佩楊桂玲的明達。雖然我本已經變了主意，想要走，別跟麗仙在一塊了。她既然是不安分，我跟她處長了，雖然我是絲毫也沒有什麼企圖，可是難免落些閑言是非。但是現在楊桂玲跟我這麼很直爽地談話，我覺着她好像是我的一個普通朋友，並沒想到她是一個異性。她固執地，非得叫我到她家裏去吃餃子，我雖然也推辭，可又不能過分地推辭，因為那就顯出是看不起她了。所以，我只好跟着她們走出了這個榮芳舞臺。外邊的太陽原來還很高，楊桂玲就主張再閑溜溜，我也只好依着她。

　　我先說明我生長僻鄉，我們那個鄉里，禮教的勢力極大，我從十二歲上了小學，我那個學校沒有一個女生，也沒有一個女教員，我簡直就沒同異性在過一塊兒。現在叫我跟這兩個異性並肩走着，並且還在這人頂人的熱鬧場所，在我簡直是破天荒，我很不習慣，而又覺着難為情，也許是自慚形穢。可是胡麗仙偏還要挨着我走路，向我指指這個，又說說那個，有時還一把將我拉住說：“忙什麼的？咱們站在這兒看會兒！天還早呢！”我更覺着不大合適了。

　　我覺着好多的人都來看我，他們也許都在猜我跟胡麗仙的關係吧？這麼個大辮子的大姑娘，當然不是我的太太；尤其，戴着鴨舌帽兒男裝的楊桂玲，大搖大擺地在前面走，有時候回首，一“亮像兒”，向我說：“咱們往西邊再瞧瞧去吧？”就差了手裏沒拿着馬鞭，不然她還是伍子胥。

　　我跟着這麼一個大姑娘，一個女戲子，在這天橋，下等人的集合所，怪把戲的雜陳地，原來也很叫人覺着刺目。有幾個流氓就來猛往我的身上撞，還罵罵咧咧的。我想：我沒有招他們，他們幹嗎對我這樣啊？難道是一種嫉妒，或是禮教觀念，促令着他們來干涉我嗎？胡麗仙直說“討厭！討厭！這都是吃飽了撐的！”楊桂玲卻又說：“這又都是閑得，是野狗，找不着主兒啦，渾沖，怔撞，瞎咬。咱們別理他，一理他他更得意啦！”

　　她們又往前走，我卻說：‘咱們回去吧！我不想到您家裏去啦！要不，今天改了，歸我請客吧？咱們到前門大街去下個小館子？”我是恨不得即刻就離開這天橋，楊桂玲卻在前直拉我，胡麗仙又在後直推我。她們都說是看看劉寶成去，看他那兒的買賣怎麼樣，他那兒要是沒什麼人，就拉他也一塊兒去到她家裏吃餃子。

　　我說：“不用啦！不用啦！我真的，現在又覺着不大舒服。我的病本來還沒有好，現在我實在是想回去躺一躺去！是真的，對不起……”

　　我這個謊，編出來立刻奏效。胡麗仙驚訝地說：“真的嗎？”楊桂玲說：“那麼我們可就不敢勉強了，可是，您別冤我呀？”她又笑着問我。

　　我畢竟是說謊的人心虛，不由得也笑了，但我立即又決定裝病逃脫，並決定“一勞永逸”，這一次離開她們，就永不見她們的面，連住的地方都得搬，我實在感覺到跟她們在一塊，太不合適，叫別人都看不上眼，都嫉恨。所以我就皺眉，點頭說：“是真的！我這病您不知道，是說犯就犯，現在我忽然覺着肚子痛！”

　　楊桂玲更驚訝着說：“是嗎？那麼也許是盲腸炎？我們可真不敢攔着您啦，只好改日，我再在家裏招待您吧！現在給您雇輛車吧？”我趕緊擺手說：“不用！

不用！我還能夠走幾步路！”

　　說實話，我也不好，因為我看見這時的胡麗仙臉上帶出來一種極端不高興的樣子，我又有點———不是不敢，也不是不舍，而是不忍得走了。

　　我正在拿不定主意，我們正在推推讓讓，楊桂玲就喊叫：“洋車！”我擺手說：“我不坐！”胡麗仙卻跺着腳，大不願意似的說：“都講好了，待會是吃餃子去，現在，又不去！真是！說了話不算呀……”

　　我還要表明我的肚子是真疼，可是吃點餃子也不要緊，這時候，就聽見丁當丁當一陣響，原是從北邊來了一輛包車。我趕緊往旁邊去躲，不過旁邊的地下又是稀泥，我怕踏着，所以我自然躲得不大俐落。

　　這時，坐車的那個人，就一邊急邊地踏着包車上的腳鈴，同時拿着根手杖直撥我，挂我，仿佛是趕狗似的想把我趕開，我可不禁地有點生氣了。

第五章　崔大爺之"家"

　　我受了侮辱！我雖礙着點道路，可是這天橋的雜耍場，不是專為走車的。坐車的是一個闊大爺，看他的洋車這麼漂亮，可知是包車；看他穿着西服，戴着禮帽，眼鏡等等，手裏還拿着一根手杖，可見是個很有派頭，還許是有點來歷的人。但他不該拿手杖這麼撥拉我，好像我是只狗；他不該拿棍兒頂我，拿我當成了檯球。我也是個穿大褂的人呀，他太瞧我不起！

　　於是我就氣了，我瞪起眼來說："喂！你怎麼用棍兒撥人？你叫我躲開可以，你不能這樣呀？"

　　胡麗仙也瞪着眼說："可氣！真可氣！天橋是你的嗎？"

　　這個人，闊大爺，索性叫他的車不走啦。

　　他好蠻橫！下了車，提着手杖向我質問着說："你說什麼啦？"簡直要跟我打架；不，仿佛立時就要懲辦我似的。他威嚴可畏，真仿佛是個皇上，我沖犯了他的御駕了。

　　我退後一步，——我怕他打我——向他平和地說："你叫我躲開可以，你不該像趕狗似的拿棍兒撥我！"

　　他卻說："你憑什麼罵人？"

　　我說："這真豈有此理！我幾時罵你了？你這個人，怎麼這樣不講理呀？"

　　胡麗仙卻挺着胸脯，忿忿地向前來，替我打不平，向那人說："就是罵了你，該當怎麼樣吧！"

　　楊桂玲趕緊給勸，說："不用！不用！何必打架呢？為這麼點小事……"

　　這時的人，可都圍上來了，密不透風，比看任何玩藝的人都多，我臉紅了，我說："請大家給評評理，他該用手杖拄人不該？"

　　這個拿手杖的人，他那張白淨的——我看他是一張藏着奸詐的臉，——不向着我啦，卻直向

　　着麗仙，他直冷笑，可是不說話。

　　楊桂玲又給勸，說："得啦，您上車吧！都是上天橋來逛的，不必惹氣！"

　　這個人說："我在天橋沒看見過你們！"轉臉又問我說："你是幹什麼的？你姓什麼？"

　　這可把我給唬住啦，我不知道他是個有多大勢力的人，我敢告訴他，我的名

字嗎？

　　胡麗仙卻替我說：「你用不着問！你在天橋沒看見過我們，我更沒看見過你呢！你是個什麼東西？缺德！渾蛋！」

　　她罵得真痛快，可是我害怕，一定要罵出妻子，即禍來了！

　　這個白淨臉的人果然更生氣，眼睛瞪得都要瞪破了他的眼鏡，握着手杖，氣勢洶洶。我怕他打麗仙，更怕他打我。

　　麗仙說：「找寶成去！」推着我，說：「你把劉寶成找來！」

　　我心說：對哪！我們這兒有個賣大力丸的；那邊，還有雙刀太歲呢！我真要去找人給我保鏢，我可又怕事情弄得太大，所以，我還猶豫着。

　　這時候，幸喜有個人前來給排解。我不認識這個人，這個人穿着一身蹩腳洋服，留着一個小分頭，瘦臉兒，兩眼睛發直，我可又好像在那兒見過他似的。

　　他，不但認識這個拿手杖的人，還認識桂玲和麗仙。他過來說：「幹嗎呀！都是熟人，不必發生誤會，崔大爺……」他向着這個人如此稱呼着，又笑指着桂玲說：「這是我的表妹。」再指着麗仙說：「這位胡大姑娘是我們的街坊！」

　　他可沒有提我。我納悶，他是楊桂玲的表哥？又是麗仙的鄰舍，看他這打扮可有點怪氣。這時旁邊有看熱鬧的人在笑着說：「賈波林……」我這才蕘然大悟，原來這人就是那邊變魔術的席棚裏的那位主角，假的賈波林。他怎麼會出來了？怪不得我覺着眼熟呢，除了現在他沒有戴那一撮小鬍子，頭上沒扣着那頂圓頂兒窄邊的黑色的小呢帽，他的神氣跟打扮還是賈波林，不過顯着比賈波林更為落拓。也不知道他是那兒弄來的這麼一身黑的舊的蹩腳西服，比那位崔大爺的西服，可是差得多了。

　　但他們兩人好像有點舊交，經他一勸，崔大爺立時就不生氣了，看了看胡麗仙，又看我，態度確實是平和多了，說：「我也不是有甚麼意思拿手杖撥你，我是因為你礙着路，請你躲開一點，怕被洋車的輪子沾你一身泥。」

　　我擺手說：「得啦！全不必說了！」我真覺得難為情，圍着這麼些人看，又有女戲子，又有賈波林，我成了個甚麼人了？與他們交結，跟這些人搗麻煩，這是我的羞辱！所以，我忿忿地走了。

　　但，楊桂玲又趕來追我，揪住了我，說：「您這就不對啦！說開了，都是自己的人，就也沒有甚麼的啦！」賈波林也趕過來，直勸我，我說我並沒有生氣，不過，得讓我回去呀！那個崔大爺也走過來，一手仍舊提着手杖，一手卻強着與我握手，並道歉說：「對不起！對不起！」

　　我也只好說：「沒甚麼，沒甚麼，一點小事！」

　　賈波林——楊桂玲的表兄卻說：「我那兒還沒散場呢，我是出來要上茅房，不想就遇見你們，這位……」他指着拿手杖的向我們介紹，說：「崔大爺也是常來天橋玩的人，天橋的人都沾過他老人家的好處，跟誰都是熱心……」

　　崔大爺卻又沖着胡麗仙笑說：「你們都到我那兒歇會兒去好不好？」

　　賈波林說：「對啦！桂玲，胡大妹妹，還有這位先生，你們也應當跟崔大爺認識認識，以後好都有個關照。我是上完了茅房也就去找你們。」

　　我一聽，這崔大爺住的地方好像離着這兒很近，楊桂玲這時就仿佛是很慶幸地遇見了這麼個久聞其名的人，如今有這麼一個接近此人的好機會，她不願意放過，所以拉着我，還拉着胡麗仙，一死兒叫我們陪着她去。我呢，本來已看出這個崔大爺不是甚麼好東西，不過，我倒底還不知道他是何許人，他的意思既這樣懇切，拿我們當朋友待；我——尤其是我，我想着不能太拒絕人，拒絕了他，就算是得罪了他；將來我倒不怕，只怕于楊桂玲和那賈波林有甚麼不利。

在這時，那賈波林一個人上茅房去了，臨走的時候，他還跟楊桂玲悄悄地說了幾句話。我們就一同隨着那崔大爺往西邊去，我在後邊，我也悄悄地對桂玲說：“我們還是不用上他家裏去吧？因為沒有甚麼必要。”

桂玲悄悄地跟我使眼色，那意思仿佛就是人家既給咱們面子，咱們要是不去，不把人家得罪了嗎？

胡麗仙卻是好新奇似的，願意到人家的家裏去看看才好，她直揪她的衣襟，還拿手摸她的辮子，仿佛整容似的。

崔大爺讓他的那拉車的，又給叫來了三輛洋車，讓我們坐，他卻還坐他自己那輛包月車，就往西去了。我看見了他的車，簡直有點橫衝直撞；他的那杆手杖，大概是可以隨便挂人的。剛才我受了挂而不服氣，敢跟他頂嘴？事後一回想，還真有點危險呢！要不是賈波林來給勸，恐怕下不了臺，我一定得落得很難看。

我覺得出來，崔大爺在這天橋，一定是頗有權勢的，他不僅是本身有錢，他還能夠決定別的人，凡是在天橋謀生的人，一切的窮富禍福。他是不可輕侮的，尤其是那個賈波林是指着在天橋作怪樣子騙錢；楊桂玲又是才從大戲園子淪落到這裏，將來就要完全指着這地方吃飯；甚至於劉寶成，離開這個地方也不成。換句話說，大概是得罪了這位崔大爺更不成，

胡麗仙雖非直接賴天橋以為生，而她的家，間接地實靠天橋來贍養。所以我為了他們，我也不能不隨合些，何況現在這個崔大爺對我們不但沒有甚麼架子，而且還很“自己”呢？

我們這幾輛洋車，離開了天橋區域，往西又折向北去，也走了不少的路，才到了崔大爺的家。這一帶的地方，名叫香廠，所有的房屋，多半是上海弄堂式的建築。崔大爺的家，也就在一所洋樓裏。

我們就在他家的門前下了車，車錢都是由楊桂玲給的，崔大爺就拿手杖，向門裏讓我們說：“請吧！請吧！”他笑着，他頭一個讓的就是胡麗仙。麗仙這時是一點也不屬害，更一點也不“能說”了，她非常靦腆、害羞，客氣得太不自然。

我們一同走進去，這是一個光線很暗的過道，有個狹而陡的樓梯，我這個有病的人往上走着是很覺吃力。我不明白我為什麼來到這兒，我本來是到天橋去閒遊，因為遇見了胡麗仙，才認識了楊桂玲，才說是請我到桂玲家裏去吃餃子，現在，關於餃子的事，也全不提了，而又跟崔大爺來到這裏，人生，每天都得一做個離奇的夢。

上了樓，好像是旅館似的，一個一個的門兒對開着，住的大概不止是一家人。有個十三四歲的小丫頭，正在過道上一個小火爐旁做什麼東西，看見崔大爺回來，就趕緊給開了一個屋子的門，崔大爺就往裏邊讓我們。我卻先進了屋，因為我不會麗仙那麼害羞和楊桂玲那些客氣。

裏屋的臥室閉着門，外屋，這大概就是客室，也不怎麼闊，當中一張打牌桌，那邊是一套沙發，還有個茶几，和幾把椅子，東西亂七八糟，壁上掛着美人兒的月份牌，還有胖娃娃的年畫，瓜子皮在地下可不少，果盤還有什麼蘋果和香蕉，壁間有個電話。

小丫頭是穿着油裙，挓挲着兩隻油手，跟着進屋來。崔大爺摘下帽子放在桌

上，把手杖擱在牆角問說：“沒有人來找我嗎？”

小丫頭說：“小魏來了三趟啦，跟太太說了幾句話，不知道是有什麼事。”

崔大爺沒言語，脫去了西服外衣，又問：“電話也沒有？”小丫頭說：“宅裏來了個電話，也沒有說甚麼。”崔大爺嗯了一聲又問：“你在做甚麼啦？”

小丫頭說：“炸幾個雞蛋荷包，太太剛起來，說是餓啦，”崔大爺說：“索性多炸幾個，拿盤子，你看，這不有客來了嗎。”

小丫頭說：“沒那麼多的雞蛋。”

崔大爺生了氣，瞪着眼說：“你不會買去嗎？還有，快去打開水，泡茶！”

我趕緊說：“崔先生不要張羅！我們來了，坐會，談談閒話就是了！”

小丫頭答應着，回身走了，我真覺得她可憐。

楊桂玲也說：“您別張羅！您要是這樣招待我們，以後我們可就不敢再來了！”

崔大爺說：“不用客氣！”取出他的銀煙盒來，讓我們抽煙，然而我們都不會吸煙，他自己點了一支，客氣地說：“隨便坐！”他就推開門進那里間去了。

這裏，我是坐在沙發上。旁邊楊桂玲跟我用極小的聲音說：“他，天橋有好些塊地皮都是他的，開着好些個買賣，還有好幾個掛名的差事，什麼人他都認識，有些事非他辦不行，我沒到天橋的時候，就知道他，可是沒有見過……”

胡麗仙在旁邊很注意地聽着，我卻沒有言語，待了一會，麗仙卻又問我：“您現在覺着怎麼樣？好一點了沒有？”

我驀然想起來，我的肚子應當還正在痛着呢，於是我就回答：“稍微好了一點，不過，我想，咱們稍微坐一坐，就走吧！”

桂玲卻說：“不用忙！無論如何也得待我表哥來了，咱們再走，因為……”她用極小的聲音在我的耳邊說：“剛才麗仙罵了人家缺德，渾蛋，要叫他記着那個話兒，永遠不好；索性得把剛才那個過節兒全都解釋開了。好在他很看得起咱們，咱們就不妨多在他這兒坐會，大家說說笑笑，也就把剛才的事情揭過去了；要不然，別說我們以後都難在天橋兒混，您要是再在天橋來遛達，都許……”把我說得直打冷戰。

這時候崔大爺由裏屋又出來了，並跟出來了，這一定是她的太太，穿着印度紅的綢旗袍，高領子，敞着脖紐，一張擦着白粉的瘦長臉，畫着眉毛，頭髮燙得亂七八槽，光着兩隻胳臂，戴着一隻金鐲子，兩隻腳也沒穿襪子，拖着一雙淺粉色的繡花鞋。

崔大爺給介紹介紹，可沒說出她是誰來。我們都站起身來，楊桂玲先叫她“崔太太”，果然沒叫錯，她很喜歡，笑着說：“不要客氣！請坐吧！吃瓜子吧！”她特地拿出一大盤子瓜子來，叫我們吃，她特別注意地看了看麗仙，倒沒怎麼看我。

他們夫婦一同落坐跟我們談話，那個小丫頭，把茶泡了來，並用手巾買來了十多個雞子，崔太太就叫小丫頭去炸雞蛋，而她自己給我們倒茶。他們夫婦實在對我們沒有一點架子，這還算給我一點好印象。

桂玲由談話之中，先作了她的自我介紹，然後又說到胡麗仙的家庭狀況，這夫婦非常贊歎。最後桂玲又說到我，說我與她們認識的經過，把我說的就好像時常以金銀幫助劉寶成和胡麗仙的家裏似的，未免有些言過其實，而使我愧不敢當，可是也不能否認，末了，她可又說我現住在店裏是怎麼病，怎麼窮，又怎麼至今還沒找着事。

　　崔大爺卻漫不介意地說：“不要緊。”

　　我一聽，覺出他又大概是跟桂玲一樣，想給我找事了，可是猜得不對，猜得還“沒到家”。他這位崔大爺竟說是：“不要緊！以後你們無論誰沒有了錢，都可以找我來，我可以供給你們花”。

　　胡麗仙笑了笑，欣喜而又慚愧似的。我卻說：“這倒不必，我的事，已經有了點頭緒，不過我還正在斟酌着，因為我做的事，必須與我的個性合宜，還得有點前途才好。”

　　崔大爺簡直就沒注意我的談話，他的眼睛又飄到胡麗仙那邊去了。

　　我覺着不妙，我雖然沒經過什麼世故，可是我看過小說，聽過舊戲，知道有些個花花惡少就常算計別人家的姑娘，結果那姑娘便很難逃出他的魔掌。如今這個崔大爺的身份雖不是什麼惡少，比不上高登和花得雷，可是，也是天橋的一霸，這傢伙，絕不是個好東西，我已看出他是特別地垂涎于胡麗仙了。

　　我有點坐不住，可是雞子已經都炸好了，一碟一碟兒的，每個碟裏有兩個，都炸的那麼焦黃而且嫩，又灑了點細鹽，烏木的筷子每人一雙。崔太太說明拿着碟子來敬客，她這嫋娜着身子，像梅龍鎮上的李鳳姐，吆喝着說：“喂！炸雞子兒啦！誰買呀？兩個銅子兒買一個呀！又有油，又有鹽，您吃完了准保還想吃呀！”

　　我們都笑了，楊桂玲說：“崔太太真會鬧着玩。”麗仙也拿手絹捂着嘴笑說，“吆喝得真像做買賣的。”崔太太卻說：“你們看怎麼樣？我這是練習着啦，早晚我得離開了他。”指着崔大爺，又說：“明兒我真得一個人上天橋做買賣去，把這兒，給他換一個內掌櫃的！”

　　我可不敢笑了，我聽出來她的話裏是有點醋海生波，我更主張麗仙應當快着點走，可是麗仙，拿起筷子吃起來啦，還說：“我們剛來到您家裏，就吃東西！”

　　崔太太說：“不要緊！”走過來拍着麗仙的肩膀說：“我的妹子！你別拿我們當外人，我們崔大爺是好交朋友的，誰不知道？崔大爺在天橋有三十六友，這都說的是男的；跟他相好的姑娘，恐怕六十六個，九十六個，一百二十六個，三百三十六個還要多，我就是這兒的一個老媽子，不，我是他的一個存貨，……”又向桂玲說：“說句什麼話，我是箱底，再說一句響亮的話，我是個看屋子的，這屋子誰愛來我都歡迎，誰要常來，我天天請吃炸雞蛋；誰要天天來，我請吃炸鴨蛋，炸鵝蛋，又炸又炒的鳳凰蛋；來了就永遠不走的，我請她在這兒卵蛋，我自己滾蛋。誰要是說了話不算誰就是王八蛋！誰要是心裏有勁兒，眼睛冒氣兒，屁股可不挪位兒，假充老實輩兒，姑娘份兒，那就是他媽的裝蛋！”一摔筷子，轉身急急向裏屋去了，吧地又一摔那門。

　　把我們都僵住了，每個人都停住筷子不能吃了，我想不到這位太太的醋海之波，竟來得這麼快，起得這麼高！她這屋子平日大概就不許別的女人來。如今怎麼辦呢？這不是下不來臺嗎？尤其叫崔大爺下不來臺呀！我想着崔大爺至少得來一場全武行，把他這個太太打一頓，那才不愧為天橋一霸。可是那我們又得一齊勸架。我想是壞了，要起亂子，崔大爺一定要這樣辦。

　　可是誰想到崔大爺竟沒有這樣辦，他只是笑笑，說：“她發昏了！她的瘰子還沒有好，大夫都說她肝火旺；她又是個嗇刻鬼，捨不得看人家吃她的雞蛋。你們可別在意，別人來她也是這樣，賈波林小崇來了，她還常打他嘴巴呢。這是我故意把她展覽展覽，給你們看，以後你們再來，她要是說甚麼不好聽的話，你們也就都不致于在意啦。好！請吃！”

　　誰還能吃得下去呀？楊桂玲雖說是：“崔太太是個直脾氣。”可是她的臉也紅了。麗仙氣得簡直要哭。我就說：“崔先生，我們可並沒有一點誤會，不過我們不能再在這兒打攪您啦。本來今天我們一大群都來了，來了還就吃，也難怪崔太太不高興。我們可也不是說崔太太就把我們得罪啦，我們是想叫崔太太先消消氣……”崔大爺說：“她沒有氣，她就是這個脾氣，長了你們就知道了。”我說：“是！可是也得叫崔太太歇一會，我們改日一定來！”

　　崔大爺把眼睛看着我，仿佛是有點恨我，然而我不怕他，他的太太既是這樣妒嫉，一見面就對麗仙簡直是公然侮辱，我不能不保護着麗仙。於是我不等候崔大爺的同意，我就說：“咱們走吧。”雖然楊桂玲還直向我使眼色，我卻裝做沒看見，我帶着麗仙就走了。楊桂玲沒跟我們出來，崔大爺也沒送，我們就下了樓，往外走。

　　我對麗仙說：“這個事你也不必生氣，這樣倒很好，姓崔的根本我們不應當認識他，這個地方早就不應當來。你是明白的，我告訴你，社會很險惡，尤其是像你這樣年青的女子，到處都能遇見像今天這樣的事，所以處處全都得要謹慎小心！”

　　麗仙一句話也沒有說，垂着她那生着氣的臉兒，好像連我也使她生氣了。我還想跟她解釋解釋，勸導勸導她，但我已經沒有了那些精神。剛才我說的肚子痛，那是推辭，現在我卻真感覺着頭痛，心裏尤其發堵。我就給她雇了一輛洋車，告訴拉洋車的送她回金魚池，我並且給了車錢。但是她，也並沒向我說一聲謝！或是再見。她像是一隻受了傷的孔雀。但，她是一隻貧寒的孔雀呀！身上的貧寒的衣裳，哪比得孔雀的華貴羽毛？但她也遭受獵人貪婪地打了，打傷了她的心。我，我有法子為她醫治嗎？

第六章　芍藥開

　　我回到我住的店裏。今天的事，我永不能放心，我開始發現那天橋原來是個火坑，火坑之中還有惡鬼。我更看出來麗仙是一個虛榮的女性，雖然她窮，又沒有受過教育，但是她父親雙刀太歲的剛勁的俠風，和她的大哥劉寶成的昂壯的志氣，也應當影響她一點，她可是像全沒受着影響。社會的海，飄零着這麼一片嬌嫩的葉子，我可惜她，愛她，但是我力能拯救她嗎？讓她去吧！她那樣的女子也還多着的呢，我難道，都去憐愛、惋惜？

　　我得想想我是誰了，我家鄉寄來的信就在我的枕底下，是母親托人寫的："吾兒保重！養病要緊，謀事其次，今又匯上拾幾元……"可憐，母親還給在外謀事的兒子寄錢，兒子卻想撈救一個"海中的落葉"？我收心斂神，絕不去再想胡麗仙，好在她也沒送給我一張像片，大概要是有一半個月不想她，也就能夠把她的模樣忘了，永遠忘了。

　　第二天，我用墨筆向牆壁寫上："永遠不上天橋！"究竟因為我整天不出屋，坐在榻上又時常對着牆壁，這永遠不上天橋！時時觸在我的眼簾，我倒不由地時時想起天橋來了；一想起來，可就又想去了。這六個字，不是座右箴，反倒成了備忘錄。我恨我真不行，沒有點志氣，怪不得我謀事不成！但，心裏雖沒有忘得乾淨，財力與病體實在限制住了我，我真有一個多禮拜也沒再上天橋。胡麗仙，我也漸漸地不再想，我想她也不至於再到那崔大爺的家裏去了吧？街上連賣花的都沒有了，越來越熱的天氣使我的身體更加不舒服，心頭也更加煩氣，我所謀求的職業，還是沒有一點希望。

　　聽說公園裏的芍藥開了，店裏的夥計都跟我說了兩回了："先生您不去看芍藥嗎？公園裏都開滿了，天津的人都坐火車專為來看了，別處可看不見呀！先生您去看看芍藥，多半病也就好啦！"

　　這個夥計倒是真關心我，我可是沒那興致。我還去看芍藥哪？我知道那只能徒增我的感慨。話雖如此說，我可不禁想起來"芍藥開，牡丹放，花紅一片……"那大概是《四郎探母》上的一句戲詞。由戲詞想起來楊桂玲，同時又想起胡麗仙來了，我不禁歎了口氣，祝她的容貌要常如芍藥一般的嬌好，祝她快些遇着溫厚的春風。

　　我雖像"永遠不上天橋"似的，決定不去看芍藥，但是我可也將要出門了。

　　我常叫店裏的夥計給我向北屋的一位長期住的張先生借閱報紙，張先生是天津某藥品公司的駐平推銷員，他的藥品都登廣告，因此，登他廣告的報紙，就都送給他一份，我就常借來看。報很多，不獨能夠消磨我的客中寂寞的光陰，還可以免去我胡思亂想。我最注意的是分類小廣告的徵聘欄，想從這渺茫之中，碰一條出路。徵聘欄中最多的是徵求女友，我能給人當女友去嗎？還有是徵求義父，當然要有錢且有地位的，我想這必定是比我更可憐更落魄的人。再有的是征家庭教師，不是要女士，就是要大學畢業，還得能教“英算”，我都不夠格。我愁我真沒有一點出路，我真是一個人間的棄材，我有什麼資格或是能力去戀戀……不是戀愛，去戀戀于胡麗仙？所以我不但對於她灰心，對我自己更斷絕了希望，我真想自殺！

但究竟在這一天，我從報上看到了這樣一條廣告：某私立中學征考錄事一名，須要品格端正，擅長謄寫蠟板。願受菲薄之待遇者，速來報名……這我可喜歡了，因為我自信大概還能夠做。“菲薄的待遇”也比閑着好呀！只是人家僅征考一名。這廣告大概是今天才登出來，我快些去捷足先登吧！

於是我趕緊雇了洋車，趕赴那個學校。這原來是真的，這學校真的要征考一名錄事，還沒有人來報名呢。這裏的一位有鬍子的教務主任，見了我，印象還似是不錯。因為這學校的女生太多，我雖年輕，可是恭謹而老成，同時我的黃瘦的病臉，襤褸的衣服，也許得了教務主任的憐憫。他當面考試，叫我寫了一張催學生繳費的蠟板。我的小楷是很有把握的，他看了當時就點了點頭，說是一個月給我二十塊錢，這真超過了我心中的最高希望。

他還說：“行啦！這兒有一張保證書，你去找一個在教育界服務的人，或是舖保也行，明天早晨你就來吧。”居然獲得了這麼可喜的結果，哎呀！從今日起，我更將規規矩矩地做人了！我拿着保證書好好地帶好，走出這將要成為我的辦公處所的學校，去找一個開設成衣舖的鄉親。他給我打了個保，我立時就又送回學校。

教務主任剛要去吃午飯，他看了看，沒有問題，但是仍然叫我明天早晨來，因為還沒給我安置好了桌子。是啊！我也得有一張辦公桌，好叫我整天趴在那上邊寫蠟板呀。我覺得以後我一定很“神氣”，也算是教育界中的人了。我又看見了正在下學的這學校裏的學生，有男學生，有女學生，後邊出來的還是女學生……這是一所高尚而貴族的學校，以後我可不能說我是曾到天橋去過，而且早先是常去的了。

我如同登了天，天地在我的眼前都變成明亮、軒朗了，我的病也立時就好了。我趕緊得回店裏去報告那夥計，而後給我家裏寫信，寫快信。

我由學校的所在地西城，回我在前門外的旅舍，必須經過公園的門前。我見這裏的人真多，車更擁擠，我就想：這一定都是來看芍藥的呀！以後，這個禮拜日我就也有心情來這兒看芍藥了，因為我也是一個有職業的人了！我越想越高興。

忽然間，聽到耳旁有人叫了我一聲。我的身旁是一大排洋車，旁邊都是些拉洋車的。就見有一個高大的拉洋車的向我點頭，原來是劉寶成。他笑着問我：“少見您哪？您好吧？上哪兒去啦？”

我很驚訝，尤深深地同情和憐憫他，便也問說：“怎麼？你拉車了？”

他並沒有什麼慚愧或是惋歎，只說：“賣大力丸不行啦！我在天橋得罪了人，混不住啦，改行拉車吧！反正得天天奔窩頭，這比那還省力氣。”這真大才小用！然而，他在天橋得罪誰啦？

我還沒向他問，他卻又說：“您沒看見麗仙嗎？”我更驚訝地說：“沒有呀！她是……”劉寶成說：“她一清早就離開了家，直到現在沒回去，我剛從她家里拉着車出來。她也許上這兒來啦，要不就是找您去了吧？”

　　我發着怔沉思了半天，不用說，胡麗仙一定是跟家裏的人搗了麻煩了。為什麼事呀？在這亂糟糟的人叢中，我也不能向劉寶成細打聽。但是，她絕沒有別的地方可去，也不至於到這公園裏來，她沒錢買門票，也未必有心情來觀賞芍藥，這我是知道的。她倒許真上店裏找我去了，那可難辦，我簡直不能回去了！我回去也必然勸不走，她倒許跟我哭，哭啼抹淚，碰巧還許有想像之外的話對我說出來，那時我可怎麼辦？我好不容易新找了個事，難道……我有預感，而我又沒有把握，我真怕被她給拉入情網。這話我可不能跟劉寶成說，我得想法子躲她一躲。

　　劉寶成說：“我師娘上楊桂玲家裏去找她，也沒有，前天她上的這公園。”

　　我說：“前天她上過這公園了，難道今天還能來看芍藥？絕不能夠吧？我那店裏她不能去……”末一句話我可真不敢保險，她是很能夠去的，因為她去過。

　　劉寶成指着公園那門庭若市的大門，說：“大概在裏邊吧！我這樣兒，就是不拉着車，也不能進去。勞您駕啦！您去看看，看見她就叫她快出來，告訴她家裏沒什麼事，她爸爸我的師父，現在不生氣了。”

　　我知道原是父女吵了架，雙刀太歲把女兒給逼出來了。我覺着很對不起那位老鏢頭，人家拿俠義英雄看待我，那天一見面，就托我給他的女兒找婆家。我不但不給人家女兒找婆家，還有過一點戀戀於懷；我也沒再去看看人家，送去肉餅。我有點心虛，現在劉寶成又直向我道勞駕，我還能不進去替人找一找嗎？我就說：“好吧，我進去找找她！找着她，無論如何，我勸她回家去。”於是我去買了一張門票，進了公園。咳！這麼多的人，人群裏又有這麼多的女人，我可怎麼找她呵？

　　這個公園，我知道是前清時候的社稷壇，後來經過現代園林設計家的精心改築而成。一進門就是曲折的畫廊，現在簡直是遊人若織；往那邊，一直地走，就是芍藥花圃，人多的更如稠粥。我並不失望，因為我並沒有盡心盡力去找胡麗仙的誠心。說實話，我倒怕找到她。我不是自私，不是不願管閒事，我是才找着我的寶貴的職業，我的生活才遇見生機，以後我只願整天伏案去寫蠟板。

　　我已經不願意再管這些閒事。如今我實在是沒有法子，不得不進來假作找一找麗仙，其實我並不希望再遇見她。這公園裏的美景我也都懶得看，我就想找一個地方歇一歇。在西邊有一座土坡，那裏還清靜，所以我就走到那裏，找了一塊石頭坐下。我默默地想我自己的事，我決定牢守住我幸而獲得的飯碗，絕對要避免一切的糾紛，尤其是有關女人的事。

　　但是在這裏也並不十分清靜，我的眼前時時有人來往走着，有的還斜眼看我，大概是覺着我很古怪；為什麼不去看那燦爛悅目的芍藥，卻在這裏守株待兔似的坐着呢？也許有人疑惑我是一個病人，因為有一位帶着個小女孩的老太婆，就曾向我投以近似矜憐的目光。最叫我不高興的是那對對的挽着胳臂的青年男女，有愛神保佑着他們，使他們忘記了一切。他們在我的面前表演着比外國電影的愛情片更香豔的畫面，仿佛不怕被我看見，仿佛就沒拿我當作個人，更像是故意向我炫耀。我是一個可憐者呀！我比不了他們，我沒有他們那洋服、皮鞋、照相匣子，及能夠得到女人歡心的一切。

　　然而，我突然看見了一個面熟的人。他就是洋服、皮鞋、照相匣子一切具備，手裏還拿着一根能夠表現高貴的手杖，悠閒地掄着，揚着臉兒走着。然而我認識他，他雖裝得很高貴，衣服也很文明，但他的嘴臉卻傖俗得很，他就是那崔大爺——天橋的一霸。我真怕他招呼我，但他似乎不認識我了，也許是因為他揚着臉兒走，沒看見我。我覺着很奇怪，他為什麼也到公園看芍藥來了？他這個人，還有這樣的雅興？我有點看不起他。

可是他，忽然的一回頭，仿佛是看見我了。我不由得一陣臉紅，也不明白是因為羞愧，怕他笑話我無聊？還是因為知道他不是個好東西而生氣？但，我都猜錯了，他回頭並不是為看我，他向後招呼着說：「喂！快一點走！到那邊咱們再玩玩兒。」我順着他招呼的方向，又扭頭一看，我可真驚訝了，真動了我的感情了，原來從那邊來的正是胡麗仙！

她大概是因為鞋裏進了砂子，在那邊脫了她的繡花新鞋抖砂子，她就落後了，而讓與她同行的崔大爺走到前邊去了。崔大爺叫她，她就半跑半顛往前去走。她身上穿的是新做的花洋布的小褲褂，連線襪子都是新的，辮梢兒還系着一塊花綢子。她的臉上擦的胭脂很是嬌紅，嘴唇大概還是用口紅、唇膏那一類的東西抹的，更顯着風流、年輕，簡直比芍藥還嬌豔。

她在這時也看見我了，就把腳步頓了一頓，說：「您怎麼在這兒啦？跟誰來的？」

我心裏是非常地生氣，我想：我跟誰來的？我絕不是跟着你一塊來的！我氣得連話都說不出來了。此時她也不大願意跟我說話，並且對我連一點笑容也沒有，對我是那麼陌生，絕不再是在我店裏看榆葉梅時那樣的態度，我真懷疑還是不是早先的那個她了。

但我得盡我的使命，因為我受了劉寶成之托麼，我就說：「你家裏找你啦！劉寶成他叫我來找你，你還不快回去？」她卻說「我知道！」態度仿佛是聽了我的話，很不耐煩。我還能夠再跟她說什麼呢？我只想說：去吧！跟着那個崔大爺去吧！你這沒有靈魂的墮落的女子！當然，我只能在心裏這樣生着氣地說，因為我沒有干涉她行動的權利，我並不是她的親屬，而且，崔大爺就在那邊兒瞪着呢，他又拿着文明棍兒，他的胳臂比我粗，我何苦找那麻煩？

胡麗仙並不害羞，她跟那儈俗的崔大爺，雖不像那些摩登男女似的挽着胳臂，也倒還沒太顯出來卿卿我我的樣子，然而她就跟着人家，她那麼個李鳳姐似的小家女子，就跟着那穿洋服的花花太歲，下了土坡了。我想站起來看看他們的背影，但又想：我還看什麼？她已經被那崔大爺給勾搭上了！她已失去了她的潔白！

我真受不了這個刺激，我想不到她竟會這樣，這樣的淺薄而貪慕虛榮。而且，這個虛榮，也不算什麼榮呀？崔大爺不過是個土霸，別說跟他講戀愛，講戀愛他也不懂呀！就是嫁了他，又能夠享受得了什麼榮華？崔大爺的家我也去過，胡麗仙還能夠超得過崔太太，那個嘴裏會罵什麼雞蛋、鴨蛋、鵝蛋、鳳凰蛋、忘八蛋的女人嗎？

但轉又一想：我何必為她操這份心？對了！明天上班去做事吧！不要叫這些閒雜的煩惱，擾害我做事的精神，若沒有精神給人做事，人家就不要我了。是的，很好，把這種事情，就此做一結束，我既沒有沾上愛絲——愛情的絲，她也有了下場；像這樣的女子將來是不會有好下場的，我正好跟她永遠地斷絕。

雖是這樣地說，但我心裏總是不痛快，總是感慨。人，真的是很難用理智來控制自己的感情的。我又坐了多半天，想着胡麗仙跟崔大爺必定早已走了，不管她啦！我該玩一玩啦，看看芍藥，散一散我這苦悶的心。芍藥，這嬌豔的芍藥，驀一看它倒還富麗雍容，像是可愛又可敬似的，其實它還不跟榆葉梅是一樣？豈能經得住粗風暴雨的摧殘？我又覺着胡麗仙可惜！

我稍微在花圃裏看了一看芍藥，我就要走，不想在將出門的時候，又望見了胡麗仙站在那邊的畫廊下。我簡直不願見她了，她卻大聲地叫我：“您來！您來！我跟您有話說！”並且直沖我招手。這多麼不雅觀呀！我心裏雖還有些留戀，同時仿佛她那裏有一種力量吸着我，使我想過去跟她談一談。可是我腳步略微停了一停，就馬上不顧地往外快走，因為我還是很生氣，並且要避免“愛絲”。

誰料，這是無用的，胡麗仙已經跳過了廊子的欄杆，像一隻蝴蝶兒似的飛過來，又像一隻鷹似的抓住了我。我大概是走得稍稍欠快，就等於是被她揪住了。她打扮得這麼妖豔，又是個大姑娘，而且也不摩登呀，在這大庭廣眾，眾目睽睽之下，可真叫我難為情。我的臉燒起來，趕緊正色說：“你這是要幹嗎？”

她卻不怕我這個“正色”，她那一隻手依然揪住我，沉着臉兒說：“怎麼叫了半天您，您也不理呀？看不起人了嗎？架子大啦！”

這話倒令我很慚愧，因為我確實是才找到一個小事，不該架子就大。與其叫她揪着，讓大家來看——若遇見我那學校裏的人可真不好——不如找個僻靜地方，我跟她談一談；是的，我將向她盡最後的忠告。我便擺着手說：“你別揪住我！這不成樣子！”她真聽話，立時就放下了手，我說：“走！咱們上那邊去！”於是我就帶着她到了養着仙鶴為人觀覽的那個地方。

這裏有柳樹遮着斜陽，鐵絲欄裏的仙鶴，比我還瘦，失戀似的縮着一隻腿兒站着，旁邊也沒人。我就說：“你還沒回去？剛才你跟着誰在一塊兒，我也看見啦。我本來也不是來遊公園，是我先在這個門口，遇着了劉寶成，他說你家裏正在找你，所以我才替他來找找你……”

我的話還沒說完，胡麗仙卻像是翻了臉，一摔手說：“好吧！您就去把剛才的事情都告訴他吧，都告訴我家裏吧，我不怕！”我說：“不！不是這麼說。我不能去告訴劉寶成，你的家裏我也不能再去。你的事情，是你的自由，本來我管不着。”她卻含着眼淚說：“其實您也應當管。”

我趕緊向她擺手，我說：“我沒那權利，也沒有那義務。我們之間，不過是普通的友誼，你的事我何必要過問呢？不過我想，你不要為一點小事就和家裏的人打架。窮家，原是容易發生口角的，但應當互相忍耐，因為都是親人呀！雖窮，然而只有親人、家人，才能夠相憐而互助；那外人，你別看崔大爺有錢，那是靠不住的呀！”

她卻搖頭說：“我也沒靠他，我靠人家可幹嗎？”我說：“但是你跟他那樣兒的人在一塊，早晚要於你不好，他……”我生起氣來，說：“他是天橋的一個土霸，他不定有幾個太太了！”胡麗仙卻流着眼淚，臉紅着說：“我也沒想……給他當太太。”她羞得低下頭去，哭得十分可憐。

我說：“那麼就好極啦！你以後不要再理他，可是他一定還要想着法兒去引誘你，這可就看你有沒有堅定的意志了。總而言之，我看你目前走的是一條很危險的路，這關係你的名譽和一生幸福，你應當眼睛明亮一些，快些回家去吧！”

她卻擦着眼淚，搖頭說：“家我是不能回啦！”我吃了一驚，趕緊問說：“為什麼事？”她又說：“崔大爺還叫我晚上找他去。”

我更吃了一驚，說：“那你可千萬不要去！他是要引你墮落呀！麗仙……”我叫出來她的名字，我的臉更燒了，便急急地說：“你若不能回家，我可以送你回去……”說完了我可又有點後悔，因為我現在哪有那工夫呀？胡麗仙卻搖頭，說：“不用！”我就說：“那麼你就趕快回去！不要再跟姓崔的見面了，他不是好人，他的金錢是專為引誘清白的女子墮落！你還好，明白的還早，就趕快回去吧！”

我說完了這話，胡麗仙仍不動身，她只是哭；哭得叫遊園的人都看見了，不但看她，並且還附帶着看我。我想躲閃着她點卻又不能，我想不負責任——誰管她回去不回去呢？——又見她這種可憐的樣子實在不忍。我並且想：我不該太自私，天下人管天下事，如今有一個女子眼看就要走到懸崖的邊兒上了，我能夠不上前拉她一把嗎？我只顧怕耽誤了我新找的那個事，其實那算什麼？何況也未必因為這事就耽誤我了。我怕麻煩？怕崔大爺？那也太膽小而又寡情了。所以我就挺起胸脯來，說：“不要緊！你不要儘自哭，有什麼困難事情我給你解決！”我並且還要叫她信任我，我就說：“在經濟上我也有了辦法了，不像以前那樣的自顧不暇了，我告訴你吧！我找着事了，在學校裏……”我是很自負地這樣說着。

她卻依然哭，一邊哭一邊說：“您找着事了更好呀！可是您能掙得了幾個錢呀？”她這話叫我臉上真無光，好像她已經知道了我新找到的那個職業，是怎樣的一個位子跟待遇。她又慘淒淒地說：“您找的事還夠您店錢？”我趕緊要說我可以搬到學校去，不必住店了，聽她又說：“夠您的藥錢嗎？”我一想：對呀！細算起來，我實在是掙錢有限。這時她又說：“就是您肯幫我，我可也不忍心呀！”

嘔！我明白了，我這才恍然大悟，我可也真深深害怕起來，她跟崔大爺在一塊兒，原來為的是圖崔大爺的錢呀！並且這意思還是要想養活她的家呀！是的，在這年頭，一個女子，沒有能力，沒有高親貴友，要想找一點錢，贍身養家，就得出賣她的青春、靈肉，清白的身體呀！我膽寒了，我驚訝這個聰明美麗的胡麗仙，為什麼要有這個怪異的，其實……是最平凡的想法。我替她臉紅，我更覺着她可憐了，我就說：“你不用說這個！劉寶成、楊桂玲和我，我們大家合起來幫你們家裏的忙，還能叫你們家裏都餓死了嗎？無論如何也用不着你去犧牲你自己，從崔大爺那裏去掙錢花呀？”

我說的這話也許是氣盛一些，不想觸動了胡麗仙的自尊，她就惱怒地把擦眼淚的手絹向我一摔，幾乎給摔在地下，她轉身就走了。我笑了笑，認為她真不講理！許她自己向我暗示出來，她跟崔大爺的接近就是為應付她家中經濟的需要，她卻不許我用話點明了。我還沒說她將要賣身呢！女人，大概多有這種奇怪的脾氣，由她去吧！

然而我究竟有些不忍，站着生了一會子氣，趕緊就又去找她；滿園裏去找她，直找到了天快黑了，可也再沒有找着她，竟不知她是往哪裏去了。我走出園門，也沒再看見劉寶成。

我非常地後悔，我把事情辦得不對，胡麗仙剛才已經有懸崖勒馬之意，我不鼓勵她，不寬慰她，卻為了一句話，就逼她走向了絕路。然而我又何嘗是有意要逼她呀？我不過只是說話急躁了一點，也許她是抓錯兒吧？她借機會下了台，省得我在耳邊嘮叨她。

我就想：這時她一定是去找崔大爺了，像剛才似的卿卿我我地去玩樂；養家的話，也只是騙我吧？雙刀太歲那位老英雄，肯屑于令女兒賣笑，養活他嗎？老英雄是決不肯的，劉寶成更得生氣極了。然而現在，她一定是沒有回家。這時已漸近黃昏，華燈齊明，正是聲色酒肉，荒淫浪漫，闊老的金錢和女人的媚笑，開始交織的時候，她一定又去找崔大爺去了吧？完了，她完了，她墮落了……她墮落了，我很傷心！

　　我走回我住的店，我要寫一篇清麗的祭文，祭這位人生已經完了，被惡社會、被金錢所扼殺了的女性，同時我要餞別我這店房，明天我就搬到學校，開始我自新的生活。今天看見的那些芍藥有什麼可留戀的呢？那不過是以色而事闊老的一種東西，我愴然地回憶起我早先瓶裏那薄命的榆葉梅。

第七章　護花之夜

我正在想，忽聽院子裏有人叫我，聽得出來這是劉寶成的語聲。劉寶成大概是隔着玻璃看見我在屋裏，他就走進來了。他那雄壯的身體，拉了一天的車，也已經很疲倦了，現在是又來到我這兒找他的師妹。他問我說："怎麼樣？您到公園裏沒看見她嗎？我可聽人告訴了我，瞧見她上午十來點的時候就進公園裏去了。"

我不能夠當時就向他答話，因為倘若我把在公園裏所見的，麗仙跟那崔大爺在一起的情景跟他一說，他必定要暴跳如雷，我得先考慮考慮。然而我這個人是最不喜歡說假話的，尤其我不能騙他，所以我先遲疑了一下，然後就平淡地告訴他說："我在公園裏倒是見着她了，我也叫她趕快回去……"劉寶成卻不等我說完，當時就又納悶又着急地說："那麼，她怎麼直到現在還沒回去呢？她爸爸都要氣死啦！她媽也快急瘋啦！"

劉寶成當時又問我："她在哪兒啦？難道她這時候還一個人在公園裏了嗎？"我說："她這時候大概不是一個人。"說出了這話，我未嘗不覺着有點魯莽，然而我認為事到如今，不實說也是不行了，我們得趕快去設法挽救胡麗仙。劉寶成當時就發了怔，又問："是真的？"

我就說："你先坐下！沉住點氣，現在還有時間給她想法子。她是一個姑娘，又正年輕。寶成兄，咱們都是在外面混過的了，都知道這年頭不好，壞人多，金錢就能使人墮落，虛榮能夠令多麼意志堅強的姑娘也感到不滿足。我們先得原諒她，不要過份地責備她、逼她，可是我們也不能不管她，我們總要想一個平和的方法，還是勸她回家去。"

劉寶成歎了口氣，說："你不說我也不能說，因為她給她爸爸丟臉，就是給我丟臉！"

我又勸他說："今天在公園裏，我跟麗仙也談了些話，她倒是全都明白。我敢斷定，她直到現在，還沒有墮落，不過要是今天一晚上再不回去，那可就難說啦！頂好你把楊桂玲也找來，咱們大家在一塊商量商量。她現在所去的地方，我還能夠猜出一點來，不過我不主張你去，因為你的脾氣不好，所以還是叫楊桂玲去找她，比較着好一點。你還得原諒我，她現在所去的地方，暫時我不能告訴你，因為我怕你去惹事！"

不想劉寶成聽了我的話，當時就嗵地跺了一下腳，那臉色漲得跟紫茄子似的，他握着好大的拳頭，說：「他媽的！真是這麼回事！我還想麗仙不是那樣的人，姓崔的也還沒那麼大的膽子……」

我趕緊勸他說：「你先不要着急……」

劉寶成說：「我不怕他！我在天橋混了好幾年，我就沒叫過他一聲崔大爺！他逼得我在天橋不能混了，我就去拉車，好雞不跟鵪鶉鬥，我原是得忍就忍。有別人說他勾着麗仙一塊逛過公園，我還不信，他媽的現在成了真的。這可不能再說什麼啦！白刀子進去紅刀子出來，有我劉寶成給他抵命……」

我趕緊去攔他，說：「你用不着這樣生氣，我們只叫楊桂玲去把麗仙找回來就得啦！」

劉寶成說：「楊桂玲，也不定他媽的跟姓崔的有什麼事啦，她還許跟姓崔的有一腿呢！聽說她跟姓崔的那個外家都說通啦，走得很近忽。麗仙的事，還許就是她給拉的縴呢！娘兒們家有了小便宜，就多半什麼也不管啦！你還別以為楊桂玲就是一個好東西，你要是有錢，她就能找你來。其實我也管不着姓楊的事，我就是得找回來我的師妹。你不用告訴我她現在哪兒，我也能猜出來，姓崔的也沒有那麼大的手面，能拉着麗仙到飯店去開房間，他一定是把她騙到他外家那兒去啦！媽的，我找她去！」說着，他轉身忿忿地就走了。

我雖然想要再攔，但是，他這樣一個耍大刀、賣大力丸的大漢，我如何能攔得住他啊？就這樣，我眼看着他走了。他就像一隻猛禽去撲那香巢，如同一位俠士去懲那淫徒。然而，我料定他只要是闖出禍來就一定不小，結果他就得去坐牢，他和崔某人，連胡麗仙的名字都得登報。那崔大爺雖然是壞人，但現在已不是抱打不平，拔刀相助，像雙刀太歲年輕時候的那個年頭了。

其實，由着劉寶成去鬧，把姓崔的打死，與我有什麼關係呢？但我總覺心裏不安。我不願見劉寶成因毆人而觸犯法律，更不願意鬧起來，于胡麗仙的名譽有損；現在平和地把她救出來她還容易改過，若是把她弄得聲名狼藉，她以後就許更自甘墮落了。所以，我得去勸他們，至少我得去做一個魯仲連，務必要把麗仙勸回家，還希望別鬧事。於是，我就趕緊去追劉寶成去。

我急匆匆地出了店門，想要趕上劉寶成，可是他已經走得很遠了，我追不上了。我覺得我還必須去給他們排解，不要叫他們鬧出事情來，所以我就急忙地雇了一輛洋車，向拉洋車的說：「勞你駕，快點！拉我到香廠。」

我坐着洋車走在大街上，這時天色已經黑了，街上十分地熱鬧繁華，人群車馬紛紜嘈雜，好像都在打架。商店裏開着留聲機，唱着靡靡之歌；彩燈閃爍着，像是誘惑人、欺騙人的惡人的眼睛；賣笑女人的新妝，也已在街頭燈邊現露。我一切都不作預先的打算，只想着到時盡力給他們排解就是了。我寧願弄得舌敝唇焦，只盼胡麗仙別因此墮落，而劉寶成也別真打傷了崔大爺，大事化小，小事化無，那時也就沒有我的事啦，明天我好安心到學校去上班。

又到了那多半是洋式樓房的香廠地區，這個地方也有飯莊，裏面明燭輝煌的，有人正在豁拳，門前還有汽車，但我想胡麗仙跟那崔大爺是不會在這裏聚會的。我又看見在一家門首，站着五六個妖豔的女人，有些個男人往那門裏走去，好像是妓院，我想麗仙也不至於一下子就墮落在這裏。

不一會兒，我就望見了我曾來過的那崔大爺住的那洋樓，我就叫拉洋車的停住了。我下來，給過了車錢，又望了望那個洋樓的門兒，我開始有些膽怯了！我來到這兒是找誰？這是那崔大爺的家，胡麗仙是確在這兒了嗎？假若她沒在，那我是來到這兒拜訪崔大爺呢，還是為看他的那個會罵這個蛋，那個蛋的「太太」？其實，他們若是已經忘了我，算我找錯了門；他們若是還認識我，可對我沒好感呢？當然他們對我是不會有什麼好感的，那我至多也不過碰一鼻子灰罷了。真怕的還是胡麗仙正在這兒，而他們又半認識不認識地對我，崔大爺再把我當作了情敵，那才糟！所以我覺得我不可以太莽撞。

看此時裏邊這麼清靜，大概劉寶成還沒有來，那麼，我就在這兒先等等他；等着他來，先攔住他，同時跟他商量好了是怎樣去辦。總之，如果麗仙在這兒，就好好地勸她回家去，就得啦；她也許怕她的師哥，能夠聽她師哥的話。我對於她，是沒有任何干涉的權利的，同時我對那崔大爺也不會有什麼辦法，所以還是得等着劉寶成來。他的剛，我的柔，我們二人剛柔相濟，或者可以把今天的事情順利解決；既挽弱女于即危，又對惡棍不觸犯，我就打定的是這麼一個主意。

我站在這樓下等了一會兒，劉寶成可還沒有來，卻有一個賣餛飩的擔子走來了，跟着擔子還有一個小孩，一路上梆梆梆地敲打着小竹板。而這時，那樓上的窗戶開了，有女人的聲兒叫着：「賣餛飩的！賣餛飩的！站住！站住！」隨着，一個還沒有熄滅的香煙屁股，就從樓上扔到外邊，幸虧我沒有仰臉，不然就許燒了我的眉毛。

我到此時便斷定，胡麗仙一定是已經來了，正在樓上，不然為何崔大爺要叫餛飩請客？我揣想着此時樓上的情景，使我有些妒嫉，更忍不住義憤填胸。我要高聲向樓窗裏叫道：「胡麗仙！你下來吧！別為吃碗餛飩你就墮落終身！」我可是也叫不出來。樓上卻又飄出來女人的歌唱聲，還有胡琴陪奏着，唱的是：「未曾開言淚滿腮，尊一聲老丈細聽開懷……」我又有點納悶。

而這時候，裏面的樓梯一陣咚咚的響，跑出來了一個十三四歲的小丫頭，我認得正是崔大爺雇用的那個會炸雞蛋荷包的使女。她這時可沒有工夫來看我，只向那餛飩擔子說：「喂！你倒擱下呀，鍋開了沒有？快下！先下三碗，一碗裏要打一個雞蛋，少調醋，多調點醬油！」

樓上還在唱着：「奉母命京城做買賣，販賣綢緞倒也生財。前三年也曾把貨賣，歸清帳目轉回家來……」

我可就忍不住走上前問這小丫頭了，我說：「現在都是誰在這兒啦？你們大爺在家了嗎？」小丫頭扭頭看了看我，她似乎不認識我了，也不向我回答，只催着那賣餛飩的說：「快下！快煮！」這時候我就往門裏走去，我已經拼出去了！假定見了胡麗仙，無論當着多少人，我要立刻叫她回家，我並且要警告那一些人：「你們可要小心着劉寶成！」

我扶着那又狹又陡的樓梯往上走，腿就有點發抖，我的心裏可是既緊張，同時又有一種火焰似的東西在滾湧。樓上飄散來刺耳的胡琴聲，那人又唱道：「趙大夫妻將我謀害，他把我屍骨未曾葬埋。燒作了烏盆窰中埋，幸遇老丈討債來……」

我已經上了樓走到過道，向着崔大爺住的那門敲了敲。這個門本來沒有閉嚴，隔着門縫，我就看見屋裏的燈很亮，我並且看見在燈下倒背着手正在唱戲的，是一個穿着大褂，梳着大辮子的，說她是男人其實她可是女人，就是楊桂玲。我才知道劉寶成說的對：「麗仙的事還許就是她給拉的縴呢！」我要去責備責備她，於是我就拿手用力地敲門。

　　她唱完了後一句：「可憐我冤仇有三載，有三載，老丈呀……」這才停住了唱，胡琴聲也戛然而止。楊桂玲轉身向外問說：「是誰叫門啦？」

　　我得鎮定一點，我就平和地說：「是我呀！」我不能通報姓名，但得先說明來意，我就問說：「麗仙在這兒了嗎？」

　　門這時才開，楊桂玲看見我，似乎不認識了。看了半天，她才想起來，笑了笑說：「啊呀……少見您哪！您來是找麗仙嗎？可是麗仙還沒回來呀！」這「還沒回來」四個字叫我的心裏直發冷，難道，這就成了麗仙的家了？麗仙是早就在這兒住了？

　　屋裏那拉胡琴的男子，我雖忘了他的面目輪廓，可是還記得他的這身連行頭帶便服的裝束，他就是那個假卓別林！假卓別林，這個楊桂玲的表兄，他就放下了胡琴站起身來，說：「您請進來吧！」一等我進來，他就好像要跟我握手，我趕緊把手縮了回去。我也不知我應當再說什麼話才好。卓別林倒是向我帶笑問：「您這些日子沒上天橋兒去玩玩嗎？」

　　我搖搖頭說：「這些日子我沒有工夫去，現在我是為看看麗仙在這兒沒有？」

　　楊桂玲說：「我們也正在這兒等着她啦！她現在大富飯店跟着人吃飯，剛打回來的電話，說是一會兒就回來。您請坐！等着她吧！」

　　卓別林又問我說：「您吃飯啦嗎？」沒容我回答，他就向楊桂玲說：「再多要一碗餛飩！」於是楊桂玲就跑到了裏屋，隔着窗戶向外面喊着：「賣餛飩的！再多下一碗，一共是四碗！」我趕緊擺手說：「我不吃！我不吃！我已經吃過了！」卓別林笑着說：「這算什麼呀？您來了既然趕上了，我們就得請客，也不過是請您點心點心，又不是像胡大姑娘，人家現在飯店裏吃上大菜啦！」他直笑，還遞給我煙捲。

　　我卻一點也不想笑，我覺得他們這些人全都是壞人！自然，也許是由於生活困難所以才有些壞習氣，但最不可原諒的是，他們不該幫助那個崔大爺引誘一個純潔的少女！胡麗仙和楊桂玲雖是乾姊妹，可是她一向將楊桂玲視如胞姐，然而這個乾姐姐跟乾姐姐的表兄，怎可以為了巴結一個土霸崔大爺，而使乾妹妹墮落呢？我胸中的怒焰又騰了起來，我就沒好氣地說：「我是來告訴你們，馬上，劉寶成可就要找來啦！」卓別林一聽，那發直的兩隻眼一瞪，削瘦的臉兒一白，他可真顯出有點害怕了。

　　楊桂玲在裏屋聽見了，她趕緊又走出來，發急地說：「您既提到劉寶成，我可該說了，他在人家胡家鬧得簡直不像樣子！他把麗仙罵得一個錢也不值，調唆我的乾爹又要找他年輕時候保鏢用的那對雙刀，今兒一清早就把麗仙逼出家去啦！我們為什麼到這兒來？也是為等着麗仙回來，好勸她，好給他們說和事。」

　　她又說：「劉寶成要是來了倒好。連您，您也是我們幾個人的好朋友，咱們大家在一塊兒索性談談，我還得請您給評一評理。劉寶成說他的師妹全都是我給勾引壞了的，待會兒我非得見着麗仙，當着劉寶成問問：問問麗仙她自己，叫她說，我教壞了她什麼？」

　　我趕緊說：「其實麗仙的事也跟我毫不相干，她跟你們比跟我近得多，我不過是因為劉寶成，才認識的她。我又有病，最近才謀到了一個職業，明天就得去上班，對這個閒事我根本沒有精神管，也沒有權利來管。」

　　楊桂玲說：「您太客氣啦！連我乾爹——麗仙她爸爸，那麼一個又乾又倔又不講理的老頭子，他全都佩服您。因為我們都是一群粗人，湊在一塊兒也沒有一個認得半個字的，我們都不過是在江湖混飯的，向來沒有一個人瞧得起我們。您是一位讀書人，做事的人，可是拿我們當人看……”她說到這裏，不獨露出來感激，還顯得有點悲哀。

她又說：“麗仙見我一回，就跟我提說您一次，我也老想去看望您。可您知道我是天天窮忙，再說我們要是常到您店裏去，叫人看着未免不大好；譬如您要在辦公室裏，我這樣兒的人若是去了，於您的事由兒都許有礙，可是我們沒有忘您。現在我的冤枉，只有您還許能在劉寶成的跟前替我說得清；麗仙也許您勸勸她，她才能改了脾氣；我乾爹那兒，也許是您去了一勸，他就不再逼女兒啦……”

我皺着眉問說：“到底是怎麼一回事呢？”楊桂玲就說：“您既是還不知道是什麼事，那麼你今兒為什麼要來？”我說：“我來是因為劉寶成剛才去找了我，他那暴躁的脾氣，我怕他來這裏鬧事！”

楊桂玲說：“叫他來鬧吧！他要是上次不鬧，不在天橋兒得罪了崔大爺，我們也犯不上常到這兒來給崔大爺磕頭請安！我們維持的就是他，連麗仙應酬崔大爺，其實也是為他！我們要是不這麼辦，崔大爺要不是看在我們的面上，憑他？憑他一個劉寶成？十個也早就完啦！”我打了個寒噤，我覺得那崔大爺太可怕了！

這時候，忽然從裏屋噔噔噔地很快地走出來一個睡態惺忪、蓬頭散髮的女人，她趿着鞋，穿着大肥腿的白綢褲，頂短的紅色小襖，臉上還有剩脂殘粉，正是那個崔太太。她急急地擺着手說：“得啦！你們別再吵我啦！別再煩我啦！楊老闆你還唱你的《烏盆計》吧！卓別林你這小忘八蛋，還拉你那胡琴吧！”她又指着我說：“這位先生您是愛消遣，就請坐，待會兒我們這兒什麼玩藝兒都有，您就等着參觀吧！千萬可別這麼囉哩囉嗦地說什麼崔大爺有勢力，不好惹，那可真叫我聽了頭痛！”

這個女人，今天的態度是與那天完完全全地不同，她變了個樣兒，那天她是妒嫉、撒潑、說閒話，今天她是畏懼，似乎還有些乞憐。她說：“你們當是我願意霸佔這屋子嗎？那就錯啦！這屋子誰願意來誰就來！我從十六歲，就叫崔大爺把我糟踐啦！那時我是一個黃花女兒，真比學校裏的女學生還規矩得多。他那時候還叫崔大，那個爺是才加上去的。他就仗着點錢，仗着點勢力，既不明媒正娶我，又不接到他家去當二房吧，三房吧，給他作妾，就弄了這個小房子叫我在這兒住着。他高興時來，不高興時請他也不來，有時還弄些個狐朋狗友，弄些個壞女人，來到我的眼前氣我。到現在我二十七啦，在這兒混了十一年啦，真還不如我早先就下窯子去混事呢，那我到了現在還許倒有幾個錢啦！我在這兒給他一個人兒嫖，還得受氣挨打，把我弄得什麼罵人的話全會說了，臉我也不拿它當臉啦。所以，要是有人來占我這屋子，以前我還有點氣，現在我一細想，我應當十分歡迎！是胡麗仙來頂我的缺，或是楊桂玲來這兒住着，我都是拱手就讓！你們來，我好走！”

楊桂玲臉都紅了，說：“崔太太你可別這麼說話！你弄清楚着點兒，我們來是給他們說和事來啦，不是來占你的屋子！我雖是一個窮戲子，但是我要嫁，還嫁不到他姓崔的這裏啦……”

卓別林急擺着兩隻手說：“別起誤會！我們來的時候就先說明白了，因為崔大爺現在要跟胡麗仙講戀愛，她的家裏又反對。劉寶成還不要緊，我們也知道崔大爺沒把他放在眼裏，崔大爺使出人來一不叫他在天橋賣大力丸，他當時就拉了洋車啦。我跟桂玲也是一樣，都是仗着崔大爺幫忙維持才吃的飯……”

旁邊的楊桂玲這時忽然生起氣來，她一生了氣，更像是個男的了。她就忿忿地說：“什麼叫求他崔大爺幫忙維持？那不過是恭維他的話，其實我們唱戲吃飯，全是憑自己的能耐！天橋又不是他的，他真要逼得人太急了，那可沒有話說……”

卓別林說：“你就別說啦！”又悄聲地說：“最怕的是胡麗仙的爸爸！你別看那老頭子整天不下炕，連拉屎都在炕上，可是那是當年的一位鏢頭！闖過江湖，殺過響馬，綽號人稱雙刀太歲，現在雙刀還在他家的桌子底下放着啦！他要是親自一出馬，抖起來當年的威風，來到這兒找他的女兒來，那可就真許手起刀落，崔大爺的性命，馬上就不保險……”

崔太太拍着手說：“好！好！叫他快來吧！我願意看，我頂願意看武軸子啦！以前我是願意我們這個家，家庭和睦，因為我雖然是他的小老婆，外老婆，可是也願意他好。現在我知道了，我給他燒香念佛，求神佛保佑着他好，也是沒有用，他再好，也是人家的；他越發財，他弄的女人越多，就對我更冷淡，我幹嗎給別的野女人護着這個漢子呀？這漢子也不是我一個人的，別人來打他個頭破血出，砍下他的腦袋來，那時誰愛哭誰哭，我反正不流眼淚。因為，我要再流眼淚我就是傻子啦！我叫他害得夠啦！我都變成了這麼個連我自己都不愛搭理，都覺着一個錢也不值的破爛女人啦，我還能愛他？”

楊桂玲說：“別的都不要緊，現在就是別出事情，好好歹歹把麗仙勸回去就得啦！千萬別等着劉寶成來，也別叫麗仙的爸爸來。”

我就說：“劉寶成是一定來的，可不知道他現在上哪兒去啦？頂好……我這就下樓去等着他吧！他只要來了，我就把他截住、勸住，反正不叫他上樓，以免叫他跟這兒的人起衝突。”

我原是借詞要走的意思，因為我知道這座小樓，這間屋，雖然主角還沒有來，可是戲已經在預備着啦，並且我相信會是很熱鬧。但，我是一個病人，今天才找到職業的人，我夾在他們這齣戲裏幹嗎？再說我是一個知識份子，我有我的身份，而他們不過是天橋的一些下等人，是戲子、拉車的、墮落女人、過去的鏢頭、卓別林，還有一個土霸，和一個沒受過教育的小家碧玉。萬一，不用說真動雙刀，就是打一場架，報上也得發上新聞；那麼倘若我也因為附帶的關係，成為一個新聞人物，我學校那個寫蠟板的事情，可就要吹了。那我豈不又要遭受失業之苦，而潦倒於店中，他們誰又能夠幫助我呢？所以，我這麼一想，把我剛才的那一般勇氣，可就打了折扣；我倒並不是真要三十六着，實行那“走”的一着，不過我可得離開這個場合，下樓去，總就好辦了。

不料崔太太卻說：“喂！這位先生，您也別走啊！要唱武戲也得有配角。”

我心說：你們的配角已經夠了，何必要拉上我呢？但我也不能顯得太畏縮，或是太不熱心，我只得慷慨地說：“好！我不走！我是想下樓去看看。”崔太太卻說：“待會兒還吃餛飩呢！”說着向我瞟了一眼。我便說：“我不餓，餛飩我吃不下去。”

楊桂玲倒是來給我解圍，她就說：“人家是做事的人，人家又有病，咱們搗麻煩，把人家先生拉上幹嗎？”

崔太太卻說：“那他幹嗎要來呀？假若不是胡麗仙，是我……”她拍打着自己的臉說：“是我這長相兒的，我看也沒有這麼多的人願意費嘴，願意費腿！”

我聽了，我真不由得有些惱怒了，我就大聲地說：“我今天來，是為劉寶成！因為他是我的朋友，我不願見他為一時的氣忿，毆傷了人，撞出禍來。我是希望你們把事情和解，我要下樓去，還是為等着他，好勸他。”

　　崔太太說：“可是他這時來了，就連那老頭子也拿着雙刀來了，可又跟誰幹呢？崔大爺跟胡麗仙還不一定回不回來了，人家還許就一塊兒住了飯店啦！”說着向我哼了一聲，又撇着嘴，把我弄得木在這兒了。我真擔心胡麗仙跟那崔大爺去住飯店了，我為那個女子很發愁，就像我看見天要下大雨了，要刮大風了，擔心那花兒會被吹落似的。

第八章　武戲將開

　　小丫頭跟那賣餛飩的，已經把四碗熱氣騰騰的餛飩，都端上樓來了。我聞着是很香，看着那白白的薄薄的餛飩皮兒，那褐色的調着醬油的雞湯，那蔥花、蝦米、雞蛋絲、香菜和紫菜，是很好看的，但我擺着手說：「我不能吃。」

　　崔太太向我笑着說：「不要緊！您自管吃，我請客，這跟我們大爺不相干！我這個人就是嘴不好，好話要到我的嘴裏，說出來也很難聽，也招人生氣。這都是我這些年來，叫他崔大爺給我逼的，我無論是對誰，哪怕是對我的爸爸呀，說着好話也像是跟人撒氣。您是念書的文明人，您得多多原諒我！」

　　卓別林也站起來，就像在表演魔術時對他的觀眾說話似的——倒是沒行洋禮，他說：「先生！您可別走！到時候您也別管事，您就給我們助助威，因為我想，崔大爺大概還怕文明人。」

　　我可真不願拿我這個「文明人」來跟崔大爺對陣，同時我又想起上一次在天橋，跟崔大爺發生誤會，以及，以及……咳！今天的事還都是由那天而起。由桌上放着的餛飩，又使我憶起我請劉寶成下的那次小館，和給雙刀太歲送去的那肉餅。可以說，我跟他們這些事，不能說毫不相干，那麼我想走也是不對的。

　　這時楊桂玲又走到我的跟前，低聲地懇求我說：「您幫忙幫到底！崔大爺待會兒回來，您替我們跟他說幾句話，他還許不能不講面子，因為他也是個外場的人。他跟我們可以不講理，跟您絕不敢不講理；再說，麗仙也專聽您的話。」這個「專」字，我卻覺得分量太重了，其實我和麗仙有什麼關係呀？至少我們是毫無愛情！不過這個「毫」字，我也自己給自己打了一個問號。

　　崔太太說：「吃吧！吃飽了好看戲！待會兒我們大爺跟胡姑娘一定都來，雙刀太歲也許正戴鬍子，劉寶成正在那兒勾臉呢！卓別林你這小忘八蛋也來騙了我一碗餛飩，你算是個什麼角兒？破洋服！我才冤哪！」

　　卓別林聽了這話，只是笑了笑，他就先端起碗來大吃。崔太太和楊桂玲還都把餛飩來讓我，我是堅決不吃的，她們就只好各自吃了。卓別林把原為讓我吃的那一碗，也拉到他的眼前，他預備着把兩碗全都下嚥，倒似乎是他今天除了為來混點吃之外，不預備管別的事。

　　楊桂玲是很着急的，她一邊吃着餛飩一邊還說：「怎麼崔大爺還不帶着麗仙回來呀？莫不是今天晚上真不回來了吧？」她說出了這話，確實連我也很擔心，我真怕純潔的胡麗仙由這一次，就真個為那色魔土豪的崔大爺所蹂躪了，叫她就從此墮落！

這時候電話來了，鈴聲叮鈴鈴地響着，崔太太趕緊放下了調羹，起身去接。她把那聽筒摘下來，說了聲：“喂……”立時她的神色就改變了，向着我們擠鼻子弄眼地做出來一個樣子，我們就知道在那邊打電話的必定就是崔大爺，當時連卓別林都仿佛把餛飩吃不下去了，我的精神是更顯着緊張。

就聽崔太太笑着，作出來嬌聲向電話裏說：“是啊，是我呀！你們還在大富飯店啦？胡大姑娘也還跟你在一塊兒啦……哎呀你們可真能夠膩，一頓西餐吃到這個時候還沒吃完哪？我們在這兒叫了餛飩等着你們，都等急啦！什麼……啊！你要問這兒來了幾個人呀？可得等我先數一數……”於是她手捂住了聽筒，回過頭來，無聲地向我們來詢問。

我跟楊桂玲倒都不在乎，既是等着他回來辦交涉，那麼又何必不告訴他實話？只有卓別林發起慌來，悄聲說：“可先別說我在這兒啦！”

崔太太反倒頭一句就向着聽筒大聲地說：“有裝卓別林的那個小子！還有楊桂玲，還有就是上回來過的那個……文明人，又黃又瘦的那個，你忘啦？……啊！對啦！就是那位先生，他不是跟胡大姑娘似乎怪好的嗎？……對啦！人家就是為找胡麗仙來的，劉寶成待會兒還要來呢……”

我一聽，覺着說出劉寶成要來，可不大好，他要是一害怕，真許就不敢離開飯店了，那才真糟！難道我們這幾個人還要上飯店去找他們嗎？我想這件事情壞了，狡猾的崔大爺他先打電話回來探一探風，這樣一來，胡麗仙恐怕更難逃出他的掌握了！

那邊崔太太已經放下了聽筒，扭扭擺擺地走回來吃餛飩，說：“你們也都不用着急啦！他說再待半個鐘頭，一定就帶着胡麗仙回來，他請你們諸位稍候！”

卓別林說：“崔大爺是個外場人，在天橋那地方混久了，不外場還能夠吃得開嗎？他說把胡大姑娘帶回來，就一定能給帶回來。”

崔太太冷笑着說：“拐倒是還拐不跑呀！胡麗仙這是才跟他在一塊兒，自由戀愛，也還不能像我們那麼順他的手。在飯店裏租一間屋子也不便宜，他崔大爺雖然有錢，可是錢都在肋條骨裏長着，拿出一個來都心痛，為個又不摩登的胡大姑娘，他大概還犯不着；帶到他家裏去，他那大老婆、二老婆，能夠砸碎了他的眼鏡；他不帶回到我這兒，可還送到哪兒去呀？反正他也知道，我吃醋也是白搭。現在我他媽的也不吃這沒味兒的醋啦！我就盼着他跟我離婚，給我什麼贍養費，或者他遭惡報，槍斃、殺頭，那我就一個錢也不要他的。不過你們要說他是外場？哼！你們可都把他看錯啦！他的骨頭我都看透啦！他是面熱心狠。一件東西他想要了，你叫他鬆手，叫別人遂心，那叫辦不到！剛才他在電話裏，既說是待會兒就回來，那就絕沒有好的！我是好意相勸，你們三位哪一位要是膽小的，最好還是先請着！”

她這話一說了出來，我們確實都得深加考慮了。卓別林是連我那碗餛飩也都吃淨了，他說：“我今天來到這兒，可是沒想得罪崔大爺，因為我指着天橋吃飯！到了時候頂多你們打起架來，我給拉。”楊桂玲說：“我想只要是劉寶成不來，就不能打起架來。我們只是求崔大爺，告訴他，胡麗仙不似旁的姑娘，她家裏管的嚴，不能夠常跟着外人出來玩。”我倒沒有什麼懼怕，我只是怕耽誤我明天上班，扔了我那個僥倖而謀成的職業。

我們都默默地坐着，他們吃完了餛飩也都不漱口。那個小丫頭大概也是看出了要起風波，借着給賣餛飩的去送錢送碗，她一去就不回來了。崔太太捏着煙捲打呵欠，已經泛起了倦意。

這時候，可就又過了有半點鐘了，忽然外面的樓板就緊響、亂響。我很驚訝，就見屋門又開了，來了五個健壯的男子，一個個都像劉寶成那樣子的，樣子就比劉寶成凶。他們也不進屋，只站在屋門口問：“劉寶成沒來嗎？”我一看，一聽，就知道不好，這是崔大爺把他的打手給勾來了。

崔太太說：“劉寶成是誰？我也不知道，不過我這兒現在就來了這三位客。你們都進來問吧！我也不知道誰姓劉！”

卓別林似乎全認識他們，有點驚慌，可又有點親熱，他就站起來迎過去，說：“進來坐！進來坐！劉寶成沒來，我也有好幾天沒見他的面啦！聽說他拉洋車啦！他也大概從來沒到這兒來過，這兒他不能來……”

崔太太拍着桌子說：“你還沒聽明白嗎？是崔大爺叫他們這幾個人來的，沒有他們，待會兒怎麼能夠唱得好武戲呀？”

我看這五個人，的確都好像唱武戲的，什麼武戲呢？就是《連環套》。這五個人橫眉立目，擼胳臂挽袖子的，有的還帶着電刀，就像是寶爾墩寨裏的那些嘍囉，實際……我這時候才明白了，他們就是崔大爺征服天橋，豢養的那些爪牙！

有一個人幾乎打了卓別林一個嘴巴，說：“你這小子，在這兒幹嗎？”卓別林賠笑地說：“我是常來，我是常來，今兒在這兒等着崔大爺，商量點兒事……不是我的事，是我的表妹，她要跟崔大爺託付點兒事……”

楊桂玲這時候說話倒很有勇氣，她認識那五個打手中的一個叫小龐的，她說：“小龐！你可別來這兒唬事！你們都是吃天橋的，我也是吃天橋的飯，全都有個認識。我們到崔大爺的家裏來，這也不是頭一次了，今天更不是誰跟誰打架來了，用得着這麼殺氣騰騰的嗎？”

那小龐沒有言語，只跟那四個人，一齊向我來怒目而視。我不理他們，然而我的心裏可不住地緊張。小龐說：“咱們到樓下頭去吧！劉寶成來了，咱們跟他說點什麼，這兒的病鬼，值不得咱們一揍！”我知道病鬼指的是我，但我仍是不言語。

楊桂玲推着她表哥，悄聲地說：“你去找一找劉寶成，別叫他來啦。”崔太太卻說：“別叫他走呀！他走了就一定不回來啦，待會兒這出武戲又少了一個角兒！我聽完了武戲，還要叫他變魔術呢！”弄得卓別林顯出來啼笑皆非的樣子。

這時候，那五個打手都下樓去了。又待了不大的工夫，也沒聽見樓梯響，忽然崔大爺跟胡麗仙一齊在門前出現。崔大爺是先進屋來的，穿的還是白天的那套洋服，手裏拿着手杖；胡麗仙在後邊替他拿着照相匣子，那一身新做的花洋布的小褲褂，還是那麼平展，只是臉上有點兒紅，多半是因為剛才在飯店裏喝了一些洋酒。

崔大爺見了我，先一點頭，說：“受等！受等！”說着便把手杖要交給他的太太。他的太太卻坐在那兒不管接，倒是卓別林像聽差的似的，把他的手杖接過去了。崔大爺就問說：“劉寶成沒找我來？”

楊桂玲站起身來搶着說：“他不能來，這兒有他的什麼事？是我們，一來是來看看您；二來是……”

崔大爺不等她把話說完，就轉身向我，似兇橫似客氣地說：“這位……”

我站起身來，講演似的說：“我倒是……不是有意來打攪，我是剛才劉寶成託付我，找他的師妹……”崔大爺說：“你找人麼，也不能夠就怔進人的屋裏來呀？”我也變了色了，我說：“那麼我現在就可以出去，不過我得把胡麗仙送回家，因為不但是劉寶成託付的我，我跟她的父親也都認識。”

崔大爺冷笑了笑，說：“那麼你是她們家裏的代表呀？”

這時候屋中的一切人全都看着我，我就說：“我也說不上是什麼代表，不過她的父親今天叫劉寶成找她回去，就找了整整的一天，我是來告訴她，她應該回去了！”

崔大爺就冷冷地說：“那麼你就來問她吧！”

我來直接向胡麗仙說話，不能夠作出什麼有權柄的樣子，然而我也用不着跟她客氣或婉求，我只是很着急地說：“怎麼樣？你現在倒是回不回家呀？”

胡麗仙便淚眼婆娑地說：“我憑什麼不回家去呀？我待一會兒就回去。”她瞪了我一眼，便把臉兒轉過去了。

楊桂玲就笑着說：“這不就全都免了嗎？本來這還有什麼事呀？咱們玩一會兒，我就帶着她回去。得啦！大家什麼話也別再說啦！”卓別林也笑着說：“好啦！好啦！”

我這時候本來要走，忽聽崔大爺在那邊沉着臉，又說了一句：“我就不願意看人‘狗拿耗子，多管閒事’，自以為文明，其實他媽的是個窮酸！”

我挨了罵了，心裏實在覺着發堵，但又一想，聽他這話，就是沒知識的人說的話，我何必跟他計較呢？而且在這個地方，我也知道，要是跟他一計較，我一定得吃虧。我不是懦弱，我只是想着：這件事本來與我沒有多大的相干呀！現在已經算是有了結果了，我還是快走吧，明天去安分地上我那學校任職去吧！

我已經走出了屋子，在過道裏我可又站住了，我是想：我應當再向胡麗仙進幾句忠言，勸她從此永遠不要再和崔大爺來往。這是必須說的，這是我最後的話，因為此後，她的事我是一概不聞不問了。

但在這時候，我就聽崔大爺忽然在屋裏咆哮着說：“他媽的！我是給他面子就完啦！因為我跟他毫無交情！他要是也在天橋吃飯的，我就叫人揍死他；他是他媽的一個窮酸，我犯不着！現在當着麗仙，我跟你們說吧，劉寶成不說要來找我，什麼事情都好辦；現在我不但在這兒等着他，看他倒是有什麼能耐，我還把麗仙留下啦，誰說也不行！麗仙你別走，至少我得叫你在我這兒住一個禮拜，你行也得行，不行也得行。住完了之後，你想跟我，我給你去另找房子，錯待不了你；你要是不想跟我，我送給你一百塊錢，反正我留定了你啦，誰說也不行！”接着就摔椅子拍桌子，他是真現出了兇殘的面目。

我一聽，這不是強霸嗎？這還有世界嗎？

我又隔着那道沒關嚴的門縫，看見胡麗仙坐在那兒，低着頭哭了。楊桂玲就婉勸地說：“因為我乾妹妹還是個小孩子，您得多原諒她！崔大爺，您別這麼辦。”崔大爺依然暴橫地說：“就是因為她小嗎，我才喜歡她，她要是個老太太，我喜歡她幹嗎？她要是長的你那個模樣兒？白送給我也不要！”楊桂玲不言語了。

忽然崔太太又狂笑着嚷嚷起來，說：“桂玲！也虧得你還是男子打扮啦，原來一點也不知時務，現在你還幹嗎這麼當面找沒臉？咱們什麼話也別說，現在就給他跟胡大姑娘賀喜就完啦！道完一聲喜，咱們就當時都滾蛋，趁早給人騰屋子！”

崔大爺就對她說：“你這娘兒們可找着我揍你？你吃不着醋！你也是我花錢

買的身，我想要你就要你；不要你，叫你走是好的，你再說話我拿槍斃了你！”說着桌子上就吧的一聲，一定是把手槍拍出來了。崔太太也更凶，說：“那才好！你就來吧！我看見你的手槍啦，可是沒看見你的膽子！告訴你，姓崔的，我跟你也夠啦！你這幾手兒潑皮本事，我也早就學會啦！現在咱們倒瞧瞧誰行？你有能耐你拿槍打死我！不敢打呀，你想在我這屋裏跟胡麗仙過日子，那是做夢！我非攪不可，我還他媽的不走啦！”崔大爺更大聲嚷道：“我揍你！狗 × 娘們！”

　　這時屋裏的桌子、椅子跟樓板，全都亂響起來。卓別林就給勸着，說：“崔大爺您是外場，有話慢慢說！”楊桂玲卻也仿佛拼出去了，氣得大哭，跺腳說：“今天無論怎麼樣，我得帶着我的乾妹妹走！”胡麗仙也嗚嗚地哭着，並且站起來要走，崔大爺便拿着手槍攔阻她。

　　崔太太又嚷嚷着說：“姓崔的，你趁早兒別欺負人！現在不是前年啦，前年有你那做官的姐夫給你撐着腰，別人不敢惹你，現在可不行啦！我還告訴你，我不是跟人家胡大姑娘吃醋，我是要救她，連楊桂玲也是！我們都是受人欺負的娘兒們，我們是命苦的姊妹……”說到這裏她也哭了，又說：“你姓崔的不過是個天橋的地痞！你欺負好人，欺負好人家的姑娘、娘們有多少？你自己知道！人做壞事有報應，你別發威，反正我也是沒有路啦，別人不跟你拼，我跟你拼，你打死我吧！你打死我吧！”

　　三個女人的哭聲，齊起於室內，我由門縫也能看出她們對付崔大爺的情形：胡麗仙是很懦弱；楊桂玲氣大，但膽量還嫌小；只有崔太太是又潑辣，又敢罵，又能說。我的心裏湧滾着義憤，同時不自禁地也落下淚來。

　　這時屋裏嘩啦啦一陣亂響，崔大爺已經掀翻了桌子，他大罵着說：“都給我滾！誰不滾我打死誰！只是胡麗仙不能走，她要不願意當我的小女人，我連她也打死！一群狗 ×，滾他媽啦個的蛋！……”

　　我正待進去，聽樓梯又急響，更亂震，已經跑上來很多的人。

第九章　槍聲刀影起高樓

　　頭一個跑上樓來的就是劉寶成，他那雄糾糾的身軀幾步就沖到了門前，一看見了我，就說：“您先走吧！我們這兒今天非出事完不了！”

　　後面跟上來的就是崔大爺叫來的那五個打手。那小龐說：“劉寶成！你要是光棍就下去！咱們找個空場兒幹去！”劉寶成卻不理他們，他們也揪不住、攔不住，就叫劉寶成緊握着兩個拳頭，像猛虎一般地闖進屋裏去了。

　　這時候卓別林已經溜出了屋，他還不如我呢，我還敢隔着門向裏看看，他卻下樓跑了。

　　崔大爺先抄起了手槍，但當時就被他的太太自背後把他拿槍的那只胳臂給用力拉住了，楊桂玲也幫着拉；他就掙扎着，朝劉寶成那邊踢翻了一把椅子。劉寶成上前吧的一個嘴巴，打得崔大爺當時臉就歪了；他又一手揪住了胡麗仙，喝了聲：“走！”胡麗仙卻雙手捂住了臉，大哭。崔大爺又困獸似的跟那兩個女人奪他的胳臂，要用槍去打劉寶成。

　　小龐幾乎把我推了一個大跟頭，他們五個打手就一齊跳進去了，齊揪住了劉寶成。劉寶成一隻手仍拉着胡麗仙，一隻手便掄起拳頭向這五個人來打。這五個也還手，連打帶踢，把胡麗仙也給打在底下了。胡麗仙大聲哭着，楊桂玲也哎呀哎呀地叫着。

　　崔大爺卻一邊奪胳臂，一邊跳起來大罵：“姓劉的……”他更掄左手去打他的太太。崔太太的頭髮都被打亂了，她低着頭就向崔大爺的胳臂上拿牙咬；楊桂玲是雙手抱住了那只槍。沙發擠在一邊了，桌子椅子全都倒了，碗、茶壺、煙盒全都掉在了地下，叫人踢來踢去，電燈被撞得像秋千似的那麼來回地動盪。這些人由這外屋一齊揪到了里間，只把胡麗仙丟在外屋坐在地下哭。

　　劉寶成追着崔大爺，但那五個打手又扭着他。他把小龐整個由裏屋端出來了。小龐就揪斷了電話機又向裏屋來砸，就聽嗳喲一聲怪叫，小龐用電話機誤把他的同伴打暈了。接着又被劉寶成給踢出來一個打手，這個人又把小龐給撞倒了……

　　我是因為想把胡麗仙拉起來，所以我在這時才冒着險跑進屋裏去。但見那里間，床都快被踢塌了，雪花膏、生髮油、凡士林的瓶子，胭脂盒、蔻丹油等等都撞散了一樓板，連鏡臺也要撞倒了。崔太太滿臉是血，楊桂玲的辮子都散了，她們還緊緊按着那只拿在崔大爺手裏的手槍。

崔大爺這時也鼻青臉腫，領帶都揪下來了，洋服也碎了，眼鏡也早就掉在外屋踏成爛玻璃了，他還在奪槍，跳蹦，喊罵，但已被劉寶成揪着他到了靠樓窗的旁邊。劉寶成向他的頭上又一拳，他的頭向後一仰，嘩喇！樓窗上的璃璃也粉碎了，洋式的兩扇窗也撞開了，

但這時崔太太跟楊桂玲已經力弱，竟被崔大爺轉過了槍口。同時外屋的小龐已找着崔大爺的那根手杖，抽出來，裏邊原來是很長很細又很快的一把刺刀。他的同伴也把電刀亮出來了，一齊進了屋，齊撲劉寶成。劉寶成隻抬腳去踹，但身後的崔大爺正在那兩個女人仍在揪拉之下，他一面奪胳臂，一面就扳槍機，砰的一聲槍響了，子彈卻打穿了床帳。

這時由外面忽然又來了一位老英雄，手掄着雙刀——我早已看見了，這就是那位吃過我的肉餅的雙刀太歲——胡麗仙的爸爸。他那白蒼蒼的頭髮跟鬍子此時全都豎了起來，他那乾粗老橘皮似的滿是皺紋的臉布着凶煞，他那兩隻眼睛更似燒着了的燈籠，突突地直冒火，他那用秫秸杆支成似的瘦身體竟自跳躍如飛，也不知道他向來連拉屎都在家裏炕上的這麼一個病老頭子，現在是怎麼來的？他雙手舞動閃閃的雙鋼刀，頭一個就砍倒了小龐，二一個又砍倒了一個打手，他就直撲進裏屋。

楊桂玲又喊叫噯喲！……劉寶成卻說：“剛才我回去跟您借雙刀，您不借給我，您這大年紀可自己來！”

但，這時，這位當年的老鏢師，他的雙刀已落下來，砍在崔大爺的兩隻胳臂上。只可惜他的刀三十多年沒有用，也沒有磨，刀刃早就鈍了、鏽了，只將崔大爺的手槍震掉，卻沒有削下那兩隻胳臂。

崔大爺還在暴喊着踢打掙扎，卻被劉寶成一手扳住他的膀子，一手托住他的腿，把他托起來，就向窗外一扔。

楊桂玲又驚喊了一聲：“噯喲！”這時已有幾個巡警，聽見了剛才的槍聲趕來。

這裏的外屋，雖然已經淩亂不堪，但是頓然嚴肅而寧靜。小龐等那五名打手，有的已頭破，有的已挨了鈍刀，都早就下樓跑了。楊桂玲特意過來勸我拉我，她就把我拉走了。

我臨走的時候，看見巡警正在盤問剛才這裏的情形。一朵殘花似的胡麗仙站在牆角，遮着臉嗚嗚地哭。雙刀太歲凹着嘴，昂然地說：“人是我殺的！官司我去打！累不着別的英雄！”劉寶成說：“是我！帶我去吧！沒有我師父的事！”崔太太卻尖聲喊着說：“什麼呀？與別人都不相干！我是姓崔的小老婆，我可要說公道話！是他自己，他拿手槍打人沒打着，他自己一不小心，就摔出窗戶去了！可也是因為我，要奪槍，一推他……”

我和楊桂玲下樓來，月光照着那由高高的樓上跌下來，躺臥在街上噯喲噯喲叫着的崔大爺，有行路的人圍着看。我知道他不至於死，官司也打不大，我就被楊桂玲勸走了。

我回到店房裏，腦筋被刺激得一夜也沒有睡覺。次日清晨，我就趕緊到我考上的那學校去做寫蠟板的小雇員了。

這一天，我總是懷着不寧的心緒。下午四點鐘的時候，我就看見當日出版的《晚報》了，在“社會新聞”裏登載着：

昨晚香廠一幕武劇　　雙刀單槍大打出手
妙齡女子幾被摧殘　　俠客女伶齊出仗義

　　（本報訊）昨晚十時許，南城香廠附近某號住房內，忽發生一有如舊劇武戲一般之群毆事件。緣該處有崔某，在天橋一帶頗有房產地皮，素有地痞之稱，路人側目。該崔某且復性好漁色，凡見妙齡少女，必思染指。該處本亦為渠之外室，昨日渠又自外領一胡姓女子至其家。胡女名麗仙，住金魚池，父為前清時之著名鏢師，綽號雙刀太歲，年已老衰，惟仍有英雄氣魄；有徒名劉寶成，即向在天橋舞大刀賣大力丸者，現業拉車，豪傑末路，境遇殊苦。麗仙二八年華，風流多姿，蓬門碧玉，居處城市，難免不為物質虛榮所動；崔某既多資，複具獵色經驗，一經誘惑，遂即入網。昨日乃先至公園觀芍藥，後往飯店用餐，春雲漸展，至晚始回香窟。

　　未料好夢未成，雙刀太歲及劉寶成，乃即尋至該處，當時言語衝突，繼而各顯身手。崔某又喚來打手多人，一齊圍困雙刀太歲及劉寶成，並出渠手槍示威，一場武戲，極為熱鬧，並有胡女之義姊坤伶鬚生楊桂玲趕來相助，加入戰圍，而崔某之小妻，居然亦一英雌，徒手奪槍。鏖戰良久，結果崔某武藝不敵，丟槍落帽，自二層樓上跌至街心。及巡警趕到，此一幕熱鬧武劇，始告煞台。

　　聞今日上午已自警局將全案解送法院審理，雙刀太歲與其徒爭認為殺人兇手，崔某之小妻卻說其夫是自己跌下樓去，與別人無關。將楊桂玲傳至，據供說：崔某驕奢暴橫，昨日因欲強留胡麗仙在其家住一禮拜，胡父與劉寶成出於義憤，致生毆鬥。胡女則說彼與崔某並未發生關係，與他盤桓，是因為怕他的勢力，想借此勸說勿再與劉寶成作對，而使其師兄仍回天橋賣大力丸以謀生，因伊見師兄被迫拉車，實在太苦也！法院以各被告人情有可原，且該崔某跌傷並不太重，已准由各被告具保免押，改期再行開庭審理雲。

　　我看了這段新聞，覺着所記的事情，與實際還相差不多，但是沒有我在內；我不是被告之一，我一方面覺着僥倖，一方面卻又感覺羞恥！

　　我什麼也不行，我不如身強力大，正氣磅礴的劉寶成；我不如老而猶勇，俠義可欽的雙刀太歲；我連慷慨陳詞，奮勇無畏的女伶楊桂玲也不如；我更萬分也不及那維護正義，不顧自身利害，並且不顧自身的“崔太太”了！他們是這世上的渣滓，可也是瑰寶；是聖雄，是良心的光芒，是卑賤的英雄，我稱他們為“風塵四傑”！

　　當日下午五點鐘我下了班，回到客店，不一會兒的工夫，楊桂玲忽然驚慌慌地找我來了，她說：“您快給勸勸去吧！我乾爹拿着雙刀又上天橋去啦！您快把他勸回去吧！”

　　我問說：“劉寶成呢？他今天還去拉車沒有回來嗎？”我的意思是為什麼不叫他去給勸？我實在是太疲乏了，沒有那精神，而且真不願意到天橋去招惹得大家都看。

　　楊桂玲着急地說：“您還不知道嗎？今兒下午一點多鐘，我們才過完了堂。本來劉寶成也跟我們一樣，出來打的保，可是到了三點鐘的時候，那崔大爺家裏的人又把劉寶成告了。崔大爺在醫院裏，也咬定是劉寶成把他扔下樓去的，劉寶成也自己承認。因為這，他又叫衙門給押起來了，我乾爹一怒，才又……誰攔他也攔不住，他就拿着雙刀又上天橋去了！我乾媽叫我跑來托您去勸他，因為我乾媽還不敢離開麗仙。麗仙這次是太受委屈了，她還為的是劉寶成，想叫崔大爺別再跟他作對，她也是為的家庭的生活；她一肚子的委屈都說不出來，她也不願意說。她去過了一回堂，又聽說登了晚報，她就更哭上沒完，我乾媽不敢離開她，怕她尋了死……您快辛苦一趟吧！千萬別叫我乾爹在天橋又惹出事來！」

我一聽，這件事又起了波折，別真弄得一波未平，一波又起呀！雙刀太歲振起了當年的勇啦，他把現代，又認為是他保鏢走江湖，憑武除惡霸的那個時候了！他的雙刀真許要在天橋惹禍。於是我就同楊桂玲都坐着洋車，趕緊往天橋去了。

這個地方，我已有多日沒來。如今來到一看，塵土還是那麼高，地下還是那麼髒，賣東西的還那麼熱鬧。賣肉餅賣鍋貼的，又在那兒當當地，用鐵鏟敲着鐵鍋的邊緣，說：「熱的呀！熱的呀！裏邊有地方呀！裏邊坐吧！」招徠着主顧。茶館裏的顧客才散，戲園、落子館的弦鼓未停，一些賣藝的人還都沒收場子，可是差不多觀眾卻全都沒有了；那些觀眾們，包括各等各色的閒人，此時都擁擠在掛着「今天停演」牌子的假卓別林的魔術棚子前的一塊空地上，圍得密不透風。

楊桂玲說：「我乾爹一定在這兒了！」她就拉着我，費了九牛二虎之力，才算是擠進了這一座很厚的「人牆」，咳！可真差點兒沒把我給擠死。

但這時候，我看見了在場子當中站着的，就正是那位雙刀老太歲！他跟賣藝的人一般，正在向四圍的觀眾們說：「……諸位聽明白了吧？就是這麼一回事。我雙刀太歲一輩子也沒欺負過人，有人欺負我，欺負我的女兒，那叫作太歲頭上動土！在場的諸位，有不少是行家老師，有不少是江湖朋友，兄弟的小小名頭，諸位大概也聽說過。現在老邁年高，不提當年之勇，可是像姓崔的那小子，那種橫行霸道的，就是十萬個，我也得鬥鬥他！我的徒弟劉寶成，安分守己，老實忠厚，竟因為姓崔的要霸佔我的女兒，就不准他在這地方混。媽的，地是皇上家的，不是他姓崔的，他那些個嘍囉小輩，更得他媽的長長眼睛！今天有話在先，我徒弟劉寶成的官司沒事兒，過兩天就還來這兒賣大力丸，請各位好朋友多幫忙，幫他就是幫我。叫想欺負他的那些鼠輩，都先摸摸腦袋，趁早懂交情，不准再欺負劉寶成，各混各的飯，井水不犯河水，便算萬事皆休；若是不然，那就先得提防點我這一對飛熊揚翅雙寶刀！」

於是他就將雙刀飛舞起來，就見他霜髯飄灑，瘦軀飛騰，雙刀上下翻動，前後披削。他忽而伏地，忽而淩空，刀緊隨身，身依刀轉；健步落地無聲，跳縱毫不喘氣；閃閃寒光挾風起，棱棱瘦骨振威來。不但是我，連旁邊看着的這無數的人，全都發呆了，全都鼓掌叫着：「好！好！好……」

我看他練得太累了，等着他刀勢稍停之時，就隨楊桂玲上前，把他攔住。我勸他別再練了，也別生氣了，老年人是應當保重，應當回家去歇息歇息了！他放下雙刀向我抱拳，說：「完啦！話我都交代完啦！我來這兒不是來欺負人，也不是來找對頭，我只是來到這天橋向大家託付託付；看我的面子，關照一點我的徒弟劉寶成！」楊桂玲替他拾起來雙刀，交給他，又攙扶着他說：「得啦！乾爹，您快回去吧！」

圍觀的人多半散了，還有幾個好奇的在後邊跟着我們。在夕陽影裏，我見這位老人，實在是太疲憊了，連雙刀都有點拿不住了，腳更邁不開步。他直瞪着眼睛，不住地喘息，那身破舊的衣裳更是使人同情。我就給他雇了一輛車，男裝的楊桂玲像他的兒子似的，在車後跟着，他們就走了。臨分手時，那老人還急遽地喘着氣，向我說：「再見！再見！好朋友……」

第十章　尾聲

　　第二天，我依舊到我服役的那所私立中學裏，埋着頭工作，什麼通告哩，表格哩，寫得我手疼。同事們都認識我了，尤其是教務主任，他喜歡我的小楷寫得工整，又對我這病弱的身體表示可憐，於是叫我把那不是十分急需的檔，可以慢慢地再往蠟板上去謄。

　　學校裏的男女生共有兩千多人，個個都是十分健康、活潑、快樂，下學時的腳踏車就有無數輛。校裏還分別設有男生宿舍及女生宿舍，裏邊的設備，縱使不是十分豪華，可也完備整齊，我真羨慕他們。但是我更關心我的那些朋友：劉寶成還在衙門裏押着了嗎？他既是"情有可原"，自然不能判什麼重罪吧？雙刀太歲經過了這一次一次的興奮，他那老病的身軀，還能夠爬得起來嗎？胡麗仙現在還整天哭嗎？連那崔太太，她雖不是我的朋友，我卻更關心。

　　這天回去，見楊桂玲跟胡麗仙都在院裏等着我。胡麗仙滿面是淚，見了我就要給我叩頭，被我攔住了，我已惻然感覺到了她們必有更深的不幸。此時胡麗仙已經哭得說不出一句話來了，楊桂玲就替她說道："我乾爹昨天回去，病就更重了，半夜裏兩點多鐘就斷了氣。他也沒有錢，今天我賣了兩件行頭，才給我乾爹買了一口棺材，可是還得用點錢……"

　　我擺擺手，歎息着說："不必說了！"我進屋拿出來我僅有的十幾塊錢，送給她們。我並勸胡麗仙不要再悲哀，那天晚上在崔家的事，更不要往心裏放；那只是一次經驗，人生總有坎坷，要接受經驗，以後才能步入坦途。

　　我又問："劉寶成現在怎麼樣？"

　　楊桂玲說："大概不要緊吧！崔大爺雖然咬定是劉寶成給扔下樓去的，可是他的太太偏說不是，並把他的劣跡給抖摟出來很多。這麼一來，劉寶成大概就沒有什麼罪啦。只是我這個乾妹妹……真的，您說麗仙她以後可怎麼辦呀？可是我乾爹活着也是一個廢物，這年頭哪還有鏢局子？死了倒是享福啦！只是留下了這麼大的一個姑娘，她還要跟我去唱戲……您想，唱戲的環境有多麼複雜，我能夠眼看叫她挨餓，可也不能叫她跟我去唱戲呀！可是，以後怎麼辦？"我也皺眉。

　　胡麗仙早先是那麼一個能說會道的大姑娘，現在仿佛話都不會說了，只會哭。結果我就說："只好慢慢地再說吧！"她們就走了。

　　對於胡麗仙的美麗的姿容，我並不是毫不羨愛，但我是不能與她講愛情的，尤其不能娶她；更以，如今我是一個施惠者，連應當去致祭致祭那位長眠的雙刀太歲，我都沒有去，我得避免乘人之危、圖人之女的那種嫌疑，我就是這麼一個老腦筋。

從此我仍在學校裏勤懇地工作，但我有一件心事，就是想要設法為胡麗仙謀一個職業。

至今，我要相信有志者，事竟成那句話了。我聽我們的事務主任跟教務主任閒談，說是女生宿舍裏需要一個女雜役，於是我第一次向我們的主任貿然地開了口，我說："我能夠給介紹一個。"事務主任說："明天就叫她來，看看吧。"原來要找這種職業還不太難，出乎我的意料之外。

當日我下了班，就直接到金魚池去找胡麗仙。這是我第二次來到這破板的小門窄院裏。我見景況依然，只是牆根生了些亂草，那只狗也沒再遇着。我一問："有人沒有？"胡麗仙當時就從那低暗的小屋裏走了出來，她一笑，說："喲！您來啦？"我見她穿着半新的藍布小褂、青褲子，倒還整齊，大辮子上系着白頭繩，兩隻鞋上蒙着白布，可是兩手都沾着黃色的雜合面，原來她正在做飯呢。

她的母親也沒在家，她請我去進屋，我卻搖了搖頭，我說："我現在來，只是因為給你找了一個事，不知道你願意不願意去做？"我就把我們學校裏的情形，及那女生宿舍裏的大概說了；我可也沒進去看過，只是看過那座樓的外觀，聽人說過裏邊的大概情況。我並把女雜役這個名稱改為女工友，我說："掙的錢不多，可是也不會太差。這是為公共服務的一個事情，絕不是去當使女、老媽子。你要願意，明天就可以到我們學校去找我，可是大概還得先試一試工，也許還有個成不成。"

她聽了我的話喜歡極了，就笑着說："我這還能不願意嗎？掙幾塊錢不是把生活都解決了嗎？明兒一清早我就准去。"我告訴她我們那學校的詳細地址，又說："你可還得等着你母親回來，跟她商量商量；連楊桂玲那裏，最好也先去說一說。"她當時面現感激之色，眼圈仿佛也有些紅了，說："您太客氣啦！您這不是幫我們的忙嗎？跟她們一說，她們不定得多麼喜歡啦，還用得着商量嗎？"

我點頭說："好好！"又打聽道："寶成的官司怎麼樣了？"

她說："不要緊！您放心，他再在看守所裏做一個月的苦工，就可以放出來沒事了。他不要緊，他那麼強壯，押些日子，幹些日子的苦力，在他算得了什麼呢？"我說："那我就走了。"她跟着送我到門外，還直說："謝謝您！"

次日上午我在學校等着她，她打扮得很乾淨地就去了。事務主任領着她去見女生宿舍的舍監。這舍監是一位胖老太太，一看了她就很滿意，就留下了。我替她打聽了打聽，在女生宿舍裏只管擦桌子，擦玻璃，抹地板，這些工作還不只是她一個人；一個月是十塊錢，管飯，管住。像她這樣年輕的人，在這些女生裏也難得找出這麼一個溫和而漂亮的。她要是也換上月白小褂、青裙子，再騎上一輛女式自行車，我們那些位男生，真許舉她為校花呢！女生自然對她也是歡迎的，日子長了，她還可以跟她們學學看書寫字，間接地得到些學識。

我在這學校做了兩個多月的事，同事們都相處得很好，但是我的病總未痊癒，家裏又寫信叫我，所以，還沒有等到放暑假，我就回往我的故鄉去了。在故鄉養病半年，我又到別處的一個大城市裏做了幾個月的小職員。接近的是一些闊人，看見的是他們那些少爺小姐度的奢侈生活，和裙帶風表現出來的那些醜惡，使我憎恨，使我思念起古城風塵中的俠客義士和那些卑賤而有真感性的女性。

這年的秋天，我得到了一個機會，重往北京。到那學校裏，我特別看了看胡麗仙，她穿着樸素整齊的新衣裳，把我讓到接待室，跟我細細地談。她說她家庭的景況現在很好，只是劉寶成還在天橋做買賣，楊桂玲也還在唱戲，但都還可以維持生活。她又臉紅了紅，說：“我訂了婚，您不知道嗎？”

我說：“真的嗎？這我應當給你賀喜！”

她就由身邊一個小日記本裏，取出一張半身的青年男子的相片，說：“就是他，我們舍監張太太給介紹的。在鐵路上做事，收入不大多，可是人還好……”

我也連連說：“好，好，好，這太好了！”我翻過相片來看那背面，見有字，是用鋼筆寫着：“麗仙愛妹惠存”她害羞地把相片要回去了。

我別了胡麗仙，就往天橋去，找着了劉寶成的場子。他光着那寬肩厚背，健強的雙臂，又在那裏用掌擊碎石塊，並舞動那百十斤重的青龍偃月刀。練完了，他托着銅盤賣藥，說：“大力丸！大力丸！專治五癆七傷……反正您買藥就是看我的玩藝，幫我個忙，吃不壞您就完了！兄弟劉寶成，乃是已故老鏢頭雙刀太歲的門徒，從師學習來的武藝，在此賣藥為生……”

我就笑着說：“給我來兩包吧！”

他一看見了，真是又驚又喜，說：“啊！少見您呀！”

我說：“你先賣藥吧！待一會兒，我還在咱們去年在一塊兒吃過飯的那小館去等你，咱們再聚會聚會。”他便謙恭而誠懇地連聲答應着。

我在天橋這雜亂但是有趣的地方又轉了半天，假卓別林原來也是舊業未改，還在那裏擂洋鼓吹洋號，表演魔術，我可沒有去看。

我就找着了去年跟劉寶成一同吃過飯的那家小館，進去一看，劉寶成已經先來了，他說：“自從去年那回事，我就沒再見着您。我後來官司完了，知道我師父死了是您幫助發葬的，麗仙在學堂裏的那個事也是您給找的……”

我說：“那些事還用屢次提嗎？不要再說了，我是應當做的。只是，這天橋，還有崔大爺的勢力嗎？他還常欺負人嗎？”

劉寶成搖頭說：“他不成啦！他那次雖沒摔死，可是完啦！天橋這地方雖說講究胳臂粗，可是凡指着在這裏吃飯的人也全有點義氣，他從那一回就栽啦，一年多沒在天橋這地方看見他啦。”

我又問：“他的那個太太呢？”

劉寶成肅然起敬地說：“那可真是一位好人！我的那場官司要不虧她，現在怕也出不了監獄。只是找不着她啦。她自然是跟姓崔的拆了，可不知搬到哪兒去啦。找着她，我非得謝謝她不可！”

當日我們在一起很高興地吃了飯，喝了酒，吃完了是由劉寶成付的錢，因為他說他現在不必養活師父跟師娘、師妹了，所以他每天所掙的錢還夠吃夠花。

我們分別之後，我又遊逛了一次天橋，我對這裏的一些風塵中賣藝謀生的人，表示着同情和欽佩。我並且知道他們，其實不僅是他們呀，連像崔太太那樣的“下等”女人，她也是一個人，是有熱情、有靈魂的。

風高天冷，古城中一片深秋的景色，我忽憶起了去年春季的榆葉梅，憶起了胡麗仙。

明春她就要結婚了，我祝她永遠盛開着，美麗而芳潔。

《香山俠女》

王度廬選集, THE COLLECTED WORKS OF DULU WANG
修訂者：王宏 Edited and Modified by Hong Wang

江 湖 出 版 社
JIANGHU PUBLISHING

Jianghu Publishing
PO Box 35075 Fleetwood Postal Outlet
Surrey, BC Canada V4N 9E9
www.jianghubooks.com

THE COLLECTED WORKS OF DULU WANG

王 度 廬 選 集

Author of Crouching Tiger, Hidden Dragon

《 卧 虎 藏 龙 》 作 者

Wuxia Novels Volume One

武侠小说集　卷一

香山俠女

DULU WANG

王度廬

Edited and Modified by Hong Wang

校 訂 者 ： 王 宏

JIANGHU PUBLISHING　　江 湖 出 版 社

第一章　從四傑到八怪

天橋——北平的那個流浪者謀生的場所，那裏邊也有不少具有靈魂與血性的好人，例如我（這個"我"可並不就是作者自己）在《風塵四傑》裏說過的那些重肝膽、尚俠義，誠樸無欺，有如《水滸傳》裏的英雄那般可敬的人物：有賣"大力丸"的劉寶成；還有那落魄的女伶楊桂玲，她也頗有血氣；即使是給一個天橋的土棍、惡人"崔大爺"做過外家的"崔太太"，那也是一位肯於為人而舍己的好人；另外還有已經故去的那位江湖老英雄（現在還應該有"江湖老英雄"這種稱謂嗎？），他不過是個在前清時，在那古老腐敗的社會裏幹過鏢行，會些武術，有過雙刀太歲那麼一個幾近於神話，又像是笑話的綽號的人，是個早為時代所揚棄的可憐的歷史人物。

他們還都值得稱揚贊許嗎？難道飛機、大炮幹不過雙刀嗎？不！我說的是人心。但我可也沒有在這裏歎息着"人心不古"，人心是不會古的，古了便是沒有了進步。但無論古今，人們總應當有一種道德上的準則，這準則最低的條件是不可以損害他人，不可以自私，欺詐。而能夠犧牲自己，幫助他人，則更是為人之所欽敬。這在過去稱之為俠義，在今世則謂之為好人，我說過的風塵四傑，他們就都是在天橋一帶的好人。自聽說獨霸天橋的崔大爺被他們打倒了之後，打崔大爺的之中的一個，我認為是四傑中一傑的那崔太太已不知何往；至於我所關心的胡麗仙胡大姑娘，我也真無須再去關心她了，因為她明春就要結婚了，他們雖是經人介紹而成的，可是也先算是朋友。

我的病就算是好了，但是生活把我鞭策得更苦，半年之中我一再地失業。後來我因為聽說有一位我上中學的時候教國文的老師倪先生，在北平（那時還叫作北京）做了一家報館的編輯，我想憑着師生的一點關係，求他給我找一個位置，所以我就投他去了，這是我第三次來到了"燕門"。

當然我不能夠一見着倪先生，立刻就能找着我的位子，所以仍然是賦閑，照舊要住旅店。生活之沒有進步，遭遇之坎坷，我要是個多愁善感的詩人，一定要作成不少的遣懷詩了。但我也得想法去尋一個消遣之地，往哪裏去呢？看電影、聽京戲都得花很多的錢，所以，我只好照舊上我的老地方天橋去走走。

天橋這個雜亂的流浪藝人的麇集地，現在愈加地熱鬧了。我細細地遊覽了數日，我才又發現了此地有所謂"八大怪"。"八怪"且言人人殊，你說的"八怪"

就與我說的“八怪”不同，這第一，是因為他們自己都不掛招牌；第二是沒有廣告宣傳；第三是天橋這地方上的“怪”實在不止八個，八十個也許還要多；第四是凡在此賣藝謀生的人，都願意自己充上一“怪”，你要說他們是八怪之一，他們認為是十分榮幸，因為這就好像能夠抬高了他們的地位，而使他們有名，於他們的生計、衣食至有關係啊！

我曾看見一個也是賣一種大力丸的少年，體格比參加世運的選手還許要強壯。有人說他是“八怪”之一，我卻說他哪裏怪？怪的是這社會，使他那樣的好體魄淪落在天橋，真是可惜又可歎！

我還看見一個營養不良、瘦猴子似的人，名叫雲裏飛，這人確不愧被人稱為“怪”。他用一些厚紙的小煙盒，拼做成了紗帽和王盔，穿着似北京的大出喪抬棺材的杠夫們，或吹鼓手所穿的那種制服，綠色的，上繪有圓形的圖案，名之曰綠嫁衣，因為舊式的娶親也叫穿着這種衣服的人吹鎖吶和打鼓。這就作了雲裏飛的戲衣——行頭了。他唱《上天臺》的劉秀——漢光武帝要穿這件行頭，到唱《三娘教子》飾王春娥時，仍然穿這件行頭，總之無論生旦淨末丑，他全都會唱幾句，身上永遠是這一件舊式鼓吹手的戲衣。他的配角是幾個窮小孩，在一塊兒胡唱胡鬧，招得四周圍的觀眾們都笑了，把一文兩文的錢扔到地下。他們彎腰拾起來，還得說：“謝謝！”而看了半天，等到告一段落快到要錢的時候，一文不掏，轉身就走的“看白戲”者，倒恐怕要占十之六七。

另外有一個拉洋片的（即所謂看“西洋景的”），名叫大金牙，他的同伴不知是他的兒子，還是他的兄弟，名叫小金牙。有時兩人也各自獨立營業，都是以口中的一顆金牙為標記，大與小，只是他們倆年齡的區別而已。他們以一面銅鑼連着皮鼓，用手拉得咚咚嚓嚓地響，同時他們都有一套自編的押韻的歌詞，唱着：“喂！往裏瞧！往裏觀！看了一片又一片，這片是槍斃人在天壇，那片是十個美女都賽過天仙。咚咚嚓！咚咚嚓！喂！又一片是天津河北的大馬路呀，多麼熱鬧呀……這一片是大姑娘啊，照在上邊。咚咚嚓！咚咚嚓……”

他們同時拿着一些一英尺長的大照片給人看，有的只露着幾個女人的頭部，那裝束是早就過了時啦，大約是清末時期的妓女照的像，下面可用白紙遮着，為表示着神秘；引得人花一兩個錢，坐在長板凳上，將眼睛對準了那一小塊圓玻璃向裏邊看。至多能看上六張，不過是一些陳舊的女人相片，或民國元年時照的都市風景，他所唱的卻是一張也沒有，因為那不過是一種不忠實的廣告而已。由這也可以看出來天橋社會一般閒遊的人的教育程度，和他們因生活苦悶而所需要的刺激、興趣之低劣。

還有一“怪”，名叫大兵黃。早先他大概幹過行伍，年雖已老，身體卻康健。他的那個打扮像是乾隆年間的人，肥馬褂，青雙臉鞋，頭戴粘着一小塊兔皮的氊帽，這是前清時候的人，打獵時戴的一種帽子。他不會唱，也不會耍玩藝，只會大罵而特罵，專罵彼時的國家大事，當朝要人。他說他不怕死，天天來罵，罵完了向觀眾求錢，他就以此為生。其餘的三怪，我找不出來了。

其實據我看，凡在天橋謀生的人，每一個都怪，不怪不受歡迎，不怪也就不能生活。可是他們的“怪”，至多是與大雅有傷，再多是關係風化，或者是有礙觀瞻，不然就算它是低級娛樂。但，業此者，當每日黃昏，聲嘶力竭，體疲神倦，客散人去時，檢點一天所得之錢數，除去所租之板凳（預備觀眾坐的）錢，及地皮錢，歸家再付印子錢，能買雜合面做窩窩頭幾枚，而斗室中妻啼子病；他們那時是並不"怪"的，他們只是在窮途中艱苦地掙扎。然而，那些酒綠燈紅，通宵歌舞，荒淫無恥，攀裙附帶的人，怪樣實多，又豈止八個？八十個？所以我又認為，在天橋的流浪藝人又不能算是怪了，他們不獨各具聰明，且復各具靈魂。

這一次我在此處遊玩的時間最為長久，我可再也沒見着我的那賣大力丸的朋友劉寶成。我想他許是找着別的事做了，我為他祝福。在此地我更思念我的一位故人。他已死了，就是那曾在此耍過雙刀的，胡大姑娘的爸爸雙刀太歲。

這又是春天啊！天橋刮着狂風，風中含着穢土，穢土粘了我一臉一嘴。於是我想找一個地方去漱一漱口，喝一杯茶。這裏的茶館本來有的是，我抬頭望見了一家，就信步走進去了。

這茶館很大，地基很高，座位很多，要是坐滿了，能夠容得下二三百人。現在這裏的人就已不少，好容易我才找到了一個座位。旁邊離着我不遠，另有一張桌，有兩個人正在喝茶談事。其中的一個年約三十多歲，健壯而身材短小，穿着肥腿的青布單褲，抓地虎式的薄底靴，腰上系着又寬又硬的板兒帶子，上身是青布小夾襖，當中一排布做的紐扣有二十多個，可是扣上的很少。他面目紅潤，英氣勃勃，鼻子上有許多紅疙瘩，令人一見，就曉得他是一個江湖賣藝的人，而且是一個練家子；旁邊放着的一對雙刀，一杆扎槍，更引起了我的注意。

我叫茶房給我泡來了一壺龍井，因為我在南方住過些日子，所以對於龍井茶有些偏好。但北平的茶館並不像南方的茶館，你一來了，就先給你擺上乾絲，這裏擺來的兩個碟，是花生米與瓜子。賣報的也過來招呼我了："看報不看呀？"他的報，拿着的可真多，有本地的，天津來的，上海來的，有大報、小報、畫報，還有三日刊，幾乎每種皆有，並且還准許臨時租閱，半個鐘頭以後，他再來取報拿錢。還有那衣服襤褸，形容枯槁，拿着些自做的竹子的挖耳勺兒的人，來乞求你買，這是一種變相的乞討。

茶館的後邊就是一家大鼓書場，那裏的後窗也在開敞着。你一回首，就可以看見年輕的歌女，隨着弦索的聲音正在唱着："二八的俏佳人懶梳妝……"；另一旁邊卻有個卦攤，算卦的假老道正在擺奇門，向一個三等妓女樣子的女人說："你走不了啊……"；遠處是鑼鼓在亂吵着，賣吃食、賣估衣的在吆喝着；門前過來過去的人都是些失業的流浪漢，或身操賤業的女人。這茶館四邊透風，根本沒有玻璃窗，也許是怕遮住在這裏喝茶的人的視線，其實這裏的許多人也是為坐着看熱鬧。我是為解渴而來，因為外面雖有賣自造汽水的，我怕那不衛生。

我原想在此不多坐，可是旁邊的兩位茶客似乎把我吸引住了。我趁着他們的桌旁有點空地方，便故意又向他們的近處挪了一挪。這真是巧事，也許我只要不離開這天橋，到處都能夠遇見這樣的巧事。那鼻子上有疙瘩的賣藝者，突然就拍起了桌子，大罵着說："他媽的！什麼他媽的崔大爺？這麼欺負人！人他媽的都不能夠在天橋混啦！他說我得罪他啦？我鼻子董不怕！他是穿鞋的，我是光腳的，頂多了一命償一命，我還怕他？"

我真吃了一驚，天橋的土霸崔大爺，不是已經被劉寶成那些人打倒了嗎？他不是自受了傷以後，就不再到天橋來了嗎？怎麼這裏還是他的天下？他又欺凌到鼻子董這賣藝的頭上了？

我想過去和他們談一談，問一問，但是又覺着既不相識，若冒昧地過去攀談，他會懷疑我的。其實他這類的江湖人，全都是很直爽的，只要你對他客氣，拿他當作人看，他不會對你有什麼懷疑、猜測，言不吐實的。只是我這時已經看出，與他對面坐的那人不像個好人。那人獐頭鼠目的，穿的是褪了色的綢大褂，還戴着金絲眼鏡，抽着粉包牌的煙捲，像是在勸這鼻子董去給崔大爹賠個不是，表示降伏，以後還得收羅在崔大爺的部下。儘管他一直在低着聲勸說：「你別這樣啊！咱們還是吃飯要緊呀……」倔強的鼻子董卻是決不肯買他的賬。我沒有摸出這事的頭緒來，漱了口，喝夠了茶，吃了點花生米，又坐了一會兒，便付過錢走了。

　　我心裏似乎有事似的，徘徊在這天橋。又有多時，我就看見了一個變戲法的人，名叫快手李。此人大概也是「八怪」之一。他敲打着當當當、咚咚咚的鑼鼓，叫他的一個十七八歲的大女兒在桌子上放着的兩條板凳上拿大頂，同時嘴裏叨着一碗水，水不准灑出一滴來。年已半百的快手李作揖向四圍求錢，說：「各位！多賞幾個吧！你們誰家裏的大姑娘能夠叫她這麼練呀？」姑娘長的模樣還很好，大辮子仿佛比胡麗仙以前的那條辮子還黑還長。她腳朝上，手在下，拿着大頂，銜着水碗，兩條腿還在距地二丈高的空中作出錦雞擺尾的姿勢。她的兄弟，一個十二三歲的孩子，也光着膀子在地下翻跟頭，並且雙手持着細竹棍，耍瓷盤子瓷碗。快手李還另外饒了兩手兒玩藝，都是戲法；他手快，技藝純熟，能夠把所有人的眼睛全都迷住。他要是當小偷倒是一把好手，可是他情願這麼樣辛苦，叫他女兒在那麼高、那麼危險的地方，拿了有二十分鐘的大頂，這才求到了也只夠買兩三個燒餅的可憐的錢。

　　我走開了，我想要找一找那昔日變洋戲法的假卓別林，那可也真是一「怪」呀！而且也是我的故人。只要見了他，必可以問出劉寶成、胡麗仙、楊桂玲那幾個人的近況，更可以知道崔大爺為什麼在天橋竟能捲土重來，以及他是不是還要找尋胡麗仙等人去報往日之仇？我似乎有一種預感，使我很為他們擔心。但那假卓別林的魔術棚子已經沒有了，那胡吹亂打的洋鼓洋號也聽不見了，他或是改業而去，抑或是已經窮死？我都不敢說，我不會忘記他早先穿的那一套破西服。

　　天橋情況似舊，而我已經沒有一個故人了！

第二章　婚姻　摧毀

　　我想找一找劉寶成，因為我料定他們一定正遇到損害、淩辱，或許比上一回的事情更甚；就如同我已經知道朋友得了病了，我縱無力去救他，可也應當慰問慰問，至少也應當打聽打聽。因此，我就在我的倪老師主編的那份報紙上，不用花錢就登了一條廣告，是：

劉寶成兄：

弟已來京，往天橋走訪，恨未得唔。祈示住址，或電西局 ×××××。弟……

　　電話的號碼就是這報館的號碼。因為由於我這位倪老師的介紹，明天我就可以在本報經理部幫忙了。我知道劉寶成不大認識字，這條告白地位既不顯著，又只登一天，恐怕沒有什麼效果，這只是聊盡我心而已。

　　次日，我好像也把這件事情忘記了。下午四點多鐘，經理部突然來了一個電話，找我，我就明白了。我立時精神興奮起來，趕緊接過來電話聽筒，問說：“是寶成嗎？”但那邊傳來的是一個陌生的男子聲音，這倒使我詫異。那邊問我說：“您是某某先生嗎？”我說：“是，你貴姓啊？”那邊說：“我姓梁，我叫梁普潤，您知道胡麗仙嗎？”我說：“知道的，知道的，她不是已經結了婚了嗎？”

　　那邊的梁普潤，語聲之中似乎帶着一點羞澀，說：“沒有，我們至今還沒有結婚……”我才知道，那邊說話的人原來就是胡麗仙的未婚夫，我是見過他的相片的，他可為什麼要給我打電話呢？為什麼他們至今還沒有結婚呢？莫非是感情發生變化了，特來找我？

　　梁普潤在那邊又說：“麗仙跟我常常提您，今天我看見報，才知道您又來到北京啦！您要找劉寶成，可是劉寶成，去年就上天津去啦，一直也沒有回來。”

　　我說：“好！謝謝你啦，我找他本來也沒有什麼事情，他好吧？你們都很好吧？”

　　梁普潤卻不說他們到底是好不好，只似乎是很緊急地問我：“您今天有工夫嗎？麗仙現在還住在金魚池，那地方您去過不是？頂好請您現在就去；她因為出不來門，她要跟您說一件事……”我簡直吃了一驚，那邊梁普潤又說：“我是借的電話，待一會，我也上她那兒去。”

我又問道：“到底是有什麼事呢？”

那邊說：“等見面時再說吧！請您可務必去。”

我說：“好好好！”那邊就把電話掛上了。我放下了電話聽筒，不住地發呆，我所揣測的不幸的事情，恐怕已經發生了，但，怎麼至於這樣地嚴重？因此，我有些發愁，也有些害怕。我預先覺着，我去了恐怕也是沒有辦法，可是我又不能不去一趟。

我雇了洋車，到了金魚池這靠近天橋的貧民窟，又來到了雙刀太歲故居的門首。斜陽發出淒慘的顏色，那破板門更顯得破舊了。

我到了院中叫着：“麗仙！麗仙！”

屋裏便驚訝地問道：“是誰呀？”是個婦人的聲音，她推開了一點屋門縫，向我來看。

我見這不是她的母親，我就點點頭，問：“胡大姑娘她還在這裏住嗎？”

這時那屋裏才另有個女人驚喜似地說：“喲！是您來啦！”我由門縫這才看見了胡麗仙，我要笑卻沒有笑，只抱着一種見了朋友的太太那樣恭謹的態度。

我被她十分歡迎地讓進去，讓到了裏屋。我憶起了，我曾在這裏見過她的父親雙刀太歲啖肉餅，她的父親還託付我為她找人家。是的，我原是她友善的長輩呀。這屋子現在裱糊得還乾淨，炕上鋪的也還整潔。她請我坐，並為我介紹旁邊那中年婦人就是梁普潤的姨母，現在是來給她作伴的。

我向她們都客氣了一下，就在炕邊坐下了。這時我知道胡麗仙只是一個人住在這裏，她的母親呢？我低頭看見胡麗仙穿着白鞋，是新的，不像是仍然為她的父親穿的孝，那麼，她家又新遭喪事了嗎？

我第一句話就問說：“梁先生給我打了電話，他還沒來嗎？”

胡麗仙回答說：“他還得待會兒吧？他是看見了報，就趕緊來告訴我，是我叫他給您打的電話，請您來。”胡麗仙比以前溫文了，這一定是因為她在學校做事，受到了環境的薰陶。

我又問她：“學校的事情你還做嗎？”

她說：“不做啦，學校把我給辭啦……”她很冤屈地又說：“可是並不是因為我犯了什麼過錯！”我沒有言語。

她又問：“您還好？”

我點點頭，笑說：“我還是那樣。”

她又問：“您來到北京幾天啦？”

我說：“一個多禮拜了，我到天橋去過幾次，想看看劉寶成。”

她說：“我師哥下天津去了，有好幾個月啦！也沒有來信。”

我問她：“是不是他在天橋又被姓崔的逼迫得不能立足啦？”她便點了點頭。

我忿然地說：“那姓崔的與劉寶成結下了仇，當然還是為早先那件事。可是，劉寶成現在暫時不說了，他是一個男子，又有力氣，走在哪兒也能夠吃飯；但是你呢？沒再受那姓崔的壓迫嗎？”

她便也忿忿地說：“您聽我告訴您，學校為什麼不要我啦？就因為的是姓崔的捏造出許多人名來，一封一封胡說八道地，不斷地給我往學校裏寄信。學校裏的訓育處檢查信本來很嚴，人家也不明白怎麼一回事，就想一個女工友淨來這些信，也是不像樣子呀，所以就把我給散啦！我也沒法子自己洗刷，您說我有多麼冤……”

她憂鬱地低着頭，直擦眼淚。

那個"崔大爺"可真壞呀！他手底下，必定是有造謠、中傷，寫假情書的能手呀！可是我又覺着納悶，我就問說："他怎麼會知道你在哪個學校做事呢？"

她說："您想，我還能夠永遠也不出門？星期日我還能夠不回家？誰知道他是在什麼時候就知道了，他並且把我的事情打聽得清清楚楚，還給普潤寫信，說我怎麼怎麼壞……"

我說："你的未婚夫當然不能夠相信了？"

她說："普潤把那些封信全都告訴我了，他對於我，倒是沒有一點誤會；他也是很生氣，說姓崔的手段太毒。還有一封信是嚇唬普潤的，叫他跟我退婚約，要不然，就有手段對付。最近又給我來信，並且還打發來了人，指定出時間地點來，逼着叫我去見他。看那樣子，這是非要把我逼死！欺負死……"。她哭得更厲害了。

我簡直不相信世界上能夠有這樣的事，我就說："你們不會法律解決嗎？不會去告他嗎？"

她哭着說："待一會兒普潤來，您一見他，您就知道啦！他是一個最老實的人。中學畢業，在火車上當車守，管打掃車，一個月倒有二十多天在火車上。他既沒有工夫，又太怕事，以為要是告了姓崔的，官司也未必准贏，因為那些信全都不是姓崔的名字，也不是姓崔的筆跡，不足作為證據。他倒是跟律師研究過，可是他哪有工夫替我去打官司呀？我自己也怕，又怕要把姓崔的再得罪厲害了，他真許什麼手段全能使得出來。我想要躲，可又沒有個地方躲，真着急死我啦！所以今天知道您來啦，這才請您來研究研究。"

我可又有什麼辦法呢？我除非是三十年前的雙刀太歲，有那一身武藝；還得是那個社會，我也許就能趁着月黑風高，飛簷走壁地去到"崔大爺"的家裏，一刀割下他的那顆惡人頭！但是，這只是空想吧？現在找不出來俠客了！而受崔大爺那種人凌辱、侵害的也不止一個呀，就眼見他橫行嗎？

我見這個弱者胡麗仙哭得真是可憐。她剪的頭髮已經長長了，像是燙過似的彎曲地披在兩肩。她穿的是士林布的摩登旗袍、短褲、長筒襪，很有點女學生氣，她的身材也越發的娉婷，模樣似乎比以前更美了。這也無怪乎"崔大爺"要死盯住不放，用盡了手段壓力，必欲得之方能甘心啊！凡是那種恃財仗勢，任意橫行的人，他們想要獲取某一種東西，就不惜費點事也要得到。譬如金錢是萬能的東西，他們雖然多，卻還不知足，依然要損害他人，而再多多地去奪取好的衣食住享用，他們的欲望是無盡無休的。對於女人，尤其是天生比較美麗的女子，他們也想要都得到，以遂其淫欲；他們的動機，決不同於兩性之間的正常愛情，完全是豪取、強奪，胡麗仙害就害在她生得太美了。

我問說："那回沒把他摔死，現在他怎麼更霸道了？究竟他憑的是什麼勢力呀？"

胡麗仙說："聽說姓崔的有一個親戚，現在又闊起來，是什麼督軍手下的紅人。他那次摔了一回，沒摔成重傷，也沒有死，他的親戚又提拔他，最近是做了一個什麼長。他就更闊了，出入都是汽車，有馬弁。天橋他倒不大去，可是那裏有他派的親信人，給他管着產業，替他去欺負人。劉寶成要是不走，命都許叫他害了。有一個練把戲賣藝的鼻子董，只因為看着不平，說了幾句公道話，被他知道了，到現在麻煩還沒有完，那個人大概也得在天橋混不住。反正這樣說吧，現在誰也惹不起他，更不用說我們啦！我自從學校把我散了，家裏就沒有了收入。我媽在上月得暴病死啦，又掏下不少的虧空，把普潤積蓄的一點預備我們結婚的錢也使了，又加上這些事……」

至此，我又問她：「楊桂玲現在幹什麼啦？」

她說：「咳！你也別再提她啦！她也不是怎麼啦，因為在北京唱戲，怎麼唱也唱不起來。她忽然想到外埠去跑碼頭，跟人搭班兒到了東北，就遇着戰事了，奉軍不是現在跟直軍打仗嗎？她也回不來啦！」

我聽了不住地歎息，這些人怎麼都逢到這樣的惡劣命運！現在我也顧不得管別人了。想一想胡麗仙眼前的事，我真為她想不出一點辦法，弄得我自己也很發愁。

待了又有一個多鐘頭，胡麗仙的未婚夫梁普潤才來到，有二十三四歲，中等身材，文弱的身子，秀氣的臉兒，跟她倒正好是一對兒；可是還不像她，多少有時還有點豁得出去。這梁普潤不行，看來還不如我。梁普潤穿着一身火車上下級員工的制服，老老實實的，就像是個還沒有畢業的功課好的中學生。他為他未婚妻受人欺負的事情也很生氣，但是他表示：因為家庭的負擔重，老母尚在，兄妹多人，光指着他，又因為職業的關係，他最擔心搗這麻煩，或是打起官司來可能使他失業。然而他愛他的未婚妻，他很會一些賈寶玉式的小殷勤，當着我就表現出來，他只勸他的未婚妻說：「別哭！別哭！當心哭腫了眼睛！」但是他比我更沒有辦法。

梁普潤的姨母專為我從鄰居家裏借的開水，沏的茶。她倒了滿滿一杯，恭敬地送給我，我也沒有喝一口，我只是翻着眼睛為她們想主意。我並不是調詞架訟呀，但我最主張她們去請法律保障，但是她們卻都怕，不願意，我只好再為她們想其它的法子了。

上一回不是由於劉寶成，和已故的雙刀太歲的武力，才把萬惡的崔大爺管教了一頓嗎？胡麗仙不是才沒有在那時候就落於崔大爺之手嗎？可見那也是相當有效的；在這時代，行俠仗義的好漢英雄，並不是完全需用不着的。因此，我就說：「等明天我到天橋，找鼻子董給幫一幫忙吧？姓崔的自己來或是再派人來，就不管三七二十一的，先揍他，揍完了也好打官司。你們別害怕！也用不着發愁了，明天上午我就去找鼻子董。」

胡麗仙說：「你認識他嗎？」到底她是江湖人之女，一聽我這話，她就很贊成，也不哭了。

我說：「我雖不認識他，可是我跟他見過一面。我明天先請他吃午飯，喝點酒，然後問問他行不行，他要說是行，由明天起，就請他來保護；他要是也膽子小，那咱們自然也不能加以勉強。」

胡麗仙點着頭說：「一定能行！他本來也正跟姓崔的鬥氣，他又跟我師哥有交情。只是我爸爸活着的時候，說他武藝不好，不夠當鏢頭的資格，不叫他進門，可是那是我爸爸因為老糊塗了，信口胡說的呀！其實我知道，他那個人的脾氣很直，也熱心。」

我說：「你要是認識他，這更好啦！明天可以把他請來，我也來，你給我們介紹介紹。」

胡麗仙說：「你現在要是不忙着回去，我這就帶着你去找他好不好？他就住在西邊臭水坑。」

我當時覺着快些去找着鼻子董也好，要是等到明天，還不定要出什麼變故。

那“崔大爺”既是在那裏虎視眈眈地對着胡麗仙，“情書”不成，“約會”無用，說不定什麼時候他就真地伸出魔掌來，攫取他的目的物了。他們那種人，是對於法律、公理、社會裁判、天理良心等全都不顧的，任何事情都能夠做得出來。所以，還是趕快防禦他好。於是我便站起來，說：“那麼現在咱們就去吧，這時候他大概也收了場子啦！多一個幫忙的人，不管他保護得了保護不了，總是好些，因為我看你在這兒太孤零，姓崔的他也許將來更要不擇手段。”

胡麗仙就要同着我走，梁普潤卻很害怕地說：“你就別去啦！你把地方告訴這先生，大概也就行啦，你出門不大好吧？”

胡麗仙沉着臉說：“我又沒做什麼見不起人的事，難道就永遠叫我在屋裏悶着，不叫我出門？我在家裏悶了四天啦，我是犯的什麼罪？他就是個老虎吧，可也未必我一出門，他當時就吃了我！”

梁普潤說：“不是！你不是也知道嗎？門口外時常有人在徘徊……”

胡麗仙說：“他要是真來搶我，我在家裏可也是藏不住！”

梁普潤的姨母也嚇得說話都不敢大聲，她苦苦地勸，也說是在屋子裏總好一些；出了門，現在天又晚了，就許出事。

胡麗仙說：“我想天晚了才沒有關係呢！姓崔的雇的人，派的人，就是在這門口，等了我一天或是半天吧，難道他餓着，這時候也不去吃飯？我要怕就誰都怕，我要不怕，就誰也不怕！鼻子董只有我認識，又是為我的事，我不帶着人去，算是怎麼一回事？還能就這麼永遠把我關在這個監牢裏了？”

我看出胡麗仙倒還有點倔強，她的未婚夫膽子卻太小。不過，經他們這麼一說，我也有點兒發怵了，覺着門外頭真許有個“老虎”。我就說：“其實，明天我自己去也可以。姓崔的固然凶，我們卻也不必太神經過敏，就是他還有什麼手段，一半天大概也不會發生，麗仙你別着急！”

胡麗仙擦着眼淚說：“我就是着急，這要日子長了可怎麼辦呀？永遠不叫我出門。幸虧家裏還有一點兒吃的，要等着我做事吃飯，那還得餓死呢！是姓崔的找的我，我並沒去理他，除非姓崔的死了……可是他從二層樓上摔下來，都沒有摔死。越是惡人才越長命，他要活一萬年，難道叫我在這屋子裏一萬年也別出門嗎？”

梁普潤只是着急，卻不敢再說一句話。我就說：“麗仙說的也有道理！怕是已經沒法子怕了，光怕也是不行，你們得想法子，或是搬家。”

梁普潤說：“找不着房子呀！”

我說：“那麼你們就應該趕快結婚，還叫麗仙為她的父母穿什麼孝？”

梁普潤說：“經濟也還沒有準備好。”

我說：“這你就錯了！現在你們還要舉行什麼隆重的儀式，佈置什麼奢華的小家庭嗎？只要把婚書請兩個人證明了之後，你們實行同居就是了，經過了這番患難，一定更會增加你們的愛情……”

我還想講一講我對於青年結婚問題的大道理，可是只見他們兩人的眼睛，相對着那麼盯了一盯，仿佛在互相詢問是否贊成，可又都不說話，然而我知道他們是默契了。本來他們至今仍不結婚，其原因大概實由於經濟力之不足，且考究太大。男的雖然沒有錢，也總說是得儀式隆重一點，大請客、租禮堂，禮服、披紗、鮮花、樂隊、彩汽車，不如此仿佛就怕女的不願意；女的在了解男方的經濟困難之後，也未嘗不願意簡單些，省一些錢，可是為了矜持，或害羞，她自己總說不出口。其實

　　兩人都是熱烈地企盼着結婚的，本來也全可將就，如今經我這樣一說，他們不用表示，我就知道心裏都贊成。

　　胡麗仙這時一點也不生氣了，還有些臉紅；梁普潤是借着他姨母才給點上的煤油燈，不住地，欣喜地看着他的這將成事實的新娘。

　　我就說："普潤也跟着去吧！人多好一點。咱們都去見見鼻子董，請他幫點忙，可也別耽誤他的買賣，並叫他常來這兒看看有什麼事沒有，也就是了，好在也不過請他分心幾天。普潤今天回去，就趕快預備着，我想是你們越簡單越好，越快越好。今天是星期三，我主張就是這個禮拜日，你們結婚就算了。我做你們的來賓兼司儀，還能夠替你們請一位證婚人，他雖沒有什麼聲望、地位，可也是報館的編輯主任。"

　　胡麗仙倒是還比較爽快，她說："就這麼辦吧！咱們現在就找鼻子董去吧！"

　　我很高興我剛促成了他們一對指日可期的佳偶，現在又要找鼻子董去啦！我並想要把天橋八怪全都邀來幫忙，也許就能把"崔大爺"唬住，令他手段難施，野心難遂，而人家的一對有情人早些成了眷屬。

第三章　俠女李翠秀

　　我們出了這個門，天已經黑了，月色淡淡的，地下人影都看不清楚。春風拂着人面，帶着些臭味。梁普潤不住地東張西望，胡麗仙也有點兒驚惶，可是一點沒有事兒，他們都是神經過敏。所以走了一段路，他們也放了心啦，兩個人就靠在一起走着，卿卿我我地還不住低着聲兒說話。

　　臭水坑也是天橋區的一個角落，那個地方比金魚池更髒，也更偏僻，有院牆的人家都很少，幾乎沒有一間較為整齊的房子，一片破爛；許多極小的燈光從那些關掩不住的破屋門透出來，各個人家裏是大人吵，孩子哭，倒是很熱鬧。

　　幸虧有胡麗仙帶着，到了一個破屋子之前一叫門，裏邊問說：“是誰呀？”是女人的聲音。胡麗仙在外邊說：“我找姓董的。”裏邊把門一推，說：“他沒在家！”

　　這時候站在外邊的我，倒有些詫異了，因為在這屋裏的卻是一位大姑娘。她正蹲着身，用一個破火爐子燒着一點煤渣，正在做雜合面的餅子。煤油燈有如鬼火，破炕上躺着一個小叫化子似的五六歲的男孩，仿佛是有病。四壁蕭然，只在牆角，放着我似曾見過的一對雙刀和一杆扎槍。連這個做飯的姑娘我也覺着眼熟，馬上我可就想起來了，她是在天橋拿大頂的那個快手李的女兒，怎麼她又和鼻子董是一家呢？

　　這位姑娘站了起來，把我們都不住地細看，她尤其仔細地看了看麗仙，忽然就驚訝似的帶笑說：“哎喲！這不是胡大姐嗎？”

　　胡麗仙也笑笑，客氣着說：“你……”她似乎倒有點想不起來。

　　李姑娘說：“大姐忘了我了吧？我也到你那兒去過，老大爺去年故去的時候，我跟我爸爸還到你那兒出過份子。我姓李，快手李你不知道嗎？那就是我的爸爸。”

　　胡麗仙似乎還是尋不回來什麼記憶。我可知道，本來他們在天橋一帶住的，謀生的，全算是一家人，胡麗仙早先是淨在家裏做活計，她爸爸又是一個比“怪”還怪的怪老人，自然不大與人家多來往，但是人家可都認識她。

　　當下李姑娘又問：“大姐來找董二叔，有什麼事呀？他是回來了，可又出去啦，也許是上天橋佟家小舖喝酒去啦。我正給他們做飯呢，他的孩子病啦。這屋子也太髒，請你先到我們屋裏坐會兒，我這就去把他找回來，好不好？”

　　麗仙說：“那太麻煩啦！我們還是在外邊等着他吧。”

　　李姑娘對人十分地熱情，就說：“你真是！幹嗎這麼不自己？寶成大哥早先天天上我們這兒來，你家的胡大娘早先我們也常見面。”

　　這時她的爸爸快手李走過來了。他一看，就說：“這是胡大姑娘呀！這兩位是……”

　　胡麗仙指着我說：“這是我師哥劉寶成的好朋友。”又指着梁普潤，她把話頓了一頓，才說：“這是你的侄女婿……”

　　快手李就說：“都不是外人呀！你們找鼻子董，有什麼事？可以告訴我！”

　　胡麗仙說；“也……也沒有什麼事，就是天橋那姓崔的崔大爺……”

　　快手李父女二人一聽了“崔大爺”這三個字，當時就像是明白了一半。快手李說：“你們三個，先到我屋裏坐會兒。”又向她的女兒說：“翠秀！你快到天橋，把你董二叔找回來，告訴他胡大姑娘跟兩位先生，都在這兒等着他啦！”

　　翠秀姑娘就到鼻子董住的屋門首，向屋裏躺在炕上的那個孩子說：“你等一等！我去找你爸爸，一會兒就回來，餅子得待一會才能蒸好呢！”翠秀急急忙忙地走了，快手李讓我們進到了他的屋。

　　快手李的這屋子是比較寬敞一點，也還乾淨，除了炕之外，還有一張小桌，兩三個凳子；牆上貼着許多香煙盒裏附着的小畫片，並有一張是李翠秀的小影。只是炕上也臥着一個病人，是位白髮的老太太，這大概是快手李的老娘吧？

　　我們都很拘束，快手李就說：“胡大姑娘，我有許多日子沒見着你啦！以前你還常到天橋去玩，後來聽說你在學堂找着事啦，誰不稱讚你？咱們天橋這一帶的老親舊友，家裏的姑娘群裏，你得數第一。你看你，要是你不上這兒來，在別處遇見，我一定把你當作女學生。你那個妹妹翠秀，她就不行，整天跟着我在天橋拿大頂，可是為生活所迫；但她也就是那麼一路人，你要叫她學着點認字，學着點文明派呀，那可比叫驢上樹還難！”說着話他敬給我一支煙捲。

　　我就替麗仙他們先把來意說明了，我說那個“崔大爺”是多麼的混帳，胡麗仙現在的四周，是多麼的危險堪虞；梁普潤是她的未婚夫，人又多麼老實，而現在是沒有一點兒辦法。我又說：“我因為跟雙刀太歲那位老人家，以前見過面，與劉寶成更是莫逆之交，所以不能不幫助幫助他們，可是我又能有多大的力量呢？北京的地面我既不熟，朋友又少，住的地方又離此很遠，所以才同他們來拜見拜見那位董二哥和你老先生……”

　　快手李趕緊抱拳，說：“得啦！您別這麼恭維我啦！我哪裏配當什麼老先生？老先生是家裏享福的，我卻整天帶着我那麼大的女兒，賣臉求人地在天橋賣那份苦玩藝，兒子也不能上小學，簡直比狗還不如，都不過是為了一家四口的這張嘴！我家裏，我們翠秀她媽，也在外邊傭工。連鼻子董帶出外的那個劉寶成，‘天橋八怪’，我們都是一樣的苦小子！我不怕胡大姑娘惱我，她大概家裏外頭也只有這一件新藍布褂，要不然，崔大爺欺負你們的時候，他也得先打聽打聽。咱們，可就不行啦！他明知道咱們是一群窮狗，既沒有工夫去跟他打官司，又不敢得罪人，他可就放開了膽來欺負了……”

　　我剛要問：“老先生你能不能幫麗仙他們一些忙呢？因為他們太孤單了。”他卻又接着說：“就像鼻子董，他不過是因為劉寶成的事情，在天橋說了幾句不平的話，也不知道怎麼就傳到崔大爺的耳朵裏了。非得叫他到崔大爺的家裏去給磕頭，並得答應，以後少說話，不然，天橋有崔大爺養的不少流氓，足能夠揍他，還許能夠有別的法兒懲戒，這件事到現在還沒了。鼻子董那人是寧折不彎，他決不買這個賬；可是他別想練玩藝啦，別想再吃貼餅子、窩窩頭啦。他的老婆也跟人跑啦，把病孩子也扔下不管啦。幸虧鼻子董的心還寬，他還總能借幾個錢去喝酒，我若是他，我可就得愁死。我們翠秀是不夠格兒，又加着整天叫風吹雨打日頭曬的，貂嬋也得變成了八戒，所以這才保險；要不然，崔大爺那個色裏魔王，說不定也得要找我們來欺負欺負！」

正在說着，李翠秀已經把鼻子董找回來了。鼻子董一進屋，就向我們周圍抱拳，說：「受等！受等！」

快手李當時就把我剛才所說的那些事，都向他又說了說，並說：「人家是特來求你幫忙！」

鼻子董的臉色早就氣成紫茄子啦，那長着許多大疙瘩、小疙瘩的獅子鼻子，更像一塊豬肝了。他昂然地，忿忿地說：「這還用姑娘同着兩位好朋友，親自到我家裏來求嗎？我是不知道這件事，我只知道姓崔的要逼着我去殺人，要逼着我去犯法！我要知道他又欺負到我大哥劉寶成的師妹，老前輩雙刀太歲胡大爺的女兒身上了……他就是像這樣去欺負別人，我也得要管！我要不跟他姓崔的腦袋換腦袋，我就不是人造的！好啦！諸位別再掛心，這件事情交給我啦！好在我雖然窮，那受過胡老前輩指點的一對雙刀，我還沒賣；八寶駝龍槍，也沒劈了杆子當了柴火。他媽的我非得借他那狗血洗一洗我的傢伙不可，現在我就去！」說着他轉身就跑出了屋。

快手李拍着桌子大喊：「老二你回來！我還有話說呢！」

我跟李翠秀全都追出了屋，可是鼻子董已經回到他的屋裏，把扎槍抄出來了。我趕緊去攔他，可是他一推，幾乎把我推了一個大跟頭。李翠秀當然比我有力氣，可是，她卻來了一個袖手旁觀，不管事，就這麼眼看着鼻子董，如同一瘋了的獅子似的，手提扎槍飛跑而去，在朦朧的月色下，一會兒就不見了。我就說：「這可真糟糕了！這件事越鬧越大了！」

我跟翠秀回到他們的屋裏，快手李着急地向他女兒說：「你就不能攔住他，追回來他嗎？他要去闖出了人命來，那不更麻煩了嗎？我還想不到，他的脾氣這麼暴！一勇之夫，這有什麼用？他去了就能夠見得着那崔大爺啦嗎？」

翠秀卻在旁邊一站，一句話也不說，好像倒十分地稱心滿意，並要等候着捷音似的；梁普潤嚇得臉都白了；麗仙是緊皺着眉發愁；我是有些擔心，又有些後悔。

快手李抽着香煙，還在歎氣，說：「這可怎麼辦？這可怎麼辦？那姓崔的也是，找什麼人去不行？跟我們這些一天不賣藝，一天就沒飯吃的苦人鬥，又有什麼意思？我再說不應該說的話了，街上有多少摩登？他找誰去不好？單偏偏地來欺負沒爹沒媽的胡大姑娘……」

翠秀說：「別人他敢欺負嗎？比他還有勢力更有錢的人，他還得管人家叫祖宗呢！他的老婆，他的女兒，還得給人去上供呢！」

快手李又咳了一聲，說：「你說的這是什麼？哪是姑娘說的話？」

翠秀沉着臉說：「我就是有話就說！咱們不是離不開天橋嗎？我胡大姐不也是一半吃天橋的飯長大的嗎？我的爸爸要是個總長，她的家裏不用說別的，只要有一個在外面活動得開的人，就不至於有這些事！」

快手李這時憂愁得什麼似的，就嚷嚷着說：「你，你還跟我叨嘮什麼？你要有本事，你要也想打不平，你追了鼻子董去，幫助他去行兇，好不好？」

　　翠秀哼地冷笑了一聲，說：“那可說不定！我董二叔要是打不過人家，我還真許親身出馬呢！”

　　快手李說：“喝！你還真以為你是穆桂英？”

　　翠秀說：“不是穆桂英，也不是木頭人，泥人兒還有些火氣呢！姓崔的見了女的就想搶，胡大姐這麼老實的人，人家又訂了婚啦，他這麼欺負人家，我聽了就不平！董二叔今天揍不了他，明天我一定去！”

　　快手李說：“明天？明天你還得跟我去做買賣呢！你還得拿着大頂，叫人看着一樂，咱們好掙錢哩！閒事不妨管，朋友的忙也應當幫，打打不平，鬥鬥氣都不要緊，可就是得有個分寸。不能為了人，忘了自己的吃飯。”

　　翠秀也背着手，生氣地說：“以後我就不吃飯啦！我吃的那叫什麼飯呀？從六歲起，就在天橋拿大頂，翻跟頭……”

　　快手李說：“你不跟着我拿大頂翻跟頭，你也長不了現在這麼大！你有話，我應當是一個總長，可是你沒修了那麼一條好命！”

　　翠秀幾乎氣得要哭了，說：“命！我才不信什麼命哩！人就都是命，都應當活，都應當不受欺負！”

　　快手李擺着手說：“得啦！得啦！你找找你的兄弟去吧！那孩子累了一天，到黑了還滿處去瞎跑。你奶奶也病着，咱們都別吵她。你再到董二叔屋裏去看看吧，他那屋裏還有一個沒吃飯的病孩子呢。董二的那個老婆也真狠心，扔下孩子，說跑就跑啦。董二這時要是再闖出個事兒來，那可就給咱們又添了麻煩啦！倒楣倒楣，咳！真倒楣！”

　　翠秀嘴裏還叨嘮着，就出屋又看鼻子董的孩子去了。

　　我們在這裏愁容相對，是又覺着空氣太悶，又覺着坐立不安。我想要追了鼻子董去，但是也不知道那“崔大爺”在哪兒住。其實這倒是立時就可以打聽得出來，只是我又想：我去了，別說我發怵不發怵，試問我連一個大頂都不會拿，無拳又無勇，打崔大爺既打不了，拉鼻子董也拉不住，我又能夠幹啥？有什麼用處與益處？我真覺着糟了！我只盼着鼻子董是個假英雄，他沒找着崔大爺就回來了，那還可以叫我將心放下。

　　桌上有一個洋鐵做的，掛着許多灰塵的馬蹄錶，也不知是走得太快了，還是胡走，已經十一點多啦。翠秀到那屋裏，把那病孩子服侍了一陣，據說是吃了點雜合麵餅子，已不大發燒啦，可是還哭着要找他的媽媽跟爸爸。我聽了覺着真慘！後悔不該來找鼻子董。這時翠秀已經回到這屋。她的那個兄弟，在天橋耍盤子耍碗幫他們賣藝的那男孩，耳朵都流血了，不知是在外邊跟哪個孩子打了架，回來躺在炕上就睡。炕上那位白頭髮老太太也直呻吟。

　　快手李把幾個煙頭兒都吸淨了，直打哈欠，他對我們已不再有剛才那歡迎的樣子，只是他究竟還是一個外場的人，尤其與胡麗仙有世交的關係，不好意思向我們立時就下逐客令。

　　我就轉首向麗仙說：“我們得走啦！今晚董二叔要是不回來，明天我們再想法子打聽他去吧！”胡麗仙跟梁普潤也都隨我站起了身。我又向快手李抱歉地說：“今天我們來的這趟，不但是真正的打攪，還，恐怕要……真是對不住！”

　　快手李說：“沒有的話！咱們就是初交吧，可是胡大姑娘她是我的侄女，你老哥跟我們全都是為朋友的事幫忙，連鼻子董，他今天就是死了，也無話說。你們先請回去吧！不要着急，明天我豁出一天不做買賣，咱們也得再想一個辦法。我得找找測字的王鐵口，因為他常給姓崔的跟別人說合事，能叫姓崔的抬抬手，息一息念頭，也就完了，不然我還許去，也跟他硬幹幹！」他又說：「天太黑，翠秀，你幫着送一送你胡大姐，請他們回去吧！明天見！明天見！」

我們本來不叫翠秀送，但這位李翠秀姑娘是非要送送我們不可，攔都攔不住，推也推不回，她比胡麗仙可有本事得多了！麗仙卻不行，這時她連剛才來的時候那點勇氣，那點高興勁兒也沒有了。她原來是禁不起風吹的一朵花，空有個美麗的容貌；又像是受不得驚嚇的一隻小鳥，只會有時喳喳地叫幾聲。她不行，她的未婚夫更不行，他們兩人現在簡直一句話也沒有了，走路時也不靠着啦。我就祈禱愛神，快賜予他們一些勇氣吧！這只有一點月色的黑天半夜，這地下不是垃圾就是爛泥的道途，這一處一處連燈光也沒有了，連個人也遇不到的貧民窟，使我的心頭很沉重，我歎息人世的艱難。

在將要走到胡麗仙家門口的時候，我們又遇着了可驚的事情了。因為有一個穿着深色的短衣，也許穿的是西服，頭戴着禮帽，身材十分魁梧的人，猛然對我們問道：「你們是幹什麼的？」把我們全都嚇了一跳。

我便上前客氣地說：「我們是在西邊朋友家裏閒談了一會兒，現在才回來……」

不想這個人立時向我嚴厲的呵斥着說：「你躲開！沒問你！」

梁普潤就仿佛鄉下人見了官似的，發怯地冒犯似地問說：「你，你是哪兒的呀？」

這人卻跟着又說：「少說話！」我一看就明白了，這個人是「公家人」，他不跟男的說話，卻專向女的去盤查。

胡麗仙指着說：「那個門兒就是我的家，你還不准我回家去嗎？」

這人似乎笑了笑，然而態度依然帶着威脅，說：「你別說啦！別以為誰不認識你，你的家沒在這兒……」

麗仙當時就生氣地說：「你說我的家可在哪兒啦？你這個人是怎麼啦，瘋了吧？我可要喊巡警啦！」

這人卻笑着說：「派出所離着這兒很遠，再說我們崔大爺，早就在那兒報了案啦！」

麗仙驚得往後退去，說：「哎呀！你們報了什麼案？你是崔……」

這人向前進了幾步，似乎有點兒和氣，可是更為惡毒地說：「不必多說，姨太太你就跟我回去吧！大爺在那兒正想你啦，說是現在什麼都不追究啦，你拐走的那兩萬塊錢，三隻鑽石戒指，四付金鐲子，還有他的圖章，要是交不回去，他也都不要啦！只望你回去，以後安份跟他過日子，吃喝玩樂，都不要緊，就是別再跟別人跑出來……」

麗仙吃驚地喊道：「你說的這是什麼話呀？」

梁普潤也趕過去，說：「你認錯了人了吧？」

但這時我已經看明白了，姓崔的好刁惡呀！真無賴呀！

我剛要往近走去，那人還在說：「快跟我走吧！我是受崔大爺的吩咐，你別叫我為難呀？姨太太……」

只聽得吧吧吧，原來李翠秀早就氣啦，此時跳過去，一連串就打了這人三個大嘴巴。

李翠秀說：“誰是你們的姨太太？你敢幫助姓崔的半夜裏來欺負人？”

這人說：“你是幹什麼的？你這女人，為什麼打我？”他沉着臉，也很生氣，也要打的樣子。

李翠秀卻說：“我是幹什麼的你問不着，你快滾蛋！快去告訴姓崔的，他想要訛人呀？不行！這個地方，雖沒處講理，可是有人專打不平！”說着連踢帶打。

那人也還手要打，卻被李翠秀吧吧地又打了兩個嘴巴，然後又是一腳，踢得那人叫了聲：“噯呀！”腰彎了半天。

李翠秀又從地下拾起來一塊大磚頭，砰的一聲，把那人的禮帽也打掉了，頭大概也打破了。李翠秀又罵着：“你找人去吧！我在這兒等着你，你們來多少人我也不怕。什麼兩萬塊錢？什麼鑽石戒指？你再多說一點才好。你就讓姓崔的來吧！叫他來找我，我姓李，在天橋變戲法。我先揍你，再揍他！”說着，過去又要打，我和麗仙趕緊把她攔住了，她還跳起腳兒來向那人罵。

那人這時也不再蠻纏了，就拾起來他的那頂帽子，摸着頭說：“行！只要你們有人叫出字號來就行，我回去就照你們的話告訴崔大爺！”

李翠秀又撲上去要打，說：“什麼崔大爺？他個臭地痞，仗着親戚有幾個臭錢，就這麼來欺負人？惡霸也不能像他這樣，叫他小心着好了！”

那人走出了很遠，才回過頭來發橫地說：“你們也都小心着好了！”

李翠秀還忿忿地罵着，我同梁普潤又向她直勸，胡麗仙是又哭了。

我們回到胡麗仙的家裏，除了李翠秀還在罵，還在生氣，我們卻都只有發愁。胡麗仙是哭得愁得簡直要尋死。我就說：“你也不要太軟弱了！這件事，咱們不怕什麼。姓崔的胡訛，說你是他家的什麼姨太太，拐走了他家的什麼東西，那絲毫也無用；到了法庭上，我們告他一個捏造事實，侮辱人的名譽，妨害人的自由，那他就得吃虧。他這樣辦，更顯出來他是太幼稚，太沒有知識了。我看他的手段也不過如此，派個人來胡訛訛，渾攪攪，這只要咱們這兒有李姑娘這麼一位武藝高的人，就不足為慮！”

麗仙哭啼抹淚地說：“我是想，這將來可怎麼辦呀？”

李翠秀說：“將來還是這樣地辦！誰要來了，我就打他，打出天大的麻煩來有我啦，不用你管。”

麗仙掩面痛哭着說：“我不管？可是，大家還都是為我一個人呀？事情還是我給你招來的呀？沒有我，不就沒有這些事情啦嗎？”

梁普潤就說：“這不能夠怪你，是我們全都不幸，才遇着了惡人。”他恨不得要去替他的未婚妻擦眼淚。

我說：“這樣長了，也實在是不行的！麗仙在這裏太孤單，再說普潤……”我對着這愁得急得要死的少年說：“麗仙雖然跟你訂了婚，但是你們尚未結婚，你們的關係究竟與夫婦不同，社會上看待她，依然是一個可欺的少女。假定你們明天就結了婚，她就不必在這兒住了，到你家裏去住，總比在這兒好些。同時，她也成了太太，將來真打起官司來，你也可以做她的一個有力的保護人，所以，我主張你們馬上就結婚。”

梁普潤着急地說：“來得及嗎？”

我說：“有什麼來不及，你家裏都有什麼人吧？”

梁普潤說：“有我母親，有我一個妹妹，兩個弟弟……”

這時他那姨母在外屋說：“還有你的姥爺哩。”

梁普潤點頭說：“對啦！還有我的外祖父，也在我們家裏住。”

我又問：“那麼，我只問你有空房子沒有吧？能不能明天，麗仙到了你們那兒，就有你們小夫妻兩人住的新房？”

梁普潤說：“那倒可以臨時騰出來，只是也還沒有刷新，什麼全沒預備。”

我真有點生氣啦，我大聲地說：“你們還要刷新做什麼呀？不預備就不能夠結婚嗎？”

我又說：“現在你們的事情已這樣危急，什麼也不能再考慮了，就是應當快結婚！明天就同居，我去給你們賀一賀喜，也不用請誰吃飯，就完了，以後假定再有什麼事情也就都好辦啦。我問問你們，你們願意嗎？”說着我就望着麗仙。

麗仙擦着眼淚，先把頭點了點，然後就把頭低下去了。

梁普潤也點頭說：“我也願意，就這麼辦吧！現在我就回家去，明天……”

我說：“明天一早，雇一輛洋車，就叫麗仙到你家裏去好了！以後你們幾時有工夫，幾時有了富餘的錢，隨時還可以補行婚禮。”

這時站在旁邊的李翠秀，喜歡得直拍手。

我就向她說：“我跟普潤要走了，你能夠在這兒多待一會兒嗎？”李翠秀說：“今兒我不走啦！我想給胡大姐做伴兒啦！反正我爸爸也知道我上這兒來了，我不回去，他也沒有什麼不放心的。”

我點頭笑着說：“好！就請李姑娘在這兒住一晚吧，明天還要請你做伴娘呢！”

李翠秀說：“哎喲！我可沒有衣裳。”

我說：“還要換什麼衣裳？這都是因陋就簡，再說又事不容緩。早先那封建專制時代，平民聽說皇上要選秀女，嚇得就隨便抓住個年輕的人，立時叫女兒結婚。現在跟那年頭還是一樣，皇上比以前更多了，還都是些昏君，連崔大爺也可以稱為一個土皇帝……”我覺得我說的話也太多了，不對，應當叫麗仙在驚餘之後休息休息，明天還有更多的事。我遂就請李翠秀送我們出了屋門，並請她特別的將門全都關好，我說了聲：“明天見吧！”就同着梁普潤走了。

因為此時夜深荒冷，梁普潤是住在西城，所以看他簡直是又害怕，又像是走不動了，我就找了一輛拉夜晚的洋車，叫他坐上，並囑咐他說：“明天千萬按照決定的辦法！上午九點鐘前，最好給我打一個電話。”他都答應了，就坐着車走了，我這才松了一口氣。

固然，我對於鼻子董手提扎槍，一去沒有下文的那件事，還有些不放心，但我想：他不是一個弱者，他有勇氣與力量，不會吃什麼虧的。他又在天橋謀生多年，當然做事也懂得點深淺，不會闖出什麼大禍的。剛才他大概是多喝了一點酒，可是一走到那兒，酒勁兒一消，他自然不會弄出來什麼人命；頂多去跟“崔大爺”吵一吵，質問質問，大概也就完了。這樣的人也是不可以少的，假如再沒有了這種會管閒事、打不平的人，那些狡詐者，以財勢淩人者，必更無所忌憚了，別人更加沒法子活了。所以，我對於鼻子董倒不怎麼掛念了，並對我今天這回促成了人家的好事，實在是既滿意又高興，仿佛我作了一篇好文章。回到寓所我就睡了，夢見我也結婚了。

次日我起來，已是八點多鐘，到了報館經理部就九點多了。我等待着梁普潤打電話來，請我去參加他們的婚禮，我並已經預備好了一個紅封套，裝着兩元錢的份子，可是左等右等，電話也不來。

　　直等到十一點，電話忽然來了。我趕緊去接，一聽，真是找我的。那邊問說：
"你是某某某嗎？"
　　我聽出這不是梁普潤的聲音，就有些詫異，我答覆說："不錯！我就是呀！"
　　那邊說："你認識天橋的劉寶成嗎？"
　　我說："是啊！我認識他，你是誰吧？"
　　那邊卻很兇橫地說："崔大爺叫我來警告你，以後你可要小心！"接着吧的
一聲，震了我的耳朵一下，那邊就把電話掛上了。
　　我發着呆地放下了聽筒，我的一陣高興就全都消了，我已經感覺到，事情必
是全部變得更為惡劣了。

第四章　鼻子董的扎槍

　　我驚惶地急着想出門去打聽，但是我在這裏還有一些職務內的事情沒有做完，我也不能當時就走，趁空我就到編輯部，去向那位外勤主任打聽，今天有什麼關於毆鬥、打架或兇殺的新聞沒有。外勤主任告訴我說：「昨天夜間，東城出了一件事。是有一個人不知為了什麼事，用扎槍傷了一個，聽說還是很有錢很有名的人，已經派記者詳細地採訪去了。」

　　我知道這是鼻子董弄出的事，大概扎槍也不會就將人扎死的，頂多了這個新聞算是一個凶毆。

　　我又問：「還有別的新聞嗎？」

　　外勤主任說：「不知道了，現在還沒到下午哩，這一天社會上將要出什麼事情，誰能夠曉得？」見這位主任有點不高興了，我不能再問，便趕緊回到經理部又等待着梁普潤的電話。

　　我希望剛才那個對我警告的電話，僅僅是為了鼻子董的事情，胡麗仙那邊卻依然是很好：她那邊一點沒事兒，梁普潤雇了一輛洋車，不，他要是有心眼，經濟再不成問題，他應當叫一輛汽車去迎接他的新娘；那邊的胡麗仙，我就不信她沒有一件漂亮的衣裳，她應當穿戴上，再換上一雙鞋，也不必是繡花紅鞋，只要別再穿白鞋就可以了；就由那位比穆桂英更有本事的李翠秀，一半給她當伴娘，一半是保鏢。這時候大概已經迎娶過去了，可是，難道他們是沒有工夫，為什麼不給我打個電話來呀？

　　待了半天，我又跑到編輯部。那位奉派到東城採訪用扎槍凶毆新聞的外勤記者，已經回來了，我就以一種好奇的態度，向他打聽昨夜那件事的詳情。這位記者也很愛說話，據他說是這樣的：

　　在東城貴人胡同住着一個崔某，家裏很有錢，因為與某顯貴有親戚關係，故也活動到了一個位置，越發地顯赫而驕傲了。他本來在天橋頗有勢力，那裏有許多流氓都聽他的指揮，同時也有一些老實人受他的欺負。最近他因為闊了，不常到天橋去了，可是他仍然統治着那裏的一切，如若有人在那裏說他的閒話，他立刻就能夠知道，而且只要他稍施手段，就能令人吃不消的。他還好玩女人，除家中的妻妾外，還有幾處外家。隨着他錢財的日見增多，手面越來越闊，勢力日趨雄厚，他所玩弄的女性也是越來越多了。

　　最近，就為了這兩項原因，他與在天橋耍刀槍賣藝的鼻子董結下了嫌隙。鼻子董既以練武賣藝為生，便有些江湖遊俠的氣概，常在天橋罵他，當然因此更遭受到他的壓迫。鼻子董一怒之下，便於昨晚九時許，到了崔家門首。他是攜帶着他賣藝所用的那杆扎槍去的，但他先把槍藏在了牆根。他到門上一問，聽說崔某沒有在家，他就走了。崔家的傭人不認識他，所以也沒有對他注意。直至夜深十二時許，崔某才自外邊應酬完了，回家來了。汽車停在門首，他才走下車，在胡同裏伺隙的鼻子董就先徒手過去，將他揪住，同他講話。向他詢問的事，據說是為了崔某最近曾用了種種毒辣手段，謀奪一個貧家女子，鼻子董為此事才來打不平。

　　崔某氣焰甚大，哪裏肯聽他的？因此二人動武。崔某有自衛手槍，當時即出槍向董射擊。董本善技擊，身手敏捷，見槍早已閃躲，故未被射中，且乘勢立將崔之手槍擊落於地，而回身取其長杆紅纓之扎槍，向崔某怒擊。崔之家人，聞聲齊出，一面呼警，一面助戰。鼻子董殊有常山趙子龍之勇，槍舞如飛，所向披靡，崔某竟肩中一槍。惟因董之槍又鏽又鈍，故未傷到要害，流血亦不甚多。及巡警聞聲趕到，鼻子董早已拽槍遠颺，不知去向矣，聞正在緝捕⋯⋯

　　這就是我們這位同事採訪來的一段"社會新聞"，尚稱得起詳細而且切實，我可以由此想像出昨夜崔家門前毆鬥的情形。鼻子董給崔大爺這一下懲罰原也是對的，不過⋯⋯這也是我這膽怯的人的一種見解了，我總覺着鼻子董昨夜憤然而去，到了那裏就扎了崔大爺一槍，這種舉動，雖系由於義憤，究屬有點鹵莽！不但不能因此就叫崔大爺膽寒，而改悔向善，相反的，恐怕因為激怒了他，而更加深仇恨，於事無補。

　　我又回到了經理部，又等候電話，但直到下午兩點鐘，仍然是沒有來。我可真疑惑了，想着鼻子董昨夜雖然沒有闖出來什麼大禍，可是胡麗仙的那裏，恐怕也已經發生事故了。

　　這樣的感覺一沖到我的腦裏，我立刻就坐也坐不安了。我急忙走出報館，可是我又想起了剛才接到的那電話警告了，我就不由得向兩旁看了看，隨即雇上了一輛車。這兩天我的車錢實已花了不少了，這樣能夠把我弄窮了的。

　　我就揣着一種冒險的心情，過了天橋，又到了金魚池。此時我仍然有一點希圖僥倖的心理，在未曾邁步向胡麗仙的家門裏走的時候，我還希望那邊並沒有什麼事：胡麗仙當然沒有在家，她於今晨已經被娶過去了，這裏大概只有那姨母看守着她的屋子。所以我往門裏走的時候，並不確信我心中的惡劣的猜想，能成了事實。

　　及至我到了院裏，看見那屋門上掛着鎖頭，我才忽的吃了一驚。然而我還想：許是那位姨母也跟隨着過去了？那是當然的，還不過去幫助幫助娶外甥媳婦嗎？這裏的房子大概也快要退租了，又有什麼可看的呢？

　　我疑惑地想着，在這院裏又稍稍地徘徊了一會。這裏的鄰居，也是一位中年婦人，就抱着一個孩子走出屋來，趕到我的身旁，悄聲說："你是要找胡大姑娘不是？你快走吧！這兒，昨天晚上，半夜裏兩點多鐘，出了大事啦！"我聽了，當然就大為驚愕，這個婦人又說："這兒的胡大姑娘，跟給她做伴兒的一個李大姑娘，全都被人用汽車搶走啦！"

　　我變色地驚問說："什麼？"我簡直不相信現在這世界上竟會有這等的事。

　　這婦人又說："你快走吧！她們把崔大爺給得罪啦！崔大爺那麼厲害的人，還能夠惹得嗎？昨夜裏是崔大爺派來的汽車，人來了七八個，跟那個李大姑娘還打起來啦！後來連李大姑娘也給推着揪着的，裝進了汽車，嗚的一聲，就開得沒有影兒了！」

我聽了，真替李翠秀擔心，並深覺歉悔。本來，昨天晚上我們要不去找她，她哪至於在這裏遭劫呀！我又趕緊問：「那姓梁的……」

沒容我說完這句話，這婦人就說：「你問的是胡大姑娘那個沒過門成親的女婿嗎？」我點了點頭，心裏卻淒慘地想：他們原是決定的今天就要娶呀！

這婦人搖頭說：「他沒來！他的姨媽不是住在這兒嗎？昨天夜裏受了一頓驚嚇，在搶走人的時候，她在旁邊也不敢多說一句話，她也氣極啦！今天一清早，她就把門倒鎖上啦，走的時候還直哭。我們這幾家鄰居都出去囑咐，叫她千萬勸她那外甥，別上這兒來啦，因為崔大爺恨的就是他跟胡大姑娘訂了婚啊，崔大爺把他訂的媳婦都搶走了，也不能夠就饒他呀。你也快走吧！別再上這兒來啦，這兒沒有人不要緊，只要有人，還許出事……」

此時，其它的屋裏住的鄰居，老太太、婦人、小孩，還有一個像是拉人力車的男子，都出來看我，他們偶而彼此小聲地說一兩句話，可沒有一個敢發議論的。這個院子是這麼狹窄，這麼污穢，而又這麼的岑寂，昨天深夜，在我與梁普潤走了之後，誰能料到卻會發生一幕這麼緊急、嚴重，硬搶走兩個良家姑娘的事情！這成何世界呀？我要對天起誓，把我那希圖僥倖的心理完全驅散。這婦人說的話，決不能不確實。這一定是那崔大爺於昨夜被鼻子董用扎槍刺傷之後，同時這裏那個被李翠秀打走的人也跑回去向他說了，他就一怒，索性硬來，這才出了這場事，惡勢力實不可侮啊！有錢有勢的人，真不可以觸犯呀！

我又走出了這個門，我也真害怕了，我考慮的是崔大爺是不是也真要對付梁普潤和我呢？我又極端惡劣地想像着：這時候，鼻子董正在被追緝，他那病兒子還在饑餓中；快手李在焦急的尋找他的女兒，而他的女兒已押在崔家正在被毒打；胡麗仙恐怕是已經受了污辱，正在哭泣，崔大爺一定是正在獰笑……

我現在關心的是梁普潤，因為昨天是我主張的叫人家快娶親麼，如今人家還娶什麼親？我並不是想去安慰他，我是得找他去，得再行設法。

幸虧昨晚我已經向梁普潤問明白了他的住址，於是我趕緊又坐着洋車，去往西城。找着了他的家，一看，倒還是很整齊的一所小房。我叫了半天，才有人開門，是一個穿灰布大褂的，他承認這裏住着一個姓梁的，在火車上做事，但是攔住我，不准我進去。我就說出了我的姓名，並說是為梁普潤的未婚妻的事情，來找他談幾句要緊的話。

這位灰大褂的先生，好像是這裏的房東，這才回到門裏，喊了一聲：「外邊有人找梁普潤來啦！」

我相信梁家的人在裏邊聽見了，一定先要吃驚不小。果然待了半天，才見是那姨母，探頭探腦的從裏邊往外來瞧。瞧見了是我，她那驚惶的臉，才恢復了原來的顏色，她就說：「您快進來吧！普潤現在簡直要愁死啦！」我走進來，她隨又趕緊去嚴緊的關上了大門，讓我進了屋。

我一看，這屋裏已經收拾好一半了，牆雖不新，可是已經黏上了紅紙寫的雙喜字了，還有「天作之合」、「舉案齊眉」，等等，也都是紅紙寫成的祝頌詞、吉祥語。然而現在，只有梁普潤一個人躺在一張鋪着紅綢的新被褥的床上，捂着臉在發愁，一定還流了不少的淚。

第五章　未婚妻被搶走之後

　　我見了梁普潤這少年，我可也沒有法子勸慰他，因為他所受的這刺激，行將結婚的那麼好那麼美麗的愛人突然被別人給搶走了，這是任何人也經受不住的。他也生氣，他說他要找那姓崔的去拼命，但他可又不站起來；他說他要打官司，他也不即時就去遞狀紙。他的姨母，他的瘦弱的母親，和那也仗着他養活的外祖父，都來勸他，並攔阻他不讓他出門，因為他在路局是已請了一個星期的結婚假。

　　並且他的母親還說：「你訂的那個媳婦是個禍害精！當初我本來不樂意，都是你自己樂意。幸虧還沒娶到家裏來，就出了這事；要是娶進來，還不定要惹出什麼事來了！咱們跟有勢力的人哪鬥得過？你爸爸死了七八年啦，我拉扯你容易不容易？咱們以後再另訂另娶吧！那姓胡的丫頭愛怎麼樣怎麼樣，咱們不用管她。你要是光急光哭，把你弄出個好歹來，那可我就是……白把你養得這麼大了……」

　　在這種空氣之下，我也實在沒有法子再待，所以我又寬慰了梁普潤幾句話，應得趕緊替他去想辦法，我就走了。

　　我先回報館，請求我那倪老師主持正義，在那段新聞後邊再續一段：「光天化日之下，硬搶去兩個良家女子……」，並請他作一段短評，以使社會公正人士注意。

　　卻不料我這位老師，人太謹慎了，他邊摸着眼鏡邊搖頭說：「這事情裏邊恐怕還有內情吧？北京的流氓也不可以得罪呀！」他反倒把人家記者採訪來的那段消息，用筆給塗了又塗，改了又改。

　　我真覺着氣悶，但又有什麼法子？除非現在劉寶成回來了，或是使雙刀太歲復生。

　　我由報館回到旅舍，心裏急得在屋內亂轉，如同熱鍋上的螞蟻一般。我原應當到快手李的家裏去看看，去打聽打聽，可是這時候就已經不早了，外邊的天都快黑了，我因為曾經接到過警告的電話的關係，所以我也不敢出門。

　　第二天，我可非得到快手李的家裏去看看不可了，因為人家多麼無辜呀！只因為我們到他的家裏去拜訪了一次，其實那天還不是想拜訪他，就以致把他賣藝的助手，幫助他謀求一家生活的那麼大的姑娘，也被惡人搶走了；我要不去看看，實在說不下去。我明知道李翠秀依然被禁在崔家，說不定還許也被惡人所污辱，但我不能不去這一趟。我想快手李十有九成是要跟我翻臉，要扭住我，叫我去找他的女兒，這還是好的……但無論如何，我也得硬着頭皮去這一趟。

　　天色還早，不過上午九點多鐘。我到了臭水坑那個地方，找着了快手李住的那個屋子，我就隔着屋門向裏問：「李大哥在家了嗎？」

　　屋裏問說：「是誰呀？」

　　我一聽這聲音，出乎我的意料之外，原來是李翠秀已經回來了！我可立刻就很喜歡，心裏也緊張得直跳。不等人家開門，我就自己將門開了。看見屋裏，李翠秀的辮子梳得很光，她穿着小夾襖、黑長褲，正在桌旁喂他們養的兩條小蛇，這是他們變戲法用的，旁邊還有瓷碗裏養的金魚和蛤蟆。

　　她見了我，只淡淡的說：「請進來吧！我爸爸沒在家。」

　　我進了屋，可離着她很遠的，因為我怕蛇，炕上又不能坐，她的祖母在被窩裏。我問說：「姑娘，你是什麼時候回來的呀？」問這話時，我是急盼着她詳細的回答，同時仿佛自己有些慚愧似的，其實我可慚愧什麼呀？

　　李翠秀手裏拿着那麼難看的蛇，就跟拿麵條兒似的，她不慌不忙地，只是帶着點氣地說：「昨天這時候我就回來啦！我跟着胡麗仙到崔家去，是我自己願意的，因為我得去看看，要憑着那幾個小子，別說他們硬搶，就是磕頭，我也不能夠跟他們去！」

　　這話叫我聽了，仿佛是《兒女英雄傳》小說上的十三妹在跟我說話了。

　　李翠秀又忿忿地說：「我去就為的是看看他媽的那崔大爺什麼造像兒？我見了他，就要揍他。他家裏保鏢的可實在多，說真的，我上不了手。他又仿佛受了傷的樣子，躺在大椅子上。我問他為什麼沒完沒了地欺負人家胡麗仙？我抄起來桌上的茶壺想打他。他卻拿出來他跟胡麗仙照的好幾張相片給我看，有他們兩個人站在公園裏看芍藥的，還有他們兩個人不要臉的樣子拉着手的。我一看，我就氣不打一處來！他又說胡麗仙本來就是他的人，花過他不少的錢，拐過他不少的東西……」

　　李翠秀說到這裏，我聽了可真忍耐不住了，我就趕緊為胡麗仙辯護，連連地說：「不對，不對，你完全受了他的騙了……」

　　李翠秀急得幾乎要跳起來，說：「難道相片還能夠是假的？是他用泥捏了一個胡麗仙跟他在一塊兒照的相嗎？」

　　我說：「這件事情當初是因為胡麗仙一時……其實前後也不過是一兩天的工夫，她確實陪着姓崔的到公園玩過……」

　　李翠秀一聽這話，當時更鄙視地說：「這就完啦！」

　　我說：「但是胡麗仙是為維持劉寶成，她可憐劉寶成那時已經拉了車，希望崔某人別再和劉寶成作對，所以她曾對崔某假意的敷衍。這一定是崔某自己有照相機，有好的照相機，可以自己給自己拍照。再說，現在社交公開，女的與男的一塊照了相，也不能因此證明就算是有什麼關係……」

　　李翠秀生着氣，又擺手說：「得啦！無論誰替胡麗仙刷乾淨兒，我也是不能信。我真沒想到，學了些文明氣派的她，竟是那麼一個人！我們到了崔家，我向姓崔的罵，她卻連一聲也不吭；人家拿出相片來，她只是哭。人家哄她，要留她當小老婆，還答應她了幾個條件：什麼不算是小哩，給她自由，由她花錢，省得她一個人孤單哩。姓崔的還說：『只要你點頭，我就什麼氣也不生，劉寶成只要回來，我給他找事；那姓梁的，我也能夠給他在外省找一個好事；鼻子董得罪了我，我也不追究啦……』你聽，這姓崔的不是嘴甜心辣，一套他媽的胡扯嗎？可是胡麗仙就點頭啦！就願意啦！恨得我真要打她幾個嘴巴，覺得她真給她爸爸洩氣，給劉寶成也洩氣，給我們天橋都丟人！她又求我給她回來退房子，賣她們家那幾件破東西，還叫我把這些事別告訴梁普潤，氣得我說：‘我不管！’沒等到天亮，我就一個人走回來了。”

我這時候也沒的話可說了，心裏也像被水潑過似的發冷。我總“佩服”崔某人的手腕惡毒，又深為惋歎，一個已經受過些教育氣氛的薰陶，行將成為一個新女子的人，從此又被惡人的魔掌所摧殘了！還是叫李翠秀餵她的那兩條蛇吧！蛇比人類，還許良善一些！

我從她這裏又走到天橋，見那新聞人物鼻子董已經拉開了場子，沒事人兒似的正向疏疏落落的幾個觀眾，耍着扎槍和雙刀賣藝。我沒有再理他，也不忍得把這些令人傷心的事情，立刻就去傳達給梁普潤。

我煩惱得很，忽然想起應當到我早先服務的那處學校去看看，因為胡麗仙做過那裏女生宿舍的雜役，那裏還有一個舍監張太太，是胡麗仙的婚姻介紹人，我應當去探聽探聽他們的口風。他們都是上流社會的人，或許知道了麗仙的事，也能打不平，或者有點兒較好的補救的辦法。我到了那學校一看，舊日的熟人已經沒有幾個了，舍監張太太也早不在這裏了，我提胡麗仙，人家也不注意，好像都忘了她那個人。她不是這學校裏某年度的校花，也不是過去這裏為人注意的女教員，誰還能夠記得她？我等於是碰了一個釘子。

過了兩天，我在一張別家的報紙上，看見了一段“崔大爺”的啟事：

鄙人次妻胡麗仙，前因家庭口角出走，今經親友向之勸解，伊已自願歸來。鄙人以感情既已恢復，當然不予再究既往。惟風聞該胡麗仙在私自出走期間內，曾與一梁姓者訂婚，姑不論此事是否屬實，倘彼與人立有訂婚證書等情事，鄙人對之絕不承認；若有人以此要脅，或有任何之企圖，鄙人不惜與之周旋到底，以維家庭幸福……

我覺着崔大爺這倒是多此一舉了，他有那麼大的勢力，他還怕什麼呢？不過我又疑惑這也許是專為給梁普潤看的，好叫他死心，似乎是在對他說：“別再找你未婚妻啦！她已經在我這兒過上日子了，你可以斷念了。”我很可憐梁普潤，他確實是太老實。但老實並不是罪過，並不是劣點。我現在已深深地相信，社會上至今還存在着部落時代的初夜權，梁普潤是良善的子民，崔大爺就是一個殘暴驕橫的酋長！我只是不明白，胡麗仙現在究竟是怎麼個心理，看她與梁普潤訂婚以後原是很親愛的呀？

過了一個星期以後，這一天我在報館裏，忽然有個女的來找我，原來就是胡麗仙。她穿着漂亮的花旗袍，摩登的夾大衣、高跟鞋，成了“闊奶奶”了。她抹着口紅，描着眉毛，看上去很是快樂，然而見了我，她卻又哭了，她說：“我來是求您告訴梁普潤，我很對不起他，但是我沒有一點法子！”

我問她為什麼就沒有法子，她說：“我得顧及許多人，不然，那個麻煩得幾時才能夠了呢？崔大爺既是愛上了我，他永遠不會死心的。現在我使他達到了心願，於是，他也不再向鼻子董追究那拿扎槍扎他的事情了；現在梁普潤那事他也不提啦，要不然，他能夠把普潤給害死。所以我想來想去，覺着我還是跟了他好……”

我說：“但是，你未免太可惜呀！”

她說：“可惜什麼？人生不過是這麼一回事。”

我說："這就完了！一個人的人生觀若是這樣，別人還能夠說她什麼呢？但是像崔某人那樣的人，你能相信他會有一個比較長的時期'愛'你嗎？"

她思量了一下，又說："光有愛情，沒有飯吃，淨是麻煩，也不好呢！"

我說："你所說的，也好像是對的，但是人生不可只貪圖享受，人生就應當不怕麻煩，不怕吃苦。你貪圖享受，懼怕麻煩，避免吃苦，願做一個惡霸的玩物，使壞人遂了心，這等於是獎勵他，以後更得去做壞事，更得去欺辱人；你擁護封建的多妻制度，叫一些卑鄙的人更得崇拜惡勢力與金錢，就憑這幾點，你就不可以饒恕！"

她擦着眼淚，只說："您不是我，您哪兒能夠知道！"

我也覺着我與她並沒有任何的關係，我又何必這樣充師長，教訓了人家一大頓！何況我已經看出來，她並不是不明白，並不是沒有良心，她只是為一種什麼勢力壓着，使她無力；被一種什麼東西誘惑着，她拒絕不了。我不必責人過苛了！於是我們就改換了話題。

我問她："劉寶成還能夠回來嗎？"

她說："他大概不能回來啦。"

我又問："你桂玲姐呢？"

她說："她時時想結婚，這麼些日子還沒有回來，必是在外省跟人結了婚啦。"她並且說："我告訴你一件事，早先崔大爺的那個外家那個'崔太太'，現在她可窮了，崔大爺也不理她了。她就在我們不遠那條胡同，給人當了老媽子，她仿佛也老啦，天天接送她主人家裏的小孩上學下學。"

我心說：你將來要能夠有那麼一天，我倒許要敬重你！

她跟我又談了半天的閒話，還求我再給梁普潤介紹個女朋友，我就根本沒有回答。她走了，我聽見門外汽車響，知道她是走了，從此，在我的腦裏抹去了一個胡麗仙。

第六章　胡麗仙的覺悟

　　北平的春天是淒涼的，時常落着細雨，氣候寒冷，有時人們還得穿上棉襖。榆葉梅帶着綠葉，嬌媚地開着。但它是多麼無聊呀，它還能夠漂亮幾天以供人開心呀？

　　我現在已經跟梁普潤結成好友了，因為他受了他的未婚妻為強者所奪的刺激，弄得時常精神恍惚。他們路局裏，也知道他的這件事，很有幾個人同情他、可憐他，怕他時常在火車上，會出什麼事，例如也許一時心窄，就尋短見而跳車。所以就有人自願跟他掉換職務，得到主管者的允許後，就把他調到總站上來了。這樣他就可以不必上火車，而每日上午上班，四點以後就可以回家，這於他是有益的。

　　他的人很好，知識也相當豐富，只是因為家庭負擔過重，所以使他變得很是老成，而缺乏一般年輕人應有的勇敢和進取心。他對於胡麗仙總是不能忘懷，實在是因為過去兩個人太好了，他對於他們的婚姻，當初所抱的夢想太大了。一旦他的夢想粉碎，他就如同是生命被人奪去了。他日日地感傷，幾至損害了他的身體，錯亂了他的神經。

　　我要想法子寬慰他，我甚至真想替他介紹一個女朋友，可是我又認識誰呀？有一次我竟想把他跟那李翠秀撮合撮合。其實也是很好的，他同翠秀的年歲也相當，翠秀長的也並不差，假如給他訂一個李翠秀那樣的未婚妻，有人要想欺負他們，可就不容易了：那李翠秀玩蛇像玩麵條似的，連我都害怕。可是我又想：算了吧！誰知道李翠秀喜歡不喜歡他呀？關於別人的愛情，最好你不要做說客。

　　他下了班，就常找我來玩，禮拜日，我們更是常在一塊。他還是專愛去逛公園，那個地方的男男女女多半是卿卿我我的，不是一個好地方。我倒是無所謂，只怕他看見了別人他又傷心。依着我是除了天橋，只有馬路可逛，他卻嫌亂，偏要逛公園。

　　中央公園裏的花木茂盛，畫廊曲折。其實那裏的仙鶴最愜我意，因為我看它像是一個永不會講愛情，人生無煩惱的道貌岸然的老夫子，高傲得很；不像孔雀，見了穿漂亮衣裳的女人就要抖抖羽毛。可是這時公園中的芍藥已經開了，因為已是暮春之時了。天又暖了，各地的闊佬們帶着年輕的姨太太又都來啦，公園簡直成了他們的御苑。我就勸梁普潤不必再去啦，咱們兩個都是光棍窮小子，跟人家擠着可有什麼意思呀？梁普潤卻反倒像是生了氣，說：「怎麼，難道咱們就沒有看看芍藥的權利嗎？」我只好說：「好吧！我就陪着你去看看芍藥，也沒關係。」

　　我們到了中央公園裏，在芍藥的花圃旁，就看見有那麼些個男人、女人，男人多半是腦滿腸肥，或是綢緞裹體，或是西服革履；女人的那些妖佻華豔的打扮，更是叫人覺着可憎。人擠着人，真正的芍藥我們沒看見一朵，清幽的花香也一點沒有嗅着，只嗅到了一些俗惡的脂香、粉香，和什麼香水精的刺鼻子的香味。

　　我就拉了一拉梁普潤，我說：「咱們走吧！何必要往裏去擠呢？」但梁普潤不聽我的話，他依舊跟那些闊老爺、闊大爺們在一塊擠，仿佛他不是為看芍藥，而只是為賭一口氣。他表現得倒很為積極，我的心裏就想：他是因為未婚妻被人奪去了，他不能夠去爭，如今是以這同人爭着看芍藥，來聊以自慰吧？

　　我可不願意跟他學，所以我就躲閃在一旁，站了一會。沒有料到在這時候，我竟然又遇着了胡麗仙。

　　胡麗仙現在穿的是女洋服，只差沒戴上眼鏡，不然她可就更「文明」了，居然學會了「女博士」的派頭。我現在真不願意見她，但是我很驚訝，因為她現在比前些日瘦了許多，看上去抑鬱而憂愁；在物質方面她雖已經是不錯了，可以比得上一些闊太太們了，但精神方面，好像大不如從前。

　　她看見了我，是她先對我點了點頭，似乎要跟我說話。但是她的「丈夫」崔大爺，洋服、皮鞋、照相機、手杖全份的裝備，在跟着她了，我自然也不好跟她說話。所以我們只互相地看了一看，他們便走過去了。

　　我趕緊就叫着：「普潤！咱們走吧！」我把梁普潤從人叢中拉了出來，叫他趕緊跟着我去走。我做得可能過分了一點，我是極力不想叫梁普潤與胡麗仙再見面，因為我覺着已經是覆水難收，何必又增添麻煩呢？梁普潤這個青年人，精神上實在不能再受什麼刺激了，所以我就拉着他快些走。梁普潤這時還很氣憤，他的氣我知道他並不是對胡麗仙而發，因為他並沒有看見那邊的胡麗仙和崔大爺，他卻是向所有的人生氣；他尤其氣恨那些拉着女人的闊先生和闊老爺，他似乎更恨女人。

　　我們由這裏又往南走，我想拉着他離開這個公園，他可是偏不願意走，直說：「忙什麼的？在這裏多玩一會吧！我回到家裏也是寂寞，找人說話，沒有人和我說話；找書看，可我又最怕看描寫愛情的小說，看了我有時就能一個人在屋裏氣得跳起來，我時常怕我要發瘋，又時常想要毀滅我自己！」

　　我說：「你這就不對了！一個人實在不應當這樣。世界是廣大的，學問、事業，人生諸般問題，無論哪一樣都足以供人研索、追求，何必把自己陷在一個小圈圈裏，無謂的回憶早先那一些愛情上的失敗，自尋苦惱呢？那是不對的。」

　　他也不言語，只是又往西邊，那人最多，也是女人最多的回廊上走了去。他到了那裏，什麼也不看，只在廊子的欄杆上一坐，我也只得隨着他就坐下了。我掏出來煙捲來，這東西早先我是非常憎惡的，假若有人在我的對面吸煙我都覺着頭疼；但是這一年以來，我竟離不開它啦，每天至少要吸十支，一小盒，把我的大褂燒的淨是洞，手指頭也熏黃了。我知道這是我生活墮落的現象，但也是因為失意潦倒所形成的吧！我不必勸導梁普潤了，我們全都是意志薄弱的人，這應當羞愧！

　　我在這兒吸煙卷，他在旁邊坐着發呆。隔着水塘的柳絲隨風擺弄着，還有茅亭、土山、板橋，好像一幅畫得很匠氣的山水畫，而我們的身後，卻不斷地響着皮鞋和輕巧的高跟鞋的聲音，響亮而有節奏。我們都不回頭去看，但是他們一邊走，還一邊笑語相談，使我們聽得很清楚，都是一些歡樂幸福、得意，甚至是肉麻的言語。我在這兒倒不要緊，我卻恐怕梁普潤又因此受了什麼刺激，所以就將我的半支煙掐滅了，我又說：“在這裏沒有意思，咱們走吧！天還早，上天橋去玩玩吧！”我用力把他拉起來，他還皺着眉說：“天橋又有什麼意思呢？”我說：“總比這公園裏……”

就在我說這句話的時候，我就看見胡麗仙由北邊來啦！現在她只是一個人，而且直眉瞪眼地走得很急，我就仿佛又有點兒慌，趕緊拉着梁普潤，想再逃走。我的意思是真不願意叫他們兩人又見面，我極力地想要叫梁普潤別把視線觸到胡麗仙的身上，最好是叫他莫明其妙地這就跟着我去跑，跑出這公園，逃出美人關。我實在是好意，可是胡麗仙還沒來到我們的臨近，就先高聲地叫了。她似有怨意的，而且不顧旁人對她的注意，就帶着哭聲說：“普潤！普潤！你為什麼躲着我呀？”

我想去堵住梁普潤的耳朵，可已經來不及，他已經聽見了，他也又驚訝又喜歡地看見了。這好像……我擬一句戲詞吧，是“浪打的鴛鴦分復聚”，我再撰一句吧，是：“斷腸人又遇到了斷腸人！”他們真的幾乎是在抱頭痛哭了。我站得遠遠的，也不由覺着鼻子發酸。

我見胡麗仙，跟上回她到報館裏找我去的那樣子，是決然不同了，她似乎已經恢復了她的靈魂與良知。她實在是瘦了，她雖然穿着呢質的女洋服，然而似乎急切地需要溫暖。胡麗仙並沒顧得理我，我也故意地躲開他們幾步。我見他們二人緊靠在油得很新的廊柱之旁，手兒互相地拉着，默默地相望着，眼睛裏都滿含着淚水，淚水裏湧溢着他們的親愛、悲痛之情。他們都好像是不會說話了，就像是那嘴裏要跳出來他們血淋淋的心。我為他們不住地禱告上帝，叫他們把話都快說出來吧！說完了，就叫他們各自地走吧！

胡麗仙說：“普潤！我對不起你！……”她的淚水就隨着這句話，流了下來。她又問說：“你恨我嗎？”

梁普潤卻搖頭說：“我一點也不恨你，我只恨我自己！”

胡麗仙又說：“我告訴你，我真沒有想到，我竟會離開了你！跟着姓崔的這些日子，誰也不會原諒我，我自己也知道我不好，可是當時的那種情形，他那麼厲害，那麼狠毒，他要殺你、害你，我也不能夠跟你說。反正我做的事情是對不起你，我的心可是還是為你。今天我見了你，我就為告訴你，我在姓崔的家裏再也住不下去啦！他的那些個小老婆、大老婆全都是一群老虎，時時想要吃了我。姓崔的幹的那些事，我也看得更明白了，他簡直就是整天拿損人、坑人、害人、欺負人、算計人，來掙錢養他家裏和外頭的那些小老婆。他還是看見了別人家的稍微好看點的姑娘就起心，什麼手段他都能使，我就是這麼叫他害啦！這幾天他又惦記上李翠秀啦，聽說他為了這事，還又上了兩趟天橋……”

這時我就走了過去，我說：“麗仙，現在你已經明白了吧？”

胡麗仙看了我一下，說：“常初我也不是糊塗。”

我點了點頭，就說：“對，當初你就是一個聰明的人，你為的是犧牲自己，而維護普潤，可是這種下井救人的事情，我不敢說就贊成你。現在那崔大爺在哪兒啦？我見他剛才還跟你在一起，怎麼就看不見他啦？”

胡麗仙說：“他在那邊遇見了一個朋友，一塊兒到茶社裏去商量事了；是打算花錢運動什麼巡閱使的七姨太太，要活動什麼肥缺，所以他也顧不得我了。我是借着上廁所為名，離開的那茶社，因為我無論如何，也得來跟普潤說幾句話，我得叫他明白我……”說着，又惹起她的悲傷來了，眼淚又不住地往外溢。她拿着手帕直擦眼淚。過往的人對她都扭着頭來注意地看。

我就覺得不大好了，這要叫報館的記者遇見，又得登出新聞來："公園內一幕愛情的戲劇"，或者說是"哀情的戲劇"，因為現在梁普潤也哭啦。萬一那個崔大爺這時也找來呢？那就又得動武，事態演得必然更大。所以我就向胡麗仙說："算了吧！我們沒有人誤會你，全都對你很了解的！假定你有什麼不好，那也不怪你，那怨社會。現在我看你的生活，雖然精神上難免痛苦，可是物質上一定還不錯，我只盼望你利用這時的環境，趕緊去學一種技能，以便能夠自立。因為你也明白，永遠指望姓崔的是不行的，他喜愛你不過是因為你年輕，但，人能夠永遠年輕嗎……"

我還有許多的話要說，可是說不出來，因為我覺着那太殘忍了，對於一個不幸的，而且並不是沒有良心，沒有覺悟的女子，實不該把話說得太過了。所以我就不再言語，仍是想拉着梁普潤走。誰料到梁普潤與胡麗仙一經見了面，便又難解難分，在這人來人往的地方，他們兩人的手兒相拉着，簡直就好像不能夠放開了。

我心說：這不行，崔大爺來了一看見，麻煩立時又得起來。早先胡麗仙是梁普潤的未婚妻，崔大爺都能夠把她硬奪了去；現在她已經住在崔家這些日，已經是崔大爺的"人"了，崔大爺更算是有了"權利"了，梁普潤哪能夠鬥得過他？崔大爺是比以前更為可怕了，因為他的身份已經由一個天橋地痞，變成了一個有勢力的官僚。我就說："這裏的人這麼多，你們這樣不好！以後或是你們再訂期見面，或是你們各自去努力，雖然不能成為家庭中的伴侶，也能成為人生上的伴侶。普潤，咱們走吧……"

胡麗仙忽然急急地說："我也跟着你們走！"

我可真有一點慌了，並不是我怕事，但這如何能夠辦得到呢？崔大爺還在那邊等着她呢！她忽然跟着我們走了，這行嗎？也不知是何人給予梁普潤的膽氣，他竟然與胡麗仙相挽着手，就往公園門外走去；走的還很快，把我都不睬了。我倒替他們不住地回首，恐怕那崔大爺能夠追來，可是梁普潤與胡麗仙居然就大模大樣地走出去了。

我倒覺得這件事變得太快，他們就這麼破鏡重圓了嗎？就去結婚去了嗎？我此時對他們當然不能夠攔，也無法勸，我只好也趕緊跟着他們走出了這個公園。我不是怕崔大爺自後邊趕來抓住我，而是我倒要看看，這一對經過一場憂患，連未婚夫妻的名義都談不到了的青年男女，他們究竟要如何？

第七章　西郊暫避

　　這公園的正門以外，就是偉大的建築天安門啊！天安門是故宮的大門，也就是明清兩代皇帝之家的家門口。有雕刻精美、造型宏偉的高高石柱，據說這叫作華表；並有數座白石欄杆的長橋，臥在御河上；有莊嚴、高大的故宮城垣，上有畫棟雕樑的門樓；有東西南北交縱的石頭鋪平的望不見盡頭的甬道；有紅、黃、綠、藍各色發光的琉璃瓦的簷脊；有朱紅色的圍子和一切的豪華、偉大與古老⋯⋯

　　在這之間往來的車和人，實在不少，而梁普潤與胡麗仙就手兒相挽着，身兒相傍着，徘徊、流連、相談，又相視，我因為離着他們還很遠，也聽不見他們在那裏是說的什麼話。我倒很替他們着急，我就覺着，他們要是有勇氣的，應當這時就不顧一切地去走，還是依着我早先的那個主意，回到梁普潤的家裏就同居，以後有什麼事情再說；要是沒有勇氣，那就趁早叫胡麗仙再買票去進公園，一聲別吭地回去找崔大爺，梁普潤也就只當是又做了一場夢。像這樣地徘徊不去，似乎是在拿不定主意，總有點危險，倘若崔大爺這時追出來，麻煩可實在是不輕！

　　忽見梁普潤點着手叫我，我就趕緊過去。還沒容我給他們兩人出主意，胡麗仙就急急地對我說：“您趕緊到一趟天橋，見着李翠秀，叫她趕緊回去，我們就在她家裏等着她啦！這事情很要緊，您跟她說話的時候，最好別叫外人聽見，她爸爸跟她兄弟聽見了倒不要緊⋯⋯”

　　我連連地搖頭，我說：“這不大容易辦！李翠秀她已經罵過你們不要臉啦，你們千萬別去瞎耽誤工夫，去找釘子碰了，那拿着蛇就跟着拿麵條兒似的那姑娘，恐怕也不會幫你們什麼忙的。再說，麗仙，你總算是在天橋吃的虧，那個地方⋯⋯李翠秀的家離着天橋有多麼近呀，你們怎可以再去？”

　　胡麗仙氣忿忿地說：“這事情也是為她好，又不是全為的是我，無論怎麼着，也得叫她趕緊回家去，我好把話當面告訴她。得啦，您就快辛苦這一趟吧！”說着，她跟梁普潤就叫來了兩輛洋車，坐上往南去了。

　　我倒怔了一怔，我又怕耽誤了他們的事，所以也趕緊僱上了車，往天橋去了。

　　剛才我要拉着梁普潤到天橋玩，想不到現在我獨自個就來到天橋了。我今天還有特別要緊的事，心頭很緊張。見大金牙、小金牙都在那里拉洋片：“喂！看了一片又一片呀⋯⋯”；雲裏飛正在那邊唱着滑稽戲；大兵黃又在那裏罵着：“日娘的⋯⋯”我卻都顧不得看，我就直眉瞪眼地沖進稠密的人群，找到了快手李的戲法場。

　　這裏正在咚咚咚、當當當地響着鑼鼓，因為天色才不過下午五點多鐘，正是熱鬧的時候。來這裏遊逛的人，比公園裏看芍藥的不知多幾十倍，然而這裏的景物可與那公園絕然地不同：這裏沒有芳香美麗的花，沒有高貴奢華的遊人，來這裏的大約都是些失業者、流浪的人，在此排遣他們的苦悶。

　　快手李老頭子，把蛇像小辮兒似的盤在他那白髮稀稀，卻被太陽曬得焦黑的光頭上，弄着那原始的簡陋的戲法。他的兒子在連串地翻跟頭。他的女兒李翠秀姑娘在飛舞着三把又尖又快的短刀，每個刀柄下都有一銅環；她雙手不停地總要接住兩把，而使一把在空中飛舞，銅環就嘩楞楞地響，招得一些圍觀的人都說：“好！好！”但是待一會要錢了，他們又都很機巧地溜走了，散開了。

　　快手李頭上的蛇還在蠕動着，他手裏拿着鑼，氣得臉都白了，向着一些溜走的人大罵：“你們是回家看看，窩頭蒸得了沒有吧？媽的，看完了玩藝就一走嗎？我這老頭子，跟我們這麼大的姑娘，這麼熱的天，就給人白練，不吃飯啦嗎？‘人窮當街賣藝，狗窮攔路傷人’，我們爺兒三個，幹這是沒有法子。諸位先生們，有錢的扔幾個，幫我們爺兒幾個一頓粥喝；沒有錢的，請站着給我們捧捧場，我們絕沒有話說。要是他媽的拿我們開完了心，轉身就一溜，那就叫他離開這天橋，就撞上電車，叫他養下孩子沒有屁眼兒……”

　　由他這樣地破口大罵，人還是走得精光，可憐地下才扔了不到十個錢。我就覺着他們幹這個不行，幹這個不能夠混了，同時我看出李翠秀姑娘也比前些日是更瘦了，更顯得窮了。我真不好意思向人家這掙扎於生活線上，尤其是向這勞頓無告，練了半天流了些汗，沒掙到幾個錢，愁眉苦臉的姑娘李翠秀，又去煩人家，管那無味的閒事，幫胡麗仙那麼一個虛榮女子的忙。我怎向人說得出口呢？所以我就在哪裏徘徊、猶豫着。

　　李翠秀姑娘卻一眼先看見我了，她向我點了點頭，說：“你早來啦？”

　　我便趕緊遞笑，往場子裏走了走。我先向快手李招呼着，但那老頭子此時正氣惱着，他就向地下一坐，把蛇往旁邊一摔，兩手抱肩，眼睛望天，沒有顧得理我。李翠秀的兄弟，此時也走到旁邊歇息去了。我就走到李翠秀的近前，低聲地對她說：“現在我來是找你有點兒事，胡麗仙跟梁普潤現在都到你家裏去了……”

　　李翠秀揚起了眉毛來問：“他們上我家裏去幹嗎？”

　　我說：“他們是有事要求你。”

　　李翠秀搖頭說：“我不管他們的事，我管夠啦！”

　　我便懇求說：“李姑娘你還得幫一幫他們的忙！胡麗仙她已經覺悟了，她後悔了。剛才她把那崔大爺拋在公園裏，她就跟着梁普潤跑了出來，都跑到你的家裏去了，看那樣子，她是至死也不願意再回去啦！她要求李姑娘想個法兒救她……”

　　李翠秀的顏色似乎顯得緩和些，在她那眉字間又露出一種俠氣。她拿一塊很黑的手巾，擦着臉上的汗和土。花小褂都被汗濕透了，辮子掠在肩前，可是她還沒有表示可否。

　　她的爸爸快手李也走了過來，問說：“是什麼事？”

　　她就把我的話又向她的爸爸一說。

　　這時候四周圍的人可又都聚攏而來，仿佛都要來聽聽我們在談說什麼。我可有點害怕，好，這天橋還是崔大爺的天下呀！倘若叫他手下的那些打手、流氓，聽見有關於胡麗仙逃出來的事，又一定不得了。我真不願意李翠秀對她的爸爸去細說，連我都把“胡麗仙”、“崔大爺”幾個字說得聲音極低，而含糊不清。

　　我原想是李翠秀如若還是不願意管，我就用激將之法，告訴她胡麗仙剛才還說了：“事情是為她好，又不是全為的我。”這兩句話的意思很顯明，就是崔大爺大概還對着李翠秀抱有野心。可是用不着我這麼說，俠義的李翠秀已漸漸燃起來火焰一般忍抑不住的義憤。

　　而快手李也想了一想，就慨然地說：“那麼你就跟這位先生回去一趟吧！問問胡大姑娘到底拿的是什麼主意。她要是真不願意回姓崔的那兒去啦，那就叫她在咱們家裏住幾天，又有什麼要緊？反正，看這情形，天橋這地方也沒有咱們吃的飯啦，真肯幫咱們錢的人，倒得提防叫姓崔的使人揍一頓，姓崔的要逼死咱們。我沒跟你說，昨兒他叫鼻子董和王鐵口，把我拉到小酒店，要出五十塊大洋、一疋緞子，兩個什麼金戒指，買我的女兒……”

　　我沒有想得到，他竟說出來更有效的激將之法！不，這一定是事實啊，是老頭子忍在心裏的一口惡氣啊！現在他才把這話告訴了他的女兒，我趕緊注意地看李翠秀究竟要生多大的氣？可是她只微微地冷笑了笑，什麼話也沒有說，向我說了一句：“你就跟着我上我們家裏去吧！”

　　好！我就離開這場子去跟她向東走。我覺着我實在沒有跟着她去之必要，完成了我的使命，叫她回家直接和胡麗仙去商量，不就完了嗎？可是我還想去看看，看這位姑娘還有什麼幫人的法子，她頂多是會打人的嘴巴呀，她還能會什麼？但目前的事，似乎並非僅靠打人嘴巴即可解決，我倒要看看這位姑娘還有什麼本事。現在她是在我的前邊走着，她的背影是那麼健美，走得又是那麼急速而敏捷，我簡直追不上。我痛恨那淫惡兇橫的崔大爺，竟連這麼一位風塵謀生的苦難的姑娘也要玩弄，也想霸佔，真是可恨！我願意叫他碰一個硬釘子，我期望李翠秀就是那種小說書上所說的懲奸殺惡的俠女！

　　在烈日直曬之下，我們又到了臭水坑這地方。看見胡麗仙跟梁普潤正站在李家的屋門前，他們原來還沒有進去。李翠秀就跑着過去先叫着：“胡大姐！”由她讓着，胡麗仙跟梁普潤才隨她進了屋，我也趕緊氣喘吁吁的走到，而跟了進去。

　　李家這間正當夕照的小屋，熱得跟一個蒸籠似的，那位白髮的病老太太——翠秀的祖母，依然躺在炕上，連眼睛都不睜。胡麗仙走進屋來就不住地抽搐着痛哭，她說：“李大妹妹，我真沒有臉來見你！我一時的糊塗、軟弱，就跟了姓崔的這麼些日子。我可是也沒有享着什麼福，因為我還不能像別的女人似的那麼沒心沒肺，我強忍着苦受着，也是不行；姓崔的無論跟我說什麼好聽的，給我買什麼好東西，帶着我出來玩，我也知道他是壞蛋，我也知道我不對，我見不起人，我還一時一刻沒忘了普潤，可是我也沒有臉再跟他啦……”

　　梁普潤就趕緊擺着手說：“不！一切我全都能原諒你，咱們還是結婚，過去的事情全都不提，今天你就跟我到我家裏去。只是那姓崔的他還不能就善罷甘休呀！最好請李姑娘給咱們想一個辦法。”

　　胡麗仙又哭泣着，對翠秀說：“李大妹妹我還告訴你，姓崔的跟你也沒懷着好心！他說什麼天橋兒有兩個美人兒，一文一武，文的就是我，武的就是你；他已經得到一個了，他還要得到那一個。他還說：‘憑她李翠秀會練什麼把戲，多麼潑辣會打架，我也得把她弄到手裏！薛平貴還有一個代戰公主做小老婆呢，我姓崔的就弄不到一個會翻跟鬥、拿大頂、耍飛刀的又漂亮又厲害的崔太太嗎？’”

梁普潤趕緊攔住她，說：“你就別說啦！叫李姑娘聽了生氣。”

李翠秀卻把她手裏的那塊手巾向桌上一摔，說：“我才犯不上為這件事生氣呢！他姓崔的既然說這話，有這個心，我倒想要見見他，看他敢不敢當着面來跟我說！”

這時我在旁邊看出來，李翠秀已經是極度的忿怒。我很擔心她會一怒就找崔大爺去。那還是沒有用，於胡麗仙的事也絲毫無補。姓崔的還能夠一面用捉拿“逃妾”的手段去找麗仙，一面對翠秀再施用或軟或硬的手段。我倒替她們發了愁，因為看她們是限於經濟的能力，恐怕連買火車票逃去的錢都沒有，更沒有可以保障她們，容留她們去暫住的親友家吧？

我才想到這一點，就見李翠秀沉着臉兒，緊皺着眉，咬着嘴唇兒，也正在不住地泛思索，想主意。她忽然就向麗仙說：“你們還是應當暫時離開城，往別處去躲避躲避！”

胡麗仙發着愁，說：“可是上哪兒去呀？”

梁普潤也皺着眉說：“早先我當車守跟車的時候，倒是可以在沿火車線的小站上找一兩間房子，現在我可又調到總站上來了。”

李翠秀搖着頭說：“用不着走那麼遠……”

忽然屋門一開，她的爸爸跟弟弟都抱着那些變戲法的器具也回來了。快手李是放下了東西先拿起茶壺，咕嘟咕嘟地喝了一氣涼茶，然後說：“反正在那兒也掙不着錢，我就也收了場子，可是……”他向外指了指，悄聲地說：“待一會兒鼻子董也許回來，因為剛才他看見我收了場子，直跟我打聽回家來有什麼事。那傢伙現在被姓崔的收買啦，他淨顧了他的孩子、老婆，跟喝酒吃飯，把他媽的人格給賣啦！咱們說話得避着點他。你們到底商量出來主意沒有？依着我說，索性就叫胡大姑娘跟梁先生快找房子，過日子吧，管他媽的什麼崔大爺！當初又沒有三媒兩證，憑什麼把人家訂下的媳婦兒硬搶去，現在還不讓人恢復自由嗎？”

翠秀說：“不過我想他們要是在城裏住，叫姓崔的找到，還是個麻煩。姓崔的還有勢力，他要是帶着幾個馬弁去找，誰能夠惹得了他們？要打官司吧，衙門裏恐怕都是他的熟人。”

快手李跺着腳說：“怕他這些個還行？真要拿咱們的命跟他去拼，他也沒什麼辦法，他們那種人我也看出來啦，你越怕他就越欺負你。我告訴你吧！別說胡大姑娘今天來求咱們，就是沒有她這件事，咱們早晚也得跟姓崔的去拼。我帶着你在天橋混飯也這麼幾年啦，咱們賣的是藝，是力氣、精神，我還真沒看見有什麼人敢多盯你一眼。他媽的姓崔的，原來他還早就瞧上我快手李的女兒啦！好混帳，他要一箭射他媽的多少只雕？他一個人要霸佔多少良家女子做他的小老婆，聽他糟踐？他姓崔的有勢力有錢，好！我現在正要找有錢有勢力的啦！從今兒起，買賣我也不做啦！你不用管，你帶着你兄弟拿洋車拉着你奶奶，出城上你舅媽那兒去。這屋子我借給梁先生跟胡大姑娘啦，這就是他們小倆口的家，我在院子睡，不分白天黑日的，我給他們看門；等着姓崔的派人來找，我就要跟他們拼拼！”

翠秀卻說：“也用不着你這麼大年歲跟着生這氣呀！既然要叫我們上我舅媽那兒，為什麼不叫胡大姐、梁先生也跟我們去呀？我舅媽住在西直門外掛甲屯，那個地方，姓崔的他一輩子也找不了去。”

快手李仍然着急地說：“那倒是行，可是人家梁先生在鐵路局有事，人家還得上班呀，難道叫人家天天從掛甲屯趕進城裏來上班？”

翠秀說：“他不會不去？就叫我胡大姐去。”

快手李說：“咳！你真不明白，人家本來是小倆口，無緣無故地叫姓崔的那忘八蛋給拆散啦！人家好容易又團圓了，難道還不叫人小倆口兒在一塊去住，訴一訴分別之後的苦情？”

他這樣的一說，他的女兒臉倒紅了，胡麗仙也害羞了，同時籁籁地又墮下淚珠兒來。結果是梁普潤說：“我請兩天假也不要緊，好在也不過是暫時躲避躲避麻煩，也不能為怕姓崔的，我們就都一輩子也不敢到城裏來啦。”

快手李說：“好吧！好吧！就這樣辦吧！我勸你們還是當時就走。我們姑娘她的舅媽家姓劉，人很好，家裏只有個兒子，在頤和園裏頭做事，兒媳婦人也老實，房子可以騰出來一間半間的富餘。只是家境跟我們一樣，窮一些，你們去了，也得受些委屈。翠秀去了，也就暫時別回來了。這兒的事情都有我，我這老混混兒，可不怕他姓崔的來搗麻煩，還有這位先生，也能幫咱們的忙呢。”

他指的“這位先生”就是我，慚愧！我能夠幫得了他們什麼忙呀？我這時已經叫快手李父女的這種急人之急，救人之難，慷慨熱心的道義之情，把我感動了，我也覺着精神興奮，熱血沸騰。

我們正在屋裏談着話，門外突然有人問說：“大哥跟姑娘都回來了嗎？”

快手李把話止住，用眼向外瞪着，他的兒子——翠秀的兄弟在旁邊表露出鄙視的樣子，說：“是鼻子董！”快手李就把手擺了一擺。

這時屋門由外面開了，果然是鼻子董。他尷尬地向屋中看了看，笑着說：“原來胡大姑娘也在這兒啦，天氣可真熱呀！”

胡麗仙跟梁普潤這時全都嚇白了臉，我是非常地氣忿。鼻子董這傢伙是已為崔大爺所收買，他來是做探子嗎？已經被他看見了，就瞞不了他了，叫他去報告崔大爺吧！該怎樣就怎樣吧！李翠秀姑娘的態度卻是冷冷的，連向門外看也不看。

快手李倒是招呼着說：“老二，你進屋來吧。”

鼻子董可還是尷尬地笑着，在屋門外逡巡着。

李翠秀可沉着臉說了話：“董二叔，你要進屋就快進來，別給我們淨開着門，收蒼蠅！”

門外的鼻子董臉通紅的，鼻子上長的疙瘩都成了紫色的了。他的臉上、鼻子上都是汗，也許是羞的，不僅是因為天氣熱，連連地笑着說：“好，好！我給你們關上門。”遂就把屋門給關上了，他也沒進來。

李翠秀用不小的聲音說：“他媽的！真給在天橋混的丟人，當了姓崔的狗腿子啦！忘了他老婆跑了的時候，我們怎麼照顧他的孩子啦？狼心狗肺！叫他去告訴姓崔的吧！胡麗仙在我們這兒啦！是我不叫她回去的，看他們能怎麼樣？”

她的兄弟也罵着說：“揍他姓董的，我不怕他的扎槍，我拿刀割他的鼻子！”

快手李就向他的兒女們呵斥着說：“都別再說了！”

我看出來，快手李已顯出憂慮發愁的樣子。如今，胡麗仙來到這裏的事，可以說就已經叫崔大爺知道了，這事情很嚴重。我忍不住就催着她們說：“我看你們還是快些雇上車，快些走吧！”

李翠秀說：“在我們這兒也叫不來車！拉洋車的全是這一帶的熟人，他們都跟鼻子董也認識，那不能坐。走吧，走到前門大街再雇車去吧！反正現在光怕也是不行啦，咱們就要這麼辦。咱們躲出城去不是怕他姓崔的，是給他留着點兒面子；他要是還想斬盡殺絕，只要是他聽了鼻子董的話，敢來到我們家裏搗麻煩，那我就跟他不客氣！”

胡麗仙又擦着眼淚說：“為我的事，叫大妹妹生氣、着急……”

李翠秀說：“我才不生氣也不着急呢！咱們這就走吧！”

快手李說：“你不帶點兒什麼嗎？”

李翠秀說：“還有什麼可帶的？天這麼熱，連被蓋也不用帶。反正我陪他們到那兒住上一兩天，我就還回來，回來咱們還上天橋做買賣去。要不然叫人說，咱們怎麼不在天橋練啦？是為什麼事跑啦？咱們犯不上抬那些閒言閒語。”

我現在更看出來這李翠秀的個性剛強，她簡直是什麼也不怕！她就像一根鐵釘，也可以說，她就是一個用鋼鐵錘煉出來的少女，她有着俠士的性格，美人的風韻，我簡直要向她拜倒了！

依着快手李，是非得叫他女兒把他的那有病的老娘也帶走不可，翠秀可不願意。她說：“那有多麼麻煩，過兩天我再回來接我奶奶吧！我們現在是帶着胡大姐去逃災避難，我奶奶又老又病，跟着去幹嗎？”

快手李忿忿地說：“我是叫家裏的人都走了，我好放心。這兒留下我一個人，我好等着姓崔的，我看他到底有幾個腦袋？我看他哪個大爺，有勢力的，敢跟我這窮混混兒碰碰？”說着他還拍拍胸脯。

我在旁邊，覺得快手李也太興奮了，這種氣話，倘若叫外邊的鼻子董聽見，傳到崔大爺的耳朵裏，究竟是不大好的，所以我倒直攔阻他。

當時李翠秀帶着胡麗仙、梁普潤，就都走出了屋，我也不便在此多留，就也跟着他們走了。我們倒是沒有再看見鼻子董，離開臭水坑的時候，倒也沒看出有什麼人對我們特別加以注意。

快手李跟在後邊，一直送得快到了天橋，就遇着了一輛馬車，我去跟趕馬車的把價錢講好了。我還不住驚惶地回過頭去看，恐怕什麼鼻子董之類的人追上我們來。李翠秀、胡麗仙、梁普潤都坐上了馬車，我呢，自然我也跟着坐上去了，我就跟行將要鴛夢重溫的梁普潤坐在一起。

快手李又高聲地囑咐了一句：“你們就放心在那兒住着吧！”

胡麗仙感謝着說：“你回去吧！”這馬車就走了。我見她穿着一身女洋服，與我們是很不協調的，她只深深地低着頭坐在那裏。

我同他們坐在一起是沒什麼必要的，我也不必到李翠秀的舅媽家裏再去躦一頭，雖然鄉間的景色，我很想觀覽一下；胡麗仙與梁普潤怎樣就結為夫婦了，我也想去親眼看看才好。但究竟我在這裏邊不算是個什麼角色，梁普潤又託付我今天務必到他家裏去送個信兒，免得他家裏的人以為他是失了蹤。所以，我只陪着他們坐馬車到了西直門，沒等出城，我就下了車。

我本想再託付李翠秀說：“對他們要多多地照應呀！”我又想預先向胡麗仙、梁普潤二人道喜：“白頭到老，舉案齊眉。”但在這車往車來的熱鬧的城門口，是不容我這麼貧嘴老婆子似的絮絮地說的，我便招着手，笑着說了一聲：“再見！”又再說了一聲：“再見！”胡麗仙在車上也向我招了招手，她們的馬車就出城去了。我站在路旁，也不知是因為什麼緣故呢？我倒不由得有些悵然。

我去到梁普潤的家裏，見了他家裏的人，把今天的事情說明了。他的母親聽了還真害怕，我勸了勸，說：“這事不要緊，一半天他就回來，還許把你的兒媳婦就帶回來啦！你放心吧！”

他的母親還皺着眉說：“她是已經嫁過一回人啦，這行嗎？”好像有些不樂意似的。但我認為這是一般老太太所不可免的舊思想，也沒再說什麼，我就走了，我好像就辦完了我所應當辦的一切事。

回到我的住處，天已經黑了，室中的電燈照着孤零零的我，回想着這時城外的掛甲屯，我替梁普潤喜幸，我祝胡麗仙，永遠得到她的快樂、平安！

第八章　再遇“崔太太”

　　現在的事，就這樣算是暫時告一段落。我照舊還得到報館經理部去做我的事情。可是我的心裏總是不安，我得不到胡麗仙在掛甲屯的一點消息，也不知道崔大爺將對他們再採取何種手段，我又沒處兒去打聽。

　　過了四五天，天氣更熱了，熱得我除了上報館，簡直就不敢出門。在我房間的窗外，“伏天”、“伏天”的蟬鳴之聲，是整天不斷地響，晚間是蚊子、老鼠一齊鬧，使我連夜地失眠。然而在那時，北京一般人的夜生活，很多是奢侈的，尤其我住的是距離南城繁華區不遠，南城的夜間是一片紙醉金迷，八大胡同到晚間比白晝的天橋還要熱鬧。

　　我依舊是一個孤零的人，我的朋友全都不在我的身畔了。天橋那個地方我不敢再去，因為那裏有些人，大概都已認識我了，假若遇有崔大爺手下的流氓找我的麻煩，問我要胡麗仙，那我可實在有些吃不住。快手李的家裏，我本來也想去，但也有同樣的顧忌。連梁普潤的家裏，我本來應當再去探問探問，可是我都多方考慮，因為我是怕崔大爺正派人跟着我，我要把他帶到梁家去，那還了得？所以，我也不知道他們的事，是否就順利而成，還是又有變化？我自己把自己關在悶葫蘆裏，每天是又疑慮，又無聊。

　　晚間八時左右，就聽見火車頭在嗚嗚地吼叫，我就想：不知道梁普潤是否已上了班？他的太太娶成了沒有呀？接回城裏來沒有呀？這些其實說不上與我有什麼相干的事，咳！它倒成了我的一件沉重的心事。走在街上，我也是愁悶的，總是念念不止地低着頭。

　　這天晚間，我就走在前門大街上，街燈照着孤零零的我。無數的車輛、行人全都高興地走着，往那我所知道的八大胡同去了，這是些有錢的老爺們去冶遊、尋歡。再向南邊去看，那裏遠遠的就是天橋，卻是黑沉沉的，有如一片大海。

　　我在馬路彳亍着，就突然遇着了一個女人，直在後面追我。我越躲着她，她越追，追得我真害怕了，我只好止住了步。我真不認識這個女人，我也沒看清楚她的模樣，只隱約地看出她是個年輕的婦人，頭髮半長不短的，穿的是二藍色的布褂，她向我說：“你站住！我有很多日子沒有見着你啦！”

　　我聽到她的語聲，才回憶起，她原是“崔大爺”早先的那個外家，所謂的“崔太太”呀！我也不知道她本來姓什麼，名字叫什麼，我還叫她為“崔太太”吧？但是我並沒有這樣叫出來，因為我知道她早已與姓崔的脫離了關係。我認為她是一個維護正義、不顧自身利害的，有熱情有靈魂的女人，我對她十分欽敬，不會把她看作還是昔時那樣的下流女人，所以我對她很是客氣。

她的第一句話竟是問我："崔大爺那個地痞流氓，他碰了硬釘子，遭了惡報的事情，您知道嗎？"我聽了這話，倒不由得一陣詫異，我搖頭說："我不知道，也沒有聽說，這是幾時的事情呀？""崔太太"笑着說："這就是昨天的事情，您怎麼還不知道呀？不能吧，您怎麼能夠不知道呢？"

這話問得我有點害怕，我感覺到必定是這四五天來，我沒跟胡麗仙、梁普潤、李翠秀他們再見面，關於"崔大爺"的事，是一點也沒有聽說。而就在這短短的幾天之內，他們一定做出了一件可驚的事，也一定是一件值得令人稱快的事，這由"崔太太"的稱心、高興的表情上就可以看得出來。

我實在不是裝傻，我不能不搖了搖頭，說："我實在沒聽見什麼，到底是怎麼一件事呀？請你詳細地告訴我！"

因為她是一個女的，我也不能夠請她到路旁的酒店，或酸梅湯的舖子去對坐舉杯，聽她談論。好在這時候馬路旁人來人往的很是熱鬧，誰也不注意我們。我們就在一根電線竿子的旁邊對面站着長談，"崔太太"當時就指手畫腳地跟我談了起來，足足談了好大半天。

這以下記述的，便是"崔大爺"碰釘子、遭惡報的詳細情形。

那一天，李翠秀就護送着胡麗仙、梁普潤，乘坐馬車到了掛甲屯，以躲避崔大爺的兇焰。

掛甲屯是北平西郊，海淀附近的一個小村。這村子就靠近着汽車道，房屋多半是瓦房，並有幾家小舖。所住的人家多一半是前清旗人的後代，早先也享受過尊榮。因時代變更，現在他們都成了破落戶，有的變為赤貧，有的把子弟送進城去學手藝，或是經營小生意，克勤克儉地維持着生活。不過也有的是原來的農家，到現今仍舊種着地，他們是不受時代政變的影響的。他們所住的地方雖然傍近京畿，但向來度的是一種質樸的生活；鄰人們和城裏一些貴人們的盛衰興亡，滄海桑田，他們對之是漠不關心。

李翠秀的舅母家是姓劉，屬於第一種住戶，在前清時候曾經過過好日子，不然如何能夠與快手李家結親呢？快手李本來也被人稱呼為李爺，是個小康之家出身。少年時結了婚之後，還是什麼正當的行業也不幹，只會遊手好閒，還花着錢學了一手戲法；原為的是自己玩，或是在親友家遇着什麼喜慶宴會之日，以來賓的資格湊個趣，當眾表演幾套戲法，為的是傳贊、出風頭。

誰料後來日子過窮了，他真捱過餓。他把賣房子的錢全都花光了，搬家到了臭水坑，這才一咬牙，教練兒女也學會了變戲法和練把式，到天橋去謀生。這種生意有個江湖的名稱，叫作"平地摳餅"，原是很艱苦很不容易的事。但是在那天橋，就把他磨煉得越窮越硬，豪俠仗義，好打不平。他的女兒李翠秀也就是在這種環境下長大的，養成的。

李翠秀不能記憶她爸爸的玩樂時代，從能記事時起，她的爸爸就淪落於天橋了，她的母親就出外傭工去了。她的舅父死了，舅母家中的日子也越過越窮，幸虧她有一個表哥，很早就在頤和園裏當聽差。

她們來到這裏，很惹起她的舅媽——劉大媽的驚異，因為還來了一個穿洋服的大姑娘，也許是個小媳婦，另外還有一個學生似的文縐縐的年輕小夥子。外甥女李翠秀說："只在這裏住三天。"她也不幫她爸爸變戲法去了，也要陪在這裏住三天。誰都看得出來，這事情不簡單，其中必有北平人所說的"貓兒膩"（即內幕）。

劉大媽也是靠着京城住的，不是純粹的鄉下老婆兒，她還能夠看不出來這情形可疑？所以她就問外甥女說："你爸爸怎麼不跟來？不是我不放心，只是你送來的人，我真不敢收留。"

李翠秀說："我還能夠把賊送到你的家裏來，叫你給窩着？"

"不是這麼說！"劉大媽就指着胡麗仙說："我看這位姑娘也是規矩的人。"

李翠秀說："本來麼，人家還在學堂裏做過事呢！"又指着梁普潤說："這是鐵路做事的，人家這是……小倆口。"她說出"小倆口"這三個字，仿佛有點不好意思，惹得她跟胡麗仙同時都臉紅了。

劉大媽半晌也沒言語，她本來想說："既是小倆口，為什麼沒有一個家？天這麼晚了，太陽都落了，可非得到我們家裏來住着不可。"她不好意思這麼問，只把李翠秀叫出了屋去，細問了一問。

李翠秀就笑着向她的舅媽，把實話全都說了出來，並說："你想一想，還能不救人家這步難嗎？還不應該成全人家這對夫婦嗎？"

劉大媽怔了好半天，才低聲說："可是，那個姓崔的既是有勢力，他要是找來不答應，那可怎麼辦？"

李翠秀昂然地說："那全有我！我為什麼也想在這兒住幾天？就為的是陪着他們，姓崔的來了，我是一點也不怕！"

劉大媽的兒媳，也就是翠秀的表嫂，人是很忠厚的，她在旁邊聽了，就說："要不，就暫時留人家兩人住下吧！大概也不至於有什麼事。他們得罪的那個姓崔的，就說有勢力吧，可也不能像個老虎，他還能夠找到這兒來，把人全都吃了嗎？"

李翠秀又忿忿地說："誰管他是不是老虎？就是老虎來了我也不怕！我也知道那姓崔的都有什麼本事，頂多了，他又派一輛汽車來搶人，那，這回可不行啦！上一次是我不願意把事情弄大了，因為那時我還想幫助我爸爸做買賣，維持家計。現在我們受姓崔的欺負，買賣也不能夠做啦！在天橋練一天，也掙不了幾個錢，因為姓崔的叫人攔着，我們練的玩藝好，人家就是想給錢，可也不敢給。"

表嫂在旁說："哎呀！這姓崔的竟是這麼壞？"

李翠秀咬了咬牙，又說："他還有些欺負人的事情呢，我都不願意說！反正我爸爸跟我都是被他逼到絕路上啦，就是不為我胡大姐，我也得找他去報仇。舅媽你放心，無論怎麼着，我也不能給你家裏招事，我要跟他打，也得離開你這兒再打，絕不能給你家招麻煩。"

劉大媽還是不住地發愁，可是也不能再說什麼了，就留下她的外甥女和胡麗仙、梁普潤在這兒住了。她兒子在頤和園裏，每隔兩三天才回來一趟，所以她家裏現在沒有男人，有的只是這位陌生的客人梁普潤。然而今天到底是不是就叫梁普潤跟胡麗仙圓房呢？說新名詞就是同居，劉大媽似乎倒沒有考慮到這個問題；李翠秀是心裏想到了，可是沒有說出來。

他們院裏也沒有鄰居，三間小瓦房，是分出來一明兩暗，東里間就是劉大媽住，西里間住的是她的兒媳，她的兒子若回來，當然也是住在這兒。今夜，胡麗仙還不好意思當着許多人，就跟梁普潤接近，所以她和李翠秀就同劉大媽、兒媳一起，都住在西里間，把東里間叫梁普潤一個人去住。一間屋裏是老少四位婦女在絮絮地閒談，談到崔大爺家裏的情形，胡麗仙是既羞愧又悲傷，還又哭了一回。聲音被東里間的梁普潤聽見了，他只是枯坐着發愁，後來躺下了仍憂慮着，大概是一夜也沒得睡好覺。

次日，梁普潤和胡麗仙全都依然是那麼拘束着，兩人互相不說一句話。只在別人不注意他們的時候，他們用眼睛互相傳達心裏的意思，似乎心裏還都存着無限的幽情，存着許多想說的話，只能借助眼睛來表示。但是他們的這種表情，每次都被李翠秀看見了，弄得他們倒都覺着很不好意思。他們兩個連在人家這裏喝一碗白開水也覺得心裏很不安的人，都一天也沒敢出門。

李翠秀可是在屋裏待不住，她的手腳仿佛一閑着就難受，不受日頭曬，不受風吹土打，她就覺着不舒服。她是一點也坐不住，看見板凳，仿佛就想拿大頂。連她的舅媽都說：“你看你這坐沒坐相，站沒站相的樣子，都是你爸爸把你給養野啦！你看人家胡大姑娘，有多安穩。連這位梁先生也跟個大姑娘似的，比你安穩得多，你倒像是個野小子，野驢子！”說得胡麗仙一笑，梁普潤倒臉上通紅的。李翠秀便跳了幾跳，她就出屋去了，出門去了。

這掛甲屯村子的東面是柏油澆成的汽車路，平坦整潔。路的兩邊是栽種多年的垂楊柳，濃蔭蔽天，車行過時，連太陽光都曬不着。本來這是清朝，尤其是西太后執政時代，花了不少的公帑，征了若干的民伕，勞民傷財，專為她一人往頤和園游幸尋樂而修築的御道。現在那種舊日的車輦都已成春夢，都消滅了，而代之者都是一些遊春的大汽車；尤其是星期假日，真不知有多少城裏的學校，滿載着男女學生，從這條路上風馳電掣一般的來來往往，總之，往來的多半是一些都市的人。

但在村子的西面呢？卻恰恰與這相反，卻是綠油油的一片田野。村裏的農家，真正的鄉下人老百姓，代代不絕，年年不輟，日日不息地在那裏耕種、鋤耘，而現在正是夏收的時季。

李翠秀這兩天表面上是十分地興奮、愉快、活潑，其實她的心裏卻是抑鬱的，不但感覺着沉重，而且思緒紛紜。她也是十八歲的大姑娘了，自幼在貧苦之中長大；自幼在天橋的風塵裏賣藝謀生；自幼就不但要學變戲法，還要學那些常人所不堪痛苦的技藝。這些與她女性天賦的愛美之心，與她的芳齡、身體絕不相宜的生活，幾乎要耽誤了她的青春。

她爸爸是整天地為生活勞碌而煩惱、漫罵；母親在外傭工，整年不回家；祖母有病，弟弟幼小，親戚住的遠，街坊又都很窮，所以從無人稍微關心過她，或曾經說到她的心事。然而她也是有心事的，跟別的年輕的女子一樣，有着她的衷曲，但她沒有地方去說，沒有人能夠體會。

現在她很煩悶，這並不是因為什麼崔大爺，那她根本沒看在眼裏。

她曾經有過一次，因為跟她的爸爸吵嘴，她的爸爸說：“永遠咱們不變戲法啦！”她就一賭氣，用切菜刀把兩條變戲法所用的蛇，一下就都給剁死了，為這事她的爸爸真有半個月沒到天橋變戲法。後來因為家裏實在沒有窩頭吃了，不得不爺兒倆連她兄弟就又去變戲法了。而變戲法若沒有活蛇，沒有那叫人看了就害怕的蠕動的蛇，又真不叫座，所以她的爸爸又特地跑到城牆根，又去捉來了兩條；就是現在還在家裏養活着的那兩條活蛇，有時還得喂活的麻雀。

如今，她是還沒有得到機會，倘若姓崔的來到她的跟前，敢像欺負胡麗仙那樣的欺負到她的頭上，她的手裏再有刀的話，那崔大爺也能夠跟那蛇一樣，很容易被她送入陰曹。

　　所以她並不顧慮崔大爺，她並沒有把這像一件事似的往心裏放，而現在放在她心上的，盤踞在她心上，咬噬在她心上的，卻是胡麗仙跟梁普潤給她的一種刺激。她看見了胡麗仙與梁普潤久別重逢，破鏡重圓，相親相愛，愈深彌篤的那種感情，那令人妒又令人羨的愛情。她覺着她沒有，她得不到，也遇不着，她天天在天橋變戲法，拿大頂，舞飛刀，恐怕永久也不會有的。即使將來有，她爸爸忽然想起來應當給她找一個女婿了，那也一定是不如意的，不如人家的，還不如根本別有。

　　現在她很煩惱，但她也不會哭，她只是凝眸地望着那一片綠油油的田野。

第九章　小村曠野展俠風

　　這田野間有許多農人正在割收麥子，離着李翠秀很近的是一個年輕的農人，和一個也就是二十來歲的農婦，他們像是夫婦；兩人一邊辛勤地工作，一邊還互相笑着，看他們似是新婚不久，表現出一種甜蜜的愛情。他們一起在這大自然裏勞作，把那黃金般的麥子一棵棵地刈斷，放在一旁。蝴蝶兒向着那農婦的頭上飛繞，因為雖然她的頭上是罩着一塊藍布，頭髮上大概還是抹了芬芳的頭油；這更可以看出她是當了新婦未久，而且她在田間操作着，臉上還擦着胭脂呢。

　　李翠秀又有點妒嫉似的，其實她是真羨慕人家，她覺着無論什麼人都比她過得好，都比她生活得快樂。不但人家的工作都比她強，人家也都快樂，還都能得到愛情，而自己是什麼也沒有的，並且好像也永遠得不到了！她心裏更覺着煩惱，轉身就要走，那位農家少婦卻說：「哎呀！這個大姑娘，不是咱們村裏的吧？你看辮子有多麼長呀！」

　　李翠秀更怕人看，轉身就疾疾地走。但是這時，村子裏又有一個年輕的男子推着一輛獨輪小車來了，也把她不住地看，並且還仿佛顯出一種驚疑的樣子。這人也是鄉下人的打扮，比那邊正在刈麥子的農人還要年輕些，也就是不到二十歲的樣子，不僅健壯，眉目也長得很好。李翠秀也不知是為什麼原因，突然就覺着臉上發熱了。這要是在城裏，尤其是在天橋，倘若有男子像這樣目不轉睛地，恨不得把眼睛貼在她的臉上來看她，她一定要生氣了，縱不掄起巴掌打去，也得罵幾聲「討厭缺德」。天橋就是那麼一個地方，姑娘們在那裏，要是不那麼厲害，就得天天受人的欺負。但是在這裏，李翠秀竟好像是一點氣也不敢發洩了，她也實在不太覺着生氣，倒覺着有一些慚愧與害羞。

　　她躲開了這推車男子的目光，又轉過身來，走回到那農婦的近前，沒話找話地帶笑問說：「大嫂子，你也是在這村裏住嗎？」

　　這農婦也含着笑回答說：「對啦！我們就在這掛甲屯住，我可是上一個月才娶過來的，我的娘家不在這兒，是在香山後邊，也是種地的。姑娘，你是從城裏來這兒看親戚嗎？」翠秀點了點頭，這農婦又問說：「你姓什麼呀？這村裏哪一家是你的親戚呀？」

　　翠秀還沒有回答，因為她並沒想在這兒跟人家拉扯閒話兒，她只是為躲避那推小車的，那個人把她看得太厲害了。想不到那小車吱吱扭扭的響聲，此刻竟已來到了近前，翠秀就連頭也不敢回了。仿佛小車已經停住了，那人就把這夫婦刈下來的麥子，抱起來往小車上去放，原來那人是給他們幫忙的。

這農婦倒很愛談閒話兒，立時就都向翠秀介紹，她指着那正在刈麥的青年農人，說是她的當家的，姓紀；又指指身後推小車的男子說，那是她的娘家弟弟，名叫張勤，是住在在香山後面，他將自己種的麥子收割完了，又來給他姐姐幫忙。

翠秀想不到他們都是親戚，於是就說自己是來這兒看舅母。這位紀大嫂一聽，立時就說：“你是劉大媽家的親戚吧？我昨晚就聽說她家裏來了幾個客。”

翠秀點了點頭，心裏可想着：叫胡麗仙她們在這兒住着可也不好，因為這村子太小，誰的家裏來了客，鄰舍們就都知道了。可是，別人大概還不曉得我們來到這兒是為什麼事吧？沒有人認識我是誰吧？這大概也不要緊。

她這樣地想着，可是身後推小車來的張勤，這個年輕人竟然說話了：“這位姑娘我認識，她是在天橋變戲法的。”李翠秀吃了一驚，就帶着氣把頭一回，用眼去瞪他。而這個小張勤卻又笑着說：“過新年的時候，我進城去買東西，到天橋去玩了一整天。就看見這位姑娘跟着一個老頭兒，還有一個小孩兒，在一塊變戲法，這位姑娘拿大頂可拿得真好……”

李翠秀當時就怒聲問說：“怎麼？你認得我嗎？”

誠樸的小張勤點了點頭，笑着說：“我看你練過一回，我就認識你啦！我小的時候也拿過大頂，可沒有你拿的那麼好，我不會在桌子上練……”

他的姐姐趕緊攔阻他說：“你就是認識人家，可也不應當這麼說，人家……人家是一位姑娘！”

小張勤點頭笑着說：“我知道，我也沒說姑娘的壞話呀！我就說我認識她，我佩服她的本事大；她拿的那大頂，我練一年也學不會，真不是容易的事。姐姐姐夫，你們都沒看過就是啦，將來等這姑娘再練的時候，我帶着你們進城開開眼去！”

他的姐姐說：“你快去一邊兒去吧！說話真不知道深淺，你看，招得這位姑娘都生了氣啦！”又向翠秀賠罪似地說：“姑娘可別生氣！我這娘家兄弟是山後頭長大的野孩子，他什麼都不懂得，又傻又怔，還沒娶媳婦啦！都十九歲了，可還像是個小孩子。”

翠秀冷笑說：“我生什麼氣？本來他沒認錯人嗎？我是在天橋變戲法的，我是會拿大頂，可是那也不算是寒傖！”說到這裏，自己又仿佛很傷心。

小張勤更高興了，說：“那一回，我看了你拿的大頂，練的玩藝，我就回家跟我們香山後全村裏的人說了。嘿！你猜怎麼着？他們有的人還不信！說女的不能有那麼大的本事，氣得我，直要跟他們打架。我叫他們進城到天橋去看看，他們可又怕驢進了城，看見汽車就驚着。我跟他們打賭，我說是真的，他們可還搖頭。你有工夫沒有？你幾兒有工夫，我就幾兒帶你到香山後，你練幾下子，叫他們瞧一瞧！”

他的姐夫在遠處嚷着說：“你就別淨顧了聊天啦！快往車上堆麥子吧！”小張勤就笑着，高興着，他的姐姐、姐夫在刈麥，他就抱着向車上去堆。

他的話可還不斷，又向翠秀說：“我也是好練把式的，我會打猴拳，我還會爬山、上樹，還會浮水，等明兒，我再叫你看看我的功夫！”

翠秀竟被他說得呆了，心裏一點也不生氣，一點也不覺着這個小張勤討厭。

小張勤逞能似地一邊抱着麥子，一邊又說：“其實把我會練的那些把式，拿到天橋那地方去練一練，比那兒賣藝的鼻子董，保准還練得好。可是我就是不去練，種地比什麼不好？賣藝，在天橋那個地方，日子長了，好人也都變成壞人了。」

這話叫翠秀聽了，更覺着他說得對，因為翠秀也確實早就厭煩了天橋，早就厭煩了那種賣藝的生活了。以前她曾羨慕過胡麗仙能夠在學堂裏做事，現在她又喜愛這田野了。她妒嫉過胡麗仙能有梁普潤那樣斯文的，又有正當職業的人愛着，現在她忽然又想到，能夠得到小張勤這樣一個人的愛，能夠在一起，像張勤的姐姐跟姐夫這樣的生活，這樣的勞作，這樣的相好，她也甘心願意而且快樂。只要能如此，就永遠也不上天橋，永遠不再去賣藝。可是當離開天橋的那天，自己也誓必要把那崔大爺剪除、弄死，以使那個地方永遠不會有惡人再欺負好人！

翠秀心裏這樣想着，嘴裏自然不能夠說出來，她就不由得欣悅地望着那邊的小張勤，仿佛也要去幫一幫忙。張勤一邊向車上搬麥子，一邊也不住地向她來看，仿佛也是在心裏跟她說話似的。兩個人就這麼相對着，相視着，無聲地傳遞着言語，竟也像是越來越密切了。他們當然不會想起來那四個字，這應當叫作一見傾心。青春，夏初，在這無邊的曠野上，早麥都已成熟了，蝴蝶也尋到伴侶了，野花兒都結了子了。雲朵在天空中輕柔地飄着，熱風陣陣吹來，遠處的小河那麼活潑地流淌着，處處都流露着大自然的蓬勃生機。年輕的男女，即使是最天真質樸的，可也怎能不心生萌動，而去追求他們的美麗夢幻呢！

然而在那邊的村裏，還有一對經過風波的年輕的愛侶——胡麗仙與梁普潤，他們在那小屋裏，還是不得機會說話兒嗎？李翠秀的心裏才這麼一想，便又斟酌着：我是不是應當回去看看，他們有什麼事沒有？但我一回去，他們一定更覺不方便啦！為什麼不叫人家多說幾句話兒呢？人家的心裏一定都有不少的話急着要說啦，我還是在這兒再多待一會兒吧！

在這時候，忽然地就見那邊有個人跑了過來，正是胡麗仙，她驚慌得就如被獵犬追逐，倉猝而逃來的小兔似的，隨跑隨喊着：「李大妹妹！翠秀……」她喘得說不出整句的話來。

李翠秀這時忽地就把自己的思緒打斷了，她跑着迎了過去，急問說：「怎麼啦？什麼事情？」胡麗仙戰戰兢兢地回手指着說：「他們那些人……來啦！都來啦！拿着刀，拿着槍……」李翠秀一聽這話，當時眼睛就瞪起來了，說：「你不用害怕！我去看看，姓崔的來了沒有？拿着刀，拿着槍，就唬得住人嗎？」

小張勤是已經把麥子堆滿了一小車，可也顧不得推走了，連他的姐姐和姐夫全都站了起來，問說：「是什麼事？怎麼啦？」李翠秀還沒有回答，她正急急地要往村那邊去走，可是那邊，梁普潤也慌慌張張地跑來了。跟在梁普潤後面的就有六個人，但是他們拿着的不過是扎槍、單刀、寶劍、虎頭鈎、匕首，和梢子棍，在前頭走的拿扎槍的就正是鼻子董。小張勤就大聲嚷着說：「啊呀！天橋練把式的全都來啦！這是怎麼回事呀？」

李翠秀先將胡麗仙拉到一邊，她疾速地跑向前，揪着梁普潤說：「你跟胡大姐都往西邊去，一點也不用害怕！」

梁普潤這時的臉可都嚇白了，氣喘得也很厲害。李翠秀又向那邊高聲叫着說：「董二叔！你到這兒幹什麼來啦？拿着槍，這麼厲害，怎麼又像是那晚上打不平，去找姓崔的似的？」

鼻子董本來耀武揚威地跑在最前面，他瞪着兩隻凶眼，手握着梨花扎槍，仿佛就要先一槍戳死梁普潤，再一槍嚇住胡麗仙，然後抓她回去交給他的主子崔大爺去請賞似的。然而他沒有想到李翠秀竟在這兒了，而且迎着他來了，他立時就威風頓失，扎槍也有點挺不起來了，臉通紅，鼻子上的那些疙瘩，更紅得像是一堆櫻桃。

他想要回身避開，但是李翠秀先還拿話損他，此時卻走過來了，就指着他的臉大罵，說：「董二叔你可識相些！我叫你二叔，還是拿你當個人，你可也得自己尊重一點，別叫我罵你是給姓崔的當三孫子，幫助他欺負人家老實人，搶奪良家婦女，是打手、碎催、狗仗人勢的忘八蛋！你得拍拍良心！你想想，人家梁先生、胡大姑娘跟你有什麼仇？胡大姑娘的爸爸早先也照應過你，她師哥劉寶成，還都跟你有過交情。你這小子占了點便宜，得了姓崔的一點臉，就來欺負人，還趕人趕到了這兒？」

鼻子董說：「大姑娘你不知道！胡家這丫頭是個放鷹的，她在崔大爺家裏那幾天，拐了人家不少錢……」

李翠秀冷笑着說：「又是這套！姓崔的還會編造出什麼來，給人栽贓？他要無賴，淨耍這一套，也太貧啦！也太不新鮮啦！再說真要是拐了他家的什麼東西，為什麼不告去？他為什麼不自己來？用得着你姓董的，腆着臉給他當這條狗，真是一點人味兒沒有！」

鼻子董可把臉沉下來了，叫着李翠秀的小名說：「秀子！你怎麼敢罵我了？我回去可告訴你爸爸去！」

李翠秀忿怒地拍着胸脯，往前逼進一步，說：「是我爸爸叫我來的，叫我來保護着我胡大姐和梁先生，躲一躲姓崔的；也不是怕他，是暫時還跟他合不着、犯不上，將來反正饒不了他！你去告訴他，別再這麼倚勢橫行！你自己也打算打算，我今兒還理你，還認識你是個老街坊，在天橋是混人熟飯的，這就是面子；你還提什麼我爸爸，我爸爸不認識你這狗雜碎！」

鼻子董又勉強地笑着，說：「秀子姑娘，你罵我什麼，我今天也不還言。因為我跟你爸爸是多年的朋友，咱們又住了好幾年街坊，我是你的長輩……」

李翠秀啐着說：「呸！你是誰的長輩？我告訴你，你們趁早兒滾！別找着不自在，廢話都別說。」

鼻子董又假笑着，低聲說：「姑娘你可千萬別這樣兒！告訴你，昨兒晚上你們一走，我就知道你是把他們帶到這兒來啦！人家崔大爺可也早就有人跟下你們來啦！今天崔大爺本想打電話叫衙門派幾個巡捕，他再派幾個護兵、馬弁來。我知道你還沒回去，我怕連你也叫他們抓了去，那我就對不起你爸爸了；我這才去見崔大爺央求了半天，我自告奮勇，還請來了這幾位……」說時用手一指他帶來的那五個人。

這五個人李翠秀就認識多一半，一個叫小龐，一個叫沙螃蟹，一個叫天不怕。外兩個橫眉立目的小子雖然覺着面生，可是知道也是平日在天橋連把式也不練，專門遊手好閒，喝茶酗酒，調戲婦女，欺負老實人的，他們的職業就是當崔大爺的爪牙、幫兇。崔大爺現時雖已做了官，卻依然豢養着他們，指使、縱庇他們在天橋橫行。

這幾個人之中，以那天不怕最為刁惡，他手裏抽出來一把光閃閃的匕首，這傢伙大概還是西洋貨，俗名兒叫作電刀，是又尖又快。他嘴裏罵罵咧咧的，小聲說：「他媽的！一個快手李養活的丫頭，竟他媽的敢在這兒叫字號？」他將匕首暗藏，趁着李翠秀生着氣跟鼻子董說話的時候，他就悄悄地過來，走到臨近，突然就揚起匕首，向着翠秀的後腰兇狠地刺去。

不料人家早有準備，只聽吧的一聲，李翠秀翻身揚手，就揪住了他的腕子。天不怕說：「哦喝！你要怎麼樣？你個小丫頭，還真個了得？」

　　見翠秀伶便地將匕首奪在手中，鼻子董忙搖起扎槍來威嚇着說：「秀子你可不准胡來，這都是你的長輩！」

　　此時，天不怕手裏沒有了傢伙，就知道要糟糕，這個在天橋有名的變戲法的姑娘，果然有兩下子！他回身要跑，不料翠秀一把就將他的脖子揪住了，順手兒就一匕首扎去。天不怕殺豬似地怪叫着：「哎喲……」他的肩膀就流出血來，嚇得那邊的胡麗仙用胳臂擋住了眼睛，不敢往這邊看，梁普潤也驚惶着，臉色更白了。

　　那小張勤卻高興地跳了起來，喊了一聲：「好！好姑娘！真痛快！」他並且由地下拾起來一根粗木棍，掄舞着，過來又向天不怕的禿腦袋上，嘣地猛砸了一下。

　　小龐掄着單刀，沙螃蟹耍起來虎頭鉤，齊來問說：「你是幹什麼的？」小張勤卻不言語，木棍飛舞，就跟這兩個人廝殺起來。

　　另兩個惡徒，一個使寶劍的，一個掄着梢子棍，就都奔向了李翠秀。李翠秀以短短的匕首力敵二人，兩三合她就又把梢子棍搶到手裏了，吧吧地打去，打得小龐的耳朵都腫啦，使寶劍的那個人鼻子也破啦。李翠秀真是十分地奮勇，她手快力大，身子也極為敏捷，只見她腳不站地，飛撲着緊追着那幾個人，就是一陣毒打。她一隻手裏閃爍着匕首，這東西她用得頗為謹慎，似乎還不願意殺人；另一隻手中嘩啦嘩啦飛舞着的梢子棍，打下來可真是無情，就如同打狗似的。

　　張勤這勇悍的小夥子，掄着木棍來幫助李翠秀。沙螃蟹問他：「喂！你算是幹嗎的？你是哪兒來的？」小張勤不容分說，橫掄一棍，就打在他的腿上。沙螃蟹痛得差點沒爬下，剛要掄鉤去鉤，不防李翠秀又自旁一棍，打得他甩着手叫了聲：「哎呀！」兩隻鉤就全都扔在地下了。

　　小龐怒喊着說：「這還行？咱們這幾個大人都白活啦，來到這兒栽在一個丫頭的手裏？」他的單刀用的是連環雙繞追風劈，刀光急，勢派確是可觀。不料張勤攔腰就是一木棍，李翠秀又用左手的梢子棍壓住了他的刀，斜着一腳踹去，小龐當時就坐在地下了。然而他趁勢一滾，想要來一套地趟刀，以刀去掃翠秀和張勤的腰，但他卻沒得施展開。李翠秀騰身一跳，順手又向下砸了一棍，小龐罵了聲「媽的……」再罵他卻罵不出來了，連嘴裏的牙都被梢子棍打落了幾個，順着嘴流血。可是他還不扔下刀，又站了起來，想要做困獸之鬥。

　　李翠秀氣得撲上前就要用匕首扎他，梁普潤就在那邊大聲驚喊道：「可千萬別殺了人！」遠處的一些農夫、農婦，尤其是小張勤的姐姐和姐夫，也都跑過來一齊又攔又勸，都說：「算了吧！叫他們知道這兒不是好欺負的，也就行啦，別真弄出官司來！」李翠秀仍一手緊握着匕首，一手高舉着梢子棍，咬着牙，沉着臉，仿佛是在說：「出了官司我也不怕！」但是小龐早就一邊擦着嘴上的血，一邊還表示着不服氣似的，回身跑了。

　　那邊的天不怕是受傷最重，得叫鼻子董攙着他。鼻子董是根本就沒和翠秀動手，他只是吆喝着：「快走吧！快走吧！不能夠管的事情，咱們就不管啦！姓崔的又不是咱們的爸爸，咱們犯不上為他丟這個人。好在翠秀是快手李的女兒，都有交情，挨她兩下子，就算是倒楣了還不行嗎？走吧！走吧！」由他拉着扯着，攙着拽着的，他們這幾個人就狼狽而逃了。

　　李翠秀還向他們越走越遠的背影，怒目而視，旁邊的小張勤卻笑着誇讚她，說：「姑娘你可真高！你真行！」她轉頭看了看張勤，抿着嘴兒，沒說什麼話，但臉上又有點兒紅，心裏也似乎有一種愛慕、愉悅之情。

第十章　湖山風雨宿鴛鴦

　　這時候，李翠秀就被許多種莊稼的人圍着，爭着看她，小張勤又悄聲告訴旁邊的人，說：“這位姑娘天天在城裏天橋那地方，跟着她的爸爸和弟弟變戲法……”誰都知道變戲法是一種極窮的、最沒辦法的人幹的行業，因此李翠秀的家庭狀況，更博得這些人的無限同情。

　　村裏又有幾個抱着孩子的婦人來了，有個就說：“把我們也都嚇了一大跳！你說劉大媽的家裏好好地過着日子，怎麼忽然就來了這麼幾個拿刀動杖不講理的人呀？”

　　又有個婦人仔細地看了看胡麗仙，說：“這位女學生長得有多麼好呀！人也挺規矩的，這是得罪了誰啦？幸虧是跑得快。也幸虧那位少爺有主意，見那幾個老虎似的凶漢來了，也不跟他們多廢話，拉着這姑娘就往野地跑。跑得對，要是不跑，這位有本領的姑娘也許還不知道呢，那可真得吃虧啦……咱們這掛甲屯平日安安靜靜的，連個吵嘴的人都沒有，今兒可真是沒想到，刀兒槍兒的打起來啦……”

　　村裏的人都是膽子很小的，哪看見過這樣拼命流血的“武戲”？況且，胡麗仙穿的這一身女西服，人家就多半看不慣，所以叫她為女學生，而梁普潤的打扮又像是個男學生。常聽人說，男女學生是都愛在一塊兒講戀愛的，這必是因為講戀愛而得罪了人。他們總也有些理虧，不然為什麼見了那幾個人來了，不說什麼就跑呢？而這位變戲法的李姑娘，怎麼也不說什麼，就打呢？就搶了小刀子要殺人呢……

　　當時一些人紛紛地議論着，猜疑着，有的又抱怨劉大媽不該招這個外甥女來，給這村子招事。總之，雖然都佩服李翠秀有本事，可又都怕以後再惹出什麼事來，所以都很發愁。

　　只有小張勤大聲地向眾人說：“沒有什麼的！剛才來的那幾個都是城裏的流氓、混混兒，他們叫李姑娘一打回去，也就都不敢來啦！大家都回去吧！人家在這兒住親戚，住上幾天，大概也就進城去啦！”說着，他就推了他那堆滿了麥子的小車先走了。

　　胡麗仙依然低着頭，梁普潤就悄聲對李翠秀說：“我因為知道你是到這村子外邊散心來了，所以鼻子董他們一來找，我就趁空拉着麗仙往這邊跑。我知道你一定能打他們，救我們。”

　　李翠秀卻也沒有回答，她把手裏拿着的那杆梢子棍也丟在這曠野上了，而那把匕首，她依然拿着。她回首向張勤的姐姐點了點頭，說了聲："再見！"又含笑向四周圍的人抱歉地說："對不起！叫你們都受驚了！我們回去啦，諸位大娘、嬸子們，請到我舅媽的家裏去坐一坐，好不好？"

抱着孩子的幾個婦人齊都說："不啦！"說着，可還不住地看着她，並且都帶着些驚疑的樣子看着胡麗仙與梁普潤。

李翠秀同着麗仙和梁普潤又回到她舅母的家中，她的舅母跟她的表嫂，簡直都嚇得了不得，愁得連午飯也沒有吃。幸虧到了下午，她的表哥劉孟鐘回來了。大家在一起一商量，反正胡麗仙是不能再在這兒住了。但是她又沒有一個家，城裏暫時更不敢回去了，結果就決定，由劉孟鐘將他們兩人悄悄地帶往頤和園裏邊去暫住，也就是暫在那裏邊藏躲着，以避免崔大爺再派人找來打架、欺淩。

劉孟鐘也是一個極端小心謹慎的人，他勸他的表妹也應當到那園裏去躲一躲。可是翠秀決不同意，她說："我為什麼也去呀？我還要在這兒等着姓崔的啦，看他還有什麼辦法！我已經給這村裏惹出事來了，我在這兒，再有事，我可以再出去擋。反正冤有頭，債有主，胡麗仙是我給帶到這兒來的，天不怕那幾個人是我給打傷了的。他們要是有本事，有膽子，可以再來找我。我要一走，他們那些人再來這兒一胡攪，驚動了人家街坊鄰舍，我就對不起人家！"她是這樣的堅決，她的表哥就只好暫時把胡麗仙、梁普潤兩個人給帶走了。

頤和園就在這掛甲屯的西北，不算太遠，那園裏有一個汪洋數十頃的大湖，名字叫作昆明湖，又有一座數十丈高的大土山，名字叫作萬壽山，這是北京的名勝之地，也是帝王封建時代的御苑、離宮。據說這頤和園原名叫清漪園，並不像後來這樣的奢華、宏麗。因為西太后這個專制奢侈的女主，為了個人的避暑和享樂，所以把一筆預備建海軍用的公帑，悉數地花了，就修建了這麼一座頤和園。

園子是修成了，可是因為海軍力量的微薄，以致甲午年間在渤海上，被日本打敗，中國遂降為弱國，因之清廷不久也就垮了台，空留下這一座偉大的園林，開放任人觀覽，門票可賣的非常之貴。裏邊有一些偏院的房屋，都是早先一些值班的朝臣所居住的，也分租給一些有錢的人避暑或是養病，這些收入，就是頤和園公園事務所的經費的來源。

李翠秀的表哥劉孟鐘在這事務所裏做的雖只是工友一類的事，可是他和園裏上下都很熟。園裏的空院子、空房子本來還有不少，他把胡麗仙、梁普潤兩個人一帶來，就在園中最清幽的一個所在諧趣園（據說這是當年西太后釣魚的地方），犄角兒最僻靜之處找了間小屋。吃飯由劉孟鐘給他們做，因為反正他一個人每天也得自己做兩頓飯。

於是，胡麗仙和梁普潤就算是在這兒住下來了，他們這時才團圓了。幾多的風浪、危難，雖還沒有完全渡過，可是由於李翠秀給予他們的溫暖、幫助，使他們暫時得到了幸福。

胡麗仙便催着梁普潤，說："明天你就進城去上班吧！別把事兒再弄丟了。我在這兒大概倒沒有什麼不放心的，姓崔的還能夠知道我在這兒住嗎？"

梁普潤倒是把這個問題考慮了半天，結果他把頭搖了搖，說："不要緊！路局的同事都是很幫忙的，這次我突然沒請假就沒去上班，他們一定就明白了，是為了與你有關的事。你被姓崔的霸佔了去，他們都非常地不平，都希望咱們能夠團圓；我這兩天不去，他們會自動地給我替工，或是給我請假。我想我再在這兒陪着你住兩天，看看到底還有什麼事情沒有，過兩天要沒有事，咱們就一塊兒進城去住。因為這樣長了，也是不行呀！麻煩人家劉孟鐘，耽誤李翠秀也不能去幫助她父親做買賣，究竟是不對呀！姓崔的有錢，可以耗得起，咱們卻都耗不起呀！"

在他們的心裏，只掛着這些憂愁，胡麗仙並且想起以往的事情來，又傷心，梁普潤就勸慰她，直勸到她也喜歡了。這幽靜而近於荒涼的園裏，深夜的景象是很可怖的，當夜又落了一宵瀟瀟的大雨，這小屋子因多年失修，還有些漏水。然而喜獲團圓的胡麗仙與梁普潤，他們兩人像鴛鴦似的，竟那樣地交頸而眠了。

這一夜的雨，直下到次日，歇了一會，接着又是風雷交作，連下了兩夜兩天。

這頤和園一過了春天，天氣一熱，每天來遊逛的人就漸漸稀少。這麼一下雨，城裏的人，誰還來逛呀？所以白天也是冷冷清清，門票處售票的兩位職員在那兒打盹，竟連一張票也沒有賣出。

劉孟鐘想回到掛甲屯去看看，可又發愁沒有一雙油毛窩（一種鞋幫上塗了桐油的棉鞋，鞋底釘上許多釘子，着雨不透，這是老式的人穿的，比膠皮雨鞋還耐穿）。由這頤和園迤邐的通到城裏的那條馬路，被雨水沖洗得十分清潔，可也汪着不少的雨水，汽車一走過去，把水就濺起來多高；騎自行車的人，像是在水面上飛的蜻蜓，人力車就像是小舟了。但是這兩日，在這條路上往來的車跟人都很少，寥寥少數。

在掛甲屯住的李翠秀，她是知道得最清楚的，因為這兩天，雖然是下着大雨，她也總是站在村前一家小雜貨舖的門首，暗藏着匕首。她注意地向着東邊那條馬路上去看，但是，她所看見的只有幾輛長途汽車，還都是由西北而往東南，往城裏去的，所以每次都使她失望。

今天，這時候才不過上午十點多鐘，忽然看見由東南來了兩輛自行車，越來越近，前面那個騎車的，還向這裏指着，就往這邊來了。李翠秀看見前面騎自行車的是鼻子董，不由得很是生氣，心想：他怎麼還敢找我來？後面那騎車的她也認識，就是早先曾在天橋搭着席棚變魔術的。

因為魔術就是洋戲法，所以跟快手李的舊式戲法恰恰是對頭冤家。快手李早先就常常地罵："小崇那小子裝個洋鬼子的樣子，什麼卓別林？弄了一份破洋鼓洋號，變的那是什麼呀？那叫耍怪樣子、賣德行！咱們這才是真正道地的玩藝兒、功夫。"因此，李翠秀就對這假卓別林小崇的印象很深。又因為他是楊桂玲的表哥，而楊桂玲又是胡麗仙的乾姐姐，都是在天橋混飯的，所以彼此都有點兒認識。

假卓別林小崇近年來是在東安市場裏做小買賣，聽人說混得不錯啦。但今天見他騎的自行車也未必是他自己的，那套連行頭帶便衣的整腳洋服也不穿了；穿的是一身白布褲褂，褲腿上是濺了不少的泥，小褂也不大乾淨，可見他離開天橋之後，混得還是不怎麼強。他同着鼻子董一來到，兩眼還發着直，問說："就是這兒嗎？是在第幾個門兒呀？有狗沒有狗呀？"

鼻子董倒是先看見了翠秀，就用手一指，說："這不是李大姑娘嗎？"說着他們就一齊下了自行車。

李翠秀沉着臉，故意不看他們，鼻子董可是推着車，厚着臉，又往近走來，態度與那天大不一樣，他說："秀姑娘，你怎麼還沒回家？我又找你來啦！你一定要說，你這董二叔臉真厚，那天叫你給打了個屁滾尿流，現在還又找你來啦？不是，不是，今兒我還沒來的時候，就先見了你爸爸，我跟小崇一塊兒來他贊成。我們現在是在車行租的這兩輛車，趕着忙着地來，不是為別的，就為來給你一個信，因為遠親不如近鄰，無論如何咱們是老街坊。我幫助姓崔的幹嗎？我幫助他，也不過是怕他。可是那一天，你看，我就沒有動一下手！我人格是完啦，良心可還沒喪盡……」

李翠秀當時就瞪起眼來，說：「你跟我說這些個話幹嗎？我不聽，我不認識你！你跟姓崔的，還有什麼天不怕、河螃蟹，有什麼法子，儘管再使！」

鼻子董直起急，連連地說：「不是！不是！我敢賭咒，我跟小崇來，這一回，可全是為你們好呀！因為我得做人事啦！那天由這兒回去，我簡直沒有臉再見我的快手李大哥。他卻照舊招呼我，什麼也沒說，那可比叱罵我還厲害！這一兩天是下雨，不下雨我也沒臉再上天橋見人啦！老婆再跑，孩子再病，那是我活該，我再也不給姓崔的那號兒當奴才啦！今兒我是聽了點兒事……」

這時旁邊的假卓別林也說：「我也是聽來了點事，聽說姓崔的已經招呼那個在督軍手下做什麼長的親戚了，說是今天就要來抓人，帶着馬弁帶着兵……他早先是在天橋當流氓，後來崔大爺給他找了個差使……」

李翠秀說：「那我也不怕！我在這兒，就是為等着他們！」

假卓別林說：「可是，胡麗仙跟我的表妹是乾姐妹！崔大爺當初怎麼對胡麗仙起的意，他們又怎麼得罪的崔大爺，我全都知道。我表妹又沒在北京，我不能不來替她照應照應胡麗仙……」

李翠秀怒聲說：「你們現在一塊兒來這兒，是打算用這一套花言巧語，就把胡麗仙騙走嗎？」

鼻子董搖頭說：「不是！不是！今天我們兩人要是存着別的心，叫我讓汽車撞死，還得喂狗，叫他小崇也斷子絕孫！我來是為叫你回去，他來是叫胡大姑娘再找個別處躲一躲，因為崔大爺一定要來……」

李翠秀冷笑着說：「我就怕他不來！」

鼻子董長長地歎了口氣，假卓別林小崇也皺起眉來了，看他們二人今天的來意，倒確實是好意來送信。假卓別林又說：「李大姑娘你就是不怕姓崔的，可是也得讓麗仙跟那姓梁的躲一躲。崔大爺來了還了得？他能當場就槍斃人呀！」

鼻子董也說：「我為什麼怕他崔大爺呢？是真因為現在的崔大爺跟早先也不一樣了。早先他跟咱們全都是在天橋混的，他不過比咱們有錢，現在他是什麼長啦，官不小呀……」

李翠秀就更生氣地說：「他越是個官，我越不怕！」

說話時鼻子董本來就不住地回頭看，現在忽然看見自東南有三輛轎形的汽車，帶着風，濺起地下的水，飛也似地來了。他就更為驚惶，連說：「不好！不好！來啦……」他跟小崇就慌慌張張地要把自行車都推到小舖裏去藏着。

那邊來的三輛汽車確實也驚人，因為每輛汽車的車門外頭全都站着兩個腰帶盒子槍，耀武揚威的兵。

假卓別林也說：「李姑娘你快躲一躲吧！」

李翠秀卻依然冷笑着，說：「我犯不上躲，我倒要看他們敢怎麼樣？」

鼻子董已嚇得簡直丟了魂，他在天橋的那股英雄氣兒一點也沒有了，哆哆嗦嗦地說不出一句話來。

忽然假卓別林小崇說：「許不是崔大爺吧？要不然怎麼沒往這邊兒來呀？」

就見那三輛汽車只是在這掛甲屯附近的馬路上，開得仿佛是慢了些，可是並沒有停住，現在竟掠此而過，直向西北，看那樣子是要往頤和園去了。

　　李翠秀這時才顯出來有些驚惶，但是她立時就鎮定下來，趕緊就向鼻子董借自行車。

　　鼻子董說：“這車是我們賃來的呀！騎一天要花兩毛錢啦，還是先找人打的保，怕把車子拐跑了……”李翠秀卻不聽他說，當時就搶了他這輛車。李翠秀飛跑着推着上了馬路，翩然地騎到車上，她兩腳用力地踏着，雙輪如飛，很疾速地就追上了前面的那三輛猛獸一般的汽車。

第十一章　　匕首　惡人的血

　　李翠秀練慣了把戲，是個會翻筋斗拿大頂的姑娘，騎這自行車真是輕而易舉，一霎，就把三輛汽車追趕上了。車上的人也看見她了，當時就由那第二輛車裏坐的人發出了話，三輛車同時停止，讓李翠秀到了跟前；她一看，這輛車裏坐的正是那個"崔大爺"。

　　崔大爺的一些護兵、馬弁，可當時也都跳下車來，把李翠秀圍住了，盒子槍、手槍都對準了她。李翠秀卻將自行車的前輪橫住，就坐在車上，毫無懼色，並且向車裏怒聲說："滾出來！姓崔的你要幹什麼去？你不用去找胡麗仙，你就先找我吧！"

　　崔大爺穿着便衣洋服，抽着雪茄，在車裏扭着頭看她，又笑了笑，點頭說："先找你？好！也行！"

　　李翠秀怒罵着說："你別拿你的勢力欺壓人！你先睜一睜眼睛，看一看人！"

　　崔大爺卻隔着車玻璃，淡淡地笑說："我早就看見你啦！我知道你現在住在掛甲屯，可是胡麗仙藏在頤和園裏頭啦！你們什麼事也別瞞我，什麼事千萬都乖乖的，順順的，別自找沒趣。今天我找着兩輛空車來，就打算的是先用頭一輛裝上胡麗仙，再用後一輛裝上你，乾脆說吧！你們都得跟我回去，我叫你們怎麼伺候我，你們就得怎麼伺候我。憑她有多麼整拗，憑你有多大的能耐，我要是連你們這兩個小丫頭、小娘兒們全都制不了，那我，就從此不姓崔！"

　　李翠秀怒聲說："你憑什麼？"

　　崔大爺說："憑什麼，就憑我的勢力呀！我本來跟你們講面子，第一回，我都不叫我的護兵馬弁來，我只打發了鼻子董跟小龐，為跟你是熟人，好說話，再說我何必把一兩個娘兒們的事，當件真事兒辦？可是你不識抬舉……"

　　李翠秀說："你混蛋！"

　　崔大爺冷笑着說："隨你罵，反正你跑不了！告訴你，你今天還千萬別依賴你那掄刀弄槍的天橋本領，那都不行。你看見了沒有？我的馬弁跟護兵都拿着槍啦！只要砰的一聲，你就玩兒完，你就跑到閻王爺那邊去啦。可是你年輕輕的，長得又不錯，還沒享過什麼福，這麼就死了有多冤？我也再沒處去找你這樣好的小老婆呀……"

　　李翠秀怒罵着："你放屁！放屁！"掄起拳頭就要向車玻璃上打。

　　這時旁邊七八個雄糾糾的護兵、馬弁，就真要向她開槍了，這卻真的使她有一些膽寒。驕傲、兇暴的崔大爺只要一努嘴，自己必然就立時沒有命了，這她是知道的，相信的。然而她決不甘心就受姓崔的這樣侮辱，不能眼見他到頤和園去搶胡麗仙，雖然他有這種淫威，可也不能就任他橫行。

李翠秀這時忽然想出來一個主意，她當時就噗哧一笑。

她這一笑，汽車裏的崔大爺也笑了，說：“怎麼着？你可別跟我變戲法兒呀？我可懂的！”

李翠秀又“哼”的冷笑了一聲，說：“你先別拿你這些護兵、馬弁嚇唬我，現在是在城外頭，你也不用擺臭架子。你說實話，別吹，也別太欺負人，你到底打算怎麼辦吧？”

崔大爺抽着雪茄細尋思了尋思，說：“你既說出了這話，就都好辦啦！你想，我既是成心打算要你們，還能夠太跟你們過不去？連胡麗仙，我見了面，都不跟她說什麼，只要她肯跟我回去。你呢，也肯去給麗仙作伴兒，那我待你們一定都一個樣，決錯不了，可是……”說到這裏，他那白淨的肥胖的臉，突然露出來一種殺氣，淡淡地說：“可是，那個叫什麼梁普潤的人，我可不能夠對他客氣！”又說：“好吧！那麼你就先上後邊的那輛車吧！”

李翠秀搖頭說：“不用！我還是騎自行車吧！”當時她就蹬動了車輪，又向前去走。三輛汽車反倒在後面跟着，幾個馬弁、護兵保護着車，保護着崔大爺，同時也都嚴密地對她加以監視。

不多時，就到了頤和園高大宏偉的園門，這裏有停車處，李翠秀就把自行車放在那裏了，又抖了抖褲腿，掠了掠辮子。崔大爺也下了車，雪茄依然在手裏拿着，顯得十分地得意，只叫兩名掛着盒子槍的馬弁跟着他。他這樣兒的人當然用不着買什麼門票，李翠秀也就跟着他進去了。

一進了園門，先見到的就是宮院似的房子，這都是當年西太后和宮娥們住的地方，崔大爺就問說：“麗仙藏在哪兒啦？”

李翠秀笑了笑，說：“我要跟你說她沒在這兒住，你一定不信，頂好是你自己去找！”

崔大爺說：“這麼大的地方，這麼多的房子，我怎麼能夠一處一處去找？我是只聽說你有個表哥在這兒做事，麗仙一定是被你們送在這兒來啦。其實我想要問出來是很容易的，叫我的馬弁去把你那表哥揪來，我想他一定得說出來，可是我得給你留點面子，我不願意那麼辦！”

李翠秀就笑着說：“那你就跟着我走吧！反正現在有兩個馬弁拿槍保護着你啦，你還怕什麼？”

崔大爺搖着頭說：“我不怕！我要怕，還敢招惹你嗎？把你這樣兒的搬到家裏去當小老婆，換個別人，他有那膽子嗎？我可是就有這份膽子。我還專喜歡找這特別的，憑我的錢，憑我的地位，要什麼樣兒的女的不行？可是那沒意思。胡麗仙跟我鬧騰，我才覺着她有意思；你因為有那兩手兒能耐，會說幾句厲害話，我才覺着你也有意思，這是真的，我早先是沒有注意你，要不然，我早就叫你享了福啦！”他就一邊說着，一邊高視闊步，得意洋洋地，跟着李翠秀順着遊廊去走。

李翠秀又故意把眉毛皺了皺，說：“我也真受不了天橋的那個苦啦！”

崔大爺笑着說：“我看這句話，才真是你心裏的話！我就知道，你不是鼻子董他們說的那蠍子精似的蠻不講理的人。前兩天他們來了，是因為他們不會說話，不會辦事，才挨了你一頓打。今天我親自出馬，也就是為這個，本來，咱們這種事都好辦，我要是個娘兒們，我還賭的是一口氣，爭的是個臉。你們，我就不信，十八九歲的大姑娘，不想吃好的，住好的，穿好的，戴好的？」

李翠秀聽了他的這些話，只是一聲也不言語，她心裏燃燒着憤怒的火焰，可是極力地壓抑着。

遊廊上被宿雨淋得很濕，地下連個人的足跡也沒有，李翠秀帶着他們仍然往西去走。

崔大爺遂走着，遂不住地回首望他那兩個馬弁，馬弁都掛着盒子槍，走得卻有點發懶似的，一個就說：「再往那邊走，可就看見湖啦！那邊只有幾家賣茶的，沒有人住。」

崔大爺一聽這話，當時就止住了步，說：「喂！李姑娘，你要把我往哪兒帶呀？你以為我沒逛過這頤和園嗎？」

李翠秀說：「我走我的，你愛跟着不跟着！」

崔大爺說：「你怎麼又說這話啦？咱們不是找的是胡麗仙麼，難道她還能夠藏在橋底下？我告訴你，你可別跟我變戲法，別耽誤工夫，快一點找着胡麗仙，咱們快一點坐汽車回城裏去，我還要先給你們兩人一人買一件最時興的衣料呢！」

李翠秀卻半跑着往西邊走去，並回首，招着手笑說：「你快來！到這兒來！你有兩個馬弁保護着，你還怕什麼？你先來，看看這剛下過雨的湖景兒，我還有幾句話要跟你說呢！你別這麼凶神似的，你要這樣，我可就不管啦！你愛找胡麗仙，你就自己找去吧，我可也不理你啦！」

崔大爺微微地笑着，說：「行！先看一看湖景兒也行，有你陪着我，我還能不樂嗎？先不去找胡麗仙也可以，你可得陪我到茶社去喝會兒茶。咱們借那兒的紙筆還要寫張字兒，你得說，你願意嫁給我啦，我才能夠信你是真心真意……」他邊說邊往前快走了幾步。

他那兩個馬弁離着他有二三十步之遠，這也是為他們的大爺，因為他們的官兒正在跟女人調情，而這女人的手裏又什麼傢伙也沒有拿着，他們總是有點不好意思永遠跟在屁股後面。

這段遊廊的盡西頭，就有一個很小很窄的門兒。像李翠秀這樣窈窕的少女，兩個人同時走進這門兒都可以，但像崔大爺這越來越發福，越吃越胖的人，進這門兒，可真是僅能容一個人過。李翠秀是那樣的輕快而嫵媚，她如同小蝴蝶兒一般，到了那門前，又回身笑着招了招手，說：「你倒是快來呀！快走幾步兒呀！看這湖邊的景致有多麼好，你快來看呀！哎呀！還真有幾個人在這兒逛……你快來！」

崔大爺自然就快走了幾步，李翠秀是先出了那小門，崔大爺隨後也就走到了那門外。他往那小門外至多也就走了三四步，後邊的兩名馬弁隨着走來，可還沒有來到這小門，在這一剎那之間，就聽得小門外傳來了哎喲一聲極為慘屬的呼叫。兩名馬弁驚得趕緊摘下了盒子槍，往小門去跑。出了門一看，他們的崔大爺已仰臥在地下，身子發僵，從肚子向下流了一大汪的血；他還在牛一般的喘氣、呻吟……

這小門的外邊就是萬壽山和昆明湖的全景，雨後的水面依然籠罩着煙霧，著名的排雲殿、石舫、玉帶橋、龍王廟和十七孔橋畔的銅牛，全都在迷茫的煙霧中，看不清楚；也沒有一個人，連行兇的李翠秀也沒有了，一點蹤影都沒有了。

這兩名馬弁驚慌慌地去找本園事務所的人，人倒是來了不少，可是也沒有辦法，這附近連一家醫院也沒有；於是就一面用汽車將崔大爺載回城裏，一面由那些馬弁、護兵，在園裏各處去搜找。結果，這崔大爺在半路上就因為傷重而死了，死了這麼一個惡魔，可是那行兇的女子李翠秀依然無蹤影。

這件事當日就傳到城裏。那兩個緊跟着保護崔大爺，而結果還是叫崔大爺死了的馬弁，為了減輕他們的責任，把這件事更說的是有枝添葉，把李翠秀簡直地神化了，甚至說她有飛簷走壁之能。

現在給人家傭工的早先的那個"崔太太"，她是把崔大爺恨極了，她聽來了這件事，並且打聽得詳詳細細，她就稱心、高興的了不得，簡直好像得了頭獎啦。第二天就特意跑到南城外，去告訴她認識的人，說："那崔大爺，早先害過我的那姓崔的小子，他到底遭了惡報啦！叫在天橋變戲法的姑娘李翠秀，拿刀殺死在頤和園裏頭啦！這可是應了那句俗話：善惡到頭終有報，只爭來早與來遲……"

崔太太從南城回她的宅門，半路上又在大街上遇見了我，她就把我追住，詳細地告訴了我這件事。我呢？聽了嚇得有點打哆嗦。我本來是一個很懦弱的人，給胡麗仙幫忙，叫她與梁普潤破鏡重圓，也只是想叫他們去躲避幾天也就是了；求李翠秀幫助，也不過是為了使他們能到李翠秀的舅媽家中去借住。誰料到李翠秀那拿蛇像拿麵條似的一個姑娘，她竟會殺人呢？殺了作惡多端的崔大爺，固然可以給惡人一個儆戒，以後或者可以少一些他那樣的惡棍再去欺負人、害人，總而言之，這件事固然是大快人心。可是李翠秀的這行為，法所不容，而且崔某人有闊親，他的親戚比他更有權勢，豈能不為他報仇、緝凶？

因此，我對李翠秀倒很是掛念，我不知道她的家裏，她的爸爸快手李，是否已經受了她的連累，更不知道胡麗仙和梁普潤，現在是否仍然避居在頤和園或是掛甲屯？我想上那兩個地方去打聽打聽，可是我因為有許多的顧慮，便沒有敢去一趟。咳！世間有仗義扶危的俠女，人家奮不顧身，烈烈的行徑，超過了我平素所敬慕的天橋風塵四傑；但我呢？連出頭去打聽打聽，看一看，也都不敢，咳！我真是一個懦夫呀！

第十二章　香山訪俠女

　　自從別了"崔太太"，自從知曉了這件事，我終日是寢食不安。在這幾天之內，各報上都登着懸賞緝凶的廣告。也不知道他們是從哪裏找來的李翠秀的相片，做成了銅版，登在報上是那麼地顯眼。可是我卻不敢細看，倒好像我跟她有什麼關係似的。我只聽見旁人說："啊！這個姑娘就是在天橋變戲法、練把式的，看，長得有多漂亮呀！可是，又有多麼厲害……"一個月之後，倒也沒聽說緝到這個女兇手，我倒有點耽心了，恐怕李翠秀在行兇之後，她也已經畏罪而投湖自盡。

　　秋涼時，我才又到了天橋。天橋依然是那麼風高土大，可是變戲法的不見了，快手李和他的女兒、兒子都不見了。我想要到臭水坑他們的故居之處，再去訪問訪問，探詢探詢，我可還有一些猶豫。正在天橋徘徊着，忽然遇見了久違的女伶楊桂玲和她的表兄假卓別林了。

　　楊桂玲已經像是一位中年的婦人了，她已完全不着昔時那女伶的男裝，現在她穿的是藍布大褂，還抱着她的已經六個月的小女兒。她是因為到外埠去唱戲，後來與一位在實業界做事的人結了婚，就不再唱戲了，如今隨着她的先生回到北京已有一個多月了。據她說，她還住在那院子裏有幾棵榆葉梅的那個地方，其實我也沒有到她家裏去過。

　　假卓別林還是那麼瘦，穿着灰大褂，倒像是一個買賣人。他先悄聲問我說："這些日子你沒見着胡麗仙嗎？"

　　這也正是我急於要打聽的，我就說："我真不放心他們，也不知道他們在哪兒住？近況怎樣？還有早先在這兒變戲法的那位快手李……"

　　楊桂玲把我拉到一邊，說："大概你還都不知道！因為胡麗仙的事，李翠秀不是殺了崔大爺嗎……"

　　我趕緊悄聲地問說："李翠秀姑娘到底是上哪兒去啦？"

　　楊桂玲擺手說："你先別着急！你聽我慢慢地說。其實我回到北京也不過一個來月，這些事，我可都知道。李翠秀殺了崔大爺弄出事來之後，就沒再進城；她倒不要緊，她家裏的人可受了連累了，快手李有半個多月沒敢回家。後來劉寶成回來了，他是看見報上說姓崔的死了，他回到北京是想安頓他的師妹胡麗仙。可是胡麗仙跟梁普潤成了小倆口，日子過得很好，早先聽說他們是住在頤和園裏的一間小屋，很嚴密，後來索性進城回家裏住着來啦。梁普潤照舊做事，崔大爺死的那件事大家都不知道與他有關，只都由李翠秀擔當了，所以也沒有人去找尋他們。我們現在正是想要看她去。”

我剛要說話，楊桂玲卻又搶着說：“劉寶成現在外省還混的不錯，他身體強，有力氣，能吃苦，走到哪兒不行？他也很掛念你，不過上次他回來，沒敢去拜訪你。”

我問說：“為什麼呢？”

楊桂玲說：“他本來是為麗仙跟翠秀的事情回來的，回來就是看了看麗仙，把快手李跟翠秀的兄弟，還有那位病老太太，可是都給帶走了。他說：他沒在北京，他師妹胡麗仙受姓崔的欺負，是李翠秀替他幫了麗仙的忙，打了不平，剪除了崔大爺那個惡棍。可是為此事，人家李翠秀拋了自己的家，快手李也不敢再上天橋了，弄得生活沒辦法，所以他得給想主意；他把快手李全家接走，借這個，好替胡麗仙報答翠秀。因為翠秀的事情總算至今沒有完，他就沒敢去看你，他人粗，可是心細，怕給你沾上什麼麻煩。他帶着快手李全家走了，也有不少日子啦！他說到外省只要有力氣，肯吃苦，就有飯吃，不像咱們這地方找事這麼難，快手李跟他兒子雖是一老一少，可也閑不着。”

我又問：“李翠秀現在倒是在哪兒啦？”

楊桂玲笑了笑，說：“她也很好！這麼着吧，我們現在正要去看胡麗仙，她跟梁普潤新近搬在白紙坊那邊去住了，另組織了小家庭，離着這兒可是不近；你要是現在有工夫，咱們這就一塊兒去看看她，好不好？”

我還有一點兒遲疑，因為胡麗仙已經確確實實的成了梁太太了，我又不是她娘家的什麼親戚；連假卓別林都可以算是她娘家的乾表親，我卻與她沒有什麼關係。我知道她好，我放了心，也就行啦，倒是沒有去看她的必要。

楊桂玲說：“你身體既是還不好，那就不必去啦，改日吧！”

我說：“我可是想知道知道李翠秀的情形。”

楊桂玲想了半天，就說：“這麼着也行！我先去找麗仙，跟她訂好了，明天上午十點鐘，咱們在西直門城門臉見面，然後一塊兒再雇車，出城去看李翠秀。我也想去瞻仰瞻仰這位女英雄，麗仙倒是常同着梁普潤去看她。現在去看她，也沒什麼大關係了，因為崔大爺死的那事情已經涼了，他的那些個外家跟小老婆，早就分了他作惡的錢，散啦！人已經死了，完了，他的親戚也就不大記得他了。就這麼着，明天只要不下雨，咱們就一塊兒去看李翠秀！”

我高興地說：“好吧！明天的車由我雇。”

我們就不再提這件事了，因為楊桂玲跟小崇要去看胡麗仙，須要穿過天橋，而我還想在天橋逛一逛，所以我們就一同走着，隨行隨談着話。假卓別林小崇對我說：“自從崔大爺一死，天橋再也沒有欺負人的人啦！小麗、天不怕、河螃蟹那些個平日叫崔大爺養活的人，現在也都沒有了着落，天橋這個地方他們吃不開啦！頂是鼻子董，他當初一步走錯，受了姓崔的一點兒好處，他的名譽可就完啦，天橋沒有人理他啦；他的老婆又跑了，這回連他的孩子都給帶跑啦，他連氣帶懊悔，就瘋了。你看，他不是在那邊了嗎？”我扭頭一看，看見鼻子董依然拿着他的那杆扎槍，站在那裏發着怔，那槍頭兒大概都要掉下來了。他形容枯槁，臉瘦的好像只剩下一個長着許多疙瘩的鼻子了。他沒有練槍，也沒有人過去看他。

我同他們就在這裏分了手，我趕緊回到報館裏，向會計先生借了幾塊錢，我迫不及待的要去看望看望那位俠女。當晚我連覺都沒有睡好，恨不得一眨眼就到西直門，去出城會晤那位有傳奇性的今世女俠。我可又自覺自己有些不對，真的，我跟李翠秀又有什麼關係？她雖然沒有表示過厭煩我，可也向來沒有和我多談過話，我難道是想巴結人家嗎？不，實在是因為我對她太欽佩了。

次日我特意由車行裏雇了一輛汽車，在十點鐘左右，開到了西直門門臉兒。我見楊桂玲和胡麗仙都已經先來了，胡麗仙也穿着樸素的藍布褂，手裏還提着一份禮物，大概是點心跟茶葉。她見了我，還覺着不好意思似的，問說：「您倒好呀？」我連說：「好，好！」我又問：「普潤呢？今天他還上班吧？」麗仙的臉上又一紅，笑着說：「對啦！他一點工夫也沒有，總想看看您去，可總是沒去。」我說：「我們自己人，何必客氣？」我讓她們都上了車，車就開出了西直門，由胡麗仙指點着路。

今天楊桂玲也沒抱着她的孩子，她還是那麼誠懇、灑脫，跟胡麗仙，跟我全都說上話沒有完。當我與胡麗仙談話的時候，她便在旁邊用手指輕輕地敲着玻璃窗，低聲唱着：「行過東來又轉西，舉目無親甚慘淒。衣衫襤褸怎遮體，吹簫討飯來行乞……」她又唱起伍子胥來了。

胡麗仙向我笑着說：「您看，她還沒有忘了她的老本行！」

我沒有言語，我是正在想：她們都好了，都已經由苦難之中掙扎出來了！只有我，我卻仍然是一事無成……

車窗外是新秋七月的田野，無垠的大地，茂盛的莊稼，馬路兩旁被微風吹拂着的柳絲，好像也微微地染上一點黃色了。這條路上，汽車往來的倒不算多，騎自行車的倒是不少，都是來這郊外遊玩的男女學生。

胡麗仙忽然說：「李翠秀就會騎自行車，將來她要有一輛自行車，也就能夠常進城來看我們啦！」

楊桂玲說：「你還提她騎自行車呢！我聽小崇告訴我，那一天她殺崔大爺，是怔騎上鼻子董賃的一輛車，追去的。那輛車其實沒有丟，是寄放在頤和園的門口了，可是那時候，事情多麼嚴重呀？嚇得鼻子董怕受連累，也不敢去取車，結果就算是扔了，由小崇跟他湊錢，賠了人家賃自行車的一輛。鼻子董合着是沒沾着姓崔的什麼大便宜，倒跟着倒了不少的霉。」

我忽然凜然地想到：我們現在所要去拜訪的是一個女兇犯呀，不，是一位除暴安良的女英雄！她到底在哪裏了呢？離着這裏還有多遠，還要再走幾時才能到呢？

現在這輛車已經過了海淀，掛甲屯，並且過了頤和園，又走了少時，就望見蒼翠的西山了。這西山是太行山的支脈，而這裏又是西山風景最幽美的一部分，這一脈岡巒，應名之曰香山。我知道這是靠近京郊最有名的天然名勝，山上有碧雲寺等古剎，還有香山飯店，這是有錢的人來玩的地方呀！怎麼，李翠秀竟會匿居在這裏，她又依什麼為生呀……

我還是不知道李翠秀到底住在一個什麼地方，就聽胡麗仙告訴着司機說：「往這邊，再往那邊……」車已開到了馬路的盡頭，沒有法子再向前邊開了，因為前邊就是山谷了，在這裏我們就都下了車，叫車停在這裏等着我們。我和楊桂玲都隨着胡麗仙走，我還替她拿着那份禮物。

我們徑往山上走去，這蜿蜒的山嶺，斜陡的山峰，坎坎坷坷的山路，我的天爺！我哪兒爬得動山呀？我恨不得誰借給我一根手杖，要能雇上一乘上山的小轎那更好，但是現在這一帶除了我們，簡直就沒有人了。山鳥倒是很多，吱吱地叫着，噗噗地飛着，還有泉水順着石縫流下，發出潺潺的聲音。

我真是腳又疼腿又軟，我又怕遇着野獸，心裏直發怯。

楊桂玲走得倒很高興，她又大聲地唱了起來：“好一個聰明小韓信，他將古人打動了我的心，他道我蕭何……”

胡麗仙倒是很努力地往上走，她也累了，可是還不肯休息。她也不過僅來過一兩趟，現在也有點迷路了，轉向了，可是還是直着眼睛，盡力地在尋找，我知道是有一股熱情在她的心裏滾湧着，是俠女李翠秀的友情、義勇，在那裏吸引着她。

我們爬過了兩道山嶺，又慢慢地往下走。這裏已是香山的山后了，眼前展開了一片平谷，不，這是平原吧？因為種着無邊的、茂盛的莊稼。這裏種的都是玉蜀黍，北平人叫它為老玉米，是磨玉米麵（即棒子麵）的原料。這莊稼長得十分茂盛，都成熟了，已經到收的時候了。我們看見了田間有兩幢茅屋，能聽見汪汪的犬吠。

我們下了山，仍由胡麗仙在前，就穿過了森密的、高高的、葉子像刀子似的玉米地。接着就聽見咕咕的雞叫了，胡麗仙高聲喊着：“李大妹妹！翠秀妹妹！”又喊着：“妹夫！張勤！”我又有點詫異了。

我們到了小茅屋前，健壯的年輕農人張勤已經來迎我們，李翠秀也自屋裏笑着走了出來；她頭上包着手巾，梳的是一個髮髻，已成了一個少婦，一個勤勞健壯、快樂的農家少婦。他們小夫婦將我們讓到屋裏，在這個萬山叢中，田野之間的簡樸的小巢裏，就宿着他們一對快樂的鳥兒。不過，他們可不是像麻雀、畫眉那樣懦弱的鳥兒，他們是像鷹似的俠義的猛禽。

這俠女李翠秀，招待着我們喝茶水，並回述了她那日剪鋤兇惡，殺死崔大爺的事情。她說她那天猛然地用匕首將“崔大爺”刺倒，隨即便跑到耶律楚材墓藏了起來（那是一座古墓，在頤和園中一個僻靜的角落裏）。直到夜間，她由那高牆爬出，到掛甲屯找着了張勤，便一同到這裏來了。這裏是張勤的家，由是，他們同居了。

李翠秀還向我們說：“要再有姓崔的那樣的人，你們就來告訴我，我還能夠去，我不能容世間有這種恃財憑勢，欺負人的人！”山風呼呼，田野茫茫，碧雲飄飄，陽光炎炎，我真要對着這俠女高唱：“風蕭蕭兮易水寒！”她是我一生的奇遇，是我所見到的四傑之外的一位奇女子。

我們怕耽誤了進城，所以不敢在這裏多待。胡麗仙留下了她送給李翠秀的禮物，而李翠秀就摘了許多她親手種的老玉米給她，作為酬謝。

當下我們辭別了這位俠女，又爬過了山嶺，乘汽車回到城裏，我與胡麗仙、楊桂玲也分了手。

因為此後不久，我就又失業離開了北京，再往它處謀生。風塵僕僕，人事紛紜，我就再也沒到北平，至今約三十年了。然而，我的記憶裏的俠女李翠秀，她還是年輕的。

跋 － 尋找父親的足跡 (Epilogue)

王宏

一、影壇驚世

2000 年，由臺灣著名導演李安執導，根據已故作家王度廬的武俠小說系列「鐵鶴五部」改編，由周潤發、楊紫瓊、章子怡、張震等主演，拍攝了《臥虎藏龍》電影。

該電影大獲成功，獲第 73 屆奧斯卡包括最佳影片在內的 10 項提名，獲 4 項獎（最佳外語片、最佳藝術指導、最佳原創配樂和最佳攝影）。獲 3 項金球獎提名，其中兩項獲獎（最佳導演獎和最佳外語片）。這是華語電影歷史上第一部榮獲奧斯卡金像獎最佳外語片的影片。《臥虎藏龍》電影在西方尤為受到廣泛好評。世界總票房為 2.1 億美元，其中美國為 1.3 億，打破了美國外國語電影票房的歷史記錄。

愛屋及烏，西方對該電影的喜愛甚至擴展到它的名字：Crouching Tiger, Hidden Dragon，以致創造了許多類似的用法，例如

Crouching Confusion, Hidden Hassles
Crouching Manager, Hidden Database
Crouching Impact,Hidden Attribution
Crouching Market,Hidden Value……

　　對中國的傳統理念和價值觀，特別是對來自於中國民間的俠義精神有所認識。這些自然應該歸功於李安先生的高超導演才能。然而，對於其原著的作者王度廬，國外一無所知，甚至國內也很少有人知道。

二、深隱市井

　　王度廬是我的父親，可是我以前並不十分了解他的過去。小時候，我就知道父親是一個普通的中學老師。不擅交際，朋友不多，家裏的裏裏外外，都是母親一人張羅。父母從來不過節，不慶生。年三十我只好跟別人家的孩子一起放鞭炮，到鄰居家吃年夜餃子。父親是老教師，初一，一大早校長就領着一大幫幹部和老師來拜年，父親基本上是年年被堵被窩，大家也見怪不怪。

　　父母工作都很努力，晚上父親還要到學校給學生輔導。母親負責學生的舍務，晚間回來更晚，有時甚至不回家住。有一天晚上，我跟着母親去學生宿舍樓，困了就睡在一個職工的床上，半夜被母親喚醒，發現我的兩隻耳朵都被臭蟲咬腫了。晚上常常是我一人在床上躺着，等父母回家。父親從來都是體弱多病，當他走到離家還很遠的地方時，我就會聽到他強烈的咳嗽聲，趕緊去給他開門。

　　六十年代困難時期，從來都吃食堂的家出現了食品危機，媽媽只好支起爐子，生火做飯。煤柴不夠，媽媽沒辦法，就打開了一個裝滿了書的大木箱，問爸爸："燒不燒？"爸爸答道："燒就燒吧，反正都交代了。"媽媽轉過頭來對我說："這都是你爸過去寫的書，你看不看？"我一瞧，書的顏色都發黃了，封面上的畫也很怪，心想，一定不好看，就搖頭說不看。於是，媽媽就一本一本地，把這些書燒掉炊飯了。

　　初中時，團支部組織我們去撫順階級教育展覽館參觀學習，當我走到一個展示反動、黃色書籍的櫥窗時，霍然發現裏面有署名王度廬的書，嚇得我趕緊走開，沒對任何人講，把這件事埋在心裏。

　　文革期間，父親受到了衝擊，遭到大字報揭發，可是缺少"罪證"（都燒了）。學校的紅衛兵對他還是比較客氣的，來抄家也只是翻翻書架，拿走了一個相冊。在批判會上一個學生指着相冊裏的一個照片，問："王老師，你說你在舊社會的日子很窮，可是你們這張全家照都穿得挺好，這是怎麼回事？"父親笑了笑，答道："李老師抱着的那個嬰兒是王宏，他是解放後出生的。"

　　每天早上，所有人必須到院子裏去跳忠字舞。我出去一看，這幫老師和家屬，一個個笨手笨腳，跳起來簡直就是群魔亂舞，心裏覺得好笑。出去一看，這幫老師和家屬，一個個笨手笨腳，出去一看，這幫出去一看，這幫老師和家屬，一個個笨手笨腳，跳起來簡直就是群魔亂舞，心裏覺得好笑。母親讓父親也去，他就是不去。逼急了，他就說："不去，打死我

也不去！”母親也沒辦法。父親在家裏對母親從來都是言聽計從，令行禁止，這次居然堅決“反抗”，使我感到很吃驚。

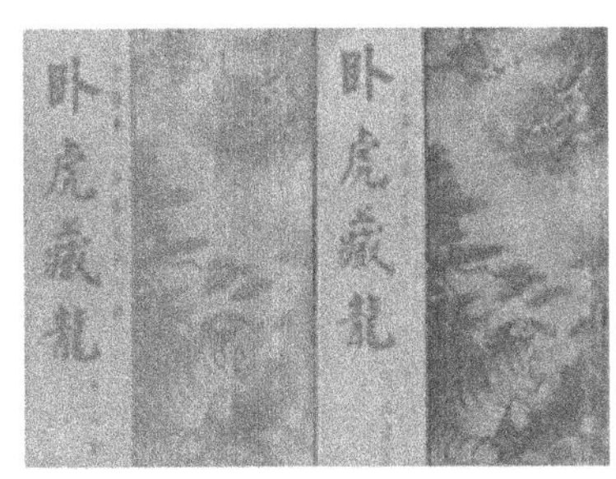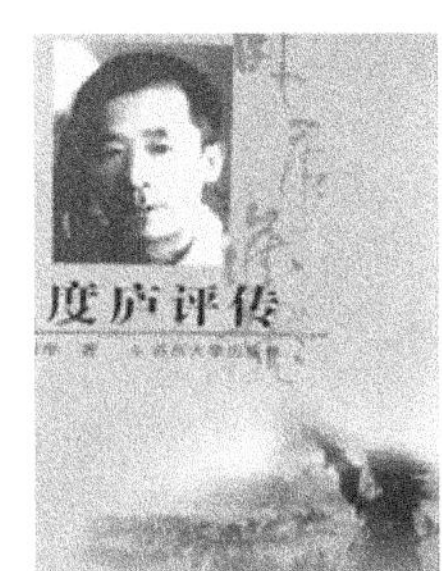

　　1970 年，母親被下放農村，“走五七道路”，父親被指令退休，作為家屬隨行。當時我已經在農村插隊。學校領導對父母說：現在是照顧你們，派你們到你兒子下鄉的縣裏，以後下放的還指不定要去哪呢。我雖然那時思想很左，決心扎根農村幹革命，可是當我得知父母也要被趕到農村時卻十分不理解。父母已經分別 61 和 54 歲了，而且父親體弱多病。我趕緊往家裏趕，要跟領導理論一番。沒想到一到家，看到家裏的東西已經全都被裝到了卡車上，就準備出發了！一路上，年邁的父母坐在裝滿物品的敞篷卡車上，隨着顛簸的汽車搖晃，痛苦不堪。爸爸半路下車解手時，站了半天也解不出來。媽媽暈車，走一路吐一路，膽汁都吐出來了。那情景，我現在回憶起來都止不住要流淚。

　　父母去的是一個窮困的小山村，借住在農民的半間屋裏。母親每天要去勞動，父親在家裏常常吃不上飯，生活上遇到了很多困難。唯獨可以慶幸的是，淳樸的農民並沒有歧視他們，並給了他們許多幫助。父親覺得像是躲開了喧囂的亂世，來到了世外桃源。尤其是後來姐姐把孩子送到了他們的身邊，使他們看到了希望，嘗到了天倫之樂。四年後，“五七戰士”陸續被調回安排工作，而母親卻被動員退休，無緣回城。所幸我當時已經畢業留校，他們便搬到了我這裏。1977 年，父親因帕金森氏綜合症離世。

　　改革開放以後，海內外學者開始尋找父親王度廬，並研究他的作品。天津藝術研究所張贛生先生多方查詢作者的生平，詢問過不少津京老報人，但一無收穫。臺灣葉洪生先生批校的《近代中國武俠小說名著大係》收入了度廬的“鶴一鐵五部曲”等七部作品。他在文章一開始就說：“王度廬之生平不詳。”

　　80 年代初，葉洪生先生托小說家宮白羽之子宮以仁先生在大陸尋找王度廬。宮先生根據小說內容，推測王度廬可能是北方人，便與蘇州大學徐斯年教授聯係。徐先生回憶道：

　　“我所在的學科決定立項研究通俗文學，這一課題並被列為‘七五’國家社科重點專案。不久，幾位研究通俗文學的朋友相繼來信，說起‘武俠北派四大家’中，寫白羽、李壽明、鄭證因三人的生平，人們多已知曉，惟王度廬，至今不知何許人也，問我可有這方面的線索。經過他們的‘強化刺激’，猛然想起母校的王度廬老師。

他是我高中同班同學王膺的父親，沒給我們上過課，也從未聽說他寫過武俠小說，但姓名倒一字不差，姑且問問看。很快就收到了母校回信，得知王老師已經逝世，但因此卻找到了王老師的夫人，我們當年的舍務老師李丹荃女士，並且確認了那位四十年代聞名全國的'俠情小說大師'果然就是王膺的爸爸。正是：踏破鐵鞋無覓處，得來全不費功夫！"

後來徐先生為《王度廬武俠言情小說集》寫的序言，就是以《尋找王度廬老師》為題

母親回憶道：

四十多年前，我和我的丈夫王度廬同在一所中學裏工作，那時，徐斯年是這所學校裏的一個朝氣蓬勃、多才多藝的學生。以後我們多年未見，再見面時他已成了一位學識淵博的學者。我和王度廬共同生活了四十多年。如今，我已是耄耋之年，以後的時間不會太多了，所以我願意將我能憶及的一些往事和想法寫下來，留給熱心的讀者和關注通俗文學及其發展的學人。

從此，母親便帶領姐姐和我，開始艱難地搜集、整理父親的作品，追尋他曾經走過的足跡。

三、出身寒門

父親生於 1909 年 9 月，他的青少年時代是在北京的皇城根下度過的。父親原名王葆祥，字霄羽，王度廬其實是他後來的筆名之一。爺爺曾是清宮管理車馬機構裏的一名職員。父親七歲時爺爺不幸病故，遺腹的弟弟葆瑞出生，一家人老的老，小的小，生活困頓。

父親 9 歲那年，姐弟三人又相繼患上傳染病。他昏迷了好幾天，慢慢地又蘇醒活過來了。當他睜開眼時，卻見屋裏全變了樣子，空蕩蕩的少了不少東西，桌子和炕頭上的櫃子也全不見了。奶奶坐在炕邊掉淚，為了給孩子們治病，把家中能賣的東西全都賣了。父親病癒後，由於長期營養不良，身體很不好。

儘管貧窮，奶奶還是支撐着讓父親斷斷續續地上了幾年學，讀完了舊制高等小學。父親十二、三歲時，家裏曾送他到眼鏡舖當學徒。原想這活兒較輕，三年出師，學門手藝，一個月也能掙幾塊錢養家。誰知幹了沒幾天，掌櫃的嫌他身體瘦弱，不會幹活，就打發他回家了。以後又送他去給一個獨身的小軍官當聽差，試工三天，人家嫌他太小，半天生不着一個煤爐，給了幾個銅板，就叫他捲舖蓋了。後來，父親在他寫的小說裏曾經一而再、再而三地寫及城市下層民眾生活的困苦景況和貧民青年求生之難，應該是來自他親身的感受。

父親讀書勤奮，人也聰明。當時有位姓李的小學教師很賞識他，經常借給他書籍，並且教他音律和詩詞格律。

他的學識主要來自於自學。北京大學一院當時離他家很近，所以他有時就到那裏去旁聽。那時的北京大學很開放，外邊的人進去聽課，也無人過問。若有名家來講課，常常是連窗外都站滿了旁聽的人。

父親也常去三座門的北京圖書館看書，一坐就是一天。那時候"鼓樓"那裏還有個民眾圖書閱覽室，可以進去任意翻閱書報雜誌，那裏也是他常去的地方。

父親在十幾歲時就常向報刊投稿，寫些小文章和舊體詩詞。

四、少年修箴

1924年6月5日，父親在北京《平報》上發表了《座右箴並序》一文，署名"高小生王葆祥"，時年不足15周歲。他寫道：

人非聖賢，孰能無過？撼心意之常忽，故箴之以自警。吾本小子，將以致德，行之未嫻，故爾常忽，昭昭矣。效先人之法，作自修之箴，以於座右云：

孔曰成仁，孟曰取義。惟其義盡，所以仁至。邪之將熾，正心以止；善之將萌，力之以成。公德急公，是心宜充；私欲利私，是心勿滋。合群守分，勤學好問。今也不修，後也為恨。義烈敢勇，愛眾直耿。茲彼二則，人其猛省。遇宜則為，見賢思齊。日則孜孜，夜則休息。食前運動，飯後步走。處恭禮儀，安命耐時。上述之德，人之要持。交友以信，待長以敬。賢者炙之，惡者感動。勿拘小節，見危授命。勿爭小奮，守真持性。思范淹之訓以先憂，三衛武之詩而謹語。樂然後笑，義然後取。盡己之謂忠，推己之謂恕。拳拳服膺之謂慎，己所獨知之謂獨。忠恕慎獨，聖賢之素。力行忠恕，再加慎獨。電電上者，難至極處。要哉要哉，要在勿忽。

接着，他又在平報上發表了《座右銘並敘》。從此，父親用這座右箴和座右銘激勵自己，成為指導自己行為的指南，開始了持續了27年寫作的生涯。

1925年2月1日，父親（15周歲）在《平報》上發表了第一部武俠小說《浮白快》，約二十萬字。
此書開頭有題詞：

勁梅獨逞歲寒姿，英沾玉碎落池硯。鴻孤天冷無聊趣，呵冰筆寫易水詞。劍光激目奸心悚，翩舞定跡遊俠兒。毫勞一時談千古，傳贊高著史邊遺。
少林外派武當門，菜歌俠士幾人存。冷劍抽出心驟悚，光斑猶具淚珠痕。惜哉未涉咸陽地，難質薛家秦客門。德薄姑敗狂遊志，轉向烏毫快談論。

大都王葆祥避菲氏自題

舒翼和貿貿居士在他們所作的序和評注中對《浮白快》讚不絕口，有的地方也許有些過譽，如說《浮白快》堪比《水滸》和《紅樓夢》。但他們盛讚父親對情感描述的真切和深刻應該是恰當的。《浮白快》連載了九個多月，頗受歡迎，隨即被報社印行出版。

《浮白快》完成後，父親便一發不可收拾，接連不斷地發表小說、短文和詩詞。由於大量報紙缺失和有些發表過父親的文字的報刊，如《升報》就根本沒有找到，我們尚無法找到父親全部的作品。至 1933 年的八年內，我們發現父親在《平報》和《小小日報》上發表了四十餘部小說和一千多篇包括雜文、筆記小說和詩詞的短文。

五、長安定情

1933 年 6 月，父親去了西安，在那裏他做過《民意報》的編輯，在"戲劇與電影週刊"上發表了一些文章。他還做過陝西省教育廳編輯室的辦事員，編輯了《陝西謠諺初集》，撰寫了《民間歌謠之研究》。父親在西安工作得並不順利，他既無背景，又不會逢迎，而且物價飛漲，薪金低微。

但這些都算不得什麼，因為父親去西安的目的是追隨與他相愛的人——母親，她在早些時候隨父母從北京遷往西安。1935 年父親與母親結婚。

根據母親的回憶，她在北京讀中學時，在一個同學家裏認識了做家庭教師的父親，從此彼此相愛。父親曾送給母親兩本書，一本是沈三白的《浮生六記》，另一本是納蘭性德的《納蘭詞》。母親不太喜歡《浮生六記》，卻很喜歡那本詞。《納蘭詞》中既有刻骨銘心的愛情詩，更有蒼涼悲愴的邊塞詩。

父母一起遊逛過許多北京的名勝古跡，北海、景山、中山公園、太廟、十刹海、陶然亭等地都去過，所以在父親的作品裏常會提到這些地方。陶然亭在永定門外，俗稱"南下窪子"，是明清時期文人騷客、落第舉子聚會賞景、飲酒賦詩之處，人稱"城市山林"。他們慕名前去遊覽，跑了許多路，結果大為掃興，看到的只是遍地荒草、成片污塘、一座破亭，和幾間坍屋。然而，父親曉得有關的典故，帶着母親找到了那座著名的"香塚"和"鸚鵡塚"，並去誦讀那香塚石碣上鐫刻的銘文（香塚毀於十年浩劫）。那銘文母親在晚年時仍能背出：

浩浩愁，茫茫劫。短歌終，明月缺。鬱鬱佳城，中有碧血。碧亦有時盡，血亦有時滅，一縷煙痕無斷絕。是耶非耶？化為蝴蝶。

後來，當父親撰寫俠情小說《寶劍金釵》時，便把書中的那位身後淒涼的"俠妓"謝翠纖的墓地設置在了此地。

父母在西安居住的時間雖然不長，但是那段經歷對父親後來的創作卻意義不小。西北地方，自然環境嚴峻，民風剽悍，加以窮困，乃多鋌而走險者。母親的父親因猝發心臟病，卒於三原縣。父親從西安前去接靈，途中就曾遭遇綠林強盜，衣物被洗劫一空，他只得返回西安，重新打點，再走一趟。後來父親在《鐵騎銀瓶》中寫韓鐵芳在那一帶被匪幫劫持，應是滲入了那時的切身體驗。

1936 年，父母回到了北京，接着在《平報》上連載了武俠小說《黃河遊俠傳》、《燕趙悲歌傳》和《八俠奪珠記》（未完成）。

六、開創先河

　　1937 年，父母去青島看望母親的伯父。父親的身體一直不好，青島的氣候很適合他養病，於是他決定“在此住一夏天，陪着闊人們避暑，休養我的身體，恢復我的健康，為預備我的衣食，繼續效力。但是我還需要回去……”

　　不久，叔叔與幾個北平青年同來青島。小住之後，父母送他們離開青島，去參加抗戰。叔叔是遺腹子，父親對他格外疼愛，甚至在小說裏也寫進了他的小名。母親回憶道：“他們兄弟一向感情很好，分手時不無留戀。最後王度廬慨然說：‘你就放心走吧，我們以後會團聚的，母親的生活，家裏的一切，有我呢。’他把自己的懷錶給了弟弟。”

　　後來的事情則是始料不及的，7 月 30 日，日寇佔領了北平。1938 年 1 月，青島也被日寇侵佔。父親一家只得滯留青島。父親給自己起了個新的筆名“度廬”，他說“度”就是“渡”，希望能夠度過這一段艱辛的日子。“廬”就是簡陋居室。

　　1938 年 6 月 2 日，他在《海濱憶寫》中寫下了這段經歷，署名“度廬”：

　　去年櫻花開的時節，我由北京初次來到青島，目的第一是看望多年未晤的戚友，其次便是因為我過了多年的寫作生活，把身體弄壞，需要覓一個適當的地方休養幾個月。……然而，命運，不久便發生時局的變化。

　　把避暑變成了避難，快樂休養變成了憂患戰亡，度了半載多的恐怖生活……自然，在我是僥幸的，然而我的身體卻因為一往的憂患，需要更長時期的休養了，換句話說：我需要更長時期地住在青島了……

　　“時局的變化”，當然是指“七七”事變和青島淪陷。父親雖然只是個文弱書生，可是愛恨分明、嫉惡如仇，可以想像得出，他的內心有多麼痛苦。但是為了養活家人，為了能在淪陷區不失尊嚴地生活下去，他只能賣文為生。

　　父親在青島的作品主要為俠情小說和社會言情小說，俠情小說多為清末故事，社會小說則多發生在上世紀二十年代至戰前，而地點多被設置在北京。北京是父親魂牽夢繞的地方，他熟悉那裏的地理環境、民風民俗，而且那裏還有他的母親。他只能在小說中寄託自己的鄉愁，通過小說裏的豪傑行俠仗義、除暴安良，以去心中之塊壘。想起父親在北京時寫的那些痛斥日本帝國主義的雜文，更能理解他此時內心的苦悶。儘管在日本人的鐵蹄下，他的作品仍保持了中國人的尊嚴，……沒有媚骨。

　　父親在青島寫了《臥虎藏龍》五部系列和《風雨雙龍劍》等二十餘部俠義、

俠情小說和《落絮飄香》、《燕市俠伶》等八部社會言情小說，並將其創作成就推向了新的高峰。

　　臺灣學者葉洪生先生指出：

　　作者悲憫地將玉嬌龍這種對封建門第觀念視同'原罪'，並予以無情地揭露、鞭撻，正要世人認清其禍害本質所在。"而其震撼人心的力量，正是借玉嬌龍的悲劇性格和悲劇命運方得以顯示。在揭示人物內心上，作者甚得力於佛洛伊德的心理分析學說，運用較為成功。

張贛生先生曾寫道：

　　度廬先生是一位極富正義感的作家，這在他的社會言情小說中表現的格外鮮明。《風塵四傑》《香山俠女》中天橋藝人的血淚生活，《落絮飄香》《靈魂之鎖》中純真少女的落入陷阱，都是對黑暗社會的控訴，很能引起讀者的共鳴。度廬先生自幼生活在北京，熟知當地風土民情，常常在小說中對古都風光作動情的描寫，使他的作品更別具一種情趣。

　　度廬先生是經受過"五四"新文化運動洗禮的人，他內心深處所尊崇的實際上是新文藝小說，因而他本人或許更重視較貼近新文藝風格的言情小說和社會小說創作。但從中國文學史的全域來看，他的武俠言情小說大大超越了前人所達到的水準，而且對後起的港臺武俠小說有及深遠影響的，是他創造了武俠言情小說的完善形態，在這方面，他是開山立派的一代宗師。

七、留芳身後

　　父親是一個窮苦人家的孩子，從十幾歲起就開始寫作，從北京的皇城根一直寫到青島海濱，竟寫了上千萬字。我們不清楚他到底寫了多少，因為至今仍不時有新的作品發現，每每想到體弱多病的父親連續數年同時寫着幾部小說，想到他當時經歷的苦難、內心的苦悶，不禁淚目。

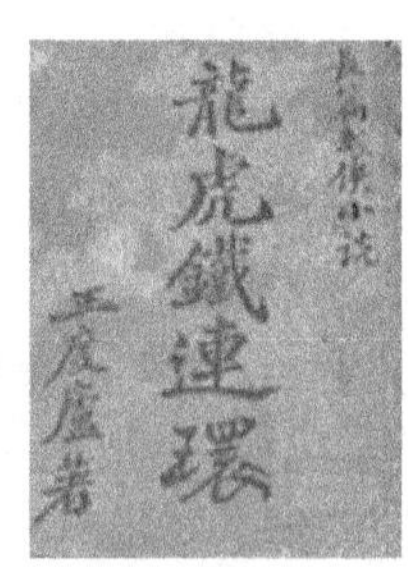

父親生前擱筆從教27年，寡言少語，絕口不提以前寫書的事。當別人問起時，他也只是敷衍作答。在長期左的思潮的影響下，我也誤以為父親過去寫的東西肯定不好，也從來沒想去問問父親。只是在改革開放以後，社會上開始"引進"，重新認識和接受我的父親早年的作品，學者、專家們開始研究和評價其文學價值和社會意義，這才使我們開始重新"發現"父親，了解父親，現在真是追悔莫及。

父親到底是如何看待他的作品的？我想父親或許對他的作品有不滿之處，因為那些畢竟是為了養家糊口，不打稿，不修改，一氣呵成，與有的武俠作家反復修改、精雕細琢、屢出新版的作品相比，難免時有粗糙。但細讀父親的作品，不但發現其才華橫溢、妙語連珠，更感受到充滿的激情、正義感、同情與憐憫及嫉惡如仇，是父親傾注全部心血甚至生命寫出的。所以，父親的內心，對他的作品應該又是喜愛的，珍惜的。

父親雖然已經去世幾十年了，但他的作品仍未被遺忘，他寫的故事被一版再版，被拍成了電影，被譯成了多國文字，還被收入了中學語文讀本。根據《臥虎藏龍》拍攝的同名電影對世界的震動遠遠大於其對中國大陸和華人社會的影響，這是一個很獨特的現象。這固然同李安先生的導演有關，但也說明了父親幾十年前的作品所表達的理念得到了西方現代文明的理解和認同。這一現象引起了海外許多學者的研究，及至於對中國的傳統文化和價值觀的興趣和重新認識。

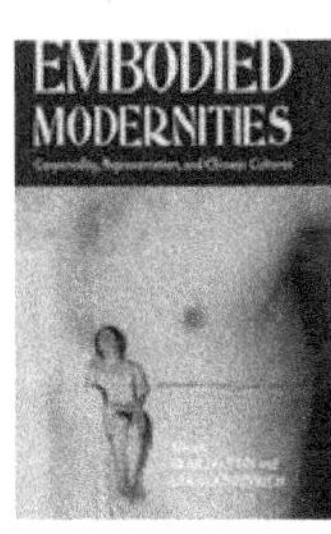

英國曼徹斯特大學 Hubertus M.G.van Malssen 在他以《"俠"的重新定義：王度廬的鶴—鐵系列中的現實與虛構，1938—1944》（Redefining xia: Reality and Fictionin, Wang Dulu's Crane-Iron Series, 1938-1944）為題的博士論文（2013）中指出：過去國外對"俠"（xia）的定義通常是同暴力和武藝（wu）相關。通過對民國史、王度廬生平及他的小說的分析，認識到"俠"的含義是正面的，是一種包括善良，利他，忠誠、正義等特點的美德，這種美德與武藝的強弱無關。而"義"（yi）即公正、正義，則是俠的一個道德方面的表現。把"俠"理解為歐洲中世紀騎士（knight）也是不恰當的。騎士只是男性，屬於特殊的社會階層，騎着馬，手執利劍和長矛到處遊逛，證實自己的勇氣，最後以贏得一個女人的芳心和美好的結局告終。而"俠"，既有男性也有女性，而且男女是平等的。俠士的愛情往往歷經波折並以悲劇告終。俠的道德往往高於盜匪、保鏢、捕頭、軍隊將領和朝廷官員。因此，他認為，對於"俠"，並沒有恰當的英語翻譯，應該引進新的詞彙 'xia'。

T.D. Sang 在《形體，代表性和中國文化所體現的現代性》（Embodied Modernities: Corporeality, Representation, and Chinese Cultures）一書中指出，雖然王度廬在中國文壇被忽視了幾十年，他其實是一個很有抱負的作家，他能在三、四十年代就能將中國的傳統同新思想結合起來。例如，他把中國長期以來就存在的俠女文學與現代的婦女平等、獨立、自主的思想聯繫在一起，從而得到了推崇女權主義和人道主義現代文明的共鳴。

2011 年 9 月 14 日，我們在北京的八達嶺陵園為父親母親舉行了落葬儀式。墓地坐落於陵園的仙泰園內，這裏背依青山，松柏常綠，能聽到鳥鳴蟲叫，能遠眺巍巍長城，放眼望去，莽莽蒼蒼，群山峻拔，林木蔥籠。父親母親在外漂泊多年，終於魂歸故土，葉落歸根了，他們將在這裏，在八達嶺的蒼松翠柏之中，被後人長久垂念。想起父親 1930 年所寫的：

月上樹梢，晚風徐起，我也有些困倦了 ……

願他們安息！

已知王度廬著作目錄 (Bibliography)

序號 (Order)	作品名稱 (Title)	始載年份 (Publication Year)	出版社 (Publisher)	筆名 (Pen Name)
1	(Publisher)	筆名	平報	葆祥
2	(Pen Name)	1925	平報	霄羽
3	玻璃島	1926	平報	霄羽
4	血衫記	1926	平報	霄羽
5	草澤英雄傳	1926	平報	霄羽
6	半瓶香水	1926	小小日報	王霄羽
7	黃色粉筆	1926	小小日報	王霄羽
8	紅綾枕	1926	小小日報	王霄羽
9	殘陽碎夢	1926	小小日報	王霄羽
10	青衫劍客	1927	小小日報	王霄羽
11	俠義夫妻	1927	小小日報	王霄羽
12	琪花恨	1927	小小日報	王霄羽
13	孀母孤兒	1927	小小日報	王霄羽
14	風塵雙俠	1927	平報	葆祥
15	飄泊花	1927	平報	葆祥
16	甘肅響馬記	1927	平報	霄羽
17	紅手腕	1927	平報	霄羽
18	護花鈴	1927	小小日報	霄羽
19	怪皮鞋	1927	平報	王霄羽
20	江湖十六奇俠	1928	平報	王霄羽
21	獅子頭	1928	平報	王霄羽
22	蝶魂花骨	1928	平報	王霄羽
23	疑真疑假	1928	小小日報	葆祥
24	女刺客	1928	平報	王霄羽
25	雙鳳隨鴉錄	1928	小小日報	王霄羽
26	紅旗嶺	1929	平報	王霄羽
27	戰地情仇	1929	平報	王霄羽
28	脂粉英雄	1929	平報	王霄羽
29	塵海遊俠	1930	平報	王霄羽
30	自鳴鐘	1930	平報	王霄羽
31	驚人秘柬	1930	平報	王霄羽
32	神獒捉鬼	1930	平報	王霄羽
33	空房怪事	1930	平報	王霄羽
34	繡簾垂	?	平報	王霄羽
35	玉藕愁絲	1930	小小日報	香波館主

36	煙靄紛紛	1930	小小日報	香波館主
37	鼇汉海盜	1930	小小日報	霄羽
38	燕北雙雄	1930	平報	王霄羽
39	深宮奇俠	1930	平報	霄羽
40	胭脂劍	1931	平報	王霄羽
41	舞女啼痕	1931	平報	霄羽
42	北平新鏡	1931	平報	霄羽
43	纏命絲	1931	小小日報	王霄羽
44	觸目驚心	1931	小小日報	王霄羽
45	燕燕鶯鶯	1931	小小日報	香波館主
46	寶劍明珠	1931	平報	王霄羽
47	滄海雙鷹	1932	平報	王霄羽
48	洛水蛟龍	1932	平報	王霄羽
49	湖海龍蛇	1932	平報	霄羽
50	鸞鳳戟	1933	平報	霄羽
51	黃河四俠	1933	平報	霄羽
52	鷂子高三	1933	平報	霄羽
53	紅衣飲劍錄	1934	平報	霄羽
54	黃河遊俠傳	1936	平報	霄羽
55	燕趙悲歌傳	1937	平報	霄羽
56	八俠奪珠記	1937	平報	霄羽
57	河岳遊俠傳	1938	青島新民報	王度廬
58	寶劍金釵記	1938	青島新民報	王度廬
59	落絮飄香	1939	青島新民報	霄羽
60	劍氣珠光錄	1939	青島新民報	王度廬
61	古城新月	1940	青島新民報	霄羽
62	舞鶴鳴鸞記	1940	青島新民報	王度廬
63	風雨雙龍劍	1940	京報（南京）	王度廬
64	臥虎藏龍傳	1941	青島新民報	王度廬
65	海上虹霞	1941	青島新民報	霄羽
66	彩鳳銀蛇傳	1941	京報（南京）	王度廬
67	虞美人	1941	青島新民報	霄羽
68	纖纖劍	1942	京報（南京）	王度廬
69	鐵騎銀瓶傳	1942	青島大新民報	王度廬
70	舞劍飛花錄	1943	京報（南京）	王度廬
71	寒梅曲	1943	青島大新民報	霄羽
72	大漠雙鴛譜	1944	京報（南京）	王度廬
73	紫電青霜錄	1944	青島大新民報	王度廬
74	春明小俠	1944	京報（南京）	王度廬
75	瓊樓雙劍記	1945	京報（南京）	王度廬

（接上表）

76	錦繡豪雄傳	1945	民民民	王度廬
77	紫鳳鏢	1946	青島時報	魯雲
78	太平天國情俠傳	1947	民治報	魯雲
79	清末俠客傳	1947	大中報	魯雲
80	晚香玉	1947	青島時報	魯雲
81	雍正與年羹堯	1947	青島時報	魯雲
82	粉墨嬋娟	1948	青島時報	綠蕪
83	風塵四傑	1948	島聲旬刊	佩俠
84	寶刀飛	1948	青島時報	魯雲
85	燕市俠伶	1948	青島時報	綠蕪
86	金剛玉寶劍	1948	青島公報　聯青晚報	王度廬
87	龍虎鐵連環	1948	軍民晚報	王度廬
88	玉佩金刀記	1949	民治報	王度廬
89	香山俠女	1949	上海勵力出版社	王度廬
90	春秋戟	1949	上海勵力出版社	王度廬

Collections for Dulu Wang's Wuxia novels!

Collect Them All!
Dulu Wang, Author of
"Crouching Tiger, Hidden Dragon"

王度廬武俠小說選集大全
《臥虎藏龍》作者

www.ingramcontent.com/pod-product-compliance
Lightning Source LLC
Chambersburg PA
CBHW080921190726
48293CB00010B/2644